Anne Holt
Das achte Gebot

Anne Holt, Berit Reiss-Andersen
Das letzte Mahl

SERIE PIPER

Zu diesem Buch

Oberstaatsanwalt Halvorsrud schlägt die Hände vors Gesicht. Vor ihm auf dem Boden liegt seine Frau, ihr Kopf sauber vom Rumpf getrennt, und Halvorsrud meint den Namen des Täters zu kennen: Ståle Salvesen. Allerdings soll sich dieser wenige Tage vor der grausigen Tat ins Meer gestürzt haben. Und bald gibt es ein zweites Opfer. In »Das letzte Mahl« kehrt Hanne Wilhelmsen nach einer schweren persönlichen Tragödie nach Oslo zurück. Nur zögernd wird sie von ihren Kollegen wieder akzeptiert, doch muß der Mord an Brede Ziegler aufgeklärt werden. Billy T., Hanne Wilhelmsens Kollege, glaubt bald, die Schuldige gefunden zu haben. Doch ein entscheidendes Detail ist ihm entgangen …

Anne Holt, geboren 1958 in Norwegen, arbeitete nach ihrem Jurastudium als Journalistin, Polizistin und Anwältin, bevor sie 1996 für kurze Zeit norwegische Justizministerin war. Seit 1993 veröffentlicht sie psychologische Kriminalromane, die zu internationalen Bestsellern avancierten und mit den wichtigsten Krimipreisen ihres Landes ausgezeichnet wurden. Weiteres zur Autorin: www.anne-holt.com

Berit Reiss-Andersen arbeitet als Rechtsanwältin in Oslo und war Staatssekretärin im Justizministerium.

Anne Holt
Das achte Gebot

Anne Holt, Berit Reiss-Andersen
Das letzte Mahl

Zwei Hanne-Wilhelmsen-Krimis in einem Band

Aus dem Norwegischen von
Gabriele Haefs

Piper München Zürich

Die Übersetzungen wurden von NORLA, Norwegian Literatur Abroad, Oslo, gefördert.

Von Anne Holt liegen in der Serie Piper vor:
Das einzige Kind (3079)
Im Zeichen des Löwen (mit Berit Reiss-Andersen, 3216)
Das achte Gebot (3581)
Blinde Göttin (3602)
Selig sind die Dürstenden (3658)
In kalter Absicht (3917)
Mea culpa (4215)
Das letzte Mahl (mit Berit Reiss-Andersen, 4273, 6161)
Die Wahrheit dahinter (4432, 4885)
Das einzige Kind / Im Zeichen des Löwen (mit Berit Reiss-Andersen, Doppelband, 4541)
Das achte Gebot / Das letzte Mahl (mit Berit Reiss-Andersen, Doppelband, 6198)

Taschenbuchsonderausgabe
Januar 2007
© 1999 und 2000 J. W. Cappelens Forlag a.s., Oslo
Titel der norwegischen Originalausgaben:
»Død joker« und »Uten ekko«
© der deutschsprachigen Ausgaben:
2001 und 2003 Piper Verlag GmbH, München
Umschlaggestaltung: Cornelia Niere
Umschlagfoto: Walter Wehner / VISUM
Autorenfoto: Peter von Felbert
Satz: Uhl + Massopust, Aalen (»Das achte Gebot«) und
KCS GmbH Buchholz / Hamburg (»Das letzte Mahl«)
Druck und Bindung: Clausen & Bosse, Leck
Printed in Germany
ISBN-13: 978-3-492-26198-2
ISBN-10: 3-492-26198-1

www.piper.de

Das achte Gebot

Für Tine

Erster Teil

I

Die Gewißheit, daß er nur noch Sekunden zu leben hatte, ließ ihn endlich im Salzwasser die Augen schließen. Beim Sturz vom hohen Brückengewölbe hatte er zwar einen Moment der Furcht gehabt, doch der Aufprall auf den Fjord hatte nicht wehgetan. Er nahm an, daß er sich beide Arme gebrochen hatte. Seine Hände leuchteten in dem fremden Winkel grauweiß. Wider Willen hatte er einige Schwimmzüge versucht, doch das hatte nichts gebracht. In der starken Strömung waren seine Arme unbrauchbar. Trotzdem spürte er keinen Schmerz. Eher war das Gegenteil der Fall. Das Wasser umschloß ihn mit einer Wärme, die ihn überraschte. Er fühlte sich in die Tiefe gezogen und verlor das Bewußtsein.

Der Anorak des Mannes umwogte seinen Leib, ein dunkler, schlaffer Ballon vor einem noch dunkleren Meer. Sein Kopf dümpelte wie eine Boje hin und her, und er hatte endlich aufgehört, Wasser zu treten.

Als letztes registrierte der Mann, daß er unter Wasser atmen konnte. Es war durchaus kein unangenehmes Gefühl.

2

Die Frau auf dem Boden war noch vor kurzer Zeit aschblond gewesen. Das war jetzt nicht mehr zu sehen. Ihr Kopf war von ihrem Körper getrennt worden, und ihre halblangen Haare klebten an den Hautfetzen ihres durchschnittenen Halses. Außerdem war ihr der Hinterkopf eingeschlagen worden. Die weit aufgerissenen toten Augen schienen Hanne Wilhelmsen überrascht anzustarren, so, als handele es sich bei der Hauptkommissarin um einen äußerst unerwarteten Gast.

Im Kamin brannte noch immer ein Feuer. Kleine Flammen leckten an einer rußgeschwärzten Rückplatte, und das spärliche Licht reichte nicht sehr weit. Da der Strom ausgefallen war und die nächtliche Dunkelheit sich wie eine neugierige Zuschauerin gegen die Fenster preßte, hatte Hanne Wilhelmsen das Bedürfnis, Holz nachzulegen. Statt dessen schaltete sie ihre Taschenlampe ein. Der Lichtstrahl wanderte über die Tote. Kopf und Rumpf der Frau waren zwar getrennt worden, doch sie ruhten so dicht beieinander, daß die Frau bei ihrer Enthauptung schon auf dem Boden gelegen haben mußte.

»Schade um das Eisbärfell«, murmelte Kommissar Erik Henriksen.

Hanne Wilhelmsen ließ den Lichtkegel durch das Zimmer tanzen. Es war groß, quadratisch und mit Möbeln vollgestopft. Der Oberstaatsanwalt und seine Frau hatten offenbar Sinn für Antiquitäten. Ihr Sinn für Mäßigung war weniger gut entwickelt. Im Halbdunkel konnte Hanne Wilhelmsen mit Rosenmustern verzierte Holzgefäße aus Telemark neben weißen und blaßblauen Chinoiserien erkennen. Über dem Kamin hing eine Muskete. Aus dem 16. Jahrhundert, tippte die Hauptkommissarin und ertappte sich bei dem Wunsch, die schöne Waffe zu berühren.

Über der Muskete hingen zwei leere, reichverzierte schmiedeeiserne Haken. Daran hatte offenbar das Samuraischwert gehangen. Jetzt lag es auf dem Boden, neben Doris Flo Halvorsrud, Mutter von drei Kindern, einer Frau, der es nicht mehr möglich war, ihren fünfundvierzigsten Geburtstag zu erleben. Dieses Ereignis lag noch gute drei Monate in der Zukunft. Hanne durchsuchte die Brieftasche, die sie aus einer Handtasche in der Diele gezogen hatte. Die Augen, die irgendwann einmal in einen Fotoautomaten geschaut hatten, wiesen denselben überraschten Ausdruck auf wie der tote Kopf neben dem Kamin.

In einem Plastikfach steckte ein Foto der Kinder.

Hanne bekam eine Gänsehaut beim Anblick der drei Teenager, die von einem Ruderboot aus in die Kamera lachten, alle drei trugen rote Schwimmwesten, und der Älteste schwenkte eine Bierflasche. Die Kinder hatten Ähnlichkeit miteinander und mit ihrer Mutter. Der Biertrinker und seine Schwester hatten die gleichen blonden Haare wie Doris Flo Halvorsrud. Der jüngere Bruder hatte sich die Haare radikal kurz geschnitten, ein Skinhead mit Pickeln und Zahnklammer, dessen magere Jungenfinger über dem Kopf der Schwester das V-Zeichen formten.

Es war ein Bild in starken Sommerfarben. Die orangen Schwimmwesten waren achtlos über braune Schultern gestreift worden, rote und blaue Badekleidung hing tropfend über den grünen Sitzbänken des Bootes. Das Foto zeigte Geschwister in einer Situation, wie sie selten erlebt wird. Es erzählte vom Leben, wie es fast niemals aussieht.

Hanne Wilhelmsen legte das Bild zurück und dachte, daß sie bisher keines der Kinder im Haus gesehen hatte. Zerstreut strich sie mit dem Finger über eine alte Narbe in ihrer Augenbraue, klappte die Brieftasche zu und schaute sich noch einmal im Zimmer um.

Eine halboffene Küche aus Kirschbaumholz war offenbar in die Rückseite des Hauses eingelassen. Die nach Südwesten schauenden Fenster waren groß, und im Licht der Stadt konnte Hanne Wilhelmsen eine großzügige Terrasse erkennen. Dahinter lag der Oslofjord und spiegelte den Vollmond, der irgendwo über den Hügeln bei Bærum herumlungerte.

Oberstaatsanwalt Sigurd Halvorsrud hatte die Hände vor das Gesicht geschlagen und saß auf einem klobigen Holzstuhl. Hanne konnte in seinem tief ins Fleisch eingewachsenen Trauring an seiner rechten Hand den Widerschein des Kaminfeuers sehen. Halvorsruds blaues Polohemd war von Blutspritzern bedeckt. Seine schütteren Haare waren blutverschmiert. Seine graue Wollhose mit den schmalen Aufschlägen wies überall dunkle Flecken auf. Blut. Überall Blut.

»Ich werde nie begreifen, wieviel vier Liter Blut wirklich ausmachen«, murmelte Hanne und drehte sich zu Erik um.

Der rothaarige Mann gab keine Antwort. Er schluckte und schluckte.

»Himbeerbonbons«, mahnte Hanne. »Denk an etwas Saures. Zitrone. Johannisbeere.«

»Ich habe nichts getan!«

Jetzt schluchzte Halvorsrud. Er ließ die Hände sinken, sein Kopf fiel in den Nacken. Der hochgewachsene Mann rang um Atem und erlitt einen heftigen Hustenanfall. Neben ihm stand eine Polizeianwärterin, die einen Overall trug. Weil sie nicht so recht wußte, wie man sich am Tatort eines Mordes verhält, hatte sie eine fast militärische Habachtstellung eingenommen. Zögernd und ohne sonderliche Wirkung klopfte sie auf den Rücken des Staatsanwalts.

»Das Schreckliche ist, daß ich einfach nichts tun konnte«, schluchzte er, als er endlich wieder in der Lage war zu atmen.

»Er hat doch wirklich genug getan«, sagte Erik Henriksen leise und spuckte Tabakreste aus, während er sich an einer noch nicht angezündeten Zigarette zu schaffen machte.

Der Polizist hatte sich von der enthaupteten Frau abgewandt. Jetzt stand er vor dem Aussichtsfenster, hatte die Hände im Rücken verschränkt und wippte ein wenig hin und her. Hanne Wilhelmsen legte ihm die Hand zwischen die Schulterblätter. Ihr Kollege zitterte. Und das konnte unmöglich an der Temperatur liegen. Obwohl der Strom ausgefallen war, herrschten im Zimmer sicher mehr als zwanzig Grad. Beißend und harsch hing der Geruch von Blut und Urin zwischen den Wänden. Ohne die Leute von der Spurensicherung – die endlich nach einer unerträglichen Verspätung eingetroffen waren – hätte Hanne darauf bestanden, den Raum ordentlich zu lüften.

»Fehler, Henriksen«, sagte sie statt dessen. »Es ist ein Fehler, Schlußfolgerungen zu ziehen, wenn du im Grunde gar nichts weißt.«

»Gar nichts?« fauchte Erik und bedachte sie mit einem Seitenblick. »Sieh ihn dir doch an, zum Teufel!«

Hanne Wilhelmsen drehte sich wieder zum Zimmer um. Sie legte den Unterarm auf Eriks Schulter und stützte das Kinn auf ihre Hand, eine halb vertrauliche und halb herablassende Geste. Im Zimmer war es wirklich unerträglich warm. Es war jetzt stärker beleuchtet, die Spurensicherung durchkämmte den großen Raum Stück für Stück. Der Leiche hatten sie sich bisher kaum genähert.

»Alle, die nichts hier zu tun haben, müssen raus«, polterte der älteste Experte und ließ den Taschenlampenstrahl mehrmals mit gebieterischer Geste zum Dielenboden hinüberfegen.

»Wilhelmsen! Schaff sie alle raus, sofort!«

Sie hatte nichts dagegen. Sie hatte mehr als genug gesehen. Wenn sie den Oberstaatsanwalt Halvorsrud dort hatte sitzen lassen, wo sie ihn gefunden hatten, in dem aus einem Holzstück geschnitzten Stuhl, der zu klein für diesen riesigen Mann war, dann, weil ihr nichts anderes übriggeblieben war. Der Staatsanwalt war unansprechbar gewesen. Und ziemlich unberechenbar. Hanne kannte die junge Anwärterin von der Kripo nicht. Sie wußte nicht, ob die Kleine imstande wäre, sich um einen unter Schock stehenden Staatsanwalt zu kümmern, der möglicherweise eben erst seine Frau enthauptet hatte. Hanne Wilhelmsen selber durfte den

Leichnam erst verlassen, wenn die Spurensicherung eingetroffen war. Erik Henriksen schließlich hätte sich auch geweigert, mit den grotesken Überresten der Doris Flo Halvorsrud alleingelassen zu werden.

»Na los«, sagte sie zum Staatsanwalt und reichte ihm die
Hand. »Kommen Sie, wir gehen woanders hin. Ins Schlafzimmer vielleicht.«

Der Oberstaatsanwalt reagierte nicht. Seine Augen waren leer. Der Mund stand halboffen, und seine Mundwinkel waren feucht, als könne er sich jeden Moment erbrechen.

»Wilhelmsen«, sagte er plötzlich mit schroffer Stimme.
»Hanne Wilhelmsen.«

»Richtig«, Hanne lächelte. »Also, gehen wir?«

»Hanne«, wiederholte Halvorsrud sinnlos, blieb aber sitzen.

»Los jetzt!«

»Ich habe nichts getan. Nichts. Können Sie das verstehen?«

Hanne Wilhelmsen gab keine Antwort, sie lächelte noch
einmal und nahm die Hand, die er ihr nicht freiwillig überlassen hatte. Erst jetzt sah sie, daß auch seine Hände von ge-
ronnenem Blut verklebt waren. Im trüben Licht hatte sie die
Spuren in seinem Gesicht für Schatten oder Bartstoppeln
gehalten. Automatisch ließ sie ihn los.

»Halvorsrud!« sagte sie laut und jetzt mit schärferer
Stimme. »Sie kommen mit mir. Und zwar sofort.«

Es half, daß sie lauter geworden war. Halvorsrud zuckte
zusammen und schaute auf, als sei er plötzlich in eine unbegreifliche Wirklichkeit zurückgekehrt. Mit steifen Bewegungen erhob er sich.

»Nimm den Fotografen mit.«

Die Anwärterin zuckte zusammen, als Hanne Wilhelmsen sie zum ersten Mal direkt ansprach.

»Den Fotografen«, wiederholte die Frau im Overall verständnislos.

»Ja, den Fotografen. Den mit der Kamera, weißt du. Den, der da hinten Bilder knipst.«

Die Anwärterin schlug verlegen die Augen nieder.

»Himmel! Sicher! Den Fotografen. Alles klar.«

Es war eine Erleichterung, die Tür zu der kopflosen Leiche schließen zu können. Die Diele war stockfinster und kühl. Hanne holte tief Luft, während sie nach dem Schalter ihrer Taschenlampe suchte.

»Der Hobbyraum«, murmelte Halvorsrud. »Da können wir hingehen.«

Er zeigte auf eine Tür gleich links von der Haustür. Als der Lichtkegel von Hannes Lampe seine Hände traf, erstarrte er.

»Ich habe nichts getan. Wie konnte ich nur… keinen Finger habe ich gerührt.«

Hanne Wilhelmsen legte ihm ganz leicht die Hand auf den Rücken. Er gehorchte dem leisen Druck und führte Hanne und ihren Kollegen durch den schmalen Flur zum Hobbyraum. Als er nach der Klinke fassen wollte, kam Erik Henriksen ihm zuvor.

»Ich mach das«, sagte er kurz und drückte sich an Halvorsrud vorbei. »So. Stellen Sie sich hier hin.«

Der Fotograf stand in der Türöffnung, ohne daß sie sein Kommen gehört hatten. Er schaute Hanne Wilhelmsen schweigend durch dicke Brillengläser an.

»Haben Sie etwas dagegen, daß wir ein paar Bilder von Ihnen machen?« sagte sie und sah den Staatsanwalt an. »Sie wissen ja nur zu gut, daß es in solchen Fällen allerlei Vorschriften gibt. Es wäre schön, wenn wir das hier erledigen könnten, ehe wir zur Wache fahren.«

»Zur Wache«, kam es wie ein Echo von Halvorsrud. »Bilder. Warum denn?«

Hanne fuhr sich mit den Fingern durch die Haare und ertappte sich bei einer Ungeduld, mit der weder dem Fall noch ihr selbst gedient war.

»Sie sind überall mit Blut bespritzt. Obwohl wir natürlich Ihre Kleider aufbewahren werden, wäre es doch gut, Bilder zu haben, auf denen Sie sie noch tragen. Sicherheitshalber, meine ich. Danach können Sie sich umziehen. Das wäre doch die bessere Lösung, oder?«

Die einzige Antwort bestand in einem undeutlichen Räuspern. Hanne beschloß, das als Zustimmung zu deuten, und nickte dem Fotografen zu. Der Staatsanwalt war sofort in blauweißes Blitzlicht gebadet. In unregelmäßigen Abständen erteilte der Fotograf kurze Befehle, wie der Staatsanwalt sich hinstellen sollte. Halvorsrud hatte jetzt resigniert. Er streckte die Hände aus. Er drehte sich um. Er stand seitlich vor der Wand. Vermutlich hätte er sich auch auf den Kopf gestellt, wenn jemand ihn darum gebeten hätte.

»Das wär's«, sagte der Fotograf nach drei oder vier Minuten. »Danke.«

Er verschwand ebenso leise, wie er gekommen war. Nur das Surren des Filmes, der im Kameragehäuse transportiert wurde, verriet ihnen, daß er zum Wohnzimmer und dem abstoßenden Motiv zurückkehrte.

»Dann können wir ja gehen«, sagte Hanne Wilhelmsen. »Holen Sie sich etwas zum Anziehen, dann können Sie die Kleidung wechseln, wenn wir auf der Wache angekommen sind. Ich kann mit Ihnen ins Schlafzimmer gehen. Wo sind eigentlich Ihre Kinder?«

»Aber Hauptkommissarin«, protestierte Sigurd Halvorsrud, und Hanne konnte zum ersten Mal etwas wie klares Bewußtsein in seinen Augen aufleuchten sehen. »Ich war doch dabei, als meine Frau ermordet wurde. Verstehen Sie das nicht? Und ich habe nichts getan...«

Er ließ sich in einen Sessel sinken. Entweder hatte er das

Blut an seinen Händen vergessen, oder es war ihm egal. Auf jeden Fall rieb er sich heftig die Nasenwurzel. Danach strich er sich mehrere Male über den Kopf, wie in einem vergeblichen Versuch, sich selbst zu trösten.

»Sie waren dabei«, sagte Hanne Wilhelmsen langsam, sie wagte nicht, Erik Henriksen dabei anzusehen. »Der Ordnung halber muß ich Sie darauf aufmerksam machen, daß Sie keine Aussage zu machen brauchen, solange Ihr...«

Hanne Wilhelmsen wurde von einem ganz anderen Mann unterbrochen als dem weinenden, frischgebackenen Witwer, der noch vor wenigen Minuten wie ein übergroßes Kind neben den enthaupteten Überresten seiner Frau auf einem Holzstuhl gehockt hatte. Dieser hier war der Oberstaatsanwalt Sigurd Halvorsrud, den sie von früher kannte. Und sein Anblick brachte sie zum Schweigen.

Seine Augen waren grau und kalt. Der Mund war nicht länger ein konturenloses Loch in seinem Gesicht. Seine Lippen strafften sich um ungewöhnlich regelmäßige Zähne. Seine Nasenflügel vibrierten leicht, als wittere er eine Wahrheit, die er nun mit anderen zu teilen bereit war. Sogar die Art, wie er arrogant den Kopf ein wenig zurücklegte und dabei sein Kinn vorschob, war plötzlich zu sehen, doch nur so kurz, daß Hanne Wilhelmsen für einen Moment an einen Irrtum glaubte.

»Ich war nicht nur dabei«, sagte Halvorsrud dann zaghaft und leise vor sich hin, als habe er bei genauerem Nachdenken beschlossen, erst zu einem späteren Zeitpunkt wieder zu seinem alten Ich zurückzukehren. »Ich kann Ihnen den Namen des Mörders nennen. Und seine Adresse noch dazu.«

Das Fenster stand einen Spaltbreit offen, obwohl es erst März war und der Frühling sich energisch zu verspäten schien. Ammoniakgeruch verbreitete sich im Zimmer, und eine Katze miaute so plötzlich, daß alle zusammenfuhren.

Im Licht einer Gartenlampe am Tor konnte Hanne sehen, daß es jetzt schneite, leicht und spärlich. Die Anwärterin rümpfte die Nase und ging das Fenster schließen.

»Sie kennen also den... war es ein Mann?«

Der Oberstaatsanwalt hätte nichts sagen dürfen. Hanne hätte ihm nicht zuhören dürfen. Hanne Wilhelmsen hätte den Oberstaatsanwalt Sigurd Halvorsrud so schnell wie möglich zum Grønlandsleiret 44 bringen müssen. Der Mann brauchte einen Anwalt. Er brauchte eine Dusche und saubere Kleidung. Er konnte verlangen, das Haus verlassen zu dürfen, in dem seine eigene Frau ermordet und verstümmelt auf dem Wohnzimmerboden lag.

Hanne hätte den Mund halten müssen.

Halvorsrud sah sie nicht an.

»Ein Mann«, er nickte.

»Den Sie kennen?«

»Nein.«

Endlich schaute der Staatsanwalt wieder auf. Er fing Hannes Blick ein, und es entwickelte sich ein stummer Wettstreit, den Hanne nicht begriff. Sie konnte den Ausdruck in seinen Augen nicht deuten. Sie war von den auffälligen Änderungen im Verhalten des Staatsanwalts verwirrt. Im einen Moment war er weit weg. Im nächsten war er sein bekanntes, arrogantes Ich.

»Ich kenne ihn überhaupt nicht«, sagte Sigurd Halvorsrud mit bemerkenswert fester Stimme.

Dann stand er auf und ließ sich von Hanne in den ersten Stock begleiten, um eine kleine Tasche zu packen.

Das Schlafzimmer war groß, eine Doppeltür führte auf einen Balkon. Hanne streckte mechanisch ihre Hand nach dem Lichtschalter neben der Tür aus. Zu ihrer Überraschung leuchteten sechs kleine Strahler unter der Decke auf. Sigurd Halvorsrud schien die seltsame Tatsache, daß das Licht im ersten Stock der Villa funktionierte, nicht weiter

18

zu bemerken. Er hatte zwei Schubladen einer grünen Kommode geöffnet. Jetzt beugte er sich darüber und schien ziellos zwischen Unterhosen und Hemden herumzuwühlen.

Mitten im Raum thronte ein gigantisches Himmelbett. Das Fußende war reich mit Schnitzereien verziert, und auch an Blattgold war nicht gespart worden. Ein wahres Meer von Kissen und Decken gab dem Zimmer etwas Verwunschenes, das durch drei Ölgemälde an der hinteren Wand mit Motiven aus norwegischen Märchen noch verstärkt wurde.

»Kann ich helfen?« fragte Hanne Wilhelmsen.

Der Staatsanwalt suchte nicht mehr nach etwas, das er nicht finden konnte. Er legte die Hand auf ein Foto in einem Silberrahmen, das zusammen mit fünf oder sechs anderen Familienbildern auf der grünlasierten Kommode stand.

Sie ging durch das Zimmer und blieb zwei Schritte vor Halvorsrud stehen. Das Bild zeigte seine Frau, wie Hanne erwartet hatte. Sie saß auf einem Pferderücken, zwischen ihr und dem Sattelknauf saß rittlings ein kleines Kind. Das Kind sah ängstlich aus und klammerte sich an den Arm der Mutter, der beschützend quer über Schulter und Bauch des Kindes lag. Die Frau lächelte. Im Gegensatz zu dem nichtssagenden Bild, das Hanne Wilhelmsen von dem blaßrosa Führerschein her angestarrt hatte, zeigte dieses Foto, daß Doris Flo Halvorsrud eine attraktive Frau gewesen war. Ihr Gesicht war fröhlich und offen, und die kräftige Nase und die breite Kinnpartie zeugten eher von anziehender Stärke als von mangelnder Weiblichkeit.

Sigurd Halvorsrud hielt das Bild in der rechten Hand. Er preßte den Daumen auf das Glas im ziselierten Rahmen. Der Finger wurde weiß, plötzlich zersprang das Glas mit leisem Knallen. Halvorsrud reagierte nicht, nicht einmal, als das Blut aus einem tiefen Schnitt im Daumen quoll.

»Ich kenne den Mann, der meine Frau umgebracht hat, nicht«, sagte er. »Aber ich weiß, wer er ist. Ich kann Ihnen seinen Namen nennen.«

Die Frau und das Kind auf dem Foto waren jetzt fast verschwunden zwischen Glasscherben und dunklem Blut. Hanne Wilhelmsen griff nach dem Bild und nahm es dem Mann aus der Hand. Behutsam legte sie es dann auf die Kommode, neben eine Haarbürste aus Silber.

»Gehen wir, Halvorsrud.«

Der Oberstaatsanwalt zuckte mit den Schultern und setzte sich in Bewegung. Rote Tropfen fielen aus seinem zerschnittenen Daumen.

3

Der Journalist Evald Bromo hatte sich bei *Aftenposten* immer wohlgefühlt. Es war eine gute Zeitung. Oder jedenfalls ein guter Arbeitsplatz. Die übelste Hurerei der Boulevardpresse blieb ihm erspart, und er wurde gut bezahlt. Ab und zu hatte er sogar Zeit, sich in ein Thema zu vertiefen, gründlich zu sein. Evald Bromo arbeitete seit elf Jahren in der Wirtschaftsredaktion der Zeitung und freute sich in der Regel auf die Arbeit.

An diesem Tag jedoch nicht.

Seine Frau stellte einen Teller mit zwei Pfannkuchen vor ihm auf den Tisch. Zwischen den Pfannkuchen gab es Butter, oben drauf echter kanadischer Ahornsirup, sie wußte, daß er es so liebte, doch statt sich begierig über sein Frühstück herzumachen, umklammerte er Messer und Gabel und klopfte damit unrhythmisch auf dem Tisch herum, ohne das selbst zu bemerken.

»Nicht wahr?«

Er fuhr zusammen und ließ die Gabel auf den Boden fallen.

Evald Bromos Frau hieß Margaret Kleiven. Sie war eine magere Frau, so als habe die Kinderlosigkeit, mit der sie sich niemals hatte abfinden können, sie von innen heraus zerfressen. Ihre Haut schien zu groß für ihren dünnen Körper, und dadurch wirkte sie zehn Jahre älter als ihr gleichaltriger Mann. Da Adoption für die beiden nie ein Thema gewesen war, hatte Margaret Kleiven ihr Leben ihrer Arbeit als Gymnasiallehrerin gewidmet und betrachtete ansonsten ihren Mann als Ersatz für das Kind, das sie niemals bekommen würde. Sie beugte sich über ihn und schob die Serviette in seinem Hemdausschnitt zurecht, dann hob sie die Gabel auf.

»Der Frühling kommt in diesem Jahr außergewöhnlich spät«, wiederholte sie leicht gereizt und zeigte energisch auf die Pfannkuchen. »Iß jetzt! Du hast nicht viel Zeit.«

Evald Bromo starrte den Teller an. Der Sirup war zerflossen, die Butter geschmolzen. Alles vermischte sich am Pfannkuchenrand zu einer fettigen Soße, und ihm wurde schlecht.

»Hab heute keinen Hunger«, murmelte er und schob den Teller fort.

»Ist dir nicht gut?« fragte sie ängstlich. »Brütest du etwas aus? Im Moment sind so viele Krankheiten im Umlauf. Vielleicht solltest du lieber zu Hause bleiben.«

»Nicht doch. Hab einfach nicht gut geschlafen. Und ich kann doch in der Redaktion essen. Wenn ich Hunger kriege, meine ich.«

Er zwang sich ein schmales Lächeln ab. Seine Achselhöhlen waren schweißnaß, obwohl er eben erst geduscht hatte.

Dann sprang er auf.

»Aber Lieber, du mußt doch etwas essen«, sagte sie ener-

21

gisch und legte ihm die Hand auf die Schulter, um ihn wieder zum Sitzen zu bringen.

»Ich gehe«, fauchte Evald Bromo und entzog sich der offenkundig unwillkommenen Berührung.

Margaret Kleivens schmales Gesicht schien nur noch aus Augen zu bestehen, Mund und Nase verschwanden im überwältigenden Eindruck von gigantischer graublauer Iris.

»Keine Panik«, er versuchte zu lächeln. »Aber vielleicht muß ich noch zu einer Besprechung bei... zu einer Besprechung. Steht aber noch nicht fest. Ich rufe an. Okay?«

Margaret Kleiven gab keine Antwort. Als Evald Bromo sich zu ihr vorbeugte, um ihr routinemäßig einen Abschiedskuß zu geben, wich sie aus. Er zuckte mit den Schultern und murmelte etwas, das sie nicht verstand.

»Gute Besserung«, sagte sie in beleidigtem Tonfall und drehte sich weg.

Als er das Haus verlassen hatte, starrte sie ihm nach, bis sein Rücken hinter der wildwuchernden Hecke der Nachbarn verschwand. Sie fuhr mit den Fingern über die Vorhänge und dachte zerstreut, daß die gewaschen werden müßten. Außerdem registrierte sie, daß der Rücken ihres Mannes mit den Jahren schmaler geworden war.

Als Evald Bromo wußte, daß seine Frau ihn nicht mehr sehen konnte, blieb er stehen. Die Frühlingsluft ließ einen Backenzahn aufschreien, als er mit offenem Mund tief Luft holte.

Evald Bromos Welt würde zerstört werden. Und zwar am 1. September. Ein Frühling und ein Sommer würden noch vergehen, und der Herbst würde noch beginnen, ehe alles vorbei wäre. Ein halbes Jahr lang sollte Evald Bromo Schmerz und Scham und die Angst vor dem Bevorstehenden ertragen müssen.

Der Bus kam, und er schnappte einer alten Dame den Sitz weg. Was sonst überhaupt nicht seine Art war.

4

Evald Bromo war nicht bei der Arbeit. Aus alter Gewohnheit war er ausgestiegen, als der Bus in der Akersgate zwischen Regierungsgebäude und Kultusministerium angehalten hatte. Doch ohne auch nur einen Blick in Richtung des fünfzig Meter weiter gelegenen Redaktionshauses zu werfen, hatte er sich von seinen Füßen ohne Gegenwehr zum Vår-Frelsers-Friedhof tragen lassen.

Dort war es sehr still. Vereinzelte Gymnasiasten liefen noch über die Wege, um rechtzeitig zur ersten Stunde in der Kathedralschule zu sein. Obwohl viele Schilder streng an den Leinenzwang erinnerten, schnüffelte ein freilaufender Hund zwischen den Gräbern herum. Es war ein fettes schwarzes Tier, das begeistert über alles, was es fand, mit dem Schwanz wedelte. Sein Besitzer war sicher ein ebenso fetter Mann in einem ebenso schwarzen Mantel, der zeitunglesend an einer Laterne lehnte.

Evald Bromo fror.

Er öffnete den Reißverschluß seiner Lederjacke und band sich den Schal auf. Plötzlich verspürte er einen gewaltigen Hunger. Er hatte auch Durst, wenn er es sich genauer überlegte. Er setzte sich auf eine schmutzige Bank neben einem Grabstein, dessen Inschrift nicht mehr zu entziffern war. Dann zog er seine Handschuhe aus, legte sie ordentlich neben sich und überzeugte sich davon, daß ihm schrecklich kalt war und daß Hunger und Durst ihn jetzt wirklich quälten. Er beschwor Essensbilder herauf. Er dachte daran, wie eiskaltes Wasser nach einer langen Joggingrunde den Mund füllte; er folgte dem Weg der Flüssigkeit vom Gaumen durch den Hals. Und dann zog er die Jacke aus.

Jetzt klapperte er mit den Zähnen.

Zwei elektronische Briefe hatte er erhalten. Eine E-Mail

ohne Unterschrift und mit nichtssagendem Absender: po-
ker-fjes@hotmail.com. Die andere war mit »eine Person,
die nie vergißt« unterzeichnet.

Die was nie vergißt?

Vielleicht war es möglich, eine Hotmail-Adresse ausfindig zu machen. Vielleicht gab es entsprechende Register.
Evald Bromo wußte sehr gut, daß die Polizei bisweilen nur
mit großer Mühe die Erlaubnis der Netprovider einholen
konnte, um den Ursprung einer Mail festzustellen. Um so
schwerer mußte das Privatpersonen fallen. Er hatte schon
einen Kollegen, der sich mit elektronischer Kommunika-
tion sehr viel besser auskannte, um Hilfe bitten wollen. Aber
das hatte er dann doch nicht über sich gebracht. Als ihm die
Hitze in die Wangen stieg, hatte er statt dessen um Hilfe
beim Zugang zu einem Archiv gebeten, in das er nicht hin-
einkam.

Das Schlimmste war jedoch, daß die Mails vermutlich
irgendwo im riesigen IT-System von *Aftenposten* gespeichert
waren. Als sie mit einem pling auf seinem Bildschirm aufgetaucht waren, hatte er sie geöffnet, zweimal gelesen und
gelöscht. Er wollte weg von ihnen, sie mußten verschwinden. Erst nachdem er die zweite gelöscht hatte, die am Morgen des Vortags gekommen war und die ihn endgültig in
Panik versetzt hatte, fiel ihm ein, daß sie noch immer
irgendwo gespeichert sein konnten. Evald Bromo erinnerte
sich vage an eine Mitteilung, die vor einigen Monaten in
seinem Postfach gelegen hatte. Da es um Dinge gegangen
war, von denen er keine Ahnung hatte, hatte er sie nur über-
flogen. Aber er hatte sich die Warnung gemerkt: Daß die IT-
Verantwortlichen aus technischen Ursachen gezwungen
sein könnten, private Post zu untersuchen. Und daß
gelöschte Dokumente noch eine Zeitlang im System liegen
konnten.

Evald Bromo war ein guter Journalist. Er war sechsundvierzig Jahre alt und hatte seine Arbeit noch nicht satt bekommen. Er lebte still und ruhig mit einem begrenzten Bekanntenkreis und einer, wie seine Umgebung fand, rührenden Fürsorge für seine alte Mutter. Im Laufe der Jahre hatte er sich eine Art wirtschaftliche Ausbildung zugelegt; hier einen BWL-Lehrgang besucht, dort einen Fernkurs. Genug, um vernünftige Fragen zu stellen. Mehr als ausreichend, um Schwächen dort zu finden, wo sie vorhanden waren. Wie es sich für einen guten Wirtschaftsjournalisten gehört. Evald Bromo ging bei seiner Arbeit ebenso gründlich vor wie beim Bauen von Modellbooten, was sich inzwischen zu einem zeitraubenden Hobby entwickelt hatte.

Zum Bootsbauen und zum Schreiben waren dieselben Qualitäten vonnöten: Gründlichkeit, Zuverlässigkeit.

So, wie bei einem Schiff jedes kleinste Detail stimmen mußte, von den Kanonenkugeln bis zu den Nähten der Segel und den Gewändern der Galionsfigur, mußten auch seine Artikel korrekt sein. Kritisch, bisweilen vielleicht nicht ganz objektiv, aber immer zuverlässig. Alle mußten zu Wort kommen. Alle das sagen können, was sie zu sagen hatten.

Evald Bromo hatte nur eine wirkliche Schwäche.

Natürlich hatte sein Leben auch seine traurigen Seiten. Der Vater, im Suff gestorben, als Evald erst sechs Jahre alt war, suchte diesen seither ab und zu in seinen Träumen auf. Die Mutter hatte für ihren Sohn getan, was sie konnte. Selbst jetzt, wo sie in der gebrechlichen Schale ihres Körpers dalag, mit einem Kopf, der längst einen Kurzschluß erlitten hatte, bedeuteten die fast täglichen Besuche im Pflegeheim für Evald Bromo eine stille Freude. Seine Ehe mit Margaret Kleiven war niemals eine Galavorstellung gewesen. Aber sie brachte ihm Ruhe. Seit vierzehn Jahren brachte sie ihm Zuwendung, Essen und Ruhe.

Evald Bromos Schwäche waren kleine Mädchen.

Er wußte nicht mehr, wann es angefangen hatte. Vielleicht war es ja immer so gewesen. In gewisser Hinsicht war er ihnen nie entwachsen. Den kichernden, kaugummikauenden Mädchen mit Rattenschwänzchen und langen Strümpfen unter kurzen Röcken, die ihn in dem Frühling umschwärmt hatten, als er zu seinem zwölften Geburtstag von einer Tante fünfhundert Kronen bekommen hatte. Die Mädchen wurden im Laufe der Zeit größer, aber dafür hatte Evald Bromo keinen Blick. Er konnte nicht vergessen, was eines von ihnen ihm für fünfzig blanke Kronen gegeben hatte; hinter der Turnhalle und gegen das Versprechen vollständiger Diskretion.

Als junger Mann hatte er seine Gelüste mit Arbeit und Training bezwungen. Er lief wie ein Pferd; eine Stunde, ehe andere aufstanden, und oft abends noch zwei. Sein begonnenes Jurastudium hatte er nach anderthalb Semestern aufgegeben. Die Stunden im Lesesaal, gebeugt über Bücher, die ihn kein bißchen interessierten, wurden unerträglich. Er hatte zuviel Zeit für Gedanken, die er sich nicht eingestehen wollte. Evald Bromo lief, lief wie ein Verrückter, weg von der Universität und weg von sich selbst. Mit zweiundzwanzig Jahren – 1974 – konnte er beim *Dagbladet* eine Vertretung machen. Und Laufen wurde damals gerade modern.

An seinem fünfundzwanzigsten Geburtstag wurde Evald Bromo kriminell.

Er hatte nie eine Frau gehabt. Seine einzige sexuelle Erfahrung mit einem anderen Menschen hatte er für fünfzig auf eine Schnur aufgezogene Kronenstücke gekauft. Mit zwölfeinhalb Jahren.

Als sein Leben doppelt so lange gedauert hatte, kannte er den Unterschied zwischen richtig und falsch. Das Mädchen, das von zu Hause durchgebrannt war und ihn um Geld anbettelte, als er nach einer Tour durch die Stadt mit

Leuten, die er vielleicht als Kumpel bezeichnen konnte, nach Hause torkelte, konnte höchstens dreizehn gewesen sein. Sie bekam dreihundert Kronen und eine Schachtel Zigaretten. Evald Bromo bekam fünf Minuten intensiver Freude und endlose Nächte voller Reue und Angst.

Aber er hatte einen Anfang gemacht.

Er bezahlte immer. Er war absolut großzügig und wurde nie gewalttätig. Manchmal staunte er darüber, wie leicht es war, diese Kinder zu finden. Sie stromerten herum; sie waren überflüssig in einer Stadt, die die Augen vor ihnen verschloß, solange sie sich nicht zu Banden zusammenrotteten. Und das taten sie nicht. Diese nicht. Sie waren allein, und obwohl sie sich altersmäßig nach oben schminkten, verfügte Evald Bromo über einen seziermesserscharfen Blick, der ihm verriet, was sich unter den engen Blusen und den mit Watte ausgestopften BHs verbarg. Er konnte das Alter eines Mädchens fast bis auf den Monat genau erraten. Er kaufte sechs Jahre lang illegalen Sex. Dann lernte er Margaret Kleiven kennen.

Margaret Kleiven war still, dünn und klein. Sie war freundlich. Sie war die erste erwachsene Frau, die ihm jemals mehr als nur kollegiales Interesse entgegengebracht hatte. Sexuelle Ansprüche stellte sie kaum. Sie heirateten nach drei Monaten, und als er ihr den Ring an den Finger steckte, empfand Evald Bromo vor allem Hoffnung und Erleichterung. Von jetzt ab würde jemand ihn kontrollieren. Alles würde viel schwieriger und endlich wieder ganz leicht werden.

Er war ihr nie untreu gewesen. Er empfand das nicht so. Als er durch Zufall in einer in der Redaktion herumliegenden Pornozeitschrift auf eine Adresse stieß, war die Versuchung zu groß. Ihm kam es ungefährlich vor. Es kostete viel mehr als das Auflesen von kleinen Streunerinnen auf der Straße, aber zum Ausgleich konnte er sein und Margarets

Heim sauber halten. Im Laufe der Jahre hatte er andere Adressen in anderen dubiosen Zeitschriften und manchmal noch jüngere Mädchen auftun können, aber immer hielt er sich an die Altersgrenze von zehn Jahren. Da sagte er stop. Das, was er tat, war falsch, es war entsetzlich falsch, aber es wurde schlimmer, je jünger sie waren.

Er war nie untreu gewesen.

Er kaufte einmal im Monat Sex.

Vor allem war er Journalist und baute Boote.

Evald Bromo war sechsundvierzig Jahre alt und machte zum ersten Mal in seinem Leben bei der Arbeit blau. Der Morgenverkehr im Ullevålsvei hatte sich jetzt ein wenig gelegt, und der eine oder andere kleine Vogel schien den Frühling schon für gekommen zu halten. Es roch nach feuchter Erde und vage nach Stadt, und er fror.

Am 1. September würde die Chefredakteurin von *Aftenposten* mit der Post einen Umschlag erhalten. In diesem Umschlag würden sich eine Videoaufnahme und fünf Fotos von Evald Bromo und einem Mädchen befinden, das noch drei Jahre bis zur Konfirmation warten mußte. Die E-Mail hatte keinerlei Forderungen enthalten. Keine Drohungen. Keine Auswegmöglichkeiten von der Sorte »wenn du mir dies und jenes gibst, dann…« Sondern nur eine Tatsache. Kurz und bündig. Das wird passieren. Am 1. September.

Evald Bromo erhob sich, starr vor Kälte. Er zog die Jacke wieder an und band sich den Schal um.

Es gab nichts, was er tun konnte.

Er konnte nur warten. Noch ein halbes Jahr.

5

Die Osloer Wache hatte ihren Namen geändert. Als Teil einer endlosen Reihe von Neuerungen sollte das langgestreckte, graue und schwere Gebäude am Grønlandsleiret 44 jetzt Polizeidistrikt Oslo heißen. Niemand wußte so recht, warum. Nachdem die ländlichen Polizeistellen kürzlich der Stadtpolizei unterstellt worden waren und alle gutmütigen Dorfsheriffs jetzt urbane Kommissare mit Jurastudium und Lametta auf den Schultern über sich hatten, gab es in Norwegen keine Wachen mehr.

Der Namenswechsel hatte keine sichtbaren Spuren hinterlassen. Der Polizeidistrikt Oslo schien sich weiterhin in seiner Umgebung so unwohl zu fühlen, wie es bei der Wache auch immer der Fall gewesen war. Im Osten lag das Kreisgefängnis, das alte Bußgefängnis, dem Zeit und staatliche Bewilligungen längst davongelaufen waren. Im Westen ragte die Grønland-Kirche auf und wartete trotzig und geduldig auf Besuch, in einem Stadtteil, in dem die Hälfte der Einwohner aus Muslimen bestand, während die andere Hälfte seit ihrer Taufe wohl kaum noch ein Gotteshaus von innen gesehen hatte. Der Optimismus, der ansonsten die Umgebung prägte und die Wohnungspreise im alten Oslo innerhalb von zwei Jahren verdoppelt hatte, hatte niemals die Höhenzüge erreicht, auf denen der Polizeidistrikt Oslo lag, mit dem Åkebergvei wie ein Katzenfell im Kreuz.

»Eine Wache ist und bleibt eine Wache«, sagte Hanne Wilhelmsen energisch und warf einen Ordner in eine Ecke. »Seit ich bei der Polizei angefangen habe, ist dieses Haus schon zigmal umorganisiert worden. Faß die nicht an!«

Sie schlug nach dem Mann, der sich über sie beugte und

schon vier Schokobananen aus einer blauen Emailleschale auf dem Schreibtisch geschnappt hatte.

Der Mann nahm sich noch drei.

»Billy T.«, sagte Hanne wütend und versetzte ihm einen knallenden Klaps auf den Hintern seiner engsitzenden Jeans. »Laß das, hab ich gesagt. Außerdem wirst du langsam fett. Schweinemäßig fett!«

»Wohlseinszulage«, grinste Billy T. und klopfte sich auf den Bauch, ehe er im Besuchersessel Platz nahm. »Krieg im Moment verdammt viel gutes Essen.«

»Was ganz einfach bedeutet, daß du Lebensmittel zu dir nimmst«, sagte Hanne säuerlich. »Statt des Drecks, von dem du gelebt hast, seit ich dich kenne. Übrigens habe ich viel zu tun.«

Sie warf einen auffordernden Blick hinüber zur Tür, die er eben erst krachend ins Schloß gezogen hatte.

»Macht nichts«, lachte Billy T. und schnappte sich das *Dagbladet*, das in einem Regal unter einem überfüllten Aschenbecher lag. »Ich warte. Verdammt, du rauchst ja wieder!«

»Durchaus nicht«, sagte Hanne. »Daß ich ab und zu eine Zigarette konsumiere, heißt noch lange nicht, daß ich rauche.«

»Ab und zu«, murmelte Billy T., der sich bereits in einen Artikel über die neuen Motorradmodelle dieses Frühlings vertieft hatte. »Das bedeutet zweimal im Monat oder so. Sind das also die gesammelten Kippen vom letzten Jahr?«

Hanne Wilhelmsen gab keine Antwort.

Der Mann, der auf der anderen Seite des Schreibtischs in der Zeitung las und dabei zerstreut in der Nase bohrte, kam ihr größer vor denn je. Billy T. hatte schon mit achtzehn auf Socken zweinullzwei gemessen. Schlank war er nie gewesen. Jetzt war er fast vierzig und hatte im vergangenen halben Jahr sicher zwanzig Kilo zugenommen. Und dieses zu-

sätzliche Gewicht schien auch seine Körpergröße zu beeinflussen. Noch im Sitzen schien seine Gestalt weder Anfang
noch Ende zu haben. Er füllte den Raum mit etwas, das
Hanne nicht so recht begreifen konnte.

Hanne blätterte in einem zerfledderten Lehrbuch über
Strafrecht und gab vor zu lesen, während sie heimlich durch
ihren Pony Billy T. beobachtete. Sie sollte sich die Haare
schneiden lassen. Er sollte abnehmen.

Hanne Wilhelmsen hatte längst den Versuch aufgegeben,
ihre Beziehung zu Billy T. begreifen zu wollen. Er war einwandfrei ihr bester Kumpel. Im Laufe der Jahre hatten sie
eine Umgangsform entwickelt wie ein symbiotisches altes
Ehepaar; einen leicht zänkischen, spöttischen Tonfall, der
sofort verschwand, wenn die eine Seite begriff, daß das
Gegenüber die Sache ernst meinte. Hanne ertappte sich bei
der Frage, wie vertraut sie einander eigentlich waren. Während der letzten Monate überlegte sie immer häufiger, ob
sie überhaupt einem anderen Menschen vertraut sein
konnte. Abgesehen von Sekunden und flüchtigen Augen-
blicken.

Fünf Monate zuvor war an einem späten Donnerstagabend etwas zwischen Hanne und Billy T. passiert. Wenn sie
die Augen schloß, sah sie, wie er in ihre Wohnung fiel, betrunken wie ein Abiturient im Mai. Das ganze Treppenhaus
mußte gehört haben, wie er glücklich brüllend verkündete,
daß er die Mutter seines demnächst erwarteten fünften Sohnes heiraten würde. Da er mit den Müttern seiner ersten
vier Söhne nie zusammengelebt hatte, bestand aller Grund
zum Feiern. Cecilie, seit fast zwanzig Jahren Hannes Lebensgefährtin, hatte Billy T. mit starkem Kaffee, sanften Ermahnungen und von Herzen kommenden Glückwünschen
empfangen. Hanne dagegen war von einem halb verletzten,
halb beleidigten Gefühl, das seither nie wieder ganz verschwunden war, zum Schweigen gebracht worden. Die

Erkenntnis, was sie da im Grunde quälte, machte ihr viel mehr zu schaffen als das Gefühl, etwas zu verlieren, von dem sie geglaubt hatte, es bis an ihr Lebensende behalten zu können.

»Denkst du auch an die Rede?« fragte Billy T. plötzlich.

»Die Rede?«

»Für die Hochzeit. Deine Rede. Denkst du an die?«

Die Hochzeit lag noch über drei Monate in der Zukunft. Hanne Wilhelmsen sollte Trauzeugin sein und eine Rede halten, wußte aber nicht einmal, ob sie überhaupt an der Trauung teilnehmen wollte.

»Sieh dir das an«, sagte sie statt dessen und warf ein Heft mit eingeklebten Polaroidfotos über den Schreibtisch. »Vorsicht. Starke Szenen.«

Billy T. ließ das *Dagbladet* auf den Boden fallen und schlug das Heft auf. Er schnitt eine Grimasse, die ihn fremd aussehen ließ. Billy T. war älter geworden. Seine Augen lagen tiefer in den Höhlen als früher, und die Lachfältchen darunter konnten mit bösem Willen auch als Tränensäcke gedeutet werden. Sein kahlrasierter Schädel war nicht mehr so auffällig; er konnte auch einfach die Haare verloren haben. Sogar die Zähne, die zu sehen waren, als er vor Entsetzen über die Bilder die Lippen straffte, zeigten, daß Billy T. im Laufe des Sommers vierzig werden würde. Hanne ließ ihren Blick von seinem Gesicht zu ihren eigenen Händen weiterwandern. Ihrer wintertrockenen Haut half auch die Handcreme nicht, mit der sie sie dreimal täglich einschmierte. Feine Furchen in den Handrücken erinnerten sie daran, daß sie nur anderthalb Jahre jünger war als er.

»Oh, verdammt«, sagte Billy T. und schloß das Heft. »Ich habe heute morgen bei der Besprechung davon gehört, aber das hier...«

»Übel«, sagte Hanne. »Er kann es selbst gewesen sein.«

»Kaum«, sagte Billy T. und rieb sich das Gesicht. »Niemand kann mir einreden, daß Oberstaatsanwalt Halvorsrud mit einem Samuraischwert bei seiner eigenen Frau Amok läuft. Verdammt, nein.«

»Rasche Schlußfolgerung, das muß ich schon sagen.«

Hanne Wilhelmsen kratzte sich gereizt am Hals. Billy T. war der achte Kollege, der innerhalb eines Vierteltages und ohne irgendwelche Vorkenntnisse bezüglich dieses Falles in der Schuldfrage überzeugt Stellung bezog.

»Natürlich kann er es getan haben«, sagte sie tonlos. »Ebenso kann er natürlich die Wahrheit sagen und mit einer Schußwaffe bedroht worden sein und deshalb wie gelähmt zugesehen haben, wie seine Frau von einem Verrückten massakriert wurde. Who knows.«

Sie hätte gern hinzugefügt: And who cares. Noch ein Hinweis darauf, daß sie sich von irgend etwas fortbewegte. Das Allerschlimmste war, daß sie nicht wußte, wohin sie unterwegs war. Oder warum sich alles auf eine vage und undefinierbare Weise zu verändern schien. Etwas war in ihr Leben getreten, das dafür sorgte, daß sie es nicht mehr so richtig im Griff hatte. Oder daß sie einfach nicht mehr wollte. Sie war schweigsamer als früher. Mürrischer, ohne das wirklich zu wollen. Cecilie musterte sie jetzt immer forschend, wenn sie sich unbeobachtet glaubte. Hanne mochte nicht einmal fragen, warum sie dermaßen starrte.

Es wurde an die Tür geklopft, vier Mal und hart.

»Herein«, brüllte Billy T. und lächelte strahlend, als eine hochschwangere Polizistin in das enge Arbeitszimmer watschelte. »Meine angehende Gattin und mein ebensolcher Sohn!«

Er zog die Kollegin auf seinen Schoß.

»Hast du je einen schöneren Anblick gesehen, Hanne?«

Ohne auf Antwort zu warten, rieb er sein Gesicht am Bauch der Polizistin und führte einen unverständlichen und gemurmelten Dialog mit dem Kind.

»Es ist ein MÄDCHEN«, formte die hochschwangere Frau mit den Lippen für Hanne. »EIN MÄDCHEN!«

Hanne Wilhelmsen brach wider Willen in Gelächter aus.

»Ein Mädchen, Billy T. Wirst du also endlich Papa von einem Mädchen? Die arme, arme Kleine!«

»Dieser Mann macht nur Jungs«, sagte Billy T. und tippte mit dem Zeigefinger auf das Umstandskleid. »Und das hier, meine Freundinnen, das ist mein Sohn. Der fünfte in der Serie. Darauf schwöre ich Stein und Bein.«

»Was wolltest du eigentlich?«

Hanne Wilhelmsen versuchte, Billy T.s Herumgealber zu ignorieren. Tone-Marit Steen machte den tapferen Versuch, sich loszureißen. Beide Versuche mißlangen.

»Billy T.!«

Er schnitt eine Grimasse und schaute Hanne verärgert an.

»Verdammt, wieso bist du jetzt immer so sauer? Kriegst du pausenlos deine Tage oder was? Reiß dich endlich zusammen, Mensch!«

Seine Grimasse wurde zu einem für Tone-Marit bestimmten Lächeln, als er sich aus dem Sessel aufrappelte und verschwand.

»Was wollte er denn nun?« fragte Hanne und breitete demonstrativ die Hände aus.

»Keine Ahnung«, sagte Tone-Marit und setzte sich mit einem Stöhnen, das sie zu unterdrücken versuchte. »Aber ich hab was für dich. Dieser Typ, der angeblich Halvorsruds Frau enthauptet hat...«

»Ståle Salvesen«, sagte Hanne kurz. »Was ist mit dem?«

»Ja. Von dem der Staatsanwalt immer wieder behauptet...«

»Ich weiß, von wem du redest«, fiel Hanne ihr wütend ins Wort. »Also, was gibt's Neues?«

»Tot.«

»Tot?«

Ståle Salvesen war nicht zu finden gewesen, seit Hanne nachts die Suche nach ihm eingeleitet hatte. Ein Zettel mit Informationen über ihn lag vor ihr.

Alter: 52 Jahre. Zivilstand: geschieden. Arbeit: Frührentner aus Gesundheitsgründen. Ein erwachsener Sohn. Wohnhaft: Vogts gate 14. Einkünfte 1997: 32 000 Kronen. Kein Vermögen. Außer dem Sohn keine Angehörigen. Und der Sohn lebte in den USA.

Zwei Streifenwagen waren um drei Uhr nachts nach Torshov gefahren, um nach Ståle Salvesen Ausschau zu halten. Da er nicht zu Hause war und seine Wohnungstür nicht abgeschlossen hatte, hatten sie eine inoffizielle Besichtigung vorgenommen. Triste Behausung, aber aufgeräumt. Das Bett gemacht. Im Kühlschrank Milch mit abgelaufenem Verfallsdatum. Diese im Telegrammstil gehaltenen Auskünfte stammten aus dem Bericht, der den persönlichen Daten angeheftet war.

»Was meinst du mit tot«, sagte Hanne mit unnötig scharfer Stimme; die Tatsache, daß Salvesen nachts nicht zu finden gewesen war, hatte ihr die heimliche Hoffnung gegeben, daß Sigurd Halvorsrud doch die Wahrheit sagen könnte.

»Selbstmord. Ist am letzten Montag ins Meer gesprungen.«

»Ins Meer gesprungen?«

Hanne Wilhelmsen fand das komisch. Warum, wußte sie nicht.

»Es war ein .... uuuups!«

Tone-Marit legte die Hand auf ihren Bauch und hielt den Atem an.

»Einfach nur ein Bäuerchen«, keuchte sie dann. »Ein Spaziergänger hat gesehen, daß sich am Montag abend um kurz vor elf ein Mann von der Staure-Brücke gestürzt hat. Die Polizei hat gleich in der Nähe Salvesens alten Honda gefunden. Offen, der Zündschlüssel steckte noch. Auf dem Armaturenbrett lag ein Abschiedsbrief. Ganz einfache Mitteilung, vier Zeilen, er erträgt es nicht mehr etcetera, etcetera.«

»Und die Leiche?«

»Noch nicht gefunden worden. Gerade in der Gegend sind die Strömungsverhältnisse ziemlich wild, es kann also noch dauern. Und Salvesen kann auch beim Sturz schon ums Leben gekommen sein. Es sind über zwanzig Meter.«

Ein Feueralarm heulte auf.

»Neiiin«, schrie Hanne Wilhelmsen. »Ich hab diese falschen Alarme satt. Zum Kotzen satt!«

»Du hast im Moment fast alles zum Kotzen satt«, sagte Tone-Marit ruhig und stand auf. »Und es könnte ja vielleicht doch mal brennen.«

In der Türöffnung drehte sie sich um und sah ihre Vorgesetzte an. Einen Moment lang sah sie aus, als wolle sie noch mehr sagen. Dann schüttelte sie fast unmerklich den Kopf und ging.

6

»Es sieht nicht gerade gut aus«, sagte Hanne Wilhelmsen und goß neuen Kaffee in den henkellosen Becher, der vor Oberstaatsanwalt Sigurd Halvorsrud stand. »Das sehen Sie doch selbst, oder?«

Halvorsrud hatte sich gewaltig zusammengerissen. Er war frischgewaschen und glatt rasiert. Außerdem trug er eine Krawatte, obwohl er gerade in einer unkomfortablen Zelle residierte. Er nickte wortlos.

»Mein Mandant akzeptiert eine Woche Untersuchungshaft. Innerhalb dieser Zeit sollte dieses Mißverständnis sich klären lassen.«

Hanne Wilhelmsen hob die Augenbrauen.

»Ehrlich gesagt, Karen ... «

Eine fast unmerkliche Augenbewegung von Karen Borg sorgte dafür, daß Hanne sich in ihrem Sessel aufrecht hinsetzte.

»Anwältin Borg«, sagte sie. »Ich habe hier einige Punkte notiert.«

Hanne legte Halvorsruds Anwältin einen Bogen mit einer handgeschriebenen Liste vor. Dann ließ sie ihren Zeigefinger über die Gründe wandern, die die Polizei veranlaßt haben, zu glauben, Oberstaatsanwalt Halvorsrud wesentlich länger als nur für eine Woche in Untersuchungshaft behalten zu können.

»Er war am Tatort, als ... «

»Er hat selbst die Polizei informiert.«

»Dürfte ich weiterreden, ohne unterbrochen zu werden?«

»Tut mir leid. Bitte sehr.«

Hanne Wilhelmsen nahm sich eine Zigarette. Halvorsrud hatte schon drei geraucht, noch ehe sie die Formalitäten erledigt hatten, und in diesem Moment war es Hanne schnurz, daß Karen sich Macken zugelegt hatte, seit sie Mutter von zwei Kindern geworden war.

»Halvorsrud war zugegen, als der Mord begangen wurde. Seine Fingerabdrücke sind überall. Auf dem Schwert, auf der Leiche. Überall.«

»Aber er wohnt ... «

»Anwältin Borg«, sagte Hanne demonstrativ deutlich und erhob sich.

Sie blieb am Fenster des Büros stehen, das ihr erst kürzlich zugeteilt worden war. Das Zimmer gehörte ihr gewissermaßen noch nicht. Sie gehörte nicht dorthin. Es gab kaum einen persönlichen Gegenstand in diesem Raum. Es war nicht ihre Aussicht. Die Bäume der Allee vor dem alten Haupteingang des Gefängnisses waren noch nackt. Langsam rollte ein Fußball über den Kiesweg, doch ein Kind war nicht zu sehen.

»Ich schlage vor«, Hanne Wilhelmsen machte einen neuen Anfang und ließ aus alter Gewohnheit einen Rauchring zur Decke hochsteigen, »daß ich meine Überlegungen vortragen darf. Dann bist du an der Reihe. Ohne Unterbrechungen.«

Abrupt drehte sie sich wieder zu den beiden anderen um.

»In Ordnung?«

»In Ordnung«, sagte Karen Borg und lächelte kurz, während sie für einen Moment ihre Hand auf den Unterarm ihres Mandanten legte. »Natürlich.«

»Zu dem, was ich bisher gesagt habe, kommt die Tatsache, daß Halvorsrud ein... gewissermaßen ein totes Alibi geltend macht. Er behauptet, ein gewisser Ståle Salvesen habe seine Frau mißhandelt und ermordet. Aber Ståle Salvesen ist am Montag ums Leben gekommen.«

»Was?«

Der Staatsanwalt beugte sich vor und knallte mit den Ellbogen auf die Tischplatte.

»Ståle Salvesen ist nicht tot! Nie im Leben! Er war bei mir... er hat gestern abend meine Frau umgebracht. Das habe ich mit eigenen Augen gesehen, ich kann...«

Er rieb sich den schmerzenden Arm und sah Karen Borg an, als erwarte er, daß seine Anwältin für seine Geschichte bürgen werde. Doch diese Hilfe blieb aus. Karen Borg machte sich an einem schlichten Diamantring zu schaffen und legte den Kopf schräg, als habe sie nicht richtig gehört, was Hanne da gesagt hatte.

»Ståle Salvesen hat am Montag abend Selbstmord begangen. Darauf weist jedenfalls alles hin: Augenzeugen, sein Wagen bei der Brücke, von der er gesprungen ist, ein Abschiedsbrief.«

»Aber keine Leiche«, sagte Karen Borg langsam.

38

Hanne schaute auf.

»Nein, noch nicht. Aber die wird schon auftauchen. Früher oder später.«

»Vielleicht ist er nicht tot«, sagte Karen Borg.

»Das kann natürlich sein«, sagte Hanne ruhig. »Aber bisher gibt es keine Spur von einem Beweis dafür, daß dein Mandant die Wahrheit sagt. Mit anderen Worten...«

Sie drückte ihre Zigarette aus und ärgerte sich darüber, daß es schon die sechste an diesem Tag war. Sie wollte doch nicht wieder anfangen. Wirklich nicht.

»Eine Woche ist zu wenig. Aber wenn ihr zwei akzeptieren könnt, dann werden wir vierzehn Tage lang wie die Irren ackern.«

»Gut«, sagte Halvorsrud tonlos, ohne sich mit seiner Anwältin zu beraten. »Ich verzichte auf den Termin im Untersuchungsgericht. Zwei Wochen. Okay.«

»Mit Post- und Besuchsverbot«, fügte Hanne Wilhelmsen mit schroffer Stimme hinzu.

Karen Borg nickte.

»Und so wenig Presse wie möglich«, sagte sie dann. »Mir ist aufgefallen, daß die Zeitungen von der Geschichte noch nichts wissen.«

»Dream on«, murmelte Hanne, dann fügte sie hinzu: »Ich werde versuchen, Ihnen eine Matratze zu besorgen, Halvorsrud. Wir führen morgen ein weiteres und sehr viel umfassenderes Verhör durch, wenn es Ihrer Anwältin recht ist.«

Karen Borg schob sich in einer Geste der Zustimmung die Haare hinters Ohr. Als ein per Haustelefon herbeigerufener Polizeimeister hinter sich und Halvorsrud die Tür geschlossen hatte, schien sie nicht aufstehen zu wollen.

»Ich habe dich lange nicht mehr gesehen«, sagte sie.

Hanne lächelte kurz und fing an, etwas zu speichern, was in ihrem Computer gar nicht vorhanden war.

»Zuviel zu tun. Gilt auch für Cecilie. Und ihr? Was machen die Kinder?«

»Denen geht's gut. Und dir?«

»Geht schon.«

»Håkon sagt, daß dich etwas quält.«

»Håkon sagt seltsame Dinge.«

»Und viele kluge. Er hat einen scharfen Blick. Das wissen wir beide.«

Ein halbes Jahr zuvor war Håkon Sand endlich zum Staatsanwalt befördert worden. Das war erst spät geschehen, später als bei den meisten Polizeijuristen. Aber Håkon Sand hatte durchgehalten und sich nach und nach in den höheren Sphären der Anklagebehörden eine Art Respekt – wenn auch nicht gerade Bewunderung – erarbeitet. Was nicht zuletzt an seiner Zusammenarbeit mit Hanne Wilhelmsen und Billy T. gelegen hatte, die beide energisch gegen den drohenden Verlust ihres polizeifreundlichsten Juristen protestierten. Aber Håkon Sand konnte nicht mehr. Er hatte neun Jahre lang im Grønlandsleiret 44 das Linoleum plattgetreten und grüne Ordner gestemmt, bis er endlich Familienfotos und eine schöne Bronzestatue von Frau Justizia in einen Pappkarton legen und zum CJ Hambros plass 2 B übersiedeln konnte. Das war nur anderthalb Kilometer Luftlinie entfernt. Aber er war einfach verschwunden. Ab und zu rief er auf einen Plausch an, zuletzt erst vor zwei Tagen. Er hatte ein Mittagessen vorgeschlagen. Aber Hanne hatte keine Zeit. Sie hatte nie Zeit.

»Ich dachte, du wärst zur Rächerin der Schwachen und zur Freundin der kleinen Leute geworden«, sagte Hanne trocken. »Was hat dich dazu gebracht, den Fall Seiner Hochmütigen Hoheit Halvorsrud zu übernehmen?«

»Freund der Familie. Meines Bruders, genauer gesagt. Und du hast es ja selbst gesagt: Es sieht nicht gut aus für Halvorsrud. Was ist eigentlich los mit dir, Hanne?«

»Nichts.«

Hanne versuchte wirklich zu lächeln. Sie zog die Mundwinkel nach oben und wollte auch die Augen dabeihaben. Die füllten sich mit Wasser. Sie schaute aus weitaufgerissenen Augen von einer Seite zur anderen und merkte, daß ihr Lächeln zu einer Grimasse wurde, die etwas von dem verriet, worüber sie nicht sprechen wollte. Worüber sie nicht sprechen konnte.

Karen Borg beugte sich über den Schreibtisch. Vorsichtig legte sie ihre Hand auf Hannes. Hanne zog ihre Hand weg; eher als Reflex denn als Abfuhr.

»Es ist wirklich nichts.« Sie lachte, während ihr die Tränen kamen.

Karen Borg kannte Hanne Wilhelmsen seit 1992. Ihre Freundschaft hatte einen recht dramatischen Anfang gehabt. Ein Mordfall hatte sie zusammengeführt, der sich schließlich als politischer Skandal von seltenen Dimensionen erwiesen hatte. Er hatte Karen Borg fast das Leben gekostet. Håkon Sand hatte sie in letzter Sekunde aus einem brennenden Ferienhaus retten können. Als die beiden später zusammengezogen waren und Kinder bekommen hatten, waren Hanne und Cecilie zu engen Freundinnen von ihnen geworden. Inzwischen waren sieben Jahre vergangen.

»Ich habe dich noch nie weinen sehen, Hanne.«

»Eigentlich weine ich auch gar nicht«, sagte Hanne und wischte sich die Tränen ab. »Ich bin nur so kaputt. Müde irgendwie, die ganze Zeit.«

Draußen schneite es wieder. Verspielte große Flocken starben an der Fensterscheibe, und Hanne wußte nicht so recht, ob die Schneeflocken oder ihre Tränen die Umrisse im Park draußen zu einem unklaren grauen Bild verschwimmen ließen.

»Ich wünschte, es würde bald Sommer«, flüsterte sie.

»Warm. Wenn es nur ein wenig wärmer wird, dann wird alles besser.«

Karen Borg gab keine Antwort. Sie ahnte jedoch, daß nicht einmal die ärgste Hitzewelle aller Zeiten Hanne Wilhelmsen helfen könnte. Dennoch mußte sie jetzt auf die Uhr schauen. In einer Dreiviertelstunde machte der Kindergarten Feierabend. Hanne schwieg noch immer, sie wippte nur rhythmisch in ihrem Bürosessel hin und her und schnippte dabei mit den Fingern. Noch immer bedeckte das aufgesetzte Lächeln wie eine Maske ihre untere Gesichtshälfte. Noch immer strömten ihre Tränen.

»Dann bis bald«, sagte Karen Borg und erhob sich. »Bis morgen um zehn.«

Etwas tat weh, als sie über die Galerien im dritten Stock, in der gelben Zone, lief. Andererseits: Sie hatte noch immer keine Vorstellung davon, was sie zum Abendessen kochen sollte.

7

Die Strömung hatte Ståle Salvesens sterbliche Überreste bis an die Fjordmündung getragen. Bei der Begegnung von Meer und Fjord entstanden Wirbel, die mit der Leiche spielten, so lange es ihnen Spaß machte. Als sie dieses Spiel dann satt hatten, preßten sie sie nach unten.

In zweiunddreißig Meter Tiefe lag ein alter, an die fünfzig Fuß großer Fischkutter. Er lag dort seit einer rauhen Winternacht des Jahres 1952 und war schon längst zu einem beliebten Ziel für Amateurtaucher geworden. Die Aufbauten waren verschwunden. Das solide Steuerrad aus Eichenholz hatte ein Junge in den sechziger Jahren abmontiert. Töpfe und Tiegel gab es nicht mehr. Übrig war allein die leere Schale eines Schiffs mit einem Steuerhaus ohne Fensterscheiben.

Ståle Salvesen trug keinen Anorak mehr. Das Wasser hatte ihm dieses Kleidungsstück abgestreift; jetzt wurde es zwei Kilometer weiter nördlich gegen die Ufersteine geschlagen. Seine Stiefel jedoch hatte er noch. Sie saßen fest wie in einem Vakuum, und als Ståle Salvesens rechtes Bein mit der Strömung durch das Steuerhaus gezogen wurde, blieb der Stiefelschaft an einem Haken hängen, den zu entfernen sich niemand die Mühe gemacht hatte.

Er sah aus wie ein vierarmiger Seestern, als er im märzkalten Meerwasser auf und ab wogte.

8

Sie hatte es schon gespürt, als sie durch den Garten gegangen waren, sie mit etwas zu hohen Stiefelabsätzen im groben Kies, Billy T. mit einer verschlissenen Lederjacke, die er zuknöpfte, während er leise den scharfen Wind verfluchte.

»Hier ist etwas«, sagte Hanne Wilhelmsen verbissen zu Billy T. »Ich weiß, daß hier etwas ist.«

»Jetzt haben vier Mann das Haus drei Stunden lang durchsucht«, protestierte er. »Null und nichts. Das einzig Verdächtige, das wir gefunden haben, sind ein Waschlappen, der laut Karianne ins Chlorbad gehört, und zwei Softpornos unter dem Bett des Knaben.«

»Wo stecken die eigentlich?«

»Wer?«

»Die Kinder. Wo sind sie, und wer kümmert sich um sie?«

»Ach, die Kinder. Der Älteste ist auf Klassenfahrt in Prag. Die beiden anderen sind mit einer Tante oder so am Mittelmeer. Dem Teufel sei Dank, sag ich da nur. Gut, daß sie gestern abend nicht hier waren. Alles ist unter Kontrolle. Pastoren und Psychologen sind auf Staatskosten schon auf Reisen gegangen. Wir gehen davon aus, daß die Kinder im Laufe des Wochenendes nach Hause geholt werden.«

»Arme Wichte«, murmelte Hanne und hockte sich vor den Kamin in Staatsanwalt Halvorsruds Wohnzimmer. »Du mußt sie vernehmen, du. Wo du so gut mit Kindern umgehen kannst.«

»Wieso Kinder? Das sind doch schon Teenies.«

»Hier waren einfach zwei Sicherungen durchgebrannt.«

Mit steifen Bewegungen richtete Hanne sich auf und merkte, daß ihr linker Fuß eingeschlafen war. Sie stampfte leicht damit auf und drehte sich zu einer Kollegin um, die sie noch nie gesehen zu haben glaubte.

»Ganz von selbst? Ich meine, aus natürlichen Ursachen? Überlastung?«

»Schwer zu sagen«, erwiderte die Oberwachtmeisterin mit einem Eifer, über den Hanne sich ärgerte. »Der Sicherungskasten ist von der modernen Sorte. Solche Ewigkeitssicherungen, weißt du, wo einfach ein Schalter hoch und runter geklappt wird. Aber natürlich kann jemand das Erdgeschoß ganz bewußt in Dunkelheit gestürzt haben.«

Es ging jetzt auf den Abend zu. Hanne spürte, daß sie sich dem Punkt näherte, wo sie ohne Pillen unmöglich schlafen konnte. Früher hatte sie drei Tage durchgehalten, mit nur einem kurzen Nickerchen dann und wann. Auch das hatte sich verändert. Eine durchwachte Nacht wie die vergangene, und der Körper sagte am nächsten Tag dann einfach Schluß, aus. Sie unterdrückte ein Gähnen.

»Was den Computer im Arbeitszimmer angeht«, sagte die Frau in der Türöffnung. »Da ist etwas ... seltsam könnte man sagen.«

»Seltsam.«

Hanne schaute die Oberwachtmeisterin an und wiederholte: »Seltsam. Na gut. Und was ist so seltsam?«

»Er ist ganz leer«, sagte die Frau und errötete.

»Und das bedeutet?«

»Naja, was es bedeutet...«

Die Frau wand sich. Und war noch immer rot. Aber sie gab nicht auf.

»Es ist seltsam, daß ein Computer, der vielbenutzt aussieht, mit schmutziger Tastatur und Fingerabdrücken auf dem Bildschirm, rein gar nichts enthält. Nichts. Nicht eine einzige Textdatei. Von der Festplatte ist außer den Programmen einfach alles gelöscht worden.«

»Das ist übrigens Holbeck«, Billy T. hielt plötzlich eine Vorstellung für angebracht. »Sie ist vor kurzem vom Polizeidistrikt Bergen gekommen. Hanne Wilhelmsen.«

Er ließ die Hand in Richtung Hanne durch die Luft fegen.

»Mm.« Karianne Holbeck lächelte. »Weiß ich doch. Soll ich den Computer zu einer genaueren Untersuchung mitnehmen?«

»Kannst du das, ohne etwas zu beschädigen?«

Hanne Wilhelmsen wußte gerade genug über Computer, um einen Text schreiben und speichern zu können.

»Kein Problem«, versicherte Karianne.

»Sie war in Bergen IT-Verantwortliche«, sagte Billy T. so laut, daß Karianne es garantiert auch hören konnte. »Außerdem ist sie an die Wirtschaftskriminalität ausgeliehen worden, weil sie diese Geräte sehr gut kennt.«

Hanne nickte gleichgültig, riß sich dann aber zusammen und bedachte ihre neue Kollegin mit einem Lächeln. Es war zu spät. Karianne Holbeck war schon verschwunden.

»Jetzt schauen wir in den Keller, dann machen wir Schluß.«

»Na gut«, maulte Billy T. und stapfte hinter Hanne in den Flur und die Treppe hinunter.

Im Keller roch es nach Waschpulver und alten Gummi-
reifen. Ein langer Gang mit vier Türen auf der einen Seite
mündete in eine gut ausgerüstete Waschküche. Waschmaschine und Trockentrommel waren teure Miele-Modelle.
Die schmutzige Wäsche, die auf einem braunen Resopal-
tisch lag, war in Stapel für Weiß, Bunt und Feinwäsche sortiert. Wände und Boden waren mit Fliesen bedeckt, und der
Raum sah bemerkenswert sauber aus.

»Hier finden wir jedenfalls nichts«, sagte Billy T. und
kratzte sich im Schritt. »Und ich krieg Genickstarre, wenn
ich noch lange hier bleiben muß.«

Hanne achtete nicht auf ihn, sie ging in den Nebenraum.
Wenn die Waschküche sauber und ordentlich gewesen war,
dann war es hier um so chaotischer. Vermutlich war es
früher einmal eine Art Werkstatt gewesen; darauf wiesen
eine Hobelbank und Werkzeug an der Wand hin. Aber es
mußte ziemlich lange her sein, daß jemand hier sinnvolle
Arbeit verrichtet hatte. Zwei alte Fahrräder lehnten an einer
Querwand, drei abgenutzte Autoreifen, die auf braunen
Papplatten aufgestapelt waren, versperrten den Blick auf
den Fußboden. In einer Ecke stand ein eingestaubter Wein-
ballon, es lagen alte Kleider und zerlesene Taschenbücher,
ein Dreirad und das Untergestell eines Kinderwagens aus
den achtziger Jahren herum.

»Hier sieht es ja nicht gerade so aus, als ob jemand gründlich gesucht hätte«, sagte Hanne Wilhelmsen und tippte mit
der Stiefelspitze einen schwarzen Plastiksack an.

Sieben Kellerasseln rannten los, um sich einen neuen Un-
terschlupf zu suchen.

»Ich habe ihnen doch gesagt, sie sollten sich den Keller
noch einmal vornehmen«, sagte Billy T. vergrätzt. »Wir
haben Leute für diese Arbeit, Hanne. Eine Hauptkommissarin braucht nicht im Dreck herumzuwühlen, zum
Teufel.«

»Du hast es wohl *nicht* gesagt.«

»Was denn?«

»Du hast nicht gesagt, daß sie sich den Keller noch einmal vornehmen sollen. Was ist das hier?«

Ohne auf Antwort zu warten, stieg sie über das Dreirad. Sie beugte sich vor und machte sich an etwas zu schaffen, das Billy T. nicht sehen konnte.

»Und was haben wir nun hier«, sagte sie und richtete sich auf. »Ein Medizinschränkchen. Ein sehr altes Medizinschränkchen.«

»Ein offenes Medizinschränkchen?« fragte Billy T.

Hanne Wilhelmsen hatte Plastikhandschuhe übergestreift und ohne größere Schwierigkeiten mit einem Taschenmesser das einfache Schloß aufgestochert. Jetzt hielt sie ihrem Kollegen das Schränkchen wie eine Schmuckschatulle hin.

»Mach du es auf«, sagte sie.

Obwohl Hanne Wilhelmsen das Gefühl gehabt hatte, daß Anhaltspunkte auftauchen würden, wenn sie die Villa der Familie Halvorsrud nur gründlich genug unter die Lupe nehmen würden, so war der Inhalt des abgeschabten Medizinschränkchens doch von der Sorte, die sie für fast eine halbe Minute verstummen ließ.

»Ja, verdammt«, sagte Billy T. schließlich.

»Das kannst du wohl sagen«, sagte Hanne.

In dem ungefähr einen halben Meter hohen und vielleicht vierzig Zentimeter breiten Schränkchen gab es keine Regalfächer mehr. Die waren entfernt worden, um dicken, in Plastikfolie gewickelten Bündeln von Geldscheinen und vielleicht fünfzehn bis zwanzig Computerdisketten Platz zu machen. Als Billy T. vorsichtig die obersten Geldscheinbündel herauszog, tauchten noch weitere auf.

»Mich interessiert ja wirklich, was unser Freund im Hinterhof dazu zu sagen hat«, sagte Billy T. und hielt sich ein Bündel unter die Nase, als wolle er sich die Antwort erriechen.

»Billy T.!«

Karianne Holbeck stand in der Tür und rang um Atem.

»Schau mal! Ich dachte, es könnte sich lohnen, einen Blick in den Abfall zu werfen...«

Hanne Wilhelmsen schob unmerklich ihre Unterlippe vor und machte eine lobende Kopfbewegung.

»Und da lag das hier.«

Karianne Holbeck schien nicht so recht zu wissen, wem sie das Papier überreichen sollte. Billy T. half ihr aus dieser Klemme.

»Eine Benachrichtigung an die zuständigen Behörden, daß sie in Zukunft von ihrem Mann getrennt leben will«, sagte er und überflog den Rest des Formulars, das von Kaffeesatz und von etwas verschmiert war, bei dem es sich um Eidotter handeln mußte.

»Unterzeichnet von wem?« fragte Hanne an Karianne Holbeck gewandt. »Ich habe seit gestern abend viermal mit Halvorsrud gesprochen, und er hat kein Wort von Trennungsplänen erwähnt.«

»Von Doris Flo Halvorsrud. Nur von ihr. Die Rubrik für den Namen des Ehemannes ist leer. Aber das schlimmste ist das Datum. Oder vielleicht das beste. Kommt sozusagen darauf an, zu wem du hältst...«

Karianne lächelte verlegen und lief wieder rot an.

»Doris hat diese Erklärung gestern unterzeichnet. Das muß so ungefähr das letzte gewesen sein, was sie noch gemacht hat. Ehe sie... ehe jemand sie enthauptet hat.«

Hanne richtete sich auf. »Das war viel auf einmal«, sagte sie leise. »Sieht aus, als müßten wir das für morgen geplante Verhör von Sigurd Halvorsrud vorziehen. Ich muß wissen, was diese Disketten enthalten. Und zwar sofort.«

Es war Freitag, der 5. März, und bald halb sechs nachmittags.

48

9

»Billy T. hat darauf bestanden«, sagte Hanne Wilhelmsen schlaftrunken. »Er will das Verhör selbst übernehmen. Morgen. Alle brauchen Schlaf, hat er gesagt. Auch Sigurd Halvorsrud. Und ich brauche einen freien Tag. Sagt er.«

Sie war mit den Beinen auf dem Tisch eingenickt. Ein Rotweinglas war umgekippt und hatte sie geweckt. Cecilie Vibe sprang auf, um einen Lappen zu holen.

»Vernünftig«, sagte sie zerstreut und versuchte, den Schaden auf zwei Bücher zu begrenzen, die die wachsende rote Lache bereits erreicht hatte. »Nimm die Füße da weg.«

Hanne Wilhelmsen machte es sich auf dem Sofa bequem und zog sich eine Schlummerdecke bis zum Hals.

»Laß mich nicht hier einschlafen«, nuschelte sie.

Cecilie Vibe füllte das Glas noch einmal, schaltete den Fernseher aus und rückte ihren Sessel so zurecht, daß sie die schlafende Frau auf dem Sofa sehen konnte. Der Rotwein schmeckte ihr nicht. Das Essen hatte ihr auch nicht geschmeckt. Es schmeckte schon lange nicht mehr. Hanne war nicht einmal aufgefallen, daß Cecilie in weniger als einem Monat vier Kilo abgenommen hatte.

Irgendwann würde sie es erzählen müssen. Zwei Tage waren vergangen. Der Arzt, der sie über die Ergebnisse informiert hatte, war ein alter Kommilitone gewesen. Einer, den sie nie gemocht hatte. Es war genauso schwer gewesen wie früher, mit ihm Blickkontakt herzustellen. Er hatte sich an den Ohrläppchen gezogen und murmelnd auf seine eigene Kaffeetasse eingeredet. Cecilie hatte das rechte Ohr des Kollegen angestarrt und das Gefühl gehabt, daß die Zeit bei dieser Partie endlos lange nachspielen ließ.

Als sie das Krankenhaus verließ, war das Wetter unverändert. Der kalte Wind – der sie eine knappe Stunde zuvor durch die automatischen Türen zur Onkologie gejagt hatte – schnappte ebenso wütend nach ihr, als sie wieder zum Vorschein kam. Aber jetzt achtete sie nicht mehr darauf. Ein Kaugummifleck auf dem feuchten Asphalt hatte all ihre Aufmerksamkeit gebannt. Er wurde zu einem Globus, einer Kugel, einem Ball. Einer Geschwulst. Ein Krankenpfleger, der leere Betten vor sich herschob, vertrieb sie dann durch sein Genörgel. Sie wußte nicht, wohin.

Cecilie Vibe hatte im Dickdarm einen tennisballgroßen bösartigen Tumor. Aller Wahrscheinlichkeit nach saß er dort schon eine ganze Weile. Ob er sich bereits durch die Darmwand gepreßt und andere Organe angegriffen hatte, ließ sich noch nicht sagen. Vielleicht. Vielleicht nicht.

Sie stellte ihr leeres Rotweinglas ab. Dann goß sie aus einer Flasche frisches, kühles Quellwasser dazu; die Weinreste färbten es ganz schwach. Sie ließ das bleichrosa Wasser immer wieder im Glas herumschwappen und versuchte, sich den kommenden Sommer vorzustellen.

Cecilie hatte dem Mann mit den feuerroten Ohrläppchen nicht eine einzige Frage gestellt. Damals und dort hatte es keine Fragen gegeben. Später hatte sie vom Labor aus alle Datenbanken befragt, zu denen sie Zugang hatte. Und dann war sie zu Fuß nach Hause gegangen und hatte dabei die ganze Zeit geweint.

Eigentlich hatte sie es Hanne an diesem Abend sagen wollen.

Hanne wußte nichts. Auch an dem Morgen vor sechs Wochen, als Cecilie Blut in ihrem Stuhl entdeckt hatte und zum ersten Mal bei dem Gedanken daran, wie müde und lustlos sie sich seit langer Zeit schon fühlte, von eiskalter Angst erfüllt worden war, war Hanne zerstreut und unaufmerksam gewesen. Der Schrecken über die Entdeckung auf dem Toilettenpapier, der Wunsch, es möge sich um einen Irrtum handeln – vielleicht bekam sie ja einfach zu früh und außer Plan ihre Tage –, hatte Cecilie so schnell wie möglich die Spülung betätigen und sich danach mit übertriebener Energie die Zähne putzen lassen. Es gab nichts, worüber es sich zu reden gelohnt hätte. Damals nicht. Sicher war es falscher Alarm. Nur jede Menge unnötige Besorgnis, die Hanne nicht registrierte, obwohl sie Cecilie wie ein Panzer umgab, als sie im Badezimmer stand, nackt und für Hanne vollkommen sichtbar; sie sagte nicht einmal »mach's gut«, als sie ging.

Und dann war es doch kein falscher Alarm.

Hanne war zum Umfallen müde gewesen, als sie um Viertel vor acht nach Hause gekommen war. Ausnahmsweise einmal hatte sie geredet wie ein Wasserfall, vielleicht, um bis zum Essen wachbleiben zu können. Hanne plapperte drauflos, über eine kopflose Leiche, einen Mann, der ins Meer gesprungen war, und einen Staatsanwalt, der sich auf etliche Jahre hinter schwedischen Gardinen gefaßt machen mußte. Über mutterlose Jugendliche deren Vater im Gefängnis saß, über Billy T., der sich aufs Unerträglichste auf seine näherrückende Hochzeit freute. Über das neue Arbeitszimmer, an das Hanne sich einfach nicht gewöhnen konnte, und über den neuen Auspuff für die Harley, der noch immer nicht geliefert worden war.

Für die Geschichte eines Tennisballs mit bedrohlichen Fangarmen, der irgendwo in Cecilies Bauch lag, war kein Platz gewesen. An diesem kurzen, kalten Frühlingsabend hatte es für Cecilie überhaupt keinen Platz gegeben.

Hanne schnarchte leise.

Plötzlich wimmerte sie und drehte sich um, so daß Cecilie ihr Gesicht sah, mit offenem Mund, halb nach oben gekehrt. Das rechte Bein legte sie über den Sofarücken, der linke Arm hing kraftlos zu Boden. Es sah schrecklich unbequem aus, und Cecilie legte Hannes Arm behutsam wieder aufs Polster. Dann goß sie sich mehr Wasser ein.

Hannes Pony war zu lang und verbarg das eine Auge. Die braunen Haare hatten einen leichten Anflug von Grau bekommen, und Cecilie konnte nicht verstehen, warum ihr das erst jetzt auffiel. Das Lid des sichtbaren Auges zuckte immer wieder ganz leicht und zeugte davon, daß Hanne träumte. Der eine Mundwinkel füllte sich mit Speichel, und langsam breitete sich auf dem Kissen unter ihrer Wange ein dunkler Fleck aus.

»Du siehst so klein aus«, flüsterte Cecilie. »Ich wünschte, du könntest ein bißchen häufiger klein sein.«

Die Türklingel ertönte.

Cecilie zuckte zusammen. Hanne Wilhelmsen rührte sich nicht. Aus Angst vor weiterem Klingeln stürzte Cecilie in die Diele und riß die Wohnungstür auf.

»Billy T.«, rief sie und merkte, daß sie sehr lange keine solch unmittelbare, schlichte Freude über den Anblick eines anderen Menschen verspürt hatte. »Komm rein!«

Dann legte sie mahnend den Zeigefinger an die Lippen.

»Hanne ist auf dem Sofa eingeschlafen. Wir können uns in die Küche setzen.«

Billy T. warf einen Blick ins Wohnzimmer.

»Nein«, sagte er energisch, ging ins Zimmer und schob den Couchtisch beiseite, um besseren Zugriff zu haben.

Dann hob Billy T. Hanne Wilhelmsen hoch wie ein Kind, das bei einem verbotenen Fernsehkrimi eingeschlafen ist. Ihr Gewicht fühlte sich an seinem Brustkasten wunderbar an. Der leichte Weingeruch aus ihrem Mund mischte sich mit schon einen Tag zuvor versprühtem Parfüm und veranlaßte ihn, sie ganz spontan auf die Stirn zu küssen. Cecilie öffnete die Türen, und Billy T. konnte Hanne aufs Bett legen, ohne daß sie Anstalten gemacht hätte, zu erwachen.

»Das habe ich bei Erwachsenen noch nie erlebt«, sagte Billy T. leise und betrachtete Hanne, während Cecilie sie gut zudeckte. »Daß sie nicht aufwachen, wenn sie getragt werden, meine ich.«

»Getragen«, flüsterte Cecilie, lächelte und winkte ihn aus dem Zimmer.

»Irgendwas ist in die Frau gefahren«, sagte Billy T. und blieb stehen. »Weißt du, was es sein kann?«

Cecilie Vibe versuchte, seinen Augen auszuweichen. Sie waren zu blau und zu vertraut und sahen zuviel. Cecilie wollte fort aus dem Schlafzimmer, fort von der schlafenden Hanne und dem stickigen Geruch von Bettzeug und Schlaf. Sie wollte ins Wohnzimmer, eine neue Flasche Wein öffnen, über Filme sprechen, die sie nicht gesehen hatten, über Gästelisten und den Namen des neuen Kindes. Sie konnte sich nicht rühren. Als sie endlich den Kopf hob, zog er sie an sich.

»Was in aller Welt ist denn bloß los mit euch«, flüsterte er und hielt sie weiter im Arm. »Ist hier die Krise ausgebrochen, oder was?«

Billy T. blieb bis fast vier Uhr am Samstagmorgen bei Cecilie sitzen. Als er ging, hatte Cecilie einen Moment lang Gewissensbisse, weil Hanne es nicht als erste erfahren hatte. Zugleich fühlte sie sich erleichtert und empfand fast eine Art Optimismus, als sie Hanne vorsichtig auszog und dann selbst unter die Decke schlüpfte.

»Ich glaube, ich verkaufe die Harley«, sagte Hanne im Halbschlaf und schmiegte sich an sie. »Es wird Zeit, erwachsen zu werden.«

Oberstaatsanwalt Sigurd Halvorsrud sah bemerkenswert gut aus. Seine Kleidung war sauber, sein Hemd frisch gebügelt. Im rotgrünen Schlips funkelte ein in Weißgold eingefaßter Diamant. Nur die Spuren einer nachlässigen Rasur verrieten etwas über seine derzeitigen Lebensumstände. Seine Hautfarbe war frisch und auffällig wenig blaß für diese Jahreszeit. Seine gesamte Erscheinung hätte, in Anbetracht der Tatsache, daß seine Frau zwei Tage zuvor umgebracht worden war und er nun unter Mordverdacht stand, auf zartere Seelen als Billy T. anstößig wirken können.

Aber etwas war da mit seinen Augen.

Sie waren blutunterlaufen und leblos. Obwohl der Mann versuchte, in seiner ganzen Haltung eine Art Würde zu bewahren – er saß sehr aufrecht da und hatte sein Kinn auf die in der ganzen Branche bekannte Weise vorgeschoben – verriet sein verzweifelter Blick, was er für sich zu behalten versuchte.

Billy T. wischte mit den Fingern zwei Tassen aus und schenkte dann Kaffee aus einer Thermoskanne ein.

»Schwarz?«

»Ein wenig Zucker, bitte.«

Die Hände des Staatsanwalts waren ruhig, als er sich zwei Stück Zucker aus einer Pappschachtel nahm. Billy T. nahm sich auch eins, tunkte es in den Kaffee und schob es zwischen seine Lippen.

»Anwältin Borg muß jeden Moment da sein«, sagte er und saugte geräuschvoll an seinem Zuckerstück. »Warten wir auf sie oder fangen wir sofort an?«

»Wir können anfangen«, sagte der Oberstaatsanwalt und räusperte sich leise. »Wenn sie wirklich gleich kommt.«

»Dieser Ståle Salvesen«, begann Billy T. und schlürfte Kaffee, um den restlichen Zucker hinunterzuspülen. »Woher kennen Sie den Mann eigentlich?«

Halvorsrud blickte Billy T. verwirrt an.

»Aber«, sagte er und knallte die Kaffeetasse auf den Tisch, »ich habe doch gehört, daß er tot ist. Er hat... mir ist berichtet worden, er habe Selbstmord begangen. Warum fragen Sie also danach?«

Billy T. nahm sich noch zwei Zuckerstücke, tunkte sie in den Kaffee und legte sie sich auf die Zunge.

»Ha'm noch keine Leiche«, nuschelte er. »Außerdem weiß ich von Hanne Wilhelmsen, daß Sie sich Ihrer Sache sehr sicher sind. Ståle Salvesen hat Ihre Frau umgebracht, sagen Sie. Also frage ich Sie nach Ståle Salvesen. Okay?«

Halvorsrud fuhr sich mit der Hand über die Kopfhaut, die durch seine schütteren graublonden Haare zu sehen war. Er schien nicht so recht zu wissen, ob es sich noch lohnte, an seiner Behauptung festzuhalten. Er schien überhaupt nichts mehr so recht zu wissen. »Ich begreife das nicht«, sagte er, preßte sich die Fäuste vor den Mund und versuchte, einen Brechreiz zu unterdrücken. »Verzeihung. Natürlich glauben Sie mir nicht. Aber ich weiß, daß Ståle Salvesen in meinem Wohnzimmer gestanden hat. Er war dort.«

Er hob die Tasse an die Lippen. Dann schluckte er zweimal, schlug sich auf die Brust und bat ein weiteres Mal um Verzeihung.

»Ståle Salvesen war lange da. Schwer zu sagen, wie lange, unter solchen Bedingungen verliert man das Zeitgefühl. Nehme ich an. Mir ist das jedenfalls passiert. Aber ich bin ganz sicher, daß er es war. Er...«

»Aber woher wußten Sie das?« fiel Billy T. ihm ins Wort. »Woher kennen Sie einen Frührentner, der in einer Sozialwohnung in Ostoslo wohnt?«

Anwältin Karen Borg betrat das enge Büro. Überrascht starrte sie den Polizeibeamten an.

»Billy T.«, sagte sie tonlos. »Ich dachte, Hauptkommissarin Wilhelmsen sollte …«

»Die schläft sich aus.« Billy T. lächelte. »Was du offenbar auch getan hast. Hektischer Morgen mit den Kleinen?«

Karen Borg strich sich beschämt die Haare glatt und versuchte, einen Schokoladenfleck von ihrem naturfarbenen Leinenrock zu wischen. Der Fleck wuchs. Sie starrte ihn für einen Moment an, seufzte leise und setzte sich in den freien Sessel, ohne ihren Ordner aufzuschlagen.

»Und wo seid ihr gerade?« fragte sie mit angespanntem Lächeln.

»Ich versuche, in Erfahrung zu bringen, woher der Oberstaatsanwalt einen Kerl ohne Freunde mit einem Einkommen von unter fünfzigtausend kennt«, gähnte Billy T. »Und leicht ist das nicht, das kann ich dir sagen. Hätten Sie gern ein Magenmittel, Halvorsrud?«

Er fischte zwei lose Tabletten aus einer Schachtel mit Büroklammern.

»Danke«, murmelte der Staatsanwalt und spülte beide mit Kaffee hinunter.

Der Lärm eines Hubschraubers, der in geringer Höhe über Oslo sein Schrapp-Schrapp verbreitete, drang ins Zimmer. Billy T. beugte sich zum Fenster vor und schaute aus zusammengekniffenen Augen in die Sonne. Zum ersten Mal seit mehreren Wochen unternahm die einen halbherzigen Versuch, die winterstarre Hauptstadt aufzutauen, doch lange hielt sie nicht durch. Das gelbe Loch im Himmel wurde von einer schweren grauen Wolke verschlossen, und der Hubschrauber verschwand in Richtung Westen.

»Ståle Salvesen war früher ein äußerst erfolgreicher Geschäftsmann«, sagte Halvorsrud laut und sah seine Anwältin an. »In den achtziger Jahren. Er war geschäftsführender Direktor einer vielversprechenden Computerfirma, Aurora Data. Wir könnten Salvesen als einen typischen Gründer bezeichnen. Totaler Autodidakt, der alles über Computerprogramme wußte. Einmal wäre Aurora Data sogar um ein Haar von Microsoft aufgekauft worden. Da Salvesen über die Aktienmehrheit verfügte, blieb es bei diesem Versuch. Er wollte den Laden selbst leiten. Der Mann hatte Visionen, das muß man ihm lassen. Die Firma war ihrer Zeit voraus und entwickelte einen ...«

Halvorsrud kratzte sich am Handrücken und schaute dann endlich den Polizeibeamten an.

»Ich habe so wenig Ahnung von diesen Dingen. Damals wußte ich es natürlich, aber ich kann mich nicht mehr genau erinnern. Es war auf jeden Fall etwas, das mit dem Internet zu tun hat. Ein ... Browser? Ich bin nicht mehr sicher.«

Er zuckte kurz mit den Schultern und musterte einen Kratzer in der Tischplatte. Sein Zeigefinger lief über dieser unebenen Stelle hin und her.

»Und dann kam gegen Ende der achtziger Jahre die Wirtschaftskrise. Neue und bisher ziemlich erfolgreiche Firmen kippten um wie Dominosteine. Aurora Data überlebte. Seltsamerweise.«

»Warum sagen Sie das?« fragte Billy T. »Sie haben diese Firma doch selbst als solides Unternehmen bezeichnet.«

»Nicht gerade solide. Spannend. Vielversprechend. Großes Potential. Alles, was damals durchaus keine Garantie gegen die Katastrophe war. Daß Aurora Data trotzdem überlebte, war vor allem dem Durchbruch eines ihrer Programme zu verdanken. Soweit ich mich erinnere, war es maßgeschneidert für Nachrichtenredaktionen. Für Fernsehen, Radio und Zeitungen. Und dann ging Aurora an die Börse.«

Billy T. war ein Mann, der sich in seinen eigenen Schwächen sonnte. Diese kolossale Gestalt prahlte mit allem, was sie nicht konnte oder wußte. Es war ihm nicht peinlich, nach einer Erklärung für die allereinfachsten Probleme zu fragen. Nachdem Anne Grosvold Schlichtheit zur Tugend gemacht hatte und mit kompakter Naivität zur Fernsehkönigin geworden war, hatte Billy T. ein Foto von ihr an seiner Pinnwand befestigt. Da stand sie nun, üppig und munter und mit ausgestreckten Armen, als wolle sie Billy T. und seinem immer freimütigeren Umgang mit seiner eigenen angeblichen Unwissenheit ihren Segen erteilen. Nur eines mochte er nicht zugeben. Daß er keine Ahnung von wirtschaftlichen Fragen hatte.

Billy T. hatte nur unklare Vorstellungen davon, was ein Gang zur Börse wirklich bedeutete. Er fischte einen Kugelschreiber aus einer oben abgeschnittenen Coladose und notierte den Ausdruck auf einem hellroten Klebezettel.

»Ach was«, sagte er tonlos und biß in den Kugelschreiber. »Und dann?«

»Ein Gang zur Börse bringt so vieles mit sich. Unter anderem verstärkte Kontrolle. Größere Aufmerksamkeit könnten Sie sagen. Von der Konkurrenz.«

Bisher hatte Billy T. mit mäßigem Interesse zugehört. Ståle Salvesen war ein Stück Leinwand, das gebleicht werden mußte, das danach aber vermutlich in einer Kleiderkammer verstaut werden konnte. Ståle Salvesen war ein bedauernswerter Frührentner und noch dazu tot, und Halvorsrud log. Doch langsam wachte Billy T. auf. Salvesen hatte eine Geschichte. Er hatte nicht immer in einer Zweizimmerwohnung mit vier Stück Lebensmitteln im Kühlschrank gehaust. Ståle Salvesen war der König auf dem Hügel gewesen. Vor nur zehn Jahren.

»Zehn Jahre sind keine lange Zeit, verdammt«, sagte Billy T. zerstreut.

»Bitte?«

»Erzählen Sie weiter.«

»Ich habe Ståle Salvesen 1990 kennengelernt. Das heißt ... «

Halvorsrud zog eine Packung Barclay hervor und hielt sie Billy T. hin.

»Rauchen Sie nur«, murmelte Billy T., ohne Anwältin Borgs Reaktion abzuwarten.

»Kennengelernt ist zuviel gesagt. Ich bin ihm nie persönlich begegnet. Aber ihm wurde ein übles Vergehen vorgeworfen. Insiderhandel. Und noch anderes.«

Billy T. kritzelte »Ins. Han.« auf seinen hellroten Zettel und schenkte sich mehr Kaffee ein.

»Salvesens Sohn, ich habe seinen Namen vergessen, studierte damals Betriebswirtschaft in den USA«, berichtete Halvorsrud. »Er tätigte einen sehr günstigen und äußerst umfassenden Aktienkauf bei einer Firma, bei der sein Vater im Aufsichtsrat saß. Nicht...«

Dieses Wort betonte er.

»Nicht bei Aurora Data, wohlgemerkt. Es war eine andere Firma. Unmittelbar nach diesem Kauf – und dabei war nur von Tagen die Rede – stellte sich heraus, daß diese Firma eine lukrative Abmachung mit einem amerikanischen Riesenkonzern getroffen hatte. Die Aktien hatten ihren Wert plötzlich verdoppelt. Und damit kamen wir ins Bild.«

»Die Wirtschaftskripo«, sagte Billy T.

»Ja. Ich hatte damals gerade meine Stellung dort angetreten.«

Zum ersten Mal konnte Billy T. im Gesicht des Oberstaatsanwalts die Andeutung eines Lächelns sehen. Halvorsrud war gegen die Strömung geschwommen. Nach vielen Jahren als erfolgreicher Wirtschaftsanwalt, als Fachmann für Steuerrecht, Firmenrecht und Geldverdienen, hatte er einen Schlußstrich gezogen und war in den Staatsdienst übergewechselt. Vorher hatte er runde fünf Millionen im Jahr verdient, dann hatte er seine einzigartigen Fähigkeiten in die Dienste der Wirtschaftskripo gestellt, für ein Salär, das Halvorsrud wie Knöpfe und Glanzbilder vorkommen mußte.

Über seinem Schreibtisch im Büro hing ein Messingschild, das die früheren Kollegen ihm zum Abschied geschenkt hatten: »It takes one to know one.«

»Wir fingen an zu graben. Und wurden fündig. Wenn man bei jemandem nachschaut, der sich aus dem Nichts hochgearbeitet hat und innerhalb von sieben Jahren zum reichen Mann geworden ist, dann findet man zumeist unendlich viel. Unregelmäßigkeiten. Gesetzesbrüche.«

»Und wozu wurde er dann verurteilt?«

»Verurteilt?«

»Ja«, sagte Billy T. ungeduldig. »Wie hoch war seine Strafe?«

Wieder lächelte Halvorsrud, ein ausgiebiges, fast hochmütiges Lächeln.

»Wir haben niemals Anklage erhoben.«

Billy T. wollte schon auf den skandalösen Umstand hinweisen, daß der Staatsanwalt einen Toten übel verleumdete, um dann zugeben zu müssen, daß dessen Vergehen niemals schwerwiegend genug gewesen waren, um ihn vor Gericht zu bringen. Dann riß er sich zusammen. Er mochte nicht daran denken, wie oft er selbst sich in dieser Lage befunden hatte. Die Schuld war offenkundig, es mangelte jedoch an Beweisen.

»Was nicht bedeutet, daß der Mann unschuldig war«, fügte Halvorsrud hinzu, als habe Billy T. laut gedacht. »Ich bin nach wie vor überzeugt, daß Ståle Salvesen hätte verurteilt werden müssen. Aber...«

»Schon gut«, sagte Billy T. »Alles klar. Ist mir auch schon passiert. Aber besonderes Glück hatte Salvesen dann trotzdem nicht mehr, oder? Etwas muß doch passiert sein, meine ich. Vom Straßenkreuzer zum Fahrrad, in einem knappen Jahrzehnt...«

»Ich habe nicht die geringste Ahnung«, sagte Halvorsrud trocken. »Die Sache wurde 1996 aus Mangel an Beweisen eingestellt. Damals war sie … naja, während der letzten Jahre hatten wir nicht mehr sehr energisch daran gearbeitet, um es mal so zu sagen.«

Billy T. unternahm keinen Versuch, ein ausgiebiges Gähnen zu unterdrücken. Seine Kiefer knackten. Er ließ heimlich einen fahren und hoffte, daß niemand das bemerkt hatte. Sicherheitshalber beugte er sich zum Fenster hinüber und öffnete es einen Spaltbreit.

Fälle wie der von Salvesen kamen immer wieder vor. Ein halbes Jahr lang arbeiteten alle wie die Verrückten. Die Polizei drehte jeden Stein um, stellte noch das kleinste Indiz auf den Kopf. Dann verebbte die Aktion langsam und in aller Ruhe. Der Ordner lag ganz unten in irgendeinem Stapel, und das einzige, was noch passierte, waren die Beschwerden irgendeines immer munterer werdenden Anwalts, der sich im Namen seines Mandanten zusehends echauffierte. Am Ende wurde der Fall wieder hervorgewühlt, gestempelt, signiert und für eingestellt erklärt und dann ins Archiv verbannt.

»Wann wurde die aktive Arbeit an diesem Fall aufgegeben?« fragte Billy T.

»Weiß ich leider nicht mehr. 91 vielleicht. Ich weiß es nicht mehr.«

»1991«, wiederholte Billy T. »Aber offiziell eingestellt wurden die Ermittlungen erst 96. Was hat Salvesen in dieser ganzen Zeit gemacht?«

»Wie gesagt, das weiß ich nicht.«

»Wieso haben Sie ihn überhaupt erkannt?«

»Ihn erkannt … «

»Sie sagen, daß Sie diesem Mann nie persönlich begegnet sind. Trotzdem sind Sie sich ganz sicher, daß Ståle Salvesen Ihre Frau umgebracht hat. Wie … «

»Die Zeitungen«, brüllte Halvorsrud verzweifelt. »Die Zeitungen haben ausführlich darüber berichtet. Ich hatte damals Bilder von ihm gesehen. Ich habe es doch schon mehrmals gesagt: Der Mann war ein Erfolg. Er war natürlich älter geworden. Ein wenig… dünner vielleicht? Die Haare auf jeden Fall. Aber er war es.«

»Hat er etwas gesagt?«

»Als er meine Frau umgebracht hat?«

Halvorsruds Stimme kippte für einen Moment ins Falsett um. Er schluckte laut, schüttelte schwach den Kopf und schaute in seine Kaffeetasse. Die war leer. Billy T. schien ihm auch nicht nachschenken zu wollen.

»Er hat überhaupt nichts gesagt«, erzählte Halvorsrud. »Kein Wort. Zuerst verlosch das Licht, dann stand Salvesen in der Wohnzimmertür und bedrohte uns beide mit einer Waffe. Einem Revolver. Oder einer… Pistole. Ja, es war eine Pistole.«

Er schauderte, und Karen Borg streckte die Hand nach der Thermoskanne aus.

»Oder vielleicht ein Glas Wasser?« fragte sie leise.

Der Oberstaatsanwalt schüttelte unmerklich den Kopf und nahm sich eine neue Zigarette. Er paffte wütend am Filter, sein linker Fuß schlug in nervösem und eintönigem Takt immer wieder gegen das Tischbein.

»Und dann?«

»Mußte ich mich hinsetzen. In diesen Holzsessel. Meine Frau versuchte, mit dem Mann zu reden, aber ich… ich habe wohl kaum ein Wort gesagt, glaube ich. Es war, als ob… als er nach dem Schwert griff, habe ich für einen Moment das Bewußtsein verloren, glaube ich. Ich weiß es einfach nicht mehr. Ich…«

»Wie sehr müssen wir ins Detail gehen, Billy T.?«

Karen Borg machte sich an ihrem Schokoladefleck zu schaffen und sah abwechselnd den Polizeibeamten und den Staatsanwalt an.

Billy T. streckte die Hand aus, um das Fenster zu

schließen. Der Hubschrauber war wieder da. Seine Rotoren drehten sich unten bei Bjørvika starr über dem Hafenbecken, bevor er kehrtmachte und in wildem Tempo auf Grønlandsleiret 44 zuhielt. Ein ohrenbetäubendes Dröhnen jagte über sie hinweg. Dann verklang der Lärm langsam, als der Hubschrauber sich endlich für einen nördlichen Kurs entschied.

»Wo stehen Sie in der Opernfrage, Halvorsrud? Soll das neue Opernhaus in Bjørvika oder am Westbahnhof gebaut werden?«

Der Staatsanwalt starrte Billy T. an. Etwas, das Ähnlichkeit mit Wut haben konnte, flackerte in seinem toten, grauen Blick auf.

»Wie meinen?«

»Mir ist es eigentlich schnurz. Oper macht sich auf CD am besten. Wir müssen ins Detail gehen. Bis hinunter zu der winzigsten kleinen Tatsache, die ihm überhaupt einfällt.«

Das letzte sagte er zu Karen Borg.

»Wir fassen deinen Mandanten jetzt seit anderthalb Tagen mit Glacéhandschuhen an. Es wird Zeit, in dieser Sache weiterzukommen. Findest du nicht?«

Halvorsrud schlug die Beine übereinander und nickte.

»Er drehte einfach durch. Ich weiß nicht recht, wie ich das erklären soll. Er schlug ihr die Taschenlampe auf den Kopf. Dann...«

»War es seine eigene Taschenlampe?«

»Verzeihung?«

»War es Salvesens eigene Taschenlampe? Hatte er die mitgebracht, meine ich?«

»Ja. Das muß er doch getan haben. Wir haben keine solche Lampe. Meines Wissens zumindest nicht. Sie war groß. Und schwarz.«

Der Oberstaatsanwalt zeigte es mit den Händen, an die dreißig bis fünfundvierzig Zentimeter.

»Meine Frau brach vor dem Kamin zusammen, und ich konnte sehen, wie das Blut aus ihrem Hinterkopf strömte. Dann nahm er das Schwert von der Wand. Das Samuraischwert. Salvesen. Er packte das Samuraischwert und...«

Billy T. hörte fasziniert zu. Eigentlich hatte er das Verhör übernehmen wollen, um Hanne Wilhelmsen zu entlasten. Auch für ihn war es kein Vergnügen, den Samstag mit unbezahlten Überstunden zu verbringen. An diesem Wochenende sollten seine Söhne bei ihm sein, und obwohl Tone-Marit mit den Kindern eine Geduld zeigte, die fast schon an Dummheit grenzte, wollte er das Schicksal doch nicht herausfordern. Bis zur Hochzeit waren es noch drei Monate hin, und zudem konnte das Kind jeden Tag zur Welt kommen.

Doch inzwischen interessierte ihn der Fall. Oder vielleicht war es eher Sigurd Halvorsrud, der nun wirklich seine Aufmerksamkeit zu fesseln begann. Der Mord selbst – die makaberste Hinrichtung, mit der Billy T. jemals zu tun gehabt hatte – war natürlich auch spannend. Doch Billy T. war lange genug bei der Polizei, um sich nicht zur Unzeit faszinieren zu lassen. Das hier war ein Fall wie alle anderen, ein Fall, der geklärt werden mußte.

Sigurd Halvorsrud dagegen war etwas ganz Besonderes.

Billy T. ertappte sich dabei, daß er diesem Mann glaubte.

So absurd ihm das auch vorkam.

Aller Wahrscheinlichkeit nach war Ståle Salvesen tot. Andererseits war die Leiche noch nicht gefunden worden. Ståle Salvesen konnte das alles arrangiert haben. Er konnte jetzt in einer Bar in Mexiko sitzen und einen Tequila Sunrise genießen, von dem Geld, das er damals, als er noch auf dem grünen Zweig saß und spürte, daß die Ordnungsmacht ihm auf den Fersen war, rechtzeitig beiseite geschafft hatte. Nur hatte bisher niemand auch nur die geringste Vorstellung da-

64

von, warum in aller Welt Salvesen Doris Flo Halvorsrud umgebracht hatte.

Halvorsruds Geschichte wirkte auf paradoxe und fast provozierende Weise glaubhaft. Er schluckte und erbleichte, stotterte und irrte sich, konnte sich nicht erinnern und dachte dann an Details, wie an ein Muttermal oder vielleicht eine Warze auf Salvesens rechter Wange, gleich über dem Mund. Zweimal konnte Billy T. sehen, daß der sonst so arrogante und selbstsichere Mann kurz davor war, in Tränen auszubrechen. Dann riß er sich zusammen, wischte sich imaginäre Staubkörner vom Revers, räusperte sich leise und erzählte weiter. Oberstaatsanwalt Halvorsrud benahm sich wie jemand, der die Wahrheit sagt.

»Sie haben sich auf jeden Fall einen verdammten Haufen Probleme besorgt«, sagte Billy T. schließlich und sah auf die Uhr. Es war zwanzig vor eins.

»Sie haben Ihre Frau also anderthalb Stunden lang angestarrt, ehe Sie die Polizei informiert haben? Anderthalb Stunden???«

»So ungefähr«, sagte Halvorsrud leise. »Natürlich weiß ich das nicht mehr genau, aber so ungefähr habe ich es mir zusammengerechnet. Im Nachhinein. Mir kam es nicht so lange vor.«

»Aber warum in aller Welt haben Sie das gemacht?«

Billy T. breitete die Arme aus und warf dabei die mit Kugelschreibern und Bleistiften gefüllte Coladose um. Die rutschten auf die Tischplatte und lagen dort wie ein Mikadospiel, bei dem niemand sein Glück hätte versuchen mögen.

»Ich ... ehrlich gesagt, ich weiß es nicht. Ich stand wohl unter Schock. Ich dachte an die Kinder. Ich dachte an ... unser Leben. So, wie es gewesen ist. So, wie es werden wird. Ich weiß es nicht recht. Mir kam es nicht so lange vor.«

Billy T. konnte sich vorstellen, wofür Halvorsrud diese

anderthalb Stunden gebraucht hatte. Wenn er die Wahrheit sagte. Was vermutlich nicht der Fall war, wenn man an die Beweislage dachte.

»Sie konnten nicht fassen, daß Sie nicht eingegriffen hatten«, sagte Billy T. und hörte, wie hart seine Stimme klang. »Sie haben sich zutiefst geschämt, weil sie zugelassen hatten, daß ein Mann Ihre Frau mißhandelt hat, während Sie keinen Finger gerührt haben. Vermutlich haben Sie sich gefragt, ob Sie mit diesem Wissen überhaupt weiterleben können. Sie konnten sich nicht vorstellen, wie Sie Ihren Kindern beibringen sollen, was passiert ist. Zum Beispiel. Habe ich recht?«

Halvorsrud schnappte nach Luft. Er starrte Billy T. in die Augen, in seinem Blick mischten sich tiefe Scham und frische Hoffnung.

»Sie glauben mir«, flüsterte er. »Es klingt so, als ob Sie mir glaubten!«

»Was ich glaube, bedeutet null und nichts. Und das wissen Sie sehr gut.«

Billy T. rieb sich mit der rechten Hand den Nacken und fischte mit der linken einen Ordner aus der obersten Schreibtischschublade. Er knallte ihn auf den Tisch, öffnete ihn aber nicht.

»Ich finde Ihre Geschichte interessant«, sagte er kurz. »Aber noch interessanter fände ich Ihre Erklärung zu dieser Scheidungseinleitung, die in Ihrem Müll gefunden wurde. Unterschrieben von Ihrer Frau, datiert am 4. März. Am Tag ihres Todes. Am Tag, an dem sie ermordet wurde.«

Zum ersten Mal lief Halvorsruds Gesicht tiefrot an. Er schlug die Augen nieder und rieb sich wie besessen die Hose über dem Knie.

»Ich wußte das nicht. Ich wußte nicht, daß sie wirklich … ich hielt unsere kleinen Probleme der letzten Zeit für nicht relevant für diesen Fall.«

»Nicht relevant?« brüllte Billy T. und sprang aus dem Sessel hoch.

»Nicht relevant«, schrie er noch einmal, stemmte die Pranken auf die Tischplatte und beugte sich zum Staatsanwalt vor. »Und Sie wollen einer der großen Macher bei den Anklagebehörden sein? Sind Sie... spinnen Sie denn total, oder was?«

Auch Anwältin Borg sprang auf und hielt einen Arm vor ihren Mandanten, wie um Billy T. an einem physischen Angriff auf den Mann zu hindern.

»Also wirklich. Das brauchen weder Halvorsrud noch ich uns gefallen zu lassen. Entweder bewahrst du Ruhe und setzt dich wieder, oder ich werde meinem Mandanten empfehlen, keine weiteren Fragen zu beantworten.«

»Gefallen lassen müßt ihr euch noch einiges«, fauchte Billy T. durch zusammengebissene Zähne. »In diesem Ordner hier...«

Er klopfte mit den Fingern auf den geschlossenen Ordner.

»...habe ich Indizien dafür, daß something was really rotten in the house of Halvorsrud. Und eins müssen Sie sich klar vor Augen halten, Halvorsrud...«

Billy T. ließ sich wieder in den Sessel sinken und kratzte sich wütend mit beiden Händen seinen kahlen Schädel, ehe er einen mahnenden Zeigefinger auf den Anwalt richtete.

»In diesem Haus haben Sie nur einen einzigen Freund. Auf der ganzen Welt haben Sie nur einen einzigen Freund. Und der bin ich. Karen zum Beispiel...«

Jetzt zeigte sein Finger auf die Anwältin.

»...ist eine glänzende Anwältin. Absolut tolle Frau. Sympathisches Mädel. Aber sie kann Ihnen nicht einen Meter weiterhelfen. Nicht einen Meter, verstehen Sie das? Ich dagegen, ich kann das, weil ich Ihre und Salvesens Geschichte dermaßen unglaublich finde, daß ich sie gern genauer untersuchen möchte. Mit jedem Tag, der vergeht, ohne daß sein Leichnam an Land gespült wird, bessert sich Ihre Lage. Wenn ich das will. Wenn Sie sich als kooperativ erweisen. Wenn Sie meine Fragen beantworten und außerdem Ihr verdammt riesiges Gehirn nutzen, um zu kapieren, daß Sie mir auch das erzählen müssen, wonach ich Sie nicht frage. Klar?«

Es war ganz still. Das schwache Rauschen des Computers verstärkte den Eindruck totaler Stille nur noch.

»Tut mir leid«, sagte Halvorsrud endlich, inzwischen war sicher eine Minute vergangen. »Es tut mir wirklich leid. Natürlich hätte ich darüber sprechen müssen. Aber es kam mir so weit weg vor. Im Moment, meine ich. Wir hatten wirklich eine schwierige Phase. Doris hatte von Trennung gesprochen. Aber ich wußte nicht, daß sie schon konkrete Schritte unternommen hatte. Am Donnerstag, ehe Salvesen gekommen ist...«

In seiner Salvesen-Geschichte ist er immerhin bemerkenswert konsequent, dachte Billy T. erschöpft.

»...war alles sehr harmonisch. Ich hatte mir für Freitag freigenommen, wir wollten das ganze Wochenende miteinander verbringen. Allein. Die Kinder sind verreist.«

Als er die Kinder erwähnte, huschte wieder etwas, das Ähnlichkeit mit körperlichem Schmerz hatte, über sein Gesicht; eine Muskelanspannung unter seinen Augen, eine Wellenbewegung unter den Wangenknochen.

»Ich muß das aufschreiben, ehe wir weitermachen können«, sagte Billy T.

Er drehte seinen Sessel zur Tastatur um. Obwohl er nur mit drei Fingern schrieb, ging es schnell. Das Klappern der Tasten ließ Anwältin Borg und Oberstaatsanwalt Halvorsrud schweigen. Karen Borg schloß die Augen und hatte das Gefühl, daß ihr das Schlimmste noch bevorstand. Hanne Wilhelmsen hatte versprochen, ihr nach diesem Verhör alle

Unterlagen auszuhändigen, und das hatte sie akzeptiert. An sich war es ungeheuerlich, zu einem wichtigen Verhör zu erscheinen, ohne auch nur eines der dazugehörigen Dokumente gesehen zu haben. Andererseits wußte sie, daß Hanne sie niemals übers Ohr hauen würde. Nicht direkt. Wenn Karen Borg jetzt eine unangenehme Vorahnung gekommen war, dann, weil sie Billy T. kannte. Sie wußte, was die Flecken auf seinem Hals bedeuteten.

»Na gut«, sagte Billy T. plötzlich und wandte sich wieder Halvorsrud zu. »Sie wußten also nichts von diesen konkreten Trennungsplänen. Aber können Sie mir erzählen, warum in Ihrem Keller in einem alten Medizinschränkchen hunderttausend sorgfältig eingewickelte Kronen lagen?«

Der Oberstaatsanwalt wurde nicht rot. Er brachte auch keinerlei Erstaunen zum Ausdruck. Keine Schuldgefühle. Ihm sackte nicht das Kinn herunter, und er breitete nicht die Hände aus. Er starrte Billy T. vollkommen leer und aus Augen heraus an, die wieder so aussahen wie am Morgen, rot und tot.

»Hallo«, sagte Billy T. und schwenkte fünf Finger durch die Luft. »Ist da jemand? Was hat dieses Geld zu bedeuten?«

Halvorsrud fiel in Ohnmacht, ganz still und ruhig.

Erst schlossen sich seine Augen, als wolle er ein Nickerchen einlegen. Danach glitt sein starrer Oberkörper langsam zur Seite. Und hörte erst damit auf, als sein Kopf gegen die Wand neben dem Fenster knallte. Halvorsrud sah aus wie ein Fluggast, der den Film nicht weiter ansehen möchte. Sein Atem war kaum spürbar.

»Verdammt«, sagte Billy T. »Ist er tot?«

Karen Borg packte Halvorsrud am Revers.

»Hilf mir doch«, fauchte sie, und zusammen bugsierten sie Halvorsrud auf dem Boden in die stabile Seitenlage, dann rief Billy T. einen Unfallwagen und zwei Polizisten, die den Patienten ins Krankenhaus begleiten sollten.

»Habt ihr noch mehr?«

Der Fleck auf Karen Borgs cremefarbenem Rock war größer geworden. Sie versuchte ihn mit der Hand zu verdecken, dann gab sie auf. Sie streifte die Schuhe ab und rieb sich die Fußsohlen. Sie waren allein in Billy T.s Büro. Er gab keine Antwort.

»Hanne hat mir die Unterlagen für heute versprochen«, sagte Karen deshalb. »Ich gehe davon aus, daß dieses Versprechen noch immer gilt.«

Billy T. nahm einen Stapel Kopien aus einem emaillierten Wandregal. Rasch durchblätterte er die Papiere, dann entfernte er zwei mit einer Büroklammer zusammengeheftete Blätter.

»Die kannst du haben«, sagte er und gähnte noch einmal, als er ihr den Stapel reichte. »Der Rest muß warten, bis ich weiter mit deinem Mandanten gesprochen habe. Das mit der Kohle hat ihm ja offenbar so ziemlich eine reingehauen...«

Nachdenklich starrte er aus dem Fenster. Es regnete jetzt; große schwere Wassertropfen jagten einander in Streifenmustern über das schmutzige Fensterglas.

»Kann ich bald mal bei euch vorbeikommen?« fragte Billy T. plötzlich. »Am liebsten abends. Ich muß etwas Wichtiges mit euch besprechen. Mit dir und mit Håkon, meine ich.«

»Natürlich. Kannst du schon mal was andeuten? Worum geht es? Etwas Ernstes?«

Sie tauschten einen so langen Blick, daß Karen schließlich eine Grimasse schnitt und auf ihren wehen Fuß starrte.

»Glaube schon«, sagte Billy T. leise. »Ich komme am Montagabend. Okay? Falls diese Bude hier bis dahin nicht abbrennt.«

»Die bleibt stehen, bis das Dovregebirge einstürzt«, murmelte Karen und zog ihre Schuhe wieder an. »Willst du

70

nicht schon heute kommen? Wir sind zu Hause und haben nichts weiter vor.«

Billy T. dachte nach.

»Nein«, sagte er endlich. »Wir sehen uns am Montag. Gegen acht.«

II

Mit dreizehn schnitt Eivind Torsvik sich beide Ohren ab.

Er hatte durchaus nicht vor, am Blutverlust oder einer Infektion zu sterben. Am Vortag hatte er sich für gestohlenes Geld in der Apotheke sterile Kompressen und drei Rollen Pflaster gekauft. Er legte die abgeschnittenen Ohren in eine mit Watte ausgelegte Schachtel und zog mit blutverkrusteten Ohrlöchern in die Schule, um dem Lehrer sein Werk zu zeigen.

Und das war nötig gewesen.

In vieler Hinsicht hatte er schon damals das Gefühl gehabt, es sei zu spät. Zugleich wußte er, daß ihm noch etwas blieb. Er war für den Rest seines Lebens zerstört, gut, aber noch immer gab es in ihm etwas, das wert war, bewahrt zu werden. Wenn sich nur jemand um ihn kümmerte.

Er mußte seine Ohren opfern, um Hilfe zu bekommen.

Jetzt, mit siebenundzwanzig Jahren, hatte er nicht das Gefühl, daß das Opfer zu groß gewesen war. Natürlich wollte seine Brille nicht sitzen, er mußte sich Modelle kaufen, deren Bügel den Kopf geradezu einklemmten. Außerdem musterten die Leute ihn mit seltsamen Blicken. Aber vielen begegnete er ja nicht. Im Sommer wimmelte es in der Umgebung seiner Hütte nur so von Menschen, doch die festen Feriengäste hatten sich an den ohrenlosen jungen Mann gewöhnt, der immer lächelte und selten etwas sagte. Sie respektierten seine Grenzen; die um sein vier Dekar großes Grundstück und die um ihn selbst.

Tage wie diesen mochte er.

Es war Samstag, der 6. März. Der Regen färbte den Vormittag grau, der Wind malte weiße Schaumkronen auf den Fjord. Eivind Torsvik war nachts bis vier Uhr aufgewesen, fühlte sich aber trotzdem munter und voller Tatendrang. Er würde seinen vierten Roman bald beenden können.

Was gut war. Beim Endspurt, also immer ungefähr um diese Jahreszeit, fühlte er sich im Schreiben ganz und gar gefangen. Seiner eigentlichen Lebensaufgabe konnte er nicht viel Zeit widmen. Seine hochmoderne Computeranlage – die eine Hälfte seines Wohnzimmers dominierte und sie wirken ließ wie ein abgesperrtes Industrielokal – wurde zum schnöden Textverarbeitungsgerät reduziert.

Eivind Torsvik stapfte barfuß über die Felsen. Die Steine waren unter seinen Füßen kalt und uneben, und er fühlte sich stark. Das Salzwasser brachte seine Haut zum Brennen, als er ins Wasser sprang. Es konnte kaum mehr als sieben oder acht Grad haben. Nach Luft schnappend legte er zehn Meter zwischen sich und das Ufer, dann machte er kehrt und schwamm mit blitzschnellen Zügen und dem Gesicht unter Wasser zurück.

Zeit zum Frühstücken.

Und danach wollte er das Buch dann wirklich zu Ende bringen.

12

»Warum passiert das hier immer wieder?«

Hanne Wilhelmsen knallte *Dagbladet* und *VG* auf die Tischplatte. Erik Henriksen verschluckte sich und ließ einen Regen aus halbzerkauten Brotkrümeln über die Zeitungen rieseln.

»Was denn?« fragte der Polizeibeamte Karl Sommarøy und trank einen großen Schluck aus einem Halbliterglas voll Milch.

»Warum weiß die Presse mehr als wir? Warum hat niemand angerufen und mich geweckt?«

Niemand fühlte sich zu einer Antwort berufen. Hanne Wilhelmsen setzte sich in dem spartanisch möblierten Zimmer in einen Sessel am Tischende und begann, mit immer wütenderen Bewegungen in *VG* zu blättern.

»Du hast einen Schnurrbart«, sagte sie plötzlich und sah Sommarøy an, während sie einen Strich auf ihre eigene Oberlippe zeichnete. »Stimmt es, daß Halvorsrud eine Vorstrafe wegen Gewaltanwendung hat?«

»Die ist fast genau dreißig Jahre alt«, sagte Karl Sommarøy steif und wischte sich den Mund ab. »Mit sechzehn Jahren wurde er zu fünfzig Kronen Strafe verknackt, weil er auf einem Fest einem Kumpel eine reingesemmelt hat. Ein dummer, betrunkener Sechzehnjähriger, Hanne. Das hat nicht einmal seine Anwaltszulassung verhindert. Oder seine Karriere bei den Anklagebehörden. Die Episode ist aus allen Archiven schon längst gelöscht worden. Ich glaube nicht, daß sie für unseren Fall etwas zu bedeuten hat.«

»Das möchte bitte ich entscheiden«, sagte Hanne übellaunig. »Ich habe es satt, über meine Fälle in der Zeitung zu lesen. Woher wissen diese Leute das überhaupt alles?«

Sie zog eine Grimasse, ließ die Zeitung fallen und streckte die Hand nach dem Tablett mit den Kaffeetassen aus, das mitten auf dem ovalen Tisch stand.

»Tips«, sagte Erik Henriksen, der jetzt wieder zu Atem gekommen war. »Wenn Hoffnung auf zehntausend steuerfreie Kronen besteht, dann gibt es absolut keine Grenze dafür, was der Durchschnittsnorweger zu verkaufen bereit ist.«

»Ich weiß jetzt mehr über diese Disketten«, sagte Karianne Holbeck lächelnd.

Hanne hatte ihre Anwesenheit bisher nicht einmal registriert.

»Die aus dem Medizinschränkchen?«

Karianne Holbeck nickte.

»Und was weißt du?«

Hanne setzte sich gerade hin und zog ihren Stuhl an den
Tisch.

»Sie enthalten Informationen über vier verschiedene
Fälle. Wirtschaftskriminalität. Ziemlich dicke Kisten, soviel
ich sehen kann. Ich kannte jedenfalls drei von den Namen.
Einflußreiche Leute. Das Witzige ist, daß die Disketten
keine Kopien der eigentlichen Unterlagen enthalten. Sondern eher Zusammenfassungen. Sie sind zwar detailliert,
aber in Form und Inhalt haben sie keine große Ähnlichkeit
mit Polizeiberichten.«

Die Luft im fensterlosen Besprechungszimmer war schwer
und roch nach alten Käsebroten. Hanne Wilhelmsen merkte,
daß sie bereits jetzt Kopfschmerzen bekam. Sie massierte sich
die Schläfen mit den Zeigefingern und schloß die Augen.

»Weißt du etwas darüber, wer sie geschrieben haben
könnte?«

»Bisher noch nicht. Wir untersuchen sie jetzt natürlich
genauer.«

Hanne öffnete die Augen und schaute Erik Henriksen
an. Dann lächelte sie kurz und fuhr ihm durch die knallroten Haare. Vor langer Zeit war er einmal in sie verliebt gewesen, ein Welpe, der um ihre Beine herumwuselte und
noch für das kleinste Anzeichen von Vertraulichkeit dankbar schien. Als er dann endlich einsah, wie hoffnungslos das
alles war, hatten die ewigen Anspielungen der Hauptkommissarin auf seine Unterlegenheit und sein junges Alter angefangen, ihn zu ärgern.

»Hilf ihr, Erik«, sagte Hanne Wilhelmsen. »Und außerdem…«

Wieder schaute sie zu Karianne Holbeck hin. Etwas an dieser neuen Kollegin zog sie an. Karianne konnte kaum älter als sieben- oder achtundzwanzig Jahre sein. Sie war kräftig, aber nicht dick, und immer wieder machte sie eine witzige Kopfbewegung, um ihre halblangen blonden Haare hinter ihre Schultern zu schleudern. Ihr Blick erinnerte Hanne Wilhelmsen an die Augen eines Hundes, den sie als Kind oft ausgeführt hatte. Gelbbraun mit grünen Punkten, lebhaft und zurückhaltend zugleich, direkt und doch nicht ganz leicht zu lesen.

»Gibt's was Neues über diesen Computer?«

»Ja«, Karianne Holbeck nickte. »Die Festplatte war ganz neu.«

Die Tür wurde aufgerissen, und Billy T. kam herein und füllte den Raum dermaßen mit seiner Anwesenheit, daß Karianne Holbeck verstummte.

»Weiter«, bat Hanne Wilhelmsen, ohne zu Billy T. hinüberzublicken.

Verärgert nahm er neben Karl Sommarøy Platz und griff nach den marktschreierischen Zeitungen.

»Die Festplatte ist ganz einfach ausgetauscht worden«, erklärte Karianne Holbeck. »Und vermutlich erst vor kurzer Zeit. Wir haben die Produktionsnummern nachgesehen. Das Gerät war alt, wie wir angenommen haben. Alt und viel benutzt. Aber der Inhalt war eben…«

»Neu«, sagte Hanne nachdenklich und kniff die Augen zusammen.

Seit sie an einem Adventsabend des Jahres 1992 vor ihrem Büro zusammengeschlagen worden war, quälten sie immer wieder Kopfschmerzen. Während des letzten halben Jahres hatten sie sich noch verschlimmert.

»Wissen wir, wer an diesem Computer gearbeitet hat?«

»Bisher noch nicht«, sagte Karianne und versuchte, den Verschluß der klagende, piepsende Geräusche ausstoßenden Thermoskanne festzudrehen. »Aber so, wie die Umgebung aussah, tippe ich auf die Frau. Also auf Doris Flo Halvorsrud. Um den Computer herum lagen lauter Zettel mit Notizen über Einkäufe, Einrichtung und so. Und alles war so … ich weiß nicht richtig, wie ich es nennen soll. Feminin? Topfblumen und ein Teddy, der ganz oben am Computer angeklebt war. Sowas. Irgendwer sollte Halvorsrud fragen. Und die Kinder vielleicht. Die kommen morgen zurück.«

»Wie ist das Verhör gelaufen?«

Hanne Wilhelmsen verschränkte die Hände in ihrem Nacken und sah Billy T. an. Der spuckte sich auf die Finger und blätterte wütend weiter in *VG*.

»Er ist in Ohnmacht gefallen, stell dir das vor.«

»Was?«

»In Ohnmacht gefallen. Mitten im Verhör. Ich hab ihn nach der Kohle im Keller gefragt, und schon war der Typ verschwunden. Ist still und ruhig in sich zusammengesunken.«

»Hast du das Verhör protokolliert?«

»Ja. Aber es ist noch nicht unterschrieben. Halvorsrud ist in Ullevål. Es ist nichts Ernstes, sagen die Ärzte. Morgen kommt er wieder her.«

»Wenn nicht irgendein Weißkittel behauptet, daß er die Luft hier nicht verträgt.« Erik Henriksen steckte sich eine Zigarette hinters Ohr.

»Das wäre dann typisch. Der Durchschnittspöbel muß wochenlang in unserem miesen Hinterhof aushalten. Aber wenn wir einen Kerl in einem teuren Anzug hochnehmen, ist es gesundheitsgefährdend, da länger als drei Stunden zu sitzen.«

»Machen wir einen Spaziergang?« fragte Billy T. und sah Hanne an.

»Spaziergang?« fragte sie ungläubig. »Jetzt?«

»Ja. Du und ich. Einen Spaziergang. Einen Arbeitsspaziergang. Wir können unterwegs über den Fall reden. Ich könnte ein bißchen frische Luft vertragen.«

Er sprang so abrupt auf, daß sein Stuhl fast umgefallen wäre, und ging auf die Tür zu, als sei die Sache schon entschieden.

»Komm!« kommandierte er und schlug ihr auf die Schulter.

Hanne wand sich und blieb sitzen.

»Nimm Kontakt zur Wirtschaftskripo auf, Karianne. Sieh dir die Fälle an, von denen auf den Disketten die Rede ist. Stell fest...« Sie hob die Hände und zählte an ihren Fingern mit. »...ob da noch ermittelt wird, ob es irgendwann zu einer Anklage gekommen ist, ob die Ermittlungen eingestellt worden sind und...«

Hanne verstummte.

»Und wer in diesem Fall die Einstellung beschlossen hat«, fuhr sie fort. »Wenn es Halvorsrud war, dann bitte einen Staatsanwalt, sich das genauer anzusehen. Ob die Einstellung wirklich begründet war. Und du, Karl...«

Sie starrte den Polizeibeamten Sommarøy an. Es fiel ihr immer schwer, ihm in die Augen zu sehen. Ihr Blick wanderte in der Regel über sein Gesicht nach unten; faszinierenderweise war er fast kinnlos. Bei ihrer ersten Begegnung hatte sie einen schicksalhaften Unfall für seine seltsame untere Gesichtshälfte verantwortlich gemacht. Der Mann war hochgewachsen und athletisch, er hatte kräftige lockige Haare. Seine Augen waren groß und grün, mit kurzen, maskulinen Wimpern. Die kühn geschwungene, große Nase hätte seiner ganzen Gestalt eine fast autoritäre Prägung gegeben, wenn das Gesicht nicht unter dem schmalen Mündchen mehr oder weniger aufgehört hätte. Gott schien sich mit Karl Sommarøy einen üblen Scherz erlaubt und ihm die Kinnpartie eines vierjährigen Kindes verpaßt zu haben.

»Du suchst alles zusammen, was wir bisher an Zeugenaussagen haben, schreibst eine Zusammenfassung und legst sie vor morgen früh um neun auf meinen Schreibtisch. Zusammen mit Kopien aller Verhöre.«

»Das sind aber schon fast zwanzig«, klagte Karl Sommarøy und trommelte mit der linken Hand auf dem Tisch herum. »Und in keinem wird etwas wirklich Wichtiges gesagt.«

»Dann kann es ja keine große Aufgabe sein. Morgen früh um neun.«

Hanne Wilhelmsen erhob sich.

»Ich geh jetzt frische Luft schnappen«, erklärte sie und lächelte so breit, daß die Neulinge im Besprechungszimmer sie überrascht anstarrten.

In der Türöffnung fuhr sie noch einmal herum und nickte Karianne Holbeck zu.

»Du weißt doch, worauf ich mit den Fällen auf den Disketten hinauswill?«

»Ich habe mir das auch schon überlegt«, sagte Karianne mit einem tiefen Seufzer. »Wenn wir recht haben, dann steckt Halvorsrud ziemlich in der Tinte.«

»Das tut er ohnehin schon«, murmelte Erik Henriksen. »Ich wette einen Tausender, daß der Kerl lügt wie gedruckt.«

Niemand mochte dagegen halten.

13

Evald Bromo hatte das Internet noch nie für diese Dinge benutzt. Er wußte, wieviel es dort draußen gab. Aber er hatte sich nie getraut.

Apathisch starrte er die sinnlosen Muster des Bildschirm-schoners an. Ein Kubus zerfiel zu Kugeln, die dann wuch-sen, sich in Blumen verwandelten, die verwelkten und zu einem vierfarbigen Dreieck wurden. Wieder und wieder. Langsam nahm er die Brille ab, putzte sie gründlich mit dem Hemdzipfel und setzte sie wieder auf. Das Dreieck wurde zum Kubus. Der Kubus zu wachsenden Kugeln.

»Der Åsgardausbau«, sagte er halblaut zu sich selbst und griff nach der Maus.

Der Bildschirmschoner verschwand. Eine leere Seite tauchte vor ihm auf. Sie war seit zwei Stunden nicht verän-dert worden.

Offenbar war Statoil im vielleicht größten Prestigepro-jekt der fast dreißig Jahre langen Geschichte dieser staatli-chen Ölgesellschaft bei der Budgetplanung ein katastropha-ler Fehler unterlaufen. Die endlos lange Åsgardkette – der Ausbau des Feldes auf der Haltenbank, die Rohrgasleitung bis nach Karstø in Rogaland, der Ausbau der Raffinerie und der Rohrgasleitung Europipe II – sollte plangemäß an die fünfundzwanzig Milliarden Kronen kosten. Nach allem, was Evald Bromo gehört hatte, lagen die neuen Berechnungen bis zu fünfzehn Milliarden über dem ursprünglichen Betrag. Wenn das stimmte, dann konnte man unmöglich sagen, wer in zwei Monaten noch aufrecht auf dem Schlachtfeld ste-hen würde. Bestimmt nicht der Konzernchef. Und auch nicht der Aufsichtsrat.

Evald Bromo konnte kein Wort schreiben.

Er dachte an alles, was im Net lag. Nur einige Mausklicks entfernt. Die Spannung in seinem Leib ließ seine Knie gegeneinander schlagen, unbewußt und immer härter, bis der Schmerz ihn zum Stillhalten zwang.

Evald Bromo wußte, was Spannung bedeutet.

Er wußte, daß er zu tun hatte, aber er wollte nicht. Dies-mal nicht. Zwei E-Mails waren in sein Leben eingebrochen und hatten das Arbeiten unmöglich gemacht. Eine Tour im Net konnte vielleicht helfen. Zumindest für eine kleine Weile.

Er konnte nicht.

Elektronische Spuren blieben immer gespeichert.

Evald Bromo beschloß, nach Hause zu laufen. Vielleicht würde er den ganzen Abend weiterjoggen. Er erhob sich, streifte Jacke, Hemd und Hose ab und zog seinen schwarzgelben Trainingsanzug an. Als er sich die Turnschuhe zuband, merkte er, daß er bereits schwitzte. Seine Hände waren feucht, und er nahm seinen strengen Geruch wahr, als er zur Tür lief.

Er vergaß, dem Schlußredakteur zu sagen, daß sein Artikel noch nicht fertig war. Als es ihm einfiel – fünf Kilometer Sprintjogging später –, blieb er für einen Moment stehen, dann investierte er alle Kraft ins Weiterlaufen.

Evald Bromo brachte es nicht einmal über sich, zu telefonieren.

14

Die scharfe Luft biß sie in die Wangen, und Hanne Wilhelmsen blieb stehen. Sie legte den Kopf in den Nacken, schloß die Augen und spürte, wie die Feuchtigkeit aus dem Boden wie eine kühle Liebkosung durch ihre dünnen Schuhsohlen drang und sich um ihre Waden legte. Sie holte tief durch die Nase Luft und merkte, daß sie zum ersten Mal seit langer Zeit keine Lust auf eine Zigarette hatte. Die Bäume standen wintergrau und pessimistisch am Waldweg, doch hier und dort lugte schon ein Huflattich aus dem verfaulenden Laub hervor. Hanne fröstelte und fühlte sich wohl.

»Gute Idee«, sagte sie und hakte sich bei Billy T. unter. »Ich mußte da wirklich mal für einen Moment raus.«

Billy T. hatte ihr von dem Verhör erzählt. Von Halvorsruds standhafter Geschichte über Ståle Salvesen. Von der Tatsache, daß er dem Staatsanwalt widerwillig glaubte. Daß der Fall, der ihn anfangs nur angewidert hatte, ihn inzwischen faszinierte.

»Falls Halvorsrud die Wahrheit sagt«, überlegte er, »sehe ich nur zwei Möglichkeiten. Entweder irrt er sich. Er glaubt, der Mörder sei Salvesen gewesen, aber in Wirklichkeit war es ein anderer. Einer, der Ähnlichkeit mit Salvesen hat.«

Hanne rümpfte die Nase.

»Find' ich auch«, sage Billy T. sofort. »Klingt unwahrscheinlich. Vor allem, wo der Mörder so lange da war und Halvorsrud darauf besteht, daß er es war. Die Alternative wäre natürlich, daß Salvesen gar nicht tot ist.«

»Wäre möglich«, sagte Hanne zustimmend. »Er arrangiert am Montag einen Selbstmord, versteckt sich, um am Donnerstag zuzuschlagen, und setzt sich danach in einen anderen Erdteil ab.«

Sie wechselten einen zweifelnden Blick.

»Ich habe sowas schon mal gelesen«, sagte Billy zögernd. »Und im Film gesehen und so, meine ich. Aber um ehrlich zu sein, von so einem Fall habe ich in Wirklichkeit noch nie gehört.«

»Was nicht bedeutet, daß es nicht passieren kann«, sagte Hanne. »Er kann solche Filme doch auch gesehen haben.«

Sie bogen vom Waldweg ab und folgten einem Pfad, der nach nur wenigen Metern bei einem Rastplatz am Skarselv endete. Das Wasser floß schwer und regenschwanger zum Maridalsvannet weiter; eine Wolke aus rauher Feuchtigkeit hing über dem Flußufer. Ohne den Winterschmutz von der verwitterten Holzbank zu wischen, setzten Hanne und Billy T. sich und schauten aufs Wasser hinaus.

81

»Aus diesem Duft sollte Parfüm gemacht werden«, sagte Hanne, lächelte und schnupperte in der Luft herum. »Wir müßten ein Motiv finden. Vielleicht.«

»Vielleicht«, wiederholte Billy T. »Wenn wir uns mal, einfach nur so, für einen Moment vorstellen, daß Halvorsrud die Wahrheit sagt. Und recht hat. Warum zum Teufel sollte Salvesen die Frau eines Staatsanwalts umbringen? Die kannten sich doch überhaupt nicht.«

»Nein. Aber Ståle Salvesen war nach den Ermittlungen, von denen du erzählt hast, doch mehr oder weniger ruiniert. Nach dem, was zu Anfang der neunziger Jahre passiert ist. Unter Halvorsruds Leitung.«

»Das schon«, sagte Billy T. und wandte sich Hanne halbwegs zu. »Offenbar hat Salvesens Leben eine dramatische Wendung genommen, als die Wirtschaftskripo ihm draufkam. Das schon. Aber warum jetzt? Wenn der Typ dermaßen von Haß auf Halvorsrud erfüllt war, daß er aus Rache dessen Frau um die Ecke bringen wollte, warum hat er sieben oder acht Jahre damit gewartet?«

Hanne gab keine Antwort.

Die Salvesen-Geschichte ergab keinen Sinn. Hanne Wilhelmsens Devise hatte immer gelautet: Das Einfache ist das Wahre. Das, was auf der Hand liegt, ist richtig. Verbrechen geschehen zumeist impulsiv, sind selten kompliziert und so gut wie nie konspirativ.

Natürlich gab es Ausnahmen von diesen Regeln. Im Laufe der Jahre hatte sie eine nicht unbedeutende Anzahl von Fällen aufklären können, weil sie wußte und begriff, daß jede Regel ihre Ausnahme hat.

»Den eigenen Selbstmord vortäuschen ...«

Sie brach einen Zweig von der kleinen Birke und steckte ihn in den Mund. Er schmeckte scheußlich. Der Saft klebte an ihren Lippen.

»Ohne ein anderes Motiv, als daß der Mann vor vielen

Jahren unter Verdacht stand. Wobei es nicht einmal zur Anklage gekommen ist.«

Hanne spuckte aus, ließ den Birkenzweig fallen und ging
zum Wasser. Das Rauschen des Flusses ließ ihr Trommelfell aufdröhnen, und sie lachte laut, ohne zu wissen, warum.

»Und jetzt kommt eine andere Theorie«, rief sie Billy T.
zu. »Wenn Halvorsrud nun Leuten, gegen die ermittelt
wurde, Informationen von der Wirtschaftskripo verkauft
hat?«

Das Ufer war glitschig. Hanne balancierte von Stein zu
Stein. Plötzlich rutschte ein Fuß unter ihr weg. Das eiskalte
Wasser reichte ihr bereits bis zum Knie, dann konnte sie sich
verwirrt aufs Trockene retten.

»Vielleicht war seine Frau ihm auf die Schliche gekommen«, sagte sie und schüttelte heftig ihr nasses Bein. »Hat an
ihrem Computer darüber geschrieben. Und weil sie mit
einem Helden verheiratet sein wollte und nicht mit einem
Schurken, wollte sie sich scheiden lassen. Wir sollten wohl
zum Auto rennen. Sonst hol ich mir noch eine Lungenentzündung.«

Sie liefen um die Wette. Sie stießen und knufften sich und
versuchten, sich gegenseitig ein Bein zu stellen, als sie wie
die Besessenen zum Auto stürzten.

»Aber Halvorsrud wollte sich nicht scheiden lassen«,
keuchte Hanne und hob die Hand zu einer Siegerinnenge-
ste. »Doris war zu einer Bedrohung geworden. Und zwar zu
einer ernsthaften. Er bringt sie um, saugt sich eine dermaßen phantastische Geschichte aus den Fingern, daß irgendwer ihm einfach glauben muß, und hält daran fest –
come hell or high water.«

»Aber zum Teufel, Hanne«, sagte Billy T., während er versuchte, sich in den kleinen, ausrangierten Dienstwagen zu
zwängen, »warum arrangiert er dann nicht lieber ein Un-

glück? Einen Autounfall? Feuer im Haus? Ein Samuraischwert, Hanne! Eine regelrechte Enthauptung!«

Das Auto hustete sich über den Maridalsvei. Es herrschte
nur wenig Verkehr, obwohl es Samstagnachmittag war und
sie sich in einem der beliebtesten Naherholungsgebiete
Oslos befanden. In der Kurve vor den Ruinen der Marien-
kirche starb der Motor ab.

»Verdammte Scheißkarre!«

Billy T. hämmerte mit der Faust aufs Lenkrad. Hanne
lachte.

»Dieses Auto ist wie ein kleines Kind. Ich kenne es gut.
Anfangs ist es eifrig, aber wenn ihm dann die Füße wehtun,
mag es keinen Schritt mehr weitergehen. Vielleicht sollten
wir es nach Hause tragen?«

Sie keuchte vor Lachen, als Billy T. in seiner Wut
irgendwo hängenblieb und aus dem engen Wagen nicht
ganz aussteigen und auch nicht wieder einsteigen konnte.

»Ruf die Wache an«, fauchte er. »Ruf die verdammte
Feuerwehr an, wenn's sein muß. Hol mich hier raus!«

Hanne Wilhelmsen kletterte aus dem Wagen. Sie zog die
Jacke dichter um sich zusammen und schlenderte zum Maridalsvannet hinunter, während sie das Handy aus der Tasche
zog. Zwei Minuten später wurde ihr beteuert, Hilfe sei bereits unterwegs.

Das Eis war noch nicht geschmolzen. Es lag wie ein
schmutziggrauer Deckel über Oslos Trinkwasserquelle.
Hanne blieb stehen, als sie einen erwachsenen Elch sah, der
das Schmelzwasser von der Eisfläche schlürfte. Dann schien
er ihre Witterung aufgefangen zu haben; das riesige Tier riß
wachsam den Kopf nach oben, dann trabte es zu einem
Wäldchen und war verschwunden.

Hanne Wilhelmsen war sich plötzlich auf unerklärliche
Weise sicher. Ståle Salvesen war tot. Sie konnte es natürlich
nicht wissen. Aber sie wußte es trotzdem.

»Reiß dich zusammen«, sagte sie wütend zu sich.

Dann schüttelte sie diesen Gedanken ab und ging, um Billy T. zu helfen, der noch immer im alten Ford Fiesta feststeckte und dermaßen fluchte, daß es sicher im ganzen Tal zu hören war.

15

Der letzte Punkt wurde immer mit einer kleinen Zeremonie gesetzt. Eivind Torsvik hatte morgens eine Flasche Vigne de l'Enfant Jésus geöffnet. Jetzt atmete der Rotwein schon seit zehn Stunden. Er hielt das Glas ins Licht des Bildschirms und ließ die Flüssigkeit darin kreisen. Er genoß das befriedigende Gefühl, bald zum letzten Mal die Taste für den Punkt berühren zu können.

Er war in der Schule nie gut gewesen. In der Volksschule hatte er sich selten blicken lassen. Nachdem er sich mit dreizehn Jahren die Ohren abgeschnitten hatte und sein Leben ein wenig erträglicher geworden war, hatte er rasch begriffen, daß es ihm an grundlegendem Wissen fehlte. Deshalb gab er mehr oder weniger auf. Er kam ohne zurecht.

Eivind Torsvik wußte kaum etwas über die Geschichte des Parlamentarismus. Natürlich hatte er vom amerikanischen Bürgerkrieg und der russischen Revolution gehört, aber er hatte doch nur unklare Vorstellungen davon, wann sie stattgefunden hatten und worum es dabei gegangen war. Was die Literatur anging, so hielt er sich an drei Bücher: *Moby Dick*, Hamsuns *Hunger* und Jens Bjørneboes *Traum vom Rad*. Mehr las er nicht. Er hatte sie während seiner ersten Wochen im Gefängnis gelesen, als er nicht schlafen konnte. Danach hatte er sie noch dreimal gelesen. Der Schlafmangel hatte zu einer Woche im Krankenhaus geführt. Als er beschloß, es mit Schreiben zu versuchen, hatte er zugleich beschlossen, niemals von anderen verfaßte Bücher zu lesen. Das würde ihn nur durcheinanderbringen.

Beim IQ-Test im Rahmen der gerichtspsychiatrischen Untersuchung staunten alle darüber, daß sein Resultat weit über dem Durchschnitt lag. Eivind Torsvik nutzte seinen scharfen Verstand, um Bücher zu schreiben, die niemand aufschlagen konnte, ohne sie dann zu Ende lesen zu müssen. Außerdem sprach er gut Englisch, das hatte er gelernt, als er sich per Video amerikanische B-Filme angesehen hatte, während die anderen Kinder in der Schule saßen.

Da er nur selten Zeitung las, hatte sein Verlag ihm nach Erscheinen des ersten Buches die Rezensionen per Post geschickt. Zum ersten Mal in seinem Leben hatte Eivind Torsvik sich wirklich zufrieden gefühlt. Nicht, weil die Lobesworte ihm geschmeichelt hätten – was sie natürlich doch taten –, sondern weil er das Gefühl hatte, gesehen zu werden. Verstanden. Sein erstes Buch war ein dicker Schinken von über siebenhundert Seiten und handelte von einer glücklichen Nutte, die in Amsterdams heruntergekommenen Seitenstraßen regiert. Eivind Torsvik war niemals in Amsterdam gewesen. Als er ein Jahr später erfahren hatte, daß sein Buch auch in den Niederlanden ein großer Erfolg war, hatte er dem Wärter in Ullersmo, der ihm einen halbwegs ausrangierten PC in die Zelle gestellt und gesagt hatte: »Hier, Eivind. Hier ist dein Schlüssel zur Welt da draußen«, einen dankbaren Gedanken gewidmet.

Eivind Torsvik dachte selten an seine Jahre im Gefängnis. Nicht, weil die Erinnerung an die Zeit hinter Schloß und Riegel besonders schmerzhaft gewesen wäre. Im Laufe der vier Jahre, die er nach einem an seinem achtzehnten Geburtstag begangenen Mord hatte sitzen müssen, hatte er alles gelernt, was er zu einem guten Leben brauchte. Neben Schreiben lernte er auch den Umgang mit Computern. Die

Wärter machten Eivind Torsvik niemals Probleme, sie behandelten ihn mit Respekt und manchmal sogar mit etwas, das wie Güte aussah. Die anderen Häftlinge ließen ihn mehr oder weniger in Ruhe. Sie nannten ihn »Engelchen«. Obwohl der Name eigentlich seine blonden Locken und sein ewiges, unergründliches Lachen verspotten sollte, hatte er sich nie beleidigt gefühlt. Da er wegen Mordes saß, ließen auch die Neuankömmlinge Engelchen einigermaßen ungestört sein Leben leben. Nach zwei Monaten verlor niemand mehr ein Wort über die fehlenden Ohren.

Wenn er zum ersten Mal seit langer Zeit an die Zelle dachte, in der er vier Jahre verbracht hatte, dann geschah das, weil er jetzt den Schlußpunkt setzen würde. Er schloß die Augen und suchte in seiner Erinnerung. Fünf Tage vor seiner Entlassung hatte er zum ersten Mal die Freude erlebt, ein Manuskript für vollendet erklären zu können. Da er im Gefängnis keinen Zugang zu Wein hatte, hatte er sich schon lange im voraus eine Flasche Obstsprudel gekauft. Ein Wärter hatte über seine Bitte gelächelt, hatte aber trotzdem ein schönes Sektglas besorgt. Als Eivind Torsvik sich und seinem allerersten Roman zugeprostet hatte, war ihm das Prickeln der Kohlensäure an seinem Gaumen als das erschienen, was in seinem Leben jemals einem guten sexuellen Erlebnis am nächsten kommen würde.

Er trank einen Schluck Wein. Es war warm in der Hütte, schwül, fast heiß. Eivind Torsvik trug T-Shirt und Jeans, und als er endlich den Rotwein hinunterschluckte, ließ er einen Finger die Punkttaste berühren.

Und wenn er sich auf die nächsten vier Monate auch nicht gerade freute, so empfand er doch eine tiefe Befriedigung bei der Vorstellung, daß er sich mit etwas anderem beschäftigen würde.

16

Hanne Wilhelmsen wollte nicht einschlafen. Sie klimperte mit den Lidern, schüttelte heftig den Kopf und versuchte mit aller Kraft, sich wach zu halten. Wieder hatte Essen auf dem Tisch gestanden, als sie nach Hause gekommen war. Wieder hatte Cecilie Kerzen angezündet und schöne Musik aufgelegt, die das Zimmer mit etwas erfüllte, das Aufmerksamkeit verlangte. Und wie jedesmal seit endlos vielen Tagen, Wochen, vielleicht sogar Monaten wurde Hanne von etwas erfüllt, das vor allem Ähnlichkeit mit Irritation hatte. Vermutlich handelte es sich um schlechtes Gewissen. Daran hielt sie sich fest, sie klammerte sich an ein Gefühl der Unzulänglichkeit und versuchte, sich damit zum Wachbleiben zu zwingen.

»Ich geb's auf«, sagte sie endlich. »Tut mir leid, Cecilie, aber jetzt muß ich einfach schlafen. Sonst brech ich zusammen, ich …«

Die Musik verstummte. Die Stille war so überwältigend, daß Hanne schon glaubte, sie müsse noch eine halbe Stunde hinzugeben. Um des häuslichen Friedens willen. Um Cecilies willen.

»Ich gehe ins Bett«, sagte sie leise. »Danke für das Essen. Es hat wunderbar geschmeckt.«

Cecilie Vibe schwieg. Ihre Gabel verharrte in der Luft. Ein kleines Stück Steinbeißer löste sich, und sie starrte das Fischfleisch an, bis es endlich zurück in die Zitronensoße fiel, die auf dem Teller auf ziemlich unappetitliche Weise geronnen war. Als sie hörte, wie Hanne die Schlafzimmertür hinter sich schloß, hatte sie nicht einmal mehr die Kraft zum Weinen.

Statt dessen blieb sie sitzen und las ein Buch.

Sonntag, der 7. März zog herauf. Die Dämmerung kroch

in die Wohnung. Endlich schlief Cecilie in ihrem Sessel ein. Als Hanne gegen acht Uhr aufstand, breitete sie eine Decke über ihre Lebensgefährtin, ohne sie zu wecken, verzichtete aufs Frühstück und verschwand.

17

Preben Halvorsrud war zu jung, um seine eigene verwirrte Trauer zu begreifen. Sein Gesicht zeigte vor allem Trotz und Verweigerung. Die Pickel um seine Nasenwurzel waren feuerrot, und seine Wimpern – lang und geschwungen wie die eines Mädchens – waren von Rotz und Tränen verklebt. Sein Mund war zu einer abweisenden Grimasse mit feuchten Mundwinkeln verzogen, die er nicht trockenzulecken wagte. Die Augen des Jungen hatten Billy T. nur kurz gestreift, als der ihn bei seiner Tante abgeholt hatte. Seither hatten sie kaum einen Blick gewechselt.

»Schön, daß ihr bei deiner Tante wohnen könnt.«

Billy T. wollte schon resignieren. Er fand Vernehmungen von Kindern grauenhaft. Kinder hatten auf einer Wache nichts verloren. Alle unter zwanzig waren für Billy T. Kinder. Er selbst hatte mit neunzehn ein ausgeborgtes Auto zu Schrott gefahren. Dem Vater seines Kumpels war er dann unendlich dankbar gewesen. Der hatte die Verbrecher zur Strafe sein Haus neu anstreichen lassen. Die Ordnungsmacht hatte von der Sache nie etwas erfahren. Als Billy T. sich drei Jahre später an der Polizeischule bewarb, hatte er sein makelloses Führungszeugnis auf den Tisch hauen können. Die Sache hatte ihn zwei Dinge gelehrt: Erstens, daß es für die Dummheiten, die Jugendliche begehen können, keine Grenzen gibt. Und zweitens, daß das allermeiste verziehen werden kann.

Preben Halvorsrud war neunzehn Jahre alt und hatte nicht einmal eine Flasche Limonade gestohlen. Er hatte gar nichts verbrochen. Trotzdem saß er auf der Wache in einem ungemütlichen Büro und nagte sich die Finger bis aufs Blut ab, weil es schon längst keine Nägel zum Abbeißen mehr gab. Er rutschte in seinem Sessel hin und her und spreizte die Beine, ohne zu begreifen, daß das eher kindisch denn maskulin wirkte.

»Wann kann ich denn mit meinem Alten reden?«

Er richtete diese Frage an seinen eigenen Oberschenkel.

»Schwer zu sagen«, erwiderte Billy T. »Wenn wir den Kopf ein bißchen über Wasser haben und sehen, was hier eigentlich passiert ist.«

Als er das sagte, ging ihm auf, wie sinnlos diese Antwort war. Dem Jungen sagte sie gar nichts. Preben Halvorsrud wollte jetzt zu seinem Vater. Sofort.

»Bald«, korrigierte Billy T. sich. »So bald wie überhaupt nur möglich.«

Er hatte keine Fragen mehr. Vorsichtig hatte er versucht, den Jungen nach der Beziehung seiner Eltern auszufragen. Preben antwortete zumeist einsilbig. Der Junge zeigte aber immerhin eine mürrische, widerwillige Fürsorge für seine Geschwister. Vor allem schien er sich um seine sechzehnjährige Schwester Sorgen zu machen.

»Wann ist die Beerdigung?« fragte er plötzlich und starrte aus dem Fenster.

Billy T. gab keine Antwort. Er wußte es nicht. Preben Halvorsruds Mutter war erst vor drei Tagen enthauptet worden. Bisher hatten Billy T. und die übrigen elf Ermittler sich ausschließlich darauf konzentriert, die losen Fäden zu einem Gewebe zusammenzubringen, das ihnen am Ende zeigen würde, wer Doris Flo Halvorsrud ermordet hatte. Aber die Frau mußte natürlich begraben werden. Für einen absurden Moment sah Billy T. zwei Särge vor sich; einen großen für den Leichnam und einen kleinen, adretten für den Kopf. Er verkniff sich ein äußerst unangebrachtes Lächeln.

»Kann mein Alter gehen?«

Der Junge blickte ihn für einen kurzen Moment an. Er war seiner Mutter wie aus dem Gesicht geschnitten, trotz der spätpubertären und viel zu großen Nase und seiner Haut, die ihm bei den Mädchen sicher arge Probleme machte.

»Von hier weg, meinst du? Nein. Er muß sicher noch eine Weile hier bleiben. Wie gesagt…«

»Ich meine nicht von hier. Ich kapier ja, daß das nicht geht. Ich meine zur Beerdigung. Zur Beerdigung meiner Mutter. Kann mein Alter da hinkommen?«

Billy T. rieb sich das Gesicht und zog lange und hart die Nase hoch.

»Da bin ich mir wirklich nicht sicher, Preben. Ich werde mein Bestes tun.«

»Das wäre auf jeden Fall gut für meine Schwester. Sie ist so ein… Papakind, sozusagen.«

»Und du«, fragte Billy T. »Was ist mit dir?«

Der Junge zuckte mit den Schultern.

»Naja…«

»Glaubst du, es ist wichtig für deinen Vater? Zur Beerdigung gehen zu können, meine ich?«

Preben Halvorsrud zog eine Grimasse, die Billy T. einfach nicht deuten konnte. Vielleicht war er einfach nur müde.

»Mmm«, er nickte kurz.

»Warum?«

»Sie haben sich doch geliebt, Mann!«

Zum ersten Mal durchbrach Wut die abweisende Verschlossenheit. Der Neunzehnjährige richtete sich im Sessel auf und nahm die Hand vom Mund.

»Meine Eltern waren seit über zwanzig Jahren verheiratet. Ich weiß ja auch, daß das nicht immer so verdammt leicht war. Das geht sicher allen so. Sie zum Beispiel...«

Ein schmuddeliger Zeigefinger mit Blut an der Spitze zeigte auf Billy T.

»Sind Sie verheiratet?«

»Nein«, sagte Billy T. »Aber ich heirate im Sommer.«

»Haben Sie Kinder?«

»Vier. Bald fünf.«

»Himmel«, rief Preben Halvorsrud und ließ seinen Finger sinken. »Mit derselben Frau?«

»Nein. Aber hier ist nicht von mir die Rede.«

Billy T. knallte unnötig hart mit einer Schreibtischschublade.

»Doch«, sagte Preben. »Hier ist von Ihnen die Rede. Wenn Ihre Kinder verschiedene Mütter haben, dann wissen Sie doch, wovon ich rede. Daß nicht alles immer so verdammt leicht ist. Sie haben es doch auch nicht geschafft. Sich immer nur an eine zu halten, meine ich. Wenn die Mutter Ihrer Kinder tot wäre, wäre es für Sie dann nicht wichtig, zu ihrer Beerdigung zu gehen, was meinen Sie? Meinen Sie nicht?«

Seine Stimme schlug ins Falsett um, als sei der Junge eigentlich erst fünfzehn. So sah er auch aus. Seine Augen liefen jetzt fast schon über. Der dünne Schild aus Gleichgültigkeit bekam Risse. Billy T. seufzte laut und erhob sich. Das Gefühl, ein Arsch zu sein, lähmte ihn fast, als er sich über den Jungen beugte. Preben Halvorsrud krümmte sich unter ihm zusammen.

»Sie hatten also Probleme.«

Der Junge nickte ganz kurz.

»In welcher Weise denn?«

Preben schniefte laut und rieb sich rasch mit dem Handrücken über die Augen. Dann hob er das Kinn und schaute

Billy T. an. Die Tränen, die schwer an seinen Wimpern hingen und jederzeit herunterfallen konnten, glitzerten im grauweißen Tageslicht.

»Was wissen wir denn schon über unsere Eltern«, sagte er leise. »Über solche Dinge, meine ich.«

Billy T. überlief ein Schauer. Ohne nachzudenken, strich er Preben über die Haare. Der Junge erstarrte unter dieser Berührung, wich jedoch nicht aus.

»Da hast du recht«, sagte Billy T. »Im Grunde wissen wir verdammt wenig. Ich fahre dich jetzt nach Hause. Zu deiner Tante, meine ich. Aber vorher möchte ich dich noch fragen…«

Billy T. öffnete eine Schreibtischschublade und zog eine große schwarze Taschenlampe hervor. Sie steckte in einer durchsichtigen Plastiktüte.

»Kennst du die? Gehört sie vielleicht dir?«

Preben streckte die Hand nach der Lampe aus, ließ sie dann aber sinken.

»Die gehört Marius. Jedenfalls hat er so eine. Die so aussieht, meine ich.«

»Alles klar«, Billy T. lächelte und legte die Lampe wieder weg. »Jetzt gehen wir.«

Als sie in den Nieselregen vor der Wache hinaustraten, um zum Auto zu gehen, blieb Preben Halvorsrud stehen.

»Müssen Sie auch mit Thea und Marius sprechen?«

Billy T. zuckte mit den Schultern und dachte kurz nach. Dann klopfte er dem jungen Mann auf die Schulter. Der war dünner, als er in seinen locker hängenden Kleidern aussah.

»Nein«, sagte er dann endlich. »Ich verspreche dir, daß wir deine Geschwister nicht quälen werden.«

»Schön«, sagte Preben Halvorsrud. »Thea muß Ruhe haben.«

Sein Lächeln, das erste, das Billy T. an ihm sah, ließ den

Neunzehnjährigen wieder fünf Jahre jünger aussehen. Die fettigen, modisch geschnittenen Haare fielen ihm in die Stirn, und Billy T. hoffte, daß er nichts versprochen hatte, das sich als unhaltbar erweisen würde.

18

Polizeipräsident Hans Christian Mykland vom Polizeidistrikt Oslo bekleidete dieses Amt jetzt seit genau zwei Jahren, zwei Monaten, zwei Wochen und zwei Tagen. Diese vier Zweien hatten ihn an diesem Morgen von der Kühlschranktür her angestarrt. Sie waren sorgfältig mit Filzstift auf einen A 4-Bogen aufgezeichnet und mit zwei Magneten befestigt worden, mit einem als Clown verkleideten Schwein und einer Minidarstellung der Prager Astronomischen Uhr. Polizeipräsident Mykland hatte sich sichtlich geärgert, hatte das Blatt aber hängen lassen. Seine Arbeitgeber im Justizministerium wußten nichts von der Abmachung, die er mit seiner Familie getroffen hatte, bevor er sich um den Posten von Oslos oberstem Polizeichef bewarb.

Drei Jahre. Allerhöchstens.

Die Söhne, die damals zwölf und fünfzehn gewesen waren, hatten sich vorbehaltlos auf die Seite ihrer Mutter gestellt. Der jüngere hatte seinem Vater sogar eine Art Vertrag vorgelegt, den dieser vor Antritt der neuen Stelle unterzeichnen mußte. Wenn er sich dem Jungen gefügt hatte, dann deshalb, weil der Zwölfjährige für einen Moment zu seinem ältesten Bruder geworden war. Mit nur zwanzig Jahren hatte sein Sohn Simen sich das Leben genommen. Als er allein im Ferienhaus gewesen war, hatte er sich mit einem verrosteten alten Taschenmesser elf brutale Wunden versetzt. Der Arzt hatte den Blick abgewandt, als Mykland ihn fragte, wie lange der Junge zum Sterben gebraucht hatte.

Kurze Zeit nach Hans Christian Myklands Ernennung zum Polizeipräsidenten, am 4. April 1997, wurde die damalige Ministerpräsidentin Birgitte Volter in ihrem Arbeitszimmer tot aufgefunden. Mit einem Kopfschuß. Der Fall hatte in der gesamten westlichen Welt Aufsehen erregt, und Hans Christian Mykland hatte seiner Familie bestätigt, was sie die ganze Zeit vermutet hatte: Der Posten des Polizeipräsidenten sprengte die normalen Bürozeiten.

Er fühlte sich wohl dabei.

Manchmal kam er sich allerdings wie Sisyphos vor. Die Kriminalität in Oslo ließ sich nicht eindämmen. Der Polizei wurden immer neue Mittel bewilligt, doch ausreichend waren sie nie. Der Polizeidistrikt wurde reorganisiert und effektiviert, doch die Kriminalität war wie eine bösartige Geschwulst, die sich nur eingrenzen, aber niemals entfernen ließ.

Es war trotzdem der Mühe wert.

Noch war Norwegen ein gesetzestreues Land. Noch konnten sich die Bürger – sogar in der Hauptstadt – einigermaßen sicher fühlen. Auf jeden Fall, wenn sie wußten, um welche Orte sie einen Bogen machen und zu welchem Zeitpunkt sie zu Hause bleiben mußten.

Hans Christian Mykland wurde langsam beliebt. Am Anfang war diese Entwicklung eher zögerlich vor sich gegangen. Der Übergang vom fallbezogenen Posten des Chefs der Kriminalpolizei zum eher allgemeinen und viel mehr öffentlichkeitsgerichteten des Polizeipräsidenten war nicht einfach gewesen. Aber er hatte es trotzdem geschafft. Langsam, aber sicher. Jetzt sah er jeden Tag Anzeichen dafür, daß seine Angestellten ihn nicht nur respektierten, sondern ihn auch als Mensch und Vorgesetzten zu schätzen wußten. Dafür dankte der Polizeipräsident Gott jeden Abend vor dem Einschlafen.

Sein Posten war befriedigender, als er sich hätte träumen lassen. Er mochte diese Arbeit. Er liebte den Kontakt zur Öffentlichkeit. Hans Christian Mykland beherrschte sein Metier und wollte durchaus nicht aufhören. Dennoch blieben ihm nur knappe zehn Monate. Ein Versprechen war ein Versprechen, und wenn er noch so sehr dazu gedrängt worden war.

Wenn Hanne Wilhelmsen gewußt hätte, wie der Morgen des Polizeipräsidenten ausgesehen hatte, dann hätte sie möglicherweise Verständnis für dessen schlechte Laune gehabt. Sie konnte nicht verstehen, was die verdrossene Miene und die kurzen, gekläfften Antworten verursachte.

»Warum in aller Welt ist dieser Fall nicht schon am Freitag behandelt worden?«

Polizeipräsident Mykland kratzte sich irritiert an den blauschwarzen Bartstoppeln und starrte die Hauptkommissarin an.

»Wir hatten einfach nicht mehr die Möglichkeit, alle notwendigen Unterlagen ...«

»Und was war mit Samstag? Sonst schicken wir samstags doch ganze Heerscharen in U-Haft, wenn es nötig sein sollte.«

Der Polizeipräsident schüttelte den Kopf und lächelte plötzlich.

»Tut mir leid, Hanne«, sagte er dann in einem ganz anderen Tonfall. »Ich hatte einen miesen Morgen. Meine Familie findet es überhaupt nicht toll, wenn ich sonntags arbeite. Aber ich ...«

Er kratzte sich im Nacken und zupfte danach diskret am steifen Kragen seines Uniformhemdes.

»Dreieinhalb Tage ohne richterlichen Beschluß ...«

Er ließ diesen Satz in der Luft hängen. Hanne Wilhelmsen wußte nur zu gut, daß der Polizeijurist, der am folgenden Morgen vor dem Untersuchungsrichter erscheinen mußte, mit grobem Geschütz zu rechnen hatte. Das Gericht mußte seinen Segen dazu geben, wenn Sigurd Halvorsrud länger hinter Schloß und Riegel bleiben sollte. Das hätte innerhalb von vierundzwanzig Stunden nach seiner Festnahme geschehen müssen. Daß schon zuviel Zeit vergangen war, war das eine. Schlimmer noch war, daß die Unterlagen unmißverständlich klarstellen würden, daß Oberstaatsanwalt Halvorsrud bereits am Freitag zwei Wochen Untersuchungshaft akzeptiert hatte. Also hätte die Polizei den Fall sofort weiterreichen können.

Aber Hanne Wilhelmsen hatte auf mehr als nur zwei Wochen gehofft. Sie fand es schrecklich, unter solchem Zeitdruck arbeiten zu müssen. In der Regel führte das nur zu unnötigem Streß für alle Beteiligten. Die Leute schlampten. Darunter litten die Ermittlungen. Obwohl Hanne Wilhelmsen bis zu einem gewissen Grad das ewige Gequengel der Verteidiger verstehen konnte, der Polizei müßten kurze Fristen auferlegt werden, um die Effektivität zu steigern und die Dauer der Untersuchungshaft zu verringern, fühlte sie sich nie davon getroffen. Wenn sie eine Ermittlung leitete, dann sorgte sie dafür, daß die Untersuchungshaft so genutzt wurde, wie es sich gehörte.

»Wir müssen die Kritik einfach hinnehmen«, sagte sie. »Laufenlassen werden sie ihn auf keinen Fall. Wir haben mehr als genug.«

Der Polizeipräsident legte den Kopf schräg und starrte sie an. Er runzelte die Stirn, griff nach einem Brieföffner aus Zinn und spielte an dem kalten Metall herum.

»Wenn ich dich besser kennen würde, würde ich dich zum Essen einladen«, sagte er so unerwartet, daß Hanne Wilhelmsen nicht so recht wußte, wohin sie blicken sollte. »Aber ich sollte das wohl lassen. Was meinst du?«

»Was ich meine? Hmmmm ... könnte nett sein.«

Der Polizeipräsident lachte.

»Ich rede jetzt nicht vom Essen. Sondern vom Fall. Was meinst du? War er es?«

Hanne spürte ein Prickeln hinter einer Schläfe. Sie wollte nicht zeigen, daß sie vor Verlegenheit schneller atmete, und deshalb setzte sie zu der Erklärung an, die sie hier ja eigentlich hatte abgeben wollen.

»Wir haben elf Leute angesetzt. Und die Technik, natürlich. Bisher haben die Aussagen von Nachbarn und anderen nicht weitergeführt. Alle sind schockiert und entrüstet und überhaupt. Niemand hat irgendeine Ahnung, wem Frau Halvorsruds Tod etwas nützen könnte. Niemand hat etwas gesehen, niemand hat etwas gehört. Insgesamt haben wir sechsundzwanzig Vernehmungen durchgezogen, darunter eine ziemlich kurze mit Halvorsruds älterem Sohn. Auch dabei ist nicht sonderlich viel herausgekommen. Nur, daß auch der Junge gemerkt hatte, daß zwischen seinen Eltern nicht alles Friede, Freude, Eierkuchen war.«

Sie verstummte. Cecilie. Hanne hatte vergessen, sie anzurufen. Verstohlen schaute sie auf ihre Armbanduhr und fluchte in Gedanken.

»Aber was wir haben, reicht durchaus. Wir haben seine Fingerabdrücke auf der Mordwaffe. Und sonst keine, nicht einmal die irgendeines vorwitzigen Kindes. Und niemand kann mir erzählen, daß das Schwert jahrelang an der Wand gehangen hat, ohne daß die Kinder daran herumgefingert hätten.«

»Was bedeuten kann, daß das Schwert abgewischt worden ist, ehe es von Halvorsrud angefaßt wurde«, sagte der Polizeipräsident und gab Hanne ein Zeichen weiterzureden.

»Natürlich. Aber das sind Spekulationen. Seine Fingerabdrücke saßen außerdem auch auf der Taschenlampe, mit der seine Frau aller Wahrscheinlichkeit nach bewußtlos geschlagen worden ist. Er streitet energisch ab, diese Lampe je gesehen oder gar angefaßt zu haben. Die Pathologie ist zu dem vorläufigen Ergebnis gekommen, daß sie zwischen zehn und elf Uhr abends umgebracht worden ist. Der Staatsanwalt hat erst um zehn nach zwölf angerufen. Nach Mitternacht also.«

Hanne Wilhelmsen blätterte in den Papieren auf ihrem Schoß, eher aus Gedankenlosigkeit, als weil es wirklich nötig gewesen wäre.

»Halvorsrud hat also anderthalb Stunden bei seiner toten Frau gesessen und erst dann angerufen. Seine Kleidung war mit Blut bespritzt. Und als ob das noch nicht genug wäre ...«

Sie schloß den grünen Ordner und schob ihn über den breiten Schreibtisch auf den Polizeipräsidenten zu.

»... waren in seinem Keller hunderttausend Kronen in gebrauchten Scheinen versteckt. Zusammen mit Disketten, die mit seinen Fällen bei der Wirtschaftskripo zu tun haben. Er streitet ab, davon irgend etwas zu wissen.«

»Aber«, fiel der Polizeipräsident ihr ins Wort und griff nach dem Ordner, »gestern habe ich erfahren, daß das Verhör mit Halvorsrud nicht beendet worden ist. Er verlor das Bewußtsein, wie ich höre. Und wurde ins Krankenhaus gebracht.«

»Nur vorübergehend«, sagte Hanne Wilhelmsen trocken. »Heute ist er wieder frisch wie ein Fisch. Und stur wie sonst was. Wir wollten ihn für einen Tag auf die Krankenstation legen, aber er hat sich geweigert. Wollte wieder in den Hinterhof. ›Wie alle anderen‹, hat er gesagt. Ich habe ihn heute nachmittag mehrere Stunden lang verhört.«

Sie erhob sich und vertiefte sich in die großartige Aussicht aus dem sechsten Stock des Polizeigebäudes. Der bleischwere Nachmittag schleppte sich dem Abend entgegen. Grauschwarze Wolken jagten südwärts. Es würde eine kalte Nacht geben. Der Ekebergås lag konturlos und massiv

99

im Osten. Der Oslofjord war weiß, und eine erschöpfte Dänemarkfähre bugsierte sich mühsam auf ihren Anlegeplatz bei Vippetangen zu.

»Früher habe ich diese Stadt einmal geliebt.«

Hanne wußte nicht, ob sie das gesagt oder nur gedacht hatte. Früher einmal hatte sie sich hier zu Hause gefühlt. Oslo war Hanne Wilhelmsens Stadt gewesen. Sie war zwar erst mit neunzehn Jahren in die Hauptstadt gezogen, aber damals hatte ihr Leben angefangen. Ihre Kindheit war eine halb verwischte Erinnerung an etwas, das nicht direkt unangenehm, aber unbedingt belanglos gewesen war. Hanne Wilhelmsens Dasein hatte erst mit Cecilie und der winzigen Wohnung in der Jens Bjelkes gate richtig begonnen. Nach zwei Jahren waren sie von den dreißig Quadratmetern mit Klo im Treppenhaus und dem grausigen Gestank toter Ratten in der Wand weggezogen. Seither waren drei Wohnungen gekommen und gegangen. Immer größere und schönere, wie es sich gehörte.

Hannes Zwerchfell krampfte sich zusammen. Sie sehnte sich zurück in die Jens Bjelkes gate. Zurück an den Anfang, zu dem Leben, wie es einst gewesen war.

Jetzt wohne ich hier, dachte Hanne Wilhelmsen und erkannte plötzlich, daß das Polizeigebäude im Grønlandsleiret 44 der einzige Ort auf der Welt war, an dem sie sich wirklich zu Hause fühlte.

»Wie nimmt er das alles denn so hin?« hörte sie den Polizeipräsidenten sagen und wandte sich ihm wieder zu.

»Ziemlich seltsam«, antwortete sie kurz.

Sie setzte sich wieder und bat um eine Tasse Kaffee. Der Polizeipräsident ging selbst ins Vorzimmer hinaus und kehrte mit zwei weißen Tassen und einem Aschenbecher zurück. Hanne Wilhelmsen nahm die Tasse und ließ den Aschenbecher unbenutzt, obwohl sie eine Zehnerpackung Zigaretten in der Tasche hatte.

»Bis heute war er mal so, mal so. Wechselhaft. Im einen Moment weit weg und fast unter Schock. Im nächsten straff und klar. Und diese Wechsel kamen so plötzlich, daß … daß ich an sie geglaubt habe. Aber heute …«

Ihre Finger spielten mit den Konturen der Zigarettenpackung auf ihrer rechten Hosentasche. Dann gab sie auf.

»Heute hätte man meinen können, er wolle seine eigene Verteidigung führen. Wirklich.«

Sie kostete den Zigarettenrauch aus und fragte sich plötzlich, warum der Polizeipräsident auch am Sonntag Uniform trug. Andererseits konnte sie sich nicht daran erinnern, ihn jemals in Zivil gesehen zu haben.

»Er war genauso, wie wir ihn immer gekannt haben. Korrekt. Beharrlich. Energisch. Ziemlich arrogant. Und im Grunde auch logisch. Warum sollte er bei der Leiche sitzenbleiben, das Schwert anfassen, sich vom Blut seiner Frau bespritzen lassen, wenn er sie wirklich umgebracht hat? Und so weiter. Und außerdem: Warum hätte er denn nicht lieber einen Unfall arrangiert, wenn er sie denn loswerden wollte. Im Grunde hat er alle Fragen gestellt, die ein tüchtiger Vertreter der Anklagebehörden in einem solchen Fall stellen sollte. Ganz zu schweigen von einem Verteidiger. Was das Geld und die Disketten angeht, da ist er knallhart. ›Habe keine Ahnung davon‹, sagte er und starrte mich dabei an. Hat nicht einmal mit der Wimper gezuckt. Zu allem Überfluß glaubt er, seit fast zwei Jahren nicht mehr in diesem chaotischen Keller gewesen zu sein.«

»Aber gibt es Fingerabdrücke auf den Geldscheinen?«

Der Sessel des Polizeipräsidenten mußte geschmiert werden. Ein trockenes Knarren folgte seinen monotonen, wiegenden Bewegungen.

»Wissen wir noch nicht. Kriegen die Ergebnisse heute abend oder morgen.«

»Was ist mit den Kindern? Ist der Junge nach dem Geld gefragt worden?«

»Das glaube ich nicht. Gerade diese Karte wollen wir erst einmal so bedeckt wie möglich halten. Die Zeitungen haben zum Glück noch nicht davon erfahren.«

»Noch nicht.«

Der Polizeipräsident machte sich jetzt mit dem Brieföffner die Fingernägel sauber. Seine Hände waren grob und schienen eher von körperlicher Arbeit zu berichten als vom Blättern in Papieren und langen Besprechungen.

»Heute war er ein ganz anderer«, sagte Hanne und drückte die halbgerauchte Zigarette wieder aus. »Oder eher der alte. Ist nicht einen Moment zurückgewichen. Am Freitag schien er ein wenig mit dieser Ståle-Salvesen-Geschichte zu zögern. Ich dachte zuerst, er habe gelogen und begriffen, daß alles zu Ende ist, als er erfuhr, daß Salvesen aller Wahrscheinlichkeit nach tot ist. Aber heute ...«

»Er scheint also absolut sicher ...«, murmelte Mykland.

»Total.«

»Und du?«

»Na ja ...«

Hanne Wilhelmsen zögerte. Sie fuhr sich über die Stirnnarbe und starrte den Aschenbecher an. Die Zigarette sonderte noch immer ein wenig Rauch ab, und sie drückte sie mit einer angeekelten Grimasse noch einmal aus.

»Sehr unsicher.«

Der Polizeipräsident legte den Brieföffner weg und faltete über seinem Bauch die Hände. Sein Sessel knarrte noch energischer.

»Kannst du dich an den Fall mit dem Jungen aus dem Kinderheim erinnern?« fragte Hanne leise. »Damals warst du doch Chef der Kripo? Das war 93, glaube ich.«

»94«, sagte der Polizeipräsident.

Die Sache mit der ermordeten Kinderheimleiterin hatte

ihn tiefer beeindruckt als die meisten anderen Fälle. Vielleicht vor allem deshalb, weil am Ende ein Streifenwagen einen zwölf Jahre alten durchgebrannten Jungen überfahren und tödlich verletzt hatte. Der Fahrer war am Boden zerstört gewesen und hatte drei Monate später gekündigt. Die Nerven.

»Ich war in der Sache nie ganz sicher«, sagte Hanne.

»Maren… Kvalseid? Kvalvik? Sie hat doch gestanden.«

»Kalsvik. Maren Kalsvik. Ja, sie hat gestanden. Und bekam vierzehn Jahre. Das hat mich noch lange gequält. Und quält mich noch immer. Ich bin durchaus nicht sicher, daß sie es wirklich war.«

»Wir können uns nicht mit solchen Überlegungen erschöpfen, Hanne«, sagte der Polizeipräsident müde. »Sie hat gestanden und hat das meines Wissens auch nie widerrufen. Es gibt so viele, die in norwegischen Gefängnissen sitzen und Jahr für Jahr ihre Unschuld beteuern. Und bei einigen stellt sich ja auch noch heraus, daß sie recht haben.«

Er rieb sich die Nasenwurzel und verriet damit eine leichte Gereiztheit, dann trank er einen Schluck Kaffee.

»Aber Ministerpräsidentin Volter, was war mit der?«

Hanne Wilhelmsen klang jetzt ziemlich energisch, sie ließ sich von der skeptischen Miene des Polizeipräsidenten nicht stören.

»Wenn ihr Ehemann uns nicht diese uralten Briefe gebracht hätte, dann wäre dieser junge Neonazi wegen Mordes verurteilt worden.«

»Worauf willst du eigentlich hinaus?« fragte Mykland.

»Worauf ich hinaus will?«

Sie breitete die Hände aus, halb resigniert, halb verärgert.

»Auf gar nichts. Ich finde nur die Vorstellung, daß wir uns irren können, immer schlimmer. Daß Unschuldige verurteilt werden, weil wir uns zu früh sicher sind. Daß wir…

daß sich auf jeden Fall einige von uns an Indizien blind starren und die Augen davor verschließen, daß es bisweilen eben auffällige und seltsame Zufälle gibt. Ab und zu sind Zufälle zufällig.«

»Du wirst langsam alt, Hanne.«

Sein Lächeln war jetzt freundlich, fast kumpelhaft.

»Der jugendliche Eifer hat sich gelegt. Das ist gut. Deine Fähigkeit zu Zweifel und Überlegung ist größer geworden. Auch das ist gut. Das macht dich zu einer noch besseren Polizistin. Falls das möglich ist.«

Jetzt schien er fast mit ihr flirten zu wollen.

»Du bist die beste, die wir haben, Hanne. Nur darfst du jetzt nicht weich werden. Für solche Anfechtungen sind die Verteidiger da.«

»Anfechtungen«, wiederholte sie langsam. »Nennen wir das so?«

Schweigen. Sogar das nervtötende Knarren des ungeölten Schreibtischsessels verstummte.

»Es geht darum, daß ich ihm glaube. Ich habe das Gefühl, daß Halvorsrud vielleicht die Wahrheit sagt.«

Der Polizeipräsident nickte. Seine Wangen waren jetzt noch dunkler, so als sei sein Bart während des Gesprächs gewachsen. Jemand klopfte. Polizeipräsident Mykland kläffte eine Antwort. Karl Sommarøy kam herein.

»Ich dachte, das interessiert dich«, sagte er und lächelte so breit er das mit seinem Babymündchen überhaupt konnte.

Hanne Wilhelmsen nahm den Bogen, den er ihr hinhielt, und überflog den kurzen Text. Dann schaute sie hoch und blickte für einen Moment dem Polizeipräsidenten in die Augen, ehe sie sagte: »Halvorsrud hat auf der Tüte, in der das Geld liegt, seine Fingerabdrücke hinterlassen.«

Dann erhob sie sich und ging zurück in ihr eigenes Büro, um die Unterlagen für das Haftbegehren am nächsten Tag fertigzumachen.

»Polizeiadjutantin Skar kann jedenfalls morgen mit etwas leichterem Herzen ins Gericht gehen«, sagte sie trocken zu Karl Sommarøy, ehe sie die Tür schloß.

Es war sieben Uhr am Sonntagabend, und sie würde wohl kaum vor elf zu Hause sein. Im Grunde hatte es kaum Sinn, Cecilie anzurufen. Die erwartete sie bestimmt nicht früher. Vermutlich nicht.

Hanne steckte sich die sechste Zigarette an diesem Tag an und fühlte sich erbärmlich.

19

»Miese Kuh!«

Die Steine waren grün und glatt. Die Möwen kicherten hämisch, als sie sich ziellos von den Windstößen umhertreiben ließen. Der Junge spuckte Schnupftabak aus und wischte sich mit dem Jackenärmel schwarzen Klitsch vom Kinn.

Er hatte es kaum glauben können, als Terese ihn am Tag nach dem Fest angerufen hatte. Daß sie bereitwillig mit ihm geknutscht hatte, war das eine; er war ja fast der einzige Junge dort gewesen. Doch dann hatte sie ihn angerufen. Gleich am nächsten Tag. Er hatte rein gar nichts kapiert.

Und das tat er auch jetzt nicht. Er hatte schon lange auf Terese gewartet. Das taten alle. Und sie hatte sich für ihn entschieden. Drei Wochen lang hatte sie dem Jungen den idiotischen Glauben geschenkt, die Welt sei rosa. Aber er war erst siebzehn. Er hatte kein Geld und konnte nicht Auto fahren.

Am Vortag hatte Terese bei Anders Skog im Auto gesessen. In seinem neuen Käfer.

»Wenn ich auf den Felsen hinüberspringen kann, ohne

auf die Fresse zu fallen, dann kapiert sie, daß der Typ ein Weichei ist.«

Der Junge rief in den Wind, und seine Tränen mischten sich mit der Gischt zu einer klebrigen Gesichtsmaske.

Er fiel und prallte auf die Felsen auf.

Für einen Moment glaubte er, das Rote, das zwischen Felsen und Ufer zwischen den Tangdolden wogte, sei Blut, das aus seiner Wade strömte. Dann ging ihm auf, was er da vor sich hatte.

»Selber Weichei«, murmelte er und zog den vom Wasser schweren Berganorak an Land.

In der Brusttasche steckte etwas. Der Reißverschluß klemmte, aber die Anstrengung brachte den Jungen immerhin auf andere Gedanken.

»O Scheiße ... über dreizehnhundert Lappen!«

Die Scheine waren triefnaß. Aber unversehrt und echt, soweit er das beurteilen konnte. »Ståle Salvesen« stand unter dem fast verwischten Bild im Führerschein.

Bei diesem Wetter war hier draußen kein Schwein unterwegs. Nur er. Zwei Fünfhunderter, drei Hunderter und ein Fünfziger verschwanden in seiner Hosentasche. Er legte sich auf den Bauch und stopfte den Anorak in den Hohlraum, den das Wasser im Laufe der Jahrtausende unter dem Felsen gegraben hatte. Dann legte er drei große Steine darauf. Er steckte den Führerschein in die Brieftasche, betrachtete sein zerfetztes Hosenbein mit den Blut- und Tangflecken, richtete sich auf, holte tief Luft und schleuderte die Brieftasche dieses Ståle-Heinis weit übers Meer.

»Fuck you, Terese«, brüllte die Jungenstimme beim Sprung vom Felsen zum Festland.

20

»Sie ist ja ziemlich zusammengestaucht worden«, sagte Billy T. und lud sich Lasagne auf den Teller. »Und wenn du mehr Ärger gemacht hättest, wäre es sicher noch schlimmer geworden. Aber immerhin ist der Typ für drei Wochen eingebuchtet. Wenn er allerdings kein Oberstaatsanwalt wäre, dann hätten wir wohl acht gekriegt. Oder was?«

Er reichte die Auflaufform an Karen Borg weiter.

»Sie ist ziemlich tüchtig«, sagte Karen ruhig. »Ist sie neu?«

»Ist seit drei Monaten bei uns. Nette Frau, diese Annmari Skar. Hat an der Polizeischule angefangen und nebenbei Jura studiert. Dabei kommen gute Polizeijuristen raus.«

Tone-Marit Steen schüttelte den Kopf und faßte sich an den Bauch, als Karen ihr die Schüssel hinhielt. Ihr Gesicht verzog sich zu einer Grimasse.

»Wann ist eigentlich euer Stichtag?«

Håkon Sand legte im Specksteinkamin Holz nach und fluchte leise, als er sich am Funkenschirm verbrannte.

»In einer Woche«, stöhnte Tone-Marit, deren Gesicht plötzlich rot und feucht wurde. »Aber ich glaube, sie kommt vielleicht früher.«

»Er«, sagte Billy so schnell, daß Tomatensoße aus seinem Mund über die weiße Tischdecke spritzte. »Verdammt. Entschuldigung. Der Junge kommt, wenn er so weit ist. An diesen Terminquatsch glaub ich nicht eine Sekunde!«

»Oi«, sagte Tone-Marit.

Eine Lache breitete sich zwischen ihren Beinen aus. Ihr rotes Umstandskleid war bereits dunkel vor Nässe.

»Huch«, sagte Karen.

»Arzt«, brüllte Billy T. »Krankenhaus! Håkon!«

»Was soll ich denn machen?« schrie Håkon, er hielt ein

Holzscheit in der einen und einen Schürhaken in der anderen Hand. Über seinem inzwischen recht umfangreichen Bauch trug er eine grüne Schürze mit der in kindlichen Filzbuchstaben aufgenähten Aufschrift »Koch Sand«. Auf seinem Kopf thronte eine altmodische Kochmütze, die ihm Ähnlichkeit mit einem molligen Kerzenhalter gab.

»Sie kommt«, stöhnte Tone-Marit.

»Er muß warten, zum Henker«, brüllte Billy T. und stürzte auf den Flur, um Mantel und Autoschlüssel zu holen.

»Karen. Sie kommt.«

Tone-Marit lag jetzt auf dem Boden. Sie spreizte die Beine und ließ sich von Karen Strumpfhose und Unterhose ausziehen.

»Verdammt«, sagte Håkon.

»O Teufel«, jammerte Billy T.

»Wasser kochen«, fiel es Håkon ein.

»Wozu denn?«, klagte Billy T.

»Hol Leinenwäsche«, sagte Karen. »Und, ja, mach Wasser heiß, nicht viel, das dauert sonst so lange. Leg die Geflügelschere ins Wasser.«

»Die Geflügelschere«, murmelte Håkon, dankbar, weil er endlich in seiner eigenen Domäne eingesetzt wurde.

»Ruf das Krankenhaus an, Billy T.«

Karen Borg erhob sich und versetzte dem Riesen, der hilflos dastand und mit den Wagenschlüsseln klapperte, einen Stoß.

»Laß einen Krankenwagen kommen. Ich glaube, wir können es noch schaffen.«

»Nein«, fauchte Tone-Marit durch zusammengebissene Zähne. »Hört ihr denn nicht? Sie kommt! Jetzt!«

»Du hast schon vier Kinder«, schimpfte Håkon den blaß gewordenen Billy T. aus. »Jetzt reiß dich zusammen!«

Was sie alle nicht wußten, war, daß Billy T. bei der Geburt seiner Kinder nicht zugegen gewesen war. Von der

Existenz des jüngsten, Truls, hatte er erst drei Monate nach der Entbindung erfahren. Truls war – wie seine drei älteren Brüder Nicolay, Alexander und Peter – das Ergebnis einer kurzen Affäre, die lange vor Ablauf der neun Monate ihr Ende gefunden hatte. Für Billy T. war ein neugeborenes Baby ein duftendes, frischgewaschenes Wuschel in weißen Kleidern und Flanelldecke.

»Der Kopf ist schon zu sehen«, sagte er leise und spürte, daß das Blut langsam in sein Gehirn zurückströmte.

»Setz dich dahin«, sagte Karen gereizt und rannte in die Küche, um selbst anzurufen.

Billy T. kniete sich neben Tone-Marit und nahm ihre Hand.

»Es ist ein Mädchen, Billy T.«, stöhnte sie. »Sag, daß es dir nichts ausmacht, daß es ein Mädchen ist.«

Er beugte sich vor und legte den Mund an ihr Ohr.

»Ich hab mir mein Leben lang ein Mädchen gewünscht«, flüsterte er. »Aber sag das nicht weiter. Es paßt irgendwie nicht zu mir.«

Sie versuchte ein angespanntes Lächeln, aber das verschwand in einer heftigen Wehe. Der Kopf des Kindes war jetzt ganz draußen, und Billy T. setzte sich so, daß er ihn behutsam in die Hände nehmen konnte. Håkon Sand war nähergekommen. Noch immer hielt er Holzscheit und Schürhaken in den Händen.

»Willst du das Kind totschlagen oder was«, sagte Billy T. wütend. »Leg den Kram weg und koch die Scheißschere!«

»Sie kommen, so schnell sie können«, sagte Karen, die ein Kopfkissen und zwei große weiße Laken brachte. »Ich habe Wasser aufgesetzt. Hier.«

Sie schob das Kissen unter Tone-Marits Kopf und half ihr, sich besser zurechtzulegen.

»Scheiße«, sagte Håkon Sand.

Sein fünf Jahre alter Sohn stand in der Türöffnung.

»Billy T.«, sagte er glücklich. »Kannst du mich nochmal ins Bett bringen?«

»Komm her, junger Mann«, sagte Håkon und versuchte, dem Jungen den Blick auf die Ereignisse vor dem Kamin zu versperren. »Du mußt dich heute abend mit Papa zufriedengeben.«

»Laß den Jungen doch kommen«, lächelte Billy T., und ehe die Eltern eingreifen konnten, kniete Hans Wilhelm auf dem Boden und starrte das Baby an, das nun halb zum Vorschein gekommen war.

»Das ist meine Kleine«, sagte Billy T. »Das ist mein und Tone-Marits Baby.«

Das Kind war geboren.

Billy T. war Vater eines großen, gesunden Mädchens. Tone-Marit lachte und weinte und versuchte, das Gesicht des Babys zu finden, das in ein riesiges Laken gewickelt war und ein Einweckgummi um den Nabelstumpf hatte. Karen hielt Hans Wilhelm auf dem Schoß; der Junge lutschte heftig am Daumen und wollte das Neugeborene anfassen. Håkon starrte hilflos auf die Gegenstände in seinen Händen und legte sie dann endlich weg.

Da außer seiner Mutter kein Mensch Billy T. jemals hatte weinen sehen, bat er höflich um Entschuldigung und schloß sich auf dem Klo ein.

Dort blieb er, bis die Krankenwagenbesatzung an der Tür schellte.

21

Es war halb neun Uhr am Montag abend, und die Wohnung war sauber und ordentlich. Da Billy T. zusammen mit Polizeiadjutantin Skar das Haftbegehren vorgetragen hatte, hatte

Hanne Wilhelmsen schon gegen zwei ihr Büro verlassen können. Auf dem Eßtisch stand eine Tonvase mit Blumen, im Herd sackte gerade eine Käsequiche in sich zusammen.

Cecilie war noch nicht nach Hause gekommen. Hanne empfand einen Hauch von Besorgnis, verdrängte diese aber gleich wieder. Wenn irgendein Test schiefgegangen war, konnte das eben seine Zeit dauern. Cecilie wollte im Herbst ihre Doktorarbeit abliefern, und Hanne hatte sich an diese späten Abende gewöhnt. Im Grunde kamen sie ihr sogar sehr gelegen.

Plötzlich stand sie da. Hanne mußte vor den Nachrichten um 21 Uhr eingenickt sein. Cecilie stand mitten im Zimmer, blaß und verhärmt und noch im Mantel.

»Ich bin krank«, sagte sie.

»Du bist krank?«

Hanne richtete sich langsam auf.

»Dann leg dich doch zu mir.«

Sie zeigte aufs Sofa.

»Möchtest du trotzdem etwas essen?«

»Ich bin wirklich krank, Hanne. Ernstlich.«

Hanne Wilhelmsen kniff die Augen zusammen und versuchte, eine Angst hinunterzuschlucken, die ihr den Atem zu rauben drohte.

»Ernstlich?«, wiederholte sie mit heiserer Stimme. »Was heißt ernstlich?«

»Krebs. Ich habe Krebs. Ich werde am Mittwoch operiert. Morgen. Übermorgen, meine ich. Am Mittwoch.«

Noch immer stand sie bewegungslos da und schien weder ihren dicken Wintermantel ausziehen noch sich setzen zu wollen. Hanne wäre gern zu ihr gegangen, wollte Cecilie an sich ziehen und lächeln und sagen, das sei doch alles nur Unsinn; hier sei keine krank, und leg dich jetzt hin, dann hol ich dir etwas zu essen. Aber Hanne wäre fast gestürzt. Sie mußte ganz, ganz stillstehen, sonst würde sie umkippen.

111

»Wo wirst du operiert?« flüsterte sie.

»In Ullevål.«

»Ich meine, wo im Körper? Im Kopf? Im Bauch?«

»Du hast mir ja nicht zuhören wollen.«

In ihrer Stimme lag nicht der Hauch von einem Vorwurf. Cecilie stellte nur die Tatsache fest. Die sie beide kannten, seit langem.

»Verzeih mir.«

Diese Worte waren sinnlos, und Hanne hätte sie am liebsten hinuntergeschluckt. Aber sie wiederholte sie, ohne etwas anderes zu bewegen als ihre Lippen.

»Verzeih mir, Cecilie. Verzeih mir.«

Dann hob sie die Hände zum Gesicht und brach in ein so fremdes Weinen aus, daß es ihnen beiden angst machte. Ihr Körper zitterte heftig, und sie sank in die Knie.

Cecilie blieb stehen und sah sie an. Sie hätte gern die bittende, flehende Gestalt berührt. Für einen Moment versuchte sie, die Hand zu heben; Hanne war so nah, daß sie ihr über den Kopf hätte streichen können, als eine Art Segen. Aber ihr Arm war zu schwer. Sie drehte sich um, ging zurück auf den Flur, streifte ihren Mantel ab und ließ ihn auf den Boden fallen.

»Cecilie«, hörte sie Hanne schluchzen.

Eine Antwort war nicht möglich. Nicht jetzt, vielleicht nie. Routinemäßig ging sie in die Küche und drehte den Herd ab, dann ging sie ins Bett. Als Hanne irgendwann in der Nacht hinterherkam, rutschte Cecilie so weit auf ihre Seite im Doppelbett, daß sie fast auf den Boden gefallen wäre.

Wenn sie mich nur anfaßt, dachte sie. Wenn sie sich nur an meinen Rücken schmiegt.

Als langsam die Morgendämmerung heraufzog, hatten Hanne Wilhelmsen und Cecilie Vibe einander eine ganze Nacht lang beim Atmen zugehört. Doch berührt hatten sie einander dabei nicht.

Die Müdigkeit umschloß ihren Kopf wie Stacheldraht. Es bohrte und schmerzte, und Hanne Wilhelmsen hatte das Gefühl, sie werde niemals wieder schlafen können. Sie faßte sich an die Stirn und schwankte offenbar, denn Karl Sommarøy griff nach ihr.

»He«, sagte er. »Geht's dir nicht gut?«

»Ich bin bloß müde.«

Sie lächelte schwach und hob die Hand, um ihren Kollegen zu beruhigen.

»Ein bißchen schwindlig. Ist schon wieder vorbei.«

Die Wohnung sah aus wie die Schale eines Lebens, das kaum existiert hatte. Das Sofa war beige und alt, aber nicht abgenutzt. Der Couchtisch war nackt, nur eine dünne Staubschicht verriet, daß auch hier die Zeit verging. Die Wände waren kahl und weiß. Keine Bilder, keine Bücherregale. Nicht einmal eine alte Zeitung war irgendwo zu finden. Auch der Lärm der Stadt hörte sich durch die geschlossenen Fenster fern und unwirklich an, wie eine nur nachlässig angelegte Geräuschkulisse.

»Ich halte diese ganze Salvesen-Kiste für einen Scheißdreck«, murmelte Karl Sommarøy, er stand mit Plastikhandschuhen an den Händen mitten im Zimmer und hatte keine Ahnung, was er machen sollte. »Halvorsrud hat schon so viel gelogen. Über die Trennung. Über das Geld. Und hier lügt er sicher auch. Außerdem ist der Heini doch tot. Glauben wir.«

Hanne gab keine Antwort. Sie ging ins Schlafzimmer.

Ståle Salvesen hatte offenbar nicht mit häufigem Damenbesuch gerechnet. Das Bett war nur siebzig Zentimeter breit. Das Bettzeug sah sauber aus. Ein dunkelblauer Schlafanzug, sorgfältig zusammengelegt, kam zum Vorschein, als sie die Decke hob. Es gab keinen Nachttisch und keine Bücher oder Zeitschriften. Ståle Salvesen hatte nicht einmal einen Wecker. Aber vielleicht hatte er in den letzten Jahren auch nicht viele Termine gehabt.

Die Wände waren leuchtendgelb. Auch hier gab es keinerlei Ziergegenstände. Langsam öffnete Hanne nacheinander drei Kommodenschubladen. Die obere enthielt vier verknüllte Sockenpaare, allesamt schwarz. Die mittlere war leer. Die untere war bis zum Rand mit Unterhosen und weißen Unterhemden vollgestopft.

»Gibt es irgendwo noch andere Schubladen?« fragte sie halblaut.

»Nur in der Küche«, hörte sie Sommarøy im Wohnzimmer sagen. »Zwei mit Besteck und Küchenkram, die anderen sind leer.«

»Wie viele Schubladen hast du zu Hause?« fragte Hanne leicht zerstreut.

»Was?«

Sommarøy lehnte sich an den Türrahmen.

»Schubladen«, wiederholte Hanne Wilhelmsen. »Wie viele hast du?«

»Tja... fünf im Schlafzimmer. Sechs im Bücherregal im Wohnzimmer. Noch einige in einem Büfett, das meine Frau geerbt hat, wie viele, weiß ich nicht. Und die Kinder haben eine ganze Menge, ja, im Badezimmer sind auch noch zwei. Das müßte alles sein.«

»Wie viele davon sind leer?«

»Leer? Keine.«

Sommarøy lachte. Sein Lachen paßte zu seinem winzigen Unterkiefer; hoch und schrill wie das eines Kindes, das vorgibt, etwas komisch zu finden, obwohl es den Witz nicht begriffen hat.

»Meine Frau jammert schrecklich darüber«, fügte er hinzu.

»Genau«, murmelte Hanne Wilhelmsen und öffnete den Schlafzimmerschrank.

Der hatte eine Doppeltür. Eine Hälfte war mit Regalfächern gefüllt, die andere enthielt eine Stange mit Kleiderbügeln. Die Fächer waren zur Hälfte mit ordentlich aufgestapelten Kleidungsstücken gefüllt und dufteten schwach nach Tabak. Sie schob zwei Anzüge zur Seite, in der Hoffnung, daß sich dahinter etwas versteckte. Aber sie fand nichts.

»Siehst du nicht, was das hier ist«, fragte sie und schob den Kollegen beiseite, um in die Diele zurückzugehen, wo unter der Decke eine einsame Birne blauweißes Licht auf einen Wintermantel warf, der ganz allein an einem Haken neben der Wohnungstür hing.

»Was das ist? Das ist eine Wohnung, in der es nicht gerade zum Brüllen komisch zugegangen ist…«

»Hier fehlt etwas.«

Jetzt stand sie in der Küche. Die Einrichtung stammte aus den fünfziger Jahren, mit schrägen Schiebetüren und fettigem Schrankpapier, das mit uralten Heftzwecken befestigt war. Tisch und Bank waren abgenutzt und zerkratzt, rochen aber leicht nach Putzmittel, und sogar der Spüllappen, der über dem Boiler hing, war kreideweiß und stank nach Chlor. Hanne öffnete eine Schublade nach der anderen.

»Wonach suchst du hier eigentlich?«

Wie alle anderen in der Abteilung hatte Karl Sommarøy sich daran gewöhnt, daß Hanne Wilhelmsen sich viel aktiver an den Ermittlungen beteiligte als andere Hauptkommissarinnen. Gerüchteweise sollte sie noch dazu eine Abmachung mit dem Polizeipräsidenten getroffen haben. Sie hatte angeblich mit Kündigung gedroht, als ihre Untergebenen sich allzusehr beklagt hatten. Karl Sommarøy war einer von denen, die mit Hannes Arbeitsmethoden einverstanden waren. In letzter Zeit war sie jedoch immer seltsamer und bisweilen auch aufreizend wortkarg geworden.

»Ich suche das, was nicht hier ist«, antwortete sie und beugte sich über eine offene Schublade. »Schau mal.«

Sie ließ ihren rechten Zeigefinger um die abgerundete Kante der Schubladeneinlage wandern. Als sie dann den Finger hob, sah er auf der Fingerspitze Fussel und Schmutzspuren.

»Und hier«, sagte er und runzelte die Stirn.

»Hier hat etwas gelegen. Diese Wohnung ist zu leer, um wahr zu sein. Ståle Salvesen hat hier doch über drei Jahre gewohnt.«

»Ein Penner mit Sozialhilfe«, murmelte Sommarøy.

»Nein. Eine gescheiterte Größe. Ein Mann, der offenbar über Intelligenz und früher auch über einen Tatendrang verfügte, die ihn weit gebracht haben. Er hat nicht vier Jahre in einem Vakuum gelebt. Er muß Interessen gehabt haben. Irgendwas. Etwas, mit dem er Zeit totschlagen konnte. Aber er hat sich die Mühe gemacht, absolut alle Spuren von gelebtem Leben zu tilgen. Diese Wohnung sieht im Grunde aus wie ein schäbiges Hotel. Identitätslos.«

»Aber«, protestierte Sommarøy. »Es kommt doch sehr häufig vor, daß Menschen mit Selbstmordabsichten aufräumen. Vorher, meine ich. Ehe sie…«

»Aufräumen, ja. Aber diese Wohnung ist doch fast autoklaviert.«

Karl Sommarøy hielt den Mund.

»Desinfiziert«, erklärte Hanne. »Sterilisiert.«

»Im Kühlschrank liegt noch was«, murmelte Sommarøy leicht verstimmt.

Hanne Wilhelmsen schaute nach. Der Gestank alter Lebensmittel schlug ihr entgegen, und sie runzelte die Stirn.

»Warum ist das nicht entfernt worden?« fragte sie gereizt.

»Wer hätte das denn machen sollen?« fragte er wütend zurück.

Hanne Wilhelmsen lächelte matt.

»Du jedenfalls nicht. Wir nehmen das mit. Und du hast recht. Es ist seltsam, daß er vor seiner Übersiedlung ins Jenseits nicht den Kühlschrank leergeräumt hat.«

Sie blieb für einen Moment stehen und starrte einen Milchkarton, einen schimmeligen, offen daliegenden Käse, einen Joghurt, dessen Datum längst abgelaufen war, einen verwelkten Kopfsalat und zwei Tomaten an, die langsam schon flüssig wurden. Plötzlich verzog sich ihr Gesicht, mit einem Zucken, das Karl Sommarøy nicht deuten konnte.

»Natürlich«, sagte sie leise.

»Wieso natürlich?«

»Nichts. Ich bin nicht sicher. Komm, wir werfen einen Blick ins Badezimmer.«

Das war winzigklein. Strenggenommen konnte man gleichzeitig auf dem Klo sitzen, duschen und sich die Zähne putzen. Der Linoleumbelag auf dem Boden hatte sich um den Abfluß herum gelöst, und nicht einmal der beißende Salmiakgeruch konnte den Geruch von Schimmel unterdrücken, der vom Beton unter dem Bodenbelag aufstieg. Das Waschbecken hatte Risse. Der Schrank neben dem Spiegel hing auf halb zwölf und war leer. Nur eine einsame, verschlissene Zahnbürste in einem Wasserglas verriet, daß hier wirklich jemand gewohnt hatte.

»Gehen wir«, sagte Hanne endlich.

Das Telefon stand in der Diele, auf einem kleinen, gebrechlichen Tischchen. Hanne Wilhelmsen hob den Hörer ab, drückte auf die Wiederholungstaste und hielt ihn an ihr Ohr.

»Hier ist die Auskunft«, hörte sie nach dreimaligem Klingeln.

Sie legte wortlos auf.

»Die Auskunft«, sagte sie leise. »Als letztes hat er die Auskunft angerufen. Stell fest, ob der Anruf registriert worden ist. Ob wir in Erfahrung bringen können, was er wissen wollte. Welche Nummer er gesucht hat.«

»Eine Nummer, die er dann nicht angerufen hat«, sagte Karl Sommarøy ungeduldig.

»Auf jeden Fall nicht von hier aus«, erwiderte Hanne.

Sie entdeckte einige Zettel, die auf den Boden gefallen waren, als sie den Hörer abgenommen hatte. Diese Zettel waren offenbar zwischen Tisch und Wand eingeklemmt gewesen. Sie bückte sich und hob sie hoch. Vier oder fünf Rechnungen waren mit einer großen Büroklammer aneinander befestigt. Sie zog eine Plastiktüte aus der Tasche und steckte die Rechnungen hinein.

Neben dem Telefon lag ein kleiner unbeschriebener Notizblock. Ein Kugelschreiber bedeckte ihn schräg, es sah fast aus wie ein kunstvolles Arrangement. Hanne legte den Kugelschreiber beiseite und ging mit dem Block ins Wohnzimmer. Sie hielt das oberste Blatt ins Licht. Auf dem fehlenden Zettel war etwas geschrieben gewesen. Ein schwacher Abdruck tauchte auf, als sie das Papier in einem bestimmten Winkel hielt.

»1.09.99«, las sie langsam. »1. September 1999?«

»Erster September«, wiederholte Karl Sommarøy interessiert. »Was zum Teufel passiert denn da?«

»Das wüßte ich auch gern«, sagte Hanne. »Jetzt gehen wir.«

Sie faltete den Zettel ordentlich zusammen, steckte ihn in eine weitere Plastiktüte und stopfte sich dann alles in die Tasche. Ihre Kopfschmerzen quälten sie jetzt wirklich, aber sie fühlte sich nicht mehr so müde.

23

»Ein Mädchen!«

Billy T. knallte mit der Tür, und ehe Hanne aufblicken konnte, hatte er sie auch schon aus dem Sessel gehoben.

»Ein wunderschönes, schwarzhaariges Mädchen, und sie ist mir wie aus dem Gesicht geschnitten.«

Er kniff die Augen zusammen und verpaßte ihr einen lauten Schmatz, dann setzte er sie wieder hin. Danach zog er zwei riesige Zigarren hervor und bot ihr eine an.

»Sie wurde bei Karen und Håkon geboren«, brüllte er und paffte energisch, um richtig Glut zu entwickeln. Dann setzte er sich. »Ich war Hebamme, Hanne. Das war…«

Der Rauch quoll in zufriedenen Wölkchen aus seinem Gesicht.

»Das war verdammt noch mal das Tollste, was ich je erlebt habe. In meinem ganzen Leben. Aber…«

Er starrte Hanne an.

»Gratuliere«, sagte sie tonlos. »Wie schön. Daß es ein Mädchen ist, meine ich.«

»Was in aller Welt ist denn mit dir los?«

Mit heftigen Bewegungen drückte er seine Zigarre aus und beugte sich zu ihr vor. »Bist du…«

Dann ließ er sich abrupt zurücksinken.

»Du hast mit Cecilie gesprochen«, sagte er langsam.

»Ich spreche jeden Tag mit Cecilie«, sagte sie abweisend. »Wie geht es denn Tone-Marit?«

»Noch steht nichts fest, Hanne.«

»Nichts steht fest? Geht es ihr nicht gut?«

»Ich rede nicht über Tone-Marit. Ich rede über Cecilie. Den Krebs.«

Hanne Wilhelmsen machte sich an der Zigarre zu schaffen.

»Du hast es also gewußt«, sagte sie mit scharfer Stimme. »Ja, wie nett. Daß du und Cecilie Geheimnisse teilen könnt, meine ich. Reizend. Vielleicht könntest du auch mal ein paar Geheimnisse mit mir teilen. Und mir zum Beispiel verraten, wo du dich herumtreibst. Du hättest schon vor fünf Stunden hier sein sollen.«

Die Zigarre zerbrach. Sie nahm in jede Hand eine Hälfte und drückte zu. Die trockenen Tabaksblätter knisterten.

»Hanne Wilhelmsen!«

Billy T. verdrehte die Augen und versuchte, ihre eine Hand zu nehmen. Sie zog sie heftig und demonstrativ zurück. Tabakskrümel stoben nach allen Seiten auf.

»Hanne«, sagte er noch einmal und versuchte, ihren Blick einzufangen. »Ich möchte mit dir darüber sprechen. Bitte.«

Wenn sie seinen Blick erwidert hätte, hätte sie etwas gesehen, was sie an ihm noch nie beobachtet hatte: eine Verzweiflung, die an Wut grenzte. Seine Augen waren jetzt grau, sein Mund stand halboffen und sah resigniert aus, als wisse er nicht, ob er sprechen oder schweigen solle.

»Bitte«, flehte er noch einmal.

Hanne rieb die Hände aneinander.

»Ich sehe ja ein, daß du gute Gründe für deine Verspätung hattest. Vergiß es. Es wäre mir allerdings lieb, wenn du...«

Sie reichte ihm ein Blatt Papier und starrte aus dem Fenster.

»Ich brauche eine Übersicht über alle grotesken Morde der letzten zehn Jahre. In Norwegen. Ich meine damit Verstümmelungen, abgeschnittene Extremitäten, du weißt schon. Ich brauche Einzelheiten, Täter, Motive, Urteile und so weiter. Und zwar sofort.«

Mehrere Sekunden lang herrschte vollständige Stille. Dann sprang Billy T. auf und schlug mit beiden Fäusten auf die Tischplatte. Der Aschenbecher machte einen Sprung und fiel zu Boden.

»Der ist zerbrochen«, sagte Hanne trocken. »Ich gehe davon aus, daß du mir einen neuen kaufst.«

Billy T. richtete sich zu seiner vollen Größe auf. Weiße Halbmonde zeichneten sich um seine Nasenflügel ab. Seine Wangen waren rotgefleckt, und seine Augen füllten sich mit Wasser.

»Du bist jämmerlich«, spuckte er aus. »Du bist verdammt noch mal jämmerlich, Hanne Wilhelmsen.«

»Zur Zeit kann ich deinen Ansichten über meine Person leider nicht viel Zeit widmen«, erwiderte sie und strich sich die Haare aus der Stirn. »Ich interessiere mich vor allem für Enthauptungen. Falls welche vorgekommen sind, meine ich. Du kannst auch weiter in der Zeit zurückgehen. Und du kannst Karl bitten, sich genauer mit Ståle Salvesen zu befassen. Ich will alles wissen, was es über diesen Kerl zu wissen gibt. Und damit meine ich mehr als das, was ihr hier zusammengescharrt habt...«

Sie schnippte mit den Fingern in Richtung der zwei Blätter mit spärlichen Auskünften vom Einwohnermeldeamt.

»Als dieses *jämmerliche* Geschreibsel. Und noch etwas...«

Sie schaute ihm in die Augen. Er zitterte vor Wut, und sie empfand einen Moment lang Befriedigung, als sie sah, daß seine Augen jeden Moment überlaufen konnten.

»Ich schlage vor, daß wir unser Privatleben von jetzt an für uns behalten. Jedenfalls im Dienst.«

Sie lächelte flüchtig und winkte gebieterisch mit der Hand, um ihm klarzumachen, daß er entlassen war.

»Dismissed«, präzisierte sie, als er keinerlei Anzeichen von Gehorsam erkennen ließ.

»Scheiße, du brauchst Hilfe«, fauchte er endlich und ging zur Tür.

»Schön, daß du eine Tochter hast«, sagte Hanne. »Das meine ich wirklich. Grüß Tone-Marit von mir und richte ihr das aus.«

Das Dröhnen der zugeknallten Tür hallte in ihren Ohren wider.

Es war Dienstag, der 9. März, nachmittags, und Hanne Wilhelmsen legte einen stummen Eid ab. Sie würde das Rätsel um Oberstaatsanwalt Sigurd Halvorsruds geköpfte Frau innerhalb von drei Wochen lösen. Oder höchstens vier.

24

Die Kleine war willig und billig gewesen. Alles war rasch überstanden. Evald Bromo stand am Hafenrand und starrte in das schwarze Wasser.

Er war nicht mutig genug.

Der Drang war zu stark gewesen. Margaret wähnte ihn in einem Seminar. Er war einen Tag lang durch die Straßen gestromert, und obwohl er so lange wie möglich versucht hatte, den Kiez zu vermeiden, war er am Ende dort gelandet. Und danach im Hafen. Im Osten zeichnete sich jetzt ein schmaler Lichtstreifen ab, und Evald Bromo brachte die Tage durcheinander. Er drehte sich um und schaute auf. Über ihm ragte drohend das Rathaus auf; dunkelgraue Konturen vor einem schwarzen, sternenlosen Himmel. Er versuchte den nötigen Mut heraufzubeschwören, um den entscheidenden Schritt zurück zu machen, über die Hafenmauer und in den Fjord.

Er schaffte es nicht.

Bis zum 1. September waren es noch fünf Monate und zweiundzwanzig Tage, und er schaffte es nicht einmal, die Finger von kleinen Mädchen zu lassen.

25

Sie fragte sich, warum Krankenhäuser immer nach Krankenhaus rochen. Vielleicht war das so wie mit Abfall. Egal, was in einem Müllsack steckte, Fleisch oder Gemüse, Windeln oder Fisch, alter Käse oder leere Milchkartons, nach einigen Stunden roch alles gleich.

Hanne Wilhelmsen hatte sich krank gemeldet. Nachdem sie Beate im Vorzimmer Bescheid gesagt und den Hörer aufgelegt hatte, mußte sie etwas hinunterschlucken, das mit Schuldgefühlen Ähnlichkeit hatte. Sie hatte kein Wort von Cecilie gesagt.

Cecilie hatte protestiert. Hanne müsse nun wirklich nicht mitkommen. Sie könne ja doch nichts tun. Es sei vergeudete Zeit. Hanne hatte am Vorabend noch lange an ihrem Bett gesessen; die Krankenschwester hatte nicht nur freundlich versucht, sie aus dem Zimmer zu bekommen, in dem Cecilie im Bett lag und fast mit der weißen Bettwäsche verschmolz.

»Wenn du nur hier bist, wenn ich aufwache«, hatte sie gebeten und dabei ihre Finger ganz leicht über Hannes Handrücken wandern lassen. »Und das passiert erst am späten Nachmittag. Dann kommst du, ja?«

Aber sie lächelte trotzdem, als Hanne am Mittwochmorgen um sieben eintraf. Ihr Gesicht zeigte eine vergessene Freude; ein Auge schloß sich schneller als das andere, weil ihr Lächeln ein klein wenig schief war.

»Da bist du«, mehr konnte sie nicht sagen, dann wurde sie abgeholt, weil sie zur Operation bereitgemacht werden mußte. »Du bist doch gekommen.«

Hanne Wilhelmsen schloß die Augen. In ihr herrschte ein Gedankenchaos, das sie erschöpfte. Eine halbe Stunde lang hatte sie versucht, einen Kriminalroman zu lesen, doch

123

der war unrealistisch und langweilig. Also versuchte sie, sich auf den Mord an Doris Flo Halvorsrud zu konzentrieren. Doch vor ihrem inneren Auge sah sie nur die Frau ohne Kopf, umgeben von tiefer schwarzer Finsternis.

Obwohl sie sehr unbequem saß, war sie offenbar eingenickt, denn plötzlich fuhr sie hoch.

»Hier steckst du also.«

Polizeipräsident Hans Christian Mykland trug ein rotkariertes Flanellhemd und eine blaue Hose, die aus den siebziger Jahren stammen mußte. Sie wies eine eingenähte Bügelfalte auf. Über dem Oberschenkel, wo sich der Stoff straffte, als Mykland sich neben ihr in den Sessel setzte, wimmelte es nur so von verschlissenen Noppen. Sie hätte ihn fast nicht erkannt.

»Ich trage nicht immer Uniform«, er lächelte. »Und ich dachte irgendwie, ich könnte nicht herkommen, ohne mich umzuziehen.«

Hanne Wilhelmsen starrte schweigend seine Schuhe an. Sie waren braun und offenbar zusammen mit der Hose gekauft worden. Ihr war schwindlig, und sie konnte nicht begreifen, woher er wußte, daß sie hier war.

»Wann ist das Ganze wohl überstanden, was haben sie dir gesagt?« fragte er und schaute sich um. »Gibt es hier in der Nähe einen Kaffeeautomaten?«

Hanne war noch immer stumm. Der Polizeipräsident legte ihr die Hand auf den Oberschenkel. Hanne Wilhelmsen mit ihrem tief verwurzelten Widerwillen gegen Berührungen von Menschen, die sie nicht gut kannte, schüttelte fast unmerklich den Kopf über die Geborgenheit, die seine Hand ausstrahlte. Sie wärmte, und Hanne wäre am liebsten wieder eingeschlafen.

»Hier«, sagte er und bot ihr eine Pastille an. »Eine Zigarette wäre dir natürlich lieber, aber du mußt dich hiermit zufrieden geben. Haben sie gesagt, wann sie fertig sind?«

»Gegen zwei«, murmelte Hanne Wilhelmsen und rieb sich das Gesicht. Sie konnte sich noch immer nicht vorstellen, warum der Polizeipräsident gekommen war. »So ungefähr, wenn alles nach Plan geht.«

»Wie fühlst du dich?«

Er zog seine Hand zurück und drehte sich auf dem Stuhl um, damit er Blickkontakt zu ihr hatte. Sie wich aus und schlug die Hände vors Gesicht.

»Es geht schon«, sagte sie in ihre Handflächen, sie schien wie durch einen Dämpfer zu sprechen.

Der Polizeipräsident lachte, ein leises Lachen, das leicht von den Betonwänden widerhallte.

»Hast du je zugegeben, daß es dir mal nicht gut geht?« fragte er. »Hast du je geantwortet... zum Beispiel: Nein, jetzt geht es mir im Grunde absolut dreckig?«

Hanne gab keine Antwort, aber sie ließ immerhin die Hände sinken und zwang sich eine Art Lachen ab. Danach schwiegen beide für lange Zeit.

»Mein Sohn ist gestorben«, sagte Hans Christian Mykland dann plötzlich. »Mein ältester Sohn. Vor vier Jahren. Ich dachte, ich müßte selbst auch sterben. Wirklich. Im wahrsten Sinne des Wortes. Ich konnte nicht schlafen. Ich konnte nicht essen. Wenn ich an die Monate nach Simens Tod zurückdenke, dann glaube ich auch, daß ich nicht viel gefühlt habe. Ich habe fast alle Zeit gebraucht, um mich auf...«

Er lachte wieder, und endlich sah Hanne ihn an.

»Ich habe mich auf meine Haut konzentriert.«

»Auf dein Haus?« fragte Hanne und hüstelte.

»Nein. Auf meine Haut. Ich habe versucht, die Grenzen dessen zu finden, was ich selber bin. Sie zu fassen zu bekommen, meine ich. Es war ziemlich faszinierend. Ich konnte die ganze Nacht daliegen und mich abtasten, Stück für Stück, Zoll für Zoll. Ich gehe davon aus, daß ich eine Art Bedürfnis danach hatte...«

125

Hanne schauderte und er verstummte.

»Seltsam, daß du das sagst«, murmelte sie. »Ich weiß, was du meinst.«

Ein Krankenpfleger schob ein Bett vor sie hin. Im weißen Bettzeug schlief eine alte Frau. An der mageren, von deutlichen, großen Adern geprägten Hand war eine Kanüle befestigt. Aus einer durchsichtigen Plastiktüte tropfte Salzwasser in die Hand der Frau. Sie öffnete kurz die Augen, als ihr Bett zum Stillstand kam. Hanne glaubte für einen Moment, ein für sie bestimmtes Lächeln zu erahnen.

Sie war so schön.

Hanne Wilhelmsen konnte ihren Blick nicht abwenden. Die Haare der Frau waren glänzend weiß und aus ihrem schmalen Gesicht zurückgestrichen. Sie hatte hohe Wangenknochen, und in dem fast unmerklichen Augenblick, als sie vielleicht lächelte und bestimmt die Augen öffnete, konnte Hanne sehen, daß ihre Augen das hellste Blau zeigten, das sie je gesehen hatte. Die Haut, die sich über den Gesichtsknochen spannte, schien so weich zu sein, daß Hanne am liebsten aufgestanden wäre und ihr die Wange gestreichelt hätte.

Das tat sie dann auch.

Die Frau öffnete wieder die Augen, diesmal richtig. Sie hob die freie Hand und legte sie behutsam auf Hannes. Dann kam der Krankenpfleger zurück.

»Und jetzt zu uns«, sagte er, vor allem zu sich selbst.

Hanne blieb stehen und schaute dem Bett hinterher, bis es zwanzig Meter weiter im Flur um eine Ecke bog.

»Woher weißt du eigentlich, daß ich hier bin?« fragte sie halblaut. »Warum bist du hier?«

»Setz dich«, sagte Mykland.

Das tat sie nicht.

»Setz dich«, wiederholte er, diesmal energischer.

Er war ihr Vorgesetzter. Sie sank auf den Stuhl, sah Mykland aber noch immer nicht an.

»Du kannst Pflegeurlaub nehmen«, sagte er. »Der ist hiermit bewilligt. So lange du willst. Du ...«

Er unterbrach sich. Hanne Wilhelmsen beendete den Satz für ihn.

»... hast das verdient«, sagte sie verächtlich. »Ich habe das verdient. Hast du überhaupt eine Vorstellung davon, wie satt ich es habe, immer wieder zu hören, daß ich Urlaub verdient habe? Ist das nicht nur eine schöne Umschreibung dafür, daß ihr Urlaub von mir verdient habt?«

»Jetzt bist du paranoid, Hanne.«

Seine Stimme klang resigniert, als er dann weitersprach.

»Kannst du dich nicht ganz einfach damit abfinden, daß andere dich für tüchtig halten? Und damit basta? Und daß die Leute von der Wache ...«

»Vom Distrikt«, fiel sie ihm säuerlich ins Wort.

»Daß sie es ganz richtig fänden, wenn du dir in dieser Situation ein paar Tage freinimmst?«

Hanne holte hörbar Luft, als wolle sie etwas sagen. Dann hielt sie den Atem an und schüttelte den Kopf.

»Du hast ein gravierendes Kommunikationsproblem«, sagte er ruhig. »Du mußt wissen, daß du die allererste Kollegin bist, der ich vom Tod meines Sohnes erzählt habe. Aber Respons von dir kommt nicht. Ich kann damit leben. Du auch?«

»Tut mir leid«, murmelte Hanne. »Es tut mir wirklich leid. Aber ich möchte in Ruhe gelassen werden.«

»Nein.«

Wieder legte er ihr die Hand auf den Oberschenkel. Diesmal empfand sie nur Widerwillen bei dieser Berührung und erstarrte.

»Das möchtest du nicht«, erklärte Mykland. »Du möchtest vor allem, daß jemand mit dir redet. Dir zuhört. Dich zum Reden bringt. Das versuche ich gerade. Aber es gelingt mir nicht besonders gut.«

Der Krankenhausgeruch wurde plötzlich überwältigend. Hanne Wilhelmsen spannte sich noch mehr, ihr Oberschenkel tat weh, denn sie straffte ihn aus aller Kraft, um den Mann dazu zu bringen, seine Hand zu entfernen. Eine Welle von Übelkeit durchjagte sie, und sie schluckte energisch.

»Ich will arbeiten«, sagte sie durch zusammengebissene Zähne. »Ich will meine Ruhe haben und meine Arbeit tun. Ich habe ...«

Sie sprang auf, stellte sich vor ihn hin, zählte mit den Fingern mit und fauchte: »Einen Messermord, Kneipenprügeleien, rassistisch motivierte Überfälle. Und dazu den Fall einer enthaupteten Frau, bei dem ich rein gar nichts kapiere. Hast du überhaupt eine Ahnung davon, wieviel wir in unserer Abteilung zu tun haben? Hast du überhaupt eine Ahnung von mir und davon, was im Moment für Hanne Wilhelmsen das Beste ist?«

Als sie ihren Namen sagte, klopfte sie sich mit dem rechten Zeigefinger so hart auf die Brust, daß es wehtat.

»Nein. Hast du nicht. Ich aber, ich weiß, daß das einzige, was ich in dieser Situation machen kann, eben arbeiten ist. Meine Arbeit zu tun, verstehst du?«

Es hallte zwischen den Wänden wider. Zwei Pakistani, die zehn Meter weiter im Flur saßen, drehten sich neugierig um. Ein Krankenpfleger verlangsamte sein Tempo und schien anhalten und seine Hilfe anbieten zu wollen. Als er Hanne Wilhelmsens Blick sah, schlug er die Augen nieder und ging wieder schneller.

»Glaubst du an Gott, Hanne?«

»Ha!«

Sie schlug sich mit einer übertriebenen, höhnischen Geste an die Stirn.

»Deshalb bist du also gekommen. Ein kleiner Missionstrip nach Ullevål, um Hanne Wilhelmsens verlorene Seele zu retten. Nein. Ich glaube nicht an Gott. Und um einen berühmteren Menschen zu zitieren, als ich es bin: Er glaubt auch nicht sonderlich an mich.«

Weil ihr nichts Besseres einfiel, ging sie los. Der Polizeipräsident erhob sich langsam und folgte ihr.

»Du irrst dich«, sagte er halblaut hinter ihrem Rücken. »Das hat mich nur interessiert.«

Sie ging schneller, wußte aber nicht so recht, wohin. Als sie dann am Ende des Flurs angekommen war, fuhr sie herum und versuchte, zurückzugehen. Der Polizeipräsident trat ihr in den Weg.

»Ich werde dich nicht länger belästigen. Ich bin zum Reden hergekommen. Und um dir zu zeigen, daß du mir wichtig bist. Ich bilde mir ein, vielleicht zu Unrecht…«

Ein verlegenes Lächeln breitete sich in seinem Gesicht aus.

»Daß ich ein bißchen weiß, wie dir zumute ist. Aber du kennst mich nicht. Dies hier war ein Versuch, das zu ändern. Was immer das bringen mag: Ich bin ganz Ohr, wenn du deine Meinung änderst. Und auf jeden Fall solltest du mit Billy T. sprechen.«

Hanne Wilhelmsen machte noch einen Versuch, an ihm vorbeizukommen. Vergebens.

»Der Mann liebt dich so sehr, wie es unter Menschen, die nicht verwandt sind, nur möglich ist«, sagte Mykland. »Das solltest du dir klarmachen. Und zu schätzen wissen. Es vielleicht sogar ausnutzen.«

Seine Hand berührte ganz leicht ihre Schulter, als er sie gehen ließ. Er blieb stehen und blickte ihr nach.

»Billy T.«, murmelte Hanne Wilhelmsen verächtlich und durchwühlte wütend ihre Tasche nach dem miesen Kriminalroman.

Als sie aufblickte, war der Polizeipräsident verschwunden. Die beiden Pakistani hatten Gesellschaft von einem kleinen Kind bekommen. Das Kind kletterte auf zwei leeren Betten herum, die an der gegenüberliegenden Wand standen. Hanne Wilhelmsen konnte das Gefühl nicht deuten, das in ihr aufstieg, als sie entdeckte, daß er ihr nicht gefolgt war. Es hatte absolut Ähnlichkeit mit Enttäuschung.

26

Die Chefredakteurin von *Aftenposten* gehörte zu denen, die sich vorbehaltlos über die vielen Möglichkeiten der Technologie freuten. Schon 1984 hatte sie sich ihren ersten PC angeschafft; einen angeblich tragbaren Apparat von Toshiba. Er war eher transportabel als wirklich tragbar und hatte über sechzigtausend Kronen gekostet. Sobald es etwas gegeben hatte, das Internet genannt wurde, hatte sie sich damit vernetzen lassen. Sie war so früh dabei gewesen, daß es kaum andere gegeben hatte, denen sie E-Mails schicken konnte.

Jetzt bekam sie pro Tag mehr als hundert elektronische Briefe. Immer wieder hatte sie versucht, ihre Kontaktleute – und nicht zuletzt ihre Angestellten – dazu zu bringen, daß sie wichtige Nachrichten kennzeichneten. Flaggen oder Ausrufezeichen, das war ihr egal, aber ihr Arbeitstag wäre um einiges leichter gewesen, wenn in dieser Hinsicht mehr Disziplin geherrscht hätte.

Fast geistesabwesend ging sie die Post des Tages durch. Sie hatte gerade am linken Bein eine Laufmasche entdeckt. Die drittoberste Schreibtischschublade, in der normalerweise mehrere Reservestrumpfhosen lagen, war leer. Zerstreut zupfte sie am Rocksaum und ging rasch die Liste durch, wobei sie die meisten Nachrichten nur überflog.

Eine Meldung ließ sie innehalten. Im Feld »Betreff« stand: »Kümmer dich.« Die Mitteilung war kurz: »Sie sollten feststellen, was dem Journalisten Evald Bromo fehlt. Er ist in

letzter Zeit reichlich außer sich. Als Chefredakteurin sollten
Sie ihn fragen, ob er Probleme hat.«

Sie las den Brief zweimal durch. Dann zuckte sie mit den
Schultern und schloß die Mailbox, ehe sie auf die Uhr sah.
Sie kam zehn Minuten zu spät zu einer Besprechung.

Als sie das Büro verließ, schaute sie an sich herunter und
musterte ihre Strumpfhose. Der Nagellack hatte die Laufmasche nicht aufhalten können. Jetzt zog sich eine breite
Spur von ihren hochhackigen schwarzen Schuhen bis zum
Rocksaum, und sie schluckte einen saftigen Fluch hinunter.

Soviel sie wußte, fehlte Evald Bromo rein gar nichts.

27

»IKEA«, sagte Billy T. höhnisch und schaute sich um. »Is' ja
was anderes als in Aker Brygge.«

Vorsichtig setzte er sich in den Besuchersessel, als wisse er
nicht so recht, ob der sein Gewicht aushalten könne. Dann
zog er eine Halbliterflasche Cola aus der Tasche seiner umfangreichen Jacke.

»Aber gemütlich«, sagte er nach einem kräftigen Schluck
und reichte die Flasche an Karen Borg weiter. »Möchtest
du?«

»Nein, danke.«

Sie drehte sich mit ihrem breiten Schreibtischsessel hin
und her und nippte an einer Tasse Tee. Seit sie bei der
angesehenen, auf Wirtschaftsrecht spezialisierten Kanzlei
mit eleganter Adresse und Möbeln von Expo-Nova gekündigt hatte, um ihre eigene Kanzlei aufzumachen, in der
sie nur eine Sekretärin von Manpower als Hilfe hatte, hatte
sie keinen Kaffee mehr angerührt. Es hatte etwas Symbo-
lisches. In Aker Brygge wurde Cappuccino getrunken. Hier,

in einem hellen, persönlichen Zimmer mit grünen Pflanzen und einem bunten Repertoire an Aufträgen, war Tee angesagt.

»Das mit Cecilie ist traurig«, sagte sie und schüttelte langsam den Kopf. »Wirklich entsetzlich. Ich wünschte, ich hätte das früher erfahren.«

»Hätte auch nichts gebracht«, sagte Billy T. und gähnte. »Hanne ist absolut unansprechbar. Und sie weiß es auch erst seit Montag. Ich habe gestern mit Cecilie telefoniert. Sie wird operiert ... «

Er fischte eine Taschenuhr hervor und starrte aus zusammengekniffenen Augen auf die Zeiger.

»Gerade jetzt.«

Beide schwiegen. Billy T. nahm leichten Vanilleduft wahr und beugte sich zu der Tasse vor, die Karen Borg in den Händen hielt. Dann lächelte er kurz und schaute aus dem Fenster. Ein Mann stand in einem Korb und ließ einen verdreckten Lappen über die Fensterscheibe wandern. Er winkte Billy T. munter zu und ließ dabei den Lappen fallen. Das änderte nichts an seiner munteren Stimmung, er zog einen weiteren Lappen aus einem Eimer mit Wasser, das schon drei Etagen früher hätte erneuert werden müssen.

»Wie gefährlich ist es eigentlich«, fragte Karen endlich und stellte ihre Tasse weg.

»Das wird sich heute herausstellen, wenn ich richtig verstanden habe. Aber ruf Hanne nicht an. Die Frau gehört in einen Käfig. Ist geradezu lebensgefährlich. Sie würde dir nur das Ohr abbeißen.«

Der Fensterputzer war jetzt fertig und winkte fröhlich zum Abschied, als er in den nächsten Stock hochgehievt wurde. Seine Arbeit war kaum der Mühe wert gewesen; Schmutzstreifen zogen sich wie ein Gefängnisgitter über die Fensterscheibe.

»Brötchentüte«, sagte Billy T. plötzlich und legte einen rosa Ordner voller Fotokopien auf Karens Schreibtisch.

»Was?«

»Das Geld steckte in einer Brötchentüte der Bäckerei Hansen. Fünf Fingerabdrücke. Zwei sind noch nicht identifiziert. Die drei anderen stammen von Halvorsrud. Es war also nicht gerade clever von dem Typen, jegliches Wissen um dieses Geld abzustreiten.«

»Daß er eine Brötchentüte angefaßt hat, ist ja wohl kaum ein Beweis«, erwiderte Karen Borg trocken. »Habt ihr auf dem Geld Fingerabdrücke gefunden?«

»Ja. Viele verschiedene. Keiner bisher identifiziert. Aber es waren alles gebrauchte Scheine, deshalb ist das ja kein Wunder.«

Er rieb sich lange und energisch mit den Fingerknöcheln die Kopfhaut. Eine flüchtige Wolke aus trockenen Hautpartikeln umgab im Licht, das durch das Fenster fiel, seinen Kopf wie ein Heiligenschein.

»Ist ja nicht meine Aufgabe, deine Mandanten zu beraten«, sagte er und griff wieder zur Colaflasche. »Aber wäre es nicht eine gute Idee, sich ein wenig glaubwürdiger zu äußern? Alles, absolut alles weist daraufhin, daß er seine Frau wirklich umgebracht hat. Könnte er nicht irgendwas über plötzliche Geisteskrankheit erzählen, daß er ausgerastet ist, weil sie sich von ihm trennen wollte, oder irgendwas in der Richtung? Dann kriegt er zehn Jahre Knast und ist nach sechs wieder draußen. Oder so. Und kommt vielleicht noch rechtzeitig zur Hochzeit seiner Tochter.«

»Aber er hat es eben nicht getan«, sagte Karen Borg und lehnte abermals die lauwarme Cola dankend ab. »So einfach ist das. In seinen Augen. Und dementsprechend muß ich mich verhalten. Übrigens gibt es da eine Sache, von der ich nicht weiß, ob ihr schon daran gedacht habt.«

Billy T. schnitt eine schockierte Grimasse und riß die

Augen auf, als fände er den puren Gedanken, daß die Polizei etwas an diesem Fall nicht sorgfältig durchdacht und analysiert haben könnte, einfach ungeheuerlich.

»Sagen wir, daß Ståle Salvesen am vergangenen Montag wirklich Selbstmord begangen hat. Und daß Halvorsrud sich geirrt hat. Er hält Ståle Salvesen für den Mörder. Aber es war ein anderer. Einer, der ihm ähnlich sieht. Entweder durch einen seltsamen, schicksalhaften Zufall. Oder weil...«

»Oder weil der Mörder Ähnlichkeit mit Ståle Salvesen haben wollte«, beendete Billy T. den Satz und leerte seine Flasche. »Natürlich haben wir uns das auch schon überlegt. Das tun wir noch immer. But why?«

»Du bist zuviel mit Hanne zusammen«, sagte Karen trocken. »Und das Motiv zu finden ist eure Sache. Das bleibt mir erspart. Zum Glück.«

»Wie geht es übrigens den Kindern?« fragte Billy T. »Es war nicht gerade lustig, den Jungen zum Verhör schleifen zu müssen, wo seine Mutter tot ist und sein Vater für God knows wie lange eingebuchtet ist.«

»Die Jungen kommen zurecht«, sagte Karen und runzelte die Stirn, als mache ihr etwas arg zu schaffen. »Mit Thea sieht es schon schlimmer aus. Mein Bruder, und der ist ein alter Freund der Familie, sagt, sie sei einfach untröstlich. Das Komische ist, daß es ihr viel mehr auszumachen scheint, daß ihr Vater im Gefängnis sitzt, als daß ihre Mutter tot ist. Sie ißt nichts mehr. Will nicht in die Schule gehen, sagt so gut wie nichts. Weint und tobt und will zu ihrem Vater. Will den Vater zu Hause haben. Ihre Mutter erwähnt sie kaum.«

»Unmöglich vorauszusehen, wie Leute in einer solchen Situation reagieren«, Billy T. gähnte. »Vor allem Kinder. Ich muß los. Ich werde dafür sorgen, daß der Ordner so nach und nach komplett wird.«

Als er die Hand auf die Türklinke legte, sagte Karen halblaut und offenbar mehr zu sich selbst: »Vielleicht könnte Håkon...«

Billy T. drehte sich um und starrte sie lange an.

»Ja«, sagte er endlich. »Vielleicht ist Håkon derjenige, der mit Hanne reden kann. Ich bin das jedenfalls nicht.«

»Was finden wir eigentlich an ihr«, sagte Karen Borg, noch immer ins Leere gerichtet. »Warum haben wir Hanne so gern? Sie ist eigen und.... sauer. Oft jedenfalls. Verschlossen und wortkarg. Aber wir sind allesamt immer für sie zur Stelle. Warum?«

Billy T. strich mit der Hand über die Türklinke.

»Weil sie nicht immer so ist. Vielleicht sind wir... wenn sie sich plötzlich öffnet und... ich weiß nicht. Ich weiß nur, daß sie meine beste Freundin ist.«

»Du bewunderst sie. Grenzenlos. Das tun wir alle. Ihre Tüchtigkeit. Ihren scharfen Verstand. Aber... warum sind wir so verdammt verletzlich, wenn es um sie geht? Warum...«

»Ich habe sie gern. Du auch. Es gibt nicht für alles auf der Welt eine Erklärung.«

Seine Stimme klang plötzlich abweisend und schroff, wie ein Echo von Hanne selbst. Dann tippte er sich mit den Fingern an die Schläfe und war verschwunden.

28

Es war Mittwoch, der 10. März 1999, mittags um fünf vor halb eins. Karianne Holbeck hatte bereits sieben Stunden Arbeit hinter sich und versuchte, sich den Nacken zu massieren. Als sie den Arm krümmte, merkte sie, daß sie offenbar wieder zugenommen hatte. Das spürte sie auch an ihren Jeans, die so eng saßen, daß sie den obersten Knopf nicht mehr schließen konnte. Sie ärgerte sich grenzenlos darüber. Am 4. Januar hatte sie optimistisch und fest entschlossen eine Halbjahreskarte für ein Fitness-Studio gekauft. Einmal war sie bisher dort gewesen.

Wieder klingelte das Telefon.

»Holbeck«, kläffte sie in die Sprechmuschel.

»Guten Tag. Ich heiße ...«

Die Polizistin verstand den Namen nicht. Gar nicht. Sie begriff nur, daß sie es mit einem Ausländer zu tun hatte.

»Worum geht es«, fragte sie gleichgültig, fischte die Broschüre des Fitness-Studios hervor und versuchte festzustellen, wann dort abends geschlossen wurde.

»Ich rufe wegen diesem Anwalt an«, sagte die Stimme. »Von dem in der Zeitung steht. Er heißt Halvorsröd.«

»Halvorsrud«, murmelte Holbeck und schaute auf die Uhr. »Der ist kein Anwalt. Er ist Oberstaatsanwalt.«

»Ich bin Türke, verstehen Sie.«

Der Mann sprach unbeirrt weiter.

»Ich habe auf Grünerløkka einen Gemüseladen.«

Das Studio hatte bis acht geöffnet. Da bestand immerhin eine gewisse Hoffnung, daß sie an diesem Abend noch einen Besuch schaffen würde.

»Verstehen Sie«, beharrte die Stimme am Telefon. »Im letzten Jahr bin ich angezeigt worden. Das war nur Unsinn, wissen Sie, die haben behauptet, ich hätte nicht genug Steuern gezahlt. Und keine ordentliche Buchführung, haben sie auch gesagt. Dann hat Halvorsröd mich angerufen. Er könnte mir helfen, hat er gesagt. Er wollte sich mit mir treffen. Er wollte mir sagen, was es kosten würde ... Ordnung im Nähkasten zu schaffen, hat er gesagt. Ich hab das nicht richtig begriffen. Meine Frau hat nein gesagt.«

Karianne Holbecks Interesse war gewaltig gestiegen. Verzweifelt suchte sie nach einem Kugelschreiber, konnte aber keinen finden.

»Er hat beim Anruf seinen Namen genannt? Hat er sich als Sigurd Halvorsrud vorgestellt?«

»Ja, das hat er gesagt. Er hat nicht gesagt, was er war, nicht Anwalt oder so, aber ich habe den Namen aufgeschrieben. Und den Zettel habe ich hier.«

Karianne Holbeck räusperte sich und riß wütend eine Schublade nach der anderen auf, auf der Suche nach einem Schreibgerät. Ohne Erfolg.

»Ich weiß nicht, ob das die Polizei interessiert, aber ich dachte …«

»Können Sie herkommen?« fiel Holbeck ihm ins Wort. »Ich würde gerne ausführlich mit Ihnen sprechen.«

Sie warf einen Blick auf einen Donald-Duck-Wecker, der vom Schreibtisch zu fallen drohte.

»Um zwei?«

»Nein, ich bin gerade schrecklich beschäftigt. Montag kann ich kommen. Montag um zehn, zum Beispiel. Ich kann kommen und fragen nach …«

»Holbeck«, sagte Karianne überdeutlich, wie zu einem Schwerhörigen. »Ka-ri-an-ne Hol-beck. Aber warten Sie einen Moment …«

Sie legte den Hörer hin und stürzte ins Vorzimmer.

»Hallo«, keuchte sie in die Sprechmuschel, als sie mit einem Kugelschreiber zurückkam. »Sind Sie noch da?«

Das war er nicht. Sie hörte nur ein nervtötendes, monotones Besetztzeichen. Ihr Zeigefinger drückte wütend auf den Knopf, der das Freizeichen bringen sollte. Aber nichts passierte.

»Scheißausländer«, fauchte sie und knallte den Hörer auf die Gabel.

Dann riß sie sich zusammen und hoffte bei Gott, daß niemand sie durch die offene Flurtür gehört hatte.

Sie konnte jetzt nur hoffen, daß der Mann am Montag wirklich auftauchen würde. Was durchaus nicht feststand.

Karianne Holbeck hatte längst die Erfahrung gemacht, daß Ausländer zumeist unzuverlässig waren. Sie war durchaus keine Rassistin. Alle Menschen waren gleich viel wert. Das Problem war nur, daß Türken und Iraner, Pakistani und Nordafrikaner, Vietnamesen und Lateinamerikaner eben unzuverlässig waren. Montag oder Dienstag, ein oder fünf Uhr; unmöglich zu sagen, ob der Mann sich überhaupt wieder melden würde.

Karianne Holbeck wußte nicht einmal mehr, was der Mann eigentlich für einen Laden hatte. Sie glaubte, den Namen des Stadtteils Grünerløkka gehört zu haben. Sicher war sie nicht. Aber er war Türke. Als ob das eine Hilfe wäre.

»So geht es, wenn der Arbeitstag um halb sechs anfängt«, murmelte sie ärgerlich und sah ein, daß sie es womöglich vermasselt hatte.

29

Eivind Torsvik fiel plötzlich ein, daß er seine Stimme seit zwei Wochen nicht mehr benutzt hatte. Er hatte fast vergessen, wie sie sich anhörte. Er legte sich aufs Sofa und versuchte sich darauf zu konzentrieren, welche Farbe sie hatte. Er wußte, daß er jünger klang, als er war. Seine Stimme war klar und melodiös, mit einem fremdartigen Unterton, der irrtümlicherweise vermuten ließ, daß er kein Norweger war. Ein Lehrer von der Volksschule hatte ihn einmal erwischt, als er sich zum Übernachten in die Turnhalle geschlichen hatte. Eivind sang alte Eagles-Songs, um seine Angst zu vertreiben. Der Lehrer war wie aus dem Nichts aufgetaucht, und Eivind hatte den Verdacht, daß er ihm lange zugehört hatte, ehe er dann aus dem Schatten getreten war. Der Mann hatte gesagt, Eivind sei sehr musikalisch.

Eigentlich hatte er wohl freundlich sein wollen. Trotzdem war der Junge davongestürzt. Jetzt, da er zurückdachte und sich fragte, wo er dann hingegangen war, konnte er sich nicht mehr erinnern. Seither hatte er keinen Ton mehr gesungen.

Es war unbequem, so zu liegen.

Er döste in einem ganz besonderen Zustand irgendwo zwischen Schlafen und Wachen vor sich hin. Natürlich konnte er einfach etwas sagen. Aber das wäre zu einfach. Die Punkte, die vor seinen Augenlidern tanzten, sammelten sich langsam zu einem roten Mittelpunkt. Da. So war sie. Langsam und deutlich sagte er: »Jetzt zieht das Netz sich zusammen. Bald haben wir sie.«

Seine Stimme klang genau wie in seiner Erinnerung. Klar und ein wenig kindlich, sie paßte gut zu dem Spitznamen, den sie ihm im Gefängnis verpaßt hatten.

»Ich bin das Engelchen«, sagte Eivind Torsvik zufrieden und schlief ein.

30

»Meine Güte«, sagte Håkon Sand. »Du hier?«

Er ertappte sich dabei, daß er auf die Uhr schaute. Es ging auf Mitternacht zu. Was der Polizeipräsident Hans Christian Mykland vor dem niedrigen Klinkerblock in Lille Tøyen, wo Hanne und Cecilie wohnten, zu suchen hatte, konnte er sich nicht vorstellen. Noch dazu um diese Zeit.

»Du siehst gut aus«, sagte der Polizeipräsident munter und schlug Staatsanwalt Sand kumpelhaft auf die Schulter. »Wirst du drüben am Hambros Plass gut behandelt?«

Håkon murmelte eine Abwehr. Er konnte einfach nicht begreifen, warum der Polizeipräsident hier war. Er steckte sich einen Finger ins Ohr und kratzte sich frenetisch.

»Ich wollte unsere gemeinsame Freundin besuchen«, sagte Mykland und nickte zum Fenster im zweiten Stock hoch. »Nur fragen, wie es ihr geht.«

Seine Jovialität war plötzlich verschwunden. Im bleichen Licht einer Straßenlaterne sah Håkon Sand im Gesicht des Polizeipräsidenten eine Besorgnis, die er ebenfalls nicht verstehen konnte. Der Mann wirkte älter, als er, soweit Håkon wußte, wirklich war. Es konnte am graugelben Halbdunkel liegen oder auch an dem abgenutzten hellbraunen Parka, der ihn für einen Moment aussehen ließ wie einen alternden, heruntergekommenen Junggesellen.

»Kennt ihr euch?« platzte es aus ihm heraus. »Ich meine … kennst du Hanne auch privat?«

Der Polizeipräsident schüttelte fast unmerklich den Kopf.

»Das zu sagen wäre übertrieben. Ich mache mir nur Sorgen um sie. Sie hat es im Moment nicht leicht. Aber …«

Er breitete die Arme aus und lächelte.

»Jetzt bist du hier, und Hanne ist in guten Händen. Ich verziehe mich. Gute Nacht.«

Håkon murmelte eine Art Abschied, blieb stehen und schaute hinter dem Polizeipräsidenten her, der die zwanzig oder dreißig Meter zu einem alten, zitronengelben *SAAB* im Trab zurücklegte. Der Wagen protestierte laut, doch nachdem es im Auspuff zweimal scharf geknallt hatte, rollte er widerwillig mit einem Schweif aus kohlschwarzem Rauch den Hang hoch. Håkon seufzte tief und klingelte.

Keine Reaktion.

Er klingelte noch einmal, gerade so lange, daß es ihm schon als unhöflich erschien. Dann ließ er den Klingelknopf los, trat drei Schritte zurück und schaute zum Küchenfenster im zweiten Stock hoch. Hinter den Vorhängen brannte die Deckenlampe. Ansonsten war es im Block überall dunkel, abgesehen davon, daß offenbar jemand vergessen hatte, das Licht im Keller auszuknipsen. Ein rechteckiges Fenster warf blaukaltes Licht über seine Füße.

Sie war zu Hause. Håkon war sich da sicher. Er hatte im Krankenhaus angerufen. Eine freundliche Krankenschwester hatte ihm mitgeteilt, daß Hanne Wilhelmsen gegen elf eine schlafende Cecilie Vibe verlassen hatte.

»Scheiße, so nicht, Hanne.«

Wütend drückte er wieder auf den Klingelknopf und kümmerte sich nicht mehr um irgendwelche Normen für höfliches Benehmen. Er ließ den Finger, wie ihm schien, für eine Ewigkeit dort und wollte gerade aufgeben, als plötzlich der Summer ertönte. Er drückte gegen die Tür.

Er konnte sein eigenes Angstgefühl kaum begreifen. Sein Herz hämmerte wie zuletzt vor seinem ersten Fall vor dem Obersten Gericht. Als er seine Hände umdrehte, sah er den Schweiß in den Lebenslinien glänzen. Håkon Sand wußte nicht, wovor er sich hier fürchtete.

Hanne Wilhelmsen war eine gute alte Freundin. Er begriff nicht, warum er außer sich vor Angst war, als er sich der Tür mit dem Messingschild näherte, auf dem HW & CV stand.

Es wurde auch nicht besser, als Hanne die Tür öffnete.

Ihr Gesicht war so verweint, daß es kaum noch zu erkennen war. Die Augen waren zwei schmale Striche in der geschwollenen Haut, und die Unterlippe zitterte dermaßen, daß Håkon sich auf etwas anderes konzentrieren mußte. Er starrte einen Speicheltropfen an, der in einer Platzwunde mitten auf Hannes Lippe zitterte; jetzt löste er sich und wanderte zum Kinn hinunter. Hannes Wangen waren glühendrot, und ihre ganze Gestalt schien geschrumpft zu sein. Ihre Hände hingen leblos nach unten, ihre Schultern verschwanden in ihrem viel zu weiten Sweatshirt.

Er wußte nicht, was er sagen sollte. Er setzte sich auf die Treppe. Die Betonstufen fühlten sich unter seinem Hosenboden eiskalt an. Er rieb sich die Hände und konnte Hanne nicht mehr ansehen.

»Komm rein«, sagte sie endlich mit einer Stimme, die er noch nie gehört hatte.

Mühsam und außer Atem erhob er sich und blieb in der Diele stehen, ohne seine Jacke auszuziehen, während Hanne im Wohnzimmer verschwand.

Die Wohnung roch nach Cecilie. Ein Duft von Boss Woman hing in der Luft. Håkon schnupperte. Der Geruch war aufdringlich. Und ungewöhnlich stark, doch dann entdeckte er auf einem Tisch im Flur einen fast leeren Flakon. Zögernd ging er aufs Wohnzimmer zu. Dort war der Geruch noch stärker.

»Du hast die Flasche geleert«, sagte er und biß sich in die Lippe.

Hanne schwieg. Sie saß aufrecht in einem Sessel, ohne sich zurückzulehnen. Ihre Hände lagen in ihrem Schoß, offen, als warte sie auf ein Geschenk. Sie starrte dermaßen intensiv geradeaus, daß Håkon sich nach dem Gegenstand ihres Interesses umdrehte. Es war eine leere, weiße Wand.

Endlich streifte er seine schwere Jacke ab. Sie blieb zu seinen Füßen liegen. Dann ging er langsam zum Sofa und setzte sich. Zerstreut nahm er eine Apfelsine aus einer Obstschüssel und ließ sie von einer Hand in die andere wandern.

»Wie ist es gelaufen?« brachte er dann endlich heraus.

»Game over«, sagte Hanne tonlos. »Metastasen bis zur Leber. Nichts mehr zu machen.«

Die Apfelsine platzte. Lauwarmer Saft floß über Håkons Hände und tropfte auf seinen Oberschenkel. Dann legte er die mißhandelte Frucht wieder weg. Er hielt seine klebrigen Hände hilflos über seine Knie und brach in Tränen aus.

Endlich wandte Hanne ihren Blick.

Sie sah ihn an. Als er sich aufsetzte, um zu Atem zu kommen, schaute er ihr ins Gesicht.

»Du mußt jetzt gehen«, sagte sie. »Ich will, daß du gehst.«

Demonstrativ versuchte er zu lachen. Er schluchzte, und Rotz und Tränen strömten.

»Ich weine«, nuschelte er und fuhr sich mit dem Ärmel über das Gesicht. »Ich weine um Cecilie. Aber vor allem weine ich um dich. Es muß dir schlimmer gehen, als ich es mir vorstellen kann. Du bist eine Idiotin, Hanne, und ich begreife nicht...«

Der Rest erstickte in einem Hustenanfall.

»Du mußt nach Hause zu deiner Familie«, sagte Hanne und strich sich mit einer langsamen Bewegung die Haare aus der Stirn. »Es ist spät.«

Einen Moment lang starrte er sie ungläubig an. Dann sprang er wütend auf. Er schlug mit dem Knie gegen die Tischkante und fluchte wie besessen.

»Und wie«, schrie er mit Fistelstimme. »Und wie ich jetzt nach Hause gehe. Sitz du nur da. Weiger dich nur, mit mir zu sprechen. Mach, was zum Teufel du willst. Aber ich gehe nicht. Ich bleibe hier.«

Weil ihm nichts Besseres einfiel, schob er sich wütend die Pulloverärmel hoch und herunter. Er schluchzte wie ein übergroßes Kind und rieb sich brennenden Saft in die Augen, als er versuchte, seine Tränen wegzuwischen.

»Verdammt noch mal, Hanne. Was ist denn bloß los mit dir?«

Später konnte er nicht mehr erklären, was dann passiert war. Das Ganze war so unlogisch, so unerwartet und so wenig Hanne Wilhelmsen, daß er es fast für einen Traum gehalten hätte. Nur wenn er dann später sein schmerzendes Brustbein berührte, begriff er, daß sie ihn wirklich angegriffen hatte.

Sie sprang auf, ging auf ihn zu und verpaßte ihm eine schallende Ohrfeige. Danach schlug sie ihm mit der Faust in den Bauch. Dann sank sie auf die Knie, hämmerte auf seine

143

Beine ein und blieb dann liegen, den Kopf zwischen den Knien, die Hände im Nacken verschränkt.

»Hanne«, flüsterte er und ging in die Hocke. »Hanne. Laß mich dir doch ein bißchen helfen.«

Willenlos ließ sie sich von ihm auf die Beine ziehen. Seine Arme durften sie umfangen. Ihr Kopf sank an seine Schulter. Er nahm intensiv Cecilies Duft wahr und wußte plötzlich, daß Hanne den Flakon über sich ausgeleert hatte.

Håkon wußte nicht, wie lange sie dort standen. Alles, was er tun konnte, war, sie im Arm zu halten. Langsam wurde sie schwerer. Endlich erkannte er, daß sie ganz einfach eingeschlafen war. Vorsichtig ließ er einen Arm um ihre Taille gleiten. Wie eine Schlafwandlerin kam sie mit ihm ins Schlafzimmer. Dort legte er sie vollständig angezogen auf den Bauch. Er selbst blieb stehen und horchte auf ihren Atem, während er versuchte, auch in diesem Rhythmus zu atmen. Dann legte er sich leise neben sie, deckte sie beide zu und schloß die Augen.

»Ich habe solche Angst um mich selbst.«

Håkon Sand fuhr aus dem Schlaf hoch und empfand einen Moment lang Angst, dann wußte er wieder, wo er war. Hanne lag noch so da wie vorhin; auf dem Bauch, die Arme an den Seiten, das Gesicht abgewandt. Die Decke lag neben ihr auf dem Boden.

»Ich habe das Gefühl, in dem, was früher einmal ich selber war, gefangen zu sein. In allem, was ich getan habe. In allem, was ich bereue.«

Håkon hustete leise, stützte sich auf einen Ellbogen und ließ das Gesicht in seiner Hand ruhen. Die andere Hand wanderte zu Hannes Kreuz. Dort streichelte er sie langsam, immer in Kreisbewegungen.

»Es kommt mir vor, als wollte ich weg von mir selbst. Als versuchte ich wegzulaufen...«

Sie seufzte und rang um Atem.

»Meinem Schatten wegzulaufen. Es geht nicht. Ich würde gern alles auswischen und neu anfangen. Aber es ist zu spät. Es ist schon seit vielen Jahren zu spät.«

Sie schniefte leise, drehte sich auf die Seite und kehrte ihm den Rücken zu. Er wußte nicht, ob sie sich damit von seiner Hand befreien wollte. Er schwieg noch immer. Das Zimmer war stickig, und im Lichtspalt unter der Tür konnte er den Staub tanzen sehen. In der Ferne war ein Motorrad zu hören, das den Gang wechselte. Dann war es wieder still, und ihm fielen die Augen zu. Plötzlich sagte Hanne: »Wenn ich allein bin, denke ich nur an alles, was in Stücke gegangen ist. Freundschaft. Liebe. Das Leben. Alles.«

»Aber«, sagte Håkon zaghaft.

»Sag nichts«, bat sie leise. »Bitte, sag nichts. Sei einfach nur hier.«

Jetzt krümmte sie sich in Embryostellung zusammen, und er mußte einfach ihre Haare streicheln.

»Du hast recht«, flüsterte sie. »Ich bin eine Idiotin. Eine … eine Zerstörerin. Eine, die kaputtmacht. Das einzige, was mir in diesem Leben gelingt, ist die Arbeit bei der Polizei. Und das ist wahrlich im Moment eine Hilfe. Eine große. Cecilie ist sicher froh darüber.«

Vorsichtig beugte er sich über sie und hob die Decke vom Boden auf. Dann schmiegte er sich an ihren zusammengekrümmten Leib. Er spürte ihr Rückgrat an seinem Bauch und merkte, wie mager sie geworden war. Er drückte sie an sich und flüsterte sinnlose Worte in ihre Haare. Ihre Hand umschloß seine, und erst, als ihr Zugriff sich lockerte, merkte er, daß sie wieder eingeschlafen war. Ihren Atem konnte er kaum spüren.

31

Sie lag seit einer halben Stunde da und starrte die Decke an. Sie zählte Sekunden, um festzustellen, wie lange sie die Augen offenhalten konnte, ohne zu zwinkern. Die Reflexe erwiesen sich als stärker als ihr Wille; jedesmal und immer. Vorsichtig drehte sie sich im Bett um. Håkons schütterer Pony war schweißnaß und klebte an seiner Stirn. Er schlief tief und unbequem in seinen Kleidern. Die Decke lag wie eine Wurst über seiner Hüftpartie, und Hanne sah, daß er nicht einmal die Turnschuhe ausgezogen hatte. Sein Mund stand offen, und er schnarchte. Vermutlich hatte sie das geweckt. Sie hatte sich an nichts erinnert. In der ersten wachen Sekunde hatte sie sich gefühlt wie an jedem anderen Morgen; leer – weder gut noch schlecht. Dann brach der Vortag über sie herein. Sie konnte kaum atmen. Verzweifelt versuchte sie, die Augen unendlich lange offen zu halten. Aber auch das gelang ihr nicht.

Sie schaute auf die Uhr.

Halb sieben.

Sie wollte nicht duschen. Der scharfe Geruch von Streßschweiß und altem Parfüm, das nicht ihres war – aber das ihr bei jedem Atemzug ins Herz schnitt –, erschien ihr als passende Strafe. Auf jeden Fall als Anfang einer Strafe. Sie zögerte einen Moment, dann beschloß sie, keinen Zettel zu schreiben. Statt dessen legte sie die Reserveschlüssel gut sichtbar auf den Dielentisch. In Kleidern, die sie einen ganzen Tag getragen und in denen sie zu allem Überfluß auch geschlafen hatte, legte sie den Weg zum Grønlandsleiret 44 in einer knappen Viertelstunde zurück.

Da stand das Polizeigebäude, unveränderlich, gekrümmt und grau.

Als sie ihre Schlüsselkarte durch das Lesegerät zog und die

Metalltür, die den Personaleingang nach Westen hin verschloß, öffnete, hatte sie das Gefühl, sich an Bord eines lecken Rettungsbootes zu begeben. Als sie durch die Flure lief und das riesige Foyer erreichte, das sich sechs Stock hoch hinzog, trat sie in die Mitte, statt gleich zu den Fahrstühlen zu gehen. Der große, offene Raum war menschenleer, abgesehen von einem dunkelhäutigen älteren Mann in einem gelbblauen Trainingsanzug, der bei den Schranken vor dem Südostteil des Hauses den Boden putzte. Er schickte ein Nicken und ein Lächeln in Hannes Richtung, bekam aber nichts zurück.

Das Polizeigebäude hatte den Tag noch nicht richtig registriert. Irgendwo in den oberen Etagen schlugen Türen, und aus der Kriminalwache beim Haupteingang drangen halberstickte Rufe durch die kugelsicheren Glaswände. Aber noch herrschte Stille im Haus; eine Ruhe, die Hanne normalerweise liebte.

Sie fühlte sich nicht einmal müde: Erschöpft vielleicht, wie gerädert – aber ihr Kopf kam ihr klar und kalt und zielgerichtet vor.

Auf ihrem Tisch lagen vier Aktentürme. Nett und ordentlich waren sie nebeneinander aufgestapelt, abwechselnd in grünen und rosa Ordnern. Sie stellte die Mumin-Tasse mit schwarzem Kaffee an die Tischkante und steckte sich eine Zigarette an. Beim ersten Zug überkam sie ein heftiges Schwindelgefühl. Auf seltsame Weise fand sie das angenehm, wie einen betäubenden Rausch.

Sie nahm sich zuerst den dicksten Ordner.

Karianne Holbeck hatte die wichtigsten Zeugenaussagen zusammengetragen. Oben im Ordner lag eine Übersicht, aus der in groben Zügen hervorging, wer vernommen worden war und was die Betreffenden gesagt hatten. Hanne Wilhelmsen blätterte langsam den Stapel durch. Sie hielt bei Vernehmung Nr. 3 inne.

*Die Zeugin Sigrid Riis betrachtet sich als beste Freundin der
Verstorbenen. Sie haben sich mit vierzehn Jahren kennengelernt
und füreinander als Trauzeuginnen fungiert.*

Bei diesem Satz mußte sie daran denken, daß sie in weniger als drei Monaten Billy T. denselben Dienst erweisen
sollte. Was das über die Tiefe ihrer Freundschaft verriet,
konnte sie absolut nicht sagen. Sie drückte ihre Zigarette
aus. Und ihr fiel ein, daß Cecilie bald nach einer von Drogen betäubten Nacht erwachen würde. Sie rieb sich die
Mundwinkel mit Daumen und Zeigefinger und leckte sich
die Lippen, ehe sie weiterlas.

*Die Zeugin beschreibt die verstorbene Doris Flo Halvorsrud als
offenen und munteren Menschen. Die Zeugin kann sich nicht vorstellen, wer der Verstorbenen etwas hätte antun wollen. Die Zeugin
meint, daß die Verstorbene normal viele Freunde und einen relativ
großen Bekanntenkreis hatte, vor allem aufgrund der Arbeit ihres
Mannes. Die Verstorbene konnte bei Diskussionen temperament-
voll und bisweilen auch starrsinnig sein, hatte aber immer einen
witzigen Kommentar auf Lager, der die Situation rettete, wenn
jemand sich über eine überspitzte Formulierung ärgerte.*

*Die Zeugin sagt, die Verstorbene habe im Grunde in ihrer Ehe
zufrieden gewirkt. In der letzten Zeit – ungefähr dem vergangenen
halben Jahr – hatten die Verstorbene und die Zeugin nicht mehr soviel Kontakt. Das liegt vor allem daran, daß die Zeugin fünf Monate in Kopenhagen an einer Waldorfschule unterrichtet hat. Bei
ihren Treffen hatte die Zeugin den Eindruck, daß die Ehe nicht
mehr so »richtig toll lief«. Unter anderem hat die Verstorbene einmal gefragt, wie die Zeugin nach ihrer Scheidung (die Zeugin hat
sich vor anderthalb Jahren scheiden lassen) finanziell über die Runden gekommen sei. Das Thema wurde nicht weiter behandelt, und
die Zeugin weiß nicht mehr genau, was sonst noch gesagt wurde.
Bei einer anderen Gelegenheit wurde die Verstorbene plötzlich wütend und bezeichnete ihren Mann als »scheinheilig«. Das passierte
vor zwei Monaten, als die Zeugin und die Verstorbene zusammen*

aßen und nachdem die Zeugin sich positiv über ein Zeitungsinterview zwischen einem mutmaßlichen Mörder und Halvorsrud geäußert hatte. Die Zeugin hat diesen Ausbruch damals nicht weiter ernstgenommen.

Die Zeugin bezeichnet die Verstorbene als gute Mutter, sie hatte immer Zeit für ihre Kinder und hat ihretwegen ihre eigene Karriere vernachlässigt. Vor allem war das Verhältnis zu den Söhnen Marius und Preben gut. Thea, die Tochter, war immer »ein echtes Papakind«. Die Zeugin sagt, sie habe sich darüber nie Gedanken gemacht, weil Mädchen doch häufig eine besonders gute Beziehung zu ihrem Vater haben.

Hanne schaute von den Papieren auf, trank einen Schluck Kaffee und dachte an ihren eigenen Vater. Sie konnte sich kaum sein Gesicht vor Augen rufen. Hanne Wilhelmsen war ein Nachzügler, und für ihre beiden Geschwister hatte sie nie viel empfunden. Sie hatte sich von dem Tag an, an dem sie alt genug gewesen war, um selbständig zu denken, als Außenseiterin gefühlt. Früher vermutlich auch. Mit acht hatte sie den Frühling mit dem Bau eines Baumhauses ganz hinten im großen Obstgarten verbracht. Der Nachbar – ein über siebzig Jahre alter Handwerker, der jeden Samstag Speck briet und ihn mit dem Mädchen in der blauen Latzhose teilte – hatte ihr ab und zu mit Nägeln und einer helfenden Hand unter die Arme gegriffen. Es wurde ein großartiges Haus, mit echten Fenstern, die früher in einen Omnibus gehört hatten. Hanne legte alte Flickenteppiche auf den Boden und hängte ein Bild von König Olav an die Wand. Das Gefühl, etwas zu haben, das nur ihr gehörte – und worauf die übrigen Familienmitglieder höchstens einen gleichgültigen Blick warfen –, hatte ihr zum ersten Mal zu der Erkenntnis verholfen, daß sie allein am stärksten war. Seither hatte sie sich mehr oder weniger aus dem akademischen, verstaubten Zuhause abgemeldet, wo die Eltern nicht einmal einen Fernseher anschaffen wollten, denn »es gibt doch so viele gute Bücher, Hanne«.

Die Zeugin ist schockiert über den brutalen Mord an ihrer Freundin, glaubt aber nicht, daß der Beschuldigte diesen begangen haben kann. Die Zeugin hat ihn als rücksichtsvollen Ehemann und Vater kennengelernt, obwohl er natürlich auch »seine Seiten« hatte, auf die die Zeugin indes nicht näher eingehen will. Die Zeugin verfügt über keine weiteren Informationen, die für den Fall von Bedeutung sein könnten.

Das Protokoll war auf allen Seiten signiert und unten auf der letzten Seite unterschrieben, wie es sich gehörte.

»Ein Durchschnittsleben«, sagte Hanne halblaut zu sich und legte die Mappe beiseite. »Netter Mann, wohlgeratene Kinder, ab und zu ein kleiner Streit.«

Der Kaffee wurde jetzt kalt, und sie leerte die Tasse mit einem Schluck. Der scharfe Nachgeschmack blieb an ihrer Zunge haften, und sie konnte den sauren Weg der Flüssigkeit bis zu ihrem Magen verfolgen, der sich, wenn sie von dem dumpfen Schmerz hinter dem Brustbein ausgehen durfte, ein besseres Frühstück wünschte als Zigaretten und schwarzen Kaffee.

Hanne sollte jetzt im Krankenhaus sein. Sie würde gehen. Bald.

Auch der von Karl Sommarøy stammende Stapel war ordentlich und übersichtlich. Auf den Deckel war mit Filzstift »Ståle Salvesen« geschrieben, in steiler Linkshänderschrift. Oben lagen die alten Papiere, eingeholt von Finanzamt und Einwohnermeldeamt. Die Steuerauskünfte reichten zehn Jahre in der Zeit zurück und zeigten, daß Salvesen noch 1990 über acht Millionen Kronen verdient hatte. Dann folgte eine uninteressante, kurze Liste über derzeitiges Inventar und Besitz. Außerdem gab es Zeitungsartikel aus der Zeit, als Ståle Salvesens Schicksal sich ins Gegenteil verkehrt hatte. Hanne überflog alles, fand aber nichts, was sie noch nicht gewußt hätte. Sie überlegte sich, daß die Artikel ausführlicher, größer und wesentlich dramatischer waren, als es bei einer Untersuchung, die schließlich eingestellt worden war, zu erwarten gewesen wäre.

»What else is new«, seufzte sie.

Ein Foto aus dem Jahre 1989 erweckte dann ihr Interesse.

Ståle Salvesen war nicht gerade ein Adonis, aber das Bild zeigte einen Mann mit starkem Blick und frechem, schrägem Lächeln. Die Augen schauten direkt in die Kamera, und Hanne schauderte, als sie sah, wie lebendig das Gesicht wirkte. Salvesen hatte schüttere, nach hinten gekämmte Haare und eine hohe Stirn, und man konnte im breiten Kinn den Schatten eines Grübchens erahnen. Das Foto endete in Brusthöhe, vermittelte aber trotzdem den Eindruck von diskreter, teurer Kleidung. Das Jackett war dunkel, und sogar auf dem schwarzweißen Zeitungsbild war zu erkennen, daß das Hemd unter dem gestreiften Schlips schneeweiß war.

Dann folgte Sommarøys Bericht.

Was Ståle Salvesens finanzielle Vergangenheit angeht, so verweisen wir auf die beigefügten Zeitungsartikel und Steuerunterlagen. Offenkundig hatte er große Summen in Händen, doch hat er – nachdem er aufgrund der Ermittlungen gegen ihn die Firma Aurora Data verlassen mußte – große finanzielle Einbußen hinnehmen müssen. Ich nehme an, daß sehr viel Arbeit nötig wäre, um den Verbleib des Geldes zu ermitteln. Damit warte ich, bis eine entsprechende Anweisung erteilt wird. Tatsache ist, daß er heute keinerlei wertvolle Besitztümer hat. Die Wohnung ist gemietet. Sein Wagen, ein Honda Civic, Baujahr 1984, ist kaum den Schrottpreis wert.

Salvesen hat offenbar während der letzten Jahre stark zurückgezogen gelebt. Er wurde 1994 nach einjähriger Trennung geschieden. Wir haben noch nicht mit seiner Frau sprechen können. Sie ist 1995 nach Australien ausgewandert, und die Erkundigungen der norwegischen Botschaft in Canberra lassen annehmen, daß sie diese Stadt inzwischen wieder verlassen hat. Ich versuche weiterhin, sie ausfindig zu machen. Sie kann ihren Namen geändert und vielleicht auch die australische Staatsbürgerschaft angenommen haben. Ihr Sohn, Frede Parr (er hat den Nachnamen seiner amerikanischen Ehefrau angenommen), lebt in Houston, Texas, wo er als Computerfachmann bei einer Ölgesellschaft arbeitet. Ich habe am Montag, dem 8. März 1999, um 17.30 norwegischer Zeit, ein Telefongespräch mit ihm geführt. Er schien sich über diese Störung zu ärgern, und der mögliche Selbstmord seines Vaters macht ihm merkwürdig wenig zu schaffen. Er behauptet, schon sehr lange nicht mehr mit seinem Vater gesprochen zu haben, vielleicht seit 1993 nicht mehr, genau weiß er das nicht. Von seiner Mutter hat er seit zwei Jahren nichts mehr gehört. Diesen Zeitpunkt konnte er genauer angeben, weil er sie am 23. März 1997 angerufen hat, um ihr die Geburt seines zweiten Sohnes mitzuteilen. Damals lebte Frau Salvesen in Alice, Australien. Frede Parr hat ihre Telefonnummer nicht mehr und weiß nicht, ob seine Mutter sich weiterhin Salvesen nennt.

Auf meine Frage, ob er seinem Vater einen Selbstmord zutraue, antwortete er fast wortwörtlich: »Es ist seltsam, daß er das nicht schon vor vielen Jahren gemacht hat. Er hatte ein vergeudetes Leben. Er war ein vergeudeter Mensch.«

Unsere Untersuchungen weisen ansonsten darauf hin, daß Salvesen keinerlei soziales Umfeld hatte, mit einer Ausnahme (siehe unten). Keiner der Nachbarn in seiner Etage hat ihn gekannt, obwohl er schon im Dezember 1995 in diese Wohnung eingezogen ist. Auf dem Sozialamt war zu erfahren, daß er bei den wenigen Malen, die er dort auftauchen mußte, um seine Frührente zu beantragen, kaum je ein Wort gesagt hat. In Verbindung mit dem Rentenantrag wurde eine Sozialanamnese von Salvesen erstellt, aus der hervorgeht, daß er fast immer allein war. Von irgendwelchen Hobbies ist nichts bekannt, nichts weist auf den Konsum von Alkohol oder anderen Rauschmitteln hin.

Im Mietshaus in der Vogts gate gibt es einen Hausmeister. Ole Monrad Karlsen ist über siebzig Jahre alt und bekleidet diese Stellung noch immer, weil es offenbar niemand übers Herz bringt, ihn aus seiner Dienstwohnung zu vertreiben. Zwei Nachbarn können bezeugen, daß sie Salvesen mehrmals in der Hausmeisterwohnung haben aus- und eingehen sehen. Ich habe am Dienstag, dem 9. März 1999, um 18.00 mit Karlsen gesprochen.

Hausmeister Karlsen war äußerst abweisend, fast wütend. Er wollte nicht mit mir sprechen. Er schlug die Tür zu, als ich sagte, daß ich von der Polizei käme, und erst nachdem wir zehn Minuten lang durch die verschlossene Tür diskutiert hatten, war er zu einem kurzen Gespräch bereit. Das brachte jedoch nichts Neues. Trotzdem besteht Grund zu der Annahme, daß Karlsen und Salvesen eine Art Freunde waren. Soweit ich das beurteilen konnte, hatte er Tränen in den Augen, und seine Mundwinkel zitterten ein wenig, als ich erzählte, daß Salvesen aller Wahrscheinlichkeit tot sei. Er hielt danach den Mund, nachdem er mich viele Minuten lang ununterbrochen angepöbelt hatte.

Hanne ließ sich im Sessel zurücksinken und schloß die Augen.

Hier gab es etwas.

Es gab ein Muster oder vielleicht eher einen Faden. Der war dünn und nur schwer zu entdecken. Die Geräusche hinter ihrer Zimmertür waren jetzt lauter, die Uhr ging schließlich auf neun zu. Das störte sie, sie verlor den Überblick.

»Australien«, flüsterte sie. »Texas. Die Vogts gate. Ein Papakind. Ein scheinheiliger Oberstaatsanwalt.«

Plötzlich brachen heftige Kopfschmerzen über sie herein. Sie faßte sich an die Schläfen, ihre Ohren rauschten wie wild, und sie stöhnte: »Ullevål.«

Es wurde an die Tür geklopft. Hanne gab keine Antwort. Es wurde noch einmal geklopft. Als sich die Tür unaufgefordert öffnete, hatte Hanne gerade die Jacke angezogen.

»Hab keine Zeit«, sagte sie kurz zu Karianne Holbeck

und drängte sich an ihr vorbei. »Ich bin in zwei oder drei Stunden wieder hier.«

»Aber warte«, sagte Karianne. »Ich habe etwas ...«

Hanne hörte nicht zu. Sie lief zum Fahrstuhl und hinterließ nur den Geruch von Schweiß und altem Parfüm. Karianne Holbeck rümpfte die Nase. Sonst roch Hanne Wilhelmsen doch immer so gut.

32

Hausmeister Ole Monrad Karlsen war außer sich. Er hatte die Polizei noch nie leiden können. Er mochte überhaupt keine Behörden leiden. Mit dreiundzwanzig Jahren, 1947, war er nach Norwegen zurückgekehrt, nachdem er bereits mit fünfzehn zur See gegangen war. Sofort wurde er zum Militär einberufen. Das könne doch nicht sein, meinte er; er war 1943 und im Januar 1945 torpediert worden und glaubte, schon längst seine Pflicht für das Vaterland abgeleistet zu haben. Die Militärbehörden sahen das anders. Ole Monrad Karlsen mußte zur Fahne und verlor den Job, den die Reederei ihm an Land besorgt hatte.

Der Polizist hatte Ståle für tot gehalten.

Obwohl Ole Monrad Karlsen nicht so recht fassen konnte, daß sein einziger Freund nicht mehr lebte, sah er doch die Logik des Ganzen. Jetzt fand so vieles seine Erklärung. Er saß am Küchentisch, trank pechschwarzen Kaffee mit einem Schuß Eau de Vie, zerdrückte eine Träne und sprach ein stilles Gebet für Ståle Salvesen.

Der ein guter Mann gewesen war.

Ståle hatte ihm zugehört. Ståle hatte Ole Monrad Karlsen dazu gebracht, vom Krieg zu erzählen. Das hatte er noch nie getan. Niemandem hatte er davon erzählt, nicht einmal

154

Klara, die Karlsen 1952 geheiratet und mit der er sein Bett geteilt hatte, bis sie an einem Wintermorgen des Jahres 1979 nicht mehr wachzubekommen war. Sie hatten niemals Kinder gehabt, aber Klara hatte ihm ein ruhiges Gefühl von Zufriedenheit geschenkt, das nicht durch überflüssiges Gerede über Katastrophen zerstört werden sollte, die er vor so vielen Jahren durchlebt hatte.

Doch der Krieg hatte sich an ihn herangeschlichen. Die Kräfte, mit denen er alles verdrängt hatte, schienen erschöpft zu sein, und immer häufiger fuhr er nachts aus entsetzlichen Träumen über Wasser aus dem Schlaf; eiskaltes Wasser und ertrinkende, schreiende Kameraden.

Ståle hatte zugehört. Ståle hatte ihm ab und zu eine Flasche Schnaps zugesteckt; nicht, daß Karlsen ein Trinker wäre, aber ein Tropfen im Kaffee hatte ihm immer sehr gut geschmeckt. Ståles Leben war von den Behörden ruiniert worden, so wie Karlsen eine gute Stelle an Land verpaßt hatte, weil verdammte Bürokraten sich kein Bild davon machen konnten, wie das Leben eines Kriegsmatrosen ausgesehen hatte.

Karlsen freute sich darüber, daß er den Polizisten nicht in die Wohnung gelassen hatte. Der hatte dort nichts zu suchen. Ole Monrad Karlsen hatte in seinem ganzen Leben nichts Ungesetzliches getan, und er entschied selbst über sich und alles, was ihm gehörte. Bald würde er in den Keller gehen und nachsehen, ob dort alles in Ordnung war. Das schuldete er seinem guten Freund Ståle Salvesen.

Er wischte sich mit seinem verwitterten Handrücken noch eine Träne ab und goß einen guten Schuß Schnaps in seine Tasse.

»Friede sei mit dir«, flüsterte er und trank dem leeren Stuhl auf der anderen Seite des Küchentisches zu. »Ich hoffe, es geht dir gut, da, wo du jetzt bist. Jaja, das hoffe ich wirklich.«

33

Ein Sniffer schleppte sich durch die Akersgate. Seine Knie waren nach fünfzehn Jahren Schnüffelei ruiniert, und er hatte sich einen wiegenden, schleppenden Gang zugelegt. Evald Bromo nahm den Lynolgestank wahr, noch ehe er den Mann entdeckt hatte, und wandte mit plötzlich aufsteigender Übelkeit das Gesicht ab.

»Hasse ma zehn Eier«, nuschelte der Mann und streckte eine magere, verdreckte Hand aus.

Evald Bromo wollte nicht stehenbleiben. Aus Erfahrung wußte er jedoch, daß er den Mann mit Geld am schnellsten loswerden würde. Er verlangsamte sein Tempo und griff mit der rechten Hand in die Hosentasche. Dort fand er ein Zwanzigkronenstück und starrte es einen Moment lang an, dann schüttelte er kurz den Kopf und reichte es dem übelriechenden Mann. Diese Gabe schien überraschend zu kommen. Der Mann ließ die Münze fallen und schwankte unentschlossen hin und her, als habe er nicht begriffen, wo das Geld geblieben war. Evald Bromo bückte sich ärgerlich, um ihm zu helfen. Vielleicht sah es aus, als wolle er das Geld wieder einstecken, auf jeden Fall setzte sich nun auch der Sniffer in Bewegung. Die Köpfe der Männer schlugen gegeneinander, und Evald Bromo stürzte. Der Sniffer jammerte und klagte und wollte ihm unbedingt wieder auf die Beine helfen. Bromo dagegen wollte das lieber allein schaffen. Am Ende lagen beide Männer als zappelndes Chaos vor dem Haupteingang von *Aftenposten*.

Die Chefredakteurin bog bei der Kronenapotheke um die Ecke und lief achtlos zwischen drei auf grün wartenden Autos über die Straße. Als sie das Zeitungshaus erreichte, entdeckte sie Evald Bromo, der unter dem aufdringlichsten

Bettler der Gegend auf dem Boden lag. Sofort war sie davon überzeugt, daß ihr Redakteur überfallen worden war. Wütend hieb sie mit ihrem Regenschirm auf den Rücken des Sniffers ein, dann stürmte sie in die Rezeption ihrer Zeitung und befahl, sofort die Polizei zu verständigen. Dann lief sie wieder nach draußen.

Evald Bromo war jetzt allein, er lehnte an einer Säule und wischte sich Dreck und Steinchen von der Kleidung. Er murmelte etwas Unverständliches vor sich hin, als die Chefredakteurin darauf bestand, ihn zu einem Arzt zu bringen.

»Das war kein Überfall«, brachte er schließlich heraus. »Sondern einfach Pech. Mir geht's gut. Danke.«

Die Chefredakteurin musterte ihn mißtrauisch. Plötzlich fiel ihr diese seltsame, anonyme E-Mail ein.

»Ist alles in Ordnung, Evald?«

Sie legte ihm die Hand auf den Unterarm, und er starrte wie gebannt die langen rotlackierten Nägel an, die halb in seinem Tweedjackenärmel versanken. Er wollte sich losreißen, schluckte dann aber und zwang sich ein Lächeln und besänftigende Worte ab.

»Alles okay. Wirklich.«

»Und sonst auch? Nichts, was dir besonders zu schaffen macht?«

»Nein«, sagte er und hörte selbst, daß das gar zu schroff klang. »Es geht mir ausgezeichnet.«

»Na schön«, die Chefredakteurin lächelte aufmunternd. »Wir müssen eine Zeitung machen, Evald. Bis dann.«

Sie verschwand im Gebäude, hochaufgerichtet und kerzengerade. Die Zufriedenheit lag wie ein angenehmes Heizkissen auf ihrer Brust. Es war für sie eine Herzensangelegenheit, sich um das Wohl und Wehe ihrer Mitarbeiter zu kümmern. Niemand sollte behaupten können, sie habe bei Evald Bromo ihre Pflicht versäumt. Sie achtete nicht einmal darauf, ob er ihr in das große Zeitungshaus folgte. Aber schließlich begegnete ihr auf dem Weg zum Fahrstuhl der Finanzminister.

34

Es war fast halb fünf, als Hanne Wilhelmsen aus dem Krankenhaus zurückkam. Sie hatte eine Viertelstunde vor dem Spiegel in der Toilette zubringen müssen, um ihr Gesicht soweit präsentabel zu machen, daß die Rötung um ihre Augen als Symptome einer heftigen Frühjahrserkältung durchgehen konnte. Sie verdeckte die schlimmsten Flecken auf ihren Wangen mit Tönungscreme und zog sich tiefrot die Lippen nach. Und sie mußte sich bald die Haare schneiden lassen. Nur konnte sie nicht sagen, wann sie Zeit und Kraft dafür finden würde.

»Das waren lange zwei bis drei Stunden«, sagte Karianne Holbeck halb vorwurfsvoll und halb neugierig und ließ ihre Augen dabei an Hanne auf und ab wandern.

Neun Ermittler, gefolgt von Abteilungsleiter Jan Sørlie, quollen aus dem engen Besprechungszimmer. Der unangenehme Geruch eingesperrter Menschen umgab sie und erhob sich wie eine Wand vor Hanne, als sie sich eine Cola aus dem Kühlschrank holen wollte.

»Tut mir leid«, murmelte Hanne ihrem Chef zu, als sie aneinander vorübergingen. »Dringender Auftrag von eher privatem Charakter.«

Er schwieg, bedachte sie aber mit einem Blick, der verriet, daß Billy T. – oder vielleicht dieser verdammt zudringliche Polizeipräsident – den Schnabel zu weit aufgerissen hatte. Sørlies Augen zeigten ein hilfloses Mitleid, und Hanne senkte ihren Blick und schloß ohne Grund hinter sich die Tür.

Billy T. riß sie wieder auf.

»Jetzt hab ich dich!«

Er lächelte schwach und setzte sich auf den Stuhl am Tischende. Hanne brauchte ewig lange, um die Cola an der Stelle zu finden, wo sie sie drei Tage zuvor deponiert hatte. Schließlich half das Suchen ihr nicht mehr weiter. Sie hatte sie ja schon längst gefunden.

»Möchtest du eine Zusammenfassung?« fragte Billy T., als Hanne sich endlich aufrichtete und den Kühlschrank schloß. »Langsam zeichnet sich da ein Bild ab.«

Er malte mit seinem Zeigefinger ein unsichtbares Muster auf die Tischplatte, als sei seine Aussage wortwörtlich gemeint gewesen.

»Du kannst auch ein Gespräch kriegen«, sagte er dann leise. »Oder eine Umarmung.«

Er legte die Hände auf den Tisch und schaute darauf herunter. Dabei kaute er auf seiner Unterlippe herum. Als Hanne weiterhin schwieg und nur hilflos mit der Flasche in der Hand dastand und die Wand über Billy T.s Kopf anstarrte, sagte er: »Wir könnten zum Beispiel wieder einen Spaziergang machen. Die Luft hier muß doch lebensgefährlich für die Zähne sein. Sie kommt mir geradezu ätzend vor.«

Er versuchte ein Lächeln.

»Ein Spaziergang wäre schön«, sagte sie überraschend schnell. »Ich würde mir gern die Staure-Brücke näher ansehen. Wie lange brauchen wir bis dahin?«

»Keine Ahnung«, sagte Billy T. und erhob sich. »Aber ich habe jede Menge Zeit. Halbe Stunde vielleicht? Komm.«

Er streckte die Hand aus, als sie um den Tisch bog und an ihm vorbeikam. Sie griff nicht danach. Vor der Tür wartete Karianne Holbeck.

»Ich habe etwas, das ...«

»Das muß warten«, fiel Hanne ihr ins Wort. »Können wir es morgen erledigen?«

»Nein, ich fürchte, ich habe einen Fehler gemacht und…«

Hanne schaute auf die Uhr. Dann seufzte sie tief und merkte dabei, daß sie ärger stank als je zuvor. Beschämt preßte sie die Arme an den Leib, in der Hoffnung, etwas von dem Geruch einzusperren. Dann winkte sie Karianne, ihr zu folgen.

»Wir sehen uns in einer halben Stunde«, sagte sie zu dem wartenden Billy T.

Obwohl die Temperatur draußen auf sieben Grad gesunken war, riß Hanne ihr Bürofenster sperrangelweit auf. Dann bot sie Karianne Holbeck eine Schokobanane aus der Emailleschüssel an, die Cecilie ihr zu ihrem 20. Jahrestag geschenkt hatte.

»Was ist denn los?« fragte sie und ließ sich in ihrem Sessel so weit zurücksinken, wie das überhaupt nur möglich war.

Karianne Holbeck berichtete von dem Gespräch mit dem Mann, dessen Namen sie nicht kannte, den sie für einen Türken hielt und der vielleicht einen Laden in Grünerløkka hatte. Sie schlug verlegen die Augen nieder, als sie ihren möglicherweise katastrophalen Patzer schilderte: Der Mann könne über Informationen verfügen, daß Halvorsrud korrupt war, aber sie habe vergessen, sich Namen und Adresse des Anrufers nennen zu lassen. Leider. Es täte ihr ja so leid.

Hanne Wilhelmsen schwieg lange. Im Zimmer wurde es jetzt sehr kalt, und widerwillig schloß sie das Fenster und nahm wieder Platz. Dann nötigte sie Karianne Holbeck noch eine Schokobanane auf. Die nahm sie, spielte aber damit herum, bis die Schokolade schmolz und sie sich verlegen die Finger ablecken mußte.

»Es spricht für dich, daß du Bescheid sagst«, fing Hanne

an, ihre Stimme war monoton und fremd, als presse sie einen auswendig gelernten Satz aus sich heraus. »Vermutlich spielt es keine Rolle. Er kommt doch am Montag. Bist du sicher, daß er deinen Namen verstanden hat?«

»Ziemlich sicher«, erwiderte Karianne Holbeck erleichtert. »Aber ob er wirklich kommen wird, wissen die Götter. Besonders zuverlässig hat er sich nicht angehört.«

»Nicht«, sagte Hanne und hob fast unmerklich die Augenbrauen. »Wie ist das zu verstehen? Kannst du Leuten anhören, ob sie zuverlässig sind?«

»Tja«, sagte Karianne und rutschte auf ihrem Stuhl hin und her.

Hanne fiel wieder auf, daß ihre Kollegin sich auf eine ganz eigene Art die Haare über die Schulter warf. Diese Bewegung war auf anziehende Weise feminin, erinnerte zugleich jedoch an kleinmädchenhafte Verantwortungsverweigerung.

»Ich weiß nicht so recht«, sagte Karianne dann. »Meiner Erfahrung nach nehmen Leute aus diesen Gegenden Verabredungen nicht so genau wie wir. Die Uhr hat für sie irgendwie nicht dieselbe Bedeutung.«

Hanne Wilhelmsen war es jetzt egal, daß sie wie eine Pennerin roch. Sie verschränkte die Hände hinter ihrem Nacken, hob die Ellbogen wie Flügel und musterte ihre Kollegin durch ihren langen Pony hindurch. Dann spitzte sie den Mund, schnalzte kurz mit der Zunge und sagte: »Und wer bitte sind ›wir‹?«

»Was?«

»Wer sind ›wir‹? Wir, die die Prinzipien einer Uhrzeit durchschauen.«

»Naja...«

»Und wo liegen ›diese Gegenden‹? In der Türkei? Kleinasien? Der Dritten Welt?«

»So war das nicht gemeint«, sagte Karianne und rieb sich

einen roten Fleck auf der Wange, der rasch wuchs. »Ich meinte doch nur...«

Mehr sagte sie nicht. Hanne Wilhelmsen wartete.

Sie ließ ihre Arme sinken und beugte sich vor. Sie griff zu einem Stift und malte Kreise und Trapeze auf die Einladung zu einem Gewerkschaftstreffen. Sie ließ sich Zeit. Die Kreise waren groß und klein und überschnitten sich mit den Trapezen zu einer Menge von kleinen, geschlossenen Feldern, die sie sorgfältig mit blauem und rotem Filzstift ausmalte.

»Das glaube ich ja auch nicht«, sagte Hanne so plötzlich, daß Karianne in ihrem Stuhl hochhüpfte. »Ich glaube nicht, daß du etwas Böses meinst, wenn du so redest. Aber ich finde...«

Sie trommelte mit den beiden Filzstiften einen raschen Wirbel auf ihre Schreibunterlage.

»Du solltest dir überlegen, wofür du stehst. Mit welchen Vorurteilen du zu kämpfen hast. Ist dir der Mann aufgefallen, der morgens das Foyer putzt? Der, der immer einen Overall in den schwedischen Farben trägt?«

Karianne schüttelte kurz den Kopf. Jetzt hatte die Röte sich wie ein Gürtel über ihrem Nasenrücken ausgebreitet; sie sah aus wie ein menschlicher und ziemlich hilfloser Waschbär.

»Also nicht. Du solltest dir mal die Zeit nehmen. Komm früh genug und rede mit dem Mann. Er kommt aus Eritrea. Ist Tierarzt. Spricht auch gar nicht schlecht Norwegisch. Aber nach vier Jahren in einem äthiopischen Gefängnis sind seine Nerven nicht mehr die besten.«

»Ich habe doch gesagt, daß es mir leid tut«, sagte Karianne Holbeck jetzt fast trotzig.

»Wir gehen erst einmal davon aus, daß unser Freund aus Grünerløkka kommt. Ich glaube eigentlich, daß ich selbst mit ihm sprechen möchte. Hat er die Telefonzentrale angerufen oder die Operationszentrale?«

»Was?«

»112«, sagte Hanne und rieb sich die Augen, ohne an ihre frischaufgetragene Wimperntusche zu denken. »Wenn er die Notrufnummer angerufen hat, dann ist das Gespräch gespeichert worden. Wenn nicht, dann müssen wir uns darauf verlassen, daß er weiß, was eine Verabredung ist. Überprüf das doch bitte. Und sag mir Bescheid, wenn er kommt.«

Karianne Holbeck nickte und erhob sich.

»Hier, nimm noch eine Banane.«

Hanne reichte der Kollegin die Schüssel, aber Karianne sagte nicht einmal »nein, danke«. Sie knallte unnötig und reichlich hart mit der Tür.

35

Sie fuhren in Hanne Wilhelmsens Privatwagen. Der sieben Jahre alte BMW war weiß und hatte einen roten Kotflügel. Cecilie hatte im vergangenen Herbst einen Unfall gebaut; vier Tage nachdem Hanne die Kaskoversicherung gekündigt hatte.

»Können wir nicht einfach abmachen, daß wir nicht über Cecilie sprechen?« bat Hanne leise und stellte die Scheibenwischer auf die langsamste Stufe. »Es wäre schön, wenn du akzeptieren könntest, daß ich nicht … daß ich jedenfalls noch nicht will. Besuch sie doch lieber selbst. Sie würde sich freuen.«

Billy T. versuchte, den Sitz nach hinten zu schieben. Der Griff an der Vorderseite wehrte sich. Und plötzlich hatte er das ganze Teil in der Hand.

»Mist …«

Er starrte erst den Griff an, dann Hanne, dann wieder den Griff. Sie warf einen raschen Blick auf sein Werk, zuckte dann kurz mit den Schultern und wies mit dem Daumen auf den Rücksitz. Billy T. warf das Metallstück über seine Schulter und schnallte sich an.

Es war später Nachmittag, und die schwachen Reste von Tageslicht wurden von regennassem Asphalt zurückgeworfen. Die Straße hatte sich verengt, und es gab keine Straßenlaternen mehr. Hanne drosselte das Tempo, als sie in einer Kreuzung durch eine tiefe Pfütze fuhr.

Sie fuhren schweigend weiter.

Billy T. betrachtete die blaugraue Landschaft. Die Felder waren für den Frühling gepflügt worden, und strenger Düngergeruch machte seinen Nasenlöchern zu schaffen und ließ ihn an seine Söhne denken. Er plante für dieses Jahr Ferien auf dem Bauernhof. Die Jungs und Billy T., Tone-Marit und die Kleine; sie wollten zusammen nach Westnorwegen, wo Billy T.s Vetter einen kleinen Hof betrieb. Für zwei Wochen. Erst, nachdem alles festgelegt war, war Billy T. auf die Idee gekommen, daß ein Familienurlaub mit vier wilden Stiefkindern vielleicht nicht Tone-Marits Träumen von einer romantischen Hochzeitsreise entsprach. Aber sie lächelte nur, als er sie voller Reue gefragt hatte, ob sie lieber etwas anderes unternehmen wolle. Sie freue sich, hatte sie behauptet. Und er glaubte ihr.

Beim Gedanken an das neugeborene Kind mußte er lächeln.

Ein Fuchs lief über die Straße.

Hanne trat auf die Bremse, ließ sie aber gerade noch rechtzeitig wieder los, um nicht die Kontrolle über das Fahrzeug zu verlieren. Dann drosselte sie ihr Tempo noch weiter. Mit fünfzig Stundenkilometern bogen sie um eine Kurve, hinter der die Felder plötzlich den Blick aufs Meer freigaben. Die Staure-Brücke spannte sich elegant vom Festland bis zur achthundert Fjordufermeter entfernt gelegenen Halbinsel.

Sie hielten auf einem Kiesplatz, der eine Minute von der Brücke entfernt lag. Hanne schaute kurz in die Papiere, die sie zwischen Sitz und Ablagefach eingeklemmt hatte. Hier war Ståle Salvesens alter Honda gefunden worden. Jetzt war der Platz leer. Der Wind hatte einen Papierkorb umgeworfen. Ein Dachs oder vielleicht auch nur ein streunender Hund hatte den Inhalt auf dem Boden verteilt; nicht einmal der frische Geruch von Salz und Meer konnte den fauligen Gestank auslöschen.

»Komisch, daß sowas nicht weggeräumt wird«, sagte sie zerstreut und schloß den Wagen ab.

»Fünfundvierzig Minuten«, brüllte Billy T., der schon losgelaufen war. Seine Stimme ging fast unter in dem Lärm, den das Meer an den riesigen Ufersteinen machte.

»Was?« rief Hanne zurück.

»Wir haben von der Wache bis hierher fünfundvierzig Minuten gebraucht«, erklärte er, als sie ihn eingeholt hatte. »Schön, daß es so etwas so dicht bei Oslo gibt.«

Die Staure-Brücke war ziemlich schmal. Zwei Autos konnten einander durchaus noch passieren, ein Auto und ein LKW dagegen würden bereits Probleme bekommen. Auf der Südseite – zum Meer hin – zog sich ein enger, korridorähnlicher Streifen für Fußgänger hin, der von den Fahrbahnen abgetrennt war. Vermutlich war er erst nach Einweihung der Brücke eingerichtet worden. Hanne lief los. Die Brücke war steil, und schon nach zweihundert Metern blieb sie atemlos stehen. Billy T. schlenderte hinterher.

»Was suchen wir eigentlich?« fragte er und widerstand der Versuchung, ihr die Haare aus dem Gesicht zu streichen; der Wind über dem Fjord war kräftig, und er spürte, wie sich die Brücke unter ihm bewegte.

»Alles und nichts«, sagte sie und setzte sich wieder in Bewegung.

Dann hatten sie den höchsten Punkt erreicht.

Billy T. fühlte sich nicht wohl in seiner Haut.

»Verflixt«, murmelte er und wagte kaum, über das Geländer zu blicken. »Mir müßte es saudreckig gehen, ehe ich hier runterspringen würde …«

Hanne nickte leicht. Sie beugte sich so weit wie möglich vor. Das Wasser erschien ihr als grauweißes Wogen tief unten in einem schwarzen Nichts. Wenn sie nicht gewußt hätte, daß es bis dorthin zwanzig Meter waren, hätte sie es nicht schätzen können. Es gab keine Vergleichsmöglichkeiten, nichts, was einen realistischen Eindruck von Größe und Entfernung erwecken konnte.

»Halt mich fest«, sagte Hanne und fing an, über das Geländer zu klettern.

»Hast du denn völlig den Verstand verloren, Frau?«

Billy T. packte Hannes Oberarme und versuchte, sie wieder auf die Brücke zu ziehen.

»Au«, schrie Hanne. »Das tut weh! Das ist gefährlich! Halt mich an den Schultern fest, aber nicht so hart.«

Billy T. lockerte widerwillig seinen Griff und packte die geräumigen Jackenschultern. Er spürte seinen Puls gegen seine Trommelfelle dröhnen und konnte kaum atmen. Hanne hing am Geländer, und er konnte nicht sehen, wonach sie mit den Beinen suchte.

»Was zum Teufel hast du denn vor«, fauchte er und spürte einen Adrenalinstoß, als er für einen Moment glaubte, Hanne aus dem Griff verloren zu haben.

»Ich will«, stöhnte Hanne und bückte sich so tief nach unten, daß er sie loslassen mußte, um keine Katastrophe zu verursachen. »Ich will feststellen, ob es einen Weg zurück zum Festland gibt und …«

Der Rest war nicht mehr zu hören. Hanne war verschwunden. Billy T.s Höhenangst wich einer noch größeren Angst: daß Hanne ins Meer gestürzt sein könnte. Verzweifelt beugte er sich über das Geländer und versuchte

vergeblich, etwas anderes zu entdecken als die grauen
Schaumköpfe tief, tief unten.

»Hanne! *Hanne!*«

Er schrie ihren Namen immer wieder und durchwühlte
verzweifelt seine Taschen nach dem Handy.

»*O verdammt!*«

Das Telefon lag im Auto.

»Es geht«, hörte er eine Stimme.

Hannes Kopf tauchte über dem Geländer auf. Sie legte
die Hände auf das mit Eisen beschlagene Gesims und rollte
sich über die Kante. Dann lächelte sie und schaute ihm in
die Augen.

»Es wäre möglich«, sagte sie. »Die Brücke ist so konstru-
iert, daß du über das Geländer klettern und den Eindruck
erwecken kannst, daß du ins Wasser springst. Dann kannst
du unterhalb des Fußgängerwegs wieder zum Ufer kommen. Es ist bestimmt schwierig, aber durchaus nicht unmöglich.«

»Miststück«, fauchte Billy T.

»Du weißt, daß ich Höhen nicht so toll finde«, tobte er
und drängte sich an ihr vorbei.

Sein breiter Rücken bewegte sich auf dem ganzen Weg
zurück an Land vor ihr her. Billy T. sagte kein Wort und ließ
sie auch auf dem kurzen Weg von der Brücke zum Auto
nicht neben sich. Wenn sie einen Versuch machte, steigerte
er sein Tempo. Aber sie hatte die Wagenschlüssel.

»Tut mir leid«, sagte sie und legte ihm die Hand auf den
Arm, während er wie ein mürrisches Kind dastand und darauf wartete, daß sie aufschloß.

Die Aufrichtigkeit in ihrer Stimme schien ihn zu beeindrucken. Er lächelte und zuckte kurz mit den Schultern.

»Du hast mir wirklich angst gemacht«, sagte er kurz und
überflüssig.

»Tut mir leid«, sagte sie noch einmal und schüttelte den

Kopf. »Du hast mir eine Zusammenfassung versprochen. Sollten wir nicht ...«

Hanne schaute sich um. Es regnete nicht mehr, und obwohl die Luft rauh war und die See weiß wogte, lag in der Landschaft eine Frische, die sie anzog und zum Bleiben mahnte. Im Windschatten der Staure-Brücke, gleich im Norden des Brückenkopfes, den sie eben erst verlassen hatten, zog sich vor einem Wäldchen ein grober Sandstrand hin.

»Wenn, wenn wir ...«

Hanne zögerte kurz. Dann sagte sie: »Glaubst du, wir könnten ein Feuer machen und ... ein bißchen hierbleiben?«

»Geht nicht. Zu feucht. Finden kein trockenes Holz.«

Billy T. fröstelte und streckte wieder die Hand nach der Autotür aus. Hanne ging um das Auto herum und öffnete den Kofferraum. Als sie den Deckel wieder zugeknallt hatte, hielt sie einen schwarzen Fünfliter-Benzinkanister in der Hand.

»Schau her«, sagte sie und streckte die Hand mit dem Kanister aus. »Jetzt können wir abfackeln, was immer wir wollen.«

Billy T. zog eine Grimasse, trottete dann aber hinter ihr her zum Strand. Dort blieb er stehen, bohrte die Hände in die Hosentaschen und sah zu, wie Hanne hin und herlief. Immer wieder bückte sie sich, hob hier einen Zweig, dort ein Stück Treibholz auf. Nach und nach häufte sie alles in einer Mulde zwischen größeren Steinen auf; diese Stelle hatte offenbar schon häufiger einem solchen Zweck gedient. Am Ende goß sie zwei Liter Benzin über ihr Werk.

»Willst du den Strand in die Luft jagen oder was?«

Billy T. trat einen Schritt zurück.

Das Feuer loderte heftig auf, als Hanne vier Streichhölzer

168

zwischen die Holzstücke warf. Beißender schwarzer Rauch quoll zur niedrighängenden Wolkendecke hinauf. Hanne bekam Qualm ins Gesicht und hustete unter Tränen.

»Ist doch gutgegangen«, murmelte sie halblaut und machte für Billy T. Platz auf einem Baumstamm, der wie gerufen nur zwei Meter vom wütenden Feuer entfernt lag.

Hier in der Bucht war es wesentlich weniger kalt als oben auf dem Parkplatz. Trotzdem erfaßte ein Seitenwind das Feuer und trieb den Rauch von Hanne und ihrem Kollegen fort.

»Laß hören«, sagte Hanne Wilhelmsen und wischte sich Ruß aus dem Gesicht.

»Das Wichtigste waren wohl die Disketten«, sagte Billy T. »Die aus dem Medizinschränkchen im Keller. Sie enthalten Informationen über eingestellte Ermittlungen.«

»Die Halvorsrud selbst eingestellt hat?« fragte Hanne tonlos.

»Ja.«

»Und habt ihr euch die näher angesehen?«

»Ein wenig.«

Billy T. hob den Hintern, um sich bequemer hinzusetzen.

»Zwei sind ziemlich klare Fälle. Ermittlungen eingestellt aus Mangel an Beweisen. Was natürlich nicht bedeutet, daß die Schurken ...«

»Nicht schuldig sind«, sagten Hanne und er im Chor.

»Genau«, sagte Billy T. »Aber die Fälle sind in Ordnung. Die beiden anderen dagegen ...«

»... sind schon zweifelhafter«, sagte Hanne.

Billy T. nickte.

»Wir haben noch jemanden von der Wirtschaftskripo darangesetzt. Eine Frau. Sie hält es nicht für richtig, daß in diesen Fällen die Ermittlungen eingestellt worden sind. Aber das sagt an sich noch nichts. Wir wissen doch, wie das ist. Wichtiger ist, daß Halvorsrud sich wegen eines Falls übel mit seinen Kollegen gestritten hat. Er hat all seine Autorität aufgewandt, um…«

»…die Akten schließen zu lassen«, sagte Hanne.

»Das ist ziemlich nervig«, sagte Billy T. wütend und warf einen Zweig ins Feuer.

»Entschuldigung?«

»Du nimmst mir immer wieder das Wort aus dem Mund.«

»Tut mir leid.«

Sie erhob sich, um mehr Benzin ins Feuer zu gießen. Er hielt sie zurück, nahm ihr den Kanister ab und stellte ihn hinter den Baumstamm, auf dem sie saßen.

»Du bist heute wirklich in Selbstmordstimmung, das muß ich sagen. Wie oft sagst du derzeit ›Tut mir leid‹?«

Nicht oft genug, dachte Hanne und schwieg.

»Erik Henriksen hat mit den vier Leuten gesprochen, gegen die in den Diskettenfällen ermittelt wurde. Alle streiten ab, jemals etwas mit Halvorsrud zu tun gehabt zu haben. Wir überprüfen sie jetzt alle. Halten nach hohen Überweisungen Ausschau, deren Zweck sie nicht richtig belegen können. Nach solchem Kram. Natürlich sehen wir uns auch die Finanzen der Familie Halvorsrud an. Bisher gibt es darüber nichts zu sagen. Aber wir suchen weiter. Außerdem haben wir ja Kariannes Geschichte mit diesem Vielleicht-türken. Hört sich gar nicht gut an für Halvorsrud, wenn sie stimmt.«

»Und ein tüchtiger Jurist kann also blöd genug sein, sich namentlich vorzustellen, wenn er sich bestechen lassen will?«

»Punkt«, Billy T. nickte. »Guter Punkt.«

Plötzlich wechselte der Wind die Richtung. Der Rauch brannte ihnen in den Augen. Billy T. sprang auf und versuchte, ihn wegzufächeln. Hanne lachte kurz und hustete, und der Wind drehte sich noch einmal.

»Der Computer hat seiner Frau gehört«, sagte Billy T. und
setzte sich wieder hin. »Das wissen wir zumindest. Ich habe
die Tante gebeten, die Kinder zu fragen. Sie konnten nicht
erklären, warum die Festplatte leer war. Angeblich hat ihre
Mutter dauernd am Computer gesessen, sagen die Kinder.«

»Warum hast du sie nicht selbst gefragt?«

»Ich habe dem Ältesten so mehr oder weniger versprochen, seine Geschwister in Ruhe zu lassen. Thea scheint
restlos aufgelöst zu sein, die Arme. Und die Taschenlampe
hat Marius gehört. Auch das hat die Tante in Erfahrung gebracht. Er behauptet, sie vor einiger Zeit verloren zu haben.
Hat sie an einer Kerbe im Deckel wiedererkannt.«

Das Feuer war jetzt fast erloschen. Als Hanne ein weiteres Stück Treibholz hineinwarf, fauchten die letzten Flammen wütend auf, um dann im Rauch zu ertrinken.

»Eins wüßte ich ja auch noch gern«, sagte sie und schlang
sich die Arme um den Leib. »Wie soll dieser angebliche
Ståle Salvesen – oder jemand, der sich als er verkleidet hatte
– überhaupt in Halvorsruds Haus gekommen sein? Meines
Wissens hat da nichts auf einen Einbruch hingewiesen. Zugleich beteuert Sigurd Halvorsrud, daß die Tür abends
immer abgeschlossen war.«

»Er ist einfach strohdoof«, murmelte Billy T. »Es hätte viel
besser zu seiner Geschichte gepaßt, wenn er behauptet
hätte, die Tür sei offen gewesen.«

»Aber sie haben Kinder«, sagte Hanne. »Gehen wir?«

»Was ist mit den Kindern?«

Billy T. blieb sitzen und schaute Hanne an, die aufgestanden war und im immer schneidenderen Wind herumtän-
zelte.

»Kinder verlieren doch pausenlos ihre Schlüssel. Komm.«
Sie lief in Richtung Auto los.

»Eigentlich begreife ich nicht, worauf wir noch warten«,
sagte Billy T., als er sich auf den ramponierten Beifahrersitz

171

fallen ließ. »Die Sache scheint doch ganz klar zu sein. Wir haben nur selten eine so starke Indizienkette wie bei diesem Fall. Halvorsrud ist der Schuldige. Offenkundig.«

»Also, warum zögern wir?« sagte Hanne leise; sie hatte die Hände auf dem Schoß liegen und spielte zerstreut mit dem Autoschlüssel. »Warum sind wir so auf diesen Ståle Salvesen fixiert?«

»Du«, korrigierte Billy T. »Du bist auf diesen Ståle Salvesen fixiert. Ich muß zugeben, daß ich vorübergehend an Halvorsruds Schuld gezweifelt habe. Aber jetzt neige ich zu...«

»Das Ganze ist einfach zu offensichtlich«, fiel Hanne ihm ins Wort und steckte den Schlüssel ins Zündschloß. »Siehst du das nicht? Der Fall ist absurd, aber zugleich offenkundig. Es ist unvorstellbar, daß Halvorsrud seine Frau enthauptet hat, aber zugleich weist alles darauf hin. Siehst du nicht, was für ein Bild hier entsteht?«

Billy T. kämpfte mit dem Sicherheitsgurt und schwieg.

»Ein Set-up«, flüsterte Hanne Wilhelmsen. »Es ist alles inszeniert.«

»Oder ganz einfach ein verdammt ungeschickter Mord, der nach Set-up aussehen soll«, sagte Billy T. trocken und suchte im Radio nach NRK P2.

»Bis ich Ståle Salvesens Leiche mit eigenen Augen gesehen habe, möchte ich die Möglichkeit offenhalten, daß Halvorsrud doch die Wahrheit sagt«, sagte Hanne.

Sie warf einen letzten Blick auf die Staure-Brücke, dann verließ sie den Parkplatz und machte sich an die Rückfahrt. Zwanzig Minuten fuhren sie schweigend dahin. Als sie auf der E 18 an der Kirche von Høvik vorbeikamen, sagte Hanne: »Da war etwas in Ståle Salvesens Wohnung. Ich habe etwas gesehen, was mir zu schaffen macht. Nur komme ich einfach nicht darauf, was das gewesen sein kann.«

Sie kratzte sich an der Nase und musterte die Tankuhr. Bis nach Hause sollte das Benzin wohl noch reichen.

»Wenn es wichtig war, dann fällt es dir wieder ein. Du mußt im Moment ja auch noch an vieles andere denken.«

Billy T. sah Hanne an. Er hätte ihr gern die Hand auf den Oberschenkel gelegt, was er unter anderen Umständen auf jeden Fall gemacht hätte. Wenn alles noch so gewesen wäre wie früher.

Aber nichts war so wie früher. Auf dieser Fahrt hatte Hanne zwar etwas von ihrem alten Ich gezeigt. Sie war ihm mehrere Male körperlich nahegekommen, und ihr Tonfall hatte etwas von der alten Vertraulichkeit gehabt, von der er so abhängig war und die er so sehr zu verlieren fürchtete. Aber trotzdem war etwas anders. Hanne war immer konzentriert. Immer von ihren Fällen in Anspruch genommen. Immer reflektierend, interessiert an der Meinung anderer. Aber jetzt hatte ihre Ausrichtung auf den Fall eine Stärke angenommen, die an Fanatismus grenzte. Das Manöver oben auf der Staure-Brücke war tollkühn und absolut unnötig gewesen. Sie hätten Hannes Theorie auch ohne Lebensgefahr überprüfen können. Ihm war außerdem aufgefallen, daß sie jetzt langsamer sprach als früher und oft eher mit sich selbst zu reden schien als mit anderen.

»Genau da irrt ihr euch allesamt«, sagte Hanne Wilhelmsen plötzlich, als sie im Kreisverkehr bei Bjørvika abbogen.

»Was?«

Billy T. hatte vergessen, was er einige Minuten früher gesagt hatte.

»Ihr glaubt, ich müßte an soviel anderes denken«, sagte Hanne. »Aber Tatsache ist, daß dieser Fall das einzige ist, woran ich denke. Ich denke an gar nichts anderes. Jedenfalls nicht im Dienst. Bestell Tone-Marit einen schönen Gruß.«

Sie hielt vor dem Haupteingang des Polizeigebäudes. Billy T. zögerte mit dem Aussteigen. Dann löste er den Sicherheitsgurt und öffnete die Tür.

»Nur noch eins, Hanne«, sagte er langsam. »Du riechst

173

ganz grauenhaft schrecklich. Fahr nach Hause und geh unter die Dusche. Puh, du stinkst vielleicht!«

Als er mit der Tür knallte, wäre fast das Polizeiabzeichen von der Windschutzscheibe gefallen, und Hanne hatte für den Rest des Abends Ohrensausen.

36

Es war Freitag, der 12. März. Es war Nachmittag, und eine schwere Wolkendecke hing über der schwedischen Hauptstadt. Lars Erik Larsson fischte eine Plastiktüte aus seiner abgegriffenen Aktentasche. Er strich sie so glatt wie möglich und legte sie auf eine Holzbank. Im Freilichtmuseum Skansen war an diesem Tag nicht viel los. Larsson war eben über den neuen Bärenberg gegangen, ohne auch nur den Schatten eines Bären zu sehen. Vielleicht hielten die ja noch Winterschlaf.

Eigentlich hatte er nach Djurgården gewollt, Stockholms wundervollen Hintergarten. Vielleicht sogar bis an die Westspitze der schönen Insel, nach Plommonbacken, wo er den Bus zurück in die Innenstadt nehmen konnte, wenn er nicht mehr weitergehen wollte. Aber jetzt hing Regen in der Luft. Als er am Nordiska Museet vorbeigekommen war, hatten die grauschwarzen Wolken über Södermalm ihn dazu gebracht, sich die Sache zu überlegen. Er hatte seine sechzig Kronen Eintritt bezahlt und anschließend eine großzügige Runde durch Skansen gedreht.

Zufrieden setzte er sich und zog ein ordentlich eingewickeltes Butterbrot mit Käse und Paprika hervor. Der Kaffee in der Thermosflasche war glühendheiß, und der Dampf tat seinem Gesicht gut. Nachdenklich starrte er nach Djurgårdsbrunnsviken hinüber. Er konnte den Kaknästurm gerade noch erkennen; seine Spitze gab sich alle Mühe, die Wolkendecke oben zu halten.

Lars Erik Larsson war ein zufriedener Mann. Er lebte zwar ein stilles Leben und hatte keine Frau mehr gehabt, seit seine Gattin ihn 1985 verlassen hatte. Aber er wurde bald fünfundsechzig und fühlte sich von seiner Arbeit und seinen beiden Enkelkindern durchaus ausgefüllt. Wenn er in nicht allzuferner Zukunft pensioniert würde, wollte er in die Kate in Östhammar ziehen, Blumen züchten und ab und zu eine Handvoll gute, alte Freunde zu Besuch haben.

In aller Ruhe aß er sein Brot. Nur ein ausländisches Paar – wenn er sich nicht ganz irrte, kam es aus den USA – störte ihn, als es mit drei halbwüchsigen Kindern und lautem Gerede vorbeikam. Als er aufgegessen hatte, wischte er sich mit einer mitgebrachten Serviette den Mund. Dann zog er die aktuelle Ausgabe des *Expressen* hervor.

Lars Erik Larsson arbeitete in der SE-Bank in Gamla Stan. Karrieremäßig trat er seit zwanzig Jahren auf der Stelle, aber das störte ihn nicht weiter. Er war ein Mann ohne anderen Ehrgeiz, als seine Arbeit zu tun und seinen wohlverdienten Lohn zu erhalten. Er führte in einer Zweizimmerwohnung in Södermalm ein schlichtes Leben. Die Kate, die hundertvierzig Kilometer von Stockholm und fünf Minuten vom Meer entfernt lag, hatte er geerbt. Sein Auto war zehn Jahre alt, die letzte Rate war längst bezahlt. Lars Erik Larsson brauchte nicht mehr, als er hatte. Außerdem hatte er bei der Arbeit so viel Geld kommen und gehen sehen, hatte beobachtet, wie leicht ein finanzielles Mißgeschick zur Tragödie werden kann, und deshalb hatte er sich nie nach Reichtum gesehnt.

Eine Norwegerin war enthauptet worden, möglicherweise von ihrem Mann. Er überflog den Artikel. Dort hieß es, ein Staatsanwalt habe seine Frau mit einem Samuraischwert ermordet. Typisch *Expressen*. Warum in aller Welt schrieben sie über diesen Mord? Er war in Norwegen passiert und konnte Menschen in anderen Ländern ja wohl kaum interessieren. Sicher hatte die pikante Mordwaffe die Boulevardzeitung dazu veranlaßt.

Sigurd Halvorsrud.

Lars Erik Larsson schaute von der Zeitung hoch. Über Östermalm regnete es jetzt, und er sammelte seine Habseligkeiten zusammen. Der Name kam ihm bekannt vor.

Sigurd Halvorsrud.

Plötzlich wußte er es. Es war sicher schon einige Monate her, aber es war so seltsam gewesen, daß er sich noch immer daran erinnern konnte. Ein Mann war mit zweihunderttausend Schwedenkronen in einem Koffer in die Bank gekommen. Er hatte unter dem Namen Sigurd Halvorsrud ein Konto eröffnet und das Geld eingezahlt. Der Mann hatte Norwegisch gesprochen.

Zweihunderttausend Kronen waren eine Seltenheit, selbst heutzutage. Vor allem vielleicht heutzutage. Inzwischen war Geld doch meist eine Zahl auf einem Computerbildschirm.

Er machte sich auf den Weg zur Bergbahn.

Er schaute auf die Uhr.

Vielleicht sollte er Bescheid sagen. Aber wem? *Expressen?* Kam nicht in Frage. Der Polizei?

Er dachte an Lena, seine neunjährige Enkelin, die das Wochenende bei ihm verbringen würde. Sie wollten es sich richtig gemütlich machen und am nächsten Tag in die Oper gehen. Er freute sich so sehr darüber, daß die Kleine sich jetzt für echte Musik interessierte.

Besser, er machte keinen Wirbel. Er warf die Zeitung in einen Papierkorb, ehe er Skansen verließ, und beschloß, zu Fuß nach Hause zu gehen, trotz der drohenden Regenwolken. Er würde eine gute Stunde brauchen, aber er hatte ja einen Schirm.

37

Das Krankenhaus schien niemals ganz zur Ruhe zu kommen. Obwohl eine üppige Krankenschwester schon längst ihre Nachtrunde gedreht hatte und alle unnötigen Lichter gelöscht worden waren, waren die alten Gebäude in Ullevål noch immer erfüllt von fernen Geräuschen und Bewegungen, die auch in dem Zimmer zu ahnen waren, in dem Hanne Wilhelmsen schweigend in einem Sessel saß und zu lesen versuchte.

Cecilie wimmerte und versuchte, sich im Schlaf umzudrehen.

Hanne legte ihr vorsichtig die Hand auf den Arm, um sie an dieser Bewegung zu hindern.

Wieder stand die schönbusige Krankenschwester in der Tür. Hanne fuhr zusammen, sie hatte sie nicht kommen hören.

»Sind Sie sicher, daß ich kein Bett für Sie hereinstellen soll?« flüsterte die Frau. »Sie brauchen doch auch ein wenig Schlaf.«

Hanne Wilhelmsen schüttelte den Kopf.

Die Krankenschwester trat neben ihren Sessel. Sie legte Hanne vorsichtig die Hand auf die Schulter.

»Sie werden hier vielleicht viele lange Nächte verbringen müssen. Ich finde, Sie sollten ein wenig schlafen. Und es macht wirklich keine Mühe, ein Bett für Sie zu holen.«

Hanne schwieg noch immer und schüttelte wieder den Kopf.

»Haben Sie sich krankschreiben lassen?« flüsterte die Schwester. »Dr. Flåbakk kann Ihnen sicher behilflich sein, für eine Übergangsperiode.«

Hanne lachte kurz, leise und resigniert.

»Das wird nicht gehen«, sagte sie und versuchte, nicht zu gähnen. »Ich habe einfach zuviel zu tun.«

»Was machen Sie denn so?« fragte die Krankenschwester freundlich und leise und noch immer mit der Hand auf Hannes Schulter. »Nein, lassen Sie mich raten!«

Sie legte den Kopf schräg und musterte Hanne Wilhelmsen.

»Juristin«, sagte sie schließlich. »Sie sind bestimmt Anwältin oder etwas Ähnliches.«

Hanne lächelte und rieb sich mit dem Fingerknöchel des Zeigefingers das linke Auge.

»Close enough. Polizei. Ich bin Hauptkommissarin.«

»Wie interessant.«

Die andere klang durchaus ehrlich. Ihre Hand streichelte zweimal Hannes Oberarm. Sie überprüfte Schläuche und Tropfgestell und schlich dann zur Tür.

»Sagen Sie Bescheid, wenn Sie sich das mit dem Bett anders überlegen«, flüsterte sie. »Ziehen Sie einfach an der Klingelschnur, dann bin ich sofort hier. Gute Nacht!«

»Gute Nacht«, murmelte Hanne.

Sie hörte auf dem Gang Schritte kommen und gehen. Manche hatten es eilig, andere schlurften gelassen dahin. Ab und zu hörte sie leise Rufe der Krankenpfleger, und aus der Ferne waren Polizeisirenen zu vernehmen.

»Hanne«, flüsterte Cecilie und versuchte, den Kopf hin und her zu bewegen.

»Ich bin hier«, erwiderte Hanne und beugte sich vor. »Hier.«

»Ich bin so froh darüber.«

Hanne griff nach der schmalen Hand und versuchte, nicht die Kanüle zu berühren.

»Wie fühlst du dich?«

»Es geht schon«, stöhnte Cecilie. »Kannst du mir beim Aufrichten helfen? Ich möchte gern sitzen.«

Hanne zögerte kurz und schaute hilflos zur Klingel-
schnur, die die freundliche Schwester zurückholen würde.
Sie selbst traute sich nicht, etwas anderes zu berühren als
Cecilies Hand.

»Jetzt hilf mir doch«, sagte Cecilie und mühte sich damit
ab, den Kopf höher zu schieben.

Hanne nahm die beiden zusätzlichen Kissen, die am
Fußende lagen, und schob sie hinter Cecilies Rücken. Dann
schaltete sie die Nachttischlampe ein und richtete den
Lichtschein auf die Wand, um den kräftigen Strahl zu dämpfen.

»Wie fühlst du dich denn?« fragte Cecilie und sah sie an.

Hanne war nicht sicher, ob ihre Augen etwas ganz Neues
enthielten, oder ob der Blick Reste von etwas zeigte, das
einmal existiert hatte.

»Ich fühle mich schrecklich«, sagte sie.

»Das sehe ich. Komm her.«

»Ich bin hier, Cecilie.«

»Komm zu mir. Komm näher.«

Hanne hob ihren Sessel auf und rückte sechs Zentimeter
weiter. Cecilie hob fast unmerklich die Hand.

»Noch näher. Ich will dich richtig sehen.«

Ihre Gesichter waren jetzt nur wenige Zentimeter voneinander getrennt. Hanne nahm den Geruch des kranken
Atems wahr. Sie legte ihre Handfläche an Cecilies Gesicht.

»Was machen wir jetzt?« flüsterte sie.

»Eigentlich mußt du das entscheiden«, sagte Cecilie fast
unhörbar.

»Wie meinst du das?«

Hanne ließ ihren Daumen sanft über Cecilies Wange fahren, wieder und wieder. Sie staunte darüber, wie weich Cecilies Haut war, weich und ein wenig feucht, als habe sie
einen Spaziergang im Nebel gemacht.

»Du mußt eine Entscheidung treffen«, sagte Cecilie

und räusperte sich leise. »Du mußt dich entscheiden. Wenn ich diesen Weg allein gehen muß, dann will ich es jetzt wissen.«

Hanne schluckte. Und schluckte noch einmal.

»Natürlich wirst du nicht allein sein.«

Sie hätte so gern noch mehr gesagt. Sie wollte sagen, wie leid ihr alles tue. Sie wollte von ihrer eigenen Trauer darüber erzählen, daß soviel nicht mehr so war, wie es sein sollte, von ihrem Gefühl, daß alles zu spät sei und daß sie vielleicht nie bereit gewesen war, den Preis für das zu bezahlen, was sie sich mehr als alles andere im Leben wünschte. Hanne wollte sich zu Cecilie ins Bett legen. Sie wollte sie umarmen, so, wie sie sich früher umarmt hatten. Sie wollte ihre Hände über Cecilies Leib wandern lassen und versprechen, daß von nun an und so lange sie zusammen leben dürften, alles anders werden sollte. Nicht wie früher, sondern viel besser, richtiger. Wahrer. Alles sollte wahr werden.

Aber sie schloß den Mund. Im Lichtschein der Lampe sah sie in Cecilies schmalem Gesicht den Anflug eines Lächelns.

»Du hast nie gut reden können, Hanne. Das war das Schwierigste, glaube ich. Es ist oft unmöglich zu wissen, was du denkst.«

Sie lachte kurz, ein trockenes, heiseres Lachen.

»Das weiß ich«, sagte Hanne. »Tut mir leid.«

»Das hast du so oft gesagt.«

»Das weiß ich. Tut mir…«

Jetzt lächelten sie beide.

»Ich will jedenfalls bei dir sein«, sagte Hanne und beugte sich noch tiefer. »Ich will die ganze Zeit bei dir…«

Behutsam schmiegte sie ihre Wange an Cecilies. Deren Ohrläppchen kitzelte ihre Lippen.

»Du bist nicht das Problem«, sagte sie. »Du bist nie das Problem gewesen.«

Sie verbarg ihr Gesicht in Cecilies Haaren und sagte: »Ich

war nie gut genug. Ich habe dich nicht verdient. Du hättest dir eine Stärkere suchen sollen. Eine, die es gewagt hätte, sich voll und ganz für dich zu entscheiden.«

»Aber das hast du doch getan«, sagte Cecilie und versuchte Hanne wegzuschieben, um ihr in die Augen blicken zu können.

Hanne wollte nicht.

»Nein«, murmelte sie an Cecilies Hals. »Ich habe mein Leben lang zwei Pferde geritten. Oder drei. Oder sogar vier. Und keins davon paßte zu den anderen. Ich habe mir solche Mühe gegeben, das zu verteidigen. Es für richtig halten zu können. Aber in der letzten Zeit...«

»Du erwürgst mich«, stöhnte Cecilie. »Ich kriege keine Luft.«

Langsam hob Hanne den Kopf. Dann stand sie auf und ging ans Fenster. Der Nebel hatte sich jetzt verdichtet, sie konnte kaum noch den Parkplatz sehen, auf dem ein einsamer BMW mit einem roten Kotflügel stand.

»Bei allem, was ich getan habe, bei allem, was ich gewesen bin, habe ich mich auf die Tatsache gestützt, daß ich tüchtig bin. Tüchtig.«

Sie griff sich mit der Hand an die Stirn und rieb sich energisch mit Daumen und Zeigefinger die Augenhöhlen.

»Aber in letzter Zeit... im letzten halben Jahr vielleicht, sind mir Zweifel gekommen.«

»An uns«, sagte Cecilie, eher um eine Tatsache festzustellen als um zu fragen.

»Nein!«

Hanne fuhr herum und breitete die Arme aus.

»Nicht an uns. Nie an uns! An mir!«

Sie schlug sich auf die Brust und versuchte, ihren Ausbruch in den Griff zu bekommen.

»Ich zweifele an mir«, flüsterte sie. »Ich... ich habe solche Angst davor, etwas Falsches zu tun. Ich blicke zurück und begrabe mich in den vielen Malen, bei denen ich versagt habe. In jeder Hinsicht. Freunden gegenüber. Dir gegenüber. Ich habe alle im Stich gelassen. Eigentlich habe ich immer alle im Stich gelassen.«

Sie atmete heftig aus und ein und drehte sich wieder zum Fenster um. In der Fensterscheibe sah sie ihr Spiegelbild. Als sie weitersprach, starrte sie sich selbst in die Augen.

»Ich habe sogar Angst vor meinen alten Fällen. Vielleicht habe ich zu großem Unrecht beigetragen. Nachts liege ich wach und … nachts habe ich Angst … ich habe sogar Angst vor Entschädigungsklagen. So weit ist es gekommen. Ich habe das Gefühl, alle, die ich ins Gefängnis gebracht habe, rotten sich zusammen und … Ich versuche, Leuten aus dem Weg zu gehen, die ich verletzt habe, und sogar … Leuten, denen ich niemals etwas getan haben kann. So, als ob ich … Und ich kann nur in die Zukunft blicken, wenn ich mich auf neue Fälle konzentriere. Auf immer neue Fälle.«

»Damit du dich nicht mit Leuten befassen mußt.«

»Ja. Vielleicht. Oder ..«

»Und mit mir.«

Hanne ließ sich in den Sessel fallen. Sie umfaßte Cecilies rechte Hand.

»Aber verstehst du nicht, daß ich es nicht will?« sagte sie. »Es hat doch nie andere gegeben als dich. Niemals. Es ist nur so, daß ich, wenn ich dich sehe, auch meine eigene … meine eigene Feigheit sehe.«

Cecilie versuchte, die Lampe zu erreichen. Es war zu dunkel. Hanne schien in ihrem Sessel zu altern, die Schatten machten ihre Gesichtszüge schärfer und ihre Augenhöhlen tiefer.

»Nicht anfassen«, sagte Hanne leise. »Bitte.«

»Es war auch meine Entscheidung«, sagte Cecilie.

»Was denn?«

»Du. Ich hätte härter sein können. Ich hätte mich gegen

die zwei Telefone wehren können. Gegen die Initialen an der Tür. Dagegen, daß ich nie zu deinen Betriebsfesten mitkommen durfte. Ich hätte etwas sagen können.«

»Das hast du doch auch getan.« Hanne lächelte leicht und rieb sich den Nacken.

»Möchtest du ein Kissen?« fragte Cecilie.

»Du hast dich die ganze Zeit gewehrt.«

»Nicht richtig. Ich hab wohl auch zuviel Angst gehabt.«

Hanne richtete sich auf und holte tief Atem. Eine halbe Flasche lauwarmes Mineralwasser auf dem Nachttisch wäre fast umgefallen, als sie versuchte, ihren Sessel zu verrücken.

»Ich habe immer Angst gehabt, Hanne. Davor, dich zu verlieren. Davor, so große Ansprüche zu stellen, daß du dich gegen mich entscheidest.«

Die Tür wurde geöffnet, und ein Bett rollte mit dem Fußende voraus ins Zimmer.

»Jetzt wird geschlafen, ob Sie das nun wollen oder nicht«, sagte die Krankenschwester, als auch sie zu sehen war. »Sie können einfach nicht die ganze Nacht wachbleiben. Und diese Sessel sind einfach unbrauchbar.«

Flinke, geübte Hände manövrierten das schwere Bett neben das von Cecilie. Hanne erhob sich und stand hilflos und wie eingeklemmt am Fenster.

»Geht es Ihnen einigermaßen?«

Die Schwester streichelte Cecilies Kopf und vergewisserte sich ein weiteres Mal, daß der Tropf richtig eingestellt war. Sie summte leise und wartete die Antwort nicht ab. Dann war sie wieder verschwunden.

»Leg dich hin.«

Cecilie nickte zum frischgemachten Bett hinüber. Hanne setzte sich versuchsweise auf die Bettkante. Ohne etwas anderes auszuziehen als ihre Schuhe, legte sie sich vorsichtig auf die Decke.

Ich wünschte, ich wüßte, wieviel Zeit dir noch bleibt,

183

dachte Hanne Wilhelmsen. Ich wüßte so gern, wieviel Zeit wir noch haben, bis du sterben mußt.

Aber das sagte sie nicht laut, und niemals würde sie wagen, danach zu fragen.

38

Eivind Torsviks Finger jagten über die Tastatur. In einer halben Stunde hatte er fünf Mails an unterschiedliche Adressen verschickt, alle im Ausland.

Sie begriffen es nicht. Sie konnten nicht genug. Sie waren nicht so tüchtig wie er, und ihre Geduld reichte nicht aus. Aber er war vollständig abhängig von ihnen. Nur wenn sie über Landesgrenzen hinweg zusammenarbeiteten, konnten sie auf Erfolg hoffen. Auf den Sieg. Denn darum ging es doch: Sie führten einen Kampf. Einen Krieg.

Warten, schrieb er. Es ist bald so weit, aber wir müssen noch warten.

Auf den entsprechenden Befehl warten.

Die Götter allein wußten, ob sie gehorchen würden.

39

Thea Flo Halvorsrud war erst sechzehn. Da sie seit einer Woche nichts mehr gegessen hatte, war sie in ziemlich schlechter Verfassung. Ab und zu trank sie einen Schluck aus dem Wasserglas auf ihrem Nachttisch, das immer wieder nachgefüllt wurde. Die Mahlzeiten, die ihr viermal am Tag gebracht wurden, rührte sie allerdings nicht an. Tante Vera, die Schwester ihrer verstorbenen Mutter, stand kurz vor dem Zusammenbruch. Sie hatte zweimal versucht, für ihre Nichte psychiatrische Hilfe zu holen. Beim ersten Versuch war sie gebeten worden, sich mit der Patientin beim psychiatrischen Notdienst einzufinden. Da die Kleine nicht aufstehen wollte, half ihr das nicht weiter. Beim zweiten Mal – sie hatte Himmel und Erde in Bewegung gesetzt und sich geweigert, aufzulegen, ehe Hilfe versprochen worden war – erschien ein junger Arzt mit Pickeln und schmalen, nervösen Händen. Thea hatte ihn keines Blickes und noch viel weniger eines sinnvollen Gesprächs gewürdigt. Am Ende hatte der Arzt mit resignierter Geste etwas über Zwangsbehandlung gesagt.

Das kam nicht in Frage.

Tante Vera hatte Karen Borg angerufen.

»Ich weiß einfach nicht mehr, was ich machen soll«, sagte Theas Tante und führte Anwältin Borg ins Gästezimmer, wo die Sechzehnjährige in einem Meer aus rosa Kissen in einem weißlackierten, breiten Einzelbett lag.

»Ich spreche wohl besser allein mit ihr«, sagte Karen Borg leise und winkte der wohlmeinenden, verstörten Tante, das Zimmer zu verlassen.

Tante Vera wischte sich die Augen und ging rückwärts durch die Tür.

Das Zimmer war hell und groß und rosa. Die Kommode war altrosa, die Tapete kleingeblümt, und die Vorhänge hatten hellrote Falbeln. Auf der Fensterbank saßen fünf knallrosa Kuscheltiere – drei Kaninchen, ein Bär und etwas, das wohl ein Nilpferd vorstellen sollte – und starrten blind ins Zimmer. Karen Borg dachte dankbar an Håkon, der sie dazu überredet hatte, das Zimmer ihrer Tochter grün und blau zu streichen.

»Hallo«, sagte sie ruhig und setzte sich in einen Sessel, der am Bett stand. »Ich bin Karen Borg. Die Anwältin deines Vaters.«

185

Diese Information machte keinen nennenswerten Eindruck. Das Mädchen krümmte sich in Embryostellung zusammen und zog sich die Decke über den Kopf.

»Ich soll dich ganz herzlich von deinem Vater grüßen. Ich habe vorhin mit ihm gesprochen. Er macht sich Sorgen um dich.«

Eine leichte Bewegung unter der Decke konnte andeuten, daß die Kleine immerhin zugehört hatte.

»Gibt es etwas … gibt es irgend etwas, das ich für dich tun könnte, Thea?«

Keine Reaktion. Jetzt lag das Mädchen totenstill da und schien nicht mehr zu atmen.

»Thea«, sagte Karen Borg. »Thea! Schläfst du? Hörst du, was ich sage?«

Plötzlich warf das Mädchen sich im Bett herum. Ein Kopf kam zum Vorschein. Blonde, fettige Haare standen nach allen Seiten ab.

»Wenn Sie Papas Anwältin sind, dann holen Sie ihn aus dem Gefängnis, statt mich zu belästigen.«

Dann legte sie sich auf den Rücken und begrub sich abermals unter Decken und Kissen. Karen Borg ertappte sich bei einem Lächeln. Es gab klare Parallelen zwischen dieser Halbwüchsigen und Karens knapp zwei Jahre alter Tochter. Aber der Unterschied lag doch auf der Hand. Die kleine Liv lächelte in der Regel nach fünf Minuten wieder. Die große Thea war seit einer Woche im Hungerstreik. Was besorgniserregend und fast schon gefährlich war.

»Wenn du dir die Zeit nimmst, mit mir zu reden, dann kann ich vielleicht bessere Arbeit leisten«, sagte Karen und hoffte im selben Moment, damit nicht zuviel versprochen zu haben.

Ein leichter Kakaogeruch erfüllte das Zimmer. Theas Tante Vera hatte erzählt, daß sie immer wieder versuchte, den Appetit ihrer Nichte anzuregen, indem sie duftende

Köstlichkeiten vor die Tür stellte. Karen Borg glaubte jedoch nicht, daß sich die Tochter einer vor kurzem erst enthaupteten Frau mit Schokolade und Sahne in Versuchung führen lassen würde.

»Soll ich gehen?« fragte sie resigniert und wollte sich schon erheben.

Etwas ließ sie zögern. Ein leichter Luftzug vom halboffenen Fenster her bewegte die Vorhänge, und das kleinste Kaninchen wackelte dabei leicht mit den Ohren. Die Bewegungen unter den Decken waren wieder ruhiger geworden. Und das Mädchen setzte sich widerwillig auf und lehnte den Rücken ans Bettende. Ihr Gesicht war das eines Kindes, aber ihre Augen waren so tief in ihren Höhlen versunken, daß sie durchaus für zehn Jahre älter hätte durchgehen können. Ihr schmaler Mund zitterte, und immer wieder fingerte sie am Zipfel ihres Bettbezugs herum.

»Sie glauben Papa«, sagte sie leise. »Wo Sie doch seine Anwältin sind, müssen Sie ihn für unschuldig halten.«

Karen Borg fand nicht, daß hier ein Vortrag über anwaltliche Ethik angesagt sei.

»Ja«, sagte sie kurz. »Ich glaube ihm.«

Das Mädchen lächelte schwach.

»Tante Vera tut das nicht.«

Karen glaubte, vor der Tür ein Geräusch zu hören. Nach kurzem Nachdenken beschloß sie, den Zuhörer zu ignorieren.

»Das tut sie sicher. Aber sie kennt deinen Vater ja nicht so gut wie du, und ziemlich vieles weist darauf hin, daß er wirklich etwas angestellt hat. Das darfst du nicht vergessen.«

Thea murmelte etwas Unverständliches.

»Dein Vater muß damit rechnen, daß er noch eine ganze Weile in Untersuchungshaft bleiben muß. Und du kannst nicht ohne Essen auskommen, bis er freigelassen wird. Dann verhungerst du am Ende noch.«

»Dann verhungere ich eben«, sagte Thea mit harter Stimme. »Ich rühre kein Essen an, bis Papa kommt. Und wir wieder nach Hause ziehen können.«

»Jetzt bist du ein bißchen kindisch.«

»Ich bin ja auch ein Kind. Laut Kinderkonvention der UNO bin ich ein Kind, bis ich achtzehn werde. Und das dauert noch fast zwei Jahre.«

Karen Borg lachte kurz.

»Das Problem ist, daß du gar nicht erwachsen wirst, wenn du nichts ißt.«

Das Mädchen gab keine Antwort. Sie machte sich immer wieder am Zipfel des Bettzeugs zu schaffen. Ein Faden riß ab, und sie steckte ihn in den Mund.

»Wie gesagt, dein Vater macht sich sehr große Sorgen. Nach allem, was passiert ist, mit deiner Mutter und…«

»Reden Sie nicht über Mama!«

Theas Gesicht verzog sich zu einer nur schwer deutbaren Grimasse.

Karen Borg wußte nicht, was sie selbst schlimmer gefunden hätte. Daß die Mutter ermordet worden war oder daß der Vater unter Mordverdacht stand. Vermutlich würde sie beides nicht fassen können. Schon gar nicht in einem Alter von sechzehn Jahren. Sie strich ihren Rock glatt, fuhr sich über die Haare und wußte nicht so recht, warum sie hier saß. Dieses Mädchen brauchte zwar Hilfe, aber durchaus nicht die einer Juristin.

»Dein Vater kann auf jeden Fall am Montag zur Beerdigung kommen«, sagte sie schließlich, das Mädchen hatte sich ein wenig beruhigt. »Dann siehst du ihn. Und es wäre sicher nicht dumm, am Wochenende etwas zu essen, damit du überhaupt hingehen kannst.«

»Mama«, jammerte Thea. »Papa, Papa!«

Dann legte sie sich auf den Rücken und zog sich wieder die Decke über den Kopf. Ihr Weinen wurde von Federn und

Baumwolle gedämpft, war aber doch immer noch laut genug, um Tante Vera die Tür öffnen zu lassen. Ratlos blieb sie mitten im Zimmer stehen und rieb die Hände aneinander.

»Was sollen wir machen?« fragte sie verzweifelt. »Was in aller Welt sollen wir machen?«

»Wir müssen für Thea einen Arzt besorgen«, sagte Karen Borg energisch. »Und das noch heute.«

Als sie sich umdrehte und gehen wollte, sah sie Preben Halvorsrud am Türrahmen lehnen. Er starrte an ihr vorbei und aus dem Fenster. Das kleine Kaninchen war lautlos auf den Boden gefallen. Es war unmöglich, aus dem Blick des jungen Mannes etwas zu lesen. Zugleich jedoch lag in seinen Augen etwas, das Karen Borg schaudern und sich weit fort wünschen ließ.

»Ich sag das schon die ganze Woche«, sagte er tonlos. »Thea braucht Hilfe. Und unseren Vater. Haben Sie vor, ihn bald aus dem Knast zu holen? Damit Thea nicht mehr in diesem rosa Loch wohnen muß, meine ich.«

Jetzt sah er sie an. Sie hatte das Gefühl, in Greisenaugen zu blicken, die in diesem unfertigen Knabengesicht einfach fehl am Platze waren.

»Werden sehen«, sagte Karen Borg kurz und gab sich alle Mühe, Prebens Blick auszuweichen.

40

Ihr Kopf fühlte sich leer und leicht an.

Hanne Wilhelmsen versuchte, sich immer nur auf einen Gedanken zu konzentrieren. Vor ihren Augen flimmerte alles und mischte sich zu einer halluzinatorischen Farbkarte. Sie nahm sich abgestandenen Kaffee aus einer Thermosflasche und trank ihn fast mit einem Schluck.

Es war Samstagnachmittag. Da sie bis zum späten Vormittag im Krankenhaus geblieben war, glaubte sie nicht, lange vor Mitternacht das Polizeigebäude verlassen zu können. In dieser Nacht wollte sie zu Hause schlafen.

Sie nahm eine kleine Glasflasche mit Plastikverschluß aus einer Schreibtischschublade. Chinesisches Gelee royale. Die Pillen sollten von wundersam belebender Wirkung sein. Sie las das Etikett: »Gegen Rheumatismus, Gewichtsverlust, Haarausfall, Lungenentzündung, geschwächtes Immunsystem und Depressionen.« Depressionen stimmte auf jeden Fall. Hanne schüttelte sich braune Pillen auf die Hand und betrachtete sie einige Sekunden lang. Dann legte sie sich drei auf die Zunge und spülte sie mit dem letzten Rest Kaffee hinunter. Es brannte in ihrer Speiseröhre.

Mißmutig musterte sie die drei Stapel, die vor ihr lagen.

Einer gehörte zum Fall Halvorsrud. Und er war nicht der schlimmste. Sie hatte sich die ganze Woche hindurch auf dem Laufenden gehalten und empfand eine gewisse Zufriedenheit bei dem Gedanken, daß sie vermutlich mehr über den Fall wußte als irgend jemand sonst. Die beiden anderen Stapel dagegen machten ihr wirklich zu schaffen. Die anderen Fälle. Die Überfälle. Die Kneipenschlägereien. Der Rest der Welt hatte in der vergangenen Woche nicht stillgestanden.

»Eckstein, Eckstein«, sie kicherte albern und ließ ihren Zeigefinger von einem Stapel zum anderen wandern.

Trotzdem endete sie bei der Halvorsrud-Akte. Billy T.s nachlässige Handschrift auf einem rosa Umschlag war unlesbar. Sie schlug den Ordner auf. Zum Glück war der Inhalt mit der Maschine geschrieben.

Ich habe deinen Wunsch erfüllt und nach besonders grotesken Morden gesucht. Zum Glück gibt es nicht viele. An einige wirst du dich erinnern; unter anderem hat das Messer von Vater/Tochter

Håverstad in Cato Iversens Eiern sicher die Bezeichnung »grotesk«
verdient…

Der schlimmste Fall von allen ist vermutlich der »Homomord«,
der vor einigen Jahren im Frognerpark passiert ist. Ich nehme an,
ich kann auf eine genauere Beschreibung verzichten, der Bericht
liegt bei. Das Problem in unserem Zusammenhang ist, daß der
Mörder im Gefängnis Selbstmord begangen hat. Wirklich, meine
ich. Er ist mausetot. Falls er nicht von den Toten auferstanden ist,
kann er also Frau Halvorsrud nicht enthauptet haben.

Vier andere Fälle liegen in Kurzfassung bei. Der interessante-
ste stammt von 1990. Ein Achtzehnjähriger (es ist an seinem Geburtstag passiert) hat seinen Pflegevater entführt. Er hat ihn übel
mißhandelt (u. a. hat er ihm die Brustwarzen zerfetzt) und ihm
den Penis abgeschnitten. Der Mann ist nicht sofort an seinen Verletzungen gestorben und war wohl noch am Leben, als ihm die
Hoden abgehackt wurden. Schließlich ist er verblutet. Der Mörder,
Eivind Torsvik, war von seinem Pflegevater jahrelang vergewaltigt
worden. Als er endlich Hilfe suchte (es war ziemlich dramatisch, er
schnitt sich die Ohren ab und nahm sie mit in die Schule, um sie
dem Lehrer zu zeigen!), hat es endlos lange gedauert, bis die Sache
vor Gericht kam (typisch). Der Mann wurde zu anderthalb Jahren
Haft verurteilt und nach einem knappen Jahr entlassen. Eivind
Torsvik war mit diesem Strafmaß offenbar nicht zufrieden. Nachdem er den Mann ermordet hatte, stellte er sich selbst der Polizei
und bekannte sich schuldig. Komischer Knabe, ich kann mich gut
an ihn erinnern. Hochintelligent, freundlich (wenn auch nicht zu
seinem Pflegevater), kurz gesagt, ein junger Mann, den man einfach gern haben mußte. Vor Gericht sagte er, er habe mit dem Mord
an seinem Pflegevater bis zu seinem achtzehnten Geburtstag gewartet, weil er seine Strafe als Erwachsener auf sich nehmen wollte.
Seither hat er als Schriftsteller Erfolg gehabt. Vielleicht hast du was
von ihm gelesen. »Rotlicht in Amsterdam« war hierzulande und
auch anderswo ein Riesenerfolg.

Also, Eivind Torsvik und zwei der anderen Täter aus der beige-

legten Übersicht befinden sich auf freiem Fuß. Alle diese Morde haben eine Art sexueller Prägung. Mißhandlung, Provokation, Homosexuellenhaß, Vergewaltigung. Sowas.

Aber hältst du Doris Halvorsrud wirklich für eine Sittlichkeitsverbrecherin? Kaum… Wenn du darauf bestehst, dann weite ich meine Suche auf ganz Skandinavien aus. In Schweden hatten sie auch ein paar üble Fälle, unter anderem den berühmten »Zerstückelungsmord«, bei dem eine Prostituierte umgebracht und zerlegt wurde. Zeitverschwendung, wenn du mich fragst. Aber das tust du ja nicht!

Hab ein so erträgliches Wochenende wie möglich, wir sehen uns am Montag. Oder früher, wenn du willst. Tone-Marit und die Kleine kommen heute aus dem Krankenhaus. Aber für ein paar Stunden kann ich mich trotzdem losmachen. Ruf einfach an.

Es klopfte an der Tür.

»Herein«, murmelte Hanne.

Es wurde wieder geklopft.

»Herein, sag ich doch.«

Ein Anwärter öffnete die Tür. Hanne Wilhelmsen kannte sein Gesicht, konnte sich jedoch nicht an seinen Namen erinnern.

»Ja?«

»Ich soll aus dem Arrest grüßen«, sagte der Anwärter.

»Danke. Gruß zurück.«

»Es geht um Halvorsrud.«

»Ja«, sagte Hanne noch einmal. »Was ist mit ihm?«

»Er will unbedingt mit dir sprechen. Ich wußte nicht, daß du hier bist, deshalb habe ich dir zu Hause etwas auf den Anrufbeantworter gesprochen. Das kannst du jetzt natürlich vergessen…«

»Was will er?«

Der junge Mann sah unschlüssig aus, er schien nicht so recht zu wissen, ob es der Mühe wert war, sie so spät am Samstagabend zu stören.

»Angeblich will er ein Geständnis ablegen«, sagte der Junge und legte den Kopf schräg, während er sich am Ohrläppchen zog. »Er will mit dir reden, sagt er, und daß es eilt...« Das Ohrläppchen wurde röter und röter.

Der Junge lächelte verlegen und wollte wieder gehen.

»Hast du seine Anwältin angerufen?« fragte Hanne scharf.

Der Anwärter blieb stehen.

»Neijein«, sagte er. »Sollte ich das?«

»Ja. Jetzt sofort. Karen Borg. Holmenveien 12. Ruf sie zu Hause an.«

Plötzlich kam sie sich bemerkenswert wach vor. Das Blut strömte heiß durch ihre Wangen, während sie zum Arrest lief. Halvorsrud durfte nicht gestehen.

Der Ausflug zur Staure-Brücke hatte Hanne Wilhelmsen in ihrem Glauben an Sigurd Halvorsruds Unschuld bestätigt. Sie konnte sich allerdings nicht erklären, warum. Vielleicht lag es an der Brückenkonstruktion. Vielleicht war es auch nur ein Gefühl, eine Klarheit, die sie in der offenen Landschaft überkommen hatte, weit weg von allem, das sie hier in der Stadt bedrohte. Sie wußte es nicht, empfand es deshalb aber nur stärker.

Halvorsrud durfte nicht gestehen.

Hanne Wilhelmsen hatte schon einmal zugelassen, daß ein vermutlich unschuldiger Mensch wegen Mordes verurteilt worden war. Maren Kalsvik war zu vierzehn Jahren Haft verurteilt worden. Weil sie gestanden hatte. Weil sie ihre Chefin ermordet haben konnte. Weil es die einfachste Lösung für alle war – für Polizei, Presse, Gericht, für alle –, Maren Kalsvik ins Gefängnis wandern zu lassen. Hanne hatte versucht, ihre Zweifel in dem umfassenden, vorbehaltlosen Geständnis zu ertränken, das später niemals widerrufen worden war. Sie hatte nie das Gefühl unterdrücken können, versagt zu haben.

Der Mord an der Kinderheimleiterin Agnes Vestavik, der

1994 geschehen war, war zu grotesk gewesen, um ungelöst liegenbleiben zu dürfen. Maren Kalsvik war bereit gewesen, Buße zu tun, vielleicht stellvertretend für alle anderen.

Etwas Vergleichbares durfte nie wieder geschehen.

41

Evald Bromo war zu Bett gegangen. Es war Samstag abend und noch vor elf Uhr. Er war sechzehn Kilometer gelaufen, während Margaret vor dem Fernseher gesessen hatte. Als er nach Hause kam, bot sie ihm Krabbenbrote und kaltes Bier an. Sie sagte nicht viel, als sie das auftischte. Während der vergangenen Woche war sie ständig schweigsamer geworden. Evald Bromo trank das Bier, ließ die Krabben aber stehen. Und Margaret hatte ihn nicht genötigt.

Er hatte ganz bewußt die Badezimmertür einen Spaltbreit offen stehen lassen. Drinnen brannte noch immer das Licht. Das Schlafzimmer war in eine sanfte Dunkelheit getaucht, und von der Straße her konnte Evald den Lärm junger Leute hören, die irgendwo ein Fest feierten. Er schloß die Augen und versuchte, dem Fernseher zu lauschen. Vielleicht hatte Margaret ihn ausgeschaltet. Sie konnte auch weggegangen sein. Es gefiel ihm nicht, daß sie so spät am Abend noch spazierenging. Erst vor zwei Wochen war im Park beim Spielplatz eine Fünfzigjährige vergewaltigt worden.

Er brauchte eine neue E-Mail-Adresse. Die tägliche Mitteilung, wie viele Tage der 1. September noch entfernt war, machte ihn wahnsinnig. Er wollte nicht mehr. Das Problem war, daß er einen plausiblen Grund für die Änderung finden mußte. Alle Adressen bei *Aftenposten* ergaben sich von selbst, seine eigene lautete evald.bromo@aftenposten.no. Natürlich konnte er über unerwünschte E-Post klagen, aber dann riskierte er, daß die Computertechniker Beispiele fordern würden.

Er konnte fast nicht arbeiten. Da er als hart arbeitender, zuverlässiger Journalist bekannt war, würde er noch eine Weile mit Entschuldigungen und Ausflüchten über die Runden kommen. Aber nicht mehr sehr lange. Er sah sich unerwünschte einlaufende Meldungen nicht mehr an, aber das bloße Wissen, daß sie da gewesen waren, ehe er sie gelöscht hatte, kam ihm vor, als werde ihm eine Terminliste für seinen eigenen Untergang aufgezwungen.

Er konnte kündigen.

Dann würde seine Adresse gelöscht werden.

Er konnte bei *Dagens Næringsliv* anfangen. Deren Angebot war sicher noch aktuell.

Andererseits: Auch dann würde der 1. September kommen.

Evald hörte eine Tür ins Schloß fallen.

Als Margaret sich einige Sekunden später ins Schlafzimmer schlich, stellte er sich schlafend. Er lag bis vier Uhr morgens wach und kehrte dabei seiner Frau den Rücken. Danach glitt er in einen fast bewußtlosen Zustand. Drei Stunden später erwachte er, keuchend, die Decke klebte ihm am Leib. Er konnte sich nicht daran erinnern, was er geträumt hatte.

42

Karen Borg schwenkte den rechten Zeigefinger. Er war von drei blauen Pflastern mit lächelnden Micky Mäusen verziert.

»Hab mich mit dem Brotmesser geschnitten«, erklärte sie und ignorierte Sigurd Halvorsruds ausgestreckte Hand.

Der Oberstaatsanwalt saß seit einer knappen halben Stunde in Hanne Wilhelmsens Büro. Das Arrestpersonal war sauer gewesen, als Hanne ihn mitgenommen hatte, statt sich in ein Büro im Arrest zu setzen.

Halvorsrud und die Hauptkommissarin hatten so gut wie kein Wort gewechselt.

»Was ist denn los?« fragte Anwältin Borg atemlos und ließ sich in den freien Sessel fallen. »Aparter Zeitpunkt für einen Einsatz, das muß ich schon sagen.«

Sie warf einen alles andere als diskreten Blick auf die schwarzgoldene Radio-Uhr. Die zeigte zwanzig vor zwölf.

»Halvorsrud wollte mit mir sprechen«, sagte Hanne Wilhelmsen tonlos und langsam. »Ich hielt es für falsch, diesem Wunsch in deiner Abwesenheit nachzukommen. So, wie die Dinge liegen, meine ich.«

Sie ließ ihren Blick von der Anwältin zum Mandanten wandern.

Sigurd Halvorsrud hatte während der letzten vierzehn Tage eine auffällige Veränderung durchgemacht. Er hatte stark abgenommen. Noch immer wollte er unbedingt Anzug, Hemd und Schlips tragen. Obwohl er damit eine Art Würde beizubehalten versuchte, wirkte seine Kleidung trotzig und hilflos. Das Sakko hing traurig über seine Schultern und wurde inzwischen auch schmutzig. Wenn der Mann aufrecht stand, drohte seine Hose, zu Boden zu fallen. Dazu wies sein Mund jetzt einen bleichen, beleidigten Zug auf; ein hilfloses Schmollen, das seine ganze Erscheinung einfach erbärmlich wirken ließ. Die Runzeln um seine Augen hatten sich vertieft, und sein Blick irrte hin und her.

»Ich möchte die Möglichkeit eines Geständnisses diskutieren«, sagte er zaghaft.

Dann räusperte er sich und erklärte mit größerer Überzeugung: »Ich gestehe, wenn die Polizei einen Haftersatz an Stelle der Untersuchungshaft akzeptiert.«

Noch immer sagte keine der beiden anderen etwas. Hanne schaute kurz zu Karen hinüber. Die Anwältin wirkte verwirrt und klappte ganz schnell den Mund zu, als ihr aufging, wie sie geglotzt hatte.

»Vielleicht solltet ihr unter vier Augen darüber reden«, schlug Hanne vor und erhob sich. »Ich kann so lange rausgehen.«

»Nein«, kläffte der Oberstaatsanwalt. »Bitte, bleiben Sie.«

Hanne setzte sich wieder.

»Das hier kann keine Geheimbesprechung sein, Halvorsrud. Das wissen Sie. Auf jeden Fall muß ich eine Aktennotiz machen. Sie wissen auch, daß ich keine Vollmacht für solche Verhandlungen habe. So etwas tun wir nicht. Nicht in Norwegen und schon gar nicht in diesem Fall. Sie haben schon genug gesagt, bei dem es schwer fallen wird, es nicht später gegen Sie zu verwenden. Machen wir also nicht alles noch schlimmer.«

Endlich nahm Halvorsrud Blickkontakt zu ihr auf. Für einen Moment erinnerten seine Augen an Cecilies. Der Mann schien zu wissen, daß alles zu Ende war. Niemand konnte noch etwas unternehmen. Hanne Wilhelmsen auf jeden Fall nicht.

»Ich jedenfalls nicht«, flüsterte Hanne.

»Wie bitte?« fragte Halvorsrud.

»Nichts.«

Sie schüttelte den Kopf und ging zur Tür.

»Bitte«, bettelte Halvorsrud. »Gehen Sie nicht.«

Sie blieb stehen und schaute Karen Borg an.

Karen zuckte mit den Schultern und schien noch immer Zweifel zu haben.

»Vielleicht könnten wir kurz auf dem Flur miteinander reden«, schlug sie vor und sah Hanne an.

Hanne Wilhelmsen nickte kurz. Karen Borg folgte ihr durch die gelbe Tür. Hanne blieb mit der Hand auf der Klinke stehen.

»Was in aller Welt soll das bloß?« flüsterte Karen.

»Er will raus.«

»Das ist mir durchaus klar«, sagte Karen Borg leicht gereizt. »Was zum Henker habt ihr mit diesem Mann gemacht?«

»Wir haben gar nichts mit ihm gemacht. Abgesehen davon, daß wir ihn seit zwei Wochen einsperren.«

Hanne fuhr sich über die Augen und fügte trocken hinzu: »Das allein macht schon etwas mit den Leuten. Was gewissermaßen Sinn der Sache ist.«

Zwei uniformierte Polizisten kamen aus der gelben Zone. Hanne Wilhelmsen und Karen Borg schwiegen, als die beiden vorübergingen. Der eine hob kurz die Hand zum Gruß. Als die Männer außer Hörweite waren, flüsterte Karen Borg: »Ich habe heute vormittag mit ihm gesprochen. Er ist verzweifelt wegen seiner Tochter. Sie will nicht essen, sie kann nicht schlafen. Ich habe einen Arzt informiert, aber du weißt ja, wie ungern die zu Zwangsernährung greifen.«

»Zum Glück«, murmelte Hanne kaum hörbar.

»Du hättest sie mal sehen sollen, Hanne.«

»Das hab ich nicht. Zum Glück nicht.«

Sie tauschten einen Blick. Karen musterte Hannes Gesicht so forschend, daß diese sich nach wenigen Sekunden abwandte.

»Und ich fürchte auch, daß er selbst ernstlich krank wird«, sagte Karen. »Nicht, daß er sich beklagte, aber du siehst es ihm doch an. Wir wissen beide, daß die U-Haft eine arge Belastung sein kann, aber hast du je gesehen, daß jemand dermaßen darunter gelitten hätte?«

Hanne ließ die Klinke los und hob die Hände zum Gesicht. Sie rieb energisch ihre Haut und schniefte laut; als sie die Hände sinken ließ, waren ihre Wangen rot.

»Ich könnte einige nennen«, sagte sie säuerlich.

»Aber du kapierst doch sicher, daß dieses *Geständnis...*«

Karen Borg spuckte dieses Wort so energisch aus, daß Hanne einen feinen Regen im Gesicht verspürte.

»Das ist doch der pure Unsinn!«

»Vielleicht«, sagte Hanne Wilhelmsen und kniff die Augen zusammen. »Vielleicht ist es das.«

Karen Borg setzte sich in Bewegung. Nach vier Schritten fuhr sie herum und kam zurück.

»Wir können das nicht zulassen«, sagte sie verzweifelt und breitete die Arme aus. »Du weißt so gut wie ich, wie schwer es ist, ein Geständnis später zurückzuziehen.«

»Naja«, sagte Hanne und starrte die Füße der Anwältin an. »Auch dafür gibt es Beispiele. So schrecklich sind wir bei der Polizei, daß die Leute sich aus fast allem herausreden können. Wir greifen fast schon zur Folter. Um falsche Geständnisse zu erzwingen. So stellt ihr von der Verteidigung das jedenfalls dar.«

Sie lächelte schief und schlug die Arme übereinander.

»Ich habe heute nachmittag Cecilie besucht«, sagte Karen.

»Wenn ich dich hergebeten habe, dann, weil ich deine Argumente ja gut verstehe«, sagte Hanne. »Und auch mir geht es nicht darum, Halvorsrud das Leben noch schwerer zu machen.«

»Es hat gutgetan, sie zu sehen. Gutgetan und zugleich schrecklich wehgetan. Seltsam.«

Karen legte die Hand auf Hannes Unterarm.

»Ich freue mich so, daß es zwischen euch besser läuft«, sagte sie leise. »Cecilie scheint das sehr zu helfen.«

»Ich an deiner Stelle«, sagte Hanne, »würde ihm das ausreden.«

Sie wich fast unmerklich einen Schritt zurück und fügte dann hinzu: »Ich werde sehen, was ich bei der Aktennotiz machen kann. Ich werde sie ein wenig drehen. So weit das möglich ist. Ich kann so ungefähr schreiben, daß er einfach verzweifelt war und um ein Gespräch bat. Und so weiter und so weiter.«

Karen Borg ließ ihre Hand sinken.

»Was wird am Montag?« fragte sie deutlich resigniert. »Mit der Beerdigung, meine ich.«

»Ich werde sehen, was ich machen kann.«

Hanne wich noch weiter zurück und blies sich die Haare aus den Augen.

»Bitte keine Wiederholung der Rashool-Sache«, bat Karen Borg. »Vergiß die Handschellen und diesen ganzen Kram, bitte. Die machen sich bei Beerdigungen einfach nicht gut.«

Hanne zeigte deutlich, daß sie in ihr Büro zurück wollte. Karen hielt sie mit einer Handbewegung auf. Hanne starrte konzentriert die Micky-Maus-Pflaster an und lächelte ein wenig.

»Kannst du schlafen?« fragte Karen.

»Ich an deiner Stelle«, fing Hanne an und schaute sich verschwörerisch zu Karen um, »wenn ich Halvorsruds Anwältin wäre, dann würde ich die Sache mit der Haft noch einmal überprüfen lassen. Stell doch einfach einen Antrag! Der Mann wünscht sich irgendeinen Haftersatz. Versuch das doch. Meldepflicht. Von mir aus zweimal täglich. Mach einen Versuch. Bail the guy out.«

»Bail? Kaution?«

»Ja. Das ist doch auch in Norwegen möglich. Daß es nie gemacht wird, heißt nicht, daß es verboten wäre. Sieh dir Paragraph 188 an. Seine Tochter ist sehr krank. Der Mann hat Freunde im System. Er sieht elend aus. Das hast du ja selbst gesagt. Also reiß dich zusammen und mach einen Versuch.«

Karen Borg schüttelte langsam den Kopf. Jetzt stellte sie sich quer vor die Tür, so breitbeinig, wie das in ihrem engen Rock möglich war. »Was ist nur in dich gefahren?«

»Aber hör doch mal«, sagte Hanne leise und eifrig, ihr Gesicht war nur zehn Zentimeter von Karens entfernt. »Was die überzeugenden Verdachtsmomente angeht, so haben wir Halvorsrud an den Eiern. Es würde ihm doch jetzt arg schwer fallen, noch Beweise verschwinden zu lassen. Wir haben sein Haus durchkämmt. Wir haben eine Unmenge von Zeugen verhört. Wir haben bei seiner Familie und in seinem Büro alles beschlagnahmt, was von irgendeinem Interesse sein kann. Und noch viel mehr, um ehrlich zu sein. Wiederholungsgefahr? Wohl kaum.«

Sie tippte sich mit dem Zeigefinger an die Stirn und sagte dann: »Soll die Kleine vielleicht draufgehen, ehe Papa ihr helfen darf?«

Karen Borg gab keine Antwort. Sie musterte Hannes Augen. Die waren von einem dunkleren Blau als in ihrer Erinnerung. Der markante schwarze Rand um die Iris schien gewachsen zu sein. Etwas Neues war in Hannes Augen gekommen. Ihre Pupillen waren groß, und für einen Moment konnte Karen dort ein weitwinkliges Spiegelbild ihrer selbst sehen.

»Und was ist mit Paragraph 172?« flüsterte sie und versuchte, Hanne von der Tür fortzuschieben. »Ich möchte nicht, daß er uns hört.«

»Haft auf Grundlage besonders schwerwiegender Verbrechen?«

Karen nickte. Hanne seufzte demonstrativ und weigerte sich, einen Schritt zu tun.

»Ist dir klar, wo derzeit die durchschnittliche Anzahl von U-Hafttagen liegt?«

»Irgendwo in den sechzigern.«

Jetzt stemmte Karen Borg beide Handflächen gegen

201

Hannes Schultern und gab erst nach, als die Hauptkommissarin und die Tür durch zwei Meter getrennt waren.

»Siebenundsechzig Tage«, präzisierte Hanne Wilhelmsen. »In Norwegen sitzen die Leute ohne Urteil siebenundsechzig Tage hinter Schloß und Riegel. Im Durchschnitt. Und das ist ein Skandal. Nein ... versuch es mit unverhältnismäßigen Maßnahmen. Benutz die Kleine. Versuch es doch einfach. Sei nicht so verdammt feige.«

Karen konnte sie nicht mehr aufhalten. Hanne drängte sich an ihr vorbei und öffnete die Bürotür. Sigurd Halvorsrud saß noch immer so da wie während der ganzen Zeit: mit geradem Rücken und den Händen im Schoß. Er schaute kurz auf, dann richtete er seinen Blick wieder auf etwas, das sich auf der anderen Seite der dunklen Fensterscheibe befand.

»Sind Sie jetzt bereit, über die Sache zu sprechen?« fragte er.

»Nein«, sagte Hanne Wilhelmsen. »Ich bin dazu bereit, Sie ausgiebig mit Ihrer Anwältin sprechen zu lassen. Ich selber möchte nach Hause und ins Bett.«

Sie beugte sich über die Sprechanlage und bat, zwei Wärter aus dem Arrest heraufzuschicken.

»Jetzt könnt ihr in aller Ruhe hier sitzen«, sagte sie zu Halvorsrud. »Und wir reden morgen weiter, wenn Sie dann noch immer etwas auf dem Herzen haben. Okay?«

»Sie behandeln mich wie ein Kind«, sagte er leise, noch immer, ohne sie anzusehen.

»Nein«, sagte Hanne Wilhelmsen und schnippte mit den Fingern.

Er fuhr zusammen und wandte den Kopf.

»Ich behandle Sie so, wie es meine Pflicht ist«, sagte sie. »Ich versuche, in diesem Fall die Wahrheit zu ermitteln. Es ist nicht meine Aufgabe, Sie zu einem Geständnis zu bringen. Sondern ein Geständnis zu erwirken, wenn es wahr ist.«

»Sie glauben mir«, sagte er tonlos. »Sie wissen, daß ich unschuldig bin.«

»Das habe ich nicht gesagt«, erwiderte Hanne und versuchte, ihre Stimme weniger hart klingen zu lassen. »Das habe ich durchaus nicht gesagt.«

Zwei uniformierte Männer traten in die Tür. Der eine blies eine Kaugummiblase auf. Hanne beschloß, das zu ignorieren.

»Anwältin Borg kann hier so lange mit ihrem Mandanten sprechen, wie sie möchte. Ihr stellt euch vor die Tür. Du solltest aber sicher bald machen, daß du zu deiner Familie zurückkommst.«

Der letzte Satz war an Karen gerichtet.

»Meine Mutter ist zu Besuch«, sagte Karen leichthin. »Sie paßt auf die Kinder auf. Håkon ist… Håkon ist heute abend unterwegs.«

Karens Lächeln war flüchtig und unmöglich zu deuten. Hanne gähnte ausgiebig.

»Dann bis dann«, sagte sie und zog eine Lederjacke mit Fransen und indianischer Perlenstickerei an. »Ruf mich morgen an, wenn etwas sein sollte. Ich hab das Handy eingeschaltet.«

Als sie die Tür hinter sich zuzog, konnte sie sich nicht mehr beherrschen.

»Kaugummi paßt verdammt schlecht zu dieser Uniform«, sagte sie scharf zu dem einen Uniformierten. »Es macht ganz einfach einen miesen Eindruck.«

Der Mann verschluckte das rosa Zeug auf der Stelle.

203

43

Die Tür war unverschlossen.

Das Alarmsystem war ausgeschaltet. Mit anderen Worten: das Sicherheitsschloß war offen. Als sie in den Spalt zwischen Tür und Rahmen schaute, sah sie, daß auch das Yale-Schloß geöffnet worden war.

Cecilie konnte es nicht sein. Der Arzt hatte gesagt, sie könne frühestens Mitte nächster Woche nach Hause. Hanne Wilhelmsen starrte angespannt auf die Tür und spürte, wie ihr Puls sich beschleunigte, als warte sie darauf, daß plötzlich jemand aus ihrer Wohnung auftauchte.

Ihr Blick haftete am Türschild: HW & CV.

Sie hatte kaum darüber nachgedacht, wie verletzend das war. Als sie die Messingplatte angeschafft hatte, waren ihr die nichtssagenden Initialen als gute Idee erschienen. Es war doch besser, nicht herauszuposaunen, daß hier zwei Mädels hausten. Frauen, die vergewaltigt werden könnten. Cecilie hatte sich Hannes Polizeiargumente angehört und leise vorgebracht, daß »Wilhelmsen & Vibe« auch nicht zuviel verraten hätte. Mürrisch und ein wenig sauer hatte Hanne das Schild angebracht, und seither war der Fall nicht wieder erwähnt worden.

Vorsichtig legte sie die Hand auf die Klinke.

Sie hörte, daß jemand in der Wohnung war. Als sie das Ohr an die Tür hielt, glaubte sie, Küchengeräusche zu erkennen. Klirrende Töpfe und ein sprudelnder Wasserhahn. Dann riß sie die Tür auf und stürmte in die Diele.

»Hallo«, rief sie laut und hörte ihre Stimme zittern.

Keine Antwort. Es duftete nach Essen, nach Ingwer und Koriander.

»Hallo«, sagte Håkon Sand; er schaute aus der Küche und lächelte breit. »Du kommst aber spät.«

»Du hast mir eine Höllenangst eingejagt«, murmelte Hanne und kratzte sich kurz am Ohr. »Ich wäre vor Schreck fast tot umgefallen.«

»Tut mir leid«, sagte Håkon nicht sonderlich überzeugend. »Ich hatte ja die Schlüssel. Und dachte, daß du im Moment sicher nicht sehr viel ißt. Eine Nachtmahlzeit hatte ich ja eigentlich nicht eingeplant, aber dann hat Karen mich angerufen und gesagt, daß du spät kommst.«

»Das hätte ich auf jeden Fall getan«, sagte Hanne.

Sie wußte nicht so recht, wie ihr zumute war. Noch immer schlug ihr Puls wegen dieser Überraschung schnell und hart, und das ärgerte sie. Sie war nicht schreckhaft. Sonst nicht. Außerdem hatte sie sich dilettantisch verhalten. Wenn wirklich ein Einbrecher in der Wohnung gewesen wäre, hätte sie zu Schaden kommen können. Richtiger wäre es gewesen, sich zurückzuziehen, Verstärkung zu holen und zu warten.

Sie hatte Hunger. Einen ganz gewaltigen Hunger.

Nicht, daß ihr das nennenswert zu schaffen gemacht hätte; sie konnte sich kaum erinnern, wann sie zuletzt Appetit verspürt hatte. Jetzt aber spürte sie ein wütendes Bohren im Zwerchfell, und ihr fiel ein, daß sie seit dem frühen Morgen nur zwei trockene Brotscheiben mit Krankenhauskäse gegessen hatte.

»Was hast du denn gekocht?« fragte sie und versuchte zu lächeln.

»Etwas Leckeres.«

»Du kochst immer leckere Sachen.«

Hanne setzte sich an den Küchentisch. Ein Stechen im Nacken veranlaßte sie dazu, den Kopf hin und her zu bewegen. Der Tisch war schön gedeckt, mit dem Silber, das Cecilie von ihrer Großmutter geerbt hatte, und zwei Kerzenhaltern, an die Hanne sich nur vage erinnerte. Die Serviette vor ihr war kunstvoll zusammengefaltet.

»Die sieht aus wie ein Schwan«, sagte sie leise und schnitt eine Grimasse, weil sie Kopfschmerzen heraufziehen fühlte. »Du bist lieb, Håkon.«

»Ich bin nicht lieb«, sagte er und legte den Kochlöffel weg. »Ich habe dich lieb. Das ist etwas ganz anderes. Jetzt ißt du ein bißchen, und dann massier ich dir den Nacken.«

Er zeigte mit einem Quirl auf sie, dann machte er sich damit rasch und geübt im Soßentopf ans Werk.

»Und danach schläfst du. Ohne Wecker. Was macht der Halvorsrud-Fall?«

Hanne atmete schwer. Eine fremde Wärme breitete sich in ihrem Körper aus. Sie streifte die Jacke ab, blieb dann still sitzen und fragte sich, wie sie sich eigentlich fühlte. Sie griff zum Wasserkrug und goß sich ein Glas ein. Ihre Hand zitterte leicht, und sie kleckerte. Dann ging ihr auf, daß sie sich über den Besuch freute. Sie hatte Hunger, und bald würde es etwas zu essen geben. Sie hatte Kopfschmerzen und würde massiert werden. Sie war zum Umfallen müde und würde vielleicht nicht allein schlafen müssen.

»Bleibst du heute nacht hier?« fragte sie ins Leere hinein.

»Wenn du willst«, sagte Håkon lässig. »Auf jeden Fall kann ich hierbleiben, bis du eingeschlafen bist.«

Sie aßen schweigend.

Hanne verzehrte wortlos vier Portionen Heilbutt mit Ingwersoße. Als sie dann endlich unwillig Messer und Gabel weglegte und widerwillig den Schwan demontierte, um sich den Mund zu wischen, schaute sie Håkon an und sagte: »Irgend etwas an diesem Ståle Salvesen macht mir zu schaffen.«

Håkon gab keine Antwort. Er nahm ihr den Teller weg, wischte sich die Hände an einer schmuddeligen Schürze ab und trat hinter ihren Stuhl.

»Zieh dein Hemd aus«, sagte er dann.

Seine Hände fühlten sich auf ihren nackten Schultern

feuerheiß an. Sie schauderte leicht und schloß die Augen. Seine Daumen drückten auf zwei wehe Punkte unterhalb der Schulterblätter, und sogleich sträubten sich ihre Nackenhaare. Sie stöhnte leise und ausgiebig.

»Etwas mit seiner Wohnung«, flüsterte sie atemlos. »Etwas, das ich gesehen habe. Oder vielleicht gefunden. Oder nicht gefunden. Mir fällt nur nicht ein, was es war.«

»Vergiß es«, sagte er leise. »Vergiß es für heute nacht.«

44

Es war Sonntag, der 18. März, und an diesem Abend fühlte Hausmeister Karlsen sich ziemlich mies. Er hatte am Vorabend beim Schnaps ein wenig zu sehr zugelangt. Karlsen war nichts Stärkeres gewöhnt als ab und zu einen Schuß in den Kaffee. Purer Schnaps war zuviel für ihn. Er war ja schließlich nicht mehr der Jüngste. Zu Kriegszeiten, auf Landurlaub in Amerika, war es manchmal richtig heiß hergegangen. Aber jetzt nicht mehr. Jetzt nahm er nur einen Tropfen, wenn es in seinen Träumen gar zu sehr von Wölfen mit deutschen Helmen wimmelte und der Schlaf sich nicht wieder einstellen wollte.

Hausmeister Karlsen betrauerte seinen Freund Ståle Salvesen.

Und wenn er ehrlich sein wollte, dann ärgerte er sich auch ein wenig. Wenn sein Kumpel vorgehabt hatte, dieses irdische Jammertal zu verlassen – was Karlsen gut verstehen konnte, so, wie die verdammte Obrigkeit mit ihm umgesprungen war – dann hätte er ja wohl irgendein Signal geben können. Eine Art Abschiedsgruß. Karlsen sah ja ein, daß der Mann ihm nicht von seiner düsteren Absicht hätte erzählen können – dann hätte der alte Kriegsmatrose sich doch alle Mühe gegeben, seinem Freund das wieder auszureden. Das Leben hatte doch noch immer die eine oder andere Freude zu bieten. Die guten Abende in dem winzigen Wohnzimmer mit leisem Gespräch und etwas Negerjazz vom Plattenspieler hatten zumindest Karlsen immer gewärmt.

Er seufzte tief und starrte ungeduldig auf das Aspirin, das sich offenbar im Wasserglas nicht auflösen mochte. Dann hob er den Blick und ließ ihn auf Klaras Foto ruhen. Noch immer zeigte der Rahmen den schmalen schwarzen Trauerflor, den er am Tag ihrer Beerdigung gekauft hatte. Beim Anblick der üppigen Frau mit den Dauerwellen und der schönen Brosche auf der Brust traten ihm die Tränen in die Augen. Die Brosche hatte er von seiner Mutter geerbt und Klara zur Verlobung geschenkt. Ärgerlich schüttelte er den Kopf und leerte die Medizin in einem Zug. Der bittere Geschmack ließ ihn zusammenschauern, und er hätte gern den letzten Schluck aus der Schnapsflasche getrunken.

Das tat er aber nicht.

Und dann ging es ihm auf: Ståle Salvesen hatte ihm sehr wohl ein Zeichen gegeben. Eine Vorwarnung, eine Art Lebewohl. Natürlich hatte er das.

Hausmeister Karlsen stand auf und kochte sich noch einen Kaffee. Er fühlte sich jetzt besser. Ståle hatte nur ihn gehabt. Nur auf ihn, Ole Monrad Karlsen, hatte Ståle sich verlassen können. Und deshalb hatte er ihn um einen letzten Dienst gebeten. Natürlich hatte Karlsen sich über diese Bitte gewundert, aber jetzt begriff er alles.

Ståle Salvesen hatte sich verabschiedet.

Auf seine Weise.

45

Mustafa Özdemir stand zu seinem Wort. Schon um halb zehn meldete er sich am Informationstresen im geräumigen Foyer des Polizeigebäudes und bat um ein Gespräch mit Karianne Holbeck. Es war Montagmorgen, und er hatte eine wichtige Verabredung. Entsprechend hatte er sich angezogen, braune Hose und Schuhe, blaues Hemd. Sein Schlips war alt und vielleicht ein wenig zu breit, aber er nahm das nicht so genau. Die Polizistin mußte sich zufrieden geben, ein Schlips war immerhin ein Schlips. Die Jacke war großkariert und ein wenig eng. Mustafa Özdemir fühlte sich trotzdem wohl; er war frischgeduscht und hatte außerdem fast eine Viertelstunde mit dem Zurechtstutzen seines soliden, rabenschwarzen Schnurrbarts verbracht.

Karianne Holbeck durchfuhr bei seinem Anblick ein Stoß der Erleichterung. Er sah zwar genauso aus, wie sie erwartet hatte; sie hatte nie begriffen, warum alle Männer aus seiner Gegend einen Schnurrbart hatten. Vielleicht war es wie mit den Leuten aus Trondheim. Sie mußten einfach etwas unter der Nase haben. Aber dieser Mann stank immerhin nicht nach Schweiß, und er war gepflegt gekleidet – wenn auch reichlich altmodisch.

»Setzen Sie sich«, sagte sie und zeigte auf einen Stuhl. »Schön, daß Sie gekommen sind.«

»Das war doch verabredet, oder?«

Er wirkte ein wenig verärgert, als habe in ihrer Bemerkung der Vorwurf der Unpünktlichkeit gelegen. Was ja auch stimmte, und sie versuchte die Stimmung dadurch zu verbessern, daß sie ihm Kaffee anbot.

»Nein, vielen Dank«, sagte er abwehrend und schwenkte dabei eine Hand. »Wenn ich Kaffee trinke, dann kriege ich Magenprobleme, wissen Sie.«

209

Özdemir schnitt eine vielsagende Grimasse und lächelte danach breit.

Hanne Wilhelmsen betrat, ohne anzuklopfen, Karianne Holbecks Büro.

»Mustafa«, sagte sie überrascht und streckte die Hand aus. »Du bist das?«

»Hanna«, er strahlte und sprang auf. »Hanna!«

»Hanne«, flüsterte Karianne Holbeck und errötete stellvertretend für den Mann ein wenig. »Sie heißt Hanne. Mit einem E.«

»Hanna, meine Freundin.«

Er mochte Hannes Hand gar nicht wieder loslassen.

»Warum bist du hier, Hanna? Kennst du diese Dame?«

Er zeigte auf Karianne Holbeck und schien eine Bekanntschaft der beiden Frauen für vollständig unvorstellbar zu halten. Dann setzte er sich wieder. Hanne Wilhelmsen blieb an die Tür gelehnt stehen, es gab keinen dritten Stuhl.

»Ich arbeite hier«, sagte sie und schaute ihm lächelnd in die dramatisch aufgerissenen Augen. »Ich arbeite bei der Polizei.«

»Das hast du mir nie erzählt«, jammerte er. »Meine Güte. Meine Hanna ist Polizei!«

Er beugte sich über den Tisch zu Karianne Holbeck vor, der war sein lässiger Umgang mit der Hauptkommissarin offenbar peinlich.

»Hanna ist meine Lieblingskundin«, sagte er und richtete einen mit schwarzen Haaren überwucherten Finger auf Hanne. »So viele gehen zu Sultan in der Thorvald Meyers gate.«

Er verzog traurig das Gesicht und schnalzte leicht mit der Zunge.

»Alle wollen zu Sultan, wissen Sie. Aber nicht Hanna. Sie kommt zu Özdemir Import. Immer, wissen Sie.«

»Ich kann noch einen Stuhl holen«, sagte Karianne Hol-

beck und versuchte, sich an Hanne Wilhelmsen vorbeizu-
drängen.

»Nein, das kann ich selber. Nimm schon mal die Personalien auf.«

Schon nach einer knappen Minute war sie wieder da.

»Ich habe gehört, du hattest im vergangenen Herbst einen
spannenden Anruf«, sagte sie und setzte sich. »Erzähl doch
mal davon.«

Karianne Holbeck fühlte sich überfahren. Und war beleidigt. Daß die Hauptkommissarin einfach ins Zimmer gekommen war, ohne auch nur kurz anzuklopfen, war das
eine. Schlimmer war, daß sie jetzt offenbar die Vernehmung
leiten wollte. Nicht, indem sie selbst die Verantwortung
übernahm; es war deutlich, daß Hanne Wilhelmsen nicht
eine Zeile des Berichts schreiben wollte, zu dem dieses Gespräch notwendigerweise führen mußte. Denn dann hätte
sie das Verhör in ihr Büro und zu ihrem eigenen Computer verlegt. Karianne Holbeck hätte die Hauptkommissarin
gern weggeschickt. Aber sie holte eine weitere Tasse und
schenkte ein, ehe sie sie vor Hanne Wilhelmsen hinstellte.

Mustafa Özdemir begann mit seinem Bericht.

Seine Stimme klang jetzt ruhiger. Nach seinen einleitenden Elogen über Hanne Wilhelmsens Vortrefflichkeiten
hatte Karianne Holbeck ihn als redseligen und aufdringlichen Türken eingestuft. Jetzt war er ein ganz anderer. Die
braunen Augen unter den geraden, breiten Augenbrauen
hielten die ganze Zeit Blickkontakt mit einer der beiden
Polizistinnen. Die Geschichte seiner Steuerprobleme wurde
flüssig, klar und glaubhaft erzählt. Nach einer Rechnungs-
prüfung waren Mustafa Özdemir mangelhafte Buchführung und Steuerhinterziehung vorgeworfen worden. Er
selbst hatte geglaubt, alles beruhe auf einem lästigen
Mißverständnis. Er hatte sich sofort an einen Anwalt gewandt, und fünf Monate später waren die Ermittlungen ein-

211

gestellt worden. Das Problem war, daß sein Fall in einem Artikel in *VG* erwähnt worden war. Darin wurde über unsaubere Methoden in den inzwischen so beliebten und von Einwanderern betriebenen Gemüseläden berichtet und dabei Özdemir Import namentlich genannt. Darunter hatte natürlich der Umsatz gelitten. Und die Schadenersatzklage, die er gegen die Zeitung angestrengt hatte, schien nicht von der Stelle zu kommen.

»Aber vorher«, sagte er endlich und nahm sich eine Pastille aus einer Schachtel, die er dann seinen Gesprächspartnerinnen anbot, »ehe der Fall erledigt war, rief dieser Sigurd Halvorsröd an. Eines Abends, meine Frau war am Telefon. Sie mußte mich erst suchen. Ich war im Lager, wissen Sie. Er sagte, er könnte alles in Ordnung bringen.«

»Und er hat sich vorgestellt«, sagte Hanne Wilhelmsen langsam und schielte zu ihrer Kollegin hinüber. »Mit vollem Namen.«

»Ja, ja«, beharrte Özdemir und fischte einen zusammengefalteten Zettel aus seiner Hosentasche. »Hier seht ihr. Ich habe den Namen aufgeschrieben.«

»Sigürd Halvorsröd«, stand auf dem Zettel. Hanne hielt ihn zwischen Zeigefinger und Daumen und lutschte schmatzend ihre Pastille.

»Und dann«, fragte sie leicht nuschelnd. »Was ist dann passiert?«

Özdemir setzte sich anders hin und schlug das rechte Bein über das linke. Dann legte er die Fingerspitzen aneinander. Seine Hände bildeten ein Indianerzelt. Zum ersten Mal sah er keine der beiden an. Statt dessen betrachtete er einen Punkt zwischen den beiden Polizistinnen und sprach erst nach mehreren Sekunden weiter.

»Der erste Anruf war am 10. November«, sagte er langsam. »Das war ein ... Dienstag, stimmt das?«

Karianne Holbeck drehte sich um und schaute auf einen

Übersichtskalender des vergangenen Jahres, der hinter ihr an der Wand hing.

»Mm«, sie nickte. »Dienstag, der 10. November 1998.«

»Ich hab damals nicht viel verstanden, wissen Sie.«

Er sprach jetzt sehr viel langsamer, als durchsuche er seine Erinnerung und wolle nicht zuviel verraten.

»Dann sagte ich naja und so, und ich müßte mir das überlegen, ich …«

Er legte den Kopf schräg, und Hanne hätte schwören können, daß seine dunkle Haut ein wenig errötete.

»Ich war ziemlich verzweifelt über das Ganze, mußt du wissen. Norwegische Polizei und wir Ausländer …«

Er zuckte mit den Schultern und schaute Hanne Wilhelmsen vielsagend an. Sie lächelte kurz und ohne einen Blick zu ihrer Kollegin.

»Alles klar«, sagte sie kurz. »Du hattest also ein bißchen Lust dazu, mit anderen Worten.«

»Ich war aber nicht ganz sicher, was dieser Mann eigentlich meinte«, sagte Özdemir und schüttelte den Kopf. »Er war nicht … nicht ganz deutlich. Verstehst du?«

Wieder nickte Hanne Wilhelmsen.

»Hat er überhaupt von Geld gesprochen? Gesagt, daß du bezahlen solltest?«

»Nein … eigentlich nicht. Aber ich habe es doch begriffen, weißt du. Nein …«

Mustafa Özdemir ließ seinen Blick resigniert von einer zur anderen wandern.

»Es wäre viel besser, wenn ich genau sagen könnte, was der Mann gesagt hat. Aber es ist so lange her, weißt du. Ich weiß es nicht mehr so gut, aber ich habe begriffen, daß ich ihm Geld geben könnte, und dann würde mein Fall verschwinden. Aufgestellt werden. Nein, eingestellt, meine ich.«

Özdemir kratzte sich im Nacken.

»Meine Frau fragte, wer das war, weißt du. Ihr hatte seine Stimme nicht gefallen. Und sie hat mich schrecklich ausgeschimpft, als ich gesagt habe, daß er vielleicht helfen könnte.«

»Aber haben Sie etwas verabredet?« Karianne Holbeck meldete sich zum ersten Mal während dieser Vernehmung zu Wort. »Hat er Ihnen eine Nummer gegeben, die Sie anrufen könnten?«

»Nein, er wollte mich wieder anrufen.«

»Und hat er das getan?« fragte Hanne Wilhelmsen.

»Ja. Zwei Tage später. Wieder abends. Er wußte sicher, daß wir den Laden lange offen halten. Ich und meine Frau, weißt du, wir sind fast immer im Laden. Und auch meine Tochter. Du kennst ja Sophia, Hanna. Sie hat das Wirtschaftsgymnasium besucht.«

Ein weicher Zug breitete sich über sein Gesicht, als er seine Tochter erwähnte. Hanne wußte, daß Mustafa nur ein Kind hatte, diese zwanzigjährige Tochter. Warum Sophia ein Einzelkind war, konnte sie nicht sagen, aber die junge Frau wurde von ihren Eltern um so heißer geliebt und leider auch gar zu sehr beschützt. Hanne wußte, daß sie gern Medizin studieren wollte, daß der Vater jedoch forderte, sie müsse warten, bis sie fünfundzwanzig wäre. Sophia besuchte Abendkurse, um die Fächer nachzuholen, die sie für das Studium vorweisen mußte. Ihr Vater stand dreimal die Woche treu vor dem Privatgymnasium Bjørknes, um sie nach Hause zu bringen.

»Und was hat er diesmal gesagt?«

»Nicht sehr viel. Dasselbe wie beim ersten Mal. Aber diesmal war ich sehr stark und klar. Kommt nicht in Frage, habe ich gesagt. Er war... höflich. Wurde nicht sauer oder so. Sagte nur auf Wiedersehen. Danach habe ich nie wieder von ihm gehört. Aber...«

Er lächelte breit, und unter seinem Schnurrbart kamen seine weißen, ebenmäßigen Zähne zum Vorschein.

»Aber ich hatte ja einen guten Anwalt, weißt du. Der hat Ordnung geschaffen, und alles war gut.«

Hanne Wilhelmsen schloß die Augen.

»Ich möchte dich um einen großen Gefallen bitten, Mustafa. Wenn du nicht willst ... wenn dir das unangenehm ist oder so, dann sag einfach Bescheid. Du mußt das wirklich nicht machen.«

Sie riß plötzlich die Augen auf und starrte den Mann im großkarierten, engen Sakko an.

»Für meine Hanna kann ich alles tun.«

»Also«, sagte Hanne. »Es ist nicht so sehr für mich, sondern für die Polizei. Würdest du uns erlauben, die Telefongesellschaft um eine Liste aller Nummern zu bitten, die dich an den aktuellen Tagen angerufen haben? Ich weiß nicht einmal, ob es technisch möglich ist, aber auf jeden Fall brauchen wir dein Einverständnis.«

Mustafa Özdemir zögerte eine knappe Sekunde. Dann lachte er kurz.

»Von mir aus«, sagte er. »Ich habe nichts zu verbergen, weißt du.«

»Dann schreib das auf«, sagte Hanne zu Karianne und erhob sich. »Und stell eine Vollmacht aus, die wir Telenor vorlegen können.«

Sie hielt Mustafa Özdemir ihre Hand hin, und der sprang vom Stuhl hoch und umschloß sie mit seinen beiden.

»Danke, daß du dich gemeldet hast«, sagte Hanne Wilhelmsen.

»Du mußt bald zu mir kommen«, erwiderte er herzlich. »Bring deine schöne Freundin mit, dann bekommst du wunderbare Tomaten, die meine Frau in unserem Badezimmer gezogen hat.«

»Und auch dir vielen Dank«, sagte Hanne zu Karianne Holbeck, ehe sie das Zimmer verließ. »Nett von dir, die Papierarbeit zu übernehmen.«

»So ein kleiner Dank hilft immerhin ein wenig«, flüsterte Karianne fast lautlos und nickte kurz, als die Tür geschlossen wurde. »Aber nicht sehr viel.«

Dann fing sie an zu schreiben.

46

Zuerst glaubte Hanne Wilhelmsen, sie sei mit Billy T. zusammengestoßen. Der Mann war riesengroß, und als er sie mit einem Arm auf die Beine zog und mit dem anderen die Papiere auflas, die ihr hingefallen waren, geschah das mit einer Kraft, die ihr vertraut erschien. Als sie das Gesicht hob, sah sie, daß sie sich geirrt hatte.

»Verzeihung«, sagte der Mann unglücklich und wollte gar nicht wieder loslassen.

»Das war mein Fehler«, Hanne versuchte, sich von ihm zu befreien. »Lange nicht mehr gesehen.«

Er lächelte und knallte eine Visitenkarte auf die Papiere, die er inzwischen aufeinandergestapelt hatte.

»Iver K. Feirand, Hauptkommissar.«

»Herzlichen Glückwunsch«, sagte sie kleinlaut. »Wenn es auch viel zu spät kommt.«

»Ist erst zwei Monate her.«

Iver Feirand war ein frischbeförderter Kollege, der vor allem in Pädophiliefällen ermittelte. Er gehörte zu den wichtigsten Fachleuten des Landes. Nachdem Justizministerium, Anklagebehörden und Polizei zu Beginn der 80er Jahre erkannt hatten, daß Vergewaltigung von Kindern nicht nur im Ausland vorkam, hatten mehrere Ermittler sich spezialisieren können. Sie selbst meinten, sie bräuchten dreimal so viele Leute, aber wenige waren trotz allem besser als gar keine. Iver Feirand war im Laufe der Jahre bei In-

terpol in Lyon und bei Scotland Yard in London eingesetzt
worden und hatte noch dazu einen anspruchsvollen Lehr-
gang beim FBI mitgemacht. Er teilte Hannes Faszination für
alles, was die USA zu bieten hatten.

»Been up to?«

Er lächelte und streckte die Hände aus, um sich als Träger anzubieten. Hanne schüttelte den Kopf.

»Die Halvorsrud-Geschichte. Und zehn Tonnen andere
Fälle.«

Sie schaute vielsagend ihre fünf dicken Ordner an.

»O verdammt, was für ein Fall«, sagte er und ging mit ihr
zusammen weiter. »Wann werdet ihr den Typen knacken?«

»Weiß nicht. Ich weiß nicht mal, ob er es überhaupt getan hat.«

Iver Feirand lachte laut und herzlich.

»Du weißt nie, ob jemand irgend etwas getan hat.«

»So sollten wir ja eigentlich denken, bis sie verurteilt worden sind. Findest du nicht?«

Er zuckte mit den Schultern und war plötzlich ernst.

»Das Problem bei uns ist ja eher das Gegenteil«, sagte er
und schob die Hände in die Taschen. »Die Leute, die wir
schnappen, triefen geradezu vor Schuld. Aber es gelingt uns
viel zu selten, sie verurteilen zu lassen. Du dagegen...«

Er unterbrach sich und legte ihr die Hand auf die Schulter. Widerwillig drosselte sie ihr Tempo und drehte sich zu
ihm um.

»Ich höre Gerüchte, daß du dein Motorrad verkaufen
willst«, sagte er zögernd und kratzte sich an der Schläfe.
»Stimmt das?«

»Woher weißt du das?«

Hanne konnte sich einfach nicht erinnern, ob sie ihren
Plan, die Harley loszuwerden, anderen als nur Cecilie
gegenüber erwähnt hatte.

»Ist doch egal. Aber stimmt es?«

217

»Ich spiele mit dem Gedanken.«

»Warum?«

Hanne seufzte und setzte sich wieder in Bewegung. »Das ist meine Sache.«

»Stimmt was nicht mit der Mühle?«

»Doch. Ist völlig in Ordnung.«

»Wieviel willst du denn dafür?«

Sie hatten jetzt Hannes Bürotür erreicht. Iver Feirand vertrat ihr breitbeinig den Weg. Abgesehen von seinem kräftigen Blondschopf hatte er eine unheimliche Ähnlichkeit mit Billy T.

»Ich weiß nicht«, sagte Hanne genervt. »Ich habe mich ja noch nicht mal entschieden.«

Das stimmte nicht. Sie wußte, daß die Maschine wegmußte. Sie hatte versucht, nicht daran zu denken; sie wußte einfach noch nicht, wieso es für sie so wichtig war, dieses Motorrad nicht mehr zu haben.

»Wie oft ist es lackiert worden?« fragte Iver Feirand. »Ich meine, es war doch sicher nicht rosa, als du es gekauft hast?«

»Doch. So hatte ich es in der Fabrik bestellt.«

»Hör mal…«

Er kratzte sich am Hals.

»Wenn du verkaufen willst, dann sag Bescheid. Ich bin total interessiert, wenn der Preis okay ist. Meine Frau wird sauer sein, aber irgendwann muß ich ja auch mal an die Reihe kommen. Ich kann es ja neu lackieren. Ruf an, ja?«

Er tippte sich mit zwei Fingern an die Schläfe und lief zur blauen Zone zurück. Hanne schaute ihm noch einige Sekunden nach. Von hinten ähnelte er Billy T. nicht so sehr. Iver Feirand hatte einen viel fescheren Hintern.

»Hundertzwanzigtausend vielleicht«, murmelte sie. »Mindestens.«

47

Ein Junge von vielleicht zwölf Jahren stand allein vor der Versammlung. Er trug einen bodenlangen, weißen Kittel, der ihm ein wenig zu groß war. Seine Hände hatte er brav vor seinem Bauch gefaltet. Vielleicht war ihm streng befohlen worden, sich so hinzustellen, aber sein ausdauerndes Däumchendrehen konnte auch darauf hinweisen, daß der Junge einfach nervös war und nicht wußte, wohin mit seinen bleichen Fingern. Blonde Locken umgaben seinen Kopf wie ein Heiligenschein, und seine Stimme wanderte hell und sakral an den nackten gelben Terrakottawänden entlang.

»Leben ist lieben«, sang der Junge, und damit war die Trauerfeier beendet.

Billy T. öffnete die Augen.

Er saß unbequem und gab sich alle Mühe, vor der zahlreich vertretenen Trauergemeinde die Kapelle zu verlassen.

Alle waren gekommen. Der Generalstaatsanwalt saß in der zweiten Bankreihe, lang und schlank und offenbar über die harten Bänke ebenso unglücklich wie Billy T. Dazu wollten mindestens sechs landesweit bekannte Anwälte Doris Flo Halvorsrud die letzte Ehre erweisen, falls Billy T. richtig gezählt hatte. Des weiteren befand sich in der Kapelle eine unglaubliche Ansammlung von Staatsanwälten sämtlicher Gerichtsinstanzen. Alle zögerten, ehe sie den Mittelgang betraten. Alle reckten Rücken und Hals und wollten gesehen werden. Von Halvorsrud, der in der ersten Bank saß und sich kaum von seiner Tochter befreien konnte, und von einander.

Nur die Polizei strebte nach Diskretion.

Am Rande der ersten beiden Bankreihen saßen insgesamt vier in dunkle Zivilanzüge gekleidete Polizisten. Ein geübtes Auge hätte sie gleich im ersten Moment identifizieren können. Ihre Anzüge schienen ihnen unangenehm zu sein; immer wieder bewegten sie die Schultern, zupften an ihren Hosen und verrieten damit, daß sie an eine funktionellere Kleiderordnung gewöhnt waren. Außerdem hafteten die Blicke der Männer anderthalb Stunden lang an Sigurd Halvorsrud. Während alle anderen versuchten, ihn nicht anzustarren – was ihnen schwerfiel; die meisten waren nur zu neugierig darauf, wie Halvorsrud nach zwei Wochen Untersuchungshaft aussah –, richteten die Polizisten schamlos ihre Blicke ununterbrochen auf die eigentliche Hauptperson dieser Trauerfeier.

»Das ist eine seltsame Demonstration«, sagte Billy T. trocken zu Karen Borg, als sie auf dem Kiesweg vor der Kapelle auf ihn zukam und mit einer weichen Kopfbewegung grüßte.

»Eine Demonstration«, wiederholte sie tonlos und schaute zur Treppe hinüber, wo Halvorsrud die leisen, aber dennoch tief empfundenen Beileidsbekundungen der mehr oder weniger kompletten Anklagebehörden entgegennahm. »Wie meinst du das?«

»O. J. Simpson«, erklärte Billy T. »Alle weißen Amerikaner hielten ihn für schuldig. Und alle schwarzen stritten das ab.«

»Ach was«, sagte Karen Borg gleichgültig.

»Verstehst du nicht? Die Polizei hält Halvorsrud für schuldig. Die Anklagebehörden können das nicht glauben. Um nichts in der Welt. Er gehört doch zu ihnen. Juristen gegen Polizei. Die alte Geschichte.«

Er zupfte sich am Ohrläppchen, in dem das Petruskreuz zur Feier des Tages einem kleinen Diamanten hatte weichen müssen.

»Ziemlich provozierend«, sagte er dann. »Andererseits ist es ja auch ein rührender Anblick, daß ihr Juristen auch mal zusammenhalten könnt. Meistens geht ihr einander doch an die Gurgel.«

Er musterte Karen Borg von Kopf bis Fuß, als habe er sie gerade erst entdeckt, und stieß einen leisen Pfiff aus. Sie trug ein schlichtes, anthrazitfarbenes Kostüm und eine schwarze, kragenlose Bluse. Über ihrem Arm lag ein Umhang. Ein Riß in der Wolkendecke hatte der Sonne plötzlich, als die Menschen anfingen, aus der Kapelle zu strömen, Kraft geschenkt.

»Gut siehst du aus«, sagte Billy T. und streichelte ihren Jackenärmel.

»Ebenso«, antwortete sie mit leichtem Lächeln. »Gut, daß du gescheit genug bist, dieses schreckliche Satanskreuz bei solchen Anlässen wegzulassen.«

»Das ist kein Kreuz«, Billy T. seufzte resigniert. »Das ist ein stilisierter Thorshammer. Ich habe es so satt...«

Er verstummte. Der Generalstaatsanwalt kam vorbei, nickte langsam und bedachte Karen Borg mit einem reservierten Lächeln. Neben ihm gingen zwei dunkelgekleidete Männer. So, wie sie sich einen Schritt hinter ihrem Chef hielten, konnten sie für Leibwächter gehalten werden; sie gingen mit rhythmischen und festen Schritten. Aber da der eine stark übergewichtig war und der andere knapp eins siebzig, hätte der Generalstaatsanwalt selbst eingreifen müssen, wenn sich eine unvorhergesehene Bedrohung gezeigt hätte.

»O. J. Simpson war schuldig«, sagte Karen Borg.

»Was?«

»Er hatte seine Exfrau und deren Liebhaber umgebracht. Offenkundig.«

Sie strebte jetzt dem Parkplatz zu. Billy T. schlurfte hinter ihr her durch den Kies.

»Ich muß schon sagen!« Er lachte kurz. »Der Mann wurde freigesprochen, wenn ich die Dame an eine so belanglose Tatsache erinnern darf.«

221

Karen Borg drehte sich zu ihm um. »Habt ihr schon einen Namen?«

Billy T. schüttelte den Kopf und blickte aus zusammengekniffenen Augen zu der unruhigen Wolkendecke hoch, die sich schon wieder vor die Sonne geschoben hatte.

»Nein. Sie wird namenlos bleiben, wenn wir uns nicht zusammenreißen. Tone-Marit steht auf diese modernen Namen, Julie, Amalie oder Matilde. Auf sowas. Ich hätte lieber was Reelles. Ragnhild oder Ingeborg. Etwas in der Richtung.«

»Wie geht es O. J. Simpson jetzt, was meinst du?«

Karen öffnete die Tür ihres alten blauen Audi.

»Verdammt mies, wie es aussieht«, sagte Billy T.

»Genau. Weil alle im Grunde wissen, daß er es war. Das ist bei Halvorsrud anders. Wenn die Anklagebehörden…«

Karen Borg nickte zu den vielen dunkelgekleideten Männern hinüber, die jetzt auf dem überfüllten Parkplatz in ihre Wagen stiegen. Das leise Knallen der Autotüren klang wie ein stockender, unfertiger Trauermarsch.

»Wenn diese Menschen offenbar an Halvorsruds Unschuld glauben, dann spielen dabei keine sozialen Gegensätze mit. Nicht das schwarze Amerika hat an O. J. Simpsons Unschuld geglaubt. Sondern das schwarze, arme Amerika. Oder eher, es war ihnen egal, ob er schuldig war. Für sie war der Mann über Schuld und Unschuld erhaben. Er wurde zum Opfer der weißen Macht. Sie konnten ihn nicht verurteilen. Dann hätten sie sich selbst verurteilt. Also stell hier keine hoffnungslosen Vergleiche an. Halvorsrud ist unschuldig. Das, was ihr ihm vorwerft, hat er ganz einfach nicht getan.«

»Meine Güte, das war aber heftig«, sagte Billy T. und strich sich über den Schädel.

Karen Borg stand schon so lange vor der offenen Autotür und sprach noch dazu so laut, daß die anderen sie jetzt anstarrten. Sie stieg ein und schloß die Tür. Billy T. klopfte mit den Fingerknöcheln an die Scheibe. Er konnte sehen, daß sie resigniert seufzte, ehe sie das Fenster halb öffnete.

»Du irrst dich«, sagte er und stützte sich mit den Unterarmen auf das Autodach. »Deine etwas leichtfertige Analyse des Simpson-Falls ist sicher einigermaßen richtig. Aber wenn du die Parallelen zwischen beiden Fällen nicht siehst, dann hast du dich an deinem Verteidigungsauftrag blindgestarrt.«

Karen Borg kurbelte mit wütenden Handbewegungen das Fenster wieder nach oben.

»Warte«, kläffte Billy T. und packte das Glas. »Siehst du nicht, daß es eben gerade um Identifikation geht? Wenn Halvorsrud schuldig ist, dann ist das eine Niederlage für die gesamte Anklagebehörde. Deshalb sind sie hier. Sie wollen zeigen, daß sie zusammenhalten, daß sie nicht glauben können, daß einer von ihnen, aus ihrem Stand, mit ihrem Hintergrund, ihrer Ausbildung, mit genug Geld und Weib und Kind und Villa… das wäre zu arg. Halvorsruds eventuelle Schuld würde sie alle treffen. Sie fragen sich: Hätte ich es tun können? Die Antwort ist natürlich nein, und deshalb machen sie uns die gefährlichste Übung der Welt vor, die Leute, die das Gesetz vertreten und Lüge von Wahrheit trennen sollen: Sie identifizieren sich mit dem Schurken.«

Er schlug mit den Handflächen auf das Dach.

»Siehst du das nicht, Karen?«

Sie schaute ihn lange an.

»Ich habe eine Zeitlang geglaubt, daß du für seine Erklärungen offen bist«, sagte sie endlich. »Da habe ich mich wohl geirrt. Und Halvorsrud auch. Ich meine mich an eine Tirade darüber zu erinnern, daß du sein einziger Freund und überhaupt wärst. Blöd von uns beiden, natürlich. Sowas zu glauben, meine ich.«

Sie drehte den Zündschlüssel um.

Billy T. schüttelte den Kopf und trat vom Auto zurück.
Karen mühte sich mit dem ersten Gang ab, und der Motor
gab ein krächzendes Geräusch von sich, dann war er tot. Sie
machte noch einen Versuch, aber diesmal wollte die Kupplung nicht. Das Auto sprang zwei Meter vor, dann wurde
der Motor abgewürgt.

»Soll ich das machen?« mimte Billy T., dessen Gesicht nur
zehn Zentimeter von der Fensterscheibe entfernt war.

Sie sah ihn nicht einmal an. Beim dritten Versuch sprang
der Wagen an und rollte langsam auf die Straße, ohne daß
sie Billy T. eine Mitfahrgelegenheit angeboten hätte.

Er drehte sich um und ging zu dem Teil des Parkplatzes,
der eigentlich für Behinderte reserviert war. Dort wartete
ein Streifenwagen. Halvorsrud saß bereits auf dem Rücksitz. Auf der Treppe vor der Kapelle weinte Thea Halvorsrud verzweifelt, und zwei unbeholfene Brüder und eine fast
hysterische Tante versuchten vergeblich, sie zu trösten.

48

Wenn er die Augen schloß, sah er nicht den Sarg seiner
Frau. Doch an den wollte er denken. Er hatte sich keinen
braunen Sarg gewünscht. Niemand hatte ihn gefragt, aber
aus irgendeinem Grund hatte er ganz sicher mit einem
weißen gerechnet. Mit einem strahlendweißen Sarg und
einem schlichten Kranz aus roten Rosen auf dem Deckel.
Er hatte das mit bunten Blumen überladene braune Holz
gesehen – seiner und der Kinder Kranz wurde fast verdeckt –, und ihn hatte eine Wut erfüllt, mit der er nicht fertig wurde.

Er sah das Gesicht seiner Tochter.

Und öffnete die Augen.

Es war hell hier. Das starke, blauweiße Licht, das nichts über die Uhrzeit erzählte, würde ihn noch um den Verstand bringen. Er wünschte sich ein Fenster. Nur einen kleinen Spalt. Durch den er nicht fliehen konnte, der aber ein wenig von der Tageszeit berichten würde. Sie hatten ihm seine Uhr weggenommen. Er begriff nicht, warum. Wie er sich mit einem schlichten Lederarmband Schaden zufügen sollte, war zu hoch für Sigurd Halvorsrud.

Wieder senkte er langsam seine Lider.

Er sah Theas Gesicht. Er sah die großen verweinten Augen. Er sah ihren Mund, der lautlos Wörter formte, die er nicht sehen wollte. Er spürte ihre Hand in seiner, auf seinem Oberschenkel; ihren ganzen Körper, der sich so fest an ihn preßte, daß er fast nicht sitzen bleiben konnte. Er sah ihre Arme, die sie nach ihm ausstreckte, als er zum wartenden Streifenwagen geführt wurde. Er spürte ihren Blick im Rücken; zwei Strahlen, die sich durch das Jackett hindurchbrannten und es ihm schwer machten, aufrecht weiterzugehen.

Oberstaatsanwalt Sigurd Halvorsrud saß nun in der dritten Woche im Hinterhof des Polizeigebäudes. Die Zellen waren kaum dafür geeignet, länger als einen Tag bewohnt zu werden. Sie hatten ihm Verlegung angeboten. In ein Gefängnis außerhalb der Stadt; sie hatten mehrere Anstalten vorgeschlagen, von denen er wußte, daß sie moderner eingerichtet waren. Aber er wollte nicht. Er hatte kein Vertrauen zu ihnen. Alles, was sie ansonsten unternahmen, kam ihm feindselig vor. Er hatte sich an diesen Raum inzwischen gewöhnt. Er wollte im Polizeigebäude bleiben, und das hatten sie ihm erlaubt.

Plötzlich fuhr er hoch. Übelkeit stieg in ihm auf. Von den Füßen her. Sie spülte in harten Wellen durch seinen Leib, und er kam nicht dagegen an. Er erbrach sich so plötzlich, daß er sich nicht einmal mehr von seiner harten Pritsche ab-

225

wenden konnte. Sein weißes Hemd wurde mit den Resten der beiden Frühstücksbrote bespritzt.

Er wußte nicht mehr, womit die Brote belegt gewesen waren. Bestimmt mit Makrele in Tomatensoße. So schmeckte es jetzt aber nicht. Es schmeckte bittersüß nach Eisen.

Sigurd Halvorsrud spuckte fast eine Viertelstunde lang Blut, dann konnte er sich zur Tür schleppen und um Hilfe rufen.

49

Hanne Wilhelmsen hatte das Branchenbuch aufgeschlagen. Ihre Hände schienen das dicke Buch wie von selbst unter einer alten Nummer von *VG* hervorgezogen zu haben. Sie hätte schwören können, daß nicht sie selbst die Rubrik »Psychologen« aufgeschlagen hatte. Sie brauchte keinen Psychologen. Sie kannte zu viele von der Sorte.

Das Buch schloß sich mit einem dumpfen Knall, als Billy T. durch die halboffene Tür schaute.

»Es ist gleich halb sechs«, sagte er. »Und du kommst mit mir.«

Er streckte die Hand aus, wie um ein widerspenstiges Kind mitzunehmen.

»Komm schon, komm«, lockte er und grinste breit.

»Wohin denn«, fragte sie, erhob sich halbwegs und schluckte ein Gähnen hinunter.

Cecilie würde am nächsten Tag aus dem Krankenhaus kommen. Hanne wußte nicht so recht, ob sie sich wirklich darauf freute. Natürlich sehnte sie sich nach ihr. In den wenigen Nächten, in denen sie zu Hause geschlafen hatte und nicht im Krankenhaus, in der Hoffnung auf mehr als zwei

Stunden Dösen, hatte sie sich mit einer Sehnsucht in den
Schlaf geweint, die nur von den hilflosen Wünschen über-
troffen wurde, die sie empfand, wenn sie bei Cecilie saß.
Hanne wollte Cecilie zu Hause haben. Aber es kam ihr sicherer vor, wenn sie im Krankenhaus war. Sie hätte bestimmt noch mehr das Gefühl, Cecilie im Stich zu lassen,
wenn sie den ganzen Tag bei der Arbeit war und Cecilie
allein zu Hause wüßte.

»Nee. Kann nicht. Muß heute ganz viel im Haushalt erledigen. Wie war die Beerdigung?«

»In Ordnung. Aber du kommst jetzt mit mir.«

»Ich kann nicht, hab ich doch gesagt. Ich hab zu Hause
zu tun.«

Sie versuchte, sich die Haare zu einer Art Mittelscheitel
zu kämmen, den sie sich zugelegt hatte, weil sie es nie zum
Friseur schaffte. Der Pony wollte nicht, und sie spuckte sich
leicht auf die Finger und zog dann die Hand durch die
Haare.

»Worum geht es überhaupt?«

»Wirst schon sehen. Wenn du nicht kommst, schleppe ich
dich mit Gewalt davon. So gesehen ist das eine Art Ent-
führung.«

Hanne Wilhelmsen resignierte und folgte ihm, ohne
seine ausgestreckte Hand zu nehmen.

50

Sogar hier in der Bucht war das Wasser schaumbedeckt. Er
stand auf der mit Steinen ausgelegten Terrasse und schaute
aus zusammengekniffenen Augen in den Wind und hinüber nach Østerøya, dabei umklammerte er das schmiedeeiserne Geländer. Natholmen bot nicht viel Schutz, wenn der

Wind von Süden wehte, und er gab den Gedanken auf, zum Angeln auf den Fjord zu fahren. Eine Stunde zuvor hatte er am Kiosk in Solløkka das Nötigste für die kommenden Tage eingekauft. In weiser Voraussicht hatte er auch zwei Packungen tiefgefrorenen Kabeljau erstanden.

Das Ganze war ein phantastischer und unerwarteter Durchbruch.

Nichts weniger.

Als der Name auf dem Bildschirm aufgetaucht war, hatte er zu zittern begonnen. So mußte ein plötzlicher Lotto-gewinn sein, bildete er sich ein. Oder die überraschende und gänzlich unerklärliche Genesung von einer unheilba-ren, tödlichen Krankheit. Oder die Begegnung mit einem geliebten Familienmitglied, das man seit Jahren für tot ge-halten hatte. Eine heiße Welle spülte aus seinem Unterleib in sein Zwerchfell und zurück, und er stöhnte mehrmals laut auf.

Seit drei Jahren arbeitete er an dieser Sache!

Im April 1996 hatte er die Entschädigungssumme erhal-ten, die die Stadt Oslo ihm für eine verlorene und ruinierte Kindheit hatte zahlen müssen. Dazu strömte Geld herein, als »Rotlicht in Amsterdam« in immer neuen Übersetzungen erschien. Vor zwanzig Jahren hatte er hier einen Sommer verbracht; das war seine einzige schöne Erinnerung an die Jahre vor seiner Haft. Seine Tante hatte das Haus längst ver-kauft. Eivind Torsvik hatte den neuen Besitzer aufgesucht und ihm anderthalb Mal soviel geboten, wie das Grund-stück wert war. Der Mann hatte zwei Stunden Bedenkzeit gehabt. Der Anblick von fünf Millionen Kronen in einem Koffer hatte ihn dann überzeugt. Drei Wochen später war Eivind Torsvik eingezogen, mit zweihundert Kilogramm elektronischer Ausrüstung, einem Seesack voller Kleider und einem alten Sofa. Als die Zeit verging und er mit der Arbeit weiterkam, hatte er sich neue Möbel und eine Acu-

phase-Hi-Fi-Anlage gegönnt. Die Hütte am Hamburgkilen, ungefähr ein Dutzend Kilometer vom Zentrum von
Sandefjord entfernt, war Eivind Torsviks erstes wirkliches
Zuhause. Er hatte alles selbst geschafft. Er fühlte sich allein
wohl und wußte, daß es immer so bleiben würde.

Der Name hatte sich in ihn eingeätzt.

Eivind Torsvik setzte sich auf die Holzbank unter dem
Wohnzimmerfenster. Er horchte auf den Lärm der See und
die Schläge, die seine Haare seinen Wangen verpaßten. Er
schaute zu zwei Seeschwalben hinauf, die von den Sturm-
böen erfaßt wurden und dabei heisere, schrille Schreie aus-
stießen. Er füllte seine Lungen mit der salzigen Luft und
fühlte sich frei.

Jetzt war alles nur noch eine Frage der Zeit.

51

Das Kind war wirklich besonders schön. Der Kopf war
schön geformt, mit einem länglichen Hinterkopf, der jetzt
schon verriet, daß die Kleine keine große Ähnlichkeit mit
ihrem Vater haben würde. Die Haare fielen schwarz, weich
und bemerkenswert üppig in die Stirn und wippten über
den Ohren in angehenden Locken. Hanne Wilhelmsen
hatte noch nie einen norwegischen Säugling mit so langen
Wimpern gesehen. Sie krümmten sich über großen, leicht
schrägstehenden Augen, die kugelrund wurden, wenn das
Kind ins Licht schaute. Die Iris war von undefinierbarer
Farbe und würde wohl irgendwann braun werden. Die Lippen waren rot und zeichneten sich scharf von der weißen
Haut ab. Ein Saugbläschen auf der Oberlippe zitterte, als
Hanne behutsam mit dem kleinen Finger über das Kinn des
Kindes strich.

»Sie ist wirklich zum Fressen«, flüsterte sie. »Und sie hat überhaupt keine Ähnlichkeit mit dir.«

»Gott sei Dank«, flüsterte Billy T. zurück. »Ich sag sowas doch nur, weil es von mir erwartet wird. Ich war außer mir vor Erleichterung, als ich gesehen habe, daß sie rein gar nicht nach meiner Familie kommt.«

»Abgesehen von der Größe«, sagte Hanne und lachte leise, als sie unter der rosa Decke an den Füßen des Babys zog. »Sie ist doch sicher größer als normal?«

»Lang und schlank«, sagte Billy T. »Sechzig Zentimeter bei der Geburt. Und nur 3700 Gramm.«

Hanne legte sich das Kind besser in ihrer Armbeuge zurecht. Es war kurz vor dem Einschlafen. Die rechte Hand hielt einen Schnuller. Hanne versuchte, ihn in den kleinen Mund zu stecken, aber er wurde sofort ausgespuckt und landete auf dem Boden.

»Will nicht«, sagte Billy T. und setzte sich neben Hanne auf das Sofa. »Sie will ihn unbedingt in der Hand halten, aber nicht daran nuckeln. Cleveres Kind. Läßt sich nicht betrügen.«

Das Baby machte ein Bäuerchen. Ein schmaler Streifen aus Spucke und Milch sickerte aus seinem Mundwinkel. Hanne atmete tief durch die Nase und empfand den süßen Duft des Kinderatems wie einen Schlag ins Zwerchfell. Rasch kniff sie die Augen zusammen, um ihre Tränen zu unterdrücken.

»Ihr solltet euch auch ein Kind anschaffen«, sagte Billy T. und legte den Arm um Hannes Schultern. »Das hättet ihr schon längst tun sollen.«

»Muß ich sie nicht an meine Schulter legen, wenn sie aufstößt?« murmelte Hanne.

»Nicht doch. Sie schläft jetzt gut und atmet leicht. Warum macht ihr das nicht?«

Hanne schaute sich in Billy T.s Wohnung um. Erst vor

zwei Jahren hatte sie über einen Monat hier gewohnt, als sie und Cecilie für ein Jahr in die USA gegangen waren und der Mord an der Ministerpräsidentin Birgitte Volter sie zurück nach Norwegen gelockt hatte. Jetzt war alles anders. Seit Tone-Marits Einzug waren an die Wände Graphiken und in die Regale Bücher gekommen. Die riesige Stereoanlage war in einen Schrank verbannt worden, nur die Lautsprecher thronten noch immer neben der Dielentür unter der Decke. Es versetzte Hanne einen Stich, als sie sah, daß die damals von ihr genähten und aufgehängten Vorhänge ausgetauscht worden waren.

»Alles ist so anders«, flüsterte sie dem Kind zu.

Billy T. erhob sich und nahm das Kind vorsichtig von Hannes Schoß.

»Jetzt machst du bei Mama ein Nickerchen«, murmelte er und schlich ins Schlafzimmer.

Als er gleich darauf zurückkam, setzte er sich nicht Hanne gegenüber in den Sessel. Er ließ sich aufs Sofa fallen, wo er gesessen hatte, seit das Kind erwacht war – denn so hatten sie gemeinsam das Neugeborene bewundern und betrachten können. Er legte wieder den Arm um Hannes Schultern – ganz leicht –, und seine Fingerspitzen fuhren behutsam immer wieder über ihren Oberarm.

»Ich finde das alles nicht so verdammt leicht«, sagte er so leise, daß sie für einen Moment nicht sicher war, ob sie richtig gehört hatte.

»Was denn?«

»Das hier.«

Mit der freien Hand zeigte er vage auf das Zimmer.

»Die Wohnung. Die gehört irgendwie nicht mehr mir. Tone-Marit ...«

Jetzt flüsterte er kaum hörbar, als fürchte er, Tone-Marit könne aufgewacht sein, obwohl er sich doch eben erst davon überzeugt hatte, daß sie tief schlief.

»Ich will sie ja hier haben«, sagte er langsam. »Ich liebe ...
ich liebe das, was sie mit mir macht. Vieles davon jedenfalls.
Und das Kind ist wunderbar. Ich freue mich wahnsinnig
über das Kind. Ich bin glücklich über jedes Kind, das ich mir
zugezogen habe.«

Hanne lachte leise.

»Dir zugezogen«, wiederholte sie. »Das klingt wie fünf
Krankheiten.«

Billy T. legte die Füße auf den Tisch und rutschte auf dem
weichen Sofa noch dichter an sie heran. Sie spürte sein Kinn
an ihrem Ohr und merkte zugleich, wie sie sich entspannte.
Sie wußte nicht mehr, wann das zuletzt der Fall gewesen
war.

»Aber ab und zu könnte ich die Wände hochgehen«, sagte
er dann. »Ich habe das Gefühl, hier keine Luft mehr zu bekommen. Überall liegt Babykram herum. Im Badezimmer
riecht es nach Frau. Tone-Marit ist lieb und geduldig und
quengelt nicht so herum wie andere Frauen. Über Klo-
deckel und Zahnpasta und so. Aber mir kommt es vor ... Ich
tue Dinge, nur um sie zu ärgern.«

Er setzte sich auf und wandte sich zu Hanne um. Sein Gesicht war nur zehn Zentimeter von ihrem entfernt. Sie
starrte in seine eisblauen Augen, konnte das aber nicht lange
ertragen und ließ ihren Blick zu seinem Mund hinabwan-
dern. Der wirkte in dieser Nähe so groß; sie sah nur den
Mund; die trockenen, gesprungenen Lippen unter dem ko-
lossalen Schnurrbart, der häufiger kam und ging, als irgendwer das im Kopf behalten konnte; jetzt war er riesengroß,
und sie musterte jedes steife Haar darin und merkte, daß sie
nicht klar denken konnte.

»Und im Sommer heiraten wir auch noch«, sagte er durch
zusammengebissene Zähne. »Ich kann doch verdammt noch
mal nicht heiraten, solange ich nicht ... wenn ich das schon
jetzt so empfinde, wo das Kind erst gerade ... O Scheiße!«

»Ich muß gehen«, sagte sie hilflos und faltete die Hände in ihrem Schoß.

»Gehen?«

Er zog seinen Arm abrupt zurück und konnte seine Enttäuschung nicht verbergen.

»Mußt du gehen? Jetzt?«

»Ich hab doch gesagt, daß ich viel zu tun habe. Cecilie. Sie kommt morgen nach Hause. Ich muß putzen.«

Hanne stand auf und ging auf die Wohnungstür zu.

»Du hast nicht gesagt, warum ihr kein Kind adoptiert habt«, hörte sie ihn hinter ihrem Rücken.

Langsam, als wisse sie noch nicht, ob sie überhaupt antworten wolle, drehte sie sich um und sah ihn an. Noch immer saß er auf dem Sofa, und noch immer kratzte er sich wie wild zwischen den Schnurrbarthaaren.

»Ich weiß es nicht«, log sie. »Aber jetzt können wir ja nur froh sein, daß es nicht dazu gekommen ist.«

Erst unten auf der Straße fiel ihr auf, daß sie ihr Telefon und eine Tüte mit Lebensmitteln bei Billy T. vergessen hatte. Sie winkte einem Taxi und war zu Hause, ehe die Fernsehnachrichten anfingen. Bestimmt hatte sie noch irgend etwas im Kühlschrank.

52

»Ich finde, du bist so dünn geworden«, klagte Margaret Kleiven. »Du warst ja immer schon schlank, aber jetzt bist du geradezu mager.«

Evald Bromo hatte angefangen, seine Frau zu verachten. Er hatte sie nie geliebt, aber auf seine Weise hatte er dieser dürren Gestalt immer positive Gefühle entgegengebracht; eine Art liebevolle Abhängigkeit, die schon an Dankbarkeit

grenzte. Jetzt widerte sie ihn an. An Tagen wie diesem, wo
sie von der Arbeit nach Hause hastete, um vor dem Wochenende zu putzen, und ihn deshalb mit einer verschlissenen Schürze und vom Scheuern feuerroten Händen emp-
fing, konnte er kaum das trockene Streifen ihrer Lippen
ertragen, während er den Mantel aufhängte.

»Du mußt mit der Lauferei aufhören. Das ist nicht gesund. Übrigens ist ein Paket für dich gekommen.«

»Ein Paket«, wiederholte er tonlos.

Der Geruch von Putzmitteln und gebratenem Seelachs
schlug ihm entgegen, als er in die Küche ging. Er ließ sich
auf einen Holzstuhl sinken und legte die Ellbogen auf den
Tisch.

»Müde«, sagte er.

»Essen?«

»Ja, bitte.«

Sie nahm einen Teller und ging zum Herd. Er betrachtete
sie träge und versuchte, einen Appetit herbeizuholen, den er
seit mehr als drei Wochen nicht mehr verspürt hatte. Je
mehr er lief, desto weniger aß er. Je mehr er rannte, desto
schlechter schlief er. Jetzt fuhr er nicht mehr mit dem Bus
zur Arbeit. Er lief. Hin und her. Aber Hunger hatte er nie.

»Hier. Iß.«

Sie stellte den Teller vor ihn hin. Gebratener Seelachs mit
Zwiebeln und Kartoffeln und wäßrigem Gurkensalat, der
schon zu lange gestanden hatte. Er stocherte mit einer Gabel im Fisch herum und hatte keine Ahnung, wie er etwas
hinunterbringen sollte.

»Hier«, sagte Margaret wieder. »Das ist mit der Post gekommen. Nun mach schon auf.«

Er legte die Gabel weg. Das Paket war nicht groß, an die
fünfzehn mal fünfzehn Zentimeter, und ziemlich flach.
Namen und Adresse waren in neutralen Blockbuchstaben
geschrieben. Kein Absender.

Er griff nach dem Päckchen und drehte es um. Auch auf der Rückseite war kein Absender angegeben. Dann verspürte er einen heftigen Stoß im Zwerchfell, eine Adrenalinexplosion, die alle seine Glieder erreichte und ihn zwang, das Päckchen auf seine Knie zu legen, wenn er es nicht fallen lassen wollte.

»Nur ein Pulsmesser«, sagte er kurz.

»Ein Pulsmesser?«

Sie lächelte und fing an zu essen.

»Nun mach doch auf.«

»Nein.«

Er zwang drei Gurkenscheiben in sich hinein. Sie blieben ihm im Hals stecken und machten ihm Atembeschwerden.

»Was ist denn bloß los mit dir?« fragte sie ärgerlich. »Kannst du es nicht endlich aufmachen, damit ich sehe, was du gekauft hast?«

»Nein, hörst du nicht? Das ist bloß zum Joggen, und dafür hast du dich doch nie interessiert.«

Die gebratenen Zwiebeln schmeckten nach Gummi und Grillkräutern.

»Also wirklich, Evald. Wieso darf ich diesen ... diesen Pulsmesser denn nicht sehen?«

Sie stand auf und lehnte sich an seine Knie. Als sie nach dem Päckchen greifen wollte, packte er blitzschnell ihr Handgelenk und drückte zu.

»Hörst du nicht, daß ich nein sage?«

So hatte er sie noch nie angeschrien. Nicht so heftig. Und er hatte sie auch nie physisch verletzt. Jetzt drückte er ihren Unterarm so fest zusammen, wie er nur konnte, und ließ sie erst los, als ihr die Tränen über die vom Bratendampf feuchten Wangen strömten.

»Verzeihung«, sagte er resigniert. »Ich bin im Moment einfach immer so müde. Und es ist wirklich nur ein Pulsmesser. Ganz uninteressant.«

Sie gab keine Antwort. Sie ging mit ihrem Teller ins Wohnzimmer und setzte sich an den schönen Eßtisch, an dem seit vielen, vielen Jahren keine Gäste mehr Platz genommen hatten.

Evald Bromo ließ das Essen stehen, nahm das Päckchen und verschwand, ohne zu verraten, wohin er wollte.

53

Es war Freitag, der 26. März 1999, und Sigurd Halvorsrud sollte dem Osloer Untersuchungsgericht vorgeführt werden. Er saß jetzt seit genau drei Wochen in der auf vier Wochen begrenzten Untersuchungshaft. Daß sein Fall vor Ablauf dieser Frist neu verhandelt wurde, war ungewöhnlich, wenn auch nicht direkt aufsehenerregend. Es kam zwar bisweilen vor, daß die Polizei Häftlinge freiließ, noch ehe sie dazu gezwungen war. Aber das war nur selten auf irgendeine Weise dramatisch. Sie mußten das tun, wenn die von Untersuchungsgericht und Gesetz vorgeschriebenen Bedingungen für die Haft nicht mehr vorlagen. Die Polizei verspürte indes durchaus nicht den Wunsch, Oberstaatsanwalt Halvorsrud laufen zu lassen.

Durchaus nicht; die Polizeianwältin Annmari Skar arbeitete bereits an einem Antrag auf weitere Haft, den sie am Ende der ersten Frist vorlegen wollte. Als sie am Donnerstag nachmittag Karen Borgs Antrag auf Haftentlassung für ihren Mandanten erhielt und erfuhr, daß der Fall schon am Freitag morgen behandelt werden sollte, schluckte sie einen saftigen Fluch hinunter und dankte zugleich den Göttern dafür, daß sie sich in den Fall schon gründlich eingearbeitet hatte.

»Eine Woche vor dem normalen Haftprüfungstermin«,

murmelte sie Billy T. zu, als sie die Treppe zum Osloer Gerichtsgebäude hochstiegen und im Zickzack eine Hochzeitsgesellschaft durchquerten, die dem kleinen Schild trotzte, aus Rücksicht auf die Vögel keine Reiskörner zu werfen.

»Aber so lange können sie nicht warten. Eine Woche!«

Aus einem Grund, den nur die Verwaltung des Gerichtsgebäudes begreifen konnte, sollte die Verhandlung im Saal 130 stattfinden. Annmari Skar und Billy T. ließen sich durch die doppelten, fast vier Meter hohen Türen schleusen, auf die dann im beeindruckenden Foyer des Gerichtsgebäudes noch eine gigantische Schwingtür folgte. Sofort waren sie in Blitzlicht gebadet. Billy T. mußte die untersetzte Polizeianwältin vor dem Fallen retten, als ein übereifriger Reporter eines kleineren Fernsehsenders sich in den Kopf gesetzt hatte, hier der Frechste und Tüchtigste zu sein, und buchstäblich durch die Beine des riesigen Polizisten kroch, um Annmari Skar sein Mikrofon ins Gesicht zu halten. Sie und Billy T. bahnten sich einen Weg zur Glaswand auf der linken Hallenseite. Sie erreichten ohne weiteres Mißgeschick die Tür zum richtigen Saal, gefolgt von einem ganzen Anhang von Journalisten.

»130«, seufzte Annmari Skar. »Da drinnen haben wir doch kaum genug Platz zum Atemholen. Wie sollen die vielen ...«

Sie schaute sich resigniert um.

»Geschlossene Türen«, beruhigte Billy T. sie. »Wir kriegen geschlossene Türen und Ruhe und Frieden.«

»Glaubst du, ja«, sagte Annmari Skar wütend. »Die kriegen wir nur, wenn Anwältin Borg das verlangt. Wir haben nicht ...«

»Pst«, fiel Billy T. ihr ins Wort. »Das hat noch Zeit.«

Er schob ein aufdringliches Mädel beiseite. Sie war um die Zwanzig und hatte lange blonde Haare, Kaugummi und Diktiergerät.

»Ihr werdet verdammt noch mal jünger und jünger, ihr von der Kriminalpresse«, sagte er verärgert und laut. »Und auch frecher und frecher. Das hängt sicher zusammen.«

Er setzte gegen einen Grünschnabel von TV2 die Ellbogen ein und mußte am Ende seinen Hintern als Schild nehmen, um Annmari Skar überhaupt das Betreten des Gerichtssaals zu ermöglichen. Karen Borg war schon da. Sie grüßte kurz, und Billy T. nahm an, daß sie zusammen mit ihrem Mandanten aus dem Keller nach oben gekommen war. Karen Borg hatte sich zu dem Fall kaum öffentlich geäußert. Trotz der massiven undichten Stellen auf Seiten der Polizei – Billy T. hatte längst alle Spekulationen darüber aufgegeben, wer hier einen so fahrlässigen Umgang mit der Presse pflegte – hatte sie den Mund gehalten. Was an sich schon beeindruckend war. Jetzt hatte sie beschlossen, die Presse ganz und gar auszuschließen.

Der Antrag der Polizei auf Ausschluß der Öffentlichkeit wurde angenommen.

Annmari Skar wußte, daß das nicht ihr Verdienst war. Pflichtschuldig hatte sie ihre Phrasen darüber vorgebracht, daß Presseberichte über die Verhandlung »den Ermittlungen schaden würden«. Besonders mitreißend hatte sie nicht geklungen. Sie war zwar von Sigurd Halvorsruds Schuld überzeugt und war mehr als einmal durch die Gänge des Polizeigebäudes gerannt, auf der vergeblichen Jagd nach den vielen Polizeiquellen, zu denen die Presse offenbar mehr als nur freien Zugang hatte. Doch da der Fall mit allen bluttriefenden Details schon längst in den Zeitungen breitgetreten worden war, würde es den Journalisten schwerfallen, etwas Neues zu finden, was hier noch irgendeinen Schaden anrichten konnte. Wenn sie trotzdem den Ausschluß der Öffentlichkeit verlangte, dann auch aus Rücksicht auf sich selbst. Sie konnte Journalisten nicht vertragen. Sie waren anmaßend und servil zugleich, allwissend und von bodenloser Ignoranz, unverschämt und verdammt clever. Annmari Skar konnte mit Journalisten nicht auskommen und verachtete sie heiß und innig.

Obwohl Karen Borg – zu Annmari Skars großer Erleichterung – im Hinblick auf die Privatsphäre ihres Mandanten den Antrag der Polizei unterstützte, reichte auch das nicht, um die Türen schließen zu lassen. Die Presse hatte selbst schuld an ihrem schlechten Image. Während der Antrag auf ihren Ausschluß behandelt wurde, schlugen sie sich um die Sitzplätze wie Möwen um eine verlassene Krabbentüte. Richter Birger Bugge, ein untersetzter, übellauniger Mann, der bald in Pension gehen würde und endlich eingesehen hatte, daß mit einer Beförderung nicht mehr zu rechnen war, teilte Skars Verachtung der Journalisten. Er haßte die Presse, und das so energisch, daß er keine anderen Zeitungen mehr las als die *Herald Tribune*, die er jeden Nachmittag am Kiosk im Osloer Hauptbahnhof kaufte, ehe er mit dem Zug zu seiner Frau nach Ski fuhr.

»Das Osloer Untersuchungsgericht behandelt heute Fall 99-02376 F/42«, begann er, als sich der Tumult endlich gelegt, ein wütender Gerichtsdiener die Presse zusammengestaucht hatte und in Birger Bugges kleinem Königreich wieder Ruhe und Ordnung eingezogen waren. »Verteidigerin ist Karen Borg, Anklägerin Polizeijuristin Annmari Skar, Richter bin ich, Birger Bugge. Mir sind keine Umstände bekannt, durch die ich als befangen gelten könnte. Bestehen irgendwelche Einwände?«

Billy T. ertappte sich dabei, wie er zusammen mit den Anwältinnen Skar und Borg den Kopf schüttelte. Ihm liefen nur selten Menschen über den Weg, die ihm als beängstigend erschienen, aber Richter Bugges großer Bulldoggenkopf hätte alle Welt erschrecken können. Mit seinem kräftigen Unterbiß, seinem gewaltigen Doppelkinn und den winzigen Äuglein unter den grauen Augenbrauen, die an den Schläfen wie zwei Hörner nach oben ragten, brauchte er nie große Worte zu machen, um sich Respekt zu verschaffen.

»Brmfrfr«, sagte dann Richter Bugge und zeigte auf den Zeugenstand.

Karen Borg sprang auf.

»Euer Ehren, ich möchte darum bitten, daß mein Mandant aus Gesundheitsgründen hier sitzen bleiben darf.«

Sie legte leicht die linke Hand auf Halvorsruds Schulter, wie um zu betonen, daß der Mann dringend fürsorgebedürftig sei.

»Brmfrrf«, wiederholte Richter Bugge, und Anwältin Borg beschloß, das als Zustimmung zu deuten. »Sie sind also Sigurd Harald Halvorsrud. Geboren?«

Billy T. blätterte in den Unterlagen, während die Formalitäten erledigt wurden. Dann ließ er sich auf seinem Stuhl zurücksinken und schaute zu Annmari Skar hinüber. Sie war eher attraktiv als wirklich hübsch. Sie war klein und ziemlich rundlich, besaß aber eine feminine Ausstrahlung, die ihm mehr als einmal heimliche Blicke entlockt hatte. Ihr Gesicht war stark und offen, mit großen braunen Augen und dunkelbraunen Haaren, die schon Silberstreifen aufwiesen, obwohl sie noch längst keine vierzig war. Billy T. spürte plötzlich ein Bohren im Zwerchfell, und er ertappte sich dabei, die Hand auf ihren Rücken zu legen, während sie zu Richter Bugges großem Ärger mit einem Bleistift auf der Schranke herumtrommelte.

»Würde die Polizeijuristin baldigst mit diesem Lärm aufhören«, kläffte er.

Annmari Skar erstarrte und errötete leicht.

Und ich muß mich verdammt nochmal zusammenreißen, dachte Billy T. und ließ seine Hand sinken, die schon fast den Rücken der Polizeianwältin erreicht hatte.

Jemand öffnete die Tür. Hanne Wilhelmsen betrat langsam den fast quadratischen Gerichtssaal und diskutierte leise mit dem Gerichtsdiener, ob sie das überhaupt dürfe. Er kannte sie gut und ließ sie durch, ehe er sorgfältig die Tür hinter ihr schloß. Billy T. konnte für einen Moment feststellen, daß die Presse noch nicht aufgegeben hatte.

»Tut mir leid«, sagte Hanne laut in Richtung Richtertisch. »Ich habe wichtige Informationen für die Anklage.«

»Brmff«, sagte Richter Bugge noch einmal. »Aber beeilen Sie sich.«

Hanne Wilhelmsen öffnete die niedrige Schwingtür aus Holz, die die Publikumsbänke vom restlichen Lokal trennten. Sie passierte den Zeugenstand ohne einen Blick auf Anwältin Borg und Halvorsrud, beugte sich über die Schranke und stemmte die Hände auf die Tischplatte.

»Ich habe eine Vorladung von Karen Borg«, flüsterte sie Annmari Skar zu. »Die lag auf meinem Schreibtisch, als ich vor einer halben Stunde aus... als ich zurückgekommen bin.«

»Eine Vorladung«, fauchte Billy T., der sich zu den beiden vorgebeugt und alles gehört hatte. »Beim Untersuchungsgericht werden doch keine Zeugen vorgeladen.«

»Pst!«

Annmari Skar legte ihm die Hand auf den Oberarm.

»Daß es nicht üblich ist, heißt ja nicht, daß es verboten wäre. Ich habe es auch erst vor ein paar Minuten erfahren.«

Sie hielt sich die Hand vor den Mund, als habe sie Angst davor, ihre Gedanken laut auszusprechen.

»Weißt du, warum du herbestellt worden bist?« flüsterte sie endlich so leise, daß Billy T. es fast nicht hören konnte.

241

Hanne Wilhelmsen gab keine Antwort, sondern ließ ihren Blick vom Gesicht der Polizeianwältin zu deren umfangreichem Dokumentenstapel wandern.

»Hattest du das eigentlich mit Karen Borg besprochen?« sagte Annmari Skar dann wütend; jetzt vergaß sie, ihren Tonfall zu dämpfen.

»Nicht direkt«, erwiderte Hanne eilig. »Ich habe nicht über eine Aussage mit ihr gesprochen. Wirklich nicht.«

»Aber warum ...«

»Ich denke, das reicht jetzt«, teilte der Richter wütend mit. »Ich nehme an, daß die Polizei alles Lebensnotwendige erledigt hat und wir weitermachen können.«

Hanne Wilhelmsen verließ den Gerichtssaal. Als sie die Treppe in den ersten Stock hochging, um sich aus der Kantine eine Tasse Kaffee zu holen, fiel ihr ein, daß sie jemand anderen mit der Nachricht hätte schicken müssen. Da sie doch aller Wahrscheinlichkeit nach als Zeugin auftreten würde – Richter Bugge hatte zu entscheiden, ob er sie wirklich vernehmen wollte –, hätte sie im Grunde den Gerichtssaal nicht während der Verhandlung betreten dürfen. Sie tat es mit einem Schulterzucken ab. Zum einen war sie keine Juristin. Zum anderen hatte sie nichts mitbekommen.

Und Billy T. auch nicht.

Er hatte Ohrensausen vor Wut.

Hanne Wilhelmsen mußte doch Informationen haben. Wenn Karen Borg sie als Zeugin wollte, dann doch offenbar, weil die Anwältin annahm, Hanne könne irgend etwas zu Halvorsruds Vorteil erzählen. Bisher waren Hannes Zweifel an der Schuld des Oberstaatsanwaltes beruflich bedingt gewesen. Auf jeden Fall sah Billy T. das so. Ja, verdammt, er hatte doch selbst auch geschwankt; das Gefühl der Unsicherheit war gerade ihm durchaus vertraut. Und das war auch gut so. So sollte es sein. Die Polizei mußte

242

immer alle Möglichkeiten offenhalten. Doch wenn Karen Borgs Annahme, Hannes Aussage könne Halvorsrud weiterhelfen, auf einer Information basierte, die Hanne ihr selbst gegeben hatte, dann näherte sich das Verhalten der Hauptkommissarin einem glatten Verrat.

Er ließ seine Augen durch den Saal wandern.

Jeweils in einer Ecke, unmittelbar vor der hüfthohen Absperrung vor den Publikumsbänken, langweilten sich ein Polizist und eine Polizistin. Die Polizistin, eine Frau mit kurzgeschorenen, gefärbten Haaren und viel zuviel Schminke, schien einnicken zu wollen.

Halvorsrud dagegen schien seit Wochen nicht mehr geschlafen zu haben.

Karen Borg hatte ihm offenbar einen neuen Anzug besorgt. Er saß besser als der alte, dunkle am Montag auf der Beerdigung. Das Hemd war blütenweiß und frisch gebügelt. Es hätte Billy T. nicht überrascht, wenn Karen selbst am frühen Morgen das Bügeleisen geschwungen hätte. Der Diamant im Schlips war verschwunden, ein solches Detail konnte auf einen übellaunigen, wütenden Richter zu leicht wie eine Provokation wirken.

Seine tadellose, diskrete Kleidung stand in einem scharfen Kontrast zu dem Kopf, der über dem straff gebundenen Schlipsknoten aufragte. Der Hals hatte durch den raschen Gewichtsverlust truthahnartige Falten geworfen. Die untere Gesichtshälfte war schlaff und graubleich, mit tiefen Furchen auf jeder Seite des eigentlich kräftigen Kinns. Über den Augen zog sich eine Partie von Blutergüssen dahin, wie eine Maske, die jemand in aller Eile aufgemalt hat. Die Lippen bewegten sich kaum, wenn er etwas sagte. Die Wörter kamen undeutlich, die Stimme war tonlos. Ab und zu preßte er sich ein Taschentuch auf den Mund.

Halvorsruds Verhör dauerte seine Zeit.

Richter Bugge stellte selbst nicht sehr viele Fragen. Er

überließ mit irritierten Handbewegungen das Wort den Juristinnen. Ab und zu schien er nicht einmal richtig zu registrieren, was gesagt wurde. Billy T. wußte aber, daß das ein falscher Eindruck war, im ganzen Gerichtsbezirk gab es kaum einen konzentrierteren Richter als Birger Bugge. Die ausbleibenden Beförderungen hatte er seinem schwierigen Wesen und seinem unfreundlichen Umgangston zu verdanken.

Endlich hatte Halvorsrud alles gesagt. Nichts Unerwartetes war dabei herausgekommen. Er beharrte auf seiner Unschuld. Er machte sich Sorgen um seine Tochter. Er litt an einem blutenden Magengeschwür. Was der Polizei alles bekannt war.

»Ich bitte um die Erlaubnis, ärztliche Atteste für Vater und Tochter vorzulegen«, sagte Anwältin Borg im Frageton.

Richter Bugge nickte knapp, seufzte tief und streckte eine riesige Faust nach diesen Papieren aus. Blitzschnell überflog er sie dann und reichte sie an den Protokollführer weiter, der zugeknöpft und stumm auf seiner rechten Seite saß.

»Außerdem bitte ich darum, Hauptkommissarin Hanne Wilhelmsen als Zeugin aufzurufen«, fügte Karen Borg hinzu und blieb vor ihrem Stuhl stehen. »Das ist aus...«

»Reichlich unüblich«, brummte Richter Bugge. »Was soll das ..«

»Euer Ehren«, fiel Annmari Skar ihm ins Wort und entdeckte zu spät, daß sie damit einen Fehler begangen hatte.

»Wäre die Frau Polizeijuristin wohl so freundlich, das Gericht nicht zu unterbrechen?« fauchte Richter Bugge.

Annmari Skar ließ sich wieder auf ihren Stuhl sinken.

»Worüber soll diese Wilhelmsen denn etwas sagen?« fragte nun der Richter Karen Borg, die aus Verlegenheit über das Verhalten der Polizeijuristin die Augen niedergeschlagen hatte.

244

»Sie ist die polizeifachliche Ermittlungsleiterin, Euer Ehren, und ich glaube, sie kann erhellen…«

»Erhellen«, quakte Richter Bugge. »Wir haben doch eine Juristin hier, die erhellen kann, wie die Polizei die Sache sieht. Stimmt das nicht, Frau Skar?«

Annmari Skar erhob sich zögernd. »Doch, Euer Ehren, in höchstem Grad. Außerdem ist es so, daß…«

Sie zögerte kurz und zog dann vor, die Erlaubnis zum Weiterreden abzuwarten. Die erfolgte in Form eines heftigen Nickens, bei dem das Doppelkinn des Richters ins Zittern geriet.

»So, wie ich es sehe, hat Anwältin Borg keine Handhabe, um Hauptkommissarin Wilhelmsen auf normale Weise vorzuladen. In dem Grad, in dem Wilhelmsen vor Gericht aussagen kann, muß ihre Erklärung entweder in einer Darstellung der Ermittlungen oder deren Fortschreiten bestehen. Ich sehe durchaus nicht ein, daß das nicht durch meine eigene Darstellung und durch eventuelle Hilfe durch meinen Beisitzer geschehen kann.«

Sie zeigte auf Billy T.

»Ansonsten möchte ich sagen, daß ich sehr stark auf Anwältin Borgs Vorgehensweise reagiere. Wenn sie es für nötig hält, die Hauptkommissarin zu befragen, dann hätte sie mir Bescheid sagen können. Eine Vorladung als Zeugin ist ausgesprochen ungewöhnlich und sieht wie unangebrachtes Taktieren aus. Ich habe außerdem nicht mehr die Zeit gehabt, mit Hauptkommissarin Wilhelmsen zu konferieren…«

»Konferieren«, wiederholte Richter Bugge. »Und worüber sollten Sie mit Ihrer Kollegin zu konferieren haben? Was sie weiß, wissen Sie doch sicher auch, Polizeianwältin Skar?«

Annmari Skar blieb unschlüssig stehen. Ziellos blätterte sie in ihren Papieren, dann beschloß sie, daß sie nichts mehr zu sagen hatte, und setzte sich wortlos wieder hin.

245

»Das Gericht kann den Sinn dieser Aussage nicht so recht erkennen«, sagte Richter Bugge langsam. »Aber in Anbetracht der schwerwiegenden Vorwürfe, die dem Angeklagten gemacht werden, gestatte ich eine kurze Vernehmung. Ist Hauptkommissarin Wilhelmsen sofort erreichbar?«

»Ich nehme an, sie wartet draußen«, sagte Karen Borg und räusperte sich nervös.

Der Gerichtsdiener öffnete die Tür einen Spaltbreit. Einige Sekunden später stand Hanne Wilhelmsen im Zeugenstand und lieferte ihre Personalien. Sie versuchte, Billy T.s Blick einzufangen, aber der Kollege musterte seine Hände und wandte sich fast unmerklich von Hanne ab, indem er seine rechte Schulter in einer unnachgiebigen Geste hob.

»Ich möchte sofort zur Sache kommen, Hanne Wilhelmsen.«

Karen Borg strich ihr Revers glatt. Sorgfältig vermied sie es, zur Hauptkommissarin hinüberzublicken. Karen Borg wußte, was sie tat. Sie mischte ihre Karten. Nachdrücklich und vermutlich unverzeihlich. Sie hatten so oft darüber gesprochen, Håkon und sie selbst, Hanne und Cecilie und Billy T. Die enge Freundschaft zwischen juristisch gegnerischen Seiten brachte große Konflikte mit sich. Daß Håkon und sie selbst nicht in einem Fall gegeneinander auftreten konnten, lag auf der Hand. Bei Hanne und Billy T. war die Sache nicht so klar. Nach langen Diskussionen waren sie übereingekommen, Ruhe zu bewahren und abzuwarten. Da Karen vor allem Straffälle vertrat, würde es ihr sehr zu schaffen machen, wenn sie niemals einen von Hannes Fällen anrühren dürfte.

Alles war gut gegangen. Bisher. Doch mit Hannes Vorladung hatte Karen Borg Vorteil aus einer Vertraulichkeit gezogen, die ihr als Freundin erwiesen worden war.

246

Nicht als Anwältin. Für Karen Borg war die Loyalität ihrem Mandanten gegenüber immer das Wichtigste. Immer.

Hanne Wilhelmsen glaubte an Halvorsruds Unschuld. Sie hatte ihre Zweifel am Sinn einer weiteren Haft offen genannt. Sie hatte noch dazu Karen aufgefordert, einen Antrag auf Entlassung zu stellen. Karen Borg mußte da einfach zugreifen. Zumal ihr Mandant offenbar gerade zugrunde ging.

»Meinen Sie wirklich, daß in diesem Fall die Gefahr einer Vernichtung von Beweismaterial besteht?«

Dafür hasse ich dich, hätte Hanne Wilhelmsen gern gerufen. Statt dessen hüstelte sie in ihre geballte Faust hinein und antwortete: »Die Polizei ist dieser Ansicht, ja. Ich möchte nur auf das verweisen, was Polizeianwältin Skar sicher schon vorgetragen hat.«

»Danach habe ich nicht gefragt, Frau Wilhelmsen. Ich möchte wissen, was Sie meinen. Sie leiten diese Ermittlung und müßten in der Frage, ob ausreichende Gründe für weitere Haft vorliegen, eine eigene Meinung haben.«

Etwas war mit Richter Bugge passiert. Sein schlaffes, mürrisches Gesicht hatte sich plötzlich gestrafft. Seine Äuglein funkelten, als er sich vorbeugte und den Kopf schräg legte. Man konnte um seine feuchten Lippen ein boshaftes Lächeln ahnen.

»Ich arbeite bei der Polizei«, sagte Hanne Wilhelmsen hart und kurz. »Wir halten eine weitere Haft für angebracht.«

Karen Borg seufzte demonstrativ und blickte den Richter hilfesuchend an.

»Euer Ehren«, klagte sie. »Könnten Sie mir dabei helfen, die Zeugin dazu zu bringen, daß sie auf meine Fragen antwortet?«

»Meiner Ansicht nach antwortet die Hauptkommissarin

247

zufriedenstellend«, sagte Richter Bugge gereizt. »Vielleicht stimmt etwas mit den Fragen von Anwältin Borg nicht. Machen Sie weiter.«

»Euer Ehren«, sagte Annmari Skar verzweifelt. »Anwältin Borg verhört die Hauptkommissarin in einer Einschätzungsfrage, die ich als Polizeianwältin zu beantworten habe. Und das geht einfach nicht!«

Es wurde still. Nur das leise Rauschen der Lüftungsanlage mischte sich mit dem Knistern von Papieren, die auf dem Tisch von Anwältin Borg umgeblättert wurden.

»Wissen Sie, daß Halvorsrud an einem blutenden Magengeschwür leidet?« fragte sie Hanne schließlich.

»Ja.«

Wieder Stille.

»Ist Ihnen bekannt, daß seine Tochter als Folge der Festnahme ihres Vaters in eine psychiatrische Klinik eingewiesen werden mußte?«

»Euer Ehren!«

Annmari Skar breitete die Arme aus und verdrehte die Augen. Richter Bugge schob sich einen Bleistift in den Mund und kaute schweigend darauf herum.

Hanne verlagerte ihr Gewicht vom linken auf den rechten Fuß und verschränkte die Arme.

»Ich weiß, daß die Tochter krank ist. Die Ursache dieser Erkrankung ist mir unbekannt. Sie haben mir mitgeteilt, daß sie ihren Vater vermißt, ich selbst aber habe mit keinem Arzt gesprochen. Ich gehe davon aus, daß auch der Mord an ihrer Mutter für eine Sechzehnjährige nicht leicht zu verkraften ist.«

»Aber wenn ich Ihnen sage, daß wir ein ärztliches Attest besitzen, das Theas bedenklichen Zustand unmittelbar mit der Tatsache verknüpft, daß ihr Vater im Gefängnis sitzt, wie schätzen Sie dann die Verhältnismäßigkeit einer weiteren Haft ein?«

»Glücklicherweise brauche ich das nicht zu entscheiden. Das ist die Aufgabe des Gerichts.«

»Aber wenn ich Sie um Ihre persönliche Meinung bitte?«

Endlich merkte Hanne Wilhelmsen, daß Billy T. sich ihr zugewandt hatte, und sie ahnte ein Lächeln unter dem Schnurrbart. Sie sah, wie er die Hand auf Annmari Skars Arm legte; er wußte, daß Hanne jetzt allein zurechtkommen würde.

»Die ist für das Gericht wohl kaum von Interesse«, sagte Hanne langsam und starrte Richter Bugge an. »Ich gehe davon aus, daß ich als Hauptkommissarin hier stehe. Und nicht als Privatperson.«

Karen Borg seufzte demonstrativ und machte mit der linken Hand eine Geste der Resignation.

»Ich gebe auf«, murmelte sie. »Danke.«

Solche Gemeinheiten rächen sich eben, dachte Hanne und wollte sich schon umdrehen und den Zeugenstand verlassen.

Annmari Skar hielt sie zurück.

»Ich habe ebenfalls Fragen an die Hauptkommissarin«, teilte sie dem Richter mit. »Es dauert nicht lange.«

Als er nickte, schien Skar zu zögern.

Sie holte tief Luft, spielte kurz mit ihrem Bleistift, nahm ein Blatt aus ihrem Unterlagenstapel, sah es sich genau an und sagte endlich: »Am vergangenen Samstag, Hauptkommissarin Wilhelmsen ... stimmt es nicht, daß der Angeklagte da ein Geständnis ablegen wollte?«

Hanne wurde es heiß. Sie hatten sich darauf geeinigt, Halvorsruds Angebot als einen verzweifelten Versuch, seine Tochter zu sehen, abzuhaken. Annmari Skar hatte das versprochen. Halvorsruds Geständniswunsch sollte vergessen sein. Die Aktennotiz, die Hanne hatte schreiben müssen, war vage und nichtssagend und war noch nicht einmal ins Protokoll eingetragen worden.

»So kraß würde ich das nicht ausdrücken«, sagte sie leise.

»So kraß?«

»Ich würde absolut nicht von einem Geständnis sprechen.«

»Aber stimmt es denn nicht ..«

Annmari Skar beugte sich vor und schwenkte ihr Papier, als enthalte es ein vorbehaltloses Schuldgeständnis.

»...daß der Angeklagte am späten Samstagabend eine Unterredung mit Ihnen verlangt hat, weil er ein Geständnis ablegen wollte? Und daß Sie sich in Ihrem Büro mit ihm und Anwältin Borg getroffen haben?«

Billy T. war unruhig auf seinem Stuhl hin und her gerutscht. Jetzt griff er zu einem Kugelschreiber und kritzelte eine Mitteilung in seinen Notizblock. Die schob er der Polizeianwältin hin. Sie las schnell, drehte sich halbwegs zu ihm um und flüsterte: »Karen Borg hat angefangen.«

Dann schwenkte sie wieder die Aktennotiz und fragte: »Hatte er vielleicht gelogen? Wollte er gar nicht gestehen?«

Hanne Wilhelmsen schluckte. Ihr Hals brannte, ihre Ohren sausten. Wieder hatte sie das vage Gefühl, gefangen zu sein. Ihre Fingerspitzen prickelten, und sie ertappte sich dabei, daß sie die Kollegin stumm anstarrte. Für einen Moment sah sie ihren alten Vater vor sich, diesen unzugänglichen Mann, der seine älteren Kinder, als Hanne noch klein war, nach dem Essen mit Auszügen aus der Juristenzeitschrift unterhielt und es nie verziehen hatte, daß Hanne nicht Jura studieren wollte. Sie sah seine Augen durch den leichten Dampf seiner Kaffeetasse, blau und hart und bis zum Rand gefüllt mit Enttäuschung über seine Tochter, die die Füße aufs Sofa zog und nicht hören wollte. Hanne musterte ihre Finger und dachte, daß sie bald vierzig würde und während der vergangenen zwanzig Jahre kaum eine Minute an die ersten zwanzig gedacht hatte.

»Er war verzweifelt«, sagte sie endlich und richtete sich auf. »Er wollte sich über die Möglichkeiten eines Haftersatzes informieren. Er hat durchaus nicht gestanden. Wir könnten sagen, er habe das Terrain sondiert. So, wie ich es verstanden habe, wollte er nur eine Hypothese vorbringen. Wenn er ein Geständnis ablegte, würde er dann entlassen werden? So in etwa.«

JETZT REICHT ES!!!

Der in Großbuchstaben beschriebene Zettel wurde vor Annmari Skar auf den Tisch geknallt. Billy T. packte ihren Unterarm und drückte zu.

Das half.

»Danke«, sagte sie und lächelte den Richter verkrampft an.

Hanne Wilhelmsen riß ihre Jacke von der Reihe schmiedeeiserner Haken und verließ den Saal. Als die Tür hinter ihr ins Schloß fiel, wußte sie nicht, wen sie am tiefsten verachtete: Karen Borg, Annmari Skar oder deren Zunft ganz allgemein.

Billy T. war ebenso empört.

Er hatte gedacht, Hanne begehe einen Verrat. Aber dann war es Karen gewesen. Mit der tatkräftigen Unterstützung einer Polizeianwältin, die er vor einer Stunde ganz plötzlich begehrt hatte. Er zitterte, und ihm war schlecht.

Anwälte waren eitel. Das hatte er immer gewußt. Meistens lachte er über sie, diese talartragenden, rotzwichtigen und allwissenden Hofschranzen Frau Justitias. Sie konnten sich einfach nicht beherrschen. Wenn sie eine Niederlage witterten, schlugen sie sofort zu. Wollten ihr Gesicht nicht verlieren. Um keinen Preis. Wollten sich rächen. Feuer frei. Komm heraus!

Und jetzt hatte Hanne darunter leiden müssen.

Billy T. konnte beim besten Willen nicht erkennen, was durch Hannes Aussage erreicht worden sein sollte. Niemand hatte etwas davon. Nichts war gewonnen und nichts verloren worden. Für niemanden.

Außer für Hanne. Die hatte leiden müssen.

Er faltete die Hände, vor allem, um sie auf irgendeine Weise zu beschäftigen. Als Annmari Skar ihn als Beisitzer gewünscht hatte, hatte er natürlich zugesagt.

»Nie mehr«, fauchte er leise.

Es ging noch eine Weile weiter, und nichts Überraschendes wurde gesagt.

»Das Gericht ist der Auffassung, daß Sigurd Harald Halvorsrud mit triftigem Grund der Übertretung von Paragraph 233, 2. Absatz, des Strafgesetzbuches verdächtigt werden kann, wie aus dem Haftbegehren hervorgeht.«

Richter Bugge diktierte langsam, und die Finger des Protokollführers bewegten sich rhythmisch über die Tastatur. Der Richter betrachtete den Bildschirm, der vor ihm in den Tisch eingelassen war, und sagte dann: »Das Gericht verweist auf die polizeilichen Dokumente 2-2 bis 2-9, aus denen hervorgeht, daß der Angeklagte in seiner Wohnung festgenommen worden ist, wo seine Gattin Doris Flo Halvorsrud durch Enthauptung oder einen Schlag gegen den Hinterkopf ermordet worden war. Es wird außerdem darauf hingewiesen, daß sich die Fingerabdrücke des Angeklagten auf dem Schwert befanden, mit dem das Verbrechen vermutlich begangen worden war. Des weiteren legt das Gericht einiges, wenn auch nicht entscheidendes, Gewicht auf die Tatsache, daß der Angeklagte die Polizei nicht unmittelbar nach dem Verbrechen informiert hat. Das Gericht führt außerdem die Tatsache an, daß die drei Kinder des Angeklagten und der Toten zum Mordtermin verreist waren und daß in zwei Fällen diese Reisen auf die Initiative des Angeklagten zurückgingen.«

Annmari Skar ließ sich unmerklich auf ihrem Stuhl zurücksinken. Billy T. hörte ein leises Seufzen. Sie hatte gewonnen. Er schaute zu Halvorsrud hinüber, der seit seinem Verhör absolut bewegungslos dagesessen hatte.

»Das Gericht möchte aber auch betonen, daß der Verdacht gegen den Angeklagten nicht sehr stark ist«, erklärte Richter Bugge jetzt. »Vor allem legt das Gericht Gewicht auf die Tatsache, daß die Polizei kein Motiv anführen kann. Wir verweisen auf die polizeilichen Dokumente ...«

Er verstummte für einen Moment und blätterte in den Unterlagen.

»...7-1 bis 7-7, aus denen eine Reihe von Einzeltatsachen hervorgeht, die angeblich die Theorie untermauern, daß der Angeklagte sich in seinem Amt als Oberstaatsanwalt für gesetzeswidrige Handlungen bezahlen ließ. Das Gericht möchte darauf hinweisen, daß diese Behauptungen dermaßen zusammenhanglos sind, daß ihnen wohl kaum Gewicht beigemessen werden kann. Vor allem möchte das Gericht anführen, daß die Polizei bisher, abgesehen von den hunderttausend Kronen, die in einem Medizinschränkchen im Keller des Angeklagten und der Verstorbenen gefunden worden sind, ihm keinerlei finanzielle Unregelmäßigkeiten nachweisen konnte. Der Angeklagte streitet jegliches Wissen um dieses Geld ab, das im übrigen nicht seine Fingerabdrücke aufweist. Das Vorkommen von Fingerabdrücken auf der Tüte, in der das Geld gesteckt hat, kann zufällige Ursachen haben und wird vom Gericht nicht weiter wichtig genommen.«

Annmari Skar fing an, mit dem Fuß zu wippen. Sie schaute Billy T. an, und auf ihrer Stirn zeichneten sich zwei schmale Furchen ab.

»Das Gericht weist weiter darauf hin, daß auch hinsichtlich der vier Personen, um die es auf den zusammen mit der erwähnten Geldsumme gefundenen Disketten geht, keine Unregelmäßigkeiten nachgewiesen werden konnten. Das Gericht wundert sich darüber, daß die Polizei in diesem

253

Punkt nicht umfangreichere Untersuchungen angestellt hat. Dem Gericht wurden lediglich vorgelegt... nein, streichen Sie das.«

Richter Bugge bohrte den Zeigefinger ins Ohr und kratzte sich ausgiebig. Der Protokollführer gehorchte, und der Richter redete weiter: »Das Gericht stellt fest, daß mit jeder der Personen, die der Theorie der Polizei zufolge den Angeklagten bestochen haben sollen, damit dieser die gegen sie gerichteten Ermittlungen einstelle, jeweils nur eine Vernehmung abgehalten worden ist. Alle Beteiligten streiten jeglichen Kontakt zu dem Angeklagten ab, der über das Normale in solchen Fällen hinausgeht. Die Polizei hat dem Gericht bisher keinerlei Grund dazu geliefert, die Aussagen der Zeugen anzuzweifeln. Des weiteren sieht das Gericht keinen Grund, Gewicht auf die Behauptung des türkischen Zeugen zu legen, der Angeklagte habe ihm im letzten Jahr angeboten, eine Anklage gegen ihn einzustellen. Das Gericht zweifelt die Glaubwürdigkeit dieses Zeugen durchaus nicht an, kann sich aber nicht vorstellen, daß ein hochqualifizierter Jurist und erfahrener Anwalt bei einer solchen Anfrage seinen eigenen Namen angegeben hätte. Das Gericht kann nicht ausschließen, daß von dritter Seite der Angeklagte durch diesen Anruf in Mißkredit gebracht werden sollte. Was die Aussagen der Polizei über den Computer der Verstorbenen angeht, der angeblich vom Angeklagten...«

Er suchte nach dem richtigen Wort und schnalzte schallend mit der Zunge.

»...manipuliert worden ist, so hält das Gericht das für pure Spekulation.«

Richter Bugge hustete energisch und griff zu einem Plastikbecher voll Wasser. Er leerte ihn mit einem Schluck, räusperte sich noch einmal und sagte dann, wobei er die Wörter, die wenige Sekunden, nachdem er sie gesagt hatte,

254

auf dem Bildschirm auftauchten, nicht aus den Augen ließ: »Das Gericht stellt außerdem fest, daß auch die Polizei nicht ausschließen kann, daß der Angeklagte die Wahrheit sagt, wenn er behauptet, der Mord an seiner Gattin sei von einem gewissen Ståle Salvesen begangen worden. Das Gericht gibt sich mit der Zusicherung zufrieden, daß diese Behauptung genauer überprüft werden wird, zumal Ståle Salvesens Leichnam noch nicht gefunden werden konnte.«

Billy T. registrierte, daß Halvorsrud sich die Hand vor die Augen legte. Seine Schultern zitterten leise, er schien zu weinen. Karen Borg wirkte angespannt, immer wieder machte sie mümmelnde Nasenbewegungen, über die Billy T. lächeln mußte, obwohl das Gericht so scharfe Kritik an der Arbeit der Polizei übte.

»Er findet immerhin einen triftigen Grund für einen Verdacht«, flüsterte Annmari Skar. »Gott sei Lob und Dank.«

»Warte mit den Danksagungen«, riet Billy T.

»Das Gericht erkennt unter starken Vorbehalten die Gefahr der Vernichtung von Beweismaterial im Falle einer Haftentlassung des Angeklagten«, sagte Richter Bugge mit heiserer, monotoner Stimme. »Vor allem wird darauf hingewiesen, daß der Verdacht auf Korruption noch nicht wirklich untersucht worden ist. Was die technischen Umstände des Mordes angeht, so geht das Gericht davon aus, daß alle Beweise gesichert und vor Veränderung oder Manipulation geschützt sind.«

»Yes«, formte Annmari Skar mit den Lippen, dann hielt sie ihren Mund an Billy T.s Ohr und flüsterte: »Das hat gesessen.«

Billy T. wich aus.

»Die Bedingungen für weitere Haft nach Paragraph 171 Strafgesetzbuch sind damit erfüllt. Indessen …«

Zum ersten Mal blickte der Richter vom Bildschirm auf. Er ließ seinen Blick von Karen Borg zu Annmari Skar wandern, dann ließ er ihn auf Halvorsrud ruhen, der sich noch immer eine Hand vors Gesicht hielt.

»Streichen Sie ›indessen‹«, sagte Richter Bugge. »Schreiben Sie: Der Angeklagte beantragt Haftersatz entsprechend Paragraph 184, Abschnitt 5, Strafgesetzbuch, sowie Paragraph 174. Das Gericht möchte folgendes anmerken: Es steht fest, daß die Tochter des Angeklagten, Thea Flo Halvorsrud, geb. 10. 02. 83, ernstlich krank ist. Das von Prof. Dr. med. Øystein Glück, Oberarzt der Psychiatrischen Abteilung im Ullevål-Krankenhaus am 22. 03. 99 unterzeichnete Attest belegt, daß Thea seit fast drei Wochen keine Nahrung mehr zu sich genommen hat. Sie erlitt vor einigen Tagen einen psychotischen Zusammenbruch und wurde in eine Klinik eingewiesen. Ihre Krankheit wurde vermutlich ausgelöst durch das Trauma, das durch den Tod ihrer Mutter und die Haft ihres Vaters entstanden ist. Professor Glück betont, das Beste für das Kind wäre zweifellos – der Richter tippte mit einem stumpfen Zeigefinger gegen den Bildschirm, »unterstreichen Sie ›zweifellos‹ – die baldige Zusammenführung mit dem Vater. Ansonsten ist die psychische und physische Gesundheit des Mädchens ernsthaft gefährdet.«

Halvorsrud hatte den Kopf gehoben. Jetzt starrte er den Richter mit halboffenem Mund an. Seine Hände lagen flach vor ihm auf dem Tisch. Billy T. konnte sehen, daß der linke kleine Finger ein wenig zitterte.

»Der Angeklagte führt außerdem an, daß auch sein eigener Gesundheitszustand Haftverschonung mit Meldepflicht oder eine andere Form von Haftersatz angeraten erscheinen läßt. Das Gericht ist nicht der Meinung, daß ein Magengeschwür, das zumindest teilweise durch die Haft verursacht worden ist, den Angeklagten in eine andere Lage bringt, als alle anderen, die eine Untersuchungshaft durchstehen müssen. Das Gericht möchte betonen, daß der Angeklagte ausreichend ärztlich betreut wird. Dennoch erscheint die Rücksicht auf die Tochter des Angeklagten so schwerwiegend, daß sie im Vergleich mit den übrigen Aspekten des Falles die Entlassung rechtfertigt. Deshalb sieht das Gericht keinen Grund, genauer auf die Berufung der Polizei auf Paragraph 172 einzugehen.«

»Was?«

Annmari Skar fuhr sich mit der rechten Hand durch die Haare und umfaßte ihr Kinn mit der linken. Einen Moment lang starrte sie Billy T. an, dann klappte sie laut hörbar ihren Mund zu.

Richter Bugge bedachte diesen Ausbruch mit einem Grinsen und sagte dann, wobei er in seinen Unterlagen herumwühlte: »Die Haftalternativen gemäß Paragraph 188 Strafgesetzordnung erscheinen unter diesen Umständen als ausreichend. Folglich wird Sigurd Harald Halvorsrud mit der Auflage, sich täglich bei der nächstgelegenen Wache zu melden, aus der Haft entlassen. Des weiteren wird die Polizei gebeten, den Paß des Angeklagten einzuziehen. Polizeianwältin Skar?«

Richter Bugge lächelte die Juristin an. Sein Lächeln wirkte ebenso absurd wie seine übrige Erscheinung; ein feuchter Zug um die Mundwinkel, der die Eckzähne entblößte und die Äuglein unter den Stirnwülsten verschwinden ließ.

»Die Polizei erhebt Einspruch«, sagte Annmari Skar laut. »Und wir bitten außerdem um Aufschub.«

Das Lächeln des Richters verschwand. Er saß da wie erstarrt, die Hände voller Papiere und den Blick steif auf die Polizeianwältin gerichtet.

»Wissen Sie«, sagte er plötzlich, als das Schweigen gerade drückend wurde. »Ich glaube, ich bin nicht in der Stimmung, Ihnen das zu gewähren. Wenn Sie zugehört hät-

257

ten, als ich mein Urteil diktiert habe, dann wäre Ihnen aufgegangen, daß es um die Tochter des Angeklagten sehr schlimm steht. Ihr Einspruch wird am kommenden Montag zur Verhandlung kommen. Es wäre mir lieb, wenn die junge Frau Halvorsrud das Wochenende zusammen mit ihrem Vater zu Hause verbringen könnte. Können wir ansonsten mit einem schriftlichen Antrag rechnen?«

»Ich...«

Annmari Skar war eine tüchtige Anwältin. Anders als die meisten ihrer Kolleginnen und Kollegen, die im Laufe der Zeit ein Jurastudium ablegten, hatte sie ein glänzendes Staatsexamen vorzuweisen. Sie war gründlich und klar. Noch nie war ihr ein Aufschub verweigert worden. Sie hatte nicht einmal von einer solchen Möglichkeit gehört. Einen Aufschub zu erlangen war reine Routine: Selbst wenn die von der Polizei beantragte Haft nicht verhängt wurde, dann geschah dennoch nichts, solange das zuständige Gericht sich noch nicht geäußert hatte.

Doch gerade in diesem Moment, an diesem Freitagnachmittag Ende März, als die Uhr auf halb drei zuging, konnte Annmari Skar sich beim besten Willen an keinen Paragraphen erinnern, der ihr hier zu Hilfe kommen konnte. War es möglich, Einspruch gegen die Ablehnung des Aufschubs zu erheben?

Hektisch blätterte sie in ihrer Gesetzessammlung. Ihre Hände zitterten, und das dünne Papier zerriß, als sie bei der Strafprozeßordnung angekommen war. Sie spürte einen Druck im Hals und atmete mühsam. Ihre Finger flogen über die Seiten, aber die Buchstaben waren winzig und wollten ihr übel; sie fand einfach nichts.

»Die Verhandlung ist geschlossen.«

Der Richter schlug mit dem Hammer auf den Tisch und humpelte zur Hintertür.

»Er hat es getan«, hörte Billy T. Halvorsrud sagen. »Er hat mich laufen lassen.«

Der Oberstaatsanwalt starrte seine Verteidigerin ungläubig an.

»Das stimmt«, sagte Karen Borg leise. »Sie können jetzt nach Hause. Zusammen mit Thea.«

Zweiter Teil

I

Zum ersten Mal seit Mai 1945 führte Norwegen Krieg. Die
NATO hatte mit ihren Drohungen ernst gemacht, Slobo-
dan Milosevics serbische Truppen sollten mit Gewalt aus
dem Kosovo vertrieben werden. Die ethnische Säuberung,
die sicher mehrere Tausend kosovo-albanische Leben ge-
fordert und eine Viertelmillion Menschen heimatlos gemacht hatte, sollte beendet werden. Und Norwegen beteiligte sich an den Angriffen.

Es war nicht zu glauben. Es war die Nacht vor Sonntag,
dem 28. März 1999, und Evald Bromo sah nirgendwo Anzeichen von ungewöhnlicher Unruhe. Er wanderte durch
Oslos Straßen und trug in einer Tüte unter seinem Arm ein
kleines Paket von an die fünfzehn mal fünfzehn Zentimetern.

Einige Rempeleien vor dem Eingang des Lokals Stortor-
vets Gjæstgiveri waren alles, was mit Gewalttätigkeit Ähnlichkeit hatte. Auf den Straßen wimmelte es von Menschen,
denen der Krieg offenbar egal war. Alle waren mit sich beschäftigt oder wollten noch schnell irgendein Lokal aufsu-
chen, ehe nichts mehr ausgeschenkt wurde.

Er hatte das Paket noch nicht geöffnet.

Der Inhalt konnte ja auch ganz harmlos sein.

Aber zugleich war er sich ganz sicher: Das Päckchen
stammte von Pokerface, dem E-Mail-Terroristen. Wieso er
das wußte, war ihm nicht klar. Es lag vielleicht an der neutralen Schrift. An dem graubraunen, nichtssagenden Papier.
Daran, wie die Briefmarke in der Ecke aufgeklebt war –
rechtwinklig und in genau derselben Entfernung zum oberen und zum seitlichen Rand des Umschlags; das alles verriet ihm, daß sich der Absender wirklich Mühe gegeben
hatte. Aber seinen Namen hatte er nicht dazugeschrieben.

Es mußte Pokerface sein.

Solange er das Päckchen nicht öffnete, konnte er auf einen harmlosen Inhalt hoffen. Auf Reklame. Die neutrale Verpackung sollte ihn vielleicht einfach veranlassen, es aufzumachen, statt es in den Abfall zu werfen, wo alle anderen grellbunten Sendungen landeten, ungeöffnet und ungelesen.

Ein schwarzes Taxi mit zwei dunkelhaarigen jungen Männern fuhr auf Grensen langsam vor ihm her. Er ging schneller, um sein fehlendes Interesse zu bekunden. Eine junge Frau musterte ihn, als ihm das Päckchen hinfiel und er sich blitzschnell danach bückte. Er erwiderte ihren Blick nicht, sondern zog seine Jacke fester um sich zusammen, starrte zu Boden und trabte weiter.

Bei *Aftenposten* war zuviel los, obwohl es doch die Nacht zum Sonntag war. Das lag natürlich an der Kosovo-Krise. Überall waren Leute. Früher an diesem Tag hatte er einen Artikel über die Folgen des Krieges auf die Börsen der Welt verfaßt. Es war ein nachlässiger, oberflächlicher Artikel geworden, und der Redaktionschef hatte leicht mit dem Kopf geschüttelt, als er ihm mitgeteilt hatte, der Text sei unbrauchbar.

Dieser verdammte Krieg!

Evald Bromo verließ die Redaktion zehn Minuten, nachdem er dort eingetroffen war. Er hatte das Päckchen in seinem Büro in Ruhe und Frieden öffnen wollen. Aber Ruhe und Frieden waren dort nicht zu finden.

Dieser verdammte Krieg!

Er konnte sich ein Lokal suchen. Eine Kneipe, wo er sich in eine stille Ecke setzen konnte.

Solche Kneipen gab es nicht. Nicht einmal um zwei Uhr nachts an einem Samstag.

Ziellos ging er durch die Akersgate.

Blaßgrünes Licht leuchtete aus dem oberen Stock des

Regierungsgebäudes. Justizministerin und Ministerpräsident waren offenbar noch bei der Arbeit.

Dieser verdammte Scheißkrieg.

Evald Bromo bog hinter der Abfahrt zum Ibsen-Tunnel nach rechts. Als er an der Bibliothek vorbeikam, konnte er nicht mehr. Sein Puls schlug beunruhigend schnell, obwohl er nicht gelaufen war. Im Gegenteil, seit er die Zeitung verlassen hatte, war er immer langsamer geworden. Ohne einen wirklichen Entschluß zu fassen, setzte er sich auf die Steintreppe. Die Kälte jagte seinen Rücken hoch, und er fröstelte. Dann riß er das Päckchen auf.

Es enthielt eine CD.

Musik?

Evald Bromo war ungeheuer erleichtert. Es war wie ein Rausch, sein Kopf fühlte sich leicht und warm an, sein Blick trübte sich, sein Atem ging flach. Jemand hatte ihm eine CD geschickt. Das Cover war zwar ganz weiß, doch als er es öffnete, sah er eine ganz normale CD. So, wie er es erwartet hatte.

Und ein zusammengefaltetes Stück Papier.

Er hielt es einige Sekunden lang in der Hand, dann faltete er es langsam auseinander. Es war übersät von winzigen Buchstaben. Er kniff die Augen zusammen und versuchte, die dichtbeschriebenen Zeilen zu entziffern.

Als er den langen Brief zweimal gelesen hatte, faltete er ihn langsam zusammen. Es fiel ihm nicht leicht, ihn dann wieder im engen Cover zu verstauen, aber endlich klappte es doch. Mehr als eine halbe Stunde saß er dann noch auf der Treppe der alten Osloer Zentralbücherei. Er war allein. Er wurde in Ruhe gelassen. Auch vier junge Männer von vielleicht zwanzig würdigten ihn nur eines kurzen Blickes und einiger frecher Sprüche, als sie grölend vorübertorkelten. Evald Bromo schloß die Augen. Der Inhalt des Briefes war so überraschend, so sensationell und so katastrophal, daß er in vieler Hinsicht Erleichterung empfand.

Er erhob sich langsam, steckte die CD in die Innentasche seiner Lederjacke, holte tief Atem und wußte, daß er das Ende seines Weges erreicht hatte. Ihn überkam eine seltsame leere Ruhe. Er wußte, was er zu tun hatte. Er würde sich ein wenig sammeln, zwei Tage vielleicht, und dann mit Kai reden.

Kai konnte ihm helfen.

Kai hatte ihm schon früher geholfen und Kai würde wissen, wie Evald mit den soeben erhaltenen Auskünften umgehen sollte.

2

»Das Türschild ist schön«, Cecilie lächelte.

Hanne zuckte verlegen mit den Schultern.

»Es sieht ein bißchen blöd aus mit dem blassen Rand drumherum«, sagte sie. »Das alte war ein bißchen größer. Ich hätte es ausmessen sollen, ehe ich das neue bestellt habe.«

»Cecilie Vibe & Hanne Wilhelmsen« teilte das neue Messingschild an der Wohnungstür mit. Hanne hatte schon befürchtet, Cecilie habe es nicht gesehen. Sie hatte nichts gesagt, seit sie aus dem Krankenhaus nach Hause gekommen war. Und das war jetzt vier Tage her.

»Woran denkst du?« fragte Cecilie.

Sie hatten am frühen Morgen einen kleinen Spaziergang durch die Nachbarschaft gemacht. Cecilie wurde müde und sagte nicht mehr viel. Aber sie lehnte sich im Gehen an Hanne und nahm ihre Hand, als sie zwanzig Minuten später ihr Haus erreichten und die steilen Treppen hochgehen mußten. Jetzt lag sie mit einer Decke und einer Tasse Tee auf dem Sofa. Hanne saß ihr gegenüber im Sessel und spielte mit einem Apfel.

»An das Türschild«, sagte Hanne.

»Es ist schön. Irgendwie elegant. Schöne Schrift.«

»Ich meine nicht unseres, sondern das, das wir zu Hause hatten. Bei meinen Eltern.«

»Ach.«

Cecilie versuchte, die Tasse auf den Couchtisch zu stellen. Ihre Hand zitterte, und alles floß auf den Boden. Hanne lief in die Küche, um Papier zum Aufwischen zu holen. Als sie zurückkam, blieb sie mit dem Papier in der Hand stehen und schaute zu, wie das Sonnenlicht sich einen Weg durch die Balkonmarkise suchte.

»Ich war nicht dabei. Meine Eltern und meine beiden Geschwister hatten ihre Namen auf dem Schild. Oben stand der von meinem Vater. Dann der meiner Mutter. Darunter Inger und Kaare, in kleinerer Schrift. Ich war überhaupt nicht erwähnt.«

»Aber du – du hast doch auch da gewohnt?«

»Ich war doch ein Nachzügler. Das Schild war schon da. Als ich dazukam, meine ich. Für einen weiteren Namen war kein Platz mehr. Und offenbar kam niemand auf die Idee, ein neues zu besorgen. Das Seltsame ist...«

Sie ging in die Knie und wischte den Tee mit harten, wütenden Bewegungen auf.

»Ich habe nie darüber nachgedacht. Ich kann mich nicht erinnern, daß es mir etwas ausgemacht hätte. Damals, meine ich. Erst, als ich unser neues bestellt habe, ist mir aufgegangen, daß es eigentlich... doch ein wenig seltsam war.«

Sie ächzte leise, als sie sich erhob, und blieb mit dem feuchten Papier in der Hand stehen. Tee tropfte auf ihre Jeans, aber das schien sie nicht weiter zu stören.

»Warum hat es mir nichts ausgemacht?« fragte sie leise. »Kannst du mir erklären, warum es mich nie gestört hat, daß ich nicht mit auf unserem Türschild stand?«

»Setz dich her.«

267

Cecilie klopfte sich auf den Oberschenkel und rutschte dichter an den Sofarücken. Hanne starrte das tropfende Papier an, legte es in die Obstschale auf dem Tisch und setzte sich auf den schmalen Streifen neben Cecilies Hüfte.

»Du hast es einfach vergessen«, sagte Cecilie. »Du hast vergessen, daß es dich verletzt hat.«

Sie legte ihre rechte Hand auf Hannes. Cecilies Haut war trocken und warm, und sie verflochten ihre Finger miteinander.

»Das glaube ich nicht«, sagte sie und schüttelte den Kopf. »Ich glaube nicht, daß es mir sehr wehgetan hat. Es war genau wie damals... Als ich auf die Polizeischule gegangen bin, waren meine Eltern so enttäuscht. Aber das hat für mich gar keine Rolle gespielt. Trotzdem...«

Cecilie lachte kurz.

»Wenn deine Eltern Juraprofessor und Zoologieprofessorin sind, ist es vielleicht kein Wunder, daß sie es bedenklich finden, wenn ihre Tochter für den Rest ihres Lebens Räuber und Gendarm spielen will. Aber sie haben es doch überlebt.«

»Nicht ganz. Anfangs war es sicher ein bißchen aufregend. Ich hatte bei Familienessen immer die spannendsten Geschichten zu erzählen. In gewisser Weise war ich das wirklichkeitsnahe Alibi der Familie. Aber jetzt... in letzter Zeit...«

»Du gehst nicht mehr zu Familienessen. Überhaupt nicht. Wann hast du sie eigentlich zuletzt gesehen?«

Hanne ließ ihre Hände sinken.

»Wir reden nicht mehr darüber«, sagte sie und wollte aufstehen.

Cecilie hielt sie zurück.

»Es macht mir nichts mehr aus«, flüsterte sie. »Es spielt auch keine Rolle, daß ich sie niemals kennengelernt habe. Ich habe mich für dich entschieden. Nicht für sie.«

»Lassen wir das«, bat Hanne.

»Karen hat gestern angerufen«, sagte Cecilie und streckte die Hand nach der leeren Teetasse aus.

»Die blöde Kuh«, fauchte Hanne. »Mit der Frau rede ich kein Wort mehr.«

Sie ging in die Küche und holte ein Schüsselchen mit Cornflakes und Milch.

»Möchtest du?«

»Nein. Wir sind zu Ostern in ihr Ferienhaus in Ula eingeladen. Von Freitag bis Montag. Ich habe angenommen.«

Cornflakes und Marmelade spritzten aus Hannes Mund und auf den Tisch.

»JA? Du hast ja gesagt? Wo du wußtest, wie wütend ich auf Karen bin!«

Sie knallte die Schüssel auf den Tisch und schlug sich mit dem Löffel aufs Knie, als sie dann sagte: »Erstens will ich an Ostern nicht mit Karen zusammensein. Vielleicht will ich das nie wieder. Und zweitens ist die Fahrt nach Ula zu anstrengend für dich. Kindergeschrei und Hektik und Krach. Kommt nicht in Frage.«

Cecilie schwieg. Sie zog die Decke gerade, die schon zu Boden zu rutschen drohte. Dann ließ sie sich auf die Kissen zurücksinken, als sei sie plötzlich ganz erschöpft. Ihre Gesichtshaut war fast durchsichtig, und Hanne konnte in den dünnen Adern auf ihrer Stirn den Pulsschlag sehen.

»Ich hab das nicht so gemeint«, sagte Hanne und schob die halbleere Schüssel weg. »Ich wollte nicht wütend werden.«

»Ich möchte sehr gern hinfahren«, sagte Cecilie und hielt sich als Schutz gegen das grelle Sonnenlicht die Hand über die Augen. »Du mußt mitkommen. Es wird nicht zu anstrengend. Ich kann doch nicht einfach nur ausruhen, solange ich ... bitte. Und komm mit.«

Hanne ging zur Balkontür und zog die Vorhänge vor.

269

»Besser?« fragte sie.

Cecilie nickte. »Kommst du mit?«

»Ich werd's mir überlegen.«

Mehr wollte sie nicht versprechen.

3

Ståle Salvesen wäre wohl kaum erkannt worden, nicht einmal von denen, die ihm zu seinen Lebzeiten am nächsten gestanden hatten. Seine Gesichtszüge waren zu einer graublauen, aufgedunsenen Maske geworden. Haut und subkutanes Fett lösten sich fetzenweise ab, und seine Nase war fast verschwunden.

Er hatte mehrere Wochen lang in zweiunddreißig Meter Tiefe gelegen. Noch immer hing er an einem vergessenen Haken im Steuerhaus des alten Kutters fest, der in einer Winternacht des Jahres 1952 mit Mann und Maus untergegangen war.

Ståle Salvesen hatte seine Stiefel vier Jahre zuvor auf dem Flohmarkt gekauft. Sie waren mehr als gut genug für ihre Verwendung geeignet gewesen, solide grüne Seestiefel. Er hatte sie oft getragen; immer dann, wenn das Wetter nicht zu kalt oder zu warm gewesen war, hatten die alten, abgenutzten Stiefel ihn hervorragend vor Schneematsch oder anderer Feuchtigkeit geschützt.

Jetzt riß der linke Stiefelschaft mehr und mehr ein.

Der Haken an der Steuerhauswand fraß sich durch die letzten Zentimeter des Gummis, als eine kräftige Strömung die teilweise aufgelöste Leiche erfaßte.

Langsam stieg Ståle Salvesens Leichnam zur Oberfläche empor.

4

Sigurd Halvorsrud fand sich nicht zurecht. Er hatte es gespürt, sowie er sein Haus betreten hatte; er mußte fort. Nicht jetzt, nicht in der allernächsten Zukunft, aber bald. Wenn er mit der Sache durch war. Wenn er nicht verurteilt wurde.

Das ganze Haus erinnerte ihn an Doris. Möbel, Tapeten, Vorhänge; sogar die Antiquitäten, die sie zusammen gekauft hatten, auf Auktionen, in engen Seitenstraßen in fremden Ländern und versnobten Boutiquen in Frogner, alle Gegenstände, große wie kleine, zeigten Doris' unverkennbare Signatur. Es war unerträglich. Es lag eine Anklage in den Wänden, eine Bedrohung in allem, was ihn umgab. Er saß in einem Sessel und starrte auf den Oslofjord und dabei empfand er etwas, das Ähnlichkeit mit Heimweh nach der gelben Untersuchungszelle hatte. Dort hatte es immerhin nur ihn gegeben. Er war dort ganz allein gewesen. Hier war Doris überall.

»Papa«, hörte er hinter sich und schaute sich um.

»Ja, mein Kind.«

»Kann ich heute nacht auch in deinem Bett schlafen?«

Theas nackte Beine schauten aus einem riesigen T-Shirt. So, wie sie in der Tür stand und sich mit dem einen Fuß an der Wade kratzte, ungeschminkt und mit offenen Haaren, wirkte sie jünger, als sie war. Das war eine Erleichterung für ihn. Bei ihrem Wiedersehen am Vortag hatte sie ihn stundenlang angestarrt, und ihre Augen hatten uralt ausgesehen. Heute, beim Frühstück, hatte sie gelächelt. Nicht besonders strahlend, aber die vage Mundbewegung war doch ein Zeichen der Besserung. Sigurd Halvorsrud hatte nach seinem Gespräch mit Dr. Glück schreckliche Angst gehabt. Danach war er zu Thea geführt worden. Sie war wirklich krank,

271

schlimmer, als er es sich vorgestellt hatte. Die Jungen hatten sich bereit erklärt, noch einige Tage bei Tante Vera zu verbringen. Bis Thea zur Ruhe gekommen wäre. Bis sie wußten, wie es mit ihr weiterginge.

»Sicher kannst du das«, sagte er mit weicher Stimme. »Ich komme auch bald. Hast du deine Medizin genommen?«

»Mmm. Gute Nacht!«

Er stand auf und ging durch das Zimmer. Dabei breitete er die Arme aus. Seine Tochter schmiegte sich an ihn. Sie drückte ihr Gesicht in seinen flauschigen Wollpullover; im Zimmer war es kühl. Er hatte seit seiner Heimkehr alle Fenster offenstehen lassen.

»Schlaf jetzt«, sagte er und küßte sie auf den Kopf. »Ich komme bald.«

»Mußt du morgen arbeiten?«

»Nein. Wir bleiben beide zu Hause. Damit wir es uns richtig gemütlich machen können.«

Vermutlich wußte sie nicht, daß er nur auf Zeit aus der Haft entlassen worden war. Und sie würde wahrscheinlich auch das restliche Schuljahr verpassen. Auch davon hatte sie keine Ahnung.

»Also, gute Nacht.«

Er küßte sie noch einmal.

Als Sigurd Halvorsrud sich eine halbe Stunde später in den ersten Stock schlich und vorsichtig seine Schlafzimmertür öffnete, konnte er den regelmäßigen, tiefen Atem einer schlafenden Sechzehnjährigen hören. Ihre Medikamente warfen sie vollständig um. Er hatte nach seinem Gespräch mit Dr. Glück nicht so recht gewußt, ob er sie überhaupt nach Hause holen sollte, aber der Psychiater war sich seiner Sache ganz sicher gewesen: Für Thea wäre es einfach das allerbeste, nach Hause zu kommen. Zusammen mit Papa.

272

Leise schloß er die Tür.

Dann ging er ins Erdgeschoß hinunter, suchte sich in der Abstellkammer eine alte Öljacke, streifte sich eine Wollmütze über den Kopf, hielt das Schlüsselbund so fest in der Hand, daß es nicht klirren konnte, und öffnete die Haustür.

Das Licht der schmiedeeisernen Lampe neben der Auffahrt durchdrang die Schatten bei der Garage und unter den wuchtigen Eichen auf der Grenze zum Nachbargrundstück. Doris hatte das so gewollt. Sie hatte die Dunkelheit nicht gemocht. Sigurd Halvorsrud blieb für einige Minuten stehen. Er konnte nur eine rote Katze sehen, die über den Rasen stolzierte und ihn aus leuchtenden Augen herablassend musterte. Aus der Ferne hörte er das Rauschen der Stadt, doch kein Mensch war zu sehen. Er zog die Tür hinter sich zu, schloß ab und ging zur Straße hinunter. Dreißig Meter weiter den sachten Hang hinab standen zwei Autos, die er aber beide kannte. Pettersens bauten die Garage um, deshalb mußten die Wagen draußen stehen.

Er drehte sich um, stieg in seinen Opel Omega, drehte den Zündschlüssel um und fuhr langsam auf die Straße.

Er wollte nicht zurück ins Gefängnis.

Er würde schon für einen Freispruch sorgen.

Nach nur hundert Metern bremste er. Auf Ruuds Auffahrt stand ein Streifenwagen. Das konnte ein Zufall sein. Im Wagen war niemand zu sehen. Trotzdem drosselte er das Tempo, drehte und fuhr zurück zu seiner eigenen Garage. Er schloß das Auto ab, zog die Garagentür ins Schloß und ging ins Haus.

Er konnte noch einige Zeit warten.

5

Endlich war etwas eingerichtet worden, das mit gutem Willen als Besprechungsraum bezeichnet werden konnte. Daß es im Polizeigebäude nicht genug Dienstzimmer gab, war ein arges Problem, und Hanne Wilhelmsen war der Ansicht gewesen, daß sie vorläufig ohne Besprechungsraum auskommen konnten. Doch nun hatten sie einen freigelassenen Verdächtigen, seltsame Spuren in die absurdesten Richtungen und waren von einer Aufklärung des Falls offenbar weiter entfernt als zu irgendeinem Zeitpunkt, seit Doris Flo Halvorsrud ermordet worden war.

Der Polizeipräsident war frisch rasiert und hatte ein wenig kleidsames Stück Klopapier an seinem blutverschmierten Kinn kleben.

»Hab mittags ein wenig trainiert«, sagte er zu seiner Entschuldigung. »Und mich danach rasiert. Hatte es ein wenig zu eilig.«

Hanne Wilhelmsen setzte sich in dem länglichen, fensterlosen Raum ans Tischende. Hinter ihr stand ein blanker Overheadprojektor. Sie spielte mit zwei Filzstiften und wartete darauf, daß alle sich setzten.

»Die Zeitungen hatten ein Spitzenwochenende«, sagte Erik Henriksen laut. »Nichts als Hohn und Spott. *VG* und *Dagblabet* reiten auf zwei Pferden. Erstens haben wir jetzt einen von den inzwischen so zahlreichen ›Polizeiskandalen‹…«

»…und außerdem ist die Freilassung des Oberstaatsanwalts ein Skandal«, fügte Karianne Holbeck hinzu und trank aus einem Plastikbecher Cola light. »Sie sollten sich wirklich entscheiden. Entweder haben wir schlechte Arbeit geleistet, oder wir machen einen Unterschied zwischen Jupiter und dem Ochsen.«

»Ach, die heulen doch immer«, sagte Karl Sommarøy und gähnte.

Der Abteilungsleiter traf als letzter ein. Die tiefe Furche in seiner Stirn schien nun von Dauer zu sein. Er schaute Hanne an und legte die Hände auf den Tisch.

»Wir haben jetzt alles in allem zwölf Leute auf diesen Fall angesetzt«, sagte Hanne. »Und bei dieser Besprechung wollen wir unseren derzeitigen Stand zusammenfassen und die Aufgaben für die nächsten Tage verteilen. Ich hatte…«

Sie spielte an der unkleidsamen Haarspange herum, die sie jetzt brauchte, um überhaupt sehen zu können. Billy T. lachte ungeniert.

»Fesches kleines Teil, das da.«

Hanne ignorierte ihn und sagte: »So, wie ich es sehe, können wir aus der Entscheidung des Untersuchungsgerichts allerlei lernen.«

Ein unzufriedenes Gemurmel wogte durch den Raum. Hanne hob die Stimme.

»Richter Bugge hat auf etliche Schwächen in unseren bisherigen Ermittlungen hingewiesen. Wir müssen uns auf drei Hauptlinien konzentrieren.«

Sie erhob sich, zog die Kappe von ihrem blauen Filzstift und begann auf dem Overheadprojektor zu schreiben.

»A: Korruptionsspur. Wo stehen wir da, Erik?«

Erik Henriksen beugte sich vor und betrachtete einen Fleck auf dem Tisch.

»Die Computerleute von der Wirtschaftskripo haben uns geholfen und Halvorsruds PC auf den Kopf gestellt. Da war nichts von Interesse zu finden. Sie waren verdammt gründlich, haben gelöschte Dateien gesucht und so. Nada.«

Er schaute auf.

»Außerdem habe ich die vier auf den Disketten erwähnten Personen zu neuen Vernehmungen bestellt. Aber ich glaube ehrlich gesagt nicht…«

Wütend fuhr er sich durch den feuerroten Schopf.

»Es sieht nicht gerade verdammt rosig aus. Ich hab ja auch die ersten Vernehmungen geleitet, und entweder sind alle vier saugute Schauspieler, oder sie sagen wirklich die Wahrheit. Und dieser Anruf bei deinem Kumpel, dem Türken, der kam aus einer Telefonzelle am Olav Ryes plass. Beide Male, übrigens. Wer immer angerufen hat, hat dabei mit anderen Worten nur einen Steinwurf von Özdemir Import gestanden. Langsam halte ich die ganze Korruptions...«

»Wir versuchen, noch gar nichts für irgend etwas zu halten«, fiel Hanne ihm ins Wort. »Du und Petter und Karianne, ihr grabt weiter.«

»So verdammt leicht ist das nicht«, murmelte Erik so leise, daß nur Karianne Holbeck neben ihm es hören konnte.

Sie lächelte und hob resigniert die Augenbrauen, ohne die Hauptkommissarin am Tischende anzusehen.

Hanne seufzte demonstrativ.

»Liefert das Geld im Medizinschränkchen irgendeine Spur? Wissen wir irgendwas darüber?«

»Nein«, erwiderte Erik mürrisch. »Nur, daß es sich ausschließlich um benutzte Scheine handelt, und daß keiner später als 1993 gedruckt worden ist. Alt und abgegriffen also. Mit einer Milliarde von uninteressanten Fingerabdrücken.«

»B: Ståle Salvesen«, sagte Hanne Wilhelmsen und wandte sich wieder dem Overheadprojektor zu. »Gibt's da was Neues?«

Karl Sommarøy räusperte sich. »Völlige Leere. Ich habe noch einmal mit dem Sohn gesprochen, aber dabei ist nicht mehr herausgekommen als beim ersten Mal. Er war nur noch saurer. Dann habe ich bei der Telefongesellschaft angefragt, ob sie feststellen können, welche Nummer Salvesen bei seinem letzten Anruf bei der Auskunft erfragen wollte.

Sie können sie vielleicht herausfinden, wenn er um weitere Vermittlung gebeten hat. Sonst nicht. Und auch das erfordert wilde Wühlarbeit, und wir brauchen richterliche Erlaubnis. Ist das so wichtig?«

»Und die Leiche ist natürlich auch noch nicht aufgetaucht«, sagte Hanne, statt zu antworten.

»Nein.«

Sie schwiegen. Der Polizeipräsident pflückte sich das Klopapier von der Wange, rollte es zu einer kleinen Erbse zusammen und steckte es in die Tasche. Der Abteilungsleiter starrte Hanne an, doch Hanne sah zerstreut aus, als finde sie die ganze Vorstellung im Grunde uninteressant. Karl Sommarøy bot eine Runde Pastillen an.

»C«, sagte Hanne plötzlich. »Richtung C ist ein Chaos. Das Motiv für den Mord an Doris Halvorsrud kann in einer ganz anderen Richtung liegen, als wir bisher vermutet haben.«

»Wie wäre es mit einer Kombination«, schlug der Abteilungsleiter leise vor.

Alle starrten auf die Tischplatte. Die dunkelbraunen Augen des Abteilungsleiters unter seinen dicken schwarzen Augenbrauen richteten sich noch immer auf Hanne.

»Kombination«, sagte Hanne nachdenklich und drehte die Kappe auf den Filzstift.

»Ja. Angenommen, Halvorsrud hat seine Frau nicht umgebracht. Bisher wissen wir niemanden, der ein Motiv dafür haben könnte, ihm schaden zu wollen. Abgesehen von Salvesen. Vielleicht.«

»Aber dessen Fall liegt fast zehn Jahre zurück«, sagte Billy T. und schüttelte den Kopf. »Alle, die bei Polizei und Anklagebehörden arbeiten, legen sich sogenannte Feinde zu. Schurken und Banditen, die uns hassen, weil wir sie hinter Schloß und Riegel stecken. Aber sie rächen sich fast nie. Und schon gar nicht nach zehn Jahren.«

277

»Stimmt«, sagte der Abteilungsleiter geduldig. »Aber wenn wir darin übereinstimmen, daß diese unterschiedlichen Korruptionsspuren...«

Er erhob sich und trat hinter die fünf Kollegen, die auf Billy T.s Seite am Tisch saßen. Er ließ sich von Hanne den Filzstift geben, dann legte er eine neue Folie auf den Projektor und fing an zu schreiben.

»1) Anrufe bei Özdemir.

2) Geld im Medizinschränkchen im Keller.

3) Disketten mit detaillierten, aber dennoch nicht besonders polizeimäßigen Unterlagen über vier eingestellte Fälle.«

Er drehte sich zu den anderen um.

»Von denen auf jeden Fall zwei aus äußerst fragwürdigen Gründen eingestellt wurden, aber dennoch...«

Er wandte sich wieder zum Overheadprojektor um. »4)«, schrieb er weiter. »Eine unerklärliche neue Festplatte im Computer seiner Frau.«

Er machte sich am Filzstift zu schaffen und färbte sich den Daumen blau.

»Was ist das«, fragte er mit einem herausfordernden Blick auf Hanne Wilhelmsen, die die Arme übereinandergeschlagen und ihm mit ausdruckslosem Gesicht zugehört hatte.

»Absolut amateurmäßig«, sagte sie ruhig. »Das riecht doch schon von weitem nach einem Set-up.«

Sie holte Atem und zeigte auf die Punkte an der Wand.

»Die Anrufe: Absolut unwahrscheinlich, daß wirklich Halvorsrud angerufen hat. Das Geld im Keller?«

Sie zögerte kurz, während ihr Finger auf dem zweiten Punkt ruhte.

»Halvorsrud ist clever. Als er uns angerufen hat, wußte er, daß wir sein Haus auf den Kopf stellen würden. Die Disketten...«

Wieder hielt sie den Atem an und strich sich über die Wange.

278

»Bei denen verstehe ich nur noch Bahnhof. Doris' PC braucht im Grunde gar nichts zu bedeuten.«

»Aber was ist mit den Scheidungspapieren?« fragte Karianne und wurde rot. Hanne hatte inzwischen registriert, daß ihr das immer wieder passierte. »Warum hat er nichts darüber gesagt?«

Hanne nickte langsam.

»Da sagst du was Wahres. Aber sind sie nicht alle so? Haben wir nicht allesamt überflüssige Arbeit, weil Zeugen und Verdächtige es für gut befinden, uns zu beschwindeln, wenn ihnen etwas unangenehm ist?«

Karianne zuckte mit der einen Schulter und starrte die Tischplatte an.

»Aber«, sagte Billy T. »Was wolltest du eigentlich damit sagen, daß wir es mit einer Kombination versuchen sollten?«

Der Abteilungsleiter fischte ein Streichholz aus einer Schachtel in seinen engen Jeans und schob es sich zwischen die Zähne.

»Daß Ståle Salvesen nicht tot ist. Daß er das alles arrangiert hat. Und daß es noch Faktoren gibt, die wir nicht kennen. Mit anderen Worten ...«

Er blätterte zu Hannes ursprünglicher Liste zurück.

»A, B und nicht zuletzt C«, sagte er. »Das Chaos. Es gibt Dinge, die wir nicht wissen.«

»Das ist klar«, sagte Billy T. »Aber wir können diese These auch noch weiter ausdehnen.«

Er kicherte kurz und zupfte sich am Schnurrbart.

»Was, wenn es eben wie ein Set-up wirken soll? Was, wenn irgendwo ein Mörder sitzt und sich gelb und grün darüber ärgert, daß die Polizei darauf noch nicht gekommen ist?«

»Und der Witz dabei?« fragte Hanne trocken. »Wenn weder Ståle Salvesen noch Sigurd Halvorsrud den Mord be-

279

gangen haben, dann muß es doch darum gegangen sein, daß einem von beiden die Schuld zugeschoben wird.«

»Also«, sagte der Abteilungsleiter und spuckte Holzfasern aus. »Ich muß jetzt leider zu einer anderen Besprechung.«

Tischbeine kratzten über Linoleum, als dem Abteilungsleiter Platz gemacht wurde. In der Tür drehte er sich noch einmal um und starrte den Overheadprojektor an. Dann zerbrach er das Streichholz, auf dem er noch immer herumkaute, spuckte die Hälfte auf den Boden und sagte langsam: »Halvorsrud zuliebe müßten wir hoffen, daß Ståle Salvesens Leiche nie gefunden wird. Dem Oberstaatsanwalt zuliebe müßten wir hoffen, daß es ganz einfach keine Leiche gibt. Was ich selber hoffe, weiß ich nicht so recht. Schönen Tag noch.«

Es war Montag, der 29. März 1999, und die Uhr ging auf drei zu. Hanne Wilhelmsen fiel plötzlich etwas ein, das sie sich vor drei Wochen versprochen hatte. Den Fall gelöst zu haben.

Heute.

6

Evald Bromo hatte von den Dönerratten in den Sträuchern von Spikersuppa gehört, hatte sie jedoch nie gesehen. Jetzt stand er vor dem Nationaltheater auf der Straße und sah zu, wie die beiden Riesenbiester sich um die Essensreste des Wochenendes rauften, die betrunkene Nachtschwärmer ins Gebüsch geworfen hatten. Die grauen Nager waren so groß wie halbwüchsige Katzen, und Evald schauderte es. Danach füllte sich der Taxihalteplatz in der Roald Amundsens gate mit Wagen, die die Aussicht versperrten. Er schaute auf die Uhr.

Kai war spät dran.

Außerdem fiel Evald ein, daß er seine Mutter besuchen mußte. Er schaute fast jeden Tag einmal im Pflegeheim vorbei. Jetzt war Dienstagnachmittag, und er hatte die alte Dame am Freitag zuletzt gesehen.

Evald Bromo fühlte sich jetzt wohler als irgendwann sonst in seiner Erinnerung.

Die Ruhe, die ihn in der Nacht zum Sonntag auf der Treppe der Bücherei überkommen hatte, war von Dauer gewesen. Obwohl er in seinem Entschluß immer wieder schwankend wurde, konnte er in regelmäßigen Abständen wieder zu ihm zurückkehren. Das half. Sein Entschluß bedeutete zwar eine Katastrophe. Alles würde vorbei sein. Aber das war besser, als zu warten. Die vergangenen Wochen hatten ihn fast umgebracht. Und bis zum 1. September waren es immer noch fünf Monate. Das war zu lang. Er wußte es jetzt; nach schlaflosen Nächten und unproduktiven Tagen voller Angst wäre alles besser, als so weiterzumachen.

Und egal, wie er das Ganze auch drehte und wendete, er war dabei, das einzig Richtige zu unternehmen. Evald Bromo wandte sich für einen Moment zum Rathaus um und nahm einen Hauch von Kaffeegeruch aus dem Hafen wahr. Er atmete tief ein und versuchte sich zu erinnern, ob er jemals stolz auf sich gewesen war. Froh war er vielleicht gewesen. Er war froh gewesen, als er den Posten bei *Dagbladet* bekommen hatte, und noch mehr, als *Aftenposten* fast schon Headhunter auf ihn angesetzt hatte. Das Angebot von *Dagens Næringsliv* hatte ihm geschmeichelt, und als er am Tag nach seiner mißratenen Hochzeit neben der in einem rosa Nachthemd schlafenden Margaret im Bett erwacht war, hatte er eine Art Zufriedenheit über seine Wahl empfunden. Daß er jemals stolz gewesen wäre, daran konnte er sich jedoch nicht erinnern, seit die Pubertät gekommen war und die Lust auf kleine Mädchen sich wie ein Gewicht auf ihn gelegt hatte, von dem er sich niemals hatte befreien können. Als er noch Marathon gelaufen war und zu den zehn oder fünfzehn besten Läufern des Landes gehört hatte, war er nie mehr als zufrieden gewesen. Niemals stolz.

Jetzt spürte er, was das für ein Gefühl war.

Es machte ihn benommen und ließ ihn in seiner Erinnerung zurückgehen, in die Zeit, als er ein kleines Kind war, das sich wegen gar nichts zu schämen brauchte.

Sein Entschluß war gefaßt, und er klammerte sich daran fest. Zugleich wußte er, daß er zu schwach war. Ohne Hilfe würde er es nicht wagen. Er brauchte jemanden. Jemanden, der verstehen konnte, ohne zu verdammen.

Kai konnte ihm helfen. Kai hatte ihm schon einmal geholfen; damals, als Evald Bromo fast entlarvt worden wäre. Vor sieben Jahren. Kai war es zu verdanken, daß Evald Bromo ungeschoren davongekommen war. Anfangs hatte er nicht begreifen können, warum Kai es getan hatte. Im Laufe der Jahre war ihm eine Art vager Ahnung gekommen, doch der war er nicht nachgegangen. Er hatte seine Dankbarkeit unter Beweis gestellt, immer wieder. Anfangs durch Geschenke und Geld, kleine Aufmerksamkeiten, die die Loyalität bewahren sollten. Dann durch Freundschaftsdienste, die niemals wirklich groß waren, die aber so häufig erfolgten, daß man sich jetzt fragen konnte, wer hier eigentlich wem etwas schuldete.

Evald Bromo hob kurz die Hand, als Kais weißer Ford Escort zweimal mit dem Fernlicht blinkte und dann an den Straßenrand fuhr. Kai beugte sich vor und öffnete die Beifahrertür.

»Hallo«, sagte er munter, als Evald einstieg. »Lange nicht gesehen.«

Evald nickte und schnallte sich an.

»Wohin fahren wir?« fragte er, als sie sich Storo und dem Ringvei näherten.

»Maridalen, dachte ich. Irgendwo da oben, wo wir unsere Ruhe haben.«

»Nein«, sagte Evald unschlüssig. »Was ist mit dem Sognsvann?«

»Wie du willst.« Kai lächelte und bog nach links ab.

Als sie den riesigen Parkplatz beim Sognsvann erreichten, hatte Evald Bromo seine Geschichte erzählt. Die der E-Mails und der Ankündigungen für den 1. September. Über das Paket mit der CD und einen engbeschriebenen Brief. Über den Entschluß, den er jetzt gefaßt hatte, und darüber, warum er Hilfe brauchte.

Kai hielt am Ende des Parkplatzes, wo nur selten Jogger und Spaziergänger vorüberkamen. Sie standen versteckt hinter einem unbenutzten Kastenwagen, und Kai schaltete das Radio ein. Evald stellte es wieder aus.

»Pokerface«, sagte Kai und machte mit dem rechten Zeigefinger Kreisbewegungen auf seinem Oberschenkel. »Bist du sicher, daß dir dieser Name nichts sagt?«

»Völlig«, sagte Evald. »Ich spiele ja nicht einmal Poker.«

Kai machte sich am Lederüberzug des Lenkrades zu schaffen. Er war abgenutzt, der Lederriemen, der ihn spannte, hatte sich gelockert.

»Was hast du mit der CD gemacht?«

»Hier ist sie«, sagte Evald Bromo und fischte sie aus seiner Jackentasche.

Kai blickte das Cover lange an, ehe er es öffnete. Er nahm die CD heraus und hielt sie zwischen Daumen und Zeigefinger. Sie war auf der einen Seite spiegelblank, auf der anderen gerillt und matt. Er studierte das Farbenspiel der bespielten Seite und drehte sie langsam hin und her.

»Hast du sie dir angesehen?«

Er steckte die CD wieder ins Cover.

»Nein. Ich weiß ja, was sie enthält. Steht doch da.«

Evald zeigte auf den Brief, der zwischen Kais Beine gerutscht war. Der Mann auf dem Fahrersitz hob den Brief auf, faltete ihn auseinander und überflog ihn.

»Ich muß schon sagen«, sagte er kurz und reichte alles seinem Nachbarn zurück. »Ich glaube, du hast recht. Du verhältst dich richtig, und ich werde dir natürlich nach besten Kräften helfen. Ich werde mir die Sache überlegen und mich dann bei dir...«

Er kratzte sich die Stirn und rückte danach ein Abzeichen gerade, das sich aus seiner Befestigung am Rückspiegel gelockert hatte.

»Ich rufe dich am Montag an.«

»Das ist der Ostermontag«, sagte Evald und steckte die CD wieder in die Tasche. »Was ist mit morgen?«

»Morgen kann ich ganz einfach nicht. Ich fahr morgen früh mit meiner ganzen Familie in einen kleinen Osterurlaub. Also besser Dienstag. Nächste Woche Dienstag. Dann rufe ich dich an.«

Ein alter Mann trottete nur zehn Meter von ihnen entfernt aus dem Wald. Er bog um einen umgestürzten Baum herum und ging dann am Bach weiter, ohne die beiden Männer im Wagen eines Blickes zu würdigen.

»Du solltest den Kram verstecken«, sagte Kai. »Versteck die CD irgendwo, wo niemand sie finden kann. Auch deine Frau nicht. Niemand. Nicht zu Hause, nicht in der Redaktion. Irgendwo anders. Weit weg. Und laß sie da, bis wir uns wieder treffen. Und dann bringst du sie mit.«

Evald nickte zerstreut und faßte sich an die Jackentasche, in der die CD steckte.

»Nur noch eins«, sagte Kai und drehte den Zündschlüssel um. »Du weißt, daß Sigurd Halvorsrud aus der U-Haft entlassen worden ist?«

Er drehte den Kopf und starrte Evald an, dann legte er

284

den Rückwärtsgang ein und verließ langsam den einge-
klemmten Parkplatz zwischen Kastenwagen und Wald.

»Ja«, sagte Evald Bromo.

»Das ändert nichts?«

»Nein. Ich werde meine Meinung nicht ändern.«

»Gut«, sagte Kai. »Du tust das einzig Richtige.«

Er lächelte und klopfte seinem Kumpel leicht und beruhigend auf den Oberschenkel.

»Gut«, wiederholte er.

7

In der Nacht zum Gründonnerstag des Jahres 1999 unternahm Sigurd Halvorsrud einen weiteren Versuch, ungese-
hen aus dem Haus zu kommen. Seit seiner Haftentlassung
war er fast nur zu seinen täglichen Ausflügen auf die Wache
unterwegs gewesen, wo er seiner Meldepflicht nachkam.
Die beiden Söhne wohnten wieder zu Hause. Sie übernah-
men die nötigen Einkäufe. Nur abends wagte Halvorsrud
sich zu einem kurzen Spaziergang hinaus, zumeist zusammen mit seiner Tochter. Thea ging es besser. Sie schlief
nachts gut, und an diesem Vormittag hatte sie sich mehrere
Stunden auf ein Buch konzentrieren können. Halvorsrud
liebte diese abendlichen Spaziergänge mit Thea. Vater und
Tochter wechselten dabei kaum ein Wort, aber ab und zu
griff sie nach seiner Hand. Wenn er ein wenig zu schnell
ging, zupfte sie ihn am Jackenärmel, um ihn neben sich zu
behalten. Er legte ihr dann den Arm um die Schultern, und
sie lächelte zaghaft und ging noch langsamer.

An diesem Abend hatte sie ihn nicht begleitet.

Sie war früh zu Bett gegangen, und er brach erst sehr
spät auf. Es war fast Viertel nach zwölf, als er Schmutz und

Kies von seinen Schuhen schlug und die Tür hinter sich zuzog, nachdem er eine gute halbe Stunde unterwegs gewesen war. Das Haus war still. Nur die schwere Standuhr in der Diele tickte müde; ihr Takt mischte sich mit dem Geräusch seines Pulses, der gegen seine Trommelfelle schlug und ihn dazu brachte, für einen Moment den Atem anzuhalten, ehe er seine Jacke abstreifte und sich ins Wohnzimmer schlich.

Das Eisbärfell war längst entfernt worden.

Das Parkett war an der Stelle, wo das Fell gelegen hatte, heller. Das Fell hatte im Parkett ein Muster hinterlassen, einen klobigen Fleck mit Armen, Beinen und Kopf. Im schwachen Schein der Stehlampe neben dem Sofa erinnerte der Abdruck an einen toten Menschen. Halvorsrud drehte das Licht herunter und wandte sich ab. Er setzte sich in einen Sessel am Fenster, und dort saß er dann, ohne so recht zu wissen, ob er eingenickt war, bis er sich um halb zwei davon überzeugte, daß alle Kinder schliefen.

Dann verließ er das Haus.

Bei seinem Spaziergang hatte er keinen Polizisten gesehen. Er war sehr aufmerksam gewesen und hatte alles genau beobachtet. Die Osterferien hatten angefangen, und die Stelleneinsparungen machten sich vielleicht auch bei der Polizei geltend. Auf jeden Fall war die Straße menschenleer. Die Garage der Pettersens war noch immer nicht fertig, die Autos standen weiter auf der Straße. Ansonsten war weit und breit kein Wagen zu sehen. Sigurd Halvorsrud setzte sich hinter das Lenkrad und steuerte die Osloer Innenstadt an.

Er hielt sich für unbeobachtet, was jedoch ein Irrtum war.

8

Cecilie ging es um einiges besser. Als sie über die E 18 gefahren waren, hatte sie laut zu einer CD mit alten Cat-Ste-
vens-Stücken gesungen und ansonsten ununterbrochen geredet. Sie hatten bei dem seltsamen neuen Kreisverkehr
hinter Holmestrand gehalten und getankt, und Cecilie hatte
sich ein Eis gekauft und es gegessen, ohne daß ihr schlecht
geworden war. Als Hanne auf den holprigen Weg abgebogen war, der zu Karen Borgs Hütte führte – sie war auf den
Ruinen der alten errichtet worden, die ein heftiger Brand
zu Beginn der 90er Jahre vernichtet hatte, bei dem Karen
fast ums Leben gekommen wäre –, konnte Cecilie es kaum
erwarten.

»Ich freue mich«, sagte sie laut. »Es wird so schön sein, den
Frühling am Meer zu begrüßen.«

Sie lachte, und Hanne hatte vergessen, daß sie so lachen
konnte. Hanne schluckte den letzten Rest Widerwillen hinunter und war glücklich darüber, daß sie ja gesagt hatte.
Noch immer war sie wütend auf Karen, beschloß aber, sich
das nicht anmerken zu lassen, als Karen ihnen von der Ve-
randa aus energisch zuwinkte. Hanne fuhr unter eine alte
Kiefer und hielt an.

»Silie, Siiiilie«, heulte Hans Wilhelm und stürmte auf Ce-
cilie zu, als sie aus dem Wagen stieg, doch dann blieb er zwei
Meter vor ihr plötzlich stehen und streckte eine schmutzige
Hand aus.

»Du bist sehr krank, Silie. Du kannst nicht viel aushalten.
Papa hat ein großes Geheimnis.«

Er verbeugte sich. Cecilie lachte und fuhr ihm durch die
Haare. Hanne hob Liv hoch, die hinter ihrem Bruder her-
getrottet kam und etwas unter dem Arm hielt, das wie eine
tote Katze aussah.

»Miez«, sagte die Zweijährige stolz und hielt Hanne ihr schlaffes Schmusetier hin. »Hanne Miez eimachen!«

Hanne machte mit Miez ei. Håkon gesellte sich zu ihnen und half ihnen mit dem Gepäck. Hans Wilhelm vergaß alle Ermahnungen, hing wie eine Klette an Cecilie und erzählte immer wieder von dem Geheimnis, über das er nicht sprechen durfte, das aber groß und rot und toll sei.

Der Himmel war nur leicht bewölkt und verheißungsvoll, die Temperatur war so gestiegen, daß sie mit Kaffee und Waffeln vor der Südwand sitzen konnten. Karen hatte Hannes Waffenstillstandsangebot auf den ersten Blick begriffen. Im Skagerrak trugen die Wellen weiße Kronen, und der Wind drehte im Laufe des Nachmittags nach Nordosten.

»Jetzt kannst du es zeigen«, sagte Karen endlich und nickte Håkon über ihr Mineralwasserglas zu.

Håkon Sand sprang auf, breitete die Arme aus und brüllte dem Meer zu: »JETZT!«

»Jetzt, jetzt«, schrie Hans Wilhelm und stürzte durch die Verandatür.

Sie konnten seine Füße auf der Treppe trommeln hören, dann fiel krachend die Haustür ins Schloß.

»Komm«, sagte Håkon zu Hanne. »Ich zeig dir was.«

»Ich bleibe hier«, sagte Cecilie und zog die Decke fester um sich zusammen, als Hanne sie fragend anstarrte. »Mir geht's richtig gut.«

In der Garage stand ein Motorrad.

Eine Yamaha Diversion 900 Kubik; knallrot und mit Verkleidung.

»Huch?«

Soviel Hanne wußte, hatte Håkon ein einziges Mal in seinem Leben auf einem Motorrad gesessen. Und zwar als Sozius auf einer Maschine, die sie gefahren war. Die sie gestohlen hatte, weil sie die Hütte erreichen mußten, die früher hier

288

gestanden hatte und die an diesem Abend abbrennen sollte. Die Fahrt war lebensgefährlich, eiskalt und naß gewesen, und Håkon hatte später geschworen, daß nichts auf der Welt ihn jemals wieder auf ein motorisiertes Zweirad bringen würde.

»Das ist doch nicht deine?« fragte sie unsicher und schaute Håkon an.

»Dohohoch«, schrie Hans Wilhelm und kletterte blitzschnell auf den Sitz.

»Ups«, sagte Hanne und hob ihn wieder herunter. »Wir müssen es erst auf die Hauptstütze setzen. Laß es nie auf der Seitenstütze stehen, Håkon. Dann kann es umkippen.«

Mit geübtem Griff wuchtete sie das Motorrad auf die Zweibeinstütze vor dem Hinterrad. Dann setzte sie Hans Wilhelm auf den Sitz und stülpte ihm den Helm auf, der am Lenker gehangen hatte.

»So«, sagte sie und klopfte auf den Helm. »Jetzt kann's losgehen.«

»Aber das Motorrad«, murmelte Håkon und kratzte sich am Bauch. »Wie findest du das?«

Hanne gab keine Antwort. Sie umrundete zweimal die feuerrote Maschine, klopfte auf den Benzintank, ging in die Hocke und studierte den Motor, strich leicht über den Ledersitz hinter dem Jungen, der brüllte und heulte und offenbar an einem wichtigen Rennen teilnahm.

»Schöne Farbe«, nickte sie und stemmte die Hände in die Seiten. »Rot, schön.«

Håkon rümpfte die Nase.

»Aber hast du denn«, sagte Hanne dann, »hast du denn so einfach den Motorradführerschein gemacht?«

»Sicher. Vor vier Wochen. Und dann habe ich das hier letzte Woche gekauft.«

Er lächelte breit unter seinem Ferienbart. Seine Oberlippe war von Tabakflocken besetzt, und jetzt tropfte ihm schwarzer Tabaksaft von den Vorderzähnen.

»Daß du dich traust«, sagte Hanne zerstreut.

Håkon nahm Hans Wilhelm den Helm ab, hob den Jungen vom Sitz und gab ihm einen Klaps auf den Hintern.

»Geh zu Mama und sag ihr von mir, daß du dir eine Cola nehmen darfst.«

Der Junge rannte aus der Garage.

»Ich mußte das einfach«, sagte Håkon langsam. »Du kannst es gern einen Bubentick nennen. Oder Midlife-crisis, wenn du willst. Nenn es wie du willst, aber es lag wirklich daran, daß ich mich nicht getraut habe. Und das wollte ich. Mich trauen. Anfangs war es wichtig, den Führerschein zu machen. Dann war es wichtig, die Maschine zu kaufen.«

Hanne schwang ein Bein über das Motorrad und setzte sich rittlings darauf.

»Das ist sicher verdammt leicht zu fahren«, sagte sie trocken und wiegte sich ein wenig hin und her. »Niedriger Schwerpunkt und kindliche Sitzhaltung.«

»Dann probier es doch mal aus.«

Håkon fühlte sich mißverstanden. Und vielleicht verletzt. Er wollte gehen. Er hatte sich so darauf gefreut. Er hatte sich das Motorrad vor allem der anderen wegen angeschafft. Die sollten ihn bewundern. Hans Wilhelm zuliebe wollte er etwas haben, mit dem er prahlen konnte. Karen sollte den Kopf schütteln, die Augen verdrehen und ihn als Machomann bezeichnen. Die Kollegen sollten ihm hinterherstarren, wenn er in Lederkombi und rotem Helm nach Hause sauste. Und Hanne sollte beeindruckt sein. Ganz zu Anfang, vor den ersten unsicheren Runden um den Parkplatz beim Munch-Museum, hatte er sich eingebildet, es auch für sich selbst zu tun. Aber er hatte Angst. Er hatte jedesmal, wenn er sich auf das erschreckende, tosende Monstrum setzte, eine Heidenangst. Nie hatte er die volle Kontrolle, und jede Fahrt war ein schweißtreibender Kampf, nach dem er eine halbe Stunde brauchte, um wieder zu Kräften zu kommen. Håkon Sand hatte Zeit gebraucht, um es sich einzugestehen, und er glaubte, er werde es anderen gegenüber niemals zugeben: er hatte über hunderttausend Kronen vergeudet, um Eindruck zu schinden. Aber Hanne gefiel das Motorrad nicht. Håkon hatte sich seit einer Woche auf diesen Moment gefreut, und dann gefiel ihr sein Motorrad nicht.

»Für eine japanische Maschine gar nicht schlecht«, sagte sie versöhnlich. »Und sehr gut für einen, der sie nicht reparieren kann. Sicher und gut und leicht zu fahren.«

»Mach doch eine Probefahrt«, drängte er. »Hier. Du kannst dir meine Kluft ausleihen. Hast du dein eigenes Motorrad schon frühlingsfit gemacht?«

Zögernd nahm sie die Lederkombi, hielt sie sich an und schüttelte den Kopf.

»Die ist zu groß für mich«, sagte sie. »Und nein. Die Harley steht im Lager. Wartet auf einen neuen Auspuff. Außerdem habe ich keine Minute frei gehabt. Und drittens ...«

Die Kombi noch immer am Leib, starrte sie an sich herunter.

»Drittens will ich sie verkaufen.«

»Verkaufen? Warum denn? Das ganze Sommerhalbjahr bist du auf der Harley doch wie festgewachsen.«

»Eben«, sagte sie kurz. »Zeit, erwachsen zu werden.«

Håkon spuckte Tabak auf den Betonboden, und sie fügte eilig hinzu: »Das soll nicht heißen, daß ich dich für kindisch halte. Um ehrlich zu sein, finde ich es beeindruckend, daß du es geschafft hast. Ich weiß doch noch, was du für einen Schiß hattest, als ...«

Sie lachte laut und streifte ihre Turnschuhe ab.

»Du bist vor Angst doch fast in Ohnmacht gefallen, als wir die Mühle geklaut haben, um damals rechtzeitig hier zu sein. Aber dann bist du als Ausgleich in eine lichterloh bren-

291

nende Hütte gestürzt, um Karen zu retten. Du bist dann mutig, wenn es darauf ankommt, Håkon. Du bist nicht wie andere Männer. Du bist keiner, der protzt. Du bist lieb und treu und klug. Karen hat keine Ahnung, was sie für ein Glück hat.«

Langsam strich sie über seine Bartstoppeln. Ihre Hand legte sich an seine Wange, und sie stellte sich auf Zehenspitzen und streifte seine Stirn mit den Lippen.

»Das meine ich wirklich«, sagte sie und starrte ihm einige Sekunden lang in die Augen, dann stieg sie in den viel zu weiten Anzug. »Ich habe dir nie dafür gedankt, daß du an dem Abend gekommen bist. Und am folgenden Sonntag. Und ich werd es wohl auch nicht tun. Du bist lieb, Håkon. Richtig und wahrhaft lieb. Und außerdem hast du verdammt zugenommen, seit du Kinder bekommen hast.«

Sie zog am grüngrauen Leder, das um ihren Bauch schlotterte, und zog den Reißverschluß hoch.

»Schau mich mal an. Ein mehrfarbiges Monster! Warum kaufst du dir keine einfarbigen Sachen?«

Håkon setzte sich auf einen alten Sägebock. Die Garage zeigte noch Spuren des Brandes vor fast sieben Jahren, obwohl sie fünfzig Meter von der Hütte entfernt gestanden hatte. Sie war in derselben Farbe wie die neue gestrichen worden, roch innen aber nach Benzin und Öl, muffig und feucht. Irgendwer hatte vor vielen Jahren versucht, ein System zum Lagern von Gartengeräten, Werkzeug und Fahrrädern zu entwickeln. Jetzt waren die Nägel in der Wand krumm, die Silhouetten, die auf die Platten aufgemalt worden waren, um dafür zu sorgen, daß alles an der richtigen Stelle aufgehängt wurde, waren fast nicht mehr zu sehen. Vor der Querwand stand eine alte Hollywoodschaukel, mit schiefen Beinen und Rissen im Stoff.

»Ich mach das nur, um zu beeindrucken«, murmelte er. »Nur um zu beeindrucken.«

Hanne stutzte. Dann setzte sie sich neben ihn auf den Sägebock und nahm den Helm auf den Schoß.

»Wie meinst du das?« fragte sie und strich sich die Haare aus der Stirn.

»Ich wollte einfach Eindruck schinden. Deshalb hab ich den Führerschein gemacht. Und die verdammte Mühle gekauft.«

Er versetzte dem Motorrad einen Tritt und verstummte.

»Ich könnte fast lachen«, sagte Hanne.

»Bestimmt.«

»Ich lache nicht.«

»Lach du nur. Das geschieht mir recht.«

Ihr Lachen hallte zwischen den Wänden wider, und Håkon rieb sich das Gesicht.

»Ich hab eine Scheißangst, wenn ich fahre«, sagte er verbissen. »Du hättest mich mal auf dem Weg hierher sehen sollen. Ich hab von Oslo vier Stunden gebraucht. Hab die Schuld auf den Verkehr geschoben. Aber in Wirklichkeit hab ich in jeder zweiten Raststätte gesessen und versucht, Mut zum Weiterfahren zu sammeln. Und ich weiß nicht, wie ich aus dieser Sache wieder rauskommen soll.«

Er stand auf. Hans Wilhelm war jetzt wieder da und nuckelte an einem Trinkhalm in einer Colaflasche.

»Willst du probieren?« nuschelte der Junge.

»Ja. Ich glaube wirklich, ich dreh eine Runde. Die erste in diesem Jahr.«

»Darf ich mitfahren?«

»Tut mir leid. Da mußt du noch zwei oder drei Jahre warten.«

Hanne schnürte ihre Turnschuhe wieder zu. Dann setzte sie sich den Helm auf und hob das Visier, ehe sie den Zündschlüssel umdrehte.

»Ich bleibe nicht lange weg. Eine Stunde oder so. Wann gibt's Essen?«

»Spät«, sagte Håkon und klopfte auf den Gepäckträger. »Wir warten, bis die Kinder im Bett sind. Also laß dir Zeit.«

Als er sah, wie sie aus der Garage fuhr und im losen Kies des Hofplatzes die Maschine wendete, wußte er, daß er seine neue Yamaha Diversion niemals beherrschen würde.

»Ich wollte doch mitfahren«, quengelte Hans Wilhelm. »Ich wollte mitfahren.«

»Komm, wir spielen Nintendo«, tröstete ihn sein Vater.

Aus der Ferne konnten sie beide das verhallende Dröhnen eines kräftigen Motorrades hören. Es wurde jetzt kühler. Die Schwalben flogen hoch über den Baumwipfeln, und es lag Regen in der Luft.

Besser, er machte die Garagentür zu.

9

Ole Monrad Karlsen öffnete die Tür einen Spaltbreit, nahm die Sicherheitskette jedoch nicht ab.

Da hatte er in Ruhe und Frieden hier gesessen und die Montagsnummer von *Østlands-Posten* gelesen, der einzigen Zeitung, die er las. Diese Hauptstadtzeitungen schrieben ja doch nur über Mord und Hurerei. In *Østlands-Posten*, die er gleich nach seiner Hochzeit abonniert hatte, nachdem er einsehen mußte, daß Klara niemals nach Larvik ziehen würde, konnte er die Ereignisse in seiner Heimat verfolgen. Er war zwar noch ein Knabe gewesen, als er vor dem Krieg angeheuert und seine Eltern in dem kleinen Haus in Torstrand verlassen hatte, in der Reipmakergate, beim Framstadion, aber er hatte immer unter Heimweh gelitten. Immer. Nach Klaras Tod hatte er mit dem Gedanken an einen Umzug in den Süden gespielt. Seine Schwester hatte ihm angeboten, zu ihr zu ziehen. Sie war ebenfalls verwitwet und sehnte sich nach Gesellschaft. Monatelang hatte sie ihm zugesetzt. Noch immer kam es vor, daß sie fragte; in ihren monatlich eintreffenden Briefen und den sporadischen Telefongesprächen. Hausmeister Karlsens Schwager war Ingenieur bei der Gemeinde gewesen, und die Schwester hauste jetzt allein in einem großen Eigenheim im Grevevei. Das war nicht schön für sie, das war ja klar. Und die Vorstellung eines Umzugs hatte verlockend gewirkt, aber er hatte doch seinen Hausmeisterposten. Und die Wohnung. Hier wohnte Klara noch in den Wänden, es war seine und Klaras Wohnung. Hier wollte er bleiben, bis er mit den Füßen zuerst hinausgetragen wurde.

Doch dann hatte jemand geklingelt. Am Karfreitag. Mehrmals.

Ole Monrad Karlsen ärgerte sich schrecklich über diese Störung, schlurfte aber dann widerwillig zur Tür.

»Wassn los?« fragte er schroff und legte ein Auge an den Türspalt.

Der Mann draußen war ziemlich groß, trug einen grauen Mantel und wohnte auf jeden Fall nicht in der Vogts gate 14.

»Schon wieder Polizei?« fragte Karlsen wütend. »Ich hab nichts mehr über Ståle zu sagen. Tot is tot. Kann ich auch nix dran ändern.«

»Ich bin nicht von der Polizei«, sagte der Mann. »Ich möchte nur ein paar Fragen zu dem stellen, was heute nacht hier passiert ist.«

Karlsen erstarrte und schob die Tür weiter zu, bis der Spalt nur noch fünf oder sechs Zentimeter breit war.

»Was?« grunzte er.

»Ich bin so gegen zwei Uhr nachts nach Hause gegangen. Wohne gleich um die Ecke, wissen Sie. War auf einem Fest oben in ... darf ich nicht vielleicht hereinkommen?«

Der Fremde trat einen vorsichtigen Schritt auf die Tür zu. Ole Monrad Karlsen reagierte nicht.

»Also«, sagte der Mann und fuhr sich mit einem mageren Finger über die Unterlippe. »Ich kam also hier am Haus vorbei. Und dann habe ich etwas gesehen, das vielleicht ...«

Er preßte die Handfläche gegen den Türrahmen und hielt sein Gesicht an Karlsens.

»Es wäre wirklich viel besser, wenn ich hereinkommen könnte«, sagte er. »Auf jeden Fall könnten Sie die Tür öffnen. Es ist nicht so angenehm, mit Ihnen zu reden und Sie dabei nicht sehen zu können.«

Hausmeister Karlsen wußte wirklich nicht, was er machen sollte. Vielleicht hätte er in der vergangenen Nacht ja doch die Polizei rufen sollen. Und die Götter mochten wissen, was dieser Kerl hier anrichten konnte, wenn er sich nicht die Zeit nahm, mit ihm zu reden.

»Moment«, sagte er und schloß die Tür, um die Metallkette abzunehmen.

Dann machte er sie wieder auf, diesmal weiter, ließ die Klinke aber nicht los.

»Das ist schon besser«, sagte der Mann erleichtert.

Er erinnerte Karlsen an irgend jemanden. Er glaubte, ihn schon einmal gesehen zu haben. Und wenn er wirklich in der Nachbarschaft wohnte, dann war das ja durchaus möglich.

»Ein Mann schien die Haustür aufbrechen zu wollen«, sagte der Fremde und zeigte ins Treppenhaus. »Ich habe sofort die Polizei angerufen. Aber ich hatte keine Zeit zu warten. Und ich belästige Sie jetzt, weil ich wissen möchte, ob sie gekommen ist. Die Polizei, meine ich. War sie da?«

Karlsen ließ unwillkürlich die Tür los und strich sich über die wehe Schulter. Er hätte die Polizei selbst anrufen sollen. Der Einbruch letzte Nacht im Keller hatte ihn überrascht. Karlsen war von Geräuschen geweckt worden, die in die-

296

sem Haus nichts zu suchen hatten. Mit einem Schürhaken in der Hand hatte er sich der Kellertür genähert, die leise hin und her schlug. Der Mann war aufgetaucht, ehe Karlsen sich gefaßt hatte, er war davongestürzt, als sei der Teufel ihm persönlich auf den Fersen. Er hatte Karlsen angerempelt und ihn fast umgeworfen. Als der Bandit verschwunden war und im Keller nichts zu fehlen schien, hatte Hausmeister Karlsen es nicht der Mühe wert befunden, sich an die Polizei zu wenden.

»Mit der Obrigkeit gibt's doch nur Ärger«, murmelte er und schlug die Augen nieder.

»Sie sind also gekommen?« Der Mann schien da seine Zweifel zu haben.

»Nein.«

»Aber es hat doch einen Einbruch gegeben? Hatte ich recht?«

»Nur im Keller. Nicht der Rede wert. Ich hab ihn selbst verjagt. Wer sind Sie übrigens?«

Der Mann wich langsam zurück.

»Dann bedaure ich die Störung. Schöne Ostern!«

Er tippte sich zum Gruß an die Schläfe und kehrte Karlsen den Rücken zu. Sekunden später war er verschwunden. Karlsen verschloß seine Tür mit zwei Schlössern und Sicherheitskette und kehrte zu seiner Zeitung zurück. Wieder überlegte er sich, daß er diesen seltsamen Menschen schon einmal gesehen hatte. Er wußte nur nicht mehr, wo. Dann verdrängte er diese Überlegung und seufzte tief.

Er hätte die Einladung seiner Schwester, sie über Ostern zu besuchen, annehmen sollen. Es wäre nett gewesen, die alten Jagdgründe aufzusuchen, jetzt, im Frühling. Seit Ståles Verschwinden war sein Leben doch ein bißchen trüb. Vielleicht war der Buchenwald schon grün. Obwohl das eigentlich immer erst um den 17. Mai geschah. Er beschloß, einen Ausflug zu machen.

297

»O ja, das werde ich«, sagte Karlsen und goß sich ein Schnäpschen ein.

Es war immerhin Ostern, und als er sich das überlegt hatte, goß er noch einen Schluck hinterher.

10

Die Frau im Bett konnte kaum mehr als vierzig Kilo wiegen. Ihre Hände waren mager, und Evald Bromo ärgerte sich schrecklich darüber, daß ihre Nägel schon wieder zu lang waren. Er streichelte den rauhen Handrücken und redete auf seine schlafende Mutter ein.

Immerhin hatte sie ein Einzelzimmer.

Als sie endlich diesen Platz im Pflegeheim bekommen hatte, war sie für die Welt bereits verloren gewesen. Sie erkannte ihn nie, aber sie hatte noch Kraft genug, um ihn dauernd mit anderen zu verwechseln. Im einen Moment flirtete sie auf einschmeichelnde Weise mit ihm und nannte ihn Peder, was vermutlich eine Flamme aus wirklich alten Tagen gewesen war. Im nächsten Moment schimpfte sie ihn aus und schlug mit dem Strickzeug nach ihm. Dann hielt sie ihn für seinen Vater. Während der letzten beiden Jahre hatte sie kaum noch ein Wort gesagt. Meistens schlief sie, und Evald wußte im Grunde nicht, ob seine Besuche ihr überhaupt etwas bedeuteten. Er blieb nie lange, wurde aber trotzdem nervös, wenn er seinen Besuch einen Tag lang hatte ausfallen lassen.

Obwohl das Personal schlampte, was die Körperhygiene seiner Mutter anging – sie roch streng nach alter Frau, und ihre Nägel wurden viel zu selten geschnitten –, war das Zimmer sauber und ordentlich. Evald hatte selbst die Gegenstände ausgewählt, die sie aus ihrer Wohnung in der Alt-

stadt mitgenommen hatte. Ein Büfett, das die Mutter für
einen Lotteriegewinn gekauft hatte, nahm den meisten
Platz ein. Der Sessel, in dem er saß, war so alt, daß er sich
nicht an eine Zeit ohne ihn erinnern konnte. Er war mehrmals neu bezogen worden, und unter den Sitz hatte er einmal, als er krank war und nicht in die Schule gehen mußte,
während seine Mutter bei der Arbeit war, seine Initialen
eingeschnitzt. In der Ecke beim Fenster stand eine kleine
Truhe, die in Rosenmustern bemalt war. Es war eigentlich
eher eine große Kiste, und der Vorname seiner Mutter war
in eleganter bauernblauer Schrift auf dem Deckel zu lesen.

Evald hockte sich vor die Truhe. Er ließ die Hand über
den abgenutzten Deckel fahren; sein Zeigefinger folgte den
Buchstaben im Namen seiner Mutter. Er verharrte beim A
in Olga und ließ den Finger zurücklaufen. Dann schob er
den Schlüssel ins Schloß, diesen schwarzen, handgeschmie-
deten Schlüssel, der in der kleinsten Büfettschublade lag,
unter einer Schachtel mit vier Silberlöffeln.

Das Schloß klemmte, aber mit leichter Gewalt ließ sich
der Riegel in der schlichten Mechanik doch öffnen. Evald
klappte den Deckel hoch.

Er wußte nicht, was seine Mutter in ihrer Truhe aufbe-
wahrte. Sie zu öffnen war so unvorstellbar gewesen, wie
fremde Briefe zu lesen. Selbst jetzt, wo die Mutter schon
im zweiten Jahr ohne andere Lebenszeichen dalag, als ihr
hartnäckiges Herz ihr aufzwang, fühlte er sich unbehaglich, als er die Sachen seiner Mutter durchwühlte. Er ertappte sich dabei, daß er über die Schulter zurückschielte,
als rechne er damit, daß die alte Frau sich plötzlich im Bett
aufrichten und den Sohn für seine Einmischung in Dinge,
die ihn wirklich nichts angingen, zusammenstauchen
werde.

Oben lag Evald Bromos Zeugnis aus der Volksschule. Er
öffnete es nicht, sondern legte es auf die Fensterbank. Dar-

299

unter lag eine kleine rosa Schachtel, mit verschlissenem Deckel, die mit Bindfaden umwickelt war. Er band den Faden auf und öffnete die Schachtel.

Er hatte nicht einmal gewußt, daß seine Mutter sie aufbewahrt hatte. Als er in dem Sommer, in dem er dreizehn geworden war, seinen ersten Lohn erhalten hatte, nach zwei Monaten Zeitungsaustragen bei Regen und Nebel, hatte er für das ganze Geld eine Kamee gekauft. Ewald betastete die Brosche und schloß die Augen. Der leichte Geruch von Lavendel und Schweiß kroch aus seiner Erinnerung hervor. Seine Mutter hatte damals vor vielen Jahren das Geschenk geöffnet und den Schmuck angestarrt, dann hatte sie mit den Augen gezwinkert und ihn umarmt.

In der Schachtel lagen Locken des zwei Jahre alten Ewald und alte Postkarten. Es gab chinesische Banknoten, und er hätte gern gewußt, woher sie die hatte. Ein breiter goldener Ehering mit unleserlicher Gravur hing an einem altmodischen Schlüssel mit einem roten Seidenband. Ewald blätterte rasch in einem alten Postsparbuch voller Wertmarken, die belegten, daß Ewalds Mutter jeden Freitag zehn Kronen eingezahlt hatte. In Ewalds Namen. Von dem Geld hatte er nie etwas zu sehen bekommen. Sicher hatte sie gemeint, er brauche es nicht.

Über eine Stunde lang durchsuchte Ewald Bromo das Leben seiner Mutter. Dann zog er die moderne CD aus der Jacke, die er an den Nagel neben der Tür gehängt hatte. Er legte die CD ganz unten in die Truhe und häufte dann die Habseligkeiten seiner Mutter darüber; schichtweise, so, wie er sie vorgefunden hatte. Dann schloß er die große Kiste ab.

Als er den Schlüssel wieder unter die Silberlöffel in der kleinsten Büfettschublade legen wollte, zögerte er. Vielleicht sollte er ihn mitnehmen. Dann schüttelte er rasch den Kopf, öffnete die größte Schublade und verstaute den Schlüssel zwischen den sittsamen, weiten Unterhosen seiner

300

Mutter. Die wurden ja doch nie benutzt. Das Pflegeheim hatte eigene, kochfeste Unterwäsche.

Evald Bromo küßte seiner Mutter zum Abschied die Hand, und dabei ging ihm plötzlich auf, daß sie die einzige war, die er je geliebt hatte.

II

Lars Erik Larsson hatte seine Zweifel. Er verpaßte seiner kleinen Kate in Östhammar gerade die letzten Pinselstriche und ärgerte sich darüber, daß die Farbe wohl nicht ausreichen würde. Er hatte zu Ostern alles fertighaben wollen. Denn dann begann die Sommersaison, und er verbrachte jedes Osterfest hier in der Einsamkeit, um Haus und Garten nach dem Winter wieder herzustellen.

Und er hatte seine Zweifel.

Seit er über diesen norwegischen Staatsanwalt gelesen und den Namen von einer Einzahlung in seiner Bank her wiedererkannt hatte, hatte er jeden Tag die Zeitungen durchgekämmt. Als die Zeit verging und keine weiteren Meldungen kamen, hatte er sich beruhigt. Doch dann hatte der *Expressen* am vergangenen Wochenende eine neue Schlagzeile gebracht. »Norwegischer Polizeiskandal« hatte sie gelautet. Der Mann war offenbar wieder auf freien Fuß gesetzt worden. Er stand zwar noch immer unter Verdacht, aber bis auf weiteres war er ein freier Mann.

Er sollte es vielleicht jemandem sagen.

Zumindest seinem Chef.

Er hatte keine große Lust, mit der Polizei zu reden. Aber wenn er zum Chef ging, würde es ja doch eine Höllenaufregung geben.

Er schüttelte den großen Farbeimer und fluchte leise, weil

301

die Südwand nicht fertigwerden würde. Andererseits hatte er auch so genug zu tun. Das Rosenbeet, zum Beispiel, war vom Winter und den Rehen übel zugerichtet worden.

Er wußte wirklich nicht, was er tun sollte.

12

Hanne Wilhelmsen gab es ungern zu, aber Håkons Motorrad gefiel ihr. Es fuhr sich anders als die Harley, leichter und feinfühliger. Es war angenehm, leicht vorgebeugt zu sitzen, und die kurze Gabel machte das Kurven viel witziger.

Sie hatte schon die Innenstadt von Sandefjord hinter sich gebracht und fuhr auf dem Riksvei 303 nach Osten. Als sie am Gokstadhaug vorbeikam, spielte sie kurz mit dem Gedanken, anzuhalten. Sie drosselte das Tempo, aber die lange gerade Strecke wirkte zu verlockend. Die Maschine beschleunigte heftig und bäumte sich dann auf. Nach zwanzig Metern auf dem Hinterrad ließ sie das Vorderrad auf den Asphalt knallen. In diesem Straßenbereich waren nur sechzig Stundenkilometer erlaubt, und sie war bei mindestens neunzig gewesen.

Das Schild, das hinter der nächsten Kurve nach rechts zeigte, erinnerte sie an einen Sommer vor fast dreißig Jahren. Ihre Eltern hatten die zwölfjährige Hanne beinahe unter Zwang bei einer christlichen Jugendorganisation angemeldet. Jammern und Klagen waren vergeblich gewesen; einen ganzen Winter lang hatte sie sich zu Treffen und Wandertouren schleppen müssen, mit Mädchen, die sie nicht ausstehen konnte und die zu einem Gott beteten, zu dem sie kein Verhältnis hatte. Sie hatte nie begriffen, warum ihre Eltern, die sich sonst nicht weiter für das Tun und Lassen ihres Nachzüglers interessierten, das so wichtig gefunden hatten. Die Mutter hatte besorgt das Gesicht in Falten gelegt und etwas über soziales Training gesagt, aber Hanne hatte schon damals den Verdacht gehabt, daß sie durch diese Maßnahme ganz einfach aus dem Haus geschafft werden sollte. Das einzig Positive an Hannes zehn Monate langer Karriere bei dieser Gruppe war das Sommerlager Knattholmen gewesen, an dem auch Jungen teilgenommen hatten. Sie erinnerte sich an einen endlosen Sommer mit Baden bei Sonne und Regen und brutalen Fußballspielen. Hanne war außerdem Baumeisterin eines monumentalen Hauses von zwanzig Quadratmetern in der größten Eiche der Insel gewesen.

Sie bog ab.

Sie wollte wissen, ob das Haus noch existierte.

Der Frühling wehte ihr entgegen, und sie schob das Visier hoch, um ihr Gesicht in den Wind zu halten. Es roch nach Dünger und Verwesung, nach Wachstum und Kulturlandschaft. Nieselregen hing in der Luft, aber noch so schwach, daß er beim Fahren nicht störte.

Nach zehn Minuten endete die kurvenreiche Landstraße auf einem Parkplatz. Ein Schild wünschte »Willkommen auf Natholmen«, wo das Sommerlager Knattholmen lag. Hanne ließ vorsichtig das Motorrad auf den schmalen Weg gleiten, an dessen Ende eine Brücke auf die Insel führte. Ein Briefkastengestell stand steif und gebrechlich vor ihr, die Briefkästen waren vollgestopft mit winterlicher Reklame, die sich während der Abwesenheit der Ferienhausbesitzer angesammelt hatte. Nur drei Kästen waren leer, offenbar gehörten sie Seßhaften. Hanne blieb für einen Moment stehen, als sie ein einzelnes rotes Licht sah, das ein aus der Gegenrichtung kommendes Auto anzeigte.

Ihre Augen wanderten zu einem der leeren Kästen.

EIVIND TORSVIK.

Der Name kam ihr bekannt vor. Sie stellte beide Füße auf

303

den Boden und reckte den Rücken. Dann fiel es ihr ein. Billy T.s Bericht über den ohrenlosen Jungen, den alle im Stich gelassen hatten. Den Schriftsteller. Den Mörder.

Als ein uralter Pritschenwagen langsam den Hang hochkam, riß Hanne sich den Helm vom Kopf und gab dem Fahrer ein Zeichen. Er hielt an und kurbelte das Fenster hinunter.

»Kennen Sie sich hier aus?« fragte Hanne.

»Ich wohne da draußen«, sagte der Mann, schmunzelte und zeigte mit dem Daumen nach hinten. »Und zwar seit dreißig Jahren. Ob ich mich auskenne … doch, das kann man sicher so sagen.«

»Eivind Torsvik«, sagte Hanne und zeigte auf den Briefkasten. »Wissen Sie, wo der wohnt?«

Der Mann lachte, ein heiseres, bellendes Lachen, und schnippte eine nasse Kippe aus dem Fenster.

»Torsvik, ja. Komischer Kauz. Mörder, wissen Sie. Wußten Sie das?«

Hanne nickte, ein wenig ungeduldig.

»Aber er könnte keiner Fliege etwas zuleide tun, wissen Sie. Ich treff ihn manchmal, wenn er angeln geht. Lächelt und grüßt und ist immer freundlich. Sagt nicht viel, ist sonst aber in Ordnung. Wohnt gleich hier unten. Fahren Sie hinter der Brücke nach links und dann immer weiter geradeaus. Er wohnt im letzten Haus. Es ist weiß. Ganz hinten.«

»Danke«, sagte Hanne und hängte den Helm an den Lenker. »Schönen Tag noch.«

Der Fahrer tippte an seine Mütze und fuhr weiter.

Sie hatte eigentlich nicht vor, mit Eivind Torsvik zu reden. Strenggenommen hatte sie das absolut nicht vor. Trotzdem fuhr sie vorsichtig den Hang hinunter, huckelte über einen vernachlässigten Uferweg und entdeckte endlich fünfzehn bis zwanzig Meter weiter ein weißes Haus. Ein rotweißblauer Wimpel hing schlaff und feucht und mit aus-

304

gefranstem Ende an einem einige Meter vor der Südwand aufragenden Fahnenmast. Das Haus war phantastisch gelegen, auf einer Felskuppe, nur wenige Meter vom Meer entfernt und mit freiem Blick nach Süden.

Hanne stellte das Motorrad ab, öffnete den Reißverschluß des Anzugs bis zu ihrem Bauch und ging dann zögernd über einen Plattenweg auf das Haus zu.

Die Tür war geschlossen, und die einzigen Lebenszeichen stammten von den Möwen, die über dem Dach schrien. Die Wimpelschnur schlug im leichten Wind müde und traurig gegen den Fahnenmast. Hanne ging zur Tür. Sie sah keine Klingel, deshalb klopfte sie an.

Sie hörte nichts. Sie klopfte noch einmal.

Als sie sich schon umdrehen und gehen wollte – der Abend rückte näher, und sie hatte Cecilie schon viel zu lange allein gelassen, und was wollte sie überhaupt hier? –, wurde die Tür geöffnet.

Der Mann, der sie anstarrte, sah eher aus wie ein Junge. Er war schmächtig und glattrasiert, er trug T-Shirt, Jeans und ein Paar grobe Sandalen. Seine Haare waren schütter und lockig, und obwohl Hanne darauf vorbereitet gewesen war, starrte sie doch einen Punkt an, wo eigentlich sein linkes Ohr hätte sitzen müssen. Eivind Torsvik hielt eine Brille in der Hand, und Hanne fragte sich, wie er die wohl zum Halten brachte.

»Hallo«, sagte er vorsichtig. »Guten Tag.«

»Guten Tag«, erwiderte Hanne und kam sich idiotisch vor, als sie sich an ihrem Reißverschluß zu schaffen machte und verzweifelt nach einem Gesprächsthema suchte. »Hallo.«

Plötzlich streckte Eivind Torsvik die flache Hand aus.

»Es sieht nach Regen aus«, sagte er mit schrägem Lächeln. »Möchten Sie hereinkommen?«

Hanne staunte darüber, daß er sie so einfach hereinbat,

305

und ging ins Haus. Dort begriff sie, warum Eivind Torsvik das ganze Jahr hier verbringen konnte. Der Flur führte in eine riesige, blau gestrichene Küche, und Hanne sah mehrere Türen, die vermutlich zu Schlafzimmern führten. Eivind Torsvik bedeutete ihr, ihm über eine zweistufige Treppe in einen Raum zu folgen, in dem vor einem nach Süden schauenden Aussichtsfenster ein geräumiger Arbeitsplatz eingerichtet war. Am anderen Ende sah sie eine Sitzgruppe und eine schwarze Stereoanlage.

»Setzen Sie sich«, sagte Eivind Torsvik und zeigte auf einen Sessel. »Kann ich Ihnen etwas anbieten?«

»Nein, danke«, murmelte Hanne, ihr brach jetzt unter dem Lederanzug der Schweiß aus, es war ungewöhnlich heiß im Zimmer. »Oder... vielleicht einen Schluck Wasser.«

Eivind Torsvik brachte eine Halbliterflasche Mineralwasser und ein Glas mit Eiswürfeln. Er öffnete die Flasche, reichte ihr das Glas und schenkte ein. Das Wasser schäumte und spritzte auf Hannes Hand.

»Tut mir leid«, sagte er munter. »Aber es ist ja nur Wasser.«

Sie setzten sich in die Sessel, schauten einander aber nicht an. Hanne fand das Verhalten des Mannes sehr seltsam, bis ihr aufging, daß es für Eivind Torsvik sicher noch viel schwerer sein mußte, sie zu verstehen. Noch hatte sie kein Wort darüber gesagt, warum sie eigentlich hier war.

»Ich arbeite bei der Polizei«, sagte sie endlich und trank einen Schluck Wasser.

Der Mann schwieg, aber sie konnte einen Ausdruck leiser Sorge oder vielleicht eher erstaunter Neugier über sein kindliches Gesicht huschen sehen.

»Aber es geht hier nicht um Sie.«

Sie trank noch einen Schluck und fragte sich, ob es zu frech sei, den Anzug abzulegen.

»Ich war gerade in der Gegend unterwegs, und da habe ich Ihren Namen auf dem Briefkasten gesehen und gedacht...«

Sie spürte, daß aus ihrem Zwerchfell ein peinliches und unpassendes Lachen hochstieg. Wieder versteckte sie ihr Gesicht im Glas. Was wollte sie hier? Warum war sie etwas gefolgt, das nicht einmal als erklärlicher Impuls bezeichnet werden konnte, sondern nur als alberne Folge einer schlummernden Neugier, die sie beim Anblick des Namens auf dem Briefkasten nicht hatte bezwingen können? Sie war derzeit zwar nicht ganz sie selbst, aber wenn sie früher aus einer Augenblickslaune heraus Menschen aufgesucht hatte, dann immer, weil diese eine vage, wenn auch nicht direkte, Verbindung zu einem aktuellen Fall hatten. Eivind Torsviks Name war in einem Dokument aufgetaucht und wieder verschwunden. Es bestand absolut kein Grund zu der Annahme, der Mann könne auch nur die geringste Ahnung von den Umständen haben, die zu dem brutalen Mord an Doris Flo Halvorsrud geführt hatten. Hanne lachte laut auf und bekam Mineralwasser in die Nase.

»Verzeihung«, keuchte sie und wischte sich mit dem Handrücken ab. »Sie müssen mich ja für total verrückt halten.«

»Nein«, sagte Eivind Torsvik ernst. »Ein wenig komisch vielleicht, aber durchaus nicht total verrückt. Wer sind Sie eigentlich?«

»Tut mir leid«, sagte Hanne und hustete. »Ich heiße Hanne Wilhelmsen. Ich bin Hauptkommissarin im Polizeidistrikt Oslo. Ich arbeite gerade an einem Fall, bei dem eine Frau ermordet worden ist. Wir dachten, ihr Ehemann...«

»Sigurd Halvorsrud«, Eivind Torsvik nickte. »Ich habe im Internet darüber gelesen.«

Er warf einen Blick auf den Computer auf der anderen Seite des Zimmers. Dann lächelte er breit und faltete die

307

Hände vor seinem Bauch. Seine Finger waren lang und elegant, und Hanne ertappte sich bei der Frage, wie dieser Mann zu einem bestialischen Mord fähig gewesen sein mochte.

»Sie haben natürlich eine Liste erstellen lassen«, er nickte noch einmal ruhig. »Eine Liste der besonders spektakulären Morde der letzten… sagen wir zehn Jahre? Fünfzehn?«

Hanne wand ihren Oberkörper aus dem Lederanzug und machte sich an einem Ärmel zu schaffen, ohne den jungen Mann anzusehen.

»Und auf der bin ich natürlich aufgetaucht.«

Er streckte die Beine aus und ließ den rechten Fuß auf dem linken balancieren.

»Habt ihr mich verdächtigt? Tut ihr das vielleicht noch immer?«

Sein Mund verzog sich in leichtem Spott zu einem neckenden Lächeln, bei dem Hanne sich aufrichtete.

»Natürlich nicht«, beteuerte sie. »Wir verdächtigen natürlich niemanden aufgrund früherer Verbrechen.«

Er hatte ein wunderbares Lachen. Es fing tief an und gluckste sich dann auf einer Tonleiter weiter nach oben, die das Ganze wie improvisierten Gesang klingen ließ.

»Natürlich tut ihr das«, sagte er mit gespieltem Vorwurf, als fühle er sich von einer groben Lüge beleidigt. »Und ich finde das ganz normal. Warum sollte sich die Polizei sonst mit Datenschutz und Parlament wegen dieser DNS-Register fetzen? Wenn Sie mich fragen, dann wird der Datenschutz übertrieben.«

Plötzlich war bei dem jungen Mann eine Art Engagement zu bemerken. Bisher hatte er auffällig ruhig gewirkt, wenn man Hannes Verhalten bedachte.

»Sie wissen natürlich, welche Sorte Kriminalität die höchsten Rückfallquoten aufweist«, sagte er. »Diebstahl und Sittlichkeit. Das mit den Dieben ist im Grunde nicht so schlimm. Die Sexualverbrecher dagegen… die setzen ihr

zerstörerisches Treiben fast ungehindert von den machtlo-
sen Gesetzen fort.«

Plötzlich stampfte er vor seinem Sessel mit den Füßen
auf, starrte Hanne Wilhelmsen ins Gesicht und sagte:
»Natürlich nehmt ihr euch frühere Täter vor. Das wäre ja
noch schöner!«

Sein Gesicht öffnete sich, und er lachte wieder.

»Aber Sie wären wohl kaum allein gekommen, um mich
zu verhaften. Sicher gelte ich noch immer als gefährlich.«

Er musterte die Frau, die sich als Polizistin ausgegeben
hatte. Er glaubte nicht, daß sie log. Wenn er von dem großen
Lederanzug und der ungepflegten Frisur absah, dann war
diese Frau von einem ansprechenden Äußeren. Das Gesicht
war fast schön, ungeschminkt und charakterstark. Eivind
Torsvik fühlte sich in Gesellschaft nur selten wohl. Es war
kein Zufall, daß er hier draußen lebte. Obwohl im Sommer
alle Ferienhäuser belegt waren, wurde er doch zumeist in
Ruhe gelassen. Das Grundstück war groß genug. Aber diese
seltsame Frau unbestimmbaren Alters – sie konnte alles zwischen dreißig und fünfundvierzig sein – gab ihm ein Gefühl
von Wohlbehagen, das ihn überraschte. Als es an der Tür geklopft hatte, hatte er zuerst nicht öffnen wollen. Etwas hatte
ihn dann doch dazu veranlaßt, und als er sie dann sah, wußte
er, daß er sie ins Haus bitten würde. Er wußte nicht, warum.
Seit er hier eingezogen war, hatte kaum je ein Mensch das
Haus betreten. Aber diese Frau hatte etwas an sich, einen
Ausdruck von Einsamkeit in den dunkelblauen Augen, der
eine Art Zusammengehörigkeitsgefühl in ihm auslöste, das
er sich nicht erklären konnte.

»Was machen Sie denn so hier draußen?« fragte Hanne
plötzlich. »Schreiben Sie nur?«

»Nur«, wiederholte er und beugte sich zu ihr vor. »Wenn
Sie meinen, die schriftstellerische Arbeit sei so leicht, dann
irren Sie sich.«

309

»So war das nicht gemeint«, sagte sie rasch. »Aber Sie haben dahinten so viel an Ausrüstung, daß ich dachte, Sie machen vielleicht noch mehr. Außerdem, meine ich. Neben dem Schreiben.«

»Das meiste ist ganz überflüssig«, sagte er leichthin. »PC, Bildschirm und Tastatur, mehr brauche ich nicht. Aber ich habe noch einen Scanner, zwei zusätzliche Computer, einen CD-Brenner … ich habe viel zu viel. Und das gefällt mir.«

»Einen Internetanschluß haben Sie auch?«

»Sicher. Ich surfe stundenlang. Meine Telefonrechnungen erreichen manchmal astronomische Ausmaße.«

Hanne Wilhelmsen hörte plötzlich auf zu atmen. Sie legte den Kopf schräg und richtete ihren Blick auf eine Bronzefigur auf der westlich gelegenen Fensterbank: St. Georg im Kampf mit dem Drachen. Das schlangenhafte Biest krümmte sich um das Bein des Pferdes, und St. Georg hob die Lanze zum tödlichen Stich.

»Telefonrechnungen«, wiederholte sie leise und langsam, als fürchte sie, eine Gedankenkette aus dem Griff zu verlieren. »Haben Sie zwei Leitungen? Nummern, meine ich. Eine fürs Telefon und eine fürs Internet?«

»Nein«, antwortete Eivind Torsvik und kniff verwundert die Augen zusammen. »ISDN. Eine Nummer. Zwei Leitungen. Wieso fragen Sie?«

»Wenn jemand zwei Telefonrechnungen bekommt«, sagte sie vor sich hin, »aber nur ein Telefon hat … wie würden Sie das erklären?«

Er zuckte kurz mit den Schultern. »Damit, daß er schon einen Internetanschluß hatte, als es noch kein ISDN gab.«

»Oder vielleicht … «

Sie sprang auf.

»Jetzt habe ich Sie wirklich grundlos und viel zu lange belästigt«, sagte sie. »Ich muß machen, daß ich nach Hause komme.«

»Wollen Sie nach Oslo?« fragte er und schaute aus dem Fenster. »Jetzt regnet es wirklich.«

»Nur nach Ula. Das schaffe ich in knapp zwanzig Minuten.«

Er begleitete sie auf die mit Steinplatten belegte Betonterrasse vor der Haustür. Der Wind hatte sich beträchtlich gesteigert. An einem zwanzig Meter entfernten Steg wurde ein Boot hin und her geworfen.

»Hab es wohl nicht fest genug vertäut«, sagte er zu sich selbst. »Machen Sie's gut.«

Hanne gab keine Antwort, sondern reichte ihm die Hand.

Als sie langsam über den Weg holperte, fragte sie sich, warum Ståle Salvesen für zwei Telefonanschlüsse bezahlt hatte.

Sie hatte seine Wohnung doch gründlich untersucht.

Er hatte nur ein Telefon gehabt.

13

Evald Bromo wußte nicht, ob noch immer Karsamstag war. Er war zwei Stunden gelaufen und dachte, daß Mitternacht sicher schon vorbei sei. An diesem Abend fiel ihm das Laufen leichter als seit langem; er hatte das Gefühl, erwartungsvoll einem Ziel entgegenzulaufen, statt vor einem Schicksal zu fliehen, das er ja doch nicht abschütteln konnte. Seine Turnschuhe trafen mit rhythmischem Swusch-swusch auf den Boden auf, und er fühlte sich stark.

Zu Hause wollte er lange duschen. Und dann die Mahlzeit verzehren, die Margaret sicher für ihn bereitgestellt hatte. Und wenn er Glück hatte, dann schlief sie schon.

Vor ihm lag noch ein letzter Hang. Er steigerte sein

Tempo und spürte, wie sich Blutgeschmack in seinem Mund ausbreitete. Rascher und rascher lief er, ihm blieben nur noch vierzig Meter, dreißig, zwanzig, zehn. Er mußte die Straße überqueren und dann nach links abbiegen, und er sparte einige Meter, indem er unter einer alten Blutbuche in den Seitenweg bog.

Der Schlag, der seinen Kopf traf, war so hart, daß er kaum registrierte, wie er danach auf den Rücksitz eines Autos gelegt wurde. Dort erbrach er sich heftig.

Und alles wurde schwarz.

14

Margaret Kleiven hatte tief geschlafen. Vor Ostern hatte sie einen Arzt aufgesucht, sie hatte in den vergangenen Wochen kaum ein Auge zubekommen. Evald hatte sich so verändert. War mürrisch. Jähzornig. Diese Aspekte der Persönlichkeit ihres Mannes waren ihr zwar nicht ganz unbekannt, aber seine Ausbrüche waren bisher nur selten und nie von langer Dauer gewesen. Jetzt war er stumm und übellaunig und wegen jeder Kleinigkeit wütend. Sie hatte nie so recht begriffen, warum er so exzessiv lief, obwohl es ja gut war, daß er sich in Form halten wollte. In letzter Zeit hatte das Training jedoch Überhand genommen. Er war stundenlang unterwegs und kam restlos erschöpft nach Hause. Margaret hatte mehr als einmal die charakteristischen Geräusche eines Menschen gehört, der sich hinter der verschlossenen Badezimmertür erbricht. Der Arzt hatte ihr ein Schlafmittel verschrieben, und allein das Wissen, daß die kleinen Pillen im Schrank lagen, reichte aus. Sie war nicht an Medikamente gewöhnt und wollte sie nur im äußersten Notfall nehmen.

Am vergangenen Abend war er umgänglicher gewesen. Sie hatten ein wenig ferngesehen, und Evald hatte ab und zu zu ihr herübergeschaut, wenn er glaubte, sie merke es nicht. Das hatte sie beruhigt, und als er eine Runde Backgammon vorgeschlagen hatte, hatte sie lächelnd angenommen. Gegen halb elf war er dann Joggen gegangen. Das gefiel ihr nicht, es war zu spät, aber er hatte sich nun einmal an diese langen Touren vor dem Schlafengehen gewöhnt und gesagt, sie könne sich doch einfach schon hinlegen. Margaret hatte ihm einen Teller mit zwei Broten in die Küche gestellt. Er aß derzeit zwar so gut wie nichts, aber an ihr sollte es nicht liegen.

Sie hob die Arme über den Kopf und gähnte. Sonnenlicht drang durch die dunklen Vorhänge, und ihr fiel plötzlich ein, daß Ostersonntag war.

Sie wollte zum Frühstück Eier kochen.

Evald war schon aufgestanden.

Margaret Kleiven verließ das Bett und ging ins Badezimmer.

Dort roch es nicht nach Seife und Rasierwasser. Der Spiegel war nicht beschlagen. Sie fuhr mit den Fingern über den Duschvorhang. Der war trocken. Sie nahm sich Evalds gelbes Badetuch und drückte es zusammen. Ebenfalls ganz trocken.

Das war seltsam. Wenn er nach der nächtlichen Laufrunde geduscht hätte, dann müßte die Feuchtigkeit noch im Raum hängen. Es war erst acht. Margaret ging zurück ins Schlafzimmer.

Sie starrte das Bett an. Seltsamerweise war ihr nicht aufgefallen, daß Evalds Seite unberührt war. Eine plötzliche Angst schnürte ihr die Kehle zusammen, und sie lief die Treppen hinunter und blieb vor der Küchentür stehen, ohne sich hineinzuwagen. Dann riß sie sich zusammen und drückte langsam die Klinke.

Zwei Brote, eines mit Roastbeef und eines mit Käse und Paprika, lagen auf dem Teller auf dem ovalen Tisch aus Kiefernholz. Die Plastikfolie, mit der sie sie bedeckt hatte, war nicht berührt worden.

Margaret wandte sich um und ging auf den Flur.

Drei Paar Jogging-Schuhe standen dort. Das vierte Paar fehlte. Das neue. Das, das Evald vor einem knappen Monat gekauft hatte. In einem Jahr verschliß er fünf Paare, behielt die alten aber immer noch einige Zeit. Er trug sie, wenn es zu stark regnete.

»Evald«, sagte sie leise und wiederholte lauter: »Evald!«

Fünf Minuten später hatte Margaret Kleiven festgestellt, daß Evald nicht im Haus war und daß die Kleider, in denen er das Haus am Vorabend verlassen hatte, ebenfalls verschwunden waren.

Er war ganz einfach nicht nach Hause gekommen.

Der Telefonhörer fiel ihr aus der Hand, als sie danach griff. Sie setzte sich auf die Treppe und zwang sich zu ausreichend Ruhe, um die Nummer von *Aftenposten* zu wählen.

Dort war Evald nicht. Er war nicht in seinem Büro. Und auch sonst nicht im Haus.

Margaret Kleiven brach in Tränen aus. Sie spielte an ihrem Ehering herum, der in letzter Zeit zu weit geworden war, und spürte, wie sie von ihrer Angst überwältigt wurde.

Evald konnte doch bei Bekannten sein.

Nur fiel Margaret kein Mensch ein, den Evald so früh am Ostermorgen besuchen würde.

Evald konnte nachts nach Hause gekommen sein, nichts gegessen, neben ihr geschlafen, das Bett gemacht haben, er konnte seine Trainingssachen von gestern angezogen haben und zu einer weiteren Laufrunde aufgebrochen sein.

Sie holte tief Atem.

So mußte es sein.

So war es nicht. Das spürte sie. Etwas Schreckliches war passiert.

Wenn Evald bis zehn Uhr nicht zurück wäre, würde sie die Polizei anrufen. Margaret Kleiven blieb mit dem Telefon auf dem Schoß auf der Treppe sitzen und starrte auf die Uhr an der gegenüberliegenden Wand.

Sonnenstrahlen krochen über den Boden und kletterten dann die Wand hoch. Evalds alte Pokale im Bücherregal warfen ihre scharfen Reflexe ins Zimmer und zwangen Margaret, die Augen zu schließen. Es würde wohl ein ungewöhnlich schöner Tag werden.

15

Der Polizist und die Polizistin, die mit zielstrebigen Schritten die Einfahrt vor dem Haus der Familie Halvorsrud hochgingen, trugen Sonnenbrillen. Die Polizistin, eine Frau von etwa fünfundzwanzig, murmelte: »Jura hätte man studieren sollen.«

Die Villa der Halvorsruds machte im Frühlingswetter einen großartigen Eindruck. Die glasierten niederländischen Dachziegel funkelten. Obwohl der Garten nach dem Winter noch nicht hergerichtet worden war, wirkte das Grundstück beeindruckend. Es gab eine Doppelgarage.

Der ältere Kollege, ein Mann mit schwarzen Haaren und kräftigem Schnurrbart, klingelte. Er nahm die Sonnenbrille ab und versuchte durch ungeduldige Zeichen der Frau klarzumachen, daß sie das Gleiche tun solle.

Nachdem sie noch zweimal ausgiebig geklingelt hatten, wurde endlich die Tür geöffnet.

Halvorsrud stand in einem blauweißgestreiften Bademantel vor ihnen und schaute sie aus zusammengekniffenen Augen an.

»Was ist los?« fragte er schlaftrunken, dann fiel sein Blick auf seine Armbanduhr. »Oi. Tut mir leid.«

»Sie müssen sich jeden Tag um zwölf melden«, sagte die Frau und versuchte, über Halvorsruds Schulter zu schauen.

Ein Mädchen in den Teenagerjahren in einem riesengroßen T-Shirt kam die Treppe herunter.

»Das weiß ich«, sagte Halvorsrud resigniert. »Natürlich weiß ich das. Ich habe einfach verschlafen. Ich kann das nur bedauern.«

Der Uniformierte zog ein Papier aus der Brusttasche, faltete es auseinander und hielt es Sigurd Halvorsrud hin.

»Papa?«

Die Stimme der Tochter klang ängstlich, und Halvorsrud drehte sich zu ihr um.

»Alles in Ordnung, Liebes. Wir haben einfach verschlafen.«

Dann überflog er das Papier.

»Haben Sie etwas zum Schreiben?« murmelte er und hielt das Dokument an die Wand.

»Hier.«

Halvorsrud nahm den Kugelschreiber, den der Mann ihm anbot, und kritzelte eine Unterschrift.

»So«, sagte er und band sich den Bademantelgürtel fester. »Ich bedaure noch einmal.«

»Sorgen Sie dafür, daß das nicht wieder vorkommt«, sagte der Polizist und lächelte. »Schönen Tag noch.«

Halvorsrud blieb stehen und schaute ihnen hinterher. Dabei hatte er den Arm um die Schultern seiner Tochter gelegt. Als seine ungebetenen Gäste den Streifenwagen erreicht hatten, der vor der Auffahrt stand, setzte die Polizistin ihre Sonnenbrille auf und sagte: »Wenn ich zu entscheiden hätte, dann hätten wir ihn wieder eingebuchtet. Ein Herr Jedermann würde nicht so behandelt werden.«

»Lawyers rule the world«, sagte der andere und verstaute das unterschriebene Papier im Handschuhfach.

16

Hausmeister Ole Monrad Karlsen in der Vogts gate 14 hatte eine elende Nacht hinter sich. Im Nachbarhaus gab sich eine Bande von Jugendlichen alle Mühe, das gesamte Viertel bis in die frühen Morgen hinein wachzuhalten. Karlsen hatte sich nicht als einziger darüber geärgert; gegen vier Uhr war die Polizei aufgetaucht, offenbar aufgrund von Klagen. Für eine halbe Stunde war daraufhin der Lärmpegel um einiges gesunken, und Karlsen war fast schon eingeschlafen, als es wieder losdröhnte.

Am ersten Sonntag im Monat überprüfte er immer die Glühbirnen in Treppenhaus, Keller und Dachboden. Für Ole Monrad Karlsen spielte es keine Rolle, daß Ostersonntag war. Er hatte seine Routine, und ein Feiertag oder eine schlaflose Nacht waren für ihn kein Grund für ein Pflichtversäumnis. Er fluchte leise, als er feststellte, daß im Treppenhaus A nicht weniger als vier Glühbirnen ihren Geist aufgegeben hatten. Es war ein großes Haus, mit vierundzwanzig Wohneinheiten und zwei Treppenhäusern.

Eigentlich hatte er sich vor dem Keller Treppenhaus B vornehmen wollen. Aber als er mit vier durchgebrannten und sechs neuen Birnen in einer Plastiktüte die Treppe hinunterging, fiel ihm auf, daß die Kellertür nur angelehnt war. Und das nicht zum ersten Mal. In letzter Zeit hatte er dreimal Plakate mit der strengen Mahnung aufgehängt, daß Haustür und Keller immer verschlossen zu sein hatten.

»RUND UM DIE UHR!« hatte er mit Filzstift unten auf das Plakat geschrieben.

Hausmeister Karlsen wurde wütend. Nach dem letzten ungebetenen Gast, dem Banditen, der ihm eine wehe Schulter verpaßt hatte, die ihm nachts noch immer zu schaffen machte, hatte er festgestellt, daß kein Schloß aufgebrochen worden war. Mit anderen Worten war also dieser Mistkerl ins Haus gekommen, weil irgendwer sich nicht an die Vorschriften gehalten hatte. Zum Glück war nichts gestohlen worden. Karlsen hatte den Dieb im richtigen Moment überrascht.

Jetzt hatte jemand die Tür ruiniert.

Sie schlug im schwachen Luftzug gegen den Rahmen. Das Holz um das Schloß war gesplittert und klaffte weiß in der alten blauen Farbe.

»Also zum…«

Karlsen nahm das Ganze als persönliche Beleidigung. Das hier war sein Haus. Er trug die Verantwortung dafür, daß alles in Ordnung war, daß die Mieter regelmäßig die Treppe putzten, daß der Bürgersteig gekehrt wurde, daß unter den Briefkästen keine Werbung herumlag, daß bei Bedarf ein Klempner kam. Er trug die Verantwortung dafür, daß alles funktionierte. In einem Haus wie diesem, in dem ein Drittel der Bewohner Sozialhilfe bezog und in dem die Mieter so rasch wechselten, daß Karlsen ab und zu nicht mehr wußte, wer nun wirklich im Haus wohnte, mußte jemand alles im festen Griff halten.

In seinen Keller war eingebrochen worden.

Wütend trampelte er die Treppe hinunter.

Unten wäre er fast über etwas gestolpert. Er stemmte die Hand gegen die Wand, um sich abzustützen, und konnte sich auf den Beinen halten. Dann schaute er nach unten.

Dort lag ein Kopf.

Ein Stück weiter im engen Kellergang lag der offenbar

dazugehörige Körper. Die Arme lagen an der Seite, die Beine waren übereinandergeschlagen, als wolle die kopflose Leiche einfach nur ein kleines Nickerchen machen.

Karlsen spürte, wie das Blut aus seinem Gehirn strömte, und schluckte energisch.

Karlsen hatte schon Schlimmeres erlebt. Er hatte um sich schlagende Kameraden im eiskalten Meer ertrinken sehen; einmal hatte er seinen besten Freund aus dem vom Öl brennenden Wasser und ins überfüllte Rettungsboot gezogen, nur um entdecken zu müssen, daß der Freund keinen Unterleib mehr hatte.

Ole Monrad Karlsen legte die Hand über die Augen, schluckte noch einmal und dachte, daß er diesmal auf jeden Fall die Polizei verständigen müsse.

17

»Laß es klingeln«, murmelte Cecilie.

Leichte Sommerwolken trieben über ihnen dahin. Konturlos und durchsichtig ließen sie den Himmel verblassen und die Sonne weiß aussehen. Hanne und Cecilie lagen auf dem Rücken und hielten einander an den Händen. Es war schon später Vormittag, und sie spürten die Wärme der Felsen durch ihre Kleidung. Der Wind hatte sich gelegt. Die Seeschwalben schrien, und Hanne hoffte für einen Moment, es sei nur ein Schrei gewesen, als sie ihr Handy hörte.

»Geht nicht«, sagte sie resigniert und setzte sich auf. »Wilhelmsen?«

Irgendwer redete am anderen Ende lange auf sie ein. Hanne Wilhelmsen sagte erst etwas, als sie am Ende versprach, in zehn Minuten zurückzurufen. Dann beendete sie das Gespräch und schaute aufs Meer hinaus. Ein Colin-Archer-Schiff tuckerte auf den Hafen zu, und am Horizont war ein Tanker auf dem Weg nach Westen.

»Wer war das?« fragte Cecilie, ohne die Augen zu öffnen.

Hanne gab keine Antwort. Sie griff nach Cecilies Hand und drückte sie. Cecilie setzte sich auf.

»Danke, daß du mit hergekommen bist«, flüsterte sie und pflückte in einer Felsspalte eine trockene Strandnelke. »Es war so schön hier. Mußt du los?«

Sie lehnte sich an Hanne und kitzelte sie mit der Blume unter der Nase. Hanne lächelte kurz und rieb sich das Gesicht.

»Ein Mord ist geschehen«, sagte sie leise. »Noch eine Enthauptung.«

Cecilie legte den Arm um sie und spürte ihr Haar an ihrer Wange.

»Und Halvorsrud ist auf freiem Fuß«, sagte sie langsam. »Hat das etwas mit ihm zu tun?«

Hanne zuckte mit den Schultern. »Who knows«, sagte sie resigniert. »Aber zwei Enthauptungen in einem Monat sind doch ziemlich auffällig. Ich habe keine Ahnung…«

Sie verstummte und schlug die Hände vors Gesicht. Cecilie erhob sich langsam und kniete sich hinter sie. Sie umarmte Hanne und wiegte sie langsam hin und her.

»Es ist Ostersonntag«, flüsterte sie ihr ins Ohr. »Die werden doch sicher noch einen Tag ohne dich fertig, oder?«

Drei Mädels von vielleicht zwölf Jahren tauchten plötzlich zehn Meter von ihnen entfernt auf einer Felskuppe auf. Die Mädchen flüsterten miteinander, eine prustete los und schlug sich die Hand vor den Mund. Dann waren sie so plötzlich verschwunden, wie sie gekommen waren.

»Ich muß los«, sagte Hanne und richtete sich mit steifen Bewegungen auf. »Aber wenn du noch bleiben willst, dann kann ich versuchen, dich morgen abend abzuholen. Mit

Håkon und Karen darfst du auf keinen Fall fahren. Mit den Kindern wäre das zu anstrengend für dich.«

Cecilie griff nach ihrer Hand. »Nie im Leben hast du Zeit, um mich zu holen«, erklärte sie. »Ich komme jetzt gleich mit.«

18

Es war Montag, der 5. April, um acht Uhr abends. Hanne Wilhelmsen hatte morgens kurz zu Hause vorbeigeschaut, um sich umzuziehen, und dabei festgestellt, daß die vertrauten Kopfschmerzen im Anmarsch waren. Sie riß die Augen auf und versuchte, ihren Blick auf die Unterlagen zu richten, die Billy T. ihr eine Stunde zuvor gebracht hatte. Sie war dankbar dafür, daß er nie gegen ihren Wunsch nach täglicher, schriftlicher Zusammenfassung protestiert hatte. Die meisten Ermittler meinten, die offiziellen Dokumente müßten ausreichen, sie könnten sich nicht auch noch die Zeit nehmen, um private Mitteilungen für die Hauptkommissarin zu verfassen. Hanne Wilhelmsen bestand aber trotzdem darauf, bei mehr oder minder lautem Widerspruch. Die täglichen Zusammenfassungen der zahllosen Informationen, die in ständig wachsenden Mappen und Ordnern steckten, halfen ihr, ein Gesamtbild zu behalten. Die Ermittler erlaubten sich außerdem erfahrungsgemäß größere Freiheiten, wenn sie wußten, daß das, was sie schrieben, nicht ins Protokoll geraten würde, und sie teilten persönliche Ansichten und Meinungen mit. Hanne Wilhelmsen wollte es so, und so geschah es dann.

Sie spülte mit lauwarmem Kaffee zwei Kopfschmerztabletten hinunter und las, während sie sich mit den Fingerspitzen die Kopfhaut massierte.

Bei dem Ermordeten handelt es sich um Evald Bromo, Journalist in Aftenpostens Wirtschaftsredaktion. Er war 46 Jahre alt, verheiratet mit Margaret Kleiven, kinderlos. Nicht vorbestraft.

Wie Doris Flo Halvorsrud wies Evald Bromo Verletzungen am Hinterkopf auf, die durch einen kräftigen Schlag verursacht worden sind. Ob er daran gestorben ist oder ob er noch lebte, als er enthauptet wurde, wird sich während der nächsten Tage herausstellen. Er wurde in der Vogts gate 14 vom Hausmeister Ole Monrad Karlsen gefunden. Karlsen steht bisher nicht unter Verdacht. Er ist übellaunig und schwierig, aber Sommarøy meint, daß er offenbar nichts mit dem Fall zu tun hat.

Die Vogts gate 14 ist ein Mietshaus mit 24 Wohneinheiten, viele davon sind Sozialwohnungen. Das Haus an sich befindet sich jedoch in Privatbesitz, was erklärt, daß Karlsen trotz seines fortgeschrittenen Alters noch immer als Hausmeister fungiert. Ståle Salvesen hatte dort eine Sozialwohnung.

Wir wissen, daß Evald Bromo am Samstagabend gegen halb elf von zu Hause weggegangen ist, weil er eine Runde laufen wollte. Er war angeblich sehr fit für sein Alter, und seine Frau sagt, daß diese späten Touren nichts Ungewöhnliches waren.

Seine Frau war dann schlafen gegangen. Als sie am nächsten Morgen gegen acht aufwachte, wies alles im Haus darauf hin, daß Evald Bromo nicht nach Hause gekommen war. Der Zeitpunkt seines Sterbens wird auf zwischen Mitternacht und zwei Uhr am Sonntagmorgen angesetzt, es kann also stimmen. Die Frau wartete noch zwei Stunden, dann meldete sie ihren Mann bei der Polizei als vermißt. Sie wollte noch abwarten, ob ihr Mann vielleicht am frühen Morgen wieder losgelaufen war. Karianne, die mit der Frau gesprochen hat, schildert sie als vollständig verzweifelt und aufrichtig verwirrt von diesen Ereignissen. Ich habe darum gebeten, sie morgen noch einmal vernehmen zu dürfen. Am Sonntagnachmittag war kaum ein vernünftiges Wort aus ihr herauszuholen.

Die Waffe, mit der Bromo enthauptet worden ist, ist noch nicht gefunden worden. Vermutlich handelt es sich dabei um ein Schwert.

Es war wohl relativ schwer und sehr scharf; es ist ein glatter Schnitt, und die Gerichtsmediziner meinen, daß zwei oder drei Schläge schon ausgereicht haben, um den Kopf vom Rumpf zu trennen.

Die Kellertür war aufgebrochen worden, die Haustür hatte vermutlich offengestanden. Offenbar haben die Hausbewohner häufiger das Abschließen vergessen. Gegensprechanlage und Türsummer funktionieren zeitweise nicht, und viele wollen nicht alle Treppen hinunterlaufen, um Gäste einzulassen.

Bromo wurde aller Wahrscheinlichkeit nach am Fundort enthauptet. Auf jeden Fall war er dabei bewußtlos (falls nicht tot). Vorläufig haben wir keine Spuren eines Kampfes gefunden. Unter seinen Fingernägeln hatte er nur normalen Schmutz, sein Körper weist keine anderen Verletzungen auf als die, die durch den Schlag auf den Hinterkopf und eben die Enthauptung entstanden sind.

Wir können noch nicht sagen, ob Bromo in den Keller gegangen ist oder ob er hinuntergetragen wurde. Wenn letzteres der Fall ist, dann haben wir es aller Wahrscheinlichkeit mit einem kräftigen Täter (oder vielleicht mehreren) zu tun. Weder die Treppe noch die Leiche lassen annehmen, daß Bromo in den Keller geschleift worden ist (tot oder bewußtlos). Das bedeutet, daß er selbst gegangen ist oder getragen wurde. Da nichts auf einen Kampf hinweist, ist letzteres anzunehmen. Ansonsten ist hinzuzufügen, daß Bromo ein schlanker Mann war, er war 1,82 Meter groß und wog nur 68 Kilo.

Die Polizei war gegen drei Uhr in der Nacht zum Sonntag in der Gegend im Einsatz. Es waren Klagen über Lärm eines Festes im Haus gegenüber dem Tatort eingegangen. Die Streife hat bei oder in der Vogts gate 14 nichts Verdächtiges gesehen oder gehört.

Das Bemerkenswerteste an diesem Fall ist natürlich, daß die Leiche im Keller des Hauses gefunden worden ist, in dem Ståle Salvesen gewohnt hat. Selbst wenn der Mord nicht durch Enthauptung geschehen wäre, wäre diese Tatsache doch aufsehenerregend. Wenn wir es nun zu allem Überfluß mit einem Mord derselben Art wie dem an Doris Flo Halvorsrud zu tun haben, dann spricht doch sicher alles für irgendeinen Zusammenhang zwischen beiden Morden.

Erik H. und Karl untersuchen jetzt mögliche Berührungspunkte zwischen Evald Bromo und Ståle Salvesen. Bromos Frau hat Salvesens Namen nie gehört, von einer engen Beziehung kann also keine Rede sein. Bisher wissen wir nur, daß Bromo damals über die Ermittlungen gegen Aurora Data und Salvesen berichtet hat. Mit anderen Worten können wir annehmen, daß sie damals miteinander gesprochen haben.

Wir überprüfen natürlich auch mögliche Beziehungen zwischen Sigurd Halvorsrud und Bromo. Bisher haben sich keine feststellen lassen. Da sie beide sich mit Wirtschaftsverbrechen beschäftigt haben, ist es jedoch sehr wahrscheinlich, daß sie einander gekannt haben. Wir holen Halvorsrud morgen zum Verhör her. Ich werde es selbst leiten.

Heute wurden sechs Zeugen vernommen (wegen der Osterfeiertage waren sie schwer zu erreichen). Drei davon sind Bromos engste Kollegen, die alle behaupten, ihn ziemlich gut gekannt zu haben. Sie alle beschreiben ihn als relativ stillen, gehemmten Mann, der nicht viel geselligen Umgang gepflegt hat. Sie wissen nicht viel über seinen Bekanntenkreis, behaupten aber, er sei zumeist zu Hause bei seiner Frau geblieben, wenn er nicht gerade lief. Angeblich war er ein sehr tüchtiger Langstreckenläufer. Ein Zeuge beschreibt Bromos Einstellung zum Laufen als »fanatisch«. Kein Zeuge weiß, wer etwas gegen Bromo haben könnte, obwohl alle betonen, daß sie als Journalisten ab und zu durchaus Probleme mit den Menschen haben, über die sie schreiben.

Ståle Salvesen ist also wieder der Joker.

Es wird Zeit, daß wir ihn gezielt suchen lassen. Vielleicht hätten wir das schon früher tun sollen. Die Strömungsverhältnisse bei der Staure-Brücke würden es ermöglichen, daß eine Leiche nach unten gepreßt wird und sich möglicherweise am Boden festsetzt. Ich glaube eigentlich nicht, daß wir etwas finden werden. Ein Gefühl im Bauch sagt mir, daß Ståle Salvesen sich irgendwo bester Gesundheit erfreut.

Hanne Wilhelmsen versuchte, ein Gefühl in ihrem eigenen Bauch zu befragen. Aber das teilte ihr nur mit, daß sie seit vielen Stunden nichts mehr gegessen hatte.

»Teufel auch, Hanne!«

Karl Sommarøy stürzte durch die halboffene Tür und knallte ein Papier mit zwei vergrößerten Fingerabdrücken vor ihr auf den Schreibtisch. Dann trat er neben sie, legte ihr den Arm um die Schulter und richtete einen Zeigefinger auf das Papier.

»Was glaubst du wohl, was das ist?«

Er lachte sein Kleinmädchenlachen und schlug mit der Hand auf den Tisch.

»Fingerabdrücke natürlich.« Hanne seufzte.

Sie unterdrückte ein Gähnen und spielte mit dem Gedanken, ihren Kollegen zur Ordnung zu rufen. Obwohl ihre Tür angelehnt gewesen war, hätte er anklopfen müssen.

»Aber was glaubst du, wem die gehören?«

Karl Sommarøy war außer sich vor Aufregung und redete weiter, ohne auf Hannes Antwort zu warten: »Sie wurden in der Nähe von Evald Bromos Leiche gefunden. Einer an einer Bretterwand zwei Meter weiter. Einer an der Wand neben der Treppe.«

Die Kopfschmerzen waren schlimmer geworden. Irgend etwas pulsierte hinter dem rechten Ohr, so, als stecke dort ein Nagel fest und wolle nach draußen. Hanne steckte einen Fingerknöchel in ihre Augenhöhle und drückte energisch zu.

»Und wem gehören sie also?« fragte sie resigniert und versuchte, sich von seinem Arm um ihre Schultern zu befreien. »Ich bin ein bißchen zu müde für solche Spiele.«

»Sie gehören Sigurd Halvorsrud«, sagte Karl und lachte wieder, laut, dünn und schrill. »Sigurd Halvorsrud war in Ståle Salvesens Keller, wo Evald Bromos Leiche gefunden worden ist. Ich freu mich schon darauf, wie er das zu erklären versuchen wird.«

325

Hanne Wilhelmsen ließ ihren Finger den feinen Linien der vergrößerten Abdrücke folgen. Sie verschlangen sich miteinander wie die Markierungen auf einer alten Orientierungskarte. Es war ein einzigartiges Terrain; unter den fast fünf Milliarden Menschen auf der Welt konnte nur Sigurd Halvorsrud diese Abdrücke in dem Keller hinterlassen haben, in dem Evald Bromo ermordet worden war. Und aus dieser Sache würde der ehemalige Oberstaatsanwalt sich ganz einfach nicht herausreden können.

19

Das Wasser im Äußeren Oslofjord war spiegelglatt. Zwei Seemeilen südlich des Leuchtturms von Færder lag ein Hochseesegler mit zwei Mann an Bord. Petter Weider und Jonas Broch waren beide fünfundzwanzig und studierten Jura, wenn sie nicht segelten. Was bedeutete, daß sie nur minimal büffelten. Zu Ostern, das sie eigentlich über den Büchern hätten verbringen müssen, weil das Examen nur noch einen Monat entfernt war, waren sie nach Kopenhagen gesegelt, um Marihuana zu holen. Von einer großen Menge konnte nicht die Rede sein, es gab für jeden nur ein Pfund, und das nur zum eigenen Konsum. Vielleicht würden sie Freunden etwas abgeben. Aber das als Geschenk.

Für die Rückfahrt hatten sie länger gebraucht, als sie erwartet hatten. Mitten im Skagerrak war der Wind beträchtlich abgeflaut. Als die beiden Studenten frühmorgens am Dienstag, dem 6. April, Blickkontakt zum Leuchtturm aufnehmen konnten, war das Meer für diese Jahreszeit ungewöhnlich ruhig. Die Sonne brannte am Osthimmel, und sie konnten ihre dicken Schwimmwesten ablegen und in Wollpullovern hinter dem Steuer sitzen.

Es war ein perfekter Tag für einen ordentlichen Joint. Es brachte doch nichts, den Motor anzuwerfen, wenn sie an Land nur ein stickiger Lesesaal erwartete.

Das Gras hatten sie über einen alten Bekannten an der Kopenhagener Uni gekauft, und es hielt, was dieser versprochen hatte. Petter und Jonas hatten schon vergessen, daß sie bereits zweimal durchgefallen waren und daß die Stelle für Studiendarlehen ihnen die Hölle heiß machen würde, wenn sie es diesmal nicht schafften. Das zaghafte Flappen der Segel, die nach Wind suchten, mischte sich mit dem Glucksen des Wassers und ließ die beiden Studenten das Leben positiv sehen. Wenn das Examen auch diesmal in den Teich ginge, könnten sie ja die Erde umsegeln. Zwei Jahre lang vielleicht. Auf jeden Fall wollten sie nach Sansibar, wo Jonas im vergangenen Jahr die Weihnachtsferien verbracht hatte. Und auch zu den Malediven, wo sie von Insel zu Insel schippern und vielleicht mit Touristen, die es satt hatten, immer auf derselben kleinen Insel herumzugondeln, ein wenig Geld verdienen könnten.

»Da liegt einer im Wasser«, sagte Petter träge. »Steuerbord.«

Jonas kicherte.

»Was macht der denn?« flüsterte er dramatisch.

»Der ist tot.«

»Ganz?«

»Ziemlich.«

»Haben wir noch Bier?«

Petter griff in eine Kühltasche und zog eine Halbliterdose Tuborg hervor. Er warf sie Jonas zu und machte sich dann selbst eine auf.

»Der Typ ist noch immer da«, murmelte er.

Jonas setzte sich auf und klemmte das Ruder ein. »Wo denn?«

»Da.«

»Ja, Scheiße! O verdammt, Petter! Der ist doch tot, Mann!«

»Sag ich doch«, murmelte Petter sauer.

Jonas beugte sich übers Dollbord und spritzte sich Salzwasser ins Gesicht. Er rieb sich die Schläfen und schüttelte energisch den Kopf.

»Wir müssen ihn holen. Gib mir den Bootshaken.«

Gemeinsam konnten die beiden Studenten die Kleider des Toten fassen. Langsam zogen sie den bleischweren Leichnam auf das Boot zu. Der Mann – aus irgendeinem Grund war ihnen sofort klar, daß es sich um einen Mann handelte – lag mit dem Gesicht nach unten im Wasser.

»Dreh du ihn um«, sagte Petter zögernd.

»Kannst du machen.«

»Nie im Leben. Meinst du, wir sollen ihn an Bord holen?«

Jonas versuchte, die Leiche unter dem Bauch zu fassen. Das brachte eine Luftblase in deren Kleidern zum Platzen.

»O verdammt. Das stinkt ja vielleicht. Loslassen! Laß los, zum Teufel!« Petter heulte und warf sich auf die Backbordseite. Er stieß mit dem Rücken gegen die Kühltasche und ließ einen Strom von Flüchen folgen.

»Wir können ihn nicht loslassen«, fauchte Jonas und erbrach sich über der Leiche. »Wir müssen die Polizei verständigen, du Idiot!«

Petter rappelte sich auf, rieb sich den wehen Rücken und schnitt Grimassen, weil der grauenhafte Gestank nun schon das ganze Boot erfaßt hatte.

»Können wir ihn nicht einfach an Land schleppen? Wenn wir ein wenig Leine lassen, werden wir diesen Scheißgestank los.«

»Du Obertrottel! Der Kerl löst sich doch schon auf. Wenn wir den auch nur zehn Meter schleppen, ist nichts mehr von ihm übrig. Gib mir jetzt ein Tau und stell dich nicht so an. Hilf mir doch, zum Teufel.«

Eine Viertelstunde später hatten Petter Weider und Jonas Broch ihren Leichenfund gesichert, indem sie ihn am Dollbord festgebunden hatten. Dann hatten sie über Funk die Polizei verständigt. Bestimmt würde die bald eintreffen.

»Verdammt!«

Es war ihnen in derselben Sekunde eingefallen. In der Kajüte lag ein knappes Kilo Marihuana. Obwohl die Polizei vermutlich nicht das Boot der beiden hilfsbereiten Jurastudenten durchkämmen würde, wollten sie das Risiko nicht eingehen. Sie wollten später als Anwälte arbeiten, als Starjuristen mit fetten Bankkonten. Petter war den Tränen nahe, als Jonas resolut zwei Plastiktüten voller tabakähnlicher Drogen ins Meer entleerte.

Sie hatten nicht damit gerechnet, daß das Meer so still war.

Das Marihuana wollte nicht sinken, es klebte an der Schiffsseite.

Und so kam es, daß der halb aufgelöste Mann wunderbar mit Drogen gewürzt war, als die Polizei dann die Verantwortung für die Leiche übernehmen konnte.

20

»Sigurd Halvorsrud«, sagte Billy T. langsam, zog an seinem Ohrläppchen und spielte mit seinem goldenen Petruskreuz. »Sigurd Harald Halvorsrud.«

Dann verschränkte er die Arme und starrte den Festgenommenen an, der stocksteif auf der anderen Tischseite saß. Neben Karen Borg, die diesmal Hosen trug. Sie machte sich an der Aktentasche zu schaffen, die seit zehn Minuten ungeöffnet auf ihrem Schoß stand. Fast unmerklich schob sie ihren Stuhl einige Zentimeter von ihrem Mandanten fort, als habe sie längst jeglichen Glauben an Sigurd Halvorsruds Unschuld eingebüßt und wolle sich eiligst distanzieren.

Billy T. beugte sich plötzlich über den Tisch. »Was wollten Sie denn bloß in diesem Keller, Halvorsrud?«

»Mein Mandant hat bisher nicht zugegeben, daß er dort gewesen ist«, mahnte Karen Borg. »Ich schlage vor, daß wir damit anfangen.«

Billy T. lächelte und biß sich auf den Schnurrbart.

»Bisher hat dein Mandant noch kein Sterbenswörtchen gesagt«, sagte er mit harter Stimme. »Was ja sein gutes Recht ist. Aber was dieses Verhör betrifft, so bestimme ich.«

Er öffnete eine Halbliterflasche Cola und leerte die Hälfte mit einem langen Schluck. Dann knallte er die Flasche auf den Tisch und rieb sich die Hände.

»Ich fange noch einmal an«, sagte er munter. »Was haben Sie in der Nacht zum vergangenen Sonntag im Keller der Vogts gate 14 gewollt?«

In den drei Wochen, die Halvorsrud in Untersuchungshaft gesessen hatte, bis er dann von Richter Bugge zu seiner Tochter nach Hause geschickt worden war, hatte er jeden Tag seine übliche Arbeitskleidung getragen: Anzug, Hemd und Schlips. Jetzt trug er abgenutzte Jeans mit Hosenträgern über einem braungrünen Flanellhemd, dessen offener Kragen einige starre, graue Haare zeigte. Billy T. hatte den Haftbericht gelesen. Der Mann hatte sich umziehen wollen. Das wurde ihm nicht gestattet, und er schien sich in seiner saloppen Kleidung unwohl zu fühlen. Halvorsrud hatte die Hände im Schritt liegen und räusperte sich immer wieder, als sei ihm etwas in den Hals geraten.

»Ich«, setzte er an. »Ich ... ich ...«

Er kam nicht weiter. Er beugte sich zu Karen Borg hinüber und flüsterte ihr etwas zu. Sie setzte sich aufrecht hin und stellte endlich ihre Aktentasche auf den Boden.

»Mein Mandant möchte von seinem Aussageverweigerungsrecht Gebrauch machen«, sagte sie laut.

Billy T. schaute zu Erik Henriksen hinüber, der auf einem weiteren Stuhl im Verhörzimmer saß und bisher kein Wort gesagt hatte.

»Hast du das gehört, Erik? Unser Freund hier hält es für angebracht, keine Aussage zu machen.«

»Auch egal«, sagte der andere. »Dann geht es viel leichter, ihn in eine Zelle zu stecken. Und später redet er dann bestimmt. ›Passiert es jetzt, dann passiert es nicht später, passiert es nicht später, dann passiert es jetzt, und passiert es nicht jetzt, dann passiert es eben irgendwann.‹«

Er gähnte und streckte die Arme über den Tisch.

»Hamlet«, sagte er müde. »Fünfter Akt. Ich sage Annmari Bescheid. Und schicke zwei Kollegen, die den Oberstaatsanwalt in eine Zelle führen können.«

Karen Borg begleitete ihren Mandanten, als Halvorsrud abgeführt wurde. Billy T. legte ihr eine schwere Faust auf die Schulter und flüsterte: »Jenny.«

Karen fuhr herum.

»Was?«

»Die Kleine soll Jenny heißen. Modern genug, altmodisch genug. Typischer Kompromiß. Zufrieden?«

Karen Borg starrte zu Boden und ging weiter. Billy T. kam hinterher.

»Gefällt dir das nicht?«

»Doch«, antwortete sie ohne ein Lächeln. »Jenny ist total okay.«

»Billy T.!«

Ein Polizeianwärter kam angelaufen, als sie sich beide umdrehten. Atemlos drückte er dem Polizeibeamten einen gelben Notizzettel in die Hand.

»Von Hanne Wilhelmsen«, keuchte er. »Und du sollst sie anrufen. Sobald wie möglich.«

Billy T. las die Nachricht. Dann faltete er den Zettel zusammen und verstaute ihn in seiner Uhrentasche.

»Auch eine Zeit, um nach Vestfold zu fahren«, murmelte er sauer. »Was zum Teufel will sie denn da?«

Als er sich wieder umdrehte, war Karen Borg verschwunden.

21

Im strahlenden Frühlingswetter sah die Gegend noch schöner aus. Das dachte Hanne Wilhelmsen, als sie über den Plattenweg auf Eivind Torsviks Haus zulief. Vestfold war der schönste Regierungsbezirk im Land. Gelbe Felsen zogen sich ins frische, graublaue Wasser hinein. Die Bäume hatten in den letzten Tagen kräftig ausgeschlagen, hellgrüne Kronen ragten dem Sommer entgegen, der im Moment wirklich hinter der nächsten Ecke zu warten schien. Im Gras wimmelte es nur so von Leberblümchen. Das Licht tat ihr in den Augen weh, und Hanne setzte eine Sonnenbrille auf. Sie blieb stehen und schaute von der Terrasse aus aufs Meer. Sonnenreflexe spielten im seichten Fjord. Ein Junge im Stimmbruch rief von einem dreißig Meter entfernten Inselchen seinem Kumpel an Land etwas zu. Beide lachten. Das Lachen wurde weitergetragen und hallte über den schmalen Hamburgkilen wider.

»Schön, daß Sie kommen konnten. Und so schnell!«

Hanne Wilhelmsen fuhr zusammen, als sie ihn hörte, und drehte sich um. Auch Eivind Torsvik trug eine Sonnenbrille. Die Bügel waren sehr lang, hinten gebogen und mit einem Gummi aneinander befestigt.

»Clever«, sagte sie spontan und zeigte auf die Brille.

Er lachte; ein faszinierendes, kindliches Lachen, das ihr ein breites Lächeln entlockte.

»Das haben noch nicht viele gesagt«, sagte er und lachte noch einmal.

Er zeigte auf die Sonnenwand mit dem Panoramafenster. Zwei große Holzstühle waren dort seit Hannes erstem Besuch aufgestellt und mit blauweißgestreiften Kissen versehen worden. Hanne setzte sich auf den einen und hob ihr Gesicht in die Sonne. Es war kurz vor halb vier Uhr nachmittags. Ihre Wangen brannten.

»Es ist wunderschön hier«, sagte sie leise. »Und Sie haben wirklich ein phantastisches Haus.«

Eivind Torsvik setzte sich wortlos neben sie. Er legte sich eine Decke um die schmalen Schultern, und Hanne konnte durch das Tuckern eines langsam vorüberfahrenden Bootes seinen regelmäßigen Atem hören. Sie schloß die Augen hinter ihrer Sonnenbrille und fühlte sich unsäglich müde.

Er hatte alles so dringend gemacht. Als er angerufen hatte, hatte sie ihn gebeten, nach Oslo zu kommen. Eivind Torsvik hatte sein Verständnis für Hanne Wilhelmsens Arbeitssituation zum Ausdruck gebracht, diese Bitte dann aber aufs Entschiedenste abgelehnt. Er habe die Gegend um Sandefjord seit vielen Jahren nicht verlassen, erzählte er, und so solle es auch bleiben. Wenn sie hören wolle, was er über Evald Bromo zu erzählen hätte, dann müsse sie zu ihm kommen. Persönlich und allein. Mit anderen wolle er nicht reden.

Jetzt saß sie neben diesem seltsamen Knabenmann und hätte einschlafen können. Eivind Torsviks Gesellschaft war ihr angenehm; der ewige Druck hinter den Augen ging zurück, und ihre Schultern senkten sich. Sie hatten zwar nur wenige Worte gewechselt, als sie am vergangenen Samstag

333

höchst unangebracht in die Privatsphäre dieses Mannes eingedrungen war, aber sie hatte doch das Gefühl, ihn schon lange zu kennen.

Eivind Torsvik war ein Mann, der sich und das Seine von allen anderen abschirmte. Seine schriftstellerische Tätigkeit ermöglichte wohl solch eine Einsamkeit; er brauchte sich kaum mit anderen Menschen abzugeben. Eivind Torsvik brauchte niemanden. Hanne ertappte sich bei dem Gedanken, daß sie ihn beneidete, dann nickte sie ein.

Sie mußte einige Minuten geschlafen haben, denn als sie aufwachte, stand er mit einer dampfenden Teetasse und einer weiteren Decke über dem Arm vor ihr.

»Hier«, sagte er und reichte ihr beides. »Nachmittags kann es kühl werden. Und jetzt erzähle ich Ihnen, was ich hier draußen wirklich mache.«

Er nahm auch sich selbst eine Tasse Tee und setzte sich, während er den Zucker verrührte.

»Was ist für Sie das Schlimmste an der Arbeit bei der Polizei?« fragte er mit sanfter Stimme so leise, daß Hanne ihn kaum verstand. »Das Allerschlimmste dabei, der Arm des Gesetzes zu sein, meine ich.«

»Die Strafprozesse«, sagte sie sofort. »Daß es so viele Regeln gibt. Daß wir soviel nicht dürfen, meine ich. Nicht einmal dann, wenn wir ganz sicher wissen, daß jemand schuldig ist.«

»Das habe ich mir gedacht«, sagte er mit einem zufriedenen Nicken.

Der Tee schmeckte ein wenig nach Zimt und Äpfeln. Hanne hielt sich die Tasse ans Gesicht und sog den leichten Dampf ein.

»Soll ich Ihnen erzählen, warum ich schreibe?«

Er starrte sie an und schob seine Sonnenbrille hoch, bis sie fest vor seiner Stirn saß. Hanne nickte ruhig und trank einen Schluck.

334

»Weil ich ein Leben gelebt habe, über das man schreiben kann«, sagte er und lächelte erstaunt, als habe er gerade erst eine lange gesuchte Erklärung gefunden. »Ich schreibe nie über mich selbst. Und doch tue ich das die ganze Zeit. Die Bücher handeln von gelebtem Leben. Ich habe, bis ich achtzehn wurde, mehr gelebt als die meisten anderen. Danach war Schluß. Ich habe einen Mann umgebracht und mich seither damit abgefunden, daß das eine Leben, das mir zugeteilt worden ist, ein Ende genommen hat.«

Hanne goß sich aus einer Thermoskanne, die zwischen ihnen auf den Steinplatten stand, noch mehr Tee ein. Sie öffnete den Mund zum Widerspruch.

»Ich meine damit nicht, daß ich wertlos wäre«, sagte er energisch und kam ihr zuvor. »Im Gegenteil. Meine Bücher machen vielen Menschen Freude. Und auch mir selbst. Wenn ich schreibe, stehle ich ein Leben, das nicht mir gehört. Gleichzeitig gebe ich anderen etwas, was ich lange Zeit nicht für möglich gehalten hätte. Das Bücherschreiben kann durchaus zufriedenstellen. Glücklich jedoch wird man nicht davon. Ich habe …«

Er legte den Kopf schräg, schob sich die Brille wieder auf die Nase und ließ sich auf seinem Stuhl zurücksinken.

»Sie kennen meine Geschichte. Ich will Sie damit nicht belästigen. Aber ich war noch nicht sehr alt, als mir aufging, daß ich die Fähigkeit verloren hatte, mich anderen Menschen anzuschließen. ›Reduzierte Bindungsfähigkeit‹. So haben die Psychologen in ihren zahllosen Berichten über mich das ausgedrückt.«

Er zog sich die Decke fester um die Schultern.

»Sie ahnen nicht einmal, was das ist.«

Hanne konnte sehen, wie ein leichtes Zittern über seinen Arm lief. Seine Gesichtshaut war blaß, und sein einer Nasenflügel zuckte.

»Genug davon«, sagte er leichthin und versuchte, die Decke vor seiner Brust zu verknoten. »Nicht deshalb habe ich Sie hergebeten. Ich schreibe nicht nur Bücher. Ich beschäftige mich auch mit etwas sehr viel Wichtigerem. Erinnern Sie sich an Belgien?«

»Belgien«, wiederholte Hanne. »Dioxine und Belgischblau. Korruption und Kinderschänder. Politische Morde. Salmonellen und Importverbot. Belgien: ein wunderschönes Land im Herzen Europas.«

Sie schaute verstohlen zu ihm hinüber. Er lächelte nicht. Verlegen ließ sie ihren Blick zum Fjord weiterwandern. Die lachenden Jungen waren in ein Ruderboot gesprungen und amüsierten sich damit, im Kreis zu rudern.

»Marc Dutroux«, sagte Eivind Torsvik vor sich hin. »Erinnern Sie sich an den?«

Natürlich erinnerte sie sich an Marc Dutroux, das »Ungeheuer von Charleroi«. Die Götter mochten wissen, wie viele Leben er auf dem Gewissen hatte, buchstäblich und auch im übertragenen Sinn. Der Pädophilieskandal, der im Spätsommer und Herbst 1996 über Belgien hereingebrochen war, hatte die ganze Welt schockiert. Massenverhaftungen erfolgten, als immer neue Leichen von kleinen und großen Kindern in Gärten ausgegraben oder verhungert und in Kellern eingemauert aufgefunden wurden. Schließlich hatte sich das Bild eines umfassenden Pädophilenrings abgezeichnet, und es war gegen Polizisten, Richter und eine Handvoll einflußreicher Politiker ermittelt worden.

»Das Schlimmste an der Sache war nicht, daß Marc Dutroux offenbar von mächtigen Gönnern beschützt wurde«, sagte Eivind Torsvik. »Bei der Pädophilie gibt es keine soziale Trennung. Es gibt auch keine Grenzen hinsichtlich der Mittel, zu denen Menschen greifen, deren Existenz bedroht ist. Es gibt überhaupt keine Grenzen. Nein, das Allerschlimmste war...«

Er goß seinen lauwarmen Tee auf die Steinplatten. Die Flüssigkeit malte ein dunkles Muster auf den grauen Untergrund. Der Fleck sah aus wie ein Krebs mit drei Scheren, und Eivind Torsvik betrachtete das Bild aufmerksam und klopfte leise mit den Fingern an die leere Tasse.

»Das Gefährlichste ist, daß das System nachgibt. Marc Dutroux war vorbestraft. Er war wegen einer Serie von Vergewaltigungen zu dreizehn Jahren Haft verurteilt worden. Wissen Sie, wie lange er gesessen hat?«

»Sieben oder acht Jahre?« Hanne zuckte mit den Schultern.

»Drei. Nach drei Jahren haben sie ihn laufenlassen. Wegen guter Führung. Guter Führung! Ha!«

Er sprang auf.

»Es wird hier langsam kühl. Ich friere sehr leicht. Macht es Ihnen etwas aus, wenn wir ins Haus gehen?«

Hanne begriff nicht, wieso der Mann frieren konnte. Es waren bestimmt fünfzehn Grad, und Eivind Torsvik hatte sich während des gesamten Gesprächs in seine Decke gewickelt.

»Durchaus nicht«, sagte sie trotzdem und folgte ihm ins Haus.

»Ich habe etwas zu essen gemacht«, hörte sie ihn in der Küche sagen. »Nur einen Salat und Brot. Ich nehme an, Sie möchten keinen Wein.«

»Ich fahre«, sagte sie und tippte sich auf die Brusttasche. »Darf ich hier rauchen?«

Er schaute sie zwischen zwei Schränken aus der offenen Kochecke her an.

»Hier hat noch niemand geraucht. Was nicht bedeutet, daß es etwas schaden wird. Bitte sehr.«

Ehe Hanne ihre Zigarette geraucht hatte, war der Tisch gedeckt. Mit weißen Tellern und Silberbesteck. Eivind Torsvik füllte ihr hohes Weinglas mit Mineralwasser und schenkte sich selbst Edelzwicker ein.

337

»Wissen Sie, daß der Monopolladen Wein ins Haus liefert?« fragte er und setzte sich. »Und daß es im Internet von guten Rezepten nur so wimmelt?«

»Sind Sie immer hier?«

Hanne nahm sich Caprese und ein Stück Weißbrot.

»Nein. Leider muß ich gelegentlich in die Stadt. Zum Zahnarzt und so. Außerdem fahre ich manchmal zum Einkaufen mit dem Rad nach Hasle. Das ist fast schon Stadt. Solløkka hier in der Nähe hat eigentlich nur einen großen Kiosk zu bieten. Wußten Sie, daß Dutroux aufgrund von privaten Ermittlungen aufgeflogen ist?«

Hanne kostete den Salat. Der Mozzarella war weich und würzig, die Tomaten ungewöhnlich pikant.

»Ich habe hier hinten ein kleines Gewächshaus. Das kann ich Ihnen nachher zeigen, wenn Sie möchten. Ich leite eine solche Organisation. Oder was heißt schon leiten. Wir sind eine Gruppe von zweiundzwanzig Europäern und fünfzehn Amerikanern. Die anderen akzeptieren mich als eine Art Chef, obwohl es nie eine Wahl oder eine formelle Ernennung gegeben hat.«

Hanne Wilhelmsen ertappte sich bei der Frage, ob er von einer Gemüseorganisation spreche. Sie hörte auf zu kauen und starrte ihn mit erhobener Gabel an.

»Wir sammeln ganz einfach Informationen über Pädophile.«

Er lächelte kurz und starrte fast herausfordernd zurück. Seine blonden Haare umtanzten sein ovales Gesicht, und seine Augen zeigten einen Glanz, den sie bisher noch nicht gesehen hatte. Seine Lippen waren blutrot in der weißen Gesichtshaut, und plötzlich fiel ihr auf, daß er kaum Bartwuchs hatte. Er sah aus wie ein Engel. Wie die Engel, die Hanne vor langer Zeit als Glanzbilder in einem Schuhkarton gesammelt hatte, überirdisch schöne Seraphim mit blauen Augen und Glitzer auf den Flügeln.

»Im Moment sehen Sie aus wie ein Engel!« rief sie.

Er blieb sitzen wie bisher. Sein Blick wich nicht, und Hanne meinte etwas zu sehen, das sie nichts anging, ein Leben, mit dem sie nichts zu tun haben wollte. Eivind Torsvik war nicht nur ein Mann, der sich mit seiner eigenen Einsamkeit arrangiert hatte, mit einem Leben, zu dem sie sich hingezogen fühlte und um das sie ihn vielleicht auch beneidete. So, wie er jetzt dasaß und sie anstarrte, während die Sonnenstrahlen seine Haare wie einen Heiligenschein aussehen ließen, war er noch etwas anderes, etwas, das sie nicht zu fassen bekam, das ihr angst machte und sie dazu brachte, Messer und Gabel hinzulegen.

»Ich bin ein Engel«, sagte er. »Ich bin der Engel. Unsere Organisation heißt The Angels of Protection, TAP im Alltagsgebrauch.«

Hanne wollte gehen, das hier brauchte sie jetzt wirklich nicht. Sie hatte mit einem Mordfall zu tun, bei dem sie gar nichts begriff, und sie wollte nicht mit Informationen über eine okkulte Organisation belastet werden, die im Dienste des Guten durchaus zu Gesetzesbrüchen greifen mochte. Sie räusperte sich, dankte für das Essen und schob ihren Teller zwei Zentimeter zurück.

»Glauben Sie an Gott?«

Hanne schüttelte den Kopf und machte sich an ihrer Serviette zu schaffen. Sie wollte weg. Sie wollte nicht hier sein, in diesem Haus, das viel zu warm war und wo das Dröhnen der umfangreichen Computeranlage ihre Kopfschmerzen wieder steigerte.

»Ich auch nicht. In keiner Weise. Gott ist eine jämmerliche Größe, die die Menschen brauchen, um das Unerklärliche zu erklären. Wenn ich frage, dann, weil ich glaube, daß es eine Art Sinn hat, daß Sie am Samstag hier aufgetaucht sind. Ich halte Ihren Besuch für einen der Zufälle, von denen die Geschichte so viele gesehen hat; plötzliche und unvorhergesehene Ereignisse, die eine Innovation oder eine Katastrophe mit sich gebracht haben. Satt?«

»Ja, danke. Es hat gut geschmeckt.«

Hanne leerte ihr Glas und schaute auf die Uhr.

»Sie dürfen noch nicht gehen. Ich habe Ihnen doch noch nicht gesagt, was Sie wissen müssen. Sie müssen mehr Geduld haben, Hanne Wilhelmsen. Sie sind eine ungeduldige Seele, das sehe ich Ihnen an. Aber gehen Sie nicht.«

»Nicht doch«, sie lächelte schwach. »Noch nicht. Aber ich kann wirklich nicht lange bleiben.«

»Verstehen Sie, ich habe Sie gesucht«, erklärte er beim Abräumen. »Naja, nicht direkt Sie, aber einen Menschen bei der Polizei, zu dem ich Vertrauen haben kann.«

Plötzlich knallte er die Teller auf den Tisch und beugte den Oberkörper vor.

»Wissen Sie, wie lange es gedauert hat?« fragte er.

Seine Stimme hatte einen neuen Klang angenommen, einen Zorn, der sie tiefer werden ließ.

»Von dem Moment an, als ich mir die Ohren abgeschnitten und von den immer neuen Verbrechen meines Pflegevaters erzählt habe, bis die Ermittlungen dann abgeschlossen waren?«

»Nein. Ich kenne die Einzelheiten Ihres Falls nicht.«

»Drei Jahre. Drei Jahre! Vier Psychologen haben mich untersucht. Alle kamen zu dem Ergebnis, daß ich die Wahrheit gesagt hatte. Außerdem mußte ich mit hocherhobenem Hintern auf einem Untersuchungstisch knien, umgeben von Kittelträgern, die mir vorher nicht einmal guten Tag gesagt hatten. Sie begrapschten Teile von mir, die mir gehören sollten. Nur mir! Was sie nie getan haben, natürlich. Ich bin mir selbst immer wieder gestohlen worden, so weit ich mich zurückerinnern kann. Da kniete ich also mit hocherhobenem Hintern und konnte nicht einmal weinen. Ich war dreizehn Jahre alt, und das Urteil der Ärzte erfolgte einstimmig: Massiver Mißbrauch über viele Jahre hinweg. Ich war dreizehn!«

Eivind Torsvik ließ sich wieder auf seinen Stuhl sinken und strich sich müde über die Augen.

»Aber trotzdem dauerte es drei Jahre, bis der Fall zur Anklage kam«, fügte er leise hinzu.

Hanne hätte gern etwas gesagt. Eivind Torsviks Geschichte war ihr nicht neu. Sie hatte sie gesehen, gehört, erlebt. Zu oft. Sie suchte nach Worten, konnte aber nichts sagen. Statt dessen legte sie vorsichtig die Hand auf den Tisch.

»Und das Urteil, das dann endlich gefällt wurde, war einfach nur lächerlich.«

Er holte tief Luft und hielt dann so lange den Atem an, daß eine leichte Röte sich über seine Wangen ausbreitete. Zum ersten Mal ahnte Hanne in seinem Gesicht etwas von einem erwachsenen Mann. Der Engel war verschwunden. Vor ihr saß ein Mann von Mitte zwanzig, der alles verloren hatte, noch ehe er erwachsen geworden war.

»Wir sind alle Opfer«, sagte er nach einer langen Pause. »Alle bei den Angels of Protection. Wir weihen unser Leben der Aufgabe, sie zu finden. Die Vergewaltiger. Die Päderasten. Die Seelendiebe. Wir sind nicht an Grenzen gebunden. Nicht an Regeln. Die Sexualverbrecher kennen keine Gesetze, und sie können nur unter denselben Bedingungen bekämpft werden. Wir überwachen. Wir spionieren. Wir finden sie im Internet. Die meisten können die Finger nicht von der Flut an Kinderpornos lassen, die es dort gibt. Idioten.«

»Aber wie macht ihr das?«

Hanne empfand eine Neugier, von der sie eigentlich nichts wissen wollte.

»Wir haben unsere Methoden«, sagte Eivind Torsvik. »Wir haben viele, die im Feld arbeiten. Die jahrelang verfolgt und ermittelt haben. Wir bewegen uns wie Schatten durch eine der Polizei unbekannte Landschaft. Wir dagegen sind dort geboren und aufgewachsen. Uns fällt es nicht besonders schwer, einen Pädophilen zu erkennen. Wir haben mit ihnen gelebt. Wir alle.«

Er zeigte auf den Computer vor dem Fenster.

»Ich selbst bewege mich nie nach draußen. Ich halte mich ans Net. Da liegt meine Aufgabe. Außerdem systematisiere ich. Lege das Puzzlespiel zusammen. Und das besteht aus vielen Stücken. Manche sind winzigklein. Aber am Ende ergibt sich ein Bild. Und wenn es soweit ist, was nicht mehr lange dauern wird, gehen wir zur Polizei. Im Moment habe ich eine Liste von ... «

Er legte seine Hand nur fünf Zentimeter neben Hannes.

»... von elf Norwegern, die systematisch Kinder vergewaltigt haben und von denen die Polizei nicht die geringste Ahnung hat.«

»Aber ihr müßt ... «, sagte Hanne. »Warum habt ihr ... wollt ihr ... «

Eivind Torsviks Mitteilungen waren sensationell.

Hanne Wilhelmsen hatte oft gerüchteweise von solchen Organisationen gehört, wie er sie hier beschrieben hatte. Doch sie hatte das immer als Unfug abgetan. Es war unmöglich. Es hatte unmöglich zu sein. Natürlich litt die Polizei unter Stelleneinsparungen, dem trägen System, strafrechtlichen Sperren und außerdem ziemlicher Unfähigkeit, aber immerhin hatte sie das Gesetz auf ihrer Seite. Sie hatten ein System. Kompetenz. Daß einzelne Menschen den Löffel in die eigene Hand nahmen, wenn der Arm des Gesetzes zu kurz war, war ihr durchaus nicht unbekannt. Mitte der neunziger Jahre hatte sie selbst in einem Vergewaltigungsfall ermittelt, bei dem Vater und Tochter nachdrücklich für das zerstörte Leben der Tochter Rache geübt hatten. Beide waren freigesprochen worden, was niemandem bei der Polizei schlaflose Nächte bereitet hatte.

»Aber eine ganze Organisation«, sagte sie plötzlich. »Ihr müßt doch am Rand der Gesetze balancieren? Oder sie sogar brechen?«

»Ja«, sagte Eivind Torsvik ehrlich. »Wir brechen sie, wenn es sein muß. Unter anderem hören wir Telefone ab. Nicht oft. Das ist schwer zu deichseln, zumindest in Norwegen.«

»Das dürfen Sie mir nicht erzählen.«

Sie legte ihre Hand auf seine. Seine Hand war kühl und schmal, sie spürte die Fingerknöchel unter ihrer Handfläche.

»Sprechen Sie nicht weiter«, sagte sie verbissen. »Ich will das nicht wissen.«

»Ganz ruhig. Das Material, das wir der Polizei übergeben werden, wenn die Zeit reif ist, wird unangreifbar sein. Zeugenaussagen und überhaupt. Wenn wir zu Gesetzesbrüchen greifen, dann nur… aus Ermittlungsgründen? Nennen Sie das nicht so?«

Jetzt lachte er wieder dieses Stakkatolachen, das Hanne nicht hören konnte, ohne zu lächeln. Er wirkte jetzt munterer und zog seine Hand zurück.

»Und Sie werden uns natürlich nicht verraten.«

Hanne hielt sich die Ohren zu.

»Ich will nichts mehr hören. Ich will nichts mehr hören, ist das klar?«

»Evald Bromo hat sein ganzes Erwachsenenleben hindurch kleine Mädchen mißbraucht.«

Langsam ließ Hanne Wilhelmsen die Hände sinken. Ihre Ohren sausten, und sie schluckte mehrere Male.

»Was sagen Sie da?«

»Evald Bromo war pädophil. Er hat viele Jahre hindurch von Mädchen bis hinunter zu zehn Jahren Sex gekauft und gestohlen. Vor allem gekauft, allerdings. Das muß man ihm lassen.«

Seine Lippen strafften sich, er sah aus, als habe ein Kind

343

ihm mit Filzstift einen Mund aufgemalt. Er erhob sich und zog aus einem Aktenschrank neben dem Computer einen Ordner. Der Ordner war grün und durchscheinend.

»Hier«, sagte er. »Das ist für Sie. Post mortem kann er ja nicht mehr verurteilt werden. Als ich im Net von dem Mord an Bromo gelesen habe, habe ich das zusammengetragen, was wir über den Kerl wissen. Das bekommen Sie. Aber es ist nur für Sie. Als Hilfe auf der Suche nach dem Mörder. Sie können das alles natürlich nur als Hintergrundmaterial für Ihre weiteren Ermittlungen nutzen. Und ich wäre sehr dankbar, wenn Sie nach dem Lesen alles vernichten würden.«

Hanne starrte die grüne Mappe an, als liege ein ausgewachsener Skorpion auf der Tischdecke.

»Ich kann nicht«, keuchte sie. »Ich kann nichts annehmen, was ich meinen Kollegen nicht zeigen darf.«

»Dann lesen Sie hier.«

Er sprang wieder auf und griff zu Besteck und Geschirr.

»Jetzt räume ich ab und stelle neues Teewasser auf. Der Tee hat Ihnen doch geschmeckt? Gut. Rauchen Sie eine Zigarette und lesen Sie, was dort liegt.«

Er nickte zu dem Ordner hinüber. Dann schob er ihr den Aschenbecher zu und ging in die Küche.

Hanne Wilhelmsen ertappte sich dabei, daß sie sich Plastikhandschuhe wünschte. Der Ordner, der vor ihr lag, enthielt Informationen, die entscheidend für die Aufklärung des Mordes an Evald Bromo sein konnten. Am liebsten hätte sie das Gummiband, mit dem der Ordner verschlossen war, sofort abgestreift und sich über den Inhalt hergemacht. Gleichzeitig widersprach das all ihren Prinzipien. Eivind Torsvik leitete eine Organisation, die zur Selbstjustiz griff. Hanne Wilhelmsen war bei der Polizei.

Sie griff sich in die Brusttasche und zog eine Zigarette heraus. Sie gab sich Feuer und blies den Rauch langsam zu dem verbotenen Ordner hinüber. Dann riß sie das Gummi herunter.

Sie brauchte etwas über eine halbe Stunde, um alles genau zu lesen, die Papiere wieder zusammenzulegen und das Gummiband darüberzuziehen, ehe sie dann alles wegschob. Sie nahm sich eine dritte Zigarette und registrierte kaum, daß Eivind Torsvik aus der Küche gekommen war, in einem Sessel saß und zu schlafen schien.

»Hilft Ihnen das weiter?« fragte er mit geschlossenen Augen.

»Wie habt ihr das geschafft?« fragte sie leise.

»Das habe ich doch erklärt. Durch Spionieren. Ermittlungen. Über Jahre.«

»Trotzdem. Das alles. Woher in aller Welt habt ihr das alles?«
Er lächelte und schaute sie an.

»Hilft Ihnen das?«

Hanne wußte nicht, was sie antworten sollte. Wenn Evald Bromo wegen seiner perversen sexuellen Neigungen umgebracht worden war, dann begriff sie nicht, wie das mit dem Mord an Doris Flo Halvorsrud zusammenhängen sollte. Nichts, rein gar nichts legte die Annahme nahe, die Frau des Oberstaatsanwalts sei pädophil gewesen.

»Weiß nicht«, sagte sie endlich.

Thea.

Thea! Hanne verschluckte sich am Rauch und hustete. Sie stand so heftig auf, daß ihr Sessel umkippte. Er knallte gegen eine Vitrine. Die Türscheibe bekam einen Sprung.

»Wer steht sonst noch auf Ihrer Liste?«

Eivind Torsvik hob abwehrend die Hände.

»Sie haben den Ordner über Evald Bromo bekommen, weil er tot ist. Wir können ihn nicht mehr erreichen. Über die anderen auf der Liste erfahren Sie dagegen nichts. Nicht, solange wir noch daran arbeiten. Aber es dauert nicht mehr lange.«

345

»Wie lange?«

Hanne hörte, wie ihre Stimme brach.

»Das kann ich nicht so genau sagen. Einen Monat vielleicht. Oder ein halbes Jahr. Es ist noch zu früh, um das genau zu wissen.«

Sie richtete den Sessel wieder auf und stellte ihn an seine alte Stelle. Dann ließ sie die Finger über den langen Spalt wandern, der die Glasscheibe in der Tür teilte.

»Aber eins müssen Sie mir sagen.«

Sie trat auf ihn zu, ging neben seinem Sessel in die Hocke und stützte sich mit den Ellbogen auf die Armlehne.

»Steht Sigurd Halvorsrud auf der Liste? Ist auch Halvorsrud pädophil?«

Seine Augen waren nicht mehr dieselben. Hanne hatte mit diesem jungen Mann Verbundenheit gespürt. Sie hatte ihn erkannt, im Grunde hatte sie in den blauen Augen mit dem markanten schwarzen Rand um die Iris etwas von sich selbst wiedererkannt. Jetzt war er ein Fremder.

»Mehr erfahren Sie nicht«, sagte er hart.

Hanne wandte sich ab und richtete sich mühsam auf.

»Dann haben Sie vielen Dank für alles«, sagte sie. »Das Essen und den Tee und... alles.«

Als sie ihre amerikanische Hirschlederjacke mit der Perlenstickerei und den Fransen am Brustteil angezogen hatte, holte sie eine Visitenkarte und einen Kugelschreiber hervor. Rasch kritzelte sie ihre Privatnummer auf die Rückseite der Karte.

»Rufen Sie mich an, wenn Sie mir etwas sagen möchten«, bat sie und reichte ihm die Karte. »Egal, wann.«

»Das werde ich wohl tun. Früher oder später.«

Hanne hatte heimlich fünfhundert Kronen auf den Küchentisch gelegt. Sie hoffte, daß er begreifen würde, daß das Geld für eine neue Türscheibe in der Vitrine gedacht war. Als sie langsam über den holprigen Weg fuhr, konnte sie ihn im Spiegel sehen. Er stand oben auf der Felskuppe neben dem Haus, hatte sich eine Decke um die Schultern gelegt und starrte hinter ihr her. Dann bog sie um eine Ecke, und Eivind Torsvik war verschwunden.

22

»Wo zum Teufel hast du denn gesteckt?«

Billy T.s wütende Stimme tat ihrem Ohr weh. Hanne hatte eben die E 18 erreicht, als ihr einfiel, daß ihr Handy seit ihrer Abfahrt von Oslo ausgeschaltet gewesen war. Jetzt konnte sie gerade noch registrieren, daß inzwischen acht Anrufe eingelaufen waren, als das Telefon losfiepte.

»Du hast gesagt, ich soll anrufen«, brüllte Billy T. »Und seit Stunden tu ich verdammt nochmal nichts anderes. Es ist gleich acht, zum Henker!«

»Reg dich ab«, murmelte Hanne. »Ist jemand gestorben oder was?«

»Ja. Ståle Salvesen.«

Hanne verlor fast das Lenkrad aus den Händen. Dann bremste sie energisch, fuhr auf den Seitenstreifen und schaltete den Notblinker ein.

»Was hast du gesagt? Ståle Salvesen?«

»Ja! Und du hast gesagt, ich solle anrufen, und dann ...«

»Hör auf, Billy T. Tut mir leid. Hab das Telefon vergessen. Ist Salvesen tot?«

»Das glauben wir. Zwei Jungs haben heute morgen eine ziemlich übel zugerichtete Leiche aus dem Fjord gefischt. Wir haben schon Salvesens Zahnarzt ausfindig gemacht. Die vorläufige Identifikation soll heute abend so gegen zehn vorliegen.«

Hanne Wilhelmsen rieb sich den Nacken. Drei Tage fast

ohne Schlaf machten das Weiterfahren unverantwortlich. Ihr wurde schwarz vor Augen, und sie schlug sich energisch auf die rechte Wange.

»Ich bin in anderthalb Stunden oder so bei dir.«

»Und noch eins, Hanne…«

»Ich komme in einer guten Stunde, Billy T. Dann reden wir weiter.«

Sie schaltete aus.

Vermutlich stammten alle acht Anrufe von Billy T. Sicherheitshalber wollte sie aber noch einmal nachsehen. Sie hatte am Morgen zuletzt mit Cecilie gesprochen. Und sie konnte das ja erledigen, solange sie noch hier stand.

Die ersten fünf Anrufe stammten von einem immer wütender werdenden Billy T. Der sechste kam aus Ullevål.

»Hier spricht Dr. Flåbakk von der onkologischen Abteilung Ullevål. Ich suche Hanne Wilhelmsen. Cecilie Vibe ist heute vormittag eingeliefert worden, und es wäre mir sehr lieb, wenn Sie mich so bald wie möglich anrufen könnten. Meine Nummer ist…«

Hanne durchfuhr ein Stoß. Eine Hitzewelle fuhr ihr in den Unterleib und in alle Glieder. Plötzlich war sie hellwach. Sie rief nicht bei Dr. Flåbakk an. Sie schaltete das Telefon aus und erledigte die hundertzwanzig Kilometer bis Oslo in einer Dreiviertelstunde.

23

Cecilie war bewußtlos. Jedenfalls erwachte sie nicht, als Hanne das Zimmer betrat, gefolgt von der üppigen Krankenschwester, die offenbar niemals frei hatte.

»Sie ist ziemlich erschlagen von den schmerzstillenden Mitteln«, sagte die Schwester. »Sie wird sicher erst morgen wieder zu sich kommen. Wenn Sie mit Dr. Flåbakk sprechen möchten, dann soll ich Ihnen ausrichten, daß er bis elf Uhr heute abend zu Hause erreichbar ist. Haben Sie die Nummer?«

Hanne schüttelte den Kopf. Sie wollte mit niemandem sprechen.

»Was ist passiert?« fragte sie. »Seit wann ist sie hier?«

»Sie hat selbst angerufen. So gegen elf, glaube ich. Es ging ihr so schlecht, daß wir einen Krankenwagen geschickt haben.«

Hanne schluchzte auf und versuchte, ihre Tränen zurückzudrängen.

»Aber, aber.«

Die Krankenschwester trat hinter sie und streichelte behutsam ihren Rücken. Ihre Hände waren breit und warm.

»Morgen kann es ihr wieder gut gehen. Das ist so bei dieser Krankheit. Es geht auf und ab. Auf und ab.«

»Aber wenn es ihr nie wieder besser geht«, flüsterte Hanne und gab auf; die Tränen strömten ungehindert über ihr Gesicht. »Was, wenn...«

»Jetzt machen Sie sich nicht schon im voraus Sorgen«, sagte die ältere Frau energisch. »Cecilie muß einfach ein wenig schlafen. Und Ihnen könnte das auch nicht schaden. Ich hole ein Bett. Haben Sie etwas gegessen?«

Sie beugte sich vor und schaute Hanne ins Gesicht.

»Keinen Hunger«, murmelte Hanne.

Sie war mit Cecilie allein.

Morgens hatte Cecilie so fit gewirkt. Der Osterausflug nach Ula hatte ihr gutgetan. Obwohl sie einen Tag zu früh nach Hause gefahren waren, hatte Cecilie einen ganz zufriedenen Eindruck gemacht. Hanne hatte zuerst Angst gehabt, sie könne sie nicht verlassen, um zur Arbeit zu gehen. Aber Cecilie hatte sie fast aus dem Haus gejagt. Sie werde Besuch bekommen, sagte sie, und außerdem liege sie am

349

liebsten mit einem guten Buch auf dem Sofa. Hartnäckig wiederholte sie, daß die Medikamente sie von den Schmerzen befreiten.

»Mir tut nichts weh«, hatte sie mit resigniertem Lächeln gesagt, als Hanne nicht losgehen wollte. »Und Tone-Marit kommt heute nachmittag mit dem Baby vorbei. Vielleicht schaffe ich vorher den Roman von Knausgård. Es geht mir gut. Geh jetzt.«

Vermutlich hatte Hanne es nicht gesehen. Seit sie krank war, war Cecilies Gesicht nicht mehr so leicht zu lesen. Ihre Züge waren schärfer geworden, ihr Mund schmaler, ihre Augen lagen tiefer. Es war ein Gesicht, das Hanne eigentlich nicht kannte. Das verwirrte sie.

Hanne setzte sich vorsichtig auf die Bettkante.

Cecilie schlief mit offenem Mund. An der Stelle, an der die trockene Unterlippe gesprungen war, war ein feiner Blutstreifen zu sehen. Hanne zog einen Fettstift aus der Tasche und fettete ihren Zeigefinger ein, um dann behutsam damit über die Wunde zu streichen. Cecilie schnitt eine vage Grimasse, kam aber nicht zu sich. Sie hatte Schläuche in der Nase und im Handrücken und außerdem ein Rohr im Hals, das Hanne mehr erschreckte als alles andere in diesem fremden, graugestrichenen Zimmer.

»Was ist das da«, fragte Hanne die Schwester, die jetzt das Bett brachte. »Dieses Rohr, das in ihren Hals führt. Was ist das?«

»Morphium«, sagte die Schwester. »Ich hab zwei Brote mitgebracht. Versuchen Sie jetzt zu schlafen. Cecilie kommt erst morgen wieder zu sich.«

Am Morgen war das zweite Bett noch immer unberührt. Hanne Wilhelmsen saß auf ihrem Stuhl an Cecilies Bett und hielt ihre Hand. Sie hatte die ganze Nacht hindurch gesprochen, leise und manchmal auch stumm. Cecilie hatte geschlafen, unbeweglich und in derselben Haltung. Trotz-

350

dem hätte Hanne schwören können, daß ab und zu ein Krampf über das magere Gesicht gelaufen war; immer neue Zeichen für Hanne, weiterzureden.

Am Mittwoch, dem 7. April, um acht Uhr morgens, schrieb Hanne eine kurze Nachricht und legte sie unter ein Glas mit schalem Wasser, das auf dem Nachttisch stand. Dann fuhr sie zum Polizeigebäude am Grønlandsleiret 44.

In vier Tagen hatte sie kaum vier Stunden geschlafen.

24

»You look like something the cat dragged in!«

Iver Feirand musterte Hanne und rümpfte die Nase.

»Komm rein«, sagte sie. »Danke. Nett von dir.«

»War nicht so gemeint.«

Er setzte sich und betrachtete Hanne weiterhin. Am Ende stand er auf und versuchte, unter dem Schreibtisch ihre Beine zu sehen.

»Also, Hanne. Du warst doch immer die schönste Bullenfrau der Welt. Was ist passiert? Deine Haare, zum Beispiel...«

Er hob die Hände über seinen eigenen Kopf und schnalzte resigniert mit der Zunge.

»Und abgenommen hast du auch«, fügte er hinzu. »Nicht gut. Kommt das vom Streß, oder wolltest du das so?«

»Schön, daß du gekommen bist«, sagte Hanne müde und befestigte die Spange in ihrem Pony.

»Grausig«, sagte Iver Feirand und schüttelte den Kopf. »Viel zu bieder. Nimm sie weg.«

Sie ließ die Spange, wo sie war.

»Schon weiter über das Motorrad nachgedacht?« fragte er eifrig.

Hanne schüttelte den Kopf.

»Sag mir Bescheid. Ich hab noch immer Interesse. Ich dachte, du wärst mit dieser Halvorsrud-Geschichte befaßt.«

Er verschränkte die Hände hinter seinem Nacken und wippte mit dem Stuhl.

»Was kann ich also für dich tun?«

Hanne ärgerte sich über sein Gewippe, beschloß aber, nichts zu sagen.

»Wir haben wohl beide gleichermaßen wenig Zeit«, sagte sie und zündete sich die vierte Zigarette dieses Tages an. »Also komme ich gleich zur Sache. Wir haben Grund zu der Annahme, daß Evald Bromo über einen langen Zeitraum hinweg kleine Mädchen mißbraucht hat. Weißt du etwas davon?«

»Evald Bromo?«

Iver Feirand runzelte die Stirn und knallte mit den vorderen Stuhlbeinen auf den Boden.

»Dieser *Aftenposten*-Heini, der am Sonntag enthauptet worden ist?«

»Mmm.«

»Was verstehst du unter ›Grund zu der Annahme‹?«

Hanne befestigte die Spange, die ihr in die Stirn gerutscht war, ein weiteres Mal.

»Was verstehen wir gemeinhin darunter«, fragte sie gereizt. »Ich habe natürlich eine Quelle. Eine verdammt gute Quelle. Mehr kann ich nicht sagen.«

»Nicht einmal mir?«

Er senkte in einer demonstrativen Grimasse der Enttäuschung die Mundwinkel.

Sie hatte sich an diesem Morgen wild mit Billy T. gefetzt. Als sie ihm von Eivind Torsvik und dessen Organisation erzählt hatte, hatte Billy T. mit heulenden Sirenen und zwanzig Mann Rückendeckung nach Vestfold jagen wollen.

»Verdammt, Hanne, kapierst du nicht, daß dieser ohren-

352

lose Irre auf einem Goldschatz sitzen kann?« hatte er auf ihre Weigerung hin gefaucht. »Stell dir doch mal vor, Halvorsrud vögelt seine Tochter. Das stinkt doch schon aus der Ferne nach Motiv. Und ein Motiv hat uns bisher doch gefehlt, zum Teufel!«

Hanne hatte eingewandt, daß sie nur schwer einsehen könne, warum Halvorsrud seine Frau köpfen sollte, weil er seine Tochter vergewaltige, und Billy T. hatte sich ein wenig beruhigt. Verärgert und übellaunig hatte er versprochen, nichts zu sagen. Das geschah jedoch erst, nachdem Hanne ihn zynisch darauf hingewiesen hatte, daß hinter ihr eine lange, durchwachte Krankenhausnacht lag.

»Wie geht es denn Cecilie«, hatte Billy T. kleinlaut gefragt, und damit war die Sache entschieden gewesen; diesmal wollten sie auf Hannes Art vorgehen.

»Hör auf damit«, sagte sie zu Iver Feirand. »Und beantworte meine Frage. Weißt du etwas über diesen Evald Bromo?«

»Vor langer Zeit warst du mal eine sehr sympathische Frau«, sagte Feirand sauer. »Schön, beliebt, bewundert. Was ist aus dir geworden?«

Hanne schloß die Augen und versuchte, bis zehn zu zählen. Als sie bei vier angekommen war, riß sie sie wieder auf, knallte mit der Faust auf den Tisch und schrie: »Laß den Scheiß, Iver! Gerade du müßtest doch wissen, wie es bei diesem Job zugeht!«

Sie ließ sich in den Sessel zurücksinken. Dann riß sie sich die Spange aus den Haaren und schleuderte sie gegen die Wand.

»Ich habe dich höflich um Hilfe gebeten«, sagte sie dann verbissen. »Bisher hast du mich allerdings nur beleidigt. Deiner Ansicht nach bin ich häßlich, mager und schlecht frisiert. Von mir aus. Im Moment habe ich andere Sorgen als mein Aussehen. Ist das klar?«

353

Sie brüllte so laut, daß ihre Spucke nur so spritzte, und knallte bei jedem zweiten Wort mit der Hand auf die Schreibunterlage. Iver Feirand riß den Mund auf und hob die Handflächen.

»Reg dich ab. Also wirklich. So war das doch nicht gemeint.«

Kopfschüttelnd wollte er sich erheben.

»Sitzenbleiben. Bitte.«

Hanne fuhr sich mit den Fingern durch die Haare und zwang sich ein Lächeln ab.

»Tut mir leid. Ich schlaf im Moment so gut wie nicht. Bleib hier, bitte.«

Iver Feirand schien zu zögern, setzte sich dann aber wieder; wachsam und bereit, beim kleinsten Anzeichen eines neuen Ausbruchs aufzuspringen und den Raum zu verlassen.

»Ich hab nie was mit Evald Bromo zu tun gehabt«, sagte er tonlos. »Hast du sonst noch Fragen?«

Hanne stand auf und schloß die Tür. Dann blieb sie stehen, stemmte die rechte Hand in die Seite und starrte aus dem schmutzigen Bürofenster. Die Frühlingssignale des Osterwochenendes waren ein Strohfeuer gewesen. Der Regen strömte nur so, und es schien schon zu dämmern, obwohl noch nicht einmal Mittag war.

»Können wir nicht noch einmal anfangen?« sagte sie und hörte selbst, wie ihre Stimme zitterte. »Ich muß einfach mit dir reden. Ich war blöd und jähzornig, und das tut mir leid.«

»Na gut.«

Feirand schien das ehrlich zu meinen. Er setzte sich bequemer hin, schlug die Beine übereinander und faltete die Hände über seinen Knien.

»Mir tut es auch leid.«

Hanne Wilhelmsen fing an der Stelle an, an der sie die ganze Zeit hatte beginnen wollen. Sie erzählte, daß sie zumindest Grund zu der Vermutung hatten, daß Sigurd Halvorsrud seine Tochter mißbrauche. In kurzen Zügen trug sie dann die Tatsachen vor, die sie hier zur Sprache bringen mußte. Es stand fest, daß Evald Bromo pädophil war und schon lange kleine Mädchen mißbraucht hatte. Es bestand weiterhin Grund zu der Annahme, daß die Morde an Doris Flo Halvorsrud und Evald Bromo auf das Konto desselben Täters gingen oder daß es zumindest zwischen beiden Morden einen Zusammenhang gab. Die eigensinnige Behauptung des vom Dienst suspendierten Oberstaatsanwalts, ein gewisser Ståle Salvesen habe den Mord begangen, hatte einen kräftigen Schuß vor den Bug erhalten, als selbiger Salvesen im Skagerrak aufgetaucht war, stark geprägt vom mehrwöchigen Aufenthalt in der See. Jetzt saß Halvorsrud stumm wie ein Fisch im Hinterhof und war seit dem Vortag zu weiteren vier Wochen Untersuchungshaft verdonnert worden. Seine Fingerabdrücke im Keller der Vogts gate 14 hatten den Untersuchungsrichter überzeugt. Die Verhandlung hatte zwanzig Minuten gedauert, und Halvorsrud hatte es nicht einmal der Mühe wert befunden, dort überhaupt vorgeführt zu werden.

»Wir wissen, daß Halvorsrud eine ganz besondere Beziehung zu seiner Tochter hat«, endete sie. »Wir sind ja daran gewöhnt, daß es der Familie arg zu schaffen macht, wenn jemand ins Gefängnis muß. Das gilt vor allem für gutangepaßte Menschen, um es mal so zu sagen. Aber dieses Mädchen ist einfach psychotisch geworden. Das Seltsame ist, daß die Verhaftung ihres Vaters für sie schlimmer zu sein schien als der Mord an ihrer Mutter.«

»Vielleicht ist sie einfach ein Papakind«, sagte Feirand trocken. »Von der Sorte gibt's doch genug.«

»Schon....«

Hanne suchte in der obersten Schreibtischschublade nach einem Teebeutel. Sie fand einen, legte ihn in ihre Tasse und

fluchte, als die Thermoskanne kein heißes Wasser mehr her-
gab.

»Aber ist es nicht so, daß Übergriffe gegen Kinder in beiden Richtungen wirken können?« fragte sie. »Daß das Kind
paradoxerweise dem Übergreifer näherkommt als andere
Kinder ihren Eltern?«

»Da muß man ganz klar unterscheiden.«

Iver Feirand nickte und stahl eine Zigarette aus der
Packung, die auf dem Tisch lag.

»Ein Übergriff von Fremden ist das eine. Das kommt
natürlich vor. Es ist traumatisierend, entsetzlich und in einigen Fällen fatal. Aber das Kind kann leichter darüber sprechen. Es bringt dem Täter keine Loyalität entgegen, und obwohl ihm oft mit Tod und Verderben gedroht wird, kommt
die Wahrheit doch leichter ans Licht.«

Er ließ drei Rauchringe zur Decke hochsteigen.

»Die meisten Verbrechen dieser Art werden jedoch von
Leuten ausgeführt, die das Kind kennen. Und zwar mehr
oder weniger gut. Von Pfadfinderleitern über Pfaffen bis zu
Onkeln, Brüdern und Vätern. Und dann ist es schwerer für
uns, das herauszufinden.«

Er lächelte bitter und machte einen Lungenzug. Dann
hielt er Ausschau nach einem Aschenbecher.

»Hier. Nimm die.« Hanne schob ihm eine halbvolle Coladose hin.

»Je näher der Täter dem Kind steht, desto stärker wird die
absurde Loyalität des Kindes. Manche bezeichnen diese
Loyalität als Liebe. Möglicherweise haben sie recht. Wir
wissen alle, daß wir Menschen sogar dann lieben können,
wenn sie uns verletzen. Trotzdem möchte ich behaupten,
daß hier in erster Linie von anderen Bindungen die Rede
ist, von Loyalität und nicht zuletzt von Abhängigkeit. Du
darfst nicht vergessen, daß zum Beispiel ein Vater fast unbe-
grenzte Einflußmöglichkeiten auf die eigenen Kinder hat.

356

Wir hatten schon Fälle, wo das Kind hartnäckig beteuerte, ihm sei gar nichts geschehen, nachdem der Täter schon zusammengebrochen war und gestanden hatte. Es kommt soviel dabei zusammen. Schuldgefühle. Angst. Und vielleicht eine Art Liebe. Komplizierte Sache. Ich kann dir Bücher leihen, wenn du willst.«

Hanne hob abwehrend die Hand.

»Keine Zeit«, sagte sie. »Im Moment jedenfalls nicht.«

Der Regen war stärker geworden. Schwere Tropfen trommelten gegen die Fensterscheiben, und Hanne knipste die Architektenlampe am Tischende an.

»Aber du hast mich wohl kaum kommen lassen, damit ich dir einen Vortrag über etwas halte, das dir schon bekannt ist«, sagte Iver Feirand. »Was willst du eigentlich?«

»Zwei Dinge.«

Hanne ließ eine halbgerauchte Zigarette in die Coladose fallen. Die Zigarette fauchte wütend auf, und Hanne legte die Hand auf die Dose, um den übelriechenden Rauch einzusperren.

»Erstens: Ist es auffällig, daß du nie etwas über Evald Bromo gehört hast? Ich meine, ihr sitzt doch auch auf allerlei Informationen von Gewährsleuten.«

»Tja. Ja und nein. Ich weiß nicht. Eigentlich ist es kein Wunder. Aber wenn ich etwas mehr wüßte als das, was du mir hier erzählt hast, dann könnte ich deine Frage leichter beantworten. Ich muß mehr über sein Vorgehen wissen.«

Hanne dachte nach. Dann sagte sie: »Vergiß es. Als zweites wollte ich dich fragen, ob du wohl Thea mit richterlicher Vollmacht vernehmen würdest. Sie ist auf jeden Fall eine harte Nuß, und du bist der Beste.«

Iver Feirand lachte laut.

»Danke für dein Vertrauen, aber ist dieses Mädchen nicht schon fünfzehn oder sechzehn?«

»Sechzehn.«

»Bestens. Die Polizei kann sie also ganz normal als Zeugin vorladen. Dann braucht sie einen Vormund und diesen ganzen Kram. Der wird vom Jugendamt bestimmt, wenn Mama tot ist und Papa hinter Gittern sitzt. Natürlich tu ich dir gern den Gefallen, aber eine Vollmacht brauchen wir nicht.«

Billy T. klopfte an und kam herein, ohne auf Antwort zu warten.

»Sorry«, murmelte er, als er Feirand sah.

»Schon gut«, sagte Feirand und schaute auf seine Armbanduhr. »Ich muß ohnehin los. Hör mal...«

Er ging auf die Tür zu und drehte sich zu Hanne um, als Billy T. sich auf den freigewordenen Stuhl fallenließ.

»Ruf einfach an, wenn du Fragen hast. Wenn ihr die Spur verfolgen wollt, von der wir gesprochen haben, brauchst du einen verdammt guten Plan. Können wir nicht eine formellere Besprechung abhalten, du, ich und Leute von der Ermittlungsleitung?«

»Schön«, Hanne lächelte und gähnte laut. »Ich melde mich.«

»Hab den Kerl noch nie leiden können«, murmelte Billy T. und nahm sich eine Schokobanane aus der Emailleschale. »Igitt. Alt!«

Er spuckte sich in die Hand und starrte die braungelbe Soße an.

»Hab in letzter Zeit wirklich anderes zu tun, als Süßigkeiten einzukaufen«, sagte Hanne. »Und es gibt nur einen Grund, aus dem du Iver nicht leiden kannst. Er sieht besser aus als du. Und größer ist er auch.«

»Ist er nicht. Er ist zwei Meter groß. Und ich zweinullzwei. Auf Socken.«

»Was willst du eigentlich?«

Billy T. wischte sich mit einer alten Zeitung die Hände

ab. Dann rieb er sich mit den Fingerknöcheln den Kopf und prustete wie ein Pferd.

»Ich habe einen Vorschlag«, sagte er schließlich. »Du bist zum Umfallen müde. Ich auch. Jenny hat die ganze Nacht geschrien. Tone-Marit mußte ins Bett, sie hat sich die Nacht davor um sie gekümmert. Ich nehme an, daß du heute nachmittag zu Cecilie willst, aber könnten wir vielleicht danach...«

»Zu mir nach Hause gehen, uns etwas zu essen machen und danach schlafen?«

Er verdrehte die Augen.

»Und dann gibt es noch Leute, die behaupten, du wärst nicht mehr die alte. Die kennen dich einfach nicht. Du hast mir das Wort aus dem Mund genommen. Also, machen wir das so?«

Hanne gähnte wieder, ausgiebig, bis ihre Augen tränten.

»Ich glaube, es wird auf wenig Reden, wenig Essen und viel Schlaf hinauslaufen«, sagte sie und rieb sich das Gesicht. »Aber wenn das für dich in Ordnung ist...«

»In Ordnung? Super ist das. Ich schlafe auf dem Sofa, und du breitest dich im Doppelbett aus.«

»Ich finde, du solltest auch daran denken, warum ich allein in diesem Bett liege«, sagte sie leise und rieb sich mit der linken Hand die rechte Schulter.

Er legte den Kopf schräg und beugte sich zu ihr vor.

»Du weißt sehr gut, wie sehr mir die Sache mit Cecilie zu schaffen macht«, sagte er leise. »Das weißt du verdammt gut. Aber wir brauchen beide Schlaf. Die Kleine hat drei Nächte lang wie besessen gebrüllt. Tone-Marit sagt, ich könnte bei dir übernachten, so, wie dieser Fall uns auffrißt.«

»Schön«, sagte Hanne. »Aber die anderen haben recht. Ich bin nicht mehr die alte. Wir sehen uns gegen fünf. Spätestens halb sechs.«

25

»Geschenk? Für mich?«

Hanne Wilhelmsen blickte fragend zu Billy T. hoch, der schon vor ihr in der Wohnung gewesen war. Sie konnte sich nicht vorstellen, woher er die Schlüssel hatte.

»Ja. Mach schon auf.«

Hanne riß das Papier weg.

»Ein Aschenbecher«, sagte sie tonlos. »Wie schön.«

»Den in deinem Büro habe ich doch zerbrochen. An dem Tag, als du so sauer auf mich warst. Weißt du das nicht mehr? Da hast du mir befohlen, einen neuen zu kaufen.«

»Ach«, sagte Hanne. »Stimmt. Danke. Und der ist wirklich schön. Schöner als der alte.«

»Wie geht es Cecilie?«

»Besser.«

Hanne ließ sich auf das Sofa sinken und legte die Beine auf den Tisch.

»Sie war wach. Der Arzt sagt, wenn alles gut geht, dann kann sie morgen nach Hause. Woher hast du eigentlich die Schlüssel?«

Er war offenbar schon länger in der Wohnung. Es roch nach altmodischem Essen. Der Dampf eines Gerichtes, das schon lange kochte, hing in der Luft, und das Küchenfenster war beschlagen.

»Billy T.s Fleischsuppe à la Puccini«, sagte Billy T. zufrieden und stellte einen riesigen Topf auf den Küchentisch. »Bitte sehr. Kräftige Kost für kräftige Jungs und Mädels.«

»So komm ich mir nicht gerade vor«, sagte Hanne skeptisch und hob den Deckel. Sie hatte sich vom Sofa aufgerappelt und wußte nicht so recht, ob sie noch immer Hunger hatte. »Was ist das hier?«

»Suppe. Jetzt setz dich schon.«

360

Er klatschte eine riesige Portion in den Teller, der vor ihr stand. Die hellbraune Flüssigkeit schwappte über den Rand, und ein gekochtes Kohlblatt landete auf Hannes Schoß. Sie fischte es auf und hielt das schlaffe, fast durchsichtige Stück Gemüse zwischen Daumen und Zeigefinger.

»Was in aller Welt ist das hier?«

»Kohl. Iß.«

Vorsichtig tunkte sie den Löffel in die Suppe. Die war glühendheiß und tropfte von ihren Lippen, als sie den Löffel abschlürfte.

»Gut?«

Billy T. hatte seinen Teller schon zur Hälfte geleert.

»In Ordnung.«

Sie aß eine halbe Portion. Sie hatte zwar schon besser gegessen, aber die Suppe wärmte sie immerhin. Sie spülte den Geschmack mit einem Glas Wasser hinunter und erklärte sich für satt.

»Du bist viel zu dünn«, sagte Billy T. mit vollem Mund. »Iß mehr!«

»Die Schlüssel. Woher hast du die?«

»Von Håkon. Wir haben uns überlegt, daß es besser ist, wenn wir sie eine Weile behalten. Solange Cecilie im Krankenhaus ein und aus geht.«

»Ihr hättet fragen können.«

»Wir haben gefragt. Cecilie fand die Idee gut.«

Hanne war zu müde, um zu widersprechen.

»Der Tote war wirklich Salvesen«, sagte Billy T. »Wie wir vermutet hatten.«

Er schmatzte so schrecklich, daß Hanne sich die Ohren zuhielt.

»Tschuldigung«, nuschelte er. »Elegant kann man diesen Kram nicht essen.«

»Du könntest es immerhin versuchen. Hat der Zahnarzt das festgestellt?«

361

»Ja. Es ist Ståle Salvesen, ohne Zweifel. Vorläufig können sie noch nicht viel über den Todeszeitpunkt sagen, aber die Konsistenz der Leiche spricht für einen Selbstmord am Montag, dem 1. März.«

»Die Konsistenz der Leiche«, wiederholte Hanne in angewidertem Tonfall.

»Du hättest ihn mal sehen sollen.«

»Danke. Wir essen. Du ißt.«

»Mir macht das nichts aus.«

Er nahm sich zum vierten Mal.

»Dann kam heute nachmittag noch etwas Interessantes«, sagte er plötzlich. »Das hast du wohl nicht mehr mitgekriegt. Ein Mann hat unmittelbar vor Weihnachten bei einer Bank in Gamla Stan zweihunderttausend schwedische Kronen eingezahlt. Und rat mal, in welchem Namen.«

»Bin zu müde.«

»Sigurd Halvorsrud.«

Hanne kicherte. Dann lachte sie. Am Ende legte sie den Kopf in den Nacken und brüllte vor Heiterkeit, daß es von den Wänden widerhallte. Ein Stück geräuchertes Hammelfleisch im Mund, glotzte Billy T. sie an.

»Halvorsrud«, keuchte Hanne unter Tränen. »Das hat uns gerade noch gefehlt. Zweihunderttausend!«

Sie konnte nicht aufhören. Billy T. kaute langsam und musterte sie kritisch. »Bist du bald fertig«, fragte er säuerlich.

»Aber kapierst du das denn nicht? Schweden! Es muß doch ein Set-up sein. Wer zum Henker würde denn schwarzes Geld bei einer schwedischen Bank einzahlen? Die haben doch dieselben Vorschriften wie wir, Mann. Schweden! Wenn es noch die Schweiz gewesen wäre. Oder die Cayman-Inseln oder sowas. Schweden!«

»Dauernd kommst du mit dieser Set-up-Theorie«, sagte Billy T. noch sauer. »Anfangs hat sie mich ja auch angesprochen. Eine Zeitlang. Aber jetzt, wo Ståle Salvesen nachweisbar tot ist und es schon vor dem Mord an dieser Doris war, verliert deine ganze Argumentationskette doch den Boden unter den Füßen.«

Hanne gickelte und keuchte und versuchte, sich zusammenzureißen.

»Aber haben die denn keine Videoaufnahmen von dem Mann, der das Geld eingezahlt hat?« fragte sie versöhnlich. »Schwedische Banken werden doch auch mit Videokameras überwacht.«

»Das wissen wir noch nicht genau«, erwiderte Billy T., noch immer beleidigt. »Solche Aufnahmen werden wohl nur eine begrenzte Zeit aufbewahrt. Wir haben uns schon erkundigt. Keine Ahnung, wann Antwort kommt.«

Schweigend räumten sie den Tisch ab. Hanne dachte, daß sie endlich waschen müßte. Die schmutzigen Kleidungsstücke quollen schon aus dem Korb auf dem Flur, und blitzschnell las sie eine schmutzige Unterhose vom Boden auf, die herausgefallen war. Zerstreut steckte sie sie in die Tasche. Sie war so müde, daß sie schon nicht mehr gähnen konnte.

»Strenggenommen stehen wir also mit leeren Händen da«, sagte Hanne und setzte sich aufs Sofa.

»Mit leeren Händen?«

Billy T. brachte zwei Tassen Kaffee und stellte die eine vor sie hin.

»Darf ich daran erinnern, daß wir einen Mann in U-Haft haben?«

»Und warum sitzt er da?« fragte Hanne heftig und antwortete dann selbst. »Auf Grundlage vieler kleiner Tatsachen, die so seltsam und auffällig sind, daß eigentlich keine Rede von einem Zufall sein kann, die aber zugleich eine dermaßen schwache Indizienkette ergeben, daß wir meilenweit von einer Verurteilung Halvorsruds entfernt sind. Sowohl wegen des Mordes an seiner Frau als auch an Bromo. Wenn Halvorsrud nicht die Aussage verweigert hätte, hätten wir ihn wahrscheinlich nicht mal einsperren dürfen.«

»Aber was ist mit den Fingerabdrücken? Was zum Teufel hatte Halvorsrud im Keller der Vogts gate 14 zu suchen? Und außerdem: Wenn er unschuldig ist, warum will er dann keine Aussage machen? Wir reden hier über einen Staatsanwalt, Hanne! Er weiß besser als die meisten anderen, daß eine Aussageverweigerung einem Schuldgeständnis fast gleichkommt. Und er hat am Tag nach dem Mord seine Meldepflicht nicht eingehalten. Ziemlich auffällig, wenn du mich fragst.«

Hanne gab keine Antwort. Sie fühlte sich am ganzen Leib wie gerädert. Billy T.s Stimme klang aus der Ferne zu ihr, wie aus einem anderen Zimmer. Vorsichtig massierte sie sich mit den Daumen ihre Fußsohlen. Der Schmerz jagte von einem Punkt unter der Ferse die Waden hoch.

»Was uns eigentlich verwirrt, ist diese Pädophiliekiste«, sagte Billy T. »Ich meine noch immer, daß wir mit aller Kraft die Korruptionsspur verfolgen sollten. Da haben wir immerhin allerlei handfeste Anhaltspunkte. Das Geld in Stockholm, zum Beispiel.«

Er ließ vier Stück Zucker in seinen Kaffee fallen und rührte mit einem Kugelschreiber um.

»Nein«, sagte Hanne. »Wir haben so gut wie nichts. Wie ich bis zum Gehtnichtmehr wiederholt habe: Alle Faktoren in diesem Fall, die an sich darauf hinweisen könnten, daß Halvorsrud korrupt ist, sind zugleich seltsam. Unlogisch. Dilettantisch. Unvollständig. Dieser Fall hat etwas, das ... «

Sie schnitt eine Grimasse, als sie versuchte, sich aufzurichten. Heftige Stiche wüteten in ihrem Kreuz.

»Ståle Salvesen ist im Grunde das einzige, was wir haben. Gut, er hat Selbstmord begangen. Also kann er nicht Doris umgebracht haben. Aber für eine Leiche hat er eine seltsame Fähigkeit, überall – wohin wir uns auch drehen und wenden – aufzutauchen. Die Morde an Bromo und an Doris haben nur zwei gemeinsame Nenner. Beide sind enthauptet worden. Und dann gibt es unseren Joker, Ståle Salvesen. Wenn wir seine Rolle im ganzen Spiel finden, finden wir auch die Lösung. Da bin ich mir ganz sicher. Und was Evald Bromos Umgang mit kleinen Mädchen angeht…«

Sie tunkte ein Stück Zucker in ihren Kaffee und legte es sich auf die Zunge.

»Der braucht nicht unbedingt etwas mit dem Fall zu tun zu haben. Aber mal angenommen, Bromo und Halvorsrud sind beide pädophil. Was wissen wir über solche Leute? Daß sie einen auffälligen Drang besitzen, Kontakt zueinander aufzunehmen. Material zu tauschen. Bilder. Erfahrungen…«

»Bromo und Halvorsrud wären dann also Mitglieder in einer Art pädophilem Ring, ja?«

Billy T. rümpfte die Nase und ging zur Stereoanlage. Er durchwühlte das CD-Regal und sagte: »Aber was hat unser kleiner Ståle damit zu tun? Ist der dann auch Pädo, oder was?«

»Nein… oder ja. Ich weiß es nicht. Aber sehen wir uns doch das an, was wir sicher wissen. Das hier ist Halvorsrud.«

Sie stellte ihre Tasse mitten auf den Tisch und griff nach Billy T.s.

»Und das ist Evald Bromo.«

Eine Silberschale mit alten Erdnußresten wurde vor die beiden Tassen gestellt und vollendete das Dreieck.

»Wo ist Doris?«

»Scheiß auf Doris«, sagte Hanne müde.

Sie zeigte zuerst auf die Halvorsrud- und dann auf die Bromo-Tasse.

»Gemeinsame Nenner? Beide haben sich mit wirtschaftlichen Fragen beschäftigt. Beide haben eine ziemlich gute Karriere gemacht. Keiner ist vorbestraft.«

»Beide sind Männer und beide sind in mittlerem Alter«,

murmelte Billy T. »Hier gibt's mal wieder verdammt viel Dudelmusik.«

Er ließ ungeduldig seine Finger über die CD-Rücken wandern.

»Und dann sehen wir uns ihre Verbindung zu Salvesen an«, sagte Hanne. »Bitte, leg keine Musik auf. Ich kann das jetzt nicht aushalten. Salvesen war im Gegensatz zu ihm und ihm….« Ihr Zeigefinger klopfte gegen die Tassen. »…ein gefallener Mann. In den achtziger Jahren ein Löwe und ein Jahrzehnt später nur noch Bettvorleger. Die einzige Verbindung zwischen ihm und den anderen, von der wir wissen, ist die Konkurssache und die Ermittlungen gegen ihn. Halvorsrud war dafür verantwortlich, Bromo hat darüber geschrieben.«

»Vor zehn Jahren«, sagte Billy T. gereizt, dann strahlte er und legte eine CD ins Gerät. »Schubert!«

»Dann dreh es wenigstens leise. Aber was, wenn…«

Billy T. drehte lauter. Er stand mit geschlossenen Augen mitten im Zimmer und lächelte breit.

»Das nenne ich Musik.«

Hanne hielt sich die Ohren zu und starrte die drei Gegenstände vor ihr auf dem Tisch an.

»Was, wenn Bromo gewußt hat, daß Halvorsrud seine Tochter oder andere Kinder mißbraucht«, flüsterte sie vor sich hin. »Was, wenn er Halvorsrud bedroht hat? Aber warum… mach die Musik leiser, verdammt noch mal!«

Endlich gehorchte Billy T. Hanne starrte zu ihm hoch und sagte: »Wenn Halvorsrud Bromo aus irgendeinem Grund umbringen wollte, warum hat er das in der Vogts gate 14 erledigt? Und warum um Himmels willen hat er seine Tat noch damit signiert, daß er den Typen enthauptet hat? Er mußte doch einsehen, daß wir sofort in seine Richtung blicken würden…«

»Copycat«, sagte Billy T.

»Genau...«

»Jemand wollte, daß es aussieht wie der Halvorsrud-Mord.«

»Eben.«

»Und es ist nachts passiert. Zu der Zeit, wo die meisten von uns kein anderes Alibi haben, als ihre Bettgenossen ihnen liefern können. Wenn sie welche haben.«

»Genau.«

»Kann es...«

»Doris und Bromo können von zwei verschiedenen Personen umgebracht worden sein«, sagte Hanne langsam und deutlich. »Und wenn es in keinem Fall Halvorsrud war... dann sind nicht nur ein, sondern gleich zwei Mörder auf freiem Fuß.«

»Zwei«, wiederholte Billy T. erschöpft. »Ich muß ins Bett.«

Hanne hob die Halvorsrud-Tasse an ihren Mund. Der Kaffee war kalt geworden.

»Ich glaube, ich nehme eine Tablette«, sagte sie. »Ich bin übermüdet.«

Billy T. ließ sich neben sie aufs Sofa fallen. Schuberts Unvollendete hatte einen dramatischen Wendepunkt erreicht, und er drehte es mit der Fernbedienung wieder lauter und legte Hanne den Arm um die Schultern.

»Hör jetzt zu«, flüsterte er. »Hör gerade jetzt zu.«

Sie entspannte sich. Billy T. roch leicht nach Mann und gekochtem Kohl. Die Wollfasern seines Pullovers kratzten ihre Wange. Er saß ganz still da, hatte den Kopf in den Nacken gelegt und die Augen geschlossen. Sein Arm lag angenehm schwer auf ihr. Behutsam streichelte sie seine Hand. Die war groß und warm und ruhte ganz bewegungslos nur wenige Zentimeter von ihrer rechten Brust entfernt. Sie ließ zwei Finger über die Adern wandern, die sich auf seinem Handrücken abzeichneten. Als sie aufschaute, lächelte er. Sie musterte die vertrauten Züge, die

große, gerade Nase, die blaßblauen Augen, die in diesem
Moment grau und tiefer wirkten, als sie sie je gesehen hatte,
die Lippen, die er mit der Zunge anfeuchtete, ehe er sehr
ernst wurde, die freie Hand an ihre Wange legte und sie
lange, lange küßte.

26

Ein Mann schlug mit der Faust gegen die mit Fliesen bedeckte Wand.

»Scheiße. Scheiße. Scheiße.«

Das Wasser spülte glühendheiß über seinen Leib.

Er hätte nie damit gerechnet, daß jemand etwas über
Evald Bromos Umgang mit kleinen Mädchen erfahren
würde. Bromo war der vorsichtigste Vergewaltiger, mit dem
der nackte Mann unter der Dusche je zu tun gehabt hatte.
Nur einmal hatte er sich fahrlässig verhalten. Das war viele
Jahre her, und sein Fehler hatte sich ausbügeln lassen.

»Shit. O verdammt!«

Er hätte heulen können. Statt dessen hämmerte er noch
einmal gegen die Wand.

Es gab nur eine Verbindung zwischen ihm selbst und
Evald Bromo. Er war sich hundertprozentig sicher gewesen,
daß diese niemals entdeckt werden könnte. Einhundertpro-
zentig.

Jetzt wußte er nicht, was er tun sollte.

»Papa!« schrie eine Stimme vor der abgeschlossenen Tür.
»Du verbrauchst ja das ganze heiße Wasser. Jetzt bin ich an
der Reihe. Papa!«

Wenn er gewußt hätte, daß jemand es wußte, hätte er alles
anders gemacht.

27

Als Hanne am Donnerstagmorgen erwachte, begriff sie zuerst nicht, wo sie war. Es war halbdunkel im Zimmer, und die stickige Luft roch unbehaglich.

Sie war zu Hause. Sie lag in ihrem eigenen Bett. Daß die Vorhänge sich nicht bewegten, lag am geschlossenen Fenster. Sonst schliefen sie immer bei offenem Fenster. Cecilie und Hanne.

Billy T. lag neben ihr auf dem Bauch. Er schlief noch immer tief, mit offenem Mund und leichtem Schnarchen. Seine Decke war heruntergeglitten. Obwohl der Sommer noch weit war, sah sie eine klare Grenze zwischen seinem weißen Hintern und dem dunkleren Rücken.

Hanne hatte plötzlich Angst; ein physischer Schmerz überall im Körper. Billy T. murmelte im Schlaf vor sich hin und drehte sich um.

Hanne versuchte, sich zu bewegen. Er drückte sie nicht länger nach unten. Sein Gesicht war abgewandt. Sein Rücken berührte sie nur ganz leicht. Sie hatte die Arme starr an ihrem nackten Leib ausgestreckt und konnte nicht atmen.

An diesem Tag würde Cecilie nach Hause kommen.

28

Olga Bromo lag im Sterben.

Der Pfleger, der sie wusch, ertappte sich bei dem Gedanken, daß es vielleicht das allerletzte Mal war. Der Zustand der alten Frau hatte sich in der Nacht zum Sonntag plötzlich verschlechtert. Ihr Puls – der sie zuverlässig durch zwei

sinnlose Jahre nahe dem Koma getrieben hatte – war plötzlich unregelmäßig und schwach geworden. Der Pfleger
hatte gelesen, daß Olga Bromos Sohn fast zur selben Zeit
ermordet worden war. Seither hatte ihr Herz schon zweimal ausgesetzt. Doch das Leben war dann zurückgekehrt,
wie aus wütendem Trotz angesichts der Erleichterung des
Personals darüber, daß die senile, zweiundachtzig Jahre alte
Dame endlich erlöst werden sollte.

»Ihr habt einander so nahe gestanden«, sagte der Pfleger
freundlich und mit leiser Stimme, als er den Waschlappen
auswrang. »Er hat dich ja fast jeden Tag besucht. Nicht alle
haben solches Glück.«

Olga Bromo trug ein weißes Flanellnachthemd mit hellroten Bändern am Hals. Der Pfleger hatte sich die Mühe gemacht, ihr ein eigenes Kleidungsstück anzuziehen, an Stelle
des praktischen, geschlechtslosen Kittels, in den die Kranken sonst gesteckt wurden.

Er hatte gerade die Schleife am Hals gebunden, als Olga
Bromo starb. Nur ein schwaches Gurgeln war noch zu
hören, dann atmete sie nicht mehr. Der Pfleger ließ noch
minutenlang den Zeigefinger an der Innenseite ihres
schmalen alten Handgelenks liegen.

29

Hanne Wilhelmsen konnte nicht klar sehen. Eine Haut
schien sich über ihre Augen gezogen zu haben; immer wieder kniff sie die Lider zusammen, um sich von etwas zu befreien, das ihr wie eine zähe graue Masse vorkam, die an
ihrer Hornhaut klebte und das Sehen erschwerte. Bei jedem
Atemzug empfand sie einen Stich der Angst. Sie atmete in
kurzen, flachen Zügen.

»Tut mir leid«, sagte sie zu Iver Feirand und spielte an ihrer Zigarettenpackung herum, ohne sich daraus zu bedienen. »Ich glaube, ich brauche vielleicht eine Brille.«

»Bestimmt bist du nur müde. Ich weiß doch, wie das ist.«

»Sind wir eigentlich jemals unmüde?«

»Unmüde?«

Hanne Wilhelmsen hob Daumen und Zeigefinger zu ihrer Augenhöhle und rieb sie energisch.

»Ich glaube, ich bin schon seit zwanzig Jahren müde«, sagte sie leise. »Je mehr ich arbeite, um so mehr habe ich zu tun. Je mehr ich arbeite, um so weniger...«

Plötzlich richtete sie sich auf und warf die halbvolle Packung Marlboro light in den Papierkorb.

»Damit muß ich auf jeden Fall aufhören.«

»Gescheit. Sollte ich dir nachmachen.«

»Du siehst auch ziemlich fertig aus.«

Iver Feirand lächelte schwach und nahm sich eine Zigarette aus seiner eigenen Packung.

»Wenn du glaubst, ihr hättet viel zu tun, dann solltest du dir mal mein Büro ansehen. Ich mußte meine Familie allein in die Osterferien fahren lassen, weil ich nicht loskam. Alles türmt sich auf. Alles ist schwieriger geworden. Der ganze Apparat scheint feiger geworden zu sein. Richter, Ärzte, Kindergartenpersonal... Die Bjugn-Affäre war eine Katastrophe. Danach sind erstmals deutlich weniger Anzeigen erstattet worden. Das war wohl nicht anders zu erwarten. Und die Lage hat sich inzwischen ja auch wieder geändert. Aber schlimmer ist...«

Er schnitt eine Grimasse und drückte die halbgerauchte Zigarette aus.

»Ich muß auch aufhören. Und es schmeckt ja nicht mal. Thea wird eine harte Nuß. Ich habe schon einiges an Material gesammelt. Aus der Schule und...«

Iver Feirands Stimme rückte immer weiter weg und kam

Hanne zusehends dünner und monotoner vor. Am Ende konnte sie die einzelnen Wörter kaum noch voneinander unterscheiden. Sein Gesicht wurde undeutlich; ein schimmernder Fleck vor farblosem Hintergrund. Sie versuchte, tiefer zu atmen, aber bei jedem Atemzug krampfte ihr Zwerchfell sich zusammen. Cecilie, dachte sie.

Cecilie, Cecilie.

Am liebsten wäre sie aus dem Bett aufgestanden und verschwunden. Hätte Billy T. dort liegenlassen und wäre gegangen. Für immer. Wollte alles sausen lassen. Ihren Job vergessen. Sigurd Halvorsrud und Evald Bromo, Billy T. und den aufdringlichen Polizeipräsidenten, der mehr begriff, als ihr lieb war, das ganze Grønlandsleiret 44 mit allen Menschen dort sollte aus ihrer Erinnerung verschwinden, ausgetilgt werden. Sie wollte nie mehr an Cecilie und ihre Krankheit denken müssen. Sie könnte nach Rio gehen und mit Straßenkindern zusammenwohnen. Vergessen, wer und was sie war.

Noch nie hatte sie ein so starkes Verlangen nach Flucht verspürt.

Als ihr Leben ihr im Laufe der Jahre immer schwerer vorgekommen war, hatte sie sich in sich selbst versteckt. Und hatte dort ihre Stärke hergeholt, schon seit einer stillen Nacht, in der sie mit elf Jahren auf dem Dach der alten Villa gelegen hatte, während alle anderen schliefen. Das spürte sie jetzt; sie spürte, wie sich die Dachziegel in ihre Schultern bohrten, sie fühlte den kalten Duft des Septemberabends und der schweren Bäume, sie sah vor sich das Himmelsgewölbe, mit Myriaden von Sternen, die ihr sagten, wie stark sie sei, wenn sie nur allein war. Wenn niemand wirklich wußte, was sie tat oder dachte.

Hanne Wilhelmsen war auf diese Weise lange zurechtgekommen. Der Anfang, der ihr Cecilie geschenkt und sie ihre Familie und ihre Kindheit vergessen ließ, war so einfach ge-

wesen. Sie waren so jung. Sie fühlte sich so stark. Ihr
Schutzwall, die Grenzen, die die anderen aussperrten und
sie selbst dort festhielten, wo sie zu Hause war, waren so
deutlich. Als ihr aufging, daß ihre Lebensweise, verschlossen
und immer korrekt, tüchtig und hart arbeitend, den anderen Respekt abnötigte, wußte sie, daß sie die richtige Wahl
getroffen hatte. So hatte sie es immer gewollt.

Cecilie war die erste Frau, in die Hanne sich verliebt
hatte, und Hannes erste Liebhaberin. Sie sah sie plötzlich vor
sich, im Raucherschuppen des Gymnasiums, neckend und
fast wie im Flirt. Zwei Jahre hatte Hanne sie insgeheim angestarrt, bevor sie endlich mit ihr sprach. Cecilie war beliebt
und laut und umgab sich mit Menschen, die Hanne nicht
ausstehen konnte. Hanne Wilhelmsen war eine ernste
junge Frau, die ihr Aussehen in Isländerpullovern und einer
alten Militärjacke versteckte und die ihre Zigaretten hinter
dem Schuppen drehte, in dem alle anderen standen. Hanne
war eine gute Schülerin, und vielleicht hatte das Cecilie
dazu veranlaßt, eines Tages auf sie zuzugehen, als es so
schrecklich regnete, daß Hanne nicht draußen bleiben
konnte.

»Du«, sagte sie und legte den Kopf auf eine Weise schief,
die Hanne ihr Gesicht tief in ihrem Palästinensertuch vergraben ließ. »Ich hab gehört, du bist saugut in Mathe. Würdest du mir mal helfen?«

Hanne hatte Cecilie seit diesem Moment geliebt. Sie
liebte sie noch immer. Sie rang um Atem, als sie in ihrem
Büro im dritten Stock des Polizeigebäudes saß und versuchte, einem Kollegen zu lauschen, während sie doch nur
das Echo von Cecilies Stimme hörte: »Ich bin krank. Ernstlich krank.«

Hanne Wilhelmsen floh immer nach innen. Als sie an
diesem Morgen erwacht war, mit Billy T. neben sich und
einem Gefühl vollständiger Lähmung, hatte sie erkannt, daß

373

sie am Ende des Weges angelangt war. Weitere Fluchtmöglichkeiten gab es nicht.

Als sie endlich hatte aufstehen können, duschte sie eine
Viertelstunde. Dann zog sie sich an und weckte ihn, indem
sie seinen Namen rief. Als er grunzte und nach ihr griff,
hatte sie sich ihm entwunden. Sie sagte nur, sie müsse das
Bett neu beziehen. Er versuchte, zu ihr durchzudringen, er
redete und fluchte und breitete die langen Arme aus, er
drohte und flehte und stand im Weg, als sie das Bett abzog, die Bettwäsche in die Maschine stopfte, den Wasch-
gang auf neunzig Grad einstellte, frisches Bettzeug her-
vorsuchte, das Bett bezog, im Schlafzimmer staubsaugte
und noch einmal duschte, ehe sie zur Arbeit ging. Sie
sagte nur dieses eine: »Das Bett muß frisch bezogen werden.«

Er hatte mit ihr zusammen die Wohnung verlassen. Als sie
vor der Tür standen, hatte sie gebieterisch die Handflächen
gehoben. Dann schaute sie ihm zum ersten Mal in die
Augen. Als sie die Verzweiflung darin sah, senkte sie ihren
Blick und forderte: »Die Schlüssel.«

Er hatte ein kleines Schlüsselbund hervorgezogen und in
ihre Hand gelegt.

Dann waren sie getrennt zum Grøndlandsleiret 44 gegangen. Sein Rücken hatte seltsam schmal gewirkt, als er
über den Rasen auf der Rückseite des Blocks verschwunden war. Hanne selbst hatte den Umweg durch den Tøyenpark genommen.

»...so schonend wie überhaupt nur möglich.«

Hanne riß die Augen auf.

»Hmm.«

Sie hatte nicht die geringste Ahnung, was Feirand gesagt
hatte.

»Schön«, murmelte sie. »Tu, was du für richtig hältst. Welche Zeitperspektiven hast du?«

Feirand blickte sie verwundert an.

»Also, wie gesagt. Ich rede am Samstag mit ihr. Wenn ich es richtig verstanden habe, dann ist sie noch in Behandlung, und alles geschieht natürlich in Zusammenarbeit mit...«

»Gut.«

Hanne zwang sich ein Lächeln ab. Er sollte gehen. Sie mußte allein sein. Übelkeit preßte ihren Hals zusammen; ihr Mund füllte sich mit Speichel, und sie versuchte, zu schlucken.

»Wir reden später weiter, ja?«

»Okay. Ich halte dich auf dem Laufenden.«

Ehe er sie verließ, blieb er einen Moment zu lange stehen und starrte sie an. Dann zuckte er leicht mit den Schultern und schloß ruhig hinter sich die Tür.

Hanne Wilhelmsen kotzte wie ein Reiher und konnte sich nicht einmal mehr den Papierkorb schnappen. Kotze und Galle ergossen sich über Schreibtisch und Ordner.

»Himmel, bist du krank?« fragte Karl Sommarøy, der plötzlich in der Tür stand. »Kann ich irgendwas für dich tun?«

»Laß mich in Ruhe«, murmelte Hanne. »Kann ich ausnahmsweise mal ein wenig Ruhe haben? Und wird hier mal bald die Sitte eingeführt, vorm Reinkommen anzuklopfen?«

Karl Sommarøy wich zurück und knallte die Tür zu.

30

»Du müßtest deine Freundin mal zur Ordnung rufen. Jetzt geht sie verdammt noch mal zu weit.«

Karl Sommarøy starrte Billy T. an, der mit einer Cola und einer Zeitung in der Kantine im sechsten Stock saß. Sommarøy balancierte einen Bienenstich auf einer Tasse Kaffee in der einen und eine Schüssel mit Cornflakes auf einem Glas Milch in der anderen Hand.

»Hast du mal was von einem Tablett gehört?« fragte Billy T. sauer und vertiefte sich ins *Dagbladet*, um seinen Kollegen zu vertreiben; außer ihnen hielt sich in dem großen Raum kaum ein Mensch auf.

Karl Sommarøy begriff den Wink nicht.

»Daß die Frau soviel auf dem Kasten hat, ist das eine«, er redete unverdrossen weiter, nachdem er sich Billy T. gegenüber auf einen Stuhl gesetzt hatte. »Ich hab ja von Leuten gehört, die länger hier sind als ich, daß sie so ungefähr genial ist. Aber es gibt doch wohl Grenzen für schlechtes Benehmen. Du hättest mal sehen sollen, was sie ...«

»Halt die Fresse«, sagte Billy T. wütend.

»Aber ehrlich ...«

»Halt die Fresse!«

»Meine Güte. Das scheint ja ansteckend zu sein.«

Er hob die Cornflakesschüssel an den Mund und spachtelte los. Seine winzige Kinnpartie verschwand hinter der Schüssel.

»Es muß doch verdammt noch mal erlaubt sein, seine Meinung zu sagen«, nuschelte er. »So, wie sie mit ihren Untergebenen umspringt, hätte sie einen ordentlichen Rüffel verdient. Aber offenbar ist sie ja für den Polizeipräsidenten zu einer Art Maskottchen geworden. Ich kapier wirklich nicht, wieso. Du ...«

Billy T. hielt sich das *Dagbladet* vors Gesicht und blätterte wütend darin herum.

»Angeblich soll sie ja früher die Supersause gewesen sein«, flüsterte Karl Sommarøy. »Stimmt das? Und daß sie eigentlich ... naja, vom anderen Ufer ist? Lesbisch, meine ich? Sieht ja nicht gerade so aus, aber ...«

Billy T. faltete die Zeitung zusammen. Dann beugte er

sich über den Tisch und packte die Hemdbrust seines Kollegen. Sein Gesicht war nur zwanzig Zentimeter von dem des anderen entfernt, als er fauchte: »Hanne Wilhelmsen ist die beste Kraft hier im Haus. Ist das klar? Was sie nicht über Polizeiarbeit weiß, kann auch allen anderen egal sein. Sie kennt den Unterschied zwischen richtig und falsch, sie weiß mehr über Gesetze als die allermeisten Polizeijuristen hier, inklusive deiner selbst, und sie ist außerdem sehr schön. Im Moment ist sie überarbeitet und mit einer Person zusammen, die jeden Moment sterben kann, also mußt du ...«

Er schlug mit der freien Hand auf den Tisch, daß die Cornflakes nur so tanzten.

»... verdammt noch mal hinnehmen können, daß sie gerade nicht die längste Lunte aller Zeiten hat.«

Er ließ Sommarøy plötzlich los und starrte ihn verachtungsvoll an, dann trank er den Rest seiner Cola und sprang auf.

»Aber hör doch mal«, sagte Sommarøy verdutzt und versuchte, sein Hemd gerade zu ziehen.

»Nein«, brüllte Billy T. und schwenkte seinen riesigen Zeigefinger. »Wer hier jetzt zuhört, das bist du. Was Hanne Wilhelmsen in ihrer Freizeit macht, geht dich nichts an. Klar? Wenn sie möchte, daß du etwas über ihr Privatleben weißt, dann wird sie es dir schon sagen. Und ansonsten ist es reichlich idiotisch von dir, mir solchen Dreck über eine Person zu erzählen, von der du ja wohl wissen müßtest, daß sie meine allerbeste Freundin ist.«

»Okay, okay, okay.«

Sommarøy machte mit der rechten Hand das Friedenszeichen und senkte den Kopf.

»Das war es eigentlich nicht, worüber ich mit dir sprechen wollte«, sagte er zaghaft. »Tut mir leid. Wirklich. Setz dich.«

Billy T. spürte, daß er zitterte. Zum zweiten Mal in sei-

377

nem Erwachsenenleben hätte er gern geweint. Seit dem Morgen versuchte er, die richtigen Worte für Hanne zu finden; er mußte ihr irgend etwas erzählen, das es ihnen ermöglichen würde zu behalten, was sie hatten und immer schon gehabt hatten. Billy T. mußte Hanne behalten dürfen; ein Leben ohne sie kam ihm ebenso sinnlos vor wie ein Leben ohne seine Kinder. Seine Gedanken wirbelten von Hanne zu Tone-Marit weiter; er mußte seiner zukünftigen Frau erzählen, was passiert war. Er mußte seinen Verrat gestehen und Verzeihung erlangen, damit sie ganz schnell heiraten könnten, morgen, oder besser noch heute abend; sie würden heiraten, und er würde sich selbst bändigen und nie mehr etwas Ähnliches anrichten.

Billy T. wußte, daß er es niemals erzählen könnte. Tone-Marit würde es nicht erfahren. Am Nachmittag würde sie ihn am Essenstisch anlächeln, sich nach der Arbeit erkundigen und vielleicht von Jennys erstem Lächeln erzählen. Abends würde sie sich im Bett an ihn schmiegen. Sie würde mit ihrer Hand in seiner einschlafen, das hatte sie sich seit der Geburt so angewöhnt, als sei die Existenz des Kindes der endgültige Beweis dafür, daß sie zusammengehörten. Billy T. würde Tone-Marit nie erzählen, was passiert war, als er bei seiner besten Freundin übernachtet hatte, um einem heulenden Säugling zu entgehen und eine Nacht ungestört zu schlafen.

»Was denn sonst?« fragte er und ließ sich wieder auf den Stuhl sinken.

»Ich wollte noch mal in die Vogts gate 14«, sagte Sommarøy jovial und versuchte, den Blick seines Kollegen einzufangen, während er auf seinem Bienenstich herumkaute. »Die Telefongesellschaft hat bestätigt, daß Salvesen zwei Anschlüsse hatte. Der eine war fürs Internet.«

»Internet«, wiederholte Billy T.

»Ja. Komisch. In der Wohnung war nicht die Spur von einem Computer zu entdecken, und außerdem: Was zum

Henker wollte so ein Typ mit dem Internet? Also dachte ich, ich schau mir das alles noch mal an, weißt du. Kommst du mit?«

Billy T. wollte nach Hause. Er hatte das Gefühl, nie mehr nach Hause zurückkehren zu können.

Er wollte mit Hanne sprechen. Hanne wollte nicht mit ihm sprechen. Dreimal hatte er an ihre Bürotür geklopft. Jedesmal hatte sie sich bei seinem Anblick abgewandt. Sie hatte kein Wort gesagt, aber es war unmöglich gewesen, ihren gehobenen Schultern und dem eiskalten Blick zu trotzen, mit dem sie ihn bedachte, ehe sie sich umdrehte.

»Wann wolltest du denn los?« fragte er müde.

»So gegen vier. Vorher kann ich nicht. Du kommst mit?«

»Wir treffen uns um vier in der Garage. Sorg du für ein Auto.«

Als Billy T. die Kantine verließ, sah er den Rücken von Hanne Wilhelmsen, die den Fahrstuhl ansteuerte. Da sie nicht in der Kantine gewesen war, nahm er an, daß sie eine Besprechung mit dem Polizeipräsidenten gehabt hatte, dessen Büro im selben Stock lag. Billy T. blieb stehen, als sich die blanken Metalltüren schlossen. Dann trottete er die Treppen hinunter, so langsam, daß sie verschwunden sein würde, wenn er im dritten Stock ankäme.

31

Sigurd Halvorsrud saß auf einer matratzenlosen Pritsche in einer Zelle im Hinterhof des Polizeigebäudes und umklammerte seine Knie. Er bohrte die Nägel durch den Jeansstoff und in seine Haut, bis seine Fingerspitzen taub wurden. Für einen Moment ließ er los, um dann die Übung zu wiederholen.

»Unschuldig«, flüsterte er in die stickige, nach Schweiß stinkende Luft hinein. »Ich bin unschuldig. Unschuldig. Ich bin unschuldig.«

Der Oberstaatsanwalt Sigurd Halvorsrud hatte niemanden getötet.

Seines Wissens hatte er nie etwas Schlimmeres verbrochen, als ab und zu eine Geschwindigkeitsbegrenzung zu mißachten. Wenn ihm klares Denken hier noch möglich gewesen wäre, dann wäre ihm sicher eingefallen, daß er einmal eine Buße hatte zahlen müssen, weil er im kindischen Suff einem Kumpel eine gesemmelt hatte; am 17. Mai in dem Jahr, in dem er sechzehn geworden war.

Doch Sigurd Halvorsruds Gehirn war heißgelaufen. Während seiner ersten Untersuchungshaft, als diese ganzen Absurditäten noch so neu waren, daß er seinen Scharfsinn einsetzen konnte, hatte er gehofft. Das hier war Norwegen. In Norwegen wurden keine Unschuldigen verurteilt. Wenn es doch ein seltenes Mal vorkam, dann ging es meist um Penner, Suffbrüder und halbkriminelle Verlierer, die das Verbrechen, für das sie verurteilt wurden, zwar nicht begangen hatten, die sich aber selbst dafür danken konnten, daß sie überhaupt ins Suchlicht der Polizei geraten waren.

Sigurd Halvorsrud gehörte zu einem System, an das er glaubte; es war eine traditionsbewußte, zivilisierte Rechtspflege, der er nicht nur sein Arbeitsleben geweiht hatte, sondern die zugleich mit seiner Persönlichkeit verflochten war, seinem Ego, allem, was ihn ausmachte. Sein Glaube an sich selbst und an seine eigene Kraft beruhte deshalb in hohem Grad auf dem Vertrauen zum System. Während der ersten Wochen – als die gelben Wände ihn zu ersticken drohten und er sich jeden Morgen mit dem Wachpersonal gestritten hatte, weil er duschen wollte, wie er es gewohnt war, weil er Anzug und Schlips anziehen, sich ordentlich die

Haare mit Haarwasser kämmen und sich einmal die Woche
die Nägel schneiden wollte, wie seine Gewohnheiten das
vorschrieben – in dieser Zeit hatte er trotz allem an sich und
damit an das System geglaubt. Daß er des Mordes an seiner
Frau verdächtigt wurde, war einfach ein Versehen. Früher
oder später würde die Polizei die Wahrheit erkennen.

So funktionierte das System.

Als er aus der Untersuchungshaft entlassen worden war,
war ihm paradoxerweise sein Irrtum aufgegangen.

Anfangs – als der Beschluß diktiert wurde und Sigurd
Halvorsrud seinen Blick zu dem Richter mit dem Bulldog-
gengesicht gehoben und begriffen hatte, daß er wirklich
nach Hause durfte – hatte sich seine ungläubige Erleichterung mit einem hochmütigen Triumphgefühl gemischt:
Der Gerechtigkeit war Genüge getan worden.

Am ersten Abend zu Hause, als Thea endlich schlief, war
ihm aufgegangen, daß das alles nur eine Illusion war. Bei seinem Fall ging es nicht mehr um Gesetz und Ordnung. Sein
Leben, das seiner Tochter, das gesamte Dasein der Familie
Halvorsrud waren von einer Macht zerstört worden, die viel
größer war als Frau Justitias blinde Gerechtigkeit.

Sigurd Halvorsrud war stigmatisiert. Er hätte auch ein
Kainszeichen auf der Stirn tragen können. Als er in seinen
eigenen Notizen blätterte – in eleganter Handschrift beschriebene Blätter mit Analysen und Tatsachen von allem,
was er seit dem Mord an Doris bis zu dem Tag, als der Beschluß ergangen war, durchgemacht hatte – sah er ein, daß
er etwas unternehmen mußte.

Karen Borg hatte recht.

Richter Bugge hatte recht.

Die Polizei war sehr weit von einer Anklage entfernt.
Und noch viel weiter von einer Verurteilung. Wenn Sigurd
Halvorsrud sich an die nackten Tatsachen seines eigenen
Falls hielt, sah er, daß er aller Wahrscheinlichkeit nach nie-

mals vor einer Jury würde stehen müssen. Das machte ihn glücklich; es ließ sein Blut brausen und seine Wangen brennen, bis er dann eifrig die Zeitungen durchblätterte, die seine Schwägerin für ihn aufbewahrt und in chronologischer Reihenfolge sortiert auf den Küchentisch gelegt hatte.

Sigurd Halvorsrud war bereits verurteilt worden.

Er war soeben auf freien Fuß gesetzt worden, aber dennoch war er für den Rest seines Lebens verurteilt. Als er mit Brief- und Besuchsverbot in Untersuchungshaft genommen worden war, waren ihm auch Zeitungen und Radio entzogen worden. Er hatte alte Illustrierte und Taschenbücher gelesen und das Schlimmste befürchtet. Doch die Wahrheit war schlimmer.

Sein Fall hatte zeitweise den Kosovokrieg in den Hintergrund gedrängt.

Sein Leben war wie ein Picassobild über die Zeitungsseiten verschmiert worden; verzerrt und entstellt, unverhältnismäßig und in Farben, die er einfach nicht wiedererkannte. Trotzdem war hier die Rede von ihm. Unwiderruflich von ihm. Die Journalisten hatten seine gesamte Vergangenheit durchwühlt. Er fuhr zusammen, als er ein seitengroßes Bild von sich selbst mit Studentenmütze sah, sein nacktes, achtzehn Jahre altes Gesicht mit vorgeschobenem Kinn und selbstsicherem Lächeln, als könne nichts ihn daran hindern, bis zum Himmel emporzuklettern, während seine Augen eine verletzliche Unsicherheit verrieten, die er noch nicht zu verbergen gelernt hatte. Anonyme Schulkameraden, unsichtbare Kollegen, namenlose Nachbarn – alle hatten sie bereitwillig und mit schlecht verhohlener Begeisterung, weil sie endlich über etwas Wichtiges sprechen konnten, ihre Ansichten über den Gattinnenmörder Sigurd Halvorsrud von sich gegeben. Stark und stur, schleimig und jähzornig, schlau und unberechenbar, Familienfreund und gesellschaftlicher Mittelpunkt; diese Charakteristiken brannten ihm in den Augen, und er klappte die Zeitungen zu und faltete sie zu dicken Packen zusammen, die er dann in den folgenden zwei Stunden im Kamin verbrannte.

Sigurd Halvorsrud hatte alles verloren.

Es gab nur eine Möglichkeit, um ihn und das, was von seiner Familie noch übrig war, zu retten. Er konnte nicht einfach stillsitzen und hoffen, daß er nicht verurteilt werden würde. Er mußte sich von seinem Stigma befreien. Nur dann würde er auf volle Rehabilitation hoffen können. Nur so würden die Zeitungen nach und nach zurücknehmen, was sie bisher geschrieben hatten, und neue, positivere Artikel bringen. Nur so konnte er die Zeitungen zwingen, sich später auf die Brust zu schlagen und zu sagen: »Schaut her! Wir haben die ganze Zeit die Möglichkeit im Auge behalten, daß dieser Mann unschuldig ist. Wir haben schon, als er noch in Untersuchungshaft saß, geschrieben, er sei ein guter Familienvater und ein geachteter Kollege.«

Sigurd Halvorsrud mußte Doris' Mörder finden. Er wußte, wer der Mörder war. Nämlich Ståle Salvesen.

Aus diesem Grund hatte er einen ungeschickten Versuch unternommen, die Wohnung in der Vogts gate 14 zu untersuchen. Er hatte nicht gewußt, was er eigentlich suchte. Da die Polizei ihm ja nicht hatte glauben wollen, konnte sie leicht etwas übersehen haben. Für sie war Ståle Salvesen ein mutmaßlich verstorbener Sozialfall. Nur für Sigurd Halvorsrud war er ein Mörder.

Da er keine Erfahrung als Einbrecher hatte, hatte er sich dumm genug angestellt, um von einem alten Mann im Keller überrascht zu werden, nachdem er bei der Untersuchung von Salvesens Wohnung nur stinkende Lebensmittel gefunden hatte.

Deshalb hatte er an einem Ort Fingerabdrücke hinterlassen, an dem einige Tage später eine Leiche gefunden wurde. Ein enthaupteter Journalist, dessen Name ihm natürlich ein

Begriff war; der Mann schrieb seit vielen Jahren über sein eigenes Fachgebiet. Vermutlich hatten sie auch schon einmal miteinander telefoniert, aber seines Wissens waren sie sich nie begegnet.

Und dann hatte es sich herausgestellt, daß Salvesen doch tot war.

Was alle seine Aussagen torpediert hatte.

Salvesen hatte nicht tot zu sein. Salvesen sollte an einem brasilianischen Strand sitzen und ein kaltes Bier genießen. Er sollte durch die Anden wandern, allein mit der großartigen Natur, von der er immer geträumt hatte. Vielleicht konnte er in einer Seitenstraße von Manila auch in der klebrigen Umarmung einer Nutte liegen oder sich vorübergehend in Neuseeland als Schafscherer verdingt haben.

Statt dessen war er als aufgelöste Leiche im Skagerrak aufgetaucht.

Und dann war Halvorsruds Gehirn heißgelaufen.

Das einzige, wozu er noch fähig war, war, an seiner Unschuld festzuhalten. Er klammerte sich daran; verbiß sich in den Satz, den er immer wieder vor sich hin murmelte: »Ich bin unschuldig.«

Als der Rollwagen mit dem Essen kam, wollte er nichts annehmen. Der Wärter zuckte gleichgültig mit den Schultern und ging weiter. Als er einige Stunden später abermals Essen verteilte, saß Sigurd Halvorsrud noch in derselben Stellung wie zuvor da; ganz gerade, die Hände um die Knie geschlungen, wobei er sich fast unmerklich hin und her wiegte und etwas murmelte, das der uniformierte Mann nicht verstehen konnte.

Das war im Grunde ziemlich unheimlich, und der Wärter spielte mit dem Gedanken, einen Arzt zu holen. Auf jeden Fall am nächsten Tag, wenn es dem Mann dann nicht besser ging.

Vielleicht verlor der Oberstaatsanwalt gerade den Verstand.

»Ich hab schon mal mit dem Kameraden gesprochen. Laß mich das übernehmen.«

Karl Sommarøy wußte nicht so recht, warum Billy T. ihn begleitete. Er sah absolut gleichgültig aus, als er in seiner abgewetzten Lederjacke im scharfen Frühlingswind fröstelte. Entweder war dieser Riese erschöpfter, als Karl Sommarøy es je erlebt hatte, oder es gab etwas, das ihn wirklich quälte. Billy T. gab fast nur einsilbige Antworten. Er hatte auf der ganzen Fahrt vom Grønlandsleiret bis in die Vogts gate mit einem Schlüsselbund herumgespielt, eintönig und aufreizend. Seine Augen waren tot, und sein Gesicht – das in der Kantine in beängstigender Wut aufgeflammt war – war jetzt flach und ausdruckslos. Außerdem stank Billy T. nach Streßschweiß, der ihn bei jeder Bewegung umgab.

»Hausmeister Karlsen ist schrecklich übellaunig. Aber ich glaube, er meint es nicht böse.«

Sie schellten zum zweiten Mal.

»Ja«, schnarrte eine Stimme durch den Lautsprecher.

»Hier ist Karl Sommarøy vom Polizeidistrikt Oslo. Wir würden uns gern ...«

Das Geräusch des Türsummers ließ ihn verstummen und Billy T. verschwörerisch zuzwinkern. Er griff nach der Klinke und riß die Tür auf.

»Da siehst du's«, sagte er.

»Unnötig«, murmelte Billy T. »Wir haben doch die Schlüssel.«

Er hielt das Schlüsselbund vor Sommarøys Augen zwischen Daumen und Zeigefinger hoch.

»Scheiße«, sagte der Oberwachtmeister sauer. »Das hättest du ja wohl sagen können.«

»Ich dachte, du könntest dir denken, daß ich niemals ohne Schlüssel in eine verschlossene Wohnung fahren würde.«

»Was ist los?«

Hausmeister Karlsen stand breitbeinig vor ihnen im Flur, sockenlos, in gelbbraunen Pantoffeln. Er trug eine beige Hose und Hosenträger. Sein Hemd wies auf der Brusttasche einen großen Fettfleck auf, und Billy T. entdeckte Essensreste in seinen Bartstoppeln.

»Alles in Ordnung«, sagte Billy T. und zeigte seinen Dienstausweis. »Wir wollen nur mal einen Blick in Salvesens Wohnung werfen.«

»Viel Vergnügen. Die ist leer.«

»Leer?«

Karl Sommarøy und Billy T. tauschten einen Blick.

»Ich hab sie letzte Woche ausgeräumt.«

»Was haben Sie gemacht?«

»Ausgeräumt. Die Wohnung. Ståles Sachen geholt. Die Wohnung wird bestimmt bald neu vergeben. Und ich wollte nicht, daß Fremde in Ståles Sachen herumwühlen.«

Billy T. schaute zur Decke, und sein Mund bewegte sich stumm. Dann holte er tief Luft, senkte den Kopf und bedachte Hausmeister Karlsen mit einem breiten Lächeln.

»Würden Sie vielleicht so überaus liebenswürdig sein, uns in Ståles Wohnung zu begleiten«, sagte er mit samtweicher Stimme und legte dem Alten die Hand auf die Schulter.

Karlsen war vierzig Zentimeter kleiner als Billy T. Er wand sich unter dessen Berührung und erklärte lauthals, er sei soeben beim Essen gewesen. Billy T. änderte seinen Zugriff. Jetzt packte er den Oberarm des Hausmeisters und ging mit energischen Schritten auf den Fahrstuhl zu.

»Und in welchen Stock geht es also?«

»In den vierten«, sagte Sommarøy.

»Loslassen«, sagte Karlsen.

386

»Ja. Wenn Sie ein paar grundlegende Regeln gelernt haben.«

Der Fahrstuhl machte pling und seufzte tief, dann hielt er an. Die drei verließen ihn und stampften durch den Flur. Karl Sommarøy vornweg, Billy T. mit Karlsen im Schlepp hinterher.

»Sieh an«, sagte Billy T. und tippte mit einem verdreckten Zeigefinger das Schloß an, das von der polizeilichen Plombierung nur noch Reste zeigte. »Könnten es zum Beispiel Sie gewesen sein, der dieses kleine Teil entfernt hat?«

Ole Monrad Karlsen versuchte noch einmal, sich loszureißen.

»Das werde ich melden«, sagte er wütend, als der Griff sich durchaus nicht lockern wollte.

»Gut so«, fauchte Billy T. »Und ich sorge dafür, daß Sie für das hier eine richtig feine Buße zahlen müssen.«

Er steckte den Schlüssel ins Schloß. Der ließ sich problemlos umdrehen. Dann griff er zur Klinke und öffnete die Wohnungstür. Stickige Luft und fauliger Gestank schlugen ihm entgegen. Unwillkürlich trat er einen Schritt zurück und starrte dann eine kleine handgeschriebene Karte an, die mit zwei Heftzwecken am Türrahmen befestigt war. »S. Salvesen.« Er blieb so lange in Gedanken versunken stehen, daß Karl Sommarøy sich schließlich räusperte und ihn kumpelhaft in den Rücken knuffte.

»Sollten wir den Hausmeister vielleicht laufenlassen?«

Billy T. schaute schräg auf den alten Mann hinunter und nickte ruhig.

»Das sollten wir unbedingt. Dann kann er sich in seine Wohnung setzen und warten, bis wir fertig sind. Falls wir dann noch Fragen an ihn haben. Okay?«

Karlsens Ansicht in dieser Sache blieb den beiden Polizisten unbekannt. Der kleine Greis stapfte unter heftigem Gemurmel unverständlicher Wörter durch den Flur. Sie blie-

387

ben stehen und schauten ihm hinterher, bis die Fahrstuhltüren sich schlossen.

»Ein bißchen zu hart vielleicht? Alter Kriegsmatrose und
so.«

Sommarøy wartete nicht auf Antwort. Er betrat Ståle Salvesens Wohnung. Als er vor einer Zeit, die ihm jetzt als
Ewigkeit erschien, mit Hanne Wilhelmsen hier gewesen
war, hatte die Wohnung unbewohnt ausgesehen. Jetzt
wirkte sie verlassen. Im Flur konnte er ein helleres Feld auf
der Tapete sehen, dort hatte der Telefontisch gestanden. Ein
Schmutzstreifen zeichnete sich auf der Wohnzimmertapete
ab, hinterlassen vom Sofarücken. Weitere Spuren von gelebtem Leben waren kaum vorhanden, abgesehen von all-
gemeinem und heruntergekommenem Mißmut, der alles
hier prägte. Und dem Gestank aus der Küche.

Hausmeister Karlsen hatte alles entfernt, was als Ståle Salvesens persönliche Habseligkeiten hätte bezeichnet werden
können. Die spartanischen Möbel, die wenigen Küchengeräte und die ordentlich zusammengefalteten Kleidungsstücke, die nach Salvesens prämortaler Aufräumaktion in
der Wohnung gelegen hatten. Der Kühlschrank dagegen
war Gemeindeeigentum. Karlsen hatte sich nicht dazu berufen gefühlt, einen Joghurt, einen Milchkarton, einen blau
gewordenen Käse und das, was vielleicht einst ein Salat und
zwei Tomaten gewesen waren, ebenfalls mitzunehmen.

»O verdammt! Hanne und ich wollten das neulich schon
wegwerfen. Aber dann haben wir es einfach vergessen.«

Sommarøy schnitt heftige Grimassen über den Kühl-
schrankinhalt, dessen Geruch dadurch, daß die Tür lange offengestanden hatte, nicht besser geworden war. Billy T.
schnappte sich Milchkarton und Joghurt.

»27. Februar«, las er langsam. »Diese Milch kann wahrscheinlich von selber gehen. 23. Januar. Januar! Könnte witzig sein, den Joghurt aufzumachen.«

Er reichte seinem Kollegen den Becher. Sommarøy wich zurück und hielt sich die Nase zu.

»Von einem PC ist hier jedenfalls keine Spur zu entdecken«, sagte er nasal. »Laß uns mal die Telefonsteckdose unter die Lupe nehmen.«

Billy T. stellte die Milchprodukte wieder weg und schloß den Kühlschrank. Dann machte er das Fenster einen Spaltbreit auf und folgte Sommarøy auf den Flur. In dem fensterlosen Gang war es recht dunkel. Billy T. drückte mit dem Finger den Lichtschalter neben der Wohnungstür. Die Birne war durchgebrannt.

»Hier ist nur eine Buchse«, stöhnte Karl Sommarøy; er hockte auf dem Boden und konnte nur mit Mühe etwas sehen. »Eine gute, altmodische Telefonsteckdose mit drei Löchern.«

Billy T. ging in die Knie und ließ die Hand der Leitung oberhalb der Wandleiste bis zur Wohnungstür folgen. Es war eng für die beiden Männer, und Karl Sommarøy verlor die Balance und stützte sich mit den Händen ab.

»Hier ist noch eine«, sagte er aufgeregt. »So eine moderne mit einem Plastikdings.«

Billy T. starrte die kleine, viereckige Plastiksteckdose, die unmittelbar über dem Boden an der Wand befestigt war, aus zusammengekniffenen Augen an. Dann schob er Karl beiseite und tastete die Leitung ab.

»Scheint mit demselben Anschluß verbunden zu sein wie die andere«, sagte er, ehe er die Wohnungstür öffnete und die schmutziggrüne Wand neben dem Türrahmen betrachtete. »Jepp. Beide Leitungen verschwinden hier in der Röhre. Ganz normal also. Seltsam ist nur ...«

Er schaute wieder in die Wohnung.

»Der Anschluß scheint aus der Wohnung herauszuführen.«

Karl Sommarøy stieß ein schrilles Kichern aus, als er sich erhob.

389

»Das ist wirklich erstaunlich«, sagte Billy T. und kratzte sich am Schnurrbart. »Mal sehen, ob wir die Leitung verfolgen können.«

Offenbar hatte jemand versucht, das Kabel zu verbergen. Obwohl es relativ neu sein mußte – das war daran zu sehen, daß es in der Wohnung vor der verschossenen Wand weiß aufleuchtete – hatte jemand es übermalt, wo es an einer abgenutzten braunen Fußleiste entlang durch den Flur lief. Das Fenster klemmte und war vermutlich eine Ewigkeit nicht mehr geöffnet worden. Als Billy T. die Schulter dagegen stemmte, zersprang eine der acht kleinen Scheiben.

»Sieh mal«, sagte er und bückte sich vor, so weit er sich traute, dann zog er sich rasch wieder zurück. »Siehst du? Es scheint nach unten zu laufen. Wie weit wohl, was meinst du?«

»Schwer zu sagen. Es geht jedenfalls immer weiter, so weit ich sehen kann.«

Sie schlossen das Fenster.

»Der Keller«, sagten sie plötzlich wie aus einem Munde.

»Der Keller«, wiederholte Billy T. mit breitem Grinsen. »Sieht aus, als brauchten wir die Hilfe des Hausmeisters.«

Sie rannten die fünf Treppen hinunter. Der Lärm, den Billy T.s eisenbeschlagene Stiefel machten, hallte zwischen den Wänden wider, und als sie unten ankamen, war Ole Monrad Karlsen auf schwarze Schuhe übergewechselt.

33

Cecilie mochte gesund genug sein, um nach Hause zu dürfen, aber sie sah nicht so aus. Sie lag auf dem Sofa, als Hanne gegen fünf Uhr eintraf; verhärmt, bleich und mit einem

Lächeln, das nur ihre Lippen bewegte und ihre Augen nicht erreichte.

»Tone-Marit hat mich gefahren«, sagte sie und streckte die Hand nach Hanne aus, ohne auch nur den Versuch zu machen, sich zu erheben. »Ihre Mutter hat für eine Stunde auf Jenny aufgepaßt, damit sie mich nach Hause schaffen konnte.«

»Aber warum ... warum hast du mich nicht angerufen?« stammelte Hanne.

»Hab ich doch. Die Vorzimmerdame, oder wer das nun war, hat gesagt, sie wisse nicht, wo du bist.«

»Aber das Handy!«

Hanne wurde laut und schlug sich auf die Tasche der Lederjacke mit Fransen und Perlenstickerei, die Cecilie ihr für ein Vermögen in den USA gekauft hatte. Dann zog sie ein fast unbenutztes Ericsson-Modell hervor.

»Verdammt. O verdammt!«

Sie schlug sich mit dem Telefon an die Stirn.

»Shit. Shit. Shit.«

»Du vergißt immer, es einzuschalten«, flüsterte Cecilie. »Komm und setz dich endlich.«

Hanne streifte die Jacke ab und ließ sie zu Boden fallen. Dann schob sie den Couchtisch mitten ins Zimmer und fiel vor dem Sofa auf die Knie.

»Verzeih mir«, sagte sie und küßte die Innenseite von Cecilies Handgelenken. »Es tut mir so entsetzlich leid. Ich verspreche dir, daß ich es nie wieder ausstellen werde. Nie. Wie fühlst du dich? Ein wenig besser?«

Sie musterte Cecilies Gesicht. Davor hatte ihr den ganzen Tag gegraut. Hanne hatte Schmerzen in der Brust und Krämpfe im Unterleib, aus Angst davor, Cecilie anzusehen. Sie ließ vorsichtig ihren Zeigefinger um Cecilies Mund wandern, um die grauweißen Lippen mit der vertrockneten Zahnpasta im Mundwinkel; ihr Finger umfuhr die Nasenflügel und die bläulichen, fast durchsichtigen Schwellungen unter den Augen.

»Ich liebe dich, Cecilie. Ich weiß nicht, wie ich es schaffen soll, ohne dich zu leben.«

»Das wirst du aber müssen.«

Cecilies Stimme klang brüchig, und sie hustete vorsichtig. Dann legte sie die Hand auf Hannes Kopf und fuhr mit den Fingern durch die ungepflegten Haare.

»Ich will nicht.«

Hanne versuchte, ihr Weinen dorthin zu stecken, wo es hingehörte, tief unten ins Zwerchfell, wo es sie quälen konnte, ohne Cecilie zu stören.

»Ich will nicht allein sein.«

»Du wirst niemals allein sein. Wenn du nur bald erwachsen wirst und einsiehst, daß viele dich lieben, wirst du nie allein sein müssen.«

Hanne wich zurück. Sie lag noch immer auf den Knien und starrte Cecilie an, während ihre Tränen sich nicht mehr zurückhalten ließen.

»Wenn du stirbst, habe ich niemanden.«

Cecilie lächelte wieder, diesmal echter. Ihre matten Augen leuchteten auf, als sie Hanne wieder an sich zog.

»Kind! Du bist wirklich Weltmeisterin im Selbstmitleid. Hör zu, meine Liebste. Du bist noch keine vierzig Jahre. Du kannst noch doppelt so lange leben. Mindestens. Und es wimmelt nur so von Leuten, die ein Teil deines Lebens sein möchten.«

»Die will ich aber nicht. Ich will dich. Ich habe immer dich gewollt.«

Cecilie küßte sie lange auf die Stirn. Ihre Lippen fühlten sich schon tot an; kalt, trocken, mit Rissen, die über Hannes Haut schabten.

Hanne schluchzte auf und lehnte dann ihren Kopf an Cecilies Oberkörper.

»Ist das zu schwer für dich?« fragte sie halberstickt in die Wolldecke hinein. »Tut es weh, wenn ich so sitze?«

Cecilie roch nicht so wie sonst. Hanne nahm den fremden Duft von Seife und Krankenhaus in sich auf und verschloß die Augen vor der plötzlichen Erinnerung daran, wie Cecilie in ihrem Zimmer gesessen hatte, über die Mathehefte gebeugt, mit gerunzelter Stirn und mit einer ihrer langen Locken im Mund; sie hatte laut gejammert und immer wieder über die Unbegreiflichkeit der Integrale geklagt. Sie hatte so wundervoll gerochen. Nach junger Frau: ein Hauch von süßem Körperduft, der das billige Parfüm besiegte und Hanne dazu brachte, sich plötzlich vorzubeugen und sie auf den Mund zu küssen; dann war sie schnell zurückgewichen und hatte ihr aller-, allererstes »Tut mir leid« gesagt.

Damals, vor fast zwanzig Jahren, hatte Cecilie gelacht. Sie lachte leise, die feuchte Locke klebte an ihrem Mundwinkel, bis sie ihre Haare hinters Ohr schob und Hanne zurückküßte; länger diesmal, viel länger und sehr viel kühner.

Hanne würde Cecilie niemals erzählen, was in der letzten Nacht geschehen war. Auf dem Heimweg war sie entschlossen gewesen. Cecilie hatte einen Anspruch auf die Wahrheit. Hanne konnte mit einem solchen Geheimnis nicht leben.

Dann hatte sie den Geruch von Seife und Krankenhaus wahrgenommen.

Cecilie würde es nicht erfahren. Es gab nichts zu erfahren.

»Kann ich dir etwas holen«, flüsterte sie und rieb unter der Wolldecke behutsam ihre Wange an Cecilies Brust. »Hast du auf irgend etwas Appetit, Herzchen?«

»Joghurt. Ich glaube, ich möchte ein bißchen Joghurt. Wenn wir welchen haben.«

»Weißt du noch, mit welcher Rechenaufgabe du dich an dem Tag, an dem wir zusammengefunden haben, herumgeschlagen hast?«

Hanne war aufgestanden.

»Was?«

»Damals. Als du bei mir warst, weil ich dir bei Mathe helfen sollte. Weißt du noch, welches Integral du nicht geschafft hast?«

Cecilie zog vorsichtig an der Decke und sah aus, als habe sie am ganzen Körper Schmerzen.

»Nein...«

Hanne zog eine alte Zeitung und einen Kugelschreiber aus dem Bücherregal.

»Dieses«, sagte sie und hielt die Zeitung vor Cecilies Gesicht.

$$\int_0^3 (x^2 + 3x + 4)dx$$

Cecilie lachte herzlich. Sie lachte lange, fast so wie damals, vor neunzehn Jahren, und als sie endlich aufhörte, schüttelte sie den Kopf und sagte: »Du bist seltsam, Hanne. Du bist wirklich seltsam. Weißt du das noch so genau, oder schwindelst du mir was vor?«

»Ein bestimmtes Integral. Die Antwort ist 34,5.«

Hanne konnte Cecilie noch immer leise lachen hören, als sie die Kühlschranktür öffnete. Sie griff nach einem Natur-Joghurt und überprüfte das Datum. Noch vier Tage haltbar. Als sie den Aluminiumdeckel abzog, kam ihr plötzlich ein Gedanke.

»Hanne?«

Offenbar stand sie schon seit mehreren Minuten schweigend in der Küche.

»Hanne, was machst du da?«

»Komme schon«, sagte sie und nahm einen Teelöffel aus der Besteckschublade.

394

Sie goß den Joghurt in eine Schüssel, gab ein wenig Erd-beermarmelade in die Mitte und stellte alles auf den Couchtisch.

»Muß nur schnell mal telefonieren«, sagte sie leichthin. »Dauert nicht lange.«

Cecilie hörte aus der Diele Hannes förmliche Stimme, während sie versuchte, den Joghurt hinunterzuschlucken.

»Hier ist Hauptkommissarin Wilhelmsen. Ich wüßte gerne etwas über einen gestohlenen Wagen. Aha. Es geht um einen…«

Ein plötzlicher und heftiger Schmerz ließ Cecilie den Löffel verlieren. Joghurt und Marmelade klatschten auf den Boden, und ihre Hand zitterte, als sie versuchte, die Schüssel festzuhalten. Vorsichtig griff sie zur Morphiumpumpe, die hinter ihr gelegen hatte. Sie setzte sich eine zusätzliche Dosis und entspannte sich langsam, als die Schmerzen nach-ließen.

»Du mußt jetzt nicht auf die Wache«, sagte sie, als Hanne wieder ins Wohnzimmer kam. »Bitte.«

»Nicht doch«, sagte Hanne mit weicher Stimme und holte einen Lappen, um den Joghurt vom Boden zu wi-schen. »Das hat Zeit bis morgen. Aber du… soll ich das Sofa ausklappen, dann können wir nebeneinander liegen? Ich habe drei neue Videos gekauft. Vielleicht können wir uns eins davon ansehen?«

»Schön. Sehr gern. Es wäre so schön, wenn du in näch-ster Zeit ein wenig mehr zu Hause sein könntest.«

Hanne nahm ihr Gesicht zwischen die Hände und küßte sie behutsam auf den Mund.

»Wenn ich so genial bin, wie alle behaupten, dann kann ich mir bald freinehmen«, flüsterte sie. »Richtig frei. Dann können wir die ganze Zeit zusammensein. Nur du und ich.«

»Das klingt nun wirklich furchtbar neu und er-schreckend…«

395

»Ich helf dir jetzt beim Aufstehen. Und mache uns ein Bett.«

Cecilie entschied sich für »Casablanca«. Hanne weinte während der gesamten zweiten Hälfte. Für sie hatte Cecilie immer schon Ähnlichkeit mit Ingrid Bergman gehabt.

34

Der Kellergang in der Vogts gate war lang und nicht besonders eng. Billy T. stellte zu seiner Verwunderung fest, daß er in dem fast fünfzehn Meter langen Korridor aufrecht stehen konnte. Wenn er die Arme zu beiden Seiten ausstreckte, konnte er mit den Fingerspitzen gerade noch die Wände berühren. Tief unten am anderen Ende malte ein rechteckiges Fenster einen Lichtkegel auf den Boden. Eine nackte Glühbirne gleich neben der Treppe machte es möglich, auch in diesem Teil des Kellers etwas zu sehen.

»Die Kellerräume sind nicht markiert«, sagte Ole Monrad Karlsen mürrisch. »Aber diese beiden hier gehören mir.«

Er schlug mit der flachen Hand an die ersten zwei Türen.

»Und darin dürft ihr ohne Durchsuchungsbefehl nicht herumwühlen. Ich kenne meine Rechte. Meine Keller gehen euch gar nichts an.«

»Und welcher gehört dann Ståle Salvesen?« fragte Billy T. ungeduldig. »Ehrlich gesagt ist es mir scheißegal, was Sie hier unten verstaut haben. Zeigen Sie mir Ståles Keller.«

Karlsen schlurfte durch den halbdunklen Gang. Als Billy T. an der Glühbirne vorüberging, versperrte er das Licht. Karlsen brummte und ärgerte sich lautstark. Endlich hatte er sein Ziel erreicht. Der Kellerraum war mit einer schlichten Brettertür mit Querriegel und einfachem Hängeschloß gesichert.

»Hier.«

Hausmeister Karlsen schlug mit der Faust gegen die Tür. Billy T. verdrehte die Augen und bat ihn, freundlicherweise aufzuschließen.

»Hab keinen Schlüssel.«

Der alte Mann starrte auf den Betonboden und spuckte aus. Ein brauner Klecks Tabaksaft landete vor Billy T.s Stiefeln.

»Und wo haben Sie Salvesens Sachen untergebracht?«

»Das geht Sie nichts an. Aber wenn Sie es absolut wissen müssen, dann steht fast alles in meinen Kellern.«

»Sie lügen«, sagte Billy T., ohne Karlsen anzusehen. »Natürlich haben Sie einen Schlüssel.«

Er machte Karl ein Zeichen, und der trat neben ihn und stemmte die Schulter gegen die wenig solide wirkende Tür.

»Und jetzt eins, zwei, drei«, sagte Billy T.

Die Tür gab schon beim ersten Versuch nach. Die beiden Polizisten hatten mit größeren Schwierigkeiten gerechnet und stürzten in den engen Verschlag. Karl stolperte über ein Paar Skier und kippte nach vorn.

»Verdammt. Scheiße. Hilf mir!«

Endlich kam er wieder auf die Beine und wischte sich Schmutz und Spinnweben von der Catalina-Jacke, die vielleicht modern gewesen war, als er fünfzehn war, und die so eng und hellblau war, daß sie gut aus jener Zeit stammen konnte.

Die Bude war fast leer. Abgesehen von den unmodernen Slalomskiern, über die Karl Sommarøy gestolpert war, enthielt der rechteckige Raum nur ein radloses Fahrradgestell, einen schwarzen Müllsack mit alten Kleidern und vier abgenutzte Winterreifen, die in einer Ecke aufgestapelt waren.

»Könnten wir vielleicht ein bißchen mehr Licht haben?«

Billy T. stieg ärgerlich über den Müllsack und versuchte,

397

die Furnierplatte abzureißen, mit der anscheinend ein Fenster vernagelt worden war.

»Ein Brecheisen, Karlsen, haben Sie so etwas?«

»Hier«, sagte Karl. »Nimm meine Lampe.«

Billy T. richtete den kräftigen Strahl der Taschenlampe auf das vernagelte Kellerfenster.

»Voll ins Schwarze«, sagte er leise.

Karl leuchtete den Punkt an, auf den Billy T. zeigte. Er konnte deutlich das Loch erkennen. Er bückte sich, und Billy T. leuchtete den Boden ab.

»Frischer Mauerstaub«, sagte Karl zufrieden und leckte einen Finger ab, tunkte diesen in den Staub und erhob sich. »Das ist kein altes Loch.«

»Und hier ist unser Kabel«, sagte Billy T. »Aber wohin führt es?«

Die beiden Polizisten folgten der dünnen Leitung, die sich an der Wand entlangzog. Sie war nicht befestigt, sondern hing in einem schlaffen Bogen vor der Seitenwand, wo sie in einem weiteren Loch verschwand.

»Wem gehört der Nachbarkeller?«

Karlsen versuchte, die Reste der aufgebrochenen Tür aufzulesen. Er hatte den Schraubenzieher eines Schweizer Messers aufgeklappt und versuchte, das Türholz von den verbogenen Angeln zu kratzen. Er ließ sich Zeit mit seiner Antwort.

»Der gehört jedenfalls nicht Ståle Salvesen. Und das heißt, daß ihr da nicht rein könnt.«

Billy T. und Karl tauschten einen Blick. Der Mann hatte recht. Auf sie wartete eine Menge Papierarbeit, wenn sie die Tür zum Nebenkeller aufbrechen wollten. Einfacher wäre es natürlich, den Besitzer selbst um Erlaubnis zu fragen.

»Und wem gehört der Keller?« fragte Billy T. noch einmal.

»Gudrun Sandaker. Aber die ist in Urlaub.«

Der alte Mann arbeitete weiter, ohne die beiden Polizisten eines Blickes zu würdigen.

»Billy T.!«

Karl schnappte sich die Taschenlampe und richtete den Lichtkegel auf die Seitenwand.

»Schau her. Die Bretter sind alt und abgenutzt. Aber sieh dir die Nagelköpfe an!«

Es waren neue Nägel. Das Holz um sie herum war vor kurzer Zeit gesplittert, das hellere Holz zeichnete sich deutlich von seiner dunklen, verschmutzten Umgebung ab.

»Her mit dem Schraubenzieher«, kommandierte Billy T.

Der Hausmeister unterbrach seine Arbeit an der ruinierten Tür und rückte widerwillig sein Schweizer Messer heraus.

Die ersten Bretter waren die schlimmsten. Es stellte sich heraus, daß die Wand auf der Rückseite mit Steinwolle isoliert war, was Billy T. zunächst seltsam fand. Wieso jemand sich die Mühe machte, die Innenwand eines Kellers zu isolieren, konnte er sich nicht vorstellen. Hinter der Isolationsschicht stießen sie wieder auf Bretter, die vom Boden bis zur Decke reichten, und zusammen mit Karl konnte Billy T. die erste Steinwollematte herausziehen.

Die Wand verbarg ein Versteck; einen kaum mehr als anderthalb Meter breiten Raum. Er war auf allen Seiten isoliert, und jetzt war auch klar, warum. Das charakteristische Summen eines Computers füllte inzwischen den ganzen Kellerraum. Schweigend rissen sie den Rest der Wand ein.

»Ein Computer«, sagte Karl leise. »Ein ganz schnöder Computer.«

»Aber kein Bildschirm und keine Tastatur«, sagte Billy T. und entfernte die letzte Steinwollematte.

»Unnötig«, sagte Karl. »Im Moment wird er ja schließlich nicht benutzt.«

»Und was zum Teufel soll dann das Ganze?«

399

Billy T. beugte sich vor und musterte das grüne Licht, das bestätigte, daß der Apparat lief.

»Keine Ahnung. Aber ich wette, daß dieses Teil hochinteressante Informationen enthält. Nein!«

Karl Sommarøy packte seinen Kollegen am Arm und riß ihn zurück. Billy T. hatte gerade den Stecker aus der offenbar erst vor kurzem angebrachten Steckdose ziehen wollen.

»Wir müssen das Gerät doch mitnehmen«, sagte er ärgerlich. »Und jemand muß sich den Inhalt ansehen.«

»Das muß hier passieren. Er könnte doch so programmiert sein, daß alles zusammenbricht, wenn der Strom ausfällt.«

»Dann mußt du die Fachleute holen«, sagte Billy T. »Ich bleibe hier. Ich gehe erst wieder, wenn mir irgendwer was über dieses Gerät erzählen kann.«

Karl Sommarøy nickte und schaute Hausmeister Karlsen an.

»Und Sie kommen mit mir«, sagte er. »Ich glaube, wir haben einiges zu besprechen.«

Billy T. konnte das wütende Gemurmel des Hausmeisters hören, bis die Kellertür geschlossen wurde. Dann setzte er sich auf einen Haufen aus Brettern und Steinwolle, lehnte den Rücken an die Wand und schlief ein.

35

Der Mann, den Evald Bromo Kai genannt hatte, war jetzt beim Packen. Er hatte einen Anzug, zwei Pullover, vier Hemden und zwei Paar Jeans hervorgesucht, ordentlich zusammengefaltet und in einen steifen Koffer gelegt. Darauf legte er Unterwäsche und einen Kulturbeutel. Er hatte sich vergewissert, daß nichts von alldem seine Identität verraten konnte. Danach nahm er alle persönlichen Gegenstände aus seinen Taschen. Die Bilder der Kinder, eine IKEA-Quittung, seinen Führerschein und andere Ausweiskarten; alles wurde zerschnitten und in eine Plastiktüte gesteckt, die er an einem sicheren Ort wegwerfen wollte.

Dann füllte er seine Brieftasche wieder und steckte den neuen Paß in seine Anzugjacke.

Jetzt hatte er einen anderen Namen.

Die Verzweiflung, die ihn während der letzten Tage gelähmt hatte, war verschwunden. Übrig war nur ein Gefühl von Entschlossenheit; die Sache war erledigt, und ihm blieb nichts anderes übrig als die Flucht. Die Vorstellung, die Kinder für immer verlassen zu müssen, hatte er brutal verdrängt, als er die Bilder zerschnitten hatte. Er konnte nicht denken. Konnte sich keine Gefühle leisten. Er mußte handeln, und das ganz schnell.

Er wollte nach Kopenhagen fahren. Und von dort ein Flugzeug nehmen, in ein weit entferntes Land, wo er Freunde hatte.

Denn er hatte Freunde.

Im Laufe dieser vielen Jahre hatte er einige wenige Auserwählte beschützt. Niemals, um Nutzen daraus zu ziehen. Und nicht, weil er sich bedroht gefühlt hätte. Die einzige Ausnahme war Evald Bromo.

Er schloß den Koffer, verließ das Haus und legte ihn in den Kofferraum seines Autos. Er wollte noch in dieser Nacht aufbrechen. Am liebsten hätte er sich sofort hinter das Steuer gesetzt, aber das wäre zu riskant gewesen. Seine Frau würde Alarm schlagen, wenn er zwei Stunden nach Dienstschluß noch nicht nach Hause gekommen wäre.

Ein Aufbruch gegen drei Uhr nachts würde ihm einen Vorsprung von vielen Stunden sichern. Und viel mehr brauchte er nicht. Er öffnete die Motorhaube, entfernte den Verteilerdeckel und legte ihn in ein Regal an der Rückwand der Garage. Er mußte behaupten können, der Wagen springe nicht an. Sonst lief er Gefahr, daß seine Frau am Nachmittag damit fahren und dabei den Koffer entdecken könnte.

36

Karl Sommarøy gehörte zu den wenigen im großen, grauen Polizeigebäude, die einen ehrlichen Versuch gemacht hatten, ihr Büro anheimelnd aussehen zu lassen. Er hatte dunkelblaue, von seiner Frau genähte Gardinen aufgehängt, auf dem Schreibtisch standen rotgerahmte Fotos seiner Kinder, in den Regalen Töpfe mit grünen Pflanzen. An der einen Wand hing ein großes Plakat mit einem Bild von Gustav Klimt; an der anderen hatte er hinter einer Glasplatte eine Collage aus Kinderzeichnungen angebracht. Karl Sommarøys kleinmädchenhafte untere Gesichtshälfte schien nicht nur ein boshafter Scherz der Natur zu sein, sondern auch eine feminine Ader in dem ansonsten so maskulinen Körper zum Ausdruck zu bringen. Ein Flickenteppich in munteren Farben dämpfte die Akustik, und der Kugelschreiberbehälter auf dem Schreibtisch paßte zur hellen ledernen Schreibunterlage. Als maskuliner Ausgleich zu allem hing an der Wand eine Art Kuckucksuhr. Zu jeder vollen Stunde kam ein uniformierter Polizist mit erhobenem Gummiknüppel hervor und schrie mit metallischer Stimme: »You're under arrest.«

»Wissen Sie«, sagte Karl Sommarøy und setzte sich auf seinen ergonomisch korrekten Schreibtischsessel. »Mein Großvater war während des Krieges bei der Handelsmarine.«

Ole Monrad Karlsen brummte mürrisch etwas vor sich hin und rutschte nervös in seinem Sessel hin und her.

»Er war zweiter Steuermann auf der M/T Alcides. Reederei Skaugen. Ist mit Bunkeröl von Abadan nach Free-
mantle gefahren. Wurde im Juli 43 im Indischen Ozean torpediert.«

»Himmel«, sagte Karlsen und setzte sich eine Spur gerader hin. »Und ist vom Japs hochgenommen worden?«

»Genau. Mein Großvater hat bis Kriegsende in japani-
scher Gefangenschaft gesessen.«

»Wie schrecklich«, sagte Karlsen und schüttelte den Kopf.
»Die Jungs, die bei den Schlitzaugen gelandet sind, haben
schlimmer gelitten als alle anderen. Ich bin zweimal torpediert worden. Aber nie in Gefangenschaft geraten.«

Er starrte den Polizisten an. Sein Gesichtsausdruck hatte
sich ein wenig verändert; er biß sich auf die Unterlippe und
wirkte nicht mehr ganz so feindselig.

»Norwegen hat euch Kriegsmatrosen einfach übel mitgespielt«, sagte Sommarøy mitfühlend. »Kaffee, Karlsen?«

Er füllte eine gelbe, mit Marienkäfern verzierte Tasse, ehe
der Hausmeister antworten konnte. Dann schob er dem
Alten die Tasse hin und lächelte, so breit er konnte.

»Aber Sie haben es doch geschafft. Schon in Rente, Karlsen? Sie sind doch sicher …«

Er schaute zur Decke hoch und rechnete nach.

»Sechsundsiebzig?«

»Fünfundsiebzig. Angemustert Weihnachten 39. Da war
ich fünfzehn. Ich kann trotzdem weiter als Hausmeister arbeiten. Krieg kein Gehalt, wissen Sie, aber die Alte, der die
ganze Kiste gehört, läßt mich in der Wohnung bleiben,
wenn ich mich ein bißchen nützlich mache. Billig für sie
und schön für mich. Früher war es besser, als wir noch nicht
so viele Nichtstuer im Haus hatten. Seit die Gemeinde so
viele Wohnungen übernommen hat, kommen die seltsam-
sten Leute. Ihr Kumpel, dieser lange …«

Karlsen hob die Hand über den Kopf.

403

»Der ist keine gute Karte. Kennt keinen Respekt.«

»Sie müssen Nachsicht mit Billy T. haben. Der steht im Moment arg unter Streß.«

»Braucht sich deshalb trotzdem nicht wie der Pöbel aufzuführen. Ist ja schließlich Polizist. Sieht aber gar nicht so aus.«

Karlsen musterte die vielen Marienkäfer auf seiner Tasse skeptisch und trank dann vorsichtig einen Schluck Kaffee.

»Sie haben also Ståle Salvesen gekannt.« Sommarøy verschränkte die Hände im Nacken. »Waren Sie befreundet?«

Ole Monrad Karlsen schmatzte und stellte seine Tasse weg. Dabei kratzte er sich mit der linken Hand an der Schläfe.

»Es ist nicht verboten, mit Leuten zu reden«, sagte er, jetzt wieder im alten, aggressiven Tonfall.

»Durchaus nicht. Und ich glaube, daß Ståle Salvesen im Grunde ein sympathischer Mann war. Einer, mit dem das Leben übel umgesprungen ist.«

»Er war früher mal Geschäftsmann«, sagte Karlsen. »Wußten Sie das?«

»Ja. Und dann gab es Ermittlungen, die eingestellt wurden, und Konkurs und überhaupt.«

»Genau. Verdächtigen können sie. Ermitteln und schreiben und bohren und ihm alles kaputtmachen, das können sie. Aber ist was dabei rausgekommen? Nichts, alles hat sich in Luft aufgelöst. Und Ståle saß einsam und verlassen da. Seine Alte ist abgehauen, und der Junge ist nie aus Amerika zurückgekommen. Undankbarer Bengel! Sein Vater hatte ihm doch die Möglichkeit besorgt, rüberzufahren und zu studieren und so. Ståle ging es ungefähr wie mir, wissen Sie. Als ich aus dem Krieg zurückkam und gerade eine Stelle gefunden hatte ...«

Karl Sommarøy sah ein, daß das hier dauern konnte. Er bat um Entschuldigung und verschwand, um mit einer

Stange Weißbrot und zwei Flaschen Traubenlimonade zurückzukehren. Als beide Flaschen leer waren und nur noch Krümel auf dem Pappteller lagen, war seine Geduld arg strapaziert.

»You're under arrest«, schrie der Kuckucksuhrpolizist siebenmal.

»Mann, der hat mich aber geweckt«, sagte Karlsen und drehte sich zur Uhr um.

»Dieser Computer im Keller«, sagte Karl freundlich. »Haben Sie davon gewußt?«

»Ist ja wohl nicht verboten, im eigenen Keller solchen Computerkram zu haben.«

»Durchaus nicht. Wie lange steht der schon da?«

»Warum wollen Sie das wissen?«

Karl Sommarøy atmete schwer. Dann stand er auf, kehrte Karlsen den Rücken zu und schien sich in die Betrachtung seiner Kinderzeichnungen zu vertiefen.

»Hören Sie«, sagte er langsam und legte eine Handfläche auf etwas, das vermutlich einen Rennwagen darstellen sollte. »Wir stecken mitten in der Arbeit an einem schwierigen Fall. Es würde uns alles etwas leichter machen, wenn Sie einfach meine Fragen beantworten würden. Ich begreife ja, daß Sie für die Behörden nicht viel übrig haben. Aber Sie sind ein ehrlicher Mann und haben sich meines Wissens noch nie etwas zuschulden kommen lassen. Machen Sie weiter so.«

Dann drehte er sich abrupt zum Hausmeister um.

»Helfen Sie mir«, sagte er. »Bitte.«

»Seit Februar«, murmelte Karlsen. »Februar.«

»Hat Ståle gesagt, warum er den Computer verstecken wollte?«

»Nein.«

»Haben Sie ihm bei der Wand geholfen?«

»Ja.«

Ole Monrad Karlsen starrte ihn mit trotzigem Blick an. Trotzdem wirkte er jetzt ein wenig kleinlauter. Er sah eher aus wie ein Greis als wie ein alter Mann.

»Schön.«

Sommarøy setzte sich wieder.

»Wissen Sie noch mehr über diesen Computer?«

Karlsen schüttelte den Kopf.

»Wissen Sie überhaupt mehr? Etwas, das uns verraten kann, warum Ståle sich umgebracht hat? Sie haben doch viel mit ihm gesprochen, und er muß ja ...«

»Das wissen Sie doch schon. Ståle hatte nichts mehr im Leben. Er hatte alles verloren. Das habe ich Ihnen doch gesagt.«

»Bedeutet das, daß Sie von seinem Selbstmordplan gewußt haben?«

Karlsens Unterlippe bewegte sich. Ein Zittern lief durch sein Gesicht. Seine unsaubere Rasur konnte darauf hinweisen, daß er nicht mehr gut sah.

»Ich hab nichts gewußt«, sagte er so leise, daß Sommarøy sich zu ihm vorbeugte. »Bei Ihrem ersten Besuch hab ich gar nichts kapiert. Ich dachte, er hätte einfach einen kleinen Ausflug gemacht, ohne Bescheid zu sagen. Aber dann ...«

Jetzt zitterten seine Hände, und er fuhr sich mit den Zeigefingern über die Augen.

»Aber ich hätte es vielleicht kapieren sollen, als er mir das Paket gegeben hat.«

»Das Paket?«

»Er hat mir ein braunes Päckchen mit einer Adresse gegeben. Und Briefmarken und allem. Ich brauche es bloß in den Briefkasten zu stecken, hat er gesagt, wenn ihm irgendwas passieren sollte. Ich sollte zwei oder drei Wochen oder so warten. Nachdem ich ihn zuletzt gesehen hatte, meine ich. Also fragte ich ihn, ob er verreisen wolle. Das wolle er nicht, sagte er, und dann haben wir über was anderes gesprochen. Ich hab später nicht einmal sofort an das Päckchen gedacht. Erst nach einer ganzen Weile. Und dann dachte ich, daß das eine Art Abschied gewesen sein muß. Weil er mir vertraut hat, dieser Ståle.«

Karl Sommarøy starrte die Hände an, die die Tischkante umklammerten. Die Fingerknöchel waren weiß.

»Haben Sie das Päckchen abgeschickt?«

»Ja, das mußte ich doch.«

»Und für wen war es bestimmt?«

»Mir fällt die Adresse nicht mehr ein. Aber der Name ...«

Ole Monrad Karlsen schaute auf und sah den Polizisten an. Ein schmales braunes Rinnsal sickerte aus seinem Mundwinkel, und eine Träne hatte sich gleich neben dem einen Nasenloch in den Bartstoppeln festgesetzt.

»Der Name war jedenfalls Evald Bromo. Das hab ich nicht vergessen. Das war ja der, der ohne Kopf in meinem Keller gelegen hat.«

»You're under arrest«, schrie die Kuckucksuhr, diesmal achtmal.

37

Margaret Kleivens Eltern waren längst tot, und andere Angehörige hatte sie nicht. Es gab zwar eine vier Jahre jüngere Schwester, aber die beiden hatten einander nie nahe gestanden. Schon als Kinder waren sie sich auffällig unähnlich gewesen; Margaret verschlossen, gehemmt und vorsichtig, die Schwester offen und voller Charme. Nachdem die Schwester einen Engländer geheiratet und nach Manchester gezogen war, schlief nach und nach jeglicher Kontakt ein. Selbst die Weihnachtskarten, die sie in den ersten Jahren pflichtschuldig Ende November losgeschickt hatten, waren seit sechs Jahren ausgeblieben.

Margaret Kleivens Leben war Evald. Evald und ihre Arbeit als Geschichts- und Französischlehrerin. Sie wußte, daß ihre Schüler sie nicht besonders liebten. Dazu war sie wohl zu langweilig und leistungsorientiert. Aber sie war durchaus nicht unpopulär. Die Jugendlichen wußten auf ihre Weise den traditionellen Unterricht zu schätzen und erkannten, daß der sich bezahlt machen konnte. Im vergangenen Jahr hatten zwei die Klasse gewechselt, weil sie lieber bei Studienrätin Kleiven Französisch lernen wollten. Beide hatten in der Prüfung beste Noten erhalten. Danach tauchte im Lehrerzimmer ein in orangefarbenes Zellophanpapier gewickelter kleiner Strauß Wickenblüten auf. Und solche Erlebnisse erfüllten sie dann mit einer zaghaften Erwartung an das kommende Schuljahr.

Margaret Kleiven war nicht gerade von großen Gefühlen verwöhnt. Bei ihrer Heirat mit Evald war sie alt genug gewesen, um nicht mit großen Erwartungen in diese Ehe einzutreten. Im Laufe der Jahre hatte sie zu einer vagen Zufriedenheit mit dem Dasein gefunden. Ihr Leben mit Evald verlief ruhig. Im Laufe der Zeit lebten sie immer isolierter, aber Margaret sah es so, daß sie einander liebten und sich wohlfühlten, obwohl sich nie ein Kind eingestellt hatte.

Jetzt war Evald nicht mehr da.

Der Schock war nach den ersten vierundzwanzig Stunden einer lähmenden Verzweiflung gewichen. Inzwischen war es vier Tage her, daß die Polizistin mit dem flackernden Blick ihr mitgeteilt hatte, daß Evald tot sei, vermutlich ermordet. Es war Donnerstag, der 9. April, und Margaret war wütend.

Es war erst sechs Uhr morgens, und sie hatte nicht eine Minute geschlafen.

Es interessierte sie nicht, wer Evald ermordet haben könnte.

Neben dem Schuhregal in der Diele lagen die Zeitungen der letzten vier Tage, doch sie hatte keinen Blick hineingeworfen. Am Montag hatte *Aftenposten* auf der ersten Seite ein Bild von Evald gebracht, das Bild eines laufenden, sabbernden Mannes, den sie fast nicht erkannt hatte. Sie nahm die Zeitungen jeden Tag von der Fußmatte, legte sie beiseite und ging zurück zum Bett.

Evald war tot, nichts konnte daran etwas ändern.

Die geheimnisvollen Umstände dieses Mordes – der, wie die leicht übergewichtige Polizistin gesagt hatte, irgendwo in Torshov stattgefunden haben sollte – erinnerten Margaret daran, daß Evalds Leben eine Schattenseite gehabt hatte, zu der ihr niemals Zugang gewährt worden war. Sie wußte es natürlich; es gab etwas, das er mit sich herumschleppte und von dem er sich nicht befreien konnte. Während der ersten Jahre hatte sie sich den Kopf darüber zerbrochen, und zweimal hatte sie versucht, mit ihm darüber zu reden. Doch das hatte nur dazu geführt, daß er noch mehr gelaufen war und weniger geredet hatte. Deshalb hatte sie die Sache auf sich beruhen lassen.

Und dabei würde es jetzt bleiben.

Margaret Kleiven war wütend auf ihren verstorbenen Mann. Er war nachts losgelaufen, obwohl sie ihn immer wieder davor gewarnt hatte. Sie würde ihm nie verzeihen.

Sie stand auf und ging unsicher durch das Zimmer.

Neben der Badezimmertür stand eine kleine Truhe. Die war mit Rosenmustern bemalt und eigentlich eher eine große Kiste. Als das Pflegeheim ihr Olgas Tod mitgeteilt hatte, hatte sie nichts dabei empfunden. Sie hatte der alten Frau nie Gefühle entgegengebracht. Sie hatte sie seit über zwei Jahren nicht mehr gesehen; als die Schwiegermutter in der totalen Senilität versunken war, fand Margaret es sinn-

409

los, aus purer Heuchelei Besuche zu machen, da Evald doch ohnehin fast jeden Tag dort hinging. Aber das Pflegeheim kannte keine anderen Angehörigen. Sie riefen Margaret an, und Margaret kam. Olga Bromo hatte nur ein Büfett mit Wäsche und einige kleine Silberlöffel besessen. Und eine kleine Truhe, auf deren Deckel in blauer Schrift ihr Name geschrieben war. Der Pfleger hatte zu Boden gestarrt, als er unter heftigem Räuspern mitteilen mußte, daß sie das Zimmer sofort benötigten, die Alten und Kranken stünden Schlange, und er hoffe, sie werde es nicht übelnehmen, wenn er sie frage, was mit den Habseligkeiten der Toten geschehen solle.

Margaret Kleiven hatte die Truhe mitgenommen, mit dem Rest sollten sie machen, was sie wollten.

Jetzt hockte sie im Morgenlicht, das sich durch einen Vorhangspalt ins Zimmer stahl, in einem hellroten Morgenrock da, steckte den schmiedeeisernen Schlüssel ins Schloß und drehte um.

Sie schauderte, als sie den Deckel hob. Wie ein Schock wurde ihr klar, was sie im Grunde immer gewußt hatte: Sie hatte ihn nicht gekannt. Vorsichtig nahm sie zwei alte Zeugnisse heraus. Eine Schachtel enthielt eine Kamee, die sie noch nie gesehen hatte. Ein steifes, fleckiges rotes Postsparbuch war auf Evalds Namen ausgestellt, obwohl die Einzahlungsdaten in eine Zeit fielen, als Evald noch zu klein gewesen war, um Ahnung vom Sparen zu haben.

Als Margaret Kleiven den Inhalt der kleinen Holztruhe mit der blauen Schrift auf dem Deckel durchgesehen hatte, erhob sie sich langsam und spürte, daß ihre Beine eingeschlafen waren. Sie schüttelte sie aus und ging langsam ins Erdgeschoß hinunter, wo sie in einem großen eisernen Ofen Feuer machte. Es dauerte nicht lange, das Holz war trocken, und neben dem Schuhregal in der Diele lagen Zeitungen genug. Dann ging sie ins Schlafzimmer zurück, um die Truhe ihrer Schwiegermutter zu holen. Sie nahm einen Gegenstand nach dem anderen heraus und warf ihn ins Feuer. Manches brannte gut wie die Zeugnisse und eine Pappschachtel mit alten Locken. Anderes lag noch lange in den Flammen wie die Kamee und ein breiter goldener Ehering. Nach und nach wurden auch die Metallgegenstände schwarz, und sie wußte, daß alles verschwinden würde, wenn sie nur lange genug wartete.

Ganz unten in der Truhe lag eine CD.

Margaret stutzte, alles andere war alt gewesen, sehr alt, doch die CD sah nagelneu aus. Einen Moment lang spielte sie mit dem Gedanken, die Hülle zu öffnen, aber eine innere Stimme riet ihr davon ab.

Also warf sie die CD in den Kamin.

Das Feuer zischte, und eine klare blaue Flamme loderte auf. Die Hülle rollte sich in der Hitze, und der Gestank des verbrannten Kunststoffs quälte Margarets Nase. Als der Deckel zersprang, war ein Stück Papier zu sehen, nur für einen Moment, dann war auch dieses in den Flammen verschwunden.

Margaret Kleiven klappte die Ofentür zu.

Sie war noch immer wütend auf Evald und schluckte drei Schlaftabletten, ehe sie ins Bett ging.

38

Evald Bromo,

Sie haben mich sicher vergessen. Bei Ihrer Jagd auf neue Opfer haben Sie sicher keine Zeit, sich Gedanken darüber zu machen, was Sie den Menschen antun, die Sie verfolgen. Aber wenn Sie in Ihrem Archiv nachschlagen, werden Sie meinen Namen finden. Oft sogar. Sie müssen allerdings weit in der Zeit zurückgehen. In den letzten Jahren bin ich absolut in keiner Zeitung mehr erwähnt worden. Niemand weiß überhaupt noch, wer ich bin.

Ich hatte eine Gesellschaft namens Aurora Data. Es war ein vielversprechendes Unternehmen. Ich will Sie nicht mit dem Märchen langweilen, wie ich praktisch aus dem Nichts eine erfolgreiche, zukunftsträchtige Computerfirma aufbauen konnte. Sie werden sich an die Geschichte erinnern.

Das Ende der 80er Jahre war eine schwierige Zeit. Zu Beginn der neunziger Jahre gingen viele Männer meines Kalibers über den Jordan. Firmen wie Aurora Data kippten um wie Dominosteine. Aber wir nicht. Bis dann ein früherer Angestellter, ein treuloser Mensch, dem ich einen großen Dienst erwiesen hatte, indem er nur entlassen worden war, uns bei der Wirtschaftskripo verklagte. Ich hätte ihn natürlich anzeigen sollen, er hatte über zweihunderttausend Kronen unterschlagen.

Ich hatte mir wirklich nichts zuschulden kommen lassen. Damals noch nicht.

Es hieß, mein Sohn habe Aktien von einer Gesellschaft besessen, deren Aufsichtsrat ich angehörte, und das unmittelbar bevor diese Gesellschaft einen großen Vertrag vorlegen konnte, der von einer Minute auf die andere den Wert der Aktien verdoppelte. Die Wirtschaftskripo vermutete Insidergeschäfte und brauchte lange, um das festzustellen, was die ganze Zeit zu beweisen gewesen war: Der Vertrag war noch nicht geschlossen worden, als mein Sohn die Aktien gekauft hatte. Aber die Wirtschaftskripo hatte Blut geleckt. Sie stellte Aurora Data auf den Kopf. Und mich. Mein Feind, der ehemalige Angestellte, hatte sich so viele Geschichten aus den Fingern gesogen, hatte so viele Tatsachen verdreht und so nachdrücklich gelogen, daß die Ermittlungen erst viele Jahre später eingestellt wurden. Inzwischen wurden natürlich etliche Kleinigkeiten gefunden. Ein Betrieb wie Aurora Data kann nicht auf den Kopf gestellt werden, ohne daß irgend etwas zu Boden fällt. Kleinkram natürlich, und nichts, was jemand mir anlasten konnte. Nichts, was mir mehr als eine Abmahnung oder vielleicht ein kleines Bußgeld ein-

gebracht hätte. Aber die Ermittler fanden gerade genug, um weiterzumachen.

Sie haben über den Fall geschrieben. Andere Medien haben sich
angeschlossen. Aber Sie und Ihre Zeitung, Sie waren die »Anfüh-
rer«. Was Sie geschrieben haben, wurde von den anderen zitiert. Sie
waren wichtig.

Ich konnte die Ermittlungen hinnehmen. Noch heute, nach
allem, was passiert ist, möchte ich behaupten, daß ich verstehe, daß
die Anklagebehörden den groben Vorwürfen nachgehen mußten, die
gegen mich erhoben wurden. Was ich nicht ertragen konnte, war die
Vorverurteilung.

Sie haben mich durch Ihren Artikel verurteilt. Und Halvorsrud
tat es, indem er so bereitwillig mit Ihnen gesprochen hat.

VIERMAL habe ich Sie angerufen, um Ihnen die wahre Sach-
lage auseinanderzusetzen. Sie haben zugehört und vorgegeben, Sie
fänden meine Geschichte interessant. Doch Ihre Artikel waren
durchsetzt von Annahmen und Vermutungen der Polizei, von Anklagen und unbewiesenen Behauptungen.

SECHS BRIEFE habe ich an Sigurd Halvorsrud geschrieben.
Er hat keinen davon beantwortet. Ich bat um ein persönliches Gespräch und wurde mit langen Vernehmungen durch seine Untergebenen abgespeist. Niemals durfte ich den Mann treffen, den Sie so
ausführlich zitiert haben und der glaubte, so viel über mich und
mein Leben zu wissen.

Ihr habt euer Ziel erreicht.

Obwohl es nie zu einer Anklage kam, wurde mir alles genommen. Aurora entgingen wichtige Verträge, und die Firma ging
schließlich in Konkurs. Ich wurde von meinen alten Geschäftspartnern zunehmend geschnitten, von Menschen, die großes Zutrauen
zu mir und zu Aurora Data gehabt hatten. Ich arbeitete rund um
die Uhr, um die Katastrophe abzuwehren, aber das war unmöglich.
Meine Frau verließ mich, mein Sohn distanzierte sich verachtungsvoll von einem Vater, den er nicht mehr bewundern konnte,
und ich stand mit leeren Händen da. Als die Ermittlungen gegen

mich eingestellt wurden, erschien es Ihnen als ausreichend, das in einer kurzen Notiz zu melden.

Nun gut, ich war nicht ganz mittellos. Als die Welt einzustürzen begann, war ich klug genug gewesen, einige hunderttausend Kronen in bar beiseite zu schaffen. Das Geld wollte ich jedoch nicht für mich selbst verwenden. Das konnte ich nicht.

Ich versuchte mehrere Jahre hindurch, mich zu rehabilitieren. In den achtziger Jahren hatte ich ein Börsenmärchen geschaffen, und »alle« kannten meine Fähigkeiten. Niemand hatte wirklich begriffen, daß die Ermittlungen gegen mich zu rein gar nichts geführt hatten. Niemand wollte etwas mit mir zu tun haben. Am Ende gab ich auf.

Und beschloß, Sie und Sigurd Halvorsrud zu zerstören. Der treulose Angestellte, der die Hetzjagd auf mich ausgelöst hatte, war zu seinem Glück bereits 1995 durch einen Autounfall ums Leben gekommen. So viel Glück haben Sie nicht. Ich verfolge Sie seit drei Jahren. Immer aus der Entfernung, aber doch näher, als Sie sich vorstellen können. Ich habe mich im Schatten bewegt und die Leben untersucht, die Sie für Ihre halten. Drei Jahre lang habe ich kaum etwas anderes unternommen, als Sie beide auf den Kopf zu stellen.

Es war leicht, Ihre Schwäche zu finden, Evald Bromo. Bei Halvorsrud war es schon schwieriger. Deshalb werdet ihr unterschiedlich behandelt.

Beigefügt finden Sie eine CD-ROM. Sie haben keine Ahnung von Computern, deshalb werde ich Ihnen kurz erklären, was das bedeutet. ROM bedeutet »read only memory«. Das heißt, Sie können nichts manipulieren, redigieren oder verändern. Die CD enthält eine Videoaufnahme meiner selbst, bei der ich berichte, was ich getan habe. Unter anderem stelle ich klar, daß Halvorsrud an dem Mord an seiner Frau unschuldig ist.

Ich habe nämlich vor, sie selbst umzubringen.

Und nicht nur das – ich werde sie außerdem auf überaus spektakuläre Weise ermorden. Halvorsrud soll spüren, wie die Medien arbeiten. Wenn ich Doris Flo Halvorsrud enthaupte, dann sorge ich für vernichtende Schlagzeilen. Die Presse wird ihn zerstören, so wie sie einmal mich zerstört hat.

Wenn alles gutgeht – und es ist gutgegangen, wenn Sie das hier lesen – dann werden so viele Indizien gegen Halvorsrud sprechen, daß der Verdacht für den Rest seines Lebens an ihm haften bleibt. So wurde mein Leben ruiniert, und so soll er mein Schicksal teilen.

Wenn Sie den Mann nicht retten. Ich nehme an, er hat schon einen Blick in die Hölle getan, die von falschen Anklagen geschaffen wird, einen Blick, der ihm sicher zu denken geben und ihn vielleicht für den Rest seines Lebens prägen wird.

Wenn Sie bereit sind, sich zu opfern, dann wird er mit diesen Wochen davonkommen.

Die Vorstellung, Sie in ein moralisches Dilemma zu stürzen, belustigt mich wirklich. Gibt es Moral in einem Mann, der sich im Schutze seines respektablen Berufes an Kindern vergreift? Sie wissen es nicht mehr, aber bei meinem vierten Anruf bei Ihnen haben Sie über Pflicht geredet. Es sei Ihre Pflicht, über die Ermittlungen zu berichten. Es sei Ihre Pflicht wiederzugeben, was die Polizei glaubt, fühlt, meint und annimmt. Ihre Pflicht.

Auf der CD-ROM schildere ich nicht nur den umfassenden und vernichtenden Terror, den ich gegen die Familie Halvorsrud gerichtet habe; mit Hilfe der Schlüssel, die ich während seines Trainings vom jüngeren Sohn gestohlen habe, des Computers der Frau, bei dem ich nachts die Festplatte erneuert habe, nur um Ärger zu machen, des Geldes, das ich in seinem Namen eingezahlt habe, und so weiter und so weiter und so weiter...

Ich gebe auch Sie preis. Ich berichte über die Verbrechen, die Sie in den vergangenen Jahren immer wieder begangen haben. Sie werden davon überrascht sein, wieviel ich weiß. Eine einigermaßen tatkräftige Polizei wird Sie nach kurzen Ermittlungen vor Gericht bringen und verurteilen lassen können.

Die Entscheidung liegt bei Ihnen.

Wenn Sie Ihre Entscheidung fassen, dann vergessen Sie nicht das Versprechen des alten Pokerface, Ihrer Chefredakteurin am 1. September ein Päckchen zu schicken. Vielleicht lügt Pokerface, vielleicht nicht. Da ich Pokerface bin, weiß ich die Wahrheit.

Sie dagegen können nur raten.

Sie haben mir alles genommen. Sie haben mich zu dem Tod verurteilt, in dem ich jetzt meine Zuflucht genommen habe. Zum Ausgleich habe ich Sie beide in die Hölle geschickt.

Ståle Salvesen.

Erik Henriksen war als erster fertig.

Er legte mit leisem Kopfschütteln den Ausdruck auf den Tisch.

»Das 8. Gebot«, sagte er düster. »Du sollst kein falsches Zeugnis ablegen wider deinen Nächsten. Das kann dich verdammt teuer zu stehen kommen.«

Das Rascheln des Papiers wurde von schockiertem und immer lauter werdendem Gemurmel abgelöst. Hanne Wilhelmsen saß am Kopfende des Tisches im stickigen Besprechungszimmer, zwischen dem Abteilungschef und Polizeipräsident Mykland.

»Karianne«, sagte sie kurz und hob die Hand, um für Ruhe zu sorgen.

»Also«, begann Karianne Holbeck. »Das war das einzige Dokument, das wir auf der Festplatte finden konnten. Es war gelöscht worden, aber nicht sehr schwer zurückzuholen. Salvesen muß die im Brief beschriebene CD-ROM mit einem anderen Gerät hergestellt haben.«

»Heißt das, daß wir vom Inhalt der CD-ROM keine Ahnung haben?«

Billy T. versuchte, Hannes Blick einzufangen, mußte aber aufgeben. Also starrte er Karianne an, die mit tiefrosa Wangen vor ihrem Laptop saß.

»Der ist im Brief doch ziemlich gut beschrieben. Aber

wenn wir mehr von Salvesens Hardware finden … nein …
also … naja, wir könnten doch das Glück haben, daß wir die
CD auftreiben. Oder eine Kopie. Die Jungs stellen gerade
die gesamte Vogts gate 14 auf den Kopf. Sie sind allerdings
schon die ganze Nacht dabei und haben noch nichts auf
irgendeine Weise Interessantes gefunden. Also sollten wir
nicht gerade optimistisch sein.«

»Verdammt«, sagte Billy T. und schlug die Fäuste gegeneinander.

»Die brauchen wir nicht«, sagte Hanne trocken.

»Nein, aber überleg doch mal! Mehr Details wären doch
verdammt interessant. Von einem Set-up dieses Ausmaßes
hab ich noch nie gehört. Der Typ hat doch Jahre seines Lebens dazu verwendet, um seine Rache vorzubereiten.«

Wieder schaute er Hanne an. Er wollte ihr seine Anerkennung zeigen, seinen Respekt. Hanne Wilhelmsen hatte
von Anfang an an Halvorsruds Unschuld geglaubt. Sie hatte
unangefochten von der Hartnäckigkeit der anderen für ihre
Theorie argumentiert, logisch und selbstverständlich, allen
gegenüber, die ihr zuhören mochten. Billy T. empfand einen
physischen Schmerz in der Brust, er schaute Hanne an, die
vor ihnen stand, bleich, verhärmt und ungeschminkt, älter,
als er sie jemals gesehen hatte, mit mageren Händen, die sich
am Filzstift zu schaffen machten, und einem Blick, der seinem nie begegnete, so sehr er sich auch darum bemühte. Er
wollte sie zurückhaben. Sie sollte ihm verzeihen, so, wie er
ihr verziehen hatte. Als er an dem Abend schlafen gegangen
war, am Abend danach, hatte er bis zwei Uhr wachgelegen.
Er hatte Jennys Kleinkindgeräuschen gelauscht, bei denen
immer wieder Zuckungen über Tone-Marits schlafendes
Gesicht gehuscht waren. Als er ihre Hand in seiner spürte,
als ihre Hand sich im Schlaf zu seiner hingetastet hatte, hatte
er Hanne und sich selbst verziehen. Er wußte, daß alles wie
früher werden konnte, wenn sie nur seinem Beispiel folgte.

Sie weigerte sich, seinen Blick zu erwidern.

»Der Joghurt im Kühlschrank«, sagte sie plötzlich und drehte sich zum Overheadprojektor um. »Warum sollte Ståle Salvesen sich soviel Mühe damit geben, in seinem Leben und seiner Wohnung aufzuräumen, um danach datierte Lebensmittel in seinem Kühlschrank zu vergessen?«

Sie zeichnete einen Joghurtbecher und einen Milchkarton. Ihre Zeichnungen waren kein großer Erfolg. Der Becher sah aus wie ein ramponierter Eimer, der Karton wie ein dänisches Ferienhaus.

»Weil er das schwächste Glied in seinem Plan verstärken wollte«, sagte sie. »Salvesen hat sich nicht am Montag, dem 1. März, umgebracht. Er war an dem Tag an der Staure-Brücke. Er hat seinen Wagen abgestellt. Er ist auf das Brückengewölbe geklettert und hat gewartet, bis Leute kamen und nahe genug heran waren, um ihn zu sehen, aber doch zu weit weg, um zu erkennen, daß er sich nicht ins Meer gestürzt hatte. Er gab vor zu springen, kroch unter die Brücke und gelangte auf irgendeine Weise zurück in die Stadt.«

»Genau, wie du geglaubt hast«, sagte Billy T. und bereute es sofort; er kam sich vor wie ein Hundebaby, das schwanzwedelnd den Mundwinkel einer arroganten alten Hündin leckt.

»Wie das passiert ist, werden wir nie erfahren«, sagte Hanne unbeeindruckt von seinem dämlichen Lob und zeichnete ein Auto. »Woran ich dagegen nie gedacht habe ...«

Sie hob eine Plastiktasse mit Wasser an den Mund und trank.

»... ist, daß Ståle Salvesen sich nicht ins Ausland abgesetzt hat. Er ist nicht nach Südamerika oder in irgendein Land mit mangelhafter Registrierroutine und vagen Auslieferungsabsprachen mit Norwegen gegangen.«

»Er hat sich einwandfrei das Leben genommen, aber erst nach dem Mord an Doris«, sagte Erik langsam und spuckte Tinte aus. Der Kugelschreiber, an dem er herumgenagt hatte, leckte aufs übelste. »Genial. Halvorsrud würde doch als Verrückter dastehen, wenn er behauptete, seine Frau sei von einem Toten ermordet worden.«

»Genau.«

Hanne zeichnete Räder an das blaue Auto.

»Am Sonntag, dem 7. März, wurde auf dem Parkplatz bei der Staure-Brücke ein gestohlener Volvo entdeckt«, sagte sie dann. »Sein Besitzer hatte ihn am Donnerstag, dem 4., als vermißt gemeldet. Das war die Nacht, in der Doris ermordet wurde. Der Besitzer wohnt in Grünerløkka.«

»Fünf Minuten von der Vogts gate entfernt«, sagte Karl Sommarøy. »Salvesen hat Doris umgelegt, ist mit einer gestohlenen Karre nach Staure gefahren und ins Meer gehüpft. Meine Fresse.«

»Aber es war doch ein unglaublich riskantes Spiel«, wandte Erik ein. »Wenn er im Laufe der ersten Tage gefunden worden wäre, hätte sich leicht feststellen lassen, daß er nicht seit Montag, dem 1., im Wasser gelegen haben konnte. Und wo hat er sich inzwischen versteckt? Zwischen Montag und Donnerstagabend, meine ich? Und was, wenn er mit dem gestohlenen Auto erwischt worden wäre – wenn jemand ihn in der Nacht auf den Freitag gesehen hätte, als er wirklich ins Wasser gegangen ist?«

»Riskant, sicher. Einwandfrei. Und ich fürchte, auf viele Fragen werden wir nie eine Antwort erhalten.«

Hanne Wilhelmsen blies die Wangen auf und ließ die Luft langsam durch ihre zusammengebissenen Zähne entweichen.

»Aber was hatte Salvesen denn zu verlieren? Er hatte keine Kraft mehr. Sein Leben war inhaltslos. Vor einigen Tagen habe ich einen seltsamen Mann getroffen, der sagte, daß es keine Grenzen dafür gibt, wie weit Menschen gehen, deren Dasein ernstlich gefährdet ist.«

Sie verstummte. Es schien so lange her zu sein. Eivind Torsvik war uninteressant. Er war nur ein Umweg auf dem Weg nach Hause. Sie schloß für einige Sekunden die Augen und fragte sich für einen Moment, ob der ganze Mann ein Produkt ihrer eigenen Phantasie sein könne.

»Die Grenzen sind vermutlich noch leichter zu überschreiten, wenn du dich selbst schon verloren hast«, sagte sie ruhig. »Salvesen hat sich lange Zeit hindurch nur am Gedanken an seine Rache festhalten können; der Vorstellung, daß Evald Bromo und Sigurd Halvorsrud jedenfalls eine Kostprobe von der Hölle erleben würden, in der er selbst gelebt hatte. Natürlich wußte er nicht, ob seine Leiche gefunden werden würde. Aber er konnte ja hoffen, daß es dauern würde. Je länger, desto schwieriger würde es sein, den genauen Zeitpunkt seines Todes festzulegen. Je länger es dauern würde, desto weniger Grund hätte die Polizei, die Zeugenaussage vom Montag, dem 1., in Zweifel zu ziehen. Joghurt und Milchkarton waren nur winzige Spielfiguren. Eine Kulisse gewissermaßen. Eine kleine Raffinesse, auf die wir nicht wirklich geachtet haben, die unser Unterbewußtsein aber dazu angeregt hat, das Bild zu sehen, das Ståle Salvesen uns zeigen wollte.«

»Ziemlich genial, das mit den zeitversetzten Mails«, sagte Karianne und tippte ein Kommando in ihren Laptop ein. »Er hat ganz einfach ein nettes kleines Programm entwickelt, das noch lange nach seinem Tod immer neue Mails an Bromo sandte. Die Liste der verschickten E-Mails in dem Computer im Keller ist sehr lang, und alle sind im Abstand von etwa vierundzwanzig Stunden abgeschickt worden. Er hat übrigens auch zwei an die Chefredakteurin von *Aftenposten* geschickt.«

»Du hast blaue Lippen, Erik.«

Hanne fuhr sich demonstrativ mit den Fingern über ihre eigenen.

»Wasch das ab, sonst setzt es sich fest.«

»Aber«, sagte Erik und blieb hinter seinem Stuhl stehen, während er versuchte, die Tinte mit dem Ärmel abzureiben. »Denkt doch an das viele Geld. Hunderttausend im Keller und zweihunderttausend auf der schwedischen Bank. Hat er tatsächlich ein kleines Vermögen verschenkt, nur um den Verdacht gegen Halvorsrud zu verstärken?«

Hanne Wilhelmsen zuckte mit den Schultern und versuchte, ihre Haare hinter die Ohren zu streichen.

»Was sollte Salvesen mit Geld? Es ging schließlich nicht um ein Vermögen, mit dem er ins Ausland hätte gehen können, um einen neuen Anfang zu machen. Es war gerade genug, um Halvorsrud noch mehr Probleme zu bescheren. Natürlich hat er das Geld nach Schweden gebracht. Natürlich hat er es im Keller versteckt. Wir sollten es ja finden. Wenn er das Geld in eine Schweizer Bank eingezahlt hätte, dann hätten wir nie auch nur eine Krone gefunden.«

»Und da haben wir ein Riesenproblem, das ich nicht ganz verstehe.«

Karl Sommarøy machte sich aufgeregt an einer Thermoskanne zu schaffen, die am Vortag vergessen worden war. Plötzlich löste sich der Verschluß, und bitterer, vierundzwanzig Stunden alter Kaffee floß auf seinen Schoß.

»Halvorsrud wäre am Ende doch nicht verurteilt worden«, sagte er, ohne auf seinen triefnassen Schritt zu achten. »Das hast du doch die ganze Zeit gesagt, Hanne. Wir hatten nicht genug für eine Verurteilung.«

»Richtig«, sagte Polizeipräsident Mykland mit kurzem Lächeln. »Was natürlich erklären kann, warum Salvesen Halvorsrud vom Haken gelassen hätte, wenn Evald Bromo bereit gewesen wäre, sich zu opfern. Salvesen ging es also nicht darum, Halvorsrud verurteilen zu lassen. Denkt doch an die Disketten aus dem Arzneischränkchen. Karianne hat doch immer wieder darauf hingewiesen, daß die nicht sonderlich ›polizeiaktenmäßig‹ waren.«

Mykland zeichnete Anführungszeichen in die Luft.

»Vermutlich hat Salvesen einfach Material zusammengetragen, das er in Zeitungen gefunden hatte. Die Presse hatte doch über alle diese Fälle berichtet. Er muß eingesehen haben, daß wir irgendwann Zweifel an der gesamten Indizienkette bekommen würden. Aber das war nicht so wichtig. Es ging ihm darum, Halvorsrud klarzumachen, was es für ein Gefühl ist, unschuldig in Verdacht zu geraten. Und von der Presse vorverurteilt zu werden. Salvesen war ja kein Dummkopf.«

»Wasch dir endlich die Tinte ab, Erik«, sagte Hanne Wilhelmsen leicht gereizt. »Du siehst aus wie ein Clown. Und Blutvergiftung kannst du auch davon kriegen.«

»Ja, sicher, Mama«, erwiderte er sauer. »Aber noch eins. Bedeutet das, daß die ganze Pädophiliekiste nur Unsinn war? Daß Thea Halvorsrud wirklich nur ein Papakind ist?«

»Ja. Aller Wahrscheinlichkeit nach.«

»Ja? Aber was ist mit Evald Bromo? War der pädophil, oder war auch das nur Unfug? Und wer … wer zum Teufel hat Evald Bromo umgebracht?«

Alles schwieg. Es wurde so still, daß Hanne deutlich den Magen von Hasse Fredriksen hungrig brummen hören konnte, einem Techniker, der am anderen Tischende saß und beschämt den Atem anhielt, als ob das helfen könnte. Die Luft im langgestreckten, stickigen Raum war fast unerträglich. Hanne spürte ihre Wangen brennen, und der klebrige Film zog sich wieder über ihre Augen.

Evald Bromo interessierte sie nicht.

Evald Bromos Schicksal hatte Hanne Wilhelmsen nie weiter berührt.

Ab und zu kam das vor. Häufiger jetzt als noch vor einem

Jahr. Früher, als sie jünger, stärker – naiver vielleicht – gewesen war, hatte sie jeden einzelnen Mord, jede Vergewaltigung, jeden Fall grober Gewalt als persönliche Beleidigung aufgefaßt. Die Morde betrafen sie, die Vergewaltigungen verletzten sie zutiefst, die Messerstechereien provozierten sie. Und deshalb hatte sie fast zwanzig Jahre ihres Lebens einer Aufgabe gewidmet, von der sie im Grunde wußte, daß sie nicht zu bewältigen war: die Kriminalität in Oslo zu drosseln.

Die Gewißheit umklammerte mit eisernem Griff ihren Hals, und ihr wurde plötzlich schlecht.

Sie hatte angefangen, die Menschen zu sortieren.

Hanne Wilhelmsen war von der Aufklärung des Mordes an Doris Flo Halvorsrud besessen gewesen. Doris war eine respektierte Karrierefrau, Mutter und Gattin gewesen. Ihr Mann war ein tüchtiger Jurist. Hanne sollte, wollte und mußte den Mord aufklären.

Evald Bromo dagegen war nur eine Pflichtübung. Evald Bromo war ein Sittlichkeitsverbrecher, der sich an unglücklichen Kindern vergriff.

»Ich scheiße inzwischen darauf«, flüsterte sie sich selbst zu und schnappte nach Luft, ehe sie sich wieder setzte.

»Geht's dir nicht gut?« fragte Mykland leise und legte die Hand auf ihre. »Bist du krank?«

Hanne gab keine Antwort. Sie riß sich zusammen; sie schloß die Augen und suchte nach einer letzten Kraftreserve. Sie mußte diese Besprechung zu Ende bringen. Sie mußte fertig werden, einen Schlußstrich unter den Halvorsrud-Mord ziehen und die Verantwortung für den Bromo-Mord einer fähigen Person übertragen. Wenn sie nur diese Besprechung überlebte, dann würde sie sich freinehmen. Sich beurlauben lassen. Sie wollte Tag und Nacht zu Hause bei Cecilie sein, solange das nötig wäre, solange sie einander hätten, solange Cecilie leben durfte.

Wenn sie nur erst diese Besprechung hinter sich hätte.

Sie stand wieder auf, beugte sich vor, legte die Handflächen auf den Tisch und holte tief Luft: »Evald Bromos Tod hat vermutlich nichts mit Halvorsrud zu tun«, sagte sie unnötig laut. »Ich bin immer noch von seiner Pädophilie überzeugt. Es ist gut möglich, daß ein Zusammenhang besteht zwischen seinen sexuellen Perversionen und der Tatsache, daß er ermordet worden ist. Aber in unserem eigentlichen Fall, dem Mord an Doris Halvorsrud, war Evald Bromo nur ein Umweg. Wir müssen natürlich noch eine Menge Fäden entwirren, zum Beispiel, warum wir Halvorsruds Fingerabdrücke im Keller in der Vogts gate gefunden haben. Aber meine persönliche Theorie ist, daß er in einem Anfall von Verzweiflung versucht hat, eine Möglichkeit zu finden, um seine Unschuld zu beweisen. Ungeschickt und blöd, natürlich. Aber andererseits...«

»Überlegt doch mal, wie er sich gefühlt haben muß«, fiel Annmari Skar ihr ins Wort. Bisher hatte sie während der ganzen Besprechung in einem Buch geblättert, das für Hanne ausgesehen hatte wie ein Roman. »Er hat die ganze Zeit die Wahrheit gesagt. Niemand hat ihm wirklich geglaubt. Auch du nicht, Hanne.«

Sie blickte die Hauptkommissarin herausfordernd an.

»Wenn du Halvorsruds Geschichte wirklich geglaubt hättest, dann hättest du dich mehr engagiert. Nicht zeitmäßig. Alle wissen, daß du dir den Arsch abgeschuftet hast.«

»Im wahrsten Sinne des Wortes«, murmelte Erik, seine Lippen waren nach seinem Toilettenbesuch immerhin heller geworden, und er schaute Karianne an, die mit ihrer Hand ein Lächeln verbarg.

»Aber du hättest stärker argumentiert. Dich mehr eingebracht. Du hättest dich geweigert, ihn Woche für Woche da draußen sitzen zu lassen, wenn du ihm wirklich geglaubt hättest. Und er hat das natürlich begriffen. Das Netz hat sich immer mehr um ihn zusammengezogen; seine Lage muß ihm immer absurder vorgekommen sein. Als ob er...«

»Und er mußte damit leben, daß er seine Frau im Stich gelassen hat«, sagte Hans Christian Mykland. »Inmitten all der falschen Anklagen war er vermutlich sein strengster Richter. Er hat ihren Mord zugelassen. Er hat sie nicht verteidigt.«

»Wir hören jetzt auf«, sagte Hanne plötzlich.

Die Wände schienen auf sie zuzukommen. Sie hob noch einmal die Plastiktasse zum Mund, aber die war leer.

»Aber Hanne«, drängte Erik streitsüchtig. »Wir können doch nicht mit Sicherheit behaupten, daß Halvorsrud Bromo nicht umgebracht hat. Salvesen hat post mortem eine Art Verantwortung für den Mord an Doris übernommen, na gut... aber Tatsache ist, daß wir im Keller bei der Leiche die Fingerabdrücke des Staatsanwaltes gefunden haben, er hatte kein Alibi, er hat sich nicht pflichtgemäß gemeldet...«

»Annmari hat recht«, sagte Hanne scharf und starrte den jüngeren Kollegen mit dem lächerlich babyblauen Mund und der kreideweißen Haut unter den knallroten Haaren an. »Ich habe mich nicht genug für Halvorsrud eingesetzt. Aber das tue ich jetzt. Er ist unschuldig. Das wissen wir alle. Der Mord an Evald Bromo war ein jämmerlicher Copycat-Versuch. Das ist doch Kindergartenweisheit.«

Sie breitete die Arme aus. Dann umarmte sie sich selbst, als friere sie in dem überhitzten Zimmer.

»Serienmorde oder Signaturenmorde sind leicht zu erkennen. Wir finden einen gemeinsamen Nenner für die Opfer. Er kann schwer zu entdecken sein, aber er ist vorhanden. Und woran sehen wir, daß ein Mord als Glied in der Kette eines Serienmörders erscheinen soll? Das Opfer stimmt nicht. Evald Bromo und Doris Flo Halvorsrud hatten kaum eine andere Gemeinsamkeit als ihre norwegische Staatsbürgerschaft.«

Sie schob die Gegenstände vor ihr auf dem Tisch zusammen. Sie steckte zwei Ordner und ein altes Federmäppchen aus Leder in ihren schwarzen Rucksack. Die anderen Anwesenden ließen sie dabei nicht aus den Augen.

»Und apropos Norwegen«, sagte sie ohne ein Lächeln und richtete den Zeigefinger auf Erik Henriksen. »So siehst du in der Visage aus, wie eine Flagge. Rot, weiß und blau.«

Niemand lachte. Stuhlbeine schrammten über den Boden. Die anderen unterhielten sich leise, und ihre Stimmen vermischten sich zu einem nichtssagenden Gemurmel, das dann auf dem Flur verhallte. Billy T. blieb einige Sekunden lang in der Tür stehen, in der Hoffnung, Hanne werde ihm folgen, doch als er sah, daß der Polizeipräsident ihr die Hand auf den Unterarm gelegt hatte, gab er auf.

»Was willst du jetzt?« sagte Hans Christian Mykland leise zu Hanne. »Sag mir, was du willst.«

»Danke«, sagte sie leise.

»Was?«

»Danke für deinen Schutz in letzter Zeit. Ich gehe davon aus, daß Klagen gekommen sind.«

Mykland lächelte breit. »Drei«, flüsterte er. »Sie liegen unten in meiner Schublade, und da bleiben sie auch, solange ich etwas zu sagen habe.«

Hanne stützte sich auf den Nylonrucksack, der vor ihr auf dem Tisch stand. Dann beugte sie sich plötzlich zum Polizeipräsidenten vor und umarmte ihn.

»Tausend Dank«, murmelte sie an seiner Schulter. »Ich begreife nicht, warum du so lieb zu mir bist. So geduldig. Ich verspreche, wenn das hier vorbei ist, und Cecilie ...«

»Still jetzt«, sagte er leise und streichelte ihren Rücken.

Er wollte sie nicht loslassen. Das spürte sie; als sie vorsichtig versuchte, sich loszumachen, hielt er sie fest. Seltsamerweise fand sie das angenehm.

»Laß andere den Bromo-Mord übernehmen«, sagte er. Sie

426

spürte dabei immer wieder einen leisen Lufthauch an ihrem Ohr. »Nimm dir jetzt frei, Hanne. Das sei dir gegönnt.«

»Werd ich machen. Ich muß nur noch zwei Dinge erledigen.«

»Aber nimm dir nicht zuviel vor«, sagte er und ließ sie los.

»Nein«, sagte sie und lud sich den Rucksack auf. »Nur zwei Kleinigkeiten.«

»Du, Hanne.«

Sie hatte das Tischende erreicht und drehte sich zu ihm um.

»Ja?«

»Wer sollte die Verantwortung für die Bromo-Ermittlungen übernehmen?«

Hanne zuckte mit den Schultern.

»Einer von den anderen Hauptkommissaren, nehme ich an.«

»Ich habe an Billy T. gedacht. Was meinst du?«

Sie zog den Rucksack gerade und ging los.

»Mir egal«, sagte sie tonlos und mit dem Rücken zum Polizeipräsidenten. »Es ist mir restlos egal, was du mit Billy T. anstellst.«

39

Der Aschenbecher, den Billy T. ihr geschenkt hatte, paßte nicht in ihr Zimmer. Er war sicher teuer gewesen. Er sah aus wie ein Teil von Alessi, ein großes, schlichtes Gefäß mit einer Stahlschale, die nach jeder ausgedrückten Zigarette umgedreht und geleert werden konnte. Der Raum war zu nichtssagend für so ein Stück. Sie war hier nie zur Ruhe gekommen. Hatte sich nie die Mühe gemacht, ihr neues Büro gemütlich einzurichten. Hatte nie Zeit gehabt. Früher hatte sie sich Mühe gegeben. Nicht nur, weil sie das schön fand, sondern auch, weil es auf Zeugen und Verdächtige beruhigend wirkte, wenn sie nicht in einem Raum vernommen wurden, der aussah wie eine Zelle, und das war bei den neuen Büros im Grunde der Fall.

Sie machte sich am Aschenbecher zu schaffen und drehte die bewegliche Schale immer wieder um. Da sie nicht mehr rauchte, brauchte sie ihn nicht. Sie warf ihn in den Papierkorb und hoffte, daß der Putzmann ihn vielleicht bemerken und mit nach Hause nehmen würde.

Es wurde höflich an die Tür geklopft.

Der Polizeibeamte Karsten Hansen lächelte sie an. Er war längst über fünfzig, konnte aber mit keiner Beförderung rechnen. Rund wie eine Tonne stapfte er prustend zum Besuchersessel. Hanne Wilhelmsen hatte sich nie mit der Vorstellung anfreunden können, daß Karsten Hansen einmal schlank und einigermaßen gelenkig gewesen war; aber er hatte schließlich wie alle anderen die Aufnahmeprüfung zur Polizeischule bewältigen müssen. Hansen arbeitete in der Verkehrs- und Umweltabteilung und fühlte sich wohl dabei, Jahr um Jahr.

»Wie geht's?« fragte er und wischte sich den Schweiß von der Stirn.

»Geht schon. Und dir?«

»Großartig. Mir geht's einfach gut. Aber weißt du, vor einer Stunde hab ich was entdeckt.«

Hanne Wilhelmsen wollte durchaus nicht hören, was der Kollege entdeckt hatte. Sie wollte nach Hause.

»Du weißt doch, diese Kästen«, er redete unverdrossen weiter. »Unsere Geschwindigkeitsmesser.«

»Mmm.«

»Ich wollte dem Büropersonal helfen und ein paar Filmrollen durchsehen, damit wir Bußbescheide verschicken können. Und was finde ich da?«

428

»Das weiß ich wirklich nicht.«

»Du weißt aber, Wilhelmsen, daß es nicht besonders witzig ist, wenn Leute von uns auf diesen Bildern auftauchen.«

Er saß unbequem und versuchte, seinen umfangreichen Leib besser dem schmalen Sessel anzupassen. Hanne merkte, wie sie rot wurde und versuchte verzweifelt, sich zu erinnern, ob sie so unvorsichtig gewesen sein konnte, zu schnell an einem dieser Kästen vorbeizufahren. Sie wußte, wo die angebracht waren, und drosselte deshalb rechtzeitig ihr Tempo. Die Rückfahrt von Sandefjord, dachte sie plötzlich. Sie war wie eine Besessene nach Ulleval gedüst.

»Tut mir wirklich leid, Hansen«, stotterte sie und versuchte, ihre Röte zu unterdrücken. »Es gibt natürlich keine Entschuldigung… wie schnell bin ich gefahren?«

»Du?«

Er stutzte und lachte dann.

»Aber Wilhelmsen! Ich rede doch nicht von dir. Schau mal!«

Er zog ein Foto aus einem Hanfumschlag und legte es vor sie hin. Noch immer spürte sie ihren Puls zu heftig schlagen, Geschwindigkeitsüberschreitungen waren für Hauptkommissarinnen keine Lappalien. Vor allem, wenn sie so gravierend waren, wie sie an dem Abend gewesen sein mußten, an dem sie auf der Strecke Sandefjord-Oslo einen neuen Geschwindigkeitsrekord aufgestellt hatte.

»Es geht nur um vier Stundenkilometer«, sagte Hansen. »Vierundsechzig unmittelbar vor der Tåsenkreuzung, auf der nach Westen führenden Fahrbahn. Aber was ich mich frage…«

Er drückte seinen fetten Zeigefinger auf das Gesicht des Fahrers. Das Bild war grobkörnig und undeutlich, aber trotzdem mehr als gut genug, um den Fahrer zu identifizieren.

»Das ist doch Iver Feirand, oder? Das Auto gehört jedenfalls ihm, das habe ich schon überprüft.«

Hanne Wilhelmsen gab keine Antwort. Hansen hatte recht. Dieser Fund war interessant. Er war geradezu sensationell. Hanne hatte den Beifahrer nämlich schon erkannt.

»Wann ist dieses Bild aufgenommen worden?« fragte sie und ließ ihren Blick an seinem Finger entlang zu einem Feld wandern, in dem der Zeitpunkt angegeben war.

Dienstag, der 30. März 1999, 17.24.

Hanne griff nach dem Foto und musterte es eingehender. Sie durfte sich jetzt nicht irren. Sie konnte sich jetzt nicht irren.

»Und du kannst dir ja denken, als ich den Kumpel da gesehen habe... Das ist doch dieser Evald Bromo, der kürzlich ermordet worden ist. Von dem waren doch jede Menge Bilder in der Zeitung. Ich fand es ja doch komisch, daß der Typ dienstags mit einem Polizisten auf Tour geht und dann am Samstag enthauptet wird. Dann habe ich gedacht, daß ich bestimmt von großen Teilen dieses Falls keine Ahnung habe, und natürlich kann ja alles in schönster Ordnung sein. Aber ich bin ja auch ein bißchen altmodisch, und da...«

Er lächelte verlegen.

»Und es ist doch besser, sich zu blamieren, als an Fragen zu ersticken. Das finde ich eben.«

»Du bist phantastisch.«

Sie schwenkte das Foto, griff nach seiner Hand und drückte zu.

»Du bist einfach unglaublich«, sagte sie und biß sich in die Lippe. »Ich muß ganz schnell telefonieren. Bleib sitzen. Unbedingt.«

Sie zog einen gelben Zettel unter ihrer Schreibunterlage hervor und wählte die Nummer, die sie erst vor wenigen Tagen hingekritzelt hatte.

»Eivind Torsvik«, sagte endlich eine Stimme, das Telefon hatte eine kleine Ewigkeit lang geklingelt.

»Hallo, hier ist Hanne Wilhelmsen. Sie erinnern sich doch?«

»Aber klar.«

Sie hatte sich nicht einmal eine Strategie zurechtgelegt. Das Foto von Evald Bromo neben einem Mann, der beteuert hatte, ihn nie gesehen zu haben, ließ sie auf eine Spur losgehen, die sie durch Unvorsichtigkeit zerstören könnte.

»Ich stecke in einer entsetzlichen Klemme«, sagte sie ehrlich nach einer peinlichen Pause. »Sie wollen nichts von Ihrem Material hergeben. Das muß ich natürlich respektieren. Aber trotzdem müssen Sie mir eine Frage beantworten. Eine einzige Frage. Würden Sie das tun?«

»Es kommt darauf an. Ich habe ja versprochen, Ihnen alles zu übergeben, wenn wir unsere Arbeit getan haben. Wenn Beweise vorliegen. Aber erst dann.«

»Aber Sie müssen...«

Sie schaute zum Papierkorb hinüber, der einen nagelneuen Aschenbecher und eine halbvolle Packung Marlboro light enthielt. Sie bückte sich, hob beides heraus und ließ sich von Hansen, der erstaunt diesem ihm unverständlichen Gespräch lauschte, Feuer geben.

»Haben Sie einen Polizisten auf Ihrer Liste?« fragte sie und behielt den ersten Zug so lange in der Lunge, wie sie es nur aushielt.

»Sie würden staunen, in welchen Gesellschaftsklassen wir Sexualverbrecher finden. Wußten Sie, daß Pädophile in Berufen, in denen man viel Kontakt zu Kindern hat, überrepräsentiert sind? Ärzte, Entwicklungshelfer, Pfadfinderführer, Konfirmationspastoren, Handballtrainer...«

»Das weiß ich, Eivind!«

Sie hatte ihn noch nie mit Vornamen angeredet. Sie hatte ihn überhaupt nicht mit seinem Namen angeredet. Und das ließ ihn verstummen.

»Ich kann nichts sagen«, hörte sie endlich; er schien sich

zu bewegen, denn er atmete stoßweise. »Noch nicht. Aber es dauert nicht mehr lange. Das kann ich versprechen.«

»Eivind, warten Sie…«

Hanne hörte ihre eigene Stimme, die von einer Fremden zu stammen schien. In diesem Augenblick beschloß sie, alle Computerexperten, die halbwegs aufrecht stehen konnten, auf Eivind Torsvik loszujagen, wenn er ihr keine Antwort gab. Sie würde selbst die Attacke leiten, sie würden das Haus am Hamburgkilen stürmen und alles auf den Kopf stellen. Wenn er keine Antwort gab.

»Sie müssen antworten. Es geht um ein Leben.«

Hansen starrte sie besorgt an. Sie legte die Hand auf den Hörer und flüsterte über den Tisch: »Etwas schwierige Quelle. Muß übertreiben.«

»Ja.«

»Was? Was haben Sie gesagt?«

»Ja. Wir haben einen Polizisten auf unserer Liste. Zusammen mit zwei Lehrern, einem Zahnarzt, zwei Geistlichen, die noch dazu Pflegekinder haben…«

»Heißt er Iver Feirand?«

Es wurde ganz still. Hanne schloß die Augen, um besser hören zu können; Eivind Torsvik hielt sich offenbar mit seinem schnurlosen Telefon im Freien auf. Sie glaubte, Möwengeschrei und das ferne Tuckern eines Außenbordmotors zu hören.

»Ja«, sagte er müde. »Er heißt Iver Kai Feirand. Das war der, der drei Jahre gebraucht hat, um gegen meinen Pflegevater zu ermitteln. Iver Kai Feirand hat meinen Fall sabotiert.«

»Iver K. Feirand«, sagte Hanne Wilhelmsen langsam. »Danke.«

Eivind Torsvik hatte schon aufgelegt.

40

Der Mann, der seinem Paß zufolge Peder Kalvø hieß, saß in einer Lufthansa-Maschine, die eben in Kopenhagen gestartet war. In einer guten Stunde würde sie in Frankfurt am Main landen. Von dort würde er nach Madrid weiterfliegen und dort einige Tage verbringen. Jedoch nicht mehr als vier.

Er war seit langem auf diese Situation vorbereitet.

Einen falschen Paß und ein ausländisches Bankkonto hatte er sich schon vor Jahren zugelegt. Iver Kai Feirand war ein hochqualifizierter Polizist, der wußte, was er zu tun hatte.

Seit er das geschlechtsreife Alter erreicht hatte, hatte er sich zu kleinen Jungen hingezogen gefühlt. Nie zu Männern. Wenn er überhaupt mit Erwachsenen Sex hatte, was er jedoch zu vermeiden suchte, dann mit Frauen. Nie mit kleinen Mädchen. Wenn er es mit einem Kind machen wollte, was in regelmäßigen Abständen sein mußte, dann nahm er Jungen. Er selbst hatte zwei Töchter. Die hatte er niemals angerührt, nicht auf diese Weise.

Natürlich war er ein tüchtiger Ermittler, wenn es um sexuelle Übergriffe ging. Er wußte, worauf er zu achten hatte. Er sah es in den Augen der Verdächtigen, er brauchte nur Sekunden, um die Frage von Schuld oder Unschuld zu entscheiden. Methodisch und zielbewußt hatte er sich in seine jetzige Stellung manövriert; seit sich die Möglichkeit zu Beginn der 8oer Jahre abgezeichnet hatte, hatte er gewußt, was er erreichen wollte.

Seine Stellung gab ihm Macht.

Und das reizte ihn.

Sie gab ihm eine einzigartige Möglichkeit, um genau zu erfahren, wohin er gehen mußte, um das Gewünschte zu finden.

433

Sieben Jahre zuvor hatte eine Streife zwei Mädchen von vielleicht zwölf Jahren auf dem Straßenstrich aufgelesen. Sie waren übertrieben geschminkt, und eine hatte so schrecklich geweint, daß eine Kollegin von der Wache mit ihr zum Arzt gegangen war. Die andere war in Iver Feirands Büro sitzengeblieben, hatte ihn frech gemustert und Kaugummi gekaut, während sie auf das Jugendamt warteten.

Aufgegriffene Kinder durften nicht ohne einen vom Jugendamt bestimmten Vormund verhört werden. Aber niemand konnte Iver Feirand das Plaudern verbieten. Vielleicht war die Kleine schon so zerstört, daß ihr sexualisiertes Verhalten sich automatisch einstellte. Auf jeden Fall versuchte sie immer wieder, sich ihre Freilassung zu erfeilschen; an ihr sollte es nicht liegen, wenn er Lust hatte, sie in eine Wohnung zu begleiten, die sie kannte und die derzeit unbewohnt war.

Als die Alte vom Jugendamt kam und das Kind mitnahm, fiel ihm eine Visitenkarte auf dem Stuhl auf, dort, wo der schmale Mädchenhintern gesessen hatte, der jetzt auf aufreizende Weise aus dem Zimmer getragen wurde. Evald Bromos Visitenkarte. Iver Feirand wollte wissen, was dieser Mann mit einer zwölfjährigen Prostituierten zu tun hatte, und lud den Journalisten zu einem Gespräch vor.

Bromo brach vollständig zusammen.

Er konnte nicht begreifen, woher die Kleine seine Visitenkarte hatte. Iver Feirand nahm an, daß der Mann so blöd gewesen war, sie in seiner Erregung über zwei schmale Mädchenschenkel zu verlieren. Das wunderte ihn sehr; alles, was Evald Bromo erzählte, wies darauf hin, daß dieser Mann ungeheuer vorsichtig vorging und ungewöhnlich lange ungeschoren davongekommen war. Doch Feirand sagte nichts. Er legte die Daumenschrauben an; Iver Feirand brachte die meisten nach einem halben Stündchen zum Plappern.

Evald Bromo sagte zuviel.

Evald Bromo erzählte von einem Kontakt, von dem Iver Feirand nichts hören wollte. Über einen Lateinamerikaner mit einer Art Filiale in Kopenhagen. Dieser Mann war Iver Feirands private Verbindung. Evald Bromo kannte Iver Feirands sexuellen Zufluchtsraum.

Iver Feirand verfügte über einzigartige Kenntnisse der pädophilen Psyche. Er war ein hervorragender Polizist mit gutem Instinkt und scharfem Verstand. Außerdem kannte er sich selbst. Und hatte im Laufe von fünfzehn Jahren die beste Weiterbildung erhalten, die die Polizei in Europa und den USA anbieten konnte. Er wußte alles, was es über pädophile Organisationen, Ringe, Klubs und Einzelpersonen zu wissen gab. Nie hatte er deshalb die Entlarvung gefürchtet.

Bis Evald Bromo ihn zu der Erkenntnis gebracht hatte, daß auch noch andere Pedro Diez und dessen Keller in der königlichen Stadt kannten.

Die Vernehmung hatte eine andere Wendung genommen.

Bromo war ein Schwächling. Bromo gehörte zu den Menschen, die im ewigen Spannungsfeld zwischen der lähmenden Angst vor der Entlarvung und dem heimlichen Wunsch lebten, an dem gehindert zu werden, was sie auch selbst als Verbrechen erkannten. Als er nun schon auf der Wache saß, strömten Geständnisse, Namen, Adressen und Daten nur so aus ihm heraus.

Wenn Iver Feirand mit seinen Ermittlungen gegen Bromo weitergegangen wäre, wäre der Name Pedro Diez auch noch anderen zu Ohren gekommen. Bromo hatte so viel zu erzählen, daß er vier Ermittler für lange Zeit beschäftigen konnte. Der Keller in Kopenhagen würde auffliegen. Doch das wäre noch nicht das Schlimmste. Iver Feirand hatte noch andere Kontakte, andere Namen, andere Adressen, noch weiter entfernt und noch sicherer.

Das Gefährliche war, daß Evald Bromo alle Karten auf den Tisch legte.

Evald Bromo würde der Polizei eine Spur geben, die diese zu Iver Feirand führen konnte. Wenn die dänische Polizei sich über Diez' Filiale in dem alten, ehrwürdigen Gebäude an den Kopenhagener Seen hermachte, dann konnte Iver Feirands Identität auftauchen. Nicht namentlich natürlich; er war immer ohne Papiere gereist, aber wer konnte schon wissen, welche Beschreibungen dann erfolgen würden. Sein zwei Meter langer, athletischer Körper und die blonden, fast weißen Haare konnten ihm Probleme machen. Besser, die Sache auf sich beruhen zu lassen.

Weshalb er Evald Bromo laufenließ.

Nicht nur ließ er den Mann ungeschoren davonkommen, er hielt ihn danach an einem strammen Zügel. Er wußte immer, was er von ihm zu halten hatte.

Als Iver Feirand nun hier saß, ein Lufthansaglas voll Kognak in der Hand, und die riesigen EU-Äcker in der Tiefe betrachtete, sah er Evald Bromo vor sich. Der hatte vor seinem Schreibtisch gestanden, restlos erschöpft und in glücklicher Verwunderung darüber, daß Iver Feirand ihn unter starken Vorbehalten diesmal noch laufen ließ. Vielleicht hatte er im tiefsten Herzen begriffen, warum. Natürlich fand er es seltsam, daß ein Polizist ihn in Ruhe ließ, nach allem, was er erzählt hatte. Aber Iver Feirand kannte die pädophile Psyche. Und in diesem Moment galt: Wenn Evald Bromo das Polizeigebäude als freier Mann und mit perfektem Leumundszeugnis verließ, würde er das Ganze bereits bagatellisieren. Rationalisieren. Verdrängen.

»Ich h-h-habe«, stotterte er und schüttelte dankbar Iver Feirands Hand, »ich habe Ihren Namen nicht verstanden.«

»Kai. Sie können mich Kai nennen. Wenn es Probleme gibt, können Sie mich unter dieser Nummer erreichen. Ich bin fast nie im Büro. Aber mein Handy ist immer eingeschaltet.«

Evald Bromo hatte den Zettel genommen und war gegangen.

Es war ein arger Fehler gewesen, Evald umzubringen.

Aber was hätte er sonst tun sollen?

Als sie im Schutz des Kastenwagens beim Sognsvann gestanden hatten, war ihm klar geworden, daß Evald seinen
Argumenten nicht zugänglich war. Eine entschlossene
Ruhe hatte diesen Mann überkommen, er war ein ganz anderer gewesen als das verzweifelte, aufgelöste Wrack, das vor
sieben Jahren in seinem Büro gesessen hatte.

Aber natürlich konnte er Evald nicht zur Polizei gehen
lassen. Die Gefahr, die mit Diez' Keller verbunden war, war
zwar nicht mehr so groß – Feirand hatte seither seine Jagdgründe gewechselt –, aber Evald würde erzählen, daß Feirand ihn damals nicht festgenommen hatte. Nicht, um diesem zu schaden oder zu klatschen, vermutlich hielt er die
Entscheidung, Gnade vor Recht ergehen zu lassen, noch
immer für recht und billig. Evald Bromo würde davon erzählen, weil er beichten wollte. Alles auf den Tisch legen.
Alle Details, alle Tatsachen.

Vielleicht würde Feirand sich aus der Sache herausreden
können. Vielleicht auch nicht. Auf jeden Fall würde der Boden unter seinen Füßen sehr heiß sein. Wenn seine vielen
Jahre als Ermittler ihn eines gelehrt hatten, dann, daß alles
zum Teufel ging, wenn so ein Fall erst einmal aufflog.

Da er geglaubt hatte, Evald Bromo sei ein für die Polizei
unbeschriebenes Blatt, hatte er sich in Sicherheit gewähnt.
Gestreßt und verzweifelt, weil er Bromo zum Schweigen
bringen mußte, das ja, aber ganz sicher, daß niemand, absolut niemand ihn mit diesem Mord in Verbindung bringen
würde.

Als Hanne Wilhelmsen ihn mit ihren Informationen
konfrontiert hatte, hatte er das Gefühl gehabt, von einer La-
wine mitgerissen zu werden. Das Atmen war ihm schwer-

437

gefallen, und er war gestürzt und gestürzt, ohne sich irgendwo anklammern zu können. Immerhin hatte er seine Maske nicht gänzlich verloren; es hatte ihm geholfen, daß Hanne selbst offenbar ziemlich aus dem Gleichgewicht geraten war.

Die Ermittlungen gegen Evald Bromos Mörder würden sich nicht wie geplant gegen Sigurd Halvorsrud richten. Als Iver Feirand Halvorsrud mitten in der Nacht verfolgt und in der Vogts gate 14 hatte verschwinden sehen, hatte er vor Triumph die Fäuste geballt. Er wartete eine halbe Stunde in einem Torweg, dann kam der Oberstaatsanwalt, verfolgt von einem alten Mann, wieder zum Vorschein. Am Tag darauf hatte Feirand den Alten aufgesucht. Er wollte wissen, wo im Haus Halvorsrud sich aufgehalten hatte. Als er dann später von den Fingerabdrücken im Keller hörte, hatte er sein Glück fast nicht fassen können. Bis Hanne Wilhelmsen ihm erzählt hatte, was sie wußte.

Sie flogen jetzt sicher über Deutschland. Er schaute auf die Uhr und bat eine Stewardeß, sein Glas wieder zu füllen.

Die Ermittlungen würden in der Pädophilie des Toten ihren Ausgangspunkt nehmen.

Iver Feirand konnte sich nicht mehr darauf verlassen, daß er ungeschoren davonkommen würde. Zwei Nächte lang hatte er wachgelegen und alles immer wieder durchdacht. Am Ende hatte seine Frau protestiert; er wälzte sich so oft herum, daß sie auch nicht schlafen konnte. Also setzte er sich an den Küchentisch. Wenn er kalte Logik anwandte, konnte er sich einbilden, daß er nichts zu befürchten habe. Nicht viel, auf jeden Fall. Evald Bromo war – trotz seines Patzers mit der Visitenkarte vor sieben Jahren – ungeheuer vorsichtig gewesen. Es war durchaus möglich, daß die Polizei steckenbleiben würde, wenn sie von einem durch Bromos pädophile Veranlagung ausgelösten Mord ausging. Andererseits war Bromo offenbar nicht vorsichtig genug gewesen. Jemand wußte Bescheid. Jemand hatte Hanne Wilhelmsen mit diesen Informationen versorgt.

Eine Quelle, hatte sie gesagt.

Es mußte eine gute Quelle sein. Die Götter mochten wissen, was diese Gewährsperson noch zu bieten hatte.

Die Vorstellung, daß eine Quelle gut genug informiert war, um über Evald Bromo Bescheid zu wissen, ließ ihn um sechs Uhr am letzten Morgen, den er bei Frau und Kindern zu Hause verbrachte, einen Entschluß fassen.

Er mußte seinem Instinkt gehorchen und fliehen.

Und das war ihm nun sogar gelungen.

41

Es war später Nachmittag am Donnerstag, dem 9. April, und niemand konnte Iver Feirand finden. Seine Frau konnte berichten, daß er und das Auto verschwunden waren und daß er offenbar einen Koffer mitgenommen hatte.

Hanne Wilhelmsen merkte, daß es ihr egal war.

Evald Bromos Tod war nicht mehr ihre Sache.

Sie wollte sich auf unbestimmte Zeit beurlauben lassen und nach Hause fahren.

Nur eine Aufgabe war noch zu erledigen, und sie wußte nicht so recht, ob sie sich darauf freute oder ob ihr davor grauste.

»Ich will allein mit ihm sprechen«, sagte sie abweisend zu dem Wärter, der ihr die Tür zur Zelle aufgeschlossen hatte, in der Sigurd Halvorsrud auf einer Pritsche saß und sich langsam hin und her wiegte. »Du kannst ruhig gehen. Und schließ die Tür nicht ab.«

Sie betrat die Zelle. Der Mann dort murmelte eine Art Mantra. Hanne hockte sich vor ihn. Behutsam legte sie ihre

Hand auf seine. Dabei spürte sie seine Anspannung, die Sehnen in seinem Handrücken bohrten sich wie scharfe Kanten in ihre Handfläche.

»Es ist vorbei, Halvorsrud. Wir haben alles geklärt.«

Er hob ganz leicht den Kopf.

»Was sagen Sie?«

Sie lächelte kurz und wiederholte: »Wir haben alles geklärt. Sie hatten recht. Salvesen hat Ihre Frau umgebracht. Und Evald Bromos Tod hat nichts mit Ihnen zu tun.«

Für einen Moment glaubte sie, Sigurd Halvorsrud ringe mit dem Tod. Sein Gesicht wurde dunkel, fast blaulila um Augen und Mund. Er schloß die Lider, dann befreite er plötzlich seine Hand und stand auf. Er zog seine Hosenträger gerade und strich sich hilflos über die Hemdbrust.

Hanne hatte schon unzählige Male das Innere einer Arrestzelle gesehen. Es gefiel ihr darin nicht, aber sie hatte bisher nie ein solches Unbehagen empfunden, wie es jetzt über sie hereinbrach. Sie sah Halvorsruds raschen Blick zur offenen Tür, als schätze er seine Fluchtmöglichkeiten ab. Sie sah ihn einen winzigen Schritt in Richtung Ausgang machen, dann hielt er plötzlich inne und schlug die Hände vors Gesicht.

»Was haben wir Ihnen nur angetan«, flüsterte Hanne Wilhelmsen und versuchte, ihn zu berühren, eine sinnlose, tröstliche Geste.

Der Mann wich aus und weinte so heftig, daß er zitterte, und dabei preßte er die Ellbogen an den Leib und senkte den Kopf.

»Was haben wir Ihnen und Ihrer Familie nur angetan«, sagte sie, diesmal lautlos.

Und diese Frage war an sich selbst gerichtet.

Epilog

Hanne Wilhelmsen war seit zwei Monaten beurlaubt. Sie wußte noch nicht, ob sie je zur Polizei zurückkehren würde. Der Polizeipräsident hatte gesagt, sie sei jederzeit wieder willkommen, doch sie nahm an, daß auch seine Befugnisse irgendwann ein Ende nehmen würden. Sie mußte sich bald entscheiden.

Iver Kai Feirand war noch nicht festgenommen worden. Sie hatten bald gewußt, daß er mit einem falschen Paß über Frankfurt nach Madrid gereist war. In Spanien verloren sich alle Spuren. Nach ihm wurde fast überall auf der Welt gefahndet, und Hanne war davon überzeugt, daß sie ihn finden würden. Wenn nicht früher, dann eben später.

Während dieser Zeit war sie nur einmal im Büro gewesen. Das war jetzt fünf Wochen her, und es war nur passiert, weil Eivind Torsvik sie angerufen und auf einem Treffen bestanden hatte. Er wollte sich nicht mit irgendwelchen Kollegen abspeisen lassen. Und da er freiwillig nach Oslo gekommen war, mußte es um etwas Wichtiges gehen.

Das Material, das er ihr überreicht hatte, hatte der Osloer Polizei den größten Triumph aller Zeiten beschert, was die Bekämpfung von sexuellen Übergriffen auf Kinder betraf. Die »Operation Engel« war nur eine Woche, nachdem Eivind Torsvik auf der Wache fünf Ordner und zwanzig Disketten auf den Tisch geknallt hatte, losgetreten worden. Das Material war so detailliert, so gründlich und so solide, daß die Polizei nur zwei Tage brauchte, um allem auf den Grund zu gehen. Erik Henriksen, der jetzt als Oberkommissar mit Spezialgebiet »sexuelle Übergriffe« fungierte, war mit seiner Aufgabe gewachsen. Der Mann zeigte einen ganz neuen Ernst. Er war zu jung für diesen Posten, erst zweiunddreißig Jahre, aber Hanne hatte ihn immer für tüchtig gehalten. Und sie war bei ihrer Beförderung auch nicht viel älter gewesen.

Die Zeitungen hatten sich in der »Operation Engel« gesuhlt, und diese hatte wirklich jede Menge Stoff geboten. Allein in Norwegen waren neun Verhaftungen durchgeführt worden. Einer der neuen Untersuchungshäftlinge war ein bekannter Politiker, zwei andere waren angesehene Ärzte. Dann kam das Pfingstwochenende mit einem blutigen Dreifachmord in Sørum, einige Dutzend Kilometer im Nordosten der Hauptstadt, und der Polizeidistrikt Oslo konnte sich für einige Zeit vom scharfen und bisweilen ausgesprochen anstrengenden Suchlicht der Medien erholen.

Auch der Kosovo-Krieg war jetzt Vergangenheit.

Es war Mittwoch, der 9. Juni 1999, und die Uhr ging auf Mitternacht zu. Seit Hannes Beurlaubung hatte Cecilie immer wieder ins Krankenhaus gemußt. Es konnte ihr tagelang recht gut gehen, dann verschlechterte sich ihr Zustand dermaßen, daß Hanne schon glaubte, alles sei zu Ende. Aber dann erholte sie sich erstaunlicherweise wieder und konnte für eine Woche oder auch mehr nach Hause.

Sie waren die ganze Zeit zusammen.

Oft kam Besuch für Cecilie, zu Hause und im Krankenhaus. Hanne war nie dabei, sie grüßte nur kurz im Vorübergehen und verließ solange das Haus. Cecilie griff nicht ein. Vielleicht hatte sie mit den anderen gesprochen, denn die machten nicht mehr den Versuch, Hanne aufzuhalten. Auch Billy T. nicht.

Es nieselte.

Hanne hatte einen langen Spaziergang gemacht, durch die gesamte Umgebung des Krankenhauses, bis nach Tåsen,

über die Kreuzung hinweg, auf der Iver Feirand von einer
Kamera entlarvt worden war, weiter nach Nordberg und
zum Sognsvann. Sie war zwei Stunden unterwegs gewesen
und wurde nervös.

»Bist du sicher, daß ich niemanden anrufen soll?« fragte
die mollige Krankenschwester, als Hanne zurückkam.

Sie hieß Berit und war außer Cecilie der einzige Mensch,
mit dem Hanne seit langer Zeit ernsthaft gesprochen hatte.

»Soll denn heute nacht sonst niemand herkommen?«

Hanne schüttelte den Kopf.

Cecilie war bewußtlos. Als Hanne sich neben das Bett
setzte, wußte sie Bescheid. Cecilie wog knapp fünfundvierzig Kilo und hatte keine Reserven mehr.

Hanne sprach die ganze Zeit mit Cecilie. Sie streichelte
ihr behutsam das Haar und erzählte die Dinge, über die zu
sprechen ihr bisher immer der Mut gefehlt hatte. Sie hatte
nicht mit Cecilie darüber gesprochen, und auch sonst mit
niemandem.

Als der Morgen kam, starb Cecilie Vibe.

Es geschah ganz lautlos, ein kurzes Zucken huschte über
ihre Augen, dann war es zu Ende.

Hanne Wilhelmsen hielt noch eine weitere Stunde die
Hand ihrer Geliebten. Dann kam Berit und lockerte ihren
Griff behutsam, und dabei versuchte sie, Hanne zum Auf-
stehen zu bewegen.

»Es ist jetzt vorbei«, sagte sie leise und mütterlich. »Komm
jetzt, Hanne. Zeit, um loszulassen.«

Als Hanne auf steifen Beinen ins grelle Licht des Korri-
dors trat, saßen dort Cecilies Eltern. Sie hielten einander an
den Händen und weinten leise.

»Danke«, sagte Hanne und sah Cecilies Mutter für einen
Moment an.

Die alte Frau hatte solche Ähnlichkeit mit ihrer Tochter.
Sie hatte die gleichen Augen, schrägstehend und mit brei-

443

ten Augenbrauen, den gleichen Haaransatz, den gleichen pikanten Amorbogen, der Cecilie immer Probleme mit dem Lippenstift beschert hatte.

»Danke dafür, daß ich mit ihr allein sein durfte.«

Dann verließ Hanne Wilhelmsen das Krankenhaus, ohne die geringste Vorstellung davon zu haben, was sie nun machen sollte.

SERIE PIPER

Das letzte Mahl

I

An ihren richtigen Namen konnte Harrymarry sich kaum erinnern. Sie war im Januar 1945 auf der Ladefläche eines alten Lastwagens zur Welt gekommen. Ihre Mutter war eine sechzehnjährige Waise gewesen. Neun Monate zuvor hatte sie sich für zwei Päckchen Zigaretten und eine Tafel Schokolade an einen deutschen Soldaten verkauft. Und dann war sie nach Tromsø unterwegs gewesen. Finnmark brannte. Das Kind hatte sich bei zweiundzwanzig Grad unter Null herausgeschoben, war in eine mottenzerfressene Wolldecke gewickelt und dann einem Ehepaar aus Kirkenes überlassen worden. Dieses Ehepaar war mit einem fünf Jahre alten Kind die Straße entlanggekommen und hatte kaum gewußt, wie ihm geschah, als der Lastwagen mit der Sechzehnjährigen auch schon weiterfuhr. Die zwei Stunden alte Kleine hatte von ihrer biologischen Mutter nichts mitbekommen als ihren Namen. Marry. Mit zwei r. Und darauf hatte sie immer großen Wert gelegt.

Der Familie aus Kirkenes gelang es unglaublicherweise, den Säugling am Leben zu erhalten. Marry blieb anderthalb Jahre bei ihnen. Mit zehn hatte sie bereits vier weitere Pflegefamilien hinter sich gebracht. Marry hatte ein helles Köpfchen, ein ausnehmend wenig hübsches Äußeres und war außerdem von Geburt an behindert. Sie hinkte. Bei jedem Schritt mit dem rechten Bein beschrieb ihr Körper eine halbe Drehung, als habe sie Angst, verfolgt zu werden. Doch während es ihr schwerfallen mochte, sich fortzubewegen, funktionierte ihr Mundwerk um so besser. Nach zwei kriegerischen Jahren in einem Kinderheim in Fredrikstad war Marry nach Oslo gegangen, um ihr Leben selbst in die Hand zu nehmen. Da war sie zwölf Jahre alt gewesen.

Und Harrymarry hatte ihr Leben wahrlich selbst in die Hand genommen.

Jetzt war sie Oslos älteste Straßennutte.

Sie war eine bemerkenswerte Frau, und das in mehr als nur einer Hinsicht. Vielleicht besaß sie ein halsstarriges Gen, das ihr geholfen hatte, fast ein halbes Jahrhundert in diesem Gewerbe zu überleben. Vielleicht hatte sie das auch aus purem Trotz geschafft. Während der ersten fünfzehn Jahre hatte der Alkohol sie auf den Beinen gehalten. 1972 war sie dann ans Heroin geraten. Da sie schon so alt war, hatte sie damals zu den ersten norwegischen Junkies gehört, denen Heroin angeboten wurde.

»Fissu spät«, hatte Harrymarry gesagt und war weitergehinkt.

Zu Beginn der siebziger Jahre hatte sie zum ersten und zum letzten Mal mit dem Sozialamt zu tun gehabt. Sie brauchte Essensgeld, nachdem sie sechzehn Tage gehungert hatte. Einige Kronen nur, weil sie immer wieder ohnmächtig wurde. Das war nicht gut fürs Geschäft. Der Canossagang von einem Sachbearbeiter zum anderen endete mit dem Angebot einer dreitägigen Ausnüchterungskur und führte dazu, daß sie nie wieder einen Fuß in ein Sozialamt setzte. Selbst als ihr 1992 eine Rente bewilligt wurde, wurde das alles vom Arzt geregelt. Der Doktor war in Ordnung. Er war genauso alt wie sie und hatte nie ein böses Wort gesagt, wenn sie mit einem Abzeß oder Frostbeulen zu ihm gekommen war. Die eine oder andere Geschlechtskrankheit hatte sich im Laufe der Jahre auch eingestellt, aber deswegen hatte er nicht weniger herzlich gelächelt, wenn sie in seine warme Praxis am Schous plass gehumpelt kam.

Die Rente reichte gerade für Miete, Strom und Kabelfernsehen. Das Geld vom Straßenverkauf brauchte sie für die Drogen. Harrymarry hatte nie einen Wirtschaftsplan aufgestellt. Wenn ihr Leben zu sehr durcheinandergeriet, vergaß sie die Rechnungen. Der Gerichtsvollzieher kam.

Sie war nie zu Hause, erhob nie Einspruch. Ihre Tür wurde versiegelt, ihre Habseligkeiten wurden entfernt. Eine neue Wohnung zu finden war nicht leicht. Und deshalb war sie für ein oder zwei Winter in ein Hospiz gezogen.

Sie war erschöpft, durch und durch erschöpft. Die Nacht war beißend kalt. Harrymarry trug einen rosa Minirock, zerrissene Netzstrümpfe und eine hüftlange Silberlaméjacke. Sie versuchte, ihre Kleider fester um sich zu ziehen. Das half nicht viel. Irgendwo mußte sie Zuflucht suchen. Das Nachtasyl der Stadtmission war immer noch die beste Alternative. Dort hatten Leute unter Drogen- oder Alkoholeinfluß zwar keinen Zutritt, aber Harrymarry war seit so vielen Jahren auf der Piste, daß niemand ihr ansah, ob sie nüchtern war oder nicht.

Bei der Wache bog sie nach rechts ab.

Der Park hinter dem geschwungenen Gebäude am Grønlandsleiret 44 war Harrymarrys Freistätte. Die guten Bürger ließen sich dort nicht blicken. Nachmittags war der eine oder andere Kanacke mit Frau und einer Unmenge von Kindern da, wobei die Kinder Fußball spielten und verängstigt kicherten, wenn Harrymarry auf sie zukam. Die Säufer hier waren von der redlichen Sorte. Die Bullerei störte auch nicht weiter, die hatte längst aufgehört, eine ehrliche Hure zu schikanieren.

In dieser Nacht war der Park leer. Harrymarry schlurfte aus dem Lichtkegel des Scheinwerfers, der über dem Eingang zum alten Gefängnis hing. Den ehrlich verdienten Schuß für die Nacht hatte sie in der Tasche. Sie brauchte nur noch einen Ort, wo sie ihn setzen konnte. Auf der Nordseite der Wache lag ihre Treppe. Die war nicht beleuchtet und wurde nie benutzt.

»Verdammt. Scheiße.«

Jemand hatte sich auf ihrer Treppe breitgemacht.

Hier hatte sie warten wollen, bis das Heroin ihren Körper ins Gleichgewicht brachte. Die Treppe auf der Rückseite der

Wache, einen Katzensprung von der Gefängnismauer entfernt, war *ihre* Treppe. Und jetzt hatte sich da jemand breitgemacht.

»He! Du!«

Der Mann schien sie nicht gehört zu haben. Sie stolperte
näher. Ihre hohen Absätze bohrten sich in verfaultes Laub
und Hundekacke. Der Mann schlief wie ein Stein.

Vielleicht sah er ja gut aus. Das konnte sie nicht sagen,
selbst dann nicht, als sie sich über ihn beugte. Es war zu dunkel. Aus seiner Brust ragte ein riesiges Messer.

Harrymarry war ein praktisch veranlagter Mensch. Sie
stieg über den Mann hinweg, setzte sich auf die oberste Trep-
penstufe und fischte ihre Spritze aus der Tasche. Das gute
warme Gefühl der Notwendigkeit stellte sich ein, noch ehe
sie die Nadel herausgezogen hatte.

Der Mann war tot. Ermordet vermutlich. Er war nicht das
erste Mordopfer, das Harrymarry sah, aber das am edelsten
bekleidete. Sicher ein Überfall. Raubüberfall. Oder vielleicht war dieser Mann ein Schwuler, der sich bei den Jungen, die sich für fünfmal soviel verkauften, wie eine Runde
Lutschen bei Harrymarry kostete, zu große Freiheiten her-
ausgenommen hatte.

Sie erhob sich mühsam, schwankte leicht. Einen Moment lang blieb sie stehen und musterte die Leiche. Der
Mann trug einen Handschuh. Der Handschuhzwilling lag
daneben. Ohne nennenswertes Zögern bückte Harrymarry
sich und griff nach den Handschuhen. Sie waren ihr zu
groß, aber aus echtem Leder und mit Wolle gefüttert. Der
Mann brauchte sie ja nun nicht mehr. Sie zog sie an und
machte sich auf den Weg zum letzten Bus, der zum Nachtasyl fuhr.

Einige Meter von der Leiche entfernt lag ein Schal.
Harrymarry hatte an diesem Abend wirklich Glück. Sie
wickelte sich den Schal um den Hals. Ob es an den neuen
Kleidern lag oder am Heroin, wußte sie nicht. Jedenfalls fror
sie nicht mehr so schrecklich. Vielleicht sollte sie sich ein Taxi

gönnen. Und vielleicht sollte sie die Polizei anrufen und sagen, daß auf dem Hinterhof der Wache eine Leiche lag.

Das wichtigste aber war, ein Bett zu finden. Ihr fiel nicht ein, welcher Wochentag war, und sie brauchte Schlaf.

2

Maria, Mutter Jesu.

Das Bild über dem Bett erinnerte an alte Glanzbilder. Ein frommes Gesicht, der Blick auf zum Gebet gefaltete Hände gesenkt. Der Heiligenschein war längst zu einer vagen Staubwolke verblaßt.

Als Hanne Wilhelmsen die Augen öffnete, ging ihr auf, daß die sanften Züge, der schmale Nasenrücken und die dunklen, straff in der Mitte gescheitelten Haare sie all die Zeit irregeführt hatten. Jesus höchstselbst wachte seit fast einem halben Jahr Nacht für Nacht über sie.

Ein Streifen Morgenlicht traf Mariens Sohn an der Schulter. Hanne setzte sich auf. Sie kniff die Augen zusammen und sah zu, wie die Sonne sich durch den Vorhangspalt kämpfte. Dann griff sie sich ins Kreuz und fragte sich, warum sie quer im Bett lag. Sie konnte sich nicht erinnern, wann sie zuletzt eine ganze Nacht durchgeschlafen hatte.

Die kalten Steinfliesen unter ihren Füßen ließen sie aufkeuchen. In der Badezimmertür drehte sie sich um, um das Bild noch einmal zu betrachten. Ihr Blick fegte über den Boden und verharrte.

Der Badezimmerboden war blau. Das war ihr noch nie aufgefallen. Sie hielt sich den gekrümmten Zeigefinger vor ein Auge und starrte mit dem anderen auf die Fliesen.

Seit Mittsommer wohnte Hanne Wilhelmsen in dem spartanischen Zimmer in der Villa Monasteria. Jetzt ging es auf Weihnachten zu. Die Tage waren braun gewesen, denn in dem großen Steingebäude und seiner Umgebung fehlte jegliche andere Farbe. Selbst im Sommer hatte es in der Valpolicella-Landschaft vor dem riesigen Fenster im ersten Stock keine wirkliche Farbe gegeben. Die Weinranken hatten sich

10

an gelbbraune Stöcke geklammert, das Gras sonnverbrannt vor den Mauern gelegen.

Ein kalter Dezemberwind schlug ihr entgegen, als sie eine halbe Stunde später die Doppeltür zum mit Kies bestreuten Innenhof der Villa Monasteria öffnete. Ohne eigentliches Ziel schlenderte sie zum Bambuswald auf der anderen Seite hinüber, vielleicht zwanzig Meter waren das. Auf dem Weg, der den Wald teilte, standen zwei eifrig in ein Gespräch vertiefte Nonnen. Ihre Stimmen wurden leiser, als Hanne näher kam. Und als sie an den beiden älteren, graugekleideten Frauen vorüberging, senkten diese die Köpfe und verstummten.

Auf der einen Seite des Weges war der Wald schwarz, auf der anderen hatten die Stämme eine grünliche Färbung. Die Nonnen waren verschwunden, als Hanne sich umschaute und wieder einmal darüber nachdachte, wie dieser farbliche Unterschied zwischen den daumendicken Pflanzen zu beiden Seiten des Weges zu erklären sein mochte. Sie hatte die vertrauten schlurfenden Schritte über den Kiesboden nicht wahrgenommen. Für einen Moment fragte sie sich, wo die Nonnen geblieben sein mochten, dann fuhr sie mit den Fingern über einen Bambusstamm und ging weiter zum Karpfenteich.

Irgend etwas ging hier vor sich. Irgend etwas stand bevor.

In der ersten Zeit waren die Nonnen freundlich gewesen. Nicht besonders redselig, natürlich, die Villa Monasteria war eine Stätte der Kontemplation und des Schweigens. Ab und zu ein kurzes Lächeln, bei den Mahlzeiten vielleicht, ein fragender Blick über Händen, die gern Wein nachschenkten, das eine oder andere freundliche Wort, das Hanne nicht verstand. Im August hatte sie kurz mit dem Gedanken gespielt, ihren Aufenthalt hier zu nutzen, um Italienisch zu lernen. Dann hatte sie diesen Plan wieder aufgegeben. Sie war nicht zum Lernen hergekommen.

Irgendwann hatten die Nonnen begriffen, daß Hanne einfach in Ruhe gelassen werden wollte. Auch der smarte

Direktor hatte das eingesehen. Alle drei Wochen nahm er ihr Geld entgegen und sagte dazu nur ein nüchternes »Grazie«. Die lustigen Studentinnen aus Verona, die ab und zu so laut Musik laufen ließen, daß die Nonnen schon nach wenigen Minuten angerannt kamen, hatten Hanne für eine Gleichgesinnte gehalten. Allerdings nur zu Anfang.

Hanne Wilhelmsen hatte ein halbes Jahr damit verbracht, ganz allein zu sein.

Die meiste Zeit hatte sie ihren täglichen Kampf darum, sich mit gar nichts zu befassen, in Ruhe ausfechten können. In der letzten Zeit jedoch hatte sie ihre Neugier nicht mehr gegen die Tatsache abschotten können, daß in der Villa Monasteria offenbar etwas vor sich ging. Il direttore, ein schlanker, allgegenwärtiger Mann von Mitte Vierzig, hob immer häufiger die Stimme, wenn er mit den nervös flüsternden Nonnen sprach. Seine Schritte knallten härter über den Steinboden als früher. Er eilte von einer rätselhaften Tätigkeit zur anderen, tadellos gekleidet, eingehüllt in eine Wolke aus Schweiß und Rasierwasser. Die Nonnen lächelten nicht mehr, und immer weniger von ihnen fanden sich zu den Mahlzeiten ein. Zum Ausgleich waren sie immer häufiger im stillen Gebet auf den Holzbänken der kleinen Kapelle aus dem vierzehnten Jahrhundert anzutreffen, auch dann, wenn keine Messe war. Hanne konnte von ihrem Fenster aus sehen, wie sie zu zweien durch die klobigen Holztüren schlüpften.

Es war schwer auszumachen, wie tief der Karpfenteich war. Das Wasser war unnatürlich klar. Die trägen Bewegungen der Fische über dem Boden wirkten abstoßend, und Hanne empfand einen Anflug von Übelkeit bei dem Gedanken, daß sie durch das Trinkwasser des Klosters schwammen.

Sie setzte sich auf die Mauer, die den Teich umgab. Schwere Eichen zeichneten sich halb nackt vor dem vorweihnachtlichen Himmel ab. Am Hang im Norden weidete eine Schafherde. In der Ferne bellte ein Hund, und die Schafe drängten sich aneinander.

Hanne hatte Heimweh.

Es gab nichts, wonach sie Heimweh hätte haben können. Aber es war etwas passiert. Sie wußte nicht, was, und sie wußte nicht, warum. Ihre Sinne, träge geworden durch einen bewußten Prozeß, der sich über viele Monate hingezogen hatte, schienen sich die aufgezwungene Muße nicht mehr gefallen zu lassen. Sie hatte angefangen, Dinge zu registrieren.

Cecilie Vibes Tod lag ein halbes Jahr zurück. Hanne war nicht einmal zur Beerdigung der Frau gegangen, mit der sie fast zwanzig Jahre lang zusammengelebt hatte. Sie hatte sich in ihrer Wohnung eingeschlossen. Vage hatte sie registriert, daß alle sie in Ruhe ließen. Niemand klingelte. Niemand steckte den Schlüssel ins Schloß. Das Telefon blieb stumm. Im Briefkasten lagen nur Reklame und Rechnungen. Und später eine Mitteilung einer Versicherungsgesellschaft. Hanne hatte nichts von der Lebensversicherung gewußt, die Cecilie viele Jahre zuvor zu ihren Gunsten abgeschlossen hatte. Sie rief bei der Versicherung an, ließ das Geld auf ein hochverzinstes Konto überweisen, schrieb dem Polizeidirektor und bat, für den Rest des Jahres beurlaubt zu werden. Sollte das nicht möglich sein, fügte sie hinzu, sei ihr Brief als Kündigung zu betrachten.

Sie hatte die Antwort nicht abgewartet, sondern ihren Rucksack gepackt und sich in den Zug nach Kopenhagen gesetzt. Strenggenommen war ihr nicht klar, ob sie noch einen Arbeitsplatz hatte, aber das interessierte sie auch nicht, in diesem Moment nicht. Sie wußte nicht, wo sie hinwollte oder wie lange sie unterwegs sein würde. Nachdem sie zwei Wochen ziellos durch Europa gefahren war, hatte sie die Villa Monasteria gefunden, ein heruntergekommenes Klosterhotel in den Bergen nördlich von Verona. Was die Nonnen ihr anbieten konnten, waren Stille und selbstgemachter Wein. Sie war an einem späten Juliabend angekommen und hatte am nächsten Morgen weiterreisen wollen.

Im Teich gab es auch Krabben. Sehr kleine zwar, aber einwandfrei Krabben; durchsichtig und ruckhaft flohen sie vor den trägen Karpfen. Hanne Wilhelmsen hatte noch nie von Süßwasserkrabben gehört. Sie schniefte, wischte sich mit dem Jackenärmel die Nase und folgte *il direttore* mit den Augen durch die Allee. Eine Gruppe von Frauen in grauer Tracht stand unter einer Pappel und starrte zu ihr herüber. Trotz der Entfernung konnte sie die Blicke förmlich spüren, scharf wie Messer in der vom Tau feuchten Luft. Als der Wagen des Direktors auf der Hauptstraße verschwand, fuhren die Nonnen herum und liefen in die Villa Monasteria, ohne sich noch einmal umzusehen. Hanne erhob sich von der Mauer. Ihr war kalt, aber sie fühlte sich ausgeruht. Ein großer Rabe zog unter der Wolkendecke seine ovalen Runden und ließ sie erschauern.

Es war Zeit, nach Hause zu fahren.

3

Der Verlag gehörte zu den drei größten des Landes. Trotzdem befand sich der unscheinbare Eingang eingeklemmt in einer Seitenstraße des ungastlichsten Viertels der Stadt. Die Büros waren klein und sahen alle gleich aus. An den Wänden hing keine Verlagssaga, es gab weder dunkle Möbel noch edle Teppiche. An den Glaswänden, die die Bürozellen von den ewig langen Fluren abteilten, hingen Zeitungsausschnitte und Plakate; sie zeugten von einem Gedächtnis, das nur wenige Jahre zurückreichte.

Der Konferenzraum der Belletristikabteilung lag im zweiten Stock und hatte Ähnlichkeit mit dem Pausenzimmer eines Sozialamtes. Der helle Furniertisch war von schlichtestem Bürostandard, die Sessel mit ihren orangefarbenen Bezügen gehörten in die siebziger Jahre. Es war der älteste Verlag Norwegens, gegründet 1829. Das Haus hatte eine Geschichte. Eine gewichtige literarische Geschichte. Dennoch sahen die meisten der Bücher in den billigen IKEA-Regalen wie Kioskromane aus. Eine zufällige Auswahl an Herbstnovitäten drohte jederzeit umzukippen und auf den hellgelben Linoleumboden zu klatschen.

Idun Franck starrte mit leerem Blick Ambjørnsens viertes Elling-Buch an. Jemand hatte es auf den Kopf gestellt, und der Umschlag war zerrissen.

»Idun?«

Der Verlagsleiter hob die Stimme. Die fünf anderen wandten ihre ausdruckslosen Gesichter Idun Franck zu.

»Verzeihung ...« Sie blätterte ziellos in den Papieren, die vor ihr lagen, und machte sich an einem Kugelschreiber zu schaffen. »Die Frage ist strenggenommen wohl weniger, wieviel dieses Projekt uns schon gekostet hat, sondern vielmehr, ob das Buch überhaupt erscheinen kann. Das wäre eine ethische Entscheidung, abhängig von ... Können wir ein Kochbuch herausgeben, wenn der Koch soeben mit einem Schlachtermesser erstochen worden ist?«

Die anderen schienen nicht so recht zu wissen, ob Idun Franck einen Witz machte. Einer kicherte kurz. Verstummte aber sofort wieder und starrte errötend die Tischplatte an.

»Wir wissen ja nicht, ob es sich um ein Schlachtermesser handelt«, fügte Idun Franck hinzu. »Aber daß er erstochen worden ist, stimmt offenbar. So steht's in den Zeitungen. Auf jeden Fall könnte es als ziemlich geschmacklos aufgefaßt werden, kurz nach so einem blutigen Mord ein Porträt des Ermordeten und seiner Küche herauszubringen.«

»Und geschmacklos wollen wir doch nicht sein. Hier ist schließlich die Rede von einem Kochbuch«, sagte Frederik Krøger und zeigte seine Zähne.

»Also echt«, murmelte Samir Zeta, ein dunkelhäutiger junger Mann, der drei Wochen zuvor im Vertrieb angefangen hatte.

Krøger, der untersetzte Verlagsleiter mit kahlem Schädel, den er unter auf bewundernswerte Weise arrangierten Haarsträhnen zu verbergen suchte, machte eine bedauernde Handbewegung.

»Wenn wir für einen Moment zurückgehen und uns die eigentliche Idee ansehen«, fuhr Idun Franck fort, »zeigt sich doch, daß wir definitiv auf einem guten Weg waren. Zu einer Weiterentwicklung des Kochbuchtrends sozusagen. Einer Art kulinarischer Biographie. Einer Mischung aus Kochbuch und persönlichem Porträt. Da Brede Ziegler seit mehreren Jahren der beste ...«

»Auf jeden Fall der profilierteste«, fiel Samir Zeta ihr ins Wort.

»... der profilierteste norwegische Koch war, sind wir bei diesem Projekt natürlich auf ihn gekommen. Und wir waren mit der Sache schon ziemlich weit.«

»Wie weit?«

Idun Franck wußte sehr gut, was Frederik Krøger wirklich interessierte. Nämlich, wieviel das Projekt bereits gekostet hatte. Wieviel Geld der Verlag für ein Projekt, das bestenfalls für eine ganze Weile auf Eis gelegt werden mußte, schon aus dem Fenster geworfen hatte.

»Die allermeisten Bilder haben wir schon. Die Rezepte auch. Was Brede Zieglers Leben und Person angeht, ist allerdings noch eine Menge Arbeit zu leisten. Er wollte sich zunächst auf die Rezepte konzentrieren; die Anekdoten und Betrachtungen, die mit den einzelnen Gerichten verknüpft sind, wollten wir uns später vornehmen. Wir haben natürlich viele Gespräche geführt, und ich habe ... Notizen, zwei Tonbänder und so weiter. Aber ... so, wie ich das heute sehe ... kannst du mir mal die Kanne geben?«

Sie versuchte, Kaffee in eine henkellose Tasse mit Teletubbies-Bild zu gießen. Die Hand zitterte, vielleicht war die Thermoskanne einfach zu schwer. Kaffee floß über die Tischplatte. Jemand reichte ihr ein Stück unbeschriebenes Papier. Als sie die Kaffeelache damit bedeckte, quoll die braune Flüssigkeit an den Seiten hervor und tropfte über die Tischkante auf ihr Hosenbein.

»Also so was ... Wir könnten natürlich aus dem vorhandenen Material ein ganz normales Kochbuch machen. Eins unter vielen. Es sind wirklich schöne Bilder. Und tolle Rezepte. Aber wollen wir das? Meine Antwort lautet ...«

»Nein«, sagte Samir Zeta, der sich schon ein bißchen zu gut eingelebt hatte.

Frederik Krøger runzelte die Stirn und hüstelte.

»Bitte, schreib das alles auf, Idun. Und dann werde ich ... mit Zahlen und allem. Danach sehen wir weiter. In Ordnung?«

Niemand wartete die Antwort ab. Stuhlbeine schrammten über den Boden, und eilig verließen die Leute den Konferenzraum. Nur Idun blieb sitzen und starrte auf das Schwarzweißfoto eines Kabeljaukopfes.

17

»Hab dich gestern im Kino gesehen«, hörte sie jemanden sagen und schaute auf.

»Was?«

Samir Zeta lächelte und fuhr mit der Hand über den Türrahmen. »Du hattest es eilig. Was sagst du?«

»Was ich sage?«

»Über den Film. *Shakespeare in love!*«

Idun hob die Tasse zum Mund und schluckte.

»Ach. Der Film. Hat mir gefallen.«

»Für mich war's ein wenig zuviel Theater. Film sollte Film sein, finde ich. Auch wenn sie Kostüme aus dem 16. Jahrhundert tragen, müssen sie doch nicht so reden.«

Idun Franck stellte die Teletubby-Tasse auf den Tisch, stand auf und wischte vergeblich an dem dunklen Flecken auf ihrem Oberschenkel herum. Dann schaute sie auf, lächelte kurz und fegte Papier und Fotos zusammen, ohne auf den Kaffee zu achten, der zwei große Farbbilder von Fenchel und Lauchzwiebeln zusammenkleben ließ.

»Mir hat der Film sehr gut gefallen«, sagte sie. »Er war ... warm. Liebevoll. Bunt.«

»Romantisch«, kicherte Samir. »Du bist eine hoffnungslose Romantikerin, Idun.«

»Bin ich überhaupt nicht«, erwiderte Idun Franck und schloß ruhig die Tür hinter sich. »Obwohl mir das in meinem Alter auf jeden Fall zustünde.«

4

Billy T. war fasziniert. Er hielt sein Glas ins Licht und betrachtete einen rubinroten Punkt, der in zerstoßenes rosa Eis eingeschossen war, Russian Slush war bei weitem nicht das köstlichste Getränk, das er kannte. Aber es sah gut aus. Er drehte das Glas im Licht des Kronleuchters und kniff die Augen zusammen.

»Entschuldigung ...« Billy T. streckte die Hand nach einem Kellner in blauer Hose und kreideweißem, kragenlosem Hemd aus. »Was ist das hier eigentlich?«

»Russian Slush?« Der Kellner verzog einen Mundwinkel fast unmerklich, als wage er nicht so recht, das Lächeln zu erwidern. »Zerstoßenes Eis, Wodka und Preiselbeeren, der Herr.«

»Ach. Danke.«

Billy T. trank, obwohl er strenggenommen im Dienst war. Er hatte nicht vor, die Rechnung der Spesenkasse zu präsentieren; es war Montag, der 6. Dezember, sieben Uhr abends, und ihm war alles schnurz. Er saß da und spielte mit dem Glas, während er seine Blicke durch das Lokal schweifen ließ.

Das *Entré* war im Moment ganz einfach angesagt.

Billy T. war in Grünerløkka geboren und aufgewachsen. In einer Zweizimmerwohnung im Fossevei hatte seine Mutter ihn und seine drei Jahre ältere Schwester durchgebracht, indem sie sich in einer Wäscherei ein Stück die Straße hoch abplackte und nachts durch Flickarbeiten noch etwas dazuverdiente. Seinen Vater hatte Billy T. nie kennengelernt. Noch immer wußte er nicht, ob der Mann sich einfach davongemacht hatte oder ob er von der Mutter noch vor der Geburt des Sohnes vor die Tür gesetzt worden war. Jedenfalls war der Vater nie erwähnt worden. Das einzige, was Billy T. über ihn wußte, war, daß er auf Socken zwei Meter gemessen hatte und ein begnadeter, wenn auch durch und durch alkoholisierter Frauenheld gewesen war. Was vermutlich zu einem ziemlich frühen Tod geführt hatte. Billy T. hatte die vage Erinnerung, daß seine Mutter eines Tages überraschend früh von der Arbeit gekommen war. Er mochte damals so um die sieben gewesen sein, und wegen einer kräftigen Erkältung war er an jenem Tag nicht in die Schule gegangen.

»Er ist tot«, hatte die Mutter gesagt. »Du weißt schon, wer.«

Ihre Augen hatten jegliche Frage untersagt. Sie war ins Bett gegangen und erst am nächsten Morgen wieder aufgestanden.

In der Wohnung im Fossevei hatte es nur ein Bild des Vaters gegeben; ein Hochzeitsbild der Eltern, das aus irgendwelchen Gründen an der Wand hängen blieb. Billy T. hatte den Verdacht, daß seine Mutter es als Beweis dafür nutzen wollte, daß die Kinder ehelich geboren waren − sollte jemand die Unverschämtheit besitzen, daran zu zweifeln. Wer auch immer einen Fuß in die überfüllte Wohnung setzte, erblickte als erstes das Hochzeitsbild. Bis zu dem Tag, an dem Billy T. in strammer Uniform nach Hause zurückkehrte, nachdem er sein Examen an jener Institution bestanden hatte, die damals *Polizeischule* genannt wurde. Er war den ganzen Weg gerannt. Unter dem Kunstfasergewebe brach ihm der Schweiß aus. Seine Mutter legte ihre dünnen Arme um seinen Hals und wollte ihn gar nicht mehr loslassen. Im Wohnzimmer saß seine Schwester und öffnete lachend eine Flasche billigen Sekt. Sie hatte zwei Jahre zuvor ihr Examen als Krankenschwester abgelegt. Noch am selben Tag wurde das Hochzeitsbild von der Wand genommen.

Billy T. hatte erst mit dreißig angefangen, Alkohol zu mögen.

Inzwischen war er vierzig, und noch immer konnten Wochen vergehen, in denen er nur Cola und Milch trank.

Seine Mutter wohnte nach wie vor im Fossevei. Seine Schwester war mit ihrem Mann und inzwischen drei Kindern nach Asker gezogen, Billy T. dagegen war in Grünerløkka geblieben. Er hatte seit Beginn der sechziger Jahre das ganze Auf und Ab im Stadtteil miterlebt. Er war mit einem Plumpsklo großgeworden und erinnerte sich an den Tag, an dem die Mutter, stolz und den Tränen nahe, mit der Hand über ein in einer ehemaligen Abstellkammer frisch installiertes Wasserklosett gestrichen hatte. Er hatte zugesehen, wie die Stadtsanierung in den Achtzigern den sozialen Wohnungsbau in der Gegend abgewürgt hatte, er hatte Trends und Moden kommen und gehen sehen wie Zugvögel auf Kuba.

Billy T.s Liebe zu Grünerløkka war keinem Trend unterworfen. Er war nicht frisch verliebt in die winzigen, überfüllten Bars und Cafés in der Thorvald Meyers gate. Billy T. lebte am Rande der Løkka-Gemeinschaft, wie sie sich während der vergangenen vier oder fünf Jahre herausgebildet hatte. Und deshalb fühlte er sich alt. Nie war er im *Sult* gewesen, um eine Stunde auf einen Tisch zu warten. In der *Bar Boca,* in die er sich einmal getraut hatte, um ein Glas Cola zu trinken, hatten ihm nach einigen klaustrophobischen Minuten am Tresen die Augen gebrannt. Billy T. ging lieber mit seinen Kindern zu *McDonald's* gegenüber. Die Welt vor den Fenstern war zu etwas geworden, das ihn nichts anging.

Billy T.s Liebe zu Grünerløkka machte sich an den Gebäuden fest. An den Häusern, ganz einfach, den alten Mietskasernen. Unterhalb der Grüners gate standen sie auf Lehmboden, und ihre Fassaden waren von Rissen durchzogen. Als Kind hatte er geglaubt, die Häuser hätten Falten, weil sie so alt waren. Er liebte die Straßen, vor allem die kleinen. Die Bergverksgate war nur einige Meter lang und endete am Hang vor dem Akerselv. Die Strömung kann dich mitreißen, erinnerte er sich; du darfst nicht baden, die Strömung kann dich mitreißen. Jeden Sommer hatte ein roter Ausschlag seine Haut bedeckt. Seine Mutter hatte geklagt und geschimpft und mit wütenden Bewegungen seinen Rücken mit Salbe eingerieben. Trotzdem war er am nächsten Tag wieder in das verschmutzte Wasser gesprungen. Sommer für Sommer. Für ihn waren das großartige Ferien gewesen.

Das *Entré* lag an der Südwestecke der Kreuzung zwischen Thorvald Meyers gate und Sofienberggate. Ein Laden mit altmodischen Damenkleidern, die nie verkauft wurden, hatte der Schickimickisierung der Gegend viele Jahre lang widerstanden. Aber am Ende hatte das Kapital doch den Sieg davongetragen.

Er saß allein an einem Tisch bei der Tür. Selbst an einem Montag war das Restaurant voll besetzt. Das provisorische Schild an der Tür war mit Filzstiften geschrieben, die Farbe hatte sich durch das Papier gedrückt. Billy T. konnte den Text von seinem Tisch aus in Spiegelschrift lesen.

UNSER CHEFKOCH BREDE ZIEGLER IST VON UNS GEGANGEN. ZUR ERINNERUNG AN SEIN LEBEN UND SEIN WERK IST DAS RESTAURANT ENTRÉ HEUTE GE-ÖFFNET.

»O verdammt«, sagte Billy T. und schlürfte ein Stück Eis in sich hinein.

Er hätte hier nicht sitzen dürfen. Er hätte zu Hause sein müssen. Auf jeden Fall hätte Tone-Marit dabeisein müssen, wenn er ausnahmsweise einmal im Restaurant aß. Sie waren seit Jennys Geburt nicht mehr zusammen ausgegangen. Seit fast neun Monaten also.

Ein Backenzahn tat schrecklich weh. Billy T. spuckte das Eisstück in eine halbgeballte Faust und versuchte, es unbemerkt auf den Boden fallen zu lassen.

»Stimmt etwas nicht?«

Der Kellner deutete eine Verbeugung an und stellte ein Glas Chablis vor ihn hin.

»Nein. Alles in Ordnung. Sie ... Sie haben heute geöffnet. Meinen Sie nicht, daß das auf viele ... anstößig wirkt, irgendwie?«

»The show must go on. Brede hätte das so gewollt.«

Der Teller, der eben vor Billy T. gelandet war, sah aus wie eine künstlerische Installation. Billy T. starrte die Mahlzeit hilflos an, hob Messer und Gabel und wußte nicht, wo er anfangen sollte.

»Entenleber auf einem Bett aus Waldpilzen, an Spargel mit einer Andeutung von Kirsche«, erklärte der Kellner. »*Bon appétit!*«

Der Spargel ragte wie ein Indianertipi über der Leber auf.

»Essen im Gefängnis«, murmelte Billy T. »Und wo zum Teufel steckt die Andeutung?«

Eine einsame Kirsche thronte am Tellerrand. Billy T. schob sie in die Mitte und seufzte erleichtert auf, als das Spargelzelt in sich zusammensackte. Zögernd schnitt er ein Stück von der Entenleber ab.

Erst jetzt entdeckte er den Tisch gleich neben der gediegenen Treppe, die in den ersten Stock hinaufführte. Auf einer kreideweißen Decke stand zwischen zwei silbernen Kerzenhaltern ein großes Bild von Brede Ziegler. Um eine Ecke war ein schwarzes Seidenband geschlungen. Eine Frau mit hochgesteckten Haaren näherte sich dem Tisch. Sie nahm einen Stift, der bereitlag, und schrieb etwas in ein Buch. Danach griff sie sich an die Stirn, als sei sie kurz vor dem Weinen.

»Man könnte meinen, der Kerl wär ein König gewesen«, murmelte Billy T. »Der hat doch verdammt noch mal kein Kondolenzbuch verdient!«

Brede Ziegler hatte alles andere als königlich ausgesehen, als die Polizei ihn fand. Irgendwer hatte bei der Wache angerufen und ihnen nuschelnd empfohlen, einen Blick auf ihre Hintertreppe zu werfen. Zwei Polizeianwärter hatten sich die Mühe gemacht, diesen Rat zu befolgen. Gleich darauf war der eine atemlos zurück in die Wache gestürmt.

»Der ist tot. Da liegt wirklich einer. Tot wie ...«

Beim Anblick von Billy T., der nur einige Unterlagen abholen wollte, barfuß und ansonsten nur mit Unterhemd und Shorts bekleidet, war der Junge verstummt.

»... wie ein Hering«, hatte Billy T. für den jungen Uniformierten den Satz vollendet. »Tot wie ein Hering. Ich komme gerade vom Training, weißt du. Brauchst mich also nicht so anzuglotzen!«

Diese Szene lag jetzt achtzehn Stunden zurück. Billy T. war nach Hause gegangen, ohne sich mehr über den Toten erzählen zu lassen, hatte geduscht und neun Stunden geschlafen und war am Montag morgen eine Stunde zu spät zum Dienst erschienen in der vergeblichen Hoffnung, daß der Fall auf dem Schreibtisch eines anderen Hauptkommissars gelandet sein möge.

»Zwei Seelen, ein Gedanke.«

Billy T. fuhr hoch und versuchte, ein Stück Spargel herunterzuschlucken, das nie im Leben mit kochendem Wasser in Berührung gekommen war. Severin Heger zeigte auf den Stuhl neben Billy T. und hob die Augenbrauen. Ohne die Antwort abzuwarten, ließ er sich schließlich auf den Stuhl sinken und starrte skeptisch den Teller an.

»Was ist denn das da?«

»Setz dich auf die andere Seite«, fauchte Billy T.

»Warum denn? Hier sitz ich doch gut.«

»Verdammt, hau schon ab. Wir sehen doch aus wie . . . «

»Ein Liebespaar. Seit wann so schwulenfeindlich, Billy T.? Jetzt reg dich mal ab.«

»Rüber mit dir!«

Severin Heger lachte und hob langsam den Hintern vom Sitz. Dann zögerte er einen Moment und setzte sich wieder. Billy T. fuchtelte mit der Gabel herum und verschluckte sich.

»Sollte nur ein Witz sein«, sagte Severin Heger und erhob sich erneut.

»Was machst du überhaupt hier?« fragte Billy T., als sein Hals wieder frei war und Severin sicher auf der anderen Seite des Tisches saß.

»Dasselbe wie du, nehme ich an. Ich dachte, es könnte ja nicht schaden, sich einen Eindruck von diesem Laden zu verschaffen. Karianne hat heute einen Haufen Angestellte vernommen . . . « Er zeigte vage mit dem Daumen über seine

24

Schulter, als stünden die Leute hinter ihm Spalier.»... aber wir müssen das Lokal doch sehen. Die Stimmung in uns aufnehmen, sozusagen. Was ißt du da eigentlich?«

Das Gericht hatte sich in eine amorphe braungrüne Masse verwandelt.

«Entenleber. Was meinst du?«

»Bäh!«

»Ich rede nicht vom Essen. Sondern von dem Laden!«

Severin Heger schaute sich in aller Eile um. Die vielen Jahre beim Polizeilichen Überwachungsdienst, POT, hatten ihn gelehrt, sich umzusehen, ohne daß andere es bemerkten. Er hielt den Kopf still und kniff die Augen halb zu. Nur ein kaum wahrnehmbares Vibrieren der Wimpern verriet die Bewegung der Augäpfel.

»Komischer Laden. Aufgemotzt. Hip. Trendy und fast altmodisch mondän zugleich. Nicht my cup of tea. Ich mußte mit dem Dienstausweis wedeln, um überhaupt eingelassen zu werden. Angeblich gibt es für die Wochenenden Wartezeiten von mehreren Wochen.«

»Also echt. Das ist doch ein Saufraß.«

»Du sollst es auch nicht zu einem Brei zusammenmatschen.«

Billy T. schob seinen Teller zurück und schüttete aus einem riesigen Glas einen Rest Weißwein in sich hinein.

»Was meinst du?« murmelte er. »Wer kann ein Interesse daran gehabt haben, diesen Brede Ziegler umzubringen?«

»Ha! Da gibt es jede Menge Kandidaten. Sieh dir den Mann doch an. Er ist ... Brede Ziegler war siebenundvierzig. Zum einen hatte er ein seltsames Lieblingshobby: Er hat sich mit allen und absolut jedem in der norwegischen Kochszene angelegt. Zum anderen hatte er bei allen seinen Unternehmungen großen Erfolg.«

»Wissen wir das eigentlich so genau?«

»Und zwar ökonomisch und fachlich. Dieser Laden hier ...«

Jetzt schauten sich beide ganz unverhohlen um.

Das Restaurant repräsentierte das Schwingen des Modependels wieder weg vom funktionellen Minimalismus, der die Branche in den vergangenen Jahren geprägt hatte. Die überaus langen weißen Tischdecken fegten über den Boden. Die Kerzenhalter waren aus Silber. Die Tische standen asymmetrisch im Lokal verteilt, einige zehn bis fünfzehn Zentimeter höher als die anderen auf kleinen Podien. Vom ersten Stock her wogte eine Treppe nach unten, die ein Requisit aus einem Fitzgerald-Roman hätte darstellen können. Der Innenarchitekt hatte erkannt, daß nichts diese Kaskade aus abgenutztem Edelholz blockieren durfte, und deshalb einen breiten Korridor zum Eingangsbereich freigelassen. Von der Decke hingen vier unterschiedlich große Kronleuchter. Billy T. brütete über einem Lichtreflex in allen Regenbogenfarben, der vor ihm auf der Tischdecke zitterte.

»... war vom ersten Tag an ein Erfolg. Das Essen, die Einrichtung, die Gäste ... hast du das nicht in der Zeitung gelesen?«

»Die Frau«, sagte Billy T. müde. »Hat schon jemand mit der Frau gesprochen?«

»Mineralwasser, bitte. Mit viel Kohlensäure. Ohne Eis.« Severin Heger nickte einem Kellner zu.

»Die ist in Hamar. Zu Mama geflohen, ehe irgendwer von uns richtig mit ihr reden konnte. Der Pastor kam, das Mädel weinte, und eine Stunde später saß sie in der Bahn. Kann ja verstehen, daß sie mütterlichen Trost braucht. Sie ist erst fünfundzwanzig.«

»Womit unser Freund Brede ziemlich genau ... doppelt so alt war wie seine Frau.«

»Fast.«

Der Kellner, der eben die mißhandelten Reste der Vorspeise entfernt hatte, unternahm einen neuen Versuch. Der Teller war diesmal größer, das Gericht jedoch ebenso unzugänglich. Inseln aus Kartoffelpüree waren wie Trutzburgen rund um ein Stück Seezunge aufgeschichtet, das von dünnen Streifen aus etwas bedeckt war, bei dem es sich um

Möhren handeln mußte, und auf dessen Rücken etwas undefinierbares Grünes saß.

»Das sieht doch aus wie ein Scheißmikadospiel«, sagte Billy T. genervt. »Wie ißt man so was bloß? Was ist eigentlich gegen Steak und Pommes einzuwenden?«

»Ich kann das essen«, erbot sich Severin. »Danke.«

Der Kellner stellte ein Glas Mineralwasser mit einem Zweiglein Minze vor ihn hin und verschwand.

»Nie im Leben. Dieses Gericht kostet *dreihundert Kronen!* Was sind das für grüne Streifen in der Soße? Lebensmittelfarbe?«

»Pesto, stell ich mir vor. Probier doch einfach mal. Sie waren erst sechs oder sieben Monate verheiratet.«

»Weiß ich. Ist etwas über Vermögen, Erbschaft, Testament oder so weiter bekannt? Kriegt das alles die Gattin?«

Severin Heger ließ seinen Blick zu einem Paar von Mitte Vierzig wandern, das schon sehr lange vor dem Kondolenzbuch stand. Der Mann trug einen Smoking, die Frau ein eierschalenfarbenes Kleid, das besser in eine andere Jahreszeit gepaßt hätte. Ihre Haut wirkte in der schweren Seide schlaff und bleich. Als sie sich umdrehte, sah Severin, daß sie weinte. Er wandte sich ab, als ihre Blick sich begegneten.

»Du hast doch nicht etwa *Rotwein* zur Seezunge bestellt?«

Der Kellner goß ein neues Glas ein, ohne mit der Wimper zu zucken.

»Meine Schwester sagt, daß man zu weißem Fisch Rotwein trinken darf«, erklärte Billy T. mürrisch und nahm einen großen Schluck.

»Zu Kabeljau, ja. Und vielleicht auch zu Heilbutt. Aber zu Seezunge? Na ja, deine Sache. Und nein, über Geld und so weiter wissen wir so gut wie nichts. Karianne und Karl sind aber schon an der Arbeit. Morgen werden wir einiges mehr haben.«

»Weißt du, daß er in Wirklichkeit Freddy Johansen hieß?« fragte Billy T. grinsend.

»Wer?«

»Brede Ziegler. Er hieß wirklich jahrzehntelang Freddy Johansen. Trottel. Pathetisch, den Namen zu ändern. Vor allem für einen Mann ...«

»Sagt einer, der seinen Nachnamen schon vor zwanzig Jahren aufgegeben hat.«

»Das ist etwas anderes. Etwas ganz anderes. Das hier schmeckt ja sogar.«

»Das seh ich. Wisch dir das Kinn ab.«

Billy T. faltete die gestärkte Leinenserviette auseinander und fuhr sich über die Mundpartie.

»Ich habe heute nachmittag mit der Gerichtsmedizin geredet. Ziegler hatte totales Pech. Dieser Messerstich ...« Er hob sein eigenes Messer und richtete die Klinge auf seine Brust. »... hat ihn ungefähr hier getroffen. Nur *zwei Millimeter* weiter rechts, und Ziegler wäre noch am Leben.«

»O Scheiße.«

»Das kannst du wohl sagen.«

»Wissen sie noch mehr? Die Heftigkeit, meine ich, von oben, von unten, linkshändiger Mörder, Mörderin vielleicht? Solche Sachen?«

»Nada. Die sind schließlich auch keine Hellseher. Aber wir kriegen schon noch mehr. Nach und nach. Willst du denn gar nichts essen?«

»Bin schon satt. Aber du ... Himmel, da ist ja Wenche Foss!« flüsterte Severin und strengte sich an, in eine andere Richtung zu blicken.

»Na und?« erwiderte Billy T. »Die darf doch auch mal ausgehen. Was meinst du damit, daß alle Welt ein Motiv für den Mord an Brede Ziegler gehabt hätte? Abgesehen davon, daß der Typ Karriere gemacht hat, meine ich.«

»Ich dachte, die geht nur ins Theatercafé.«

»Hal–lo!«

»Tut mir leid. Ich habe mit Karianne gesprochen ...« Severin gab sich Mühe, Billy T. anzuschauen und nicht abzuschweifen. »... und mir die Zeugenvernehmungen zusammenfassen lassen. Wir sind daran gewöhnt, daß alle losfaseln:

›Ach, wie schockierend‹, und: ›Nein, ich kann mir nicht vorstellen, daß jemand diesen Mann umbringen wollte‹, und
so … aber in diesem Fall scheint es anders zu sein. Die Zeugen wirken natürlich erschüttert und so, aber sie sind nicht
wirklich schockiert. Nicht so, wie wir das kennen. Alle machen sie sich Gedanken darüber, wer es gewesen sein könnte. Und darüber spekulieren sie, ohne mit der Wimper zu
zucken.«

»Das kann aber mehr mit den Zeugen zu tun haben als
mit dem Opfer. Viele von denen, die einen Mann wie Ziegler umschwirren, sehnen sich wahrscheinlich nach Aufmerksamkeit. Die wollen sich nur wichtig machen.«

Die Diva des Nationaltheaters stand jetzt zusammen mit
einem jungen lockigen Schauspieler vor dem Kondolenzbuch.

»Darf man lesen, was die Leute in dieses Buch schreiben?«
fragte Severin Heger.

»Meine Fresse, du bist ja vielleicht promifixiert. Reiß dich
zusammen!«

»Wir könnten Hanne Wilhelmsen brauchen«, sagte Severin plötzlich und setzte sich gerade hin. »Das ist ein typischer
Fall für sie.«

Billy T. legte das Besteck beiseite, ballte die Fäuste und
schlug zu beiden Seiten des Tellers auf den Tisch.

»Sie ist nicht hier«, erwiderte er langsam und ohne Severin in die Augen zu blicken. »Und sie kommt auch nicht. Das
ist ein Fall für dich, mich, Karianne, Karl und fünf oder sechs
andere, wenn wir die brauchen sollten. Hanne Wilhelmsen
dagegen brauchen wir nicht.«

»Na gut. Ich wollte nur nett sein.«

»Alles klar«, sagte Billy T. müde. »Die Spritze. Wißt ihr
schon mehr darüber?«

»Nein. Sie lag dicht neben der Leiche, war aber wohl eben
erst da gelandet. Sie braucht nicht unbedingt etwas mit dem
Mord zu tun zu haben. Oder hast du von der Gerichtsmedizin etwas anderes gehört?«

»Nein.«

Das Dessert war mit bloßem Auge kaum zu erkennen. Innerhalb von dreißig Sekunden war es verzehrt. Billy T. winkte nach der Rechnung.

»Gehen wir«, sagte er und bezahlte bar. »Das ist kein Lokal für uns.«

Bei der Tür blieb er plötzlich stehen.

»Suzanne«, sagte er leise. »Suzanne, bist du das?«

Auch Severin Heger blieb stehen und musterte die Frau von Kopf bis Fuß. Sie war groß, schlank an der Grenze zur krankhaften Magerkeit und dramatisch in Schwarz und Blau gewandet. Ihr Gesicht war bleich und schmal, die Haare hatte sie sich aus der Stirn gestrichen. Sie schien Billy T. die Hand geben zu wollen, überlegte es sich dann aber anders und nickte nur kurz.

»B.T.«, sagte sie ebenfalls leise. »Lange nicht gesehen.«

»Ja, ich … was machst … schön dich zu sehen.«

»Würden Sie bitte nach draußen gehen oder hereinkommen?« fragte lächelnd der Oberkellner, ein seltsam aussehender Mann mit viel zu großem Kopf. »So, wie Sie hier stehen, blockieren Sie die Tür.«

»Ich will rein«, sagte die Frau.

»Ich will raus«, sagte Billy T.

»Hallo«, sagte Severin Heger.

»Vielleicht sehen wir uns mal wieder«, sagte die Frau und verschwand im Lokal.

Der Dezemberabend war ungewöhnlich mild. Billy T. hob sein Gesicht zum schwarzen Himmel.

»Du siehst aus, als ob du einem Gespenst begegnet wärst«, sagte Severin Heger. »Einem, das dich B.T. nennen darf. Ha!«

Billy T. gab keine Antwort.

Er war vollauf damit beschäftigt, Haltung zu bewahren. Er hielt den Atem an, um nicht aufzukeuchen. Plötzlich rannte er los.

»Mach's gut«, rief Severin. »Wir sehen uns morgen früh!«

Billy T. war schon zu weit weg, um ihn zu hören.

30

Keiner der beiden Polizisten achtete auf den jungen Mann, der durch das zur Sofienberggate gelegene Fenster ins Restaurant spähte. Er hielt sich die Hände wie Trichter hinter die Ohren und stand schon sehr lange dort.

Severin Heger ging in östlicher Richtung davon. Hätte er die Gegenrichtung eingeschlagen, dann hätte ein Impuls ihn vielleicht dazu gebracht, mit dem Jungen zu reden.

Auf jeden Fall hätte er dann dessen Gesicht gesehen.

Vernehmung des Sebastian Kvie, bearbeiteter Auszug.
Vernehmung durchgeführt von Kommissarin Silje Sørensen. Abgeschrieben von Sekretärin Rita Lyngåsen. Von dieser Vernehmung existiert ein Tonband. Die Vernehmung wurde am Montag, dem 6. Dezember 1999, auf der Osloer Hauptwache aufgezeichnet.
Zeuge: Kvie, Sebastian, Personenkennummer 161179 48062
Wohnhaft: Herslebsgate 4, 0561 Oslo
Arbeitsplatz: Restaurant Entré, Oslo
Über seine Rechte belehrt, aussagebereit. Weiß, daß die Vernehmung auf Band aufgenommen und später ins Protokoll überführt werden wird.

PROTOKOLLANTIN:
Können Sie uns als erstes etwas über Ihre Arbeit sagen? Über Ihr Verhältnis zu dem Toten und so weiter? *(Husten, unverständliche Rede)*
ZEUGE:
Ich arbeite seit der Eröffnung im *Entré*. Also seit dem 1. März dieses Jahres *(Papiergeraschel, Gemurmel im Hintergrund)*. Ich habe im Frühjahr 98 den Leistungskurs Koch- und Restaurantfach an der Sogn-Schule beendet. Außerdem war ich längere Zeit in Lateinamerika. Neun Wochen, genauer gesagt. Brede Ziegler kannte mich vom Hörensagen und wollte mich im *Entré* haben. Und ich war natürlich total scharf auf den Job. Hat mich wohl auch ziemlich happy gemacht, daß so ein Typ schon von mir gehört hatte. Die Bezahlung ist sauschlecht, aber das ist sie überall, solange man noch keinen großen Namen hat.
PROTOKOLLANTIN:
Wie ... wie gefällt Ihnen die Arbeit?

ZEUGE:

Ich habe die ganze Zeit mehr oder weniger ohne Unterbrechung gearbeitet. Hab zum Beispiel keinen Sommerurlaub genommen. Eigentlich habe ich montags und an jedem zweiten Mittwoch frei – eigentlich. Aber Scheiße, ich find die Arbeit toll. Das *Entré* hat im Moment die spannendste Küche in der Stadt. Nur weil … ich meine *(undeutlich)*. Ich muß ja eigentlich nur Befehle ausführen, aber trotzdem lerne ich verdammt viel. Der Küchenchef geizt auch nicht mit Lob, wenn Extraarbeit anfällt. Und das ist eigentlich dauernd der Fall. Außerdem ist Brede sich nicht zu schade, selbst mit anzufassen. Er kocht auch selbst, jedenfalls so fünf- oder sechsmal bisher. Das ist verdammt Klasse, wenn man bedenkt, was er sonst noch alles um die Ohren hat. Ich meine, Scheiße, dem gehört doch der ganze Laden. Größtenteils jedenfalls. Das glaube ich wenigstens. Ich habe gehört, daß ihm auch sonst noch einiges gehört, aber darüber weiß ich nichts.

PROTOKOLLANTIN:

Nicht daß ich prüde wäre, aber Sie sollten nicht soviel fluchen. Die Vernehmung kommt wortwörtlich ins Protokoll, und diese Unflätigkeiten sehen geschrieben nicht gerade gut aus.

ZEUGE:

Ach ja. Tut mir leid. Sorry. Werd mich zusammenreißen.

PROTOKOLLANTIN:

Haben Sie Brede Ziegler gut gekannt?

ZEUGE:

Gut … gut? Der war mein Chef. Klar hab ich mit ihm geredet, bei der Arbeit, mein ich. Aber was heißt schon kennen … *(lange Pause)*. Er war doch älter als ich. Viel älter. Befreundet waren wir also nicht. Das kann ich nicht behaupten. Wir sind nicht zusammen in die Kneipe oder zum Fußball gegangen. *(Lacht)*. Nein. Das nicht.

PROTOKOLLANTIN:

Wissen Sie, mit wem der Verstorbene befreundet war?

ZEUGE:

Mit allen. *You name 'em. (Lautes Lachen).* Bei Brede hat's von
Promis nur so gewimmelt. Die haben ja geradezu an ihm
geklebt. Es war so was ... natürlich war ich ziemlich geschockt, als ich von dem Mord hörte. Aber Brede war auch
ziemlich umstritten. In der Szene, meine ich. Er war so verdammt ... so verflucht erfolgreich. *(kurzes Lachen)* Verzeihung. Soll ja nicht fluchen. *(Pause).* Brede war der Allerbeste, wissen Sie. Das haben ihm bestimmt viele nicht
gegönnt. Was er anfaßte, wurde zu Gold, so war das. Und es
gibt nun mal viele kleinliche Leute. In unserer Branche
blüht der Neid. Mehr als anderswo, glaube ich. So kommt
es mir jedenfalls vor.

PROTOKOLLANTIN:

Verstehe ich das richtig, ... Sie haben Brede Ziegler bewundert? Ein bißchen so wie einen Filmstar?

ZEUGE:

(kurzes Lachen, Husten) Ich habe mit elf Jahren in einer Illustrierten einen Artikel über Brede Ziegler gelesen. Und von
da an war er mein Held. Ich will unbedingt so werden, wie
er war. Tüchtig und großzügig. Ich habe zum Beispiel gehört, daß er zu Weihnachten allen ein Masahiro-Messer
schenken wollte. Mit Namen und so. Eingraviert, mein ich.
Vielleicht war das nur ein Gerücht, aber ich hab es gehört.
Und es würde zu Brede passen. *(lange Pause, Papiergeraschel)*
Er hat sich immer an Namen erinnert. Selbst mit den Spül-
hilfen hat er geredet wie mit guten Bekannten. Ich würde
sagen, daß Brede Ziegler große Menschenkenntnis besaß.
Und der beste Koch in ganz Norwegen war. Auf jeden Fall,
wenn sie mich fragen.

PROTOKOLLANTIN:

Haben Sie die Frau des Verstorbenen gekannt?

ZEUGE:

Ich bin ihr nur einmal begegnet. Glaube ich. Sie heißt Vilde
oder Vibeke oder so. Viel jünger als Brede. Hübsch. Vor zwei
Monaten hat sie ihn einmal abgeholt. Hat keinen besonde-

ren Eindruck bei mir hinterlassen. Keine Ahnung, ob sie häufiger im *Entré* ist, ich stehe doch den ganzen Abend in der Küche und komme nur selten dazu, einen Blick ins Lokal zu werfen. Als sie Brede abholte, hatten wir noch nicht geöffnet. Ich hab gerade mit Claudio geredet, dem Oberkellner. Sie hat uns nicht gegrüßt. Kam mir vielleicht ein bißchen arrogant vor. Vielleicht hatte sie es auch nur sehr eilig.

PROTOKOLLANTIN:
Haben Sie ...

ZEUGE *(fällt ihr ins Wort).*
Man soll ja nicht auf Gerüchte hören. Aber es heißt, Brede hätte die Frau einem Kerl ausgespannt, der nicht viel älter ist als ich. Fünf- oder sechsundzwanzig vielleicht. Ich kenn den Typen nicht, aber er heißt Sindre mit Vornamen und arbeitet im Stadholdergaarden. Soll tüchtig sein. Aber wie gesagt, das sind alles nur Gerüchte.

PROTOKOLLANTIN:
Und was denken Sie?
(Pause. Stühlescharren. Jemand kommt ins Zimmer, etwas wird in ein Glas gegossen.)

ZEUGE:
Worüber?

PROTOKOLLANTIN:
Über den ganzen Fall.

ZEUGE:
Ich habe keine Ahnung, wer Brede umgebracht hat. Aber wenn ich raten sollte, würde ich sagen, daß Neid dahintersteckt. Bescheuert natürlich, jemanden umzubringen, bloß weil man sich darüber ärgert, daß er so erfolgreich ist, aber so sehe ich das eben. Ich selbst hab den Sonntagabend im *Entré* in der Küche verbracht. Ich bin gegen drei Uhr nachmittags gekommen und erst um zwei Uhr morgens nach Hause gegangen. Ich war die ganze Zeit mit anderen zusammen – abgesehen davon, daß ich drei- oder viermal pissen mußte.

Anmerkung der Protokollantin:
Der Zeuge erklärte sich flüssig und zusammenhängend. Während
des Verhörs ließ er sich Kaffee und Wasser bringen.

5

»Stazione termini. Il treno per Milano.«

Der Direktor hatte sie zu dem vor dem Tor wartenden Taxi begleitet. Er erteilte dem Fahrer Anweisungen und bekundete sein Bedauern über Hanne Wilhelmsens plötzliche Abreise.

»Signora, why can't you wait - very good flight from Verona tomorrow!«

Aber Hanne konnte nicht warten. Von Mailand aus ging noch am selben Abend eine Maschine nach Oslo. Die Bahnfahrt von Verona nach Mailand dauerte knapp zwei Stunden. Hundertzwanzig Minuten näher an zu Hause!

Bei der Paßkontrolle wurde ihr schwindlig. Vielleicht lag das an ihrer Reisejacke. Die hatte Cecilie gehört. Wie eine schwache Erinnerung nahm Hanne einen Duft wahr, den sie für verschwunden gehalten hatte. Sie lehnte sich an den Schalter und winkte die Leute, die hinter ihr standen, vorbei.

Die Wohnung.

Cecilies Sachen.

Cecilies Grab, von dem sie nicht einmal wußte, wo es lag.

Ein Flughafenangestellter reichte ihr den Paß. Sie konnte ihn nicht entgegennehmen. Ihr Arm wollte sich einfach nicht heben. Der Ellbogen tat weh, weil sie ihn so energisch auf den Schaltertisch gepreßt hatte. Sie zählte bis zwanzig, riß sich zusammen, steckte das weinrote Heft ein und rannte los. Weg aus der Warteschlange, weg aus dem Flughafengebäude. Weg von der Heimreise.

Hanne Wilhelmsen stand wieder in Verona. Sie war ihrem allerersten Impuls gefolgt. Am nächsten Morgen konnte sie über München nach Oslo fliegen.

37

Sie kannte Verona kaum. Seit sie im Juli hergekommen war, hatte sie sich an die Villa Monasteria und die umliegenden Hügel gehalten. Anfangs hatten die Studentinnen versucht, sie an den Wochenenden nach Verona zu locken, es dauerte mit dem Auto eine knappe halbe Stunde. Hanne hatte sich nie locken lassen.

Die lange Reihe aus Tagen zwischen braungelbem Sommer und feuchtem Dezember hatte etwas von dem Schmerz betäubt, der sie seit Cecilies Tod gelähmt hatte. In gewisser Hinsicht war Hanne weitergekommen. Und trotzdem brauchte sie noch Zeit. Vierundzwanzig Stunden wenigstens. In vierundzwanzig Stunden würde sie sich ins Flugzeug nach Norwegen setzen.

Sie würde in die Wohnung und zu Cecilies vielen mehr oder weniger vollendeten Renovierungsprojekten zurückkehren. Zu Cecilies Kleidern, die noch immer ordentlich zusammengefaltet in der einen Hälfte des Kleiderschrankes im Schlafzimmer lagen, neben Hannes Chaos aus Hosen und Pullovern.

Sie würde Cecilies Grab ausfindig machen.

Hanne stand auf der *Piazza Bra* in Verona und suchte ihre Ohren vor dem Lärm der Stadt zu verschließen. Das gelang ihr nicht, und ihr ging auf, daß dieser Lärm nur aus Stimmen bestand. Der Autoverkehr war von dem großen Platz ausgeschlossen. Rufe hallten von den uralten Marmorgebäuden rund um die mitten in der Stadt gelegene *Arena de Verona* wider und wurden über die vielen Marktbuden hinweggeweht, wo Hunderte von Händlern Schinken und Porzellan, Autostaubsauger und Trödel *per la donna* feilboten.

Der Rucksackriemen grub sich in Hannes Schulter. Sie lief ziellos weiter, fort von dem Menschengewimmel, in den Schatten, in eine Seitenstraße. Sie mußte sich ein Hotel suchen, einen Ort, wo sie ihr Gepäck abladen, eine Nacht schlafen und sich auf die lange Heimreise vorbereiten konnte. Sie wußte nicht so recht, ob diese Reise bereits begonnen hatte.

6

Die Morgenbesprechung hätte seit zwölf Minuten im Gange sein sollen. Billy T. war noch nicht aufgetaucht. Karianne Holbeck starrte einen Haken an, der gleich über der Tür in der Decke befestigt war. Sie versuchte, nicht auf die Uhr zu sehen. Kommissar Karl Sommarøy hatte ein Schweizer Messer hervorgezogen und schnitzte vorsichtig an einem Pfeifenkopf herum.

»Viel zu groß«, erklärte er denen, die das möglicherweise interessierte. »Liegt nicht gut in der Hand.«

»Fährst du mit Spikes oder ohne?«

»Hä?« Karl Sommarøy schaute auf und wischte sich einige Späne von der Hose.

»Ich will jedenfalls bei den Spikes bleiben«, sagte Severin Heger. »Ich werde diese verdammte Gebühr bezahlen, solange das überhaupt möglich ist. Gestern morgen zum Beispiel, als ich ...«

»Morgen, Leute.«

Billy T. fegte zur Tür herein und knallte einen Ordner auf den Tisch.

»Kaffee.«

»*Say the magic word*«, befahl Severin.

»Kaffee, zum Teufel!«

»Ja, ja. Hier. Nimm meinen. Ich hab ihn noch nicht angerührt.«

Billy T. hob die Tasse halb zum Mund, stellte sie dann aber grinsend wieder hin.

»Laßt uns mal zusammenfassen, was wir schon haben, und dann die Aufgaben für die nächsten zwei Tage verteilen. Oder so. Severin. Mach du den Anfang.«

Severin Heger hatte viele Jahre in den allerobersten Eta-

gen der Wache verbracht. Er hatte sich beim POT wohl gefühlt. Die Arbeit beim Überwachungsdienst war spannend,
abwechslungsreich und hatte ihm ein Gefühl von Bedeutung gegeben. Eine erschöpfende Periode voller Skandale
und Dauerbeschuß durch die gesamte norwegische Presse
hatte ihm seine Begeisterung für den Posten nicht nehmen
können, den er angestrebt hatte, seit er alt genug gewesen
war, um zu begreifen, was sein Vater Tag für Tag machte. Severin Heger liebte seine Arbeit, hatte aber ununterbrochen
Angst.

Als er achtzehn war, hatte er sich widerstrebend mit seiner Homosexualität abgefunden. Sie sollte ihn nicht daran
hindern, die selbstgesteckten Ziele zu erreichen. An seinem
zwanzigsten Geburtstag – nach einer Pubertät, die geprägt
war von Kampfsport, Fußball und Wichsen praktisch rund
um die Uhr – hatte er beschlossen, niemals etwas durch-
blicken zu lassen, niemals ein Geheimnis zu verraten, das
seinen Vater das Leben kosten würde. Der Vater war während des Krieges mit Shetland-Larsen gefahren und für seinen Einsatz für das Vaterland hoch dekoriert worden. In
den fünfziger und sechziger Jahren hatte er selbst beim
Überwachungsdienst gearbeitet. Damals hatten die Kom-
munisten in jeder Gewerkschaft ihr Unwesen getrieben,
und der Kalte Krieg war durch und durch eisig gewesen.
Severin war Einzelkind und Papasöhnchen, und seine Fassade hatte nur ein einziges Mal gebröckelt. Er hatte versucht, Billy T. anzubaggern. Er war taktvoll zurückgewiesen
worden, und Billy T. hatte die Episode mit keinem Wort
mehr erwähnt.

Als der Überwachungschef nach dem Furre-Skandal seinen Hut nehmen mußte, hatte der POT zum ersten Mal
eine Chefin bekommen. Sie war nicht lange im Dienst geblieben. Doch ehe sie ging, hatte sie es noch geschafft, Severin Heger in ihr Büro zu rufen und ihm zu sagen: »Es ist kein
Sicherheitsrisiko, daß du schwul bist, Severin. Das Problem
ist, daß du soviel Kraft vergeudest, um es zu verbergen. Hör

doch auf damit. Sieh dich um! Wir gehen auf ein neues Jahrtausend zu.«

Severin wußte noch, daß er sich wortlos erhoben hatte.
Dann war er nach Hause gegangen, hatte lange geschlafen, war aufgestanden, hatte geduscht und sich in einer
feinen Duftwolke in die Schwulenkneipe *Castro* begeben.
Nach einer Nacht, in der er nach Kräften versucht hatte,
seine Versäumnisse aufzuholen, hatte er seine Versetzung
zur Kriminalpolizei beantragt. Mittlerweile war sein Vater
seit zwei Jahren tot. Severin Heger fühlte sich endlich
frei.

»Das einzige, was wir sicher wissen, ist folgendes ...« Er
klopfte mit einem Finger gegen die Tischkante. »Bei der Leiche handelt es sich um Brede Ziegler. Geboren 1953. Frisch
verheiratet. Kinderlos. Als er ermordet wurde, trug er eine
Brieftasche mit über sechzehntausend Kronen in bar bei
sich. Sechzehntausendvierhundertachtzig Kronen und fünfzig Öre, wenn wir pingelig sein wollen.«

»Sechzehntau...«

»Sowie vier Kreditkarten. Nicht weniger. AmEx, VISA,
Diners und Master Card. Gold und Silber und Platin und
weiß der Teufel was noch.«

»Damit wäre die Möglichkeit, daß es ein Überfall war, ge-
platzt«, murmelte Karianne.

»Nicht unbedingt.« Severin Heger rückte seine Brille zurecht. »Der Täter kann von Passanten überrascht worden
sein, ehe er die Beute an sich reißen konnte, um es mal so zu
sagen. Aber wenn es ein Raubüberfall war, dann handelt es
sich um eine seltsame Tatwaffe. Ein Masahiro 210.«

»Ein was?« Karianne verschluckte den Zuckerwürfel, an
dem sie herumgelutscht hatte. »Ist er also wirklich erstochen
worden? Mit einem Massa was?«

»Masahiro 210. Das ist ein Messer. Ein teures, erstklassiges
Küchenmesser. Eigentlich müßte es dafür einen Waffen-
schein geben. Es ist ein besonders gefährliches Teil.«

»Das hat doch dieser Küchenjunge erwähnt«, sagte Silje

Sørensen eifrig. »So eins sollten sie zu Weihnachten bekommen.«

Billy T. blickte Karianne mißbilligend an.

»Wenn du es nicht nötig hast, zu den Besprechungen zu kommen, und lieber periphere Zeugen vernimmst, dann mußt du dich verdammt noch mal informieren, worüber wir reden.«

»Aber ... du bist derjenige, der zu spät gekommen ist!«

»Laß den Scheiß. Das mit dem Messer haben wir gestern erfahren.«

Er rang sich ein Lächeln ab. Karianne beschloß, es als eine Art Entschuldigung zu deuten, sah ihn aber unverwandt an, bis er sich abwandte und weitersprach.

»Gestern morgen hat die Gerichtsmedizin mitgeteilt, daß auf der Klinge ›Masahiro 210‹ steht. Wir hätten das sofort erfahren müssen. Noch Sonntag nacht. Sowie sie ihm das Messer aus der Brust gezogen hatten. Vielleicht können wir irgendwann im nächsten Jahrtausend den verdammten Ärzten klarmachen, daß sie mit uns kommunizieren müssen.«

»Da hast du doch geschlafen«, murmelte Karianne kaum hörbar.

Severin Heger erhob sich und breitete dramatisch die Arme aus.

»Ihr Lieben. Hochverehrte Kolleginnen und Kollegen. Wie wollen wir diesen Fall lösen, wenn wir viel mehr darauf brennen, uns gegenseitig an die Gurgel zu gehen?«

»Ich hab keine Probleme.«

Silje Sørensen lächelte breit und prostete den anderen mit ihrer Kaffeetasse zu. Sie hatte gerade erst ihre Ausbildung beendet und war glücklich darüber, sofort bei der Kriminalpolizei gelandet zu sein. Die anderen aus ihrem Jahrgang liefen im Dienst der Ordnungspolizei auf der Straße herum.

»Du ja. Aber unser Hauptkommissar hier ...«

Er legte ihm eine Hand auf die Schulter. Billy T. schüttelte sie ab.

»... der ist denkbar schlechtester Laune. Ich weiß nicht,

warum, aber als sonderlich fruchtbar können wir das nicht bezeichnen. Und du, schöne Frau ...«

Er richtete den Finger auf Karianne Holbeck und zeichnete eine Spirale in die Luft.

»... du scheinst derzeit einen etwas verspäteten Aufruhr gegen sämtliche Autoritäten zu veranstalten. Könnte das hormonell bedingt sein? PMS zum Beispiel?«

Karianne lief tiefrot an und wollte sich wehren. Billy T. brachte ein weiteres Lächeln zustande, ein sehr viel echteres diesmal.

»Darf ich vorschlagen, daß wir das Kriegsbeil begraben, daß Karl von seiner hübschen Handarbeit abläßt, daß jemand neuen Kaffee aufsetzt – trinkbaren diesmal – und daß ich mich danach ganz ruhig hinsetze, um dieser hervorragenden, wenn auch leicht vergrätzten Ermittlungsgruppe etwas mehr von meinen Kenntnissen über die Mordwaffe mitzuteilen?«

Er lächelte die sechs anderen an. Karianne war noch immer tiefrot. Silje Sørensen hielt sich die Hand vor den Mund, um ein Kichern zu unterdrücken; an ihrem Ringfinger funkelte ein Diamant, der sicher einen halben Wachtmeisterjahreslohn gekostet hatte. Karl zögerte, klappte dann aber sein Messer zusammen und steckte die Pfeife in die Jackentasche. Annmari Skar, die Polizeijuristin, die sich bisher in ihre Unterlagen vertieft und offenbar auf den ganzen Auftritt gepfiffen hatte, starrte ihn mit einem schwer zu deutenden Blick an. Dann lachte sie plötzlich laut.

»Du bist ein Gewinn für uns, Severin. Du bist wirklich ein Gewinn.«

Kommissar Klaus Veierød war schon auf dem Weg zur Kaffeemaschine. »Wer will Kaffee?«

»Alle«, sagte Severin munter. »Wir wollen alle Kaffee. So ...« Er setzte sich und holte tief Luft. »Auf der Klinge steht noch mehr.«

Er wühlte in seinen Papieren und hielt schließlich einen gelben Zettel dicht vor seine Augen.

»Ich muß mir endlich angewöhnen, meine Brille zu benutzen. ›Molybdenum Vanadium Stainless Steel‹. Auf gut norwegisch heißt das wahrscheinlich so etwas wie Raumfahrtstahl. Stabil und unglaublich leicht. In einem gegossen. In allen besseren Restaurantküchen benutzen sie solche Messer. Die sind im Moment einfach das heißeste. Das beste. Das hier kostet bei GG Storkjøkken in der Torggate eintausendfünfundzwanzig Kronen und zweiundachtzig Öre. Mit anderen Worten, es ist die Sorte Messer, die ihr wohl kaum bei uns in der Kantine finden würdet.«

Er hob den Daumen zur Decke.

»Im *Entré* dagegen benutzen sie nur solche Messer. Das Problem ist, daß das auch für zehn bis zwölf andere Restaurants hier in der Stadt gilt. Mindestens. Die Klinge ist übrigens zweihundertzehn Millimeter lang. Zweiundachtzig davon haben in Zieglers Brust gesteckt. Die Spitze hatte den Herzsack ganz am Rand perforiert.«

Er verstummte. Niemand sagte etwas. Das Rauschen einer schrottreifen Klimaanlage verpaßte Billy T. eine Andeutung von Kopfschmerzen, und er rieb sich die Nasenwurzel.

»Leicht«, seufzte er. »Das Messer ist also außergewöhnlich leicht?«

»Ja. Ich war gestern bei GG und hab mir eins angesehen. Ich kann mir so ein Ding leider nicht leisten, aber du meine Güte, was für ein Messer! Ich hatte immer *Sabatier* für das Alleinseligmachende gehalten, aber jetzt weiß ich es besser.«

»Leicht«, wiederholte Billy T. und zog eine Grimasse. »Mit anderen Worten, wir können nicht ausschließen, daß wir es mit einer Frau zu tun haben.«

»Das könnten wir sowieso nicht«, sagte Karianne, offenkundig bemüht, nicht übellaunig zu klingen. »Ich meine, kein Messer wiegt so viel, daß eine Frau damit nicht ...«

»Oder ein Kind«, fiel Billy T. ihr nachdenklich ins Wort.

»Genau. Die Waffe sagt uns eigentlich nur, daß der Mörder oder die Mörderin keine finanziellen Probleme hat oder in der Restaurantszene verkehrt.«

Wieder lief Karianne rot an. Sie fuhr sich energisch über eine Wange, wie um die Röte wegzuwischen.

»In der Restaurantszene«, wiederholte Karl. »Es kann sich aber auch um jemanden handeln, der diesen Eindruck erwecken will.«

»Wie wir es so oft haben.«

Billy T. schabte sich mit seinem Dienstausweis über den Hals, als wollte er sich rasieren.

»Aber es ist doch ein kleiner Trost, daß ...« Silje Sørensen hatte sich unnötigerweise gemeldet. »Ich meine, es wäre sicher schlimmer für uns, wenn wir es mit einem IKEA-Messer zu tun hätten oder so. Es kann doch hierzulande nicht allzu viele Messer von dieser Sorte geben. Wissen wir etwas über die Fingerabdrücke?«

»Ja«, sagte Severin Heger. »Bisher keine Funde. Der Griff ist sauber, abgesehen von Blut und kleinen Partikeln von feinem Papier. Abgewischt mit einem Papiertaschentuch, wenn ihr mich fragt.«

»Und ich frage dich«, sagte Billy T. »Wie lange wird die DNA-Analyse dauern?«

»Zu lange. Sechs Wochen, sagen sie jetzt. Aber ich werde versuchen, das so weit wie möglich zu beschleunigen. Außerdem haben sie an Zieglers Leiche keine anderen Stichwunden gefunden. Auf der Spritze waren übrigens Fingerabdrücke. Die Kripo vergleicht sie gerade mit dem Register. Ich glaube aber, wir sollten uns da keine zu großen Hoffnungen machen. Ach, da fällt mir noch ein, die Gerichtsmedizin findet, daß Ziegler eine seltsame Gesichtsfarbe hatte. Der Arzt wollte wissen, ob er viel getrunken hat. Wissen wir etwas darüber?«

Alle starrten Karianne an, die für die Koordinierung der taktischen Ermittlungen zuständig war. Sie schüttelte leicht den Kopf.

»Wir haben vierundzwanzig Leute vernommen und wissen noch immer nicht, ob der Mann getrunken hat oder nicht. Das neue System, die Vernehmungen auf Band aufzu-

45

zeichnen, mag ja gut und schön sein, aber es kommt mir ziemlich blödsinnig vor, wenn wir keine Leute haben, die die Abschrift erstellen. Bisher haben wir erst drei schriftliche Fassungen. Silje und Klaus haben sich gewaltig ins Zeug gelegt, und wir haben an einem Tag mehr Vernehmungen geschafft als irgendwann sonst. Aber was hilft das, wenn sie alle nur als braune Bänder vorliegen? Ich hab keinen Nerv für weitere Vernehmungen, solange die, die wir haben, noch nicht abgeschrieben sind.«

»Natürlich hast du den Nerv.« Billy T. schaute sie an und fügte hinzu: »Ich verstehe ja das Problem. Ich werde sehen, was sich tun läßt. Aber du machst weiter mit den Vernehmungen, bis ich dir was anderes sage. *Capisci?*«

»Leute«, mahnte Severin Heger. »Wir wollten doch Ruhe und Frieden bewahren, oder? Was sagst du, Karianne, weißt du wirklich nichts über Zieglers Trinkgewohnheiten?«

Kariannes Wangenmuskeln strafften sich, ehe sie antwortete: »Einige behaupten, er hätte jeden Tag getrunken. Nicht so, daß er betrunken gewesen wäre, sondern eher ... kontinentale Trinkgewohnheiten eben. Andere sagen, er habe so gut wie nie Alkohol angerührt, wieder anderen zufolge hat er gesoffen.«

Die Tür ging auf. Ein Hauch von frischer Luft wehte in den fensterlosen Raum, und Polizeidirektor Hans Christian Mykland kam herein. Stuhlbeine scharrten.

»Bleibt ruhig sitzen«, murmelte er und ging zu dem Stuhl neben der Kaffeemaschine, nachdem er Billy T. flüchtig zugenickt hatte.

Der Hauptkommissar setzte sich unwillkürlich gerader und wies auf Karianne, um sie zum Weiterreden zu bewegen.

»Ich habe die Vernehmungsprotokolle ja nun mal nicht *gelesen*«, sagte sie. Dann schaute sie den Polizeidirektor an und fügte hinzu: »Wir haben keine Leute für die Abschriften, deshalb ... «

»Das wissen wir schon«, sagte Billy T. mit tonloser Stimme. »Weiter.«

»Aber ich habe mir eine Art Bild von dem Mann gemacht. Das heißt, das habe ich *nicht*.« Sie faßte sich an den Hals und wiegte den Kopf. »Es ist so schwer zu erfassen, wer er wirklich war. Zum Beispiel . . . behauptet fast die Hälfte der Zeugen, mit Ziegler eng befreundet zu sein. Wenn wir diese Freundschaften dann genauer unter die Lupe nehmen, stellt sich heraus, daß diese Leute ihn während der letzten Jahre höchstens dreimal richtig gesprochen haben. Und dann ist da die Sache mit der Frau. Fast niemand wußte, daß sie überhaupt zusammen waren, und dann kamen sie plötzlich als Ehepaar mit breiten Goldringen aus Mailand zurück.«

»Dieser Klunker soll ein Trauring gewesen sein?« fragte Billy T. überrascht. »Dieser Rieseneumel mit dem roten Stein? Haben wir . . . gibt es in Mailand ein norwegisches Konsulat?«

»Vielleicht herrschen in Italien andere Sitten als bei uns«, sagte Karianne trocken. »Vielleicht ist dort keine Aufenthaltsgenehmigung erforderlich. Vielleicht kann man einfach nach Italien fahren und heiraten. Wenn man in einem EU-Land lebt, meine ich. Du weißt möglicherweise, daß wir mit der Europäischen . . .«

»Hör jetzt auf!« Annmari hatte sich merklich zusammengerissen, seit der Polizeidirektor Einzug gehalten hatte. »Erzähl lieber weiter.«

»Sicher«, sagte Karianne und holte tief Luft. »Ich wollte nur die Frage des Chefs beantworten. Was die Frau angeht, Vilde Veierland Ziegler, so bin ich ziemlich ratlos, um ehrlich zu sein. Ich habe gestern zweimal mit ihr telefoniert. Beide Male hat sie versprochen, so schnell wie möglich nach Oslo zu kommen. Sie ist noch immer nicht aufgetaucht. Wenn sie heute nicht wie abgemacht um zwölf hier erscheint, fahre ich nach Hamar und spreche dort mit ihr. Aber . . .« Sie schaute auf und bohrte einen Zeigefinger in die Luft. ». . . ich habe im Ehevertragsregister in Brønnøysund nachgesehen. Das Ehepaar Ziegler ist dort nicht aufgeführt.«

»Gütergemeinschaft«, sagte Annmari Skar langsam. »Die Frau erbt alles. Er hat keine Kinder.«

Unterschiedliche Varianten von »Aha« vermischten sich zu einem Stimmengewirr.

»Irrtum«, erwiderte Karianne. »Jedenfalls nicht ganz richtig. Vielleicht wird die junge Witwe doch nicht so ganz lustig sein, denn das Restaurant bekommt sie nicht.«

»Nicht?« Polizeidirektor Myland meldete sich zum ersten Mal seit seinem Erscheinen zu Wort. »Warum nicht?«

»Also«, Karianne Holbeck zögerte mit ihrer Antwort. »Ich kenne mich mit der Gesetzeslage nicht so gut aus, aber ... angeblich gibt es da eine sogenannte firmeninterne Absprache. Kann das stimmen?«

Annmari Skar und der Polizeidirektor nickten.

»Und diese Absprache sieht so aus.« Karianne griff zu einem blanken Bogen und zerriß ihn in zwei Stücke. Sie schwenkte das eine und sagte: »Ziegler besaß einundfünfzig Prozent des *Entré*. Der Rest, also neunundvierzig Prozent ...«

Billy T. verdrehte die Augen.

»... gehört Oberkellner Claudio«, sie mußte ihre Unterlagen konsultieren, »Claudio Gagliostro. Was für ein Name! Fast keiner von den Zeugen kannte seinen Nachnamen. Und niemand wußte, daß ihm ein so großer Anteil gehört. Claudio ist Oberkellner und Geschäftsführer, und die Vereinbarung sieht vor, daß der eine die Anteile des anderen erbt, sollte einer vor dem 31. Dezember 2005 das Zeitliche segnen.«

»Womit Genosse Claudio nun reich wäre«, sagte Karl Sommarøy, der aus purer Zerstreutheit wieder an seinem Pfeifenkopf herumschnitzte.

»Tja«, sagte Karianne. »Wir wissen allerdings noch nicht, was der Laden wirklich wert ist. Auf jeden Fall bleibt für die Gattin immer noch genug. Die Wohnung in der Niels Juels gate hat er 97 für über fünf Millionen gekauft. Die Hypothek betrug drei Millionen; wir haben noch nicht überprüfen können, wieviel davon schon zurückgezahlt worden ist. Auf jeden Fall bleibt ein schöner Batzen Geld übrig. Die Bank ist übrigens nicht gerade kooperativ. Möglicherweise müssen wir uns vom Gericht Hilfe holen.«

»Warum das Messer?« sagte Silje leise, so als wolle sie eigentlich gar nicht gehört werden.

»Hä?« Karl Sommarøy schaute sie aus zusammengekniffenen Augen an.

»Ich meine ... Brede Ziegler wurde mit einem Messer ermordet. Mit einem ganz besonderen Messer. Und mit einem einzigen Stich. Messermorde sind sonst ungeheuer wüst. Ich habe neulich von einem Fall mit zweiundvierzig Stichen gelesen. Der Mörder ist außer sich vor Wut und sticht immer wieder zu. Normalerweise, meine ich. Diesem Typ hier hat einmal genügt. Mit einem ganz besonderen Messer. Das muß doch etwas zu bedeuten haben?«

»Scheiße«, murmelte Billy T. und schüttelte plötzlich den Kopf. »Ich begreife nicht, wieso diese Klimaanlage nie funktioniert. Da kriegt man vom Denken ja Kopfschmerzen. Ihr macht hier weiter – du, Severin, komm ... wir beide fahren in Zieglers Wohnung. Karl, du setzt Kripo und Gerichtsmedizin unter Druck ...«

»Ich habe etwas vergessen.« Karl Sommarøy zuckte zusammen und ließ die Pfeife auf den Boden fallen. »Kleinkram, vielleicht, aber ...« Er hob den Hintern an und zog einen zusammengefalteten A4-Bogen hervor, der die Form seiner Gesäßtasche angenommen hatte. »Weitere Funde am Tatort«, las er: »Zwei Stück benutzte Kondome. Sechzehn Kippen verschiedenster Sorten. Vier Bierdosen, Tuborg und Ringnes. Ein Taschentuch, gelb und benutzt. Ein großes Stück Geschenkpapier mit Band, blau. Ein Stück Eispapier, Marke Pin-up.« Er faltete den Zettel zusammen und schob ihn zufrieden zurück an den alten Aufbewahrungsort.

»Danke für gar nichts«, sagte Billy T. »Hast du ein Archiv im Arsch, oder was?«

Dann nickte er Severin Heger auffordernd zu, grüßte den

Polizeidirektor mit erhobener Hand und verließ das Zimmer.

»Was ist eigentlich in diesen Kerl gefahren«, murmelte Karianne und beantwortete ihre Frage schließlich selbst. »Er leidet an einem Post-Wilhelmsen-Syndrom. Wäre es nicht langsam an der Zeit, daß er diese Frau vergißt?«

Niemand gab ihr eine Antwort. Und als sie den Blick des Polizeidirektors spürte, bereute sie ihren Ausbruch bitterlich.

»Ich glaube, du solltest nur über Dinge reden, von denen du etwas verstehst«, sagte dieser ruhig. »Das wäre zweifellos zu deinem Besten.«

Es war Dienstag, der 7. Dezember 1999, und es fiel Schnee.

7

Hanne Wilhelmsen trug Schwarz nicht, weil sie in Trauer war. Es war einfach praktisch. Die Lederjacke hatte vier große Taschen, deshalb brauchte sie keine Handtasche. Bei ihrem Aufbruch aus Oslo hatte sie kurzerhand zwei Paar schwarze Jeans und vier dunkle T-Shirts, dazu Unterhosen und Socken in den Rucksack gesteckt. Vor allem, weil sie sonst nichts Sauberes hatte und weil sie nicht wußte, wann sie unterwegs Gelegenheit haben würde, Klamotten zu waschen.

Sie entdeckte ihr Bild in einem Schaufenster.

Ihre Haare waren wieder lang. Vor einigen Monaten hatte sie angefangen, ihren Pony nach hinten zu kämmen. Endlich war er so lang, daß er dort blieb. Die Fensterscheibe zeigte ihr einen fast fremden Menschen.

Sie ließ ihren Blick von dem fremden Spiegelbild ins Ladeninnere wandern. Kleider. Besonders viel gab es nicht. Die Einrichtung war schlicht, an einem Gestell aus Stahl hingen einige wenige Kleidungsstücke. Zwei klapperdürre, kopflose Schaufensterpuppen trugen enge Hosen und Pullover, die den Nabel freiließen. Auf einem kleinen hochbeinigen Tisch mitten im Raum lag ein Paar roter Handschuhe.

Sie ging hinein.

Es waren die rötesten Handschuhe, die Hanne je gesehen hatte.

Langsam, ohne auf die junge Frau zu achten, die vermutlich fragte, ob sie Hilfe brauche, streifte sie die Handschuhe über.

Sie saßen wie angegossen. Sie umschlossen ihre Hände wie eine zusätzliche Hautschicht. Hanne spürte, wie ein Gefühl von Wärme ihre Arme durchströmte, und faßte sich ins Gesicht.

Duecento mila lire, hieß es.

Ohne zu antworten und ohne die Handschuhe auszuziehen griff Hanne nach ihrer Brieftasche. Sie reichte der Frau ihre VISA-Karte. Die Frau lächelte bedeutungsvoll und sagte etwas, das vielleicht Geschmack und Entscheidung der Kundin lobte. Hanne trug die Handschuhe auch dann noch, als sie den Beleg unterschrieb.

Beim Verlassen des Ladens registrierte sie zum ersten Mal den milden Wind, der durch die engen Straßen fegte. Hoch über den terrakottafarbenen Gebäuden wurde der Himmel langsam blau, wie sie nun sah, eine fremde und sommerliche Farbe, die nicht in den Dezember gehörte. Sie starrte ihre Handschuhe an und setzte sich in Bewegung.

Ihre Handschuhe waren alles, woran sie denken konnte.

Plötzlich öffnete sich vor ihr ein ovaler Platz. Ein marmorner Springbrunnen, umgeben von Straßencafés, die selbst jetzt geöffnet hatten, mitten im Advent. Sie setzte sich an einen Tisch nahe der Wand und bestellte einen Cappuccino.

Für einen Moment empfand sie so etwas wie Ruhe. Muntere Stimmen, Lachen und Schimpfen, Gläserklirren und schnarrende Opernklänge aus dem Lautsprecher über ihr vermischten sich zu etwas, das für sie zu Italien wurde; zu dem Italien, in dem sie in ihren Monaten jenseits der Welt Zuflucht gesucht hatte. Sie fischte eine Zigarette hervor, und noch immer trug sie die Handschuhe. Als sie auf ihr Feuerzeug drückte, hörte sie eine Stimme:

»*Scusi* . . . «

Langsam hob Hanne den Blick. Er blieb bei einem Paar roter Hände hängen. Für einen Moment stutzte sie. Sie mußte nachfühlen, ihre Hände suchen, sich davon überzeugen, daß sie noch da waren.

Jemand hielt zwischen zwei Fingern eine Zigarette und bat um Feuer. Die Hände trugen die gleichen Handschuhe wie Hannes. Genau die gleichen enganliegenden, feuerroten Kalbslederhandschuhe, für die Hanne eben erst ein kleines Vermögen bezahlt hatte.

»*Scusi*«, hörte sie noch einmal und schaute auf.

Die Frau, die sie ansah, lächelte. Als Hanne keine Anstalten machte, ihr Feuerzeug noch einmal zu betätigen, nahm die andere es ihr aus der Hand und gab sich selbst Feuer. Sie blieb stehen. Hanne starrte sie an. Die Frau lächelte nicht mehr. Sie stand mit der Zigarette in der Hand da und rührte sie nicht an, bis aus der Zigarette ein Stab aus Asche geworden war.

»*Can I sit here?*« fragte die Fremde endlich und ließ die Kippe auf den Boden fallen. »*Just for a minute?*«

»*Of course*«, erwiderte Hanne.

»*Please do. Sit. Please.*« Dann zog sie langsam die Handschuhe aus und steckte sie in die Tasche.

8

Brede Zieglers Wohnung in der Niels Juels gate lag in einem grauweißen, anonymen Gebäude im Bauhausstil der dreißiger Jahre. Billy T. schlängelte sich aus dem Dienstwagen und schaute an der Fassade hoch. Ein Knopf löste sich von seiner Jacke und verschwand im Schneematsch unter dem Auto.

»Hier können wir nicht parken«, sagte Severin Heger.

»Dann hilf mir. Der Knopf liegt irgendwo da unten.«

Billy T. stöhnte, richtete sich wieder auf und wischte sich die Hand an der Hose ab.

»Verdammt. Jetzt wird Tone-Marit alle Knöpfe ersetzen. Und die hier gefallen mir gerade. Schau du mal nach, ob du ihn findest.«

»Wir können hier nicht parken«, wiederholte Severin. »Die Karre blockiert die Einfahrt.«

»Ich parke, wo ich will, verdammte Pest«, sagte Billy T. sauer. »Außerdem ist es mitten am hellichten Vormittag. Das ist ein Wohnhaus. Niemand geht um diese Tageszeit hier aus und ein.«

Er warf seinen Dienstausweis auf das Armaturenbrett, wo er durch die Windschutzscheibe sehr gut zu sehen war, und schloß den Wagen ab.

»Wie viele Wohnungen gibt es hier eigentlich?«

Severin Heger zuckte mit den Schultern und schien mit dem Gedanken zu spielen, das Auto selbst woandershin zu fahren.

»Eins, zwei, drei . . . «

Billy T.s rechter Zeigefinger wanderte von einem Fenster zum nächsten. Mehrere waren vorhanglos; das Haus wirkte wie geblendet von der tiefstehenden Wintersonne, die soeben die Wolkendecke durchbrochen hatte.

»Ich tippe auf zwei pro Etage«, sagte er und ging die asphaltierte Einfahrt hinauf. »Das macht acht Wohnungen zusätzlich zu Zieglers großer ganz oben.«

Neben den doppelten Glastüren auf der Rückseite des Hauses fanden sie die Klingeln neben Messing-Namensschildern.

»Nichts da mit provisorischen Zettelchen, nein.«

Billy T. machte sich an einem umfangreichen Schlüsselbund zu schaffen. Endlich fand er den richtigen Schlüssel und öffnete die Tür. Der Eingangsbereich erinnerte an eine kleine Hotelrezeption. Der Boden war azur und grau gefliest, es roch ein wenig nach Salmiak. Die Wände waren hellgelb gestrichen und mit drei in schmale, schwarze Rahmen gefaßten grafischen Blättern versehen. An der gegenüberliegenden Wand waren Briefkästen in die Mauer eingelassen und mit den gleichen Messingschildern bestückt, wie sie draußen neben den Klingeln hingen. Ein großer Ledersessel mit Beistelltisch sollte den Hausbewohnern offenbar die Möglichkeit bieten, ihre Post zu sortieren, ehe sie das Haus verließen oder ihre Wohnung aufsuchten. Der Papierkorb aus Manilahanf war halb voll von Prospekten und leeren Briefumschlägen. Er kippte um, als Billy T. den Inhalt durchsehen wollte. Billy T. richtete ihn achtlos wieder auf, wobei drei bunte Mitteilungen über aktuelle Supermarkt-Angebote auf dem Boden liegenblieben. Dann streckte er die Hand nach einem Kästchen aus, das zwischen Mauer und Decke über dem Sessel befestigt war.

»Videoüberwachung«, sagte er eifrig. »Irgendwer soll sich die Bänder sichern, Severin. Und zwar noch heute.«

»An der Tür müßte eigentlich eine Warnung kleben. Weil es vorgeschrieben ist und weil es doch eigentlich darum geht, Gauner von vornherein abzuschrecken. Und wo wir schon von Gesetz und Ordnung reden, Billy T., dürfen wir das hier eigentlich?«

Severin Heger lehnte an der Wand mit den grafischen Blättern und hatte die Hände in die Taschen gebohrt, wie um sich von diesem Einsatz zu distanzieren. Billy T. schwenkte das Schlüsselbund.

»Hat die Frau wirklich gesagt, wir könnten in ihrer Abwesenheit die Wohnung durchsuchen? Was du da in der Hand hast, ist doch einwandfrei Zieglers Schlüsselbund.«

»Jepp. Aber ich habe sie angerufen. Per Handy. Sie war unterwegs nach Oslo. Und sie sagt, es ist in Ordnung.«

Severin nahm seine Brille ab und verstaute sie in einem Etui aus gebürstetem Metall. »Ich kann mich einfach nicht an dieses Teil gewöhnen«, sagte er resigniert und trat in den Fahrstuhl, dessen Türen sich geöffnet hatten. »Ich würde Leute wie uns nie in meine Wohnung lassen, wenn ich nicht dazu gezwungen wäre. Hast du den Code, der uns nach oben bringt?«

Am Schlüsselbund war eine kleine Metallplatte befestigt. Billy T. betrachtete die kleinen Ziffern aus zusammengekniffenen Augen und tippte schließlich eine fünfstellige Zahl in die Tastatur neben der Tür.

»Idiotisch, die Nummer am Schlüssel anzubringen.«

Als die Metalltüren sich lautlos öffneten, stieß er einen gedehnten Pfiff aus.

Der Fahrstuhl führte direkt in die Wohnung. Die beiden Polizisten waren fast dreißig Meter von der gegenüberliegenden Wand entfernt. Der pechschwarze Boden glänzte, und auf jeder Seite des breiten Flurs, der in etwas mündete, bei dem es sich um das Wohnzimmer handeln mußte, zählte Billy T. vier Türen.

»Farbloser Lack«, rief er begeistert. »Der Typ hat den Boden doch wirklich mit farblosem Lack bearbeitet!«

»Bodenanstrich«, murmelte Severin Heger. »Das ist einfach ein Bodenanstrich. Ich habe in meinem Leben noch in keiner Privatwohnung einen kohlschwarzen Boden gesehen.«

»Elegant. Sauelegant!«

Billy T. trampelte mit seinen Stiefeln in die Wohnung. Seine Fußspuren zeichneten sich deutlich im Licht der klei-

56

nen Scheinwerfer ab, die unter der hohen Decke befestigt waren. Sie hatten sich angeschaltet, als die Fahrstuhltüren aufgegangen waren. Severin Heger streifte die Schuhe ab.

»Sieh dir doch bloß mal diese Küche an«, hörte er Billy T. rufen. »Miniküche! Ich dachte, Köche kochen in Sälen!«

Severin ertappte sich dabei, daß er auf Zehenspitzen durch den Flur schlich. Er fühlte sich bei solchen Einsätzen jedesmal von neuem unwohl.

»Ach, verdammt«, murmelte er, als er um die Ecke bog und in den kleinen Schlauch von Küche schaute. »Klein vielleicht. Aber hier ist an nichts gespart worden.«

Der Kühlschrank erinnerte an einen Banktresor. Er war aus massivem Stahl und vertikal eingeteilt in eine Gefriertruhe auf der linken und einen Kühlschrank auf der rechten Seite. Im Gefrierteil fand sich ein Automat mit Knöpfen für Eis, zerstoßenes Eis, Wasser und Wasser mit Kohlensäure. Das ganze Gerät wirkte wie eine Burg, die ein Essensdepot barg, enthielt bei genauerem Hinsehen aber nur drei Filmrollen, eine kleine Packung Butter und zwei Flaschen Champagner.

»*Besserat de bellefon*«, las Billy T. »*Brut. Grande Tradition.*«

»Schmeckt nicht schlecht. Aber sieh dir das mal an!«

Severin zeigte auf die eigentliche Kücheneinrichtung, während Billy T. die Filmrollen unbemerkt in die Tasche steckte.

»Ich wette, das ist ein deutsches Modell.« Severin packte den Stahlbügel und öffnete eine Schublade. »Fühlt sich teuer an«, sagte er und studierte die Marke, die diskret auf der Innenseite der Schublade angebracht war. »Poggenpohl. Feiner geht's nicht.«

»Aber das ist doch eher Kantine als ...« Billy T. rümpfte die Nase und zeigte auf das Besteck aus Edelstahl. Alles lag in perfekter Ordnung da, als werde jeden Moment ein Werbefotograf erwartet.

»Wenn überhaupt, dann die Kantine im Schloß«, erwiderte Severin. »Das ist italienischer Designerstahl. Und alles hier ist aufeinander abgestimmt.«

Wenn die Küche klein war, dann war das Wohnzimmer zum Ausgleich über hundert Quadratmeter groß. Wände und Decke waren kreideweiß, die Tragbalken schwarz wie der Boden. Das Zentrum des Zimmers bildete eine Sitzgruppe aus zwei fünfsitzigen Sofas, die einander gegenüber und mindestens vier Meter voneinander entfernt standen. Der ungewöhnlich große Couchtisch war aus Stahl und Glas. Billy T. nahm einen Prachtband über indische Tempelaffen vom Tisch und blätterte gleichgültig darin. Dann ließ er ihn zurück auf die Glasplatte fallen und zeigte auf ein Ölgemälde, das hinter einem der Sofas an der Querwand hing.

»Sieh dir diesen Rotton an! Der paßt zum Sofa. Er hat sich ein Scheißbild gekauft, das zu den Möbeln paßt!«

»Oder umgekehrt«, sagte Severin, der sich dem enormen nicht gegenständlichen Bild genähert hatte. »Gunvor Advocaat. Ich glaube, es ist umgekehrt, Billy T. Erst das Bild, dann die Möbel. Sieht toll aus, das Rote vor dem Schwarzen.«

Billy T. gab keine Antwort. Er versuchte eine Tür in der nach Süden gelegenen Glaswand zu öffnen, um auf die riesige Dachterrasse zu gelangen.

»Abgeschlossen«, sagte er überflüssigerweise und gab auf. »Werfen wir doch mal einen Blick ins Badezimmer. Badezimmer sind immer spannend.«

Er stapfte durch den langen Flur. Plötzlich blieb er stehen und starrte eine Serie aus fünfzehn bis zwanzig Fotografien an, die hinter Glas und Rahmen in drei Reihen an der Wand hingen.

»Brede Ziegler und ... das ist etwas für dich, Severin. Brede und Wenche Foss!«

Severin Heger grinste und zeigte auf das nächste Bild.

»Catherine Deneuve. Das da sind Brede Ziegler und Catherine Deneuve!«

»Und Brede, wie er mit Jens Stoltenberg ißt.«

»Und da ist ... wer zum Teufel ist das?«

»Björk«, sagte Severin. »Das sind Ziegler und Björk in einem Wagen.«

»Jaguar«, murmelte Billy T. »Wer ist Björk?«

Severin lachte so sehr, daß sein Lachen in Husten um-schlug. »Und du behauptest, *ich* sei promifihickxiert!«

Billy T. hieb ihm in den Rücken und beugte sich über das unterste Bild auf der rechten Seite. »Das kann doch nicht sein«, rief er rund patschte mit dem Zeigefinger auf das Glas. »Siehst du, wem Brede da die Hand schüttelt?«

Severin versuchte, die Luft anzuhalten und trotzdem zu sprechen. »Der Papst«, keuchte er. »Brede behickgrüßt den Papst!«

»Hol dir ein Glas Wasser. Das Dings im Kühlschrank sah doch fesch aus.«

Billy T. ließ die Hände über die Wand gleiten, bis er die erste Tür neben den Fotos erreicht hatte. Die Klinke fühlte sich kalt und schwer an. Er drückte sie vorsichtig nach un-ten und öffnete die Tür.

Das Schlafzimmer entsprach der restlichen Wohnung. Der Boden war kreideweiß lackiert. Mitten im Zimmer stand ein Doppelbett mit stählernem Rahmen. Die Bettwäsche war entfernt worden, Decken und Kissen lagen ordentlich zu-sammengefaltet am Fußende der riesigen Matratze. Auch die Nachttische waren weiß, sie enthielten Schubladen aus Milchglas. Auf dem einen lag ein Buch eines Autors, dessen Name Billy T. nichts sagte. Der andere war leer, abgesehen von einer Leselampe, deren Kuppel aus dem gleichen Glas gefertigt war wie die Schubladen. Die Schlafzimmerwände waren kahl, die Schiebetüren der Schranksektion mit ruß-igem Spiegelglas verkleidet. Billy T. starrte für einen Moment sich selbst an. Dann öffnete er eins der Schiebeelemente.

»Das ist pervers«, sagte er halblaut zu Severin, der in der Türöffnung stand und ein Glas Wasser in sich hineinschüt-tete. »Das sind doch mindestens fünfzig Stück.«

Ein breiter Turm aus Schuhkartons, die mit Polaroidfotos gekennzeichnet waren. Billy T. öffnete den obersten. Das Bild draußen zeigte ein Paar rote, hochhackige Damenschuhe. Das stimmte. Das Bild auf dem nächsten Karton zeigte ele-

59

gante schwarze Herrenschuhe. Auch hier stimmte der Inhalt mit dem Bild überein.

»Ein Schuharchiv«, sagte Severin beeindruckt. »Ziemlicher Ordnungsmensch, der gute Brede.«

»Aber schau dir das an ...«

Billy T. hatte die andere Schrankseite geöffnet. Drei Säulen aus Drahtkörben ragten nebeneinander auf.

»Zwei Körbe mit Frauenkram«, sagte er und zog mit Daumen und Zeigefinger einen schwarzen BH heraus. »Ansonsten nur Herrenkleidung. Man könnte fast meinen, daß die Gattin gar nicht hier wohnt. Schau mal ...«

Er öffnete die mittlere Schrankpartie. An einer mindestens drei Meter langen Stange hingen dicht an dicht Anzüge, Hosen, Blazer und Hemden. Ganz hinten, bei den Schuhkartons, baumelten ein hauchdünnes Cocktailkleid, ein langer Rock und zwei Damenblusen.

»Bilde ich mir das ein, oder hat diese ganze Bude etwas Gespenstisches?« fragte Billy T. »Hier sieht's doch aus wie in einer sauteuren Boutique. Das einzige, was in der ganzen Wohnung halbwegs persönlich wirkt, sind eine total bescheuerte Wand mit Promibildern und eine Garderobe, die auch gleich bei Ferner Jacobsen verkauft werden könnte. War der Typ denn nie zu Hause? Und Vilde – hat die überhaupt je hier gewohnt?«

»Das hier ist nicht Ferner Jacobsen«, sagte Severin und ließ seine Hände langsam über eine Kaschmirjacke wandern. »Das ist überhaupt nicht in Norwegen gekauft. Das Badezimmer. Du hast gesagt, wir sollten uns das Badezimmer ansehen.«

»Wenn wir es finden«, murmelte Billy T. und zog die Schlafzimmertür hinter sich zu. »Wie wär's mit dieser Tür?«

Brede Zieglers Arbeitszimmer zu betreten war wie ein Schritt in eine andere Welt. Die Wände waren mit tiefroter Seidentapete verkleidet, in einem Muster, das Severin in Gedanken als Löwenfüße bezeichnete. An die zwanzig grafische Blätter und drei Ölgemälde hingen dicht an dicht, einige im

60

Halbdunkel, andere unter Gemäldelampen aus Messing. Der Boden war dunkel und teilweise mit einem Perserteppich bedeckt. In der von der Tür am weitesten entfernten Ecke stand eine anderthalb Meter hohe Marmorstatue der Aphrodite auf ihrer Muschel. Der Schreibtisch war in einer Art Rokokostil gehalten, aus glänzendlackiertem Holz mit einer eingelassenen grünen Filzplatte als Schreibunterlage. Ein Mont-Blanc-Füller lag schräg auf dieser Unterlage, neben einem dazu passenden Tintenfaß aus schwarzem und goldenem Glas. Ein Telefon mit Mahagoni-Gehäuse stand neben einem Anrufbeantworter, der aussah, als stamme er aus den Siebzigern. Die Luft war schwer und stickig. Severin reckte die Nase vor und schnupperte energisch.

»Riechst du was?«

»Mhm. Pot.«

»Und um das zu erkennen, braucht's keinen Überwachungsdienst. Übrigens ist mein Schluckauf weg.«

»*Good for you.* Und was haben wir hier?«

Billy T. hob eine Eule aus Onyx hoch, stellte sie wieder hin und sah die Papiere durch, die darunter gelegen hatten.

»Eine Telefonrechnung über achthundertfünfzehn Kronen und fünfzig Öre ...«

»Nicht sonderlich redselig, mit anderen Worten.«

»Ein Einladung zu ... von der chinesischen Botschaft. Zum Essen. Und das hier ...« Er faltete einen Briefbogen auseinander. »Hä?«

»Das ist doch zu blöd«, sagte Severin.

»Eine Art ...«

»... Drohbrief. Das ist verdammt noch mal eine Art Drohbrief.«

Billy T. brüllte vor Lachen. »Der bescheuertste Drohbrief, den ich je gesehen habe! Guck dir das an!«

Vorsichtig legte er den Brief auf den grünen Filz und zog ein Paar dünne Gummihandschuhe aus der Tasche. Der Bogen war gelb, und die darauf aufgeklebten Buchstaben schienen auf den ersten Blick aus einer Illustrierten ausgeschnitten zu sein. An Klebstoff war nicht gespart worden, einige Buchstaben waren in Alleskleber fast ertrunken.

Des KocHeS toD, deS anDerN BROt
GrUß
ReiNe fauST

»Hände hoch und umdrehen. Und ganz ruhig!«

Die Stimme durchschnitt die schwere, nach Marihuana duftende Luft. Billy T. fuhr herum und warf sich dann in einem Reflex zur Seite.

»Stillgestanden«, heulte die Stimme aus der Türöffnung. »Stillgestanden, hab ich gesagt!«

»Der Wachdienst«, sagte Severin resigniert und ließ die Hände sinken.

»Der Wachdienst?«

Billy T. fuhr sich über den Schädel und starrte den total verängstigten jungen Mann an, der eine Maglite in der Hand hielt. Eine andere Waffe hatte er wahrscheinlich nicht.

»Ganz ruhig. Wir sind von der Polizei.«

Billy T. trat einen Schritt vor.

»Stehenbleiben«, heulte der Mann vom Sicherheitsdienst. »Dienstausweis her. Und ganz ruhig!«

»Jetzt reg dich doch ab, zum Teufel!« Billy T. tastete seine Jackentasche ab.

»Scheiße. Mein Ausweis liegt im Auto. Dem Auto vor dem Haus. Vielleicht habt ihr's gesehen? Gleich vor dem Eingang?«

Severin Heger fischte eine Plastikkarte aus seiner Brieftasche und hielt sie dem Wachmann hin. Der zögerte kurz, dann machte er drei Schritte ins Zimmer hinein und riß den Ausweis an sich.

»Stimmt.« Er lächelte kleinlaut. »Er ist von der Polizei. Ihr hättet den Alarm ausschalten müssen.«

»Den Alarm? Ich hab keinen Mucks gehört.«

Billy T. zog die Gummihandschuhe an und faltete den be-

62

merkenswerten Brief zusammen, um ihn in eine Tüte zu stecken und in seiner Tasche verschwinden zu lassen.

»Stiller Alarm. Man soll nichts hören. Bleibt ihr noch lange?«

»Nein«, sagte Billy T. sauer. »Wir gehen jetzt. Dann könnt ihr euch um den Drecksalarm kümmern. Severin, gib mir das Band aus dem Anrufbeantworter.«

Der Wagen stand noch an Ort und Stelle. Jemand hatte einen Strafzettel unter den Scheibenwischer geschoben. Weiter oben in der Straße standen zwei Verkehrspolizisten mit Block und Bleistift vor einem Lastwagen, der mit den Vorderrädern auf den Zebrastreifen gefahren war.

»He«, schrie Billy T. »Du da oben! *Hast du den Polizeiausweis nicht gesehen, oder was?*«

»Vergiß es«, sagte Severin Heger und klopfte ungeduldig auf das Dach des Wagens. »Wir dürfen hier eben nicht stehen.«

Die anderen hatten nur kurz aufgeschaut und widmeten sich bereits wieder dem Ausfüllen von Strafmandaten. Billy T. fluchte von dem Moment an, als sie das Auto aufschlossen, bis der Motor ansprang.

»Ich hasse Uniformierte«, fauchte er. »Ob das nun Trottel vom Wachdienst sind oder . . . «

Er öffnete wütend das Fenster auf Severins Seite, als sie an den Verkehrspolizisten vorbeifuhren, und heulte: ». . . oder die Arschlöcher von der Verkehrskontrolle.«

Nur mit Mühe und Not konnte er den Zusammenstoß mit einem zitronengelben Polo vermeiden.

»Hat Brede Ziegler irgendwann Anzeige wegen Bedrohung erstattet?« fragte Severin Heger und wischte an der beschlagenen Windschutzscheibe herum.

»Parkuhrbanausen!« fauchte Billy T.

9

Daniel bereute, die Winterstiefel nicht angezogen zu haben. Es war Dienstag, der 7. Dezember, und die Temperatur war gegen Abend wieder gefallen. Die letzten Tage hatten abwechselnd Schnee, Regen und Sonne geboten. Jetzt legte sich der Schneematsch eiskalt um seine guten Schuhe, und er schlug die Füße gegeneinander, um sie zu wärmen.

Die Zeit wurde langsam knapp.

Der IKEA-Bus kam. Die Leute, die neben ihm an der Haltestelle vor der Juristischen Fakultät gewartet hatten, eilten ins Warme, und Daniel schaute auf die Uhr.

Sie ärgerte sich schrecklich, wenn er zu spät kam. Und das tat sie, seit er alt genug war, um ins Theater zu gehen. Thale bestand darauf, daß er immer die dritte Vorstellung nach der Premiere besuchte. Dann war noch das zu spüren, was die Mutter »kreative Anspannung« nannte. Zugleich hatte die Nervosität der Premiere sich gelegt, und Fehler, die erst bei der Begegnung mit dem Publikum offenbar geworden waren, hatten weggeschliffen werden können.

Es war eine Pflicht, Thales Vorstellung zu besuchen.

Eine Pflicht derselben Kategorie wie die, daß er nach der Schule die Spülmaschine leeren und jeden Freitag den Boden putzen mußte. Mit dem Treppenputzen war Schluß, seit er zwei Jahre zuvor in eine Studentenbude gezogen war. Die obligatorischen Theaterbesuche dagegen würden ihm erhalten bleiben, solange die Mutter aufrecht auf einer Bühne stehen konnte. Nach der Vorstellung Spiegelei und Kakao am Küchentisch waren ebenfalls so selbstverständlich, daß er nie einen Widerspruch gewagt hatte. Nicht einmal damals, als seine Freundin am Tag der dritten Vorstellung zwanzig geworden war.

»Sie kann ja mitkommen«, hatte Thale ruhig gesagt. »Du wirst jedenfalls dasein.«

Früher hatte er geglaubt, seine Mutter tue das ihm zuliebe. Das behauptete sie schließlich immer. Das Theater sei gut für ihn, meinte sie. Erst vor kurzer Zeit war ihm aufgegangen, daß sie auf diese Weise im Grunde ihr eigenes Bedürfnis nach einem Gesprächspartner zu befriedigen suchte.

Thale hatte nach den Vorstellungen immer sehr viel zu sagen. Sie ging mit den Rollen und den Personen im Stück um wie mit engen Freunden. Ansonsten redete sie nur selten über andere. Sie sagte überhaupt nur wenig, außer in den Nächten, in denen sie Kakao mit Haut tranken und Eier und Tomaten und Toast aßen, bis er nicht mehr konnte und schlafen mußte.

Daniel zog sich den Mantelkragen dichter um die Ohren, als er den feuchten Schnee im Nacken spürte. Er kam sich kindisch vor, weil er auf einen Kommentar von ihr wartete. Zugleich empfand er eine Art wachsenden Trotz; sie mußte doch verstehen, daß er Probleme hatte. Sie hatte die Sache mit keinem Wort erwähnt. Während ihres Telefonats am Vormittag hatte sie nur immer wieder betont, daß er nicht zu spät zur Vorstellung kommen dürfe.

»Egoistin«, sagte er halblaut und zuckte bei dem Wort zusammen.

Jetzt hatte er es wirklich eilig. Er sah sich nach allen Seiten um, doch den Gesuchten konnte er nirgends entdecken. Wieder schaute er auf die Uhr. In fünf Minuten würde er gehen müssen.

Daniel hatte immer gewußt, daß seine Mutter nicht so war wie andere Mütter. Allein schon die Tatsache, daß er sie Thale nennen mußte und nicht Mama, hatte dafür gesorgt, daß er sich bereits im Kindergarten wie ein Außenseiter vorgekommen war. Meistens hatte sie ihn ja in Ruhe gelassen. Sie hatte nie nach der Schule gefragt. Sie hatte sich nur selten in seine Freundschaften eingemischt. In seiner Kindheit hatte sie streng darauf geachtet, daß er rechtzeitig nach

Hause kam, ins Theater ging und immer seine Versprechen hielt. Darüber hinaus hatte er tun und lassen können, was er wollte.

Sie hatte nichts gesagt.

Das war ja kein Wunder, aber gekränkt fühlte er sich trotzdem.

Noch schlimmer war, daß Taffa nicht angerufen hatte. Und viel erstaunlicher. Vielleicht würde er sie morgen anrufen. Oder er schaute bei ihr vorbei.

»Hallo. Tut mir leid, daß ich so spät komme!«

Daniel fuhr zusammen und ließ den Briefumschlag fallen, den er die ganze Zeit in der Hand gehalten hatte. Blitzschnell bückte er sich und fischte ihn aus dem Schneematsch.

»Alles klar. Hier. Tausend Kronen. In zwei Wochen kriegst du mehr.«

»Tausend . . .« Der andere junge Mann rümpfte die Nase.

»Im Moment habe ich nicht mehr«, sagte Daniel und holte tief Luft. »Und ich muß jetzt los. Zwei Wochen. Versprochen.«

Er klopfte dem anderen leicht auf die Schulter und überquerte die Straße. In seinen Schuhen gluckste die Feuchtigkeit. Er konnte sich gerade noch auf seinen Platz setzen, als der Vorhang auch schon aufging, und er wußte, daß er sich richtig erkältet hatte.

10

Der Schnee war in derselben Nacht gekommen. Alles war still. Das Stimmengewirr des Vortages, das Kindergeheul, die lauten Schritte über das Pflaster waren verstummt. Hanne schloß die Augen und lauschte, nahm aber nur ein gleichmäßiges Ticken in den Wasserleitungen des Badezimmers wahr.

Sie war gegangen.

Es mußte so gegen sechs gewesen sein, als sie die Tür hinter sich ins Schloß zog. Hanne war sich nicht ganz sicher. Es spielte auch keine Rolle. Sie war da gewesen. Ihr Duft hing noch im Bettzeug. Sie war gegen sechs verschwunden.

It's not true, you know, hatte sie vorher noch gesagt, *that Venus doesn't smile in a house of tears. She does!*

Hanne stand auf und öffnete die Vorhänge. Das Sonnenlicht und seine grellen Reflexe im Schnee trafen schmerzhaft auf ihre Augen. Ihr war schwindlig. Sie fühlte sich leicht. Alles war weiß, und sie dachte an Cecilie.

Nefis Özbabacan hieß sie, und sie war ihr zum Abschied ganz leicht mit dem Zeigefinger über die Lippen gefahren.

Hanne zog sich an, ohne zu duschen, und stopfte ihre paar Sachen in den Rucksack. Heute würde sie es schaffen. Nefis machte es ihr möglich, nach Hause zu fahren, zu allem, was Cecilie war. Hanne Wilhelmsen riß den Schlüssel vom Nachttisch und warf sich den Sack über die Schulter. Sie dachte an Nefis' letzte Worte und streifte die roten Handschuhe über, als sie in das Taxi zum Flughafen stieg.

Vernehmung von Vilde Veierland Ziegler
Vernehmung durchgeführt von Kommissarin Karianne Holbeck.
Abgeschrieben von Sekretärin Rita Lyngåsen. Von dieser Verneh
mung existieren insgesamt zwei Bänder. Sie wurden am Dienstag,
dem 7. Dezember 1999, in der Osloer Hauptwache aufgezeich
net.

Zeugin: Ziegler, Vilde Veierland, Personenkennnummer
*   200576 40991*
*   Wohnhaft: Niels Juels gate 1, 0272 Oslo*
*   Belehrt über ihre Aussageverpflichtung, aussagebe*
*   reit. Die Zeugin weiß, daß die Vernehmung auf*
*   Band aufgenommen und später ins Protokoll über*
*   führt werden wird.*

PROTOKOLLANTIN:
Als erstes möchte ich Ihnen mein Beileid zu *(Husten, undeut*
lich) Ihres Mannes aussprechen. Wir geben uns alle Mühe,
den Fall aufzuklären, und dazu brauchen wir ... wenn wir
den Täter finden wollen, dann müssen wir soviel wie möglich über Ihren Mann wissen. Das ist Ihnen vielleicht unangenehm, aber leider *(Scharren, undeutlich)* ... äh ... bestimmt
ist es schwer für Sie ...

ZEUGIN (UNTERBRICHT):
Ja, das kann ich verstehen. Ist schon in Ordnung.

PROTOKOLLANTIN:
Dann geht's also los. Zuerst vielleicht ein wenig über Sie
selbst. Was sind Sie von Beruf?

ZEUGIN:
Ja ... nein *(räuspert sich)*. Ein paar Jobs als Model. Hochzeitskleider und so. Und ab dem Frühling möchte ich studieren.

PROTOKOLLANTIN:

Verdienen Sie etwas? Ich meine, was verdienen Sie dabei?

ZEUGIN:

Nicht sehr viel. Brede *(unklar, Husten?)* ... was ich brauche. Sechzigtausend vielleicht? Ich glaube, soviel habe ich letztes Jahr ungefähr verdient.

PROTOKOLLANTIN:

Für wen arbeiten Sie? Als Model, meine ich.

ZEUGIN:

Unterschiedlich. Im Sommer habe ich Aufnahmen für *Tique* gemacht. Ich arbeite auch für andere Zeitschriften. Ich war in so einer Art Stall bei Heads & Bodies. Das ist eine Modelagentur. Aber jetzt ... ich werde jetzt eher direkt gefragt. Eigentlich ist das nicht so wichtig. Ich will das ja nicht auf Dauer machen. Das ist nur so zum Spaß. Ich will Sprachen studieren. Französisch und Italienisch, stelle ich mir vor. Oder vielleicht auch Spanisch. Da habe ich mich noch nicht entschieden.

PROTOKOLLANTIN:

Hatten Sie etwas mit dem Restaurantbetrieb zu tun?

ZEUGIN:

Nein. Das wollte Brede nicht. Ich habe mehrmals angeboten, mich da nützlich zu machen ... oder so. Das wollte er nicht.

PROTOKOLLANTIN:

Wie lange kannten Sie Brede?

ZEUGIN:

Zwei Jahre vielleicht. Natürlich wußte ich schon länger, wer er war, viel länger. Seit über zwei Jahren, meine ich. Aber vor ungefähr zwei Jahren haben wir uns richtig kennengelernt. Persönlich, meine ich.

PROTOKOLLANTIN:

Wann haben Sie geheiratet?

ZEUGIN:

Am 19. Mai. Dieses Jahr, meine ich. Einen Tag vor meinem

69

Geburtstag. Ich war irgendwie ... ein bißchen sauer auf Brede. Er hatte meinen Geburtstag vergessen. Er fand das nämlich kindisch. Geburtstage zu feiern, meine ich. Er wollte das absolut nicht. Auch bei seinem eigenen nicht. So was dürften nur Kinder, fand er.

PROTOKOLLANTIN:

Kindisch ... *(Räuspern)*. Hat er das oft gesagt? Daß Sie kindisch seien? Der Altersunterschied war ja ziemlich groß und ...

ZEUGIN (UNTERBRICHT):

Nein, das nicht. Aber er hat viele Entscheidungen getroffen. Ich fand das eigentlich natürlich. Er hatte doch Erfahrung ... er hatte Geld und so. Er hat sehr hart und sehr viel gearbeitet, während ich ... *(Pause)*

PROTOKOLLANTIN:

Wie haben Sie sich kennengelernt?

ZEUGIN:

Auf einem Fest. Eigentlich war es eher ein Empfang. Ein Freund von meinem damaligen Bekannten eröffnete ein neues Restaurant und dann ... *(nicht zu hören)* ... war Schluß zwischen Sindre und mir. Er war ziemlich sauer ... *(längere Pause)*. Seit diesem Fest war ich mit Brede zusammen. *(lacht kurz, kichert?)*

PROTOKOLLANTIN:

Kennen Sie Bredes Familie?

ZEUGIN:

Frau Johansen. Die Mutter, meine ich ... *(Pause)*. Genaugenommen kenne ich sie nicht. Aber ich bin ihr einige Male begegnet.

PROTOKOLLANTIN:

Wie sah Ihre Beziehung zu Ihrer Schwiegermutter aus?

ZEUGIN:

Unsere Beziehung? Wie meinen Sie das? Die Beziehung ... gut, nehme ich an.

PROTOKOLLANTIN:

Gut? Nehmen Sie an?

ZEUGIN:

Ich meine ... Sie war ... ist, meine ich. Sie ist eine echte Glucke. So eine, die fast in ihren Sohn verliebt zu sein scheint. Sie wissen schon, was ich meine.

PROTOKOLLANTIN:

Nicht ganz.

ZEUGIN:

Na ja ... an Brede war alles vollkommen. In ihren Augen konnte er einfach nichts falsch machen. Sie ... ich würde schon sagen, daß sie ihren Sohn angebetet hat. Da war es nicht ganz leicht für mich ... *(lange Pause)*. Aber es ist ja alles gutgegangen.

PROTOKOLLANTIN:

(raschelt mit Papier): Brede war noch klein, als sein Vater starb, und wenn meine Unterlagen stimmen, dann war er ein Einzelkind und selbst kinderlos. Wissen Sie überhaupt etwas über weitere Verwandte von Brede?

ZEUGIN:

Nein. Kann ich ein Pfefferminz essen?

PROTOKOLLANTIN:

Bitte sehr. Keine Verwandten. Und wie sieht es mit Freunden aus?

ZEUGIN:

Jede Menge.

PROTOKOLLANTIN:

Zum Beispiel?

ZEUGIN:

Das ist eine saulange Liste. Soll ich sie alle aufschreiben?

PROTOKOLLANTIN:

Wir werden sehen. Wer hat ihm denn am nächsten gestanden – aus Ihrer Sicht?

ZEUGIN:

Keine Ahnung.

PROTOKOLLANTIN:

Sie wissen nicht, wer die engsten Freunde Ihres Mannes waren?

ZEUGIN *(wird um einiges lauter):*
Er kannte alle. Alle. Er hatte unglaublich viele Freunde. Es
war sicher nicht leicht ... Claudio vielleicht. Wenn Sie unbedingt einen Namen hören wollen.

PROTOKOLLANTIN:
Claudio. Der Oberkellner? Claudio Gagliostro?

ZEUGIN:
Ja. Er ist auch Geschäftsführer vom *Entré*. Er kennt Brede ...
immer schon, hab ich den Eindruck. Ihm gehört auch ein
Teil des Restaurants, glaube ich. Nein, ich weiß, daß ihm ein
Teil vom *Entré* gehört. Er wußte jedenfalls als einziger vorher schon, daß wir in Mailand heiraten wollten. Abgesehen
von den beiden von der Illustrierten *Se & Hør,* meine ich.
Die mitgekommen sind, um eine Reportage zu machen. Die
haben alles bezahlt.

PROTOKOLLANTIN:
Eine Illustrierte hat Ihre Hochzeit bezahlt? *(Pause).* Wie fanden Sie das denn?

ZEUGIN:
Weiß nicht ... *(unhörbar)* ... so ungefähr. Brede war auf Pu-
blicity angewiesen. Er hat immer gesagt, er muß sich selbst
anbieten, sonst würde niemand das haben wollen, was er zu
bieten hat. So hat er sich ausgedrückt. Leuchtet ja eigentlich
auch ein. Sie haben einfach nur Fotos gemacht. Brede kennt
jede Menge Leute in Mailand, mit denen wir uns getroffen
haben. Die reden doch alle Italienisch miteinander, und da
fand ich es gut, mit den Fotografen Leute zu haben, mit denen ich mich verständigen konnte.

PROTOKOLLANTIN:
Jetzt, wo Ihr Mann tot ist ... Sind Sie sich im klaren über die
finanziellen Folgen, die das für Sie haben wird? Es tut mir
leid, aber ...

ZEUGIN:
Nein, ich ... *(schnieft, weint).* Einmal hat er etwas von Güter-
trennung gesagt, aber ... *(Pause, undeutliche Wörter, Schniefen).*
Ich weiß nicht, ob das schon in die Wege geleitet war. Er

hatte allerlei Papiere, die ich unterschreiben sollte, aber ich habe nicht genau mitgekriegt, worum es dabei ging. *(Pause)* Wissen Sie, was jetzt passiert? Mit der Wohnung und so?

PROTOKOLLANTIN:

Na ja … Brede Ziegler hatte doch sicher einen Anwalt, der diese Dinge für ihn geregelt hat. Wissen Sie, wer das sein könnte?

ZEUGIN:

Nein … er hat viele Anwälte gekannt. Promis. Sie … *(weint wieder).*

PROTOKOLLANTIN:

Hören Sie. Sie wenden sich selbst an einen Anwalt. An einen, der nur Sie vertreten soll. Dann kommt schon alles in Ordnung. *(Heftiges Weinen, vermutlich die Zeugin)* Wir legen eine Pause ein, ja? Ich lasse Ihnen Kaffee und etwas zu essen bringen. Ist Ihnen das recht?

ZEUGIN:

Mhm. Ja. *(Weint immer noch heftig.)*

11

Es war schon einige Sekunden her, daß er »Entschuldigung«
gesagt und mit den Fingerknöcheln gegen die offene Tür geklopft hatte. Die Frau am Schreibtisch kehrte ihm den
Rücken zu und schien sich nicht umdrehen zu wollen. Aber
sie mußte ihn gehört haben.

»Verzeihung«, wiederholte Billy T. »Darf ich hereinkommen?«

Sie trug einen apfelgrünen Pullover und schien den Atem
anzuhalten.

»Sie haben mich erschreckt«, sagte sie endlich und drehte
sich langsam um. »Sie haben mich wirklich erschreckt.«

»Tut mir leid.«

Billy T. reichte ihr die Hand. Sie erhob sich und griff danach. Ihr Händedruck war fest, beinahe zu hart.

»Billy T.«, sagte er. »Ich komme von der Polizei. Und Sie
sind Idun Franck?« Er zeigte auf das Schild an der Glaswand,
die das Büro vom Flur trennte.

»Ja. Setzen Sie sich.«

Es war kaum genug Platz für ihn. Die eine Längswand war
von oben bis unten mit vollgestopften billigen Bücherregalen bedeckt. Auf dem Boden neben der Tür ragte ein
Bücherstapel auf, für den der Raum zu klein war. Auf dem
riesigen Tisch unter dem Fenster lag eine unbegreifliche
Menge Papier, dazwischen Kugelschreiber und Tassen und
Bleistifte. Ein Muminvater aus schmutzigem Plüsch hockte
auf der äußersten Tischkante. Die Krempe seines Zylinders
war eingerissen, und er starrte mit leeren Blicken einen
Druck von Gustav Klimt an. Eine Pinnwand mit Karika-
turen, zwei Fotos und drei Zeitungsausschnitten hing
schräg über Billy T.s Kopf. Idun Franck nahm ihre in Gold

gefaßte Brille ab und wischte sie mit dem Pulloverärmel sauber.

»Wie kann ich Ihnen behilflich sein?«

»Brede Ziegler.«

Billy T. kam sich vor wie eingesperrt. Er versuchte die Klinke der Tür zu erreichen, die er eben hinter sich geschlossen hatte.

»Ich kann das Fenster aufmachen«, sagte Idun Franck und lächelte. »Hier drinnen wird es schnell stickig.«

Kalte, von Auspuffgasen gesättigte Luft strömte herein.

»Auch nicht viel besser, fürchte ich.«

Trotzdem ließ sie das Fenster offenstehen.

»Daß es um Brede Ziegler geht, hatte ich mir schon gedacht«, sagte sie langsam und setzte die Brille wieder auf.

»Genau. Wie ich höre, haben Sie an einem Buch gearbeitet. Über Ziegler, meine ich.«

»Führen Sie Zeugenvernehmungen immer am Arbeitsplatz durch? Ich hatte mit einer Art Vorladung gerechnet. Wirklich, ich dachte, das sei die übliche Vorgehensweise.«

Die Frau wirkte trotz dieses durchaus berechtigten Tadels nicht feindselig. Billy T. musterte sie und kratzte sich dabei am Oberschenkel. Sie war wohl um die Fünfzig. Als dick konnte man sie nicht bezeichnen, aber wohlgenährt war sie auf jeden Fall. Ihre Brüste beulten den grünen Pullover aus, die Maschen dehnten sich und ließen die schwarze Unterwäsche durchscheinen. Sie musterte ihn über den Brillenrand hinweg und schien nicht so recht zu wissen, was sie von ihm halten sollte.

»Sie haben recht«, sagte Billy T. kichernd. »Das ist jetzt nicht ganz nach den Regeln. Aber ich war ohnehin in der Gegend, und da dachte ich, ich könnte mal nachsehen, ob Sie im Haus sind. Sie brauchen überhaupt nicht mit mir zu reden. Sie werden auf jeden Fall noch auf die Wache bestellt werden. Zu einer richtigen Vernehmung, meine ich. Und wenn Sie ...« Er erhob sich halbwegs.

»Bleiben Sie sitzen.«

Ihre Stimme erinnerte ihn an die seiner Mutter. Er wußte nicht, ob ihm das gefiel oder nicht. Langsam setzte er sich wieder.

»Herr Kommissar«, sagte sie.

»Hauptkommissar. Aber das ist nicht so wichtig.«

»Ich habe Ihren Nachnamen nicht verstanden.«

»Der ist auch nicht so wichtig. Billy T. reicht vollständig aus. Stimmt es, daß Sie ein Buch über Ziegler schreiben sollten?«

Idun Franck zog den Gummi von dem Pferdeschwanz, der ihr über den Rücken hing. Erst jetzt fiel Billy T. auf, daß ihre aschblonden Haare von ziemlich vielen grauen Strähnen durchzogen waren. Trotzdem sah ihr Gesicht mit den offenen Haaren jünger aus; ihre Wangenknochen wirkten nicht mehr so lehrerinnenhaft streng unter den ungewöhnlich großen Augen.

»Tja«, sagte sie und verzog den Mund zu etwas, das durchaus als Lächeln gedeutet werden konnte.

»Tja?«

»Ich sollte nicht direkt ein Buch über Brede Ziegler schreiben. Ich bin Verlagslektorin, keine Autorin.«

»Aber ...« Billy T. zog einen Zeitungsausschnitt aus der Jackentasche und strich ihn auf seinem Knie gerade. »Das hat vor ungefähr drei Wochen in Aftenposten gestanden ...«

»Stimmt. Wir wollten eine kulinarische Biographie herausgeben. Eine Art Reise durch Zieglers Leben und Werk. Mit Rezepten und Anekdoten, Lebensgeschichte und Bildern. Das Außergewöhnliche war, daß ich das Schreiben übernehmen sollte, aber es sollte trotzdem eine Art Autobiographie werden. Eine Mischform, wenn Sie so wollen. In mehreren Passagen sollte der Text in der Ich-Form gehalten sein. Spielt das eine Rolle?«

Wieder verzog sie den linken Mundwinkel zu etwas, das vielleicht ein Lächeln sein sollte. Es gab ihrem Gesicht etwas Schelmisches; Billy T. spürte, wie ihm der Schweiß ausbrach. Er streifte seine Jacke ab, ohne zu wissen, wohin damit.

»Kannten Sie Ziegler länger?« fragte er und ließ die Jacke auf den Boden fallen.

»Nein. Ich habe ihn erst in Verbindung mit diesem Projekt kennengelernt.«

»Aber jetzt kennen Sie ihn gut, oder? Ich meine, wie weit waren Sie schon mit diesem … Kochbuch?«

Idun Franck sprang auf und strich mit beiden Händen ihren Tweedrock glatt.

»Ich hätte Ihnen natürlich Kaffee anbieten müssen. Verzeihen Sie. Schwarz?«

Sie nahm ihren eigenen Becher und verschwand, ohne seine Antwort abzuwarten. Das Telefon klingelte. Billy T. starrte den Apparat an. Das Geräusch war ungewöhnlich unangenehm: ein altmodisches, eindringliches Piepen, das ihn schließlich aufspringen und zum Hörer greifen ließ. Er zögerte noch kurz, und in dem Moment verstummte das Telefon.

»Suchen Sie etwas Besonderes?« hörte er sie fragen und fuhr herum.

Idun Franck brachte zwei Becher Kaffee. In ihrer Miene mischten sich seiner Ansicht nach Verärgerung und Neugier.

»Das Telefon«, sagte er und zeigte darauf. »Es hat einen Höllenlärm gemacht. Ich wollte schon rangehen, aber dann war Ruhe. Ein grauenhaftes Klingeln.«

Idun Francks Lachen war unerwartet tief und heiser. Sie zwängte sich an Billy T. vorbei, reichte ihm einen Becher und fischte aus einer Packung, die in einer Schublade lag, eine Beige Barclay.

»Wo waren wir?«

Wieder musterte sie ihn über den Brillenrand hinweg. Billy T. begriff, daß er diese leicht übergewichtige Frau von fünfzig Jahren attraktiv fand. Sie machte ihn unsicher und unbeholfen. Er mußte sich zusammenreißen, um nicht ununterbrochen auf ihren Busen zu starren.

»Wie gut haben Sie den Mann gekannt?« fragte er und schlug mit Mühe die Beine übereinander. »Wie weit waren Sie mit der Arbeit an dem Buch gekommen?«

77

»Das ist schwer zu sagen. Viele halten ein Buchprojekt ja für ... für etwas Ähnliches wie einen Marathonlauf auf Skiern, zum Beispiel.« Sie machte einen Lungenzug, der verriet, daß sie an weitaus stärkere Zigaretten gewöhnt war. »Es ist überraschend, wie viele Leute glauben, daß ein Buch entsteht, indem ein Stein auf den anderen gelegt wird. Aber meistens ist das ganz anders. Der Prozeß ist eher ... organisch, könnte man fast sagen. Jedenfalls nicht systematisch. Und deshalb kann ich nicht ...«

Wieder spürte Billy T. diesen Blick über den Brillenrand, der ihn zwang, den Muminvater zu betrachten, der inzwischen auf den Rücken gekippt war.

»... sagen, wie weit wir gekommen waren.«

»Na gut.« Billy T. räusperte sich. »Von mir aus. Können Sie mir denn erzählen, ob Sie im Laufe dieser Arbeit etwas darüber erfahren haben, wer ... oder was ... ob er mit irgendwem Probleme hatte? Konflikte, die den Rahmen des Normalen überschritten?«

Idun Franck trank einen Schluck Kaffee und zog ein letztes Mal an ihrer Zigarette, ehe sie sie in einer Mineralwasserflasche ausdrückte. Sie beugte sich über den Schreibtisch und machte das Fenster zu. Und dann blieb sie mit halbgeschlossenen Augen sitzen und schien eine längere Darlegung zu planen.

»Billy T.«, sagte sie fragend.

Er nickte.

»Hauptkommissar Billy T.«, sagte sie langsam. »Sie bewegen sich da auf einem äußerst problematischen Terrain. Ich bin schließlich Verlagslektorin. Wie Sie vermutlich wissen, trage ich damit eine gewisse Verantwortung. Ich kann nicht aller Welt alles erzählen. Sie fragen mich nach Dingen, die ich unter Umständen von einer Gewährsperson erfahren haben könnte, mit der ich während der Arbeit an einem bisher unveröffentlichten Buch gesprochen habe.«

»Ja und?« Billy T. breitete die Arme aus und hätte dabei fast ein Fleißiges Lieschen von einem Beistelltisch gefegt.

78

»Quellenschutz«, sagte Idun Franck und lächelte. »Verlags-
ethik.«

»Quellenschutz!« Billy T.s Stimme kippte in Falsett. »Der
Mann ist tot, und Sie arbeiten verdammt noch mal bei keiner Klatschzeitung! Nach all dem Schwachsinn, den ich je
gehört habe – und ich kann Ihnen sagen, da kommt im Laufe
der Jahre einiges zusammen –, wollen Sie mir hier etwas von
Quellenschutz in Verbindung mit einem *Kochbuch* erzählen!
Was ist das denn für ein Buch, ha? Stehen da lauter Geheim-
rezepte drin, oder was?«

Idun Franck wärmte sich die Hände an ihrem Kaffeebe-
cher, breite Hände mit kurzgeschnittenen Nägeln. An der
Linken Hand steckte ein großer Ring mit Wikingermuster.
Sie tippte damit gegen ihren Becher, ein rhythmisches, nervtötendes Geräusch.

»Wenn Sie sich das genauer überlegen, werden Sie das
Problem sicher verstehen. Ich habe mich zur Zusammenarbeit mit einem Mann bereit erklärt, der mir so viel
von seinem Leben erzählen soll, daß es genug Material
für ein Buch ergibt. Was schließlich von dem, was er erzählt, in dem Buch stehen soll, wird erst viel später in diesem Prozeß entschieden. Alle, die uns Stoff liefern, seien
das nun Autoren oder andere, müssen sich darauf verlassen
können, daß nichts ohne ihre Zustimmung veröffentlicht
wird. Ich möchte mir in diesem Zusammenhang den Hinweis auf Paragraphen 125 des Strafgesetzbuches und auf
Artikel 10 der Europäischen Menschenrechtskommission
gestatten. Wenn ich Ihnen jetzt Auskünfte erteilte, gegen
die Brede Ziegler ja schließlich keinen Einspruch erheben
kann . . .«

Sie legte eine kleine Atempause ein und fügte hinzu: ». . .
dann könnte in Zukunft keiner meiner Autoren mehr Vertrauen zu mir haben. So einfach ist das. Ich hatte eine rein
professionelle Beziehung zu Ziegler. Reden Sie lieber mit
Leuten, die ihn persönlich gekannt haben.«

Billy T. hatte geglaubt, etwas Verletzliches gespürt zu haben bei dieser Frau, die ihm bei seinem Kommen den Rücken gekehrt hatte und dann erschrocken war.

»So kann man sich irren«, sagte er und hob seine Jacke vom Boden auf. »Sie wollen also mit harten Bandagen kämpfen. Dafür gibt es Juristen, auch bei uns.«

Hier gab es nichts mehr zu holen. Gerade als er gehen wollte, klingelte das Telefon wieder. Das Fenster öffnete sich von selbst, und ein kräftiger Windstoß hob vier Blätter vom Schreibtisch. Billy T. ahnte plötzlich bei Idun Franck einen Hauch von Parfüm; einen Duft, den er seit vielen Jahren nicht mehr wahrgenommen hatte. Davon wurde ihm schwindlig. Als er gereizt die Hand zu einer Art Abschiedsgruß in Richtung der telefonierenden Lektorin hob, wäre er fast mit einem jungen Mann zusammengestoßen. Billy T. meinte, den Jungen erkannt zu haben.

»Die Dichter werden auch jedes Jahr jünger«, murmelte er und zog im Gehen die Jacke an.

12

Thomas mußte mal. Wenn er nicht zu sehr daran dachte, schaffte er es vielleicht noch bis nach Hause. Obwohl er schon siebeneinhalb war, machte er sich manchmal noch in die Hose. Am Tag zuvor war ihm ein Mann mit einer blauen Nase begegnet. Der Mann war uralt gewesen und hatte bis zum Transformatorenhäuschen hinüber gestunken, wo Eirik, Lars und Thomas gelacht und geheult und sich versteckt hatten, um sich die riesige blitzblaue Nase anzusehen. Als der Mann bei der Tankstelle über die Suhms gate gegangen war, hatte Thomas vorn auf seiner Hose einen gelben Fleck und vor seinen Füßen eine Pfütze gesehen. Er war vor dem Lachen seiner Freunde davongejagt und wäre fast überfahren worden.

Jetzt stand er vor dem Tor und preßte die Beine übereinander. Mama wollte ihm den Schlüssel um den Hals hängen. Papa hatte ihm zu Weihnachten so ein Hausmeisterding geschenkt; einen Karabinerhaken aus Metall, den er an einer Gürtelschlaufe festmachen konnte. Thomas mußte sich auf die Zehenspitzen stellen, damit die Schnur, an der der Schlüssel hing, reichte. Endlich glitt der Schlüssel ins Schloß; das Tor ging auf, und Thomas rannte durch den Torweg.

»Sommereis, saure Sahne, Südseebrise.« Das half sonst immer. Lange Reihen von schwierigen S-Wörtern. Er hatte in seinem Zimmer eine Liste hängen mit immer neuen und immer schwierigeren Wörtern, die er büffeln konnte.

Kurz vor der Haustür blieb er stehen. Da war die Hexe! Thomas Gråfjell Berntsen ging nicht freiwillig an Tussi Gruer Helmersen vorbei. Frau Helmersen aus dem ersten Stock war das einzige auf der ganzen Welt, wovor Thomas sich wirklich fürchtete. Einmal hatte sie ihn auf der Treppe so hart gestoßen, daß er gefallen war. Er hatte sich zwar nicht ernsthaft verletzt, aber seither machten ihre gelben Augen ihm Alpträume. Wenn sie ihn überraschte, was immer seltener passierte, dann kniff sie ihn fest in die Wange, sozusagen als Gruß.

Thomas konnte sich nicht länger beherrschen. Er stand hinter den Mülltonnen und wagte nicht, sich zu bewegen. Tränen traten ihm in die Augen.

Frau Helmersen trug ihren Morgenrock, obwohl es doch ziemlich kalt war. Sicher würde sie gleich wieder ins Haus gehen. Thomas schloß die Augen und schluchzte mit zusammengebissenen Zähnen.

»Geh weg. Geh weg.«

Aber Frau Helmersen blieb stehen. Nur ihr Kopf bewegte sich, sie schien nach etwas Ausschau zu halten.

»Miez! Mihihiez! Komm doch, Miez!«

Frau Helmersen hatte keine Katze. Sie haßte Katzen. Thomas wußte, daß sie sich bei der Hausverwaltung beschwert hatte. Über Helmer, einen roten Kater, den Thomas zwei Jahre zuvor von seiner Oma zu Weihnachten bekommen hatte. Eigentlich hatte er sich einen Hund gewünscht, aber Hunde waren in diesem Haus nicht erlaubt.

»Brave Mieze«, hörte er Frau Helmersen sagen. »Und jetzt schön austrinken.«

Thomas hielt den Atem an und lugte hinter den Mülltonnen hervor. Frau Helmersen bückte sich über Helmer, der Milch aus einer Schale leckte.

Endlich richtete sie sich auf. Sie sah überhaupt nicht aus wie ein Mensch. Vielmehr erinnerte sie ihn an einen Roboter mit ihren steifen, beängstigenden Bewegungen. Thomas klapperte mit den Zähnen, aber er würde erst aus seinem Versteck zum Vorschein kommen, wenn er sicher sein konnte, daß Frau Helmersen in ihrer Wohnung verschwunden war.

Als er sich einigermaßen sicher fühlte, schlich er sich zu Helmer hinüber. Die Hose scheuerte in seinem Schritt. Der

Kater leckte noch immer das weiße Schälchen mit Blümchen ab. Thomas hob ihn hoch.

»Hat Frau Helmersen dich gefüttert?«

Als er das weiche Katzenohr an seinem Mund spürte, mußte er erst recht weinen. Oben in der Wohnung zog er sich um, trotzdem fror er noch immer. Er wußte, daß er sich waschen mußte, aber er wollte auf seine Mama warten. Er verkroch sich im Bett und deckte sich und Helmer gut zu. Der Kater jammerte leise.

Als Thomas um kurz vor fünf davon geweckt wurde, daß seine Mama nach Hause kam, war Helmer tot.

13

Erst später sah er die Warnung auf der Packung. Eine Stunde zuvor hatte er zwei Paracetamol genommen. Und nun noch zwei. Der bittere Geschmack brannte in der Speiseröhre. Er las die Warnung ein weiteres Mal und schüttelte den Kopf.

»Wenn bloß dieser verdammte Zahn endlich Ruhe gäbe!«

Aber das würde der Zahn nicht tun. In letzter Zeit meldete er sich energisch zu Wort, sobald Billy T. etwas aß oder trank, das wärmer oder kälter war als seine Körpertemperatur. An diesem Abend hatten die Zahnschmerzen unwiderruflich eingesetzt. Billy T. wollte nicht zum Zahnarzt. Der Zahn war nicht mehr zu retten. Der Zahnarzt würde einen Blick auf die Katastrophe werfen und eine Krone vorschlagen. Dreitausendvierhundert Kronen für eine Krone. Das kam nicht in Frage. Billy T. konnte sich das ganz einfach nicht leisten. Jenny würde bald eine Karre brauchen. Die Summen, die er für die anderen vier Kinder zahlen mußte, sorgten dafür, daß ihm jedesmal schlecht wurde, wenn er seine Kontoauszüge ansah. Die Gehaltserhöhung, die er mit seiner Beförderung zum Hauptkommissar bekommen hatte, verschwand in einem einzigen großen Sog.

Er brauchte Geld. Und er konnte sich an keine Zeit erinnern, in der er nicht in Geldnot gesteckt hätte.

Das Zahnweh kroch weiter über die linke Gesichtshälfte und endete irgendwo tief in seinem Kopf in einem stechenden Schmerz. Er wrang einen schmutzigen Lappen aus und legte ihn sich über die Augen. Als er den schwachen Geruch von Kinderkacke wahrnahm, riß er den Lappen wieder weg.

»Shit! *Shit!*«

Er fauchte sein Spiegelbild an. Das Neonlicht machte ihn

unnötig blaß, er blieb stehen und rieb sich die Schläfen, während er versuchte, die Tränensäcke unter seinen Augen wegzustarren. Es war nach Mitternacht, und er mußte schlafen, solange Jenny es gestattete.

Vorsichtig öffnete er die Schlafzimmertür.

Jenny lag im Kinderbett auf dem Rücken, hatte die Arme ausgestreckt und die Decke zu ihren Füßen zu einem Knäuel getreten. Sie sah aus wie eine Sonnenanbeterin in einem blauen Schlafanzug. Billy T. deckte sie behutsam wieder zu und schob das schmutziggelbe Kaninchen an seinen Stammplatz in der Ecke.

Er spürte Tone-Marits Wärme im Rücken, als er sich vorsichtig ins Doppelbett legte. Die Zahnschmerzen ließen nicht nach, sondern wurden schlimmer.

Er hatte schon vor Jenny vier Kinder gehabt, doch die beiden Mädels in diesem Raum waren seine erste wirkliche Familie. Jedenfalls, seit er von zu Hause ausgezogen war. In diesem Moment wäre er allerdings lieber allein gewesen. Ihm war danach, alle Lampen einzuschalten, sich mit dem Cognac, den er zwei Jahre zuvor von einer Dienstreise nach Kiel mitgebracht und noch nicht angerührt hatte, halb vollaufen zu lassen. *Il Trittico* ganz weit aufzudrehen und zu warten, bis die Schmerzen sich legten.

Er wollte allein sein.

Das Leben als Junggeselle und Wochenendvater war unkompliziert gewesen. Nach einigem Hin und Her, das es während der ersten Monate mit der Mutter des Jüngsten gegeben hatte, war alles sehr gut gelaufen. Er mischte sich nicht in das Leben ein, das die Jungen bei ihren vier Müttern führten. Die Mütter ihrerseits interessierten sich nur minimal für das, was die Jungen bei ihm so trieben. Solange die Söhne ausgeglichen und gesund wirkten, sah niemand einen Grund, an funktionierenden Arrangements etwas zu ändern. Ab und zu schmollten die Knaben ein wenig, wenn er nicht zu Schulfeiern oder ähnlichen Anlässen erschien, aber inzwischen hatten sie sich daran gewöhnt, daß das vorkommen konnte. Wenn Fußballspiele oder andere Aktivitäten anlagen, während sie bei ihrem Vater waren, ging er natürlich mit. Im Grunde war er mit seinem Leben zufrieden gewesen.

Hier lagen die Dinge anders. Jenny hatte seit ihrer Geburt noch nicht eine Nacht durchgeschlafen. Sie spuckte und schrie und mußte gefüttert werden. Kaum war ihr Hunger gestillt, kam die Mahlzeit auf der anderen Seite schon wieder zum Vorschein. Die Wohnung war zu klein, um sich zurückzuziehen. Einige wenige Male hatte er bei Bekannten übernachtet, um seine Ruhe zu haben, aber dann hatte ihn der Gedanke wach gehalten, daß Tone-Marit jetzt mit allem allein fertig werden mußte.

Die Wohnung war ganz einfach zu klein.

Aber eine größere konnten sie sich nicht leisten.

Das Schlafzimmer war kalt, und er zog sich die Decke bis ans Kinn. Nun schauten unten seine Füße hervor, und er krümmte sich zusammen. Jenny stieß ein paar gurgelnde Laute aus, und wie als Echo hörte er Tone-Marit wimmern.

Die einzige Frau, die er eigentlich nie verlassen hatte, war seine Mutter. Immer, wenn es in der Beziehung zu ihr in den Fugen ächzte, hielt er sich eine Weile bedeckt. Und irgendwann war die Verstimmung verzogen. Den Ausdruck »an einer Beziehung arbeiten« hatte Billy T. nie verstanden. Eine Beziehung war doch kein Job. Entweder sie stimmte, oder sie stimmte nicht.

Die Begegnung mit Suzanne war das letzte gewesen, was er gerade brauchen konnte.

Als er am Montag vom *Entré* nach Hause gegangen war, hätte er weinen mögen. Er hatte die Zahnschmerzen vorgeschoben und war vor Tone-Marit ins Bett gegangen. Und dann hatte er wach gelegen.

Seine letzte Begegnung mit Suzanne mußte zwanzig Jahre zurückliegen.

Er erhob sich vorsichtig und zog die Decke mit.

Die Betten der Jungen waren zu klein.

Er legte sich aufs Sofa. Truls hatte am vergangenen Wo-

chenende, als die Kinder Star Wars spielen wollten, die Kopf-
hörer zerbrochen, aus Wut darüber, daß er als Jüngster Prinzessin Leia sein sollte.

Achtzehn Jahre war es her, daß er zuletzt von ihr gehört
hatte, wenn er sich das genau überlegte. Aber das wollte er
gar nicht, er wollte an etwas anderes denken.

Er war damals zweiundzwanzig gewesen, am Ende seines
ersten Jahres Polizeischule. Sie hatte ihn angerufen und um
Hilfe bei der Rückführung in die geschlossene Abteilung
gebeten. Sie war in eine betreute Wohnung verlegt worden, gegen ihren Willen. Und dann war sie einfach verschwunden. Soviel er wußte, war sie später nach Frankreich gegangen. Mit ihm hatte das nichts zu tun, er hatte
sie vergessen.

Alexander wünschte sich nur eine PlayStation. Er war der
einzige in seiner Klasse, der keine hatte. Eine PlayStation kostete ungefähr so viel, wie Billy T. für die Weihnachtsgeschenke für alle Söhne aufbringen konnte.

Er schloß die Augen und preßte die Zähne aufeinander,
um die Schmerzen zu lindern. Doch die wurden immer
schlimmer. Inzwischen hatten sie sich im Hinterkopf festgesetzt, sein halber Kopf schien sich vom Körper losreißen zu
wollen.

Hanne Wilhelmsen hatte ihn verlassen.

Sie hatte ihn verlassen, nicht umgekehrt.

Er wollte nicht daran denken.

Das Telefon klingelte.

Billy T. sprang auf, stürzte hinaus auf den Flur und machte sich über den Apparat her, ehe der ein weiteres Mal fie-
pen konnte. Wie erstarrt blieb er stehen und horchte zum
Schlafzimmer hinüber.

»Hallo«, fauchte er in den Hörer.

»Hallo. Hier ist Severin.«

»Es ist ... es ist fast eins, *zum Henker!*«

»Verzeihung, aber ...«

»Ich habe hier ein kleines Kind, weißt du!«

87

»Ich habe doch um Verzeihung gebeten. Ich dachte nur, du würdest das sofort erfahren wollen.«

»Was denn?« Billy T. drückte einen Daumen gegen sein geschlossenes Auge.

»Brede Ziegler ist zweimal ermordet worden.«

Vor dem Fenster kreischten Autobremsen, gefolgt vom Scheppern einer kräftigen Kollision. Billy T. hielt den Atem an und sprach ein stilles Gebet.

Jenny brüllte.

»Shit«, sagte er. »Die Kleine ist aufgewacht. Was hast du gesagt?«

Er ging zum Fenster und schaute hinaus. Ein Taxifahrer pöbelte eine in Tränen aufgelöste junge Frau an. Zwei Mercedes hatten sich energisch ineinander verbissen.

Jenny jaulte wie ein angestochenes Schwein.

»Warte mal«, bellte Billy T. in den Hörer.

Tone-Marit wollte die Kleine schon aufnehmen, als er ins Schlafzimmer kam. Sie war nur halb bei Bewußtsein und überließ ihm das Kind ohne Widerworte, ehe sie buchstäblich ins Bett zurückfiel.

»Pst, ganz ruhig, Herzchen. Papa ist da. Alles in Ordnung.«

Er drückte seine Tochter an sich, stapfte mit wiegendem Gang zurück in den Flur und griff wieder zum Telefon.

»Was hast du gesagt?» murmelte er.

»Brede Ziegler ist zweimal ermordet worden. Ha!«

Jenny gurgelte und griff nach der Nase ihres Vaters.

»Zweimal«, sagte der tonlos. »Er ist zweimal ermordet worden. Na gut.«

»Weißt du noch, daß die Gerichtsmedizin wissen wollte, ob er getrunken hat? Weil seine Gesichtsfarbe ihnen ein bißchen seltsam vorkam?«

»Vage.«

Das Martinshorn wurde lauter und Jenny krallte eine Hand in seinen Hals. Sie begann wieder zu weinen. Billy T. stopfte ihr einen Schnuller rein.

»Das war kein Alkohol, sondern Paracetamol. Brede Ziegler ist vergiftet worden. Er war bis an den Rand vollgestopft mit Paracetamaol.«

»Paracetamol? Du meinst, so ganz gewöhnliches Paracet? In einer orangefarbenen Packung?«

»Lebensgefährlich in großen Mengen. Deshalb kriegst du in der Apotheke immer nur eine Packung auf einmal.«

»Aber ... ist er daran gestorben? War er schon tot, als er erstochen wurde?«

»Nein, umgekehrt. Er ist an dem Messerstich gestorben, aber aller Wahrscheinlichkeit nach wäre er sonst an der Vergiftung eingegangen. Falls er nicht ins Krankenhaus gebracht worden wäre. Rechtzeitig.«

»O verdammt.«

»Das kannst du wohl sagen.«

»Wir sehen uns morgen früh.«

»Gut. Ich hoffe, ich hab dir nicht die Nacht ruiniert.«

»Ruinierte Nächte sind meine Spezialität«, murmelte Billy T. und ließ den Hörer auf den Boden fallen.

Als die Wagen draußen abgeschleppt worden waren und Jenny endlich wieder schlief, war es am Donnerstag, dem 9. Dezember, bereits fünf Uhr vorbei. Billy T. legte das Kind ins Bett und ging ins Badezimmer. Er ließ Wasser in die Wanne laufen und beschloß, gleich nach dem Bad zur Arbeit zu gehen. Wieso auch nicht? Wenn er jetzt einschliefe, würde er nie mehr auf die Beine kommen. Während das Wasser einlief, drückte er die neun verbliebenen Paracet aus der Folie und ließ sie in die Toilette fallen. Sie verschwanden in einem Wirbel aus blauem Wasser.

Seine Zahnschmerzen hatten sich immerhin gelegt.

14

Zu den vielen Dingen, die Vilde Veierland Ziegler der Polizei verschwiegen hatte, gehörte, daß sie sich meistens in Sinsen aufhielt. Sie hatte eine Anderthalbzimmerwohnung im Silovei. Das halbe Zimmer war im Grunde nur ein Loch in der Wand, das Platz für ein breites Einzelbett bot. Zur Wohnung gehörte eine Toilette, die Dusche jedoch befand sich auf dem Flur und mußte mit zwei Nachbarn geteilt werden.

Er brauche bisweilen Ruhe, hatte Brede gesagt. Er sei ja immerhin Künstler. Anfangs hatte sie das überzeugt; er bat sie nur höflich ab und zu um ein wenig Ruhe, einmal alle zwei Wochen oder so. Immer nur für zwei Tage. Dann war es mehr geworden. Und dann war ihr irgendwann aufgefallen, daß sie während der letzten Monate wie nebenbei fast alle ihre Kleider und ihre persönliche Habseligkeiten in die kleine Wohnung geschafft hatte. Denn hier wohnte sie. Sie hatte zwar noch den Schlüssel zur Niels Juels gate, aber sie hatte schon seit Wochen nicht mehr dort übernachtet.

Vilde hatte keine Ahnung, wem die Wohnung gehörte, in der sie hier hauste. Brede hatte sich um alles gekümmert. Ihr war es egal gewesen, und er hatte für alles gesorgt. Jetzt wußte sie nicht weiter. Sie saß im Bett, hatte die Knie unters Kinn gezogen und wußte nicht einmal, wem ihre Wohnung gehörte. Die Polizei würde sie bestimmt ausfindig machen. Vielleicht sollte sie sofort in die Niels Juels gate übersiedeln. Mit diesem Gedanken hatte sie schon gespielt, als sie aus der Wache gekommen war, aber irgend etwas ließ sie davor zurückschrecken. Die Niels Juels gate kam ihr eher vor wie ein Ausstellungsraum. Brede hatte eine hysterische Angst davor gehabt, daß sie etwas an der Einrichtung verändern könnte. Sie dagegen hatte das Gefühl gehabt, daß sogar ihre Kleider das störten, was Brede als »ganzheitlichen ästhetischen Ausdruck« bezeichnete.

Vilde fühlte sich in Sinsen einfach wohler.

Wenn sie die Niels Juels gate geerbt hatte, dann würde sie diese riesige Wohnung verkaufen. Und sich ein kleines Haus zulegen, ein Reihenhaus vielleicht, in Asker oder Bærum, mit einem kleinen Garten, und dann würde sie immer noch Geld übrig haben. Und studieren. Und ein bißchen verreisen. Oder sogar ziemlich viel, wenn sie genauer darüber nachdachte. Reisen war schließlich die beste Methode, um Sprachen zu lernen.

Vilde brach in Tränen aus, umklammerte ihre Knie und wiegte sich hin und her. Brede war tot. Diese Polizistin war schon in Ordnung gewesen, hatte sie aber offenbar voll durchschaut. Sie hatte gesehen, was Vilde im Hals steckengeblieben war und sie hatte lügen lassen. Sie hatten drei Pausen eingelegt, und jedesmal waren Vilde Kaffee und Brötchen angeboten worden. Aber sie hatte nicht einen Bissen hinuntergebracht.

Als die Türklingel ging, knallten ihre Knie gegen ihr Kinn. Sie biß sich in die Wange und schmeckte Blut. Der digitale Wecker teilte mit, daß der Donnerstag noch kaum begonnen hatte; es war zwanzig vor sechs. Sie blieb einfach still sitzen. Sicher hatte irgendwer sich in der Klingel geirrt, das kam häufiger vor. Wieder wurde geschellt.

Sie wollte nicht aufmachen.

Wenn sie ganz still sitzen blieb und so tat, als sei sie nicht zu Hause, dann würde der Störenfried vielleicht verschwinden.

Da drückte jemand endlos auf den Klingelknopf und wollte nicht aufgeben. Lange schrillte der Ton durch die Wohnung, lange. Vilde kniff die Augen zu und preßte die Hände auf die Ohren.

Nach zwei Minuten konnte sie aufstehen und ans Fenster gehen. Vorsichtig, um selbst nicht gesehen zu werden, lugte sie durch den Vorhangspalt. Ein Mann ging unsicher über den Bürgersteig. Er schien betrunken zu ein. Als er die Bank vorn an der Straße erreicht hatte, stützte er sich darauf und drehte sich zu dem Mietshaus um. Vilde zog sich blitzschnell zurück. Sie hatte die Jacke des Mannes erkannt. Was kein Wunder war, denn sie hatte sie ihm vor weniger als zwei Jahren geschenkt, damals, als sie ein Paar gewesen waren und bald heiraten wollten.

15

Sie hätte am liebsten kehrtgemacht. Für einen Moment bereute sie, nicht den Mantel mit dem breiten, hochklappbaren Revers angezogen und vielleicht auch eine Mütze aufgesetzt zu haben. Etwas, worin sie sich hätte verstecken können.

Die Wache sah aus wie immer. In das eine oder andere Fenster hatte ein optimistischer Mensch, der noch immer an Weihnachten glaubte, eine brennende Kerze gestellt, um so etwas wie Weihnachtsstimmung zu erzeugen. Ansonsten war alles grau. So, wie es immer gewesen war. Der Hang, der zum Haupteingang führte, war steil wie immer, und auf dem Weg nach oben knöpfte sie ihre Jacke auf. Vor den schweren, vertrauten Stahltüren blieb sie stehen. Noch konnte sie umdrehen, doch sie wußte, damit würde sie nur etwas aufschieben, das doch unvermeidlich war. Sie holte tief Luft. Dann stemmte sie sich gegen die Tür und betrat das Foyer.

Der Geruch ließ sie aufkeuchen.

Hanne Wilhelmsen hatte sich nie klargemacht, daß die Wache einen Geruch hatte, einen kaum wahrnehmbaren Geruch von Bürogebäude und Schweiß, von Angst und Arroganz, von Papier, Metall und Bohnerwachs. Es roch nach Polizei, und sie ging zum Fahrstuhl.

»Hanne? Hanne, bist du das?«

Erik Henriksens rote Haare sträubten sich, er glotzte mit offenem Mund.

»*The one and only.*«

Hanne versuchte wirklich zu lächeln. Sie spürte, wie die Lederjacke an ihrem Hemd festzukleben begann, und wäre am liebsten verschwunden.

»Wo hast du ... wo warst du die ganze Zeit? Bist du wieder da ... so richtig, meine ich? Und wie geht's dir überhaupt?«

Der Fahrstuhl machte pling. Hanne drängte sich an ihrem ehemaligen Kollegen vorbei und sprach ein Stoßgebet in der Hoffnung, daß die Türen sich vor seiner Nase schlossen.

»Bis nachher«, murmelte sie und wurde erhört.

Das Gerücht schien schneller zu sein als der Fahrstuhl. Im sechsten Stock hatte sie das Gefühl, daß alle sie anstarrten. Vor dem Eingang zur Kantine standen fünf Menschen, die allesamt schwiegen und offenbar gar nicht zum Essen wollten. Sie nickte im Vorübergehen halbherzig jemandem zu. Die Blicke der anderen brannten ihr im Rücken, als sie über die Galerie zum Büro des Polizeidirektors ging. Das leise Flüstern wurde zur immer eifrigeren Diskussion, je weiter sie sich entfernte.

Am Ende konnte sie sich nicht beherrschen.

Sie fuhr herum, und die fünf hatten es plötzlich sehr eilig.

Als ihr Blick über die Galerie auf der anderen Seite des sieben Etagen hohen Foyers schweifte, sah sie ihn. Im zweiten Stock, in der blauen Zone. Er blieb stehen, lehnte sich aufs Geländer und schaute aus zusammengekniffenen Augen zu ihr hoch. Er war so tief unten, daß sie seinen Gesichtsausdruck nicht deuten konnte.

Ein Irrtum war trotzdem ausgeschlossen.

Billy T. zuckte mit den Schultern und wandte ihr den Rücken zu.

Sie selbst ging weiter zum Büro des Polizeidirektors, um in Erfahrung zu bringen, ob sie noch einen Arbeitsplatz hatte.

16

»Ich dachte, die Frau wär verrückt geworden. Das habe ich jedenfalls gehört. Daß sie in der Anstalt war. Zwangseinweisung, habe ich gehört.«

Beate aus dem Vorzimmer zog kichernd am Träger ihres Kleides. Dann trank sie einen viel zu großen Schluck Aquavit. Eine dünne Alkoholwolke hing über dem Tisch, und Karianne wich zurück.

»Ich habe gehört, sie sei nach China gefahren, um ein Kind zu adoptieren. Das hab ich von jemandem, der sie wirklich gut kennt. Und da hätte es doch sein können, daß sie im Mutterschaftsurlaub ist oder wie das heißt.«

Karianne Holbeck sah heute verändert aus. Normalerweise trug sie weite, unscheinbare Kleidungsstücke, die außer ihrem kräftigen Bau nichts verrieten. Sie schminkte sich nie. In der Regel war sie blaß, ihre Wimpern und Brauen fast weiß. Ihr peinlicher Hang zum Erröten hatte freies Spiel. Die Kollegen nannten sie die »Ampel«, wenn sie sich unbelauscht glaubten.

An diesem Abend war Karianne nicht wiederzuerkennen. Ein engsitzendes graues Samtkleid umschloß üppige Hüften und Oberschenkel. Ihre großen Brüste saßen hoch. Die Haare ließ sie normalerweise offen hängen, vermutlich, um sich dahinter verstecken zu können, wenn sie rot wurde. Jetzt mußte sie beim Friseur gewesen sein. Diese kunstvolle Frisur konnte unmöglich ihr eigenes Werk sein. Und das Make-up auch nicht; sie sah aus, als sei sie eben erst einer großen TV-Unterhaltungsshow entsprungen.

»Ich hab mich wohl ein bißchen zu sehr in Schale geworfen«, flüsterte sie Severin Heger zu und umklammerte ihr Bierglas. »Sieh dir doch die anderen an!«

95

Er setzte sich neben sie und legte ihr den Arm um die bloßen Schultern. Karl Sommarøy stand am Tresen und unterhielt sich mit einem Kollegen über Autos. Er hatte sich gerade einen vier Jahre alten Audi A 6 gekauft und klagte darüber, daß bereits nach zwei Tagen der Turbo seinen Geist aufgegeben hatte. Das Hemd hing ihm aus der Hose, und er trug Jeans. Zwar hatte er zur Feier des Tages einen Schlips umgebunden, doch der hing schon auf halbmast und würde innerhalb der nächsten Stunde als Kopfputz enden.

»Du siehst toll aus«, flüsterte Severin Karianne ins Ohr. »Die tollste Frau heute abend. Die anderen machen sich lächerlich. Du dagegen bist ... prachtvoll. Prost!«

Ihre Gesichtsfarbe näherte sich einem Violetton, und sie umklammerte ihr Glas noch energischer.

»Dieses Lokal ist anders, als ... als ich erwartet hatte, irgendwie«, stammelte sie und schaute sich mit gesenktem Kopf um.

»Nicht gerade ein Luxusschuppen, nein. He! Du, Karl!«

Sommarøy fuhr gereizt herum.

»Hast du keine anderen Klamotten?«

»Jetzt hör aber auf. Ich dachte, wir wollten Pizza essen!«

Das heruntergekommene Restaurant in der Brugata lag nur vier oder fünf Sirenentöne von der Wache entfernt. Die für die Weihnachtsfeier Zuständigen hatten sich aus purer Faulheit dafür entschieden. Braune Tische, rotkarierte Tischdecken und in alte Mateusflaschen gesteckte Kerzen sollten vermutlich ein französisches Bistro vortäuschen.

Karl Sommarøy schob die Pfeife in den Mund und setzte sich an den Tisch. »Wo hier schon die Rede von Essen ist, was sagt ihr?«

Niemand fühlte sich berufen, einen Kommentar zu den angebrannten Schafsköpfen abzugeben. Eine halbe Stunde zuvor waren sie fast unangerührt in die Küche zurückgewandert.

»Habt ihr denn heute Hanne Wilhelmsen nicht gesehen?«

Beate aus dem Vorzimmer nuschelte schon. »Ischabschie geschehen!«

Billy T. saß vergrätzt an der Schmalseite des Tisches. Er hatte kaum ein Wort gesagt, seit er viel zu spät erschienen war. Er trank auch kaum etwas und schaute alle zehn Minuten auf die Uhr. Jetzt ließ er sich auf seinem Stuhl zurücksinken und schlug die Arme übereinander.

Plötzlich lachte der Polizeibeamte Klaus Veierød los. »Ich habe gehört, daß sie einen Kriminalroman schreibt. Machen das zur Zeit nicht alle?«

Veierød war vermutlich der erfahrenste Fahnder unter ihnen. Er hatte in allen Abteilungen der Wache gearbeitet. Drei Jahre zuvor war er von der Wirtschaftskriminalität zur Gewalt versetzt worden. Er war gründlich, zuverlässig und absolut phantasielos. Längst hatte er sich damit abgefunden, daß er niemals zum Hauptkommissar befördert werden würde, aber das war ihm egal. Wenn er wollte, könnte er in sechs Jahren in Pension gehen. Dann würde er seine ganze Zeit seiner Sammlung von alten Kriegsutensilien widmen können. Er spielte mit dem Gedanken, in der alten Scheune bei seinem Ferienhaus ein kleines Museum einzurichten. Damit wäre er sein eigener Herr, und niemand würde sich einmischen können.

Klaus Veierød mochte den überhitzten Ermittlungsstil in der Gewalt nicht. Und am allerwenigsten hatte ihm der harte Kern um Hanne Wilhelmsen zugesagt. Als die Clique auseinanderfiel – durch Håkon Sands Beförderung zum Staatsanwalt und Hanne Wilhelmsens Verschwinden, nachdem der Fall des unter Mordverdacht stehenden Oberstaatsanwalts Halvorsrud endlich gelöst war –, war ihm das nur recht gewesen. An Wilhelmsens Begabung hatte er allerdings nie gezweifelt. Insgeheim hielt er sie für die beste Ermittlerin, die die Osloer Polizei jemals gehabt hatte. Was er nicht hatte ertragen können, war das Gefühl gewesen, ausgeschlossen zu sein. Solange Billy T. und Hanne Wilhelmsen noch untere Ränge bekleidet hatten, war die Sache halb so schlimm gewesen. Doch als Hauptkommissarin und Hauptkommissar waren sie einfach unausstehlich. Tuschelten und flüsterten und hatten hunderttausend Geheimnisse. Und das war einfach nicht in Ordnung.

»Billy T.«, sagte Klaus Veierød und beugte sich über den Tisch. »Kannst du uns nicht verraten, wo die Frau sich herumgetrieben hat? Du kennst sie doch so gut, Mann!«

Wieder schaute der Hauptkommissar auf die Uhr. Dann starrte er zerstreut in sein Glas. Es war noch zur Hälfte mit schalem Bier gefüllt.

»Wißt ihr«, sagte Silje Sørensen und ließ sich auf den Schoß des einen Polizeianwärters sinken. »Ich glaube, wir können die ganze Ermittlung bald einstellen. Ich glaube, daß Brede Ziegler Selbstmord begangen hat.«

Verlegenes Schweigen machte sich breit an dem Tisch, an dem jetzt acht Personen auf sechs Stühlen saßen.

»Sieh an«, murmelte Severin.

»Klar doch«, sagte Karl Sommarøy und nuckelte an seiner Pfeife.

»Aber überlegt doch mal«, beharrte Silje. »Der war vollgestopft mit . . . «

»Also wirklich«, fiel der Anwärter ihr ins Wort. »Du willst doch nicht im Ernst behaupten, daß jemand Selbstmord begeht, in dem er sich auf der Treppe zur Wache ein Messer ins Herz rammt, oder?«

Silje schwenkte die rechte Hand. Der Diamantring glitzerte im trüben Licht.

»Aber was haben wir denn? Das Messer hat Ziegler selbst gekauft. Hast du das nicht heute vormittag in Erfahrung gebracht, Karl?«

Karl Sommarøy nickte und versuchte seine Pfeife wieder anzustecken.

»Also«, fuhr Silje fort und holte tief Luft. »Brede hat zwei Tage vor seinem Tod genauso eine Waffe gekauft. Der Verkäufer hat ihn erkannt, weil er schon wochenlang kein Messer dieser Marke mehr verkauft hatte.«

»Wir wissen aber nicht, ob es tatsächlich *das* Messer war«, wandte Severin ein. »Die Dinger sind zwar lebensgefährlich, aber doch nicht numeriert oder so.«

»Hal–lo!«

Silje verdrehte die Augen.

»Es ist aber ziemlich wahrscheinlich.«

»Und dann hat der Typ seine Fingerabdrücke abgewischt«, sagte Severin in sein Bierglas. »Als er schon tot war, sozusagen . . .«

»Wenn ihr bloß nicht die ganze Zeit rauchen würdet!«

Silje durchwühlte ihre Handtasche nach einem Taschentuch; eine einsame Träne löste sich aus ihrem linken Auge. Sie schien wirklich unter dem Rauch zu leiden. Der junge Polizeianwärter, der sie offenbar gern auf dem Schoß hatte, brüllte, jemand solle das Fenster öffnen. Niemand reagierte.

»Bredes Fingerabdrücke waren auf jeden Fall auf der Klinge«, sagte Silje Sørensen jetzt. »Daß er sie irgendwann abgewischt hat, steht also fest. Er kann an dem Abend Handschuhe getragen haben, er . . .«

». . . hatte keine.«

Severin bestellte mehr Bier.

»Na gut«, sagte Silje. »Aber . . . es ist doch seltsam, daß der Mann sich mit Paracetamol vollgestopft hatte, oder? Ich meine, der Gerichtsmedizin zufolge hatte er um die fünfzehn Gramm intus. Und soviel nehmen nur Selbstmordkandidaten. Ich gehe davon aus, daß er sterben wollte und dann so benebelt war, daß er sich selbst das Messer in den Leib gerammt hat. Aus Versehen vielleicht. Oder um sicherzugehen, daß er sterben würde. Wer weiß?«

Karl fuhr sich über sein fast nicht vorhandenes Kinn. Die gesamte untere Gesichtshälfte schien hinter seinem Daumen zu verschwinden.

»Sie hat ja nicht unrecht . . . Brede Zieglers Leber steuerte voll auf den Kollaps zu, und er muß schon stundenlang Schmerzen gehabt haben, vielleicht seit mehr als einem Tag. Seltsam, daß er nicht zum Arzt gegangen ist.«

»Das wissen wir noch nicht.«

Das war das erste, was Billy T. an diesem Abend sagte. Darauf erhob er sich und verschwand in Richtung Toilette.

»Der Mann, der zweimal sterben mußte«, murmelte Klaus Vereirød. »Ist das nicht ein Film? Mit diesem Australier, der in den ›Dornenvögeln‹ mitgespielt hat, zusammen mit dieser Schönen, die ... und dann mit diesem riesigen breiten Ami, der immer Detektive spielt? Oder Schurken. Der ...«

»Brian Dennehy«, sagte Severin Heger und machte Anstalten zu gehen. »Mir scheint, ihr habt hier allesamt den Verstand verloren. Verdammt, ich ...«

»Momentchen noch«, sagte Karl versöhnlich und zog ihn wieder auf den Stuhl. »Immerhin weist alles darauf hin, daß Ziegler freiwillig in der Gegend war. Sein Wagen wurde in der Nähe gefunden. In der Sverres gate, sorgfältig eingeparkt und ohne irgendwelche Anzeichen von Diebstahl.«

Karianne Holbeck bereute Frisur und Kleid nicht länger. Alle wollten mit ihr anstoßen. Mehrere Male hatte ihr jemand im Vorbeigehen behutsam den Nacken gestreichelt. Irgendwer versuchte unter dem Tisch mit ihr zu füßeln. Sie wagte nicht nachzusehen, wer das sein mochte.

»Jetzt müßt ihr euch aber zusammenreißen«, sagte sie mit ungewöhnlich fester Stimme und legte Severin eine Hand auf die Schulter. »Niemand, absolut niemand hat behauptet, Brede Ziegler sei deprimiert gewesen. Wir haben jetzt sieben- oder achtunddreißig Verhöre durchgeführt, und Wörter wie ›deprimiert‹ oder gar ›lebensmüde‹ sind nicht ein einziges Mal gefallen.«

Alles am Tisch verstummte. Zur allgemeinen Überraschung kehrte Billy T. zurück und setzte sich. Allerdings schien er sich nach wie vor nicht an der Diskussion beteiligen zu wollen.

»Im Gegenteil«, fuhr Karianne fort. »Auch wenn es fast unmöglich ist, sich aufgrund der Vernehmungen ein Bild von diesem Mann zu machen ...« Sie strich eine Haarsträhne zurück und nippte an ihrem Aquavit. »Kann ich hier wohl auch einen Rotwein bekommen?« Sie lächelte Klaus Veierød an, der in der passenden Füßelposition ihr gegenüber saß.

Er zuckte mit den Schultern.

»Sicher doch«, sagte Severin grinsend und schnappte sich einen vorübereilenden Kellner. »Rotwein für die Dame. Ich bezahle!«

»Er kommt mir vor wie eine . . . eine Amöbe. Oder wie . . . ein Bild in so einem Guckrohr, wie wir als Kinder hatten, wißt ihr. So ein Rohr, in dem ein Bild zu sehen ist, aber wenn du es anderen zeigen willst, hat es sich schon wieder verändert.«

»Kaleidoskop«, murmelte Severin. »Ich weiß, was du meinst.«

Karianne schob mit einer Grimasse ihr Glas zurück und warf einen Blick hinüber zum Tresen, wo irgendwer vor Lachen brüllte – über eine Zote, in der ein Abteilungsleiter eine wichtige Rolle spielte.

»Bei den Vernehmungen haben wir uns natürlich auch auf Zieglers letzte Bewegungen konzentriert. Dank dieses ausgefeilten Alarmsystems wissen wir, daß er seine Wohnung um 19 Uhr 56 verlassen hat. Aber danach hat ihn kein Schwein mehr gesehen. Wenn wir die Leute nach seinen Gewohnheiten fragen – ob er Sport getrieben hat, ob er gern ins Kino ging, ob er Frauen angrabbelte . . .«

»Ob er trank«, fügte Severin hilfsbereit hinzu.

»Genau. Dann bekommen wir ebenso viele Antworten, wie wir Fragen gestellt haben. Um ganz ehrlich zu sein: Ich habe mehr über den Mann erfahren, indem ich die Interviews mit ihm gelesen habe. Davon gibt es nämlich unvorstellbar viele. Und da antwortet er zumindest selbst.«

»Apropos Interviews, Billy T., hast du noch weiter mit dieser Verlagsfrau gesprochen?«

Severin lächelte die Schlechtwetterfront am Ende des Tisches an.

»Ich halte eine Weihnachtsfeier nicht für den geeigneten Ort, um einen Mordfall zu diskutieren«, erklärte Billy T., erhob sich und leerte sein Bierglas in einem Zug. »Ich hau ab.«

»Meine Güte«, sagte Klaus Veierød. »War dieser Schafskopf etwa vergiftet?«

Billy T. war der einzige, der seinen Kopf wirklich bis auf die Knochen abgenagt hatte. Sogar die Augen des armen Tieres hatte er ausgelutscht.

»Ihr müßt aber zugeben, daß es eine schöne Theorie war«, seufzte Silje Sørensen und wechselte auf einen anderen Schoß über. »Wir müssen uns doch alle Möglichkeiten offenhalten, meine ich.«

Plötzlich hörten sie Lärm und drehten sich alle gleichzeitig zum Tresen um.

»Im Leben nicht, *Scheiße!*«

Ein Polizeianwärter holte aus und zielte auf einen ebenso jungen Kollegen, der sich eben erst aufrappelte, nachdem er über einen Tisch voller Gläser und Aschenbecher gefallen war. Er wischte sich Glasscherben und Kippen vom Jackett und leckte das aus seiner Nase sprudelnde Blut auf.

»Und *nicht* deshalb«, heulte der andere und trommelte seitwärts gegen den Tresen.

»Und du gehst jetzt nach Hause, könnte ich mir denken.«

Severin Heger packte den Jungen von hinten und preßte seine Arme auf dem Rücken zusammen. Den anderen schob Karl Sommarøy ziemlich brutal zur Toilette.

»*Loslassen, du verdammter Arschficker!*«

»Aber, aber. Jetzt mal schön mit der Ruhe, mein Junge.«

Severin straffte seinen Griff, und der Anwärter heulte noch lauter.

»*Scheiße, ich bin nicht dein Junge!*«

»Morgen wird dir das hier nur leid tun«, sagte Severin und bugsierte den Jungen zur Tür. »Halt jetzt die Klappe. Ist besser so.«

Zwei Minuten später kam er wieder herein.

»Da kam gerade ein Taxi«, sagte er lächelnd und rieb sich die Hände. »Der wird sich morgen gar nicht wohl fühlen.«

»Endlich hat das ganze Ähnlichkeit mit einer Weihnachts-feier«, sagte Karl zufrieden. »Jetzt noch zwei Stunden, und wir haben bis März genug Stoff zum Klatschen.«

»Ihr müßt jetzt ohne mich weiterklatschen«, sagte Severin und packte Karianne an der Hand. »Soll ich die Prinzessin nach Hause geleiten, oder schafft sie das allein?«

Karianne lachte und ließ sich von ihm die Handfläche küssen.

»Ich glaube, ich bleibe noch ein bißchen«, sagte sie. »Aber tausend Dank für das Angebot.«

Nachdem sie die Hand zurückgezogen hatte, schnupperte sie daran. Ihr Handrücken duftete leicht nach *Sergio Tacchini*. Jetzt war sie die einzige in diesem trüben Lokal, die für ein Fest angezogen war, und sie fühlte sich angenehm wohlig. Sie wollte noch nicht nach Hause. Noch konnte allerlei pas-sieren. Außerdem wollte Karianne Holbeck an jeglichem Klatsch beteiligt sein, und das bis in den Frühling hinein.

Vernehmung von Sindre Sand
Vernehmung durchgeführt von Klaus Veierød. Abgeschrieben von
Sekretärin Pernille Jacobsen. Von dieser Vernehmung existiert ein
Band. Die Vernehmung wurde am Samstag, dem 11. Dezember
1999, um 10 Uhr in der Osloer Hauptwache aufgezeichnet.
Zeuge: *Sand, Sindre,*
           Personenkennnummer 121072 88992
           Wohnhaft: Fredenborgveien 2, 0177 Oslo
           Beruf: Koch im Restaurant Stadtholdergaarden
           Oslo, Telefon 22 33 44 55
           Der Zeuge ist aussagebereit.

PROTOKOLLANT:
Ja, jetzt läuft das Tonbandgerät, wir können also anfangen.
Haben Sie schon einmal bei der Polizei ... äh ... wissen Sie,
wie das hier vor sich geht?
ZEUGE:
Nein, ich hatte noch nie mit der Polizei zu tun. Abgesehen
davon, daß ich zweimal einen Fahrraddiebstahl gemeldet
habe, meine ich *(undeutlich)* ... jede Frage, die Sie wollen.
Aber ich bin ziemlich müde. Mußte gestern sehr lange ar-
beiten und bin dann noch ein bißchen im Lokal geblieben.
PROTOKOLLANT:
Wie Sie wissen, geht es um den Mord an Brede Ziegler. Wir
versuchen mit allen zu sprechen, die ihn gekannt haben
oder ...
ZEUGE *(unterbricht):*
Ja, das ist mir klar.
PROTOKOLLANT:
Schön. Sie ... *(Telefon klingelt)* Ich muß nur schnell ... Die

Vernehmung beginnt um 10 Uhr 15. Der Zeuge hat Kaffee bekommen. Entschuldigen Sie das mit dem Telefon; ich habe jetzt Bescheid gesagt, daß wir nicht gestört werden dürfen. Wo waren wir? ... Sie haben Brede Ziegler gekannt, war das nicht so?

ZEUGE:

Ja.

PROTOKOLLANT:

Wie lange?

ZEUGE:

Sehr lange. Ich bin mit siebzehn zu Brede in die Lehre gekommen.

PROTOKOLLANT:

Und jetzt sind Sie ... 1972 geboren, ja. Das macht dann ...

ZEUGE:

Im Oktober werde ich siebenundzwanzig.

PROTOKOLLANT:

Wie gut haben Sie Brede Ziegler gekannt?

ZEUGE *(lacht kurz)*

Kommt darauf an, was Sie unter »gut« verstehen.

PROTOKOLLANT:

Tja ... haben Sie ihn als Chef gekannt, oder hatten Sie auch sonst Kontakt? Er war ja um einiges älter als Sie.

ZEUGE:

Ich glaube, das war Brede nicht so wichtig. Ansonsten können wir auch gleich Klartext reden. Brede war ein Arsch. Ich nehme an, daß es das ist, was Sie wissen wollen. Wie ich den Typen gesehen habe, meine ich. Er war ein altmodischer Arsch. Von der schlimmsten Sorte.

PROTOKOLLANT:

Arsch. Also ich muß schon ... rauchen Sie nur. Sie können Ihre Tasse als Aschenbecher benutzen. Wie ... was verstehen Sie eigentlich unter Arsch?

ZEUGE:

So viele Möglichkeiten, sich wie ein Arsch zu verhalten, gibt es ja wohl nicht. Ich meine alles, rundum. Brede Ziegler hat

105

Menschen benutzt, ist auf ihnen herumgetrampelt, hat sie beschwindelt, hat sie an der Nase herumgeführt. Hat sich nur für sich interessiert. Wenn Brede seinen Willen durchsetzen konnte, war alles wunderbar. *(Pause, Räuspern, undeutliche Rede)* ... gierig. Er war ungeheuer gierig.

PROTOKOLLANT:

Na gut. *(Pause).* Und was sagen Sie zu seinem Tod?

ZEUGE:

Suits me fine. Ich will ganz ehrlich sein. Als ich hörte, daß irgendwer Brede abgemurkst hat, habe ich zuerst gar nichts empfunden. Ich war nicht einmal geschockt. Aber dann habe ich ... *(lange Pause, Scharren)* mich nicht gerade gefreut ... ich war eher zufrieden irgendwie. Wenn ich den Mörder gekannt hätte, ich hätte ihm Blumen geschickt.

PROTOKOLLANT:

Ihm. Sind Sie sicher, daß es ein Mann ist?

ZEUGE:

Whatever. Keine Ahnung.

PROTOKOLLANT:

Ich finde, wir sollten ganz von vorn anfangen. Wie haben Sie Brede Ziegler kennengelernt?

ZEUGE:

Das habe ich doch schon erzählt. Er war Küchenchef im *Continental.* Zuerst war ich als Praktikant dort, dann bekam ich eine Lehrstelle. Damals wollten alle für Brede arbeiten. Er war einfach angesagt. Im ersten Jahr lag ziemlich viel Drecksarbeit an. Schnippeln. Saubermachen. Das Übliche. Aber dann ist mein Vater gestorben. *(undeutlich)* ... ich bekam eine Woche Urlaub, und alle wollten sich um mich kümmern, als ich dann zurückkam. Vor allem Brede. Plötzlich hat er mich als *begabt* bezeichnet *(verzerrte, unnatürliche Stimme).* Erst ziemlich viel später hab ich kapiert, was Sache war.

PROTOKOLLANT:

Was Sache war? War er ...

ZEUGE (UNTERBRICHT):

(kurzes Lachen): Nein, nein. Er hat mich nicht begrabscht.

Mich nicht. Jungs überhaupt nicht, soviel ich weiß. Er hat Geld begrabscht. Mein Geld. *(Pause)*

PROTOKOLLANT:

Sie hatten Geld? Mit ... achtzehn?

ZEUGE:

Neunzehn. Mein Vater starb, und ich wurde reich. Ich war fünf, als meine Mutter starb, und ich habe keine Geschwister. Mein Vater hatte drei Monate vor seinem Tod zwei große Lebensmittelgeschäfte und ein Bekleidungsgeschäft in Lillehammer verkauft. Er war erst sechzig und hatte zwölf Millionen. Hatte sein Leben lang gespart und sich abgeschuftet. *(Pause)* Wollte sich einen schönen Lebensabend machen. Und mir noch etwas hinterlassen, wie er immer sagte. Aber da hatte er sich schon zu Tode geschuftet *(sehr lange Pause)*.

PROTOKOLLANT:

Und dann ... *(Pause)*.

ZEUGE:

Brede hatte irgendwoher von diesem Geld erfahren. Aber natürlich wurde geklatscht, also war das eigentlich kein Wunder. Mehrere von den Kollegen hatten gewußt, daß mein Vater Geld hatte. So lud Brede mich eines Tages zum Essen ein. Das fand ich natürlich supertoll. Kam mir ... Klasse vor, irgendwie. Er redete und spendierte. Dann *(undeutliche Rede, Gähnen?)* ... ein Projekt in Italien. Mailand. Zusammen mit den großen Jungs, sozusagen. Er wollte selber zwanzig Mille investieren, meinte er. Wenn ich wollte, könnte ich mitmachen. Es war angeblich todsicher. Ich war jung und blöd und ... *(Pause, danach ein Knall, Handfläche auf Tisch?)* Mehr gibt es dazu übrigens nicht zu sagen. Nur daß Brede vier Monate später zurückkam und das Geld verloren war. Alles. Es tue ihm schrecklich leid, sagte er, aber so sei nun mal das Leben. Dann lächelte er. Er hatte ein ganz besonderes Lächeln, das andere ... ich weiß nicht so richtig. Man fühlte sich unterlegen. Das schlimmste ist, daß ich nie einen Beweis dafür gesehen habe, daß er selbst wirklich zwanzig Mille investiert hatte. Er hat es zwar behauptet, aber ich ... ich hätte mir einen Anwalt nehmen sollen. Um ihm die Hölle heiß zu machen. Ich war so verdammt ... verzweifelt. Total unten *(lange Pause)*.

PROTOKOLLANT:

Jetzt verstehe ich langsam, warum Sie für diesen Mann nicht gerade schwärmen. Haben Sie jemals ...

ZEUGE:

Und er hat mir die Freundin ausgespannt. Aber das wissen Sie sicher.

PROTOKOLLANT:

Nein, ich ...

ZEUGE (UNTERBRICHT):

Dann werden Sie es noch hören. Um es mal so zu sagen: allein in Norwegen gibt es bestimmt mindestens hundert Menschen, die Brede umgebracht haben könnten. Aber es gibt sicher nicht viele, die bessere Gründe gehabt hätten als ich. Er hat mir mein Geld gestohlen, und er hat sich meine Frau unter den Nagel gerissen – wir wollten bald heiraten. Außerdem bin ich ziemlich sicher, daß er mir danach Schwierigkeiten gemacht hat, sobald ich einen neuen Job suchte. Er ... kann ich noch eine Tasse haben? Mit Kaffee, meine ich?

PROTOKOLLANT:

Natürlich. Hier. Nehmen Sie meine. Ich habe sie noch nicht angerührt.

ZEUGE:

Danke.

PROTOKOLLANT:

Was würden Sie sagen ... wenn Sie ... würden Sie sagen, daß Sie Brede Ziegler gehaßt haben?

ZEUGE:

(lacht) Meine Gefühle spielen ja wohl keine Rolle. Es geht darum, daß Brede ein Schmarotzer und ein Scharlatan ...

PROTOKOLLANT:

Scharlatan.

ZEUGE:

Whatever. Wie gesagt: er war ein Arsch.

PROTOKOLLANT:

Sie scheinen jedenfalls ehrlich zu sein. Viele trauen sich nicht zuzugeben, daß sie ein Mordopfer nicht leiden mochten, solange ...

ZEUGE:

Solange der Mörder nicht gefunden ist? Kann ich gut verstehen. Aber ich habe schließlich ein Alibi *(lautes Lachen).* Hieb- und stichfest, das sag ich Ihnen. Brede wurde Sonntag nacht ermordet, so steht's in den Zeitungen. Ich war an dem Abend von acht Uhr an im Funkhaus. Wir haben eine Fernsehsendung aufgenommen, die am nächsten Freitag ausgestrahlt wird. So eine Art Kochshow. Ich mußte – mit einem Kumpel – um acht dasein, wurde um neun geschminkt, die Aufnahmen begannen um Viertel vor zehn, und um halb zwölf waren wir fertig. Da wir ... wir waren sechs Köche in zwei Mannschaften, wissen Sie ... Jedenfalls hatten wir Unmengen gekocht, und deshalb haben wir danach eine Art Fest veranstaltet. Haben alles aufgegessen, zusammen mit den Fernsehleuten. Den Kameraleuten und dem Moderator und so. Gegen eins waren wir erst fertig. Und dann bin ich noch mit drei Leuten losgezogen. Ich war bis vier Uhr morgens mit ihnen unterwegs. Einer hat bei mir übernachtet, er wohnt und arbeitet in Bergen. Petter Lien, falls Sie das überprüfen wollen.

PROTOKOLLANT:

Wir werden sehen.

ZEUGE:

Mir kann nichts passieren.

PROTOKOLLANT:

Wann haben Sie ihn zuletzt gesehen?

ZEUGE:

Brede, meinen Sie?

PROTOKOLLANT:

Ja. Haben Sie ihn in letzter Zeit überhaupt gesehen?

ZEUGE:

Tja. Kommt drauf an, was Sie unter »letzter Zeit« verstehen. Ich weiß nicht mehr genau, wann ich ihn gesehen habe. Ist schon länger her, glaube ich.

PROTOKOLLANT:

Glauben Sie? Sie wissen es nicht mehr genau? *(Telefon klingelt, undeutliche Rede, am Telefon?)* Tut mir leid. Ich hatte ja Bescheid gesagt, aber es ist dringend. Könnten Sie wohl ... in zwei Stunden noch einmal kommen?

ZEUGE:

Eigentlich nicht. Ich bin verdammt müde und muß heute abend arbeiten. Sollte wohl eher eine Runde schlafen. War hart genug, mich an einem Samstag schon so früh herzuschleppen.

PROTOKOLLANT:

Dann sehen wir uns *(Pause)* um zwei, zum Beispiel?

ZEUGE:

(langes Gähnen? Seufzen?) Na gut. Um zwei.

Anmerkung des Protokollanten: Die Vernehmung wurde aufgrund dringender anderer Aufgaben unterbrochen. Der Zeuge war aussagebereit, aber deutlich übermüdet. Er wirkte sehr aufgewühlt, als er über den Toten sprach. Einmal – als von dem Geld die Rede war, um das er seiner Meinung nach betrogen worden ist – hatte er Tränen in den Augen. Die Vernehmung wird um zwei Uhr fortgesetzt.

17

Die paar Strahlen Wintersonne, die plötzlich durch die schwere Wolkendecke brachen, halfen wenig. Im Zimmer war es noch immer dunkel. Eine einsame 25-Watt-Birne hing mitten im Raum unter der Decke. Thale stieg über die Pappkartons, die auf dem Boden lagen, und setzte sich aufs Bett. Das ächzte laut und unheilverheißend.

»Ich begreife ja nicht, warum du nicht wieder nach Hause ziehen willst. Dieses Loch ist doch gelinde gesagt unerträglich. Vierter Stock ohne Fahrstuhl, fast keine Möbel. Und es stinkt nach ...« Sie schnupperte ein wenig. »Schimmel. Diese Wohnung ist doch sicher das pure Gesundheitsrisiko.«

»Thale, hör zu. Mit dem Mietvertrag im Bogstadvei hat es Ärger gegeben und ...«

»Da brauchte ich mir wenigstens keine Sorgen um dich zu machen. Die Wohnung war hell und schön und sauber. Warum du dich mit zweiundzwanzig Jahren mit einer Vermieterin abfinden willst, die Damenbesuch und Toilettenbenutzung nach neun Uhr abends verbietet, das will mir einfach nicht in den Kopf, Daniel. Du bist zu Hause jederzeit willkommen. Jederzeit. Billiger wäre das übrigens auch. Diese elende Kammer ist so ... du bist immer so *unpraktisch,* Daniel. Eigentlich warst du das immer schon.«

»Das Zimmer ist billig. Und es *ist* praktisch, nicht soviel Geld fürs Wohnen auszugeben.«

Er lächelte und fügte hinzu: »Außerdem kann man nicht einfach wieder in sein Kinderzimmer ziehen, wenn man erst mal von zu Hause weg ist.«

Thale stieg mit den Schuhen an den Füßen aufs Bett, um das Bild einer Zigeunerin zu entfernen, die verführerisch über den Rand ihres Tambourins lächelte.

»Das kannst du einfach nicht hängen lassen.«

Sie nahm das Bild vom Haken, ohne auf die Verärgerung ihres Sohnes zu achten. Daniel schwärmte weder für die Zigeunerin noch für den Elch im Sonnenuntergang, der an der gegenüberliegenden Wand hing, aber seine Mutter hätte wenigstens fragen können. Er schluckte einen Widerspruch hinunter und kratzte sich den Nacken. So war es schon immer gewesen. Thale bestimmte. Seine Mutter war nicht übermäßig streitsüchtig. Sie war nur durch und durch unsentimental und extrem praktisch veranlagt. Alle ihre Gefühle schienen im Theater verbraucht zu werden; es war, als müsse sie tagsüber auf Sparflamme leben, damit sie auf der Bühne erblühen konnte. Selbst als er mit vierzehn Jahren geglaubt hatte, sterben zu müssen, hatte Thale nur über das Praktische geredet. Sie hatte einfach beschlossen, daß der Junge gesund werden sollte, und dann war es so gekommen. Sie hatte die Ärzte immer aufs neue herumkommandiert, und Daniel war gesund geworden. Die Mutter schien das für selbstverständlich zu halten. Daniel hatte sich oft gefragt, warum sie sich Taffa gegenüber nicht dankbarer zeigte. Taffa war zwar ihre Schwester, aber es war doch nicht selbstverständlich gewesen, daß sie sich dermaßen engagierte. Taffa hatte abends an seinem Bett gesessen, hatte ihn getröstet, ihm vorgelesen und übers Haar gestreichelt, obwohl er schon in die neunte Klasse ging. Nur ein einziges Mal hatte er im Gesicht seiner Mutter aufrichtige Angst lesen können. Und zwar mitten in der Nacht, nach einer Vorstellung. Thale hatte sich ins Krankenzimmer geschlichen, in dem Glauben, daß Daniel schlief. Er hatte im Schein der schwachen Nachtlampe ihr Gesicht gesehen und begriffen, wie schrecklich seine Mutter sich fürchtete. Da hatte er nach ihrer Hand gegriffen und sie zum ersten und zum letzten Mal Mama genannt. Sie hatte ihn losgelassen, aufmunternd gelächelt und gen. Gleich darauf war Taffa gekommen und ge-
er eingeschlafen war.
g ihren Mantel an.

»Ich kann hier wohl nichts mehr tun. Aber ich begreife trotzdem nicht, wieso du dir nichts Besseres leisten kannst. Wie viele Jobs hast du neben deinem Studium, drei oder vier?«

»Zwei, Thale. Ich habe zwei brauchbare Teilzeitjobs.«

»Na also. Eine anständige Wohnung müßte dabei doch rausspringen.«

Sie schaute immer etwas anderes an, wenn sie mit ihm sprach. Jetzt hatte sie ihren Mantel angezogen und wühlte in einem Karton herum.

»Sind das Vaters Bücher?« Sie zog ein schmales Bändchen heraus. »*Catilina*. Unmögliches Stück. Keine gute Frauenrolle.«

Sie klemmte sich die Handschuhe unter den Arm, doch während sie in dem Buch blätterte, fielen sie herunter. Sie merkte es nicht.

»Das ist die Erstausgabe. Die echte, von 1850. Ist dir klar, was die wert ist? Das Nachlaßgericht wußte das glücklicherweise nicht.«

Schließlich legt sie das Buch weg und entdeckte die Handschuhe, die in den Karton gefallen waren. Daniel hätte weinen mögen. Er biß sich in die Wange und hob die Stimme.

»Ich verkaufe *nichts*, was Opa gehört hat. Ist das klar? Er wollte mir all seine Habe vermachen. Und dann hat sich herausgestellt, daß das Haus in Heggeli total überschuldet war. Na und? Immerhin hatte er diese Bücher, und er würde sich im Grabe umdrehen, wenn er dich hören müßte. Er hat seine Buchsammlung geliebt. *Geliebt*, verstehst du?«

Thale breitete resigniert die Arme aus.

»Der Mann hatte dir den Gegenwert einer Riesenvilla versprochen, Daniel. Er hat dich im Stich gelassen, so ist es nun mal. Statt die Zukunft seines einziges Enkels zu sichern, hat er alles . . . *verspielt*.«

Sie spuckte die Worte aus, als verursache ihr allein schon der Gedanke, daß ihr leiblicher Vater ein notorischer Spieler gewesen war, Übelkeit.

»Können wir nicht irgendwo essen gehen, Thale? Miteinander reden?«

Daniel fuhr sich über die Augen und wollte sie am Arm fassen. Sie wich aus und streifte ihre Handschuhe über.

»Jetzt ausgehen? Nein. Ich muß nach Hause und etwas schlafen. Ich habe heute abend Vorstellung, das weißt du genau.«

Sie pflanzte einen Kuß in die Luft. Dann verschwand sie ohne ein weiteres Wort. Die Tür ließ sie offenstehen. Daniel griff zu Ibsens erstem Theaterstück. Er wußte, daß die Ausgabe wertvoll war, nur hatte er nie gewagt, nachzuforschen, was er dafür verlangen konnte. Doch die Götter wußten, daß er Geld brauchte.

Er brauchte dringend Geld.

18

Der Polizeidirektor hatte recht. Natürlich hätte sie eine Art Warnruf abgeben können. Sie hätte einfach anrufen sollen, hatte er gesagt, während sein ausweichender Blick sie mit mildem Vorwurf streifte. Natürlich hatte er recht, rein objektiv gesehen. Sie hätte schreiben oder anrufen können. Der Polizeidirektor konnte nicht wissen, daß das unmöglich gewesen war. Zumindest, solange sie nicht wieder in Norwegen war, und als sie einmal da war, hatte sie auch gleich persönlich kommen können.

Ihr neues Büro lag ganz hinten in der roten Zone, weit von den anderen in diesem Abschnitt entfernt. Sie hatte den Schlüssel ohne Widerspruch entgegengenommen. In dem Zimmer standen nur ein Schreibtisch, ein Stuhl und ein abgenutztes Regal aus emailliertem Metall. Außerdem thronte auf dem Boden neben einem Wirrwarr aus lose hängenden Kabeln ein Computer. Ein fast unmerklicher Geruch von Salmiak und Staub erzählte ihr, daß dieser Raum schon lange nicht mehr benutzt worden war. Das Fenster ließ sich nicht öffnen, vermutlich hatte es sich verkeilt. Trotzdem steckte sie sich eine Zigarette an. Es gab nichts, was mit einem Aschenbecher Ähnlichkeit gehabt hätte, und deshalb aschte sie auf den Boden.

Ihre Aufgabe hatte Billy T. sich offenbar aus den Fingern gesogen, um sie sich vom Leibe zu halten. Hanne Wilhelmsen sollte alles schriftliche Material über den Fall Ziegler lesen. Und analysieren. Vorschläge für weitere Vernehmungen oder andere Maßnahmen unterbreiten. Notizen machen. Wenn sie Glück hatten, würden sie einander kaum begegnen. Sie hatte einen halbmeterhohen Stapel mit Unterlagen aus dem Vorzimmer hergeschleppt, ohne daß irgendwer auch nur in ihre Richtung geblickt hätte. Jetzt lagen die Papiere wie ein wackliges Modell des Postgirogebäudes auf der einen Seite des Schreibtisches. Hanne steckte sich eine weitere Zigarette an und fuhr sich über die Augen. Es war Samstag, der 11. Dezember, und sie hatte sechs Stunden gebraucht, um alles zu überfliegen.

Vielleicht brauchte sie eine Brille.

Die Wohnung war wie ein Mausoleum. Sie hatte es dort zehn Minuten ausgehalten, gerade lange genug, um einige Kleidungsstücke zusammenzuraffen, einen Koffer zu füllen und sich in einem Hotel einzulogieren. Das Hotel *Christiania* lag nicht weit von der Wache entfernt. Besser, sie nahm sich nicht zuviel auf einmal vor. Zuerst hatte sie mit dem Gedanken gespielt, zu Håkon und Karen nach Vinderen zu fahren. Die hatten ein großes Haus und viel Platz. Doch etwas hatte sie zurückgehalten. Nachdem Billy T. ihr den Rücken gekehrt hatte, wußte sie, was.

Sie hatte nie an sie gedacht.

Nach Cecilies Tod waren die anderen nichts gewesen. Sogar Cecilies Eltern. Cecilies Tod war Hannes Trauer, Hannes Niederlage. Die anderen mochten sich um Beisetzung, Grabstein und Todesanzeige kümmern. Hanne wußte nicht einmal, ob sie in der Anzeige erwähnt worden war. Vermutlich ja, Cecilies Eltern waren immer freundlich gewesen, hatten sie nie verurteilt. In ihren klarsten Momenten sah Hanne, daß die Eltern sich zwanzig Jahre lang gewünscht hatten, von *ihr* akzeptiert zu werden.

Hanne hatte nicht einen Gedanken für sie übrig gehabt. Nicht für die Eltern, nicht für Freundinnen oder Freunde. Cecilies Tod war ihr Tod. Für andere hatte es keinen Platz gegeben. Daß die Eltern sich vielleicht ein Andenken an ihre Tochter wünschten, ein Schmuckstück oder ein Bild, das alte Riechfläschchen, das Cecilie von ihrer Großmutter geerbt hatte und das ihr liebster Besitz gewesen war, oder das Foto von der frischgebackenen Ärztin Cecilie mit weißem Kittel, Stethoskop und triumphierend über dem Kopf geschwenkten Examenspapieren – auf diesen Gedanken war sie einfach nicht gekommen. Die Wohnung war unberührt. Cecilies Eltern hatten Schlüssel, die hatten sie schon bekommen, als Cecilies Zustand sich so verschlechterte. Sie hätten sich holen können, was sie wollten. Aber niemand hatte die Wohnung betreten, das spürte Hanne sofort, als sie die Tür aufschloß. Nur ihre Trauer erfüllte die Zimmer, die von allen anderen unberührt waren.

Jemand klopfte an die Tür.

Hanne glaubte, sich verhört zu haben, und schlug einen Ordner auf, ohne zu antworten.

Wieder wurde geklopft, und dann ging die Tür langsam auf. Eine Frau steckte zögernd den Kopf herein.

»Verzeihung. Störe ich?«

Hanne Wilhelmsen schaute auf und stieß durch ihre zusammengebissenen Zähne Zigarettenrauch aus.

»Nicht doch. Komm rein, wenn du Rauch vertragen kannst.«

»Eigentlich kann ich das nicht.«

Die Frau war jung und schmächtig, fast zart. Als sie auf den höchsten Absätzen, die Hanne außerhalb Italiens jemals gesehen hatte, zum Fenster lief, dachte Hanne, daß diese Kleine wohl kaum Polizistin war. Sicher irgendeine Sekretärin. Eine von denen vielleicht, die Vernehmungen abschreiben oder so.

Das Fenster konnte geöffnet werden.

»Das ist ein Trick. Hängt mit dem Winkel zusammen, indem das ganze Haus gebaut ist. Du drückst einfach hier ...« Sie schlug mit der Faust gegen eine der unteren Ecken. Dann öffnete sie ihre schmale Hand wieder und hielt sie Hanne hin. »Silje Sørensen. Angehende Kommissarin. Nett, dich kennenzulernen.«

Hanne erhob sich halbwegs und nahm die Hand. »Hanne Wilhelmsen. Hauptkommissarin. Auf dem Papier zumindest. Wenn auch nicht gerade, was meine momentane Tätigkeit anbelangt.«

117

»Ich weiß. Ich habe natürlich von dir gehört. Das haben wir doch alle.«

»Sicher.«

Demonstrativ zündete Hanne sich an der alten eine neue Zigarette an.

»Ich sollte eigentlich nur das hier abliefern«, sagte Silje Sørensen und ließ einen grünen Ordner auf den Schreibtisch fallen. »Haben sie dir nicht einmal einen Besucherstuhl gegeben? Ich hol dir einen.«

»Nein, nein. Das hat doch Zeit. Hier, nimm den.«

Hanne schob ihren Stuhl neben den Schreibtisch und machte es sich auf der Fensterbank gemütlich.

»So war das nicht gemeint«, sagte Silje Sørensen und blieb stehen. »Wie gesagt, ich sollte nur diese hier ...« Sie zeigte auf die Papiere in dem grünen Ordner. »Weitere Vernehmungen. Und dann wollte ich sagen, daß ... es schön ist, daß du wieder hier bist. Ich bin neu und so, aber ... das war eigentlich alles. Willkommen.«

Sie ging zur Tür, drehte sich aber nach zwei Schritten noch einmal um.

»Sag mal, wo warst du eigentlich die ganze Zeit?«

Hanne lachte. Sie hob ihr Gesicht, wandte es dem Schneegestöber vor dem Fenster zu und lachte laut. Lange. Dann wischte sie sich die Augen und drehte sich wieder um.

»Du stellst vielleicht Fragen. Ich muß schon sagen. Seit ich nach Hause gekommen bin, habe ich noch nicht mit vielen geredet, aber jeder einzelne von denen hätte mehr Grund gehabt, mich danach zu fragen. Du bist die erste. Wirklich.«

Sie schluchzte auf und versuchte sich zusammenzureißen.

Silje Sørensen setzte sich. Dann schlug sie ein Bein über das andere, legte den Kopf schräg und fragte noch einmal: »Und wo warst du nun? Ich habe so viele seltsame Dinge gehört.«

»Sicher.«

Wieder lachte Hanne. Sie schnappte nach Luft, die Tränen liefen ihr nur so übers Gesicht. Dann verstummte sie plötzlich. Sie hielt den Atem an und schloß die Augen, weil heftige Kopfschmerzen beängstigend schnell ihren Nacken hochkrochen. Wenn sie sich jetzt nicht entspannte, würden die sich für lange festsetzen.

»Was hast du denn gehört?« fragte sie endlich.

»Komische Sachen. Ganz unterschiedliche.«

»Was denn?«

»Wo warst du denn? Kannst du das nicht einfach sagen?«

Wieder öffnete Hanne die Augen. Silje Sørensens Gesicht war noch nicht von der Polizeiarbeit gezeichnet. Sie versteckte sich nicht. Ihre großen blauen Augen verrieten ehrliche Neugier. Ihr Lächeln war echt. In ihren feinen Gesichtszügen lag nicht eine Spur von Zynismus.

»Jesus«, murmelte Hanne.

»Was?«

»Nichts. Du erinnerst mich an ein Bild, das ich ... nichts. Schöner Ring.« Sie zeigte auf Silje Sørensens rechte Hand.

»Geschenk von meinem Mann.«

Silje flüsterte, als sei der Ring ein peinliches Geheimnis.

»Macht doch nichts. Kümmer dich nicht um die Leute hier im Haus. Die sind chronisch sauer über das Gehaltsniveau und können es nicht ertragen, wenn andere Geld haben. Ich war im Kloster.«

Hanne schlug mit den Hacken auf den Boden auf. Dann ging sie los. Zuerst lief sie zur Toilette, um mit einem Glas Wasser drei Paracet hinunterzuspülen. Dann spähte sie in vier Büros, auf der Suche nach einem Stuhl, den sie ohne allzu große Gewissensbisse mitnehmen konnte. Auf dem Rückweg balancierte sie mit der einen Hand einen Aschenbecher aus Ton auf einer halbvollen Kaffeetasse, während sie mit der anderen den Stuhl hinter sich herzog.

»Du bist ja noch immer hier«, sagte sie mit tonloser Stimme zu Silje Sørensen und zog die Tür hinter sich zu.

»Im Kloster«, sagte Silje langsam. »Stimmt das? Bist du ... bist du Nonne geworden, oder was?«

»Nein. Nicht ganz. Ich habe in einem Klosterhotel ge-

119

wohnt. In Italien. An einem Ort eben, wo man sich die Zeit nehmen kann ... Zeit zu haben. Zu denken. Zu lesen. Ein wenig zu sich zu kommen. Schlichte Mahlzeiten zu sich zu nehmen, schlichten Wein zu trinken. Zu versuchen, den Weg zurück zu finden, zum ... Schlichten.«

»Ach.«

»Das hast du wohl nicht gehört, stelle ich mir vor. Lektion Nr. 1 für jede Ermittlerin: Nicht alles glauben, was du hörst. Und auch nicht alles, was du siehst. Klar?«

Als Silje keine Antwort gab, öffnete Hanne einen ihrer Ordner.

»Silje«, sagte sie langsam, als sei sie nicht ganz sicher, ob ihr der Name zusage. »Wir arbeiten doch am selben Fall, sehe ich. Hast du dir schon einmal überlegt, daß die Ermittlungen in alle Richtungen auseinanderklaffen?«

»Was? Entschuldigung?«

»Ich kriege das einfach nicht zu fassen ... sie sagen so wenig, diese Zeugen. Und ich habe mir überlegt, daß das nicht nur daran liegt, daß sie so wenig zu erzählen haben, sondern ... sie werden ja auch nicht *gefragt!*«

»Aber das ist ...«

»Nimm's nicht persönlich. Du bist ganz neu hier, und deine Vernehmungen sind in Ordnung, aber ... sieh dir das doch mal an! Diese Vernehmung hat Billy T. selbst durchgeführt.«

Hanne Wilhelmsen ließ ihre Zigarette auf den Boden fallen, dann fiel ihr ein, daß sie ja einen Aschenbecher geholt hatte. Ohne darauf zu achten, daß Silje sich unter den Schreibtisch bückte, fischte sie die schriftliche Fassung des Gesprächs mit Idun Franck hervor und zertrat die Kippe auf dem Linoleumboden.

»Diese Franck ist meiner Ansicht nach eine der wichtigsten Zeuginnen, die wir in diesem Fall haben. Sie hat sich über einen Zeitraum von mehreren Monaten ausgiebig mit dem Verstorbenen unterhalten und besitzt Notizen, Tonbandaufnahmen und Gott weiß, was noch alles. Aber dann hustet sie diesen Quatsch über Quellenschutz heraus. Billy T. interessiert sich offenbar seit neuestem gewaltig für Jura. Sein Bericht sieht doch vor allem aus wie eine juristische Abhandlung. Er läßt die Frau über den Paragraphen hundertfünfundzwanzig des Strafgesetzbuches und das Aussageverweigerungsrecht drauflosplappern, blabla. Es kommt mir ein bißchen seltsam vor, daß eine Verlagslektorin, die sich doch vor allem mit Sprache und Literatur befaßt, auf die *Europäische Menschenrechtskonvention* verweist ...«

Hanne schnalzte mit der Zunge, schüttelte den Kopf und ließ ihren Finger über den Bogen wandern.

»Hier. Artikel zehn. Woher weiß sie das alles? Polizeijuristin Skar zerbricht sich noch immer den Kopf, um sich durch diesen juristischen Brei hindurchzufressen, und sie ist immerhin Juristin. Idun Franck konnte doch nicht wissen ... außergewöhnliche Kenntnisse für eine Verlagslektorin, ich muß schon sagen. Und hier ...« Hanne fischte noch eine Zigarette hervor, zündete sie aber nicht an. »Warum hat er nicht gefragt, wie in diesem Verlag gearbeitet wird? Ob noch andere dort mit Brede Kontakt hatten? Offenbar sind im Restaurant sehr viele Bilder gemacht worden, aber Billy T. hat nicht gefragt, von wem denn eigentlich. Solche Auskünfte können ja wohl nicht unter diesen ... *Quellenschutz* fallen. Außerdem: Warum ist die Frau noch nicht zu einer offiziellen Vernehmung bestellt worden?« Sie tippte mit der Zigarette auf die Tischplatte. »Klinge ich jetzt wie eine Lehrerin?« fragte sie und lächelte.

Silje schüttelte den Kopf und schien etwas fragen zu wollen. Doch dann klappte sie ihren Mund hörbar wieder zu.

»Und hier«, fuhr Hanne fort und öffnete einen braunen Briefumschlag. Sie zog drei A4-Bögen hervor. »Das sind Kopien von Drohbriefen, die Brede Ziegler bekommen hat. Sie lagen, zusammen mit einer Anzeige, gestern irgendwo in der blauen Zone. Gestern! Fünf Tage nach dem Mord! Und dann stellt sich heraus, daß vor weniger als zwei Monaten in

Se & Hør ausgiebig darüber berichtet worden ist. Hält sich denn in diesem Haus keiner mehr auf dem laufenden?«

Sie schwenkte die Klatschzeitung, in der ein tiefbesorgter Brede Ziegler unter der Schlagzeile *Immer neue Morddrohungen* die halbe Titelseite einnahm.

»Wir lesen hier nicht gerade regelmäßig *Se & Hør*.«

Silje Sørensen spielte mit ihren dunklen Haaren und beugte sich über den Tisch, um sich die Kopien genauer anzusehen.

»Was du nicht sagst«, murmelte Hanne Wilhelmsen. »Sieh dir doch nur diese lächerlichen Texte an. *Eins zwei in das Loch, unten liegt der tote Koch. Dummer Koch, jetzt ists genoch.* Und dann diese Unterschrift: *Reine Faust.* Was soll denn das? Was ich meine, ist … alle Prominenten bekommen irgendwann mal Drohbriefe. Aber nur die wenigsten muß man ernst nehmen. Es wimmelt da draußen nur so von harmlosen Trotteln, um es mal so zu sagen. Dieser Verseschmied kann sehr gut dazugehören. Aber wir müssen doch ein System haben, das solchen Anzeigen nachgeht, wenn wirklich irgendwer ermordet wird, zum Henker!«

»Sei nicht so sauer auf mich, bitte.«

Silje Sørensen lächelte mädchenhaft, als wolle sie sich von jeglicher Verantwortung freisprechen. Hanne begriff nicht, warum sie mit dieser jungen Polizistin redete. Vorläufig wußte sie nur, daß sie es mit einer sympathischen und vermutlich verwöhnten jungen Frau zu tun hatte. Aber es war etwas mit ihren Augen. Sie erinnerten Hanne an etwas, das sie schon längst verloren oder vergessen hatte.

»Noch eins.« Hanne ließ die weiterhin nicht angezündete Zigarette zwischen Zeige- und Mittelfinger ihrer rechten Hand herumwirbeln. »Warum hat niemand versucht, die Person zu finden, die die Leiche entdeckt hat?«

»Die Leiche entdeckt? Das waren doch wir. Zwei Kollegen, die …«

»Nein. Irgendwer hat angerufen.«

»Ja, aber das war nur eine kurze Mitteilung und …«

»Diese Person hat aber vielleicht etwas zu erzählen. Sie oder er könnte ...«

»Es war eine Sie. Wir haben uns das Band natürlich angehört, und es war eine Frau. Aller Wahrscheinlichkeit nach.«

»Ach. Und wissen wir noch mehr? Alter, Herkunft, Akzent? Die Frau kann etwas gesehen haben. Gefunden. Gestohlen. Meine Güte, sie kann ihn sogar ermordet haben. Und in diesem Material hier ...« Sie rieb sich die Stirn und starrte Silje an. »... weist nichts darauf hin, daß irgendwer versucht hat, sie zu finden.«

Die Tür wurde energisch aufgerissen.

»Hier bist du also«, sagte Billy T. wütend zu Silje und lehnte sich an den Türrahmen. »Ich hab dich überall gesucht. Hältst du den Dienst hier für einen Kaffeeklatsch? Aber vielleicht warst du ja schon bei der Wachgesellschaft und hast das Video von der Niels Juels gate gesichert?«

Silje sprang auf und blieb hilflos stehen. Billy T. blockierte die Tür.

»Nein, aber ich wollte gerade losfahren ... hab nur kurz mit Hanne gesprochen ...«

»Setz deinen Arsch in Bewegung, Silje. Dieser Fall wird nicht durch Gerede gelöst.«

Silje stürzte zur Tür, und Billy T. schien sie regelrecht aus dem kleinen Zimmer fegen zu wollen.

»Clever, Billy T.«, sagte Hanne Wilhelmsen trocken. »Pöbel du nur Silje an, wenn du in Wirklichkeit auf mich sauer bist.«

»*Ground rules*«, sagte er verbissen und schlug mit der Faust auf den Tisch. Sein Gesicht war höchstens zwanzig Zentimeter von Hannes entfernt, als er hinzufügte: »*Erstens:* Ich lasse dich in Ruhe. *Zweitens:* Du läßt mich in Ruhe. *Drittens:* Du läßt zum Teufel noch mal meine Leute in Ruhe, damit sie ihre Arbeit tun können.«

Hanne ließ seinen Blick nicht los.

Nach der unseligen Nacht, in der sie in gemeinsamer Trauer um Cecilie – nur wenige Monate vor deren Tod –

zueinandergefunden hatten, war er wie ein geprügelter Hund hinter ihr hergelaufen. Und sie hatte ihn nicht einmal angesehen. Sie hatte ihn für ein Vergehen, für das sie selbst die Verantwortung trug, hart bestraft. Das hatte so sein müssen: Nichts hatte ihr so weh getan, daß sie selbst es als Buße hätte annehmen können. Damit hatte sie erst nach Cecilies Tod beginnen können. Er hatte um Vergebung gebettelt, ehe sie verschwunden war. Jetzt wies er sie ab, in allem, was er tat, in allem, was er war.

»Ist es denn überhaupt möglich, daß wir beide miteinander reden?« flüsterte sie.

»Nein! Du bist abgehauen, Hanne. Hast alles hingeschmissen. Ich und alle anderen waren dir scheißegal, du wolltest nur ... wer auch immer ... *nein!* ... wir haben uns nichts mehr zu sagen!«

Der Knall, mit dem er die Tür zuschlug, hallte noch lange in ihren Ohren wider. Und danach konnte sie nicht einmal weinen.

19

»Wir müssen das anzeigen. Wirklich.«

Die Katzenleiche war in feierlichem Rahmen bei Thomas' Großmutter begraben worden. Unter einer winterkahlen Eiche ruhten Helmers sterbliche Überreste, bedeckt von knapp zehn Zentimetern gefrorener Erde. Thomas selbst hatte das Kreuz gezimmert und angemalt, grün mit roten Streifen.

»Was denn?«

»Was meinst du? Was denn? Den Katzenmord natürlich!« Sonja Gråfjell knallte die Zeitung auf ihre Knie und fügte hinzu: »Die Frau ist komplett verrückt. Überleg doch mal ... Helmer umzubringen ... zu vergiften. Nächstes Mal ist es vielleicht ...«

»Wir wissen doch gar nicht, ob Helmer vergiftet worden ist.« Bjørn Berntsen flüsterte und zeigte auf die Tür des Kinderzimmers, hinter der Thomas längst schlafen sollte. Allerlei scharrende Geräusche hatten verraten, daß er nicht einmal im Bett lag.

»Natürlich ist er vergiftet worden. Thomas hat ja selbst gesehen, wie Frau Helmersen Helmer zu sich gelockt und ihn gefüttert hat. Warum in aller Welt hätte sie das sonst getan? Sie hat das arme Tier gehaßt!«

»Vielleicht hat sie gemerkt, daß sie miteinander verwandt waren«, sagte Bjørn Berntsen trocken. »Sie hatten schließlich fast denselben Namen.«

»Red keinen Unsinn.« Sonja Gråfjell starrte skeptisch ihr Rotweinglas an, als stelle sie sich vor, daß Tussi Helmersen sich auch daran zu schaffen gemacht haben könnte. »Bisher war sie für mich eine nervige, exzentrische alte Dame. Aber ein Mord!«

»Sonja! Hier ist die Rede von einem Kater!«

»Von einem lebenden Wesen, das Thomas sehr geliebt hat. Ich bin so ... *wütend.*«

Bjørn Berntsen rückte auf dem Sofa näher. Er küßte seine Frau auf den Kopf und schmiegte den Mund in ihre Haare.

»Ich auch, Liebes. Du hast ganz recht, aller Wahrscheinlichkeit hat Frau Helmersen Helmer vergiftet. Aber wir wollen es nicht übertreiben. Wir haben es mit einer verrückten alten Dame zu tun, die es satt hatte, daß Helmer hier herummaunzte und ins Treppenhaus pißte. Außerdem können wir nichts beweisen. Der Teller ist verschwunden, und Helmer ist tot und begraben. Du hast doch selbst auf dieser Zeremonie bestanden.«

»Für Thomas war das wichtig«, sagte sie gereizt und rutschte weg. »Wenn du nicht mitkommen willst, gehe ich allein zur Polizei.«

»Womit denn? Glaubst du wirklich, die Polizei kann sich um einen toten Kater kümmern, in einer Stadt, wo Menschen ermordet und vergewaltigt werden und ...«

»Du hast ja recht.«

Sonja Gråfjell stand auf. Thomas hatte die Tür geöffnet und zupfte an seiner Schlafanzugjacke.

»Ich kann nicht schlafen«, jammerte er. »Kann ich noch ein bißchen aufbleiben?«

»Aber sicher«, sagte seine Mutter und nahm ihn an der Hand. »Komm her, du, vielleicht kommt etwas Schönes im Fernsehen.«

Als die Familie Gråfjell Berntsen am Sonntag morgen erwachte, war keine Rede mehr von der Polizei. Sie fuhren ins Tierheim und suchten sich ein Kätzchen aus, wie die Mutter es Thomas versprochen hatte. Es war rot, genau wie Helmer.

»Der soll Tigi heißen«, sagte Thomas.

20

Idun Franck musterte ihr Spiegelbild mit skeptischem Blick. Sie trug eine schwarze Hose und einen grauen Pullover mit V-Ausschnitt. Zur Zeit trug sie nur Grau und Schwarz. Es stand ihr nicht. Trotzdem wagte sie nicht, daran etwas zu ändern. Die Vorstellung, jetzt ins Theater zu gehen, war ihr unerträglich. Sie fuhr sich durch die feuchten Haare und überlegte sich die Sache zum dritten Mal anders.

»Geradewegs ins Theater, geradewegs nach Hause.«

Sie zog ihren Lammfellmantel an und drückte sich eine Wollmütze auf den Kopf. Die Wanduhr zeigte Viertel nach fünf. Wenn sie sich beeilte, konnte sie zu Fuß gehen, statt die Straßenbahn zu nehmen. Eigentlich mochte sie Samstagsvorstellungen nicht. Die fingen immer schon um sechs an, damit die Leute hinterher noch essen gehen konnten, Menschen in Feierlaune, die eifrig applaudierten, ob die Vorstellung nun gut gewesen war oder nicht. Idun ging ins Schlafzimmer, um sich ein Paar Socken zu holen; sie hatte ganz vergessen, daß sie nach dem Duschen noch immer barfuß war.

»Geradewegs ins Theater, geradewegs nach Hause.«

Der indische graulilafarbene Seidenschal hätte die Tristesse von Braun, Grau und Schwarz durchbrochen. Ein schwacher Parfümduft entströmte dem leeren Flakon, den sie zwischen Unterhosen, Socken und Halstücher gesteckt hatte. Sie riß ein Paar braune Frotteesocken an sich und wäre fast gestürzt, als sie sie anzog. Danach gingen ihre Hände den restlichen Inhalt der Schublade durch. Der indische Schal war und blieb verschwunden. Gereizt riß sie einen anderen heraus, den rotgoldenen, den sie sich einige Monate zuvor in Paris gekauft hatte. Als sie endlich die Tür hinter sich abschloß, fiel ihr ein, daß die Eintrittskarte noch auf dem Küchentisch lag.

Fast wären ihr die Tränen gekommen, als sie endlich mit der Eintrittskarte in der Hand die Treppe hinunterlaufen konnte.

»Danach geradewegs nach Hause«, wiederholte sie halblaut, und dann fiel ihr ein, daß sie ihre Brieftasche vergessen hatte.

Das spielte keine Rolle. Sie konnte ja beide Wege zu Fuß gehen.

Vernehmung von Signe Elise Johansen
Vernehmung durchgeführt von Silje Sørensen. Abgeschrieben von
Sekretärin Pernille Jacobsen. Von dieser Vernehmung existiert ein
Band. Die Vernehmung wurde am Sonntag, dem 12. Dezember,
in der Osloer Hauptwache aufgezeichnet.
Zeugin: Johansen, Signe Elise,
*   Personenkennummer 110619 73452*
*   Wohnhaft: Nordbergveien 14, 0875 Oslo*
*   Telefon 22 13 45 80*
*   Beruf: Rentnerin*
*   Über ihre Pflichten informiert, aussagebereit. Die*
*   Zeugin ist die Mutter des Geschädigten.*

PROTOKOLLANTIN:
Jetzt habe ich auf den Knopf gedrückt, jetzt geht es los. Die
Uhr ist ... 14 Uhr 17. Wie ich Ihnen bereits erklärt habe, er-
leichtert es unsere Arbeit, wenn wir alles, was Sie sagen, auf
Band aufnehmen können. Dann brauche ich bei der Verneh-
mung nicht mitzuschreiben. Die Polizei freut sich sehr ...
hm ... ich meine, ist sehr dankbar für Ihren Besuch. Ich
weiß, daß das hart für Sie ist.
ZEUGIN:
Es ist entsetzlich. *(Redet sehr laut.)*
PROTOKOLLANTIN:
(Scharren) ... ein wenig verschieben. Wir hören nachher
wirklich genug ... Sie brauchen nicht direkt ins Mikrofon
zu sprechen, Frau Johansen. Sie können ganz normal reden.
ZEUGIN:
Ach, entschuldigen Sie. Ich bin diese modernen Apparate
nicht gewöhnt. Aber es ist entsetzlich ... ich kann einfach

129

nicht fassen *(weint leise)* ... daß Brede tot sein soll. Er hat doch nie im Leben etwas verbrochen.

PROTOKOLLANTIN:

Sie können ruhig noch ein wenig leiser sprechen. Ich wollte nur sagen ... daß wir uns alle Mühe geben, den Mörder zu finden. Aber jetzt sollten wir vielleicht anfangen ...

ZEUGIN *(unterbricht)*:

Und mir sagt wirklich niemand was. Ich weiß noch nicht einmal, wann er begraben werden kann. Das machen offenbar welche von der Medizin ... ich habe vergessen, wie die hießen. Die, die bestimmen, meine ich.

PROTOKOLLANTIN:

Die Gerichtsmediziner. Die müssen erst die Obduktion vornehmen, ehe das Bestattungsunternehmen tätig werden kann. Das dauert leider seine Zeit.

ZEUGIN:

Aber das ist doch einfach entsetzlich. Die Vorstellung, wo er jetzt ... ich kann ... *(weint)* Die vom Bestattungsunternehmen sagen, daß sie noch mit Vilde sprechen müssen, ehe alles in die Wege geleitet werden kann. Aber die geht ja nicht ans Telefon.

PROTOKOLLANTIN:

Sie geht nicht ans Telefon? Hat sie Sie nicht angerufen?

ZEUGIN:

Es ist grauenhaft. Plötzlich muß ich mit einem wildfremden Menschen besprechen, wie ich meinen Sohn begraben soll.

PROTOKOLLANTIN:

Aber Vilde Veierland ist doch kein wildfremder Mensch. Sie ist Ihre Schwiegertochter.

ZEUGIN:

Sie ist Mitte Zwanzig, und ich bin ihr dreimal begegnet. Ich habe mir das in den letzten Tagen genau überlegt: Dreimal bin ich ihr begegnet. *(Pause)* Aber ich habe Brede ja angesehen, daß in dieser Ehe nicht alles so war, wie es sein sollte. Einfach nach Hause kommen und plötzlich verheiratet sein – das sieht meinem Brede überhaupt nicht ähnlich. Da

muß etwas ... etwas anderes dahinterstecken. Eine Frage der
Ehre, wenn Sie verstehen, was ich meine. Er hätte sie nie geheiratet, wenn er sich nicht dazu gezwungen gesehen hätte.
Aber dann ist wohl doch nichts daraus geworden ... er wäre
nicht der erste Mann, der auf diese Weise betrogen worden
ist.

PROTOKOLLANTIN:

Ja, hm ... wollen Sie damit sagen, daß Brede Vilde geheiratet hat, weil ein Kind unterwegs war?

ZEUGIN:

Ja, nein ... er hat nie etwas davon gesagt. Das hätte Brede
auch nie getan. Seine Probleme hat er immer für sich behalten. Aber ich lebe nun schon so lange, daß ich vieles begreife.
Es war nicht schwer zu sehen, daß sein Leben nicht leicht
war. Brede hat immer so viel Verantwortung getragen. Aber
warum er sich dann auch noch die Verantwortung für dieses
Kind aufladen mußte, das konnte ich nicht begreifen.

PROTOKOLLANTIN:

Wenn er nichts gesagt hat, woher wußten Sie ... ja, ich
meine ... woher wußten Sie, wie es in der Ehe aussah?

ZEUGIN:

Eine Mutter sieht doch, wenn etwas nicht stimmt. Zum
Beispiel hat sie mich nie mit ihm zusammen besucht. Ein
einziges Mal ist sie im Nordbergvei gewesen! *(Verstummt,
räuspert sich.)* Brede war immer so umsichtig. Jeden Sonntag
ist er gekommen. Na ja, vielleicht nicht jeden, aber ... *(Ras-
selnder Atem, Asthma?)* Zum Essen, meine ich. Er fand es so
schön, wenn ich ein Sonntagsessen aufgetischt habe wie in
alten Zeiten. Als er noch ein Junge war und ... Ja, der arme
Brede, er konnte sich ja nicht immer so leicht freimachen.
Trotzdem kam er treu jeden Sonntagmittag. Wissen Sie ...
bei den vielen Angestellten und all den anderen Leuten, die
dauernd etwas von ihm wollten, war das sicher nicht immer
leicht für ihn. Aber er wußte, daß alles für ihn bereitstand.
Hausgemachter Schweinebraten mit Backpflaumen und
Karamelpudding. Ich wollte das selbst auch so. Daß alles für

ihn bereitstand, meine ich, wenn er einen Moment frei-
hatte.

PROTOKOLLANTIN:

Wie oft ist er denn nun wirklich gekommen?

ZEUGIN:

Ja, nein, so oft auch wieder nicht. Oft, natürlich, aber vielleicht doch nicht jeden Sonntag. Er hatte so viele Verpflich-
tungen. Mußte auf seine Gesundheit achten. Außerdem ist
er sonntags immer schwimmen gegangen. Im *Grand Hotel.*
Und da ist er dann manchmal Geschäftspartnern oder anderen Künstlern begegnet. Leuten, mit denen er sprechen
mußte. Da war es dann ja nicht leicht für ihn, noch zu seiner Mutter zu fahren, so gern er das auch getan hätte.

PROTOKOLLANTIN:

Alles klar. Aber Sie haben seine Gesundheit erwähnt...
hatte Brede gesundheitliche Probleme?

ZEUGIN:

Überhaupt nicht! Er war so gesund und munter, ehe er...
(unklar) ... wie mit zwanzig Jahren. Er war immer stark,
mein Brede. Hat sehr auf seine Gesundheit geachtet. Hat sich
fit gehalten, sagt man das nicht so? Er hat nicht geraucht und
konnte auch nicht vertragen, wenn andere das taten. Ich rauche ja gern ab und zu mal eine, aber wenn Brede in der Nähe
war, habe ich mich beherrscht. Wo ihn das doch so störte.
Wenn ich damit rechnete, daß er mich besuchen kommt,
habe ich immer gut gelüftet und aufs Rauchen verzichtet.

PROTOKOLLANTIN:

Sie haben sich nach einer Zigarette gesehnt und gelüftet –
auch dann, wenn er nicht gekommen ist?

ZEUGIN:

Er ist doch gekommen. Oft. Aber er hat alles so genau genommen. Er war so ästhetisch. Das hat die Presse ja auch immer betont. Das haben Sie sicher gelesen. Das Schöne und
das Reine, das war sozusagen sein Credo. *(lange Pause)* Brede
hatte einen absolut sicheren Geschmack. Es war ihm ungeheuer wichtig, daß auch bei mir alles schön und ordentlich

war. Schlechte Kunst zum Beispiel ... da hat er Gänsehaut gekriegt *(lacht kurz)*. Ich hatte ein Bild von Alexander Schultz hängen, übrigens ein Porträt von Bredes Vater. Ja, leider, Brede hat schon als kleiner Junge seinen Vater verloren – das war nicht leicht für ihn. Aber Brede fand das Bild immer schlecht. Sein Vater habe was Besseres verdient, meinte er. Und tatsächlich sieht das Wohnzimmer ohne das Bild schöner aus. Brede hat mir als Ersatz einen modernen Seidendruck gekauft.

PROTOKOLLANTIN:

Ja, der Vater ... hieß Ihr Mann Ziegler?

ZEUGIN:

Ach, Sie wollen wissen, warum ich nicht Ziegler heiße? Ich bin eine geborene Kareliussen und verehelichte Johansen. Aber Brede war so kreativ – er hat sich schon mit Mitte Zwanzig für den Namen Ziegler entschieden. Er hat Vor- und Nachnamen gewechselt. Auf Fredrik war er getauft, wissen Sie, aber mein verstorbener Mann *(kurzes Lachen)* ... hat den Namen ... schrumpfen lassen, könnte man sagen. Auf Freddy. *(unklar)* ... vor seinem Tod. Nicht gerade schön, wenn Sie mich fragen. Ich habe das natürlich nie gesagt, aber seine Freunde, und in der Schule ... ich habe ihm vorgeschlagen, sich wieder Fredrik zu nennen, das ist schließlich ein schöner Name ... jedenfalls. Ich dachte, ich könnte mich auch Ziegler nennen, um die Familie zusammenzuhalten *(undeutlich, Husten, Asthmaatem?)* ... aber davon hielt er nichts. Anfangs war es ein bißchen ungewohnt ... ich meine, den eigenen Sohn anders zu nennen als all die Jahre zuvor. Ich wäre gern bei dem Namen geblieben, aber ... Brede wollte Brede heißen. Er hat darauf bestanden. Nach und nach habe ich mich daran gewöhnt. Es ist ja auch ein schöner Name.

PROTOKOLLANTIN:

Sind Sie ganz sicher, daß Brede keine gesundheitlichen Probleme hatte? Auch keine Kopfschmerzen, zum Beispiel? Hat er irgendwelche Medikamente genommen?

ZEUGIN:

Nein, nie. Das kann ich ganz sicher sagen. Wie oft hat er mir energisch davon abgeraten! Von Pillen und solchen Dingen. Er war so prinzipientreu. Hielt es für besser, ein wenig Schmerz zu ertragen. Alles hat ja schließlich ein Ende. Auch wenn ich manchmal ein wenig Schmerzen habe. Ja, die Gelenke ... die machen mir schon zu schaffen. Aber er sagte immer: Es ist besser, wenn du nichts nimmst, Mutter.

PROTOKOLLANTIN:

Haben Sie seine Freunde gekannt? Mit wem war er besonders eng befreundet, meine ich?

ZEUGIN:

Ach, mit so vielen!

PROTOKOLLANTIN:

Haben Sie einige von denen gut gekannt, Jugendfreunde zum Beispiel?

ZEUGIN:

Nein, so war Brede nicht. Er blickte nach vorn, mein Brede. Nie zurück. Doch, in der Schule hatte er viele Freunde, aber er ist immer seine eigenen Wege gegangen. Als die Freunde heirateten und ihre Kinder aus dem Kindergarten abholten und all das machten, was Männer heute so machen, fand er, daß das nichts für ihn sei. Er war immer mit interessanten Menschen zusammen. Und er konnte so nette Anekdoten über seine Bekannten erzählen.

PROTOKOLLANTIN:

Aber diese Leute haben Sie nicht gekannt?

ZEUGIN:

Nein, sein Privatleben hat Brede immer für sich behalten.

PROTOKOLLANTIN:

Hatte er auch Feinde?

ZEUGIN:

Nein, wirklich nicht. Alle mochten Brede, das sieht man doch schon daran, was sie über ihn in den Zeitungen schreiben, und überhaupt.

PROTOKOLLANTIN:

Wissen Sie, daß er Drohbriefe erhalten hat?

ZEUGIN:

Drohbriefe? Ach ja. Diese schrecklichen Briefe, von denen in einer Zeitschrift die Rede war, ich erinnere mich vage. Das ist doch entsetzlich. Diese Briefe müssen von jemandem stammen, der es nicht ertragen konnte, daß Brede so begabt war. Einzigartig, das war er. Und dieser schreckliche *(belegte Stimme, undeutlich)* ... war sicher ein krankhaft eifersüchtiger Mensch.

PROTOKOLLANTIN:

Was hat er denn selbst über die Briefe gesagt?

ZEUGIN:

Selbst gesagt ... *(räuspert sich)* Ich kann mich nicht erinnern, daß wir je darüber gesprochen hätten. Nein. Ich glaube, nicht.

PROTOKOLLANTIN:

Warum nicht?

ZEUGIN:

Das war doch wirklich kein Thema für ein Sonntagsessen, finden Sie nicht?

PROTOKOLLANTIN:

Wann haben Sie Ihren Sohn eigentlich das letzte Mal gesehen, Frau Johansen?

ZEUGIN:

Das letzte Mal ... das weiß ich nun wirklich nicht. Aber lange kann es nicht her sein.

PROTOKOLLANTIN:

War er am vergangenen Sonntag bei Ihnen? Vor einer Woche, an dem Tag, an dem er ...

ZEUGIN:

(lange Pause, Weinen, wieder Geräusche, die auf Asthma schließen lassen.) Nein. Das war er nicht. Er ... *(lange unklare Passage, Husten und Weinen.)*

PROTOKOLLANTIN:

Können Sie nicht doch sagen, wann Sie ihn zuletzt gesehen

haben? Und worüber Sie da gesprochen haben? *(Zeugin weint weiterhin heftig.)* Wir sind bald fertig, Frau Johansen. Und natürlich können wir eine Pause machen. *(Rascheln)* ... Ich möchte Sie bitten, sich mit mir zusammen dieses Inventarverzeichnis anzusehen. Hier steht, was Ihr Sohn bei sich hatte, als er ... können Sie sich das ansehen und sagen, ob Ihnen etwas auffällt? Oder ob vielleicht etwas fehlt?

ZEUGIN:

(Mit tränenerstickter Stimme) Doch, ich werde mir alle Mühe geben. Könnte ich vielleicht einen Schluck Wasser haben? *(Rascheln, undefinierbare Geräusche.)*

PROTOKOLLANTIN:

Ich glaube, wir schalten das Tonbandgerät eine Weile aus. Wir machen weiter, wenn Sie sich die Liste angesehen haben. Vernehmung unterbrochen um ... 14 Uhr 48.

PROTOKOLLANTIN:

Um 15 Uhr 12 wird die Vernehmung fortgesetzt. Die Zeugin hat eine Pause gemacht und ist auf die Toilette gegangen. Sie hat sich die Inventarliste angesehen. Frau Johansen, ist Ihnen an den Kleidern oder Gegenständen, die wir bei Brede gefunden haben, etwas aufgefallen?

ZEUGIN:

Nein, das sieht alles ganz normal aus. Kamelhaarmantel, der hat ihm immer gut gestanden *(murmelt)* ... Schlipsnadel, Uhr ... Doch, mir fällt etwas auf. Er hat immer Handschuhe getragen. Das war ihm ganz wichtig, selbst im Frühling hatte er Handschuhe an. Mochte sich nicht schmutzig machen, mein Brede. Ein Schal ist hier erwähnt, aber keine Handschuhe.

PROTOKOLLANTIN:

Danke, Frau Johansen. Sie haben uns sehr geholfen. Die Vernehmung wird um 15 Uhr 16 beendet.

21

Daniel blieb zu Hause. Es war Sonntag abend, und eigentlich hätte er büffeln müssen. Er war weit zurück, und im Januar kam eine Zwischenprüfung. Die Bücher steckten in einem ungeöffneten Karton hinter der Tür. Daniel lag im Bett auf dem Rücken und versuchte, den Schimmelgeruch zu ignorieren. Es kam ihm so vor, als seien Moder und stickige Luft seit seinem Einzug immer schlimmer geworden, jetzt drängten sie sich ihm wie Verwesungsgestank auf. Die ganze Woche hatte er mit nichts zugebracht. Abgesehen von dem Umzug. Da er außer einer Stereoanlage und einigen Kartons mit Büchern und CDs kaum etwas besaß, war dieser an einem Samstagvormittag über die Bühne gegangen. Eigentlich hätte er Dienstag und Donnerstag arbeiten müssen, aber er hatte sich krank gemeldet. Da er bei beiden Jobs nicht fest angestellt war, verlor er damit Geld. Und er brauchte Geld.

Seit dem Mord an Brede Ziegler war eine Woche vergangen. Daniel brach in Tränen aus. Erst kamen sie leise. Dann schnürte sein Hals sich zusammen. Er schluchzte und schlug die Hände vors Gesicht.

Nicht einmal Thale hatte besonders viel gesagt.

Daß Thale nichts begriff, war in Ordnung. So war sie eben. Daniel setzte sich auf, um wieder zu Atem zu kommen. Der Rotz floß, und er wischte sich die Nase mit dem Handrücken ab und keuchte auf. Danach schob er seine Hand unter das T-Shirt und ließ den Zeigefinger über die trockene Haut gleiten. Er hätte sich einreiben müssen. Er bekam Ausschlag, wenn er die verdammte Salbe vergaß.

Taffa verstand ihn sonst immer. Taffa las in ihm, wie das sonst Mütter taten. Er war zu ihr gegangen und hatte ihren Blick eingefangen, wie immer, wenn sie etwas sehen sollte.

Vielleicht hatte sie nicht gewollt.

Vielleicht hatte auch sie nichts begriffen.

Daniel warf sich im Bett herum, legte die Arme über den Kopf und durchweinte eine weitere Nacht.

22

Es war Montag, der 13. Dezember, als Hanne Wilhelmsen zum einundzwanzigsten Mal das Band zurückspulte.

Polizei, Hauptwache Oslo.

He, höhmmm …

Ein kräftiger und anhaltender Husten brachte den Lautsprecher zum Knacken.

Hallo? Hallo? Was ist passiert? Mit wem spreche ich da?

… toter Mann. Bei euch auffer Treppe.

Können Sie bitte deutlicher sprechen?

Draußen. O Scheiße. Etwas fiel auf den Boden.

Teufel auch, bei euch, sach ich doch. Nich so lahmarschig, Mensch. Toter. Bei euch auffer Treppe. Auffer Rückseite, Mensch!

Das war alles. Hanne schaltete das Tonbandgerät aus und drehte sich zum Universitätsdozenten Even Hareide um, der seine Begeisterung angesichts dieses Auftrags nicht verbergen konnte. Schon eine halbe Stunde nach Hannes Anruf hatte er sich bei der Rezeption gemeldet.

»Vika«, sagte er entschieden und faltete die Hände über seinen Knien. »Gute alte Ost-Osloer Aussprache. Die Verschleifung der bestimmten Artikel ist besonders charakteristisch. Fast unmöglich, das in erwachsenem Alter noch so zu lernen.«

Hanne schloß die Augen, als ein langer Vortrag folgte über Sprachwissenschaft und Soziolinguistik, über Akzente, Dialekte und Soziolekte. Der Mann konnte ihr nichts sagen, was sie nicht schon beim ersten Hören des Bandes begriffen hätte. Die Rechnung für den überflüssigen Einsatz des Sprachforschers würde Billy T. in die Luft gehen lassen.

»Danke«, fiel sie Hareide plötzlich ins Wort. »Haben Sie eine Vorstellung, wie alt dieser Mensch sein könnte?«

»Ein erschöpfter alter Mensch.«

»Ja, das höre ich auch. Wie alt, schätzen Sie?«

»Sie hat wohl schon ein ziemlich langes Leben hinter sich.«

»Jetzt sag ich Ihnen, was ich glaube«, erklärte Hanne resigniert, »und dann sagen Sie, ob Sie mir zustimmen. Erstens ...«

Sie schniefte und widerstand der Versuchung, sich eine Zigarette anzuzünden. Der Dozent schien geradewegs aus dem Wald zu kommen mit seiner altmodischen Nickelbrille und dem am Hals offenen Flanellhemd, den Soldatenstiefeln und der groben Taucheruhr um das rechte Handgelenk.

»... die Frau raucht. Rød Mix oder Teddy ohne Filter. Der Teer liegt dick auf ihren Stimmbändern.«

Even Hareide nickte zufrieden, als sei Hanne eine fleißige Studentin in einer mündlichen Prüfung.

»Ich vermute, sie nimmt Heroin«, sagte sie jetzt.

Hareides Augen weiteten sich, aber er schwieg.

»Das höre ich am charakteristischen .... Druck? Kann man das so nennen?« Hanne legte die Finger um ihren Kehlkopf und stöhnte den nächsten Satz: »Die Stimme wird sozusagen hinausgepreßt und kippt ab und zu ins Falsett. Man hört es vor allem, wenn sie flucht. Als ihr irgend etwas auf den Boden fällt.«

»Doch. Ja.« Der Dozent schien sich seiner Sache nicht mehr so sicher zu sein.

»Ihr Genuschel kann auf Alkoholeinfluß oder Heroineinfluß oder beides zurückzuführen sein«, sagte Hanne. »Stimmen Sie dem zu?«

»Ja«, sagte Hareide. »Damit haben wir eine in die Jahre gekommene Heroinistin, die in Oslo wohnt. Das ergibt ...«

»... eine alte Nutte, ganz einfach. Da wir wissen, daß der Anruf ... danke, Hareide. Sie waren eine große Hilfe.«

Als der Mann das Zimmer verlassen hatte – nicht ohne sich erkundigt zu haben, wohin er die Rechnung schicken solle –, fühlte Hanne sich besser. Zum Glück hatte ein lichter Kopf das Band der Mordnacht gesichert. Irgend jemand hatte es sich am Montag morgen angehört, am Tag nach dem Mord. Seither hatte es vergessen, unberührt und falsch archiviert in der Asservatenkammer gelegen. Hanne hatte zwei Stunden gebraucht, um es zu finden.

»Eine alte Nutte«, flüsterte sie.

23

Die düstere Steinvilla stand auf einer kleine Anhöhe, etwas von der Straße zurückgesetzt. Ein Fliederbusch neben der Eingangstür verbarg die Hausnummer. Kein Schild erzählte, was das Haus enthielt, unter der Klingel war kein Name aufgeführt. Der Großhändler, der sich das Haus in den dreißiger Jahren hatte bauen lassen, hatte seine Gesellschaften im Schutz dicker Mauern und abschirmender Bleiglasfenster abgehalten. Danach war ein Pastor mit Gattin und drei kleinen Mädchen eingezogen. Sie hatten sich wohl kaum vorstellen können, daß das Haus als Wärmestube für Oslos am meisten heruntergekommene Nutten enden würde.

Hanne Wilhelmsen erklomm die letzten Treppenstufen.

Natürlich kannte die Polizei diese Herberge der Stadtmission, doch sie kam nur selten zu Besuch. Es war noch nicht lange her, da hatten die Nachbarn den Anblick von Spritzen in Gärten und auf Kieswegen satt gehabt. Deshalb hatte die Polizei eine Razzia durchgeführt. Sie waren um elf Uhr vormittags gekommen. Da waren alle Übernachtungsgäste längst aus dem Haus gewesen, nur das Reinigungspersonal ging seiner Arbeit nach.

»Sie wissen sehr gut, daß ich Ihnen das nicht sagen kann. Ich kann Ihnen auch die Bestimmungen vorlegen, an die ich mich hier halte. Aber die sind Ihnen sicher bekannt.«

Die Heimleiterin führte Hanne Wilhelmsen in eins der beiden großen Wohnzimmer, die durch eine Schiebetür voneinander getrennt waren. Der Raum war hell und gemütlich, auch wenn die Einrichtung von leeren Kassen berichtete. Ledersofa und Sessel paßten nicht zueinander, und der Boden war seit den Zeiten des Großhändlers mit einem

142

Korkbelag versehen worden. Dennoch sorgten die Blumentöpfe auf der Fensterbank und die mit der Buchklubproduktion der letzten zehn Jahre vollgestopften Regale für Wärme. Hanne starrte die Leiterin über ihre Kaffeetasse hinweg an.

»Es geht um einen Mord. Wenn ich daran erinnern darf.«

»Spielt keine Rolle. Und das wissen Sie genau.«

Die Frau, die die Verantwortung für die Herberge trug, war vor vielen Jahren als Leiterin einer Organisation ins Licht der Öffentlichkeit gerückt, die die Interessen von Prostituierten vertrat. Damals schien es sie zu amüsieren, daß die Presse sie ebenfalls für eine Nutte hielt. Jedenfalls hatte sie sich kaum Mühe gegeben, diese Gerüchte zu entkräften. Jetzt stellte kaum noch jemand solche Spekulationen an.

»Die Mädels müssen sich auf mich verlassen können. Das verstehen Sie sicher. Und wir wissen nicht immer, wer gerade hier ist.«

»Das wissen Sie nicht?« Hanne stellte ihre Tasse weg und kniff die Augen zusammen. »Haben Sie denn keine Form von Registrierung?«

»Doch. Die Gäste haben Namen und Nummer. Aber wenn sie sich als Lena eintragen, dann heißen sie für uns Lena. Auch wenn auf ihrer Geburtsurkunde etwas anderes steht.«

»Aber Sie müssen die Frauen doch inzwischen kennen.«

Die Leiterin lächelte. Ihr klares Gesicht holte Sonne aus dem bleichen Wintertag herein. Ein leichter Luftzug, der durch das geöffnete Fenster kam, brachte Tannenduft mit. Im Garten wechselten gerade zwei Männer die Glühbirnen an einem üppigen, fest im Boden verwurzelten Weihnachtsbaum aus.

»Viele jedenfalls. Die festen Kundinnen.»

»Hören Sie. Irgendwer muß doch ... «

Die Rufe der beiden, die den Garten schmückten, waren im Zimmer zu hören. Hanne stand auf, um das Fenster zu schließen.

»Wir wissen, daß der Anruf von dem Diensttelefon hier kam. Irgendwer muß also irgendwen zum Anrufen ins Büro gelassen haben. Falls es sich bei der Anruferin nicht um ...«

»... eine Angestellte gehandelt hat?«

Das Lächeln und der leise südnorwegische Tonfall der Leiterin ärgerten Hanne inzwischen.

»Zum Beispiel. Nein. So hat sie sich nicht angehört. Es sei denn, Sie haben heruntergekommene Angestellte. Sehr heruntergekommene.«

»Ich kann Ihnen nichts sagen. Ich ... meine Loyalität gehört den Mädels. Das muß so sein. Wenn Sie mir den richterlichen Befehl zur Aussage bringen, dann werde ich mir die Sache natürlich überlegen. Aber auch dann ist nicht sicher, daß ich etwas sage.«

Hanne Wilhelmsen seufzte demonstrativ. »Haben alle Zeuginnen in diesem Fall in ihrer Freizeit Jura studiert, oder was?«

»Verzeihung?«

»Ach, nichts. Vergessen Sie's.«

Hanne starrte zum Sofa hinüber und zögerte. Dann bückte sie sich rasch und griff nach ihrer Jacke, die über der Lehne hing.

»Schöne Handschuhe«, sagte die Leiterin. »Rot. Originell. Es tut mir leid, daß Sie umsonst gekommen sind.«

Sie begleitete Hanne nach draußen. Als Hanne die Tür hinter sich ins Schloß fallen hörte, blieb sie stehen und schaute mit zusammengekniffenen Augen in den Himmel. Frau Justizia erlaubte sich wirklich üble Scherze mit ihnen. Zuerst hatte Idun Franck auf Paragraphen gepocht und den Mund gehalten, dann kam diese Stadtmissionarin und berief sich auf Bestimmungen und alles mögliche, um nur ja keinen Mucks von sich geben zu müssen.

»Inger Andersen«, sagte Hanne langsam und ohne so recht zu wissen, warum.

Inger Andersen hatte zwei Jahre vor Hanne die Polizeischule absolviert und anschließend Jura studiert. Nach anderthalb Jahren als Polizeijuristin hatte sie sich die Sache anders überlegt. Sie hatte die Paragraphen zum Erbrechen satt gehabt und sich nach dem zurückgesehnt, was sie als echte Polizeiarbeit bezeichnete. Schließlich war sie zur Leiterin der Prostitutionsermittlungsgruppe ernannt worden, der Prosspan. Gegen Ende der achtziger Jahre dann hatten die Polizei-Oberen resigniert und die ganze Abteilung stillgelegt. Alle hatten protestiert. Die Leute von der Gewalt hatten sich energisch für die Erhaltung der Gruppe eingesetzt, deren Erkenntnisse auch ihnen nützlich gewesen waren. Der Jugendschutz, der sich um Einsteigerinnen gekümmert und es immerhin geschafft hatte, viele vom Strich fernzuhalten, bis sie zwei Jahre älter waren, hatte sich fast heiser geschrien. Sogar die Nutten hatten protestiert. Das alles hatte nichts geholfen. Die Prosspan war aufgelöst, Inger Andersen und ihre Kolleginnen und Kollegen waren für andere Aufgaben freigestellt worden. Inger Andersen kannte sich wie niemand sonst in der Szene aus. Als Hanne zuletzt von ihr gehört hatte, hatte sie auf der Wache von Manglerud gearbeitet.

Hanne setzte sich ins Auto und schob sich den Stöpsel des Mobiltelefons ins Ohr. Dann zog sie ein Adreßbuch aus der Jackentasche. Nach einer nervtötenden Kette von Weiterschaltungen hatte sie Inger Andersen endlich an der Strippe. Die Kollegin war nach Stovner versetzt worden und dort mit Präventivmaßnahmen für Kinder und Jugendliche betraut.

»Die älteste Nutte der Stadt«, wiederholte Inger Andersen Hannes Frage. »Harrymarry. Marry Olsen. Sie war damals schon die Älteste und hat neun Leben. Wenn sie immer noch arbeitet, muß sie die älteste Straßennutte Nordeuropas sein. Würde mich auch nicht weiter wundern.«

»Harrymarry«, wiederholte Hanne langsam. »Und wo finde ich sie?«

Inger Andersen lachte so laut, daß Hanne den Stöpsel aus dem Ohr reißen mußte.

»Wo du eine Nutte findest? Auf der Piste natürlich. Falls Harrymarry noch lebt, findest du sie auf dem Strich. Viel Glück!«

24

»Das hat ewig gedauert. Über eine Stunde mußten wir auf die letzte Zeugin warten. Haben wir irgendwo noch Strümpfe?«

Die Anwältin Karen Borg hinkte zum Rezeptionstresen und musterte unterwegs ihre linke Wade. Drei Laufmaschen zogen eine breite Spur vom Schuh bis zur Kniekehle.

»Und die Unterlagen aus Brønnøysund, die ich beantragt hatte, sind die gekommen?«

Das Telefon klingelte.

»Kanzlei Borg. Nein. Sie ist leider noch nicht im Haus. Kann ich etwas ausrichten?« Die Sekretärin legte eine Hand auf die Sprechmuschel und flüsterte mit einem Nicken zum Aktenschrank in der Ecke: »Dritte Schublade links. Strümpfe. Die Unterlagen sind schon auf deinem Schreibtisch. Und hier...« Sie hob einen Stapel gelber Klebezettel auf. »Danke«, sagte sie dann ins Telefon. »Die Nummer ist notiert.«

Die Sekretärin legte auf. Karen Borg überflog die Mitteilungen.

»Vier Anrufe von Claudio Gagliostro. Ungeduldiger Knabe.«

»Ich würde eher von wütend sprechen, fürchte ich. Er hat achtmal angerufen. Am Ende hatte ich keine Lust, noch weitere Zettel zu schreiben. Es wäre wohl angebracht, vor dem nächsten Termin mit ihm zu sprechen. Noch...« Sie schaute aus zusammengekniffenen Augen durch die halbe Brille, die auf der Spitze ihrer beeindruckenden Nase balancierte, auf ihre Armbanduhr. »... sechzehn Minuten, dann kommt Vilde Veierland Ziegler. Dieser Gagli... Galci...«

»Gagliostro.«

»Genau. Er droht damit, bei der Anwaltskammer Klage gegen dich zu erheben.«

Karen Borg schnaubte. »Der kann beim König Klage gegen mich erheben, wenn er will, solange er meine Fragen beantwortet. Ich rufe ihn an. Und du …«

Sie versuchte, ihren Talar, ihren Diplomatenkoffer, ihren Mantel, ein Paar Strümpfe und eine Kaffeetasse in ihr Büro zu tragen. Die Tasse fiel auf den Boden.

»Scheiße. Tut mir leid.«

»Ich bring das schon in Ordnung. Geh du an deinen Schreibtisch.«

Johanne Duckert war über zwanzig Jahre älter als ihre Chefin. Sie war in Vinderen die Hausnachbarin der Anwältin und hatte das Angebot, halbtags bei ihr zu arbeiten, im Sommer zuvor auf einem Gartenfest angenommen. Frau Duckert war nie berufstätig gewesen, aber es gab doch Grenzen für die Zeit, die einem gepflegten Garten gewidmet werden konnte. Nachdem ihr Mann zwei Jahre zuvor gestorben war, hatte sie oft mit dem Gedanken gespielt, sich eine andere Beschäftigung zu suchen. Daraus war erst etwas geworden, als Karen erwähnte, daß sie dringend Hilfe brauche, sich aber keine leisten könne.

»Geld hab ich selber genug«, hatte Frau Duckert glücklich gesagt und war mit ihren Blumentöpfen und Fotos von ihren Enkelkindern in der Kanzlei am C. J. Hambros plass eingezogen.

Einige Jahre zuvor, während ihrer Zeit in einer großen Kanzlei mit dem Schwerpunkt Wirtschaftsrecht, hatte Karen Borg zwei Sekretärinnen gehabt. Die waren jung gewesen, hatten Papiere und Ausbildung mitgebracht, vier verschiedene Textbearbeitungsprogramme beherrscht und diskret mit den Mandanten geflirtet. Frau Duckert hatte erst jetzt, mit einundsechzig, wirklich Bekanntschaft mit einer Schreibmaschine geschlossen, verfügte aber über eine bewundernswerte Orthographie, eine farbenfrohe Sprache, an die Karen sich erst hatte gewöhnen müssen, und blieb auch bis sechs

oder sieben Uhr abends in der Kanzlei, ohne Überstunden-
honorar zu verlangen. Frau Duckert war aufgeblüht – zusammen mit den Rosen, die in Töpfen und Vasen überall im Vorzimmer standen.

Zu Karen Borg kamen keine Männer in Maßanzügen
mehr. Wer sich einstellte, waren die Frauen dieser Männer.
In Rotz und Tränen aufgelöst schleppten sie sich in die
Kanzlei. Nach dreißig Ehejahren sollten sie durch ein jün-
geres, smarteres, schöneres Exemplar ersetzt werden; sie
brachen zusammen, weil der Ehemann sie bei der Güter-
teilung aus ihrer bisherigen Umgebung herausreißen und
bestenfalls in einer Hochhauswohnung in einer Satelliten-
stadt unterbringen wollte. Sie saßen mit einer Schachtel
Kleenex auf dem Schoß in Karen Borgs Mandantinnensessel und hatten eben erfahren, daß der Gatte nach einem
langen Leben und drei erwachsenen Kindern nun glaubte,
in einer Achtundzwanzigjährigen die wahre Liebe gefunden zu haben.

Diese Mandantinnen brauchten keinen Flirt. Sie brauchten Frau Duckerts Plätzchen und ihren Kaffee mit einer
kleinen Zugabe zur Stärkung der Nerven. Sie brauchten
Frau Duckerts warme Hand in ihrer und ein beruhigendes
Gespräch über Gartenpflege und Schwiegertöchter, und
denken Sie doch nur an Ihre reizenden Enkelkinder.

Die Männer, die zur Anwältin Borg kamen, wußten
kaum, was ein Flirt war. Sie hatten dünne Beine in engen
Hosen und zerstochene Arme. Auch sie bekamen Kaffee,
Plätzchen und gute Worte von Frau Duckert, die Zugabe
zum Kaffee allerdings wurde ihnen vorenthalten.

»So edle Ware tut denen einfach nicht gut«, sagte sie oft.
»Sie werden krank davon.«

Karen Borg hatte der Stimme am anderen Ende der Leitung lange zugehört. Der Mann war außer sich, und es empfahl sich, ihn ausreden zu lassen. Allmählich beruhigte er sich
ein wenig.

»Ich kann ja verstehen, daß Ihnen das unangenehm ist,

Gagliostro«, sagte sie ruhig. »Aber die Sache ist nun einmal nicht Ihre Privatangelegenheit. Sie können mir jetzt antworten oder damit warten, bis das Nachlaßgericht Sie fragt.«

Gagliostro regte sich wieder gewaltig auf, und Karen Borg mußte ihm ins Wort fallen.

»Sie können eben nicht behaupten, daß alles Ihnen gehört«, sagte sie unverändert ruhig. »Das stimmt nicht. Vilde als Ehefrau hat das Recht, sich über die finanzielle Situation ihres Mannes zu informieren. So will es das Gesetz, Gagliostro. Ich kann ...«

Eine heftige Tirade zwang sie, den Hörer zwanzig Zentimeter von ihrem Ohr wegzuhalten.

»Hören Sie.« Sie richtete sich auf und hob die Stimme. Das half. »Wenn Sie meinen, daß alle Anteile Ihnen gehören, können Sie mir dann nicht einfach den Beweis faxen? Wenn es sich so verhält, wie Sie sagen, besteht doch gar kein Grund zur Aufregung. Schön. Das ist also abgemacht.«

Karen Borg wählte eine andere Nummer.

»Johanne, kannst du mir das Fax vom *Entré* bringen, sobald es da ist?«

Sie streifte die Schuhe ab und zog ihre Strumpfhose aus, während sie die Unterlagen auf Ihrem Schreibtisch überflog. Sie hatte die neuen Strümpfe kaum an, als auch schon Vilde Veierland Ziegler an die Tür klopfte.

Die junge Witwe war selbst für diese Jahreszeit ungewöhnlich bleich. Karen hatte den Eindruck, daß sie während der vier Tage seit ihrer letzten Begegnung noch weiter abgemagert war. Sie schenkte aus einer Thermoskanne eine Tasse Tee ein und tunkte einen kleinen Holzlöffel in ein Honigglas.

»Hier«, sagte sie und rührte sorgfältig um. »Trinken Sie das.«

Vilde starrte die Tasse apathisch an, ohne sie entgegennehmen zu wollen. Karen wußte, daß sie keinen Versuch unternehmen durfte, ihre Mandantin zu trösten. Die würde sofort zusammenbrechen. Es war noch die Frage, ob die kleine Frau im Mandantinnensessel neuen Informationen überhaupt zugänglich war. Sie mußte sich sehr einfach ausdrücken.

»Kopf hoch. Es sieht gar nicht so schlecht aus. Da ist zum einen die Wohnung in Sinsen. Wir wissen jetzt, daß sie dem Restaurant *Entré* gehört.«

Vilde sah sie zum ersten Mal an.

»Dann ... dann habe ich ja keine Wohnung mehr.«

Karen hob die Hand und lächelte aufmunternd. »Sie haben die Wohnung in der Niels Juels gate und ...«

»Ich *will* da nicht wohnen. Ich *hasse* diese Wohnung!« Die Stimme versagte, und die Augen drohten überzulaufen.

»Ganz ruhig. Ganz ruhig, bis ich das alles erklärt habe. Es wird einige Zeit brauchen, das ganze Erbe durchzugehen, aber ich kann Ihnen jetzt schon versichern ...« Karen schob ihrer Mandantin noch einmal die Teetasse hin. »... daß Ihnen viel Geld bleiben wird.«

Vilde Veierland Ziegler legte ganz langsam eine Hand um die heiße Tasse. »*Ich* werde viel Geld erben?«

Zwei rote Flecken zeigten sich auf den Wangen, und Karen glaubte in Vildes Gesicht die Andeutung eines Lächelns zu erkennen.

»Ihr Mann hatte offenbar geplant, Gütertrennung einzuführen. Ich habe mit seinem Anwalt gesprochen, einem alten Kollegen von mir. Er sollte einen Ehevertrag für Sie beide aufsetzen, aber Brede hatte noch keinen Termin für die Unterzeichnung abgemacht. Und damit ist die Sache ganz einfach. Da der Ehevertrag nicht von Ihnen beiden unterschrieben ist, gilt er nicht. Sie haben in Gütergemeinschaft gelebt.«

Karen blätterte in ihren Unterlagen. Aus irgendeinem Grund fand sie die Veränderung, die ihre Mandantin gerade durchmachte, abstoßend.

»Da Brede keine Kinder hatte, sind Sie seine einzige Erbin. Was das Restaurant angeht ... das *Entré* ist eine Aktiengesellschaft. Brede und Claudio haben jeder ungefähr die Hälfte besessen. Sie haben eine Abmachung darüber getroffen, wer innerhalb der Gesellschaft welche Entscheidungen trifft. Außerdem haben sie festgelegt, daß der andere den ganzen Laden übernimmt, wenn einer von beiden stirbt.«

Wieder schaute sie ihre Mandantin an. Die war auf dem Weg zurück zu ihrer verschlossenen Miene.

»Aber eine solche Abmachung ist nicht in jedem Fall bindend. Eine Abmachung, in der Sie ... wenn Sie entscheiden wollen, was nach Ihrem Tod mit Ihrem Besitz geschehen soll, dann müssen Sie das festlegen. Und sich dabei an gewisse Formalitäten halten. Das bedeutet, daß Sie ein Testament machen müssen. Und das hat Brede nicht getan. Eine firmeninterne Abmachung ist kein Testament. Das heißt vermutlich, daß Sie Bredes *Entré*-Anteile und die Wohnung in der Niels Juels gate erben. Selbst wenn beides mit Hypotheken belastet sein sollte, müßte das sehr viel Geld bedeuten. Einige Millionen.«

Aus dem Augenwinkel sah Karen, daß Vilde die Tasse zum Mund gehoben hatte.

»Und außerdem ... es gibt hier auch noch andere Aktivposten. Gegenstände meine ich. Werte. Unter anderem ziemlich viele Aktien einer italienischen Gesellschaft. Wissen Sie etwas darüber?«

Vilde schüttelte den Kopf. Sie war viel zu jung. Sie konnte die Tatsache, daß sie sich in die Lippe biß, um nicht zu lächeln, nicht verbergen. Karen Borg schauderte. Schon bei der ersten Begegnung, die einige Tage zurücklag, hatte sie diesen Eindruck gehabt: Irgend etwas stimmte nicht mit dieser jungen Frau.

»Dann sehen wir uns bald wieder.«

Karen rang sich ein Lächeln ab.

Vilde Veierland Ziegler verließ die Kanzlei, und Frau Duckert kam mit ihrer Kaffeetasse ins Zimmer.

»Du hast bei der jungen Dame offenbar ein Wunder vollbracht«, sagte sie und goß sich aus einem Porzellankännchen Milch ein. »Als sie gekommen ist, sah sie aus wie ein Gespenst. Und als sie gegangen ist, hat sie zum Abschied wirklich reizend gelächelt.«

25

»Ich war verrückt und hatte beschlossen, wieder gesund zu werden.«

Suzanne legte den Löffel hin und lächelte Idun Franck flüchtig an. Die Lektorin hatte ihren Teller nicht angerührt. Es war Suzanne Klavenæs noch immer ein Rätsel, warum sie zum Essen eingeladen worden war. Die beiden Frauen arbeiteten seit einigen Monaten zusammen an dem Ziegler-Buch, hatten jedoch so gut wie nie ein persönliches Wort gewechselt. Jetzt, da das Buchprojekt vielleicht eingestellt werden mußte, hatte Idun sie plötzlich zur Bouillabaisse eingeladen. Suzannes erster Impuls war gewesen, dankend abzulehnen. Aber Idun hatte gesagt, sie könnten Essen und Arbeit verbinden, und außerdem hatte sie etwas Besonderes an sich. Idun war so, wie Suzanne ihre eigentlichen Lands-leute in Erinnerung hatte – oder wie sie sich diese vorstellte. Sie war auf reservierte Weise freundlich, sie lächelte nicht übertrieben, sie war auf professionelle Weise aufmerksam. Persönlich hielt sie Distanz, und Suzanne brauchte sich nicht die ganze Zeit vor zudringlichen Fragen zu fürchten. Idun Franck hatte keine Ähnlichkeit mit der Frau an der Paßkontrolle im Flughafen, Tone Sowieso. Entzückt hatte sie Suzannes Namen gelesen und sofort losgeplappert, über alte Schultage und so weiter. Die Schlange hinter Suzanne war immer länger geworden, doch Suzanne hatte sich erst los-reißen können, als sie endlich ihren Paß wieder in den Hän-den hielt. Dann war sie buchstäblich nach Norwegen ge-stolpert.

»Ich war als Teenager krank. Sehr krank. Ich war andert-halb Jahre in Gaustad in der geschlossenen Abteilung. Ich mußte weg, um gesund werden zu können.«

Sie staunte über sich selbst. Es war zwar kein Geheimnis, daß sie verrückt gewesen war. Ihre Bekannten in Frankreich wußten das alle, jedenfalls die, mit denen sie vertraut genug war, um über Dinge zu sprechen, die sich vor über fünfzehn Jahren zugetragen hatten. Aber sie redete immer seltener darüber. Iduns Frage, warum sie nach Frankreich gegangen sei, hatte sie so überrascht, daß die Antwort wie von selbst gekommen war.

»Außerdem bin ich eine halbe Französin«, fügte sie zur Erklärung hinzu. »Mein Nachname stammt von meinem Vater. Meine Mutter war Französin. Ich war zwar noch klein, als sie gestorben ist, aber ich hatte Bekannte und Verwandte in Frankreich, und deshalb lag es nahe, dorthin zu gehen, als ich aus Norwegen wegmußte.«

Sie nahm sich noch eine Kelle Bouillabaisse. Die war offenbar hausgemacht und schmeckte nach Marseille. Sie wischte die Kelle mit einer Serviette ab und stellte fest, daß Idun ihr Essen kaum angerührt hatte.

»Das hat wirklich gut geschmeckt«, sagte Suzanne. »Ich sehe ja nicht so aus, als äße ich viel, aber der Schein trügt. Ich esse schrecklich gern. Ich hatte nur großes Glück mit ... wie heißt das noch auf norwegisch? Dem Verbrennwerk?«

»Dem Verbrennungssystem. Ach, soviel Glück möchte ich auch haben.«

Als der Verlag Suzanne bat, die Bilder für das Buch über Brede Ziegler und seine Küche zu machen, hatte sie sich die Sache einen Tag lang überlegt. Für den Verlag war die Anfrage eine klare Sache gewesen; Suzanne Klavenæs lieferte regelmäßig Bildreportagen für *Paris Match* und hatte außerdem im Vorjahr für *National Geographic* eine zehnseitige Reportage über Flüchtlingsströme aus Zentralafrika gemacht. Sie war an große Aufträge und entsprechende Honorare gewöhnt.

»Zu Hause«, sagte Suzanne plötzlich. »Aus irgendeinem Grund spreche ich von Norwegen noch immer als ›Zu Hause‹. Ich habe diesen Auftrag angenommen, weil ich herausfinden wollte, ob ich wieder hier leben könnte. Nach allem, was passiert ist. Nachdem ... als mein Vater gestorben war, bin ich mit der Morgenmaschine hergekommen und eine Stunde nach der Beerdigung wieder geflogen. Meine Verwandtschaft hat mir das verziehen, glaube ich. Aber damals ... ich wußte einfach nicht, ob ich dieses Land würde ertragen können. Ob ich alles überwunden hätte.«

»Ist das möglich, was meinst du?« Idun Franck schenkte ihnen beiden Wein nach und spielte mit ihrem Glas.

»Ich weiß ja nicht, was du durchgemacht hast, und will auch nicht danach fragen, aber ... so wie die Bosnierinnen, von denen du erzählt hast. Vergewaltigt und ... und die Flüchtlinge in Afrika, die unterwegs ihre Kinder verlieren, eins nach dem anderen, durch Krankheit und Hunger und ... ist es möglich, vor solchen Erlebnissen davonzulaufen, was glaubst du? Können wir danach überhaupt weiterleben? Ein echtes, vollständiges Leben?«

Plötzlich fiel Suzanne auf, daß aus den Lautsprechern im Wohnzimmer Sarah Brightmans Stimme tönte. Sie brachte diese Schnulzensängerin nicht mit ihrem sonstigen Eindruck von Idun Franck zusammen. Die Wohnung war zwar nicht sonderlich durchdacht eingerichtet, aber die Mischung aus Antiquitäten und IKEA-Möbeln ergab doch ein Ganzes, das auf sicheren Geschmack hindeutete.

»Ich habe gelesen«, sagte Idun dann und lachte kurz auf, »daß die Leber der einzige Körperteil ist, der sich vollständig erneuern kann. Es entstehen so viele neue Zellen, daß wir nach fünf Jahren eine ganz neue Leber haben. Wenn wir nicht zuviel trinken, meine ich.« Sie hob ihr Glas. »Gilt das wohl auch für die Seele, was meinst du?«

Dann sprang sie, ohne die Antwort abzuwarten, auf und nahm die Teller vom Tisch.

»Jetzt aber an die Arbeit. Den Kaffee gibt's im Wohnzimmer. Hast du die Bilder mitgebracht?«

Suzanne ging hinter ihr her und setzte sich auf das Ledersofa. Bei ihrem Eintreffen hatte sie ihre Fotomappe auf den

Couchtisch gelegt. Es überraschte sie, daß Idun das nicht gesehen hatte.

»Wo hab ich denn das Manuskript?« murmelte Idun Franck und schaute im Zeitungsständer und hinter dem Fernseher nach. »Ich muß es irgendwo verlegt haben. Denn ich weiß genau, daß ich es mit nach Hause gebracht habe.«

Die Suche blieb ergebnislos; Idun Franck hob Sofakissen hoch und schaute in zwei leeren großen Vasen nach. Suzanne goß sich aus einer Tonkanne Kaffee ein und dachte, daß Idun Franck ihren Ordnungssinn offenbar für die Arbeitszeit reserviert hatte.

»Wir müssen ohne zurechtkommen«, sagte Idun schließlich kleinlaut. »Zeig doch mal die Bilder, bitte.«

Zwei Stunden lang konzentrierten sie sich auf die Arbeit.

»Essen und Landschaften sind offenbar kein Problem«, schloß Idun Franck und fuhr sich durch die Haare. »Ich schlage vor, du machst genau so weiter. Ich werde mit Claudio reden, damit du die Gerichte fotografieren kannst, die im schon vorhandenen Text erwähnt werden.«

»Heißt das, ihr habt beschlossen, das Buch zu machen?« fragte Suzanne und trank ihren Kaffee Nummer vier. »Natürlich können wir mit dem arbeiten, was wir haben, aber soll ich denn jetzt noch Fotos machen?«

»Endgültig werden wir uns erst entscheiden, wenn der Mord aufgeklärt ist, aber bis dahin wollen wir das Buch so weit bringen wie möglich. Nicht mein Beschluß, tut mir leid. Ich muß mich nach einem Chef richten, der . . . ach, vergiß es. Tut mir leid. Ich werde die im Text erwähnten Gerichte heraussuchen und dir eine aktualisierte Liste machen. Das hier ist schön!« Sie griff nach einem Schwarzweißbild von Brede Ziegler. »Das ist so . . . unmittelbar, irgendwie. Hat er dich da nicht gesehen?«

»Nein. Ich mag es auch. Es ist gut, wenn auch nicht gerade schmeichelhaft.«

Suzanne suchte ihre Bilder zusammen, wobei sie sorgfältig darauf achtete, daß ihre gelben Notizzettel jeweils auf der

Rückseite des richtigen Fotos klebten. Idun fegte die Notizen zusammen, die sie sich im Laufe des Abends gemacht hatte, und verstaute sie in Unni Lindells letztem Kriminalroman, der auf einem Beistelltisch neben dem Fernseher lag.

»Da vergesse ich sie garantiert nicht«, sagte sie mit verlegenem Lächeln. »Übrigens ...« Sie warf einen Blick auf das Buch, als habe es sie an etwas erinnert. »Hat die Polizei mit dir gesprochen?«

»Die Polizei? Nein. Ich stehe doch sicher ganz unten auf der Liste der interessanten Zeuginnen ... warum fragst du? Haben sie mit dir gesprochen?«

Sie schloß ihre Fotomappe und ging in den Flur. Als Idun ihr nicht folgte, drehte sie sich um.

»Ja«, sagte Idun. »Mit mir haben sie gesprochen. Und wir können uns nicht einigen, was den Einblick in unveröffentlichtes Material angeht. Den Quellenschutz. Ich habe das Gefühl, gegen eine Wand anzureden. Wußtest du, daß Polizisten gar nicht mehr nach Polizei aussehen? Der, mit dem ich gesprochen habe, hat behauptet, nur einen Vornamen zu haben. Er sah aus wie ein ... Neonazi. Petruskreuz am Ohr und ...« Idun strich sich über den Kopf, als wolle sie sich die Haare scheren.

Suzanne hätte fast ihre Fotomappe fallen lassen, sie mußte sich gegen den Türrahmen lehnen.

»*Mon dieu*«, sagte sie leise. »Dieses Land ist wirklich wie ein ... Dorf?«

»Weißt du, von wem ich rede?«

»B. T. Er heißt ... ich habe ihn immer B. T. genannt.«

»Nein. Er heißt Bobby oder Billy oder so. Kann das derselbe sein? Kennst du ihn?«

»Er war einer von denen, von denen ich wegwollte. Damals, als ich verrückt war und beschlossen hatte, wieder gesund zu werden.«

Suzanne Klavenæs gab sich einen Ruck. Als sie ihren Mantel angezogen hatte, kam Idun hinterher. Die beiden Frauen standen einander gegenüber, jede an einem Ende des langen Flurs, die eine groß, dunkel und fast mager, die andere klein, mollig und aschblond.

»Danke für deinen Besuch«, flüsterte Idun. »Soll ich dir ein Taxi holen?«

Suzanne wollte lieber zu Fuß gehen. Als sie dreißig Meter der Myklegardsgate hinter sich gebracht hatte und sich dem Weg näherte, der sie durch den Park und zum Grønlandsleiret bringen würde, drehte sie sich um. In Iduns Wohnung waren alle Lampen gelöscht. Nur im Küchenfenster sah sie den Schimmer einer Kerze. Für einen Moment erkannte sie hinter der Fensterscheibe Idun Francks Gesicht. Vielleicht war es auch nur Einbildung. Trotzdem schauderte sie, und ihr ging auf, daß Idun Franck der erste Mensch war, den sie kennengelernt hatte und nicht fotografieren wollte. Sie begriff das nicht. Für sie ergab das alles nicht den geringsten Sinn.

26

Fünf Menschen liefen in der Küche hin und her. Ihre Bewegungen waren rasch und effektiv. Trotzdem herrschte überraschende Stille, nur ab und zu war durch das leise Rauschen der riesigen Abzugshaube über dem Gasherd das Klappern von Metall gegen Metall zu hören. Billy T. war bei der Marine gewesen. Er hatte bei der Küchenwache Dienst getan und war im Norden bei der Fischereiaufsicht eingesetzt worden. Die Küche des *Entré* erinnerte ihn an die Kombüse. Ein wenig größer natürlich, aber ebenso eng und dominiert von rostfreiem Stahl.

»Der Mittagstisch«, sagte der eine Koch munter und zog ein dampfendes Blech aus dem Backofen. »Saibling. Wir legen ihn auf ein im Wasserbad gegartes Bett aus Rührei mit feingehackten Trüffeln.«

Er zeigte auf einen Lehrling, der in tiefer Konzentration in einer Schüssel aus rostfreiem Stahl herumrührte. Billy T. beugte sich über die Schüssel und schnupperte.

»Riecht jetzt schon gut«, sagte er. »Sind Trüffel nicht wahnsinnig teuer?«

»Hier«, sagte der Koch und wies mit der Messerspitze auf einen kleinen schwarzen Klumpen auf einem Hackbrett. »Das da kostet hundertsechzig Kronen. Aber es macht zum Ausgleich verdammt viel von sich her.«

Billy T. hatte beschlossen, den Schnurrbart, den Tone-Marit ein halbes Jahr zuvor weggeschmeichelt hatte, wieder wachsen zu lassen. Er kratzte sich zwischen den Bartstoppeln und fragte sich, ob er sich die Sache vielleicht doch noch einmal überlegen sollte.

»Sieht aus wie Hasch. Und kostet ungefähr genausoviel. Aber wo steckt Claudio?«

160

Der Koch zuckte mit den Schultern.

»Ist er hier, oder ist er nicht hier?«

Niemand antwortete. Niemand schien es peinlich zu finden, daß niemand antwortete. Jeder der fünf Küchenangestellten wußte, was er zu tun hatte, und sie hackten, rührten, spülten und brieten munter weiter, ohne auch nur zu Billy T. hinüberzuschauen. Er packte den Saiblingmann am Arm, und zwar unnötig hart.

»Soll ich den ganzen Tag hier rumstehen und euch beim Kochen zusehen, oder wird dein Chef die Güte haben, sich auch mal blicken zu lassen? Kannst du diesem Gagli-Heini mitteilen, wo immer er sich rumtreiben mag, daß die Polizei geruht, ihn *sofort* sehen zu wollen?«

Er bereute das schon, noch ehe er geendet hatte. Der Koch war durchaus umgänglich und konnte schließlich überhaupt nichts dafür, daß Claudio Gagliostro bereits zwei Vorladungen zur Vernehmung nicht befolgt hatte. Billy T. mußte sich zusammenreißen. Es waren schon Klagen gekommen. Am Vorabend hatte der Polizeidirektor bei ihm vorbeigeschaut und dezent daran erinnert, daß auch Hauptkommissare höflich auftreten konnten. Das solle keine Warnung sein, hatte er erklärt, sondern nur ein freundschaftlicher Rat.

Vielleicht hatte Billy T.s Ausbruch aber doch seine Wirkung getan. Plötzlich stand ein Mann, der kaum größer als eins fünfundsechzig sein konnte, in der Tür. Er trug eine Hose mit Pepitamuster und darüber eine riesige weiße Schürze. Sein Gesicht wirkte groß und aufgequollen und bildete einen schrillen Kontrast zu dem schmächtigen, schmalschultrigen Körper. Er hatte fast keine Wimpern, und die schwarzen Haare klebten in fettigen Strähnen an seiner Stirn. Billy T. ging auf, daß er diesem Mann schon einmal begegnet war, am Tag nach dem Mord an Brede Ziegler, als er beim Verlassen des *Entré* Suzanne getroffen hatte. Sicher hatte der Schock der unerwarteten Begegnung dafür gesorgt, daß er die auffällige Gestalt nicht weiter beachtet hatte.

»Offenbar suchen Sie mich«, sagte der Mann. »Kommen Sie mit.«

Billy T. vergaß alle guten Vorsätze. »Hätten Sie nicht schon um ...«

»Pssssst«, sagte der Mann. »Nicht hier. Kommen Sie mit ins Büro.«

Obwohl Claudio Gagliostro Billy T. kaum bis zur Brust reichte, ließ der Kommissar sich wie ein Kind am Arm nehmen. Fasziniert starrte er auf Gagliostros Kopf. Etwas stimmte da nicht. Wasserkopf vielleicht. Auf jeden Fall waren die Proportionen einfach unmöglich.

Das Büro entpuppte sich als großer, quadratischer Arbeitstisch im Keller. Der Tisch stand vor einem hochlehnigen Sessel dicht an der Wand. Eine Architektenlampe ergoß ihr Licht über vier hohe Papierstapel, ein Telefon und einen Wirrwarr aus gelben Zetteln und Briefumschlägen.

»Verdammt kalt hier«, sagte Billy T. sauer.

»Elf Grad. Elfeinhalb, um genau zu sein.«

Allmählich schien Gagliostro sich besser zu fühlen. Die fettigen Strähnen lösten sich von seiner Stirn. Er fuhr sich mit einem kreideweißen Taschentuch übers Gesicht, nahm in dem Schreibtischsessel Platz und lächelte verkniffen.

»Tut mir leid, daß ...«

Billy T. hielt nach einem weiteren Stuhl Ausschau. Da es keinen gab, drehte er einen Kasten mit Apfelsaftflaschen um und nahm darauf Platz. Dann starrte er zwischen seinen Beinen hindurch nach unten.

»Verkauft ihr so was?«

»Was wollen Sie?«

»Was ich will?«

Billy T. ließ seinen Blick über die Kellerwände schweifen. Hier unten mußte es viele tausend Flaschen geben. Die Hälfte des Raumes war wie ein altmodisches Archiv durch quer stehende Regale unterteilt, die andere war vom Boden bis zur Decke mit Weinschränken zugestellt. Es war halb dunkel. Er fror.

»Ich habe Sie zweimal zur Vernehmung einbestellt«, sagte er und holte tief Luft. »Und da fragen Sie, was ich will. Na gut. Lesen Sie eigentlich Ihre Post?« Er schlug mit der Faust auf einen Stapel ungeöffneter Briefe. »Ist mir übrigens scheißegal, was Sie mit Ihren Briefen machen. Aber wenn auf einem als Absender *Polizeibezirk Oslo* steht, dann machen Sie den auf! Sie hätten vor drei Stunden bei mir sein müssen!«

Gagliostros weiße Schürze wies plötzlich einen grünen Fleck auf, und Billy T. konnte sich nicht erklären, wo der herkam. Der Mann spuckte sich auf einen Finger und rieb damit über den Stoff. Der Fleck wurde größer und größer.

»Ich habe einfach keine Zeit«, murmelte Gagliostro. »Können Sie das nicht verstehen? Ich muß immerhin für zwei arbeiten!«

Billy T. erhob sich langsam. Er ging zwei Schritte auf die Weinschränke zu und ließ seinen Zeigefinger über die Flaschenhälse tanzen.

»Was Sie mir eigentlich erzählen«, sagte er mit tonloser Stimme, »ist, daß Sie es wichtiger finden, ihren arschfeinen Gästen Trüffelsaibling aufzutischen, als den Mord an Ihrem Kompagnon aufzuklären. Himmelarschundzwirn, sag ich da nur.«

Er rieb sich mit beiden Händen das Gesicht und schnaufte laut. Dann schüttelte er den Kopf und setzte ein Lächeln auf.

»Ihr scheint alle darauf zu scheißen, wer Brede Ziegler ermordet hat. Aber ich kann das nicht. Kapieren Sie das? Ja?« Er riß aufs Geratewohl eine Flasche aus dem Schrank und zeigte mit dem Flaschenhals auf Gagliostro. »Am liebsten würde ich eine grüne Minna holen und Sie augenblicklich zum Grønlandsleiret vierundvierzig bringen lassen. Aber da Sie nicht unter Aussagepflicht stehen, verzichte ich darauf. Ich frage nur ganz artig noch einmal: Sind Sie bereit, mit mir zu reden, oder soll ich mir eine richterliche Befugnis besorgen, Sie zu einem offiziellen Verhör auf die Wache zu schlei-

163

fen? Dann können Sie versuchen, dem Richter klarzumachen, *daß Sie keine Zeit haben!* Dann können Sie im Gerichtsgebäude zwischen Pressefotografen und ausgehungerten
Journalisten Spießruten laufen.«

Gagliostro starrte verzweifelt die Weinflasche an. »Stellen
Sie die zurück«, flüsterte er. »Bitte. Stellen Sie die zurück.«

»Ach was?« Billy T. hob die Flasche vor seine Augen und
mühte sich ab, in dem trüben Licht das Etikett zu entziffern.
»So ein kleiner Liebling, das hier? Huch . . .«

Seine Rechte ließ die Flasche los, und die Linke fing sie
wieder auf. »Da wäre mir doch fast ein kleines Malheur passiert, herrje!«

»Ist das ein Verhör?«

Gagliostro brach erneut der Schweiß aus. Seine Stirn war
mit Schweißperlen bedeckt, und Billy T. fragte sich, ob er
womöglich krank war.

»Hören Sie«, sagte er versöhnlich. »Wir führen jetzt und
hier eine kleine Vernehmung durch . . .« Er zog ein Diktiergerät aus der Tasche und hielt es Gagliostro hin. ». . . und
dann nennen Sie mir eine Uhrzeit innerhalb der nächsten
vierundzwanzig Stunden, zu der Sie auf die Wache kommen
können. Von mir aus auch um sechs Uhr morgens. Okay?«

Gagliostro schabte an dem Fleck auf seiner Schürze
herum, der inzwischen die Größe eines alten Fünfkronen-
stücks angenommen hatte. Seine Kopfbewegung mochte als
Nicken zu deuten sein. Billy T. schaltete das Diktiergerät ein
und sagte den üblichen Spruch über die Formalitäten auf.
Daß die Vernehmung in einem Weinkeller auf Grünerløkka
stattfand, ließ er allerdings unerwähnt.

Anderthalb Stunden später klapperte Billy T. mit den Zähnen. Und die Raumtemperatur war das einzige, was ihn an
einem weiteren Wutausbruch hinderte. Der Mann hinter
dem großen Tisch machte sich an allem zu schaffen, was er
in Reichweite hatte, dem Fleck auf seiner Schürze, einem
Kugelschreiber, der leckte und seine Finger blau färbte,
einem gläsernen Elefanten, den er aus einer Schublade ge-

nommen hatte, und einem silbernen, mit roten Steinen verzierten Federmesser. Er antwortete immer nur kurz und nie informativ. Billy T. war ehrlich erschöpft, als er versuchte, das Gespräch zusammenzufassen.

»Sie haben Brede also vor elf Jahren in Mailand kennengelernt. Dann sind Sie nach Norwegen übergesiedelt. Sie sprechen übrigens gut Norwegisch. Fließend geradezu.«

»Was?«

»Sie sprechen *gut Norwegisch*!«

»Ach so. Meine eine Großmutter war Norwegerin. Als Kind war ich jeden Sommer hier.«

»Brede arbeitete im Restaurant ...« Billy T. wedelte mit der rechten Hand, um den widerspenstigen Zeugen um Hilfe zu bitten.

»*Santini.*«

»*Santini,* ja. In Mailand. Dann haben Sie beide sich angefreundet, und Sie sind nach Norwegen gekommen. Nachdem Sie Ihr Lokal in Verona verkauft hatten, stimmt das?«

»Mhm.«

Der Rüssel des Elefanten brach ab. Gagliostro blieb hilflos sitzen und preßte die Bruchflächen aufeinander, als rechne er damit, daß die Glasstücke wieder zusammenwachsen würden, wenn er nur Geduld genug aufbrächte.

»Sie haben also Ihr Geld genommen und sind nach Norwegen gegangen, um noch mehr zu verdienen. Zusammen mit Brede.«

»Ja.«

»Aber das hat ziemlich lange gedauert. Bis Sie dieses Restaurant eröffnet haben, meine ich. Und in der Zwischenzeit haben Sie Ihre Pläne offenbar noch mal geändert. Denn Sie und Brede sind vor sieben oder acht Jahren in ein Projekt in Italien eingestiegen, nicht wahr?«

»Ja.«

»Würden Sie bitte dieses Tier in Ruhe lassen!«

Verdutzt legte Gagliostro den Elefanten mit dem Rüssel zwischen den Beinen auf die Tischplatte. Billy T. rieb sich mit der einen Hand den Rücken und schaltete mit der anderen das Diktiergerät aus.

»Wir tauschen die Plätze«, sagte er und erhob sich.

»Bitte?«

»Wir tauschen die Plätze, habe ich gesagt. Mir bricht sonst das Kreuz durch. Na los. Setzen Sie sich auf den Kasten. Und lassen Sie mir den Sessel.«

Gagliostro erhob keinen nennenswerten Widerspruch, als er seinen bequemen Sitzplatz aufgeben mußte. Doch statt sich auf den Apfelsaftkasten zu setzen, klappte er einen in die Wand eingelassenen Sitz herunter; es war unmöglich, diesen Klappstuhl zu entdecken, wenn man nichts von ihm wußte. Billy T. schloß die Augen. Er blieb eine ganze Weile zurückgelehnt im Sessel sitzen. Hier unten war nichts zu hören als ein fernes Scheppern von Kochtöpfen und das plötzliche, schrille Lachen einer Frau oben im Haus.

»Sindre Sand«, sagte Billy T., ohne das Diktiergerät wieder einzuschalten. »Kennen Sie den?«

»Ja.«

»Wie gut?«

»Nicht sehr.«

»Kennen Sie ihn nicht sehr gut, oder kennen Sie ihn nicht sehr?«

Gagliostro gab keine Antwort. Er zupfte sich am Ohrläppchen und öffnete kurz den Mund, nur um ihn hörbar wieder zu schließen. Er starrte zu Boden.

Billy T. hatte seit vier Tagen kaum geschlafen. Hanne Wilhelmsens Rückkehr machte ihm mehr zu schaffen, als er das für möglich gehalten hatte. Er war tief in Gedanken versunken gewesen und wußte noch immer nicht, aus welchem Impuls heraus er zu der Galerie im sechsten Stock hinaufgeblickt hatte. Als er sah, wie sie sich über das Geländer beugte, und als er ihren Blick spürte, der zu weit entfernt war, um von ihm gelesen zu werden, aber stark genug, um ihn die alte Intimität spüren zu lassen, die er seit einem halben Jahr zu vergessen suchte, hätte er umfallen mögen. Er hatte sich krank gefühlt, ganz einfach krank. Die Übelkeit hatte sich erst gelegt, als er sich hinter verschlossener Tür in seinen Büropapierkorb erbrochen hatte. Seither versuchte er, nicht an sie zu denken. An ihren Geruch, ihr Parfüm. Ihre Unsitte, sich mit dem rechten Zeigefinger über die Schläfe zu reiben, wenn sie über etwas nachdachte, und dabei das eine Auge halb zu schließen; er wollte nicht an ihre Hände denken, an die Daumen, die zwischen seinen Schulterblättern rotierten, wenn sie in der Kantine hinter ihm stand; nicht daran, wie sie ihn auf den Kopf küßte und neckte, weil er stöhnte; er wollte das Klappern ihrer Stiefel – immer trug sie Stiefel – auf dem unverwüstlichen Linoleumboden der Wache nicht hören; er hörte Hannes Absätze über den Boden klacken und haßte sie.

Er liebte sie, und das hatte er erst jetzt wirklich begriffen.

»Kennen Sie Sindre Sand gut, mittelgut, schlecht oder gar nicht. A, B, C oder D. Kreuzen Sie an.«

Er brachte es nicht über sich, die Augen zu öffnen, und merkte, daß er dabei war, die Kontrolle zu verlieren. Er saß in einem kalten Keller und versuchte, aus einem widerwilligen Zeugen, der vielleicht der Mörder war, die Wahrheit herauszuholen. Er machte sich keine Notizen. Er hatte nicht die Kraft, den Arm zu heben und das Diktiergerät einzuschalten. Er wollte nicht hiersein. Er wollte nach Hause.

»Schlafen«, sagte er langsam.

»So etwa mittelgut«, sagte Gagliostro. »Brede kannte ihn besser. Er ist tüchtig. Hat sich inzwischen einen Namen gemacht. Er arbeitet jetzt bei Stiansen und macht seine Sache hervorragend.«

»Das Geld. Wissen Sie darüber etwas?« Billy T. flüsterte jetzt fast.

»Sie meinen, das Geld, das in Italien investiert werden sollte?«

»Ja.«

»Mit dieser Sache hatte ich auch zu tun. Ich konnte aber nur zwei Millionen beisteuern. Wieviel Brede investiert

167

hatte, weiß ich immer noch nicht, aber Sindre ... der war damals ja fast noch ein Kind. Er hat vier oder fünf Millionen in den Topf geworfen, glaube ich.«

Zehn, dachte Billy T., sagte aber: »Was ist passiert?«

»*Bad trip*. Es ist ganz einfach schiefgelaufen. Brede ist einigermaßen ungeschoren davongekommen, glaube ich. Auf jeden Fall war er danach nicht so total abgebrannt wie wir anderen. Ich mußte ganz von vorn anfangen. Und deshalb hat es so lange gedauert, bis wir das *Entré* aufmachen konnten.«

Billy T. öffnete die Augen. Claudio Gagliostro hob den Daumen zur Decke und lächelte zum ersten Mal. Seine Zähne wirkten in seinem verschmutzten Gesicht überraschend weiß und ebenmäßig.

»Warum reden Sie plötzlich?« fragte Billy T. und versuchte die Hand zu heben. Das ging nicht. Eine heftige Welle der Angst durchströmte ihn.

Aus der Ferne hörte er Gagliostro antworten: »Sie machen mir nicht mehr ganz soviel Angst. Sie können gefährlich wirken. Wissen Sie das überhaupt?«

»Meinen Sie, ich könnte ein Glas Wasser haben?« stöhnte Billy T. »Ein Glas Wasser, bitte.«

Er hatte keinen Durst. Er wollte allein sein. Er glaubte sterben zu müssen.

Er konzentrierte sich aufs Atmen. Wollte sich entspannen.

»Atmen«, sagte er und sog Luft in sich hinein. »Atmen!«

Raus mit der Luft.

Und wieder einatmen.

Blut strömte in seinen Kopf. Er mußte nicht sterben. Er konnte die Augen aufreißen und die Hand heben. Als Gagliostro mit dem Wasser zurückkam – Billy T. hörte die Eiswürfel schon klirren, als der andere oben die Kellertreppe betrat –, konnte er das Glas nehmen und einen Schluck trinken, ohne etwas zu verschütten.

»Ist Ihnen schlecht?«

»Ich bin nur ein bißchen müde. Wir müssen versuchen,

fertig zu werden. Warum haben Sie Sindre Sand nicht hergeholt? Als eine Art Entschädigung für das viele verlorene Geld?«

»Ich habe den Vorschlag gemacht. Brede wollte nicht. Ihm war das mit Vilde wohl ein bißchen peinlich. Es sah ja nicht so aus, aber vielleicht ... ich weiß nicht so recht.«

Die Angst zog sich ein wenig weiter zurück. Billy T. wäre gern aufgestanden, traute sich aber noch nicht.

»Werden Sie Zieglers Aktien behalten oder sich einen neuen Kompagnon suchen?«

»Behalten ... das ist doch gerade das Problem. Offenbar wird Vilde diese Aktien erben. Wußten Sie das nicht?«

Billy T. runzelte die Stirn und trank noch einen Schluck Wasser. »Wovon reden Sie?«

»Brede und ich hatten eine kristallklare Abmachung. Nicht, daß wir damit gerechnet hätten, daß einem von uns etwas passieren könnte, aber ich meine ... Flugzeugabstürze, Autounfälle ... so was kommt ja vor. Wir wollten uns absichern. Brede und ich haben immer gut zusammengearbeitet, und die Arbeitsteilung hier im *Entré* hat sich ausgezahlt. Und jetzt kommt dieses Mädel, das von nichts eine Ahnung hat, vom Restaurantbetrieb schon gar nicht, und wird ...«

Jetzt war Gagliostro derjenige, der Probleme hatte. Er griff sich an die Brust.

»Wann haben Sie das erfahren?«

»Gestern. Nein, eigentlich schon vergangene Woche. Eine Anwältin hat mich angerufen und ein schreckliches Geschrei veranstaltet, und ich weiß verdammt noch mal nicht ...«

»Aber gleich nach dem Mord an Brede waren Sie doch davon überzeugt, daß Sie alles erben würden.«

»Nicht alles. Das Restaurant. Brede hatte auch sonst noch einiges, und natürlich bekommt Vilde den Rest, aber ...«

Ein junger, leuchtendweiß gekleideter Mann kam die Treppe herunter. Ihm fiel die Kochmütze vom Kopf, als er unten angelangt war.

»Jetzt mußt du kommen, Claudio. Irgendwas stimmt nicht mit dem Menü, und angeblich hast du gesagt, daß ...«

»Er kommt gleich«, unterbrach Billy T. und wedelte mit der Hand. »Geben Sie uns noch fünf Minuten.«

»Mir egal«, murmelte der Junge und wischte den Staub von seiner Mütze, während er die Treppe wieder nach oben stapfte. »Ich bin ja nicht verantwortlich.«

»Eins muß ich noch eindeutig wissen, ehe wir gehen können«, sagte Billy T. leise und beugte sich über den Tisch. »Am Abend des Sonntags, des 5. Dezember, als Brede ermordet wurde ... *zu diesem Zeitpunkt* haben Sie also geglaubt, daß das Restaurant an Sie fallen würde, wenn Brede etwas zustieße.«

»Aber ...«

»Ja oder nein.«

»Ja. Aber ...«

»Und wo waren Sie? Am Sonntag, dem 5. Dezember, abends?«

»Am Sonntag abend. Ich war ... lassen Sie mich nachdenken.«

»Unfug«, sagte Billy T. ruhig und versuchte durchzuatmen. »Versuchen Sie nicht, mir einzureden, Sie müßten sich erst überlegen, wo Sie den Abend verbracht haben, an dem Ihr bester Freund und Kompagnon ermordet worden ist. Ich weiß noch genau, wo ich war, als Palme erschossen wurde. Das ist fast fünfzehn Jahre her, und ich kannte den Mann nicht mal persönlich!«

»Zu Hause.«

»Zu Hause. Obwohl das *Entré* sonntags geöffnet hat. Na gut.«

»Ich hatte seit fünf Wochen keinen freien Tag mehr gehabt.«

»Was haben Sie an dem Abend gemacht?«

Wieder brach Gagliostro der Schweiß aus. Er litt offenbar an irgendeiner Krankheit, und Billy T. dachte vage, daß es ein arges Handicap für einen Oberkellner und Restaurantbesitzer sein mußte, einen Wasserkopf zu haben und schon bei elf Grad über Null wie ein Schwein zu schwitzen.

»Ich habe ferngesehen und bin früh schlafen gegangen.«

»Allein?«

Gagliostros verzweifelte Miene war Antwort genug. Billy T. nahm all einen Mut zusammen und stand auf. Seine Beine waren wacklig, und er schüttelte sie vorsichtig, ehe er das Diktiergerät in die Tasche steckte und zur Treppe ging.

»Morgen früh um neun. Punkt neun. Auf der Wache. Fragen Sie nach Billy T.«

Erst jetzt fiel ihm ein, daß er sich nicht vorgestellt hatte.

»Billy T.«, sagte er noch einmal. »Das bin ich.«

27

Istanbul war ein graues Meer aus Steinhäusern, die zwischen zwei tiefblauen Punkten eingeklemmt waren. So stellte sie sich die Stadt vor. Sie war niemals dort gewesen. Eine graue Strecke zwischen dem Bosporus und der Blauen Moschee, mit Gewürzduft und orientalischen Teppichen hier und da. So sah Istanbul für sie aus.

Durch dieses Bild lief eine Frau und dachte an sie. Im alten Konstantinopel gab es eine Frau, vielleicht im berühmten Basar, vielleicht mit einer Sonnenbrille zum Schutz gegen das grelle Sonnenlicht, unterwegs zum Bad, zu Mosaiken und heilsamem Wasser, begleitet vom Klang der Gebetsrufe von den Minaretten, die in den Himmel ragten, überall, und diese Frau dachte an sie.

Hanne Wilhelmsen öffnete die Augen und las die Karte noch einmal.

Ihr war unbegreiflich, wieso die so schnell angekommen war. Sie zählte nach. Vor acht Tagen hatten sie sich getrennt. Sie wußte, daß Nefis noch am selben Morgen nach Hause gemußt hatte. Vor einer guten Woche. Zuletzt hatte Hanne Post aus der Türkei bekommen, als Cecilie dort mit anderen Ärztinnen Ferien gemacht hatte. Cecilie war bereits fünf Tage wieder zu Hause gewesen, als ihr Feriengruß endlich eingetroffen war.

Als sie die Karte fand, dachte sie, die könne nicht für sie sein. Sie betrachtete die Großaufnahme einer rotbraunen Decke mit unverständlichem Muster und ärgerte sich über die Unfähigkeit der Post. Dann sah sie sich die Adresse an. »Ms. Hanne Wilhelmsen, Norwegian Police Headquarter, Oslo, Norway, Europe.« Fast wie früher, als Kind, als sie noch Welt, Milchstraße, Universum hinzugefügt hätte.

*I live under the moon, and it is a cold planet. I can never forget,
but the stars are not for us? Yours, Nefis.*

Die Unterschrift hatte sie die tägliche Ration Unterlagen
im Fall Ziegler vergessen lassen. Sie hatte sich in ihrem Büro
eingeschlossen. Der Text war schön und seltsam, und sie verstand ihn nicht.

Fragezeichen.

Wie war das gemeint?

Hanne war in ihrem Leben einmal verliebt gewesen. Kurz
vor dem Abitur hatte sie Cecilie gesehen, und wie ein halbwilder Hund war sie stumm um sie herumgeschlichen, ohne
mehr zu vermitteln, als daß sie abseits stand, aber in der Nähe
war. Dann waren sie zusammengekommen, wie es richtig,
wie es sinnvoll gewesen war. Und dabei waren sie geblieben.
Sie waren beieinandergeblieben, bis es Cecilie nicht mehr
gab und Hanne glaubte, sterben zu müssen.

Die Sache mit Nefis lag anders. Nefis und Hanne waren
erwachsene Menschen mit Wunden und Narben und einer
Geschichte. Cecilie war neu gewesen, als alles neu und unberührt gewesen war und jede sich nach der anderen formen
konnte, ohne daß das jemals wirklich gelungen wäre.

Hanne berührte die Karte mit den Lippen. Sie roch daran.

Sie wollte antworten. Sie sehnte sich danach, einige Worte
zurückzuschicken, und verfluchte ihren Mangel an Umsicht.
Was wußte sie denn schon – Nefis Özbabacan konnte in der
Türkei schließlich der allerüblichste Name sein. Istanbul war
groß. Wie groß? Nefis hatte erzählt, sie sei Mathematikprofessorin, doch auf englisch konnte »professor« ja auch eine
Gymnasiallehrerin bezeichnen. In Istanbul gab es eine Universität. Da war Hanne sich sicher. Aber als sie sich das genauer überlegte, dachte sie, daß es auch mehrere geben
konnte. In Istanbul wimmelte es vielleicht von Universitäten, Hochschulen, Lehranstalten. Wenn sie die Augen schloß
und wieder den breiten Häusergürtel zwischen der Blauen
Moschee und dem Bosporus vor sich sah, konnte sie diese
vielen Institutionen darin nicht unterbringen, doch zugleich

schüttelte sie den Kopf, denn sie wußte, daß sie niemals dort gewesen war.

Hanne hielt sich die Karte an die Lippen und dachte an Nefis.

Sie dachte an Cecilie. Sie dachte an die Wohnung, in die zurückzukehren ihr unmöglich erschien, solange überall Cecilies Fingerabdrücke hafteten; an den Wänden in der Küche, die Hanne sich blau gewünscht hatte, die aber gelb angestrichen worden waren, weil Cecilie das so wollte und weil Hanne ja doch nie Zeit zum Anstreichen hatte; am Sofa, das sie von Geld gekauft hatten, das sie gar nicht besaßen – Cecilie hatte es auf dem Rückweg vom Kino in einem Schaufenster gesehen und über ihr Krankenhaus ein zinsloses Darlehen erhalten können. Cecilie war überall, und Hanne wußte nicht einmal, wo ihr Grab lag.

Sie dachte an Cecilies Eltern. Die hatten in der Nacht, in der Cecilie gestorben war, Hand in Hand im grellen Licht des Krankenhauses auf dem Flur gesessen. Hanne hatte am Bett gesessen, ohne auch nur einmal daran zu denken, daß das ebenso der Platz der Eltern gewesen wäre.

Sie wußte, wo die beiden wohnten.

174

28

Thomas paßte gut auf Tigi auf. Diesem Kater sollte Frau Helmersen nichts antun können. Helmer war immer allein aus dem Haus gegangen, Tigi dagegen mußte in der Wohnung bleiben, bis Thomas aus der Schule kam. Dann aß er die Brote, die seine Mutter auf einem Teller in den Kühlschrank gestellt hatte, und gab Tigi etwas ab. Das durfte er zwar nicht, aber Tigi aß nun einmal sehr gern Leberwurst.

Wenn er Tigi die Treppe hinuntertrug, vorbei an Frau Helmersens Wohnungstür, hatte Thomas immer Angst. Frau Helmersen konnte doch jeden Moment herauskommen. Es war, als könne sie riechen, daß er angeschlichen kam. Oft steckte sie dann den Kopf aus der Tür. Selbst, wenn er so leise machte, wie er überhaupt nur konnte.

Thomas stand auf dem Treppenabsatz im zweiten Stock und beugte sich vorsichtig über das Geländer. Er wollte Tigi nicht verlieren. Er hörte nur die Autos auf dem Kirkevei. Schnell streifte er seine Cherrox ab. Sie knirschten beim Gehen, und deshalb nahm er sie in die eine Hand und preßte mit der anderen Tigi an sich.

Auf halber Höhe der Treppe sah er, daß Frau Helmersens Tür angelehnt war. Er wollte schon kehrtmachen, aber weil er die Hände so voll hatte, ließ er Tigi los. Der kleine Kater sprang ein wenig ungeschickt die Treppe hinunter. Und verschwand in Frau Helmersens Wohnung.

Thomas spürte, wie ihm die Tränen kamen, und außerdem mußte er wieder, ganz dringend, dabei war er eben erst auf dem Klo gewesen. Er saß wie erstarrt auf der Treppe und wagte kaum zu atmen. Es passierte gar nichts.

Vielleicht war Frau Helmersen nicht zu Hause. Vielleicht war sie spazierengegangen und hatte einfach vergessen, ihre

Tür zu schließen. Thomas' Vater nannte sie eine senile alte Kuh, wenn er glaubte, daß Thomas nicht zuhörte. Senil bedeutete vergeßlich, und vergeßliche Leute konnten natürlich leicht mal die Tür offenstehen lassen. Thomas passierte das auch manchmal, und er war nun wirklich nicht senil.

Vorsichtig schlich er die letzten Treppenstufen hinunter und dann weiter zur Tür.

»Hallo«, flüsterte er. »Tigi ...«

Weder Tigi noch Frau Helmersen meldeten sich zu Wort.

Er berührte die Tür, nur ganz leicht, und sie öffnete sich. In der Wohnung roch es seltsam. Nicht schlecht im Grunde, nur sehr stark. Nach Essen und Parfüm und altem Kram. Es roch ein bißchen wie bei seiner Oma, nur nicht so gut.

Thomas hatte zwar Angst, fand es aber auch ziemlich spannend, in Frau Helmersens Wohnung zu sein. So etwas hatte er noch nie gesehen. Im Flur standen so viele Sachen herum, daß er sich ganz klein machen mußte, um nichts umzustoßen. An den Wänden hingen vier Spiegel mit riesigen Rahmen. Von der Tapete war fast nichts zu sehen, denn wo keine Spiegel hingen, hingen Bilder. Und Lampen, solche, die an der Wand befestigt waren, mit zwei Armen und Stoffschirmen und kleinen weichen Bommeln am Rand. Seine Mama hätte diese Lampen schrecklich gefunden.

Die doppelte Wohnzimmertür war auch nur angelehnt. Aber für Tigi war der Spalt breit genug gewesen. Thomas schob den Kopf in das riesige Zimmer.

»Tigi«, sagte er glücklich.

Der kleine Kater saß auf einer alten Kommode und putzte sich. Thomas sprang im Zickzack zwischen einem schweren Tisch und Sesseln hindurch und nahm das Tier auf den Arm.

»Tigi«, flüsterte er in das warme Fell.

Dann schaute er sich um.

Er hatte noch nie so viele Medikamente gesehen. Außer in der Apotheke natürlich, wo er zweimal mit seiner Oma gewesen war. Seine Eltern bewahrten die Medikamente in einem Schränkchen im Badezimmer auf. Das Schränkchen war abgeschlossen, und auf der Tür war das Bild einer Schlange, die an einer Art Schwert hochkletterte. In dieses Medizinschränkchen hätte das, was hier herumstand, längst nicht alles hineingepaßt. Schachteln und Gläser und Packungen waren auf der Kommode aufgestapelt, auf der Tigi gesessen hatte. Thomas hatte schon Angst, der Kater könnte etwas von dem Zeug verschluckt haben, aber alle Packungen sahen verschlossen aus. Er schaute sich um. Auf einem Tisch in der Ecke neben dem Fernseher standen noch mehr Medikamente. Und auf dem Eßtisch auch. Auf dem Radio. Überall.

Thomas mochte hier nicht sein. Der Geruch war zu scharf, und Frau Helmersen konnte jeden Moment zurückkommen. Er ging zurück in den Flur. Und dort fielen ihm die Bilder auf. Keine Familienbilder mit Rahmen, sondern Bilder von Leuten, aus Zeitungen. Sie waren mit Heftzwecken festgemacht. Einige von diesen Leuten kannte er. Torbjørn Jagland war Ministerpräsident gewesen, als Thomas klein war. Es war kein besonders schönes Bild, und jemand hatte etwas mitten über das Gesicht geschrieben, was Thomas nicht lesen konnte. Kronprinz Haakon war aus einer Illustrierten ausgeschnitten. Es war ein Farbbild des Prinzen beim Skilaufen.

Nun wollte er aber gehen. Er mußte nicht mehr, und Tigi wollte ins Freie. Für einen Moment spielte Thomas mit dem Gedanken, die Tür hinter sich ins Schloß fallen zu lassen. Aber es war besser, das nicht zu tun. Vielleicht hatte Frau Helmersen sie ja absichtlich angelehnt gelassen.

29

Sindre Sand wußte nicht so recht, was er eigentlich erwartet hatte. So etwas jedenfalls nicht. Als er die kleine Wohnung betrat, roch er Lamm und Salbei. Vilde trug eine schwarze Hose und einen tief ausgeschnittenen grauen Chenille-Pullover. Die Teelichter, mindestens zwanzig, die in kleinen Gläsern überall im Zimmer verteilt waren, gaben ihm das Gefühl, daß die Zeit zurückgedreht worden sei. Nichts war passiert. Vilde hatte sich einfach eine neue Wohnung gesucht, aber das sollte nicht von Dauer sein, denn im Sommer würden sie heiraten.

»Ich mußte nur schnell alles fertig machen, ehe ich dich reinlassen konnte«, sagte sie und bot ihm in einem riesigen Glas Rotwein an. »Setz dich.«

Er verlor kein Wort darüber, daß sie alles so schön gemacht hatte. Er fragte nicht einmal, woher sie gewußt hatte, daß er gerade an diesem Abend kommen würde. Er sah nur Vilde, so, wie sie vor Brede gewesen war. Er zog seine Jacke aus, die gute, die er vor langer Zeit von Vilde bekommen hatte, vor Brede.

Sie zog ihn weiter aus. Er zog sie aus.

Nichts hatte sich geändert, und danach schliefen sie ein.

»Verdammt! Die Lammrouladen!«

Sie sprang aus dem Bett in dem kleinen Alkoven und stürzte in die Kochnische. Als der Wasserstrahl aus dem Hahn den Eisenkessel mit dem verbrannten Inhalt traf, quoll schwarzer Rauch ins Zimmer. Der Rauchmelder heulte los.

»Mach das Fenster auf!« Sie lachte und heulte und fuchtelte mit einer Zeitung unter dem lärmenden Apparat herum. »Luft! Hilfe!«

Er riß das Fenster sperrangelweit auf, und sie fröstelte, als kalte Luft ins Zimmer strömte. Der Kochtopf stand vergessen im Spülbecken, und sie rannte zum Bett und wickelte sich in die Decke. Lachend winkt sie ihn mit einem Finger, der unter der Decke hervorlugte, zu sich.

Sindre lächelte nicht einmal. Er sammelte seine überall verstreuten Kleidungsstücke auf und zog sich an.

»Was ist los mit dir, Vilde?«

Er klang mürrisch, so als sei ihm plötzlich aufgegangen, daß sich seit dem Tag, an dem Brede ihm alles genommen hatte, nichts verändert hatte. »Du führst dich hier auf wie die lustige Witwe, das muß ich wirklich sagen.«

Er schnappte sich den Pullover und mühte sich damit ab, den engen Rollkragen über den Kopf zu kriegen.

»Setz dich doch. Dann reden wir über alles.«

Auch sie war jetzt ernst. Er zögerte, zog dann aber seine Hose an.

»Wir haben uns eigentlich nichts zu sagen. Getan ist getan. Gegessen ist gegessen.«

»Viel gegessen haben wir aber nicht«, sagte sie. »Warum bist du gekommen, wenn du nicht mit mir reden willst?«

»Weil ich wissen wollte, wie es dir geht. Wie du ... mit allem fertig wirst.«

Die Worte hingen im Raum wie eine Anklage, und er starrte ins Leere.

»Ich sehe, daß es dir gutgeht«, sagte er dann und schloß seinen Gürtel. »Aber ich hatte nicht damit gerechnet, heute abend zu ... einem Fest eingeladen zu werden.«

Er bückte sich nach seinen Socken. Als er sich wieder aufrichtete, schien Vildes Kopf über der Bettdecke kleiner geworden zu sein.

»Aber das Geld, Sindre! Begreifst du denn nicht, daß jetzt alles in Ordnung ist und wir Geld haben und ...«

Er nahm seine Jacke und ging.

30

Der Mietwagen hatte ein Automatikgetriebe. Das war ungewohnt; sogar in den USA hatte sie auf manueller Schaltung
bestanden. Nun bremste sie jedesmal, wenn sie die Kupplung
betätigen wollte. Ein wütender Opel Omega wäre fast in sie
hineingefahren; sie meinte, ein leises Beben der Stoßstange
bemerkt zu haben. Vielleicht sollte das ein Fingerzeig sein.
Aber sie weigerte sich umzudrehen.

Sie fuhr mit achtzig über die E 18, wo neunzig erlaubt
waren. Sie hatte es nicht eilig. Eine gute halbe Stunde,
nachdem sie in Bislett das Auto geholt hatte, hielt sie an.
Nicht direkt vor dem Grundstück in der Parknische, die
offenbar für Gäste bestimmt war, sondern hundert Meter
weiter die ruhige Sackgasse hinunter. Mehrarmige Leuch-
ter und Plastiksterne schimmerten zwischen den Vorhängen in den Fenstern, hier und dort lehnte bereits ein in ein
Netz gewickelter Tannenbaum an der Wand und wartete
auf das Fest. Aus dem Schornstein der Familie Vibe quoll
Rauch.

Hanne Wilhelmsen blieb am Zaun stehen.

Hier war sie auch früher schon gewesen. Viele Male. Cecilie hatte sich damals für den längsten Schulweg entschieden; sie wollte sie absolute Eliteschule in Oslo besuchen, obwohl sie dafür jeden Morgen um sechs aufstehen mußte, um
in Drammen den Zug zu erwischen. Hanne hatte einmal gefragt, wie sie die Sache rein formell geregelt hatte. Cecilie
hatte gelächelt und mit den Schultern gezuckt. Cecilies Vater war Oberschulrat für den Bezirk Buskerud gewesen –
Hanne hatte nie wieder danach gefragt.

Sie schaute zu dem einzigen dunklen Fenster hinauf.

Die ungeölten Torangeln jammerten in der Kälte. Vorsichtig schloß Hanne das Tor hinter sich. Es war inzwischen zehn Grad unter Null, und der Kies knirschte unter ihren Sohlen. An der Haustür hing ein Kranz aus Christdornzweigen, verziert mit roten Beeren und Seidenbändern, die auf englisch willkommen hießen.

»Hanne«, sagte Inger Vibe gelassen, als sei Hanne in diesem Haus ein täglicher Gast. »Ich habe dich auf der Auffahrt gehört. Ja, nicht, daß du es warst, aber ...«

Sie lachte leise, ein Lachen, bei dem Hanne die Augen schließen mußte; sie blieb so lange stocksteif stehen, daß Inger Vibe ihr schließlich eine Hand auf den Arm legte, um sie ins Wohnzimmer zu führen.

»Wir haben dich erwartet«, sagte Cecilies Mutter. »Komm rein.«

Ihr Rücken war Cecilies Rücken. Ihre Bewegungen, lautlos, mit kurzen Schritten, als schleiche sie, ohne sich dessen bewußt zu sein, waren die von Cecilie. Im Wohnzimmer duftete es nach Apfelsinen, und vom Fenster her hörte Hanne das leise Bimmeln von Posaunenengelchen, die im warmen Luftstrom über einer Kerze dahintrieben und dabei gegen kleine Messingglocken stießen, rhythmisch und fast unhörbar.

»Bist du's, Hanne? Setz dich.« Cecilies Vater legte sein Buch beiseite und erhob sich. Zögernd hielt er Hanne die Hand hin. »Es ist so lange her.«

Hanne ließ sich in einen tiefen Sessel sinken. Der Apfelsinenduft schien immer intensiver zu werden.

»Wo bist du die ganze Zeit gewesen?«

Für einen Moment war sie nicht sicher, wer gefragt hatte. Sie ließ ihren Blick vom einen zur anderen wandern und merkte, wie ihr der Schweiß ausbrach. Auf dem Couchtisch stand eine riesige Schüssel voller Früchte in grellen Farben. Hanne kniff die Augen zusammen und wünschte, irgendwer möge das Licht dämpfen.

»Ich wollte dir das hier bringen.« Sie machte sich an dem Verschluß in ihrem Nacken zu schaffen.

181

»Für mich?«

Inger Vibe schlug die Hand vor den Mund, als habe sie soeben im Lotto gewonnen. Diese Geste ärgerte Hanne. Als sie die Kette überreichte, fielen ihre Bewegungen schroffer aus als beabsichtigt.

»Ich habe sie Cecilie vor vielen Jahren geschenkt. Zum Geburtstag. Sie hat sie geliebt, glaube ich, und ...«

»Sie hat diese Kette immer getragen«, sagte Arne Vibe. »Immer.«

»Es ist nicht richtig, daß ich sie habe. Es war Cecilies Kette. Und deshalb bekommt ihr sie.«

Niemand bedankte sich. Die beiden wechselten einen Blick, der Hanne unsicher machte. Sie schwitzte immer mehr vor Verlegenheit und öffnete den Mund, um besser atmen zu können. Inger Vibe ging in die Küche. Ihr Mann strich über sein Buch, er nahm die Brille ab und lächelte, blieb aber weiterhin stumm. Sein Lächeln wirkte durchaus freundlich, doch es lag eine Neutralität darin, eine Form von Widerstand, die Hanne den Wunsch eingab, gleich wieder zu gehen. Sie hatte erledigt, was sie sich vorgenommen hatte. Das Schmuckstück war überbracht.

Das, was sich hier abspielte, hatte sie nicht gewollt.

Endlich kam Inger Vibe zurück. Sie stellte Hanne eine Tasse aus altem, dünnem Porzellan hin, schenkte Kaffee ein und bot ihr aus einer Schale mit hohem Fuß Plätzchen an.

»Ich wollte euch eigentlich nur danken. Und sagen ... ich weiß nicht recht.«

»Verzeihung vielleicht?« Arne Vibe lächelte nicht mehr. Trotzdem war auch Milde in seinem markanten Gesicht, in dem Blick, der sich zum ersten Mal direkt auf Hanne richtete. »Vielleicht bist du hergekommen, um um Verzeihung zu bitten? Das könnte ich mir vorstellen.«

Es roch durchdringend nach Weihnachten. Das Bimmeln des ewigen Reigens, den die Messingseraphim auf der Fensterbank vollführten, schien lauter zu werden. Das Fenster wurde allmählich von Schnee verdeckt. Hanne brach in Tränen aus. Cecilies Eltern tranken Kaffee mit Milch. Sie tranken die zweite Tasse, und Hanne weinte noch immer.

»Ich weiß es nicht genau«, sagte sie endlich leise. »Vielleicht.«

Zwei Stunden später hatte das Ehepaar Vibe einen Schluck Likör in den Tassen. Hanne war zu Tee übergegangen. Sie trank aus einem großen Becher mit einem halb verwischten Bild des Eiffelturms und hatte den Eindruck, daß die Teeblätter alt waren. Die braune Flüssigkeit schmeckte nach Zwiebeln und Pfeffer und Haferflocken. Sie klammerte sich an die Tasse und zog die Beine hoch.

»Frierst du?« fragte Inger und legte ihr eine Decke um die Schultern.

»Nein.«

»Gut, daß du gekommen bist. Vielleicht hättest du das früher tun können. Das wäre für uns alle besser gewesen.«

Plötzlich beugte Arne sich über die Armlehne und löste ihre linke Hand von der Tasse. Er umschloß die Hand mit seiner und streichelte sie mit dem Daumen. Wenn sie sich richtig erinnerte, dann berührte er sie damit zum ersten Mal auf eine andere Weise als mit einem Händedruck.

»Unser Problem«, sagte er langsam, »ist, daß ... wir konnten das nicht verstehen. Wir haben Cecilie nie abgewiesen. Wir haben dich nie abgewiesen. Im Gegenteil.«

»Meine Schuld. Alles zusammen meine Schuld. Alles und immer.«

Inger Vibe stand auf und trat vor das Panoramafenster. Sie legte die Stirn an die Scheibe und blieb mit hängenden Armen eine Weile so stehen, bis sie sich plötzlich umdrehte und sagt: »Das ist dein größter Fehler, Hanne. Und so hast du alle im Stich gelassen.«

»Das weiß ich.«

»Nein. Das weißt du nicht. Das ist ja gerade das Problem. Du glaubst immer, alles sei deine Schuld. Wenn du nur die Schuld auf dich nehmen kannst, dann fühlst du dich von allem freigesprochen. Entschuldigung, sagst du und glaubst, damit sei alles in Ordnung. Dein Schuldgefühl war dein Schutzschild gegen deine Umgebung. Du warst ...«

Sie breitete die Arme aus auf eine Weise, die Hanne zwang, ihr Gesicht hinter der Teetasse zu verbergen und die Augen zu schließen.

»Du hast dich zu lange beschützt. Du hast dich mit Schuld geschmückt. Du hast dich darin eingehüllt wie in ... einen schwarzen Umhang. Um dir die Menschen vom Leibe zu halten.«

»Cecilie hat sich nicht von mir ferngehalten.»

Inger lächelte und wandte sich wieder ab. Ihr Spiegelbild in dem dunklen Glas ließ sie größer aussehen.

»Cecilie war ja auch etwas ganz Besonderes.«

Ihr Lachen klang hell, und sie lachte lange, als habe sie einen feinen Witz gemacht; als könne Cecilie jederzeit hereinkommen, jeden Moment; es kostete Hanne große Anstrengung, sich nicht zur Tür umzudrehen, in der jetzt vielleicht Cecilie stand.

»Es ist einfach lächerlich, daß du im Hotel wohnst.« Inger Vibes Ton war energisch geworden. Sie strich ihren Rock glatt und schaute sich noch einmal die Kette an. »Du hast eine hervorragende Wohnung. Sollen wir dir beim Aufräumen helfen?«

»Nein!«

Die Antwort war zu schnell gekommen. Vielleicht wollte Inger dabeisein. Es war vielleicht wichtig für sie, die Hinterlassenschaft ihrer Tochter zu ordnen.

»Cecilie soll nicht weggeräumt werden«, erklärte Hanne zögernd. »Sie soll dasein. Ich muß nur ...«

»Was für ein Unsinn. Natürlich muß aufgeräumt werden. Sie hat Kleider und andere Dinge, die aus dem Haus müssen. Wie wäre es mit der Heilsarmee?«

»Später. Vielleicht. Erst muß ich ...«

»Soll *ich* denn dabeisein?« Arne fuhr noch immer mit dem Daumen über ihre Handfläche.

»Ich muß los.«

Sie stemmte sich aus dem tiefen Sessel hoch. Ihre Beine waren eingeschlafen, und sie wäre um ein Haar gestürzt. Arne fing sie auf.

»Das geht schon«, murmelte sie. »Jetzt geht es.«

»Nur eins noch«, sagte Inger.

Hanne hatte die Haustür geöffnet und fröstelte im eiskalten Wind.

»Nimm, was das Leben dir geben kann. Wir leben nicht sehr lange, Hanne. Wir können es uns nicht leisten, die wichtigen Dinge zu verschwenden.«

Hanne zuckte mit den Schultern und schloß die Tür hinter sich, ohne die beiden umarmt zu haben, nicht einmal einen Händedruck hatte sie ihnen anbieten können. Als sie bei ihrem Auto war, drehte sie sich um. Noch immer brannten hinter allen Fenstern die Lampen, mit der einen Ausnahme, dem Mansardenzimmer.

Inzwischen war es Dienstag geworden, der 14. Dezember 1999.

31

Der Lastzug versperrte ihr nahezu jegliche Sicht. Unbeladen schepperte er von der Tollbugate zur Prinsens gate, und Hanne Wilhelmsen fuhr hinterher. Aus alter Gewohnheit wollte sie die Autonummer aufschreiben. Sie schaute zum Armaturenbrett. Dem Mietwagen fehlte ein leicht zugänglicher Notizblock. Und der Lkw-Fahrer tat ja nichts Verbotenes, auch wenn er nun schon zum dritten Mal durch dieselben Straßen fuhr. Er hätte längst unten am Hafen parken müssen, um sich seinen vorgeschriebenen Schlaf zu holen. Doch er versperrte den Weg und ließ sich Zeit beim Betrachten der spärlichen Auswahl am Straßenrand.

Jedesmal, wenn der Lkw bremste, warf auch Hanne einen Blick auf die Silhouetten, die sich gegen das gelbe Laternenlicht abzeichneten. Die Mädels, die sie bisher gesehen hatten, waren zu jung, die meisten noch pure Kinder. Sie fuhr an den Straßenrand und hielt an. Der scheppernde Lastzug verursachte ihr Kopfschmerzen. Sie kurbelte das Fenster herunter und nahm sich eine Zigarette.

Sie hätte sie schon viel früher besuchen müssen. Nicht einmal nach der Beerdigung hatte sie sich erkundigt. Und noch immer wußte sie nicht, wo Cecilies Grabstein stand.

Sie schaute auf die Uhr. Viertel nach eins.

»*Girl's night?*«

Hanne fuhr zusammen und starrte in ein Gesicht, das schmaler war, als die rauhe Stimme vermuten ließ. Der Mensch, der fast den ganzen Kopf in den Wagen steckte, hatte Probleme mit seiner Perücke. Sie glitt ihm gerade über die Augen.

»*Looking for company?*«

Die Aussprache ließ zu wünschen übrig. Das Lächeln entblößte ein erst kürzlich erworbenes oder wohl eher gestohlenes Gebiß. Es saß nicht gut. Die Wörter kamen ein wenig zernuschelt heraus.

»Sprichst du auch norwegisch?« fragte Hanne und wandte sich ab, um der Wolke aus Mundgeruch und einer reichhaltigen Auswahl an billigem Parfüm auszuweichen.

»Ich kann alle Sprachen.«

Unter der Grundierung bemerkte Hanne eine leise Andeutung von Bartstoppeln. Sie schüttelte den Kopf und fischte einen Hunderter aus der Jackentasche. »Hier. Kein Interesse. Nicht an dir.«

Sie ließ den Motor an. Der Transi schnappte sich den Geldschein und schwenkte beleidigt den Hintern. Im Rückspiegel sah Hanne seine langen Waden auf zehn Zentimeter hohen Absätzen weiterwackeln.

Wie alle bei der Polizei hatte Hanne ihre Karriere auf Streife begonnen. Von damals wußte sie, daß Fragen keinen Sinn hatte. Die Nutten konnten sich gegenseitig totschlagen, um sich einen festen Platz an einer Straßenecke zu sichern, aber Leute, die nach Bullerei rochen, durften nicht auf Gratisauskünfte hoffen.

Hanne roch nach Bullerei und wußte das auch. Sie fuhr weiter über die Piste, die der riesige Lastzug abgesteckt hatte. Zum Glück hatte der Fahrer sich endlich entschieden. Nur ein Volvo-Kastenwagen mit deutlich sichtbarem Kindersitz schaukelte langsam über den Strich; es ging auch hier auf eine Art Ladenschluß zu. In der Myntgate kam der Wagen langsam zum Stehen, und eine zierliche Gestalt im Webpelz schlüpfte nach einer kurzen Diskussion über Preis und Produkt auf den Beifahrersitz. Die Kleine hätte vermutlich auch in den Kindersitz gepaßt.

Jemand humpelte allein auf den Bankplass zu. Die Fassadenbeleuchtung der alten Loge ließ eine kurze Silberlaméjacke aufglänzen. Hanne fuhr langsamer, kurbelte noch einmal das Fenster herunter und sagte: »He. He, du!«

Die Frau drehte sich um. Sie brauchte einige Sekunden, um klar sehen zu können.

»Kei' Zeit«, sagte sie schroff.

Hanne hielt an und wollte aussteigen.

»Red nich' mi' Bullerei.« Die Frau redete immer weiter vor sich hin. Sie hatte einen seltsamen Gang; es sah aus, als drehe sie sich nach jedem zweiten Schritt halb um. »Kei' Zeit, kei' Lust.«

»Harrymarry!«

Obwohl die Frau nicht auf den Namen zu reagieren schien, wußte Hanne, daß sie die Gesuchte gefunden hatte. Am Vormittag hatte sie sich über Harrymarry informiert, die im Januar fünfundfünfzig werden würde. Diese Gestalt hier hätte allerdings auch auf die Achtzig zugehen können. Trotzdem zeugten ihre Bewegungen von einer bewundernswerten Stärke, von einer Trotz-alledem-Haltung, die sie lange über ihre Zeit hinaus aufrechterhalten hatte. Hanne versuchte ihr die Hand auf die Schulter zu legen.

»Loslassen!« fauchte Harrymarry und steigerte ihr Tempo. Ihr Humpeln wurde deutlicher, offenbar war ihre rechte Hüfte ruiniert.

»Möchtest du etwas essen? Hast du Hunger?«

Endlich blieb Harrymarry stehen. Sie schaute Hanne aus zusammengekniffenen Augen an und schien sich zu fragen, ob sie richtig verstanden hatte.

»Essen?«

Sie schien dieses Wort regelrecht auszukosten; sie schnalzte mit der Zunge und kratzte sich am Oberschenkel. Hanne mußte sich abwenden, als sie die vereiterte Wunde sah, die durch Netzstrümpfe hindurch von schmutzigen langen Nägeln aufgekratzt wurde.

»Essen. N' gut.«

Harrymarry verschwendete nichts, auch keine Buchstaben. Hanne wußte, daß sie mehr Glück als Verstand hatte. Die Frau mit einer Mahlzeit zu locken war idiotisch gewesen. Harrymarry hätte auch beleidigt sein und völlig dichtmachen können. Jetzt war es Hannes größtes Problem, mitten in der Nacht für eine erschöpfte Nutte etwas zu essen aufzutreiben. Natürlich konnten sie zu einer Tankstelle fahren, aber die Atmosphäre an so einem Riesenkiosk mit Flutlicht würde ein Gespräch mit Harrymarry wohl kaum begünstigen.

Harrymarry nickte zur Dronningens gate hinüber und setzte sich in Bewegung. Erleichtert nahm Hanne an, daß die andere wußte, wohin sie gehen könnten. Einige Minuten später saßen sie einander gegenüber auf roten Plastikstühlen in einem Imbiß, in dem sie die einzigen Gäste waren. Hanne rauchte. Harrymarry aß. Rosa Soße tropfte aus ihrem Mundwinkel. Ihr Blick wanderte immer wieder zum Koch hinter dem Tresen hinüber, als wolle sie sich vergewissern, daß es dort, woher das Kebab gekommen war, noch mehr zu holen gab. Ihre Cola hatte sie mit einem einzigen Schluck geleert.

»Mehr. Bitte.«

Hanne steckte sich noch eine Zigarette an und wartete geduldig, bis ein weiteres Kebab samt Zubehör verzehrt war. Harrymarry rülpste hinter vorgehaltener Faust und erwiderte zum ersten Mal den Blick ihrer Wohltäterin. In ihren braunen Augen funkelten gelbe Pünktchen. Weniger attraktiv war die einwandfrei gelbe Tönung der Augäpfel, die unter den schweren Lidern jedoch kaum zu sehen waren.

»Du hast angerufen«, sagte Hanne.

Es war eher eine Behauptung als eine Frage, und das bereute sie sofort.

»Hab nix verbrochen.«

»Das weiß ich.«

Harrymarry war nervös und schielte zum Ausgang. Die Mahlzeit schien ihr das letzte bißchen Konzentrationsfähigkeit geraubt zu haben.

»Muss arbei'n. Bissann.«

»Warte noch. Wenn du etwas verbrochen hättest, hätte ich dich längst eingebuchtet. Das weißt du genau. Ich will nur wissen, was du gesehen hast.«

189

Die Mahlzeit hatte Harrymarry so gut wie erledigt. Die Augen fielen ihr zu, die ganze Gestalt schien bereits zu schlafen. Das Scheppern eines Bratenwenders auf dem Grill ließ sie zusammenfahren. Sie zog eine Zigarette aus der Packung, die auf dem Tisch lag.

»Gut geschmeckt.«

Sie sprach zu den Überresten ihrer Mahlzeit und machte einen Lungenzug, ehe ihr die Augen aufs neue zufielen.

»Ich muß wissen, was du gesehen hast. Und ob da noch andere Leute waren. Ob du ... hast du etwas gefunden? Hast du etwas mitgenommen?«

»Toter Kerl un'n Haufen Müll. Muß jetzt schlafn.«

Harrymarry nuschelte in ihre Jacke und hustete übel. Hanne erwog die Möglichkeit, die müde Frau bis zu dem in der Myntgate abgestellten Wagen zu bugsieren.

»Wo wohnst du, Harrymarry?«

Die Frage klang offenbar absurd genug, um Harrymarry für einen kurzen Moment aus dem Schlummer zu reißen. Sie kniff im grellen Licht der flackernden Neonröhren die Augen zusammen.

»Wo? Grad jetzt hier.«

Damit war sie endgültig eingeschlafen. Ein leises Schnarchen war zu hören; ihre Lippen stießen ein kurzes Schnauben aus, das Hanne lächeln ließ. Die verkommene Gestalt, die die Hände brav auf den Knien übereinandergelegt hatte, saß quer zum Fenster. Die Zigarette hing zwischen zwei Fingern. Hanne nahm sie ihr vorsichtig ab und drückte sie im Aschenbecher aus.

»Die kann hier nicht schlafen«, sagte der Koch auf türkisch-norwegisch. »Nimm sie mit.«

»Ich hol nur schnell das Auto. Okay?«

Harrymarry war im Ein- und Aussteigen geübt. Mit schlafwandlerischer Sicherheit ließ sie sich auf den Beifahrersitz sinken und schnarchte weiter, bis sie die Wache passierten.

»Wohin fahn wir?«

»Nach Hause«, sagte Hanne. »Ich fahre nach Hause, und du kommst mit.«

Als sie vor dem niedrigen Wohnblock in Tøyen anhielt, war es bereits nach zwei Uhr. Zum Glück waren alle Fenster dunkel.

32

»Felice. Mit italienischem c. Wie in Cello. Nicht Felße.«

»Tut mir leid. Doktor Felice.« Billy T. rieb sich den Arm und streifte seinen Hemdsärmel nach unten. »Witziger Name. Øystein Felice. Ein wenig ... Gemischtwarenhandlung sozusagen.«

Der Arzt warf die Spritze in einen Pappkarton und wusch sich gründlich die Hände.

»Dann war der Besuch ja nicht ganz umsonst. Jetzt dürften Sie von der derzeitigen Grippewelle verschont bleiben. Meine Mutter ist Norwegerin. Mein Vater Italiener. Eigentlich hätte ich Umberto heißen sollen, nach meinem einen Großvater. Aber dann bekam ich den Namen des anderen Großvaters. Der stammte aus Valdres.«

Er lächelte zerstreut, als müsse er seinen seltsamen Namen so oft erklären, daß er dabei auf Autopilot schaltete. Nachdem er sich sorgfältig die Hände mit einem Papiertuch abgetrocknet hatte, steckte er einen Auszug aus seiner Patientenkartei in eine Plastikhülle.

»Hier«, sagte er und reichte ihn Billy T.. »Das ist alles, was ich Ihnen sagen kann. Da der Patient tot ist, kann er mich nicht von meiner Schweigepflicht entbinden. Deshalb muß ich nach meinen Vorstellungen von Diskretion selbst entscheiden, was ich Ihnen sage. Nach dem, was Sie mir am Telefon erzählt haben, weist Brede Zieglers Krankengeschichte nichts von Interesse auf. Für die Polizei, meine ich.«

»Wissen Sie«, sagte Billy T. sauer und riß den inhaltsarmen Umschlag an sich, »man sollte meinen, es sei schon mit Schweigepflicht verbunden, diesen Ziegler auch nur gekannt zu haben.«

»Was?«

»Scheißen Sie drauf. Aber ...« Er blätterte kurz in den Papieren. »Der Mann litt also unter Kopfschmerzen und einem kaputten Knie«, sagte er. »Das war alles.«

»Das habe ich durchaus nicht gesagt. Aber ich habe auch nicht das Gegenteil behauptet. Ich sage nur, daß ...«

Billy T. stöhnte laut, beugte sich in dem engen Sessel vor, stützte den Kopf in die Hände, wiegte sich hin und her und stieß ein leises Jammern aus.

»Ich bin leider kein Psychiater«, sagte Dr. Felice trocken. »Aber ich kann Ihnen jemanden empfehlen, falls Sie ...«

Billy T. richtete sich auf und holte tief Luft.

»Bei den Kopfschmerzen hat es sich also nicht um Migräne gehandelt«, sagte er resigniert. »Und Medikamente hat er auch nicht genommen.«

»Nein. Ich würde ihn beinahe als fanatischen Pillengegner bezeichnen. Sein Knie hat ihm noch mehr zu schaffen gemacht als die Kopfschmerzen, von denen er oft Monate lang verschont blieb. Er hätte sich dringend den Meniskus operieren lassen müssen. Das wollte er nicht. Und schmerzstillende Mittel wollte er auch nicht nehmen.«

Eine Frau schaute zur Tür herein.

»Wir sind jetzt schon eine halbe Stunde im Rückstand«, sagte sie mißmutig und starrte Billy T. an, um dann, ohne auf Antwort zu warten, die Tür zuzuknallen.

»Wann haben Sie ihn zuletzt gesehen?«

Billy T. versuchte, es sich in dem Sessel bequemer zu machen, wie um klarzustellen, daß er vorhatte, sich die Zeit zu nehmen, die er brauchte. Wenn Dr. Felice sich hochnäsig weigerte, ohne amtliche Vorladung zur Wache zu kommen, dann mußten seine Kranken zumindest eine zusätzliche Stunde im Wartezimmer hinnehmen können. Dr. Felice öffnete eine Dose mit Pastillen und bot Billy T. eine an.

»Witzig, daß Sie das fragen. Er war acht Monate nicht mehr hier. Damals ging es um eine Schnittwunde. Er hatte sich beim Öffnen einer Auster geschnitten und war dummerweise nicht sofort zu mir gekommen. Er erschien erst einen Tag später. Ich habe ihm eine Tetanusspritze gegeben und eine Antibiotikakur verordnet. Wenig interessant für Sie, natürlich, aber ...« Er nahm eine Pastille aus der Dose und ließ sie zwischen Daumen und Zeigefinger rotieren. »... interessanter ist wahrscheinlich, daß er mich an dem Tag angerufen hat, an dem er ermordet worden ist.«

Billy T. hätte sich fast an seiner Pastille verschluckt.

»Er hat Sie angerufen«, wiederholte er tonlos. »Am Sonntag, dem Fünften. Was wollte er?«

»Das weiß ich leider nicht. Er hat mich zu Hause angerufen. Privat. Das hatte er noch nie getan. Ich war nicht da und er hinterließ eine Nachricht auf meinem Anrufbeantworter. Ich sollte ihn zurückrufen unter der Nummer ...« Dr. Felice schaute sich auf seinem riesigen Schreibtisch um, der von bemerkenswertem Ordnungssinn kündete. Drei Papierstapel lagen ordentlich nebeneinander, unter dem Gewicht von Briefbeschwerern in Gestalt der Affen, die nichts sehen, nichts hören und nichts sagen. »22 98 53 99«, las er von einem Zettel ab. »Später habe ich festgestellt, daß es sich dabei um seine Privatnummer handelte.«

»Wann hat er angerufen?«

»Das weiß ich nicht. Ich habe einen einfachen Anrufbeantworter, der nicht speichert, wann ein Anruf eingeht. Und Brede Ziegler hat auch keine Uhrzeit genannt. Er sagte nicht, worum es ging. Nur, daß ich ihn vor acht Uhr abends zurückrufen sollte. ›Vor acht Uhr heute abend.‹ So hat er sich ausgedrückt. Da ich an dem Sonntag nachmittag um zwei das Haus verlassen habe und erst am folgenden Nachmittag zurückgekommen bin, kann ich nichts Genaueres über den Zeitpunkt sagen.«

Billy T. hatte ein Notizbuch aus seiner ausgebeulten Jackentasche gezogen und machte sich mit müder Miene Notizen.

»Er hat ›vor acht‹ gesagt? Nicht, ›sowie Sie nach Hause kommen‹?«

»Nein. ›Vor acht.‹«

»Können wir das Band haben?«

»Leider nicht. Das habe ich überspielt. Ein Versehen. Natürlich wollte ich es aufbewahren; ich hatte am Montag morgen in der Zeitung über den Todesfall gelesen und war ziemlich geschockt, als ich dann nachmittags seine Stimme auf meinem Band hörte. Ich muß in meiner Verwirrung auf den falschen Knopf gedrückt haben. Aber ich kann mich sehr deutlich an seine Nachricht erinnern.«

Die übellaunige Sprechstundenhilfe riß erneut die Tür auf, diesmal ohne vorher anzuklopfen. Sie knallte einen Ordner vor Dr. Felice auf den Tisch und stampfte aus dem Zimmer, ohne die Tür hinter sich zu schließen.

»Ganz schön heftig«, sagte Billy T. »Macht es Ihnen nichts aus, wenn sie sich so aufführt?«

»Sie ist sehr tüchtig. Und sie muß sich da draußen die Klagen der Patienten anhören.«

Billy T. erhob sich und knöpfte seine Jacke zu.

»Es kann gut sein, daß wir Ihnen eine Vorladung zu einer Vernehmung zukommen lassen«, sagte er. »Werden sehen. Sollte Ihnen inzwischen etwas einfallen, das uns interessieren könnte, dann rufen Sie an. Fragen Sie nach Billy T. Das bin ich.«

»Das habe ich schon verstanden«, sagte Øystein Felice. »In dieser Hinsicht haben wir eine Gemeinsamkeit.«

»Ach?«

Billy T., der schon im Gehen war, drehte sich halbwegs um und stieß gegen eine Schachtel mit Gummihandschuhen. Die Schachtel fiel zu Boden.

»Einen komischen Namen.«

»Genau.«

Er ging in die Hocke und sammelte die Handschuhe auf. Danach klebte Talkum an seinen Fingern, und er fuhr damit über seine Hosenbeine.

»Mir fällt noch etwas ein.«

Dr. Felice wirkte erschöpft. Billy T. sah erst jetzt, daß die kurzen dunklen Haare des anderen an den Schläfen grau wurden und daß sein kräftiger Bartwuchs sich geltend machte. Billy T. zog seine Taschenuhr hervor und fluchte, weil es schon halb fünf war.

»Was denn?« fragte er barsch.

»Ich ... in den Unterlagen, die ich Ihnen gegeben habe, steht nichts darüber, daß ...«

Dr. Felice nahm sich noch eine Pastille. Auch die wurde nicht in den Mund gesteckt, sondern zu einer weichen grünen Erbse zerknetet.

»Brede Ziegler war sterilisiert. Das wird natürlich auch die Obduktion ergeben. Oder ... er ist wohl schon obduziert worden. Ich wußte nicht, ob das für den Fall von Bedeutung ist, deshalb habe ich es nicht erwähnt ...« Er winkte vage zu dem Umschlag hinüber, den Billy T. in der rechten Hand hielt.

»Jedenfalls wollte er vor seiner Heirat sterilisiert werden. Ich habe natürlich ausgiebig mit ihm über diesen Eingriff gesprochen, aber er war sich seiner Sache ganz sicher. Bei seinem Alter hatte ich natürlich auch keine Einwände, aber er hatte noch kein Kind und wollte eine junge, vermutlich fruchtbare Frau heiraten, deshalb ...« Immer wieder verstummte er. Mehrmals preßte er Daumen und Zeigefinger gegen die Augen, als könne er nicht mehr klar sehen. »Aber das ist sicher nicht interessant für Sie.«

»Doch«, sagte Billy T.. »Ich muß jetzt los, aber wenn Sie mich in den nächsten Tagen nicht anrufen, rufe ich Sie an. Okay?«

Dr. Felice gab keine Antwort. Das Telefon klingelte, es war ein modernes, digitales Klingeln. Er griff zum Hörer, und Billy T. schloß die Tür hinter sich.

»Das ist die, die immer nach Dr. Glücklich fragt«, hörte er die Vorzimmerdame sagen. »Soll sie später wieder anrufen?«

Glücklich. Billy T. lächelte einer Schwarzen mit einem quengelnden Kind von vielleicht zwei Jahren verkniffen zu, als ihm aufging, was »felice« wirklich bedeutete.

»Dr. Glücklich«, murmelte er. »Passender Name für einen Arzt.«

Er vergaß, die Impfung zu bezahlen.

33

In zwei Stunden mußte sie zur Probe. Noch hatte sie kaum
eine Vorstellung davon, was für eine Figur sie da darstellen
sollte. Wie immer hatte sie den Text schnell gelernt. Der Text
war wirklich nicht das Problem. Die Schwierigkeiten leuchteten ihr schon vom Umschlag des Rollenheftes entgegen,
das inzwischen von Kaffeeflecken und Eselsohren gezeichnet war.

»Narziß nach dem Fest.«

Blödsinn! Thale hatte viele Wochen mit Textanalyse verbracht; die Worte blieben sinnlose Postulate auf einem Stück
Papier. Ihre Rolle war Paradoxon und Parodie zugleich, was
jedoch nicht den Absichten des Autors entsprach. Sie sollte
eine liebeskranke griechische Nymphe im Osloer Nobel-
viertel Aker Brygge spielen.

Der Intendant hatte das Stück offenbar in dem Gefühl angenommen, etwas für neue norwegische Dramatik tun zu
müssen. Warum wollte er nichts von Jon Fosse? Sie war zwar
schon in zwei Fosse-Stücken aufgetreten, aber da hatte sie
immerhin Material, eine Seele, in die sie sich vergraben
konnte. Aus Anlaß der Jahrhundertfeier des Nationaltheaters
war ein Wettbewerb ausgeschrieben worden. Ein meinungs-
geiler Kriminalschriftsteller, der mit episch angelegten
Mordrätseln in Buchform großen Erfolg hatte, hatte den
Sieg davongetragen. Sein Stück aber war und blieb erbärmlich schlecht. Bei der letzten Probe war Thale vom Regis-
seur zusammengestaucht worden. Er habe es satt, hatte er gesagt, daß sie die knapp bemessene Probezeit damit vergeude,
über den Text zu klagen, statt zu versuchen, etwas daraus zu
machen. *Engagement*, hatte er geheult und einem Scheinwerfer einen Tritt versetzt. Dabei hatte er sich den kleinen Zeh

gebrochen. Jetzt humpelte er auf Krücken durch die Gegend und war übellauniger denn je.

Thale legte sich aufs Sofa und deckte sich mit ihrer Schlummerdecke zu. Sie schloß die Augen. Engagement. Sie mußte versuchen, Engagement zu entwickeln. Für ein Stück, in dem der griechische Narzissos-Mythos in ein neureiches norwegisches Milieu des Jahres 2000 verlegt worden war. Scheinbar erfolgreiche Menschen irrten über die Bühne, ergingen sich in Leere und wichen jeder Liebe aus, die anderen galt als ihnen selbst. Im Geiste hörte Thale schon das Lachen des Publikums, dem ein Aktienmakler namens Narzissos zugemutet wurde. Das Tragische war, daß es sich bei dem Stück nicht um eine Farce handelte. Daß sie selbst ein Spice-Girl-Kostüm tragen und Echo heißen sollte, würde allenfalls ein mitleidiges Lächeln hervorrufen.

Sie versuchte, sich zu konzentrieren und sich von ihrer Verachtung für dieses Stück zu distanzieren, doch das gelang ihr nicht. Wie sehr sie sich auch bemühte, sie konnte den Zusammenhang zwischen dem bewegenden griechischen Mythos und einer fünf Stunden während Whiskytrinkerei in einer postmodernen Wohnung nicht erkennen. Der eigentliche Narziß hatte sich in sein eigenes Spiegelbild verliebt und Echos Liebe verschmäht. Da das Spiegelbild ein unerreichbarer Geliebter war, hatte diese Liebe ihn ins Unglück geführt und zu Fall gebracht. Der Aktienmakler dagegen war im Grunde ziemlich zufrieden mit seiner Selbstliebe. Und das ergab keinen Sinn. Das Schlimmste an dem Stück jedoch waren die Freiheiten, die der Autor sich mit Echo erlaubt hatte. Im Mythos starb sie an der Trauer über ihre verlorene Liebe, ihr Klagelied jedoch, das Echo, blieb in alle Ewigkeit bei den Menschen zurück. Thale schauderte bei der Vorstellung, wie sie im letzten Akt Narzissos in der Badewanne vergewaltigen mußte. Alle holten sich das, was sie haben wollten, wenn nötig auch mit Gewalt.

Es ärgerte sie, daß ein Autor, der seinen Stoff offenbar

nicht begriffen hatte, sie zwingen konnte, seine verschrobenen Ideen vorzutragen.

Sie mußte an etwas anderes denken. Prompt schlief sie ein.

Zwanzig Minuten später wurde sie von einem Traum geweckt. Sie war schweißnaß und außer Atem und wußte noch, daß sie in Daniels Wohnung gewesen war und ihm geholfen hatte, Bilder aufzuhängen. An der einen Wand prangte eine häßliche feuchte Stelle, und die wollte sie mit einem Foto bedecken. Doch kaum hatte sie es aufgehängt, bildeten sich daneben Risse in der Wand. Neues Bild, neue Risse. Sie lief und lief, schneller und schneller, und dennoch drohte die ganze Wohnung vor ihren Augen einzubrechen.

Thale setzte sich auf und schaute auf die Uhr. Sie wollte sich noch einen Kaffee kochen und dann zu Fuß ins Theater gehen.

Sie machte sich arge Sorgen um ihren Jungen.

Nichts war so gekommen, wie sie es gewollt hatte. Daniel war vorenthalten worden, worauf er ein Anrecht hatte. Sie sah, daß etwas dem Jungen zu schaffen machte. Er verbrachte mehr Zeit bei seinen stumpfsinnigen Nebenjobs als beim Studium und wirkte durch und durch unglücklich. Sie hatte das Gefühl, daß hinter seinem Kummer viel gewichtigere Gründe steckten als die Tatsache, daß er aus dem Bogstadvei in diese verschimmelte Bude ohne Bad hatte ziehen müssen. Als er am vergangenen Samstag einen Versuch unternommen hatte, mit ihr zu sprechen, hatte sie ihn abgewiesen. Sie hatte das eigentlich nicht gewollt, aber seine Fragen waren zu direkt gewesen, zu schmerzhaft, als daß sie darauf hätte eingehen können. Sie wollte sie nicht hören. Sie konnte nichts dafür, daß Daniel im Stich gelassen worden war. Thale wollte nicht, daß ihr Sohn sich im Vergangenen festbiß. Sie wollte ihm helfen, vorwärts zu schauen. So hatte sie es immer gehalten.

Sie trank sehr langsam eine halbe Tasse Kaffee und ging dann ins Badezimmer. Der Alptraum hing in ihren Kleidern wie ein unangenehmer Geruch, sie streifte sie ab und stopfte sie in den Korb für schmutzige Wäsche. Es tat gut, sich das heiße Wasser über den Rücken strömen zu lassen.

Eigentlich ging es nur um Geld.

Daniel hatte nicht die Erbschaft erhalten, auf die er Anspruch gehabt hatte; die Erbschaft, von der sie und Idun beschlossen hatten, daß sie ihm zufallen sollte. Daniel hatte seinen Großvater beerben sollen. Idun, die Daniel albernerweise noch immer Taffa nannte, wie er es als kleiner Junge getan hatte, war kinderlos. Idun liebte Daniel wie ihren eigenen Sohn. Sie waren sich einig gewesen. Thale hatte sich niemals von Geld oder von der Möglichkeit lenken lassen, an welches heranzukommen. Schon mit siebzehn hatte sie für sich selbst gesorgt. Nie, nicht ein einziges Mal, hatte sie ihren Vater um Geld gebeten. Trotzdem hatte in diesem Geld immer eine Sicherheit gelegen. Die Villa in Heggeli war eine Familienversicherung gewesen, die am Ende Daniel zugute kommen sollte. Nie wäre sie auf die Idee gekommen, daß ihr Vater, ein Anwalt beim Obersten Gericht, finanzielle Schwierigkeiten haben könnte. Als er mit achtzig Jahren nach kurzer Krankheit starb, war die Erbschaft aufgezehrt gewesen. Die Villa war sechs Millionen wert, die Schulden des Vaters hatten sich auf fast sechseinhalb belaufen. Thale hatte es nicht über sich gebracht, sich genauer zu informieren, wie es so weit hatte kommen können. Idun war diejenige, die alles ans Licht gebracht hatte. Der Vater war ein notorischer Spieler gewesen. Die Möglichkeit, im Internet zu spielen, hatte ihn endgültig in den Ruin getrieben.

Sie versuchte die Temperatur zu regulieren. Vermutlich stimmte mit den Dichtungen etwas nicht, die Leitungen brummten, und der Hahn tropfte, so fest sie ihn auch zudrehte. Als sie gegen die Wand schlug, wäre sie fast gestürzt.

Daniel hatte sein Erbe verloren, und sie konnte das einfach nicht akzeptieren.

Das Erbe.

Sie war dabei, aus der Wanne zu steigen, und hielt mitten in der Bewegung inne. Daß sie nicht schon früher auf die

Idee gekommen war, lag sicher daran, daß sie immer alles zu verdrängen suchte. Sie wollte vorwärts schauen, nicht zurück.

Es war ein ganz neuer Gedanke. Langsam strich sie sich über die nassen Haare.

34

Der Versuch, sie wegzuekeln, war genau geplant, sorgfältig ausgeführt und offenbar allgemein akzeptiert. Jedenfalls schien niemand zu bemerken, daß sie hereinkam, als die Besprechung schon begonnen hatte, und daß sie sich ans Ende des riesigen Konferenztisches setzte, mit drei leeren Stühlen zwischen sich und ihrem Nachbarn. Hanne Wilhelmsen unterdrückte einen resignierten Seufzer. Zum ersten Mal kam ihr der Gedanke, daß sie eine solche Behandlung nicht verdient hatte, egal, wie groß ihr Vergehen war.

Sie ärgerte sich darüber, daß sie zur großen Lagebesprechung im Fall Ziegler zu spät gekommen war, aber mit Harrymarry in der Wohnung war es, wie plötzlich ein Baby im Haus zu haben. Die Frau hatte morgens um halb acht eine Überdosis Eintopf nach Trondheimer Art aus der Dose zu sich genommen. Hanne hatte nur Konserven im Haus gehabt und war davon geweckt worden, daß Harrymarry zum Kotzen über der Toilette hing.

»Meine Fresse, da' wa kös'lich«, hatte Harrymarry gesagt und sich mit dem Ärmel eines von Cecilies Schlafanzügen Kotzreste aus dem Gesicht gewischt.

Hanne hatte eine halbe Stunde zum Erklären der Grundregeln gebraucht: keine Drogen, kein Diebstahl, kein Herumwühlen in Schubläden und Schränken, abgesehen von denen in der Küche. Iß, was du findest und worauf du Lust hast, aber du solltest deinen Magen nicht überfordern. Als Hanne aus der Dusche kam, hatte Harrymarry breit und triumphierend gegrinst.

»Toller P'lover, Mensch.«

Der Pullover reichte ihr bis zu den Knien. Ihr Hals sah darin aus wie der eines Kükens, der aus einem riesigen Ei ragt. Hanne hatte den Pullover von Cecilie zum dreißigsten Geburtstag bekommen.

Hanne versuchte sich auf Severin Hegers Erläuterungen zu konzentrieren. In der Mittagspause würde sie in aller Eile zu Hause nach dem Rechten sehen müssen.

»Dafür kann es Erklärungen geben«, fuhr Severin fort; er stand neben dem Overheadprojektor und fuchtelte mit einem Filzstift herum. »Der Täter kann kleiner sein als Brede Ziegler, der eins zweiundachtzig groß war, oder ...« Er zeichnete eine Treppe. Auf die zweitunterste Stufe stellte er ein Strichmännchen. »... Ziegler kann auf der Treppe gestanden haben, der Täter dagegen hier unten.«

Ein weiteres Strichmännchen entstand, ausgerüstet mit einem Messer, das in Form und Größe eher an ein Schwert erinnerte.

»Was die Spuren angeht, so leiden die Funde darunter, daß ausgerechnet in der Mordnacht das mildere Wetter eingesetzt hat. Diese Treppe dient zwar keinem besonderen Zweck ...«

»Ja, wozu soll die eigentlich gut sein?« fiel Silje Sørensen ihm ins Wort. »Ich muß zugeben, daß ich nicht mal gewußt habe, daß es sie gibt. Komisch eigentlich, daß wir hier eine Art Hintertreppe haben, die nie benutzt wird.«

»... aber sie wird offenbar emsig frequentiert«, beendete Severin seinen Satz, ohne auf sie einzugehen.

Silje preßte sich den Diamantring an den Mund und starrte zu Boden.

»Hier steht eine Mauer«, sagte Severin und zeichnete die Treppe aus der Vogelperspektive. »Die kann natürlich Schutz bieten, wenn der Wind von hier weht ...« Er zeichnete einen Pfeil, der vom Åkebergvei her auf die Treppe wies. »Was aber nur selten der Fall ist, an der Stelle jedenfalls wimmelte es nur so von Fußspuren in allen Größen und Formen. Zum Beispiel haben die beiden Anwärter, die nachsehen wollten, ob wirklich ein Toter auf der Treppe lag, dem Tatort ihren Stempel aufgedrückt.«

204

Er verstummte und starrte ins Leere, als spiele er mit dem Gedanken, die Strafpredigt, die er den beiden Polizeianwärtern gehalten hatte, noch einmal zu wiederholen. Dann atmete er tief durch und schüttelte den Kopf.

»Hier und da gab es noch Schneeflecken, und die haben uns ein wenig weitergeholfen. Summa summarum ...«

Er fertigte eine neue Zeichnung an, diesmal von Schuhsohlen. Drei davon ließen sich nebeneinander auf dem Bogen unterbringen. In die erste schrieb er die Zahl 44, in die nächste 38 und in die letzte 42. Dann tippte er mit dem Filzstift die größte an.

»Das hier ist Zieglers Abdruck. Diese beiden ...« Er klatschte mit der Faust gegen die Leinwand und drehte sich zu den anderen um. »... sind vermutlich die frischesten Spuren in der Umgebung. Ein Damenschuh, Größe 38, und ein Stiefel, Größe 42, der vermutlich von einem Mann getragen wurde.«

»Einem kleinen Mann«, murmelte Billy T.

»Oder einem Jungen. Einem angehenden Mann.«

»Oder einer Frau mit großen Füßen.« Silje ließ ihren Blick gelassen von Billy T. zu Severin Heger wandern.

»Oder von einem Mädchen in geliehenem Schuhwerk«, sagte Klaus Veierød sauer. »Wer treibt sich denn in unserem Park rum? Nutten und anderes Pack. Die achten doch nicht darauf, daß alle Klamotten die richtige Größe haben.«

»Die Tiefe der Spuren läßt bei den Damenschuhen auf ein Körpergewicht von etwa siebzig Kilo schließen, bei den Stiefeln ist das Gewicht um einiges geringer. Zum Glück konnten wir beide Abdrücke mit denen von Brede Ziegler vergleichen.«

»Eine schwergewichtige, rundliche Frau«, folgerte Billy T., »und ein schmächtiger, leichtgewichtiger Mann. Witziges Paar.«

»Täter und Täterin? Ist jetzt plötzlich die Rede von zweien, die den Mord begangen haben?« Silje Sørensen schob sich die Haare hinter die Ohren.

»Hört ihr mir eigentlich nicht zu?« Severin Heger setzte sich und trommelte mit den Fingern auf die Tischplatte. »Der Tatort war total verwüstet, jede Menge Fußspuren, jede Menge Dreck. Wir wissen nicht einmal, ob diese Abdrücke überhaupt eine Rolle spielen. Aber aus dem vagen Gerede der Techniker ergibt sich immerhin, daß diese drei Fußspuren, die vom Abend des fünften Dezember stammen, am nächsten kommen. Das kann eine richtige Fährte sein. Oder auch genau die falsche.«

»Sind die Zeugen nach ihrer Schuhgröße gefragt worden?«

Hanne Wilhelmsen stellte die Frage in den Raum, wandte sich nicht direkt an jemanden. Niemand antwortete. Niemand schaute in ihre Richtung. Endlich schüttelte Karianne Holbeck langsam den Kopf und wurde rot. Billy T. hob die Hand, um Severin Heger zum Weiterreden zu veranlassen.

»Die wirklich aufsehenerregende Auskunft in diesem Fall haben wir ziemlich früh erhalten«, sagte Severin. »Auf Brede Ziegler wurden zwei Anschläge verübt. Der eine, der Messerstich, hat ihn getötet. Aber auch der andere, die Vergiftung, hätte ihn möglicherweise umgebracht.«

Wieder erhob er sich, diesmal, um eine leere Schachtel Paracet aus seiner Hosentasche zu fischen. Er faltete sie auseinander und hielt sie hoch.

»Die liegen in den meisten norwegischen Wohnungen herum. Aber habt ihr je versucht, zwei Packungen auf einmal zu kaufen? Daraus wird nichts. Ihr bekommt nur eine. Das ist nämlich Gift, Leute. Wie ihr seht ...« Sein Zeigefinger tippte auf den schwarzen Text auf orangenfarbenem Grund. »Fünfhundert Milligramm. So viel Paracetamol enthält jede Pille. Ich nehme immer zwei. Macht ein Gramm, nicht wahr?«

Die anderen nickten stumm, dieser Rechnung konnten sie immerhin folgen.

»Die wenigsten von uns lesen die Warnungen, die auf den Beipackzetteln von Medikamenten stehen. Dies also zu eurer Erbauung: ›Die angegebene Dosierung darf ohne Rücksprache mit einem Arzt nicht überschritten werden. Hohe Dosen oder die Einnahme über einen langen Zeitraum können zu schwerwiegenden Leberschäden führen.‹ Das kann man wohl sagen. Wer den Inhalt einer solchen Packung einwirft, also zwanzig Tabletten, kann krepieren. Insgesamt sind das zehn Gramm Paracetamol. Wenn ihr in eine zweite Apotheke geht und noch eine Packung ersteht, könnt ihr eurer Familie endgültig Lebewohl sagen. Wenn ihr das Ganze noch mit großen Mengen Alkohol oder anderen Rauschmitteln mischt, braucht ihr gar nicht soviel. Dann kommt ihr schon mit einer Packung sehr weit.«

»Wenn ihr nach Einnahme einer hohen Dosis von diesem Gift nicht ziemlich schnell behandelt werdet, ist es zu spät. Dann seid ihr tot. Brede Ziegler war mit Paracetamol vollgestopft worden und hatte noch dazu null Komma drei Promille. Das kann bedeuten, daß er irgendwann vorher ein Glas Wein getrunken hatte.«

»Was hat sich bei der Obduktion ergeben?« fragte Hanne Wilhelmsen.

Severin antwortete nicht. Er schaute zu Billy T. hinüber.

»Soweit ich das überblicke«, sagte Hanne, »gibt nichts in Brede Zieglers Mageninhalt Anlaß zu der Annahme, daß er kurz vor seinem Tod Alkohol getrunken hat. Was einen ziemlich logischen Schluß nahelegt. Er hat am Abend davor gewaltig einen losgemacht. Dermaßen heftig, daß er am Sonntag abend immer noch Promille hatte. Vielleicht war er mit anderen zusammen. Dem Mörder zum Beispiel. Oder der Mörderin. Ich kann mir nicht vorstellen, daß Brede Ziegler am Sonntag nachmittag oder abend Wein getrunken hat. Er muß doch ziemliche Magenschmerzen gehabt haben. Wir können zwar davon ausgehen, daß Brede Ziegler mit Schmerzen ungewöhnlich gut umzugehen wußte, aber Wein trinken, wenn man Magenschmerzen hat? *Think not.* Wissen wir, was er am Samstag abend gemacht hat?«

Es war jetzt ganz still. Billy T. hatte noch nicht einmal in

Hannes Richtung geblickt. Jetzt starrte er demonstrativ in die entgegengesetzte Richtung. Karianne Holbecks Gesicht nahm einen faszinierenden Lilaton an.

»Wir haben vor allem, also, vor allem, wir haben ...«

Sie schaute hilfesuchend zu Billy T. Der Hauptkommissar kratzte sich am Ohr und musterte die Schuhsohlen auf der Leinwand.

»Wir wissen noch nicht, wo Brede am Sonntag abend gewesen ist, ehe er ermordet wurde«, stammelte Karianne. »Wir haben uns auf diesen Abend konzentriert. Erst mal. Es ist ein Mysterium. Niemand hat ihn gesehen, niemand weiß, wo er war. Wir wissen nur, daß er um fünf vor acht seine Wohnung verlassen hat. Das war der Alarmanlage zu entnehmen. An dem Abend hat leider die Videoüberwachung nicht funktioniert. Es gab irgendwelche Probleme beim Einlegen der neuen Kassette, und deshalb wissen wir nicht, wer zwischen Sonntag nachmittag um fünf und dem späten Montag vormittag in Zieglers Haus ein und aus gegangen ist. Wir haben uns also auf den Sonntag konzentriert. Das liegt doch ... irgendwie näher, meine ich. Es ist wichtiger, festzustellen, was er am Sonntag nachmittag gemacht hat. Kurz vor seinem Tod.« Ihre Stimme wurde lauter und schlug bei »Tod« ins Falsett um. »Billy T.?«

Der konnte ihr nicht helfen.

»Der Körper braucht ungefähr eine Stunde, um null Komma eins bis null Komma fünfzehn Promille Alkohol im Blut zu verbrennen«, sagte Hanne gelassen.

Sie sollte hier keine Vorträge halten. Billy T. rutschte in seinem Sessel hin und her. Karianne mochte erröten, soviel sie wollte; sie war nicht dafür verantwortlich, daß diese Ermittlung dermaßen in den Teich ging. Schuld daran war Billy T.

»Es gibt natürlich Variationen«, fuhr Hanne fort. »Individuelle Verbrennungsgeschwindigkeit, Trinkfestigkeit und diese Dinge spielen auch eine Rolle. Die Vernehmungsprotokolle, die ich gelesen habe, machen es schwer, einen Eindruck von Brede Zieglers Verhältnis zum Alkohol zu gewinnen. Auf jeden Fall war er ein erwachsener Mann, und wir können davon ausgehen, daß er einiges vertragen hat. Sagen wir, daß er um fünf, ich meine, nur als Beispiel, daß er am Sonntag morgen ...«

Sie legte den Kopf schräg und dachte nach. Silje Sørensen sah sie als einzige an. Die anderen saßen da wie die Salzsäulen und schauten weg. Für einen Moment war sie nicht sicher, ob sie überhaupt zuhörten.

»Um fünf Uhr am Sonntag morgen kann er zwei Komma fünf Promille gehabt haben – mit anderen Worten: sternhagelvoll gewesen sein. Dann wäre er erst spät am Sonntag abend wieder promillefrei gewesen. Das untermauert die Theorie, Severin. Daß das Paracet ihn umgebracht hätte, meine ich. Und wir stehen als Trottel da, weil wir nicht festgestellt haben, was der Typ am Samstag und am Freitag und am Don... in der ganzen Woche vor seinem Tod so getrieben hat.«

Da niemand etwas sagte, warf sie alle Hemmungen über Bord und redete weiter:

»Wir können mehrere Szenarien entwerfen. Natürlich kann es sich um den bestgeplanten Mord in der Geschichte Norwegens handeln. Irgendwer hat Ziegler eine Menge Paracet eingetrichtert. Der Täter verliert die Geduld, weil eine Paracetamolvergiftung eben nicht sofort zum Tod führt, und ersticht Ziegler, um die Sache zu beschleunigen. Na gut.«

Sie ging zum Overheadprojektor und riß den Bogen mit den Schuhsohlen weg.

»Ihr könnt euch ja überlegen, wie wahrscheinlich ihr das findet. Ich selbst verwerfe diese Theorie sofort. Sie ist einfach zu blöd. Diese Mischung von klarer Planung und fast kindlicher Ungeduld überzeugt einfach nicht. Wenn wir aber ...«

Silje Sørensen lächelte. Hanne richtete den Blick auf ihren Mund. Sie spürte, wie Wut in ihr aufstieg. Daß Billy T. mehr als Grund genug hatte, ihr böse zu sein, war das eine. Etwas ganz anderes war, daß er offenbar die gesamte Truppe gegen sie aufgebracht hatte. Nur Silje schien dagegen immun gewesen zu sein. Ihr Lächeln brachte eine Mischung aus echtem Interesse und etwas zum Ausdruck, das Ähnlichkeit mit Bewunderung hatte. Hanne zeichnete zwei geschlechtslose Figuren auf die nächste Folie.

»Es ist an sich schon ziemlich aufsehenerregend, daß zwei Menschen gleichzeitig Zieglers Tod beschlossen hatten. Aber wenn wir den hohen Bekanntheitsgrad dieses Mannes in Betracht ziehen und an die vielen Elendsgestalten denken, die überall dort am Straßenrand liegengeblieben sind, wo dieser Koch sein Unwesen getrieben hat ...« Sie unterbrach sich und schnippte mit den Fingern der linken Hand. »Hallo. Hal-lo!«

Noch immer war Silje die einzige, die sie ansah. Hanne ließ die Sekunden verstreichen. Endlich wandte Severin Heger ihr das Gesicht zu. Doch niemand folgte seinem Beispiel.

»Alles klar«, sagte Hanne Wilhelmsen verärgert. »Mach du weiter, Billy T. Ich halte die Klappe.«

Sie brauchte Zeit, um sich wieder zu setzen. Als sie am Ende des Tisches angekommen war, isoliert, drei leere Stühle weit von Klaus Veierød entfernt, verschränkte sie die Arme und musterte Billy T. aus zusammengekniffenen Augen.

»Na los«, sagte Severin Heger mit aufgesetzter Munterkeit. »Dann wollen wir uns unsere Verdächtigen mal genauer ansehen.«

»Aber du, Annmari«, meldete Silje sich zu Wort und zwang damit die Juristin, sich für einen Moment von ihren Notizen loszureißen. »Wenn Hanne recht hat und zwei verschiedene Täter am Werk waren ... kann dann der, der Ziegler vergiftet hat, wegen Mordes verurteilt werden? Brede Ziegler ist an dem Messerstich gestorben, also wäre die Vergiftung nur versuchter Mord, oder ...«

»Die juristischen Feinheiten können wir später klären«, fiel Billy T. ihr ins Wort. »Klaus! Weißt du inzwischen, ob jemand ein Messer vermißt, so ein Masa... Masairgendwie?«

»Aber sollten wir nicht zuerst«, Silje machte noch einen

210

Versuch, »sollten wir uns nicht erst mal die Verdächtigen ansehen und ...«

»Also, was weißt du?«

Billy T. nickte Klaus Veierød zu, doch der schüttelte den Kopf und fühlte sich offenbar sehr wenig wohl in seiner Haut.

»Bisher scheint niemand so ein Messer zu vermissen. Jedenfalls niemand im *Entré*. Ich habe mich außerdem in elf anderen Restaurants erkundigt. Nix. Alles deutet darauf hin, daß es sich bei der Mordwaffe tatsächlich um das Messer handelt, das Brede Ziegler am Samstag gekauft hat. Aber wir dürfen nicht vergessen, daß alle möglichen Leute solche Messer besitzen. Die Dinger werden frei verkauft. Sie sind verdammt teuer, aber überall erhältlich.«

»Wir haben also ein Gift, das in jeder Wohnung herumliegt, und ein freiverkäufliches Messer«, sagte Billy T. mißmutig. »Klasse. Gibt's noch andere, die wertvolle Informationen mit mir teilen können?«

Severin legte ihm eine Hand auf die Schulter. Billy T. schüttelte sie ab.

»Wir können uns die Verdächtigen ansehen«, sagte Severin noch einmal und zeichnete drei Rubriken auf die Folie unter dem Projektor. »Vilde. V-i-l-d-e.«

»Ihr geht so langsam auf, daß sie ein kleines Vermögen erbt«, sagte Karianne Holbeck. »Die kleine Witwe hat sich an eine Anwältin gewandt, und offenbar stimmt mit dieser firmeninternen Abmachung, über die wir gesprochen haben, irgendwas nicht. Vilde hat offenbar größere Ansprüche, als uns klar war.«

»Weiß ich«, sagte Billy T. »Ich habe mit Claudio Gagliostro gesprochen, und er ...«

»Ich hatte Vilde das mit der Anwältin geraten«, fügte Karianne leise hinzu. »Sie war so verzweifelt und ...«

»Vielleicht könntest du warten, bis du trocken hinter den Ohren bist, ehe du mit Ratschlägen um dich wirfst«, sagte Billy T. »Anwälte sind verdammt noch mal das letzte, was wir in diesem Fall brauchen können. Außerdem habe ich schon mit Karen Borg gesprochen.«

Als er den Namen nannte, schaute er Hanne Wilhelmsen zum ersten Mal an, mit unverhohlenem Triumph; er war nicht der einzige aus ihrem alten Kreis, der nichts mehr mit ihr zu tun haben wollte. Genaugenommen hatte er Hanne gar nicht erwähnt, die alte Clique redete schon lange nicht mehr über ihr Verschwinden. Karen hatte keine Ahnung, daß Hanne wieder in Norwegen war.

»Sie hat mir dasselbe Mantra serviert wie alle anderen Zeugen in diesem Fall. *Schweigepflicht.*«

Er verzog angeekelt den Mund. Sein Schnurrbart war in den letzten Tagen deutlicher geworden; Hanne fiel auf, daß er jetzt einen grauen Streifen unter der Nase hatte.

»Alles in allem können wir also sagen, daß Vilde Veierland Ziegler den ganzen Kram erbt. Die unversteuerte Erbsumme, wie Anwältin Borg das nennt, wird ziemlich groß ausfallen.«

»Gut, gut. Das wäre also die Verdächtige Nummer eins.« Severin Heger malte hinter Vildes Namen ein Ausrufezeichen. »Motiv? Ja. Alibi?«

»Sie sagt, sie war mit einer Freundin in der Stadt unterwegs«, teilte Karianne mit. »Und das hat sich bestätigt. Sie sind kurz vor neun im *Smuget* aufgetaucht und bis gegen Mitternacht dort geblieben. Danach waren sie noch im *Tostrupkjeller*. Die Freundin ist um zehn vor eins gegangen, da war Vilde noch in dem Lokal.«

»Schön«, sagte Severin wenig begeistert. »Sie hat also ein Alibi. Und haben wir das wirklich genau überprüft?«

»Was heißt schon genau?« erwiderte Karianne und kritzelte wütend auf einem leeren Blatt herum. »Ich habe mit der Freundin gesprochen, und sie hat alles bestätigt.«

»Bestätigt«, brüllte Billy T. »Was zum Teufel bedeutet das? Hast du diese Freundin, diese ... *angebliche* Freundin, zur Vernehmung bestellt?«

»Ich habe mit ihr telefoniert.«

»Telefoniert?«

Karianne warf ihren Kugelschreiber auf den Tisch und brüllte zurück: »Jetzt mach aber mal einen Punkt, Billy T.! Hör auf, mit mir zu reden, als wäre ich mittelmäßiger Dreck, den du mit dir rumschleppen mußt! Es wäre vielleicht für uns alle einfacher, wenn wir einen Chef hätten, der seine Arbeit beherrscht. Hast du zum Beispiel vor dieser Besprechung schon mal irgendwem gegenüber verlauten lassen, daß du mit Karen Borg gesprochen hast? Du erwähnst ganz nebenbei eine Vernehmung von Gagliostro, aber *wo steckt das Protokoll?* In meinen Unterlagen taucht es jedenfalls nicht auf. Auch von deinem Bericht über deinen und Severins Besuch in der Niels Juels gate habe ich noch nichts gesehen. Hast du mir auch nur einen Grund geliefert, meine Ermittlungen auf ein mageres Mädchen zu konzentrieren, bei dem bisher keiner von uns ein anderes Motiv finden konnte als den unklaren Wert einer mit Hypotheken belasteten Wohnung? Du kümmerst dich nur um deinen eigenen Kram und interessierst dich kein bißchen für das, was wir anderen herausfinden. Gestern zum Beispiel . . . «

Jetzt wandte sie sich an die anderen, als wolle sie vor einer Sekte für mißratene Polizeiangehörige Zeugnis ablegen.

»... hat meine Gruppe festgestellt, daß dieses Bild von Alexander Schultz, das der gute Sohn aus ästhetischen Gründen entfernt hatte − wofür die Mama noch heute dankbar ist −, später im Auktionshaus Blomquist verkauft worden ist. Für hundertneunzigtausend Kronen. Von Brede Ziegler. Den Bericht habe ich dir hingelegt, aber er war dir nicht mal einen Kommentar wert. Toller Chef, tolle Inspiration, meine Güte.«

Sie starrte Billy T. wütend an und war nicht mehr rot. Ihre Wangen waren bleich wie Papier, ihre Augen glänzten. Ihr Mund zitterte heftig, als könne sie jeden Moment in Tränen ausbrechen. Aber sie redete weiter. Ihr Zornesausbruch war nicht nur eine Reaktion auf das schroffe Verhalten, das der Hauptkommissar in der vergangenen Stunde an den Tag gelegt hatte. Billy T. führte sich seit über einem halben Jahr auf wie ein Mistkerl, und Karianne Holbeck hatte das gründlich satt.

»Diese ganze Ermittlung ist ein Skandal! Das weiß ich, und du weißt es auch. Alle hier im Ram wissen das. Und verdammt noch mal, bald wird alle Welt es wissen. Liest du Zeitungen, Billy T.?«

Karianne Holbeck fluchen zu hören war ebenso schokkierend wie die Tatsache, daß sie vor aller Ohren einen Vorgesetzten zusammenstauchte. Severin Heger war die Kinnlade heruntergeklappt. Klaus Veierød scharrte mit den Füßen und kratzte an einer auffälligen Warze an seinem linken Daumen herum. Die Warze fing an zu bluten. Silje Sørensen rümpfte die Nase und schaute mit leichter Schadenfreude zu Hanne Wilhelmsen hinüber, die nach wie vor mit verschränkten Armen dasaß und kein Wort sagte. Annmari Skar sah aus, als würde sie am liebsten ihre Papiere zusammenraffen und verschwinden. Die übrigen hatten die Köpfe gesenkt und warteten darauf, daß der Sturm sich legte.

»Offenbar nicht«, fauchte Karianne und hielt die *VG* des Tages hoch.

Die gesamte erste Seite wurde vom Zitat einer »gutinformierten Quelle bei der Polizei« eingenommen: »Wir tappen im dunkeln.«

»Die verarschen uns. Wirklich, *sie verarschen uns*. Und das mit gutem Grund, wenn du mich fragst.«

Atemlos und leichenblaß ließ Karianne sich auf ihren Stuhl sinken.

Hanne Wilhelmsen war die einzige, die Billy T. anblickte. Sein Gesicht und seine Schultern hatten eine schlaffe Alterszulage bekommen. Die Schultern waren runder, der Brustkasten schien unter dem etwas zu engen Pullover seltsamerweise weniger vor Kraft zu strotzen. Sie versuchte, seinen Blick einzufangen, wie sie es immer gemacht hatte, damals, als alles so gewesen war, wie es sein sollte, und sie nach der Devise gelebt hatten: Allein machen sie uns ein, gemeinsam sind wir unausstehlich. Sie wollte einen Waffenstillstand. Sie wollte mehr und wußte, daß das nicht möglich war, aber ein Waffenstillstand würde ihnen beiden helfen, ihm auf jeden Fall. Hier und jetzt war es so, daß er sie brauchte. Er sah nirgendwohin, er starrte nur ins Leere, umgeben von einer Stille, die für einen Raum, in dem zehn Ermittler und eine Polizeijuristin versuchten, eine längst aus den Fugen geratene Untersuchung in den Griff zu bekommen, verblüffend war. Der Mord an Brede Ziegler lag zehn Tage zurück und würde niemals aufgeklärt werden. Nicht auf diese Weise. Nicht unter Billy T.s schwankendem Regime. Hanne Wilhelmsen war die einzige, die Billy T. ansah. Doch er hob seinen Blick nicht, um ihrem zu begegnen.

Dreißig Sekunden verstrichen, eine Minute verstrich.

Hanne erhob sich langsam. Sie ging hinter Severin Heger, Klaus Veierød und Billy T. vorbei, dicht an der Wand entlang, um keinen von ihnen zu berühren. Dann beugte sie sich zu Silje Sørensens Ohr hinunter. Die junge Polizistin hörte aufmerksam zu, nickte, sprang auf und rannte davon. Die Tür fiel krachend ins Schloß, und dieses Geräusch zerschnitt die drückende Stille und brachte alle dazu, die Augen zu schließen. Als sie sie wieder öffneten, saß Hanne oben am Tisch auf einer Stuhllehne und hatte die Füße auf den Sitz gestellt; ihre Ellbogen ruhten auf den Knien, und sie starrte Severin Heger an.

»Ich bin alle Unterlagen zu diesem Fall durchgegangen«, sagte sie leise. »Habe alle Vernehmungsprotokolle gelesen, alle Berichte, bin alle Listen durchgegangen. Mein eigener Bericht ist Anlage 16-2. Und wenn ich das jetzt sage, dann nicht, um irgendwem Vorwürfe zu machen. Sondern um euch aufzumuntern. Hier ist sehr viel gute Polizeiarbeit geleistet worden. Das, was an Fehlern passiert ist, oder . . . «

Die Stuhllehne knackte, aber sie blieb sitzen. Sie formte mit den Händen einen Kreis und hielt ihn sich vors Gesicht.

»Das Problem ist der *Fokus*. Dieser Fall unterscheidet sich von allen anderen. Was ja eigentlich für jeden Fall gilt.«

Sie lächelte, erntete aber keinerlei Reaktion. »Ihr ... wir haben uns auf das Motiv konzentriert. Meistens ist das auch richtig so. Aber bei einem Fall, wo wir an jeder Ecke über gute Motive stolpern, wäre es vielleicht ratsam, den Fokus zu verlagern. Statt zu fragen: *Warum?*, um die Antwort auf: *Wer?* zu erhalten, sollten wir fragen: *Warum gerade dort?* Dann nähern wir uns der gesuchten Antwort aus einem anderen Einfallswinkel.«

»Hä?« Karl Sommarøy nuckelte an seiner kalten Pfeife und legte das Messer weg, mit dem er normalerweise herumspielte.

»Wir sollten uns fragen: Warum wurde Brede Ziegler hinter der Wache ermordet? Was wollte er dort? Nichts deutet darauf hin, daß er dorthin gebracht worden ist, als er schon tot war. Er ist genau an der Stelle ums Leben gekommen. Auf der Hintertreppe der Wache. Er ist dorthin gegangen, durch einen Park, in den die wenigsten von uns nach Einbruch der Dunkelheit auch nur einen Fuß setzen würden; er hat sich an einem späten Sonntagabend, an dem er aller Wahrscheinlichkeit nach unter argen Magenschmerzen litt, in diesen Park begeben. Ist das nicht verdammt *seltsam?*«

Karianne Holbeck kapitulierte als nächste. Sie runzelte die Stirn und legte den Kopf schräg. »Seltsam, das schon ... aber es gibt sicher eine logische Erklärung dafür – wenn wir erst wissen, wer ihn ermordet hat. Meinst du nicht?«

»Sicher!«

Hanne klatschte leicht in die Hände, wie in schlecht verhohlener Freude darüber, daß sie endlich ein Publikum hatte. Zu Billy T. sah sie nicht mehr hinüber.

»Dieser Brede«, sagte sie dann und sprang auf den Boden, »ist ein Mann ... ein Mann ohne Echo.«

»Ohne Echo?« Karianne schüttelte verständnislos den Kopf.

»Ja! Das ist offensichtlich, Karianne. Denk doch mal nach! Du warst für die Koordinierung der Zeugenvernehmungen verantwortlich, und das hast du ja auch ziemlich gut gemacht, aber du mußt ...« Sie beugte sich über den Tisch zu Karianne vor und senkte die Stimme. »... die Ganzheit sehen. Du bist frustriert, weil du *keine Ganzheit findest*. Alles klafft auseinander. Einige haben Ziegler verehrt. Andere haben ihn verachtet. Er wurde gehaßt und bewundert. Einzelne beschreiben ihn als zynisch, versoffen und boshaft. Andere als kultiviert, gebildet und tüchtig. Du hast dich darin vergraben und dich davon frustrieren lassen. Heb lieber den Blick! Was für ein Profil sehen wir hier wirklich? Einen Mann ohne Resonanzboden! Einen Mann, der ... wenn du ihm etwas zurufst, erhältst du ...«

»... keine Antwort«, sagte Klaus Veierød nachdenklich. »Aber das bringt uns der Antwort auf die Frage, was zum Teufel dieser Bursche an einem späten und kalten Sonntagabend auf unserer Hintertreppe zu suchen hatte, wohl kaum näher.«

»Vielleicht nicht«, sagte Hanne. »Vielleicht aber doch. Mir geht es vor allem darum, daß wir jetzt eine Schlußfolgerung ziehen sollten. Auf jeden Fall in der Frage, was dieser berühmte Koch eigentlich für ein Mensch war. Wie nennen wir jemanden, der so unterschiedlich beurteilt wird wie Brede Ziegler?«

Sie blickte in die Runde und machte eine erwartungsvolle Handbewegung.

»Spannend«, sagte Karianne vorsichtig, und Hanne zuckte mit den Schultern.

»Psychopath«, fügte Severin Heger in fragendem Tonfall hinzu.

»Unberechenbar«, erklärte Klaus Veierød, eifriger jetzt. Zum ersten Mal während dieser Besprechung machte er sich Notizen.

»Unvorhersagbar«, schlug ein Anwärter vor, der noch kein Wort gesagt, kürzlich aber einen Kurs in Psychologie absolviert hatte.

»Worauf willst du hinaus, Hanne?« Annmari Skar betrachtete sie aus zusammengekniffenen Augen.

»Darauf«, sagte Hanne, drehte sich zum Overheadprojektor um und zeigte noch einmal Severins Zeichnung der Hintertreppe von oben. »Ich will darauf hinaus, daß Brede Ziegler so spät an einem Sonntagabend niemals hergekommen wäre, wenn es nicht in seinem Interesse gelegen hätte. Offenbar war er ein Mann, der nichts unternommen hat, was nicht in seinem Interesse war. Die Leute, die sich lobend über ihn äußern, sind Menschen, deren Wohlwollen ihm etwas eingebracht hat. Wenn wir uns überlegen, daß der Mann aller Wahrscheinlichkeit nach Schmerzen hatte, vielleicht keine ganz schlimmen, aber trotzdem ... auf irgendeine Weise muß es für ihn wichtig gewesen sein, sich auf dieser Treppe einzufinden. Er muß eine Verabredung gehabt haben. Er wollte dort jemanden treffen.«

Alle fuhren herum, als Silje Sørensen zurückkam, atemlos und mit einer Plastiktüte, die sie Hanne hinhielt.

»Nachher«, sagte Hanne lächelnd. »Setz dich solange.«

»Brede Ziegler könnte auch unter Druck gestanden haben«, sagte Klaus Veierød. »Ist das nicht wahrscheinlicher? Irgendwer kann ihn gezwungen haben, an diesen Ort zu kommen, entweder direkt, mit vorgehaltener Waffe, oder indirekt, weil er etwas über ihn wußte. Vielleicht ging es um Erpressung?«

Hanne zog einen weiten Kreis um die Zeichnung der Treppe, drehte sich zu Klaus um und steckte die Kappe auf den Filzstift.

»Das stimmt«, sagte sie langsam. »Er kann gezwungen worden sein. Aber wohl kaum mit einer Waffe. Sein Wagen stand in der Sverres gate. Daß jemand ihn gezwungen haben soll, zunächst ein gutes Stück vom Park entfernt eine Parknische anzusteuern und dann den ganzen Weg zur Treppe zurückzulegen, ohne daß irgendwer etwas gehört, gesehen, etwas bemerkt hat ... tja. Aber du hast natürlich recht. Er kann auch auf andere Weise unter Druck gesetzt worden sein. Mit Drohungen, daß er einfach kommen müßte, sonst ... das Übliche. Was meine Haupttheorie aber nicht ins

Wanken bringt: Er wollte jemanden treffen. Er hatte eine Verabredung, die einzuhalten ihm sehr wichtig war. Und hört mal … Gib mir bitte mal meine Unterlagen, ja?«

Sie sprach an Billy T. vorbei. Der Hauptkommissar starrte noch immer auf etwas, das die anderen nicht sehen konnten, aber immerhin war er noch nicht gegangen. Klaus Veierød holte den dicken Dokumentenstapel und reichte ihn am Tisch weiter.

»Hier«, sagte Hanne und zog einen Bogen heraus. »Mein Bericht über den Besuch in der Niels Juels gate. Ist dir im Badezimmer etwas aufgefallen, Severin?«

»Im Badezimmer?« Severin dachte nach und nahm seine Brille ab. »Ich … wir waren nicht im Badezimmer. Da kamen Leute vom Wachdienst und …«

»Ich war jedenfalls im Badezimmer«, fiel Hanne ihm ins Wort. »Und habe eine ungewöhnlich guteingerichtete, riesige Naßzelle vorgefunden, in der einfach nichts Interessantes aufzutreiben war. Keine Medikamente. Nur Zahnpasta, Rasiersachen. *Eine* Zahnbürste. Auf die komme ich noch zurück. Aber die Wand, Leute, die Wand über der Badewanne, die war alles andere als alltäglich.«

Endlich schaute Billy T. zu ihr herüber, und das versetzte ihr einen Stich. Er versuchte, seine desinteressierte, gleichgültige Miene beizubehalten. Zugleich aber gab er sich Mühe, die Stirn so heftig zu runzeln, daß seine Augen nicht zu sehen waren, und dadurch sah er aus wie ein beleidigter kleiner Bengel.

»An der Wand prangt ein prachtvolles Mosaik. Und zwar eine Miniaturkopie der Fassade der Moschee im Åkebergvei. Eine absolut perfekte Kopie. Ich habe ein Foto gemacht und beides verglichen. Das Badezimmermosaik ähnelt dem an der Moschee wie ein Ei dem anderen. Soweit ich das beurteilen kann, zumindest.«

»Ja und?« Karl Sommarøy riß den Mund auf und umschloß sein winziges Kinn mit Daumen und Zeigefinger.

»Richtig«, sagte Karianne leise; sie schien sich nach ihrem

219

heftigen Ausbruch ein wenig gefaßt zu haben. »Was hat das mit unserem Fall zu tun?«

»Vielleicht nichts.Vielleicht ist es ein Zufall, daß der Mann nur fünfzig Meter vom Original seines Badezimmerbildes entfernt umgebracht worden ist. Aber andererseits: vielleicht auch nicht.« Sie stemmte die Handflächen auf die Tischplatte und redete weiter; ihr Ton war jetzt anders, intensiver, werbender. »Brede Ziegler war ein Prahlhans. Ein eitler, seichter und überaus tüchtiger Prahlhans. Hätte ich ihn zu seinen Lebzeiten besucht, dann hätte ich diese Badezimmerwand einfach nur angestaunt. Ich hätte mich in Begeisterungsstürmen darüber ergangen. Und vielleicht hat das ja wirklich jemand getan.Vielleicht wollte er das Original vorführen, weil das . . . «

Jetzt hatte sie die anderen wieder verloren. Karianne hatte die Augen gesenkt, Severin seine Brille endgültig weggelegt. Klaus warf den Kugelschreiber hin und starrte auf die Uhr.

»Gut«, sagte Hanne Wilhelmsen und versuchte ein Lächeln, spürte aber, daß nur eine unschöne Grimasse dabei herauskam. »Lassen wir das erst mal. In der Wohnung ist mir allerdings noch etwas aufgefallen. Severin, was ist deiner Meinung nach das auffälligste daran?«

»Daß sie so elegant ist, natürlich. Unpersönlich, aber elegant. Der Typ war krankhaft promifixiert. Und nicht sonderlich in seine Frau verliebt.« Er grinste breit. »Jedenfalls durfte sie in der Bude nicht gerade viele Spuren hinterlassen.«

»Genau!« Hanne kletterte wieder auf die Stuhllehne, wippte hin und her und tippte mit den Stiefelspitzen gegen die Tischkante. »Nur eine Zahnbürste. Kein Parfüm, kein Lady Shave. Ein nicht bezogenes Bett, sorgfältig gemacht wie in einem Hotel, in dem die Gäste erst in einer Woche erwartet werden.Vilde hat, unseren Unterlagen zufolge, um fünf Uhr morgens vom Tod ihres Mannes erfahren – sie müßte noch das Bett abgezogen haben, ehe sie zum Bahnhof gerannt ist, um den ersten Zug nach Hamar zu erwischen.«

220

»Du fällst bestimmt gleich um«, sagte Silje Sørensen. »Es macht mich ganz nervös, dich so da sitzen zu sehen.«

»Wie habt ihr Vilde eigentlich ausfindig gemacht, Karianne?«

»Ich habe zuerst die Privatnummer angerufen. Da meldete sich niemand. Dann habe ich es mit ihrer Handynummer probiert. Sie war gleich am Apparat, klang ziemlich schlaftrunken. Ich habe gesagt, daß ich gern mit ihr über eine ernste Angelegenheit sprechen würde und daß wir in einer halben Stunde in der Niels Juels gate sein könnten. Dann mußte ich erst noch einen Geistlichen holen, und deshalb hat es wohl eher eine Stunde gedauert, bis wir uns auf den Weg machen konnten. Als wir hinkamen, war sie hellwach und hatte sich angezogen.«

»Und warum hatte sie beim ersten Anruf nicht reagiert?«

Kariannes Blick irrte umher. »Vielleicht hat sie das Klingeln nicht gehört. Sie war abends in der Kneipe gewesen. Sie schlief. War müde.«

»Oder sie war ganz einfach nicht in der Wohnung«, sagte Hanne leise. »Ich glaube, daß sie anderswo wohnt. In der Niels Juels gate jedenfalls nicht. Es gibt auf der ganzen Welt keine Frau, die in einer Wohnung so wenige Spuren hinterlassen würde.«

Billy T. bewegte sich. Er drehte den Kopf hin und her, wie jemand, der eben erst aufgewacht ist. Er kratzte sich am Kinn und öffnete mehrere Male den Mund, als wolle er etwas sagen, wisse aber nicht so recht, was.

»Die Luft hier drinnen ist schrecklich«, sagte Hanne. »Wir könnten eine Pause machen. Aber vorher ... ich würde euch gern etwas zeigen. Wenn es dir recht ist, Billy T.?«

Er sah sie nicht an, nickte aber kurz.

Hanne gab Silje ein Zeichen, und die schüttete den Inhalt der Plastiktüte auf den Tisch. Alle beugten sich vor, um die Gegenstände zu betrachten. Jeder für sich war sorgfältig in einer Tüte mit Druckverschluß verstaut.

»Das alles wurde am Tatort gefunden«, sagte Silje. »Einige Fundstücke sind noch bei der Technik, die Kippen zum Beispiel. Deshalb habe ich einfach einen Aschenbecher geleert. Der Illusion wegen, meine ich.«

Hanne lachte kurz und berührte Siljes Arm aufmunternd mit den Fingern. Silje lächelte breit und schielte zu den anderen hinüber, um festzustellen, ob die diese Auszeichnung registriert hatten.

»Kims Spiel, sozusagen. Was fällt euch hieran auf?«

»Bierdosen«, murmelte Karl und machte sich an einer Tüte zu schaffen. »Ein Eispapier aus dem Sommer. Kippen. Kondome. Ein Taschentuch. Benutzt und verdreckt.«

»Das Geschenkpapier«, sagte Karianne laut. »Das Geschenkpapier paßt nicht zu den anderen Fundstücken. Es sieht auch nicht verblichen aus.«

»Jetzt machen wir endlich Pause.«

Alle fuhren zu Billy T. herum.

»Aber wir ...«

»Wir hören jetzt auf. Wir sitzen seit drei Stunden in dieser Bude. Hier bekommt man ja kaum noch Luft.«

Karianne fragte, wann die Besprechung fortgesetzt werden solle.

»Morgen«, erklärte Billy T. »Ich sage noch genauer Bescheid.«

Dann ging er. Er kehrte ihnen den Rücken und schlurfte aus dem Raum. Die anderen sammelten Unterlagen und leere Limoflaschen ein. Silje packte die Fundstücke vom Tatort wieder in die Plastiktüte, und Karl verabredete sich mit Klaus und Karianne zum Mittagessen.

Sie hatten die losen Fäden nicht zusammengeführt. Sie hatten keine Aufgaben verteilt. Sie hatten gerade erst angefangen, sich das Material, das sich in zehn Tagen stockender Ermittlungen angesammelt hatte, genauer anzusehen. Hanne dachte an die Drohbriefe, an Gagliostro und Sindre Sand. Sie hatten nicht einmal die kuriose Tatsache erwähnt, daß Brede Ziegler mehr als sechzehntausend Kronen in der

Brieftasche gehabt hatte. Sie dachte an Harrymarry. Die Götter mochten wissen, was die gerade anstellte.

Silje ließ sich Zeit. Die Fundstücke wurden so behutsam in der Plastiktüte aufeinandergestapelt, als ob es sich um Eier handelte.

»Wir sind eigentlich nicht fertig geworden«, sagte sie. »Wir haben noch nicht einmal das Thema . . . «

»Nein«, warf Hanne Wilhelmsen ein und zog ein Gummi über ihre Unterlagen, ehe sie sie in eine Posttasche aus den siebziger Jahren schob. »Das haben wir nicht. Bei weitem nicht. Aber das hat Billy T. zu entscheiden. Er ist hier der Hauptkommissar.«

»Das solltest aber du sein«, flüsterte Silje.

Hanne tat, als habe sie das nicht gehört. Sie mußte nach Hause und nachsehen, ob ihre Wohnung noch vorhanden war. Sie hätte Billy T. von ihrem neuen Logiergast erzählen sollen. Das hatte sie auch vorgehabt, aber es war unmöglich gewesen. Und jetzt würde es noch schwieriger werden.

Vernehmung von Idun Franck
Vernehmung durchgeführt von Hauptkommissarin Hanne Wil-
helmsen. Abgeschrieben von Sekretärin Beate Steinsholt. Von die-
ser Vernehmung existiert ein Band. Die Vernehmung wurde am
Mittwoch, dem 15. Dezember 1999, um 15.30 auf der Osloer
Hauptwache aufgezeichnet.

Zeugin: *Franck, Idun,*
           Personenkennummer 060545 32033
           Wohnhaft: Myklegardsgate 12, 0656 Oslo
           Arbeitsplatz: Verlag, Mariboesgt. 13, Oslo
           Telefon privat: 22 68 39 90, dienstlich: 22 98 53 56
           Über ihre Pflichten belehrt, aussagebereit. Die Zeu-
           gin weiß, daß die Vernehmung auf Band aufgenom-
           men und später ins Protokoll überführt werden
           wird.

PROTOKOLLANTIN:
Die Personalia hätten wir also. Ich sehe, daß Sie zu den Jüng-
sten gehören, die sich als Kriegskinder bezeichnen können.
ZEUGIN:
Wie bitte?
PROTOKOLLANTIN:
Sie sind zwei Tage vor Kriegsende geboren. Ihre Säuglings-
zeit ist jugendamtlich sicher nicht ganz korrekt verlaufen.
(lacht)
ZEUGIN:
Kommt das auch ins Protokoll?
PROTOKOLLANTIN:
Alles kommt ins Protokoll, Großes, Kleines, Wichtiges und
Unwichtiges. Deswegen benutzen wir ja ein Tonbandgerät.

Damit wir später noch feststellen können, was gesagt worden ist, und nicht nur das lesen, was die Polizei selbst im Protokoll zu sehen wünscht. *(Pause)* Bisher habe ich also dokumentiert, daß ich versuche, mit einer Zeugin ein wenig freundlich zu plaudern. Stört Sie das?

ZEUGIN:

(räuspert sich) Nein ... Verzeihung, so war das nicht gemeint. Es hat mich nur überrascht, daß hier plötzlich vom Krieg die Rede war *(lacht kurz)*. Als ich klein war, wurde alles in »vor dem Krieg« und »nach dem Krieg« eingeteilt. Der Krieg war die große Zeitscheide, und ich fand es seltsam, daß Sie auch so denken, 1999, meine ich. Aber Sie haben mich sicher nicht wegen meines Geburtsdatums hergebeten, oder?

PROTOKOLLANTIN:

Nein, natürlich nicht. Das ist überhaupt noch keine offizielle Vernehmung. Sie haben ja schon einmal mit einem Kollegen gesprochen. Uns liegt ein Bericht über Ihre Unterhaltung mit Hauptkommissar Billy T. vor *(raschelt mit Papier)*.

ZEUGIN:

Er hat also einen Dienstgrad, wenn er schon keinen Nachnamen besitzt. Und das da ist der Bericht? Dann wissen Sie sicher auch, daß ich eigentlich nicht viel über Brede Ziegler erzählen kann. Ich nehme das mit dem Quellenschutz wirklich genau. Sie haben doch sicher meine Begründung gelesen, oder soll ich sie noch einmal wiederholen, so rein formell? Dann möchte ich darauf hinweisen, daß ich mit dem Verlagsleiter gesprochen habe und daß der ...

PROTOKOLLANTIN *(unterbricht)*:

Nein, das brauchen Sie nicht zu wiederholen. Das steht ja alles hier im Bericht. *(Räuspern ... heftiges Niesen, Naseputzen)* Verzeihung, aber das liegt an der Jahreszeit. Möchten Sie ein Pfefferminz? Wo waren wir ... doch. Was Sie da gesagt haben, darüber, daß ein Koch als Quelle für ein Kochbuch beschützt werden muß, ist schon etwas Besonderes. Wir haben hier im Haus darüber auch unsere Witze gemacht. Daß wir uns darauf freuen, die geheimen Rezepte im Buch nachlesen zu können, meine ich. Aber was ich sagen wollte, ist, daß wir beschlossen haben, Ihren Standpunkt zum Thema Quellenschutz vorerst zu akzeptieren. Wir sind nicht sicher, ob Sie recht haben, aber darum kümmert sich eine Juristin. Wir werden darauf zurückkommen. Heute lassen wir alles aus, was Sie in Ihrer Eigenschaft als Lektorin von Brede Ziegler erfahren haben könnten. Darauf kommen wir eventuell später noch zurück, wenn die juristische Lage klar ist. Aber was mich interessieren würde, ist ... *(kurze Pause)*. Sagen Sie, haben Sie Jura studiert?

ZEUGIN:

Was?

PROTOKOLLANTIN:

Haben Sie Jura studiert?

ZEUGIN:

Nein, natürlich nicht. Ich bin Philologin, ich habe Literaturwissenschaft, Ethnologie und Englisch studiert.

PROTOKOLLANTIN:

Ach. Ethnologie. Das ist doch Märchenforschung oder so was? *(Pause)* Interessant. Aber dann möchte ich doch wissen, woher Sie Ihre juristischen Kenntnisse haben, Sie wissen schon, alles, was Sie bei Ihrem Gespräch mit Billy T. angeführt haben. Den Paragraphen 125 des Strafgesetzbuches und die Europäische Menschenrechtskommission und so weiter. Während der letzten Tage habe ich alle Juristen, die mir über den Weg gelaufen sind, nach diesem Paragraphen gefragt, und keiner wußte, wovon ich da rede. Wo haben Sie das alles gelernt?

ZEUGIN:

Ja, ähm, na ja *(lacht kurz)*. Ja, wissen Sie, ich verstehe ja, was Sie meinen. Vielleicht ist das wirklich ein wenig seltsam. Aber ich habe einen guten Freund, mit dem ich ab und zu essen gehe, und der ist Anwalt und Spezialist für Verleumdungsklagen und solche Dinge. Er vertritt viele Zeitungen. Wir haben über solche Fragen gesprochen. Und dabei habe ich eben dies und das gelernt.

PROTOKOLLANTIN:

Beeindruckend präzise Kenntnisse. Haben Sie die schon lange?

ZEUGIN:

Schon lange? Nein ... ich weiß nicht. Seit einiger Zeit.

PROTOKOLLANTIN:

Haben Sie sich als Lektorin schon häufiger geweigert, der Polizei Auskünfte über einen Autor zu erteilen? Unter Berufung auf den Quellenschutz oder von mir aus auch mit einer anderen Begründung?

ZEUGIN:

Nein. *(kurze Pause)* Eigentlich nicht.

PROTOKOLLANTIN:

Sind Sie jemals von Personen, die nichts mit dem Verlag zu tun hatten, nach dem gefragt worden, was ein Autor Ihnen gesagt hat?

ZEUGIN:

Nein, na ja ... Ja, auf Festen oder so, da kommt es natürlich vor, daß ich nach bekannten Autoren gefragt werde, ob sie schwierige Charaktere sind und ... und so.

PROTOKOLLANTIN:

Wie heißt dieser Anwalt, mit dem Sie befreundet sind? Darf ich um den Namen bitten?

ZEUGIN:

Ja, na ja ... aber muß das sein? Diese Verabredungen ... *(Räuspern, Husten, undeutlich)* Ich glaube nicht, daß er seiner Frau davon erzählt. Ja, nicht daß wir ... Sie dürfen das nicht falsch verstehen, aber es wäre mir lieber ...

PROTOKOLLANTIN:

Ja, alles klar *(hustet)* ... Darf ich trotzdem um den Namen bitten?

ZEUGIN:

Karl Skiold, von Skiold, Kefrat & Co.

PROTOKOLLANTIN:

Danke. Damit ist die Sache erledigt. Sind Sie verheiratet? Geschieden?

ZEUGIN:

Geschieden. Seit vielen Jahren schon.

PROTOKOLLANTIN:

Kinder?

ZEUGIN:

Nein, keine Kinder. Aber ist das wichtig? Dürfen Sie mir solche Fragen überhaupt stellen?

PROTOKOLLANTIN:

Ist Ihnen das unangenehm? Im Prinzip dürfen wir fragen, was wir wollen. Und Sie müssen entscheiden, ob Sie antworten wollen.

ZEUGIN:

Ich bin kinderlos. Ob das wichtig ist, habe ich gefragt.

PROTOKOLLANTIN:

Nein, wichtig ist das nicht. Es ist nur gut, wenn wir es wissen. Reden wir also über Brede Ziegler.

ZEUGIN:

Aber ich habe doch schon gesagt ... die Bedingungen für dieses Verhör ...

PROTOKOLLANTIN *(unterbricht)*:

Über die Bedingungen sind wir uns weiterhin einig. Ich möchte nur wissen, wie gut Sie Brede gekannt haben, ehe Sie mit der Arbeit an diesem Buch angefangen haben.

ZEUGIN:

Ich habe ihn überhaupt nicht gekannt. Das heißt ... vom Hörensagen natürlich doch. Da kennt ihn doch jeder.

PROTOKOLLANTIN:

Hatten Sie auch privaten Kontakt, nachdem Sie die Arbeit aufgenommen hatten?

ZEUGIN:

Nein, gar nicht. Wir hatten nur im Zusammenhang mit der Arbeit an dem Buch miteinander zu tun, rein professionell. Wir haben uns immer in meinem Büro getroffen. Ja, ich meine ... mit einer Ausnahme. Ich habe die Fotografin begleitet, als sie im *Entré* Bilder machen sollte. Danach haben Brede und ich uns noch eine ganze Weile unterhalten. Wir haben eine Kleinigkeit gegessen; das Restaurant war geschlossen. Das war unser einziges Gespräch, das nicht im Verlag stattgefunden hat, wenn ich mich recht erinnere.

PROTOKOLLANTIN:
Die Fotografin, ja. Wie heißt sie?

ZEUGIN:
Suzanne Klavenæs. Moment ... *(Rascheln, Pause)* Hier ist ihre Karte.

PROTOKOLLANTIN:
Danke. Wenn ich das richtig verstanden habe, dann haben alle Gespräche, die Sie mit Brede über das Buch geführt haben, mit einer Ausnahme in Ihrem Büro stattgefunden. Stimmt das?

ZEUGIN:
Ja.

PROTOKOLLANTIN:
Und Sie glauben, daß Sie als Lektorin sich zu diesen Gesprächen nicht äußern dürfen?

ZEUGIN:
Ja, das ist richtig.

PROTOKOLLANTIN:
Bitte, denken Sie jetzt sorgfältig nach. Gab es irgendeine Gelegenheit, zu der sie sich noch anderswo mit Brede zum Arbeiten getroffen haben?

ZEUGIN:
Nein. Das habe ich doch schon gesagt. Wir haben immer in meinem Büro gearbeitet, abgesehen von dem einen Mal im *Entré*. Das war übrigens im Oktober, glaube ich.

PROTOKOLLANTIN:
Und Sie haben sich nie privat getroffen? Rauchen Sie? Rauchen ist hier erlaubt.

ZEUGIN:
Ja. Danke, gern ... nein, danke, meine eigenen sind mir lieber ... *(Rascheln, mehrfaches Klicken – Feuerzeug?)* Diese Frage habe ich doch schon beantwortet. Ich hatte privat keinen Kontakt zu Brede Ziegler. Ich habe mit ihm an einem Pro-

229

jekt gearbeitet. Das war alles. Punktum. Und das habe ich schon gesagt. *(Dreimal kräftiges Niesen, vermutlich die Protokollantin.)*

PROTOKOLLANTIN:

Entschuldigung, ich habe mich offenbar wirklich erkältet. Sie müssen auch entschuldigen, daß ich zweimal frage, aber es ist mir wichtig zu wissen, wie weit Ihre Schweigepflicht Ihrer Meinung nach geht.

ZEUGIN:

Ich verstehe nicht, worauf sie hinauswollen.

PROTOKOLLANTIN:

Worauf ich hinauswill? Ich will, daß Sie antworten *(unklar, Schniefen?)*. Es tut mir leid, aber ich glaube, Sie sollten lieber doch nicht rauchen. Diese Erkältung, Sie wissen schon. Danke. Ja. Wir haben Bredes Wohnung ja genau untersucht. Er wohnt im vierten Stock, und der Fahrstuhl führt direkt in seine Wohnung. Haben Sie das gewußt?

ZEUGIN:

Ja. In der Niels Juels gate.

PROTOKOLLANTIN:

Schön. Ich bin auch davon ausgegangen, daß Sie das wissen. Wie gesagt, wir haben alles genau überprüft. Treppenhaus und Fahrstuhl werden überwacht. Eine Videokamera zeichnet auf, wer in dem Haus kommt und geht. Wir haben uns die Filme angesehen, um festzustellen, wer Brede Ziegler in den letzten Wochen vor seinem Tod besucht hat. Und wenn die Aufzeichnungen stimmen, dann haben Sie am Dienstag, dem 23. November, um 20.23 Uhr in der Niels Juels gate den Lift betreten. Etwas später am selben Abend zeigt ein deutliches Bild, wie Sie das Haus verlassen. Um 21.13 Uhr. Haben Sie noch andere Bekannte in dem Haus?

ZEUGIN:

Andere Bekannte? Ein Bild von mir in der Niels Juels gate, ich begreife nicht ... *(Pause)*

PROTOKOLLANTIN:

Bitte antworten Sie mir. Nach allem, was Sie bisher gesagt

230

haben, stehen Sie bei der nächsten Frage nicht unter Schweigepflicht. Waren Sie am Dienstag, dem 23. November, bei
Brede Ziegler zu Besuch?

ZEUGIN:

Das war dumm von mir ... es war so unwichtig, daß ich es
einfach vergessen hatte. Ich begreife nicht, wie ich ...

PROTOKOLLANTIN:

Wie was? Wie Sie die Polizei anlügen konnten?

ZEUGIN:

Anlügen? Also wirklich! Zuerst schicken Sie mir einen
Mann ins Büro, der sich nicht einmal richtig vorstellt, und
jetzt wollen Sie mich der Lüge bezichtigen? *(wird lauter)* Es
tut mir leid, daß ich mich geirrt habe, aber es ist wirklich
dreist, hier von einer Lüge zu sprechen. Hier werde ich nach
Dingen gefragt, die mir damals als absolut unwichtig erschienen sind, und jetzt soll es plötzlich ein Verbrechen sein, solche Bagatellen vergessen zu haben!

PROTOKOLLANTIN:

Darf ich daraus entnehmen, daß Sie am Dienstag, dem
23. November, bei Brede Ziegler waren?

ZEUGIN:

Ja, das habe ich doch schon gesagt. Ich hatte es nur vergessen. Es ging um die Fotos. Ich wollte ihm ein paar Fotos vor-
beibringen, ich hatte es einfach vergessen, und das tut mir
leid. Ich verstehe ja, daß das seltsam aussieht, ich bin wirklich ... Tut mir aufrichtig leid, aber ich hatte es ganz einfach
vergessen.

PROTOKOLLANTIN:

Sie waren fast eine Dreiviertelstunde in Bredes Wohnung.
Was haben Sie dort gemacht, wissen Sie das noch? Es ist ja
erst drei Wochen her.

ZEUGIN:

War das wirklich eine Dreiviertelstunde? Mir ist es nicht so
vorgekommen. In meiner Erinnerung war es ein kurzer Besuch. Wir haben nur über die Bilder gesprochen ... Ja, jetzt
weiß ich wieder, daß er mir Tee angeboten hat. Sicher hat es

deshalb so lange gedauert. Es war Zar-Alexander-Tee, der in einer russischen Tasse serviert werden mußte. Das war wirklich alles. Nur das mit dem Tee hat offenbar soviel Zeit verschlungen.

PROTOKOLLANTIN:

Wie ist Brede Ihnen vorgekommen? Hat er sich über Ihren Besuch gefreut? Wie war die Stimmung?

ZEUGIN:

Ich habe Ihnen bereits gesagt, daß ich es nicht richtig finde, über das zu sprechen, was Ziegler in Verbindung mit unserer Arbeit gesagt hat, ich möchte doch bitten, das zu ...

PROTOKOLLANTIN:

Zu respektieren? Dann möchte ich Sie daran erinnern, daß Sie auch unsere Arbeit respektieren sollten. Sie bringen hier eine ganze neue Information erst, nachdem *(Klopfen, Hand auf Tischplatte?)* ich Sie mit dem Beweis dafür konfrontiert habe, daß Ihre frühere Aussage nicht zutrifft. Würden Sie mir freundlicherweise von Ihrem Besuch in Brede Zieglers Wohnung am Dienstag, dem 23. November, erzählen? Worüber haben Sie gesprochen?

ZEUGIN:

Über nichts Besonderes ... *(lange Pause)* Ja, viel über den Tee natürlich. Brede hielt einen Vortrag über alle möglichen Teesorten. Und über die Tassen. Die Fotografin sollte sie aufnehmen, sie stammten wohl wirklich vom Zarenhof. Aber nur weil ich das vergessen hatte, will ich noch lange nicht über das Buch reden ... das mit den Tassen ist nicht so wichtig, aber Prinzip ist Prinzip.

PROTOKOLLANTIN:

Kann irgendwer bestätigen, daß Sie am 23. November bei Ziegler waren, um ihm die Bilder zu zeigen?

ZEUGIN:

Das ist ja nun nicht gerade ein Unternehmen, für das man sich ein Alibi beschafft. Ein paar Bilder abzuliefern, meine ich. Wie gesagt, mir kam es nicht weiter wichtig vor, aber ... *(Pause)* Nein, ich wüßte niemanden, der bestätigen könnte, daß ich diese Bilder abliefern wollte. Ist das denn so erstaunlich?

PROTOKOLLANTIN:

Dann ist das erledigt. Apropos Alibis. Wo waren Sie am Sonntag, dem 5. Dezember dieses Jahres? Wissen Sie das noch?

ZEUGIN:

Wo ich war? *(Pause)* Ich war im Kino. *Shakespeare in Love.* In der Vorstellung um einundzwanzig Uhr. Der Film dauert zwei Stunden und fünf Minuten.

PROTOKOLLANTIN:

Das wissen Sie also noch genau. Wie lange der Film gedauert hat.

ZEUGIN:

Ja, das weiß ich noch ziemlich gut. Ich weiß, daß ich in dieser Vorstellung war. Ich hatte mit meiner Schwester verabredet, daß ich bei ihr vorbeischauen würde, wenn der Film vor elf Uhr zu Ende wäre. Ich weiß noch, daß ich auf die Uhr geschaut habe, als ich aus dem Kino kam. Es war zehn nach elf, und deshalb bin ich gleich nach Hause gegangen.

PROTOKOLLANTIN:

Waren Sie mit jemandem zusammen im Kino?

ZEUGIN:

Zusammen? Nein. Ach so, ich verstehe. Nein, ich war mit niemandem zusammen. Aber ein Bekannter war auch dort. Samir Zeta. Er arbeitet bei uns im Verlag. Wir haben am nächsten Tag über den Film gesprochen. Im Büro.

PROTOKOLLANTIN:

Und wann waren Sie zu Hause? Wo wohnen Sie eigentlich? Ach ja, hier steht es ja. Myklegardsgate, das ist doch ganz hier in der Nähe. In der Altstadt, nicht wahr?

ZEUGIN:

Ich kann nicht genau sagen, wann ich zu Hause war. Das war an dem Abend ja nicht wichtig. Ich habe die Straßenbahn genommen. In Richtung Ljabru. Ich steige immer an der Kreuzung Schweigaardsgate/Oslogate aus. Von dort aus bin ich in zwei Minuten zu Hause. Ich glaube, ich mußte an dem Abend eine Weile auf die Bahn warten.

PROTOKOLLANTIN:

Haben Sie noch etwas hinzuzufügen? Ist Ihnen während unseres Gesprächs noch etwas eingefallen?

ZEUGIN:

Nein, ich glaube nicht. Ich wollte nur sagen ... *(lange Pause)* Daß ich meinen Besuch in Bredes Wohnung vergessen hatte ... ich sehe ein, daß das sehr bedauerlich ist. Das müssen Sie mir glauben.

PROTOKOLLANTIN:

Sie werden zu weiteren Vernehmungen vorgeladen werden. Vielen Dank, daß Sie heute gekommen sind. Die Vernehmung endet um *(Pause)* 16.10 Uhr.

Notiz der Protokollantin:
Die Vernehmung fand ohne Pausen statt, es wurde Kaffee serviert. Die Zeugin reagierte heftig, als sie mit dem Inhalt der Videoaufnahmen aus der Niels Juels gate konfrontiert wurde. Während dieses Teils der Vernehmung hatte sie einen hektischen roten Fleck am Hals. Ansonsten klingen die Aussagen der Zeugin plausibel. Die Zeugin sollte zu weiteren Vernehmungen vorgeladen werden, sowie die juristischen Aspekte ihrer Aussagepflicht ermittelt worden sind. Ein offizielles Verhör sollte erwogen werden.

35

Billy T. war seit vier Stunden unterwegs. Er war so früh aufgebrochen, wie es sich anstandshalber überhaupt machen
ließ; gegen zwei hatte er die Möglichkeit gesehen, weil alle
anderen in ihre Arbeit vertieft waren. Ohne zu wissen, wohin, war er losgestiefelt, in Richtung Norden, über Enerhaugen. Beim Tøyenpark hatte er mit dem Gedanken gespielt, Schwimmen zu gehen, aber der Gedanke an die vielen
Menschen, die ihm dabei begegnen würden, hatte ihn davon
abgebracht. Er war weitergelaufen, und erst, als der Hovin-
vei fast hinter ihm lag, hatte er begriffen, daß er auf dem Weg
zu Hanne Wilhelmsens Wohnung war. Sofort war er nach
Westen abgebogen, am Pflegeheim von Tøyen vorbeigegan-
gen und erst stehengeblieben, als ganz Nydalen hinter ihm
lag und er nur noch zehn Minuten vom Maridalsvann entfernt war. Von da war er in Richtung Nordberg und Sogn
gegangen. Am Ende hatte er ratlos, erschöpft und mit nassen
Füßen vor dem Wohnblock in Huseby gestanden, in dem
sein jüngster Sohn wohnte. Die Mutter des Kleinen war
überrascht gewesen. Dieser Besuch fiel aus allen Abmachun-
gen heraus, und sie hatte besorgt die Stirn gerunzelt, als er
darum bat, Truls bis zum nächsten Morgen mitnehmen zu
dürfen. Er wollte den Jungen dann in die Schule bringen.
Truls hatte sich gefreut, seinen Vater zu sehen, und seine
Freude war noch gewachsen, als ihm aufging, daß er Papa
und Oma für sich haben würde, ohne seine Geschwister,
ohne Tone-Marit. Die Frau seines Vaters war schon in Ordnung, aber immer schleppte sie ihr kleines heulendes Baby
mit sich herum. Nun war es Abend und Truls schlief.

Die Großmutter des Jungen kam ins Schlafzimmer. Auch
sie hatte über Billy T.s Bitte gestaunt: daß er mitsamt dem

Kleinen bei ihr übernachten wollte. Ohne viel zu sagen, hatte sie ihr Bett frisch bezogen. Billy T. hatte nicht Einspruch erhoben, nicht einmal, als er sah, wie sehr seine Mutter unter ihrer Arthritis litt. Es war feuchtes Wetter, und das Sofa war hart und schmal.

»Stimmt etwas nicht?«

Er gab keine Antwort, sondern rollte sich noch weiter um den Jungen und zog die Decke über sie beide.

»Ja, wie du meinst. Tone-Marit hat angerufen. Sie hat sich Sorgen gemacht. Ich habe gesagt, du wärst müde und einfach so eingeschlafen. Bei euch zu Hause ist alles in Ordnung. Und Jennys Erkältung hat sich gebessert.«

Die Mutter berührte seinen Kopf mit den Fingerspitzen; er spürte die Wärme auf der Haut, die nach den vielen kahlgeschorenen Jahren noch immer überempfindlich war. Er hielt den Atem an, um nicht doch etwas zu sagen.

Sie schloß die Tür hinter sich, und es wurde dunkel. Billy T. bohrte die Nase in die dunkelbraunen Locken seines Sohnes. Truls roch nach Kind: nach Seife, Milch und frischer Luft. Billy T. schloß die Augen und hatte das Gefühl zu fallen. Er preßte die kleine Gestalt so fest an sich, daß der Junge im Schlaf wimmerte. Erst gegen drei sank Billy T. in einen traumlosen Schlummer. Sein letzter Gedanke galt Suzanne; ihrer Stimme, als sie zum allerletzten Mal angerufen und ihn um Hilfe angefleht hatte.

36

Es war vier Uhr morgens, und Sebastian Kvie fühlte sich ziemlich sicher. Als er durch die Toftes gate ging, war dort kaum ein Mensch zu sehen. Der Sofienbergpark lag feucht und drohend im Osten. Er überquerte die Straße, um den düsteren Schatten unter den Ahornbäumen zu entkommen. Ganz bewußt hatte er einen Bogen um die Thorvald Meyers gate gemacht; selbst um diese Zeit, mehrere Stunden nachdem die letzten Lokale geschlossen hatten, konnten einen im geschäftigsten Teil Grünerløkkas Bekannte über den Weg laufen. Er bog um die Ecke der Sofienberggate und bemühte sich, dem Licht der unbesetzten Tankstelle auszuweichen.

»Zusammenreißen«, preßte er zwischen zusammengebissenen Zähnen hervor, »zusammenreißen und ruhig durchatmen.«

Als er entdeckt hatte, daß Claudio sich am Wein bereicherte, war Brede noch am Leben gewesen. Deshalb hatte er damals geschwiegen. Er hatte sich das zwar nicht vorstellen können, aber es bestand doch immerhin eine Möglichkeit, daß Brede davon wußte und es hinnahm. Sebastian hatte Brede zwar nie in der Nähe des Weinkellers gesehen; der war Claudios Domäne. Aber sie konnten ja eine Absprache haben. Sebastian hätte niemals etwas getan, das Brede schadete. Wenn Brede an der Sache beteiligt war, wollte Sebastian die Klappe halten.

Dann war Brede ermordet worden.

Das *Entré* war durch Bredes Küche bekannt. Aber auch der Weinkeller genoß inzwischen Anerkennung. Allein in den vergangenen drei Monaten war er von Mitarbeitern einer französischen und zweier deutscher Weinzeitschriften getestet worden. Claudio hatte eine Nase dafür, wer sein Fach beherrschte. Einen Weinkenner roch er auf zehn Kilometer Entfernung. Natürlich hatte das *Entré* einen eigenen Sommelier, aber der wurde bei besonderen Gelegenheiten diskret an den Rand gedrängt.

Sebastian hatte gehört, daß viele der Flaschen im Keller bis zu zwanzigtausend Kronen wert waren. Der billigste Wein, der im *Entré* ausgeschenkt wurde, kostete die Restaurantgäste vierhundertfünfzig Kronen die Flasche. Die Leute bezahlten das bereitwillig. Die Leute waren Idioten.

In gewisser Weise war Sebastian von Claudios Mut ziemlich beeindruckt gewesen. Wenn der die Etiketten auf den Flaschen austauschte, so daß der Inhalt dem Preis in keiner Weise mehr entsprach, dann ging er dabei ein gewaltiges Risiko ein. Claudios System war ungeheuer auffällig. Zum einen mußte er selbst im Weinkeller den Überblick behalten; er mußte wissen, welche Flaschen echte Ware enthielten und welche den billigeren Wein. Aber das war sicher nicht gar so schwer. Ein größeres Problem mußte es sein, die Sache vor dem Sommelier geheimzuhalten. Kolbjørn Hammer, ein Mann von siebzig Jahren, der aussah wie ein englischer Butler aus einem langweiligen Film, war zwar servil und schweigsam und hatte Sebastians Meinung nach die Intelligenz auch nicht mit Löffeln gefressen. Aber mit seinen Weinen kannte er sich aus. Er wußte verdammt viel über Wein. Wenn ein Gast sich beklagte, weil auch er sich mit Wein auskannte oder weil er seine Tischnachbarin beeindrucken wollte, bestand immer die Gefahr, daß Hammer zum Kosten herbeigeholt wurde. Und er würde sofort erkennen, ob Etikett und Inhalt übereinstimmten.

Sebastian begriff nicht, wie dieses System funktionierte. Er verstand auch nicht, wie Claudio das Ganze überhaupt wagen konnte. Außerdem war ihm nicht wirklich klar, wie Claudio an der Sache verdiente. Wenn das *Entré* teuren Wein einkaufte und in seiner Buchführung registrierte, ihn dann durch billigeren ersetzte und diesen teuer verkaufte, dann lohnte sich das natürlich. Aber von sonderlich hohen Summen konnte auch dann nicht die Rede sein. Sebastian nahm an, daß Claudio dieses Betrugsmanöver nicht regelmäßig durchziehen konnte; eher war wohl das Gegenteil der Fall. Und der Verdienst mußte letztlich doch dem *Entré* zufallen und nicht Claudio persönlich.

Diese vielen Unklarheiten hatten Sebastian veranlaßt zu schweigen. Im vergangenen Sommer hatte er Claudio einmal nach Feierabend überrascht. Claudio hatte etwas gemurmelt wie, das Etikett sei abgegangen. Die Geräte, die er da sah, waren ihm im Keller ziemlich kompliziert vorgekommen, auch wenn Sebastian nicht so recht begriff, wozu sie gut sein mochten. Und er hatte es seltsam gefunden, daß zwanzig Weinflaschen auf einmal ihr Etikett verloren haben sollten. Sebastian hatte gelächelt, mit den Schultern gezuckt und eine gute Nacht gewünscht. Und seither hatte er geschwiegen.

Seit Bredes Tod sah die Sache anders aus.

Sebastian schaute sich nach allen Seiten um, ehe er im Torweg verschwand. Er öffnete die Restaurranttür und schaltete die Alarmanlage aus. Oft war er der erste, der zur Arbeit kam. Alle zwei Wochen flüsterte Kolbjørn Hammer ihm den neuen Code ins Ohr. Inzwischen war Sebastian zu der Überzeugung gelangt, daß Brede nichts mit dem Weinschwindel zu tun gehabt haben konnte. So war Brede nicht gewesen. Er hatte hart gearbeitet für das, was er sich wünschte, aber er hatte nicht gepfuscht, so wie Claudio. Vielleicht hatte Brede alles durchschaut. Das ergab doch einen Sinn. Damit ging die Gleichung auf. Brede hatte den Betrug entdeckt und Claudio vor die Wahl gestellt, entweder aus der Firma auszusteigen oder angezeigt zu werden.

Claudio hatte Brede umgebracht.

Sebastian wollte die Geräte suchen, die er im Keller gesehen hatte, als die Etiketten angeblich einfach so »abgegangen« waren. Er wollte einen Fall aufklären, bei dem die Polizei nur begriffsstutzig herumstocherte. Sebastian hatte in den

Zeitungen über den Mord und die Ermittlungen gelesen, hatte die Artikel ausgeschnitten und allesamt aufbewahrt.

Im Dunkeln sah das *Entré* anders aus. Nur die Schilder, die an beiden Enden des Lokals die Notausgänge kennzeichneten, warfen ein schwaches grünes Licht über die weißen Decken der nächststehenden Tische. Von der Straßenbeleuchtung drang kaum etwas durch die Vorhänge, und Sebastian stolperte über einen Hocker.

Plötzlich kam er sich vor wie ein Idiot.

Er stand ganz still da und hörte seinen Puls gegen seine Trommelfelle dröhnen. Jetzt, da seine Augen sich an das trübe Licht gewöhnt hatten, sah er, daß die Metalltür, die zum Keller führte, mit einem Riegel und zwei Hängeschlössern versehen war. Zweimal riß er die Augen auf und kniff sie wieder zusammen, dann schlich er sich zum Tresen. Die Tiefkühltruhe starrte ihn aus kleinen grünen Augen an. Rasch atmend ging er vor dem Regal mit den Weinfächern in die Hocke. Er klemmte sich übel die Finger, als er die Hand hinter die Holzbretter schob. Claudio hatte kleinere Hände als er. Die Schlüssel lagen nicht dort.

»Scheiße!«

Er biß sich in die Zunge und fluchte noch einmal. Dann tastete er weiter, zog schließlich sein Feuerzeug hervor und versuchte hinter den Regalfächern nachzusehen. Er konnte nicht wirklich etwas erkennen und verbrannte sich zum Ausgleich das Kinn.

»O verdammte Pest!«

Die Schlüssel zum Weinkeller waren verschwunden. Sonst lagen sie immer an dieser Stelle. Offenbar glaubte Claudio immer noch, daß niemand von seinem kleinen Geheimnis wußte. Sebastian hatte mit keinem darüber gesprochen, nahm aber an, daß er nicht als einziger mitbekommen hatte, wie Claudio immer einige Stunden vor dem Eintreffen der ersten Gäste den Weinschränken im Keller einen Besuch abstattete.

Er richtete sich auf.

240

Sein erster Gedanke, daß er die Sache auch aufgeben könne, verflog so rasch, wie er gekommen war. Das hier war der Beweis, den er gebraucht hatte. Zumindest für sich selbst. Claudio deponierte seine Schlüssel immer hier. Daß sie jetzt verschwunden waren, konnte nur bedeuten, daß Sebastian recht hatte. Und daß Claudio in Panik geraten war. Er hatte nach seinem Gespräch mit diesem riesigen Polizisten total verängstigt ausgehen und sich erst spät am Abend wieder beruhigt.

Sebastian beschloß, nach Hause zu gehen. Und am nächsten Tag einen neuen Versuch zu starten. Er wollte genauer beobachten, was Claudio mit den Schlüsseln machte. Das würde vielleicht nicht so einfach sein, immerhin war er den ganzen Abend in der Küche beschäftigt, aber er wollte nach Feierabend herumtrödeln und als letzter gehen. Zusammen mit Claudio, vielleicht.

Er schaltete die Alarmanlage wieder ein, verließ das Haus und zog die Hintertür hinter sich zu.

Die Scheinwerfer, die plötzlich die Dunkelheit zerrissen und ihn blendeten, veranlaßten ihn, sich blitzschnell in den kleinen Hohlraum im Torweg zu drücken, wo die Tür war. Der Torweg war eng, und der Wagen mußte zum Glück auf die Straße zurücksetzen, um manövrieren zu können. Der Fahrer konnte ihn nicht gesehen haben.

Sebastian stand ganz still da und preßte den Mund gegen das schmutzige Holz. Er wagte nicht einmal zu atmen, bis der Motor erloschen war, die Autotür ins Schloß fiel und leichte Schritte sich entfernten. Langsam ließ er den Atem aus seiner Lunge entweichen und kam zur Ruhe.

Als er aus dem Torweg hervorlugte, sah er auf dem Hinterhof Claudios Auto. Einen Volvo-Pritschenwagen. Die Heckklappe stand offen. Sebastian lief zu den Mülltonnen hinüber, fünf riesigen stinkenden Plastikbehältern. Er brauchte nicht lange zu warten.

Die kleinwüchsige Gestalt mit dem großen Kopf kam vor der hochgeklappten Kellerluke zum Vorschein. Claudio trug einen Kasten und ging auffallend langsam. Als er den Kasten vorsichtig auf die Ladefläche des Wagens schob, hörte Sebastian etwas. Ein leises Klirren, wie das von vollen Flaschen, die gegeneinanderstießen.

Fünf Kästen wurden aus dem Weinkeller des *Entré* getragen. Sebastian stand zu weit weg, um erkennen zu können, ob die Kästen irgendwelche Aufschriften trugen.

Claudio klappte die Kellerluke wieder herunter und legte ein riesiges Hängeschloß vor. Dann machte er die Heckklappe des Wagens zu und fuhr langsam auf die Straße. Erst nachdem Claudio noch einmal ausgestiegen war und das Tor verriegelt hatte, wagte Sebastian sich aus seinem Versteck hervor. Seine Kleider stanken. Er hatte soeben gesehen, wie Claudio sich selbst fünf Kästen Wein gestohlen hatte. Er begriff rein gar nichts.

37

Silje Sørensen hatte ein Geheimnis. Sie hätte Tom einweihen müssen, aber sie zögerte. Als sie am Vorabend nach Hause gekommen war, hatte sie die von ihm gekochte Mahlzeit nicht hinuntergebracht. Er hatte so lange mit dem Essen gewartet, daß sich der Eintopf mit einer Kruste überzogen hatte. Davon war ihr schlecht geworden, und sie hatte mit einem Wort des Bedauerns und einem ausgiebigen Gähnen den Teller zurückgeschoben. Tom hatte sich Sorgen gemacht; er machte sich schon längst Sorgen. Als Aktienmakler hatte er selbst lange Arbeitstage, und er wußte, daß es für Silje eine phantastische Chance bedeutete, so rasch an einer Mordermittlung beteiligt zu werden. Aber sie hatte abgenommen. Während der letzten Wochen waren die Ringe unter ihren Augen deutlicher geworden. Außerdem war ihr dauernd schlecht; er hatte gehört, wie sie sich morgens hinter der verschlossenen Badezimmertür erbrach. Er konnte nicht begreifen, wieso sie unbedingt zwölf Stunden am Tag arbeiten mußte, wo es ihr doch neben einem lächerlichen Gehalt außer Pöbeleien in den Medien nichts einbrachte. Als ob das Geld jemals ein Problem gewesen wäre, hatte sie gesagt – und den Tisch verlassen.

Sie hatten sich nicht gestritten. Es war nur ein ernstes Gespräch gewesen. Und bei der Gelegenheit hätte sie es ihm erzählen müssen. Auch wenn klar war, daß er dann verrückt spielen würde. Sie versuchten jetzt seit anderthalb Jahren ein Kind zu bekommen. Silje wußte, daß das nicht lange war. Tom war ungeduldiger. Wenn sie ihm erzählt hätte, daß sie so ungefähr in der neunten Woche schwanger war, dann hätte er sie in erstickende Fürsorge gehüllt und nicht mehr zur Arbeit gehen lassen. Also mußte sie warten.

Immerhin hatte sie gut geschlafen. Die Stimmung hatte sich seit der mißlungenen Mahlzeit des Vorabends noch nicht wesentlich gebessert, aber er hatte immerhin ein Lächeln zustande gebracht, als sie angekündigt hatte, lange schlafen zu wollen. Inzwischen war Freitag, der 17. Dezember, und sie mußte erst um zwölf zum Dienst. Das Budget für Überstunden war schon im Juli gesprengt worden, und sie sollten zum Jahreswechsel so viele wie möglich abstottern.

»Guten Morgen!«

Silje warf einen Blick auf den Wecker. Zehn nach zehn. Sie setzte sich mühsam auf und stopfte sich ein Kissen in den Rücken.

»Wie schön«, seufzte sie, als er das Tablett vor sie hinstellte.

Tee, Saft, Milch. Zwei halbe Ciabatte mit Gorgonzola und italienischer Salami. Eine Lebertranpille und zwei Multivitaminpräparate kullerten auf dem Tablett herum. Tom hatte Zeitungen und eine rote Rose gekauft, hatte die Blätter von der Rose gezupft und sie dann in eine Rosenvase gesteckt, die umzukippen drohte, als er ins Bett stieg und Silje auf die Schläfe küßte.

»Wie schön«, sagte sie noch einmal und übergab sich.

38

Dr. Felices Arbeitstag hatte gerade erst begonnen. Trotzdem war er erschöpft. Die Grippeepidemie wütete noch immer, und er kam mit der Büroarbeit nicht nach. Er hatte Schweißflecken unter den Armen. Im Schrank hingen zwei saubere, frischgebügelte Hemden. Dem ersten fehlte ein Knopf, deshalb griff er ärgerlich zu dem anderen. Dabei atmete er durch den Mund, denn er meinte, noch durch die Tür seine Kranken riechen zu können.

Er mußte diesen Billy T. anrufen. Je mehr er darüber nachdachte, desto sicherer war er sich, daß er das tun sollte. Als er zum ersten Mal den Krankenbericht durchgegangen war, nachdem die Polizei ihn angerufen hatte, hatte er diese Auskunft nicht wichtig gefunden. In dem Auszug, den er dem riesigen Polizisten ausgehändigt hatte, fehlte die Sache. Die Anfrage damals war ja unbeantwortet geblieben und konnte wohl kaum etwas mit dem Mord zu tun haben. Außerdem lag sie schon viele Jahre zurück. Strenggenommen wußte er nicht einmal, worum es damals gegangen war. Aber er hatte immerhin eine Ahnung. Und es konnte immerhin wichtig sein.

Ein Vater führte ein zaghaftes Kind herein. Der Fünfjährige blieb an der Tür stehen und heulte los. Rotz mischte sich mit Tränen und Bonbonschleim, der von seiner Lippe tropfte. Der Vater fluchte. Er lockte und schimpfte, aber es half alles nichts. Stocksteif stand der Junge da, breitbeinig und schreiend, und Øystein Felice kam nicht an ihn heran.

»Wir sind im Rückstand«, sagte Frau Hagtvedt sauer und schüttelte den Kopf, als sie an dem widerspenstigen Kind vorbeikam. »Väter . . .«

Øystein Felice nahm einen Feuerwehrwagen aus dem Schrank, lächelte dem Kind krampfhaft zu und wappnete sich für einen weiteren Arbeitstag von zehn Stunden.

39

Er fütterte sie mit einem Löffel. Der Haferbrei schmeckte nach muffiger Kindheit, und sie wandte sich nach drei Löffeln ab.

»Etwas mußt du essen«, erklärte Tom energisch. »Noch ein bißchen.«

Sie weigerte sich und sprang auf.

»Genau das habe ich gerade befürchtet«, sagte sie resigniert. »Du wirst mich für die nächsten sieben Monate in Watte packen. Ich bin erwachsen, Tom. Ich bin schwanger. Also laß mich jetzt in Ruhe.«

Er lag halbwegs über dem Bett, eine Schale Haferbrei in der einen und einen Löffel in der anderen Hand. Er hatte den Schlips abgenommen und die Hemdsärmel hochgekrempelt. Seine Stirn glänzte vor Schweiß, seine Wangen waren hektisch rot, und das Grinsen, das sich auf seinem Gesicht breitgemacht hatte, konnte annehmen lassen, daß das Kind bereits geboren sei, und zwar wenige Minuten zuvor. Es war an sich schon eine Überraschung, daß er noch zu Hause gewesen war, als sie aufwachte. Daß er sich nun aber auch noch ein langes Wochenende freigenommen hatte, kam einer Revolution gleich. Tom war nie krank und erschien nur drei Wochen im Sommer und zwei Tage zu Weihnachten nicht bei der Arbeit.

»Weißt du, ob es ein Junge oder ein Mädchen ist?« fragte er und lachte. »Mir ist das egal, weißt du das?«

»Dussel«, sagte Silje verärgert. »Ich bin erst in der siebten oder achten Woche.«

Als sie aus der Dusche kam, mit nassen Haaren und in ihren seidenen Schlafrock gehüllt, hatte er die Betten gemacht und ausgiebig gelüftet. Die einsame Rose lag auf ihrem

Kopfkissen. Silje ging zu den Fenstertüren und band sich den Gürtel zu. Die eine Tür war noch angelehnt, und sie öffnete sie ganz. Sofort bekam sie eine Gänsehaut, und ohne zu wissen, warum, brach sie in Tränen aus. Weit weg, den Hang hinunter, hinter der großen Eiche, die sich nach Osten neigte und mit ihren Zweigen über die Garage fegte, konnte sie Oslo hören. Sie hatte das Haus im Dr. Holms vei nie als zur Stadt gehörig betrachtet. Als ihr Vater es ihr zum zwanzigsten Geburtstag geschenkt hatte, war ihr das zunächst unangenehm gewesen. Sie hatte lange gebraucht, um sich an diese Vorstellung zu gewöhnen. Sie war ein Einzelkind und sollte die Villa ihrer Großeltern übernehmen. Der Vater hatte vor ihrem Einzug alles renovieren lassen. Er selbst wohnte in einem Einfamilienhaus ein Stück weiter unten; die Familie besaß ein riesiges Grundstück mit vornehmer Adresse und hatte nie mit dem Gedanken an einen Verkauf gespielt.

Während ihrer Zeit an der Polizeihochschule hatte sie nie Kollegen mit nach Hause gebracht. Sie hatte ihre Adresse immer nur gemurmelt und behauptet, weit außerhalb zu wohnen. Niemand sollte erfahren, daß ihr Schlafzimmer ungefähr doppelt so groß war wie die Wohnungen der meisten anderen. Und sie hatte fünf Zimmer von dieser Sorte.

Zum Glück hieß sie Sørensen. Daß ihrem Vater die Soerensen Cruise Line gehörte, war diesem Namen nicht sofort anzusehen. Es wäre viel schlimmer gewesen, Kloster oder Reksten zu heißen. Oder auch Wilhelmsen. Silje wischte sich die Tränen ab, dachte an Hanne und wollte sich anziehen, um zur Arbeit zu gehen.

Sie hatte bei der Hochzeit ihren Namen nicht aufgegeben. Tom hieß vollständig Thomas Fredrik Preben Løvenskiold. Sein Vater war zwar dänischer Herkunft und hatte nichts mit der Osloer Großgrundbesitzerfamilie zu tun, doch dieser Name hatte ein Image, mit dem Silje nichts zu tun haben wollte.

»Wie wär's mit Catharina Løvenskiold?« fragte Tom, der frisch aufgegossenen Tee brachte und sich zwei Zeitungen unter den Arm geklemmt hatte; nur *Aftenposten* war im Müll gelandet, da sie den Hauptteil des Erbrochenen abbekommen hatte. »Setz dich ins Bett, Herzchen. Meine Oma hieß Catharina. Oder Flemming, wie gefällt dir das? Flemming Løvenskiold. Der Name hat doch Schwung, Liebes. Oder was? Jetzt setz dich endlich.«

»Ich könnte mir ja eher etwas in der Richtung von Ola Sørensen denken«, sagte Silje müde.

Zunächst erstarrte er, dann öffnete sein Gesicht sich zu einem strahlenden Lächeln, und seine Augen verschwanden über den ungewöhnlich hohen Wangenknochen.

»Das entscheiden wir später, Herzchen. Hier! Zeitungen und Tee. Die Zeitungen riechen vielleicht noch ein bißchen nach Erbrochenem, aber der Tee ist frisch und fein.«

Silje legte sich widerwillig aufs Bett und griff zu *VG*. Tom konnte die Rose gerade noch retten. Er schloß die Fenstertüren und ging zur Täfelung an der Wand zum Badezimmer. Der Gasofen aus Speckstein und Messing flammte auf, und Tom dimmte die Deckenlampe herunter, ehe er Siljes Nachttischlampe einschaltete.

»Die pure Weihnachtsstimmung«, sagte er freundlich, legte sich neben sie und öffnete *Dagbladet*.

Siljes Übelkeit war verflogen. Eigentlich war sie auch nicht so schlimm. Sie stellte sich nur morgens ein – und manchmal abends, wenn sie in der Nacht zuvor nicht gut geschlafen hatte. Vielleicht hatte sie sich geirrt. Toms Fürsorge war schrecklich anstrengend, aber es würde eine Erleichterung sein, sich nicht mehr verstellen zu müssen. Außerdem war er einfach niedlich. Seine Begeisterung für das Kind war noch größer als die, mit der er ihr zwei Jahre zuvor einen Heiratsantrag gemacht hatte; mit einem Diamantring und fünfzig Rosen und zwei Flugtickets nach Rom in der Jackentasche.

»Hör dir das an«, kicherte sie. »Ich liebe Leserbriefe!«

»Die liebst du? Du spinnst doch total. Wie wäre es mit Johannes?« Er biß sich in den Zeigefinger und schloß die Augen. »Oder Christopher! Als Kind habe ich Pu so geliebt!«

»Hör doch nur!« Sie setzte sich auf und las vor: »Die Über-
schrift lautet ›Mor Monsen und die Mormonen.‹ Phantastisch! Hör dir das an: ›Unser Land wird von fremden Sitten
überschwemmt. In ein oder zwei Generationen wird niemand mehr wissen, was überhaupt norwegisch ist. Wir müssen den Kampf aufnehmen und das verteidigen, was unsere
Ahnen in Jahrtausenden aufgebaut haben.‹«

»Nein«, wimmerte Tom. »Keinen von dieser Sorte.
Bitte.«

Er versuchte, den Arm um ihren Bauch zu legen, aber sie
schob ihn weg und las weiter: »›Während des Krieges haben
wir uns Büroklammern angesteckt, um unseren Widerstand
zu markieren. Heute sollten wir eine weiße Feder am Revers tragen. Eine Feder, die das Reine, das Norwegische, das
Unbesudelte symbolisiert.‹«

»Das ist doch der pure Rassismus, Silje. Und überhaupt
nicht komisch.«

»Das Komische kommt noch, warte nur. ›Nehmen wir zum
Beispiel unsere Eßgewohnheiten. Das Essen ist ein wichtiger Teil einer Kultur und eines Lebensstils. Heutzutage liegen an jeder Straßenecke Kebabs und Hamburger auf der
Lauer. Der Feind belagert uns! In dieser süßen Weihnachts-
zeit sollte es in Heim und Küche nach Kümmelkohl und
Weihnachtsplätzchen duften. Ich selbst wohne in Majorstu-
en, und als ich eines Vormittags hier stand und meine Mor-
Monsen-Kuchen buk, klingelte es an der Tür. Zwei Mormonen wollten mich *bekehren*. Sie konnten nicht einmal
Norwegisch! Wie jeder höfliche Mensch lud ich die ungebetenen Gäste zu einer Kostprobe meines Gebäcks ein. Als
sie fragten, ob darin Alkohol enthalten sei, ging mir auf, daß
der Kulturkampf an allen Fronten ausgefochten werden muß.
Wollen wir in norwegischen Wohnhäusern Vielweiberei und
fanatischen Antialkoholismus dulden? In einen Mor-Monsen-Kuchen gehören zwei Eßlöffel Cognac und sechzehn
gute NORWEGISCHE Eier. Machen Sie mit! Tragen Sie die
weiße Feder!‹«

250

Silje lachte und schlug sich mit der Zeitung auf den Oberschenkel. »Da müßte jemand ein Buch draus machen.«

»So ein Buch gibt es schon.«

Tom versuchte sie wieder zuzudecken. Sie schob ihn noch einmal weg und starrte den Leserbrief aus zusammengekniffenen Augen an.

»Reine Faust‹. Sie … das hat offenbar eine Frau geschrieben, und die nennt sich ›Reine Faust‹: Was meinst du damit, daß es schon eins gibt?«

»Es gibt ein Buch mit hoffnungslosen Leserbriefen. Das ist schon vor vielen Jahren erschienen.«

»Dann sollte noch eins gemacht werden«, sagte Silje entschieden. »Was ›Reine Faust‹ wohl bedeuten soll?«

Tom drehte sich gereizt auf den Rücken und blies die Wangen auf.

»Können wir nicht über das Kind sprechen«, quengelte er. »Vor einer Dreiviertelstunde hast du mir erzählt, daß ich Papa werde, und jetzt willst du dich mit Leserbriefen von verdammten Rassistinnen amüsieren.«

Silje fuhr hoch. Tom wurde unter Decken begraben.

»Reine Faust! Ich wußte doch, daß ich das schon mal gesehen habe!«

Fünf Minuten später war sie angezogen. Sie fühlte sich hellwach, gesund und tatendurstig. Tom lag noch im Bett, mürrisch und verärgert.

»Ich komme heute nicht spät. Versprochen! Aber jetzt muß ich einfach zur Arbeit!«

Sie küßte ihn auf die Nase, und zwei Minuten darauf hörte er, wie sie den Wagen anließ. Warum sie unbedingt einen Škoda Octavia fahren wollte, hatte er noch nie verstanden. Er selbst hatte einen Audi A 8 und einen feschen zweisitzigen BMW.

»Ich werde Papa«, sagte er langsam. »Ich brauche einen Kombi.«

Dann lachte er lange und glücklich.

40

Es war der Mutter zu verdanken, daß Billy T. rechtzeitig aufgestanden war, um Truls zur Schule zu bringen. Danach hatte er Weihnachtsgeschenke gekauft. Heiligabend war erst in acht Tagen, aber die Vorstellung, daß der Geschenkstreß erledigt war, bedeutete eine Erleichterung. Alle Jungen bekamen das gleiche, Werkzeugkästen in verschiedenen Farben, gefüllt mit Hammer und Laubsäge, Zollstock, Schrauben, Nägeln und Schraubenziehern. Sie würden bis tief in den zweiten Weihnachtstag hinein beschäftigt sein. Tone-Marit mußte sich mit einem Parfümflakon zufriedengeben, und für Jenny hatte er ganz einfach einen Kindersitz für den Wagen gekauft. Auf dem Konto waren noch dreitausenddreihundert Kronen. Das mußte bis weit ins neue Jahrtausend hinein reichen. Was es garantiert nicht tun würde.

Er fuhr die Auffahrt zu dem Block hoch, in dem Hanne Wilhelmsen wohnte. Bei seinem letzten Besuch hier hatte niemand aufgemacht. Die Wohnung war leer gewesen, und die Nachbarn hatten Hanne schon zwei Wochen lang nicht mehr gesehen. Da sie nicht einmal bei Cecilies Beerdigung erschienen war, hatten die anderen ihm geraten, sie in Ruhe zu lassen. Gib es auf, hatte Tone-Marit gesagt, du bekommst sie nicht zu fassen. Gib es auf. Das hatte er nicht geschafft. Vorher hatte er noch einen letzten Besuch machen und sich von ihrem Verschwinden überzeugen müssen. In der Personalabteilung war ein Brief eingegangen, das hatte er zwei Tage später erfahren. Er hatte mit dem Gedanken gespielt, nach ihr suchen zu lassen, aber der Brief hatte ihn endlich dazu gebracht, Tone-Marits Rat zu befolgen. Sie hatten ihre Hochzeit bis in den August verschoben, aus Achtung vor

Cecilie und weil Billy T. nichts von Hanne gehört hatte. Sie hatte seine Trauzeugin sein sollen.

Inzwischen schneite es; feuchte große Flocken, die schmolzen, als sie den Boden erreichten. Während der letzten Tage hatte das Wetter zwischen kalt und mild gewechselt. Jetzt lag die Temperatur bei Null, und die Heizung funktionierte nicht. Sie ließ sich auch nicht ausschalten. Stinkender kalter Rauch quoll aus dem Gebläse. Er hielt an, blieb sitzen und schaute hinauf zu dem Fenster im dritten Stock.

Er würde sie niemals loslassen können. Nicht, solange sie in Norwegen war, in Oslo. Bei der Polizei. Die Zeit, in der sie verschwunden gewesen war, hatte in gewisser Hinsicht eine Erleichterung bedeutet. Anfangs, in den ersten zwei Monaten nach ihrem Verschwinden, war sie allgegenwärtig gewesen. Alles, was er sagte und tat, jede Überlegung und jede Entscheidung, war von der Vorstellung geleitet, was Hanne in der Situation gesagt oder getan hätte. Sie redeten miteinander, führten lange Gespräche, oft auch halblaut, wenn er glaubte, allein zu sein. Irgendwann hatte er schließlich ein Stadium erreicht, wo er nicht mehr soviel an sie dachte, jedenfalls nicht ständig, und wo er auch keine Selbstgespräche mehr führte. Noch immer litt er an einer namenlosen Sehnsucht, aber sie suchte seine Träume nicht mehr heim. Anwesend war sie trotzdem.

Wie eine Tote, hatte er gedacht. Es war möglich, damit zu leben, daß Hanne tot war. Im Grunde ist es besser so, hatte er gedacht und nicht mehr von ihr geträumt. Und dann war sie einfach wieder aufgetaucht. Der Schmerz über Hannes Rückkehr war schlimmer und unüberwindlicher als der, der ihn nach ihrem Verschwinden gelähmt hatte.

Inzwischen war es halb vier, und er konnte kehrtmachen. Er konnte Silje und Karianne auf Jagd nach der Reinen Faust schicken. Oder Klaus. Der war erfahren genug. Billy T. ließ den Motor an, schaute noch einmal zu dem Fenster hinauf und schaltete in den Rückwärtsgang. Dann überlegte er sich die Sache ein weiteres Mal. Die Gangschaltung heulte auf, als er, ohne zu kuppeln, wieder den ersten Gang einlegte.

Hanne war die Beste, die er hatte, und der Fall war so gut wie verpfuscht. Ohne sie würde alles zusammenbrechen. Sie hatte sich an diesem Morgen krank gemeldet. Vielleicht war sie erkältet. Vielleicht wollte sie sich auch die tägliche Besprechung ersparen. Er kannte sie nicht mehr. Hanne hätte ihn niemals gedemütigt. Früher nicht. Nicht so, wie sie gewesen war, früher. Sie hatte ihn oft zusammengestaucht, das schon, hatte ihn geneckt und gequält, Hanne Wilhelmsen hatte zeitweise die wahre Pest sein können. Aber niemals hätte sie ihn gedemütigt. So wie gestern. Er kannte sie nicht mehr. Er brauchte sie, und er mußte den Finger heben und auf den Klingelknopf drücken.

»Was wissu'n hier?«

Das Wesen, das die Tür öffnete, war offenbar eben erst aufgewacht. Strähnige farblose Haare standen nach allen Seiten ab, das Gesicht sah aus wie ein eingetrockneter Flußlauf. Sie hatte sich in einen viel zu weiten Morgenrock gehüllt, in den karierten, den Billy T. als Hannes erkannte.

»Wissu antwotn odda watn bissu in Rente gehn kanns?«

Harrymarry kniff die Augen zusammen, weil ihr dieser schöne Witz gelungen war, und zeigte beim Grinsen ihre nackten Zahnhälse. Billy T. brachte kein Wort heraus. Wie in einem Reflex zog er seinen Dienstausweis aus der Jackentasche. Zwei Tage reichlicher Nahrungszufuhr hatten sich auf Harrymarrys Redefähigkeiten ganz verblüffend ausgewirkt.

»Wissu zu mir odda zu Hanne? Ich geh nich freiwillig, un Hanne will au no nich aufstehen, glaubich.«

Dann latschte sie durch die Diele.

Billy T. folgte ihr zögernd.

»Wer ist da«, hörte er eine nasale Stimme aus dem Wohnzimmer rufen.

»Razzia«, schrie Harrymarry und schuffelte ins Bad.

Hanne lag unter ihrer Schlummerdecke auf dem Sofa und hielt eine Kaffeetasse in der Hand. Der Couchtisch war über und über von benutzten Papiertaschentüchern bedeckt.

»Hallo«, sagte sie leise. »Hallo, Billy T. Wie ... schön. Daß du hereinschaust.«

»Deine Freundin is nich norma«, hörten sie einen dumpfen Ruf durch die Badezimmertür. »Die is nich wie annere Bulln.«

»Wer zum Teufel ist denn dieses Gespenst?« flüsterte er, so laut er konnte. »Hast du vollständig den Verstand verloren?«

»Pst!« Hanne legte den Zeigefinger an die Lippen. »Sie hat ein Gehör wie ein Adler und ...«

»Die is nich verrück«, heulte es aus dem Badezimmer. »Die is toll. Ich geh gleich. Geil dich runner!«

»Vergiß den Schlüssel nicht«, sagte Hanne.

In Rekordtempo hatte Harrymarry ihre Arbeitskleidung und ein neues Gesicht angelegt. Sie hatte die Laméjacke durch ein schwarzes Kunstlederteil ersetzt, und ihr Rock war so kurz, daß Hanne im Schritt der Strumpfhose ein großes Loch erkennen konnte. Harrymarry hatte sich einen Schal zweimal um den Hals gewickelt und war, ohne zu fragen, in ein Paar eleganter Schuhe gestiegen, die Hanne gehörten. Sie zeigte den Schlüssel, der an einer Schnur um ihren Hals hing, und stopfte ihn sorgfältig in ihren BH, ehe sie zwei viel zu große Handschuhe überstreifte. Dann tippte sie sich als Abschiedsgruß an die Stirn und humpelte aus der Wohnung, ohne Billy T. auch nur eines Blickes zu würdigen.

»Wohnt die hier? Hast du diese verdammte Nutte hier einziehen lassen?«

Er ließ sich in den Sessel fallen und sprang sofort wieder hoch, als er ein lachsrosa Spitzenhöschen entdeckte, das über der Rückenlehne zum Trocknen aufgehängt war.

»Das ist sauber«, sagte Hanne. »Und Harrymarry ist keine verdammte Nutte. Nutte, natürlich, aber von verdammt kann keine Rede sein.«

»Ja Scheiße«, sagte Billy T., »was führst du eigentlich für ein Leben?«

Er packte das Höschen mit spitzen Fingern, warf es in eine Ecke und setzte sich wieder. Danach schaute er sich skeptisch um, wie um sich zu vergewissern, daß nicht noch weitere Überraschungen aus den Wänden schnellen würden.

»Bist du krank?« fragte er in die Luft hinein.

»Krank wäre übertrieben. Ich bin einfach nur erkältet. Hatte heute morgen ein wenig Fieber, aber ich glaube, das hat sich gelegt. Nase ist zu. Total verrotzt. Und du scheinst ja nicht besonders begeistert zu sein, wenn du mir bei der Arbeit begegnest, deshalb dachte ich . . .«

»Wir haben eine Reine Faust gefunden.«

»Die Drohbriefe.«

Hanne putzte sich energisch die Nase und stopfte die vielen Rotzfahnen in eine Plastiktüte.

»Ja. Wir . . . Silje hat einen Leserbrief mit derselben Unterschrift entdeckt. Sie hat bei *VG* angerufen, aber die pochen natürlich auf Quellenschutz. Was auch sonst. In diesem Fall behaupten doch alle . . . aber egal . . .«

Er rieb sich das Gesicht und schnaubte wie ein Pferd. Seine Augen waren trüb, er hatte wohl kaum geschlafen. Hanne zog sich die Decke bis unters Kinn und ließ sich auf dem Sofa zurücksinken.

»Wir haben nach anderen Briefen dieser Dame gesucht . . .«, sagte Billy T. »Mit Erfolg.«

»Wissen wir, daß es eine Frau ist?«

»Das geht aus mehreren Briefen hervor. Sie ist ungeheuer aktiv. Zum Glück haben wir auch ihre Adresse gefunden. Vor zwei Jahren hat sie in *Dagsavisen* über Kinder geschrieben, die in der Innenstadt leben. Sie kann das natürlich gar nicht billigen. Und da schreibt sie auch, wo sie wohnt. In der Jacob Aalls gate. Hier.« Er legte einen Zettel auf den Tisch, schob ihn aber nicht zu ihr hin. »Wenn du dich gesund genug fühlst, dann fahr doch mit Silje hin. Wenn nicht, muß ich jemand anderen schicken. Aber es sollte heute erledigt werden.«

»Billy T.«, sagte Hanne.

»Ja?« Er stand in der Türöffnung und drehte sich zögernd um.

»Danke. Ich bin in einer knappen Stunde auf der Wache.«

Einen Moment lang schien er etwas sagen zu wollen. Er öffnete halb den Mund. Dann hob er die eine Schulter und ging. Sie hörte kaum, wie die Tür hinter ihm ins Schloß fiel.

Noch immer hatte sie Billy T. nicht gesagt, wer Harry-marry wirklich war. Und es war fast unmöglich, das noch nachzuholen.

41

Daniel hatte ein Räucherstäbchen angezündet, um den aufdringlichen Modergestank zu überdecken. Aber das half nicht viel. Süßer, ekelerregender Mief klebte an seiner Hand, und er hätte sich gern das Hemd vom Leib gerissen. Er sehnte sich nach einer Dusche, durfte das Badezimmer aber nur morgens eine halbe und abends eine Viertelstunde benutzen.

»Ich brauche das Geld jetzt unbedingt, Daniel. Du verarschst mich doch nur. Tausend Kronen hier und zweitausend da ... so geht es einfach nicht weiter.«

Eskild hatte sich nicht einmal gesetzt. Daniel fegte schmutzige Kleider von einem Sessel.

»Setz dich doch.«

»Nein. Ich muß weiter. Aber du siehst total weggetreten aus. Nimmst du irgendwas? Verdammt, ich brauche die Kohle. Jetzt. Ich muß bis Neujahr die Semestergebühren bezahlen. Für dich sind das einfach vierundzwanzigtausend Kronen – für mich ist es ein halbes Jahr Studium. Da kannst du nicht erwarten, daß ich einfach nicke und brav abwarte, Daniel. So hatten wir das alles nicht abgemacht.«

Daniel wußte sehr gut, was ein halbes Jahr Studium für Eskild bedeutete. Er hatte vom Medizinstudium geträumt, solange Daniel ihn kannte. Thale hatte ihn schon mit »Dr. Eskild« angeredet, als er dreizehn gewesen war. Obwohl ihm die naturwissenschaftlichen Fächer nicht lagen, hatte er sich mit Hilfe von Nachprüfungen einen Studienplatz in Ungarn erkämpft. Ganz nebenbei hatte er jeden Abend gekellnert, und Daniel hatte seinen besten Kumpel fast ein Jahr lang kaum gesehen. Als dann endlich der Brief aus Budapest gekommen war und Eskild sich auf fünf Studienjahre im Ausland vorbereiten konnte, hatten sie vier Tage gefeiert.

Daniel hatte alles, was er von Eskild geliehen hatte, in den Weihnachtsferien zurückzahlen wollen. Eskild war ein wenig früher gekommen als erwartet. Schon am 2. Dezember war er aufgetaucht; er hatte sich im Ullevål-Krankenhaus die Mandeln herausnehmen lassen, nachdem er über ein Jahr auf der Warteliste gestanden hatte. Die Schmerzen im Hals machten ihm arg zu schaffen, und deshalb hatte er nicht übermäßig heftig reagiert, als er das Geld nicht sofort bekam. Jetzt ging es auf Weihnachten zu, und Eskild war stocksauer.

»Für jemanden, der verdient, ist die Summe doch Kleinkram. Kannst du nicht deine Mutter oder deine Tante fragen? Noch drei Tage, Daniel. Drei Tage. Wenn du den Rest bis dahin nicht ausgespuckt hast, gehe ich zu Thale oder zu Taffa.«

Eskild zog seine Jacke glatt. Ein Hauch von Mitleid kam in seinen Blick, als er sah, wie Daniel unter der Vorstellung litt, seine Mutter oder seine Tante könnte erfahren, in welchen Sumpf er geraten war. Doch dann verzog er das Gesicht und murmelte: »Drei Tage, wie gesagt. Montag.«

Damit war er verschwunden.

Daniel mußte das Geld besorgen. Er konnte eins der Bücher von seinem Großvater verkaufen. Eigentlich wollte er das nicht: Er sah den alten Mann vor sich im Sessel sitzen, mit struppigen Augenbrauen wie kleine Hörner über den schmalen eisblauen Augen.

»Was immer du tust, Daniel, meine Bücher darfst du nie verkaufen. Mach, was du willst, aber meine Bücher darfst du nie, nie verkaufen.«

Daniel schloß die Augen und spürte, wie die trockenen Finger des Alten vorsichtig über seine Wange strichen. Der Gestank von Schweiß, Schimmel und süßlichem Weihrauch trieb ihn aus dem Bett, und er taumelte zu der Wand neben der Zimmertür hinüber. Dort standen fünf Kartons mit Büchern des Großvaters. Die hätte er vermutlich gar nicht hier aufbewahren dürfen, seine Wohnungstür hatte nur ein altmodisches Yale-Schloß, das mit einer Kreditkarte oder einem Bratenwender aufgestemmt werden konnte. Außerdem besaß seine Vermieterin einen Reserveschlüssel.

Er nahm ein Buch oben aus dem zweiten Karton.

Hamsuns »Hunger«, eine fast unberührte Erstausgabe. Niemals. Hamsun hatte der Großvater ganz besonders geliebt. Ab und zu war Daniel der Verdacht gekommen, daß der Alte sich nicht nur für Hamsuns Literatur begeisterte. Er hatte dieses Thema nicht zur Sprache gebracht. Er hatte mit seinem Großvater nie über Politik diskutiert.

In einer eigenen kleinen Schachtel, sorgfältig in Plastikfolie eingeschlagen, lag das »Lied vom roten Rubin«. Der Großvater hatte gesagt, den Umschlag dürfe man nie berühren. Der makellose Zustand des Schutzumschlags mache, zusammen mit der außergewöhnlichen Widmung, den besonderen Wert dieser Erstausgabe aus. Eine gezeichnete Frau schaute den Betrachter durch einen schmalen Spalt an; Daniel hatte die Symbolik nie begriffen. Auf das Vorsatzblatt hatte der Autor geschrieben: »Für Ruth, von Agnar«.

Der Großvater hatte dieses Buch im Grunde nie leiden können.

Daniel hatte keine Ahnung, was es wert sein mochte. Aber er kannte die im Herbst erschienene große Mykle-Biographie und wußte von daher, daß die Widmung des Autors mehr wert war, als er bisher geahnt hatte.

Er legte das Buch beiseite und verschloß den Karton sorgfältig. Obwohl es erst kurz nach halb fünf war, mußte er duschen. Sollte seine Vermieterin doch sagen, was sie wollte.

Als sein Beschluß feststand, ein oder zwei der Bücher von seinem Großvater zu verkaufen, rechnete er mit einer Art Erleichterung. Sie blieb aus, aber er ließ sich nicht beirren. Er brauchte vierundzwanzigtausend Kronen und wußte jetzt, wie er sie sich beschaffen konnte.

42

Der Hinterhof war groß, hell und luftig. Die Erdstreifen, die im Sommer vermutlich zu gepflegten Rosenbeeten wurden, versteckten sich jetzt unter Sackleinen und einer schmutzigen dünnen Schneeschicht. Hier und dort bohrte sich ein dorniger Zweig durch den groben Stoff.

Hanne Wilhelmsen musterte die Hauswände und rief: »Die Reine Faust lebt immerhin stilecht. Diese Häuser sind nach Vorbildern aus der britischen Architektur erbaut worden. Nationalisten neigen durchaus zum Ausländischen, wenn es nur vornehm genug ist. Welchen Aufgang nehmen wir uns zuerst vor, A, B oder C?«

»C«, sagte Silje entschieden. »Wir fangen mit C an.«

Die Hausbewohner waren offenbar alle einkaufen gegangen. Es war der letzte Freitag vor Weihnachten, noch nicht einmal fünf Uhr nachmittags. Niemand reagierte, als Hanne auf die ersten Klingelknöpfe drückte. Beim siebten meldete sich nach einem kurzen Piepsen eine tiefe Männerstimme.

»Worum geht es?«

»Hier ist die Polizei«, sagte Hanne Wilhelmsen. »Wir suchen eine Frau, die ... in diesem Haus wohnt angeblich eine Dame, eine vermutlich schon etwas ältere Dame. Wir wollen nur kurz mit ihr sprechen, sie ist eine eifrige Leserbriefschreiberin und ...«

»Tussi Helmersen«, sagte der Mann. »Aufgang B. Viel Glück übrigens. Ihr Mundwerk geht doch ununterbrochen.«

Ein Klicken verriet, daß der Mann nicht so redselig war wie seine Nachbarin.

»Yesssss«, rief Silje. »Gleich beim ersten Versuch ein Volltreffer.«

»Werden sehen«, erwiderte Hanne weniger enthusiastisch und folgte ihrer Kollegin zum nächsten Aufgang.

Die Namen der Bewohner waren mit weißen Buchstaben in kleine, schwarze, neben den Klingeln befestigte Platten graviert. Tussi Gruer Helmersen wohnte offensichtlich am längsten in diesem Komplex; ihr Name war halb verwischt. Hanne konnte nicht genau erkennen, ob da Gruer oder Gruse stand.

»Gruer«, sagte Silje. »Das muß Gruer heißen. Der letzte Buchstabe ist jedenfalls ein r.«

Sie klingelte. Keine Reaktion. Hanne klingelte. Noch immer keine Reaktion.

»Zum Henker«, sagte Silje verzweifelt.

»Was hattest du denn erwartet? Daß sie hier nett und ordentlich sitzt und auf uns wartet?«

Hanne versuchte ihr Glück bei den übrigen Wohnungen. Eine Kinderstimme antwortete.

»Hallo«, sagte Hanne. »Ist deine Mama zu Hause?«

»Hhm.«

»Heißt das ja oder nein?«

»Ja.«

»Meinst du, ich könnte mal kurz mit ihr reden?«

»Wieso denn?«

»Hallo?«

Eine Frau hatte dem Jungen den Hörer weggenommen. Sie öffnete die Tür und erwartete sie im vierten Stock. Ein kleiner Junge lugte halb verlegen, halb neugierig hinter ihrer Hüfte hervor.

Hanne zeigte ihren Dienstausweis und stellte sich und ihre Kollegin vor. Der Junge strahlte und ließ den Oberschenkel seiner Mutter los.

»Seid ihr echt von der Polizei?«

»Und wie«, sagte Hanne Wilhelmsen und zog einen kleinen Streifenwagen aus der Jackentasche. »Hier. Der ist für dich.«

Silje schaute sie überrascht an. Der Junge rannte in die

Wohnung und rief: »Lalü, lalü!« Der Wagen sauste wie ein Flugzeug durch die Luft.

»Allzeit bereit«, murmelte Hanne. »Eigentlich suchen wir Frau Helmersen. Kennen Sie die?«

»Was für eine Frage …« Die Frau verdrehte die Augen, wischte sich die Hände an der Schürze ab und bat die Besucherinnen ins Wohnzimmer. Dort war deutlich zu sehen, daß Mutter und Sohn mit Weihnachtsvorbereitungen beschäftigt gewesen waren. Der Tisch war mit rotem und grünem Glanzpapier, Scheren, Alleskleber und kleinen Tüten bedeckt. Als das Licht der Deckenlampe in ihr Gesicht fiel, sah Hanne, daß das Kinn der Frau von Goldpuder überzogen war. Der Junge saß auf dem Boden und ärgerte eine kleine Katze mit einem Strang Lametta. Den Streifenwagen hatte er in einen Geschenkekorb gesteckt.

»Verzeihen Sie die Unordnung«, sagte die Mutter und bot ihnen Stühle an. »Tee? Ich habe schon welchen fertig, es macht also keine Umstände. Ich heiße übrigens Sonja, Sonja Gråfjell. Und das ist Thomas.« Sie lächelte zu dem Jungen hinüber.

»Und Tigi«, erklärte Thomas und hob den Kater an den Vorderbeinen hoch.

»Tussi Helmersen«, sagte Sonja Gråfjell langsam. »Eigentlich witzig, daß Sie nach ihr fragen. Ich hatte schon mit dem Gedanken gespielt, mich an die Polizei zu wenden. Wegen Frau Helmersen, meine ich. Aber es kam mir dann doch ein wenig … dumm vor.«

»Ach«, sagte Hanne Wilhelmsen ruhig. »Und wieso das?«

»Warum mir das dumm vorkam? Na ja, ich meine …«

»Nein. Warum wollten Sie mit der Polizei über Frau Helmersen sprechen?«

Sonja Gråfjell hob die Stimme und schaute zu ihrem Sohn hinüber. »Thomas. Kannst du mal eben in die Küche gehen und Tigi frisches Futter und Milch geben? Im Küchenschrank steht eine offene Dose.«

Der Junge maulte, er hatte sichtlich keine Lust.

»Thomas. Du hast doch gehört, was Mama gesagt hat.«

Widerwillig stand Thomas auf, nahm den Kater unter dem Arm und stapfte zu einer Tür auf der anderen Seite des Zimmers.

»Sie hat Thomas' Kater umgebracht«, sagte die Mutter leise. »Sie hat Helmer vergiftet.«

Hanne schluckte und schaute Silje an. Die blickte verwirrt zur Küchentür hinüber.

»Nicht Tigi«, erklärte Sonja Gråfjell eilig. »Der ist ganz neu. Frau Helmersen hat Helmer umgebracht. Tigis Vorgänger. Thomas kam aus der Schule und ... er hat eine Höllenangst vor Frau Helmersen, diese Person tyrannisiert den ganzen Block. Er hat gesehen, daß sie einen Teller mit Milch hingestellt hat – vielleicht war es auch etwas anderes. Ich war noch bei der Arbeit. Als ich nach Hause kam ... war Helmer tot, und ich habe zu meinem Mann gesagt, wir ... Bjørn, also, mein Mann, meinte, wir hätten keine Beweise, und es sei auch nicht ... ist es strafbar, fremder Leute Katzen umzubringen?«

Sie redete abgehackt und hastig, so als sei es eine gewaltige Erleichterung, diese Last endlich mit jemandem teilen zu können. Sie fuhr sich über die Stirn und sah sie eine nach der anderen voller Hoffnung auf eine Antwort an.

»Lassen Sie uns die Sache noch einmal von Anfang an durchgehen.« Hanne lächelte aufmunternd. »Thomas kam aus der Schule. Was passierte dann?«

Sie brauchten über zehn Minuten, um die ganze Geschichte zusammenzubringen. Thomas kam aus der Küche zurück, wurde absolut gegen seinen Willen angezogen und mit Tigi hinunter auf den Hof geschickt.

»Das ist auf jeden Fall strafbar«, sagte Silje ohne große Überzeugung. »Einfach eine Katze umzubringen, meine ich.«

»Das kann unter das Tierschutzgesetz fallen«, sagte Hanne. »Und es ist zweifellos eine Verletzung fremden Eigentums. Wissen Sie zufällig, wo diese Tussi sich gerade aufhält?«

»Ich habe sie seit Tagen nicht gesehen. Ich hoffe, sie macht Urlaub.« Sonja Gråfjell schauderte und spielte an einem Engel herum, der aus dem Kern einer Klopapierrolle hergestellt war. Der Heiligenschein aus einem vergoldeten Pfeifenreiniger fiel auf den Boden. »Diese Frau ist ganz einfach unheimlich.«

»Das finde ich auch, Mama. Frau Helmersen ist schrecklich unheimlich.« Der Junge hatte offenbar auf der Treppe kehrtgemacht.

»Ich glaube, sie fängt Katzen. Vielleicht ist sie ... so eine Hexe, die Tiere frißt. Ich habe Tigi aus ihrer Wohnung gerettet. Er ist hineingelaufen, weil die Wohnung ...« Er verschluckte das letzte Wort und errötete ein wenig.

»Thomas«, sagte die Mutter streng. »Du warst bei Frau Helmersen in der Wohnung?«

Der Junge nickte zaghaft.

»Aber nur, weil Tigi reingelaufen war. Ich wollte nicht, daß Frau Helmersen ihn fängt. Aber die war gar nicht zu Hause.«

Thomas' Verlegenheit war wie weggeblasen. Die beiden Polizistinnen wollten hören, was er zu erzählen hatte, das sah er ihnen an. Er lächelte triumphierend und zeigte dabei ein großes Loch im Oberkiefer, da, wo vor kurzem noch seine Schneidezähne gesessen hatten.

»Frau Helmersen hat überall Medizin rumliegen«, lispelte er eifrig. »Mehr als Oma. Viel mehr als ... die Apotheke. Überall. Auf dem Tisch und dem Fernseher und der Kommode und überall.«

Er ließ den Kater los und machte drei vorsichtige Schritte ins Zimmer hinein, wobei er zu seiner Mutter hinüberschielte.

»Wir haben nur einen Medizinschrank. Mit einer Schlange. Die sagt, daß Medizin gefährlich ist. Die Schlange.«

Thomas öffnete den Reißverschluß seiner Steppjacke. Hanne Wilhelmsen beugte sich vor und stützte die Ellbogen auf die Knie.

265

»Bist du dir da ganz sicher? Daß es bei Frau Helmersen soviel Medizin gibt?«

»Ja.« Er nickte heftig.

»Steht die im Wohnzimmer? So ganz offen?«

»Mhm. So wie ...« Er schaute zum Fernseher hinüber und zeigte auf drei gläserne Spatzen. »So wie die Vögel da. Als Schmuck, irgendwie.«

Hanne sprang auf und ging zu dem Jungen hinüber. Ihren Tee hatte sie nicht angerührt. Sie fuhr dem Kleinen über den Kopf.

»Du kannst später zur Polizei kommen, Thomas. Du wirst ein richtig tüchtiger Polizist. Vielen Dank für all die Auskünfte.«

Sie nickte Sonja Gråfjell zu und winkte Silje zu sich. Unten auf dem Hof wählte sie die Nummer der Wache. Nach einem kurzen Gespräch schaltete sie ihr Telefon aus und schüttelte resigniert den Kopf.

»Annmari Skar erlaubt uns nicht, die Tür zu öffnen. Sie meint, es sei nicht dringend genug. Die nun wieder. Die meisten Juristen haben eine seltsame Vorstellung davon, was dringend ist und was nicht.«

Sie putzte sich die Nase und rieb sich die Lippen mit Mentholcreme ein.

»Also müssen wir Tussi finden. Und höflich um Erlaubnis bitten. Ich werde schon noch in diese Wohnung kommen. Nicht wahr, Silje?« Sie klopfte der jungen Kollegin den Rücken.

»Sicher«, sagte Silje Sørensen. »So schwierig kann es ja wohl nicht sein, eine Tussi wie Tussi Helmersen ausfindig zu machen.«

Es war noch genau eine Woche bis zum Heiligen Abend, und ein milder Wind konnte den Eindruck erwecken, daß ein Wetterumschwung unmittelbar bevorstand.

43

Die anderen Gäste hatten ihre Abendmahlzeit längst beendet. Auf dem langen Tisch aus grobem Kiefernholz, der mitten im Raum stand, fand sich ein begrenztes Speisenangebot: Kräutertee, Haferschleim und Obst. Tussi Gruer Helmersen war auf Spezialdiät gesetzt worden und bekam nur eine dünne Kartoffelbrühe. Die Tasse vor ihr war halb voll, der Inhalt lauwarm. Neben der Untertasse lag ein hoher Zeitungsstapel. Frau Helmersen setzte ihre Brille auf. Die Gläser ließen ihre Augen in dem schmalen Gesicht seltsam groß aussehen. Sie achtete nicht auf das Personal, das die Reste der Mahlzeit abräumte, die im übrigen mehr kostete als das üppigste Hotelbüffet. Die Gesundheitsfarm bot ihren Gästen karge Kost und viel Bewegung und verlangte für beides einen Höllenpreis.

Tussi Helmersen hatte die Leserbriefe studiert und machte sich nun an die Kriminalreportagen. Die Mittagszeitungen brachten immer noch täglich zwei bis drei Seiten über den Fall Ziegler. Ein bewaffneter Postüberfall in Stavanger war auf eine knappe halbe Seite weit hinten in den Zeitungen verbannt worden, und eine brutale Vergewaltigung in Enerhaugen wurde nur kurz erwähnt.

Frau Helmersen kniff die Augen zusammen und starrte ins *Dagbladet*:

»›Gutinformierte Quellen‹«, murmelte sie und ließ ihren Finger den Zeilen folgen, »›haben unseren Reportern gegenüber bestätigt, daß Brede Ziegler sich in Italien finanziell sehr stark engagiert hatte. Die Ausmaße seiner Investitionen in italienischen Firmen bleiben jedoch unübersichtlich.‹ Ha!«

Sie schaute sich verwirrt um, wie auf der Suche nach

einem Gesprächspartner. Das Personal war verschwunden. Vor den Panoramafenstern sah sie im schwachen Abendlicht, wie drei Gäste über eine Wiese auf einen Waldweg zugingen. Sie machte Anstalten, sich zu erheben, überlegte sich die Sache dann aber anders und las weiter.

»Der Polizeipräsident von Oslo will sich nicht zu den Gerüchten äußern, der Verstorbene sei in Geldwäsche verwickelt gewesen. Hans Christian Mykland bezeichnet das Ganze als pure Spekulation.‹ Das kann ich mir denken!«

Eine junge Frau mit einem Wischlappen in der Hand kam herein. Ziemlich inspiriert ließ sie den Lappen über den Büfettisch tanzen, ohne auch nur einmal zu Frau Helmersen hinüberzuschauen.

»Quellen bei INTERPOL bestätigen, daß Mafiamorde oft wie symbolische Handlungen aussehen. Diese Quellen wollen die Möglichkeit nicht ausschließen, daß der Mord an Brede Ziegler als Warnung für die norwegische Polizei betrachtet werden sollte. Justizministerium und Wirtschaftskripo haben gemeinsam mehrere europäische Initiativen zur Bekämpfung des Waschens von Geldern aus kriminellen Unternehmungen vorgestellt.‹«

Tussi strahlte die klinisch weißgekleidete Hotelangestellte an. »Sieh dir das an«, sagte sie wütend. »Mafia! Das habe ich immer schon gesagt.«

Die andere zuckte die Schultern und schüttelte über einem riesigen Kamin aus grobem Granit den Lappen aus.

»Lebensmittelimport. An der Mafia führt kein Weg vorbei. Was sagen Sie denn zum Kronprinzen, junge Dame?«

»Der ist doch gar nicht schlecht«, sagte die junge Frau hilflos.

»Gar nicht schlecht? Lesen Sie keine Zeitungen? Es kann uns passieren, daß Norwegen ohne Königin dasteht. Der Kronprinz war mit *Homosexuellen* aus!«

»Aber in den Zeitungen steht vor allem was über die Frauen, mit denen er ausgeht«, erwiderte die andere und vertiefte sich in ihre Arbeit.

»Sie sollten das nicht auf die leichte Schulter nehmen, junge Dame.« Tussi rückte ihre turbanartige Mütze aus lila Wolle zurecht. »Der Kronprinz hätte bei der Armee bleiben sollen, wie sein Vater. Was soll denn das, einen Kronprinzen zum Studium in die USA schicken! Bald fährt er wohl auf Studienreise nach ... Pakistan! Der Knabe interessiert sich doch offenbar mehr für diese Ausländergruppen als für uns, uns Alte, die dieses Land aufgebaut haben.«

»Ich muß arbeiten«, sagte die Hotelangestellte mürrisch.

»Ja, es ist noch viel zu tun.«

Immer wieder glitt die Mütze ihr in die Augen. Frau Helmersen zog sie extra weit nach hinten. Ihre Haare kamen zum Vorschein, rot mit grauem Ansatz.

»Hinweistelefon«, murmelte sie und blätterte wütend in *VG*. »Als könnte das der Polizei auch nur im geringsten weiterhelfen ...«

Sie faltete die Zeitungen sorgfältig zusammen und nippte an ihrer Kartoffelbrühe. Sie hatte schrecklichen Hunger und freute sich auf die Schokolade, die sie im Kleiderschrank versteckt hatte. An diesem Abend wollte sie sich außerdem noch eine halbe Tüte Kartoffelchips gönnen.

Und ein Schnäpschen dazu, nur dem Herzen zuliebe. Und um ein wenig zu feiern. Das hatte sie sich nun wirklich verdient.

44

Als ihr der Gedanke das erste Mal gekommen war, hatte nichts dagegen gesprochen. Im Grunde war sie ja frei. Sie konnte machen, was sie wollte. Die Reise hatte nur elf Stunden gedauert. Sie hatte das Gefühl, ebenso viele Jahre nicht mehr zu Hause gewesen zu sein. Das kalte Wasser machte ihr eine Gänsehaut. Als sie aus der Badewanne stieg, wäre sie fast gefallen. Sie griff nach dem Duschvorhang und riß ihn herunter. Hilflos blieb sie stehen und hielt die fröhlichgelbe Plastikplane in der Hand.

Die praktischen Vorbereitungen waren innerhalb von zwei Stunden erledigt gewesen, die Buchung des Fluges und eine eilig gekritzelte Nachricht an ihre Putzfrau. Erst als sie ihre Eltern anrief, um ihnen zu sagen, daß sie in den Ferien nicht nach Hause kommen würde, hatte sich ihr Gewissen geregt. Als Entschuldigung hatte sie einen internationalen Kongreß vorgebracht. Nefis hatte ihre Eltern noch nie angelogen. Und auf einmal fiel es ihr erschreckend leicht. Sie war zweiundvierzig Jahre alt und Professorin für Mathematik an der Universität Istanbul, aber manchmal fühlte sie sich immer noch wie ein kleines Mädchen, von dem Mama und Papa enttäuscht sind. Als sie fünfunddreißig geworden war, hatten ihre Eltern die Hoffnung aufgegeben, sie noch verheiratet zu sehen. Da sie sieben Brüder hatte, deren Frauen allesamt ein Kind nach dem anderen auf die Welt brachten, hatten die Eltern langsam gelernt, mit ihrer *kleinen Professorin* zu leben. Dreimal pro Jahr fuhr sie brav nach Hause und spielte in dem großen Haus, das immer von Menschenfülle und endlosen Mahlzeiten geprägt war, die pflichtbewußte Tochter. Die Familie feierte alle muslimischen Feste, allerdings eher, weil es so Brauch war, als aus religiöser Überzeugung heraus. Nefis war gern zu Haus, sie genoß ihre Rolle als einzige Tochter und Tante von sechzehn Nichten und fünf Neffen. Das war ihr eines Leben.

Das andere fand in Istanbul statt.

Sie knüllte den Duschvorhang zusammen und stopfte ihn hinter das Klo. Das Zimmer war so teuer, daß es keinen Grund gab, dieses Malheur an die große Glocke zu hängen. Sie wickelte sich in ein Handtuch und ging zum Fenster.

Vom dreizehnten Stock des Oslo Plaza aus wirkte die Stadt wie ein zusammengescharrter Zufall. Die Straßen schienen eben noch unter Wasser gestanden zu haben; überall lagerte eine graue Feuchtigkeit, die sogar die Leuchtreklamen blaß aussehen ließ.

Nefis Özbabacan hatte zwei Leben.

In Izmir war sie die Tochter des Hauses. In Istanbul war sie die international anerkannte Wissenschaftlerin mit eigener Wohnung in einem modernen Stadtteil. Ihr Bekanntenkreis hatte mit der Universität zu tun, dazu kamen noch ein paar Angehörige des diplomatischen Corps. Von ihren Bekannten wurde sie nie gefragt, warum sie nicht verheiratet sei. Da sie daran gewöhnt war, zwei Leben zu leben, hatte es ihr keine sonderlichen Schwierigkeiten bereitet, noch einen dritten Raum im Dasein zu entdecken.

Langsam zog sie sich an.

An der Rezeption war ihr erklärt worden, es sei der letzte Samstag vor Heiligabend und offenbar Hochsaison für die Restaurants. Es könne schwierig werden, ein Taxi zu erwischen. Die Adresse hatten sie immerhin problemlos ausfindig machen können. Sie schauderte leicht, als ihr noch einmal aufging, daß sie aus Istanbul abgereist war ohne eine andere Grundlage als eine Nacht in Verona und den Namen einer Frau, die in Oslo wohnte.

Sie war gerade mit dem Schminken fertig, als das Telefon klingelte.

Das Taxi war gekommen.

45

Vilde Veierland Ziegler lauschte dem Rieseln des Wassers dermaßen konzentriert, daß sie die Frage des Kellners nicht registrierte. Erst als sie zum dritten Mal angesprochen wurde, blickte sie verwirrt auf.

»Ach,Verzeihung, ich warte noch auf jemanden. Aber . . .«
Der Kellner hatte sich schon abgewandt.

»Könnte ich wohl ein Glas Eiswasser haben?«

Vilde hatte das Restaurant *Blom* als Treffpunkt vorgeschlagen. Hier würden sie in Ruhe miteinander sprechen können, ohne womöglich Bekannten zu begegnen. Hier verkehrten vor allem ausländische Geschäftsleute, die sich von einem norwegischen Künstlerlokal verlocken ließen, dessen Preise norwegische Künstler schon lange nicht mehr bezahlen konnten. Die Tische waren nur spärlich besetzt, und sie hatte den Eindruck, daß irgendwer den mitten im Raum aufgestellten Springbrunnen lauter gedreht hatte. Das Wasser plätscherte so penetrant, daß sie nicht klar denken konnte.

Claudio kam vier Minuten zu spät. Als er sich setzte, schien es, als habe jemand den Springbrunnen jählings abgewürgt.

»Was haben wir uns eigentlich zu sagen?«

»Guten Abend, zum Beispiel.«

»Guten Abend.«

Er rutschte auf seinem Stuhl hin und her und wich ihren Blicken beharrlich aus. Er schwitzte jetzt schon stark, wirkte aber nicht atemlos. Als er endlich von der gelben Damastdecke hochschaute, blieb sein Blick irgendwo zwischen ihrem Mund und ihrer Nase hängen.

»Hast du dich darauf gefreut?«

Der Kellner brachte eine Karaffe Eiswasser. Er schenkte

ihnen beiden ein und empfahl die Auswahl an belegten Broten. Vilde bestellte zwei mit Krabben, ohne Claudio zu fragen.

»Nein.« Sie trank ihr Glas in einem Zug leer und ließ danach die Eiswürfel langsam von einer Seite zur anderen klirren. »Ich habe mich nicht gefreut. Aber ich muß Ordnung schaffen. Da Brede nicht mehr alles für mich entscheiden kann. Dir geht es doch genauso, oder? Jetzt entscheidet nicht mehr Brede.«

»Also, hör mal zu!« Er fuhr sich mit einem kreideweißen Taschentuch über die Stirn und hob den Blick bis zu ihrer Nasenspitze. »Du solltest vielleicht doch noch mal gründlicher darüber nachdenken, was Brede entschieden hatte. Ist es nicht üblich, daß eine Witwe den letzten Willen ihres Mannes respektiert? Brede wollte, daß ich das *Entré* übernehme, wenn ihm etwas passiert. Das war seine Entscheidung.«

Vilde kannte Claudios Schroffheit. Sie hatten sich nie verstanden. Im Laufe der Zeit waren sie zu einem schweigenden Einverständnis gelangt. Sie waren einander aus dem Weg gegangen. Das war nun nicht mehr möglich. Brede war tot und Claudio nicht mehr nur übellaunig. Er hatte auch Angst.

»Dann ist Bredes Tod dir ja gelegen gekommen.« Sie spießte eine Krabbe auf und hob sie an ihren Mund. »Du hast doch geglaubt, du würdest alles bekommen. Und dann sind wir beide ziemlich überrascht worden.«

Die Krabbe verschwand zwischen ihren Lippen, und sie kaute lange darauf herum. Claudio Gagliostro spielte mit einem Dillzweig, er schien keinerlei Appetit zu haben.

»Auch wenn du mich dafür hältst, Claudio – dumm bin ich nicht. Du solltest wissen, daß ich von dem, was mir gehört, nichts hergeben werde. Einfach so, meine ich.«

»Ich halte dich nicht für dumm.«

Er schaute zu zwei Männern hinüber, die soeben einige Tische weiter Platz genommen hatten. Es sah aus, als wisse er selbst nicht genau, ob er die beiden kannte oder nicht und ob es ihm angenehm war, etwas anderes anzuschauen als Vilde, die sich immer wieder langsam die Haare hinter die Ohren strich, eine Krabbe nach der anderen verzehrte und das Brot darunter nicht anrührte.

»Du bist nicht dumm«, wiederholte er, »aber du kannst kein Restaurant leiten. Davon hast du ganz einfach keine Ahnung. Und ich begreife noch immer nicht, worüber du mit mir reden willst.«

»Genau darüber.«

Er erkannte Vilde nicht wieder. Ihr arrogantes Lächeln ließ ihre Augen hart aussehen. Es war ihm unbegreiflich gewesen, warum Brede sich für Vilde entschieden hatte. Natürlich war sie hübsch, aber an hübschen Mädchen hatte es Brede nie gefehlt. An schönen, jungen und in der Regel dummen. Als Brede angefangen hatte, mehr Interesse an Vilde zu zeigen, hatte Claudio angenommen, sein Kompagnon mache eine neue Phase durch. Brede war knapp fünfzig gewesen. Da er selbst keine Midlife-crisis kannte, hatte Claudio Bredes Beziehung zu Vilde für den Ausdruck einer verspäteten Angst vor dem Alter gehalten. Aber daß sie geheiratet hatten, war ihm ein Rätsel. Brede hatte keine Kinder gewollt. Eines Nachts, lange nach Ladenschluß, als die beiden Partner im Halbdunkel hinter dem Tresen ein Glas getrunken hatten, hatte Brede erzählt, er sei steril. Er habe das erledigen lassen, hatte er gesagt und gelacht. Es war ein fremdes, fast boshaftes Lachen gewesen, als habe der Mann seiner Umgebung einen ziemlichen Streich gespielt und könne nun endlich darüber reden.

»Genau darüber.«

Claudio fuhr zusammen und ließ die Zitronenscheibe fallen, mit der er gespielt hatte.

»Genau darüber möchte ich mit dir reden. Du hast recht. Ich habe keine Ahnung von der Gastronomie. Deshalb möchte ich mit dir eine Vereinbarung treffen. Die Sache klären, wenn du so willst.«

Claudio ließ sich im Sessel zurücksinken und betrachtete

Vilde aus zusammengekniffenen Augen. Sie war wirklich nicht wiederzuerkennen. Wenn sie bisher selten einmal ins Restaurant gekommen war, hatte sie sich benommen wie ein verlegenes kleines Mädchen. Sie hatten kaum ein Wort miteinander gewechselt, und bei diesen wenigen Gelegenheiten war er zu dem Schluß gekommen, daß diese Frau mit Intelligenz wahrlich nicht gesegnet sei.

»Ich habe mit meiner Anwältin gesprochen«, sagte Vilde ruhig. »Sie hat mir alles erklärt. Da das *Entré* in Zukunft uns beiden gehören wird, ist es natürlich wichtig für mich, daß du es weiterhin leitest. Wie du selbst sagst: Ich habe keine Ahnung, wie man ein Restaurant leitet.«

Für den letzten Satz hatte sie sich einen leichten italienischen Akzent zugelegt. Dann kicherte sie kurz und fiel sofort in ihre alte, guttrainierte Rolle zurück. »Aber ich will meinen Anteil am Geld. Ich habe schließlich auch für diesen Laden geschuftet. Auf meine Weise.«

Wieder kicherte sie. Das irritierte Claudio, und eine plötzlich in ihm aufsteigende Wut brachte ihn dazu, endlich direkten Blickkontakt zu suchen. Er beugte sich über den Tisch.

»Wie meinst du das?« fauchte er. »Hast du ... ist mir doch scheißegal, was du getan hast. Was willst du eigentlich? Oder sollte ich vielleicht fragen, was deine Anwältin will?«

Vilde legte ihr Gesicht gekonnt in nachdenkliche Falten.

»Du spielst mit mir«, fauchte Claudio. »Verdammt noch mal, du spielst mit mir!« Er sprang so heftig auf, daß sein Stuhl umkippte. Ratlos blieb er stehen und starrte zu Boden.

»Ganz ruhig«, sagte Vilde leise. »Ich spiele nicht. Setz dich.«

Er fühlte sich so deutlich von ihr bei den Eiern gepackt, daß er sich in den Schritt faßte. Dann richtete er seinen Stuhl wieder auf, setzte sich zögernd und schielte zum Ausgang hinüber.

»Ich will Geld«, sagte Vilde. »Und zwar jetzt. Meine Anwältin sagt, daß das Nachlaßgericht eine Ewigkeit brauchen wird. Viele Monate. Und so lange kann ich nicht warten.«

Claudio schwieg. Sie sah ihn an, lange, als wartete sie darauf, daß er eine Lösung aus dem Ärmel schüttelte für die Probleme, in die sie beide verwickelt waren.

»Meine Anwältin sagt, daß das *Entré* an die fünf Millionen wert ist«, sagte sie schließlich und seufzte laut. »Das bedeutet, daß ich zweieinhalb Millionen von dir verlangen kann, wenn du das Restaurant allein haben willst. Mindestens.«

»Zweieinhalb ...« Er verdrehte wütend die Augen und breitete die Arme aus. »Wie zum Teufel soll ich soviel ...«

»Ich mache dir einen Vorschlag«, fiel sie ihm ins Wort. »Du gibst mir jetzt anderthalb Millionen. Dafür bekommst du zwei Prozent von meinen Aktien. Damit bist du der Chef. Dann hast du einundfünfzig Prozent.«

»Anderthalb Millionen für zwei Prozent? Wo der ganze Laden fünf wert ist? Ich glaube, du ...«

Wieder fiel sie ihm ins Wort, jetzt wütender: »Wir treffen eine Vereinbarung. In drei Jahren gehört alles dir. Alle meine Aktien werden auf dich überschrieben. Unter der Voraussetzung, daß ich nächstes Jahr eine Million und dann über die beiden folgenden Jahre noch eine bekomme. Insgesamt dreieinhalb Millionen.« Sie hob ihr Glas und trank ihm zu. »Und schwupp. *The* Entré *is all yours.*«

Eine Gruppe von Japanern in grauen Anzügen betrat das Restaurant. Sie trugen jeder ein kleines Namensschild auf der Brust. Der Kellner, zwei Köpfe größer als seine Gäste, führte sie zu einem Tisch gleich hinter Vilde. Sie senkte die Stimme.

»Oder wir verkaufen das *Entré* sofort. Und sacken beide einen Batzen Geld ein.« Sie lächelte breit und schenkte sich Wasser nach. Die Eiswürfel waren fast geschmolzen.

Claudio konnte das *Entré* nicht verkaufen. Er wußte, daß es für einen Neuanfang zu spät war. Er wurde bald fünfzig und hatte schon einmal alles verloren. Daran wäre er damals fast zerbrochen. Aber er war wieder auf die Beine gekommen, hatte weitergekämpft und endlich etwas erreicht, das sich sehen lassen konnte. Das *Entré* war sein Ziel, das einzige, was er wollte.

Claudio Gagliostro war in der Gastronomie im wahrsten Sinne des Wortes geboren und aufgewachsen. Er war im Mailänder Restaurant seines Onkel auf dem Küchenboden zur Welt gekommen. Mit fünf Jahren hatte er beide Eltern verloren, absurderweise durch eine Lebensmittelvergiftung. Sie hatten auf ihrer arg verspäteten Hochzeitsreise in einer Kneipe in Venedig verdorbene Miesmuscheln gegessen. Der kleine Claudio war beim Bruder der Mutter aufgewachsen. Er war vierzehn gewesen, als der Onkel Konkurs ging, und seither hatte er selbst für sich gesorgt. Mit wechselndem Erfolg zwar und mit Hilfe einer Moral, die von seinem Dasein als häßlichster Junge der Straße geprägt war. Aber er hatte etwas gehabt, das sonst niemand hatte: die alljährliche Reise nach Norwegen. Seine Großmutter, die aus Holmestrand kam, hatte nach Jahren der Mißhandlung ihren italienischen Mann und damit auch ihre Kinder verlassen. Der Enkel war ihr Leben und ihre Freude, auch wenn sie nach einem kurzen und kostspieligen Kampf mit dem Rechtswesen den Versuch hatte aufgeben müssen, das Sorgerecht für ihn zu erlangen. Der Onkel war großzügig bereit gewesen, ihn in den Sommerferien hinzuschicken, hatte seiner Mutter aber nie verzeihen können, daß sie ihn als Kind im Stich gelassen hatte. Claudio hatte gelernt, aus seiner Muttersprache Kapital zu schlagen. Schon mit acht Jahren hatte er auf der *Piazza del Duomo* gestanden und durch Intuition und scharfes Gehör norwegische Reisende ausfindig gemacht. Er war besonders geduldig gewesen. Es hatten Tage vergehen können, bis er ein neues Opfer fand. Der kleine dunkle Junge mit dem seltsamen Kopf, der überraschenderweise hervorragend Norwegisch sprach, war Mailands teuerster Fremdenführer gewesen. Er war auch nicht davor zurückgeschreckt, seine Kundschaft auszurauben. Angezeigt hatte ihn nie jemand.

Er durfte das *Entré* nicht verlieren.

»Ich brauche das Geld bis Weihnachten«, sagte Vilde. »Viel Zeit darfst du dir also nicht lassen.«

Als sie den Blick hob und ihn ansah, überlief es sie kalt.

»Du bekommst dein Geld«, sagte er spöttisch. »Brede ist tot. Daß er den Fehler gemacht hat, dich zu heiraten, wird mich nicht umbringen. Deine Anwältin soll eine Vereinbarung aufsetzen. Ich melde mich.«

Als er sich wieder erhob, diesmal um zu gehen, war er um einiges ruhiger.

»Du bekommst dein Geld«, wiederholte er. »Auch wenn es gar nicht deins ist.«

46

Die Wohnung sah aus wie ein ausgebombter Puff. Hanne fand zu einer gewissen resignierten Ruhe, als sie sich überlegte, daß diese Beschreibung ja auch zutraf, jedenfalls ein Stück weit. Ungeachtet des Verbotes, anderswo herumzuwühlen als in der Küche, hatte Harrymarry offenbar zu Hause vorbeigeschaut und zugegriffen. Kleider und Gegenstände lagen über Boden und Möbeln verstreut, und die Waschmaschine gab unheilverkündende Geräusche von sich. Rings um die Luke quoll Seifenschaum hervor. Zwischen Maschine und Dusche zog sich ein breiter weißer Schaumfluß dahin. Hanne schnupperte daran und schloß verzweifelt die Augen, als sie die Spülmittelflasche sah, die leer auf dem Wäschetrockner lag.

Ihre Erkältung war schlimmer geworden. Sie brachte es nicht über sich, aufzuräumen. Statt dessen trieb sie die Unordnung auf die Spitze, indem sie auf der Jagd nach einem alten Trainingsanzug einen Schrank ausräumte. Irgend etwas mußte es doch im Fernsehen geben. Etwas, bei dem sie einschlafen konnte. Es klingelte an der Tür.

Hanne hatte Harrymarry mehrere Male beschworen, ja nicht den Schlüssel zu verlieren. Sie erhob sich mühsam vom Sofa und schlurfte hinaus in die Diele. Ohne zu fragen, wer da sei, drückte sie auf den Summer und lehnte die Wohnungstür an. Im Fernsehen lief ein mieser Krimi; sie kehrte zum Sofa zurück.

Aus der Diele kamen fremde Geräusche. Da versuchte jemand leise zu sein. Harrymarry war das nicht, die hörte sich an wie ein wandelndes Schrammelorchester.

Hanne setzte sich auf und verspürte einen Stich der Angst, als sie rief: »Hallo? Wer ist da?«

Keine Antwort.

Mit einem Sprung stand sie in der Diele.

Die Frau vor ihr sah verängstigt aus. Sie trug einen knöchellangen Wildledermantel und knallrote Handschuhe. Als sie Hanne erblickte, streckte sie die Hand aus.

»*I found you*«, sagte sie leise.

Im Badezimmer ertönte ein Knall. Offenbar war die Waschmaschine in die Luft geflogen.

47

Die Zahnschmerzen waren wieder da. Eine zufrieden glucksende Tochter im Arm und einen altmodischen Breiumschlag um den Kopf, lief Billy T. in der Wohnung hin und her. Jenny rülpste und griff nach dem Knoten oben auf seinem Kopf. Die Plastiktüte, die er so geschickt mit einem Küchenhandtuch festgebunden hatte, platzte, als er versuchte, den Kopf einzuziehen. Die Kleine hatte Brei an den Fingern und leckte sie glücklich schmatzend ab.

»Dada«, sagte Jenny.

»Dada mich am Arsch«, erwiderte Billy T. honigsüß und griff nach dem Telefon, das schon seit einer Ewigkeit plärrte. »Jaaaa!«

Jenny schmierte Brei über den Hörer. Er wollte sie aufs Sofa setzen, aber da heulte sie los und griff nach seinem Arm.

»Ma-ma«, schrie Jenny und spuckte grauen Klitsch aus.

»Moment noch«, stöhnte Billy T. und hoffte auf einen geduldigen Anrufer. »Mama ist nicht hier, du Dussel. Komm her.«

Endlich konnte er sie mit einer Stoffpuppe ablenken.

»Hallo? Sind Sie noch da?«

»Hallo. Hier ist Dr. Felice. Sie sind offenbar beschäftigt.«

»Meine Tochter möchte einfach gern mitreden. Sie ist neun Monate alt, deshalb nehme ich an, daß es kein Verstoß gegen die Schweigepflicht ist, wenn ich sie mithören lasse.«

Øystein Felice lachte nicht.

»Ich weiß nicht einmal, ob es wichtig ist.«

Er zögerte so lange, daß Billy T. schon glaubte, die Verbindung sei unterbrochen.

»Hallo?«

»Ja, ich bin noch da. Ich wollte Ihnen nur etwas erzählen, das mir erst nach Ihrem Besuch eingefallen ist. Etwas, das in den Unterlagen fehlt, die ich Ihnen gegeben habe. Wie gesagt, ich weiß nicht, ob es wichtig ist, aber ...«

»Nur einen ganz kleinen Moment.«

Billy T. riß sich den Umschlag vom Kopf und faßte sich an die Wange. Jenny hatte das Interesse an ihrer Stoffpuppe verloren und versuchte, vom Sofa zu kriechen. Sie verlor den Halt und fiel zu Boden. Dabei riß sie die Breitüte mit. Das Kind lag mit nacktem Hintern in kaltem Brei. Ihr Gesicht lief dunkelrot an. Billy T. hielt den Atem an und wartete auf ihren Schrei. Er brauchte zwei Minuten, um sie zu beruhigen, und sie lächelte erst, als er das Papier von einer von den Jungen vergessenen Lakritzstange gefetzt hatte. Tone-Marit würde ihn umbringen.

»Endlich«, sagte er verzweifelt zu Dr. Felice. »Tut mit leid.«

»Schon in Ordnung. So ist es bei mir den halben Tag.«

»Worum geht es also?«

»Vor vielen Jahren hat das Ullevål-Krankenhaus sich an mich gewandt. Wegen Brede Ziegler, meine ich. Das muß drei- oder vierundneunzig gewesen sein. Ich fand die Anfrage damals ziemlich seltsam, weil es strenggenommen nicht korrekt war, sie an mich zu richten. Es ging um eine Voruntersuchung zu einer Organspende.«

»Hä?«

»Ab und zu werden ja Leute gefragt, ob sie zu einer Organspende bereit wären. Oder zu einer Knochenmarkspende. Ich habe aber nie erlebt, daß eine solche Anfrage über mich gelaufen wäre. Allerdings haben zwei meiner festen Patienten solche Anfragen erhalten.«

»Aber warum ...«

»Ich fand das ein wenig seltsam, wie gesagt, und habe mich sofort an Ziegler gewandt. Er war wütend, und das ...«

Jenny hatte die Spitze der Lakritzstange weggelutscht. Sie hatte erst zwei Zähne, zwei vor dem schwarzen Hintergrund leuchtende Perlen. Wie ein Biber mit Unterbiß raspelte sie die Köstlichkeit in rasantem Tempo Stück für Stück ab und plapperte und lachte dabei.

»Ja«, sagte Billy T.

»Das fand ich schon seltsam. Daß er so wütend wurde, meine ich. Die meisten Leute nehmen eine solche Anfrage sehr ernst. Da kann schließlich das Leben eines anderen Menschen auf dem Spiel stehen.«

»Hat er etwas gesagt?«

»So ungefähr, daß es sich um ein Mißverständnis handeln müsse. Ich sollte ablehnen. Das war alles.«

Billy T. ließ Jenny herumkrabbeln, wie sie wollte, schloß die Augen und dachte, daß er nach dem Telefonat wohl die ganze Wohnung würde putzen müssen.

»Ich glaube, ich verstehe das noch nicht ganz«, sagte er. »Schön, daß Sie anrufen, natürlich, aber was Sie da erzählen, sagt mir im Grunde nicht mehr, als wir ohnehin schon wissen. Ziegler war ein verdammter egoistischer Arsch. *Pardon my French.*«

»Schon möglich. Dazu kann ich mich nicht äußern.«

»Aber ...«

»Ich kann nur sagen, daß es bei solchen Anfragen fast immer um Verwandte geht. Um nahe Verwandte. Da Brede Ziegler keine Geschwister hatte und mit seiner Mutter doch weiterhin in Kontakt stand, könnte es sein ...«

»Jenny!«

Die Lakritzstange ließ sich auch als Buntstift verwenden. Die Wohnzimmerwand war weiß. Er brüllte so laut, daß sie Angst bekam, und unter ihrem bloßen Hintern breitete sich langsam eine Pipilache aus.

»Aber was bedeutet das alles denn nun?«

»Als Ermittler kann ich hier nun wirklich nicht tätig werden. Meine ... unqualifizierte Auffassung, könnten wir vielleicht sagen ... geht dahin, daß Brede Ziegler möglicherweise ein Kind hat.«

»Ein Kind?«

»Ja. Ein Kind. Aber genau wissen kann ich das natürlich nicht.«

»Danke«, sagte Billy T. endlich und stieß einen gedehnten Pfiff aus. »Vilde.«

»Wie bitte?«

»Sie haben gesagt, der Mann habe sich sterilisieren lassen. Obwohl er eine junge, fruchtbare Frau heiraten wollte.«

»Ja, aber ich begreife nicht, was das ...«

»Das ist auch gar nicht nötig. Tausend Dank für Ihren Anruf. Ich melde mich bald wieder. Ziemlich bald, sogar.«

Er legte das Telefon auf den Wohnzimmertisch und schnappte sich seine Tochter. Sie war naß und stank nach Pipi, Lakritze und altem Brei. Als er sie in die Luft warf und wieder auffing, kreischte sie vor Vergnügen.

»Dada«, sagte Jenny.

»Dada und ganz bestimmt von hier bis Heiligabend«, sagte Billy T. und beschloß, Hanne nicht anzurufen.

48

»Papa! Fang mich!«

Der Junge mochte an die sechs Jahre alt sein. Er hing in den Kniekehlen an einem Ast, der haarscharf zu schwach war für sein Gewicht. Ein mittelgroßer Mann mit roter Windjacke und altmodischer Brille schnappte den Jungen und warf ihn sich über die Schulter. Ein kleineres Kind in einem grünen Steppanzug klammerte sich an das Bein des Mannes und wollte auch auf den Arm. Zehn Meter weiter auf dem asphaltierten Weg stand eine Frau mit einer leeren Kinderkarre und sprach in ihr Mobiltelefon.

Der Akerselv floß winterlich kalt unter der Bentsebrücke hindurch und schleppte einen kalten grauen Nebel mit, der sich über die Ebene unten bei der Kirche von Sagene ausbreitete. Kaum ein Mensch war in der Gegend unterwegs. Es war kurz nach elf Uhr morgens am Sonntag, dem 19. Dezember, und Hanne blieb stehen.

»*Shit*«, sagte sie gedämpft.

»*What?*«

Es war ihr verlockend erschienen, mit dem Taxi zum Maridalsvann zu fahren und am Fluß entlang nach Vaterland zu wandern. Sie würden bei frischem Tempo eine Stunde brauchen, und anschließend konnten sie in der Stadt zu Mittag essen. Mit der Nacht abschließen, hatte Hanne gedacht. Zumindest mit dem letzten Teil derselben.

Als Nefis gegen vier von der Toilette gekommen war und nüchtern mitgeteilt hatte, daß sich hinter der unverschlossenen Tür soeben eine alte Frau einen Schuß setze, war Hanne in Tränen ausgebrochen. Dann hatte sie losgeschrien. Harrymarry hatte sich mit verschleiertem Blick die Ohren zugehalten und selig gelächelt.

Als Hanne Harrymarry für unbestimmte Zeit bei sich aufgenommen hatte, war sie davon ausgegangen, daß ihr Gast sie ausrauben würde. Seltsamerweise war bisher nichts verschwunden. Harrymarry war sehr großzügig, wenn es um Leihgaben ging, aber sie brachte alles zurück. Das einzig Wichtige für Hanne war, daß Harrymarry sich an das Verbot von Drogen in der Wohnung hielt.

»Ich bin bei der Polizei. Du *darfst* hier im Haus nichts aufbewahren oder benutzen. Okay?«

Harrymarry hatte genickt, ihr großes Ehrenwort gegeben und allerlei heilige Eide gemurmelt, als die Grundregel während der drei ersten Tage immer aufs neue wiederholt worden war. Natürlich hatte sie nicht Wort gehalten. Das hatte Hanne in der vergangenen Nacht entdecken müssen. Harrymarry hatte sich die Ohren zugehalten. Alles wäre gutgegangen, hatte sie verkündet, wenn dieses türkische Frauenzimmer nicht andere Klogewohnheiten hätte als Hanne, und woher zum Teufel hätte Harrymarry das wissen sollen?

Nefis hatte die Sache gelassen aufgenommen. Sie hatte verhalten gelächelt und Hannes hingestotterte Erklärung, warum Harrymarry sich in der Wohnung aufführte wie zu Hause, mit einem besorgten Stirnrunzeln akzeptiert.

Hanne hatte Harrymarry mitsamt ihren wenigen Habseligkeiten vor die Tür gesetzt. Sie hatte ihr zwar nicht den Schlüssel abgenommen, aber diese vorübergehende Verbannung markierte immerhin eine Grenze. Danach hatte sie die Wohnung auf den Kopf gestellt auf der Suche nach Dingen, die dort nicht sein durften. Im Spültank der Toilette hatte sie zwei in Plastikfolie gewickelte Tagesrationen gefunden, hinter dem Bücherregal im Gästezimmer vier Spritzen. Sie hatte das Heroin ins Klo geworfen und mit Chlor nachgespült. Die Spritzen hatte sie im Medizinschränkchen eingeschlossen. Danach hatten Nefis und sie reichlich früh gefrühstückt. Der Spaziergang sollte ihnen guttun.

»*Shit*«, wiederholte Hanne.

Die vierköpfige Familie ließ sich nicht mehr umgehen. Es

waren Håkon Sand, Karen Borg und die Kinder, und Hanne
hatte sie als erste gesehen. Für einen Moment spielte sie mit
dem Gedanken, Nefis zum Fluß hinunterzuziehen. Verzweifelt hielt sie Ausschau nach etwas, das einen Abstecher über
den verschlammten Rasen rechtfertigen würde. Aber das
einzige, was sie entdecken konnte, waren schlafende Stock-
enten.

»Hallo«, sagte Håkon verlegen.

Offenbar hätte er sie gern umarmt. Er trat einen winzigen
Schritt vor, hob den Arm, erstarrte dann aber. Seine Brille
beschlug. Seine Augen waren nicht mehr zu sehen, und er
drehte sich zu Karen um.

»Lange nicht gesehen«, sagte Karen unversöhnlich und
setzte Liv in die Karre.

Das Kind protestierte. Hans Wilhelm versteckte sich hinter seinem Vater.

»Hallo, Hans Wilhelm. Du bist aber groß geworden.
Kennst du mich noch?«

Hanne ging in die Hocke, vor allem, um die Erwachsenen
nicht ansehen zu müssen. Der Junge starrte verlegen zu Boden und schien nicht mit ihr reden zu wollen. Sie erhob sich
wieder und wies auf Nefis.

»Das ist Nefis. Eine ... eine Bekannte von mir aus Istanbul. Sie war ... Sie war noch nie in Norwegen.«

Håkon und Karen nickten der Frau in dem Wildledermantel, den roten Handschuhen und den viel zu großen,
klobigen Bergstiefeln sehr knapp zu.

»Wir müssen machen, daß wir weiterkommen«, sagte
Karen und wollte sich an ihnen vorbeidrängen. »Macht's
gut.«

Hanne rührte sich nicht vom Fleck. Sie lächelte Liv an,
und die lächelte strahlend zurück und steckte sich einen verschmutzten kleinen Spaten in den Mund.

Das waren Menschen, die ihr einmal sehr nahegestanden
hatten. Håkon war anders als Billy T., liebevoller, direkter in
seiner Zuneigung, viel weniger auf Konkurrenz bedacht als

sein lautstarker Kumpel. Eher bereit zu verzeihen. Er fehlte ihr. Das ging ihr auf, als sie ihn hier stehen sah, hilflos die Hand um den Handschuh seines Sohnes geschlossen, in einer verschlissenen und trutschigen Windjacke und ein wenig zu kurzen, an den Knien ausgebeulten Jeans, mit beschlagener Brille und beginnenden Geheimratsecken; er fehlte ihr wirklich. Nicht so wie Billy T. Eine Versöhnung zwischen ihnen, so, wie sie sie sich wünschte und anstrebte, mußte auch von seiner Seite her ein Eingeständnis einschließen, das Geständnis, daß auch er Verantwortung trug für das, was geschehen war. In Cecilies Bett, während Cecilie im Krankenhaus im Sterben gelegen hatte; sie hatten ein Verbrechen begangen, und Hanne konnte sich kaum an mehr erinnern als daran, daß sie sich danach unter der Dusche die Haut blutig geschrubbt hatte.

Hanne hatte allen, die ihr nahestanden, unrecht getan, das wußte sie. Und offenbar wollte ihr niemand die Möglichkeit geben, es zu vergessen. Bei Håkon war das anders. Mit ihm würde sie sich eines Abends hinsetzen und alles erklären können. Nicht kleinreden, sondern einfach erzählen, wie alles gekommen war, warum sie sich so hatte verhalten müssen, was sie dazu gebracht, sie gezwungen hatte. Er würde nicken und vielleicht seine Brille geraderücken. Håkon würde Kaffee kochen und ihn mit ungesund viel Zucker in sich hineinschlürfen. Sie würde ihn anfassen, ihn an sich ziehen, ihm erzählen, daß sie von ihm träumte, oft sogar. Sie würde ihn lächeln sehen, und alles würde so sein wie früher.

»Entschuldigung«, sagte Karen mürrisch. »Ich will vorbei.«

Karen gehörte Cecilie. Eher Cecilie als Hanne, und Hanne trat beiseite, ohne jedoch Håkon aus den Augen zu lassen. Als er an ihr vorüberging, sah sie durch die trüben Brillengläser seine Augen. Er zuckte ganz leicht mit den Schultern und legte vorsichtig den Daumen ans Ohr und den kleinen Finger an den Mund, flüchtig nur; wir telefonieren, sollte das heißen, aber Hanne war nicht einmal sicher, ob sie richtig gesehen hatte.

»*Some friends*«, murmelte Nefis. »*Who are they?*«

Mit Nefis' Auftauchen am Vorabend war die Wohnung italienisch geworden. Das Chaos, das sie umgab, war plötzlich lateinisch und exzentrisch geworden, die Brote mit Käse und Leberwurst zu Delikatessen. Der Wein aus dem Pappkarton hatte sonnenreich und exklusiv geschmeckt. Die Nacht, bis zu Harrymarry, war ein Neuerleben der Nacht in Verona gewesen, nur näher, so, wie es sein sollte, zu Hause, in Oslo, zwischen Hannes Sachen, in ihrer Welt.

Jetzt wußte sie nicht, ob sie die Kraft haben würde.

Ihre Füße klebten am Asphalt, ihre Schultern schmerzten. Sie drehte sich nach der kleinen Familie um, die unter der Bentsebrücke verschwand und bald außer Sichtweite sein würde, und sie sah Bruchstücke ihrer eigenen harten Geschichte.

»*I barely know them*«, sagte sie und fügte hinzu: »*It was all a long, long time ago. Let's go.*«

Binnen weniger als fünf Minuten hatte sie nicht nur ihre alten Freunde verleugnet, sondern auch Nefis auf eine Art und Weise vorgestellt, die ihr im Hals steckenblieb.

»Scheiße«, sagte sie leise und setzte sich in Bewegung. »Verdammte rabenschwarze Scheiße.«

»*I hate these boots of yours*«, sagte Nefis und starrte die geliehenen Bergstiefel an, ehe sie hinter Hanne herlief. »*And I don't exactly like your friends, either.*«

Wenn bloß Harrymarry noch eine Weile ausbliebe!

49

Das Mietshaus in der Bidenkapsgate wurde renoviert. Ein Gerüst streckte sich vom Boden bis über den Giebel. Die Eisenkonstruktion war mit einer grünen Plane verhüllt, die im Nachtwind leise raschelte. Sebastian Kvie schaute unter der Plane nach und stellte fest, daß das Gerüst fertig montiert war und daß bereits mehrere neue Fenster eingelassen worden waren. Überall lagen Reste von rosa Füllmasse herum, und die frisch angestrichenen kreideweißen Fensterrahmen leuchteten im Halbdunkel. Sebastian hatte Glück. Sofort schmiedete er einen neuen Plan. Statt an der Tür zu klingeln und Claudio mit seinem Wissen zu konfrontieren, würde er hinaufklettern und versuchen, durch das Fenster in die Wohnung einzusteigen. Er wußte noch nicht so recht, wie es dann weitergehen sollte. Schließlich hatte er sechs Halbe intus, außerdem zwei Gammel Dansk, die ein Kumpel auf seinen Geburtstag ausgegeben hatte. Überhaupt war diese Unternehmung – mit dem Chef abzurechnen – einem Impuls entsprungen. Aber Sebastian war ganz begeistert von diesem Impuls. Es war an der Zeit, daß jemand den Versuch unternahm, Claudio ein Geständnis seiner Untaten zu entlocken. Die Polizei hatte doch keine Ahnung. Das war in der Zeitung zu lesen. Aber die Zeitungen würden bald etwas ganz anderes schreiben können.

»Unnntttn«, rülpste Sebastian zufrieden.

Die Plane versperrte ihm den Ausblick auf sein Ziel. Aber wenn er erst einmal losgeklettert war, würde es bald einfacher sein. Jedenfalls wußte er, in welcher Wohnung Claudio wohnte. Er war einmal mit Brede bei ihm gewesen, um etwas abzuholen. Da Claudio im vierten Stock hauste und es keinen Fahrstuhl gab, hatte Sebastian sich angeboten, nach oben zu laufen, während Brede im Auto wartete.

Obwohl die Bauarbeiter die Leiter von der Straße auf den ersten Absatz des Gerüsts gezogen hatten, konnte er sich ohne Probleme hochziehen. Er ging dreimal die Woche ins piekfeine Fitneßstudio S.A.T.S.; er wollte nicht schon mit dreißig einen Kochbauch vor sich hertragen müssen. Die Metallverstrebungen knackten unter seinem Gewicht, und er versuchte möglichst still zu stehen. Nur das ewige Rascheln der Plane vermischte sich mit den Geräuschen der wenigen Autos, die über den Ullevålsvei fuhren, hundert Meter weiter im Nordosten. Die Fenster der Wohnung, vor der er jetzt stand, waren mit dicker Plastikplane abgedeckt. Sebastian kletterte weiter.

Oben im vierten Stock blieb er stehen und rang um Atem. Der Puls dröhnte gegen sein Trommelfell, und als er entdeckte, daß die Plane nur mit kleinen Nylonkrampen an den Metallstangen befestigt war und sich jederzeit losreißen konnte, bekam er es mit der Angst zu tun. Aus irgendeinem Grund hatte er dieses grüne Teil bisher als solide Wand aufgefaßt. Sebastian schwankte.

Das Fenster ganz hinten war erleuchtet.

Sebastian packte die Stange und wollte sich hinüberschleichen. Metall kreischte gegen Metall, als er sich in Bewegung setzte. Die Fenster hier oben waren noch nicht ausgewechselt worden. Er preßte die Nase gegen das erste. In dem dunklen Raum waren die Umrisse einer Bank zu erkennen und, bei genauerem Hinsehen, ein Kühlschrank. Nach seiner Berechnung mußte das Claudios Wohnung sein. Er drückte mit der Faust gegen den Fensterrahmen. Der gab nicht nach.

»Was zum Teufel hatte ich denn erwartet«, murmelte er und wollte schon wieder nach unten kraxeln. Der Wind war stärker geworden, er fror.

Das nächste Fenster war größer. Er stieg über eine in Kniehöhe angebrachte Querstange hinweg und fingerte in seiner Tasche nach dem Schweizer Messer. Eigentlich war er sich sicher, daß er es eingesteckt hatte. Er ging nie ohne dieses Messer aus dem Haus, es hatte seinem Großvater gehört und wurde fast jeden Tag benutzt.

Er konnte in dem Zimmer hinter dem Fenster noch einen Schatten erkennen, dann stürzte er ab. Das Fenster wurde vielleicht nicht allzu heftig aufgestoßen, aber es kam so unerwartet. Es traf Sebastian an der linken Schulter. Sein Oberkörper kippte über das Gestänge gegen die Plane und zog die Beine hinter sich her. Er knallte gegen die Verstrebungen im dritten Stock und brach sich den Arm, als er im zweiten versuchte, sich abzustützen. Vor dem ersten Stock des Mietshauses in der Bidenkapsgate war die Plane sorgfältig befestigt und hielt seinen Sturz für einen Moment auf. Dann riss sie sich auch dort los, und Sebastian knallte mit der Schulter voran auf den Asphalt.

»*Santa Maria*«, sagte Claudio und rannte im Schlafanzug die Treppen hinunter. Immer wieder rief er: »Ein Unfall! Ein Unfall! Von meinem Gerüst ist er gefallen, dieser Einbrecher!«

Unten angelangt, hob er die Plane an.

Ein Blutfaden sickerte aus Sebastians Mundwinkel. Der Junge war bewußtlos, vielleicht tot.

»Er atmet«, schrie Claudio hysterisch einen Nachbarn an, der in einem blauen Schlafrock neben ihm stand und in der rechten Hand ein schnurloses Telefon hielt. »Er atmet. Sebastian! Wir brauchen einen Krankenwagen!«

»Ich habe schon alle Welt verständigt«, flüsterte der Nachbar. »Ist er tot?«

»Nein! Er atmet noch, sage ich doch. Er ... ich hab ihn vor dem Fenster gesehen, vor meinem Fenster, und ...«

Claudio zeigte wütend nach oben, als habe der Nachbar keine Ahnung, wo er wohnte. Eine Frau von Mitte Zwanzig, deren Nase und Lippen gepierct waren, beugte sich neugierig über Sebastian. Die heulenden Sirenen kamen immer näher.

292

»O verdammt, der ist aber blaß«, sagte die Frau beeindruckt. »Habt ihr das gesehen? Ist er abgestürzt?«

Sie legte den Kopf in den Nacken und zog die Plane weiter zurück.

»Weg«, schrie Claudio, »geh da weg!«

Ein Krankenwagen, ein Streifenwagen und zwei Feuerwehrwagen bogen fast gleichzeitig um die Ecke. Das Ende der Straße war in Blaulicht getaucht, und spätestens jetzt waren alle wach. Die Leute hingen aus den Fenstern, und schon hatten sich acht Nachtschwärmer um Sebastian versammelt. Der Junge atmete noch immer, und er war noch immer bewußtlos.

Die Polizei brauchte fünf Minuten, um sich davon zu überzeugen, daß nichts brannte, um die roten Autos wegzuschicken und die Gaffer zu verscheuchen. Nur Claudio und der Nachbar im Schlafrock durften innerhalb der Absperrung aus roten und weißen Plastikbändern stehenbleiben. Ein weiterer Streifenwagen hielt mitten auf der Straße, und ein Uniformierter von Mitte Dreißig zog Claudio ein Stück beiseite.

»Haben Sie angerufen?«

»Lebt er noch?«

Claudio machte sich aus dem festen Griff des anderen los und lief zurück zu Sebastian. Drei Männer in weißen Kitteln beugten sich über den Jungen. Der Polizist holte einen Kollegen zu Hilfe und versuchte erneut, Claudio beiseite zu nehmen.

»Lebt er noch?« fragte der und schlug wild um sich. »Lebt Sebastian noch?«

Sebastian kam zu Bewußtsein. Er öffnete die Augen, konnte aber offenbar nicht klar sehen. Er wimmerte nicht, klagte nicht; schaute sich nur überrascht um und schien nicht begreifen zu können, was die vielen Menschen von ihm wollten. Dann fiel sein Blick auf Claudio.

»Er hat mich gestoßen«, flüsterte er deutlich hörbar.

Die Sanitäter erstarrten.

293

»Claudio hat mich runtergestoßen.«

Die Augen schlossen sich wieder, und die Sanitäter brachten eine Nackenstütze an.

»Wohnen Sie hier?«

Der Polizist war nicht mehr sonderlich freundlich. Claudio nickte und schluckte und nickte wieder und zeigte in die Luft, als hause er im Himmel.

»Gehen wir zu Ihnen nach oben«, ordnete der Polizist an.

»Zu mir nach oben?«

»Ja. Wie heißen Sie?«

Apathisch nannte Claudio Namen und – was ziemlich überflüssig war – Adresse. Er registrierte kaum, daß der Polizist alles per Funk weitergab.

Der Krankenwagen bog in die Wessels gate ab und war gleich darauf verschwunden.

Claudio schwitzte nicht mehr. Er klapperte mit den Zähnen und zitterte am ganzen Leib.

»Ich will nicht nach oben«, jammerte er. »Wir können hier reden.«

Das wollten die Polizisten nicht.

»Hier?«

Der ältere Beamte zeigte auf die Doppelfenster in Claudios Wohnzimmer. Er war völlig außer Atem, nachdem er den Italiener mehr oder weniger alle Treppen hochgeschleppt hatte. Ein Kollege stand in der Türöffnung, um einen eventuellen Fluchtversuch zu verhindern. Claudio Gagliostro schien sich dafür aber auch nicht zu eignen. Er saß apathisch auf einem Holzstuhl, gewandet in einen quergestreiften Schlafanzug, der ihn in dieser Situation wie einen Knastbruder aussehen ließ.

»Mhm. Ja.«

»Was ist passiert«

Claudio gab keine Antwort.

»Ha-lloooo!«

»Ich habe geschlafen.« Claudio zupfte an seinem Flanellschlafanzug, wie zum Beweis dafür, daß er die Wahrheit

294

sprach. »Ich habe geschlafen«, wiederholte er. »Dann habe ich Geräusche gehört. Die Firma, die ... wir waren gewarnt worden, wir sollten vor Einbrechern auf der Hut sein, wegen des Gerüsts. Ich bin von seltsamen Geräuschen geweckt worden und wollte nachsehen. Ich habe das Fenster aufgemacht und ...« Er keuchte auf und schüttelte den Kopf.

Der Polizist beugte sich aus dem offenen Fenster, ohne etwas zu berühren.

»Können Sie erklären, wieso der Junge behauptet hat, Sie hätten ihn gestoßen?«

Der Mann redete, während er sich aus dem Fenster lehnte, und Claudio war sich nicht sicher, ob er richtig gehört hatte.

»Ich kenne ihn«, sagte er laut. »Sebastian arbeitet bei uns.«

»Diese Weinkästen«, sagte vom Gang her ein in Zivil gekleideter Beamter. Er steckte den Kopf durch die Tür und schaute Claudio an, ohne sich vorzustellen. »Warum haben Sie soviel Wein in der Wohnung?«

Claudio hatte immer noch gehofft. Die eine Längswand des Flurs war mit Weinkästen fast tapeziert. So, wie sie dort standen, konnten sie in einem glücklichen Moment für eine Art Dekoration gehalten werden. Sie waren aus Holz, manche sehr alt.

»Ich glaube, wir machen einen Ausflug auf die Wache, Kagliostro.«

Der Polizist, der aus dem Fenster geschaut hatte, kam auf ihn zu und sprach dabei leise in das Funkgerät, das an einem Riemen von seiner Schulter hing.

»Gagliostro«, murmelte Claudio. »Kann ich ... darf ich etwas anderes anziehen?«

»Natürlich.«

Eine halbe Stunde später fuhr Claudio Gagliostro in einem Streifenwagen zum Grønlandsleiret 44. Er wußte noch nicht, daß er als Verdächtiger galt. Er trug Jeans und ein Leinenhemd, das unter den Armen schon naß war. Seine Socken waren zu dick für die eleganten Schuhe, aber er

295

spürte den Druck um die Zehen nicht. Er schaute auf die Uhr und hoffte, die Sache so bald hinter sich bringen zu können, daß er wenigstens noch zwei Stunden Schlaf erwischte, ehe der Montag so richtig in Gang kam.

Was er auch nicht wußte, war, daß die Polizei bereits die nötigen Befugnisse eingeholt hatte. Und daß im Moment seine Wohnung auf den Kopf gestellt wurde.

50

Für kurze Momente verspürte sie eine Art Bewußtsein. Sie sah sich selbst von außen, in Vogelperspektive, als sitze sie hoch oben an der gegenüberliegenden Wand und beobachte sich, allerdings ohne tieferes Interesse. Der Boden war grün. Sie versuchte das Gras zu umfassen, kratzte sich aber nur die Finger blutig. Etwas sagte ihr, daß dieses Grüne Beton sei, aber sie konnte ihr Bewußtsein nicht lange genug festhalten, um zu begreifen, wo sie war. Ihr Gehirn schwappte in ihrem Schädel von einer Seite auf die andere. Zuerst fand sie das recht angenehm, dann bekam sie Angst, ihre Gehirnmasse könnte auslaufen. Sie steckte sich die Finger in die Ohren, zog sie aber sehr schnell wieder heraus. Sie schrien. Ihre Finger hatten geschrien. Sie versuchte, sich auf ihre Fingerspitzen zu konzentrieren, hielt sie sich zum Trost an die Lippen.

»Ecstasy«, sagte ein Wärter zu einem anderen. »Scheißspiel. Ich kapier einfach nicht, daß die sich das trauen.«

Es war Montag, der 20. Dezember, früh am Morgen, und die Polizei hatte in Sinsen eine großangelegte Razzia durchgeführt. Als Vilde Veierland Ziegler vom Fahrersitz ihres Autos gekippt war, hatten die Beamten sich gefragt, wie es ihr überhaupt gelungen war, den Wagen auf der Straße zu halten.

Der Arrest war überfüllt. Ein schweißtriefender Beamter saß in einem spartanisch eingerichteten Zimmer und gab sich alle Mühe, die feste Kundschaft möglichst rasch abzufertigen. Manche standen mit gesenktem Kopf vor ihm, die Mütze in der Hand, andere machten einen Höllenlärm und verlangten einen Anwalt.

»Der Arzt kommt bald«, rief der Beamte Vilde zu, dann drehte er sich zu seinem Kollegen um. »Bringt fast nichts, hier eine Blutprobe zu machen. Können sie nur auf Video aufnehmen.«

Vilde fuhr Auto. Sie brummte und umklammerte ein imaginäres Lenkrad. Claudios Gesicht vor ihr wurde immer größer. Sie schaltete die Scheibenwischer ein und versuchte an Sindre zu denken. Der entglitt ihr. Claudio wurde größer. Aus seinen Augen lief schwarzer Schlamm, dann schmolzen sie und wälzten sich wie heißer Asphalt über seine Wangen.

Vilde schrie.

Ihr Schrei übertönte alles im Arrest, und mehrere Häftlinge stimmten ein. Eine Kakophonie aus Geheul, Gebrüll und schrillem Geschrei hallte von den Betonwänden wider, daß die unterbesetzte Arrestzentrale nach Verstärkung rief.

Der leitende Beamte schnappte sich das Telefon, nachdem er zwei Polizeianwärter angeblafft hatte: »Verdammt noch mal, holt den psychiatrischen Notdienst. Die Werwölfin von Nummer zwanzig muß raus hier!«

Sein Blick streifte seine Armbanduhr. Es war noch nicht einmal neun Uhr morgens.

»Stille Nacht«, stöhnte er und öffnete seinen obersten Hosenknopf. »Stille Scheißnacht!«

51

»Mit seiner *Tochter?* War er *pervers?*« Karl Sommarøy dachte an seine eigenen kleinen Töchter und schnitt eine Grimasse. »Aber *warum?*«

Billy T. machte eine resignierte Handbewegung.

»Das paßt alles zusammen. Die Frage ist: Warum sollte ein kinderloser Mann in den besten Jahren sich kurz vor seiner Hochzeit mit einer jungen Frau sterilisieren lassen? Antwort: weil er kein Picknick-mit-dem-Tod-Kind zeugen wollte.«

»Oder weil er überhaupt kein Kind wollte«, sagte Karl skeptisch und fuhr sich nachdenklich mit dem glatten Pfeifenkopf über die Wange.

»Frage«, sagte Billy T., unbeeindruckt von dem Einwand seines Kollegen. »Warum hat seine Frau in einer winzigen Bude gehaust, wo sie doch mitten in der Stadt eine fußballplatzgroße Wohnung hatten? Antwort: weil Brede Ziegler es doch ziemlich widerwärtig fand, mit seiner Tochter im Ehebett zu liegen. Trotz allem.«

»Aber ein Motiv hast du mir immer noch nicht genannt.«

Billy T. zupfte sich am Ohrläppchen. »Ich hab keine Ahnung«, sagte er gelassen. »Aber ich werde das schon klären. Wir müssen die junge Witwe einbuchten und uns erzählen lassen, was sie weiß. Komm doch einfach mit. Wir haben viel zu lange gebraucht, um diese Bude in Sinsen zu finden. Andererseits: Was zum Henker hätte diese Adresse uns bisher auch geholfen?«

Er lächelte. Das hatte Karl Sommarøy schon lange nicht mehr gesehen. Jedenfalls nicht, seit Hanne Wilhelmsen zurückgekommen war.

»Geht nicht«, sagte er kurz. »Ich habe noch über dreihun-

dert Überstunden ausstehen und hab meiner Frau versprochen, mit ihr einkaufen zu gehen. Ich hab nicht mehr lange
zu leben, wenn ich nicht in einer halben Stunde zu Hause
bin. Du mußt jemand anderen mitnehmen.«

Billy T. fuhr allein nach Sinsen.

Vernehmung von Tussi Gruer Helmersen
Vernehmung durchgeführt von Hauptkommissarin Hanne Wil-
helmsen. Abgeschrieben von Sekretärin Rita Lyngåsen. Von dieser
Vernehmung existiert ein Band. Die Vernehmung wurde am
Montag, dem 20. Dezember 1999, um 12.30 auf der Osloer
Hauptwache aufgezeichnet.
Zeugin: Helmer, Tussi Gruer, Personenkennummer
*   110529.23789*
*   Adresse: Jacob Aallsgt. 2, 0368 Oslo*
*   Rentnerin, Telefon: 22 63 87 19*
*   Über ihre Pflichten belehrt, aussagebereit. Die Zeu-*
*   gin weiß, daß die Vernehmung auf Band aufgenom-*
*   men und später ins Protokoll überführt werden*
*   wird. Die Zeugin ist darüber informiert worden, daß*
*   ihre Aussagen im Rahmen der Ermittlungen im*
*   Mordfall Brede Ziegler erfolgen.*

PROTOKOLLANTIN:
Jetzt habe ich das Tonbandgerät eingeschaltet. Ehe es richtig
losgeht, möchte ich Sie bitten, einige Ihrer Personalien zu
bestätigen. Sie heißen wirklich Tussi, stimmt das? So steht es
auf Ihrer Geburtsurkunde?

ZEUGIN:
Ja. Sie müssen wissen, ich wurde in einer Zeit geboren, als
die Behörden gesetzestreue Bürger in Ruhe gelassen haben.
Ich heiße so, wie meine Eltern das wollten. Damals gab es
noch nicht solche Ministerien. Oder wer auch immer das
heutzutage zu entscheiden hat. Verstehen Sie, ich bin im Mai
geboren. Als meine Mutter mit mir aus dem Krankenhaus
kam, hatte mein Vater das Wohnzimmer mit Huflattich ge-

schmückt. Zur Feier des Tages, verstehen Sie? Mein Vater hatte nicht viel Geld, aber er hatte Phantasie. *Tussilago farfara* ist der botanische Name des Huflattichs. Huflattich und Fanfaren. Verstehen Sie? Mein Name hat also nichts mit einem blöden Frauenzimmer zu tun. Der Herr soll mich beschützen, ich bin doch nicht ...

PROTOKOLLANTIN *(unterbricht)*:

Danke, das reicht. Wir müssen nur darauf achten, daß die Personalien stimmen. Es ist schön, daß Sie so schnell herkommen konnten, ich möchte ...

ZEUGIN *(unterbricht)*:

Das wäre ja noch schöner! Ich bin gekommen, sowie ich Ihren Zettel an meiner Tür gefunden hatte. Bitte melden Sie sich bei der Polizei. Richtig höflich, ja. Sie müssen wissen, daß ich heute früh mit dem Valdresexpreß in Oslo angekommen bin, aber sowie ich den Zettel gefunden hatte, habe ich mich auf den Weg hierher gemacht. Ich habe nur schnell mein Gepäck in der Diele abgestellt. Noch nicht einmal um meine Topfblumen habe ich mich gekümmert, obwohl die sicher schrecklichen Durst haben, und ja ... *(Eine Tür schlägt hin und her? Pause)* ... hier bin ich.

PROTOKOLLANTIN:

Schön. Wissen Sie, warum die Polizei mit Ihnen reden möchte?

ZEUGIN:

Warum? Ja, sicher weil die Polizei glaubt, daß ich durchaus interessante Dinge wissen könnte.

PROTOKOLLANTIN:

Gut. Aber wissen Sie, worüber genau die Polizei mit Ihnen sprechen möchte?

ZEUGIN:

Was? Ach, da gibt es so viele Möglichkeiten. Ich halte mich auf dem laufenden, das kann ich Ihnen sagen. Und man erfährt doch so allerlei. Könnte ich wohl noch einen Schluck von diesem köstlichen Kaffee bekommen?

PROTOKOLLANTIN:

Kaffee? Ja, natürlich. Bitte sehr. *(Scharren, Pause)* Der Polizei ist zu Ohren gekommen, daß Sie bei sich zu Hause sehr viele Medikamente aufbewahren. Gibt es dafür einen besonderen Grund?

ZEUGIN:
Was ist das für eine Unverschämtheit? Hat irgendwer die Polizei erzählt, wie es bei mir zu Hause aussieht? Es kommt nie jemand zu mir; was Sie da gehört haben, ist also die pure Spinnerei. Fragen Sie mich, dann bekommen Sie die richtige Antwort.

PROTOKOLLANTIN:
Wir würden uns Ihre Wohnung sehr gern etwas genauer ansehen, Frau Helmersen. Darf ich Sie so verstehen, daß Sie nichts gegen eine Hausdurchsuchung einzuwenden haben?

ZEUGIN:
Hausdurchsuchung? Ich muß schon sagen! Aber Sie können zu mir kommen, wann immer Sie wollen, junge Dame. Ich werde Ihnen Kaffee und Mor-Monsen-Kuchen anbieten. Davon habe ich reichlich in der Tiefkühltruhe. Sie wissen, ich halte mich an die Traditionen und backe zu Weihnachten, ich ...

PROTOKOLLANTIN *(unterbricht)*:
Heißt das, daß Sie mit einer Hausdurchsuchung einverstanden sind? *(Papier raschelt, kurze Pause)* Würden Sie dann bitte hier unterschreiben?

ZEUGIN:
Ja, gern. Das ist doch fast wie eine schriftliche Einladung, oder? *(Kurze Pause, Lachen)*

PROTOKOLLANTIN:
Danke. Aber das mit den Medikamenten ... stimmt das? Nehmen Sie viel Medizin?

ZEUGIN:
Ja, leider. In meinem Alter ...

PROTOKOLLANTIN *(unterbricht)*:
Frau Helmersen, es ist schön, daß Sie so schnell gekommen sind. Aber es wäre von großem Vorteil, wenn Sie sich ein we-

303

nig kurz fassen könnten. Versuchen Sie sich auf meine Fragen zu konzentrieren. Wie heißt Ihr Hausarzt? Ich nehme doch an, daß Ihr Hausarzt Ihnen diese Medikamente verschrieben hat?

ZEUGIN:

Mein Hausarzt? Ich kann Ihnen sagen, daß es heutzutage wirklich nicht einfach ist, einen tüchtigen Arzt zu finden. Deshalb gehe ich zu mehreren. Wir könnten sagen, daß ich noch immer auf der Suche nach dem besten bin. Wissen Sie was, neulich hatte ich einen Termin im Ärztezentrum Bentsebru. Der Arzt war kohlrabenschwarz! Als ob ich mich von so einem Hula-Hula-Medizinmann behandeln lassen würde. Wenn ich nicht dringend ...

PROTOKOLLANTIN *(unterbricht)*:

Bedeutet das, daß Sie sich von mehreren Ärzten Medizin verschreiben lassen?

ZEUGIN:

Ja, aber das habe ich doch schon gesagt. Junge Dame, Sie sollten vielleicht aufmerksamer zuhören.

PROTOKOLLANTIN:

Ich versichere Ihnen, daß ich sehr aufmerksam zuhöre. Reine Faust, sagt Ihnen das etwas?

ZEUGIN:

Ja, natürlich. Ein herrlicher Ausdruck, nicht wahr? Die hart zuschlagende Bildung gewissermaßen. In aller Bescheidenheit ... *(lacht kurz)* ein bißchen wie ich.

PROTOKOLLANTIN:

Ein bißchen wie Sie? Sagen Sie, schreiben Sie Briefe, die Sie mit »Reine Faust« unterzeichnen?

ZEUGIN:

Ich bin ein schreibender Mensch. Das kann ich Ihnen sagen. In dieser Gesellschaft gibt es so vieles, vor dem gewarnt werden muß. Ich weiß ja nicht, wie gut Sie sich auf dem laufenden halten, aber diese Schulreformen, ganz zu schweigen von der absurden Idee einer Polizeidirektion – das alles muß doch zwangsläufig dazu führen, daß ...

PROTOKOLLANTIN *(unterbricht)*:
Frau Helmersen! *(Pause)* Ich möchte jetzt wirklich nicht
mehr ... Glauben Sie, Sie könnten den Versuch machen,
meine Fragen zu beantworten? Das ist eine polizeiliche Vernehmung. Verstehen Sie? Können Sie mir nun sagen, ob Sie
mit »Reine Faust« unterschreiben?

ZEUGIN:
Kommen Sie mir ja nicht so, junge Frau. Wo es gerade so gemütlich war ... *(Pause, ausgiebiges Rascheln mit Papier)* Ja, natürlich. Reine Faust ist mein Alias. Und ich nehme an, Ihnen ist dieser Name bekannt. Ich schreibe ja viel in den
Zeitungen, kann fast als feste Mitarbeiterin gelten, in der
Hauptstadtpresse, meine ich. Deshalb fragen Sie doch, nicht
wahr? Weil Sie Reine Faust als markante Diskussionsteilneh-
merin kennen?

PROTOKOLLANTIN:
Ich kann Ihnen versichern, Frau Helmersen, daß die Polizei
Persönlichkeiten des kulturellen Lebens nicht zur Plauderei
bittet. Ich möchte Ihnen einige Briefe zeigen. Die Frage ist,
ob Sie die geschrieben haben. Warten Sie ... *(längere Pause)*
Das Protokoll führt die beschlagnahmten Dokumente 17/10/
3, 17/10/4 und 17/10/5 auf. Wissen Sie etwas darüber? Über
diesen Brief zum Beispiel: »Des Koches Brot, des andern Tod?«

ZEUGIN:
Nein, wie spannend! Glauben Sie, daß jemand mein Alias
gestohlen hat?

PROTOKOLLANTIN:
Ich glaube gar nichts. Ich möchte nur wissen, ob dieser Brief
von Ihnen stammt.

ZEUGIN:
Ziemlich elegant. Die Formulierung, meine ich. Finden Sie
nicht? Aber wissen Sie was, ich schreibe in Zeitungen. Das
da stammt nicht von mir. Aber mein Pseudonym ist ja be-
rühmt. Jemand kann es gestohlen haben. Glauben Sie, ich
sollte das anzeigen? *(lacht)* Diebstahl geistigen Eigentums,
was halten Sie davon, Frau Polizei?

PROTOKOLLANTIN:

(hörbares Seufzen, Pause) Ich sage, daß Sie antworten sollen ...
(scharfes Geräusch, Schläge auf die Tischplatte?) ... auf meine
Fragen, Frau Helmersen. Haben Sie Brede Ziegler gekannt?

ZEUGIN:

Eine äußerst unangenehme Person. Aber was heißt schon
gekannt ... öffentliche Persönlichkeiten wissen ja eigentlich
immer voneinander, das müssen Sie verstehen.

PROTOKOLLANTIN:

Jetzt stelle ich Ihnen eine präzise Frage, und ich verlange eine
präzise Antwort. Sind Sie Brede Ziegler je persönlich begegnet?

ZEUGIN:

Sein Restaurant würde ich nicht einmal im Traum betreten,
das können Sie mir wirklich glauben. Diese sogenannte moderne Küche, die nicht den geringsten Respekt hat vor ...

PROTOKOLLANTIN *(unterbricht)*:

Ich warne Sie, Frau Helmersen. Wenn Sie jetzt nicht endlich
antworten, werde ich diese Vernehmung abbrechen und mir
die Befugnis zu einem offiziellen Verhör holen.

ZEUGIN:

Und komme ich dann vor Gericht? Das wäre mir sehr recht.
Wie wird so ein Richter heutzutage eigentlich angespro-
chen? In meiner Jugend, wo ich übrigens mehrere Male als
Schöffin fungiert habe, hieß es »Euer Hochwohlgeboren «...

PROTOKOLLANTIN *(unterbricht)*:

(laut) Frau Helmersen! Sind Sie Brede Ziegler begegnet oder
nicht?

ZEUGIN:

Aber liebe kleine Frau! Nun regen Sie sich doch nicht so
auf. Es geht viel besser, wenn Sie mir einfach zuhören. Ich
habe doch schon gesagt, daß ich ihm nicht begegnet bin.

PROTOKOLLANTIN:

Sie sind Brede Ziegler also nie begegnet?

ZEUGIN:

Nein. Aber vor vielen Jahren hatte ich das Vergnügen, ein
Wochenende mit ...

PROTOKOLLANTIN *(unterbricht)*:

Das haben wir notiert, Frau Helmersen. Und dann möchte ich wissen, wo Sie am Sonntag, dem 5. Dezember, abends waren.

ZEUGIN:

Am fünften Dezember? *(Pause)* Das ist doch der Abend, an dem Herr Ziegler ermordet worden ist. Junge Dame, stehe ich unter irgendeinem Verdacht? Oder wollen Sie mich nur aus dem Fall herauschecken? Sie hören, ich kenne meinen Polizeijargon.

PROTOKOLLANTIN:

(Getrommel, Finger auf dem Tisch? Pause) Wo waren Sie an dem Sonntag abend? Antworten Sie schon!

ZEUGIN:

Ja, um Himmels willen. Ich gebe mir nun wirklich alle Mühe, Frau Polizei ... *(Pause, Hüsteln)* Vor zwei Wochen ... ich muß nachdenken ... *(Pause)* ja, das kann ich Ihnen sagen, junge Dame. Ich habe etwas sehr Ungewöhnliches gemacht. Einen langen Abendspaziergang nämlich. Ich habe an einem Artikel über Muslime gearbeitet. Sie stimmen mir doch sicher zu, daß der Einzug der Muslime in dieses Land eine Gefahr für unsere Kultur und unsere bodenständigen christlichen Werte bedeutet ... Könnte ich wohl einen Schluck Wasser haben? Jetzt rede ich ja schon so lange. Ja, danke, danke. *(Pause, deutliche Trinkgeräusche)* Und deshalb wollte ich mir dieses Ungetüm einmal genauer ansehen. Dieses Gebäude, über das damals soviel geschrieben worden ist. Also bin ich einfach losgegangen, zu Fuß, Bewegung ist gesund, wissen Sie, die ganze Strecke von zu Hause bis zum Åkebergvei. Zurück bin ich dann allerdings mit dem Bus gefahren. Das Wetter war an dem Abend so unangenehm. Ein kalter Wind zwang mich, einen kleinen Cognac zu mir zu nehmen, als ich ...

PROTOKOLLANTIN *(unterbricht)*:

Welches Ungetüm?

ZEUGIN:

Die Moschee, diese entsetzliche Moschee, wissen Sie.

PROTOKOLLANTIN:

Die Moschee im Åkebergvei. Aha. Und um welche Uhrzeit war das?

ZEUGIN:

Nein, das kann ich Ihnen wirklich nicht genau sagen. Aber es war spät. Ziemlich spät, nehme ich an. Sie müssen wissen, ich schlafe nicht so gut. Deshalb dachte ich, ein Abendspaziergang könnte mir helfen. Und zugleich konnte ich mir dieses Machwerk ansehen.

PROTOKOLLANTIN:

Was verstehen Sie unter spät: War es nach Mitternacht?

ZEUGIN:

Tja. Sie stellen aber auch schwierige Fragen. Es muß so zwischen ... *(Pause)* .. zehn Uhr abends und Mitternacht gewesen sein. So in etwa.

PROTOKOLLANTIN:

Und wie lange so in etwa waren Sie bei der Moschee?

ZEUGIN:

Das weiß ich wirklich nicht.

PROTOKOLLANTIN:

Denken Sie nach.

ZEUGIN:

Ich ahne da einen sarkastischen Unterton, junge Frau Polizei. Das paßt nicht zu Ihnen, wenn ich mir diese Bemerkung gestatten darf.

PROTOKOLLANTIN:

Versuchen Sie zu schätzen, wie lange Sie vor der Moschee im Åkebergvei gestanden haben zwischen zweiundzwanzig Uhr und Mitternacht am fünften Dezember.

ZEUGIN:

Eine Viertelstunde vielleicht? Aber das ist wirklich nur vage geschätzt. Ich begreife nicht ...

PROTOKOLLANTIN:

Haben Sie dort noch andere Leute gesehen?

ZEUGIN:

Noch andere? Aber liebe kleine Frau, wir reden hier vom

schlimmsten Ostend. In den Straßen dort wimmelte es ja
dermaßen von Leuten, daß man meinen könnte, die hätten
allesamt kein Zuhause.

PROTOKOLLANTIN:
Haben Sie bei der Moschee viele (»viele« deutlich betont)
Menschen gesehen?

ZEUGIN:
(murmelt undeutlich) Was heißt schon viele ... (unverständlich) ... mit dem Taxi nach Hause gefahren.

PROTOKOLLANTIN:
Vorhin haben Sie Bus gesagt.

ZEUGIN:
Bus oder Taxi, das kann ja egal sein. Die Hauptsache ist doch
wohl, daß ich sicher nach Hause gekommen bin.

PROTOKOLLANTIN:
Wir müssen jetzt eine kleine Pause einlegen, Frau Helmersen. Es ist 13.35 Uhr. (Stühlescharren, Tonbandgerät wird ausgeschaltet)

PROTOKOLLANTIN:
Es ist 13.55 Uhr. Die Vernehmung wird fortgesetzt. Was haben Sie zu Hause für Messer?

ZEUGIN:
Messer? Das ist aber eine seltsame Frage. Ich habe natürlich
allerlei verschiedene. Ein gutes Messer darf in der Küche nie
unterschätzt werden. Ein gutes Essen verlangt gute Zutaten,
aber auch die entsprechende Ausrüstung, sage ich immer.
Zum Filetieren benutze ich ein Messer, das ich von meinem
Vater geerbt habe, er war ein echter ...

PROTOKOLLANTIN:
Wissen Sie, was ein Masahiro ist?

ZEUGIN:
Aber natürlich. Das ist das wahre Kronjuwel, wenn ich es mal
so sagen darf. Leider reicht meine schändlich niedrige Rente
nicht für den Erwerb solcher Gerätschaften, aber alle, die ...
das kommt übrigens aus Japan. Ja, diese Japaner. Die sind
wirklich ein Volk, das weiß, was es will. Und sie bleiben zu

Hause, nicht zuletzt das. Kommen im Urlaub her und fahren wieder zurück. Wie eine zivilisierte Insel mitten im Barbarentum haben sie ...

PROTOKOLLANTIN:
Wir müssen leider wieder eine kleine Pause einlegen.

ZEUGIN:
Sie sind aber wirklich schrecklich unruhig, Frau Polizei. Sie sollten es mit Johanniskraut und ...

PROTOKOLLANTIN:
Es ist 14.05 Uhr.
(Tonbandgerät wird ausgeschaltet)

PROTOKOLLANTIN:
Es ist jetzt 14.23 Uhr. Mögen Sie Katzen, Frau Helmersen?

ZEUGIN:
Was für eine seltsame Art zu sprechen. Von Messern zu Katzen, und dazwischen eine Pause nach der anderen. Aber wenn Sie meine ehrliche Meinung hören wollen, dann bitte sehr. Katzen sind entsetzliche Geschöpfe. In Mietshäusern in der Stadt müßte das Halten von Tieren streng verboten sein, ich habe oft ...

PROTOKOLLANTIN *(unterbricht)*:
Haben Sie die Katze Ihrer Nachbarn umgebracht? Die Katze der Familie Gråfjell Berntsen?

ZEUGIN:
Also wissen Sie was! Werde ich jetzt schon des Mordes bezichtigt? Familie Berntsen, ja. Ich kenne meine Pappenheimer. Aber Mord ... jetzt sollten Sie sich in acht nehmen, Frau Polizei. Ich würde nicht einmal im Traum ein lebendes Wesen umbringen. Auch keine Katze.

PROTOKOLLANTIN:
Ich muß Sie darauf aufmerksam machen, daß Sie jetzt im Rahmen der Ermittlungen im Mordfall Brede Ziegler nicht mehr als Zeugin vernommen werden. Sie haben im Laufe der Vernehmung einige Auskünfte erteilt, die für die Polizei Grund genug sind, Sie mit dem Mord in Zusammenhang zu bringen. Sie werden dringend des Mordes und/oder des

Mordversuches oder der Beihilfe zum Mord verdächtigt. So lautet die vorläufige Anklage. Die Anklageschrift wurde während der letzten Pause ausgestellt. Für das Protokoll, die Angeklagte wird informiert ...

ZEUGIN *(unterbricht)*:
Angeklagt ... soll das heißen, daß Sie mich beschuldigen? Wir haben über Katzen gesprochen, und jetzt reden Sie plötzlich von Ziegler!

PROTOKOLLANTIN:
Ich wiederhole, die Angeklagte wird über die Anklage informiert. Sie sind jetzt nicht mehr zum Aussagen verpflichtet. Wollen Sie weiterhin aussagen, mit dem Status einer Angeklagten?

ZEUGIN:
Aber meine Liebe, ich sage doch so gern aus, ich rede ja schon den halben Tag.

PROTOKOLLANTIN:
Als Angeklagte haben Sie Anspruch auf Anwesenheit eines Anwalts. Sollen wir einen Anwalt holen oder einfach weitermachen? Ich habe noch einige wenige Fragen.

ZEUGIN:
Natürlich werde ich aussagen. Aber Brede Ziegler habe ich nun wirklich nicht umgebracht. In Wirklichkeit interessieren Sie sich für die Katze, nicht wahr? Ich habe dem ganzen Haus einen Dienst erwiesen, indem ich dieses Biest erledigt habe. Es war das beste für alle.

PROTOKOLLANTIN:
Und wie haben Sie die Katze also umgebracht?

ZEUGIN:
Mit Arsen. Das setze ich auch gegen die Ratten im Keller ein. Sehr effektiv, das kann ich Ihnen sagen.

PROTOKOLLANTIN:
Mit Arsen? *(sehr laut)* Aber Ihre Ärzte verschreiben Ihnen doch wohl kein Arsen?

ZEUGIN:
Man möchte fast nicht meinen, daß Sie bei der Polizei sind.

Arsen gibt es nicht beim Arzt, sondern beim Tierarzt. Man braucht nur zu sagen, daß man ein Pferd in Pflege hat und daß dessen Fell nicht mehr glänzt, und schwupp, schon bekommt man Arsen. Die Apotheke in Ås ist da ausgezeichnet.

PROTOKOLLANTIN:
Das ist eine ungewöhnlich interessante Auskunft. Darauf werden wir später noch zurückkommen. Aber ich würde gern noch weiter über Brede Ziegler sprechen. Haben Sie Brede Ziegler mit »Reine Faust« unterschriebene Drohbriefe geschickt oder nicht? Ich möchte Sie daran erinnern, daß Ihre Lage ernst ist, Frau Helmersen.

ZEUGIN:
Nein, wissen Sie was! Ich habe den Mord an der Katze zugegeben, und mehr habe ich nicht zu sagen. Jetzt will ich nach Hause. Ich bin eine alte Frau. Sie dürfen mich nicht auf solche Weise quälen.

PROTOKOLLANTIN:
Bedeutet das, daß Sie keine Aussage machen wollen?

ZEUGIN:
Kein Wort wird mehr über meine Lippen kommen. Ich will nach Hause. Ich mache eine Kur und möchte jetzt meinen Kräutertee trinken.

PROTOKOLLANTIN:
Das geht leider nicht. Die Anklageschrift liegt vor Ihnen. Wie Sie sehen, handelt es sich dabei auch um einen vorläufigen Haftbefehl. Wir werden Sie in Polizeigewahrsam nehmen, bis wir Ihre Wohnung durchsucht haben. Die Polizei geht davon aus, daß andernfalls Beweise verlorengehen könnten. Wenn wir Ihre Wohnung durchsucht haben, werden wir entscheiden, ob Sie wieder auf freien Fuß gesetzt werden können. Ich muß Sie jetzt leider in den Arrest führen, Frau Helmersen.

(Lärm, Zeugin sagt mehrere Male: »Wissen Sie was!«)

Zusatz der Protokollantin:
Die Vernehmung endete um 14.50. Die Angeklagte bekam während

der Vernehmung Kaffee und Wasser. Die Vernehmung wurde mehrere Male unterbrochen, weil juristischer Rat eingeholt werden mußte. Die Angeklagte wird in Gewahrsam genommen. Die Protokollantin wird einen Arzt kommen lassen, da die Angeklagte mitgeteilt hat, daß sie sich in Behandlung befindet. Eine Streife wird zur Wohnung der Angeklagten geschickt, um die Durchsuchung vorzunehmen.

52

Auf den Büchern des Großvaters schien ein Fluch zu ruhen. Daniel hatte das Wochenende damit verbracht, eine Art System in die Sammlung zu bringen. Sobald er ein Buch berührte, spürte er den Blick seines Großvaters im Nacken. Der Alte mochte zwar Haus und Hof verspielt haben, seine Bücher aber waren ihm heilig gewesen. Es mußte für den alten Mann eine große Versuchung gewesen sein, einiges von seinem gebundenen Vermögen zu Geld zu machen. Vor allem, als die Schulden langsam über den Schornstein des Hauses hinauswuchsen, in dem seine Kinder groß geworden waren und aus dessen Garten seine Frau ein wunderschönes botanisches Meisterwerk gemacht hatte. Sie hatte mehr als dreißig Jahre dafür gebraucht. Der Käufer des Grundstücks war ein Bauunternehmer gewesen, der Haus und Garten sofort in Schutt gelegt hatte, um vier nebeneinanderliegende Wohnhäuser hochzuziehen.

Daniel hatte sich entschieden.

Er stand vor der Tür zu Ringstrøms Antiquariat. Rechts befand sich die Plattenabteilung. Daniel konnte zu dem Kasten mit den Beatles gehen, »The White Album« heraussuchen, die Platte kaufen und dann mit den beiden Büchern des Großvaters unter dem Arm wieder nach Hause gehen. Noch hatte er die Wahl.

Ein Mann in verschlissenen Jeans kam hinter einem Vorhang hinten im Lokal zum Vorschein. Das handgeschriebene Plakat mit der Aufschrift »Für Kundschaft kein Zutritt« löste sich allmählich von dem dicken Vorhangstoff. Der Mann schien seinen Laden kaum je verlassen zu haben. Seine Haut war fahl, und es störte ihn offenbar nicht weiter, daß sein Pullover sich am Bündchen auflöste.

Der Antiquar schaute ein paarmal gleichgültig zu Daniel hinüber, während er eine alte Dame bediente, die Garborgs »Bauernstudenten« suchte. Daniel blieb ratlos stehen und sah den beiden zu. Als die Frau das Buch tief unten in einer Einkaufskarre verstaut hatte und ihres Weges ging, war er mit dem Antiquar allein.

»Und jetzt zu Ihnen«, sagte der Mann freundlich. »Womit kann ich behilflich sein?«

»Ich habe hier zwei Bücher«, murmelte Daniel und merkte, daß er rot wurde. »Ich wollte nur ... ich dachte, ich könnte ... der Preis. Wieviel sind sie wert?«

»Lassen Sie mal sehen.«

Daniel zog den flachen Karton hervor, den er an der Rückwand des Rucksacks untergebracht hatte, um nichts zu zerdrücken. Vorsichtig nahm er den Deckel herunter und befreite das obere Buch von seinem Plastikumschlag.

»Hier«, sagte er leise.

»Aha.«

Der Antiquar schob sich die Brille auf die Nase. Seine Hände waren lang, schmale, geübte Finger wanderten langsam über den makellosen Einband.

»*Fahrt über das Polarmeer*«, murmelte er. »1897. Schönes kleines Buch. Sehr gut erhaltenes Exemplar. Das ist in der Tat ...«

Er verstummte. Das Buch, das er in Händen hielt, war Nr. 8 einer numerierten Sonderauflage von hundert Stück. Der Antiquar kannte diese Serie gut, hatte aber nie ein Exemplar gesehen. Als er die Widmung entdeckte, musterte er Daniel kurz und las: »›Für Hjalmar Johansen. Mit herzlichem Dank dafür, daß Sie mich mutig auf diese Fahrt begleitet haben. Fridtjof Nansen.‹«

Daniel starrte das Buch an, als habe er es eben erst entdeckt und wisse nicht so recht, wem es gehörte.

»Zeigen Sie mal das andere«, sagte der Antiquar schroff und riß das untere Buch mehr oder weniger an sich. »*Das letzte Kapitel*«, sagte er mit schneidender Stimme. »Knut

Hamsun, 1933. Schönes Exemplar. Bin gespannt, was für einen Witz Sie sich hier ausgedacht haben.«

Obwohl er aus irgendeinem Grund ziemlich wütend war – seine Nasenflügel vibrierten leicht, und unter den Augen bildeten sich langsam lila Flecken –, bewegten seine Hände sich weich, fast liebevoll, als sie das Buch aufschlugen.

»Herr Reichskommissar Terboven, nehmen Sie dieses Buch entgegen, mit Dank und der Hoffnung auf zukünftige Hilfe. Nørholm, Januar 1941. Knut Hamsun.‹«

Daniel lächelte zaghaft.

»Wissen Sie eigentlich, was Sie da getan haben?«, fauchte der Antiquar und hob das Buch, wie um Daniel damit einen Schlag zu verpassen.

»Getan?«

»Sie haben eine wunderschöne Erstausgabe mit Ihren Kritzeleien ruiniert! Und woher haben Sie diese Bücher überhaupt? He?«

»Ich habe ... das war mein Großvater, er ...«

Daniel schwitzte. Der Geruch von Staub und Büchern verursachte ihm einen heftigen Niesreiz, aber in seiner Angst schniefte er nur kräftig.

»Dilettant«, kläffte der Mann. »Hamsun hätte so eine Widmung auf deutsch geschrieben. Er sprach sehr gut Deutsch, und im Januar 1941 hat er Terboven aufgesucht, um um Gnade für ... «

Plötzlich verstummte er. Er schlug das Buch noch einmal auf, hielt sich die Widmung dicht vor die Augen und drehte sie ins Licht der Deckenlampe. Daniel spürte, wie der Schweiß ihm in Strömen über den Leib lief, während es in seiner Nase unerträglich juckte. Er nieste heftig, mehrere Male. Der Rotz lief, und er rieb sich mit dem Pulloverärmel über die Nase. Die steifen Wollfasern machten ihn noch einmal niesen. Der Antiquar knallte Hamsuns Buch zu, schnappte sich das von Nansen und vertiefte sich für mehrere Minuten hinein.

Seine Stimme klang vollkommen verändert, als er endlich

rief: »Diese Bücher sind ein kleines Vermögen wert, junger Mann. Bitte warten Sie einen Moment, dann hole ich die nötigen Papiere.«

Daniel bekam kaum noch Luft. Er durchwühlte seinen Rucksack nach der Asthma-Medizin. Offenbar hatte er den Inhalator zu Hause vergessen. Der Mann ließ auf sich warten. Daniel war drauf und dran zu gehen, er brauchte Luft. Der Staub drang in seinen Mund und seine Kehle, und er konnte nur noch mit abgehacktem Schluchzen atmen. Aber der Antiquar hatte die Bücher des Großvaters mitgenommen.

Daniel stöhnte heiser: »Hallo! Ich will ... meine Bücher ... zurückhaben!«

Erst als zwei uniformierte Polizisten in die Tür traten, begriff Daniel, warum es so lange gedauert hatte. Endlich tauchte der Antiquar wieder auf und gab einem der Polizisten die Bücher.

»Es muß ja wohl Grenzen geben«, sagte er beleidigt, als Daniel zu dem wartenden Streifenwagen geführt wurde. »So leicht lasse ich mich nicht an der Nase herumführen.«

53

»Da bist du!«

Annmari Skar saß allein in der Kantine. Ein Weihnachtsbaum, der auch aus dem Vorjahr hätte stammen können,
lehnte sich traurig über den Stuhl auf der anderen Seite des
Tisches. Irgendwer hatte sich damit amüsiert, die oberen
Zierkörbchen mit Kondomen zu füllen. Andere hatten sich
die Mühe gemacht, mit Tipp-Ex Gesichter auf die roten Kugeln zu malen; eine hatte eine bemerkenswerte Ähnlichkeit
mit dem Polizeipräsidenten.

»Ich habe dich schon überall gesucht!« Silje Sørensen
wischte Tannennadeln vom Stuhl und ließ sich der Polizeijuristin gegenüber nieder. »Du hast ja keine Ahnung, was ich
zu erzählen habe. Ich finde Billy T. nicht, aber die Sache ist
so wichtig, daß ...«

»Nicht noch eine«, seufzte Annmari Skar verzweifelt.

»Noch eine?«

»Vergiß es. Bis auf weiteres. Was ist los?« Sie wischte sich
den Mund, schob die Reste des unappetitlichen Omelettes
beiseite, beugte sich über ihre Tasse und schnitt eine Grimasse. »Dieser Kaffee ist schlimm genug, wenn er frisch ist.
Aber jetzt ...«

»Sindre Sand steckt ernsthaft in Schwierigkeiten«, fiel Silje
Sørensen ihr ins Wort. »Ich habe ihn eben vernommen, auf
die alte Weise, meine ich ... ich konnte einfach nicht warten ... Es dauert so lange, bis die Protokolle fertig sind und
so ... Er hat gelogen, als ...«

Sie holte Atem und lachte kurz.

»Also«, sie machte einen neuen Anfang, »ich habe Sindre
Sand vernommen. Seine frühere Aussage taugt überhaupt
nichts.«

»Ach.« Annmari Skar massierte sich den Nacken.

»In seinem Alibi gibt es ein Loch. Ein Loch so groß wie eine Scheunentür, es ist total absurd, daß wir das nicht schon längst festgestellt haben. Ich war ...«

Sie schob der Polizeijuristin das Vernehmungsprotokoll hin. Eine Minute später war auf der anderen Seite des Tisches das Interesse um einiges gewachsen.

»Er hatte *vergessen*, daß er zwischendurch mehr als eine Stunde nicht im Rundfunkgebäude war?«

»Er sagt, es waren höchstens zwanzig Minuten. Andere reden von einer guten Stunde. Du siehst ja, sie haben bei den Aufnahmen eine Pause eingelegt. Er ist mit seiner Vespa losgefahren, um sich an einer Tankstelle in der Suhms gate Tabak zu kaufen. Dort will er einen alten Schulkameraden getroffen haben, aber ...«

»Aber natürlich kann er sich an dessen Namen nicht erinnern«, sagte Annmari und lächelte kurz. »Diese Geschichte haben wir doch irgendwo schon mal gehört.«

»Er weiß noch den Vornamen. Lars. Oder Petter. ›Oder so‹, wie er sagt.« Silje lachte und fuhr fort: »Er sagt, er fand es so peinlich, den Namen vergessen zu haben, daß er nicht danach fragen mochte. Sie sind in Parallelklassen gegangen. Wir könnten das natürlich überprüfen, aber das dauert. Ich hatte die Hoffnung, die Videoüberwachung der Tankstelle könnte uns weiterhelfen, aber die zeigt nur, daß Sindre um zwanzig vor elf hereinkommt und zwei Minuten später wieder geht. Dieser angebliche Kumpel soll draußen gestanden haben. Aber egal, auf jeden Fall hat ...«

»Sindre Sand in seinem Alibi eine Scheunentür.«

Annmari Skar strich sich die dunklen Haare hinter die Ohren. Silje bemerkte zum ersten Mal, daß die rundliche Polizeijuristin hübsch war. Sie hatte etwas Unnorwegisches an sich, große braune Augen und einen lateinischen Teint.

Silje legte den Kopf schräg und sagte zögernd: »Es kommt mir zwar sehr kaltblütig vor, erst Zigaretten zu kaufen, dann einen Mord zu begehen und danach zu Fernsehaufnahmen zurückzukehren, aber ...«

»Der, der Brede Ziegler ermordet hat, kann durchaus kaltblütig gewesen sein«, sagte Annmari Skar trocken. »Aber du hast hier doch noch mehr!«

Ihre Augenbrauen hoben sich ein wenig, als sie im Vernehmungsprotokoll weiterblätterte. Silje fiel eine Narbe über Annmaris Auge auf; sie gab der Braue einen bekümmerten Knick und ließ sie eher besorgt als wirklich überrascht aussehen.

»Das ist sehr gut, Silje«, sagte sie ernst.

Silje Sørensen strahlte. Hanne Wilhelmsen hatte ihr ins Ohr geflüstert, daß ein sorgfältigerer Blick auf Sindre Sand sich lohnen könnte.

»Nicht, daß ich ihn wirklich für den Mörder halte«, hatte sie am Freitag abend mit einem Schulterzucken gesagt. »Aber ich habe das Protokoll seiner Vernehmung mehrere Male gelesen. Und das stinkt. Viel zu keß. Viel zu selbstsicher. Wenn du am Wochenende Zeit und nichts gegen Gratisarbeit hast, dann nimm dir den Typen mal vor. Während wir auf Tussi warten, gewissermaßen. Es ist gute Polizeiarbeit, alle Möglichkeiten offenzulassen. Vergiß das nicht, Silje.«

Silje hatte nichts gegen unbezahlte Arbeit. Nach einem halbherzigen Versuch am Samstag vormittag, Billy T. zu erwischen, hatte sie sich auch ohne dessen Erlaubnis ans Werk gemacht. Nach zwei Tagen einsamer Ermittlungen, die vor allem darin bestanden, Leute anzurufen, mit denen sie bereits gesprochen hatten, machte ihr Gewissen ihr schon um einiges weniger zu schaffen. Billy T. aber hätte sie auf jeden Fall gestoppt. Wenn aus keinem anderen Grund, dann allein schon aus Rücksicht auf das Überstundenbudget. Silje pfiff auf alle Budgets. Die Übelkeit war kein Problem mehr. Im Gegenteil, sie hatte sich ungeheuer wohl gefühlt, als sie am Sonntag abend einen fünfseitigen Bericht mit neun Anlagen verfaßt, ordentlich ausgedruckt und zusammen mit einer übersichtlichen Inhaltsliste in einem grünen Umschlag verstaut hatte. Sie war behutsam mit der Hand über das grüne Papier gefahren und hatte laut gelacht. Silje Sørensen war gern bei der Polizei. Bester Laune war sie zu Hause neben einem zusehends besorgen Ehemann ins Bett gefallen und sofort eingeschlafen. Zum Glück hatte er nicht gemerkt, daß sie sich den Wecker auf vier stellte.

Sindre Sand hatte nicht nur in bezug auf seinen Aufenthaltsort am Abend des fünften Dezember gelogen. Der Mann von der Tankstelle konnte durchaus existieren. Gerade solche Dinge vergaßen Zeugen ja leider leicht. Egal. An sich.

Schlimmer für den jungen Mann war, daß er am Samstag abend in Gesellschaft von Brede Ziegler gesehen worden war.

»In mehreren Lokalen!« Annmari Skar schlug sich mit der flachen Hand vor die Stirn. »Wieso erfahren wir das erst jetzt? Wie zum Teufel haben wir das übersehen können?«

»Weißt du nicht mehr, was Hanne Wilhelmsen gesagt hat, als wir ...«

Annmari starrte Silje übellaunig an.

»Hanne sagt sehr viel«, sagte sie mürrisch. »Du solltest vorsichtig sein, was diese Frau betrifft, Silje. Die ist nicht unbedingt eine gute Karte.«

»Aber sie ist gut.«

Annmari gab keine Antwort.

»Sei doch mal ehrlich«, sagte Silje ungewöhnlich laut. »Siehst du nicht, daß Billy T. dich manipuliert? Was hat Hanne Wilhelmsen dir eigentlich getan?«

»Vergiß es.«

»Nein. Ich hab es *zum Kotzen satt*, daß alle Hanne behandeln, als ob sie ... Aids hätte oder so. Ich hab ja inzwischen kapiert, daß sie und Billy T. irgendwelche ungeklärten Dinge mit sich herumschleppen, aber das geht uns doch nichts an.«

»Alle fallen auf Hanne Wilhelmsen herein«, sagte Annmari Skar. »Alle sind ein wenig ...« Sie zögerte. Plötzlich öffnete ihr Gesicht sich zu einem fremden Lächeln. »Alle verlieben sich ein wenig in sie.«

»Verlieben!«

Silje wurde es abwechselnd heiß und kalt, und sie erhob sich halbwegs.

»Ja, verlieben«, sagte Annmari halsstarrig. »Hanne Wilhelmsen ist ungeheuer tüchtig. Rein polizeilich, meine ich. Vielleicht die Beste. Außerdem hat sie eine ganz eigene Fähigkeit, die Jüngeren hier im Haus zu beeindrucken. Die fühlen sich privilegiert, umworben. So, als hätte die Königin selbst ... «

»Ich will dir mal eins sagen, Polizeijuristin Skar!« Silje war jetzt ganz aufgestanden. Sie beugte sich über den Tisch und stützte sich auf ihre Handflächen. »Ich bin glücklich verheiratet und außerdem *schwanger!* Ich liebe meinen Mann, und ich empfinde nichts, und ich betone, *nichts* ... «

Sie schlug schallend auf den Tisch. Die Christbaumkugel mit dem Gesicht des Polizeipräsidenten zitterte erschrocken, und ein Kantinenangestellter, der gerade ein Tablett mit benutzten Kaffeetassen wegbringen wollte, zuckte zurück.

»Du bist ganz einfach ... du bist ... « Sie richtete sich auf. Plötzlich war sie müde. Wellen der Übelkeit jagten durch ihren Leib, und sie schluckte schwer. »... alt«, fügte sie hinzu. »Du bist ganz einfach zu alt, Annmari.«

»Ich bin noch keine vierzig.«

Beide drehten sich, wie auf ein geheimes Signal hin, zu dem Angestellten um. Der stand da, das Tablett in den Händen, und glotzte. Annmari mußte lachen. Sie lachte laut und lauter und lange. Silje starrte sie verwirrt an und schien sich nicht entscheiden zu können, ob sie sich wieder setzen sollte. Ihr Rücken schmerzte, und schließlich ließ sie sich auf den Stuhl zurücksinken.

»Tut mir leid«, sagte Annmari schließlich. »Aber du kennst Billy T. nicht so gut wie ich. Er war fertig, als Hanne verschwunden ist. Am Boden zerstört. Hast du zum Beispiel gewußt, daß sie bei seiner Hochzeit Trauzeugin sein sollte, daß sie ihren Rückzug aber mit keinem Wort angekündigt hat? Er hat gewartet, solange es überhaupt nur ging. Einen Tag vor der Hochzeit hat er dann seine Schwester gefragt.«

Silje schüttelte langsam den Kopf und hob die Handflächen, als wolle sie nicht mehr hören.

»Du hast recht«, sagte Annmari. »Das geht uns nichts an. Aber mir fällt das schwerer als dir. Okay? Gut. Und was hat sie nun eigentlich gesagt?«

»Gesagt? Wer denn?«

»Hanne. Du hast diesen Ball mit der Mitteilung eröffnet, daß sie . . .«

»Ach ja. Sie hat gesagt, wir hätten uns am Sonntag dem 5. die Augen verdorben. Und sollten uns lieber Samstag und Freitag und Donnerstag genauer ansehen . . . die Woche und die Wochen vor dem Mord. Aber das haben wir nicht. Erst als Hanne zurückgekommen ist. Deshalb erfahren wir das alles erst jetzt.« Sie zeigte auf den geschlossenen Ordner. »Ich habe letzte Nacht mit dem Gedanken gespielt, einen Haftbefehl zu beantragen. Aber dann habe ich beschlossen, einen etwas originelleren Kniff zu versuchen.«

Sie schaute beschämt zur Seite, als habe sie sich ein grobes Dienstvergehen zuschulden kommen lassen.

»Ich habe ihn heute morgen um fünf angerufen und zu einem Gespräch hergebeten.«

»Du hast was getan?«

»Ist das verboten?«

»Nein.«

Annmari Skar spielte an ihrer Kaffeetasse herum

»Er ist gekommen«, sagte Silje erleichtert, »und da saßen wir dann. Er wollte erst zugeben, daß er Brede am Samstag abend gesehen hat, als ich auf die große Trommel geschlagen habe. Es ist noch unklar, wo und warum sie sich getroffen haben, aber . . . er hat auch in bezug auf Vilde gelogen und deshalb . . .«

»Hör mal«, sagte Annmari Skar und schaute auf ihre Armbanduhr. »Ich muß jetzt unbedingt gehen. Aber ich verspreche, ich werde . . . wo ist er jetzt?«

323

»Sitzt im Hinterhaus. Ich dachte, du könntest einen Haftbefehl ausstellen und dann ...«

»Ich werde dir etwas erzählen«, sagte Annmari und beugte sich über den Tisch.

Der Kantinenhelfer war mitsamt dem Tablett verschwunden. Silje und Annmari saßen allein in der großen Kantine. Aus der Küche drangen die gedämpften Geräusche einer Spülmaschine und das Klirren von Geräten, die eingeräumt wurden.

»Dieses Hinterhaus kommt mir langsam vor wie ein beheiztes Wartezimmer für alle Zeugen im Fall Ziegler.«

»Wie meinst du das?«

Annmari fischte eine Liste aus ihrer Jackentasche und las vor: »Claudio Gagliostro. Paragraph 233 Strafgesetzbuch sowie Paragraph 49. Sowie 257, ersatzweise 317.« Sie schaute von ihrem Zettel hoch, förderte ihre Brille zutage und erklärte:

»Versuchter Mord und Diebstahl, ersatzweise Hehlerei. Vilde Veierland Ziegler: Paragraph 21 Straßenverkehrsordnung, vergleiche Paragraph 22 vergleiche Paragraph 31. Fahren in berauschtem Zustand, mit anderen Worten. Tussi Gruer Helmersen, Paragraph ...«

Sie knallte die Liste der jüngsten Verhaftungen auf den Tisch und verdrehte die Augen.

»Diese Frau ist jedenfalls knatschverrückt. Deine Freundin ... Verzeihung, Hanne ... sie schüttelt nur den Kopf und sagt, wir müßten sicherheitshalber die Wohnung durchsuchen, aber die alte Kuh wolle sich aller Wahrscheinlichkeit nach nur wichtig machen. Vorläufig sitzt sie aufgrund einer ziemlich konstruierten Anklage im Hinterhaus, aber was zum Teufel soll werden, wenn ...«

»Sitzen die jetzt alle im Hinterhaus? Was in aller Welt ist denn passiert? Sindre Sand, Claudio, Vilde und ...«

»Und diese blöde Tussi. Ich krieg Kopfschmerzen, wenn ich nur an morgen denke. Wir können die doch nicht alle vor den Untersuchungsrichter schleifen. Das ...«

»Aber du setzt auf Sindre?«

»Ja. Ich setze auf Sindre. Bis auf weiteres jedenfalls.«

»Du bist ein Schatz«, sagte Silje und riß die Unterlagen an sich. »Ich lege dir die Kopien auf den Schreibtisch. Bis dann!«

Sie stürzte zur Tür, ohne zu merken, daß ihre Haare voller Tannennadeln waren. Es war fünf Uhr am Montag nachmittag, und sie mußte Tom anrufen und sagen, daß sie zum Essen nicht nach Hause kommen würde. Schon wieder nicht.

54

»Scheiße, so nicht. Ich will meine Schuhe!«

Eine Kollegin von Harrymarry krümmte die Zehen auf dem Betonboden, wie um sich festzukrallen. Das Nerzcape von der Heilsarmee wies viele kahle Stellen auf. Die braune Tüte mit ihren Habseligkeiten war ihr schon ausgehändigt worden. Dabei handelte es sich um drei Packungen Kondome und ein kleines Fotoalbum. Ein Polizist versuchte sie aus dem Arrest zu schieben.

»Schuhe«, brüllte sie und stemmte sich dagegen. »Ich will meine Schuhe!«

Ein Mann stützte sich auf den roten Absperrbügel und kotzte.

»Verdammtes Schwein«, fauchte der leitende Beamte der Abteilung.

Es sah aus, als verlöre das Personal die Lage aus dem Griff. Hanne Wilhelmsen hielt sich die Hände wie Muscheln hinter die Ohren und beugte sich über den Tresen.

»Kann denn niemand der Frau ein Paar Schuhe geben? Sie wird doch erfrieren!«

Sie kannte den Arrestleiter als besonnenen Mann. Jetzt schleuderte er seinen Klemmblock auf den Boden und tobte: »Das hier ist keine Abteilung der Heilsarmee, Hauptkommissarin. Die da hatte keine Schuhe, als sie gekommen ist, und sie kriegt auch keine, wenn sie wieder geht. Kapiert?«

Dem Kollegen, der die Nutte im Pelz noch immer festhielt, schrie er zu: »Schaff dieses Drecksweib raus. Und du ...« Er holte Luft und richtete den Zeigefinger auf Hanne Wilhelmsen, wie um sie zu erschießen. »... misch dich bitte nicht in meine Angelegenheiten! Das ist hier doch verdammt noch mal kein Polizeigewahrsam mehr, sondern der Vorhof der Hölle am freien Tag des Teufels!«

Dieser Ausbruch erleichterte ihn. Er fuhr sich über den blanken Schädel und murmelte etwas Unhörbares, dann fügte er resigniert hinzu: »Hanne, kannst du deine Festnahme in Nummer fünf nicht ein wenig beruhigen? Die macht da drinnen den totalen Aufruhr!«

Hanne kam zu dem Schluß, daß es wichtiger war, den Arrestleiter bei Laune zu halten, als einer durchfrorenen Nutte Schuhe zu besorgen. Sowie die schwere Eisentür zwischen Vorraum und Zellenteil geöffnet wurde, brachen Lärm und Gestank über sie herein. Ein schweißnasser junger Beamter, der offenbar mit den Tränen kämpfte, schlüpfte an Hanne vorbei, als er endlich eine Fluchtmöglichkeit entdeckt hatte.

Fünf Stunden in der Kahlzelle waren an Tussi Gruer Helmersen durchaus nicht spurlos vorübergegangen. Der Lippenstift war in ihren Fältchen verschwunden und bildete um die schmalen Lippen ein sternförmiges rotes Muster. Der lila Turban war zum Taschentuch umfunktioniert worden und wies schwarze Schminkeflecken auf. Unter den Augen mischten sich Khajal, Wimperntusche und Schatten.

»Genossen«, schrie sie in Fistelstimme und preßte ihr Gesicht gegen das Gitter in der Tür. »Schuldige und Unschuldige! Sammeln wir uns zu einer gemeinsamen ...«

Sie konnte ihr Publikum zwar nicht sehen, aber es meldete sich nachdrücklich zu Wort. Einige flehten um Ruhe. Andere stimmten mit aufmunternden Zurufen ein. Ein überaus betrunkener Mann machte sich in die Hose und fand es zum Totlachen, sein Kunstwerk zu beschreiben. Ganz hinten am Gang skandierte ein tiefer Bass immer wieder: »Bullenschweine, Bullenschweine!«

Als Hanne Wilhelmsen die Tür zu Tussis Zelle aufschloß, verstummte der häftlingspolitische Appell.

»Sie müssen mich rauslassen«, flüsterte Tussi verzweifelt. »Ich ertrage das nicht. Bitte, Frau Polizei!«

Hanne erklärte, daß nur noch zwei Nachbarn vernommen werden müßten. »Das dauert nicht mehr lange, Frau Helmersen. Eine Stunde vielleicht, dann dürfen Sie sicher gehen.«

»Eine Stunde ...«

»Unter der Voraussetzung, daß Sie sich brav dort auf die Pritsche setzen und erst mal ganz leise sind.«

Tussi stapfte über den Betonboden, setzte sich stocksteif hin und legte die Hände in den Schoß. Ihr Blick war hoffnungslos verwirrt, und Hanne zögerte kurz, als sie die Zellentür hinter sich abschloß. Es hätte verboten werden sollen, alte Menschen zu verhaften.

Und Kinder auch, dachte sie, als sie einen Blick in die nächste Zelle warf.

Der Insasse war, körperlich gesehen, zwar erwachsen. Doch das Gesicht, das sich zu ihr hob, ließ sie innehalten. Der Junge mochte um die Zwanzig sein. Er weinte lautlos.

»Wie heißt du?« fragte Hanne, ohne zu wissen warum.

»Daniel Åsmundsen«, schluchzte er und wischte sich mit dem Ärmel den Rotz ab. »Können Sie mir helfen?«

»Was für Hilfe brauchst du?«

»Können Sie jemanden für mich anrufen?«

»Jemanden anrufen«, wiederholte Hanne und hielt Ausschau nach dem Arrestleiter. »Du hast das Recht, wenn du verhaftet wirst, deine Angehörigen zu informieren. Hat dir das niemand gesagt?«

»Nein.«

Schniefend und mit steifen Bewegungen erhob er sich von der Betonpritsche. Er schien nicht so recht zu wissen, ob er an die Zellentür treten durfte.

»Ich rufe deine Eltern an«, sagte Hanne kurz. »Wie heißen die? Und kannst du mir die Nummer sagen?«

»Nein!«

Jetzt stand der Junge an der Tür. Hanne sah, daß sie sich im Alter verschätzt hatte, er konnte durchaus schon auf die Fünfundzwanzig zugehen. Er hatte große blaue Augen in einem runden Gesicht, aber an seinen Wangen wurden schon die abendlichen Schatten deutlich.

»Rufen Sie nicht meine Mutter an. Rufen Sie ... wenn Sie meine Tante anrufen könnten, Idun Franck. Ihre Nummer ist 22 ...«

»Idun Franck? Du kennst ... Idun Franck ist deine Tante?«

»Ja. Kennen Sie sie?«

Der Junge versuchte ein kleines Lächeln. Hanne schloß die Zellentür auf und zog Daniel Åsmundsen unter dem Gejohle und Geschrei der übrigen Festgenommenen mit sich. Plötzlich hatten alle eine Tante, die unbedingt angerufen werden mußte.

»Ich nehme Nummer acht mit zum Verhör«, teilte sie dem Arrestleiter kurz mit.

»Von mir aus kannst du zehn mitnehmen«, sagte der und wandte sich einem Polizeianwärter zu. »Wo zum Teufel bleibt der psychiatrische Notdienst?«

Die schuhlose Nutte stand noch immer mitten im Raum und schrie nach Fußbekleidung. Sie hatte sich die Zehen am Boden blutig gescheuert. Jeder von den Beamten machte einen großen Bogen um sie. Sie war zu einem Teil des Inventars geworden, zu einer lästigen Säule mitten im Raum, die alle störte, die zu entfernen aber niemand sich berufen fühlte.

»Hier«, sagte Hanne. »Nimm meine.« Sie streifte ihre Stiefel ab, die texanischen mit Silbersporen und beschlagenen Absätzen.

»Danke«, murmelte die Pelzbekleidete überrascht. »Die sind ja toll, Mensch.«

Sie zog die Stiefel mit großer Mühe an und lächelte dem Arrestleiter hinter seinem Schreibtisch triumphierend zu. Er schaute nicht einmal in ihre Richtung. Dann seufzte sie zufrieden und trampelte mit ihrer braunen Papiertüte unter dem Arm und stolz erhobenem Haupt in den Adventsabend hinaus. Kaum jemand registrierte ihr Verschwinden.

55

Hanne Wilhelmsen hatte sich Idun Francks Wohnung nicht so vorgestellt, wie sie am späten Abend des 22. Dezember aussah. Bei ihrer Vernehmung fünf Tage vor diesem Montag hatten die Kleider der Lektorin farblich zueinander gepaßt, waren ihre Haare sauber und glänzend gewesen; überhaupt hatte die Frau in mittleren Jahren elegant und anziehend gewirkt. Außerdem hatte sie, trotz der unangenehmen Fragen, eine seelische Stärke ausgestrahlt, die sie noch attraktiver gemacht hatte.

Der Weihnachtskaktus auf der Fensterbank hätte in der Wüste ein schöneres Leben gehabt. Er ließ mißmutig seinen großen Kopf hängen und war umgeben von heruntergefallenen trockenen Blüten. Die Luft in der Wohnung war stickig, und überall lagen schmutzige Kleidungsstücke herum. Idun Franck hatte hektische rote Wangen, als Hanne und Silje Sørensen die Treppe zum zweiten Stock heraufkamen. Offenbar hatte sie die Sekunden seit dem Klingeln genutzt, um die allerärgste Unordnung zu beseitigen. Aber noch immer stand auf dem Couchtisch eine schmutzige Kaffeetasse. Der Aschenbecher stank und hätte schon zwei Tage zuvor geleert werden müssen.

»Setzen Sie sich«, sagte Idun Franck und schaute traurig ihre Sitzgruppe an, ohne jedoch die große Handtasche von dem einen und den Zeitungsstapel von dem anderen Sessel zu entfernen.

Hanne und Silje nahmen auf dem Sofa Platz.

»Kaffee«, sagte Idun Franck unvermittelt und verschwand in der Küche.

»Dauert das nicht viel zu lange?« flüsterte Silje. »Kaffee, meine ich.« Sie kratzte sich am Bauch.

»Milch habe ich leider nicht«, sagte Idun Franck und stellte drei Tassen auf den Tisch. »Ich habe es nach der Arbeit nicht mehr geschafft einzukaufen. Jetzt sind es nur noch elf Tage.«

»Elf Tage?«

Hanne Wilhelmsen nahm Unni Lindells »Paß auf, was du träumst« von einem Beistelltischchen und blätterte ziellos darin herum.

»Bis zum Weltuntergang«, sagte Idun Franck mit kurzem Lachen. »Wenn wir diesen Weltuntergangspropheten glauben dürfen. Aber das dürfen wir vielleicht nicht. Haben Sie das gelesen?«

Hanne schüttelte den Kopf. »Nein. Ich komme kaum zu so was.«

»Ich habe mich oft gefragt, ob Polizisten wohl Kriminalromane lesen«, sagte Idun Franck; ihre Stimme hatte einen neuen Beiklang, eine Anspannung, die sie jünger wirken ließ. »Oder ob sie, was das angeht, Arbeit genug abbekommen. Was wollen Sie eigentlich von mir?«

Silje griff zu ihrer leeren Tasse und drehte sie zwischen ihren Händen hin und her. In der Küche gurgelte die Kaffeemaschine wie besessen, und aus der Wohnung unter ihnen war ganz leise »O, helga natt« zu hören. »Jussi Björling«, sagte sie leise.

»Sie wollen über Jussi Björling reden?«

Ohne auf Antwort zu warten, verschwand Idun wieder in der Küche.

»Hier herrscht ja nicht gerade Weihnachtsstimmung«, flüsterte Silje. »Bei uns ist es ja auch manchmal unordentlich, aber nicht so ...« Sie strich mit einem Finger über den Couchtisch. »... schmutzig!«

Drei Wände im Wohnzimmer waren von oben bis unten und von einer Seite zur anderen mit Bücherregalen bedeckt. Trotzdem hatten die Bücher nicht genug Platz; vor der Tür zu dem kleinen Balkon ragten drei hohe Stapel auf.

»Bücher machen Staub«, sagte Hanne und zuckte mit den Schultern; sie dachte mit Schrecken daran, wie ihre Wohnung ausgesehen hatte, als Nefis am Freitagabend gekommen war.

»Hier«, sagte Idun Franck und schenkte ein. »Milch habe ich leider nicht, wie gesagt. Zucker?«

Sie entfernte den Zeitungsstapel und setzte sich.

»Sie haben viele Bücher, wie ich sehe«, sagte Hanne und schaute sich lächelnd im Zimmer um. »Haben Sie auch wertvolle?«

»Sie meinen, rein literarisch? Ja, unbedingt.«

Idun lächelte schwach und machte mit der rechten Hand eine bedauernde Geste.

»Tut mir leid. Nein, ich habe vielleicht einige wenige Exemplare, die auf einer Auktion ein paar Tausender einbringen könnten, aber das ist auch alles.«

Hanne kam ein Stück vom Sofa hoch und zog einen gelben Zettel aus der Hosentasche.

»Gibt es in Ihrer Familie jemanden, der Bücher sammelt? Ich meine, wirklich wertvolle Bücher. Antiquarische.«

Idun Franck schien das alles nicht so recht zu begreifen. Ihre Miene zeigte aufrichtige Verwunderung, etwas ganz anderes als den angestrengt wachsamen Blick, mit dem sie ihre Besucherinnen empfangen hatte.

»Mein Vater«, sagte sie vorsichtig. »Er hatte eine sehr wertvolle Sammlung. Wir wissen nicht ganz genau, wie wertvoll sie war, aber etliche hunderttausend würde sie bestimmt einbringen. Wenn nicht noch mehr. Jetzt hat Daniel, mein Neffe ...«

Sie hielt den Rest dieses Satzes zurück, indem sie sich energisch in die Unterlippe biß. Über dem Ausschnitt ihres Pullovers breitete sich eine schwache Röte aus.

»Über Daniel wollen wir mit Ihnen reden«, sagte Hanne gelassen und lächelte.

»Über Daniel? *Daniel?*« Idun umklammerte ihre Tasse, hob sie aber nicht an den Mund. »Ist Daniel etwas passiert? Wo ist er? Ist er ...« Ihr standen Tränen in den Augen, und ihre Lippen zitterten.

»Ganz ruhig, bitte«, sagte Hanne und hielt diese Tante für eine ungeheure Glucke. »Daniel ist kerngesund.«

Silje zog zwei durchsichtige Plastiktüten mit der Aufschrift »Beschlagnahmung 1« und »Beschlagnahmung 2« aus ihrer riesigen Tasche.

»Haben die Ihrem Vater gehört?« fragte Hanne, während Silje die beiden Bücher ordentlich nebeneinander auf den Tisch legte, wie um sie einer nicht gerade eifrigen Käuferin aufzuschwatzen.

Idun Franck warf einen kurzen Blick auf die Tüten.

»Davon bin ich überzeugt. Darf ich die Tüten aufmachen?«

Hanne nickte, und Silje zog die Bücher aus den Tüten und hielt sie Idun hin.

»Der Hamsun-Band hat eine ganz besondere Vorgeschichte«, sagte die. »Mein Vater war Anwalt beim Obersten Gericht. Bei den Prozessen gegen die Landesverräter hat er Justizminister Riisnæs verteidigt. Der Mann war total verrückt und wurde deshalb für strafunfähig befunden. Soviel ich weiß, hat er bis Ende der siebziger Jahre in einer Anstalt gesessen. Dieses Buch hat er meinem Vater im Jahre 1946 gegeben. Wie er selbst in seinen Besitz gelangt war, haben wir nie erfahren. Daß es wertvoll ist, haben wir nie bezweifelt. Mein Vater war zunächst unsicher, ob er es behalten sollte. Es konnte immerhin gestohlen sein. Aber ...« Sie zuckte mit den Schultern. »Das ist alles so lange her. Das hier ...« Vorsichtig öffnete sie »Fahrt über das Polarmeer«, »... das hat mein Vater gekauft, als ich noch klein war. Auch das ist lange her. Inzwischen.«

Sie lächelte zaghaft, und ihre Schultern hatten sich ein wenig gesenkt. Sie wirkte erleichtert, wagte aber nicht, das offen zu zeigen.

»Dann ist doch alles in schönster Ordnung«, sagte Hanne und schlug sich auf die Oberschenkel. »Daniel ist heute festgenommen worden, als er versucht hat, diese Bücher zu verkaufen. Aber ...« Sie breitete die Arme aus und lächelte Idun

Franck an. »Da Sie nun bestätigt haben, daß Daniel weder versucht hat, Diebesgut zu verkaufen, noch, sich als Fälscher zu betätigen, müssen wir uns bei ihm entschuldigen.«

»Ist Daniel ... haben Sie Daniel *verhaftet?*«

»Ganz ruhig. Das war nur ein Mißverständnis. Ich fahre sofort zur Wache und setze Ihren Neffen auf freien Fuß.«

Hanne und Silje standen schon vor der Wohnungstür, als Idun Franck die Sprache wiederfand.

»Kommt es häufiger vor«, hob sie an und unterbrach sich. »Wenn es vorkommt, daß Sie einen jungen Mann verhaften, wegen ...«

»Diebstahls, Hehlerei und/oder Betrug«, fügte Hanne hilfsbereit hinzu.

»Genau. Schicken Sie dann immer gleich zwei Leute los, um spätabends noch mit Zeuginnen zu sprechen? Normalerweise, meine ich?«

»Service«, sagte Hanne kurz. »Der Junge ist nicht vorbestraft. Es ist doch absurd, daß er mitten in der Weihnachtshektik bei uns festsitzt, wenn er gar nichts verbrochen hat.«

»Aber hätten Sie nicht ...«

Hanne versetzte Silje einen Rippenstoß, und die beiden waren bereits beim nächsten Treppenabsatz, als sie gerade noch das Ende der Frage hörten.

»... einfach anrufen können?«

Keine gab eine Antwort, doch als sie unten auf der Straße standen, boxte Hanne ärgerlich in die Luft.

»*Shit!* Ich habe etwas vergessen.«

Sie drückte auf die Klingel.

»Hat Daniel in letzter Zeit viel Geld ausgegeben?« fragte sie, als Idun sich endlich über die Gegensprechanlage meldete.

»Nein ... Daniel ist sehr genau in Gelddingen. Aber vor ein paar Monaten hat er mich nach Paris eingeladen. Er sagte, er habe lange gespart, um mir ein schönes Geschenk zu machen. Wir waren allein dort, und es war so ...«

Idun Franck brach in Tränen aus. Durch die Gegensprechanlage klang es wie ein leises Schnarren, und Hanne murmelte eine halbherzige Entschuldigung, ehe sie Silje folgte.

»Die Frau flennt«, sagte sie düster und wickelte sich den Schal doppelt um den Hals.

»Kann ich gut verstehen«, erwiderte Silje. »Eigentlich bin ich ganz ihrer Meinung. Wieso überfallen wir sie eigentlich einfach so ... zu zweit! Du hättest sie wirklich einfach anrufen können, Hanne. Das ist doch alles Kleckerkram.« Sie schaute ihre Kollegin schräg von der Seite an. »Du hast versprochen, dir alles anzusehen, was ich über Sindre Sand habe«, sagte sie dann. »Das wolltest du heute abend machen. Das Material ist phantastisch, er ...«

»Annmari sagt, daß er morgen dem Untersuchungsrichter vorgeführt wird.«

»Ja! Du wirst total ...«

»Wir warten«, sagte Hanne und legte der anderen den Arm um die Schultern. »Wenn er vorgeführt wird, hast du doch gute Arbeit geleistet. Dann brauchst du meine Meinung nicht mehr. Okay?«

Silje Sørensen schüttelte den Arm ab.

»Nein«, sagte sie verärgert. »Das ist überhaupt nicht okay. Wir hätten in dieser Stunde ... ich begreife einfach nicht, warum wir wertvolle Zeit vergeuden und ...«

»Irgend etwas stimmt nicht mit Idun Franck«, fiel Hanne ihr wieder ins Wort. »Oder vielleicht ...«

Sie blieb stehen. Sie hatten den Park erreicht, der westlich vom Gefängnis und südlich der Wache lag. Dichter Schnee bedeckte die Schlammflächen, die am Vortag noch bloßgelegen hatten. Hanne ließ ihren Blick über die Gefängnismauern schweifen und hielt erst inne, als sie die Hintertreppe sah, auf der Brede Ziegler vierzehn Tage zuvor tot aufgefunden worden war.

»Oder ...«

Silje war stehengeblieben. Sie zog die Schultern hoch, um sich gegen die Kälte zu schützen, schlug die Füße gegeneinander und gähnte ausgiebig.

335

»Vielleicht ist auch Daniel derjenige, mit dem etwas nicht stimmt«, sagte Hanne. »Irgend etwas. Ich hab nur noch keinen Schimmer, was das sein sollte. Wenn ... *I'll race you!*«

Sie liefen und lachten, stolperten, stießen sich gegenseitig an, bewarfen einander mit Schnee und stellten sich Beine, bis Silje endlich ihren Handschuh gegen die Metalltüren der Osloer Hauptwache knallte.

»Ich bin alt geworden«, klagte Hanne und rang um Atem. »Mach, daß du nach Hause kommst. Ich will dich nie wieder sehen.«

Daniel wurde noch vor Mitternacht freigelassen. Er rief weder seine Tante noch seine Mutter an. Vor dem Einschlafen fiel ihm ein, daß die Bücher von seinem Großvater noch auf der Wache lagen. Die konnte er am nächsten Tag abholen. Er würde sie ja doch nicht verkaufen.

Um fünf Uhr morgens wurde er von seinem eigenen Weinen geweckt.

56

Harrymarry kam nicht zurückgekrochen, sie kam gehumpelt. Daß Hanne sich wegen einer blöden Spritze dermaßen anstellen konnte, begriff sie nicht.

»Ich laß mir kein Scheiß bieten«, murmelte sie und wackelte weiter in Richtung Lille Tøyen.

Vom Bankplass war es ein weiter Weg bis zu Hannes Wohnung. Harrymarry hatte kein Geld für ein Taxi. Ihre Rente verspätete sich, genauer gesagt, die Überweisung irrte zwischen Adressen, die sie längst hinter sich gelassen hatte, hin und her.

Es war am frühen Montag abend. Die beiden Nächte unter freiem Himmel waren schlimmer gewesen als alle, an die Harrymarry sich erinnern konnte. In der Nacht zum Sonntag hatte sie hinter dem Müll auf einer Tankstelle einen Wärmerost gefunden, so gegen fünf Uhr morgens. Sie hatte von sauberen Laken und warmem Essen phantasiert und zum ersten Mal in ihrem Leben wirkliche Todesangst gehabt. Der Schuß, den sie sich bei Hanne gesetzt hatte, war ein Fehlgriff gewesen. Beim nächsten Mal würde sie in den Keller gehen. Der Schlüssel hing hinter der Wohnungstür in einer Ecke, in einem Häuschen, auf das ein Hängeschloß gemalt war. Harrymarry hatte den Kellerraum schon inspiziert. Sie hatte von dort ein Paar Stiefel mitgenommen, aber nur leihweise. Die Stiefel waren zu groß, und nach fast drei Tagen unter freiem Himmel fühlte es sich an, als hätte sie ebensogut Pumps tragen können. Es war noch nicht mal neun. Auf dem Bankplass war erbärmlich wenig losgewesen. Die Familienväter waren noch mit Weib und Kind beim Weihnachtseinkauf, und für sturzbesoffene Teilnehmer von Weihnachtsfeiern, die das Fest mit einem billigen Fick abrunden wollten,

337

war es noch zu früh. Einige kleine Mädels hatten sich in Harrymarrys Ecke breitgemacht. Für einen Streit hatte Harrymarry keine Kraft gehabt. Sie konnte kaum noch klar sehen, wußte nicht einmal genau, ob es drei Mädels gewesen waren oder vier.

»Verdammt, ich laß mir kein' Scheiß bieten«, wiederholte sie wütend und rang um Atem, während sie den Schlüssel aus dem BH fischte und die Wohnungstür aufschloß.

Sie humpelte in die Küche und fühlte sich ganz wie zu Hause. Angesichts einer Schale mit schwarzen Oliven im Kühlschrank schnitt sie eine Grimasse. Ihr Blick wanderte weiter zu einem Stück Lachs, und zwischen den traurigen Überresten eines Gebisses lief ihr das Wasser im Munde zusammen.

Nach fast fünfundvierzig Jahren auf der Rolle waren Harrymarrys Kindheitserinnerungen in einem grauen Nebel verschwunden. Das einzige, woran sie sich wirklich erinnerte, war eine Familie, die sich zwei Jahre lang um sie gekümmert hatte; sie war mit sieben zu ihnen gekommen. Die hatten ein Räucherhäuschen gehabt. Mama Samuelsen war lieb und dick gewesen wie eine Tonne. Sie hatte ein Gebiß aus Tromsø und einen großzügigen Schoß, und weil sie keine eigenen hatte, hatte sie vier uneheliche Gören aufgenommen. Abends kam Papa Samuelsen ins Wohnzimmer, brachte den schweren Geruch von Räucherlachs mit herein und warf Lachshaut in eine Bratpfanne über dem offenen Feuer. Die Kinder aßen sich an knuspriger Fischhaut und fettem Lachs satt und tranken heißen Kakao dazu. Marry lernte lesen und schreiben. Papa Samuelsen lachte und klatschte in die Hände, wenn die Kleine mit Kopierstift seine Abrechnungen korrigierte; sie lächelte glücklich mit blauem Mäulchen und bekam zwei Bonbons für ihre Leistung. Dann war Mama Samuelsen gestorben, und die Kinder hatten weiterziehen müssen. Papa Samuelsen hatte geweint und gefleht, doch die Obrigkeit hatte sich nicht erweichen lassen. Marry hatte in ihrem Leben zwei gute Jahre gehabt; die Jahre begannen, als sie sieben war, und endeten zwei Tage vor ihrem neunten Geburtstag.

Harrymarry bugsierte den Lachs, vier Kartoffeln und eine halbe Tasse Sauerrahm auf den Küchentisch. Noch immer trug sie ihren Nylonpelz. Noch immer fror sie wie ein Hund.

»Petze«, murmelte sie, als sie in der Türöffnung Nefis entdeckte.

»*Hello. How are you?*«

Harrymarry schüttelte den Kopf. Wie gut, daß niemand zu Hause gewesen war, als sie ankam. Sie hatte gehofft, essen und sich vielleicht noch aufwärmen zu können, ehe sie wieder vor die Tür gesetzt wurde. Gute Dinge kamen und gingen in Harrymarrys Leben und waren nie von Dauer.

»Das Schicksal gibt, und das Schicksal nimmt«, sagte sie und beschloß, sich so zu verhalten, als sei überhaupt nichts gewesen.

Nefis setzte sich an den Küchentisch. Harrymarry kehrte ihr den Rücken zu und lärmte mit Töpfen und Pfannen, ohne die Kanackenfrau damit vertreiben zu können. Die Fischhaut zischte in der heißen Butter. Harrymarry goß Milch in einen Topf und fand in einem der oberen Schränke Kakao. Dann gab sie zwei Eier über die Hautstreifen.

»*Smells good*«, sagte Nefis.

»Was wi'se eingtlich? Sie kriegt nix. Die Nasefiese.«

Harrymarry grinste die Eier an. Dann schaufelte sie einen Berg Kartoffelsalat und drei mit kroß gebratener Haut bedeckte Fischstücke auf ihren Teller und krönte das Ganze mit zwei Spiegeleiern. Als sie sich zum Essen hinsetzte, verließ Nefis die Küche. Es schmeckte gut. Nichts hatte je so gut geschmeckt, seit Harrymarry neun Jahre minus zwei Tage gewesen war.

»Und das hab ich selber gemach«, seufzte sie zufrieden und schlief mit vollem Mund ein.

»Scheiße«, murmelte sie, als sie von Nefis' Rückkehr geweckt wurde.

339

Der Ärmel ihres Nylonpelzes lag im Kartoffelsalat. Nefis packte sie und führte sie ins Badezimmer. Dort fing sie an, ihr die Kleider vom Leibe zu reißen.

»Ich mach es nich mi' Lesben«, sagte Harrymarry und ließ sich in die Badewanne verfrachten.

Schaum bedeckte sie bis zum Hals. Sie verspürte eine unbekannte Wärme, ganz anders als die, die das Heroin ihr schenkte. Für einen Moment schloß sie die Augen, riß sie aber wieder auf, weil die nasenfiese Frau offenbar nicht gehen wollte. Die sortierte Kleidungsstücke. Plötzlich hielt sie ihr ein Paar weiche Jeans hin. Harrymarry nickte träge. Sie begriff nichts, aber die Frau sollte doch machen, was sie wollte, solange sie sie nur in Ruhe ließ. Jetzt wollte Nefis ihr eine Bluse zeigen. Harrymarry nickte und lächelte zaghaft. Dann machte sie die Augen wieder zu.

»*What about this?*«

Harrymarry hob ein Augenlid. Nefis zeigte ihr eine raffinierte Garnitur Unterwäsche. Der BH war mit Spitzen besetzt, die Hose war kreideweiß und hatte hohe Beinausschnitte.

»Yess«, sagte Harrymarry und begriff endlich, was die andere wollte.

Nefis zeigte auf Harrymarrys schmutzige Sachen, die auf dem Boden durcheinanderlagen, und ließ ihren Finger zur Waschmaschine weiterwandern.

»*Wash*«, sagte sie überdeutlich. »*Tomorrow: Shopping!*«

Shopping. Endlich ein Wort, das einen Sinn ergab. In diesem Jahr kam Weihnachten früh, und Harrymarry lächelte glücklich, während Nefis triumphierend die Kleidungsstücke hochhob, auf die sie sich geeinigt hatten; fesche Designerjeans, eine lila Bluse und einen grauen Pullover, und unter allem: die weißeste Unterwäsche der Welt. Nefis warf einen Blick auf den Nylonpelz. Aus dem Ärmel lugte ein Zipfel eines Seidenschals hervor.

»*Nice. Same colour as the blouse.*«

Der Schal war grün und lila und paßte perfekt zur Bluse.

Harrymarry blickte Nefis hingerissen an. Im Badezimmer war es warm. Das Wasser war sauber und duftete nach Sommer. Sie hätte gern sofort die neuen Sachen angezogen, brachte es aber nicht über sich, aufzustehen. Sie hob den Blick zu Nefis' Gesicht. Es war das schönste Gesicht, das Harrymarry je gesehen hatte. Zumindest, seit sie neun Jahre minus zwei Tage alt gewesen und Papa Samuelsen weggenommen worden war. Das war so lange her. Es war in einem anderen Leben gewesen. Harrymarry bereute, Nefis nichts von ihrem Essen abgegeben zu haben.

»Ei laff ju«, schluchzte sie leise.

Es war Harrymarrys allererster Satz auf englisch. Sie war ganz sicher, daß es die richtige Begrüßung für eine neue Freundin war.

57

Als Richter Bengt Lund am Dienstag, dem 21. Dezember, um 13.27 Uhr den kleinen Gerichtssaal im Osloer Gericht betrat, schienen die Journalisten die Welle machen zu wollen. Hinter der niedrigen Schranke, die die Publikumsbänke vom übrigen Teil des Saales trennten, saßen die schweißnassen Medienvertreter wie die Heringe in der Tonne. Deshalb mußten sie sich gemeinsam erheben, um dem Verwalter der Gerechtigkeit die Ehrerbietung zu erweisen, auf die er einen Anspruch hatte.

Richter Lund hob seinen Blick nicht. Er starrte auf einen Computerbildschirm, der in die Tischplatte eingelassen war, und las langsam vor: »Das Osloer Untersuchungsgericht hat über zwei Haftbefehle zu befinden. Ich lese nur den Schluß vor: Die Türen werden geschlossen. Bis dahin darf drei Minuten lang fotografiert werden. Ich gehe solange nach draußen. Für drei Minuten.«

Als einer der beiden Verteidiger, Anwalt Osvald Becker, auf Annmari Skar zusteuerte, machte die Polizeijuristin sich eifrig an den dicken Ordnern mit Unterlagen zu schaffen, die zwischen ihr und Billy T. aufgestapelt waren.

»Frau Anklagevertreterin«, sagte Anwalt Becker laut und lächelte ins Blitzlichtgewitter hinein. »Wann ist diese Tussi Gruer Helmersen auf freien Fuß gesetzt worden?«

Die Stimme des Anwalts war auffällig hoch. Osvald Becker piepste; er war wegen seiner unangenehm schrillen Stimme geradezu berüchtigt. Sie bildete einen seltsamen Kontrast zur fülligen Erscheinung des Mannes.

Annmari Skar versuchte ihren Blick auf einen neutralen Punkt zu richten. Sie fand einen Fleck auf Beckers dunkler Jacke und antwortete mit ausdrucksloser Stimme: »Gestern.

Um siebzehn Uhr dreißig. Gegen sie besteht kein Verdacht mehr.«

Anwalt Becker hob die Brauen und wandte sein Gesicht halbwegs den eifrig mitschreibenden Journalisten und den Fotografen zu, die aus Mangel an anwesenden Angeklagten ihre gesamten Filmvorräte an dieses ziemlich uninteressante Motiv verschschwendeten.

»Auf freien Fuß gesetzt? Sieh mal einer an. Ei der Daus.«

Sein Lachen war ebenso enervierend wie seine Stimme. Er legte vertraulich eine Hand auf die Schranke und fuhr sich mit der anderen über den Kopf.

»Gegen sie besteht also kein Verdacht mehr. Und ich hatte geglaubt, die Polizei amüsierte sich in diesem Fall damit, so viele Personen festzunehmen, wie überhaupt nur möglich. Komisch, daß heute nur zwei vor Gericht stehen. Komisch.«

Annmari Skar hatte diesen Mann noch nie leiden können. Im stillen wünschte sie Claudio Gagliostro einen Anwalt, dem es nicht ganz so wichtig war, für die Zeitungen zu posieren. Der Angeklagte Nummer zwei hatte sehr viel mehr Glück gehabt. Anwalt Ola Johan Bøe fungierte schon seit Jahren beim Obersten Gericht als Verteidiger und behielt grundsätzlich einen sachlichen Tonfall bei. Der Mann war von sanftem Wesen, doch niemand konnte den hellwachen Ausdruck seiner kleinen, fast starrenden Augen übersehen.

Endlich befanden sich im Saal nur noch der Protokollführer, die beiden Verteidiger, Polizeijuristin Skar, Billy T. und ein Gerichtsdiener, der sich die Zeit damit vertrieb, neues Wasser in die Plastikbecher zu geben. Die Luft war stickig und verbraucht, obwohl die Sitzung erst eine knappe halbe Stunde gedauert hatte. Der Saal hatte keine Fenster. Annmari Skar verspürte einen ersten Anflug von Kopfschmerzen. Richter Lund kehrte zurück und bedeutete allen, sie sollten einfach sitzen bleiben, ehe er energisch hinter dem Richtertisch Platz nahm, seine Hemdsärmel aufkrempelte und die Formalitäten hinter sich brachte.

»In diesem Fall geht es«, begann Becker, der aufgestanden war, ohne um das Wort gebeten zu haben, »um eine Ermittlung, wie ich sie während meiner ganzen Karriere, und ich betone: *während meiner ganzen Karriere,* noch nicht erlebt habe.« Er hob dramatisch die Hand und legte sie auf sein Herz, wie um den Wahrheitsgehalt seiner Aussage zu beschwören. »Ich sehe allen Grund, das Gericht schon jetzt darauf aufmerksam zu machen, daß Anlaß besteht, deutliche Kritik gegen die Polizei zu richten. *Deutliche* Kritik. Ich darf mir erlauben ...«

Richter Lund fiel ihm ins Wort.

»Anwalt Becker. Ich darf mir erlauben, Sie jetzt schon zu warnen ...« Er trommelte mit den Fingern der linken Hand auf dem Tisch. »Keine Festreden, bitte. Dieses Gericht ist über Ihre lange Karriere informiert. Sie haben bei fast jeder Verhandlung darauf verwiesen, die der Unterzeichnete miterleben durfte. Ich vermute indessen, daß auch Sie einmal jung waren ...«

Annmari tauschte einen Blick mit Anwalt Bøe. Sie hätte schwören können, daß der um einiges ältere Jurist lächelte.

»... weshalb meine Vorgänger sich vielleicht keine Auslassungen über die Dauer Ihrer Karriere als selbständiges – und wenn ich mir das erlauben darf: ziemlich irrelevantes – Argument zum Vorteil Ihrer Mandanten anhören mußten. Ich habe mir übrigens sagen lassen, daß Sie noch keine Vierzig sind.«

Anwalt Bøes Lippen wurden noch immer von einem kaum sichtbaren Lächeln umspielt. Aus Loyalität seinem unseligen Kollegen gegenüber bat er dennoch um Verständnis für die Tatsache, daß die Verteidiger die Arbeit der Polizei kritisch beleuchten wollten. Richter Lund knurrte und schaute Annmari an.

»Wo schon davon die Rede ist, Polizeijuristin Skar ...« Er kniff die Augen zusammen, und seine Miene bekam etwas Sarkastisches.

»Ich möchte nur sichergehen, daß ich die Unterlagen

richtig verstanden habe. In diesem Fall gibt es also zwei Angeklagte. Beiden wird vorgeworfen, denselben Mann ermordet zu haben, allerdings zu verschiedenen Zeitpunkten. Habe ich die Behauptungen der Polizei richtig verstanden?«

Annmari Skar errötete nie. Jetzt spürte sie, wie ihre Haut brannte. Sie erhob sich halbwegs, konnte sich aber nicht entscheiden und blieb in seltsam gekrümmter Haltung stehen.

»Dem Angeklagten Nummer zwei wird nur ein Versuch vorgeworfen«, sagte sie halblaut und blies sich den Pony aus der Stirn. »Versuchter Mord, meine ich. Aber wenn der Verstorbene lange genug gelebt hätte, wäre er aufgrund dieses ersten Versuchs umgekommen – der nicht vollendet wurde, weil er später, danach, der Mann … der Verstorbene, meine ich … er wurde später …« Sie ließ sich auf ihren Stuhl fallen und teilte mit: »Ich werde darauf zurückkommen, wenn ich unser Haftersuchen erläutere.«

»Das möchte ich aber auch hoffen«, sagte Richter Lund. »Ich freue mich sogar schon darauf. Könnten wir nun den Angeklagten Nummer eins, Claudio Gagliostro, aus dem Keller holen?«

Wenige Minuten später wurde Claudio von zwei Uniformierten in den Gerichtssaal geführt. Er stolperte zum Zeugenstand und blickte verwirrt in die Runde. Schweiß strömte ihm über die Stirn, und er keuchte wie kurz vor einem Asthmaanfall.

Richter Lund musterte ihn mit freundlichem Interesse.

»Ihnen wird vorgeworfen, verstoßen zu haben gegen …« begann er und zählte in umwerfendem Tempo Paragraphen auf, ehe er aufblickte und seine Brille abnahm. »Das bedeutet, daß Ihnen vorgeworfen wird, in der Nacht vom fünften zum sechsten Dezember dieses Jahres Brede Ziegler einen tödlichen Messerstich in die Herzregion beigebracht zu haben. Außerdem, daß Sie in der Nacht zu Montag, dem 20. Dezember, vorletzte Nacht also, versucht haben sollen, Sebastian Kvie zu Tode zu bringen, indem Sie ihn in der Biedenkapsgate zwei von einem Gerüst gestoßen oder gescho-

345

ben haben. Außerdem wird ihnen Unterschlagung und/oder Hehlerei in bezug auf eine unbekannte Menge Jahrgangsweine zur Last gelegt.«

Richter Lund biß in einen Brillenbügel und musterte Gagliostro aus zusammengekniffenen Augen.

»Erklären Sie sich für schuldig oder für nicht schuldig?«

»Mein Mandant erklärt sich nicht für schuldig, er ...«

Anwalt Becker war schon aufgesprungen, ehe Claudio die Frage des Richters überhaupt erfaßt hatte.

Richter Lund ließ ihn nicht ausreden, sondern schwenkte irritiert die linke Hand und bellte: »Ich gehe davon aus, daß Ihr Mandant sprechen kann. Anwalt Becker?«

»Unschuldig!« rief Claudio. Seine Stimme klang belegt und ungelenk, so als sei er eben erst erwacht.

»Nicht schuldig«, korrigierte der Richter und nickte dem Protokollführer zu.

»Er sieht verdammt noch mal schuldig aus«, flüsterte Billy T. Annmari Skar ins Ohr. »Ich habe keine Ahnung, ob er schuldig ist, aber sieh ihn dir doch bloß an!«

»Laß den Quatsch«, fauchte sie zurück. »Halt die Fresse, und gib mir die Unterlagen, die ich brauche, *ehe* ich sie brauche.«

Als die Formalitäten erledigt waren, wurde der Polizeijuristin die Gelegenheit gegeben, den Angeklagten zu verhören. Der Richter hob leicht die Augenbrauen, als Annmari ablehnte. Sie ging davon aus, daß Claudios Anwalt ihr diese Arbeit abnehmen werde. Und das tat er. Selbst auf die leichtesten und wohlwollendsten Fragen von Anwalt Becker hin schaffte Claudio Gagliostro es, sich in Widersprüche zu verwickeln. Er stammelte, stotterte und griff sich an die Stirn. Sein Norwegisch wurde immer schlechter, und gegen Ende der Befragung hätte man meinen können, er sei erst vor wenigen Monaten ins Land gekommen. Der ganze Mann schien in Auflösung begriffen. Körperflüssigkeiten troffen über seine Hemdbrust; Rotz, Tränen und Schweiß flossen zu einem zähen Brei zusammen, unter dem Claudios Gesicht glänzte und der den Richter veranlaßte, auffällig oft verlegen in seine Unterlagen zu schauen.

»So was muß er doch schon häufiger gesehen haben«, murmelte Billy T. kaum hörbar.

Er selbst fühlte sich allerdings auch nicht wohl in seiner Haut. Nicht weil er der Erniedrigung eines anderen Menschen beiwohnte, sondern weil er nicht an dessen Schuld glaubte. Jedenfalls nicht, was den Mord an Brede Ziegler betraf. Das ergab einfach keinen Sinn. Claudio Gagliostro war ein amoralischer Trickser. Er hätte sicher keine Schwierigkeiten gehabt, seinen eigenen Bruder zu betrügen, falls er denn einen hatte. Aber Mord? Zu feige, dachte Billy T. und trank einen Schluck Wasser. Zu schwach. Außerdem: Brede Ziegler war im *Entré* das eigentliche Zugpferd gewesen. Kaum jemand wußte, wer Claudio Gagliostro war. Selbst wenn der Italiener in dem Irrglauben gelebt hatte, er werde nach Bredes Tod die Restaurantanteile seines Partners erben, hätte dieser Gewinn ihm nicht viel gebracht. Das *Entré* war noch nicht einmal ein Jahr alt; das Lokal war in kurzer Zeit zu ungeheurem Ruhm gelangt, doch damit würde es ohne Brede Zieglers Namen und Anwesenheit schnell vorbei sein. Claudio war ein Schwindler. Da war Billy T. sich sicher. Aber ein Dummkopf war er auf keinen Fall. Und aller Wahrscheinlichkeit nach auch kein Mörder.

Annmari Skar war anderer Ansicht.

»Ich rede Wahrheit«, schluchzte Claudio und preßte sich einen triefnassen Klumpen Zellstoff an die Nase. »Ich war gar nicht da in das Polizeihaus den Sonntag. Zu Hause war ich! Zu Hause! Und diese andere, mit Sebastian ... Unglück! *Accidente!*«

Die Wörter kamen stoßweise. Er rang keuchend um Atem, schloß die Augen, kehrte sein Gesicht der Decke zu. Sein Adamsapfel hüpfte auf und ab, und einen Moment lang fürchtete Billy T., der Mann könne ersticken.

»Aber, Gagliostro ...« Richter Lund blätterte weiter zu einem Papier, das er offenbar schon im voraus gekennzeich-

347

net hatte. Er setzte seine Brille auf und starrte den Italiener im Zeugenstand an. »Aus den Unterlagen geht hervor, daß in Ihrer Wohnung eine nicht unbedeutende Geldsumme beschlagnahmt worden ist. Vierzehntausendzweihundertfünfzig Kronen, um genau zu sein. Die vierzehn Tausender waren neu, ihre Seriennummern folgen aufeinander. Hier steht ...« Er ließ die Stelle von einem plumpen Zeigefinger suchen und las schließlich vor: »Die Seriennummern von vierzehn Tausendernoten, die am Montag, dem zwanzigsten Dezember, in der Wohnung des Angeklagten beschlagnahmt worden sind, folgen auf die Nummern von sechzehn Tausendern, die in der Nacht zum Montag, dem sechsten Dezember, bei dem toten Brede Ziegler gefunden worden sind.‹ Nicht gerade elegant formuliert, könnte man sagen, aber wir verstehen doch beide, was die Polizei meint. Haben Sie dafür eine Erklärung, Gagliostro?«

Der Verhaftete machte eine plötzliche Wandlung durch. Endlich schien er sich zusammenzureißen. Vielleicht hatte sein Körper alle Flüssigkeit abgesondert. Er hob die Schultern und beugte sich auf aggressive Weise vor. Sogar seine Stimme klang gefaßter, sie wurde dunkler, seine Sprache wieder flüssiger.

»Sicher, Herr Richter. Ein kleiner Fall von Steuerschwindel. Manchmal heben wir Geld ab, Brede oder ich. Und dann schreiben wir eine falsche Rechnung für ›bar bezahlt‹.« Claudio fuchtelte in der Luft herum. »Und teilen das Geld. Das gebe ich gern zu. Aber ich habe nicht, ich habe *nicht* ...«

Er schlug mit beiden Fäusten auf den Zeugenstand. Es knallte lauter, als er erwartet hatte, und er zuckte zusammen.

»... einen Mord begangen«, schloß er kleinlaut.

Die Sache mit dem Geld war am Vorabend Annmaris Trumpf-As gewesen. Sie hatte in die Hände geklatscht, als Klaus Veierød aufgeregt die Seriennummern vorgetragen hatte. Billy T. hatte nur mit den Schultern gezuckt. Daß zwei so eng miteinander verbundene Geschäftspartner Geld hatten, das in einem Schwung bei derselben Bank abgehoben worden war, hatte sicher nicht viel zu bedeuten. Er hatte sich über die Theorie, daß Claudio Brede ermordet haben könnte, um sich dann weniger als die Hälfte des Geldes zu sichern, das dieser bei sich trug, lustig gemacht. Als er Claudio dann ein weiteres Mal als falsche Fährte bezeichnete, hatte Annmari ihn vor die Tür gesetzt und ihm befohlen, am nächsten Morgen frisch und guter Dinger um sieben Uhr zum Dienst zu erscheinen, ohne das Petruskreuz im Ohr, dafür aber mit Schlips um den Hals. Dann werde er bis zur Verhandlung noch sechs Stunden Zeit haben, um die Unterlagen auswendig zu lernen.

»Auswendig«, hatte sie gefaucht und die Tür hinter ihm zugeknallt.

Billy T. hatte seine eigene Theorie über dieses Geld. Je länger er darüber nachdachte, desto besser gefiel sie ihm. Polizeijuristin Skar sollte sehen, wie sie fertig wurde. Billy T. konnte problemlos im Osloer Stadtgericht ein paar Stunden den Nickaugust geben. Seine eigentliche Arbeit würde er dann nachts erledigen.

Annmari Skar erhob sich, um das Haftbegehren der Polizei zu erläutern. Vor Gericht klang ihre Stimme immer tiefer als sonst. Sie sprach langsam, als berücksichtige sie, daß der Protokollführer jedes Wort notierte. Sie redete eine Dreiviertelstunde. Das, was sie sagte, wäre auch in fünf Minuten zusammenzufassen gewesen.

»Die Polizei bleibt bei ihrem Antrag«, schloß sie und rückte die Tischplatte wieder gerade, ehe sie sich setzte.

Anwalt Becker warf sich den Schlips über die Schulter, wie um den Eindruck von hohem Tempo zu vermitteln. Er sprach schnell und so laut, daß Richter Lund ihn nach wenigen Minuten unterbrach, um ihn darauf aufmerksam zu machen, daß er einen knappen Meter vor dem Richtertisch stand; ob der Herr Anwalt sich freundlicherweise ein wenig dämpfen könne? Das konnte er offenbar nicht, und sein Kollege Bøe rückte drei Plätze weiter. Selbst dort hielt er sich noch diskret die Hand vors rechte Ohr.

»Der Antrag der Polizei ist ein Schuß in den Nebel«, schrie Becker. »Es liegt doch auf der Hand, daß nach über zwei Wochen Ermittlungen ein dringendes Bedürfnis nach Ergebnissen besteht. Weihnachten rückt näher, verehrtes Gericht, und die Presse geifert. Geifert!«

Er machte eine vielsagende Geste in Richtung Ausgangstür. Billy T. fragte sich, ob der Anwalt wohl so laut redete, damit die Journalisten draußen ihn hören konnten.

»Haare«, sagte Becker und strahlte Richter Lund an. »Die Polizei hat an der Kleidung des Ermordeten Haare meines Mandanten gefunden. Sieh an! Ich bin ziemlich sicher, Herr Richter, wenn Sie die Polizei Ihren Mantel untersuchen lassen, daß sich daran Haare von fast allen finden werden, mit denen Sie Ihre Garderobe teilen. Garderobe teilen.«

Er schnippte mit den Fingern der rechten Hand und setze eine verklärte Miene auf.

»Aha! So einfach!«

Dann hob er seinen Plastikbecher an die Lippen und hatte es nicht länger eilig. Als alles getrunken war, schenkte er sich aus seiner Glaskaraffe nach. Darauf lächelte er wieder, ein breites Lächeln, bei dem in seinem runden, fast kindlich weichen Gesicht ungewöhnlich weiße, gleichmäßige Zähne sichtbar wurden. Endlich dämpfte er auch seine Stimme ein wenig.

»Wir sehen also, verehrtes Gericht, wir sehen also, daß die Polizei ein höchst bemerkenswertes Manöver vollführt, um triftige Verdachtsgründe zu erhalten. Höchst merkwürdig. Mein Mandant soll also, abgesehen davon, daß er vor zwei Wochen Brede Ziegler erstochen haben soll, vorletzte Nacht versucht haben, Sebastian Kvie umzubringen ...« Wieder lächelte er und ließ diesem Lächeln ein glucksendes kleines Lachen folgen. »Unsinn und Humbug. Ich wiederhole ...«

»Sie brauchen Unsinn und Humbug nicht zu wiederholen, Anwalt Becker. Es wäre außerdem von Vorteil, wenn Sie einigermaßen die Ruhe bewahren könnten.«

Anwalt Becker, der angefangen hatte, auf und ab zu gehen, reagierte auf diesen Tadel und nahm eine Art straffe Habachtstellung ein. Langsam zog er sich den Schlips von der Schulter und betrachtete das Muster für einige Sekunden, ehe er ihn auf seiner Brust arrangierte.

»Notwehr«, schrie er dann so plötzlich, daß sogar die beiden Uniformierten, die mit halbgeschlossenen Augen dagesessen hatten und offenbar nicht zuhören mochten, zusammenfuhren. »Ja, vermutlich handelt es sich bei dem Zwischenfall auf einem Gerüst in der Osloer Innenstadt um einen puren Unfall, und wenn es wirklich der Fall sein sollte, daß mein Mandant Sebastian Kvie gestoßen hat, dann handelt es sich um ein Bilderbuchbeispiel von Notwehr. Denn welche Behauptung hat die Polizei aufgestellt? Die Behauptung, daß mein Mandant mitten in der Nacht hellwach dasitzt, gekleidet in seinen Schlafanzug aus gestreiftem Flanell, und darauf wartet, daß sein Opfer auf ein Gerüst steigt, um sich im vierten Stock vor sein Fenster zu stellen. Im vierten Stock! Ist das ein normales Verhalten für ein potentielles Opfer? Sich als Fassadenkletterer zu betätigen, um sich passend zum Geschubstwerden aufzustellen? Was?«

Einer der Uniformierten versuchte ein Lachen zu unterdrücken. Er beugte sich vor und stützte die Unterarme auf seine gespreizten Oberschenkel, während er den Kopf über seinen Schritt hängen ließ. Seine Schultern bewegten sich lautlos.

»Sehen Sie«, sagte Anwalt Becker und zeigte auf den jungen Mann. »Das ist so lächerlich, daß selbst die Polizei es nicht glauben kann! Ihre eigenen Leute!«

Anwalt Becker war vor Erregung rot angelaufen. Sein Mandant dagegen wirkte ruhiger. Er blickte bewundernd zu seinem Anwalt auf und schien auch nicht mehr zu schwitzen.

Anwalt Becker redete lange. Annmari staunte darüber, daß ihm das gestattet wurde. Er hatte zwar einiges zu sagen, aber vor lauter Freude über seine schönen Argumente büßte er die Fähigkeit, sich zu beschränken, vollständig ein. Als er zum dritten Mal auf die Garderobentheorie zu sprechen kam, um den Haarbeweis der Polizei ad absurdum zu führen, hatte Richter Lund die Nase voll.

»Ich glaube, das Gericht fühlt sich jetzt hinreichend informiert«, sagte er energisch.

Als nach einer Pause Sindre Sand in den Zeugenstand trat, fiel Annmari und Billy T. gleichermaßen auf, daß der Junge ungewöhnlich gelassen aussah dafür, daß er fast die ganze Nacht wach gelegen und anderthalb Tage in einer Kahlzelle verbracht hatte. Sein Hemd wirkte noch immer frisch gebügelt, und irgendwer mußte ihm die Möglichkeit gegeben haben, sich zu rasieren.

»Nicht schuldig«, sagte er nach den einleitenden Formalitäten mit energischer Stimme. »Aber ich bin zur Aussage bereit.«

»Sie haben in den vergangenen Wochen der Polizei gegenüber mehrere Aussagen gemacht«, begann Annmari Skar. »Unter anderem haben Sie gesagt, daß Sie ... Brede Ziegler nicht leiden konnten?«

Sie schaute Sand Bestätigung heischend an. Der zuckte gleichgültig mit den Schultern.

»Und aus diesem Grund, sagen Sie, hätten Sie so lange keinen Kontakt mehr mit ihm gehabt«, fuhr sie fort. »Weiter haben Sie ausgesagt, daß Sie früher mit Zieglers Witwe, Vilde Veierland, ein Verhältnis hatten und so gut wie verlobt waren. Auch mit ihr hätten Sie lange nicht mehr gesprochen, haben Sie bei den Vernehmungen gesagt.«

»Ich habe gesagt ... «

»Nur einen Moment noch. Das Gericht und ich wissen, was Sie gesagt haben, Sand. Sie haben die Protokolle selbst unterschrieben.«

Annmari flüsterte Billy T. etwas zu, und der reichte ihr ein Dokument. Sie fuhr sich mit Daumen und Zeigefinger über die Nase und blieb lange in dieser Haltung sitzen.

»Warum haben Sie gelogen?« fragte sie dann plötzlich.

»Ich habe nicht gelogen. Ich habe Vilde ewig nicht mehr gesehen. Seit . . . ich weiß es nicht mehr.«

»Warum?« Sie ließ sich auf ihren Stuhl zurücksinken und schlug die Arme übereinander. »Warum wollen Sie nicht zugeben, daß Sie Vilde in letzter Zeit mehrmals gesehen haben?«

»Ich habe sie *nicht gesehen*«, sagte Sindre Sand trotzig.

Annmari bat Billy T. um ein weiteres Dokument und zitierte vier Zeilen aus einer Aussage von Egon Larsen, Vilde Veierland Zieglers Nachbar in Sinsen, der den Angeklagten dreimal in der Umgebung beobachtet hatte. Einmal sogar beim Betreten von Vildes Treppenhaus.

»Egon Larsen leitet die Mensa der Sogn-Gesamtschule, Sand. Er kannte Sie vom Sehen.«

»Er muß sich geirrt haben. Da oben gibt es Hunderte von Schülern. Und ich habe die Schule vor zwei Jahren verlassen. Er hat sich geirrt.«

Annmari beugte sich über die Schranke und versuchte seinen Blick einzufangen. Er wirkte unverändert souverän, so als habe er den Ernst seiner Lage nicht begriffen oder als sei ihm alles egal. Annmari Skar hatte so etwas schon häufiger gesehen. Sie wußte, daß diese Gelassenheit nicht tief wurzelte. Möglicherweise gelang es dem Jungen, seine Fassade während der gesamten Verhandlung aufrechtzuerhalten. Er konnte aber auch binnen zwei Sekunden restlos zusammenbrechen.

»Und irren sich auch alle anderen Zeugen, Sand? Ich sehe mal nach . . . «

Sie brauchte Zeit, um das Dokument zu finden, obwohl es schon aus dem Ordner genommen worden war und deutlich sichtbar vor ihr lag.

»Eins, zwei, drei, vier . . . fünf. Fünf Zeugen sagen aus, daß Sie sich zu dem Zeitpunkt, zu dem Brede Ziegler ermordet wurde, nicht im Rundfunkgebäude in Marienlyst aufhielten. Einige behaupten sogar, Sie seien eine ganze Stunde weggewesen. Kann es sein, daß . . . «

Anwalt Bøe fiel der Gegenseite nur selten ins Wort. Seltsamerweise klang auch seine Stimme ungewöhnlich dünn.

»Einen Moment«, sagte er gebieterisch. »Vielleicht könnten Sie hier eine Pause machen und uns erzählen, worauf Sie eigentlich hinauswollen? Sie haben eben erst, und zwar mit großem Engagement, vorgetragen, daß der Angeklagte Gagliostro aus triftigen Gründen des Mordes an Ziegler verdächtigt werden kann. Ich sehe nicht, wie es dann zu vertreten ist, die Zeit des Gerichts mit der Erörterung zu verschwenden, daß auch mein Mandant am Tatort gewesen sein kann. Sindre Sand wird doch wohl nicht des Mordes verdächtigt?«

Er sprach leise. Mit seinen leichtgeweiteten Augen hinter der Goldrandbrille wirkte er immer etwas überrascht. Jetzt sah er erstaunter aus denn je.

Richter Lund schaute Annmari an.

»Da kann ich Anwalt Bøe durchaus zustimmen. Mir kommt das ebenfalls seltsam vor. Sie müssen entweder erklären, was Sie durch diese Fragen zu erreichen hoffen, oder sich auf das beschränken, worauf dieses Haftbegehren sich wirklich bezieht. Wenn Sie glauben, etwas Neues zu dem Fall beitragen zu können, dann muß die Polizei das außerhalb meines Saales untersuchen. Hier vor Gericht werden keine Ermittlungen angestellt.«

Er starrte resigniert auf seine Armbanduhr. Es war schon halb sieben.

Annmari war wütend. Es war ein Unding, mitten in der Befragung eines Angeklagten unterbrochen zu werden, und sie hatte nicht damit gerechnet. Nicht bei Anwalt Bøe.

»Sicher. Ich werde alles erklären. Aber ich möchte doch betonen, daß dies ein sehr ernster Fall ist«, sagte sie wütend. »Wenn Gericht und Verteidigung nicht begreifen ...«

Das brachte ihr eine mahnende Geste vom Richtertisch her ein. Richter Lund mochte sich die Unterstellung, er könne etwas nicht begreifen, offenbar nicht gefallen lassen.

Schon gar nicht von einer dreißig Jahre jüngeren Anklagevertreterin.

Annmari holte tief Luft und sagte: »Sindre Sand wird des versuchten Mordes angeklagt. Nach Ansicht der Polizei hat er Brede Ziegler erhebliche Mengen Gift in Form von Paracetamol zugeführt. Diese Vergiftung hätte mit großer Sicherheit den Tod des Opfers zur Folge gehabt. Wir befinden uns in der besonderen Situation, daß das Opfer erstochen wurde, ehe es …«

»Ja, das ist mir schon klar.« Richter Lund kratzte sich am Kopf. »Was mir dagegen nicht klar ist, ist, warum Sie auf Leben und Tod die Frage stellen wollen, wo *dieser* Angeklagte …« Er zeigte auf Sindre Sand. »… sich aufgehalten hat, während Ziegler von einer anderen Person umgebracht wurde? Sie meinen doch wohl nicht im Ernst, daß ich Gagliostro in Untersuchungshaft stecken lasse, wenn Sie zugleich der Ansicht sind, daß Sand den Mann ermordet hat?«

»Die Theorie der Anklagebehörden«, hob Annmari an – jetzt redete sie so langsam, daß es einfach als Provokation aufgefaßt werden mußte – »baut auf einer Kette von Indizien auf. Ich möchte durch meine Befragung nachweisen, daß der Angeklagte Sand der Polizei konsequent unrichtige Mitteilungen gemacht hat. Bis auf weiteres will ich also klarstellen, daß *dieser Mann lügt!*«

Sie schlug leicht mit der flachen Hand auf den Tisch und sah Richter Lund an wie ein widerspenstiges Kind, das einfach nicht begreifen will. Der Richter hob fast unmerklich die Hand zu einer weiteren Warnung.

»Was die Anklage des versuchten Mordes angeht«, fuhr sie fort, ohne den Richter anzusehen, »so gründet sie sich zunächst darauf, daß der Angeklagte ein starkes Motiv gehabt hätte. Das hat er zugegeben. Vom Standpunkt des Angeklagten sieht es so aus, daß Brede Ziegler ihm ein Vermögen, die Freundin und möglicherweise auch etliche Karrieremöglichkeiten genommen hat. Des weiteren hat Sand gelogen, was seinen Kontakt zu Vilde Veierland Ziegler angeht. Wir können beweisen, daß er Vilde während der letzten Wochen mehrere Male gesehen hat und daß er außerdem ...« Eifrig griff sie nach dem Papier, das Billy T. herausgesucht hatte.».... konsequent die einfache Tatsache leugnet, daß er große Teile des Abends und der Nacht vom vierten auf den fünften Dezember mit Brede Ziegler verbracht hat. Den Zeitraum also, in dem Brede Ziegler das Gift zugeführt wurde, an dem er später gestorben wäre.«

Richter Lund saß da und rührte sich nicht. Annmari hatte mehr geliefert als nur eine Darstellung. Sie hatte längst mit ihrem Plädoyer begonnen. Der Richter schien ihr das durchgehen zu lassen.

»Wenn wir all diese Umstände zusammenfassen«, fügte sie hinzu, jetzt viel schneller, »dann lassen sie sich nicht als Zufälle abtun. Sie bilden ein Muster, in dem es eine, und nur eine Person gibt, die Motiv und Möglichkeit hatte, den Verstorbenen zu vergiften.« Sie reichte die Unterlagen an Billy T. weiter und lehnte sich zurück. Dann strich sie sich die Haare aus der Stirn und fragte: »Darf ich jetzt meine Fragen stellen?«

Anwalt Bøe erhob sich, ehe der Richter antworten konnte.

»Wenn es gestattet ist«, sagte er, »würde ich gern einige Kommentare zu den eben erfolgten Darlegungen der Anklage machen. Da das Gericht meiner verehrten Widersacherin so wohlwollend eine von den Regeln abweichende Vorgehensweise erlaubt hat, gehe ich davon aus, daß auch ich die Aufmerksamkeit des Gerichtes für einige Minuten beanspruchen kann.« Er lächelte kurz zum Richtertisch hinüber, hob dann ein Papier in Hüfthöhe und redete weiter. »Die Unterlagen der Ermittlungen zeigen deutlich, daß Brede Ziegler einen weiten Bekanntenkreis, aber wenige oder gar keine Freunde hatte. Er war ein ...« Der Anwalt fuhr sich behutsam über den Bart und schien nicht so recht zu wissen, wie er sich ausdrücken sollte. »... ein ungeliebter Mann«, sagte er endlich. »Zudem führte er eine gelinde gesagt seltsame Ehe. In meinen Augen läßt sich durchaus nicht ausschließen, daß das Mordopfer auch ein Selbstmordkandidat war. Er kann die Überdosis Paracetamol also ganz bewußt genommen haben.«

Annmari öffnete den Mund zu einem Widerspruch. Ein Blick des Richters sorgte dafür, daß sie ihn wieder schloß.

»Die Anklage mißt der Tatsache, daß mein Mandant gelogen hat, sehr große Bedeutung bei«, fuhr Bøe fort. »Das ist verständlich, auch wenn die Vertreterinnen der Polizei inzwischen erkannt haben sollten, daß Leute, die lügen, deshalb noch längst keine Verbrecher sein müssen. Wir Menschen lügen nämlich oft. Was natürlich nicht gut ist, aber wir sind nun einmal so. Mein Mandant hat zugegeben, daß er in bezug auf sein Treffen mit Brede Ziegler am fraglichen Samstagabend nicht die Wahrheit gesagt hat. Er hatte ganz einfach Angst. Was naiv und dumm war, da sind wir sicher alle einer Meinung. Aber um meine Ansicht zu verdeutlichen, möchte ich auf Dokument 324 verweisen.«

Das Rascheln von Papieren war im ganzen Saal zu hören.

»Es geht um diese Frau Helmersen. Bei ihrer Vernehmung am gestrigen Montag hat sie ausgesagt, daß sie sich zum Zeitpunkt des Mordes in der Nähe des Tatorts aufhielt. Genauere von der Polizei durchgeführte Untersuchungen haben ergeben, daß sie glatt gelogen hat. Eine Nachbarin ist an ebenjenem Abend mehrere Male mit dieser Dame aneinandergeraten, weil ihre Musik ...«

Er hob den obersten Bogen und ließ seinen Finger über die Seite wandern.

»›Im Weißen Rößl am Wolfgangsee‹. Da haben wir's. Die Zeugin hat im aktuellen Zeitraum viermal bei Frau Helmersen geklingelt, weil die Musik so laut war, daß die Zeugin in ihrer Wohnung jedes Wort verstehen konnte. Was natürlich eine Belastung ist. Frau Helmersen hat also gelogen. Aber niemand behauptet deshalb, sie habe Ziegler umgebracht.«

Anwalt Becker sprang auf, als sein Kollege sich setzte.

»Herr Richter, Herr Richter, ich bitte um das Wort!«

»Ich habe eigentlich keine Lust, es Ihnen zu erteilen, wenn ich ehrlich sein soll. Es geht hier nicht um Ihren Mandanten.«

»Aber es ist wichtig, Herr Richter. Hier zieht doch langsam ein Skandal herauf. Ein Skandal, von dem auch mein Mandant betroffen ist. Das muß einfach klar gesagt sein. Die Polizei schlägt doch ziellos um sich! Ich halte jetzt die Frage für angebracht, was eigentlich mit Vilde Veierland Ziegler ist. Der Angeklagte hat in bezug auf sie angeblich gelogen. Warum ist sie nicht hier? Die junge Dame erbt schließlich Zieglers gesamtes Vermögen und hat damit das beste Motiv von allen!«

»Da muß ich Anwalt Becker zustimmen«, sagte Richter Lund langsam. »Es wäre interessant, mehr über diese Witwe zu erfahren. Liegen Protokolle neuerer Vernehmungen vor? In denen sie eventuell die Behauptung des Angeklagten entkräftet, er habe sie seit langer Zeit nicht mehr gesehen?«

Über Vilde Veierlands Zusammenbruch existierte noch kein Protokoll. Dieses Versäumnis aber ließ sich möglicherweise entschuldigen.

»Sie ist ... nicht vernehmungsfähig.«

Annmari räusperte sich und zuckte fast unmerklich mit den Schultern. Billy T. wußte nicht, ob es sich um eine Geste des Bedauerns handelte oder ob sie versuchte, die Sache herunterzuspielen.

»Vilde Veierland Ziegler ist zufällig bei einer Verkehrskontrolle festgenommen worden. Gestern morgen. Sie war in stark berauschtem Zustand gefahren. Drogen. Sie wurde in Gewahrsam genommen, wo ein Arzt ihr eine Blutprobe abnehmen sollte.«

Billy T. fummelte an seinem Schlips herum und starrte die Tischplatte an. Er hatte am Vortag vier wertvolle Arbeitsstunden mit der Suche nach Vilde vergeudet. Die derweil längst im Arrest saß. Er hatte eine wahnsinnige Wut angestaut, die das Haupt der erstbesten Person treffen sollte, die ihm nach Entdeckung dieses Patzers über den Weg lief. Als ihm dann bei genauerem Überlegen aufging, daß er für die Koordinierung der Ermittlungsaufgaben zuständig war, hatte er den Mund gehalten.

»Während sie noch auf den Arzt wartete, erlitt sie einen psychotischen Zusammenbruch«, sagte Annmari leise. »Und jetzt liegt sie in der psychiatrischen Klinik. Der behandelnde Arzt teilt mit, daß sie derzeit keine Aussage machen kann. Derzeit nicht und wohl auch in absehbarer Zukunft nicht. Wir würden natürlich gern ...«

Anwalt Becker fiel ihr mit Fistelstimme ins Wort: »Genau! Hab ich's nicht die ganze Zeit gesagt! Skandal! Da verfügt die Polizei über eine aufsehenerregende neue Information, verschweigt sie aber bis ...« Er zog den Sakkoärmel hoch und starrte wütend auf seine Uhr. »... bis acht. Es ist Dienstag abend, acht Uhr, bald ist Weihnachten, und ich wiederhole: die Polizei verschweigt wichtige Informationen. Wir haben also eine drogensüchtige Witwe als Alleinerbin, die von der Polizei restlos ignoriert wird. Während der Verdacht in seiner ganzen Härte auf meinen Mandanten gerichtet wird, von dem es nicht einmal einen Fingerabdruck gibt, der mit dem Mord in Verbindung gebracht werden könnte. Nicht einmal einen Fingerabdruck!«

Richter Lund musterte ihn kühl und bedeutete ihm, er solle sich setzen.

»Aber wir haben ein Haar«, sagte er trocken. »Und das ist mehr, als uns von der Witwe Ziegler zur Verfügung steht.«

»Bei allem Respekt, verehrtes Gericht, aber die Sache wird langsam ...«

Ole Johann Bøe schüttelte leise den Kopf. Ein feines Netz aus roten Adern zeichnete sich oberhalb seines gepflegten Bartes ab.

»Damit haben Sie ja wohl angefangen«, entfuhr es Annmari Skar. »Ich wollte gerade ...«

Ein dumpfer Knall ließ alle zu Sindre Sand hinüberschauen, der seit über einer Stunde im Zeugenstand ausharrte. Niemand war auf die Idee gekommen, ihm einen

359

Stuhl anzubieten, obwohl zumindest der Protokollführer registriert hatte, daß der Mann zusehends bleicher wurde. Jetzt sank er langsam in sich zusammen und riß den Zeugenstand mit. Die beiden Polizisten waren mit einem Sprung bei ihm und konnten verhindern, daß das schwere Holzgestell auf ihn fiel. Einen Augenblick später hatte Sindre sich aufgesetzt und ließ den Kopf zwischen seine Knie hängen.

»Wasser«, rief einer der Uniformierten. »Und bleiben Sie erst mal sitzen.«

Sindre murmelte: »Ich scheiß auf alles. Laßt mich gehen. Ihr interessiert euch ja doch nicht für mich.«

Der Richter schaute Anwalt Bøe fragend an, und der zögerte einige Sekunden, um dann kurz zu nicken. Der Hammer des Richters knallte auf den Tisch. Alle erhoben sich.

Auf einige der Anwesenden hatte die Pause eine erfrischende Wirkung. Richter Lund hatte seine Ärmel heruntergekrempelt, als er zurückkam, und den Schlips unter seiner dunklen Jacke strammgezogen. Erst gegen halb zehn konnte die Verhandlung endlich beendet werden.

Anwalt Bøes Ausführungen waren mörderisch gewesen. Er hatte nicht wie Anwalt Becker die Stimme erhoben und keine seiner Pointen wiederholt. Sie waren dafür zu gut gewesen, und Annmari fühlte sich erschöpft und leer, als Richter Lund endlich erklärte, er werde seine Entscheidung am nächsten Morgen kundtun.

Sie wandte sich an Billy T.

»Wenn die beiden freigelassen werden, dann ist das *deine* Schuld«, fauchte sie. »Du und deine verdammte Chaosermittlung! Ich hoffe, du hast heute irgendwas gelernt!«

Dann marschierte sie aus dem Saal, mit nichts als ihrer Handtasche über der Schulter. Sollte Billy T. doch die traurigen Reste der Ermittlung zur Wache zurückbringen. An die zweitausend Seiten Unterlagen.

Er wußte, daß sie recht hatte. Er überschaute nicht, was auf diesen Seiten stand. In dem Material gab es keinen roten Faden. Keine übergeordneten Theorien. Eine Masse Schüsse in den Nebel, wie Anwalt Becker so treffend geschrien hatte. Billy T. versuchte trotzdem, die herausgenommenen Dokumente an die jeweils richtige Stelle zu legen, als könne ein gewisser Ordnungssinn neues Licht auf die Sache werfen.

Sein weher Zahn brannte lichterloh.

58

Billy T. starrte die junge Frau an, die da im Bett lag. Ihr Gesicht verschwamm beinahe mit dem weißen Kissenbezug, und er konnte nicht sehen, ob sie überhaupt atmete. Im Zimmer herrschte Zwielicht. Nur ein schwacher bläulichweißer Schein fiel vom Flur her durch die halboffene Tür herein. Eine Wanduhr mit großen Ziffern auf weißem Grund erzählte ihm, daß die Nacht sich schon zwei Stunden in Mittwoch, den 22. Dezember, hineingeschleppt hatte. Noch zwei Tage bis zum Heiligen Abend. Er hatte sich das Schlafen fast abgewöhnt.

Der Arzt hatte ein trockenes, irritierendes Lachen ausgestoßen. Vilde Veierland Ziegler würde keine Aussage machen können. Noch lange nicht. Wachen vor ihre Tür zu stellen, das komme überhaupt nicht in Frage. Wenn der Arzt das richtig verstanden hatte, dann lag gegen Vilde kein Haftbefehl vor. Die Tatsache, daß sie unter Drogeneinfluß am Steuer erwischt worden war, rechtfertige weder eine solche Ressourcenverschwendung seitens der Polizei noch die beträchtliche Belastung, die es für die Patientin und das ganze Krankenhaus bedeuten würde, ständig Uniformierte durch die Gänge laufen zu sehen. Billy T.s Bitte, Vilde sehen zu dürfen, war rundweg abgeschlagen worden mit der Begründung, die Patientin brauche Ruhe. Billy T. hatte mit den Schultern gezuckt und den bewachten Ausgang der geschlossenen Abteilung angesteuert – aber kehrtgemacht, sowie der Arzt nicht mehr zu sehen war. Eine Krankenschwester hatte schroff nach seinem Begehr gefragt, ihn aber in Ruhe gelassen, nachdem er seinen Dienstausweis gezeigt und etwas von Dr. Frisaks Zustimmung gemurmelt hatte.

Billy T. wollte die Wachen nicht aufstellen, damit sie auf

Vilde aufpaßten. Sie sollten jedes Anzeichen von Besserung melden. Er brauchte eine Vernehmung. Und zwar sofort.

Vilde Veierland Ziegler war Bredes Tochter. Davon war Billy T. überzeugt. Der Arzt hatte sich geweigert, Fragen nach Vildes Krankengeschichte zu beantworten, zum Beispiel die, ob sie irgendwann einmal eine Organspende gebraucht habe. Zu solchen Auskünften sei er nicht befugt, hatte Dr. Frisak dramatisch erklärt. Billy T. schwor sich im stillen, daß er in seiner Freizeit Jura studieren würde, wenn dieser Fall erst geklärt wäre. Alle anderen hatten das ja offenbar getan. Er saß auf einem Stuhl am Krankenbett der Frau und hätte am liebsten ihren Körper auf Narben hin untersucht. Er streckte die Hand nach der dünnen Decke aus, ließ sie dann aber sinken.

Alle Stücke fügten sich zusammen. Die meisten zumindest.

Die Italienspur führte ins Leere. Die Wirtschaftskripo hatte mitteilen können, daß eine vorläufige Überprüfung von Brede Zieglers Engagement in Italien keinerlei Grundlage für weitere Ermittlungen von norwegischer Seite liefere. Natürlich waren ihnen bei ihren Untersuchungen zeitlich und juristisch klare Grenzen gesetzt gewesen, aber dennoch: Offenbar hatte alles seine Richtigkeit.

Keine Anmerkungen.

So stand es unter dem vier Seiten langen Bericht, den morgens die Hauspost gebracht hatte.

Also mußte es Vilde sein.

Brede hatte in einer seltsamen Ehe gelebt. Als sie die kleine Wohnung im Silovei entdeckt hatten, war ihnen rasch klargeworden, daß Vilde so gut wie nie in der Niels Juels gate auftauchte. Das Ehepaar hatte überhaupt nur wenig Kontakt gehabt, obwohl die Hochzeit erst ein gutes halbes Jahr zurücklag. Außerdem hatte Brede sich sterilisieren lassen. Vilde war noch keine fünfundzwanzig und wohl kaum imstande, eine so grundlegende Entscheidung für ihre Zukunft zu treffen. Vermutlich war sie über den Eingriff nicht einmal in-

363

formiert worden. Brede hatte in aller Heimlichkeit dafür gesorgt, daß er niemals der Vater seines eigenen Enkelkindes werden konnte.

Aber warum?

»Warum«, flüsterte Billy T. und versuchte ein wenig Feuchtigkeit in seine trockenen Augen zu pressen. »Warum die eigene Tochter heiraten?«

Brede Ziegler war ein notorischer Junggeselle gewesen. Er hatte an jedem Finger eine Frau gehabt. Kinder hatte er sich nicht gewünscht. Offenbar hatte er auch keine Frau haben wollen. Und dann hatte er urplötzlich seine eigene Tochter geheiratet.

»Verdammt«, murmelte Billy T. und gähnte. Das half ein wenig gegen das Gefühl, Sandpapier in den Augen zu haben.

Claudio hatte das Geheimnis erraten. Billy T. wußte nicht, wie, und er hatte noch nicht gewagt, den Mann danach zu fragen. Gagliostro hatte es mit Erpressung versucht. So mußte das alles zusammenhängen. Das Geld war nicht von Claudio an Brede gezahlt worden, wie der Italiener behauptete. Sondern es hatte die andere Richtung genommen. Brede hatte Claudio für dessen Schweigen bezahlt. Das erklärte die Sache mit den Seriennummern. Billy T. würde den Typen ins Verhör nehmen, bis er zusammenbrach. Aber vorher mußte er mit Vilde sprechen.

Die Frage war, ob sie es die ganze Zeit gewußt hatte. Ob sie gewußt hatte, daß es sich bei ihrem Ehemann um ihren eigenen Vater handelte. Vermutlich nicht. Da mußte etwas geschehen sein. Irgend etwas war herausgekommen. Brede Ziegler war entlarvt worden.

Wie?

Hatte Vilde ihren Mann umgebracht? Während eines nächtlichen Spaziergangs, bei dem die ganze Sache geklärt werden sollte? Das Masahiromesser war leicht, der Stich war plötzlich erfolgt. Sie konnte es getan haben. Ihr Alibi konnte falsch sein. Ihre Freundin konnte lügen. Alle konnten lügen. Vilde konnte jemand anderen zu der Tat überredet haben. Sindre Sand konnte es gewesen sein. Jeder und jede konnte es gewesen sein. Annmari war ein Arsch. Hanne war eine Verräterin. Jenny weinte, und alles war rot; er mußte sich beeilen, damit er den Zug zu den Bahamas nicht verpaßte. Er war nackt. Er versuchte, den Zug zu erreichen, in dem er Jenny weinen hörte, aber seine Beine wollten sich nicht bewegen, und alles war rot, und hinter einem Fenster sah er Hanne und Annmari, die über ihn lachten. Suzanne stand vor dem Zug. Sie hatte Jenny eingefangen und ließ das Kind auf die Gleise fallen, dann sprang sie hinterher.

»Das ist nun wirklich eine ernste Angelegenheit, Hauptkommissar.«

Billy T. fuhr hoch und rieb sich das Gesicht.

»Umpfff«, er räusperte sich. »Tut mir leid.«

»Ich habe doch klar zum Ausdruck gebracht, daß die Patientin nicht gestört werden darf«, sagte Dr. Frisak. »Offenbar nicht klar genug. Ich sehe mich gezwungen, das weiterzuleiten. Wären Sie jetzt wohl so freundlich, das Krankenhausgelände zu verlassen? Dies ist eine geschlossene Abteilung, und Sie halten sich unerlaubt bei uns auf.«

Billy T. erhob sich mit steifen Bewegungen, ließ den Arzt ohne ein Wort stehen und verschwand. Er konnte auch gleich zurück zur Wache fahren.

59

In der Regel brachte Annmari Skar ihren Zorn durch eine übertriebene, vorgetäuschte Beherrschung zum Ausdruck. Dann sprach sie womöglich noch langsamer als vor Gericht; die Worte schienen in riesigen, leicht lesbaren Buchstaben aus ihrem Mund zu kommen. Jetzt sprach sie zwar langsam, doch mit ihrer Beherrschung sah es nicht so gut aus.

»Du warst ohne Erlaubnis in Vildes Wohnung in Sinsen? Hast du denn restlos ... den ... Verstand ... verloren?«

Sie durchbohrte Billy T. mit Blicken und holte tief Luft. Dann ließ sie sich in ihrem Sessel zurücksinken und starrte den Polizeidirektor an. Als der schwieg, beugte sie sich wieder vor und hob den blauen Zettel an. Sie hielt ihn mit spitzen Fingern wie einen übelriechenden Putzlappen.

»Ich weigere mich, das zu unterschreiben. Mit solchem Pfusch will ich nichts zu tun haben.«

Dann knallte sie den Zettel vor den Polizeidirektor auf den Tisch.

»Und *als ob das nicht längst reichte*«, fuhr sie fort, »schneit mir heute morgen auch noch eine ausführliche und überaus förmliche Klage von einem gewissen Dr. Friese oder Friedrich ins Haus ...«

»Frisak«, sagte Billy T.

»Ist mir doch *schnurz*, wie der heißt. Es geht darum, daß du dich mitten in der Nacht ins Zimmer einer Patientin geschlichen hast, obwohl das Krankenhaus dir das untersagt hatte – und das Ganze ohne auch nur den Schatten einer Genehmigung unsererseits. Was sagst du dazu?«

Sie ließ sich zurücksinken und verschränkte die Arme. Ihr Blick ruhte auf dem fertig ausgefüllten blauen Zettel; es war ein Antrag auf Genehmigung einer Hausdurchsuchung.

Fehlte nur noch die Unterschrift der zuständigen Juristin. Annmari atmete schwer, dann zerriß sie noch einmal das drückende Schweigen im Büro der Polizeidirektors.

»Und erst jetzt«, sagte sie – ihre Stimme zitterte, und Hanne hätte schwören können, daß ihr die Tränen in den Augen standen –, »erst heute erzählst du mir, daß Brede Ziegler möglicherweise ein Kind hat. Mal sehen ...« Sie zählte mit großer Geste an ihren Fingern ab. »Samstag, Sonntag, Montag, Dienstag, Mittwoch. Fünf Tage und eine absolut *grauenhafte* Gerichtsverhandlung sind vergangen, seit du Informationen erhalten hast, die für diesen Fall gelinde gesagt wichtig sind, und erst jetzt läßt du dich dazu herab, mich einzuweihen. Uns alle hier.«

»Ich habe mit Karl gesprochen«, sagte Billy T. mürrisch.

»Mit Karl! *Karl!* Ha! Ich bin hier die zuständige Juristin. Und *c'est moi* ...« Sie schlug mit der Faust gegen die Brust. »... die den Kopf hinhalten muß für deine ... deine ...«

»Also echt!« Billy T. hob die Stimme und zwinkerte ein paarmal energisch mit rotgeränderten Augen. »Ich bin bestimmt nicht der erste Ermittler, der darum bittet, einen blauen Zettel vordatiert zu bekommen. Das kann ja wohl kein Grund sein, sich dermaßen aufzuregen.«

Annmari schlug die Hände vors Gesicht und wiegte sich langsam hin und her. Die anderen starrten sie an, unsicher, ob sie nachdachte oder weinte. Hanne glaubte ein leises Schnaufen zu hören, so als lache die Juristin eigentlich über alles. Eigentlich hätte jetzt der Polizeidirektor etwas sagen müssen. Hans Christian Mykland blieb stumm. Er ließ Annmari nicht aus den Augen.

Endlich schaute sie auf und holte Atem. »Herr Polizeidirektor. Ich möchte über die gestrige Verhandlung vor dem Untersuchungsgericht Bericht erstatten. Es war ein Alptraum.«

Mykland kniff die Augen zusammen. »Aber es ist doch gut gelaufen ... vier Wochen U-Haft mit Post- und Besuchsverbot für beide, genau darum hatten wir gebeten.«

367

»Das ist aber nur mit knapper Not geglückt, und im Grunde auch nur, weil der eine Angeklagte nachweislich gelogen hatte und der andere schwitzte, als ob ein ganzer Stausee aus schlechtem Gewissen aus ihm herausflösse. Außerdem haben die Verteidiger Einspruch erhoben. Die Götter mögen wissen, wie die nächste Instanz entscheiden wird. Aber es war . . .« Sie schnappte nach Luft und schluckte schwer. ». . . *peinlich!* Es hat einfach weh getan, so miese Ermittlungsarbeit und eine dermaßen mangelhafte Beweiskette vorstellen zu müssen. Die Verteidiger haben sofort erkannt, daß wir Verhaftungen vorgenommen haben wie die Schwachsinnigen. Und jetzt bleibt uns nur noch eins. Wir dürfen einfach nicht noch weitere Fehler begehen. Wenn du . . .« Wieder richtete sie einen zitternden Zeigefinger auf Billy T. ». . . im Nebel herumtappst, um zu beweisen, daß Vilde hinter dem Mord an ihrem Ehemann steckt, der in Wirklichkeit ihr Vater ist, während du gleichzeitig zusammen mit mir zwei andere Personen wegen dieses Mordes in U-Haft schicken willst, dann verliere ich den letzten Rest von Vertrauen zu . . .« Sie schnappte nach Luft. ». . . dir.«

Allmählich ging Hanne Wilhelmsen auf, warum Annmari sie angerufen hatte. Ihr wurde abwechselnd kalt und heiß, und sie schlug die Beine übereinander, um nicht aufzustehen und den Raum zu verlassen.

»Wir sind hier nicht beim Kaffeeklatsch«, sagte Annmari, und zum ersten Mal schwang in ihrer Stimme leises Bedauern mit. »Wir müssen professionell vorgehen. Und im Moment bist du nicht professionell genug, Billy T. Ich beantrage deshalb, daß du die Leitung der Ermittlung an Hanne Wilhelmsen abgibst.«

Hanne war an der Nase herumgeführt worden. Sie starrte Billy T. durchdringend an, um ihm zu verstehen zu geben, daß sie davon nichts gewußt hatte. Er hatte die Augen geschlossen und war kaum wiederzuerkennen. Der Schnurrbart hing traurig ungepflegt unter seiner Nase, und er hatte schon seit Wochen nicht mehr die Zeit gefunden, sich den

Schädel zu rasieren. Der grau gesprenkelte Haarkranz um seinen Kopf ließ ihn zehn Jahre älter aussehen.

»Das kommt nicht in Frage«, sagte Hanne ruhig. »Indiskutabel. Ganz und gar ausgeschlossen.«

Der Polizeidirektor sah aus, als sei ihm gerade erst aufgefallen, daß er diese Besprechung leitete und daß sie in seinem Büro saßen. Er hielt sich die Hand vor den Mund und räusperte sich.

»Polizeijuristin Skar und ich haben über die Lage gesprochen«, sagte er leise. »Und ich stimme darin mit ihr überein, daß es wünschenswert wäre, wenn du deine alte Position wieder einnehmen könntest. Nach Neujahr wäre das ohnehin geschehen. Und bis dahin ist es nur noch eine gute Woche. Im Grunde ist das doch ganz undramatisch. Und es ist eine Bitte, Hanne. Kein Befehl.«

»Also gut«, sagte Hanne und erhob sich. »Die Bitte wird nicht erfüllt.«

Noch ehe sie bei der Tür war, fuhr sie herum.

»Wißt ihr, was euer Problem ist?« Sie starrte abwechselnd Annmari und den Polizeidirektor an. »Wenn die Lage so schwierig wird, daß euch der Boden unter den Füßen brennt, dann sucht ihr nach einem Sündenbock. Ich habe das schon früher beobachtet und werde es wohl auch wieder erleben. Besser wär's, ihr würdet Billy T. bei dieser schwierigen Aufgabe unterstützen. Und außerdem ...« Sie bohrte drei Löcher in die Luft über dem blauen Zettel, der mitten auf dem ovalen Tisch lag. »... sollte jemand den Blauen unterschreiben. Sofort.«

Dann ging sie ohne einen Blick für Billy T.

369

60

»Ist bei der Koordinierungsbesprechung heute morgen etwas Neues herausgekommen?«

Silje Sørensen schob sich durch die Rauchwolken in
Hannes Büro, setzte sich dennoch und legte gelassen die
Beine auf den Tisch.

»Nicht sonderlich viel. Sindre Sand, wie geht es dem?«

»Verweigert die Aussage. Das ist ja der neue Trend.« Silje
griff zur Tabakspackung und las vor: »Rauchen gefährdet
Ihre Gesundheit.«

»*Tell me something I dont't know*«, sagte Hanne leicht genervt und riß die Packung an sich. »Wie sieht's mit der Pa-
racetamolforschung aus?«

»Die Technik nimmt seine Wohnung auseinander und
eine ganze Gruppe von Polizeianwärtern klappert sämtliche
Apotheken in der ganzen Stadt ab, in der Hoffnung, daß jemand sich erinnert. Was sicher nicht der Fall sein wird. Der
Verkauf von Paracetamol wird nicht registriert. Wie gesagt,
es ist rezeptfrei.« Sie gähnte hinter einer schmalen Hand mit
dunkelroten Nägeln. »Das dauert seine Zeit. Aber früher
oder später kriegen wir ihn. Wir werden sehen, wie er darauf reagiert, vier Wochen eingesperrt zu sein und keinen Besuch zu bekommen.«

»Ich würde das ziemlich genau eine halbe Stunde aushalten«, sagte Hanne und bot Silje aus einer zerquetschten
Packung eine Pastille an. »Die arme Tussi Helmersen wird
nach ihren sechs Stunden im Hinterhaus nie wieder die alte
sein.«

»Darüber sollten wir uns alle freuen«, sagte Silje, »zumindest gilt das für den kleinen Thomas. Seine Mutter hat mich
heute morgen angerufen, um sich zu bedanken. Frau Hel-

mersen hat sich an einen Immobilienmakler gewandt. Sie möchte aufs Land ziehen, sagt sie. Also hat das Ganze doch etwas Gutes. Übrigens stammen die Drohbriefe wirklich von ihr. Fingerabdrücke überall, wie sich herausgestellt hat. Sie hatte eine hübsche kleine Haßwand in ihrer Wohnung, mit Bildern von allen öffentlichen Personen, die jemals ein gutes Wort über etwas verloren haben, das sich außerhalb der norwegischen Grenzen abspielt. Thorbjørn Jagland zum Beispiel hatte sie Hörner auf der Stirn verpaßt. Sie kommt mit einem Bußgeld davon. Vielleicht wird auch gar nicht erst Anklage erhoben, meint Annmari. Es hat doch gar keinen Zweck, die Alte wegen eines Katzenmordes und einiger alberner Drohbriefe vor Gericht zu stellen. Was ich aus der ganzen Sache gelernt habe, ist, daß die Blindspuren, in denen wir uns verlaufen, unser größtes Problem darstellen. Ist das bei jeder Ermittlung so?«

»Bei jeder. Alle haben etwas zu verbergen. Alle lügen, jedenfalls in dem Sinn, daß sie uns nie die ganze Wahrheit erzählen. Wenn abgesehen von den Schuldigen alle in jeder Hinsicht die Wahrheit sagen würden, hätten wir den leichtesten Job auf der Welt. Und dann würde er vielleicht keinen Spaß mehr machen.«

Silje lachte kurz und kratzte sich diskret am Bauch

»Jetzt zieht Tussi also um. Schön für Thomas. Unglaublich, was so ein Aufenthalt in der Kahlzelle alles bewirken kann. Dein kleiner Daniel ist danach auch auf Stelzen unterm Teppich gegangen.«

Hanne gab keine Antwort. Sie tippte mit einer nicht angezündeten Zigarette auf die Tischplatte, als habe sie beschlossen, sie doch nicht zu rauchen.

»Aber irgendwas stimmt mit dieser Idun Franck nicht«, fuhr Silje fort und schnappte sich die Streichholzschachtel. »Sie schien irgendwie ...«

Hanne war sich nicht sicher, ob das Silje Sørensen bewußt war. Aber wenn sie den Kopf schräg legte und zur Decke schaute, sah sie aus wie ein nachdenkliches kleines Kind.

»... ein Geheimnis zu haben.«

»Ein Geheimnis«, wiederholte Hanne und streckte die Hand aus. »Her mit den Streichhölzern. Alle haben Geheimnisse.«

»Nicht rauchen.«

»Na los. Her damit. Hast du keine Geheimnisse?«

»Rauchen ist gefährlich. Und hier ist es verboten.«

»Das ist jedenfalls kein Geheimnis. Jetzt komm schon. Gib mit die Streichhölzer.«

Hanne erhob sich halbwegs und versuchte, Siljes Handgelenk zu erreichen. Die junge Kollegin hob die Hand über ihren Kopf, lachte und schüttelte die Schachtel.

»Ich habe zwei«, sagte sie. »Zum einen bin ich reich.«

Hanne setzte sich wieder, öffnete eine Schublade, zog ein Feuerzeug hervor und zündete sich die Zigarette an.

»Reich? Ach was.«

»Schwerreich«, flüsterte Silje und kicherte. »Ich meine, ich habe wirklich sehr viel Geld. Aber das verrate ich niemandem. Hier im Hause, meine ich.«

»Das nicht«, sagte Hanne trocken. »Du läufst nur in Kostümen zu zehntausend Kronen rum, in Schuhen zu ungefähr dem halben Preis und mit Schmuck, den wir verkaufen könnten, um von dem Erlös ein neues Gefängnis zu bauen. Was ist das andere Geheimnis? Bekommst du ein Kind?«

Silje Sørensen war eine hübsche Frau, sie war klein, fast zart. Hanne hatte sich schon gefragt, ob die Kollegin sich wohl in Stöckelschuhen hatte messen lassen, um die für die Aufnahme in die Polizeischule vorgeschriebene Mindestgröße zu erreichen. Ihre Gesichtszüge waren regelmäßig, der Nasenrücken leicht geschwungen, und das betonte den neugierigen Ausdruck in ihren Augen.

»Jetzt siehst du schwachsinnig aus«, sagte Hanne Wilhelmsen.

»Aber«, sagte Silje und machte den Mund wieder zu.

»Dein Bauch juckt. Kauf dir eine gute Creme, und reib dich oft damit ein. Außerdem hat es gestern morgen nach

Erbrochenem gerochen, nachdem du auf dem Klo warst.
Magersucht? Mnjein ... Schwanger? Vermutlich. Elementar,
meine liebe Silje. Aber ... « Siljes Schwangerschaft erschien
ihr plötzlich wie eine Katastrophe. Sie erstarrte, ihre Hand
hielt auf halbem Wege zum Mund inne, die Zigarette wippte noch zwischen ihren Lippen. Am Ende mußte sie die
Augen schließen, um sie vor dem Rauch zu schützen, und
sie rief: »Hast du Daniel Åsmundsen gesehen, Silje?«

»Gesehen? Ist der denn nicht gestern entlassen worden?«

»Ich meine, *gesehen.*«

Hanne drückte ihre Zigarette in dem stinkenden Aschenbecher auf ihrem Schreibtisch aus. Dann rannte sie zur Tür.
Als sie nach drei Minuten zurückkam, hielt sie hinter ihrem
Rücken etwas versteckt. Sie beugte sich über Silje. Ihre Gesichter waren kaum zehn Zentimeter voneinander entfernt,
als sie mit verbissener Stimme noch einmal fragte: »Hast du
Daniel Åsmundsen je in deinem Leben gesehen?«

Silje zog unwillkürlich den Kopf zurück.

»Ich glaube nicht«, sagte sie langsam. »Warum fragst du?«

»Gott sei Dank waren sie klug genug, den Knaben zu fotografieren. Keine Ahnung, ob sie auch Fingerabdrücke genommen haben, aber das Bild lag im Ordner. Schau her!« Sie
ließ sich in ihren Sessel fallen und knallte das Foto eines jungen Mannes vor Silje hin. »Sieh dir diesen Jungen an. Kommt
er dir irgendwie bekannt vor?«

Silje starrte das Bild lange an. Daniel Åsmundsen sah jung
aus. Sie wußte, daß er über zwanzig war, aber dem Bild nach
zu urteilen hätte er auch als Teenie durchgehen können.
Vielleicht lag das an seinen vollen Wangen, vielleicht an den
Augen, die weit aufgerissen in die Kamera starrten.

»Das Gesicht hat etwas Bekanntes«, sagte sie vorsichtig.
»Ich bin mir ziemlich sicher, daß ich den Jungen noch nie
gesehen habe, aber trotzdcm ...« Sie schob sich den Zeigefinger in den Mund und lutschte geräuschvoll darauf herum.

»Schau mal«, sagte Hanne und drehte sich zum Computer um, der nach langem Hin und Her endlich von einem

373

trägen IT-Spezialisten angeschlossen worden war. »Wenn ich recht habe, dann wird das Einwohnermeldeamt mitteilen … Jawoll!«

»Was denn?«

»Daniel Åsmundsens Mutter heißt Thale Åsmundsen. Ist das nicht diese Schauspielerin? Die vom Nationaltheater? Egal … sieh mal:Vater unbekannt.«

Sie ballte die Fäuste und schlug begeistert damit auf die Tastatur. Die Informationen verschwanden in einem Chaos aus unbegreiflichen Zeichen.

»Bei der Besprechung heute morgen hat sich herausgestellt, daß Brede offenbar irgendwo ein Kind hat. Billy T. hat mit … scheiß drauf. Und wenn du dir dieses Bild hier ansiehst …«

»Also ehrlich. Du hast gesagt, bei der Besprechung hätte sich nichts Neues ergeben, und jetzt erzählst du mir …«

»Jetzt! Schau dir das Bild noch einmal an!«

Silje nahm das Bild erneut zur Hand. Dann schnalzte sie leise mit der Zunge.

»Brede Ziegler«, sagte sie. »Daniel Åsmundsen hat Ähnlichkeit mit Brede Ziegler.Aber …« Noch immer starrte sie das Bild an. Das gleiche runde Gesicht wie derVater, die gleiche Nase, ein wenig zu breit, ein wenig zu groß, mit weiten ovalen Nasenlöchern. »… was hilft uns das?« fragte sie schließlich kleinlaut und schaute auf. »Vielleicht ist Daniel Brede Zieglers Sohn, aber was hat das mit dem Mord zu tun?«

»Keine Ahnung«, sagte Hanne und grinste breit. »Aber hol deinen Millionärinnenpelz.Wir haben zu tun.«

374

61

Billy T.s Knie stießen von unten gegen die Tischplatte, und er fürchtete, daß der Stuhl seine hundertsieben Kilo nicht tragen werde. Der Versuch, sich leicht zu machen, brachte ihm einen Krampf in den Oberschenkeln ein. Außerdem hatte er keinen Hunger.

»Warum heißt ein norwegisches Lokal überhaupt *Frankie's*?«, fragte er sauer und nippte am Bier; der Schaum zog in seinen Schnurrbart ein und zwang ihn, sich den Mund zu lecken, ob er wollte oder nicht. »Können die sich nichts Norwegisches ausdenken? Wie *Sult*, also *Hunger*, zum Beispiel? Das ist doch ein guter Name.«

»Dort hätten wir keinen Tisch gekriegt. Die versuchen mit ihrer Warteliste hip zu sein. Urban und jung und demokratisch und all der Müll. Tatsache ist, sie verdienen sich eine goldene Nase daran, daß die Gäste sich kaum die Fresse abgewischt haben, wenn die nächsten ihnen auch schon auf die Schulter tippen. Hier dagegen ...«

Severin Heger lächelte der Wirtin, einer adretten Frau aus Bergen, die zwischen den Tischen hin und her lief, freundlich zu.

»Carpaccio und Spaghetti con Cozze für beide«, bestellte er und gab die Speisekarte zurück.

»Ich will verdammt noch mal keine Kotze essen«, sagte Billy T.

»Kriegst du aber. Und einen weißen Italiener.«

Die Wirtin empfahl einen Wein, und Severin stimmt ohne lange Diskussion zu. Billy T. gähnte. Er versuchte, die Besprechung zu vergessen. Aber das schaffte er nicht. Er war den ganzen Tag wie benommen gewesen. Hätte Hanne anders reagiert, dann hätte er gekündigt. Sofort. Da sollten die Kinder lieber verhungern. Was Tone-Marit gesagt hätte, konnte er sich nicht einmal vorstellen. Er hatte seit Wochen kaum ein Wort mit ihr gewechselt. Er kam spät nach Hause, grunzte sie und das Kind an und war in aller Herrgottsfrühe schon wieder verschwunden.

»Ich kann mir das nicht leisten«, klagte er, als die Wirtin gegangen war.

»*My treat*«, sagte Severin und prostete ihm zu. »Scheißtag? Möchtest du darüber reden?«

»*White Christmas*«, erwiderte Billy T. und nickte träge zu den großen Fenstern hinüber, hinter denen die Schneeflocken vorübertrieben.

Wenn diese Kälte sich hielt, würde die Innenstadt innerhalb weniger Stunden eingeschneit sein. Billy T. gähnte und bereute, daß er für die Jungen Werkzeugkästen gekauft hatte. Sie würden enttäuscht sein. Und für Jenny brauchte er auch noch ein Geschenk. Dieser blöde Kindersitz war einfach nicht genug.

»Du irrst dich«, sagte Severin Heger unvermittelt, als habe er an einem maikalten Fjord gestanden und endlich beschlossen, sich hineinfallen zu lassen. »Vilde kann nicht Bredes Tochter sein.«

Billy T. leerte sein Glas. Er stellte es hin und schüttelte langsam den Kopf. »Und das hast du überprüft«, sagte er kurz.

»Ja.«

»Wie denn?«

Severin nahm sich einen Parmesanspan und legte ihn sich auf die Zunge.

»Vildes Vater heißt Victor Veierland. Ingenieur. Er ist immer noch mit Vildes Mutter verheiratet. Und die heißt Vivian Veierland.«

»Haben diese Leute einen V-Komplex, oder was? Na und? Eine Ehe hindert die Leute doch nicht am Kinderkriegen. Mit anderen, meine ich.«

Der Kellner schenkte Wein ein und räumte die Biergläser ab.

»Aber hör doch zu«, sagte Severin. »Vilde ist sechsundsiebzig geboren. In Osaka in Japan. Der Vater hat von vierundsiebzig bis siebenundsiebzig dort gearbeitet. Während dieser Jahre waren sie kein einziges Mal in Norwegen. Sie wollten sparen, hat er erklärt. Sie sind überhaupt nur nach Japan gegangen, um das Geld für ein Haus in Norwegen zu verdienen. Der Mann war übrigens ziemlich genervt von meinen Fragen. Sie waren in der Zeit nie in Norwegen, Billy T. Du verstehst, was das bedeutet. Sicherheitshalber und *dir* zuliebe habe ich auch noch überprüft, ob irgend etwas darauf hindeutet, daß Ziegler damals in Japan gewesen sein könnte. Aber nix. Der war in seinem ganzen Leben nicht in Asien.«

Die Spaghetti wurden serviert.

»Okay, okay.« Billy T. hob die Handflächen und verdrehte die Augen. »Du brauchst das nicht so breitzutreten. Meine Theorie ist zusammengebrochen wie . . .«

Er bohrte die Gabel ins Essen und wedelte genervt die Stoffserviette zu Boden.

Severins Mobiltelefon ließ ein digitales Volkslied hören.

»Hallo?«

Billy T. war zum Umfallen müde. Seine Augen schlossen sich ganz einfach. Der Raum schien sich um ihn zu drehen. Der Schnee vor dem Fenster verfärbte sich, jetzt waren die wirbelnden Flocken im grellen Laternenlicht violett. Er schnappte nach Luft. Geld, dachte er träge. Warum läuft ein Kerl mitten in der Nacht mit sechzehntausend Kronen in der Tasche durch Oslo? Warum war er überhaupt in der Stadt unterwegs? Er hatte Schmerzen, es war Sonntag abend. Brede Ziegler hätte ins Krankenhaus gehört. Oder nach Hause. Hanne hatte recht. Ziegler mußte jemanden getroffen haben. Auf eine Verabredung hin. Billy T. versuchte zu essen, aber die Nudeln rutschten immer wieder von seiner Gabel. Er wollte den Löffel nehmen, aber es war, als gehörten ihm seine Hände nicht mehr. Er blieb sitzen und starrte seinen praktisch unberührten Teller an.

»Das war Karianne«, sagte Severin resigniert und verstaute

das Telefon wieder in seiner braunen Schultertasche. »Sebastian Kvie ist vor einer Dreiviertelstunde gestorben. Armer Teufel.«

Es waren noch genau zwei Tage bis zum Heiligen Abend. Billy T. konnte nur noch denken, daß die Werkzeugkästen für die Jungen ein großer, großer Fehlgriff waren.

62

Als die Frau die Tür öffnete, sah sie aus, als habe sie schon gewartet. Genauer gesagt, als habe sie auf sie gewartet. Die Wohnungseinrichtung wirkte zwar wie 1974 unter Denkmalschutz gestellt, aber alles war sauber und aufgeräumt. Eine Vertiefung in einem der Sessel verriet, daß hier eben noch jemand gesessen hatte, doch der Fernseher lief nicht. Es war ganz still in der Wohnung, und es lagen weder Bücher noch Zeitschriften herum. Sie schien begriffen zu haben, daß sie unterwegs waren, und schlicht auf sie gewartet haben. Als Hanne Wilhelmsen ihren Dienstausweis zeigte, nickte sie kurz und wischte sich Staub von der Hose.

»Ich wollte das Richtige tun, aber es war das Falsche.«

Das war das erste, was sie sagte. Sie sagte nicht hallo. Sie bat sie auch nicht herein. Sie ging ins Wohnzimmer und schien es für selbstverständlich zu halten, daß sie ihr folgen würden. Das Sofa war selbst gezimmert und mit geblümtem Marimekko-Stoff überzogen. Die Blütenblätter, einst lila, waren zu einem hellen Fliederton verschossen, und an mehreren Stellen quoll das Polster hervor. Eine riesige Yuccapalme in der Ecke zur Straße diente als Weihnachtsbaum, geschmückt mit selbst geflochtenen Zierkörbchen, zwei blauen Glaskugeln mit Schneegestöber und einer Kette von Lichtern, die nicht brannten. Angrenzend ans Wohnzimmer konnte Silje Sørensen eine Küche mit orangefarbenen Wänden und grünen Geschirrtüchern ahnen.

»Wenn Sie nicht zu mir gekommen wären, hätte ich Sie aufgesucht«, sagte die Frau ruhig. »Daniel gegenüber ist es nicht fair, wie sich die Dinge entwickelt haben.«

Hannes Blick sorgte dafür, daß Silje ihre Frage für sich be-

379

hielt. Sie ließ sich auf dem Sofa zurücksinken und spielte an ihrem Diamantring herum.

Thale Åsmundsen wirkte unberührt von der Stille, die jetzt eintrat. Ihr Gesicht war leer. Sie schien ihre Züge im Theater gelassen zu haben und für den Privatgebrauch über mehrere Mienen zu verfügen. Zusammengekrümmt und mit angezogenen Beinen saß sie in ihrem Sessel. Ihre Haare waren glatt und halblang, von einer Frisur konnte jedoch keine Rede sein. Sie nippte an ihrem Tee. Erst nach langer Zeit stellte sie die Tasse wieder auf den Tisch.

»Es fing damit an, daß ich Freddy kennenlernte«, sagte sie ruhig. »Sie wissen natürlich, daß Brede Ziegler eigentlich so hieß. Freddy Johansen. Im Grunde mochte ich ihn nicht.«

Zum ersten Mal war in dem leeren Gesicht eine Art Ausdruck zu erkennen, etwas, das Hanne als Selbstironie deutete.

»Aber ich war erst achtzehn. Das Ganze war eine Art Protest. Gegen meinen Vater und auch gegen Idun. Sie ist älter als ich und hatte schon ihr Staatsexamen hinter sich. Mein Vater wollte, daß ich Jura studiere. Aber ich habe mich an der Theaterschule beworben. Und mich mit einem ... Nichtakademiker zusammengetan. Das hat zu Hause in Heggeli zu einem netten kleinen Skandal geführt. Was mir ja nur recht war.«

Die Ironie war verschwunden. Trotzdem stutzte Hanne. Die Frau in der grünen Cordhose schien einer alten Trauer nachzuhängen. Dann aber zuckte sie kurz mit den Schultern und sagte: »So war das. Eigentlich war, als ich schwanger wurde, schon längst wieder Schluß zwischen uns. Ich hatte das nur nicht begriffen. Freddy war gelinde gesagt ...« Ein kurzes Lächeln huschte über ihren Mund, und für einen Moment verbarg sie ihr Gesicht in ihrer Tasse. »... gleichgültig, könnten wir sagen. Egal. Mir war das schnurz. Ich wollte das Kind. Das letzte Mal bin ich Brede siebenundsiebzig begegnet, auf der Straße. Ich war hochschwanger. Er sagte

hallo und ging weiter. Ohne zu fragen. Er hat mich nie angerufen. Wollte nicht wissen, ob er Vater eines Sohnes oder
einer Tochter sei. Ich habe ihm geschrieben, der Ordnung
halber. Und von der Geburt des Jungen erzählt. Und daß ich
ihn Daniel genannt hatte. Er hat nie geantwortet. Mir war
das recht. Freddy interessierte sich nicht für das, was er war.
Ihm ging es um das, was er werden konnte. Das hatte ich
längst begriffen. Möchten Sie ... möchten Sie einen Tee?«

Sie hielt ihre eigene Tasse fragend hoch. Silje nickte, doch
Hanne machte eine abwehrende Handbewegung und log:
»Wir haben eben erst einen Eimer Kaffee getrunken. Nein,
danke.«

»Als ich mit Freddy Schluß gemacht habe, machte er im
Grunde auch mit sich selbst Schluß.«

Thale Åsmundsen lachte kurz und freudlos. Hanne war
nicht einmal sicher, ob sie wirklich lachen wollte. Vielleicht
war es auch eine Art Schnauben.

»Er hat eine Ausbildung zum Koch gemacht, um danach
zur See zu fahren. Aber dann hat er das mondäne Restau-
rantleben entdeckt. Wollte hoch hinaus. Er erfand sich sozusagen neu. Und wurde zu Brede Ziegler.« Jetzt klang ihr Lachen schon echter. »Stellen Sie sich das vor! Aus Freddy
Johansen wurde Brede Ziegler. Man könnte meinen, er sei
das schauspielerische Talent gewesen, nicht ich. Ich habe es
ja mit eigenen Augen gesehen ...«

Sie streckte sich und schnitt eine Grimasse, als seien ihre
Beine eingeschlafen.

»Ich habe gesehen, wie er vor dem Spiegel stand und verschiedene Rollen übte. Kennen Sie diesen Woody Allen-
Film? *Zelig?*«

Hanne nickte. Silje schüttelte den Kopf.

»So war Brede. An einem Abend bei den jungen Konser-
vativen, feiner Pinkel mit Lodenmantel und feschem Pullover. Am nächsten im Jazzclub, und schwupp ... schon war
er der sensible Freak. Seine beste Rolle war die des Mannes
von Welt mit künstlerischen Ambitionen. Darin ist er nach

und nach richtig gut geworden. Mieser Schmierenkomödiant!«

Der Kraftausdruck kam überraschend. Er paßte nicht in den monotonen, gleichgültigen Redefluß.

Hanne Wilhelmsen fragte vorsichtig: »Hat es Ihnen denn nichts ausgemacht, daß er sich gar nicht um den Jungen kümmerte?«

Jetzt sah Thale Åsmundsen ehrlich überrascht aus.

»Ausgemacht? Mir? Wieso hätte mir das etwas ausmachen sollen? Mit Freddy Johansen war ich fertig, und Brede Ziegler hätte ich nicht mit der Zange angefaßt. Freddy war wie ... kennen Sie den Narziß-Mythos?«

Sie schaute Hanne an, als habe sie Silje Sørensen aufgegeben. Hanne zuckte mit den Schultern.

»Nur vage. Das war doch der, der sich in sein eigenes Spiegelbild verliebt hat, oder?«

»Genau. Genau so war er. Und ich wollte nicht Freddys Echo spielen. Außerdem hatte ich Idun. Sie war die einzige, die sich ehrlich über Daniels Geburt zu freuen schien. Er nannte sie Taffa – fast, noch ehe er Mama sagen konnte.«

Plötzlich sprang sie auf.

»Ich habe Hunger«, sagte sie. »Ich esse immer um diese Zeit. Nach der Vorstellung. Ja ... ob ich spiele oder nicht. Heute abend habe ich frei, aber der Hunger ...«

Sie lächelte knapp und stapfte barfuß in die Küche. Silje packte Hanne am Handgelenk.

»Sie müßte einen Anwalt haben, wir müßten ...«

»Pst. Wir essen.«

Der Küchentisch war ebenso orangefarben wie die Wände. Thale Åsmundsen stellte eine Teekanne und drei grobe Keramiktassen hin.

»Ich will meine Zeit nicht damit verschwenden, mir Neuerungen auszudenken. Ich schätze Routine. Habe die Dinge gern so, wie sie immer schon waren.«

Silje starrte sie fasziniert an. Nicht nur die Wohnung, sondern die ganze Person wirkte wie ein Relikt aus der späten

Hippiezeit. Obwohl Thale Åsmundsen ein hübsches Gesicht hatte, war sie ungeschminkt und unelegant – mit ausgebeulter Cordhose, bloßen Zehen und einem weiten indischen Batikhemd. Silje hatte sie in einer schwedischen Fernsehfassung als Fräulein Julie gesehen und konnte kaum glauben, daß sie denselben Menschen vor sich hatte.

»Wir können gut sagen, daß Idun und ich uns die Aufgabe einer Mutter geteilt haben«, erklärte Thale Åsmundsen und schlug drei Eier in eine Pfanne. »Daniel und ich essen immer Spiegeleier und trinken Kakao dazu. Das ist eine Art ... na ja. Auch als Daniel noch hier gewohnt hat, war er fast ebensoviel bei ihr. Sowie ich es wagte, ihn allein aus dem Haus zu lassen, fuhr er mit der Straßenbahn in die Altstadt. Und als er krank wurde ...« Sie strich sich mit dem Handrücken die Haare aus der Stirn; ihre Finger waren fettig. »... hat sie sich freigenommen, wenn ich nicht konnte. Und das war im Grunde ziemlich ... praktisch?«

Sie schaute die beiden mit leicht gehobenen Augenbrauen an, als frage sie sich, ob dieses Wort gefühllos wirke.

»Aber Freddy ... oder Brede Ziegler, wie er inzwischen ja hieß ... an den habe ich erst gedacht, als es nicht mehr anders ging. Daniel brauchte eine Niere. Meine kam nicht in Frage.«

Die Eier zischten in der Pfanne. Sie zog Zigaretten aus ihrer Brusttasche und steckte sich eine an, ohne ihre Gäste um Erlaubnis zu fragen. Hanne holte ihren Tabak hervor und tat es ihr nach.

»Eigentlich«, sagte Thale und dachte nach, »eigentlich war das das einzige Mal, daß ich ihm echte Gefühle entgegengebracht habe. Ich habe ihn gehaßt. Zwei Wochen lang. Wir haben uns über das Krankenhaus und seinen Hausarzt erkundigt, ob er sich im Hinblick auf eine mögliche Organspende untersuchen lassen würde. Er hat abgelehnt. Sofort. Hat sich nicht einmal bei uns gemeldet. Aber ...«

Sie verteilte die Eier auf drei Brote. Der Kakao war kurz vor dem Überkochen.

»... aber am Ende ist doch alles gutgegangen«, sagte sie und rettete die braune Milchmischung. »Iduns Niere hat gepaßt. Daniel bekam Taffas Niere, und heute ist er gesund. Daniel weiß das alles. Als er achtzehn wurde, habe ich ihm erzählt, wer sein Vater war. Und wie er sich verhalten hat. Daß er kein Sammlerstück war. Bitte sehr.«

Sie setzten sich an den Tisch. Thale goß Ketchup über ihr Spiegelei, und Silje mußte schlucken, um sich nicht zu erbrechen. Sie murmelte eine Entschuldigung und schob den Teller zurück.

»Um ehrlich zu sein, es ist mir schnurz, ob Sie Freddys Mörder erwischen«, erklärte Thale Åsmundsen. »Aber Daniel soll Geld bekommen. Die Erbschaft. Drauf kann er Anspruch erheben, finden Sie nicht?« Wieder sah sie Hanne an.

Silje begriff gar nichts mehr. Sie räusperte sich und legte die Serviette über ihren Teller. Ihr fiel auf, daß Hanne Thale nicht aus den Augen ließ. Die Stille war ihr unangenehm, und sie schlug wie in einem Reflex mit dem Messer gegen die Tischkante. Thale nahm sich noch eine Zigarette, machte einen Lungenzug und ließ einen Rauchring zur Decke hochsteigen.

»Finden Sie mich gefühllos?«

»Sie begreifen, daß ich das fragen muß«, sagte Hanne Wilhelmsen: »Wo waren Sie am Sonntag, dem fünften Dezember dieses Jahres, abends?«

Thale lächelte vage, als sei diese Frage bedeutungslos.

»Ich war Gast auf einem fünfzigsten Geburtstag«, antwortete sie ruhig. »Sonntags haben wir spielfrei, und meine Kollegin Lotte Schweigler hat bei sich zu Hause mit über zwanzig Gästen gefeiert. Das Fest fing um sieben an, und ich bin erst gegen fünf Uhr morgens nach Hause gekommen. Sie wohnt in Tanum bei Bærum. Das ist ein ziemlich weiter Weg. Von dort bis zur Wache, meine ich.«

Silje, die einen Notizblock hervorgezogen hatte, versuchte, diskret zu sein. Das war allerdings schwierig, in der Stille war das Kratzen des angetrockneten Filzstiftes auf dem

Papier nicht zu überhören. Hanne schaute verstohlen auf die Uhr. Fast halb elf. Sie erhob sich, wie um klarzustellen, daß jetzt ihre letzte Frage kam.

»Das mit der Erbschaft verstehe ich nicht ganz«, sagte sie. »Geld hat Sie doch bisher offenbar nicht interessiert. Brede Ziegler hat wohl kaum Alimente gezahlt, denn Sie haben ihn als Vater nicht genannt. Warum ist Ihnen das jetzt so wichtig? So wichtig, daß Sie zu uns kommen wollten, um uns von diesem ... diesem Geheimnis zu erzählen?«

»Es quält Daniel, daß er kein Geld hat. Ich sehe es ihm an. Idun hat mir erzählt, daß er vor kurzem verhaftet worden ist.«

In ihrem Ton lag keine Anklage, sie stellte einfach eine Tatsache fest; es schien ihr nichts auszumachen, daß ihr Sohn ohne Grund viele Stunden in einer Kahlzelle verbracht hatte.

»Daniel hätte nie versucht, Bücher von seinem Großvater zu verkaufen, wenn er nicht wirklich Geld brauchte. Außerdem ...« Sie ging auf die Wohnungstür zu und schien den Besuch für beendet zu halten. »... ist es wohl an der Zeit, daß Freddy seine Schulden bezahlt. Finden Sie nicht?«

Diesmal starrte sie Silje Sørensen an. Die junge Polizistin murmelte etwas Unverständliches und stopfte den Notizblock in ihre Tasche. Um ein Haar hätte sie dabei eine kleine Bronzefigur umgestoßen, die einen Säugling im Embryostellung darstellte, die Figur stand auf einer abgebeizten Kommode im Flur.

»Schön«, sagte Hanne und fuhr vorsichtig über den runden Kinderpo. »Reizende Plastik.«

Thale Åsmundsen bedachte sie mit einem seltenen warmen Lächeln.

»Ja, nicht wahr? Ich habe sie von Idun bekommen, als ich Daniel erwartete.«

Hanne fiel ein Bild auf, das neben dem Spiegel über der Kommode hing. Ein älterer Mann saß in einem Sessel, umkränzt von zwei Frauen und einem jungen Mann. Thale,

385

Idun und Daniel lächelten in die Kamera, der Blick des alten Mannes war gewichtig und ernst.

»Familienbild?« Sie tippte kurz gegen das Glas.

»Ja. Das letzte von uns allen. Es ist im vergangenen Winter aufgenommen worden, am achtzigsten Geburtstag meines Vaters. Kurz vor seinem Tod.«

Hanne beugte sich vor und betrachtete das Bild. Silje hatte schon die Wohnungstür geöffnet; ungeduldig trat sie von einem Fuß auf den anderen, wandte sich ab und knöpfte sich die Jacke zu.

»Das ist also weniger als ein Jahr her«, sagte Hanne leise, ohne den Blick vom Bild zu wenden.

»Ja.«

Hanne Wilhelmsen spürte keine Erleichterung. Eine leise Wärme brannte unter ihrer Gesichtshaut. Sie wollte sich aufrichten, blieb aber gekrümmt stehen und starrte weiter auf das Bild. Daniel lächelte breit, so als könne nichts ihm etwas anhaben. Er war jung und stark und umgeben von Menschen, die er liebte. Hanne ließ ihren Finger über den Rahmen wandern, eine schwarze schmale Leiste rund um ein in einer Ecke gesprungenes Glas. Vielleicht war das Bild einmal zu Boden gefallen. Es hing ein wenig schief, und sie rückte es vorsichtig zurecht. Schließlich gab sie sich einen Ruck und drehte sich zu Thale um. Sie hätte erleichtert sein müssen. Statt dessen empfand sie eine überwältigende, unerklärliche Enttäuschung.

Obwohl der Fall gelöst war.

63

Es war zwei Uhr nachts am 23. Dezember 1999. Die Straßen waren jetzt schneebedeckt. Noch immer wirbelten verirrte Flocken durch die Luft, doch während der letzten Stunde war der Himmel klarer geworden. Der Markvei diente jetzt schon seit zwei Monaten als Weihnachtsstraße, zwischen den Straßenlaternen hingen lange, mit Lichtern versehene Girlanden. Aber Sterne und Plastikmonde konnten die echte Ware nicht überstrahlen: Hanne Wilhelmsen schaute hoch und entdeckte den Großen Wagen, der langsam über Torshov dahinrollte. Aus alter Gewohnheit suchte sie den Polarstern, der am Nordhimmel gerade noch zu sehen war. Die Läden sparten durchaus nicht am Strom. Im Schein der Laternen hatte der Schnee einen warmen Gelbton. Am nächsten Morgen würde er sich in grauen Matsch verwandelt haben.

Billy T. war nicht mehr gereizt. Er wirkte apathisch. Sie hatte angerufen und um ein Gespräch gebeten, und er hatte sie nicht abgewiesen. Er war nur gleichgültig gewesen. Daß sie zu ihm kam, wollte er nicht. Tone-Marit und Jenny schliefen. Er selbst habe sich solche Tätigkeiten abgewöhnt. Auf der Wache hatte er sie auch nicht treffen wollen. Als sie einen Spaziergang durch Løkka vorschlug, war ein kaum hörbares Ja gekommen, dann hatte er schon wieder aufgelegt.

Er grüßte nicht. Eine kurze Kopfbewegung, als er aus seinem Haus kam, zeigte, daß er sie gesehen hatte – auf der anderen Straßenseite, unter einer Laterne. Er kam nicht zu ihr herüber, sondern ging einfach auf seiner Straßenseite weiter. Sie mußte laufen, um ihn einzuholen. Es war mitten in der Nacht, aber er fragte nicht einmal, was eigentlich los sei. Er war warm angezogen. Der Kragen seiner Lotsenjacke war hochgeschlagen, die Mütze hing ihm in die Augen. Um das Ganze hatte er einen langen roten Schal gewickelt. Er bohrte die Hände in die Taschen und schwieg.

»Du kannst nicht aufhören als Polizist«, sagte Hanne.

Ein anderthalb Meter hoher Porzellanwindhund starrte sie aus einem heftig dekorierten Fenster an, ein rotgekleideter Heiliger Drei König saß rittlings auf einem Rentier mit Elchgeweih. Hanne versuchte das Tempo zu drosseln.

»Du kannst gern wütend auf mich sein. Das kann ich dir nicht verbieten. Aber du solltest nicht meinetwegen alles andere aufgeben.«

Er blieb stehen. »*Deinetwegen?*« Er schnaubte und mußte sich mit dem Jackenärmel den Rotz abwischen. »Sehr komisch. Als ob du in diesem Zusammenhang irgendeine Bedeutung hättest!«

Sofort setzte er sich wieder in Bewegung. Lief auf den Zebrastreifen in der Sofienberggate, ohne sich vorher umzusehen. Ein Taxi hupte und geriet ins Schlingern. Billy T. ließ sich davon nicht beeindrucken. Er überquerte den Olaf Ryes Plass.

»Können wir uns nicht setzen?«

Hanne packte ihn bei der Jacke. Sie standen an dem runden Becken mitten auf dem Platz, es war halb voll von Schnee und Müll. Ein streunender Hund kam auf sie zugelaufen. Der Boxer zitterte vor Kälte, wedelte aber optimistisch mit dem Schwanz und steckte seine stumpfe Schnauze zwischen Hannes Beine.

»He«, sagte sie und schob ihn weg. »Hier. Die habe ich mitgebracht.«

Sie legte zwei dicke Zeitungen auf die Bank.

»Allzeit bereit«, sagte Billy T. und streichelte den Hund. »Unser Pfadfindermädel!«

Aber er setzte sich. Erst schob er die Zeitungen beiseite. Dann wandte er sich von Hanne ab. Er starrte zum *Entré* hinüber. Winterkahle Bäume versperrten Teile der Aussicht, aber er konnte doch erkennen, daß irgendwer nach einem langen Abend die Lichter löschte. Das Restaurant war also weiterhin geöffnet. Obwohl einer der Inhaber ermordet worden war und der andere unter Mordanklage in Untersuchungshaft saß. Billy T. schnaubte noch einmal und schaute dem Boxer zu, der jämmerlich winselnd von Busch zu Busch lief und bis in die Schwanzspitze hinein fror. Schließlich nahm er irgendeine Witterung auf, galoppierte zur Thorvald Meyers gate, bog um die Ecke und jagte durch die Grüners gate zum Sofienbergpark.

»Können wir denn nie wieder befreundet sein?«

Hanne ließ ihn ganz außen auf der Bank sitzen. Sie wäre gern näher gerückt, riß sich aber zusammen. Sie sah ihn nicht einmal an, sondern ließ ihre Frage in die Luft aufsteigen, begleitet von einer grauweißen Wolke, die bald verschwunden war. Vielleicht zuckte er mit den Schultern. Das war schwer zu sagen.

»Ich kann natürlich noch einmal um Entschuldigung bitten«, fuhr sie fort. »Aber das bringt wohl nichts. Alles, was ich zu meiner Verteidigung anführen kann, ist, daß ich einsehe, daß ich dich schlecht behandelt habe. Aber ich wollte dich nicht verletzen. Ich konnte nur nicht anders. Ich war einfach unfähig ...«

Sie verstummte. Billy T. hatte nicht zugehört. Seine Augen waren geschlossen, seine Lippen bewegten sich lautlos und fast unmerklich, so als sei er ins Gebet vertieft.

»Hast du *nie* etwas getan, das du später bereut hast, Billy T.? Hast du nie jemanden im Stich gelassen? Ich meine, wirklich im Stich gelassen?«

Ihre Stimme brach. Alle Lichtquellen in ihrer Umgebung verschmolzen zu einem Sternennebel, und sie kniff die Augen zusammen. Die Tränen brannten auf ihren Wangen wie Eis.

Er gab noch immer keine Antwort. Aber seine Lippen bewegten sich nicht mehr.

»Ich *bereue*, Billy T. Ich bereue wirklich. Bereue so vieles.

Aber ich kann die Vergangenheit nicht einfach aus meinem Leben herausschneiden und verbrennen. Sie ist vorhanden. Mit allen Dummheiten. Mit allen Gelegenheiten, wo ich Menschen verletzt habe, die mir wichtig sind. Mit allem ... aller Angst. Ich habe immer solche Angst, Billy T. Ich habe solche Angst, jemand könnte ...« Sie durchwühlte ihre Taschen und fand eine Packung Taschentücher. »Ich habe immer solche Angst, jemand könnte mich sehen. Alle glauben, es sei mir peinlich, Lesbe zu sein. Sie glauben, daß ich ... *das* verstecken will. Ihr begreift nicht, daß ich immer nur Kraft brauche, um mich ganz und gar zu verstecken. Ich traue mich einfach nicht. Für mich ist es ebenso gefährlich, wenn jemand erfährt, daß ich ... mir gern den Rücken kratzen lasse. Oder daß ich am allerliebsten Pfannkuchen mit Sirup und Speck esse. Das bin ich, das alles, das ist mein Leben. Meins. Meins.«

Jetzt weinte sie. Sie versuchte, sich zusammenzureißen, holte tief Luft und bohrte den Daumenfingernagel in die Handfläche ihres Handschuhs. Die Tränen strömten trotzdem.

»Scheiß drauf«, sagte sie schließlich mit harter Stimme und erhob sich. »Der Fall Ziegler ist immerhin gelöst. Deshalb wollte ich mit dir sprechen.«

Endlich sah er sie an. Langsam hob er sein Gesicht und zog sich den Schal vom Kinn. Sie fuhr zusammen, als sie seine Augen sah. Die schienen nicht in das vertraute Gesicht zu gehören, bleich und blau starrten sie sie an, als hätten sie sie nie zuvor gesehen.

»Was«, sagte er heiser, »was meinst du mit ›gelöst‹?«

Sie brauchte nur fünf Minuten, um ihm alles zu erklären. Das Ganze lag auf der Hand. Die Lösung an sich war eine zum Himmel schreiende Anklage gegen Billy T., gegen seine Ermittlungsleitung, gegen seine Versäumnisse. Hanne konnte ihm nicht mehr in die Augen schauen. Sie merkte, daß sie versuchte, die Sache zu verharmlosen, daß sie ihm Punkte zuschob, die ihm einfach nicht zustanden.

»So ist das«, sagte sie am Ende und rieb die Beine gegeneinander, vor allem aus Verlegenheit. »Wir schreiten morgen früh zur Festnahme. Oder was meinst du?«

Sie preßte sich ein Lächeln ab. Er erhob sich unsicher. Seine Bewegungen wirkten steif. Offenbar wollte er nach Hause. Nach zwei Schritten drehte er sich um.

»Du hast gefragt, ob ich schon mal jemanden im Stich gelassen habe. Das habe ich.«

Er hätte ihr gern von Suzanne erzählt. Er hätte gern ihre Hand genommen und sich noch einmal auf die kalte Bank gesetzt, um aus Hannes Körper, ihren Augen und Händen Wärme zu saugen und ihr zu gestehen, daß sämtliche Ermittlungen aus dem Gleis gelaufen waren, als ihm weniger als vierundzwanzig Stunden nach dem Mord in der Tür des *Entré* eine Frau begegnet war.

Suzanne war erst fünfzehn gewesen, als er sie kennenlernte. Ein frühreifes und schönes Mädchen aus guter Familie. Er selbst war ein schlaksiger Polizeischüler gewesen und schon zweiundzwanzig, als er sich kopfüber in eine Verliebtheit stürzte, mit der er einfach nicht umgehen konnte. Daß die Beziehung zwischen ihnen strafbar war, war das eine. Das an sich machte ihm schon eine Höllenangst, sowie die erste Begeisterung sich gelegt hatte. Die Angst drängte ihn schließlich zurück, weg von ihr. Er war Polizeianwärter, und sie rauchte Hasch. Er lief davon. Änderte seine Telefonnummer. Zog um und zog ein weiteres Mal um, während Suzanne immer kränker wurde. Zwischen ihren psychotischen Zusammenbrüchen fand sie ihn. Er hatte nie begriffen, wie. Sie rief an, am liebsten mitten in der Nacht. Sie schrieb Briefe. Anklagende, liebevolle Briefe, in denen sie um Hilfe flehte. Sie kam zu ihm; lief aus dem Krankenhaus davon und kratzte sich an seiner Zimmertür die Nägel blutig. Billy T. zog ein weiteres Mal um. Endlich, nach zwei Jahren der Angst vor Entlarvung, Bestrafung, schmählicher Entlassung aus dem Polizeidienst, kehrte Stille ein.

Er hatte Suzanne vergessen, weil ihm nichts anderes üb-

riggeblieben war. Um seiner selbst willen und weil er keine
Wahl hatte. So hatte er es damals gesehen.

»Ich habe ... «

Es ging nicht. Er keuchte zweimal auf und hätte so gern
gesprochen. Hannes Gesicht schien vor ihm zu leuchten; am
Ende sah er nur noch ihre Augen. Die kalte Luft schnitt in
seine Lunge, als er um Atem rang, aber er brachte kein Wort
heraus. Er würde niemals von Suzanne erzählen können. Die
Geschichte des Verrates an Suzanne war seine, daran konnte
er niemanden teilhaben lassen. Statt etwas zu sagen, zog er
Hanne an sich.

»Danke«, war alles, was er herausbrachte, und dabei drückte er die Lippen gegen Hannes eiskaltes linkes Ohr.

64

Sie hatte aufgeräumt in ihrem Büro. Die unzähligen Bücherstapel waren verschwunden. Der Muminvater saß oben in einem Regal und lehnte sich an eine üppige Topfblume an. Ihr Schreibtisch war, abgesehen von einer abgesägten Coladose voller Kugelschreiber, leer. Die Pinnwand war abgeerntet worden. An einem Haken neben der Tür hing ein Wintermantel aus dunkelblauer Wolle. Sie griff danach, als sie sie entdeckte. Sie sah besser aus als letztes Mal. Ihre Wangen hatten Farbe bekommen, und ihre Haare glänzten leicht im Licht von drei dicken Stummelkerzen, die in dem schmalen Gang auf einem Beistelltischchen standen.

»Gehen wir«, sagte sie und zog ihren Mantel an.

Billy T. und Hanne Wilhelmsen nickten.

Sie entfernte noch den Namenszug aus der Metallschiene, die an der gläsernen Bürowand angebracht war. Für einen Moment blieb sie stehen und betrachtete ihren Namen. Dann ließ sie die Buchstaben in ihrer Hand auseinanderfallen und steckte sie in die Tasche.

Verhör der unter Anklage stehenden Idun Franck (I. F.)
Verhör durchgeführt von Hauptkommissarin Hanne Wilhelmsen
(H. W.) und stellvertretendem Hauptkommissar Billy T. (B. T.)
Abgeschrieben von Sekretärin Rita Lyngåsen. Von diesem Verhör
existieren insgesamt drei Bänder. Das Verhör wurde am Donners-
tag, dem 23. Dezember 1999, um 11.30 auf der Osloer Hauptwa-
che aufgezeichnet.

Angeklagte: Franck, Idun, Personenkennnummer 060545 32033
Wohnhaft: Myklegardsgate 12, 0656 Oslo
Arbeitsplatz: Verlag, Mariboestgt. 13, Oslo
Telefon: 22 36 50 00
Die Angeklagte ist damit einverstanden, daß das
Verhör auf Band aufgenommen und später ins Pro-
tokoll überführt werden wird. Anklage wird erhoben
aufgrund Verstoßes gegen § 233,2. 2. Abschnitt,
Strafgesetzbuch

H. W.:

Als Angeklagte in einem Strafverfahren haben Sie gewisse
Rechte. Ich möchte gern auf dem Band haben, daß Sie darüber informiert worden sind. Sie können die Aussage ver-
weigern. Sie haben ein Recht auf Anwesenheit Ihres Ver-
teidigers während der Verhöre. Ihre Verteidigerin, Bodil
Bang-Andersen, ist zugegen. Sie sind außerdem darüber informiert worden, daß die Anklage *(Pause, Papierrascheln)* ...
Sie liegt hier vor Ihnen. Ihnen wird der vorsätzliche Mord
an Brede Ziegler vorgeworfen, begangen am Sonntag, dem
fünften Dezember 1999. Möchten Sie aussagen?

I. F.:

(hustet) Ja, ich möchte aussagen *(hustet).* Ich möchte als erstes

sagen, daß ich im Grunde keine Anwältin brauche. Ich werde meine Aussage machen, und ich weiß, was ich tue.

ANWÄLTIN:

Ich glaube, Sie begreifen nicht so recht, was das bedeutet. Sie werden des vorsätzlichen Mordes angeklagt. Sagen Sie, was Sie sagen möchten, und um die Fragen von Schuld und Verantwortung kümmern wir uns später. Ich bitte das zu respektieren, Wilhelmsen. Keine Fragen nach Schuld und Verantwortung. Fragen Sie nur nach den Tatsachen.

I. F.:

Aber das ist doch ganz einfach ... ich habe schließlich ...

ANWÄLTIN:

Ich glaube, es bleibt dabei.

H. W.:

In Ordnung. Wir halten uns an die Wünsche Ihrer Anwältin. Aber jetzt geht es los. Ich würde dieses Verhör gern ohne Unterbrechungen durchführen. *(Rascheln, undeutlich)* Der Angeklagten wird Beschlagnahmung 64 vorgelegt. Können Sie mir sagen, was das ist?

I. F.:

Das ist ... kann ich einen Schluck Wasser haben? *(Klirren)* Danke. Das ist ein Schal. Mein Schal.

H. W.:

Sind sie ganz sicher? Woran erkennen Sie, daß es Ihr Schal ist?

I. F.:

Am Muster. Indisches Muster, grün und lila. Den habe ich vor langer Zeit in London gekauft. Ich habe nicht sofort bemerkt, daß ich ihn verloren hatte. *(Kaum hörbar, flüstert):* Sie haben ihn dort gefunden, nicht wahr?

H. W.:

Es ist wirklich nicht unsere Aufgabe, Fragen zu beantworten, Idun Franck. Wo, glauben Sie, ist der Schal gefunden worden?

I. F.:

Hinter der Wache, nicht wahr? *(Schweigen, längere Pause)* Aber ich begreife ... *(undeutlich, Scharren)* ... nichts. Warum haben

Sie mich nicht längst festgenommen, wenn Sie doch den Schal hatten? Ich habe schon lange auf Sie gewartet. Neulich, als Sie und die andere bei mir zu Hause waren, dachte ich ... Es waren grauenhafte Wochen. Zuerst wollte ich nur weg. In der Nacht zum Montag, nachdem es passiert war, konnte ich nicht schlafen und beschloß, zur Polizei zu gehen. Mich stellen. Aber dann ... es war irgendwie so ... *ungerecht*. Daß ich für etwas bestraft werden sollte, das ... Also bin ich zur Arbeit gegangen und habe gedacht, die Sache mit der Schweigepflicht könnte mir helfen, mich nicht in zu viele Lügen zu verwickeln. Danach ... *(Nicht mehr zu hören, Pause)* Aber gestern habe ich es begriffen.

H. W.:

Was haben Sie gestern begriffen?

I. F.:

Daß ich verhaftet werden würde. Thale hat mich angerufen. Sie hat erzählt, daß Sie über Daniel und Brede gesprochen haben. Früher oder später mußten Sie dieser Geschichte ja auf den Grund kommen. Damit hatte ich gerechnet. Thale war seltsam verstört über Ihren Besuch. Sie ist sonst immer ganz ... Na ja, sie hat kaum ... Sie war so ... detailliert. Hat das gesamte Gespräch wiedergegeben. Wort für Wort, so kam es mir vor. Samt Eiern und Kakao und sogar ... daß Sie so lange das Familienbild angestarrt haben. Das vom achtzigsten Geburtstag meines Vaters, meine ich. Und da wußte ich, daß Sie kommen würden. Plötzlich wußte ich, was ich an dem Tag anhatte. Das graue Seidenkleid. Und den Schal.

H. W.:

Na gut. Fangen wir von vorn an. Haben Sie Brede Ziegler am Abend des fünften Dezember dieses Jahres getroffen?

I. F.:

Ja. Wir hatten uns für elf Uhr abends vor der Moschee im Åkebergvei verabredet.

H. W.:

Warum das? Draußen? So spät an einem Winterabend?

I. F.:

Es war wirklich eine ziemlich törichte Verabredung. Ich wollte mich herausreden, aber Brede bestand darauf. Es war ganz versessen darauf, mir das neue Mosaik in der Fassade der Moschee zu zeigen. Angeblich bringt es sein ... seine »Vorstellung von Schönheit« zum Ausdruck, wie er das nannte. Ich habe gesagt, ich hätte keine Zeit. Ich hätte an diesem Abend schon etwas vor. Ein Kirchenkonzert *(lacht kurz)*. Ein Zufall kann sich plötzlich als Joker erweisen, nicht wahr? Ich war überhaupt nicht im Kino. Ein Arbeitskollege glaubte mich dort gesehen zu haben. Aber er hat sich geirrt. Er muß mich verwechselt haben. Als Billy T. mich später fragte, wo ich an diesem Abend gewesen sei, konnte ich einfach Samir Zetas Bemerkung nutzen ... und damit war mein Alibi gerettet. Das ergab sich aus purem Zufall so. Ich hatte den Film eine Woche zuvor gesehen. Ich wußte, wovon er handelt, wie lange er dauert, daß ich nach der Vorstellung meine Schwester nicht mehr besuchen konnte und ... auf jeden Fall ... *(Pause, Geräusche von Wasser, das in ein Glas gegossen wird?)* Brede ließ keine Entschuldigung gelten. Er mußte noch aus der einfachsten Sache eine ganze Inszenierung machen. »Das Nachtlicht gibt dem Gebäude mehr Charakter.« *(leicht verstellte Stimme)* So hat er sich ausgedrückt. Er hatte eine umständliche und überaus seltsame Theorie über die Lage der Moschee im Verhältnis zu Wache und Gefängnis und fand es schrecklich wichtig, daß die Moschee rund um die Uhr von den Gefängnisscheinwerfern angestrahlt wird. Außerdem habe er noch eine Überraschung für mich, sagte er. Ja ... und damit war die Sache abgemacht. Wir wollten uns also im Åkebergvei treffen, um elf, genau gegenüber der Wache.

H. W.:

Was ist passiert?

I. F.:

Ich habe ihn nicht gleich entdeckt. Ich wollte schon wieder nach Hause gehen, als er mich von der Wache her rief.

Von der Treppe aus, auf der er später gefunden wurde. Er hatte dort Schutz vor dem Wind gesucht. Außerdem hatte er die seltsame Theorie, daß man sich dem Mosaik von unten nähern müsse, um ... egal. Ich ging also zu ihm, und wir redeten ein Weilchen über das Mosaik. Allerdings kam er mir ziemlich erschöpft vor. Fast schon krank. Ab und zu verzog er das Gesicht, als habe er Schmerzen. Und er brachte durchaus nicht den ekstatischen Vortrag, den ich erwartet hatte. Wir hatten vorher schon ein paarmal über das Mosaik diskutiert und uns nicht einigen können. Er wollte es im Buch als durchgehendes Thema verwenden. Als Symbol sozusagen. Für seine Offenheit gegenüber Welt, Vergangenheit, Zukunft, Spiritualität. Das klingt idiotisch, finden Sie nicht? Ich habe versucht, ihm das klarzumachen, schonend natürlich. Aus irgendeinem blödsinnigen Grund glaubte er, mich überzeugen zu können, wenn er mir das ganze Gebäude zeigte. Es ist ja auch eine Pracht, aber ...

H. W.:
Hier gibt es etwas, das ich nicht ganz verstehe. Wir haben Grund zu der Annahme, daß Brede Ziegler ... gesundheitliche Gründe gehabt hätte, dieses Treffen abzusagen. Sie sagen ja selbst, daß er einen elenden Eindruck machte. Warum war es ihm so wichtig, sich mit Ihnen zu treffen? Gerade an dem Abend?

I. F.:
Ich glaube ... ich weiß nicht, ob Sie wirklich begriffen haben, was Brede Ziegler für ein Mensch war. Er hatte ein extremes Bedürfnis danach ... wie soll ich sagen? ... zu inszenieren. Sein eigenes Leben zu inszenieren. Brachte jemand Einwände gegen seine Ansichten vor, dann konnte er sich nicht verhalten wie wir anderen. Nachgeben, meine ich. Oder vielleicht sogar zugeben, daß auch jemand anders recht haben könnte. Das muß eine Art Sport für ihn gewesen sein ... nein, mehr noch. Es war *(hebt hörbar die Stimme)* zwingend notwendig für ihn, daß er immer recht hatte. Wir

waren mit den Bildern für das Buch so weit gediehen, daß es eigentlich zu spät war, um das Mosaik noch als durchgehendes Thema aufzunehmen. Das hat er eingesehen. Brede Ziegler war ja nicht dumm. Er war nur ... er wollte mich überzeugen, und das hatte sofort zu geschehen. Genau an dem Sonntag. Am Montag wollten wir unsere weitere Arbeit so weit planen, daß für größere Veränderungen kein Spielraum mehr gewesen wäre. Ich glaube, nichts hätte ihn an diesem Treffen hindern können.

H. W.:

Kommen wir auf das zurück, was an diesem Abend passiert ist. Sie sagten, er habe eine Überraschung für Sie gehabt?

I. F.:

Eine Überraschung? *(leise)* Die sollte sich als ziemlich fatal herausstellen. Es war das Messer. Das Messer, mit dem er ermordet wurde. *(Schweigt, längere Pause, undeutliche Geräusche. Unverständlich.)* Darf ich rauchen?

H. W.:

Die Angeklagte bekommt Zigaretten. Billy T., kannst du einen Aschenbecher holen? Okay, stell ihn hierhin. Dann geht es weiter. Das Messer?

I. F.:

Das Messer war die Überraschung. Ein Geschenk für mich. Er hatte es bei sich, eingewickelt in Geschenkpapier. Ich weiß nicht, was er sich eingebildet hat. Das grenzte ja schon an Bestechung. Er muß geglaubt haben, daß ich auf dieses lächerliche Mosaikthema eingehen würde, wenn er mich nur genügend umschmeichelte. Das Ganze ... *(lange Pause)*

H. W.:

Das Ganze?

I. F.:

Das Ganze ging zurück auf eine Episode, die sich ein paar Tage zuvor zugetragen hatte. Suzanne Klavenæs hatte ein Foto von einigen Rohwaren auf einem flachen Stein am Strand gemacht. Fisch, Fenchel und ... egal. Rohwaren. Das Bild ist sehr gut geworden, vor allem, was das Licht angeht. Wir haben sogar daran gedacht, es als Vorsatzbild zu nehmen. Also innen ... auch egal, Brede drehte jedenfalls vollständig durch. Am Rand des Bildes ist nämlich ein Messergriff zu erkennen. Und zwar der vom falschen Messer. Kaum zu sehen, aber Brede hat einen Höllenlärm gemacht und gedroht, das ganze Projekt platzen zu lassen, wenn wir auf das Bild nicht verzichten würden. Ich war ziemlich ungeduldig, um es schonend auszudrücken. Ich meine, ab und zu ist der Umgang mit Autoren wirklich anstrengend ... auf jeden Fall: Er hielt mir einen langen Vortrag über Küchengeräte.

B. T.:

Aber das war einige Tage vorher, haben Sie gesagt. Was ist am Sonntag abend passiert?

I. F.:

Er hat das Paket hervorgezogen. Es geöffnet und dazu so was gesagt wie, daß Künstler immer das beste Werkzeug brauchen, wenn Kunst zu Geist werden soll. Es war einfach unerträgliches Gefasel, und dabei ging es doch nur um ein Messer! Er hat es sogar damit verglichen, daß ein erstklassiger Geiger eine Stradivari braucht, um seine Ziele erreichen zu können. Das schlimmste war ja, daß ich das alles schon häufiger gehört hatte. Aber ich habe den Mund gehalten. Ich wollte die Sache hinter mich bringen, damit ich bald nach Hause konnte. Er hat immer weitergefaselt, während er das Papier abwickelte. Darunter kam eine goldene Schachtel mit großen japanischen Schriftzeichen zum Vorschein. Als er den Deckel abgenommen hatte, hielt er mir die Schachtel hin. Ich sollte das Messer herausnehmen. Es anfassen. Spüren, wie leicht es ist. Und das habe ich getan.

H. W.:

Sie hielten also das Messer in der Hand. Hatten Sie Handschuhe an?

I. F.:

Ja. Ich wollte doch so schnell wie möglich weiter. Dieses Messer hat mich überhaupt nicht interessiert. Aber Brede

hatte seinen einen Handschuh ausgezogen, sicher, um die
Schleife aufzubinden. Der Handschuh war ihm auf den Boden gefallen, genauer gesagt, auf die Treppe. Ich wollte mich
schon danach bücken, aber dann habe ich das Messer genommen, als er es mir hinhielt.

ANWÄLTIN:
Überleg dir genau, was du jetzt sagst, Idun. Das ist wichtig ...

B. T.:
Bitte, Verteidigerin, nicht die Aussage unterbrechen. Sie können ...

I. F.:
(Redet laut dazwischen) Das ist nicht nötig. Ich werde sagen,
was passiert ist. Ich habe ihn erstochen. Okay? Ist das klar?
Ich habe ihn erstochen. Himmel, ohne dieses verdammte
Messer hätte ich mich mit einer Ohrfeige begnügt! Ich ...
wir standen auf der Treppe, ich stach zu, er gurgelte kurz und
sackte in sich zusammen. Es ging unglaublich schnell. Ich
muß ein lebenswichtiges Organ getroffen haben. Aus
irgendeinem Grund habe ich den Messergriff mit einem Taschentuch abgewischt. Idiotisch, ich hatte schließlich Handschuhe an, und ich ... Das Seltsame war, daß so wenig Blut
kam. Zu Hause habe ich auf meinen Handschuhen Blut-
flecken entdeckt, aber nur dort. Diese Handschuhe habe ich
weggeworfen. Zusammen mit der Schachtel, die ich aus irgendeinem Grund mitgenommen hatte. Als er zusammenbrach ... ich habe ihn geschüttelt. Aber es war zu spät. Er war
tot. Er war fast sofort tot. *(Pause, Räuspern, Weinen?)* Da habe
ich wohl den Schal verloren. Als ich ihn geschüttelt habe. Ich
habe es nicht gemerkt.

B. T.:
Aber ich begreife das nicht so ganz ... Sie sagen, daß Sie sich
mit Brede Ziegler unterhalten haben. Sie waren genervt von
ihm. Er wollte Ihnen etwas schenken. Sie nehmen das Messer in die Hand und erstechen ihn. Aber warum? Warum haben Sie das getan? Weil Sie keine Lust hatten, sich von dem
Mann eine Moschee zeigen zu lassen?

I. F.:

Ich kann das nicht erklären. Es hat sich einfach so ergeben.

B. T.:

Sie waren doch sicher schon häufiger in Ihrem Leben mit
Menschen zusammen, die Sie nicht gerade lieben, und trotzdem haben Sie sie nicht gleich erstochen. Sie haben bisher
ja noch nicht einmal ein Bußgeld wegen Geschwindigkeits-
überschreitung zahlen müssen.

I. F.:

Nein, aber mir sind in meinem Leben auch nicht viele Menschen begegnet, die ich so verabscheut hätte wie Brede
Ziegler. Sie haben doch mit Thale gesprochen. Sie wissen,
was er unserer Familie angetan hat.

B. T.:

Sicher. Und wir verstehen, daß Sie wütend auf ihn waren.
Aber Sie haben ihn über zwanzig Jahre in Ruhe gelassen –
warum haben Sie ihn gerade jetzt umgebracht?

I. F.:

(Sehr laut) Es hat sich so ergeben, wie gesagt. Er stand da, vor
mir ... er hatte mir ein Messer gegeben, er schien mich geradezu dazu aufzufordern ... *(weint)*.

ANWÄLTIN:

Ich schlage vor, daß wir eine Pause einlegen. Meine Mandantin ist restlos erschöpft. Sie muß ein wenig zur Ruhe
kommen.

H. W.:

In Ordnung, wir machen eine Pause. Das Verhör wird um ...
12.47 Uhr unterbrochen.
Das Tonband wird ausgeschaltet.

H. W.:

Es ist jetzt 13.23 Uhr, das Verhör mit der Angeklagten Idun
Franck wird fortgesetzt. Die Angeklagte war auf der Toilette.
Ihr wurde eine Mahlzeit angeboten, aber sie möchte nichts
essen. Es ist Kaffee serviert worden. Können wir jetzt weitermachen?

I. F.:

Ja, ich bin bereit.

B. T.:

Kommen wir zurück auf Ihre Bekanntschaft mit Brede Ziegler. Wann haben Sie ihn kennengelernt?

I. F.:

Wann ich ihn kennengelernt habe? *(lacht)* Kommt drauf an, wen Sie meinen. Freddy Johansen habe ich vor fast vierundzwanzig Jahren kennengelernt. Damals bin ich ihm einmal begegnet. Das hat gereicht. Brede Ziegler habe ich im August dieses Jahres kennengelernt. Im Verlag. Er hat mich nicht erkannt. Vierundzwanzig Jahre hinterlassen ihre Spuren, und ich hieß damals ja noch nicht Franck. Ich war einige Jahre verheiratet. Von dem Buch habe ich Ihnen schon erzählt. Es war meine Idee, daß ich ihm beim Schreiben helfen könnte. Der Verlag war von dieser Idee begeistert, Brede aber hatte seine Zweifel. Er wünschte sich einen bekannteren Namen. Und jemanden, der Italien kennt. Er hat dann tatsächlich Erik Fosnes Hansen vorgeschlagen. Als ob der für so was Zeit hätte. Den Ghostwriter zu machen für einen ... egal. Ich habe zwei andere gefragt. Publizisten. Und zwar so, daß ich einer Absage sicher sein konnte. Also mußte er sich mit mir zufriedengeben. Brede hatte keine Ahnung, daß ich Thales Schwester bin, und ich habe es auch nicht erwähnt.

B. T.:

Aber Sie wußten, daß Brede Daniels Vater war?

I. F.:

Ich habe immer gewußt, daß Freddy Johansen Daniels Vater war. Aber der war ja verschwunden, und wir haben ihn auch nie vermißt. Als er als Brede Ziegler wiederauferstand, hatte er mit uns erst recht nichts mehr zu tun. Das hat sich erst geändert, als Daniel krank wurde.

B. T.:

Was war das für eine Krankheit?

I. F.:

Mit vierzehn wurde Daniel sehr krank. Er brauchte eine

Nierentransplantation, um zu überleben. Thale wurde untersucht, aber sie kam als Spenderin nicht in Frage. *(Pause, hebt die Stimme)* Aber das hat Thale Ihnen doch schon gesagt.

H. W.:

Erzählen Sie es uns trotzdem noch einmal.

I. F.:

Wir waren verzweifelt. Ich habe die Ärzte im Krankenhaus gebeten, eine Anfrage an Brede Ziegler zu richten. Gleichzeitig habe ich mich untersuchen lassen, aber die Hoffnung war ja gering, wo schon Thale nicht in Frage kam. Und dann war es doch möglich. Sie konnten Daniel eine Niere von mir geben. Er wurde gesund. Brede aber ... *(Stimme versagt, weint)*. Er hat nicht einmal geantwortet. Er hat nicht einmal geantwortet! Ich hatte nie eine hohe Meinung von Brede Ziegler oder Freddy Johansen, aber daß er bereit war, seinen Sohn einfach so sterben zu lassen ... *(weint lange, murmelt, undeutlich)* ... das kann ich ihm nicht verzeihen.

H. W.:

Erzählen Sie von Daniel.

I. F.:

Ich bin seine Tante. Er ist mein Neffe. Ich liebe ihn. Sie haben mit Thale gesprochen und wissen, daß wir ihn gewissermaßen geteilt haben. Wir haben ihn zusammen großgezogen, könnte man sagen.

H. W.:

Ja, das wissen wir. Aber erzählen Sie von ihm. Ausführlicher. Haben Sie gestern mit ihm gesprochen?

I. F.:

Woher wissen Sie das? Das war das Schlimmste. Mit Daniel zu sprechen *(weint heftig)* ... Ich werde ihn verlieren, und er braucht mich doch immer noch ...

ANWÄLTIN:

Idun, bedeutet das, daß du letzte Nacht nicht geschlafen hast? Ich möchte das ins Protokoll aufnehmen lassen. Daß meine Mandantin unter erheblichem Schlafmangel leidet. Wir können eine Pause machen, wenn du willst.

I. F.:

Nein, ich möchte das gern erzählen ... *(Putzt sich die Nase?)* Ich werde oft gefragt, ob ich Kinder habe. Und dann sage ich nein, denn eigentlich habe ich ja keine. Irgendwie gehört es sich für eine Tante nicht, dermaßen an ihrem Neffen zu hängen. Aber ich habe mir oft überlegt, daß Daniel gewissermaßen zweimal geboren worden ist. Zuerst von Thale und dann von mir. Als er meine Niere bekommen hat. Als es so aussah, als würden wir ihn verlieren, ist mir aufgegangen, daß Daniel der einzige Mensch ist, dem ich jemals wirklich nahegestanden habe. Immer. Sein ganzes Leben lang. Ich habe mir im Grunde kein anderes Kind gewünscht. *(leise)* Ich brauche noch etwas Wasser, bitte. Aber das ist nicht alles ... daß er meine Niere bekommen hat, daß ich auf ihn aufgepaßt habe, als er klein war. Es ist ... es ist so ... es heißt doch, daß ein Kind Mutter und Vater braucht. Zwei Elternteile, nicht wahr? Daniel hat keinen Vater, er hat Thale, aber die ist ... wie soll ich sagen? Sehr nüchtern. Daniel hat mich gebraucht, weil ich die Welt nicht nur aus einem praktischen Blickwinkel sehe. Thale legt alles, was sie an Seele besitzt, in ihre Rollen. Ansonsten ist sie ungeheuer vernünftig. Bei mir konnte Daniel seinen Gefühlen freien Lauf lassen. Seinem Staunen. Er ist ein empfindsamer Junge, und ... ich habe versucht, ihm zu zeigen, daß es auf der Welt noch mehr gibt als praktische Aktivitäten und Theaterkunst *(kurzes Lachen, längere Pause)*. Ich kann Ihnen ein Beispiel geben. Daniel weiß, daß Brede sein Vater war. Thale hat es ihm an seinem achtzehnten Geburtstag erzählt. Ganz nüchtern. Sie fand, er habe das Recht, das zu erfahren, darüber hinaus sei es allerdings nicht der Rede wert. Ich habe gesehen, daß Daniel seit Bredes Tod verwirrt und unglücklich ist. Aus naheliegenden Gründen *(kurzes Lachen, Schluchzen?)* habe ich mit Daniel nicht über den Tod seines Vaters reden mögen. Aber ich habe gesehen, wie schwer er die Sache nimmt. Er wirkt ziemlich verzweifelt, und er ist zu jung, um allein damit fertig zu werden. Thale will sich ja erst damit befassen, wenn die Erbschaft aktuell wird *(lacht kurz)*. Aber ich war immer schon zu sehr Glucke, wenn es um Daniel ging. Was Daniel am meisten zu schaffen macht, ist nicht der Tod seines Vaters. Den bedauert er natürlich, denn er hat ihm die letzte Hoffnung genommen, jemals einen Vater zu haben. Aber als ich letzte Nacht mit ihm sprach, habe ich endlich in Erfahrung bringen können, warum er die Bücher von meinem Vater verkaufen wollte. Gleich nach dessen Beerdigung hat Daniel mich nach Paris eingeladen. Er meinte, jetzt sei es an ihm, mir eine Freude zu machen. Ich habe deutlich gespürt, wie wichtig es für ihn war, daß ich sein Geschenk annahm, und ich habe im Grunde nicht weiter darüber nachgedacht, woher er das Geld hatte. Er sagte, er habe lange gespart. Aber in Wirklichkeit hat er das Geld von einem Freund geliehen. Dieser Freund hatte gerade sein Studiendarlehen ausbezahlt bekommen, und Daniel hat ihn angepumpt. In dem sicheren Gefühl, daß er bald seinen Großvater beerben würde. *(Pause)* Daniel hat viel geweint letzte Nacht. Es ist ihm peinlich, daß er gleich bei seinem ersten Versuch, erwachsen zu sein und etwas für mich zu tun, Schulden machen mußte. Niemals hätte er mich um Geld gebeten, um das Geschenk für mich bezahlen zu können – obwohl er seinem Freund um ein Haar das Studium kaputtgemacht hätte. Aber ich habe das heute morgen noch in Ordnung gebracht. Ich habe das Geld an Eskild überwiesen, ehe Sie gekommen sind.

B. T.:

Weiß Daniel, daß Sie seinen Vater umgebracht haben?

I. F.:

Nein. Das konnte ich ihm einfach nicht sagen. Daniel muß mit der Tatsache leben, daß er Eltern hat, die ihm das Leben schwergemacht haben, und ich hoffe nur, daß er ... *(weint heftig)* ... weiterkommt.

B. T.:

Aber ich begreife das noch immer nicht. Sie hatten allen

Grund, Brede zu hassen, als er vor über zwanzig Jahren Thale und das Kind im Stich gelassen hat, Sie hatten allen Grund, ihn zu hassen, als er Daniel während dessen Krankheit nicht helfen wollte. Warum haben Sie ihn gerade jetzt umgebracht?

I. F.:

Ich hatte ihn kennengelernt. Er war schlimmer, als ich erwartet hatte. Das war schließlich meine Aufgabe, nicht wahr? Ich mußte ihn kennenlernen, um dieses Buch machen zu können. Ich sollte sozusagen dicht an ihn herankommen. Den Mann porträtieren. Natürlich hätte ich diese Aufgabe nie übernehmen dürfen, aber ich war neugierig. Seltsamerweise wollte ich ihm aber auch eine Chance geben. Ich habe wohl einfach nicht glauben können, daß er wirklich so zynisch war, wie es während all der Jahre schien. Ich hatte die idiotische Vorstellung ... wenn ich nur seinen Standpunkt kennenlernte, dann würde ich ihn vielleicht verstehen können. Das war entsetzlich naiv, aber eigentlich ... *(weint)* Das Ganze war eine Art ... *(Pause)* ... Geschenk? An Daniel? Ich wollte Brede kennenlernen, um Daniel Verständnis für das Verhalten seines Vater zu ermöglichen. Es wollte mir nicht in den Kopf, daß Daniels Vater gar keine guten Eigenschaften haben sollte. Aber als ich dann an der Oberfläche kratzte, war darunter nichts vorhanden. Für Brede Ziegler existierte eine einzige Triebkraft: das, was ihm nützte.

B. T.:

Er hatte doch auch einiges erreicht.

I. F.:

Was der Mann geleistet hatte, fand ich im Grunde ja auch beeindruckend. Er hatte ein ungeheures Verlangen nach Erfolg. Er hatte es in jeder Hinsicht geschafft, aber er machte alles so ... pompös. Daß er unbedingt als Künstler gelten wollte, daß sein Kochbuch Geist, Schönheit und was weiß ich nicht alles zum Ausdruck bringen sollte. Ihm war einfach kein Lob groß genug. Eins muß ich ihm allerdings lassen: In einer Hinsicht hat er durchaus echte Gefühle gezeigt. Jedenfalls einen Anflug von echten Gefühlen. Wenn er über Italien sprach, dann mit einer gewissen Wärme. Aber das war wohl auch das einzige, was ihm etwas bedeutete, wenn es nicht um ihn selbst ging. Stellen Sie sich das vor *(lacht)*! Ein Land zu lieben, während der eigene Sohn einem egal ist!

B. T.:

Wissen Sie mehr über Italien? Über das, was er dort gemacht hat?

I. F.:

Nein, eigentlich nicht. Er wirkte nur ganz anders, wenn er über Italien sprach. Begeistert irgendwie, nicht mehr so abgedreht. Ich habe mir ausgerechnet, daß er ungefähr zu Daniels Geburt dorthin gegangen sein muß. Es wäre das beste gewesen, wenn er in Italien geblieben wäre. Aber dann kam er als Brede Ziegler zurück. Er hatte einige Jahre als Koch in einem Mailänder Restaurant gearbeitet und sich später zusammen mit seinem jetzigen Partner vom *Entré* ein Lokal gekauft. Er sprach von Investitionen und davon, daß er sich in der Nähe von Verona niederlassen wollte. Wenn das *Entré* Erfolg haben sollte und er es mit Profit verkaufen könnte. Ich habe mir überlegt, daß Italien ihm wohl so wichtig war, weil er dort ungestört Brede Ziegler sein konnte – ohne die Angst, von Freddy Johansen eingeholt zu werden. Ich werde in Italien mehr zu einem ganzen Menschen. – Das war eine typische Brede-Aussage. Als ob er sich unter einem ganzen Menschen etwas hätte vorstellen können.

H. W.:

Warum haben Sie gelogen, was Ihren Besuch in der Niels Juels gate anging? Sie haben behauptet, nie bei ihm zu Hause gewesen zu sein. Das stimmt nicht. Warum …

I. F.: *(unterbricht)*:

Das war nicht gelogen! Ich hatte es wirklich vergessen! Ich hatte solche Angst, so schreckliche … Es war mir einfach entfallen. Ich habe die Wahrheit gesagt, aber Sie wollten mir nicht glauben.

408

B. T.:

Zurück zu dem Abend hinter der Wache. Sie sagen, Sie hätten Brede nicht umbringen wollen. Sie haben auch klargestellt, daß Sie sich Sorgen um Daniel machen. *(Pause)* Ich glaube, daß Ziegler etwas gesagt ... etwas getan hat ... Ich glaube ... warum haben Sie ihn da und dort umgebracht? Er muß doch ...

I. F. *(unterbricht)*:

Um Daniels willen bereue ich wirklich, was ich getan habe *(weint)*. Ich weiß nicht ... *(Schluchzen, Schniefen, Murmeln / undeutlich)* ... wie er das aufnehmen wird. Ich habe immerhin seinen Vater umgebracht!

H. W.:

Hier haben Sie ein Taschentuch. *(Pause)* Können Sie Billy T.s Frage beantworten? Sie haben nur erzählt, daß Sie mit Brede gesprochen und ihn dann erstochen haben. Wir müssen aber wissen, warum Sie das getan haben. Und was Sie dabei gedacht haben.

I. F.:

Begreifen Sie denn nicht? Ich habe doch nun Ewigkeiten damit zugebracht, den unerträglichsten Menschen zu beschreiben, der mir je begegnet ist.

H. W.:

Wir verstehen sehr gut, daß Sie ihn nicht leiden konnten, aber deshalb wissen wir noch nicht, warum Sie ihn umgebracht haben. Hat er etwas gesagt? Etwas, das zu hören Sie nicht ertragen konnten?

I. F.:

Ja! Er hat etwas gesagt. Er hat etwas gesagt, das so zynisch war, daß mir fast schwarz vor Augen geworden wäre. Das klingt wie ein Klischee, nicht wahr? Aber so war es. Plötzlich bin ich in einer tiefen Finsternis versunken. Ich hätte nie gedacht, daß ich dazu überhaupt imstande bin, ich hätte nicht einmal mit diesem Gedanken gespielt. Und ohne das *(hebt die Stimme)* verdammte Messer hätte ich ihn nur geschlagen, in den Bauch oder ins Gesicht, und nichts wäre ... *(lange Pause)*

H. W.:

(leise) Was hat Brede Ziegler gesagt, ehe Sie ihn erstochen haben?

I. F.:

(putzt sich energisch die Nase, spricht leise weiter): Ich weiß es noch ganz genau. In den vergangenen beiden Wochen, immer wenn ich glaubte, den Verstand zu verlieren, habe ich daran gedacht. Und dann weiß ich, wie und warum ich einen anderen Menschen umbringen konnte. Es passierte, als er mir das Messer gab. Ich fand die ganze Zeremonie kindisch und wollte nach Hause. Mir war schon einige Male aufgefallen, daß er geizig war, im kleinen, meine ich. Als er also das Messer aus dem eleganten Geschenkpapier wickelte, habe ich ihn gefragt, ob es bei IKEA gerade ein Sonderangebot gebe. Ich wollte nur klarstellen, daß ich sein kleines Schauspiel nicht überzeugend fand. Aber ich habe ja erklärt, wie pompös er war, er bekam es einfach nicht eine Nummer kleiner hin. Nicht einmal dann, wenn sein Publikum sich langweilte. Und da hat er es gesagt. Den Anfang dieses Entsetzlichen. *(stark verstellte Stimme, tiefer, langsamer)* So, wie Sie mich kennen, Frau Franck, wissen Sie, daß ich nicht pfusche. Dieses Geschenk ist kein IKEA-Trödel. Sondern das beste Messer der Welt. – Ich habe gesagt: Ich kenne dich besser, als du ahnst, Brede. Ich weiß, daß du pfuschst. Du hast dich einmal aus einer Vaterschaft herausgepfuscht. – Er sah mich an mit einem ... *(laut)* ... aasigen Lächeln und sagte: Vaterschaft? Reden wir hier nicht über Messer? Ich war außer mir vor Wut. So etwas hatte ich noch nie empfunden. Ich habe gesagt: Hast du vergessen, daß du Vater bist? Du bist damals informiert worden, als du einen Sohn bekommen hast. Dein Sohn ist heute ein junger Mann von zweiundzwanzig Jahren und heißt Daniel! Und da ist es passiert.

H. W.:

Was ist passiert? Haben Sie ihn in dem Moment umgebracht?

I. F.:

Nein. Da hat er gesagt *(verstellt wieder die Stimme):* Zweiundzwanzig? Dann ist er ja kein Kind mehr. Fertig die Kiste.
(lange Pause)

H. W.:

Ich glaube, ich versteh nicht ...

I. F. *(unterbricht, wird sehr laut):*

Das verstehen Sie nicht? Er hat gelächelt! Dasselbe Lächeln.
Dasselbe aasige, abstoßende, egoistische Lächeln! Als spiele
die Tatsache, daß er seinen Sohn, meinen Daniel, sein Leben
lang verleugnet hat, keine Rolle mehr, jetzt, da Daniel erwachsen ist. Dann ist er ja kein Kind mehr. Fertig die Kiste.
Daniels ganze Kindheit, seine Krankheit, seine ganze ... Daniels ganze *(ruft)* Existenz! ... Die glaubte er einfach wegwi-
schen zu können wie ... *(schluchzt laut)* Da bin ich durchge-
dreht. Da habe ich begriffen, daß ich es mit einem schlechten
Menschen zu tun hatte. Ich kann das nicht anders ausdrücken. Bis dahin hatte ich ihn für seicht, oberflächlich, un-
sympathisch gehalten. Aber in dem Moment, bevor ich zu-
stach, habe ich gespürt, daß Brede Ziegler ganz einfach
schlecht war *(sehr lange Pause).* Ich ... *(leise, unsichere Stimme)* ... ich glaube, Eli Wiesel hat das gesagt. Daß das Gegenteil von Liebe nicht Haß ist, sondern Gleichgültigkeit. So
war er, Brede Ziegler. Durch und durch gleichgültig. Auch
Daniel gegenüber, seinem eigenen Sohn. Meinem Daniel.
(eine Minute lang nichts zu hören)

H. W.:

Ich habe für heute noch eine Frage. Welche Schuhgröße haben Sie?

I. F.:

(kaum hörbar) Achtunddreißig. In der Regel.

H. W.:

Danke, Idun. Das Verhör endet um 17.32 Uhr.

Bemerkung der Protokollantin (H. W.)
Die Angeklagte konnte sich vor und nach dem Verhör im Neben-

zimmer mit ihrer Anwältin beraten. Anwältin Bodil Bang-Andersen teilt mit, daß ihre Mandantin sich mit vier Wochen Untersuchungshaft mit Post- und Besuchsverbot einverstanden erklärt. Die Angeklagte bittet darum, daß ihre Schwester, Thale Åsmundsen, von ihrer Festnahme verständigt wird. Die Angeklagte wird um 18.25 Uhr in den Arrest gebracht. Sie wird ins Osloer Kreisgefängnis überführt werden, sowie die richterliche Genehmigung vorliegt.

65

Es war der seltsamste Weihnachtsbaum, den Hanne je gesehen hatte. Er war kugelrund und viel zu groß für die Wohnung. Die Spitze krümmte sich unter der Decke, und der Stern ragte zur Seite. Er zeigte auf eine exklusive Weihnachtskrippe, die auf dem Fernseher aufgestellt worden war. Der Baum war mit Obst und Gemüse geschmückt, mit Apfelsinen, Gurken und, ganz dicht am Stamm, einer schönen Traube Wein. Teure Glasfiguren hingen an Seidenschlingen neben mißratenen Zierkörbchen. Am beeindruckendsten waren die Kerzen. Der Baum strahlte. Nefis und Harrymarry hatten offenbar Lichter für fünf Bäume gekauft; die grünen Leitungen waren um fast jeden Zweig gewickelt und ließen den Baum aussehen wie ein glitzerndes Geschenkpaket. Zu seinen Füßen lagen sieben Geschenke. Es war schon Mitternacht, und beide Baumschmückerinnen schliefen.

Auf dem Wohnzimmertisch lag ein Zettel von Harrymarry:

»Lihbe Hanne. Wir ham den Baum geschmöckt und wie doof eingekauft. Im Kühlschrank steet Essen, das ham wir gekocht. Wir ham auch für morgen essen gekauft. Cabiliau und Schweinebraten und gute Sachen. Nefis ist toll. Die ist Muslimistin und hat keine Aanunk von Weihnachten. Aber ist trotzdem toll. Auf die müssen wir gut aufpassen. Schlaff gut.

Marry.

Das mit dem Schaal tut mir leit. Hätt ich vorher sagen sollen. Aber der war so warm und schön wos so kalt war.

Marry noch mal.«

Hanne lächelte und legte den Zettel in eine Schublade. Sie zog sich aus und schlüpfte nackt ins Bett. Als sie Nefis' warmen Rücken an ihrem Bauch spürte, mußte sie weinen, leise, um Nefis nicht zu wecken. Sie wußte nicht, wann sie sich zuletzt auf den Heiligen Abend gefreut hatte.

Vermutlich passierte ihr das überhaupt zum ersten Mal.

66

»H. W.

Wenn du mal wieder auf entscheidenden Beweisen hockst, würdest du dann freundlicherweise auf der Wache Bescheid sagen? Das würde die Ermittlungen um einiges erleichtern. Es wäre außerdem klüger, wichtige Zeuginnen nicht bei dir wohnen zu lassen. Zumindest nicht, ohne die Ermittlungsleitung zu informieren.

Billy T.«

Hanne Wilhelmsen riß den gelben Zettel von der Tür. Sie wurde nicht einmal wütend, obwohl die Mitteilung sicher schon so lange hier hing, daß praktisch alle sie gesehen haben mußten.

Sie hätte Harrymarry nicht zu sich nach Hause holen dürfen. Auf jeden Fall hätte sie Bescheid sagen müssen. Sie hätte Harrymarry auf die Wache schleifen müssen, sowie sie sie gefunden hatte, sofort und ohne weiteres. Aber sie hatte sie zu sich nach Hause gelockt, mit Essen und Gerede, wie eine herrenlose Hündin, zu der sie plötzlich eine unerklärliche Zuneigung gefaßt hatte. Die Frau hätte richtig ins Verhör genommen werden müssen. Dann wäre ihnen der Schal vielleicht aufgefallen. Sie hätten sie gefragt, woher er stammte. Ein grün-lila Seidenschal, der durchaus nicht zu Harrymarrys Laméjacke und ihren zerrissenen Strümpfen paßte. Irgendwer hätte sie danach gefragt. Ziemlich sicher, sagte Hanne und biß sich in die Lippe.

Als sie den Schal bei Thale auf einem Bild von Idun Franck entdeckt hatte, war ihr Harrymarrys einziges akzeptables Kleidungsstück eingefallen. Und in dem Moment war ihr aufgegangen, was sie angerichtet hatte. Es war nicht allein Billy T.s Schuld, daß die Ermittlungen steckengeblieben

415

waren. Aber Hanne Wilhelmsen hatte das wiedergutmachen
können. Die Aufklärung war ihr Verdienst. Das wußten alle.
Und alle beglückwünschten sie dazu.

Billy T. begnügte sich mit dem Verfassen von hämischen
Zetteln.

»Getan ist getan, und gegessen ist gegessen«, murmelte sie
und steckte den Zettel in die Tasche.

»Hallo, Hanne. Das war nicht nötig.« Silje Sørensen nickte zu Hannes Hosentasche hinüber, aus der noch eine Ecke
des Zettels hervorragte. »Der hängt schon den ganzen Tag
da. Alle haben ihn gesehen.«

Hanne schnitt eine undefinierbare, flüchtige Grimasse.
»Scheiß drauf. Was macht Sindre?«

»Hat gestanden. Endlich.«

»Erzähl.«

Es war der heilige Abend 1999, und es ging auf Mittag zu.
In der Wache herrschte eine ungewöhnliche Stimmung, das
ganze Gebäude schien erleichtert aufzuatmen, weil auch in
diesem Jahr Weihnachten gekommen war. Der Duft von
Glühwein und Pfeffernüssen schien allen anzuhaften, die in
den Gängen unterwegs waren, jeder zog eine wunderschöne, feierliche Duftschleppe hinter sich her. Sie hatten
mehr Zeit. Manche lächelten, andere grüßten. Hanne hatte
von Erik Henriksen ein rotes Paket bekommen. Sie hatte ihn
seit jenem ersten Tag, an dem sie im Erdgeschoß vor dem
Fahrstuhl am liebsten kehrtgemacht hätte, kaum gesehen. Er
hatte gegrinst, gratuliert und sein Geschenk auf den Tisch
geworfen. Wo es noch immer ungeöffnet lag. Solange es auf
ihrem Schreibtisch lag, in knallrotem Glanzpapier mit
Schleife, Gold und Glitzer, erinnerte es sie daran, daß vor
langer Zeit einmal alles ganz anders gewesen war als jetzt.

Silje und Hanne gingen die Treppen zur Kantine hinauf.
Unten im Foyer spielte die Polizeikapelle *Zu Bethlehem geboren*; schief und schön, mit einem viel zu dominanten Kor-
nett.

Als Hanne erfuhr, daß Brede Ziegler Sindre Sand am

Samstag, dem vierten Dezember, zu einem Zug durch die Gemeinde eingeladen hatte, ging ihr auf, daß sie den berühmten Restaurantbesitzer noch immer nicht zu fassen bekam. Vielleicht hatte Idun Franck ja recht.

Brede Ziegler konnte durchaus ein schlechter Mensch gewesen sein.

Hanne waren nur selten schlechte Menschen begegnet. Mörder, Vergewaltiger und Schwindler – mit denen hatte sie seit über fünfzehn Jahren fast täglich zu tun. Dennoch fiel ihr auch bei genauerem Nachdenken unter denen kein einziger wirklich schlechter Mensch ein.

Brede Ziegler hatte Sindre angerufen. Leicht und unbeschwert. Er hatte einen Zug durch die Gemeinde vorgeschlagen. Keinen Restaurantbesuch, es war nicht wirklich eine Einladung gewesen; offenbar hatte Brede nur bezahlen wollen, was er selbst trank. Sindre hatte zugesagt. Vor allem, weil eine Art Neugier stärker war als seine Wut; die Wut, weil Ziegler ihn so ganz lässig und alltäglich anrief, nachdem er ihn um sein Vermögen gebracht und ihm die Verlobte ausgespannt hatte.

Natürlich hatte Ziegler seine Absichten gehabt. Nach zwei Gläsern hatte er Sindre einen Job angeboten. Erbärmlich bezahlt zwar, aber mit Option auf Aktien einer neugegründeten Gesellschaft. Es ging um irgendein Projekt in Italien. Falls Sindre den Laden auf die Beine brachte, wobei ihm finanzielle Unterstützung und eine ganze Heerschar von Angestellten zugesagt wurden, würde er später ein kleines Vermögen aus der Sache herausholen können. Und dann wären sie sozusagen quitt.

»Sindre fand das typisch für Brede Ziegler«, sagte Silje. »Für ein Butterbrot und ein Ei wollte er einen tüchtigen jungen Norweger eine Arbeit machen lassen, die vor allem seinen – Bredes – Interessen dienen würde.« Sie schnaubte kurz. »Der Kerl hatte das Ganze genau geplant«, fügte sie hinzu.

Im sechsten Stock angekommen, beugten sie sich vor,

stützten die Unterarme auf das Geländer und schauten nach unten. Die Polizeikapelle spielte inzwischen ein fröhliches Nikolauslied. Hanne entdeckte den Polizeipräsidenten, in voller Uniform. Er verteilte Mandarinen an die Angestellten. Ein Fotograf hüpfte um ihn herum und knipste wie besessen. Der Präsident sah gereizt aus und wandte sich mit verärgerter Miene ab, um einem kleinen Mädchen, das mit einem erwachsenen Mann gekommen war, eine Tafel Schokolade zu reichen. Als er in die Hocke ging, verlor er das Gleichgewicht und riß die Fünfjährige mit zu Boden. Der Fotograf ließ sein Blitzlicht Amok laufen.

»Lustig, lustig, trallerallera«, sagte Hanne.

»Sindre hatte am Vortag drei Packungen Paracet gekauft«, erklärte Silje weiter. »Er wußte, daß er dafür in mehrere Apotheken gehen mußte. Aus einem Artikel in *Illustrierte Wissenschaft* wußte er, daß . . . «

Aus einem Artikel in *Illustrierte Wissenschaft*, dachte Hanne erschöpft und starrte in das Gewühl tief dort unten. Zwei uniformierte Männer hatten den Polizeipräsidenten wieder auf die Beine gestellt. Das Kind heulte wie besessen.

»Da versucht jemand auf der Grundlage eines grob vereinfachenden Artikels in einer populärwissenschaftlichen Zeitschrift einen anderen umzubringen«, murmelte sie. »Die überraschen doch immer wieder von neuem, was?«

Sindre hatte mit zwei Pillen in einem Gin Tonic angefangen, im *Smuget*, noch vor Mitternacht. Zerstoßen hatte er die Tabletten schon vorher. Brede hatte nichts gemerkt. Sindre hatte weitergemacht. Als der Sonntag anbrach, der fünfte Dezember 1999, hatte Brede Ziegler fast dreißig Paracets im Leib gehabt.

»Das schlimmste ist«, sagte Silje und zitterte leicht, »daß er die fünf letzten Tabletten freiwillig genommen hat. Da saßen sie schon bei Sindre zu Hause und waren beide sternhagelvoll. Brede hatte Schmerzen. Gerade hatte er Vilde als argen Fehltritt oder so ähnlich bezeichnet. Sie verwelkt so schnell . . . nein: Die Blütenblätter fallen ab. Genau so. So hat er es gesagt. Er hatte die Frau restlos satt, hielt sie für unintelligent. Beklagte sich, daß sie zuviel Drogen einwerfe und nichts tue.«

»Ich werde nie verstehen, warum er die Kleine geheiratet hat«, sagte Hanne.

»Ihm selbst ist es wahrscheinlich ähnlich gegangen. Eine Art Krise vielleicht? Er ging auf die Fünfzig zu, und Vilde war jung und schön. Keine Ahnung.« Silje seufzte und biß sich leicht in den Zeigefinger. »Sindre dagegen hat sich mit ihrem Verlust einfach nicht abfinden können. Und dann hatte er den Verdacht, daß sie hinter dem Mord steckte. Deshalb hat er so starrköpfig darauf bestanden, sie ewig nicht mehr gesehen zu haben, obwohl wir doch problemlos das Gegenteil beweisen konnten. Er wollte sie für uns nicht noch interessanter machen. Naiv.«

»Gelinde gesagt.«

»Als Brede anfing, über Vilde herzuziehen, ist Sindre übermütig geworden. Brede jammerte über Magenschmerzen und Kopfweh, und Sindre hat ihm fünf Paracet verpaßt. Die der Knabe widerspruchslos hinunterspülte. Mit Whisky. Das muß so ziemlich das erste Mal gewesen sein, daß der Mann eine Tablette genommen hat.«

Wieder schauderte sie.

»Sindre war sich nicht einmal sicher, ob Brede sterben würde. Er habe ihn nur quälen wollen, sagt er. Das schlimmste ist, daß er recht hat. Jeder reagiert anders auf Paracet. Obwohl Brede Ziegler sich am Sonntag sicher ziemlich mies gefühlt hat, muß er nicht unbedingt schlimme Schmerzen gehabt haben. Immerhin waren sie ja wohl so arg, daß er versucht hat, sich an seinen Arzt zu wenden. Er kann das natürlich alles auf die Sauftour vom Vorabend zurückgeführt haben. Als der Montag kam und Sindre in der Zeitung las, daß Brede am Vorabend erstochen worden war, konnte er sein Glück kaum fassen. Und wurde wieder übermütig. Fühlte sich ganz obenauf. Das hast du ja bei der ersten Vernehmung gesehen. Und ... er hat die Wahrheit gesagt, was das Loch in seinem Alibi angeht. Sindre, meine ich. Er hat sich Zigaretten gekauft und ist vor der Tankstelle einem alten Schulkameraden begegnet. Den haben wir am Ende doch noch ausfindig machen können.«

Die Kleine unten im Foyer hatte sich mit einer riesigen Tüte mit irgendeinen spannenden Inhalt trösten lassen. Die Kapelle legte eine Pause ein. Der Duft von Weihnachtsplätzchen und Glühwein hatte den üblichen Mief von Bohnerwachs und Polizeiuniformen endgültig verdrängt. Eine Nonne in schwarzer Tracht wartete unten auf einen neuen Paß, und Hanne mußte ein wenig lächeln.

»Hast du gewußt, daß viele Nonnen Grau tragen?« fragte sie.

»Was?«

»Nichts. Wo in Italien ist Sindre dieser Job angeboten worden?«

Silje runzelte die Stirn. »In Vilana ... nein, jetzt rede ich Unsinn. Ach ... wie hieß das Kaff denn noch?« Sie schlug sich mit der flachen Hand an die Stirn. »Verona, natürlich. Romeo und Julia. In der Nähe von Verona. Es ging um irgendein Kloster.«

Hanne Wilhelmsen war wohlig warm. Doch jetzt lief ihr etwas Eiskaltes über den Rücken, und sie dachte an das Wasserplätschern in einem Teich voller fetter Karpfen.

»Wie heißt dieses Kloster?« fragte sie leise.

»Weiß ich nicht mehr.«

»Villa Monasteria, vielleicht?« Hanne richtete sich auf und massierte sich mit beiden Händen den Hintern.

»Ja«, rief Silje begeistert. »Villa Monster ... ja. Wie du gesagt hast. Brede hat es vor zwei Monaten gekauft und sich ungeheuer viel davon versprochen. Wollte Millionen in die Renovierung stecken und ein exklusives Hotel daraus machen.«

Sie drehte den Diamanten zu ihrer Handfläche hin und verstummte.

Als Hanne die Augen schloß, spürte sie den ängstlichen

Blick der Nonnen auf ihrem Gesicht. Sie hörte die energischen Schritte, mit denen *il direttore* sich entfernt hatte, wenn sie ein Zimmer betrat. Ihr fiel ein, daß alle aufgehört hatten, mit ihr zu reden.

Jetzt wußte sie, daß alle geglaubt hatten, sie habe etwas ganz anderes im Sinn.

67

Eigentlich hatte sie nicht hingehen wollen. Aber Silje hatte darauf bestanden. Daß Billy T. seine Mucken pflegte und ausblieb, war noch lange kein Grund für Hanne, seinem Beispiel zu folgen. Eine Mitteilung aus dem Vorzimmer hatte sie jedoch vorher noch in ihr Büro getrieben.

Håkon Sand hatte angerufen.

Sie rief zurück; sofort, um nicht den Mut zu verlieren. Er hatte aus keinem besonderen Grund angerufen. Weder wollte er sich mit ihr treffen, noch wollte er sie zu dem großen Weihnachtsessen einladen, an dem Cecilie und sie immer teilgenommen hatten; am ersten Weihnachtstag von zwölf bis zwölf. Er wollte sich nur nach ihrem Befinden erkundigen. Und danach, wo sie die ganze Zeit gesteckt hatte. Als er auflegte, konnte sie sich nicht daran erinnern, worüber sie gesprochen hatten. Aber *gesprochen* hatten sie. Er *hatte* angerufen.

Wenn alles auf dieser Welt ein Ende hat, dachte Hanne, dann gibt es vielleicht auch neue Anfänge.

Dieses eine Mal verstummte das Stimmengewirr nicht, als sie den Raum betrat. Alle Gesichter wandten sich ihr freundlich zu, und Severin Heger zog einen Stuhl heran.

»Setz dich«, sagte er. »Annmari! Gib mal ein Glas Glühwein rüber.«

Mehrere unerschütterliche Wohltäter der Polizei hatten Kartons mit belegten Broten, Weihnachtsplätzchen und zwei große Schachteln mit grüner Walnußtorte geschickt. Kari-anne Holbeck hatte Creme am Kinn und lachte über einen Witz, den zu erzählen Karl Sommarøy offenbar sehr lange gebraucht hatte. Irgendwer hatte einen CD-Spieler besorgt. Anita Skorgans Stimme schnarrte aus den überforderten

Lautsprechern, und Hanne beugte sich hinüber zu Severins Ohr.

»Mach die Musik aus. Dieses Gerät ruiniert sie doch nur.«

»Nichts da«, erwiderte er gelassen und hob seinen Becher. »Prost. Und meinen Glückwunsch!«

»Warum zum Henker hast du Gagliostro laufenlassen?«

Klaus Veierød war in die Türöffnung getreten. Er hatte sich feingemacht, mit einem dunklen, an den Knien speckigen Anzug. Der Schlips hing ihm lose um den Hals, seine Haare waren ungepflegt. Er schwenkte einen Autoschlüssel, aber niemand begriff, was er damit sagen wollte. Er starrte Annmari Skar an. Die Polizeijuristin ließ die Gabel sinken und schluckte sorgfältig; ehe sie ihn anlächelte.

»Die Gefahr der Beweisvernichtung besteht nicht mehr«, sagte sie ruhig. »Er hat Brede Ziegler definitiv nicht umgebracht, und was Sebastian Kvie angeht, fürchte ich, wird es auf eine Einstellung des Verfahrens hinauslaufen. Der Anwalt hat recht. Sebastian ist mitten in der Nacht auf ein Gerüst geklettert. Gagliostro hat wohl kaum im Schlafanzug auf der Lauer gelegen. Zweifelhafte Geschichte, wenn du mich fragst.«

Sie hob den Becher zum Mund.

»Eins mußt du dir aber klarmachen«, fauchte Klaus und zog eine kleine Plastiktüte aus seiner weiten Hosentasche. »Hier ist das Band von Brede Zieglers Anrufbeantworter. Billy T. hat es schon am dritten Tag beschlagnahmt, als er und unser Freund hier ...« Er starrte Severin höhnisch an, doch der zuckte mit den Schultern und lächelte breit. »... in Zieglers Wohnung waren. Unser überaus *hervorragender* Hauptkommissar Billy T. ...« Wütend schaute er sich um. Als er Billy T. nicht entdeckte, fuhr er sich durch die Haare und schnaubte wie ein Pferd. »... hatte *vergessen*, daß er es aus dem Apparat gefischt hatte. Ebenso wie er *vergessen* hat, drei Filme entwickeln zu lassen, die er im Kühlschrank des Verstorbenen ... beschlagnahmt hat. Aber um mit dem Anfang anzufangen ...«

»Den kennen wir schon«, fiel Annmari ihm ruhig ins Wort. »Auf dem Band war eine Nachricht von Gagliostro. Der davon ausging, daß sie sich wie abgemacht um acht treffen würden. Darüber haben wir mit ihm gesprochen. Inzwischen gibt er das zu. Brede hatte den Weinschwindel entdeckt. Gagliostro leidet offenbar unter etwas, das wir als Weinkleptomanie bezeichnen können. Die beiden haben am Sonntag miteinander gesprochen, Brede hat gedroht, Claudio anzuzeigen und ihn aus dem Laden zu werfen. Am Ende haben sie sich geeinigt. Claudio sollte die Flaschen zurückbringen, bevor der Laden am nächsten Tag öffnete, und Brede Geld geben. Eine Art Schadenersatz. Bei der ersten Runde hat er sechzehntausend Kronen bekommen. Claudio hat ihm einreden können, daß er nicht mehr habe. Gegen halb elf ist Brede gegangen. Du hast natürlich recht, wir hätten ... wir hätten uns das Band viel früher anhören müssen. Aber für die Lösung des Falls hätte es keine Bedeutung gehabt. Eher im Gegenteil. Es hätte den Verdacht gegen Claudio verstärkt. Um einiges. Und ...« Wieder lächelte sie in die Runde, fast herausfordernd diesmal. »... er hat seinen Kollegen nun mal nicht ermordet. Er hat ihn nur belogen und beschwindelt.«

»Und diesen Kerl hast du *laufenlassen!*«

Klaus schwenkte noch immer wütend die Autoschlüssel, und noch immer begriff niemand, was er eigentlich sagen wollte.

»Ja. Er bekommt sicher eine Anzeige wegen Betrugs und allerlei anderer Kleinigkeiten. Falschaussage unter anderem. Er stand ja noch nicht unter Anklage, als er das erste Mal vernommen worden ist. Aber alle Beweise sind sichergestellt. Wir haben seine Wohnung durchsucht. Also konnten wir ihn doch auf freien Fuß setzen. Es ist Weihnachten, Klaus. Setz dich jetzt, und iß ein Stück Kuchen!«

»Ich muß zu meiner Schwiegermutter«, fauchte er. »Die Karre hat ihren Geist aufgegeben, und meine Schwiegermutter wartet in Strømmen. Ich hab verdammt noch mal kein Geschenk für meine Frau gefunden und außerdem vergessen, daß ich den Truthahn für morgen besorgen sollte.«

Wütend starrte er die Schlüssel an, als seien sie die Ursache seiner vielen Probleme. Dann zog er drei Briefumschläge aus der Tasche und warf sie auf den Tisch.

»Hier sind die Bilder, die ihr beschlagnahmt habt«, fauchte er Severin an. »Einfach nur ein Scheißgebäude. Ein graues Haus, umgeben von kleinen Gnomen. Und trockenes gelbes Gras.«

Damit machte er auf dem Absatz kehrt und ging. Autoschlüssel und Fotos ließ er liegen. Als die Tür hinter ihm ins Schloß fiel, brach das Stimmengewirr erneut los. Wenige Minuten später war die gute Stimmung wiederhergestellt. Karianne lachte lange, und Silje mußte sich mit aller Macht gegen Severins Versuch wehren, ihr Glühwein mit Rosinen und Mandeln einzuflößen. Anita Skorgan war bei *Stille Nacht* angekommen, und drei Polizeianwärter hinten am Tisch stimmten ein.

Hanne schnappte sich die Briefumschläge. Ihre Finger zitterten, als sie den ersten öffnete. Niemand achtete auf sie. Sie breitete die Bilder vor sich aus, wagte aber kaum, sie anzusehen.

Die Fotos mußten im Herbst gemacht worden sein. Das Gras war verwelkt, aber noch immer leuchtete in den braungelben Flächen hier und dort eine halsstarrige rote Blume. Der Himmel hing tief und war grau. Die Bilder waren vermutlich allesamt am selben Tag gemacht worden. Hanne ahnte Regen in der Luft über dem mit Kies bestreuten Innenhof. Der gesichtslose Gnom, der von Süden her zur Kapelle schaute und den sie jedesmal auf dem Weg dahin gestreichelt hatte, trug einen feuchtdunklen Hut.

Die Villa Monasteria war fotografiert worden, während sie sich dort aufhielt. Ihr aber war nicht das geringste aufgefallen. Allmählich wurden ihre Hände ruhiger.

Daniel würde das Kloster erben. Es war nur noch ein DNS-Test nötig, dann würde ein Viertel von Bredes Hinterlassenschaft ihm zufallen, wie Annmari ihr am Morgen erklärt hatte. Hanne hatte darin eine Art Trost gesehen, auch wenn alles Geld der Welt die Tatsache, daß Taffa ins Gefängnis mußte, nicht ausgleichen konnte. Der Junge war untröstlich. Er hatte über zwei Stunden in ihrem Büro gesessen. Er hatte nicht viel gesagt, aber auch nicht gehen wollen. Am Ende hatte er sich mit steifen Bewegungen erhoben und ihr die Hand gereicht. Als er ihr fröhliche Weihnachten wünschte, hatte sie keine Antwort herausgebracht.

Daniel Åsmundsen würde bei der Villa Monasteria kein Schwimmbad bauen. Er würde den Teich mit dem glasklaren Wasser lieben. Vielleicht hatte auch er noch nie von Frischwasserkrabben gehört. Er würde durch das Bambuswäldchen schlendern; grüne Stämme auf der einen Seite, schwarze auf der anderen. Und dann würde er sich auf die Mauer vor dem ovalen Teich setzen und die Karpfen beobachten, diese trägen Faulenzer, die plötzlich und blitzschnell Ausfälle auf etwas machten, das er kaum sehen konnte.

»Ich wünsche dir wunderschöne Weihnachten, Hanne.«

Silje küßte sie leicht auf die Haare. Hanne drehte sich halbwegs um, und als Silje ihre Hand nahm, mochte sie sie kaum loslassen.

»Ich dir auch«, sagte sie leise. »Ich wünsche dir ein schönes Fest.«

»Bist du heute abend allein?«

Hanne zögerte, es war, als wollte ihr die Antwort im Hals steckenbleiben. Dann schluckte sie schwer und zwang sich zum sprechen.

»Nein. Wir sind zu dritt. Meine Liebste, eine gute Freundin und ich. Das wird sicher nett.«

»Sicher«, sagte Silje. »Da kommt übrigens Billy T.«

Damit ließ sie Hannes Hand los und ging.

Die anderen hatten sich, einige recht unsicher, ebenfalls erhoben. Zwei leere Wodkaflaschen standen neben dem Glühweinkessel. Die Kuchenschachteln waren leer, die Kerzen heruntergebrannt. Billy T. schaute sie über Severins

Schulter hinweg und zwischen den Köpfen von zwei betrunkenen Polizeianwärtern hindurch an. Sie beachtete ihn nicht. Er zwängte sich an ihnen vorbei und streckte ihr die Hand hin.

»Ich dachte, du würdest das hier vielleicht haben wollen«, sagte er mit tonloser Stimme. »Es ist doch Heiligabend.«

Dann drehte er sich um und war so schnell verschwunden, wie er gekommen war.

Hanne Wilhelmsen wartete, bis sie allein war. Das CD-Gerät war verstummt. Die Polizeikapelle hatte ihre Instrumente längst zusammengepackt. Auch im Hinterhaus herrschte Ruhe; die allermeisten, die sonst in dem riesigen Gebäude zu tun hatten, waren nach Hause gefahren, um Oslo für ein oder zwei Tage seinem Schicksal zu überlassen.

Sie faltete das Papier auseinander, das er ihr gegeben hatte.

Es war eine detaillierte Karte des Osloer Ostfriedhofes. Oben in die Ecke, ein Stück von der Kapelle entfernt, neben einem mit einem roten Kreuz und einem winzigen Herzen markierten Grabstein, hatte er geschrieben:

»Cecilies Grab. Ich habe heute vormittag Blumen und eine Kerze hingebracht. Cecilies Eltern kamen dazu, und sie haben sich darüber gefreut. Ich hoffe, du freust dich auch. Wenn nicht, kannst du den ganzen Scheiß ja wegwerfen. Billy T.«

Langsam faltete sie die Karte wieder zusammen.

Es war mittlerweile fünf Uhr nachmittags am Heiligen Abend. Die Kirchenglocken fingen an zu läuten, voll und rhythmisch, überall in Oslo.

Sie würde auf einem Umweg nach Hause gehen.

Anne Holt

In kalter Absicht

Roman. Aus dem Norwegischen von Gabriele Haefs. 365 Seiten. Serie Piper

Packend und beklemmend zugleich ist der brisante Kriminalroman der Bestsellerautorin Anne Holt über eine Serie von dramatischen Entführungsfällen: Am hellichten Tag verschwindet in Oslo die kleine Emilie, wenig später wird der fünfjährige Kim vermißt. Schließlich findet man den Jungen tot auf, mit einem rätselhaften Zettel in der Hand. Hauptkommissar Stubø beschließt, die sensible Psychologin Inger Vik einzuschalten. Schließlich erinnern die Umstände fatal an den Fall, in dem sie gerade recherchiert: ein Verbrechen, das über vierzig Jahre zurückliegt ...

»Gegen diesen Serienkiller-Thriller ist ›Das Schweigen der Lämmer‹ eine Gute-Nacht-Geschichte. Hätte Anne Holt mit Inger Vik nicht eine absolut vertrauenerweckende Heldin in die böse Welt geschickt, man würde nach der Lektüre ihres neuen Psychokrimis kein Auge mehr zukriegen.«
Brigitte

05/1425/01/L

Anne Holt

Das einzige Kind

Roman. Aus dem Norwegischen von Gabriele Haefs. 294 Seiten. Serie Piper

»Olav ist zwölf Jahre alt, chronisch hungrig, unglaublich fett und sehr unglücklich. Er ist ›das einzige Kind‹ seiner geliebten und gequälten Mutter, die ihn fürchtet. So landet er schließlich im Kinderheim ›Frühlingssonne‹. Dort führt Agnes Vestavik zwar ein strenges Regiment, überblickt aber nicht die Situation. Folglich stirbt sie, mit einem Messer im Rücken. Gleichzeitig verschwindet Olav. Und Hauptkommissarin Wilhelmsen weigert sich verzweifelt, ein zwölfjähriges Kind des Mordes zu verdächtigen. Sehr spröde erzählt sie ihre dunkle und spannende Story, bespielt den Plot nach allen Regeln der Schreibkunst – eine präzise, düstere Romancienne mit kriminellen Neigungen. Ihr drittes Buch ist schon eine schöne Geschichte. Ihre schönste bis jetzt.«
Hamburger Abendblatt

05/1052/01/R

SERIE PIPER

Anne Holt, Berit Reiss-Andersen
Im Zeichen des Löwen
Roman. Aus dem Norwegischen von Gabriele Haefs. 416 Seiten. Serie Piper

Die norwegische Ministerpräsidentin Brigitte Volter wird erschossen in ihrem Büro aufgefunden, und niemand kann sich ihren Tod erklären. Es fehlt ein Motiv, und auch die Indizien sprechen eine höchst unklare Sprache. Hauptkommissarin Hanne Wilhelmsen steht vor einem Rätsel. Einen der wenigen Anhaltspunkte bietet Benjamin Grinde, der letzte, der die Ministerpräsidentin lebend gesehen haben soll. Grinde ist Richter am Obersten Gericht und, wie sich herausstellt, ein Freund Brigitte Volters aus Kindertagen. Doch er nimmt sich das Leben. Im Spannungsfeld von Politik, Intrigen und Macht sieht Anne Holt die Menschen hinter den öffentlichen Figuren, und es gelingt ihr das überzeugende Porträt einer Frau, die mit den Dämonen ihrer Vergangenheit ringt.

Andrea Isari
Römische Affären
Roman. 288 Seiten. Serie Piper

Am Tiberufer wird die Leiche des anscheinend unbescholtenen Bankinspektors Gianpiero Puccio gefunden. Vor seinem Tod hat er noch versucht, Kontakt mit der Polizei aufzunehmen. Warum mußte er sterben? Ein Fall für Leda Giallo, die liebenswerte und eigenwillige Kommissarin, die eine große Schwäche für kulinarische Genüsse hat und sich nicht um weibliche Gardemaße schert. Bei ihren Ermittlungen stößt sie in ein echtes Wespennest von kriminellen Machenschaften. Denn die Spuren laufen auf mehr als eine seltsame Verbindung zwischen der Banca di Credito und dem Vatikan zu … Ein atmosphärisch dichtes und spannendes Krimidebüt, das die Leser in die historischen Kulissen der Ewigen Stadt entführt.

Karin Fossum

Schwarze Sekunden

Roman. Aus dem Norwegischen von Gabriele Haefs. 300 Seiten. Serie Piper

Die schwarzen Sekunden der Septembernacht dehnen sich unerträglich, während Kommissar Sejer verzweifelt die verschwundene Ida Joner sucht. Ist der autistische Emil Johansson ihr unergründlicher, grausamer Mörder? Psychologische Finesse und höchste Spannung prägen den neuen Kriminalroman der preisgekrönten Autorin Karin Fossum.

»Meisterhaft schildert Karin Fossum die Katakomben der menschlichen Psyche. Ein Nervenzerrspiel, dessen Plot über die letzte Seite hinaus verstört.«
Facts

Heinrich Steinfest

Nervöse Fische

Kriminalroman. 316 Seiten. Serie Piper

Für den Wiener Chefinspektor Lukastik, Logiker und gläubiger Wittgensteinianer, steht fest: »Rätsel gibt es nicht.« Das meint er selbst noch, als er auf dem Dach eines Wiener Hochhauses im Pool einen toten Mann entdeckt, der offensichtlich kürzlich durch einen Haiangriff ums Leben kam. Mitten in Wien, achtundzwanzigstes Stockwerk. Und von einem Hai keine Spur. Nun steht der Wiener Chefinspektor nicht nur vor einem Rätsel, es sind unzählige: Ein Hörgerät taucht auf, zwei Assistenten verschwinden. Und die Haie lauern irgendwo ... Der neue Krimi Heinrich Steinfests, 2004 Preisträger des Deutschen Krimipreises.

»Ich wiederhole mich: Herrlich! Göttlich! Steinfest!«
Tobias Gohlis, Die Zeit

Franziska Stalmann
Annas Mann
Roman. 192 Seiten. Serie Piper

Annas geliebter Mann stirbt bei einem Autounfall. Für Anna geht die Welt unter. Sie sucht Zuflucht in Jochens Ermittlungsbüro und findet Hinweise, dass sein Tod kein Unfall war, sondern Mord. Naiv und unerfahren beginnt sie zu ermitteln. Dabei trifft sie auf Andreas, in dessen Bett sie Jochen für eine Weile vergessen kann. Hin und her gerissen zwischen neuer Leidenschaft und alter Liebe, ermittelt sie weiter, bis sie in einen unheimlichen Irrgarten aus Spurensuche und Bedrohung gerät ... Franziska Stalmanns neuer Roman besticht durch Wärme, Ironie, Spannung und den schwebenden Ton, in dem sie vom Verlust einer großen Liebe erzählt und davon, wie Anna den Boden unter den Füßen zurück gewinnt.

Von der Autorin des Bestsellers »Champagner und Kamillentee«

Franziska Stalmann
Champagner und Kamillentee
Roman. 230 Seiten. Serie Piper

Nach dreizehnjähriger Ehe wird die 39jährige Ines von ihrem Mann in Rekordzeit »ausgemustert«. Er wird anderweitig Vater und will eine schnelle Scheidung. Ines steht fassungslos und allein da, ohne Beruf, ohne Ausbildung, ohne Freunde.

Wie sie sich langsam fängt und sich mit neuem Outfit und neuen Aufgaben zum Schwan mausert, schildert die Autorin mit Charme, Sprachwitz und viel Situationskomik.

Eine Emanzipations-Komödie der allerfeinsten Art. Franziska Stalmanns spritziger Roman, erzählt in wunderbar leichtem Ton, ist längst zu einem Bestseller geworden, der sich bei Frauen wie ein Lauffeuer herumgesprochen hat.

Ein »Frauen-Power-Buch, süffig wie ein Glas Champagner.«
Brigitte

»Spaß vom Allerfeinsten.«
Die Welt

Susanne Mischke
Mordskind
Roman. 360 Seiten. Serie Piper

Der fünfjährige Max ist ein wahrer Satansbraten, destruktiv und böse. Als Max plötzlich spurlos verschwindet, gerät die spießige Kleinstadt in Aufruhr, weil dies der zweite Fall in kurzer Zeit ist. Allerdings trauert niemand um ihn, nicht einmal seine Mustermutter Doris. Die sucht sich das Prachtkind Simon als Ersatz. Und ihre Freundin Paula, Redakteurin und beruflich ständig im Streß, bemerkt viel zu spät das teuflische Intrigenspiel um sich und ihren Sohn Simon.

Susanne Mischke hat mit »Mordskind« einen beklemmenden Psychokrimi geschrieben, der zugleich sarkastische Schlaglichter auf einen grassierenden Mutterschaftswahn wirft und das Dilemma zwischen Kind und Karriere mit Ironie und Einfühlungsvermögen zur Sprache bringt.

»Ein Kriminalroman der Extraklasse, lebensnah und spannungsvoll.«
Der Tagesspiegel

Susanne Mischke
Das dunkle Haus am Meer
Roman. 269 Seiten. Serie Piper

SERIE PIPER

Aus Mangel an Beweisen wurde ihr Freund Paul im Mordfall an der jungen Frau freigesprochen. Helen vertraut ihm, und jetzt möchte sie in Saint-Muriel, in ihrem einsamen Haus an der wildromantischen bretonischen Küste, nur noch die Schrecken des letzten Jahres hinter sich lassen. Doch um das dunkle Haus am Meer ranken sich Gerüchte und uralte Geschichten, und auch Paul und Helen holt die Vergangenheit schneller ein, als ihnen lieb ist ...

Susanne Mischkes neuer, schaurig schöner Kriminalroman.

»Eine faszinierende schlüssige Geschichte, kunstvoll erzählt. Nicht nur für Bretagnesüchtige.«
Buchkultur

SERIE PIPER

Christiane Martini
Carusos erster Fall
Meisterdetektiv auf leisen Pfoten. 160 Seiten. Serie Piper

Die venezianische Katzenbande um den charismatischen Kater Caruso ist in heller Aufregung: In ihrer geliebten Lagunenstadt ist schon wieder ein Mensch ermordet worden. Wenn das so weitergeht, kommen bald keine Touristen mehr, und dann fallen keine köstlichen Abfälle für die Katzen ab! Carusos detektivischer Spürsinn ist geweckt, und mit seinen Kollegen, allen voran seiner heimlichen Liebe Camilla, beginnt er in den Gassen und Kanälen von Venedig nach dem Mörder zu suchen. Die Spur reicht weit in die Vergangenheit zurück und hat mehr mit Caruso zu tun, als er ahnt: eine geheimnisvolle Komposition Antonio Vivaldis weist schließlich den Weg zu einem verborgenen Schatz in San Marco ...

»Carusos erster Fall« ist ein Leckerbissen für jeden Katzenfreund, Krimifan und Venedig-Liebhaber.

Christiane Martini
Venezianischer Mord
Carusos zweiter Fall. 176 Seiten. Serie Piper

In der schönen Lagunenstadt ist schon wieder ein Mord geschehen! Renaldo Bancini, letzter Spross der ältesten Schokoladenmanufaktur Venedigs, soll zu seiner Hochzeit das Jahrhunderte alte Schokoladenbuch mit geheimen Rezepten aus Familienbesitz erben. Doch während der Feierlichkeiten wird Renaldos Vater heimtückisch ermordet und das kostbare Buch gestohlen. Die venezianische Katzenbande um den charismatischen Kater Caruso ist in heller Aufregung, denn eine Katze hat den Mord beobachtet und ist der einzige Zeuge. Mit Carusos detektivischem Spürsinn suchen sie in den Gassen und alten Palästen Venedigs nach dem Mörder und geraten in ernsthafte Gefahr ... Ein bezaubernder Roman über die Klugheit von Katzen – mit dem Flair der schönen Lagunenstadt.

Kerstin Ekman

Die letzten Flöße

Roman. Aus dem Schwedischen
von Hedwig M. Binder. 480 Seiten.
Serie Piper

Die stille Landschaft im nord-
schwedischen Jämtland ist
Schauplatz von Kerstin Ek-
mans großem neuen Roman.
Dort lernt die junge Myrten
Elis kennen, einen Künstler und
Sonderling, der soeben aus dem
Krieg heimgekehrt ist. Die beiden verlieben sich, doch Myrten erkennt zu spät, daß Elis
eine Vorgeschichte in dem kleinen Ort hat, die auch ihr Leben
folgenschwer beeinflussen
wird. Ein großer epischer Ge-
sellschaftsroman und die Geschichte einer jungen Frau auf
der Suche nach ihrer Bestim-
mung.

Anne Chaplet

Russisch Blut

Kriminalroman. 256 Seiten.
Serie Piper

Für Katalina Cavic sollte es ein
Neuanfang sein auf Schloß
Blanckenburg. Doch sie kommt
nicht zur Ruhe, Lüge und Betrug sind hier ebenso offensichtlich wie der Verfall des alten Anwesens. Während die
junge bosnische Tierärztin
noch mit den Dämonen ihrer
eigenen Vergangenheit kämpft,
erschüttert der Mord an einem
angesehenen Archäologen die
Schloßbewohner. Im Zuge der
Ermittlungen tritt ein altes Geheimnis zutage, das mit der
dramatischen Flucht einer Frau
in den Wirren des Zweiten
Weltkriegs zusammenhängt
und Katalina an ihre eigene Geschichte erinnert.

»Anne Chaplet ist ein Glücks-
fall für die deutsche Krimilite-
ratur.«
Der Spiegel